Annas Schwester

Das Mädchen vom Inn

Historischer

Roman

Trilogie

Das schicksalhafte Leben
zweier altbayerischer Bauernfamilien
im ausgehenden 19. Jahrhundert

Walter Lassauer

Maria und Georg Inninger vom „Maierhof" zu Lohen
(gold. Medaillon - Foto ca. 1889 - Vergröß.1:10)
(Roman - Seite 510 unten)

Bibliographische Information der Deutschen Nationalbibliothek:

Die Deutsche Nationalbibliothek verzeichnet diese Publikation
in der Deutschen Nationalbibliographie;
detaillierte bibliographische Daten sind im Internet
über http://dnb.d-nb.de abrufbar.

3. Auflage 2012
Wiesenburg Verlag
Postfach 4410 · 97412 Schweinfurt
www.wiesenburgverlag.de

Coverfoto: Walter Lassauer

ISBN 978-3-942063-80-7

Für Ingrid,
meine Kinder
und meine Freunde,

---

denen ich in schweren Zeiten
viel zu verdanken habe

Der "Maierhof" zu Lohen bei Mittergars am Inn
Im Hintergrund das westliche Hochufer des Inns
mit den Ausläufern des eiszeitlichen Moränengeschiebes.
<Foto: Lassauer 2007>

Rothenburg ob der Tauber
<April 2012>

Dass die Vögel der Sorge und des
Kummers über deinem Haupte fliegen,
kannst du nicht ändern.

Aber dass sie Nester in deinem Haar bauen,
das kannst du verhindern.

Chinesische Weisheit

Erinnerungen des Autors
Ende September 2006

Ein sonniger, lichtdurchfluteter Samstagmorgen in Wasserburg am Inn.
Auf einmal lag sie vor mir. Jahrelang hatte ich versucht, „Sie" zu kriegen, das Objekt meiner Begierde. Ohne Erfolg.
Vor vielen Jahren, als ich sie zum erstenmal sah, hätte ich sie sofort haben können, ohne Probleme. Aber damals brauchte ich jeden Pfennig für etwas Anderes, viel Dringlicheres. Und jetzt, an diesem Morgen hatte es endlich - nach vielen Anläufen - durch die Vermittlung meiner Cousine Gertraud in Wasserburg geklappt. Ganz in Rot war sie gehüllt. Zugegebenermaßen, kein allzu schönes Rot. Und sie fasste sich sehr hart und kantig an.
Nun, dies war jetzt ebenfalls nebensächlich.
In der Stadt an der Innschleife war noch nicht allzuviel los.
Die meisten der Geschäfte öffneten erst langsam ihre Läden. Unter den Arkaden auf der Schattenseite des Marienplatzes, stellten die Verkäuferinnen gerade ihre Waren nach draußen: Kiste für Kiste voll Obst, Gemüse, Säfte. Kartons, gefüllt mit Wein, feinsten Obstbränden aus der Region, aus dem Burgenland und dem Land hinterm Brenner. Ein Ständer, vollgefüllt mit Tageszeitungen aus München, aus der Stadt und dem weiteren Umland, sowie Illustrierte für Jedermanns Geschmack. Kübel mit herrlich duftenden Rosensträußen, Gestecke mit Sonnenblumen, es fehlte an nichts für Sinnes- und Gaumenfreuden. „Eine Stimmung und ein Flair wie in Italien ... " dachte ich mir.
Nun, deshalb waren wir auch immer wieder so gerne hier in dieser wunderschönen Stadt. Für mich und meine Frau ohne Frage eine der „italienischsten" Städte nördlich der Alpen!
Plötzlich fiel mir siedendheiss ein: Hatte mich meine Frau nicht gestern Abend gebeten, am Vormittag hier am Marienplatz eine gute Portion italienischen Prosciutto, ein schönes Stück würzigen Bergkäse, eine Flasche Südtiroler Magdalener und dazu frisches Baguette zu kaufen? Wir beide hatten vor, bei schönem Wetter am Nachmittag auf der Bank neben der kleinen Kapelle, hoch über dem Weiler Weingarten Brotzeit zu machen. Ein Plätzchen, geschaffen wie für „den Himmel auf Erden".
Die Besorgungen mussten jetzt warten. Dafür war mir meine „Eroberung" von heute morgen viel zu wichtig.
„Was darf's denn bittschön sein?" Die nette Bedienung vom Straßencafé im Brothaus der altehrwürdigen „Schranne", nahm meine Be-

stellung mit einem freundlichen Lächeln auf. Wenig später schon kam sie mit einem kleinen Tablett die Stufen vom Café herab. Ich war im wirklichen Leben zurück. Die lautstarke Spatzenbande in den Bäumen über mir saß schon in Wartestellung.
„So bittschön, der Herr. Einen Cappuccino und ein frisches, noch warmes Croissant". Ich riss das Zuckertütchen auf, schüttete den Inhalt über das äußerst liebevoll kreierte Kakaoherzchen und rührte vorsichtig den Zucker unter.
Mit der anderen Hand musste ich die aufdringlich frechen Spatzen vom Tisch verscheuchen. Generationen dieser frechen Spezies hatten anscheinend ihr einträgliches und festes Domizil hier in den Bäumen rund um den Marienbrunnen.
All dies nahm ich jedoch eher im Unterbewußtsein wahr.
Behutsam - beinahe andächtig - doch zugleich mit Herzklopfen, schlug ich den Deckel des kleinen, roten Ringbuches auf.
Das Ziel meiner Begierde, die Familien - Chronik meiner mütterlichen Sippe, die „Inninger - Chronik" lag vor mir.

Ich fing zu lesen an und sah urplötzlich, Seite für Seite das Leben meiner mütterlichen Vorfahren aus dem Nebel der Vergangenheit vor meinen Augen auftauchen ...

*****

Prolog

18. März, anno 1867.

Eine bitterkalte Nacht am Abend vor „Josefi" [1)]

Schon seit den Abendstunden des vorangegangenen Tages tobte das Gewitter in den nahen Bergen.
Das gespenstische Szenario unablässigen Wetterleuchtens und das dumpfe Donnergrollen dauerte die ganze Nacht über und hörte sich an wie nicht enden wollender Geschützdonner.
Drohend wie eine alles erdrückende, mächtige schwarze Wand stand tags darauf das Unwetter wie festgewachsen über dem nahen Gebirge. Zuerst drüben über´m mächtigen Massiv der Loferer Steinberge, einige Zeit später etwas weiter westlich über den Gipfeln im tirolerischen Kaisergebirge. Es vereinigte sich dann Stunden später, genau über der Kanzelwand in den Chiemgauer Bergen mit einer von Südwesten kommenden Unwetterfront. Von den Türmen der Klosterkirche St.Maria im Kloster Au läuteten die Glocken zur *Vesper*. Übergangslos war die Dämmerung der Dunkelheit gewichen.

Es war jetzt kurz nach Mitternacht.
Der letzte Ton der Kirchenglocken der Dorfkirche St. Michael in Mittergars war verklungen. Wetterleuchten tauchte das kleine Dorf am Hochufer des Flusses in gespenstisches Licht. Für wenige Augenblicke breitete sich Stille, endlos scheinende und schmerzhaft fühlbare Stille aus. Unmerklich, wie auf leisen Sohlen, war das Unwetter auf den Schultern einer südlichen Warmfront von den Tiroler Bergen nun in Richtung Norden gezogen. Das anhaltend grummelnde Donnergrollen welches den Blitzen folgte, kam näher und näher.

Angst kroch in die Köpfe der Menschen.

Hastig wurden in den Weilern, Dörfern und Städten links und rechts des Inns alle Vorbereitungen getroffen, um Mensch, Haus, Hof und Vieh zu sichern. Tätigkeiten, die seit Jahrhunderten den Menschen am Fluss buchstäblich in Fleisch und Blut übergegangen waren.

Dann begann das Inferno über dem kleinen Dorf am rechten Innufer.
Unerwartet einsetzende heftige Sturmböen gaben dem Unwetter plötzlich eine ganz andere Richtung und Dimension. Deutlich sichtbar für alle Bewohner des Landstriches, biss es sich nun über dem nicht allzu weit entfernten Chiemsee fest.

[1)] **„Josefi"**= *Hochfest der röm.- katholischen Kirche. Wird immer zu Ehren des hl. Josefs, des Ehemannes von Maria, am 19. März jeden Jahres begangen. Der im Jahr 1870 in Bayern eingeführte kirchliche Feiertag wurde 1969 wieder abgeschafft.*

Aus den fest verrammelten Fenstern der Häuser und Gehöfte im Dorf, in den Weilern und Einöden rings um's Kirchdorf drang zu später Stunde nur schwacher Lichtschein durch die Ritzen wettergegerbter, oft arg verzogener und windschiefer Fensterläden.
In den Ställen hatte man alle verfügbaren Talglichter angezündet, um nach altem Brauch dem Vieh die Angst zu lindern. Dem Vieh, genauso wie den Menschen. Wer nicht mehr damit beschäftigt war, sein Hab und Gut zu sichern, saß auf engstem Raum mit der Familie, mit Knechten und Mägden, den Rosenkranz betend unterm Kruzifix des Herrgottswinkels in der Wohnküche.

Das *„Gepäck für alle Notfälle“* stand fest verschnürt und schnell greifbar in Reichweite des Bauern und seiner Frau. Darin befanden sich wie immer alle wichtigen Dokumente, die Arbeitsbücher der Ehehalten[1)] und der Notgroschen für alle Eventualitäten.
Es war die seit Jahrhunderten von Generation zu Generation weiter gereichte und fest verankerte Vorsicht vor allen Naturgewalten. Denn die Natur hatte die Menschen im Bauern- und Schifferdorf überm großen Fluss jahraus, jahrein fest im Griff.
Die Natur - und auch der Glaube an Gott.

So auch in einem kleinen Bauernhof fast am Ende der Dorfstraße des Ortes, in Sichtweite des mächtigen Gebirgsflusses. Georg Kohwagner, Bauer und Familienoberhaupt, kniete auf einem uralten, wackligen Betschemel vor dem, mit verstaubten Palmwedeln geschmücktem Kreuz Jesu und las mit ergriffener, aber dennoch fester Stimme aus dem arg zerfledderten Hausgebetbuch *„Worte des Lebens“:*

„Was mir heute noch begegnen kann, mein Gott! Davon habe ich gar keine Kenntnis. Aber dieses weiß ich: Es wird mir nichts begegnen, was Du nicht schon von Ewigkeit vorgesehen, angeordnet und beschlossen hättest. Dieß ist mir genug. Herr, erbarme Dich unser! Christe, erbarme Dich unser! Herr erbarme dich unser, Amen!“

Mit dem Daumen seiner, mit rissigen Schrunden bedeckten rechten Hand, machte der Bauer das Kreuzzeichen auf der vom Leben zerfurchten Stirn. Die anderen Familienmitglieder und das Gesinde taten es ihm schnell nach.
Nackte, pure nackte Angst stand in ihren Gesichtern ...
Auch Maria, das zehnjährige Nesthäkchen der Bauernfamilie, machte unbeholfen ihr Kreuzzeichen auf der Stirn. Anna, die ein paar Jahre ältere Schwester, betrachtete sie verstohlen aus den Augenwinkeln. Es wurde ihr arg ums Herz! Ihre Schwester, der Liebling der großen Bauernfamilie!

[1)] **Ehehalten** *(Altbayern/Tirol): Gesinde und Dienstboten (Knechte und Mägde)*

Die Augen des noch unschuldigen und sonst so unbekümmerten Mädchens waren voller Angst.
Ächzend und stöhnend erhob sich Bauer Georg Kohwagner vom Betschemel unterm Kruzifix. Jeder in der Stube sah ihm an, dass es ihm große Mühe bereitete. Schon seit vielen Wochen und Monaten plagte ihn heftiges, schmerzhaftes Gliederreißen. Alle Hausmittel, auch der sorgsam gehütete klägliche Rest vom Dachsfett hatten bisher versagt. Die Bäuerin war mit ihrem Latein am Ende.
Den Doktor holen?
Dafür war nach dem nun schon lange andauernden Winter überhaupt kein Groschen mehr übrig. Wieder tauchte ein Blitz das Dorf in grelles Licht. Schwerer, wuchtiger Donnerschlag folgte auf dem Fuß und ließ Tassen, Teller und Gläser im Küchenschrank erzittern. Das Klirren des Geschirrs legte sich schmerzend aufs Trommelfell der kleinen Maria. Fest presste sie die Hände gegen die Ohren.
Karola, die Frau des Bauern fing zu beten an:
„Vater unser, der du bist im Himmel, geheiliget werde Dein Name, Dein Wille geschehe, wie im Himmel, so auf Erden ...“

Die Perlen des abgegriffenen Rosenkranzes glitten - leise gegeneinander klappernd - zwischen ihren Fingern. Kalkweiß traten die blutleeren Knöchel der abgearbeiteten Hände hervor. Die Anspannung stand ihr wie gemeißelt im Gesicht. Bei jeder der größeren Perlen wurde die Stimme der Bäuerin lauter und eindringlicher.
„.... unser täglich Brot gib uns heute und vergib uns unsere Schuld, wie auch wir vergeben unseren Schuldigern ...!“
Ohne Unterlass drehte sich der Rosenkranz weiter in ihren Händen. Jeder der kleinen Perlen folgte ein „Ave Maria“:
„Gegrüßest seist du, Maria, voll der Gnade, der Herr ist mit dir. Du bist gebenedeit unter den Frauen, und gebenedeit ist die Frucht deines Leibes Jesus. Heilige Maria, Mutter Gottes, bitte für uns Sünder, jetzt und in der Stunde unseres Todes. Amen.“

Alles erschütternder Donnerschlag riss die Bewohner des Hofes aus ihrer angstgefüllten Starre und unterbrach abrupt das Gebet der Bäuerin. Der Flügel eines Fensterladens war aus seiner Verriegelung gerissen und klopfte unaufhörlich gegen die Hauswand.
Unruhig flackerten die Lichter der Kerzen. Karola Kohwagner betete weiter.
„O Gott! Dessen eingeborner Sohn durch Sein Leben, Sterben und Auferstehen uns die Belohnung des ewigen Heiles erworben hat; wir bitten Dich, verleihe uns, daß wir, indem wir durch den heiligen Rosenkranz der heiligsten Jungfrau Maria diese Geheimnisse verehren, dasjenige, was sie enthalten, nachahmen, und was sie ver-

heißen, auch erlangen. Durch denselben Christum, unsern Herrn. Amen.“
Die Bäuerin versuchte mit Nachdruck die Angst vor den tobenden Urgewalten nicht nur aus ihrem eigenen Herzen, sondern auch aus den Herzen und Gesichtern ihrer Familie und den Ehehalten zu verdrängen. Doch ihr Bittgebet verstummte plötzlich.
Nein, sie wollte nicht auch noch den Schluss des Vaterunsers anfügen:
Im Namen des Vaters, des Sohnes und des heiligen Geistes. Amen.
Nein, nein und nochmals nein! Niemals!
Karolas Herz krampfte sich zusammen! Niemals! Sie wusste, ihre Stimme hätte es ganz sicher nicht mehr geschafft, die um sie herum mit gefalteten Händen Sitzenden noch mehr zu trösten. All die vielen Schicksalsschläge, die die Familie die letzten Jahre erleiden musste, hatten ihr Herz verhärtet. Nein, nicht nur ihr Herz, sondern auch ihren Glauben an Gott den Allmächtigen ins Wanken gebracht. Zweifel, alles verdrängender Zweifel nagte tief in ihr. Wieder überzog das Licht eines Blitzes die dicht zusammengerückten Menschen mit gleißendem, unwirklichen Weiß. Donnerschlag fing sich in den Mauern des Hofes und den angrenzenden Stallungen und ließ sie bis in die Grundfesten erzittern.
In Todesangst brüllte das Vieh ...
Noch ein heftiger Donner folgte. Eine kleine weiße Altöttinger Marienstatue aus Keramik, die auf einem winzigen Holzbord gleich links neben dem Weihwasserbecken an der Türe zum Flur stand, fiel herunter und zerbrach klirrend auf dem Stubenboden. Gänsehaut lief der kleinen Maria über Arme und Rücken. Sekunden später löschte ein Luftzug die, am Fenster zum Hof abgestellte brennende Kerze aus Bienenwachs. Erst an Mariä Lichtmess war sie in St. Michael vom Pfarrer geweiht worden und sollte den Kohwagner - Hof bei Unwetter vor Blitzschlag schützen.
„'S bringt Unglück, 's bringt Unglück. Heil'ge Maria Mutter Gottes, bitt' für uns Sünder ...“, stammelte erschrocken die Bäuerin mit aschfahlem Gesicht. Sie hoffte, dass die am vergangenen *Thomastag* geschlagenen Mistelzweige an den Stadel- und Stalltüren das Schicksal für den Kohwagnerhof gnädig stimmen würden ...
Genau überm Dorf stand nun das Unwetter.
Die schneidende Kälte der Berge war ihm gefolgt. Ohne Unterlass und aus allen Himmelsrichtungen fuhren nun Blitz und Donner vom Himmel und erschütterten das Dorf am Hang überm Auengrund.
Ein Hölleninferno!
Selbst die ganz alten Leute erzählten noch Wochen und Monate später, sie hätten solch ein Unwetter zuvor niemals erlebt.

So schnell es nur konnte, flüchtete das kleine Mädchen in die Arme ihrer Mutter und versteckte angsterfüllt den Kopf ganz tief unter deren Schürze. Unruhig, wie in letzten Zügen flackerte das Licht der einzigen, noch brennenden Kerze in der Stube.
„Heilige Maria, Mutter Gottes, bitt' für uns Sünder. Jetzt und in der Stunde unseres Todes. Amen ...“
Marias Mutter drückte ihre Jüngste fest an sich, tauchte die Finger ins Weihwasserbecken und machte ein Kreuz auf die Stirn ihrer Tochter. Dann ließ sie wieder die Perlen des Rosenkranzes zwischen Daumen und Zeigefinger gleiten. Die letzte Wachskerze war erloschen, nur noch die beiden Talglichter gaben ein wenig Licht in der Stube. Immer und immer wieder und vor allem in beängstigend kürzeren Abständen, tauchten Blitze die abgedunkelte Stube in fahles Weiß. Für Sekunden erschienen groteske Schattenspiele auf den weiß gekalkten Decken und Wänden. Bizarr lebendige Schatten, die nicht nur die Kinder, sondern auch die Erwachsenen an Dämonen und Hexen erinnerten. An schreckliche Szenarien wie im Fegefeuer oder in der Hölle. Genauso, wie es der Herr Pfarrer bei seinen Strafpredigten immer so schaurig schilderte! Vorsichtig spitzte das kleine Mädchen unter der Schürze aus dem Schoß ihrer Mutter hervor und blickte in die angstverzerrten Gesichter von Burgl und Flori, die auf der langen Ofenbank eng zusammengedrängt saßen. Der sonst so kecke und vorlaute Jungknecht Florian, der mit todbleichem Gesicht nahe am Fenster zum Hof saß, starrte mit leerem Blick hinaus in die imaginäre Nacht. Er war sichtlich bemüht, tapfer zu sein und keinerlei Schwäche zu zeigen.
Die kleine Maria jedoch bemerkte genau, dass Florians rechte Hand langsam, Zentimeter für Zentimeter, nach Burgls Hand tastete.

Grelles Licht eines Kugelblitzes drang durch die Ritzen der Fensterläden und ließ das Häuflein der Menschen in der Wohnkuchl wieder erschrocken zusammenzucken. Kurz darauf vernahmen die Bewohner des Dorfes ein lang anhaltendes schrilles, sich schmerzlich auf die Ohren legendes Sausen und Pfeifen in der Luft.
Totenstille trat ein. Sogar der ewig kläffende Hofhund vom Ziegelgänsberger hatte aufgehört zu bellen. Angsterfüllte Gesichter übernächtigter Menschen drückten sich in allen Höfen dicht an die angelaufenen Fensterscheiben.
Andreas, der jüngste der Kohwagnerbuben hatte sich, unbemerkt von den anderen, auf den Dachboden geschlichen. Vom nahen Chiemsee her und aus dem Mangfallgebirge sah er ununterbrochen starkes, gespenstisches Wetterleuchten. Wieder begann es zu graupeln und nach einigen Minuten wie aus Kübeln zu gießen. Starker Sturm peitschte

den Wolkenbruch nun waagrecht durchs Dorf. Kurz bevor das Morgengrauen merklich zaudernd dem neuen Tag wich, streiften die letzten Ausläufer des Unwetters nochmals mit aller Wucht die gebeutelte Region. Vorsichtig versuchte der Bauer die Türe zum Hof zu öffnen. Mit all seiner noch vorhandenen Kraft stemmte er sich gegen die Kraft des den böigen Sturms. Vergebens! Er schaffte es einfach nicht. Hinter ihm drängten seine beiden Söhne Lenz und Andreas. Mit vereinten Kräften gelang es ihnen endlich, die Türe aufzudrücken. In sicherem Abstand stand der Jungknecht Florian an der Wand der lang gestreckten Diele. Der Hof war mit einer knöchelhohen Schicht von Eisgraupeln überzogen. Die Graupelschauer waren in strömenden Regen übergegangen. Schon kurze Zeit später ergossen sich Sturzbäche in schnellen Kaskaden die Dorfstraße hinunter, überfluteten den Wiesenbach und die schon vollgesogene Innaue.
Plötzlich geschah wieder etwas ganz Unerklärliches: Der sintflutartige Regen hörte schlagartig auf. Durchdringend heulendes Sausen in den Lüften riss die Menschen im Dorf aus ihrer tiefen Erschöpfung.

„Herrgott im Himmel, heilige Maria Mutter Gottes, hilf uns, lass diesen Kelch an uns vorübergehen!“
Merklich kälter war es geworden. Zu kalt für den kurz bevorstehenden Frühlingsanfang. Die Kohwagner-Bäuerin ging zum Ofen und legte einige Scheite Fichtenholz nach. Wenig später war das knackende Prasseln der Flammen zu hören. Draußen setzten nun wieder heftige Böen ein. Hagelschauer auf Hagelschauer peitschte erneut und ohne Unterlass auf das zusammengekauerte Dorf nieder. In Hühnereigröße prasselten Hagelkörner auf die Dächer der Höfe und Stadel, zerstörten Dachziegel, Schindeln und Fenster; zerschlugen die schon prall gefüllten Knospen der Kirschbäume am Dorfanger, beugten unbarmherzig die vielen Beerensträucher in den Bauerngärten bis auf den Boden. Ein großes Fuhrwerk vom reichen Wagnerhof drüben machte sich durch die stark wechselnden Sturmböen selbstständig, ratterte die steile Tennenauffahrt hinunter, überquerte die Dorfstraße und bohrte sich mit voller Wucht genau in den Geräteschuppen vom Nachbarbauern Kohwagner. Es gab einen Höllenkrach. Mit völlig zersplitterter Deichsel und demolierter Vorderachse blieb das Fuhrwerk in der großen Schobertüre stecken. Der heulende Wintersturm rüttelte mit Vehemenz an den Fensterläden. Ziegel um Ziegel des windseitigen Geräte- und Fuhrwerkstadels krachten nun ohne Unterlass auf den Boden des Innenhofes. Das Perpendikel der alten Wanduhr in der Kuchl war schon lange stehen geblieben.

Quälend langsam verstrich die Zeit. Die Bäuerin Karola Kohwagner stand auf und zündete eine neue Kerze auf dem kleinen Podest im

Herrgottswinkel an. Die Flammen der Talglichter vom Tisch und auf dem Kaminsims über der Ofenbank flackerten unruhig und warfen weiter tanzende Schatten an Decke und Wände. Dort, wo ein Fensterchen den Durchblick zum angebauten Kuhstall zuließ, stand mit käsweißem Gesicht der blutjunge Andreas Kohwagner. Ab und zu wagte er einen verstohlenen Blick über seine Schulter - hinein in den Stall. Dorthin, wo die Rinder mit angstvoll geweiteten Augen an den Ketten zerrten. Schaum stand vor ihren Mäulern und tropfte in langen, schleimigen Fäden hinab auf den Stallboden. Apathisch und wie in Stein gemeißelt verharrten die Bewohner des Hofes lange Zeit auf Bänken und Stühlen, gefangen von den tobenden Urgewalten des Unwetters. Endlose, betäubende Müdigkeit hatte sich in den ängstlichen Gesichtern ausgebreitet. Florian war; obwohl er sich lange dagegen mannhaft wehrte, in den frühen Morgenstunden kurz vor Tagesbeginn eingeschlafen. Sein Kopf mit dem dichten, lockigen Haar ruhte nun an Walburgas linker Schulter. Endlich, nach schmerzlich ertragenen langen Stunden, begann der Morgen über diese infernalische Nacht zu siegen.

Keine Stunde mochte der fürchterliche Spuk vielleicht nächtens gedauert haben. Die Menschen im Dorf hatten das Spektakel jedoch wie eine Ewigkeit empfunden.

Höfe, Felder und Straßen waren schneeweiß mit Hagelkörnern überzogen. Unterhalb des Moränengeschiebes, welches das obere Dorf zuverlässig vor den Hochwassern des Inns schützte, schwoll der kleine Wiesenbach innerhalb weniger Minuten so stark an, dass er mit Wucht einen der beiden Holzstege mit sich riss. Der Bach überflutete die mit Hagel- und Schneegraupeln überzogene Auenlandschaft, um diese augenblicklich in matschiges Grau zu verwandeln. Erst im Licht des Morgengrauens normalisierte sich wieder der Tagesablauf.

Vom Turm der Dorfkirche Sankt Michael läuteten schon früh um fünf Uhr die Glocken zur Frühmesse. Eine Stunde früher als gewohnt. Auch vom Franziskanerinnenkloster, drüben auf der anderen Uferseite, erklangen die Glocken von Sankt Maria zum Chorgebet[*)].

Für die meisten der Bewohner des Dorfes lauter und eindringlicher als jemals zuvor. Schnellen Schrittes, mit tief auf die Schultern gezogenen Köpfen, eilten nun Frauen und Männer hin zum Gotteshaus. Es dauerte nicht lange, da waren alle Plätze in der kleinen Kirche übervoll besetzt. So voll, wie sonst nur bei einer großen Beerdigung oder Hochzeit. Von überall her waren die Menschen rund ums kleine Kirchdorf ins Gotteshaus gekommen.

[*)] **Chorgebete** - *siehe Glossar*

Aus den Dörfern, Weilern und Einöden Grafengars, Krücklham, Binder, Schrollwinkel, Mailham, Schatzöd und Haslöd hatten sie sich zum Frühgottesdienst aufgemacht. Nur die Stallwachen waren überall daheimgeblieben. Die Menschen saßen still und andächtig da, als Hochwürden sein letztes Bittgebet sprach: *Gegrüßet seist du Maria, voll der Gnade, der Herr ist mir Dir. Du bis gebenedeit unter den Frauen und gebenedeit ist Frucht Deines Leibes, Jesus. Amen".*
„*Amen*" erklang es vielstimmig aus dem Chor der Gläubigen im Kirchenschiff. Mit diesem Gebet und dem Segen Gottes entließ der Geistliche seine Gemeinde. Er wusste, dass nach solch einer Nacht für die Meisten der Weg hinaus aus dem Schutz des Gotteshauses sehr schwer sein würde. So schnell es nur ging, zerstreuten sich die Gottesdienstbesucher wieder in alle Himmelsrichtungen, um den Schutz ihrer Häuser zu erreichen. Zuhause angekommen war die Zuversicht im Herzen, die sie in der Kirche mit den Worten ihres Pfarrers scheinbar aufgenommen hatten, schon wieder aus ihren Herzen und Köpfen verflogen.
Dem ergrauten, gichtgeplagten alten Pfarrer von Sankt Michael war es heute früh im Morgengrauen sichtlich schwergefallen, seinen Schäfchen den erhofften Trost und die benötigte Zuversicht mit dem Mariengebet ins Herz zu legen. Zu sehr lastete in diesen Stunden noch die Ungewissheit über das sicher zu erwartende Hochwasser aus den Bergen in den Köpfen der Gläubigen. Auch wusste man noch nicht, welche Folgen das schreckliche Unwetter für das Dorf und die Höfe des Umlandes gebracht hatte. Kalter Schneeregen setzte wieder ein.
Viel später, fast schon gegen Mittag, ließ er nach und ging in Regen über, wurde schwächer und schwächer und hörte schließlich ganz auf. Ab und zu blitzte durch die dahin rasenden Wolkenfelder die tiefstehende, bleiche Wintersonne.
Endlich, in den frühen Nachmittagsstunden, gewann die Sonne wieder die Oberhand. Die schwarzen Wolken verzogen sich nun in rascher Folge nach Nordosten. Drunten am Fluss waberte über der überfluteten Auenwiese leichter Dampf, überwand zaghaft die hohe Böschung zum Dorfrand und verflog sich dort wieder, in leichten Rauchfahnen auflösend, hoch in den schwarzgrau dahin jagenden Wolkenbänken. Reste des kleinen, provisorischen Holzsteges verfingen sich an der massiven Brücke unweit der Schmiede, dem letzten Haus am Ende des Dorfes. Genau dort, wo der jetzt schon unpassierbare Weg zum Fährhaus und zum Stapelplatz der Innflößer hinführte.

*****

Xaver Berndl, der Dorfschmied, stand bereits seit den frühen Morgenstunden in seiner Schmiede. Vom kleinen Fenster über seiner Werkbank blickte er immer wieder hinüber zum nahen Flussufer. Sorgenfalten standen auf seiner Stirn. Würde es seine Schmiede diesmal wieder so arg treffen, wie schon vor nicht ganz zwei Jahren? Wo er wochenlang zu tun hatte, die verschlammte Werkstatt und die unteren Räume seines Hauses mühsam zu säubern?
Unmerklich und mit dem Auge kaum sichtbar, aber trotzdem beängstigend schnell, stieg nun der Wasserspiegel des Gebirgsstromes an. Die Weiler und Einöden Heuwinkl, Krücklham und Schrollwinkel standen schon kniehoch unter Wasser. Am Schlimmsten hatte es die paar Gebäude der Einöde Binder, direkt gegenüber dem Kloster Au getroffen. Die Bauern dort versuchten fieberhaft, mit zwei flachen Booten, ähnlich wie die Innschiffer sie benutzten, ihr Vieh auf höher gelegene Stellen zu bringen. Dies gelang ihnen dann doch mit viel Mühe. Auch die auf der linken Uferseite Richtung in Aschau und Kraiburg gelegenen Weiler und Einöden Fraham, Bergham und Klugham hatte es binnen weniger Stunden unerwartet schwer getroffen. Das Wasser kam nicht nur von der großen Innschleife her. Nein, auf der östlichen Seite kam es auch aus dem - Richtung Oberhöhenberg gelegenen, kleinen Waldstück - machtvoll heruntergeschossen. Die durchnässten Wiesen konnten diese Sintflut nicht mehr aufsaugen, geschweige denn ableiten. Die Fluten des Inns suchten sich nun mit ungeheurer Macht ihren Weg flussabwärts.

Erfahrene, ältere Leute konnten die Wassermassen schon hören, lange bevor die Auenwiesen unterhalb des Kirchdorfes Zentimeter für Zentimeter unter der eisgrauwabernden Wasserschicht verschwanden. Am anderen Ufer, im nahen Frauenkloster der Franziskanerinnen von Au, ordnete Schwester *Oberin M. Ludovika* mit ihren engsten Mitarbeiterinnen schon nach den Stundengebeten zur *Matutin* um Mitternacht den Tagesablauf völlig neu. Man stellte sich darauf ein, dass ihre Hilfe an diesem und auch an den kommenden Tagen benötigt würde. In die kleine Krankenstation neben dem Dormitorium wurden zusätzlich noch einige Betten geschoben, frische Bettwäsche und Verbandsmaterial bereitgelegt.
Die Klosterküche bereitete sich auf die Zubereitung und Ausgabe von zusätzlichen Essensportionen vor. Große Kessel mit heißem Wasser und Tee wurden vorbereitet. Es gab keine Aufgeregtheit und kein lautes Kommandieren, alles lief reibungslos wie oftmals erprobt ab. Zwei der jüngeren Klosterschwestern waren unten am kleinen Fährhaus, um den Wasserstand des Inns mit im Auge zu behalten. Schon am Abend vorher hatte in weiser Vorahnung der Fährmann, zu-

sammen mit einem Nachbarn vom *Weiler Reisleite*, seinen Fährnachen bis weit hinauf auf die Uferböschung gezogen und gesichert.
Die in das steile Ufer hineingebauten unteren Holzstufen zum Anlegesteg waren da schon nicht mehr zu erkennen.
Binnen weniger Stunden war der Wasserspiegel um fast zwei Meter angestiegen.

Die Wassermassen des reißenden Flusses hatten bereits alles verschluckt.

*****

Teil 1

Josefitag
Spätnachmittag des 19. März 1867.
Das schwere Unwetter war vorbei. Jetzt lag alles Weitere in Gottes Hand. Denn die Wasser dieses meist segensreichen, doch immer wieder auch Unheil und todbringenden Gebirgsflusses würden unweigerlich mit aller Macht aus den nahen Bergen kommen. Sicher war nur, dass das Unglück nicht lange auf sich warten lassen würde.

Von St. Michael her erklangen am frühen Abend zu Ehren des sprichwörtlich „ins Wasser gefallenen" *Josefi-Tages* diesmal erst bei Einbruch der Dämmerung die Glocken und riefen die Menschen rund ums Kirchdorf zum Gottesdienst. Die Gläubigen, aus allen Himmelsrichtungen zu Fuß, mit Kutschen und Fuhrwerken herbeigeeilt, stimmten im, bis auf den letzten Platz gefüllten, Gotteshaus hoffnungsfroh in das Dankgebet ihres Pfarrers ein, das er zu Ehren dieses bedeutenden Bauern - Heiligen sprach:.
„O heiliger Josef! Ich verdiente meiner vielen Sünden wegen einen unglückseligen Tod; wenn aber Du mir beistehst, so werde ich nicht verloren gehen. Du warst nicht nur der Freund. Sondern gar der Beschützer und Nährvater Dessen, Der mich einst richten wird: Jesus wird mich nicht verstoßen, wenn Du ein gutes Wort für mich einlegst. Nach Maria wähle ich Dich, o heiliger Josef! zu meinem Fürsprecher und Beschützer".

Bislang war, den spärlich eintreffenden Nachrichten nach zu urteilen, noch niemand ernsthaft zu Schaden gekommen. Nur in den tiefer gelegenen Einöden und Weilern entlang des Flusses musste man größere Verluste an Vieh beklagen. Die Kollekte zur Hilfe der Geschädigten erbrachte zur großen Genugtuung des Pfarrers einen überaus ansehnlichen Betrag.
Er würde ihn gerecht verteilen.

*****

Mittwoch, 20. März 1867

Das hektische Treiben am gegenüberliegenden Flussufer wurde von einem kleinen Mädchen mit hellwachen Augen beobachtet. Es saß auf dem abgestorbenen Ast einer mächtigen Schwarzerle, dem Lieblingsplatz eines jagenden Silberreihers ...
Wenige Meter unter ihren Füßen rauschten, gierig gurgelnd und in rasender Geschwindigkeit die graugrünen Wasserfluten des mächtigen Inns vorbei. Schaumweiße Gischt spritzte meterhoch auf und flog

durch die windgepeitschte Luft. Bis weit hinauf auf den dicht, mit Schwarzerlen, gebückten Silberweiden und wilden Pappeln bewachsenen Rand des östlichen Flussufers. Einzelne Spritzer gingen, getragen von den starken Windböen, sogar so weit, dass das raue Wollkleid des Mädchens nass wurde. Schnell wischte sie das grobe Tuch trocken, sodass man kaum noch die dunklen Wasserflecken auf dem braunen, schweren Stoff sehen konnte.
Eine entwurzelte, mächtige Schwarzerle ragte mit einem abgestorbenen Ast bis weit in die tosenden Fluten hinein und verursachte an dieser Stelle einen kräftigen Wasserstrudel, in dessen Mitte sich ein dunkles Loch auftat. Fasziniert beobachtete sie die dürren Äste und das Gezweig, das sich in den Zweigen des Baumes verfangen hatte. Alles war flussaufwärts vom Unwetter in den Strom gerissen worden, in den saugenden Strudel geraten, um dann urplötzlich im wild tanzenden und gurgelnden Wasserwirbel zu verschwinden. Nach meist vergeblichem Kampf tauchte dann nahezu nichts mehr auf.
Die kleine Maria Kohwagner erschauderte.

Vielleicht eine Stunde, wenn nicht schon länger, saß sie nun, in scheinbar sicherer Höhe auf dem starken Ast der Erle.
Unentwegt, wie gebannt, starrte sie auf die tobenden Wassermassen und bemerkte nicht, wie sich hinter ihrem Rücken die Auenwiese, Zentimeter für Zentimeter mit eiskaltem Wasser füllte.

Weit war das junge Mädchen mit ihren Gedanken abgewichen.
Plötzlich wurde es aus ihrer versunkenen Gedankenwelt gerissen. Ein mächtiger Silberreiher, der anscheinend nur wenige Meter von ihr entfernt auf einer großen Luftwurzel verweilt hatte, flog mit langen, kräftigen Flügelschlägen dicht über sie hinweg. Zu Tode erschrocken versteckte das Mädchen ihren Kopf schnell unter beiden Händen. Aufkommender stürmischer Südwestwind trug den Vogel in Richtung der großen Innschleife davon. Dann folgte er, solange sie ihn beobachten konnte, mit langen, kräftigen Flügelschlägen dem Lauf des Flusses nach Nordosten. Nach einiger Zeit verlor das Mädchen den Fischräuber aus den Augen.

Das Toben des Gebirgsflusses wurde noch lauter. Der Lärm legte sich schmerzhaft, ja drückend auf ihre Ohren. So fest es nur ging, presste sie ihre Hände darauf. Ganze entwurzelte Bäume trieben nun vor ihren Augen in den reißenden Fluten, machten gewaltige Purzelbäume und stellten sich - wie bei einem Veitstanz - senkrecht auf und gingen unter. Um, wie von Geisterhand bewegt, in den Strudeln des entfesselten Stromes ein Stück flussabwärts wieder aus den Wassermassen aufzutauchen. Ein riesiger Erlenstamm schlug plötzlich ans

schon knietief überflutete Fährhäuschen und ließ die linke Seitenwand laut krachend einknicken. Das Dach der Hütte rutschte mit einem Schwung gegen den Balken, an welchem sonst die Fähre mit einem Seil festgezurrt war und brach mittendurch auseinander. Erschrocken und verängstigt hob Maria den Blick. Am anderen Ufer sah sie das Haus des Fährmanns in der „*Buchenau*". Trotzt, der jetzt durch die aufschäumende Gischt dunstigen Sicht, konnte sie ihn und dessen Frau erkennen. Beide rannten heftig gestikulierend zwischen ihrem Haus und dem gegenüberliegenden Stadel hin und her. Unentwegt kläffend folgte ihnen auf Schritt und Tritt ihr kleiner, weißer Spitz. Auch zwei Nonnen aus dem Kloster glaubte sie zu erkennen.
Maria konnte kaum etwas verstehen, zu laut war das Toben des Flusses. Nur wenn die Windböen ihre Richtung wechselten, drangen Wortfetzen und Laute an ihr Ohr: „... schnell ..., ... Hilfe holen, ... Herrgott im Himmel ..." - und immer wieder zwischendurch das hektische, alles übertönende Bellen des kleinen Hundes der Fährleute. Sie zog das raue Wolltuch noch enger um ihre schmalen Schultern, doch das Frösteln hörte nicht auf. Wie gebannt blickte die jüngste Tochter des Kohwagnerbauern weiter auf das Geschehen am andern Ufer. Der Fluss unter ihren Füssen schien nun außer Rand und Band. Sie verspürte Angst, die sich bleiern in den Gliedern ausbreitete. Wie versteinert und steif empfand sie nun ihren Körper. Fast fremd fühlte sie sich in ihrer Haut. So gut es ging, umklammerten ihre dünnen Ärmchen den starken Ast vor ihr. Beklemmende Todesangst kroch in ihr hoch und nistete sich dauerhaft in ihrem Kopf ein.
Und Hunger, quälender Hunger nagte in ihren Gedärmen.
Zu lange schon hatte der Winter wieder gedauert. All die Vorräte waren auf dem Kohwagnerhof und bei all den kleinen Bauern wie der letzte Schnee in der Frühjahrssonne dahingeschmolzen.
Die bittere Not hatte sich schleichend, aber beharrlich, überall in den vielen Einöden, Weilern und Dörfern dauerhaft eingenistet ...
Die Gedanken des kleinen Mädchens waren nicht mehr frei, drehten sich nur noch um das dramatische Geschehen der Naturgewalten, welches sich direkt vor ihren Augen abspielte.

*****

Der Fluss zeigte sich wieder einmal von seiner brutalsten Seite: Zerstörerisch, menschenverachtend und Schrecken verbreitend. Alles verschlingend, was sich ihm in den Weg stellen sollte.
Maria fröstelte, zog ihr großes Tuch enger um die Schultern. Dann dachte sie an die vergangene, schreckliche Nacht und sehnte sich nach der warmen Wohnkuchl, dem Mittelpunkt auf dem Bauernhof.

Hastig kletterte sie vom Baum herunter. Mit einem Satz gelangte sie von der großen Luftwurzel hinüber auf den - noch nicht ganz von der Flut bedeckten - Sandhügel und rannte von dort, die Schuhe in den Händen, barfuß schnellen Schrittes durch das aufspritzende, eiskalte Wasser am Holzstapelplatz vorbei in Richtung Dorf. Die kleine Holzbrücke vor der Schmiede war schon knöcheltief durch den aufgestauten Wiesenbach überflutet. Mit beiden Händen hob sie ihren Rock über die Knie und watete durch´s eiskalte Wasser, bis sie das Ende der Dorfstraße erreichte.

Erschrocken drehte sie sich um. Länger, nein recht viel länger hätte sie nicht mehr am Fluss verweilen dürfen, der Rückweg wäre ihr dann nicht mehr so einfach geglückt - wenn überhaupt!

Auf dem Kohwagnerhof droben würde man schon sicher voller Sorgen auf sie warten. So war es denn auch. „Das machst du nicht noch einmal mit uns ...“, wetterte ihr Bruder Andreas mit lauter Stimme, „... uns so im Ungewissen zu lassen. Wir haben Dich überall gesucht und schon das Allerschlimmste befürchtet! Tue das nie wieder“! Als Strafe gab es für sie keinen Bissen zum Abendessen. Nicht mal einen Kanten Brot gab ihr die Mutter! Das Schlimmste aber war, dass ihre Mutter und auch Anna sie keines Blickes mehr würdigten. Droben unterm Dach und ganz allein in ihrer Kammer, war es bitterkalt. Tränen schossen ihr in die Augen. Sie fühlte sich einsam und ungerecht behandelt, hatte Durst und fürchterlichen Hunger. Schluchzend vergrub sie ihren Kopf in das Kissen auf dem Bett.

Maria zerfloss vor Selbstmitleid.

Plötzlich fiel ihr ein, dass der Fluss vor wenigen Wochen beim letzten großen Hochwasser Anfang März, wieder einmal ein Opfer gefordert hatte. *„Sein Opfer“* sagten die älteren Leute, bei denen sich oft Glaube mit Aberglauben übergangslos fließend vermischte. Zum andauernden Leidwesen des jeweiligen Herrn Pfarrers von Sankt Michael.

Was war geschehen?

Ein blutjunges Mädchen war damals in der großen Innschleife, genau gegenüber dem Kloster Au aus dem Ufergebüsch tot geborgen worden. Auf der Suche nach einem entlaufenen Rind hatte ein Bauer aus Krücklham in den frühen Abendstunden die Mädchenleiche entdeckt.

„Ganz bizarr war´s in einer großen Stelzwurzel hängen blieben ...“ und „... ein blutjunges Maderl sei´s gewesen ... „´, so erzählten die Leute damals im Dorf. Zuhause wurde die Tage darauf nicht sehr viel darüber geredet und wenn, dann nur, wenn man sicher war, dass die vorwitzige Maria nicht in der Nähe war. Es herrschte dann immer für Maria ein seltsames, unverständliches Schweigen zwischen ihrer

Mutter und ihrer Schwester Anna. „*So etwas*" war nicht für die Ohren eines unschuldigen Mädchens ihres Alters bestimmt. Obwohl sie auf dem Hof für beinahe jede Erwachsenenarbeit - und sei sie noch so schwer - herangenommen wurde.
Die Kohwagners kannten anscheinend das ertrunkene Mädchen. Waren ihr Vater und der Bruder aus dem Zimmer, so wurde zwischen beiden Frauen, ihre Schwester Anna war ja immerhin schon über sechzehn Jahre alt, aufs Heftigste und aufgeregt getuschelt.
Tagelang ging das nun schon so.
„Ein Kind hat´s unterm Herzen getragen, stell dir vor, Anna ...! So ein bildhübsches Maderl! Und hochschwanger war´s schon, das haben die Nonnen drüben im Kloster gesagt! Hat sich wahrscheinlich gar selber ertränkt, das arme Hascherl! Und halt gar noch so arg blutjung war´s gewesen!" Mit einem Ruck wurde die Türe aufgerissen.

Maria schien wie zur Salzsäule erstarrt.
Im Türrahmen zum Flur stand ihre Schwester Anna mit vor Zorn hochrotem Gesicht. „Hab mir´s doch gedacht, genau. Lauscht´ schon wieder, du kleine Matz!" Drohend erhob sie ihre Hand, so als wollte sie ihrer kleinen Schwester eine deftige „Watsch´n" geben. Ängstlich duckte die sich und hob schützend ihre Hände über den Kopf. Doch, die Wut ihrer älteren Schwester war nur gespielt, stellte sie erleichtert fest. Das Blut kehrte wieder in ihr kreideweißes Gesicht zurück. Scheltend hob Anna ihren Zeigefinger.
„Geh, g´schau zua, dass di schleichst. Mach das nie wieder, heimlich an der Tür lauschen. Sonst ...!" Wieder erhob Anna ihre Hand gegen die kleine Schwester. Erschrocken und beleidigt trollte sich nun Maria. Sie hatte das ja schon sehr oft erlebt. Auf dem Hof nahm man sie einfach nicht ernst! Sie meinten immer noch, sie sei ein kleines, dummes Mädchen! Je älter auch die Jüngste vom Kohwagnerhof wurde, die Lautstärke der Unterhaltungen dämpfte sich bei solchen Gesprächen immer merklich, sobald sie nur in die Nähe der Erwachsenen kam. Oft aber, wenn sie nach unmissverständlich tadelnden Blicken und Worten den Raum verließ, wurde der Ton der beiden Frauen noch hitziger. Also lauschte sie dann immer heimlich an der Küchentüre. So auch am nächsten Tag.
Es war kurz vor der Beerdigung des ertrunkenen Mädchens auf dem Klosterfriedhof in Gars, als wieder das Thema „*Selbstmord*" in der Küche diskutiert wurde.
„Vom jüngsten Sohn des größten Bauern droben in Reichertsheim, dem Emmeran Zangl, diesem haderlumpigen Tunichtgut und notorischen Schürzenjäger, soll´s g´schwängert worden sein, das arme Hascherl! Ja, ja genau ..., vom Schusterhof drüben, vom kleinen

Weiler Dörfl stammt's aussi ...". „Ja, ja! Dem Schuster Niklas seine Jüngste war's gewesen"!
Töpfe und Geschirr klapperten in der Küche und verschluckten die weiteren Worte ihrer Mutter. Dann hörte Maria noch ein paar Mal den Namen „Vroni" oder „die Schusters Veronika". Und noch einen weiteren Namen hörte sie deutlich: *Nikolaus Emmeran Zangl.* Immer und immer wieder die gleichen Namen. Die Stimme ihrer Mutter wurde dabei aufgeregter, schriller und überschlug sich fast: „So ein ehrloser Gesell, ein Haderlump! Genau wie sein Vater; der raffgierige Hallodri und unverbesserliche Mägdeschwängerer."
Maria konnte sich noch keinen rechten Reim darauf machen, da sie im Allgemeinen in die Gespräche der Erwachsenen nie mit einbezogen worden war. Sie war eben in den Augen ihrer Geschwister und Eltern noch ein Kind und mit *„dem"* besprach man sich nicht bei solchen Ereignissen. So und nicht anders war es auch in allen anderen Bauernfamilien üblich.
Als sie einige Tage später von der Schule heimkam, erfuhr Maria beiläufig von ihrem Bruder Andreas, dass es eine große Beerdigung in Gars gegeben hätte. Ihre Mutter und die Schwestern waren mit dabei gewesen und mit ihnen auch viele Leute aus dem Kirchdorf Mittergars.

Das Landl am Inn hatte wieder einmal seine Sensation.

******

Der kleine Weiler *Dörfl,* hoch oberhalb von Gars an der Landstraße nach *Lengmoos* gelegen, war an diesem frühen Nachmittag menschenleer. Wäre da nicht das andauernde Bellen eines Hofhundes und das Rasseln und Klirren des angeketteten Viehs aus den wenigen Stallungen gewesen, hätte man sich in einen Geisterort versetzt gefühlt. Wer irgendwie aus den umliegenden Orten und Gehöften nur konnte, der wollte, nein der *musste* an der Beerdigung in Gars teilnehmen. Dort, im großen Innenhof des ehemaligen Redemptoristen - Klosters wimmelte es von Menschen, die die Totenmesse in der Klosterkirche *St. Maria* und die Beerdigung von Veronika Schuster besuchen wollten. Nachdem der Leichnam Anfang März gefunden worden war, hatte man zuerst den Gendarmerieposten in Aschau verständigt. Dieser ließ dann durch einen reitenden Boten den zuständigen Landrichter in Mühldorf benachrichtigen.
Die üblichen Formalitäten nahmen nun ihren Gang.
Es dauerte aber nicht sehr lange, da wurden die Ermittlungen der Behörden, so schien es, von heute auf morgen wieder eingestellt. Nach der Obduktion des Leichnams vom dafür zuständigen Bezirksarzt im Wasserburger Spital wurde durch den Mediziner ein Fremdver-

schulden kategorisch ausgeschlossen. Damit war für die Obrigkeit der Fall erledigt. Die Leiche wurde zur Beerdigung freigegeben.
Gerüchte, ja Gerüchte gab's wohl genug.
Aber was sollte man mit Gerüchten anfangen?
Irgendwann wurden dann die Ermittlungen klammheimlich „*ad acta*" gelegt, wie es im Amtsdeutsch hieß. „*Solchene Sachen*" waren in den Amtsstuben der betroffenen Behörden nicht beliebt! Doch es sprach sich in Windeseile herum, dass dieses Mädchen, diese blutjunge, bildhübsche Frau schon im sechsten Monat schwanger gewesen war. An den Stammtischen der Wirtschaften in und um Gars herum war in den nächsten Wochen dieser Selbstmord nun das alles beherrschende Thema.
Bis zum nächsten Unglück ...
Doch nicht nur die Männer nahmen sich dieses Unglücks ausdauernd an. Schlimmer noch waren die Worte die beim Sticken, Nähen und Häkeln in den Handarbeitskreisen, beim Proben in den Gesangvereinen und sonstigen, von Frauen dominierten Versammlungen ausgesprochen wurden. Welch böses Wort fiel da und dort und immer häufiger aus den Tratschmäulern der allzuoft bigotten Weiberleut'! Gerade aus den Mündern von jenen, die noch bei der letzten Sonntagspredigt vor der Beerdigung von Veronika Schuster, von der Kanzel herab, vom immer gut informierten Hochwürden aus Gars zur strengeren und christlicheren Beachtung der Zehn Gebote ermahnt worden waren.

„Du sollst nicht falsch Zeugnis wider deinen Nächsten geben ..." donnerte er an jenem Sonntag mit hochrotem Kopf und geschwollenen Zornesadern seinen Schäfchen entgegen. Zu vieles war ihm, dem alten erfahrenen Pfarrer die letzten Tage zu Ohren gekommen. Gar jedermann ging von einem Selbstmord aus, zumal man im Rahmen der Ermittlungen auch von der „*intimen unkeuschen Beziehung*" zum Bauernsohn aus einem Weiler beim nicht weit entfernten Reichertsheim Kenntnis erhalten hatte. All zu viel Wert wollte man außerhalb der Kirche nicht über einen Verstoß gegen das sechste Gebot legen. Und dies aus gutem Grunde! War's doch landauf, landab gang und gäbe, dass man die jungen, ledigen Dirn sehr oft als Freiwild betrachtete. Besonders dann, wenn sie in einem Abhängigkeitsverhältnis zum Arbeitgeber, dem Bauern, und oft auch zu dessen Söhnen standen. Die meisten der - nicht nur jüngeren - Männer aus Gars und Umgebung hatten doch auch dieser hübschen Veronika aus Dörfl immer wieder begehrliche Augen gemacht, wenn sie an den Sonntagen mit ihren Eltern und Geschwistern zum Gottesdienst in die Klosterkirche kamen.

Auch nochmalige Vernehmungen nach der Obduktion des Leichnams durch den zuständigen Landrichter in Mühldorf führten wiederum zu keinem anderen Ergebnis als bei der Erstuntersuchung! Weitere Befugnisse hatten die Vertreter der Obrigkeit nicht.
Somit hatte ja niemand „Schuld" auf sich geladen, so die Aktennotizen der ermittelnden Justiz - und Gendarmeriebeamten.

*****

Die Totenmesse fand an einem Freitag Mitte März in der völlig überfüllten Klosterkirche *St. Mariä Himmelfahrt* statt.
Trauergäste, die keinen Platz mehr in den Bänken und in den Gängen gefunden hatten, drängten sich nun - Schulter an Schulter - eng zu beiden Seiten des mächtigen barocken Kirchenschiffs an die weißgekalkten, nassfeuchten Mauern.
In den Nächten vor der kirchlichen Trauerfeier kämpfte der alte Geistliche schwer mit sich. Er suchte sogar Rat bei der Oberin der Franziskanerinnen im benachbarten Kloster Au. Und das war mehr als außergewöhnlich, denn der Kontakt zu den Ordensschwestern war in seiner Amtszeit bislang mehr als karg ausgefallen. Hochwürden Küttl machte sich insgeheim darüber selbst Vorwürfe.
Letztendlich entschloß er sich zu mitternächtlicher Stunde zu einer, für ihn salomonischen Lösung, bei der, wie er meinte, niemand - also weder die Geistlichkeit noch die betroffenen Personen - das Gesicht verlieren würden. Bekannt war ihm durch seinen Amtsbruder im nahen Haag, dass die Familie des jungen Mannes der Veronika geschwängert hatte, doch immer sehr großzügig gewesen war, wenn es um Belange der Kirche ging. Erst kurz zuvor war wieder ein größerer Spendenbetrag für die Renovierung der Stadtpfarrkirche Haag beim dortigen Dekan eingegangen. Auch für das Frauenkloster im nahen Au hatte gerade diese Familie iimmer ein offenes Herz gehabt. Dem alten Korbinian Küttl, dem knorrigen, trinkfesten und erfahrenen Pfarrer aus Gars am Inn, blieben also nicht sehr viele Möglichkeiten, persönliche Befindlichkeiten einfließen zu lassen.
Die Kurie in Rom hatte hierzu eindeutige, unmissverständliche Vorschriften festgelegt und der neue Erzbischof in Freising kannte kein Pardon bei seinen Untergebenen.
Was hatte der Pfarrer bei seiner Predigt gesagt?

„Sich selbst zu entleiben ist und bleibt für alle Zeiten vor unserm Herrgott eine Todsünde".
Jedermann in der Klosterkirche *St. Mariä Himmelfahrt* konnte die empörend angefügten, imaginären Ausrufezeichen beinahe körperlich verspüren. Die Predigt hörte sich mehr wie ein Strafgericht an.

Kaum Worte des Trostes oder Mitleids gab es für die Angehörigen des jungen Mädchens, die in der ersten Reihe der Kirchenbänke saßen.
Der einfache raue Sarg aus Fichtenholz war nur mit einigen Sträußchen von weißen und rosafarbenen Christrosen sowie einem schlichten Kranz geschmückt. Unruhig flackerten zu beiden Seiten des aufgebahrten Leichnams zwei große Kerzen. Der Pfarrer rang, selbst für die Besucher in der letzten Reihe der Kirchenbänke deutlich sichtbar, mit seinen Worten und ganz augenscheinlich noch mehr mit seinen Gefühlen. Obwohl ihm kein einziges großes Wort des Bedauerns über den Tod des blutjungen Geschöpfes in seiner Predigt über die Lippen gekommen war. Im Gegenteil! Ausgesprochen nüchtern und unpersönlich, so fanden es viele Leute, war diese Predigt. Nein! Kein einziges Sterbenswörtchen über die allverzeihende Liebe des Erlösers zu seinen Geschöpfen.
Hochwürden Pfarrer Korbinian Küttl sah sich in einem Teufelskreis von Pflicht und Gewissen gefangen. Einerseits fühlte er sich insgeheim der frommen, gottesfürchtigen Familie der Selbstmörderin aus Dörfl verpflichtet. Andererseits gebot ihm seine Kirche eindeutig, sich bei Selbstentleibung stark zurückzuhalten und nur der offiziellen Kirchendoktrin aus Rom zu folgen. Und halt nur das Allernötigste zu tun, was eben zu tun war. Sicher, vorbei waren jene Zeiten, als diese Menschen, die sich selbst entleibten, schändlich im Dunkel der Nacht außerhalb des Gottesackers verscharrt worden waren. Ohne kirchlichen Segen und ohne ein Bittgebet. Und oft auch ohne direkte Angehörige.
Bittere Kälte herrschte im Gotteshaus.
Im dicken Gemäuer hatte sich der anhaltend eiskalte Winter recht kommod eingerichtet. Raureif hatte sich an den Innenwänden mit Salpeter vermischt und flockige, skurrile Figuren entstehen lassen. Atemwölkchen flatterten in der eiskalten Luft gegen die barocke Stuckdecke mit den biblischen Fresken. Hustenanfälle schüttelten in schöner Regelmäßigkeit die meisten der Gotteshausbesucher.

*****

D*u sollst nicht Unkeuschheit treiben"* sagt uns das sechste Gebot! Arg verlegen kneteten nicht wenige der Trauergäste die Finger ihrer Hände, nur um die innere Unruhe und Enttäuschung, ob dieser banalen, alles entlarvenden Hirtenworte in den Griff zu bekommen.
Es waren meist die einfachen Leute. Droben auf der Kanzel hob Pfarrer Küttl spürbar seine Stimme und deutete mit seiner ausgestreckten Rechten unmissverständlich hinunter in die Ansammlung der Gottesdienstbesucher. Wortgewaltig wie schon seit Langem nicht

mehr, nutzte er diese Totenmesse auch zu einer Generalabrechnung mit seinen Schäfchen, besonders den männlichen unter ihnen. War ihm doch das lose Treiben vieler Männer ringsum in seiner Pfarrei schon lange ein Dorn im Auge. Man merkte ihm genau an, wem er das sechste Gebot entgegen schleuderte. Nicht wenige der Männer zogen den gesenkten Kopf noch tiefer zwischen die Schultern, als sie es eigentlich tun wollten.

„Du sollst nicht Unkeuschheit treiben ...!“
Wie einen flammenden Speer warf er diese Worte mit sich schrill überschlagender Stimme hinab ins völlig überfüllte Kirchenschiff! „Es hatte ja so kommen müssen ...“, donnerte er mit erhobenem Zeigefinger von seiner Kanzel, „... diese Gottlosigkeit, diese verdammte, unselige Gottlosigkeit wider den Zehn Geboten Gottes!“
Die Schande, dieses Unglück gerade in seinem Kirchsprengel ertragen zu müssen, sah man dem Geistlichen deutlich an. Hochwürden wusste trotzdem allzu genau, dass *„das ins Wasser gehen“,* oftmals den entehrten Mädchen und Frauen, als der einzig gangbare Weg erschien, um die Schande einer ungewollten Schwangerschaft in seiner trostlosen Ausweglosigkeit „endgültig aus dem Weg zu räumen“.
Was die meisten erwachsenen Trauergäste wussten, aber kein Einziger davon nur im Entferntesten öffentlich anzusprechen traute, war die Kenntnis vom neuerlichen Aufflackern eines bäuerlichen Femebundes in den letzten Wochen und Monaten vorm Jahreswechsel. Und dies in allernächster Umgebung, besonders auf dem Gebiet der westlichen Flussseite. Es war der Gäu zwischen Ebersberg, Markt Schwaben im Norden, Miesbach und Tegernsee im Süden, Rosenheim, Wasserburg im Osten und reichte im Westen knapp bis über München hinaus.
Dieses Feme- und Rügegericht traf auf einmal exemplarisch in seiner Häufigkeit gerade junge unverheiratete Mädchen oder Frauen, die ein Kind erwarteten oder schon geboren hatten. Ein Irrsinn! Das wussten auch die meisten unter den Trauergästen.
Diese *„Haberfeldtreiben“*, wie man sie landläufig nannte, nahmen nun gerade gegen diejenigen, die schon am meisten geschädigt waren, oft die Ausmaße klassischer Tragödien an! Man hatte die Böcke zum Gärtner gemacht! Da spielte es auf einmal keine große Rolle, ob die junge Magd von einem Bauern geschwängert wurde, der dies nicht zum ersten Mal tat. Oder ob es sich um ein verliebtes junges Paar handelte, das mit seiner Verbindung „nur“ gegen jahrhundertealte Gepflogenheiten und ungeschriebene Gesetze verstieß. Landauf, landab wusste man, dass sich die Kirche genauso verhielt, wie die staatliche Obrigkeit. Man stellte sich taub und ging zur weiteren Tagesordnung über. Dies vor allem auch deshalb, weil auch sehr viele der

Amtsbrüder oftmals auch im Mittelpunkt mancher Schmähschrift eines *Haberfeldtreibens* standen.

Andauerndes Bimmeln der Ministranten mit ihren Altarschellen erinnerte die Trauergemeinde zum Aufbruch, hinaus auf den Gottesacker. Diffuses Licht im Gotteshaus, durch das stetig wechselnde Hell und Dunkel der draußen vorbeirasenden Wolken, hatte in den Gesichtern der Menschen die Sorgen und Zornesfalten noch deutlicher herausmodelliert. Der betagte Organist spielte noch ein letztes Kirchenlied, die Reste des Weihrauchs verflüchtigten sich hoch oben im Kirchenschiff. Das laute Trappeln und Scharren von vielen kalt gefrorenen Füßen mahnte die Menschen vorne am Ausgang zum Gottesacker zur Eile. Knarrend hatte sich die mächtige, zweiflügelige Kirchentüre aus Eiche geöffnet.
Die Sargträger, Männer der Bruderschaft des *Redemptoristen-Ordens*, hatten große Mühe, sich gegen den aufkommenden Sturm zu stemmen, der in heftigen Böen die Graupelschauer waagerecht über´s Inn-Hochufer peitschte. Der bereits sicher geglaubte Frühlingsanfang hatte sich über Nacht wieder verabschiedet und dem Winter nochmals unfreiwillig das Feld überlassen müssen. Eiskalt war es über Nacht geworden und seit den frühen Morgenstunden fiel ununterbrochen Schneeregen. In den prasselnden Regengüssen, die an die Fenster auf der Ostseite der großen Klosterkirche klatschten, mischte sich zunehmend Graupel. Die meisten der Trauergäste suchten an windgeschützten Stellen unter den Wandelgängen des Klosters eilig Schutz. Mit hoher Geschwindigkeit zogen die tiefhängenden, prall gefüllten Wolken aus südöstlicher Richtung über den Fluss hinweg, überwanden nach kurzer Zeit das westliche Hochufer und luden dort auf der Hochfläche ihre Wassermassen ab.
Reihum blickte man überall in bedrückte, tief betroffene und rot gefrorene Gesichter. Aber man sah auch vereinzelt - nicht unbedingt versteckt - manch verschlagenen, ja unverhohlen gierigen und sensationslüsternen Blick. Und auch die bigotten Mienen mancher Frauen! Gerade von solchen, von denen man über ihren gehabten - oder noch gelebten - liederlichen Lebenswandel vor und auch in der Ehe sehr viel Kenntnis hatte. Doch das schien vielen der Friedhofsbesucher wie „Schnee von gestern“.
Jetzt und heute galt es Neues, Frisches durchzuhecheln.
Die Schauer aus aschegrauen Wolken peitschten schmerzvoll in die wettergegerbten Gesichter der Männer. Fest hielten die Frauen ihre schwarzen Schleier, damit der Wind nicht sein Spiel damit treiben konnte. Alle zogen beim Verlassen des Gotteshauses die Köpfe ein und hielten krampfhaft die Hüte fest. Auch Pfarrer Korbinian Küttl

hatte Mühe sich zu entscheiden, ob er sein schwarzes *Birett*[1] oder seine Soutane gegen den Sturm sichern sollte. Er entschied sich schließlich für seine Kopfbedeckung, genau wie die meisten Menschen auf dem Friedhof. Seine Ministranten froren in ihren dünnen Umhängen. Zähneklappernd hielten sie die kupfernen Weihwasserbehälter in ihren steif gefrorenen, krebsroten Händen und schwenkten sie hin und her. Der Sturm nahm wieder an Stärke zu und verblies den aufsteigenden Weihrauch in Sekundenbruchteilen. Eine heftige Windböe erfasste plötzlich das Grüpplein der Totengräber mit dem Sarg und brachte die Männer ins Wanken. Schlagartig hatte es einigen von ihnen die großen schwarzen Hüte von den Köpfen gerissen, sodass sie barhäuptig, mit wehenden, zerzausten Haaren ihren Weg zum ausgehobenen Grab fortsetzen mussten. Etwas abseits der ausgehobenen Grube stand dicht an dicht gedrängt ein großer Haufen schwarzgekleideter Männer. Sie waren allesamt aus der Gegend um Reichertsheim und Aschau am Inn gekommen. Ihr Anblick, so behaupteten später manche der Ortsansässigen, hatte etwas Unheimliches, ja Verschwörerisches an sich gehabt. Scheu und eilig drückten sich die anderen Leute um die Gruppe herum, strebten dann zu „*ihrem*“ Platz in der Nähe des Grabes. Einem Platz, wo sie über alles und über jeden einen guten Überblick hatten. Von den breitkrempigen, durchnässten Hüten der Männer tropfte das Wasser wie aus Dachrinnen auf die langen, dunklen Umhänge. Ausnahmslos waren es männliche Angehörige der großen Zangl - Sippe. Und, was die meisten der Trauergäste erstaunte, ja eigentlich mehr erschütterte:
Er hatte sich tatsächlich getraut!

Er, der Kindsvater! Er, der Schuldige an diesem Unglück! Der Hoferbe, der junge Niklas Emmeran Zangl.
Die Blicke, die besonders ihm und auch den anderen von manch einem Besucher des Trauergottesdienstes versteckt oder offen zugeworfen wurden, waren ziemlich eindeutig. Denn, einer der „*Ihrigen*“, einer aus der einflussreichen Zangl - Sippe hatte ja schließlich ein „gerüttelt Maß an Schuld“ auf sich geladen. Das Häuflein der Totengräber stemmte sich weiter mit aller Kraft gegen den Sturm und kam doch kaum voran. Auch die vor Kälte schlotternden Trauergäste hatten zu kämpfen. Viele traten, ob der nasskalten Witterung, abwechselnd von einem Fuß auf den anderen.
Weiße Atemfähnchen wehten aus der Menge hinweg über den Gottesacker des Klosters und verflüchtigten sich schnell im Wind.

---

[1] **Birett** *(von. lat: Biretum - auch Barett) - Kopfbedeckung der katholischen Geistlichen. Der schwarze Hut hat vier „Hörner“ und eine schwarze Quaste.*

Die dichte Wolkendecke riss auf, der heftige Sturm hatte sich gelegt und ein kräftiger Sonnenstrahl fiel auf die Trauergemeinde rund ums ausgehobene Grab, gleich hinter der Friedhofsmauer.
„Erde zu Erde, Asche zu Asche, Staub zu Staub ...“
Nach diesen salbungsvollen Schlussworten des Pfarrers von Gars ließen die Totengräber den Sarg langsam - Stück für Stück - in die Grube hinab. Pfarrer Küttl segnete den Sarg und bespritzte ihn mit Weihwasser.

*****

Herzzerreißend lautes Schluchzen zerriß die Stille.
Die Mutter der verstorbenen Veronika Schuster hatte einen Schwächeanfall erlitten und musste von ihren Söhnen gestützt werden. Verlegen und scheu um sich blickend, wagten sich einige der Trauergäste, allesamt Nachbarn der Trauerfamilie, ans offene Grab, nahmen die kleine Schaufel in die Hand und warfen die Erde hinab auf den einfachen, roh gezimmerten Sarg aus Fichtenholz. Gefrorene Erdklumpen polterten derart erschreckend laut auf den Sargdeckel, dass die Menschen oben, dicht am Rande der Grube, zusammenzuckten.
Die Predigt des Pfarrers am Grabe endete mit einem kurzen Bittgebet für die arme Veronika Schuster aus Dörfl:

„O Gott, du Schöpfer und Erlöser aller Gläubigen! Verleihe den Seelen Deiner Diener und Dienerinnen Verzeihung aller Sünden, auf daß sie die gnädige Nachlassung, welche sie allezeit gewünschet, durch die gottselige Fürbitte erlangen. O Herr, sei ihrer armen Seele gnädig! In Nomini Patris, et Filii, et Spiritus Sancti. Amen“.

„Amen“ wiederholte die bis auf die Knochen durchgefrorene Trauergemeinde und machte hastig ihr Kreuzzeichen. Viele hätten sich, ob dieser Art milden Zynismus des Pfarrers, eigentlich empört abwenden müssen. Besonders die kleinen einfachen Leute. Doch sie getrauten sich nicht. Ein großer Teil der Trauergemeinde war anscheinend allzu sehr mit der Befriedigung ihrer Sensationsgier beschäftigt, oder sie waren zu ängstlich und feige, um ihre Abscheu zu zeigen. Die Gedanken zur christlichen Nächstenliebe wurden daher schnell beiseitegeschoben.
Einsam und verloren stand der Vater der jungen Veronika, der kleingewachsene „Niklasbauer vom Schustergütl“ - zusammen mit seiner verhärmten Frau und den verbliebenen fünf Kindern - am Grab seiner Tochter. Das Kondolieren vor dem offenen Grab war mehr als spärlich ausgefallen. Dafür war diese Familie doch zu unbedeutend. Die wenigen, noch anwesenden Trauergäste drückten sich nun auffällig schnell, meist mit versteinerten Mienen, an der Familie der Toten

vorbei. Die beiden erwachsenen Söhne hatten einen harten Zug um den Mund. Ihre Lippen waren zu schmalen Strichen unter den tiefschwarzen Schnauzbärten zusammengepresst. Und, wer ganz genau hinschaute, sah den gefährlich trotzigen Blick in ihren dunklen Augen. Die älteren Schwestern der Verstorbenen verbargen, genau wie ihre gebrochen wirkende Mutter, die Gesichter hinter schwarzen Schleiern. Bei ihr, deren bisheriges hartes Leben gezeichnet in ihren Gesichtszügen stand, verrieten nur die zusammengepressten, abgearbeiteten Hände ihren Seelenzustand. Blutleere Haut, dünn wie Pergament, ließen die Knöchel der Hände überdeutlich hervortreten. Die Kälte tat ihr Übriges dazu. Unruhig, ständig nervös ihre eiskalten Finger knetend, versuchte die Mutter ihre innere Pein zu verarbeiten.
Wieder einmal hatte es eine arme, ums tägliche Überleben kämpfende Familie getroffen.

*****

Einer aber aus der zutiefst getroffenen Schuster-Familie fiel aufmerksamen Beobachtern auf! Es war der Jüngste, der erst zehnjährige Ludwig. Äußerlich gefasst, aber mit hellwachen, flinken Augen beobachtete er reihum die Gesichter der Menschen. Man hätte meinen können, dass er, der Nachzögling, alles haargenau registrierte: Jede noch so kleine Gesichtsregung, jedes flüsternde Zwiegespräch hinter vorgehaltener Hand, jedes verlegene Hüsteln und sogar das unruhige Scharren kaltgefrorener Füße der Trauergäste drüben auf dem Kiesweg an der Friedhofsmauer. Er, der kleine Luggi hatte für *„immer und ewig"*, das wurde ihm erst jetzt zu dieser Stunde bewusst, seine über alles geliebte Schwester verloren.
Sie, die hübsche, lebensfrohe Vroni, die immer und zu jeder Zeit für ihn da war und ihm so oft half, wenn seine jähzornigen älteren Brüder wieder einmal ihr Mütchen an ihm kühlen wollten. Oder auch dann, wenn er mit den Hausaufgaben nicht fertig wurde.

Ludwig Schuster schwor sich in diesen Minuten fest „Rache auf ewiglich" für Vroni zu nehmen. In dieser Stunde auf dem Friedhof brannte sich dies unauslöschlich in seinem Gedächtnis ein: Er wollte es diesem Tunichtgut, diesem ehrlosen, eiskalten Bauernsohn irgendwann heimzahlen. Irgendwie und irgendwann. Das hatte er sich geschworen!
Bittere Rache, das wollte er, der kleine Ludwig Schuster vom Weiler Dörfl.

Und sollte es noch so lange dauern ...

*****

Veronikas Vater, dem buckligen Niklas Schuster liefen unentwegt die Tränen über die hageren Wangen. Hatte er doch seine Lieblingstochter, sein Herzblatt, dem Herrgott überlassen müssen.
In den mit tiefen Schrunden gezeichneten Händen hielt er einen Strauß rosa- und cremefarbener Christrosen, die mit einem kleinen Buchssträußchen umhüllt waren. Es waren die Lieblingsblumen seiner Tochter Veronika.
Einige der Frauen tuschelten mit ernsten, ja geradezu erschrockenen Mienen hinter vorgehaltenen Händen über dieses Christrosengesteck.
„Die Orakelblume, mein Gott die Orakelblume ... *)
Oh je, oh je - das heißt nichts Gutes ...“, murmelte erschrocken eine Frau dicht am Grab.
Der Kleinbauer und Häusler Niklas Schuster wischte sich verstohlen übers Gesicht. Es half nichts. Aus seinem spärlichen, ergrauten Kinnbart tropften weiter die Tränen über seine Wangen auf den Boden. Tränen, vermischt mit dem unablässig prasselnden Regen. In seinen rot geweinten Augen konnte man alles Leid dieser Welt lesen, wenn man es denn je verstanden hätte.
Die Musikkapelle des Kirchenchors, die nur in kleinster Besetzung angetreten war, spielte noch schnell ein Lied und packte unmittelbar nach dem letzten Schlussakkord, hastig die Instrumente ein. Die Männer hatten ihre Pflicht getan und wollten, das sah man ihnen deutlich an, sofort an den warmen Ofen nach Hause. Oder noch lieber in eine nahe Gastwirtschaft.
Sehr schnell, beängstigend schnell, hatte sich nach der Grabrede von Pfarrer Küttl und nach dem letzten Lied der Kapelle der Friedhof geleert. Die meisten der Trauergäste aus den weiter entfernten Weilern und Dörfern nutzten den angebrochenen Nachmittag für dringende Besorgungen in den Geschäften. Und die noch bei ihren Frauen verbliebenen Männer suchten nun eiligst auch die nächstgelegenen Wirtshäuser auf. Genauso tat es wenig später die Männerdelegation aus dem nahen Reichertshofen.
Wohlweislich, mit klarem Kalkül hatte der Bauernbaron Zangl schon vorher beim größten Wirt am Ort die besten Tische für seinen Sohn und die Reichertsheimer Sippschaft reservieren lassen. Strotzend vor Selbstbewusstsein und dazu noch sehr lautstark, spendete der junge Emmeran Zangl allen Gästen der Wirtschaft eine Runde Gerstensaft nach der anderen.

„Schaut her ... “, so war in seinem hochroten Gesicht zu lesen, „... ich hab' mir nichts vorzuwerfen ...!“

---

*) **Christrose** - siehe Glossar

Völlig unbeeindruckt von den vielen auf ihn ruhenden Blicken, saß er stolz in der Mitte seiner lautstarken Verwandschaft.
Er, der Schwängerer von Veronika Schuster, der zukünftige Hoferbe Nikolaus-Emmeran Zangl! Sicher wussten die meisten der Wirtshausbesucher - wenn nicht gar alle - dass der reiche Zangl hier seine Hand im Spiel hatte. Aber, dies war allen Gästen an diesem Nachmittag mehr als nur „wurscht". „Eine sichere Methode ... ", so sagte schon am frühen Vormittag der Auftraggeber, der Bauernbaron Zangl beim Abschied der Delegation zur Beerdigung, „... eine sichere Methode, um das lästige Gerede der Leute über meinen Sohn schnell verstummen zu lassen ...!" Dann drückte er seinem Sohn einen Lederbeutel voller Taler und Gulden in die Hand.
„Mir Zangls, ja mir haben uns nichts, aber rein schon garnichts vorzuwerfen ...".
Wie recht er doch behalten sollte, der schlaue Großbauer Vitus Zangl, der Bauernbaron aus Reichertshofen.

*****

Das Leben ging weiter; es musste ja irgendwie weitergehen.
„Ins Wasser gehen" war eine oft gehörte Bemerkung bei den Kleinbauern am Inn. Auch die kleine Maria hatte das schon häufig vernommen und den wirklich tragischen Sinn dahinter erst mit zunehmendem Lebensalter begreifen können.
Es passte halt vieles nicht zusammen. Schon garnicht *„im Namen der Liebe".* Die Leidtragenden waren immer die geschwängerten Mädchen und jungen Frauen. Die Großbauern wollten unter sich bleiben, ihren Besitz stetig durch standesgemäße Heiraten vermehren. Und nicht in einer vergänglichen Liaison mit einer, zugegebenermaßen oft sehr hübschen, aber armseligen Kleinbauerntochter ihr Vermögen und das ihrer Hoferben verschleudern.
Eine kleines Techtelmechtel, eine Affäre, na ja! Aber Heirat? Niemals! Das war im ganzen Land die Maxime: Die Absicherung nach unten gegen all die Habenichtse mit ihrer hübschen Brut.
Besonders achteten gerade diejenigen Bauern darauf, die sich nach eigener Einschätzung schon „ganz auf dem Weg nach oben" wähnten.

Bei ihren eigenen Töchtern wurden oft noch strengere Maßstäbe angelegt, als bei den etablierten, gut situierten Landbaronen.

*****

Auf dem Kohwagnerhof an der Dorfstraße war die Stimmung nicht gut. Maria erhielt strengen Hausarrest und wurde, nach dem Vorfall an der Schwarzerle, auf dem Hof sehr hart herangenommen. Sogar der Lorenz, ihr Lieblingsbruder war gegen sie und schimpfte ohne

Unterlass „So was zu tun! So ein bodenloser Leichtsinn. Bist gar narrisch?“ hatte er ihr an den Kopf geworfen, als sie am Morgen danach völlig aufgelöst und verhuscht auf der Ofenbank saß. Den großen Stadel zum Hang hin musste sie die Tage danach, sobald sie aus der Schule kam, von oben bis unten bis in die allerletzten Ecken saubermachen. Ihre beiden Brüder würdigten sie keines Blickes mehr. Sie hatten, zusammen mit ihrem Vater, alle Hände voll zu tun, die stark beschädigten Dächer und das demolierte Scheunentor wieder dicht zu machen. In aller Herrgottsfrühe hatte es wieder angefangen zu stürmen.

Eine verheerende, nun alles mit sich reissende Hochwasserwelle, bewegte sich seit Tagen von der tirolerischen Grenze her in Richtung Donau, in Richtung Passau ...

Die Nachrichten vom Geschehen entlang des Flusses waren nicht gut. Dies galt für alle Ortschaften, Weiler und Einöden entlangs des Inns. Von Kiefersfelden, Oberaudorf, Nussdorf, Neubeuren, Rosenheim, hinauf nach Wasserburg, Mühldorf, Altötting, Marktl und weiter. So nach und nach verbreitete sich die Kunde von verheerenden Schäden entlang des Gebirgsflusses. Viele Brücken hatten den Urgewalten nicht standgehalten, Gebäude und ufernahe Straßen waren unterspült und in sich zusammengefallen. Mensch und Tier wurden Opfer der Flut.

Schon seit einigen Wochen peinigte das Land vor den Bergen eine schwere Grippewelle. Die Totengräber entlang des Flusses kamen kaum noch mit ihrer Arbeit nach. Jung, aber vor allem Alt, raffte die Krankheit dahin. Binnen weniger Wochen war besonders die Kindersterblichkeit rapide angestiegen.

*****

Einige Tage nach dem schweren Unwetter ...

Vom unteren Ortsrand her, dort wo am Dorfbach einige uralte Grauweiden kurz vor ihrer Blüte standen und die Auenwiesen vom kleinen Feldweg zur Innfähre begrenzt wurden, hörte sie das metallische Klacken des schweren Schmiedehammers aus der Dorfschmiede.

„Ping, ping, ping ...“ Aus dem Kamin drängelte sich blauschwarzer Rauch, um augenblicklich vom starken Sturm in alle Richtungen verwirbelt zu werden. „Aha ...“, dachte sich die kleine Maria, „... die Esse und der Amboss vom Xaver Berndl sind wieder in Betrieb“.

Ein Gefühl der wohligen Wärme löste augenblicklich das starke Frösteln in ihrem Körper ab, als ihr all die Erlebnisse mit der alten Dorfschmiede und ihrem Besitzer einfielen. Wie oft hatte sie schon Xaver, dem alten Dorfschmied in seiner verrauchten und verrußten

Schmiede unten am Wiesenbach bei der Arbeit zugeschaut. Dann, wenn er mit der Schmiedezange in seinen kräftigen Händen ein glühendes Stück Eisen aus der Esse zog und auf seinem Amboss mit Können und Willen zu einem Werkzeug oder einem anderen bäuerlichen Gebrauchsgegenstand formte. Oder wie er für den Stellmacher, dem Wagnermeister Bergmann eine neue Bereifung für die hölzernen Räder von Kutschen, Karren und Fuhrwerken fertigte. Kein Handgriff schien unnütz oder überflüssig. Und alles machte er alleine, der Schmied.

Im vergangenen November hatte es ihn wieder einmal erwischt. Tagelange Regenfälle in den Tiroler Bergen und den Chiemgauer Alpen hatten den Inn zu einem reißenden, alles verschlingenden Strom gemacht. Die Schmiede traf es am Schlimmsten, zusammen mit den Anwesen in Krücklham und Binder. Wochenlang hatte der Schmied damals mit einigen seiner Nachbarn geschuftet, nur um die gröbsten Schäden an seiner Schmiede wieder einigermaßen zu beheben.

Und jetzt, nur knapp vier Monate später schon wieder dieses Unglück! Der Fluss hatte sich immer noch nicht ganz in sein Bett zurückgezogen. Kniehoch waberte das graubraune, matschige und stinkende Wasser noch in den Auenwiesen.

Der Weg zur Fähre war unpassierbar.

Erst einige Tage nach ihrer Bestrafung durfte Maria wieder den Hof verlassen. Sie nahm all ihren Mut zusammen. „Ich besuche nur die Katharina ..." war ihre unverfängliche Ausrede gegenüber ihrer Schwester Anna. Gesagt, getan! So lange man sie von der Wohnkuchl aus beobachten konnte, schlug sie den kurzen Weg über die Dorfstraße ein, um schnurstracks hinüber zu ihrer Freundin zum Wagnerhof zu laufen. Doch, kaum dass sie außer Sichtweite des väterlichen Hofes war, umrundete sie flugs die große Scheune und suchte, den kleinen Feldweg am Steinberg hinunter, wieder den Weg zur unteren Dorfstraße. Sie wollte heute unbedingt zum Fluss schauen und auch endlich wieder einmal die Schmiede besuchen. Das erste Vorhaben gab sie sofort auf, als sie sich der Schmiede näherte. Knapp vor dem großen Tor zur Schmiede stand immer noch knöcheltief das Hochwasser. Gleichmäßiges monotones Rauschen der Fluten des Inns war bis zum Dorfrand hin zu hören.

Plötzlich aufkommender Sturm zauste heftig an ihren Zöpfen. Maria stellte sich auf die Zehenspitzen und lugte vorsichtig durch das, mit Spinnweben übersäte, fast blinde Fensterchen gleich neben der niedrigen Türe zum Dorfbach. Im Feuerschein der hell auflodernden Esse erblickte sie den alten Schmied. Gerade nahm er einen großen Schluck aus einem tönernen Bierkrug und wischte sich danach mit seiner schwieligen, schwarzen Hand den Schaum vom Schnurrbart. Dann strich er mit seinen riesigen Pranken entlang seiner Oberschenkel über die speckig glänzende, an vielen Stellen auch schon leicht angekohlten Lederschürze. Xaver, der Schmied, nahm einen weiteren tiefen Schluck aus dem Krug, klappte den zinnenen Deckel zu und stellte das Gefäß dann behutsam auf der vernarbten Werkbank unterm Fenster ab. Genau vor Marias Gesicht! Sein genussvolles Schmatzen drang bis an ihr Ohr.

Aber er hatte sie tatsächlich nicht bemerkt!

Zaghaft klopfte sie nun ans kleine Fenster. Doch der Schmied hatte ihr bereits wieder den Rücken zugedreht und bediente weiter den Blasebalg. Tausende von Funken stoben von der Esse dem Rauchfang entgegen nach oben. Ihr Klopfen war vergebens.

Nochmals versuchte es Maria. Diesmal etwas forscher. Der Grobschmied, der soeben der Glut wieder die volle Kraft gegeben hatte und sich mit einem rot glühenden Eisenstück seiner Arbeit auf dem Amboss widmen wollte, hielt in seiner Arbeit inne und sah erstaunt vom Amboss hoch. Dann drehte er sich um seine eigene Achse und bemerkte nun endlich das kleine Mädchen am Fenster.

Ein Lächeln stahl sich in sein Gesicht.

„Maria, du?“ rief er ihr zu. „Was machst denn du bei diesem fürchterlichen Sauwetter bei mir hier unten“ dröhnte er mit seiner tiefen Stimme. Er legte vorsichtig das glühende Stück Eisen mit der Schmiedszange wieder in die Glut der Esse und winkte Maria hinein in seine Werkstatt.

„Maderl, pass nur auf, dass dir nix passiert, wann das Wasser kommt“. Sie nickte besänftigend. „Is scho guat, Xaver. I bin scho auf der Huat vorm Wasser, wirkli!“ Xaver nickte beruhigt. „Wart ein bisserl, ich muss noch schnell das Eisen schmieden, solange es heiß ist“ sagte er mit einem entschuldigenden Achselzucken zu ihr. Er ergriff mit der großen Schmiedszange das glühende Stück Eisen, legte dieses behutsam auf dem Amboss und begann es wieder zu bearbeiten. Erschrocken wich Maria Kohwagner ein Stück zurück. Die Funken machten ihr immer Angst. Auf Anhieb erkannte sie, dass es heute eine Grabgabel werden würde. Ein „*Sauzahn*“, wie man in diesem Landstrich sagte, mit kräftigen, langen und gebogenen Zacken. Vorne an den Spitzen wurde das glühende Stück Eisen nun durch die Schläge des Schmiedes stark abgeplättet, sodass man beim Umgraben die Erdkrume besser lockern konnte und die Feldfrüchte nicht beschädigte. In der Ecke, gleich neben der Türe, standen schon einige dieser Sauzähne bereit zum Abholen. Mit diesem Gartenwerkzeug, das bis zu vier lange Zacken hatte, konnte man in den Gärten der

Bauern den Boden einfach schonender umgraben. Schonender als mit einem Spaten und auch für die Kräfte seiner Benutzer. Und das waren meistens die Mägde oder auch die Bäuerinnen. So jedenfalls hatte ihr der Schmied es einst vor längerer Zeit ausführlich erklärt.

*****

Dorfschmied Xaver Berndl

Die wenigen Blütenknospen der Kirschbäume, die das Unwetter vor einigen Wochen überstanden hatten, waren nun zum Platzen prall gefüllt. Bienen, Hummeln und andere Insekten umschwirrten nun die Haselsträucher, Forsythien und Osterglocken in den Bauerngärten und an den Waldrändern. Das Summen dieser Nützlinge erfüllte ringsum die milde Maienluft an diesem Morgen.
Die große Auenwiese unten am Stapelplatz des Inns war übersät mit blühendem Löwenzahn, an einzelnen Stellen überragt von Kolonien des weißen Wiesenschaumkrauts. Auch der Sauerampfer mit seinem sattem Hellgrün hatte sich schon, wenn auch noch zaghaft, über´s Auengras gekämpft. Am Bachufer spitzte an geschützten, sonnseitigen Stellen die leuchtende Farbe des *gemeinen Gelbsterns* und des *gewöhnlichen Scharbockskrauts* zaghaft hervor.
Nachdenklich stand der Schmied Xaver Berndl am Fensterchen zum Dorfbach, von welchem er über die Auenwiese zum Flussufer hinwegsehen konnte. „´S kommt ein Wetterwechsel, ganz sicher ...“ murmelte er leise vor sich hin und kraulte dabei selbstvergessen seinen Bart. Dann nuckelte er weiter an der fast erloschenen Pfeife. Lange Föhnfahnen überzogen den azurblauen Himmel von Süden, von den Chiemgauer Bergen her in Richtung Nordosten. Der Wind war ungewöhnlich warm und roch nach unbekannten südlichen Gefilden.

Der ergraute Schmied hatte weitum einen guten Ruf. Kauzig war er, sicher. Aber ein sehr guter Huf- und Grobschmied. Im Dorf droben und rings um Mittergars nannten sie den Berndl immer nur mit seinem Beinamen, den „*oidn Krauterer*“. Ein wahres Sammelsurium an Werkzeugen, Einzelteilen, halb fertigen und fertigen Geräten umgab ihn in seiner verrußten Werkstatt. Immer erwies sich die Leidenschaft des Schmieds, alles aufzuheben, auch als unerwarteter Segen. Gar mancher Bauer fand dort nach langem Suchen genau jenes Teil, welches ihm eine teure Reparatur ersparte. Und dafür war der Schmied dann letztlich im weiten Umkreis bekannt.
Berndl musste sich nun arg sputen, um seinen Bestand der kleineren Garten- und Feldgeräte aufzustocken. Denn begann erst mal die Feldarbeit, dann hatte er alle Hände voll mit Neuaufträgen und Reparaturen von den umliegenden Bauernhöfen zu tun.

Die Flussschiffer und Flößer würden auch nicht mehr lange auf sich warten lassen. Nur noch wenige Wochen würde es dauern, bis drunten, an der kleinen Lände am östlichen Innufer die ersten Schiffsverbände wieder anlegten.
„Ping, ping, ping...“.
Das metallisch flirrende Geräusch des schweren Schmiedehammers beim Bearbeiten des glühenden Eisenstückes legte sich schmerzhaft auf Marias empfindliches Gehör. „Ping, ping, ping ...“. Maria hielt sich mit beiden Händen die Ohren zu. Die Schläge des Schmiedehammers taten ihr weh. Interessiert schaute sie jedoch weiterhin ihrem väterlichen Freund zu. Berndl musste lächeln, als er sie aus den Augenwinkeln heraus beobachtete. Er hatte das Kohwagner Mädchen gern um sich und ließ sie auch ab und zu in der Werkstatt bei leichten Arbeiten mithelfen. Am liebsten bediente Maria den kleinen Handblasebalg.
Auf einmal fiel ihr siedendheiß ein, dass man daheim schon ganz sicher Angst um sie hatte. Viel zu schnell war die Zeit verstrichen. „Pfiat di, Xaver. Ich muss heim, die suchen bestimmt schon wieder nach mir. Du weißt doch ...“. Sie ließ den Satz unvollendet, als der Schmied verständnisvoll nickte. Flugs war sie auf und davon. Xaver musste schmunzeln. „Was für ein aufgewecktes Maderl ...“, war sein Gedanke, bevor er wieder einen großen Schluck Bier zu sich nahm.

In der gleichen Nacht lag Maria noch lange wach in ihrem Bett. Ihre Gedanken verweilten wieder drunten beim Dorfschmied. Was hatte sie doch schon alles vom ihm gelernt und erfahren! Er war neben den Klosterschwestern der Einzige, der sie nicht andauernd wie ein kleines Kind behandelte. Erst neulich hatte er ihr an einem wunderschönen und klaren Spätsommernachmittag ausführlich und geduldig erklärt, weshalb er gerade jetzt das klare einfallende Licht der tief stehenden Sonne über dem westlichen Flussufer bei seiner Arbeit nicht gebrauchen könne. „Weißt´ Maderl, die grelle Sonne in der Werkstatt ist oft der schlimmste Feind des Schmieds“! Maria machte ein fragendes Gesicht. Nein, jetzt verstand sie rein garnichts mehr. Aber gerade das gefiel dem Schmied. Er schätzte an der Kleinen, dass sie immerzu wissbegierig war, was Neues zu erfahren, auch wenn sie es wahrscheinlich nie gebrauchen konnte. Xaver fuhr fort: „Beim Arbeiten braucht der Schmied kein Sonnenlicht in der Werkstatt, sondern nur schummriges Licht, um genau erkennen zu können, wie heiß die Glut ist, also welche Temperatur das Feuer hat. Verstehst?“ Er rieb sich seinen Bart und blickte fragend das Mädchen an. Maria nickte. Sie hatte es wohl vernommen, aber auch noch nicht ganz verstanden. Der Schmied fuhr fort: „Ja und da kommt es unbedingt darauf an, dass die

Glut nicht blutrot, sondern hellgelb ist. Dann, erst dann hat man die richtige Temperatur von etwas über tausend Grad Hitze, um das Eisen in die richtige Form zu bringen. Fällt aber Sonnenlicht durch das Fensterchen von dort drüben direkt drauf, muss man höllisch aufpassen. Dann nämlich kann die ganze Arbeit auf dem Amboss für die Katz sein. Man kann die richtige Temperatur dann nicht mehr erkennen. Es muss also hier immer viel dunkler sein als draußen, damit man die richtige Temperatur im Feuer *sehen* kann. Verstehst, Maderl"? Mit zwei Fingern der rechten Hand machte er ein *„V"*, direkt zu seinen Augen hin, um es dem Mädchen einprägsam zu verdeutlichen. Maria nickte wieder. Jetzt hatte sie verstanden. Wieder hatte sie etwas was dazu gelernt. „Heute braucht er davor keine Angst zu haben, dass die Nachmittagssonne in die Schmiede scheinen würde. Viel zu bedeckt ist der Himmel über´m Inn" dachte sie sich. Berndl säuberte derweil umständlich seine Pfeife und stopfte sie neu. Dann ging er hinüber zur Werkbank und riss ein Streichholz an. Nach einigen Zügen verbreitete sich süßer Tabakduft in der alten Schmiede. *Maria hatte er anscheinend völlig vergessen.*
Mit dem Fuß betätigte der alte Mann im gleichmäßigen Rhythmus wieder den großen Blasebalg. Die Glut in der Esse loderte dabei grell auf. Funkenschlag stob an die pechschwarze Haube des Rauchabzuges. Berndl zog jetzt das lange, glühende Eisenstück aus dem Feuer und bearbeitete es mit kräftigen Schlägen auf dem Amboss. In alle Richtungen und auch gegen die hohe Decke der Schmiede spritzten die Funken. Sanft verglühend torkelten sie in graubraunen Flocken auf den festgestampften Lehmboden. Maria beobachtete das Geschehen in der Schmiede weiter wie gebannt. Nach kurzer Zeit konnte sie schon genau die Form der Grabgabel erkennen. Zischend spritzte das Wasser im Bottich auf, als der Schmied sein fertiges Werkstück hineintauchte. Das Wasser im Bottich zischte auf und eine kleine, weiße Dampfwolke verflüchtige sich schnell an der verrußten Decke der Schmiede.

Tage später

Starker Südwestwind trug den Geruch verbrannten Horns bis hinauf ins Oberdorf. Schon kurze Zeit später war Maria mit ihrer Freundin Katharina unten an der Schmiede. Etliche Fuhrwerke standen bereits wartend davor. Zu Beginn der Feldarbeit mussten viele Rösser neue Hufeisen bekommen. Während sich derweilen die meisten der Bauern oder Knechte die Wartezeit verkürzten und oben beim „Grantl" oder auch beim „Kramerwirt" die eine oder andere Maß gönnten, versorgten die beiden Mädchen mit Feuereifer die wartenden Gespanne mit frischem Heu. Dafür gab´s später so manchen Pfennig für die beiden Mädchen. Und wenn der Bauer oder Knecht schon mehr als nur etwas rauschig war, gab´s manchmal auch einen ganzen Kreuzer! Der Schmied hatte gern Besuch in seinem kleinen Reich, besonders den, von der wissbegierigen kleinen Bauerntochter. Hielt er oft doch tagelang mit sich Selbstgespräche, dann, wenn niemand den Weg zu ihm hinunter in seine Schmiede fand. Besonders schlimm war es an den endlos langen Wintertagen. An solchen Tagen sinnierte Xaver Berndl über dies und jenes nach.

Vor allem über das Schicksal mit seinem Sohn.

*****

Endlich, nach Tagen, hatte sich der Fluss beruhigt, das Leben in den Dörfern und Städten entlang des Inns begann sich wieder zu normalisieren. Spätnachmittags nach der Schule und der Mithilfe auf dem Hof machte Maria wieder einmal einen Besuch in der Schmiede. Sie wollte dem Xaver ein wenig die Zeit vertreiben. Dieser war sichtlich erfreut und warf dem kleinen Mädchen einen bedeutungsvollen Seitenblick zu. Er musste schlucken. Sein ausgeprägter Adamsapfel hüpfte auf und ab.
Wie oft hatte er der kleinen Kohwagnerin schon von seinem Essen abgegeben oder ihr heimlich was zugesteckt. Immer kam sie hungrig zu ihm, aber ohne zu betteln. Er wusste allzu genau, dass die kleinen Bauern ringsum immer mehr unter den ständigen Missernten und den schamlosen Preisen der Landwarenhändler zu leiden hatten.
Besonders schlimm hatte es in letzter Zeit den Kohwagnerhof getroffen. Die Wiese unterhalb des kleinen Hofes war ständig überflutet. Das Grünfutter der anderen paar Wiesenstücke hinter der Kirche konnte die Kühe nicht satt machen. Der Milchertrag ließ rapide nach. Also musste oftmals bis weit in den Juni hinein zugekauft werden. Ein Kraftakt, den der kleine Hof nur mit Mühe stemmen konnte.
Überall musste gespart werden - am meisten am Essen!

„Du wärst mir ein guter Lehrling, Maria! Tät´ dich sofort nehmen, wenn´st nur ein Bub wärst“! Er seufzte laut und musste erneut schlucken. Das Mädchen sah ihm seinen großen Kummer deutlich an. Ja, sie wusste durch ihre Schwester Anna von Xavers leidvoller Geschichte. Einer überaus tragischen Geschichte. Sein einziger Sohn Jakob war kurz nach der Lehre auf die Wanderschaft gegangen und seither nie mehr im Elternhaus aufgekreuzt.
Die beiden älteren Schwestern hatten schon in ganz jungen Jahren das Elternhaus am Ende der Dorfstraße verlassen und waren dann - weit entfernt - woanders in Stellung gegangen. Maria wusste von ihren Eltern, dass manchmal eine Postkarte des verlorenen Sohnes von

seiner Reise durch halb Europa ankam. Manche der Männer vom Dorf sagten aber am Biertisch auch voller Häme, sie hätten den jungen Jakob Berndl total verwahrlost in München gesehen. Als Tagedieb und Bettler! Wenn ihm so was zu Ohren kam, konnte man den Schmied nicht mehr genießen. Tage- und oft auch Nächtelang saß er dann beim Kramerwirt überm Kartenspielen und beim Trinken. Derweilen ruhte immer öfters seine Arbeit und seine Esse stand dann jeweils längere Zeit erkaltet in der alten Schmiede.

Dann verstarb plötzlich und unerwartet dem Schmied seine Frau.
Die letzte Stütze ging ihm nun auch noch verloren. Er verfiel weiter dem „*Teufel*“ Alkohol. Dieser hatte ihn nach kurzer Zeit voll im Griff. Aufträge wurden nicht mehr rechtzeitig erledigt und blieben letztlich dadurch nach einiger Zeit ganz aus. Da auch beim Gutmütigsten irgendwann die Geduld erschöpft war, gingen die Bauern enttäuscht zum Schmied nach Gars oder sogar nach Kraiburg, um dort ihre Gerätschaften ausbessern zu lassen. Auch die Schiffsleute, die vom späten Frühjahr bis zum Herbst immer zuverlässig Aufträge für ihn hatten, ließen nun entweder in Mühldorf, Kraiburg oder in Wasserburg ihre kaputten Werkzeuge oder Plätten ausbessern. Für die Innschiffer war „Zeit noch mehr Geld“ als für die Bauern.
Der tragische Niedergang der Dorfschmiede traf auch den fleißigen Wagnermeister und Stellmacher Augustin Bergmann schwer. Er musste sich nach neuen Kunden und Verdienstmöglichkeiten umsehen. Und das war nicht sehr einfach zu dieser Zeit. Es dauerte nicht mehr lange und der Berndl - Schmied ging in Konkurs. Die Kassa gab ihm keinen Pfennig Kredit mehr.
Seine Schmiede wurde kurze Zeit später versteigert.
Der neue Besitzer aus der Nähe von Haag war hart und skrupellos. An der Schmiede zeigte er von Anfang an wenig Interesse und ließ sie einfach verkommen. Nicht mal eine kleine Stube stellte er dem Schmied zur Verfügung. Xaver Berndl musste die Schmiede verlassen. Bald darauf berührte niemanden mehr das Schicksal des alten Schmieds. Eine Zeit lang lebte er von mildtätigen Almosen, die ihm der Pfarrer von Mittergars zukommen ließ. Dann fand er vorübergehend Unterschlupf im kleinen Weiler Hausing auf der anderen Innseite. Dort lebte er einige Zeit bei der Witwe eines Schiffsknechtes und Kleinbauern. Irgendwann nach deren Tod musste er auch dort das Haus verlassen. Die Erben wollten es, zusammen mit dem kleinen Grundbesitz, an einen Großbauern verkaufen. Also nahmen sich die Franziskanerinnen vom Kloster Au des alten Schmieds an. Bis zu seinem Lebensende durfte er nun in einem kleinen Häuschen außerhalb der Klostermauern leben. Von Anfang an war er ein echter, un-

erwarteter Gewinn für die Klosterschwestern. Der alte Mann lebte wieder auf und machte sich in der kleinen Werkstatt für das Kloster tagtäglich nützlich. Eines Tages besorgten ihm die Klosterschwestern einen Teil seiner alten Handwerksgeräte, die sein Nachbar drüben in Mittergars für wenig Geld vor Jahren ersteigert hatte. Ein leicht verlegenes Lächeln überzog seine breiten, groben Gesichtszüge, als ihm der große, grob gezimmerte Werkzeugkasten von der Schwester Oberin übergeben wurde. Sein handwerkliches Können hatte er nicht verloren. Die Oberin besorgte aus dem nahen Kraiburg aus einer aufgelassenen Schmiede eine funktionstüchtige Esse, einen noch gut erhaltenen Amboss und alles, was dem Berndl halt sonst noch fehlte. In der kleinen Schmiedewerkstatt am Ende des Klostergartens zum Innufer hin konnte er nun wieder schalten und walten, wie zu längst vergangenen Zeiten.
Zum Nutzen des Klosters und zum Nutzen des alten Schmiedes.

Die Funken auf dem Amboss stoben wieder, so als wäre die Esse nie erkaltet gewesen. Der Schmied war wieder in seinem Element.
Das vertraute und vergessen geglaubte rhythmische Geräusch des schweren Schmiedehammers auf dem Amboss neben der kleinen Esse war nun bei Westwind ab und zu wieder bis hinüber auf die andere Flussseite zu hören. Und es kamen wieder viele seiner alten Kunden mit der Fähre herüber gefahren. Um sich eine Sichel, die Sense oder auch andere Geräte herstellen oder ausbessern zu lassen.
Obwohl mittlerweile die Flößerei und Schifffahrt auf dem Inn immer weniger geworden waren, fand auch sein bester Stammkunde im Dorf, der alte Wagnermeister Bergmann, schließlich den Weg wieder zum Xaver Berndl. Nicht ohne einen sehr eigennützigen Hintergedanken: Mundete ihm zum saftigen Schweinsbraten in der Klosterschänke doch das dunkle Klosterbier der Brauerei Gaßner so vorzüglich, dass er es meistens nie bei nur einer Maß bleiben ließ.
Zum Leidwesen seiner allzu sparsamen, ja direkt knauserigen Gattin.
Dann im Jahr darauf, als die Bäume und Büsche am Fluss im Herbst ihre Blätter verloren, konnte der alte Schmied von seinem Fenster neben der Esse hinüberschauen in sein Heimatdorf. Hinüber zu seiner alten Schmiede drunten am Ortseingang, direkt hinter der kleinen Brücke über den Wiesenbach. Dorthin, wo der sanft aufsteigende Rauch aus der Esse ihm zeigte, dass nun endlich wieder ein neuer, tatkräftiger Nachfolger, dem uralten Handwerk des Grob- und Hufschmiedes alle Ehre bereitete. Für wenig Geld hatte er die heruntergekommene Schmiede von seinem Besitzer aus Haag erstehen können und sie wieder hergerichtet. Im letzten Jahr war Xaver Berndl sogar zur Hochzeit des jungen Schmieds eingeladen und mittlerweile auch

zur Tauffeier dessen ersten Kindes. Auf Vermittlung von Xaver Berndl fand diese Feier in der Klosterkirche von Au statt.
Endlich war er, so schien es zumindest, wieder ganz der Alte und blühte auf, wie vor längst vergangen geglaubten Zeiten.
Er trank nicht mehr und kümmerte sich liebevoll ums Grab seiner verstorbenen Ehefrau. Für den Grabstein hatte er beim Steinmetz in Kraiburg auch eine kleine schwarze Marmortafel, zum Gedenken an seinen nun seit vielen Jahren vermissten Sohn anfertigen lassen.

*****

Maria hatte mit Katharina, ihrer Freundin von Wagnerhof, wieder mehr Kontakt. Heute waren sie wieder zusammen am Fluss. Ganz hinten in Krücklham hatten sie sich ein verstecktes kleines Baumhaus gebastelt. Sie vergaßen Zeit und Umfeld. Erst die Kirchenglocken zur *Vesper* von St. Maria in Au rissen sie aus ihren Träumen.

Schnell war die Dämmerung der Dunkelheit gewichen. „Komm Katharina, wir müssen sofort heim. Sonst gibt es wieder Ärger, bei dir und bei mir“! Seit der gefährlichen Geschichte mit der Silberweide am Fluss war es auf dem Kohwagnerhof für Maria nicht mehr so wie früher. Sicher wurde jetzt schon wieder nach ihr gesucht. Ihre größere Schwester, die Anna, würde wie immer jeden Winkel im Hof und im Stadel am Hang durchstöbern und nach ihr rufen. Zuerst lockend und, wenn dies wie so oft ohne Erfolg blieb und sich Angst und Zorn in die Stimme ihrer Schwester mischte, laut und drohend. Verärgert würde sie wieder sein: „Immer muss ich alles für dich ausbaden. Deinen Brüdern ist eh egal, was mit dir passiert“! Sowas musste sich Maria oft anhören. Doch heute ging es gut. Die Notlüge, dass sie „nur drüben“ bei ihrer Freundin gewesen war, half ihr dabei. Sie war und blieb eben das Nesthäkchen in dieser großen Familie: zwei Brüder und noch zwei viel ältere Schwestern. Außer Andreas, ihrem jüngsten Bruder und Anna, waren aber nur noch die Mutter und der Vater Johann auf dem Hof. Und ein junger Knecht, der Flori und Walburga, die Magd. Die anderen Geschwister waren schon lange aus dem Haus und kamen nur an großen Festtagen zu Besuch und dann auch nicht regelmäßig.

*****

Einen sehr schmerzhaften Einschnitt gab es in ihrer Familie, als Lorenz den elterlichen Hof verließ.
Er, der Erstgeborene war ihr Lieblingsbruder und als gesetzmäßiger Hoferbe der Erbfolge nach auch der zukünftige Bauer.

Dieser graue und triste Tag Anfang Februar vor knapp zwei Jahren. Das plötzliche Verschwinden ...! Seither hörte man nichts mehr Genaues von ihm.
Wildeste Gerüchte schwirrten damals im Dorf herum, üble Gerüchte. Einmal war er angeblich in Dorfen gesehen worden, dann in Grafing, ein andermal auf dem Viehmarkt in Ebersberg. Ja, sogar im weit entfernten Freising wollte man den Lorenz gesichtet haben. Doch mehr wusste man auch auf Nachfragen nicht. Zu vieles war halt immer nur gehässiges, dummes Gerede. Dann wurde es ruhiger um ihn. Andere Ereignisse wurden im Dorf durchgehechelt. Wenn dann wieder einmal die Sprache auf den Kohwagner Lorenz kam, waren´s halt immer nur die alten Geschichten über seinen angeblich unsteten Lebenswandel. Der „verlorene Sohn" vom Kohwagnerhof war also immer wieder ein gefundenes Fressen für all die Stammtischbrüder mit ihren Lästermäulern. Und dazu auch noch die „Sache" mit dem Schmied und seinem verlorenen Sohn. Wie kommod! Hatte man nun doch wieder einmal zwei abschreckende Beispiele inmitten der Gemeinde. Da konnten leicht eigene charakterliche Mängel gut übertüncht werden.
Denn: Es war schon immer leichter, „mit dem Finger auf seinen Nächsten zu zeigen".

Ihre Mutter nahm sich dies alles sehr zum Herzen, wurde immer mehr vergrämt und schweigsamer. Marias Vater ließ sich wenig anmerken, ging er doch kaum noch aus dem Haus. Seine Krankheit fesselte ihn ans Bett. Anna und Andreas wurden auch schweigsamer und vorsichtiger, wenn die Sprache auf den Lenz kam. Seit sein Vater ständig darniederlag, hatte Andreas, der Jüngste, in kurzer Zeit vieles auf dem Hof geändert. Nicht radikal, nein! Trotz allem hatte er seinen Eltern und besonders dem schwerkranken Vater den Respekt gegenüber bewahrt. Er ahnte und konnte mitfühlen, wie schwer es dem Altbauern fallen musste, nur noch mühselig am Tagewerk teilnehmen zu können. Meistens lag dieser nur noch auf dem alten, wackligen Sofa in der Wohnküche und schlief. Die Aufgabe, den Hof jetzt völlig unvorbereitet übernehmen zu müssen, lastete schwer auf den jungen Andreas.
Er brauchte unbedingt eine neue Einnahmequelle, um den Hof zu retten. Das war dem jungen Andreas von Anfang an bewusst. Mit den paar Tagwerk Grund und den wenigen Hektar Fichtenwald in Richtung Kochöd, sowie dem kleinen Zipfel Mischwald, drüben bei der Doblmühle überm Inn, konnte die Familie in Zukunft nicht überleben. Geschweige denn, dass er, der Andreas, irgendwann selbst eine Familie gründen konnte.

*****

Zutiefst erschüttert war Maria, als sie eines Tages unfreiwillig das Gespräch zweier betrunkener Männer mit anhören musste. Es war noch früher Abend. Die Dämmerung verschluckte Stück für Stück den blutroten Sonnenuntergang hinterm Höhenrücken der westlichen Innseite. Schnell war es dunkel geworden.

Maria, die im Auftrag ihrer Mutter nach dem Abendgottesdienst noch einen Korb Eier zur Pfarrköchin gebracht hatte, passierte das Wirtshaus vom *Ziegelgänsberger* und wollte gerade hinein in die Dorfstraße einbiegen. Abrupt blieb sie stehen. Unweit vor ihr, um die Ecke beim *Kramerwirt*, standen zwei Männer und erleichterten sich laut rülpsend an einem Gartenzaun.

„Du, host scho g´hört ...?“ Nach einem weiteren kräftigen Rülpser des Fragestellers folgte eine kleine Pause. Sein Zechkumpan hielt sich mit einer Hand am hölzernen Zaunpfosten fest und nestelte an seinem Hosentürl herum. Der Zaun wackelte bedenklich hin und her. „Wos denn? Wos soll i denn g´hört habn...?“, fragte ihn der andere, nachdem er sich endlich geräuschvoll und mit einem abschließenden, kräftigen Furz erleichtert hatte. Krampfhaft versuchte er, sein Hosentürl zu schließen. Vergeblich. Er scheiterte kläglich. „Na ja, vom Lenz ...“ antwortete ihm sein Zechkumpan, „... vom Kohwagners Lenz. Den sollen´s in Ebersberg einbuchtet haben! Ist in Zorneding von den Schandis bei einem Einbruch erwischt worden, der windige Haderlump. Hat sein´ Vater einfach im Stich lassen, der Hallodri, der elendige. Und jetzt ist der sterbenskrank, der Georg“!

Ein weiterer Rülpser seines Zechkumpans war die Antwort.

„Wos is? Host mir iwahaupt zug´hört, Leonhard“?

„Is scho recht, Girgl...“ antwortete dieser mehr als nur widerwillig und setzte dann schwankend seinen Weg nach Hause fort.

Maria getraute sich garnicht mehr zu atmen. Es wurde ihr eng in der Brust. Fieberhaft überlegte sie, wie sie ungesehen auf die andere Straßenseite kommen könnte. Ganz in der Nähe schlug plötzlich lautstark ein Hofhund an. „Damischer Hundskrüppel, sakrischer! Schleich di... “, murmelte der eine der beiden Zecher noch vor sich hin und entfernte sich, weiter vor sich hinbrummelnd, in Richtung der anderen Wirtschaft. Hinauf zum *„Grantl“,* zum Ziegelgänsberger. Genau diesen Moment nutzte das kleine Mädchen, um schnell die Dorfstraße zu überqueren und im Rücken der beiden Männer den Weg zu ihrem Elternhaus fortzusetzen. Im Hof blieb sie noch eine Zeit lang stehen.

Ihr Bruder, ihr Lenz! Sie war wie erschlagen.

„Nein ...“ dachte Maria, „ ... nein, *das* konnte ihr Lenz, ihr Lieblingsbruder auf keinen Fall sein“! Davon war sie felsenfest überzeugt. Tage später fragte sie verschämt ihre ältere Schwester: „Du, Anna, sag mir

doch bitte, was ein Haderlump und ein unsteter Lebenswandel ist. Bitte"! Anna konnte sich drehen und wenden, wie sie wollte. Maria, ihre kleine neugierige Schwester ließ nicht locker! Kunstvoll und über viele Umwege versuchte sie, diesem Thema aus dem Weg zu gehen. Es gelang ihr nicht. Was sollte sie denn auch zu einem kleinen Mädchen sagen? Auch sie konnte sich „*so was*" von ihrem doch so charakter- und willensstarken Bruder niemals vorstellen. „Unstet? Ach weißt ...", sagte sie zu Maria „... er wechselt halt oft seinen Arbeitsplatz bei den Bauern. Oder so "!
Maria schluckte diese Erklärung mehr als widerwillig. Aber um des lieben Friedens willen gab sie sich mit dieser mehr als fadenscheinigen Ausrede ihrer Schwester zufrieden.

*****

Einmal, vor einem Jahr in der Winterzeit, tauchte Lenz dann für wenige Stunden im Dorf auf. Sein Vater war vor Schmerzen kaum noch ansprechbar und lag die ganze Zeit in der warmen Wohnstube auf dem alten, abgewetzten Sofa. Die paar Stunden, die Lenz auf dem Hof verbrachte, so erinnerte sich Maria, war er todernst. Er lachte kaum noch, obwohl er zu Hause und im Dorf als lustiger Tausendsassa bekannt war. Doch schon nach wenigen Stunden war er wieder verschwunden. Irgendetwas schien Lorenz total verändert zu haben. Viel später erfuhr Maria, dass ihr Bruder mit seinem Vater in diesen wenigen Stunden ein Gespräch unter vier Augen geführt hatte. Es muss eine harte und vor allem unversöhnliche Aussprache gewesen sein. Wortfetzen von „*Notar*" und „*enterben*" bekam sie wohl in ihrer Kammer oben unterm Dach zwar noch mit, schließlich wurde drunten in der Wohnkuchl auch lautstark gebrüllt. Und das begriff dann letztendlich auch die kleine Maria. Ihre Mutter jedoch ließ ihr gegenüber nie das Ergebnis dieses unseligen Streites verlauten.

*****

Ende Juni 1869
Schiffmeister Maximilian Bauer

Maximilian Bauer, der Schiffmeister, hatte schon seit Jahren vom Kohwagnerhof in Mittergars Futter für seine Treidelpferde bezogen und kannte die schwierigen Verhältnisse auf dem Hof in- und auswendig. Bauer war gerade dabei, zwei Fliegen mit einer Klappe zu schlagen. Sein Gewerbe auf den Wasserwegen war immer mehr am dahinsiechen. Die Konkurrenz der Eisenbahn wurde von Monat zu Monat erdrückender. Selbst jahrzehntelange Geschäftsverbindungen zerbrachen nun von einem Monat auf den anderen. Darüber hatte sich

der Mühldorfer Schiffmeister seit Monaten schon den Kopf zerbrochen.
Ratlosigkeit und Verzweiflung machte sich breit ... [1)]
Genau in dieser Phase der aufkommenden Resignation erinnerte er sich wieder an die Worte seines alten Lehrmeisters *Johann Georg Buchauer* aus Wasserburg am Inn. Warum nicht als Aufkäufer und Viehhändler sich ein zweites Standbein anschaffen? Der Markt war da! Über die Jahre hatte er sich doch als Schiffmeister viele gute Kontakte bis hinunter ans Schwarze Meer aufgebaut. Dabei hatte er erfahren, dass die Bauern zu beiden Seiten des Donaustromes begehrlich auf eine neue Rinderrasse schauten: den *Pinzgauern.* [2)]

Die, mit großer Milchleistung, außerordentlichem Arbeitsvermögen, hervorragender Fleischqualität und großer Widerstandskraft auch gegen extreme Witterungsverhältnisse gesegnete Rinderrasse aus dem Salzburger Pinzgau, wurde seit einiger Zeit vermehrt von den Viehhändlern und Bauern in den Ländern der österreichisch-ungarischen Donaumonarchie, sowie auch in den Königreichen Serbien, Rumänien und Bulgarien angefordert und aufgekauft. Schiffmeister Maximilian Bauer ergriff diese einmalige Gelegenheit, sich vom brutalen Kostendruck seines dahinsiechenden Gewerbes wenigstens ein wenig zu befreien.
Seine letzte Hoffnung, dem drohenden Konkurs zu entgehen

Nachdem er die verbindlichen Unterschriften unter den Verträgen seiner Agenten hatte, baute er sich endlang der Flüsse ein Netz von neuen Züchtern auf, um die Nachfrage einigermaßen zu befriedigen. Die Rinder sollten in größeren Herden entlang der Flüsse Inn, Salzach und Donau von berittenen Hirten auf dem Landweg in ihre Abnehmergebiete getrieben werden. Auch ein Transport auf dem Wasserweg war unter günstigen Umständen denkbar. Er und auch seine Kollegen konnten die steigende Nachfrage aus Ungarn, Rumänien und Bulgarien nach den Pinzgauer Rindern nicht im Entferntesten mehr befriedigen und suchten händeringend nach weiteren zuverlässigen Zuchtbetrieben in ihren Heimatgefilden.
Doch außer ein paar wagemutigen Bauern in Ebing und in Töging zwischen Mühldorf und Altötting wollte sich lange, lange Zeit niemand an die Zucht heranwagen.

Jetzt war guter Rat teuer!

[1)] **Niedergang der Flussschifferei** - siehe Glossar
[2)] **„Pinzgauer-Rinder“**- siehe Glossar

Also suchte der Schiffmeister damals weiter und fand im jungen Andreas Kohwagner aus Mittergars und seinem Freund Matthias „Hias“ Leitner in Stadel bei Gars endlich junge und risikofreudige Bauern, die sich getrauten. Leicht war es nicht, dies alles so lange Zeit geheim zuhalten, bis der erste Erfolg erzielt war. Aber, wider Erwarten gelang dies. *Gesagt, getan!*
Irgendwann war auch Andreas Kohwagner mit dem Schiffmeister Bauer ins Geschäft gekommen. Andreas folgte dessen Ratschlag, kratzte seine letzten Taler und Gulden zusammen, um einige Kälber und Kühe, sowie einen kräftigen Jungbullen der neuen Rinderrasse zu kaufen. Es reichte nicht ganz. Ein kleiner Kredit vom Schiffmeister half ihm aus der Patsche. All dies geschah unter strengstem Stillschweigen. Auch die Mutter durfte es nicht wissen. Nur seine Schwester Anna war noch eingeweiht. Das Vieh stand nun auf der anderen Innseite im Stall bei einem befreundeten Jungbauern, ganz in der Nähe des Weilers Stadel am Inn. Beide hatten sich zusammengetan und wollten die - im Chiemgau und am mittleren Inn - noch ziemlich unbekannte Rinderrasse der *„Pinzgauer“* einführen.
Wohl wahr, es war ein Experiment!
„Doch, wer nicht wagt, der nicht gewinnt“ sagte sich der Mühldorfer Schiffmeister und ging ans Werk! Das Gute an der Sache aber war: Schiffmeister Bauer schloss auf seinen Fahrten hin zum Schwarzen Meer die Verträge ab und kassierte einen Vorschuss, mit dem er Andreas Kohwagner und seinen Freund über „Wasser halten“ konnte. Und ebenso sich selbst die gröbsten Verpflichtungen vom Halse halten. Anfangs verband Maximilian Bauer die Heimreise seiner ungarischen Leinreiter mit dem Treiben einer Herde Richtung Preßburg oder Budapest. So konnte er das Notwendige mit dem Nützlichen verbinden. Schon die erste lebende Fracht im vergangenen Jahr mit einem Schiffszug ab Linz wurde mit sehr gutem Gewinn nach Ungarn und Rumänien verkauft. Auch in diesem Frühjahr sollte wieder eine Ladung der begehrten jungen Zuchtrinder nach Ungarn, Rumänien und Bulgarien getrieben werden. Mit dem verdienten Geld konnte Andreas die - schon sehr baufällige - Scheune am Hang über den Innauen wieder herrichten und auch nach langer Zeit seinen drei verheirateten Schwestern eine kleine Mitgift geben. Obwohl er dazu nicht verpflichtet gewesen wäre. Deswegen und auch wegen des Verladens oder der Zusammenstellung der Herde an der kleinen Lände hinter der Klostermauer drüben in Au, kamen schließlich den beiden rührigen Jungbauern die anderen Bauern auf die Schliche. Der Neid, die Missgunst war auf einmal groß. Aber Andreas und sein Freund überstanden auch die nachfolgenden Anfeindungen.

Sie mussten jedoch mit ansehen, wie den Inn abwärts ein Hof nach dem anderen sich auf die Zucht dieser neuen Rinderrasse umstellte. Jeder hoffte nun, auch einen Teil seiner Rinder in ferne Länder verkaufen zu können. Der Schiffmeister war ein Mensch von Ehre und mit ehernen Prinzipien! Wer ihm einmal geholfen hatte, dem half er auch fürderhin. Er ließ die beiden Jungbauern nicht fallen und kaufte jahrelang nur von ihnen die gezüchteten Pinzgauer-Rinder ab. Nur von ihnen, gleichgültig, wie weit die anderen mit ihren Preisen heruntergingen.

Es sollte sich schnell auszahlen und war sowohl für Bauer als auch für Andreas Kohwagner zu diesem Zeitpunkt ein ehrliches und vor allem gutes Geschäft.

*****

Bauer war nicht nur ein anerkannt guter Schiffsführer, sondern zudem noch ein überaus tüchtiger Kaufmann.

Auf Geheiß seines Schwiegervaters hatte er sich vor vielen Jahren seine ersten Sporen als ganz junger Schiffsknecht beim knorrigen Wasserburger Schiffmeister *Johann Georg Buchauer* verdient.

„Du fängst ganz von unten an. Dann lernst alles für´s Leben ...“, hatte damals sein Schwiegervater ihm nachhaltig mit auf den Weg gegeben. Damals, als er seinem Schwiegersohn Maximilian Bauer kurz vor seinem Tod, seine „*Schiffmeister-Gerechtigkeit*“ vererbte.

Bauers Lehrmeister Buchauer aus Wasserburg war nicht nur ein hervorragender und äußerst nervenstarker Schiffmeister. Das war am Fluss hinauf und hinab hinlänglich bekannt. Nein, er galt auch als äußerst geschäftstüchtig wenn es um die Vermehrung seines Besitzes ging. Und vor allem auch als sagenhaft trinkfest. Gar manchen seiner Geschäftspartner soff er bei geschäftlichen Terminen mit Leichtigkeit unterm Tisch. Danach hatte er meist immer einen Vertrag zu *seinen* Gunsten in der Tasche. Sein zweites Standbein als Getreidehändler - und vor allem als Weinwirt „*Zur Goldenen Krone*“ - kam ihm dabei zu Hilfe. In seiner Schänke gab´s die besten „*Osterweine*“[1)] weit und breit. Da er selbst importierte und auch ausschenkte, blieb von jedem Fuder Wein viel Geld in seinem Säckel. Weit mehr Geld, als er mit seinen Plätten auf Inn und Donau hätte je so leicht verdienen können. Buchauers Ruf weit über die Grenzen Wasserburgs hinaus war legendär. Besonders bei den Sößthalern und ihren Stoirern, den Steuermännern. Er galt als Hallodri und großer Schürzenjäger, was er ohne Zweifel auch war und auch nie abstritt. Aber man konnte sich auf ihn verlassen, in jeder Hinsicht.

[1)] **„Osterweine“** = *Wein aus dem Osten Südeuropas (Österreich, Ungarn, Slawonien, Rumänien, Bulgarien, Griechenland, Türkei, der Krim ...)*

Der blutjunge Maximilian Bauer aus Mühldorf hätte damals keinen besseren Lehrmeister finden können als jenen, nun schon längst verstorbenen Schiffsmeister. Seither stand für ihn unumstößlich fest, *„dass einfach eins, ins andere gehen musste ...“.*
Denn, ein außergewöhnlich befähigter Schiffmeister konnte zugleich auch ein äußerst ungeschickter Mensch im Umgang mit Geld sein - oder auch nicht. Doch beim Wasserburger Schiffmeister Buchauer passte beides vorzüglich zusammen. Was schließlich auch sein überaus stattliches Erbe veranschaulichte, welches er bei seinem Tode hinterließ. Also, Maximilian Bauer hatte das Gelernte Zeit seines Lebens nicht vergessen. Bei jedem Geschäft und Auftrag suchte er immer noch nach Zusatzgeschäften, die er auf seinen Wegen auf den Flüssen machen konnte. Er war ein Mensch, der immer mit erstaunlicher Weitsicht „über'n Tellerrand“ hinausblickte. Für seine Geschäftspartner war er jedoch nicht ganz leicht zu durchschauen. Bei vielen galt er sogar als sehr durchtrieben und geschäftlich konsequent, nachgerade manchmal sogar brutal.
Und dies immer mit einem gewinnenden Lächeln im Gesicht.

Der Mühldorfer Schiffmeister hatte also vor langer Zeit - gegen eine entsprechende Ablösung an die Erben - würdig die verwaiste Stelle als Nachfolger des legendären Buchauer am mittleren Inn angetreten. Die ihm übertragene *„Schiffmeister - Gerechtigkeit“* führte er seither mit Geschick und Fleiß in allerbester Tradition fort. Sein „Meisterstück“ war ihm vor langer Zeit in Burghausen an der Salzach gelungen.
Auf der Suche nach weiteren, dringend benötigten Verdienstmöglichkeiten, wollte er eine Beteiligung mit einem ihm bekannten Salzburger Schiffmeister ausloten. Bauer „warf sein ganzes Gewicht“ in die Verhandlungen im Nebenzimmer einer Tafernwirtschaft *„in den Grüben“,* knapp oberhalb der Salzlände und der Mautstelle in Burghausen. Er wusste von seinem Gegenüber, dass die Transportkapazitäten mit dessen *Salz - Zillen* erschöpft waren - und er hatte noch Transportreserven. Außerdem drückte beide das gleiche Problem: Die Konkurrenz der Eisenbahn nahm ihnen langsam, aber sicher die Luft zum Atmen. Die Kosten stiegen und stiegen im gleichen Verhältnis, wie ihre Frachtpreise von den Auftraggebern gedrückt wurden. Der Salzburger Schiffmeister war mit allen Wassern gewaschen. Lange und geduldig ließ er Maximilian Bauer zappeln, bis sie sich endlich einig wurden - und der Salzburger eingermaßen das bekam, was er sich insgeheim vorgestellt hatte! Nach einigen Krügen Burgenländer Wein wusste jedoch weder der eine noch der andere, ob seine Unterschrift unter dem Kooperationsvertrag zu mitternächtlicher Stunde zu seinen Gunsten - oder zu seinem Nachteil ausfallen würde.

Beide mussten voll berauscht in der Tafernwirtschaft Nachtquartier beziehen. Schon in den frühen Morgenstunden verabschiedete sich sein neuer Salzburger Kompagnon mit dickem Kopf.
Die Zusammenarbeit konnte beginnen.
Bauer sollte ab Burghausen nach Maut und Verzollung mit seinen breiteren Plätten die Fässer mit den Salzscheiben der Halleiner und Salzburger Salzfertiger übernehmen und das „weiße Gold“ Richtung Passau, Wien Preßburg und Budapest transportieren. Mit diesem Husarenstreich war er auf einem Schlag einer der größten und bedeutendsten Schiffmeister an Inn und unterer Salzach. Die „Marge“ stimmte ihn wohl nicht ganz zufrieden. Aber in seiner angespannten finanziellen Situation und der immer geringeren Auslastung seiner Plätten hatte er lieber „den Spatz in der Hand, als die Taube auf dem Dach“. Gerade deshalb blieb er noch einen Tag länger in Burghausen. Gewissenhaft inspizierte er drunten am Fluss die Modalitäten an Mautstelle und Lände. Recht mit sich selbst zufrieden, ließ er sich an diesem schönen Frühlingsmorgen vor einem großen Gasthof am Marktplatz die Sonne auf seinem Bauch scheinen und das gute Bier munden.
Das alte Schlitzohr kam leutselig mit diesem oder jenem ins Gespräch und spitzte dabei gehörig seine Ohren, nach dem Motto: „Wissen kann ja nicht schädlich sein ...!“ Mit gehörigem Grummeln im Bauch kehrte er vor Einbruch der Dunkelheit wieder zur Tafernwirtschaft „in den Grüben“ an der Ecke zur Mautnerstraße zurück.
Er war hungrig und auch schon wieder durstig.

*****

Und dann lernte er *„Sie“* kennen!
Sie, die äußerst ansehnliche, junge Wirtin Cäcilia Madlon Wurzer! Sie war Witwe. Ihr Mann, der junge und tüchtige Sößthaler Michael Wurzer war mit seiner Salz - Zille an einer gefährlichen Stelle der Salzach bei Laufen gekentert und mitsamt Stoirer und zwei seiner Schiffsknechte vor einiger Zeit im eiskalten, reißenden Fluss ertrunken. In ihrer Tafernwirtschaft unweit der Salzwaage und direkt unterhalb der Burg, verkehrten beinahe alle der Schiffleute von der Salzach. Egal ob Knecht oder Treidelreiter, ob Schiffmeister, Stoirer oder Sößthaler.
Dieser Tag damals blieb unauslöschlich in seinem Gedächtnis haften. Jener Tag, als er die Wirtschaft betrat und nach der Wirtin fragte. Eigentlich hätte er sich das Fragen nach ihr ersparen können. Denn wer hier unter all diesen lauten und wilden Gesellen aus aller Herren Länder das Sagen hatte, merkte er schnell. Wie ein Wirbelwind fegte dieses selbstbewusste Persönchen von Tisch zu Tisch durch die Wirt-

schaft. Vor Staunen blieb dem Schiffmeister aus Mühldorf damals sogleich der Mund offenstehen. „So ein Weib, mei so ein Teufelsweib“ dachte er sich im ersten Augenblick, als ihn dieses Weibsstück anschnauzte, „ ... ihr doch nicht dauernd so deppert im Weg zu stehen!“ Schallendes Gelächter, ob seines verdatterten Gesichtes folgte auf dem Fuß aus den dicht besetzten langen Tischreihen der Schiffsknechte und Leinreiter. Ja, es hatte damals augenscheinlich sofort bei den Beiden gefunkt. Eigentlich wollte er nur fragen, ob er sich eines ihrer Zimmer zur Salzach hin für dauerhaft mieten könne, um sich in Ruhe bei seinen Besuchen den Geschäften widmen zu können. Er hatte nicht vor, jedes Mal sein Domizil zu wechseln und wollte schon garnicht auf die Annehmlichkeiten einer Wirtschaft verzichten.
Das Geschäftliche hatte er schnell mit dieser quirligen Frau erledigt. Doch, dass sich bei dieser Gelegenheit auch noch ein äußerst aufregendes, wenn auch sehr anstrengendes amouröses Verhältnis zwischen beiden anbahnen sollte, hatte er damals nicht annähernd geahnt. Erhofft schon, als er die äußerst ansehnliche Witwe zum ersten Mal sah. Ja! Vom allerersten Augenblick war er drauf und dran, alles zu tun, um sie zu seiner Geliebten zu machen.

Ein verklärtes Lächeln huschte ihn beim Gedanken an den Beginn ihrer - dann so langen - Liaison über sein Gesicht.

*****

Samstag 23. September 2006
Wasserburg am Inn

Mein Handy klingelte!
Verdammt! Bringe ich denn nie eine Ordnung in meinen kleinen Rucksack? Luis Trenker selig hätte sich garantiert die Haare gerauft, über dieses Chaos. Taschenmesser, Handcreme, Notizblock, Kugelschreiber, Brillenetui, Kugelschreiber, ein ziemlich arg ramponierter Bon von einem kleinen Fischrestaurant aus dem wunderschönen Örtchen Vello, direkt überm Ufer des Lago d'Iseo. Eine Erinnerung vom längst vergangenen, ja schon wieder wahnsinnig weit zurückliegenden Frühjahr. Immer noch nichts zu finden. Wieder setzte das Klingeln ein. Zefix und halleluja. Pfefferminzbonbons, Brillenputztücher, Papiertaschentücher, Polyglott - Sprachführer „Bairisch“ von Langenscheidt (für Franken!). Dies alles wirbelte durcheinander. Vergebens, das nervig klingelnde Objekt war nicht darunter. „Wo ist denn das verdammte Sch ... Handy“ murmelte ich vor mich hin. Dann, auf einmal war das Klingeln verstummt.

Und jetzt natürlich fand ich auch dieses nervende Telefon. Wie immer befand es sich an dem, von mir persönlich ausgesuchten Platz im Vorderfach. Nun legte ich das kleine, handliche Ding griffbereit neben mir auf den Tisch. Für den Fall der Fälle. Und nichts rührte sich mehr. Von der Frauenkirche her schlugen die Glocken wenig später mit satten Klängen zehn Uhr. Der Marienplatz und auch die Salzsenderzeile hatten sich merklich belebt. „Sie wird schon wieder anrufen, wenn´s wichtig ist“ dachte ich mir und versuchte weiter hineinzutauchen, tief in die Vergangenheit meiner mütterlichen Sippe. Doch, es blieb vorerst beim Versuch. Leichte Skrupel breiteten sich wieder in meinem Gehirn aus: Hatte ich eigentlich das Recht dazu, mich näher mit diesen Aufzeichnungen zu befassen. War dies nicht vermessen? Bemerkte vor nicht allzu langer Zeit jemand aus der altbayerischen Verwandtschaft mir gegenüber, „dass ich mich als Abkömmling aus der weiblichen Inninger - Linie eigentlich nicht tiefer oder ernsthafter mit dieser Sache befassen sollte?“ Diese Aussage, sicher nicht sehr ernsthaft gemeint, traf mich damals bis ins Mark. Konnte es denn wirklich im Jahre 2006 sein, dass das Patriarchat im Süden des Bayernlandes immer noch so dominierend war, wie zu Zeiten Kaiser Wilhelms und den letzten Königen auf Bayerns Thron? Hatte nicht endlich, im 21.Jahrhundert das Matriarchat zumindest eine Annäherung an eine „vorsichtige“ Gleichstellung erreicht?

Und hatten nicht geradezu die Frauen, wenn nicht schon den größten, so doch bestimmt den bedeutendsten Anteil am Aufstieg des Bayernlandes erbracht?

Indem die Allermeisten von ihnen, den Männern immer den Rücken frei hielten, für ihre „staatstragenden Tätigkeiten“, egal auf welcher Ebene oder Funktion! Nach langem, reiflichem Überlegen war ich mir damals sicher, dass garantiert auch meine Zugehörigkeit zum Stamme der Franken bei dieser Antwort eine nicht unerhebliche Rolle gespielt haben könnte!

Aber nein, totaler Quatsch im liberalen Freistaat!

*Doch damals wurde auch mein „Jagdtrieb“ geweckt. Ich wollte mehr wissen. Wollte hinter die Kulissen schauen und vor allem etwas über die Zeit erfahren, in der meine Großeltern (*1846/*1857) lebten.*

Ganz sicher wäre dies auch im Sinne meiner Mutter gewesen, welche vor über 77 Jahren den Schritt wagte, den schier unüberwindbaren „Weißwurstäquator“ für immer zu überqueren, sich in Franken zu verlieben und dort, leider nur für kurze Zeit, eine neue Heimat fand.

Anfang der 30iger Jahre des letzten Jahrhunderts war sie den Spuren ihrer neun Jahre älteren Schwester Juliane gefolgt.
Diese hatte zu Beginn der 20iger Jahre als Krankenpflegerin in einem Sanatorium in Eglfing - in der Nähe von Haar - einen jungen, kriegsversehrten Franken kennen- und lieben gelernt und mit ihm 1925 im mittelfränkischen Rothenburg ob der Tauber eine Familie gegründet, aus welcher drei Kinder hervorgingen.
Konnten sich zwei Frauen aus diesem großen und uralten Bauerngeschlecht denn so arg geirrt haben? Ich glaube nein! Sie waren halt einfach nur dem „Ruf ihres Herzens "gefolgt, wie es so schön heißt.
Und das war und ist immer noch - oder schon - sehr viel wert! Oder?

*****

Die Flusszigeuner

Auf der großen Auenwiese unten am Inn, etwas abgesetzt vom kleinen Bauerndorf, befanden sich dicht am Fluss der Holzlagerplatz und die kleine Lände für alles schiffbare Warengut aus der östlichen Gegend um Gars und Mittergars. Aus gutem Grunde war dort ja auch seit gar ewigen Zeiten die Fähre übern Inn, hinüber zum Kloster Au. Das, an dieser Stelle recht sanft auslaufende und mit feinem Flusskies bedeckte rechte Ufer bot sich dazu an. Die starke Strömung hatte sich genau dort etwas beruhigt. Die Lände auf dem angeschwemmten Kiesbett war ideal angelegt, sodass man auch die großen, aber sehr flach gebauten Holzflöße dort anlanden und auch wieder leicht zu Wasser lassen konnte.
Starker Windbruch durch die Herbst- und Frühjahrsstürme würde den kleinen Waldbauern wieder viele Probleme bereiten. Alle Hoffnung ruhte deshalb darauf, dass nach dem Einschlag und Aufräumen in den verwüsteten Windlagen die Schiffmeister, zusammen mit den Holzaufkäufern, entlang des Flusses wieder Interesse an den gelagerten Fichten- und Kiefernholzstämmen zeigten. Das war überlebensnotwendig für viele Familien in und um Mittergars. Ja, alle hofften auf den Frühling und vor allem darauf, dass „sie" endlich wieder kämen: Die Flussschiffer und Flößer auf dem Inn.
Die äußerst geschickten und robusten Schiffknechte, die meisten von ihnen übrigens nicht des Schwimmens mächtig, waren eine eingeschworene Gemeinde mit eigenen, oft für die Landbevölkerung nicht verständlichen Gesetzen und Regeln.
„Ein derbes, ja manchmal sogar recht brutales Völkchen ...", das war die landläufige Einschätzung in den Dörfern und Städten, an deren Länden die Schiffszüge anlegten, „ ... aber, immer lustig!"

Ein Großteil der Schiffleute wurde entlang des Inns rekrutiert: von Kiefersfelden. Brannenburg, Neubeuern, Rosenheim, Wasserburg bis hoch nach Passau gab´s immer wieder Nachwuchs für diese gefährliche Arbeit. Ein Teil der Besatzung, meistens die Schiffs- und Rossknechte, wurde auch im nahen Tirol und in den Ländern angeworben, die der Schiffszug auf seinem Weg passierte. Kräftige Bauernburschen aus kinderreichen Familien suchten sich zu dieser Zeit notgedrungen ihren Broterwerb auf dem Fluss - auch wenn sie von der extremen Gefährlichkeit dieser Arbeit wussten! Viele, gar viele kehrten von diesen Fahrten nicht mehr zurück.
Die zwanzig, oftmals auch mehr Leute umfassende Besatzung eines Schiffszuges, waren ein buntes Völkchen mit einem noch bunteren Gemisch aller nur möglichen Sprachen und Dialekte. Männer aus den habsburgischen Hoheitsgebieten in Italien, Tirol, Bayern, Österreich, Ungarn, Serbien, bis hinunter nach Rumänien und Bulgarien am Schwarzen Meer standen auf den Lohnlisten der Eigner und Schiffmeister.
„Bleib mir ja von denen fern!" sagte die Mutter immer wieder mit todernstem Gesicht und drohend erhobenem Zeigefinger zu Maria, wenn die Sprache auf das bunte Völkchen und deren lautes Treiben unten am Ufer des Gebirgsflusses kam. Traf die Kunde von den Leinreitern oder Schiffleuten ein, begann auf einen Schlag äußerst geschäftiges Treiben in den Orten entlang des Inns. Aber nur dort, wo eine Lände mit einem Stapelplatz vorhanden war.

Und gestern, ja gestern waren sie wieder gekommen!
Maria hoffte inständig, dass ihre Eltern davon nichts erfuhren. Davor hatte sie eine Heidenangst. Mit unschuldiger Miene hatte sie nach dem kargen Abendessen und noch kurz vor Einbruch der Dunkelheit ihre Mutter angebettelt, „ganz kurz zu ihrer Freundin Katharina hinüber gehen zu dürfen". Ihre Mutter wunderte sich wohl ein wenig, aber sie hatte nichts dagegen. „Weißt ja, wann du wieder daheim sein musst, gell?" hatte sie ihr noch hinterher gerufen, als sie flugs die Dorfstraße zum Wagner´schen Hof hin überquerte. Mit Katharina hatte sie vorher schon alles genau ausgemacht. Und dann waren sie in der hereinbrechenden Dämmerung hinunter zum Stapelplatz am Inn gelaufen. Von Weitem sahen sie schon die hell lodernden Flammen des Lagerfeuers der Leinreiter. Und sie hörten, begünstigt von einem scharfen Westwind, die feurigen Töne der Zigeunermusik.
János war wieder hier. „János ...!"
Ein langer Seufzer drang aus Marias Mund. Ihr Herz pochte laut und wild. Es schien, als hätte er auf seine kleine Freundin, auf seine Maria gewartet. Er nahm sie in die Arme und warf sie ganz hoch in die Luft.

Maria wurde es ganz schwindlig. „Mein Gott, wenn das meine Eltern oder Geschwister sehen würden“ schoss es ihr durch den Kopf.
„Maria, mein Mädchen! Wie geht es dir und deiner Freundin?“
Der argwöhnisch lauernden Katharina warf er galant einen Handkuss zu. Sichtbar schien diese nun fürs Erste versöhnt. Beiden schenkte er ein kleines Säckchen voll wunderschöner, geschliffener und polierter Flusskiesel. „Hier sieh, die allerschönsten Steine vom Schwarzen Meer bis hinauf in die Berge. Nur für euch!“ sagte er mit strahlendem Lachen zu den beiden kleinen Mädchen! Kurz, allzu kurz nur konnten sie an diesem Abend bleiben. Die ersten jungen Burschen und Männer kamen herab vom Dorf und warteten noch etwas reserviert in sicherer Entfernung, wie sich das Fest der Leinreiter und Schiffknechte dort entwickeln würde. Für Maria und Katharina war nun die Gefahr verraten zu werden, doch zu groß. Schnell machten sich die beiden Mädchen am Innufer in Richtung Krücklham aus dem Staub. Maria wusste jetzt, dass die Männer vom Fluss einige Tage hier verbringen würden.
Sie war glücklich. Überglücklich!
Schon am nächsten Morgen war das bisher gemächliche Leben im Dorf und ringsumher wie aus den Fugen geraten. Flugs wurden in den Weilern, Einöden und besonders auch im Schifferdorf Mittergars allesamt die heranwachsenden Mädchen von ihren Müttern für ein paar Tage in Sicherheit gebracht. Wehe, man war da nachlässig. Das konnte sich schon ein dreiviertel Jahr später bitter rächen!
Wenn im späten Frühjahr, nach der Schneeschmelze in den Tiroler Bergen, die ersten Leinreiter mit ihrem Schiffszug, der flussaufwärts aus nur drei bis vier großen Plätten bestand, aus Richtung Mühldorf kamen, dann wurden noch viele, viele Andere sehr geschäftig. Wie hatten sie auf diesen Tag gewartet, flussab- und flussaufwärts?
So auch der „*Kramer - Wirt*“, unten an der Dorfstraße, die hinab zur Lände und zum großen Holzstapelplatz am Flussufer führte. Natürlich hatte der Wirt - und auch viele andere mit ihm am Fluss ihr eigenes Nachrichtensystem. Sobald die Schiffsverbände, aus den Balkanländern kommend, bei der „*Hohenaufahrt*“*) die steinerne Brücke in Mühldorf passiert hatten, war schon ein Meldereiter entlang des Flusses unterwegs, um Quartier oder auch Proviant für die Besatzung sowie Futter für die Treidelpferde zu besorgen.
Dann musste alles sehr schnell gehen. Der „Kramer - Wirt“ und seine Helfer karrten dann die Bierbanzen und den Wein fässerweise hinunter an den Stapelplatz, gegenüber dem Kloster Au.

---

*) **„Hohenaufahrt“** – *siehe Glossar*

Jedermann im Dorf wusste, dass die völlig erschöpften Leinreiter und ihre Pferde in aller Regel hier in Mittergars die letzte große Rast vor ihrem Ziel in Österreich machten. Auch die Schiffs - und Rossknechte sollten neue Kraft schöpfen für die letzten langen Flusskilometer zum Ziel bergauf. In der Regel waren dies Kufstein, Rattenberg oder Telfs in Tirol. Die Schiffszüge, die flussabwärts acht, ja oftmals sogar bis zu dreizehn Wochen und länger vom Tirolerischen zur Donau und ihren Zielorten Passau, Linz, Wien und Budapest unterwegs waren, wurden von den Menschen in den Städten und Dörfern am Inn teils mit Freude, teils aber auch mit gewisser Sorge erwartet. Freude wegen des Hinzuverdienstes in vielerlei Hinsicht.
Und Sorge?
Ja, die wilden, jungen Schiffknechte galten als große Gefahr für die Moral der holden Weiblichkeit am Fluss. Besonders dann, wenn der „Teufel Alkohol“ auch noch mit im Spiel war. Am Allerschlimmsten waren jedoch nicht die Schiffleut und Rossknechte. Nein! Meist waren es die wilden, kaum zu bändigenden Leinreiter. Diejenigen, die auf jeder Fahrt nicht nur einmal dem Tod ins Auge schauen mussten.
Da konnte der Herr Pfarrer noch so gegen die drohende Verrohung der Sittlichkeit besonders bei der Jugend von der Kanzel herunter wettern. Wenn dann die Flussschiffer oder Flößer im Frühjahr erst mal da waren, dann wurde so manch guter Vorsatz gar schnell vergessen. Gefährdet waren vor allem die halbwüchsigen Mädchen.
Obwohl die Verantwortlichen, in deren Auftrag und Risiko die Schiffszüge fuhren, mit harter Bestrafung bei „Verstößen gegen die Sittlichkeit“ drohten, gab es viele, teils oft tragische Vorfälle.
Der heranwachsenden Jugend am Fluss galt deshalb seitens der Obrigkeit das besondere Augenmerk.

*****

Doch manchmal halfen halt alle Vorsichtsmaßnahmen nichts.
Das merkte gar manches Mädchen und deren Familie oftmals erst einige Monate später, nachdem die Schiffleut mit ihrem gottergebenen Stoßseufzer *„Na hui - in Gotts Nam“* die Festmacherleinen der Plätten an der Lände des Stapelplatzes gelöst und ihre Fahrt nach Norden oder Süden fortsetzten.
Und wieder einmal hatte manches Dorf und manch kleiner Weiler in der Nähe des Flusses neun Monate später *„seine Schande“*.
Und ein bislang unbescholtenes Mädchen musste oft ein Leben lang für eine *„sündige Nacht“* büßen ...

Auch die kleine Maria stand mit ihrer Freundin Katharina wie so oft am Ufer des Flusses, wenn die Kunde von den herannahenden Schiff-

leuten das verschlafene Dorf aus seiner Lethargie riss. Obwohl es die Eltern beider Mädchen nicht wissen durfte. Aber für kleine Mädchen in diesem Alter hatten all diese rauen Gesellen immer ein offenes Herz, sie brauchten sich vor ihnen nicht zu fürchten, im Gegenteil.
In den Orten am Fluss in denen sie anlegten, um zu rasten oder auch um neue Ware zum Weitertransportieren auf ihre Plätten zu *tauchen*[1)], hatten sie immer was Gutes, etwas Außergewöhnliches oder gar etwas Exotisches für die Kinder der Schifferdörfer dabei: Zitronen und Orangen aus Italien, Früchte aus noch so fernen Ländern, türkischen Honig, getrocknete Datteln und Feigen, Sultaninen, ja sogar bunte, in allen Farben schillernden Murmeln, Steine und Perlen.
Gar manch einer der Männer, der selbst zu Hause eine Familie mit Kindern hatte, brachte Maria und auch Katharina ein kleines Geschenk mit. Etwas, das sie auf dem oft langen Weg der Schiffszüge, von Süd nach Nord und umgekehrt, für sie allein selbst geschnitzt oder gebastelt hatten. Aus Wurzeln, Schilf und Rinden, aus allem, was in der Nähe dieser mächtigen Flüsse gedieh und wuchs, zauberten diese wilden, raubeinigen Gesellen wahre Kunstwerke: wie zum Beispiel auch Innplätten mit allem Drum und Dran. Selbst ein Kochkessel und das filigran gearbeitete Ruder auf dem Kuchlschiff, mitsamt der Schutzhütte waren deutlich zu erkennen. Auch winzige Figuren, ob am Ufer oder auch an Bord der flachen Ruderplätten, hatten sie aus feinstem Wurzelwerk und biegsamen Schilf handgeschnitzt
Dazu Häuser, ganze Ortschaften mitsamt ihrer Kirchen, Bauernhöfe mit ihren Tieren. Einmal - und das vergaß Maria nie - schenkte ihr ein schwarzbärtiger Geselle mit einer mächtigen Hakennase und dichten, riesigen Augenbrauen sogar eine auf einem Brett modellierte Flusslandschaft ihres Heimatortes. Alles war - wohl klitzeklein - aber haargenau zu erkennen: das Stampflschlößl, das Franziskanerinnenkloster Au, die kleine Wallfahrtskirche. St. Peter in Berg, ihr Dorf und sogar der Marktflecken Gars mit seinem Kloster und mit der großen Brücke über den Fluss.
Ja, es war vor fast zwei Jahren.
Ende April, kurz nach Beginn der Schneeschmelze. Der Winter mit seiner klirrenden Kälte wollte und wollte einfach nicht gehen. Droben, in den Bayerischen und Tiroler Bergen lag immer noch viel Schnee. Der Inn führte in diesem Frühjahr trotzdem ungewöhnlich viel Wasser. Soviel, dass die Fähre hinüber nach Kloster Au schon über eine Woche nicht mehr benutzt werden konnte. Es war einfach zu gefährlich. Und trotz dieser widrigen Verhältnisse kamen sie pünktlich, die Schiffleut und die Leinreiter mit ihren Pferden.

[1)]**tauchen** = *beladen einer Plätte, eines Floßes oder eines ganzen Schiffzuges*

Ein Tag wie im Bilderbuch. Ein Sonntag.
Von einem Tag auf den anderen hatte das Wetter umgeschlagen. Milder Südwind zog von den Alpen her in die Flusstäler nach Norden. „Föhn ist´s", sagten die Menschen im Dorf. Die ersten Schwalben waren auf ihrer langen Reise von Süden her eingetroffen und begannen ihre Nester in Stall und Stadel zu bauen.Ja, jetzt spürte man endlich den lange vermissten Duft, den Geruch des nahenden Frühlings. Schon bei der Frühmesse in St. Michael sogen die Kirchgänger nach der Messe die frische Luft in ihre Nasen.
Von einem Tag auf den anderen hatte sich der leichte Südwind unmerklich gedreht und Rauchschwaden, die verführerisch nach Gebratenem dufteten, zogen vom Fluss hinauf ins Oberdorf! Schnell machte die Nachricht vom Eintreffen der Flussschiffer die Runde.
Unter den Ersten, die zusammen mit den vielen Neugierigen aus dem Dorf den Weg hinunter an den Fluss eilten, waren Maria und ihre Freundin Katharina. Obwohl diese sich erst noch ein wenig geziert hatte, obsiegte doch ihre angeborene Neugier. Schon alleine wegen der vielen Pferde und wegen der wilden Gestalten unter den Leinreitern. Das erste Mal waren sie im vergangenen Sommer da, dann noch mal im Herbst, wenige Tage nach dem Erntedankfest.
Von Anfang an hatten die beiden kleinen Mädchen Freundschaft mit dem Wildesten der Flusszigeuner geschlossen. Die Schiffleute waren an diesem lauen Frühlingsabend gerade noch dabei, ihre Plätten und die kleinen *„Seilmutzen"* [1] zu vertäuen und zu sichern.
Während die Leinreiter derweil noch ihre völlig ermatteten Pferde versorgten, kamen zwei verwegene Gestalten auf die beiden, abseitsstehenden Mädchen zu und gaben ihnen einige Süßigkeiten.
Es waren János und Sandor. Sandor war der Führer der Stangenreiter beim Treideln flussaufwärts und János Herr und Führer des, bei ganz großen Schiffszügen oftmals bis zu sechzig Pferde umfassenden Zugverbandes. Schiffmeister Maximilian Bauer konnte sich blind auf die beiden verlassen. Sie hatten ihn noch nie enttäuscht.
Die enorme Nervenstärke von János und die große Erfahrung von Sandor beim Umgang mit den Treidelpferden und ihren Leinreitern hatten ihn und seine Männer bislang alle gefährlichen Episoden auf den Wassern des launischen Gebirgsflusses Inn überstehen lassen. Als die beiden Mädchen an diesem Abend zum ersten Mal János´ Freund sahen, erschraken sie beinahe zu Tode.
Quer über Sandors Gesicht verlief eine feuerrote, gezackte Narbe.

[1] **Seilmutzen** *(österr./deutsch) = kleine, flache Boote zum schnellen Übersetzen der Treidelpferde von Ufer zu Ufer (auf einen anderen Treppelpfad).*

Beginnend an der Kinnspitze, haarscharf am linken Mundwinkel und auch am Auge vorbei, bis hinauf zum Haaransatz.
„Das Ergebnis einer Messerstecherei auf Leben und Tod“, wie ihnen János beiläufig erzählte, als er die Angst in den Augen der beiden Mädchen sah. „Glaubt mir, Sandor war nicht schuld daran.“ sagte János zu ihnen. Als er ihre ungläubigen Mienen sah, redete er weiter:
„.Nein, nein, er hat sich nur gewehrt, als er von zwei Räubern im Hafen von *Zurz* [1)] in Rumänien überfallen worden war“...
Dass einer der beiden Angreifer den heimtückischen Überfall nicht überlebte, das verschwieg der Flusszigeuner wohlweislich vor den beiden Mädchen. Marias Hoffnung, dass diese beiden Männer wieder dabei sind, hatte sich also erfüllt. Wie oft hatte sie an sie gedacht. Vor allem an ihn, den glutäugigen, immer lustigen und zu vielen Späßen aufgelegten János. Er war für Maria wie ein Vater, wenigstens für die paar Tage, in denen der Schiffszug Rast machte. Zuhause, wo ihr Vater seit langer Zeit schwer krank daniederlag, war sie halt immer nur die „Kleine, die kloa Maria“.
János und Sandor jedoch waren ganz anders ...

*****

Katharina Wagner war von Anfang dieser Bekanntschaft an fürchterlich eifersüchtig. Schon seit damals, als János der Maria das Geschenk machte. Katharina Wagner war bockig in einem fort, ging tagelang nicht mehr die wenigen Meter hinüber zum Elternhaus ihrer Freundin.
Maria konnte sich noch genau an diesen ersten warmen, sonnenüberfluteten Frühlingstag erinnern, als sie freudestrahlend das Geschenk von János aus Ungarn von der Lände hinauf ins Dorf trug. Katharina begleitete sie. Nicht ohne Eifersucht, wie Maria feststellen musste.
„Hätt´ ich nicht angenommen! Nein, ich bestimmt nicht“ sagte Katharina quengelnd und mit beleidigtem Gesicht ausdauernd nörgelnd auf dem langen Weg hinauf ins Dorf. Erst als Maria ihr hoch und heilig versprach, beim nächstenmal János oder Sandor um solch ein geschnitztes Kunstwerk anzubetteln, gab sich Katharina zufrieden.
Noch immer besaß Maria diesen Schatz. Versteckt auf dem alten Bauernschrank, ganz droben in der Tenne des Holzstadels lag er.
Fein säuberlich mit einem alten Kartoffelsack abgedeckt. Der todkranke Vater durfte auf keinen Fall was davon erfahren, so hatte die Mutter ängstlich bestimmt. Er mochte keine Zigeuner und schon garnicht die wilden Schiffknechte.

[1)] *heute*:**Giurgiu/Rumänien**. *Hafenstadt am linken Donauufer. Gegenüber liegt die bulgarische Grenzstadt Russe (früher Ruse)*

Pfeifeschmauchend stand damals der alte „Berndl - Schmied“ in der Türe seiner Schmiede und winkte die beiden Mädchen zu sich her. „Maria, Katharina, kommt einmal her zu mir her!“ Neugierig schaute er auf das lange, viel zu große Brett, welches das Mädchen mit Mühe und großer Anstrengung vor ihrem schmächtigen Körper hielt. Maria antwortete nicht und schaute ihn nur mit großen Augen an.
„Was trägst denn da?“ fragte er Maria. „Was ist ...?“, wiederholte der alte Mann und fuhr fort: „... sag, was trägst du denn da so schwer?“ Verlegen drehte sich Maria nach ihrer Freundin um und stellte dann das Schnitzwerk auf dem - vor der Werkstatt stehenden - mit Rost überzogenen und arg ramponierten - Amboss ab.
Dahinter lag ein großer Haufen verwitterter und mit Moosflechten überwachsener Erzluppen*). Ein „Erbe“ seines Großvaters, wie der Schmied einmal einem neugierigen Bauern erklärte. Berndls Großvater hatte vor vielen Jahren noch äußerst mühsam mit einem einfachen und selbst gebauten Schmelzofen am Dorfbach seinen Stahl aus diesen stark verunreinigten „Luppen“ gewonnen. Nach dem Aufblühen der Eisenhüttenwerke und der Entstehung der ersten Eisenwalzwerke in Schlesien bezog Xaver Berndl nun seit Langem seine Eisenrohlinge von Großhändlern in Rosenheim oder Mühldorf. Aber die nun völlig unnützen Erzluppen endlich zu entfernen, auf diesen Gedanken wäre der Schmied überhaupt nicht gekommen. Maria entging das verklärte Gesicht des alten Schmiedes nicht. Sie wollte endlich mit ihrer Neuigkeit herausplatzen, schon alleine ihrer neidischen Freundin wegen.
„Xaver ...“, aufgeregt zupfte sie ihn am Ärmel, „... hörst mir eigentlich zu?“ Jetzt erst kam wieder Bewegung in den massigen Körper des Schmiedes. Er wandte sich wieder den beiden Mädchen und ihrem Kunstobjekt zu. „Xaver ...“ sagte Maria nochmals mit unschuldigem Augenaufschlag, „... mir hat der János, weißt schon, der Zigeuner von den Leinreitern, etwas selbst geschnitzt.“ Voller Stolz deutete sie mit ihrem dünnen Ärmchen und leuchtenden Augen auf den Amboss hin. Der Berndl-Schmied machte einige Schritte zu dem auf dem Eisenblock ruhenden Gebilde.
„Sakra! Wos is denn dös?“
Verlegen kratzte er sich an seinem schon stark gelichteten Hinterkopf und nahm die voluminöse Hirschhornpfeife mit dem Porzellankopf aus dem Mund, nicht ohne vorher noch einmal kräftig und genussvoll daran genuckelt zu haben. Dann stieß er einen Schwall weißgrauen Rauches durch seine schrundigen Lippen.
Sein langgezwirbelter Schnäuzer zitterte leicht. _____

*) **Erzluppe -** siehe Glossar

Merkwürdig dachte sich Maria, es ist mir gar noch nicht aufgefallen, dass der Schmied einen ganz dunklen Schnauzbart hatte. Wo doch sein Haupthaar schon silbergrau war? „Ja mei, Maria. Das ist ja pfeilgroad unser Dorf! Unser Mittergars“. Überraschung schwang in seiner Stimme mit, er kam ins Schwärmen. So etwas, nein so etwas hatte er noch nie gesehen, sein Lebtag noch nicht! Sein Dorf aus der Sicht eines Vogels geschnitzt!

Die Augen des alten Mannes leuchteten.

Verlegen, unruhig von einem Fuß auf den anderen tretend, druckste sich ihre Freundin Katharina hinter seinem Rücken herum. Ihr Gesichtsausdruck spiegelte die pure Interesselosigkeit wider.

„Neidisch ist sie, eindeutig neidisch ...“, dachte sich Maria, „... und nur weil der János ihr nichts geschenkt hat. Nur deshalb!“ Xaver Berndl drehte und wendete das kleine Kunstwerk im Licht der - über den Wipfeln des Auenwaldes einfallenden - Sonnenstrahlen hin und her. Dann räusperte er sich laut. Übers Gesicht des alten Schmieds huschte ungläubiges, ja fast kindliches Erstaunen. „Und da, da g´schaug her! Das Kloster Au, der Stampflberg. Und da, dort hinten, da spitzt ja no die kloa Peterskapelln vo Berg aussi! Ja mei, und unser Mittergars ist auch so richtig schön gelungen. Und dort, dort drüben ist ja auch noch Lohen und Mailham drauf. Das, ja das ist ein echter Künstler, dein János!“ Der Schmied konnte sich schier garnicht mehr fassen, als er auch noch seine Schmiede, unten am Wiesenbach entdeckte. „Das sind echte Künstler, wirklich. Echte Künstler!“ wiederholte er sich, immer wieder in seinen schwarzgrau-melierten Bart brummelnd. Die dunklen Augen des alten Mannes leuchteten auf, genau wie die Glut seiner Esse.

Er wusste: Der Ungar mit den kohlschwarzen langen Haaren, den sie alle im Dorf nur den „*Fluss - Zicheiner*“ nannten, hatte Maria tatsächlich ein kleines Kunstwerk angefertigt.

*****

Seit zwei Jahren kannte sie nun schon die beiden Flusszigeuner. János hieß der eine und war seit Jahren Vorreiter der Leinreiter in Diensten bei einem Schiffmeister aus Mühldorf. Er war ein lustiger Bursche und immer zu irgendwelchen Späßen aufgelegt. Außerdem spielte er meisterlich, ja direkt virtuos und herzzerreißend auf seiner kleinen Geige. Auf seinem heiß geliebten „Heiligtum“, wie er sein Instrument nannte. Beim Aufspielen, sei es unten am nächtlichen Lagerfeuer am Stapelplatz, beim „*Grantl*“ oder auch in der Wirtsstube beim *Kramerwirt*, entlockte er diesem Instrument Töne, die den Weiberleut, ob sie´s wollten oder nicht, Tränen in die Augen trieben.

Töne der Leidenschaft und Töne der alles verzehrenden Sehnsucht.

Und tanzen konnten er und Sandor! Csardas, Polka, Walzer - was auch von ihm oder seinen Freunden gespielt wurde, war eine Offenbarung für die Ohren, die Augen und Seelen der Weibsleut an den schiffbaren Flüssen von Tirol bis hin in die Länder des Balkans. Die verheirateten Männer entlang Flusses mussten ständig auf der Hut sein, wenn er mit seinen glutvollen, schwarzen Augen in die Runde der hingerissen lauschenden Weiberleut sah. Es war mehr als nur ein Blick, den er manch jungen Maid und auch manch vernachlässigter Ehefrau schenkte. Es war vielmehr auch die sinnlich erregende Ouvertüre einer Erwartung, welche in den Herzen der meisten Frauen einen Sturm auslöste. Ob sie es wollten oder nicht. Einen Sturm bisher ungeahnter Wünsche, Träume und Gefühle. Gar manches Mädchen und manch erwachsene Frau auf dem langen Weg von Innsbruck bis ans Schwarze Meer hinunter hatte dies schon bittersüß erleiden müssen. Dann, wenn es denn „mehr“ wurde, als nur ein Traum oder ein Versprechen.
Xaver Berndl wusste anscheinend mehr über diesen Menschen. „Der János kann reiten wie ein Husar ...“, sagte der Schmied zu den beiden wissbegierigen Mädchen, „... ja, wie ein echter Husar oder Kosak“ wiederholte er. Er wusste auch zu erzählen, dass die beiden Ungarn dem Schiffmeister Bauer seine besten und zuverlässigsten Leinreiter waren. Die, auch besonders unter schwierigsten Bedingungen, als Führungsreiter die Plättboote mit seinen trittsicheren und gelenkigen Pferden flussaufwärts zogen. Nie verlor János die Nerven, mochte die Situation noch so gefährlich und verfahren sein. Für den Schiffmeister war so ein Mann, wie „János der Flusszigeuner“ von unschätzbarem Wert. Er zahlte ihm schon alleine deswegen immer mehr, als den anderen Schiffern oder Leinreitern und gewährte ihm auch sonst manche Vorteile. Was die anderen natürlich nicht wissen durften. Das hätte Unfrieden auf den Booten gegeben. János wusste dies und prahlte nie damit. Nicht einmal seinem engsten Freund Sandor gegenüber. Er ging, ganz im Sinne seines Schiffmeisters, äußerst diskret damit um.
Der Huf- und Grobschmied hatte schon rein geschäftlich sehr oft mit ihm zu tun, denn János war seit Langem auch zuständig für alle Leinreiter - Pferde und für sämtliche Eisenbeschläge auf den kleinen *Seilmutzen*, mit welchen die Treidelpferde übergesetzt wurden. Und hier hatte er im Schmied Xaver Berndl den richtigen Partner gefunden. Ohne viele Worte verständigten sich beide über das, was zu tun ist. Sei es bei Schäden an den Rudern, an fehlenden oder gerissenen Gliedern der eisernen Zugketten, an einem simplen Kochtopf, der bei einer Beinahe - Havarie über Bord gegangen war.

Der Schmied hatte dafür schnell eine Lösung. Oder sei es auch nur, dass er die Aufgaben eines Hufschmieds zusammen mit Sandor übernahm oder dass ein Ofenrohr vom Kuchlschiff undicht geworden war.
Der Schmied war die beste Anlaufstelle für die Schiffszüge des Schiffmeisters Bauer und sie kannten sich seit vielen Jahren. Es gab keinen besseren Grob- und Hufschmied zwischen den Tiroler Bergen und dem Donaudelta am Schwarzen Meer. Davon war besonders der Schiffeigner Bauer überzeugt. Und auch keinen, der schneller und vor allem günstiger seine Aufträge erledigte. Das war vor allem auch wichtig für die flussaufwärts eingesetzten Leinreiter. Binnen weniger Stunden verpasste der Xaver Berndl den Rössern neue Hufeisen, die sich die wackeren und wendigen Pferde auf dem Weg von Budapest bis nach Mittergars abgelaufen hatten. Die völlig verausgabten Treidelpferde konnten dann zwei oder manchmal auch drei Tage ruhen und es sich mit saftigem Gras oder Heu gütlich tun.
In der Schmiede am Auenbach wurde die Esse an solchen Tagen niemals ganz kalt. Zu allem aber kam auch noch der überaus glückliche Umstand, dass sich seit Kurzem ein junger und tüchtiger Wagnermeister und Stellmacher im Schifferdorf niedergelassen hatte.

*****

Leonhard Franz Augustin Bergmann.
Vor Jahren war er aus dem kleinen Dorf Kling in der Nähe von Schnaitsee zugewandert, aber beileibe im Gäu schon lange mehr kein Fremder. Droben, am Ende der ansteigenden Dorfstraße, hin zur Landstraße nach Gars, hatte er sich von seinem väterlichen Erbe ein Stückchen Grund gekauft und darauf seine kleine Werkstatt mit einem ebenso kleinen Häuschen erbaut. Er war als Handwerker ein Besessener und gleichzeitig ein genialer Tüftler, ja Künstler seines Faches. Mit schneller Auffassungsgabe gesegnet, war für ihn kein Auftrag zu schwer oder unbedeutend. Der Stellmacher war mit keinem handwerklichen Problem überfordert. Wenn er, wie gewohnt seinen Kopf auf die Seite legte und über eine Lösung nachdachte, konnte man meinen, man würde sein Gehirn arbeiten sehen. Wagnermeister Bergmann hatte nach sehr kurzer Zeit im weiten Umkreis, bis hinauf nach Mühldorf und hinunter nach Wasserburg, einen fast schon legendären Ruf als äußerst tüchtiger Stellmacher. Zusammen mit einem Lehrling und einem älteren Gesellen war seine Wagnerei die erste Adresse, wenn es um Fuhrwerke und um Kutschen ging. Und seine junge Frau, die Theresia unterstützte ihn nach Kräften und hielt ihren „Hallodri“, wie sie ihn oft nannte, gekonnt an der kurzen Leine. Bislang war ihre Ehe kinderlos geblieben, aber die Theres, so wie sie im Dorf genannt wurde, hatte immer noch Hoffnung, dass es doch

bald einen Nachfolger für die Wagnerei geben würde. Sie selbst war ja erheblich jünger als ihr Mann.
Eigentlich war er ja gelernter Wagnermeister. Mit Schiffen hatte er noch nichts zu tun gehabt. Die bäuerlichen Fuhrwerke und Kutschen waren seine Spezialität. Und vor allem die Räder dieser Fahrzeuge. Von Schnaitsee, Egling, Pfaffing, Grafing, Kraiburg, gar bis von Mühldorf, Rosenheim und aus Ebersberg kam gerade deshalb die Kundschaft zu ihm. Keiner machte weit und breit bessere Wagenräder als dieser listige und lustige Wagnermeister und Stellmacher aus Mittergars am Inn. Leonhard Augustin Bergmann wusste für alle Eventualitäten, die mit Holz zu tun hatten, eine Lösung. Und - er hatte immer für seine Kunden, die auch fast alle Stammkunden waren, ein Stamperl Schnaps und vor allem ein paar lockere Sprüche auf Lager.
Ein pfiffiger, ungemein schlagfertiger Bursche war er, der kleine, schmächtige Wagnermeister und Stellmacher. Die Zusammenarbeit mit dem Schmied Xaver Berndl klappte wie am Schnürchen.

Und solche Leute brauchte der Mühldorfer Schiffmeister.
Denn Zeit war für ihn bares Geld.

*****

Gerade deshalb kam das kleine Bauerndorf Mittergars für eine Rast der völlig übermüdeten Besatzung der Pferde recht. Alle, Mensch und Tier mussten, bevor es den anstrengenden Weg auf dem Fluss hinauf ins Oberland bis nach Tirol ging, noch einmal Kraft schöpfen. Hier, im kleinen Dorf am Inn, war alles um vieles billiger zu bekommen, als in Mühldorf oder Wasserburg. Er musste immer öfter aufs Geld schauen, die Zeiten waren härter geworden. Auch wenn er sich dadurch in seinem Heimatort nicht unbedingt Freunde machte. Schiffmeister Bauer hatte gerade hier, am Scheitelpunkt der großen Innschleife um das Frauenkloster herum, wieder bei einem Bauern Unterkunft und Verpflegung für Ross und Reiter und für die Schiffsbesatzung gefunden.
Nicht das erste Mal.
Die Bauern in Krücklham, Binder oder Heuwinkl hatten erträgliche Preise und waren grundehrlich. Die Pferde wurden des Nachts in irgendeinem alten Stadel untergebracht, nachdem sie tagsüber das schon zaghaft sprießende Grün in den weiten Innauen genossen hatten. Die Schiffleute wohnten in großen, mitgeführten Zelten - oder auch auf ihren festgezurrten Plätten. Die Leinreiter schliefen auf Strohsäcken im Freien bei ihren Pferden. Tagsüber ging jeder seiner Arbeit nach.

Nur die „*Stoirer*"[1)] der einzelnen Plätten, der Kommandant des Schiffzuges, der Schiffschreiber und der Schiffeigner selbst, hatten ihr Nachtlager bei verschiedenen Bauern am Fluss. Schiffmeister Maximilian Bauer ließ bei der Rast die notwendigen Reparaturen jedweder Art an seinen, oft arg ramponierten Fähren und Plätten durchführen. Droben im Dorf blühte derweil von einem Tag auf den anderen, das geruhsame Leben wieder auf. Fast alle Bewohner konnten in diesen paar Tagen etwas dazuverdienen. Das war nach einem langen Winter, bitter nötig. Das Dorf lag günstig für die Flößer und Flussschiffer. Ob es flussaufwärts, also Richtung Berge und dann noch mit halber Besatzung ging, oder flussabwärts mit voller Ladung und Besatzung,

Mittergars lag für eine Ruhepause genau richtig auf der schiffbaren Hälfte des Gebirgsflusses. Schiffmeister Bauer drehte, so großzügig er auch sonst oft sein konnte, jeden Kreuzer dreimal um, wenn es um die leidigen Nebenkosten ging. Bei den immer knapper kalkulierten Transportpreisen war jeder Gulden, Taler oder Kreuzer im wahrsten Sinne des Wortes „Gold wert." Die Konkurrenz schlief nicht und unterbot immer häufiger schamlos noch so jede knappe Kalkulation. Das Risiko eines Verlustes, ob eines Teils seiner Fracht oder auch der ganzen Ladung, lag immer noch ganz auf Seiten des Schiffmeisters. Nicht selten ging eine Fracht mitsamt den Plätten und der ganzen Mannschaft verloren. „Gottseidank, ist mir so was erst einmal passiert!" Maximilian Bauer machte schnell ein Kreuzzeichen auf seiner Stirn, als er an die häufigen Verluste manch seiner Konkurrenten denken musste.

János, der ungarische Flusszigeuner hatte bisher alle Unfälle überlebt. Egal, ob er mitsamt seinem Treidelpferd Hals über Kopf einen steilen Abhang hinuntergestürzt war. Oder ob er sich bei Linz nach dem Kentern seiner Pferdeplätte, mit letzter Kraft an sein - in Todespanik strampelndes - Pferd klammernd aus der Donau geborgen wurde.
Bei einer schlimmen Rauferei an der Lände in Kufstein waren gleich mehrere Schutzengel an seiner Seite: Die Klinge des Messers seines Kontrahenten verfehlte nur haarscharf seine Halsschlagader. Es schien so, als hätte er die „sieben Leben" einer Katze. Andere hatten da viel weniger Glück.

Einen aufmerksamen und treuen Schutzengel hatte er auf jeden Fall!
Doch einmal schien auch ihn der „himmlische Beistand" verlassen zu haben.

[1)]"**Stoirer**" *(österr.) = Steuermann einer Schiffsplätte oder eines Floßes.*

Bei einem verheerenden Bergrutsch nahe Kufstein wurden drei der sieben Plätten von zwei Schiffszügen ein Opfer der reißenden Fluten. Sie rissen die Fracht mit Mann und Maus ins Verderben. Noch viele Wochen später fanden die Anwohner bis weit ins Bayerische hinein an den Ufern des Flusses Teile der Ladung, ertrunkene Treidelpferde mit aufgedunsenen Leibern - und auch die arg zerschundenen Leichen ertrunkener Schiffleute.

János bester Freund Sandor befand sich unter den Toten.
János selbst, fuhr damals auch auf einem - durch die enormen Geröllmassen zum Kentern gebrachten - Plättboot und war der Einzige, der sich mit letzter Kraft ans Ufer retten konnte. Erst zwei Tage später nach dem Unglück fand man ihn, völlig entkräftet und schwer verletzt, hilflos hängend auf dem starken Geäst einer Schwarzerle. Durch den Felsbruch am Westufer des Flusses hatte sich danach der Inn rasend schnell angestaut. Vieler Hände Arbeit waren wochenlang nötig, um den - durch die Geröllmassen sich aufschäumenden - Wassermassen wieder einigermaßen den Weg nach Norden zu ebnen.
Im Hospitium des *Karmeliterklosters Reisach bei Niederaudorf am Inn* päppelten János die Patres und Laienbrüder monatelang wieder auf. Maximilian Bauer, der sich zu der Zeit mit einem anderen Schiffszug auf der Donau in Richtung Wien befand, übergab später dem Kloster eine großzügige Spende und übernahm außerdem sämtliche Kosten, ohne groß darüber nachzudenken oder zu lamentieren. János machte nach seiner Genesung weiter. Was anderes konnte er ja garnicht. Außer Reiten, Tanzmusik spielen und Zauberkunststücke vorzuführen. *Und Frauen zu betören!*
Oft erinnerte er sich noch an den Tag, an welchem ihn der Schiffmeister auf dem Frühlingsfest in Belgrad als Leinreiter angeheuert hatte. Ihn und seinen allerbesten Freund Sandor. Seine Begegnung mit dem Schiffmeister war „ein Glücksfall und auch eine Fügung des Schicksals.“ So sagte er später oft zu seiner Frau Ruscha, wenn er die langen Wintermonate, in denen die Flussschifffahrt ruhen musste, zuhause im Kreise seiner großen Familie im *Alföld*[1] am Ufer der Donau verbrachte. Er war zufrieden mit seinem Leben ...
János und all seine Vorfahren waren seit Generationen Flusszigeuner. Seine Großfamilie lebte in einem kleinen Dorf in der Nähe von *Mohatsch*[2], einige Flusskilometer nördlich von der Mündung der Drau in die Donau. Keiner, auch nicht die zahnlose Urgroßmutter unbestimmten Alters, konnte sich erinnern, jemals woanders gewohnt zu haben, als hier am Rande dieses Dorfes an der Donau.

[1] „**Alföld**“ = *ung.: „Nagyalföld“*. *Fruchtbare ungarische Tiefebene.*
[2] **heute: Mohács**/*Ungarn*

Seitdem er als Leinreiter für Maximilian Bauer arbeitete, brachte er regelmäßig Geld nach Hause. Gutes, hartes, aber auch schwer verdientes Geld. Sein Leben und das seiner großen Familie waren seither berechenbarer geworden. Er konnte mit Ruscha sich nun manches leisten, was vorher nie und nimmer möglich gewesen wäre.

Auch die Großfamilie seiner Sippe profitierte davon. Doch alles im Leben, das wusste János, hatte eben seinen Preis. Fünf, sechs Monate gehörte sein Leben dem Fluss. Von Anfang April bis manchmal in die letzten Oktoberwochen hinein. Wie häufig war er schon mit seinem Schiffsverband die Donau abwärts an seinem Heimatdorf vorbeigefahren, ohne dass es einen Halt gab!
Meistens wussten seine Angehörigen garnicht, dass János, nur wenige Hundert Meter von ihrer Behausung entfernt, auf seinem Schiff in Richtung Belgrad, Nikopol oder gar Konstanza am Schwarzen Meer weiterfuhr. Hier gab´s keinen Pardon vom Schiffmeister Bauer.
Denn beinahe jeder seiner Männer hatte irgendwo am Fluss eine Liebschaft oder eine Familie. Da blieben auch alle seine Schiffmeisterkollegen hart. Ausnahmen wurden nur gemacht, wenn der Schiffsverband flussaufwärts getreidelt werden musste. Nur dann konnten János und sein Freund Sandor vielleicht für ein paar Stunden bei ihren Familien verbringen. Als Dank richteten die beiden tags darauf immer ein rauschendes Fest am Fluss aus.

Wenn dann abends am Lagerfeuer direkt am Ufer der Donau die Geigen weinten oder auch lustig aufspielten, die Mägen gefüllt waren und manch einer, berauscht vom süffigen Tokajer sich in ein besseres Leben hineinträumte, dann war auch Maximilian Bauer zufrieden.
Er wusste ganz genau: Sein bestes Kapital, das waren die beiden Zigeuner aus dem Alföld. Die Kunstreiter aus Ungarn entpuppten sich schnell als wahre Meister und Könner im Umgang mit ihren Treidelpferden und extrem nervenstarke Könner auf den unberechenbaren, oft reißenden Fluten von Inn und Donau.

*****

János jüngstes Töchterchen hieß Sarah Maria. Benannt, nach den beiden wichtigsten Heiligen der Zigeuner. Sie war Anfang März neun Jahre alt geworden, also kurz vor seinem letzten Abschied im April. Ihr Bild trug er, zusammen mit dem Bildnis seiner Frau Ruscha, auf der mit Perlmutt ausgelegten Innenseite seines wasserdichten Medaillons. Es war ein, ganz in massives Gold gefasstes Bildnis der Schutzheiligen aller Zigeuner in ganz Europa: der heiligen Maria. Zehn Wochen waren sie nun schon unterwegs. Hatten Budapest, Preßburg, Wien, Linz und Passau passiert und waren dann auf dem mühseligen Wasserweg bergauf in Richtung Mühldorf am Inn unterwegs gewesen. Sechs Pferde hatten sie auf dieser Fahrt schon verloren. Und einen seiner besten Leinreiter. Einen jungen und immer lustigen Tiroler aus Imst, der grandios auf seiner Diatonischen spielen, ja zelebrieren konnte. Eines Nachts war er auf der „*Hohenaufahrt*“ zwischen Linz und Passau spurlos verschwunden. Bis weit in die Nachmittagsstunden hatten sie nach ihm gesucht. Vergebens. Sicher, sie hatten schon alle einen über den Durst getrunken, als sie kurz vor Passau noch einmal eine Nacht Ruhepause einlegen mussten. Aber das dies so enden musste ...

*****

Sommer 1869

Jedesmal, wenn der Schiffszug Mühldorf im Norden, oder Wasserburg weiter südlich auf dem wilden, mächtigen Gebirgsfluss passierte, ging János ein Stich ins Herz.

Jetzt würde es nur noch wenige Stunden dauern, bis sie ihren Ruheplatz im kleinen Schifferdorf gegenüber dem Kloster erreichten. Sein allerersten Weg führte immer mit seiner kleinen Rossplätte hinüber auf die andere Innseite. Dort lag - unweit vom Fluss auf einer Anhöhe - das altehrwürdige Kloster Au am Inn. Schon von Weitem sah man über die Wipfe der entlang des Flusses stehenden Bäume, die mächtigen Doppeltürme der Klosterkirche *Sankt Maria* hervorspitzen. Die Nonnen im Kloster kannten ihn schon lange: den schlanken, drahtigen Ungarn mit seinem immer strahlenden Lächeln. In seinem braun gebranntem Gesicht blitzten die perlweißen Zähne um die Wette mit dem Weiß seiner Augäpfel. János war, wie alle Zigeuner, ein zutiefst gläubiger Mensch. Mochte er sonst auch zu jeder Schandtat bereit sein, vor seinem Herrgott und vor den Heiligen der Zigeuner hatte er gewaltigen Respekt.

Doch Maria Mutter Gottes, ja die verehrte man ...

Jedes Mal, gleich nach dem Vertäuen der Plätten am Mittergarser Stapelplatz, saß er beim abendlichen Vespergottesdienst ganz vorne in der allerersten Reihe, um seiner Familie und der größten Schutzpatronin der Zigeuner zu gedenken: Der Namenspatronin seiner kleinen Tochter Sarah Maria. Seine Gedanken flogen in diesen Minuten der Besinnung hinweg über die Lebensadern des bayerischen Königreiches und der k.k. Donaumonarchie von Süd nach Nord entlang. Über den Inn und über die Donau. Und weit, ganz weit im Osten, dort wo der größte Fluss Europas schon viele Meilen vor Budapest einen scharfen Knick nach Süden machte und die Wasser-

massen meist träge dahin fließend die weite fruchtbare ungarische Tiefebene des *Alföld* durchpflügten.
Dort, genau dort lag sein winziges Heimatdörfchen ganz nahe am schilfbewachsenen Ufer des Flusses. Mit geschlossenen Augen durchstreifte er in seinen Träumen und Gedanken die sanften Hügel des *Mecsek - Gebirges* und die Straßen der wunderschönen Hauptstadt dieser Region: *Fünfkirchen*[1)]. Und wenn er seine Gedanken weiter entlang der Flüsse nach Südosten schweifen ließ, so lag vor ihm das *Königreich Kroatien - Slawonien.*
Schon sehr oft war er mit seinem besten Freund Sandor dort auf Dorf- und Stadtfesten mit seinen Reiterkunststücken aufgetreten.
Slawonien war ja nicht einmal einen strammen Tagesritt von ihrem Heimatdorf entfernt. Hatten die beiden den fast tausend Meter hohen *Papuk* am südöstlichen Ende des *Bilogora- Gebirges* erstmal umrundet, dann lag vor ihnen das fruchtbare Bauernland der *pannonischen Tiefebene.*
Dort in den vielen kleinen Dörfern und Städtchen wurde tagaus, tagein geschuftet. Aber auch gefeiert, gestritten und vor allem geliebt, was das Zeug hielt!
Der junge Zigeuner seufzte wehmütig. Wie oft er hatte dort in seinen jungen Jahren auf Hochzeiten und vielen Festen mit seiner Geige gespielt und auf vielen Markt- oder Dorfplätzen seine Kunststücke vorgeführt. Oftmals nur für kärglichen Lohn.

*****

Dann lernte er „Sie“ kennen. Ruscha...
Schon vom allerersten Augenblick an wusste er ganz sicher: Nur mit ihr wollte er eine Familie gründen. Sie war wie das überirdische Bildnis einer Frau. Nur sie wollte er zur Frau haben!

Ruscha stammte aus einem anderen Zigeunerstamm, der in Slawonien am Fuße der *Bilogora,* des *Bilo-Gebirges* sein Zuhause hatte.
Lange hatte sich János Sippe gegen diese Beziehung gewehrt, ihn beschimpft, ja gar unverhohlen bedroht.Für ihn, den wilden János, hatten sie längst eine andere aus dem eigenen Zigeunerstamm ausgesucht. Dann, wenn er sich endlich die „Hörner abgestoßen hatte!“

Doch er wollte nur noch die eine: Ruscha.

Nein, nicht dass sie ihm nur die Augen verdreht hätte oder gar den Verstand geraubt. Natürlich, das auch. Aber das war ihm vorher schon bei gar vielen Weibern passiert.

[1)] *heute:* **Pécs**/Süd-Ungarn

Er war im besten Mannesalter, ein Frauenheld und Luftikus durch und durch. Na und? Das waren doch all die Männer seiner Sippe, oder?
Für János war alles noch viel, viel schlimmer, als er sich jemals in seiner Phantasie hätte ausmalen können.

Er, der die Freiheit über alles liebte, hatte sich unsterblich verliebt!
Aber auch Ruscha hatte große Schwierigkeiten in ihrer Sippe. Zumal sie schon seit ihrem zwölftem Lebensjahr einem Cousin zur Frau versprochen worden war.
János erinnerte sich noch genau an jenen Tag, als er das erste Mal Ruscha in sein winziges Dorf im Schilfgürtel der Donau mitgebracht hatte. Ruscha, der die Freiheit geradezu im Blute lag, war schockiert. Sie, die Bergzigeunerin, in dieser kleinen Ansiedlung aus primitiven Schilf- und Holzhütten am großen Fluss? Kaum dass man ein Stück Himmel über die hohen Schilfgürtel ringsum erkennen konnte!
Sie landete nun auf einmal in einem unübersichtlichen, nassfeuchtem Gebiet am Rande der Puszta; das entweder ständig unter Nebelschwaden lag oder in der glühenden Sonne. Dort wo Mensch und Vieh dauernd plagende Stechmücken ertragen mussten. Und dazu Nacht für Nacht dieses schier unerträgliche Gequake und Geschnatter all jener Tiere und Lebewesen, welche die Flussauen der Donau zu ihrem ureigenen Reich erkoren hatten. Und in welcher die Menschen immer nur ein Störenfried bleiben sollten.
Aber auch Ruscha wollte von ihrem János nicht mehr lassen.
Ein Ultimatum ihrer Eltern, nach der Hochzeit zusammen dann in ihr Dorf in die Berglandschaft Slawoniens zu ziehen, hätte fast alles noch mal zum Scheitern gebracht. Das erste Kind war schon unterwegs und Ruscha fügte sich ihrem Schicksal. János verdiente sein Geld weiter auf den Festen und Jahrmärkten an beiden Ufern des Stromes.
Sie dagegen musste sich mühsam in die Hierarchien ihrer Großfamilie einarbeiten. Aber das war sie ja schon von ihrer Sippe gewohnt.

*****

Die Witterung war dieses Jahr für die Schiffleut'günstig. Der Patron der Schiffsleute, der hl. Nikolaus meinte es augenscheinlich gut mit ihnen.
Schon vor Mitte April hatte Maximilian Bauer zwei Schiffszüge auf dem Inn für die lange Fahrt zu den Partnern in den Königreichen Rumänien und Bulgarien tauchen können. Den Ersten in Telfs und den Zweiten in Hall bei Innsbruck. Seine Agenten hatte ganze Arbeit geleistet. Auf der Fahrt nach Norden legte der vorausfahrende Schiffszug nochmals an der Lände in Kufstein an. Dort mussten noch knapp sechstausend Zentner Zement in Holzfässern für einen Abnehmer in

Wien geladen werden. Der Großteil der Fracht bestand jedoch aus Salz aus der Saline bei Hall. Der nächste Halt sollte gleich an der tirolerisch - bayerischen Grenze an der Lände in *Windshausen* sein, um dort bei einer Kalkbrennerei eine Plätte Kalk für denselben Kunden in Wien zu tauchen.
Die vier Hauptschiffe des zweiten Schiffzuges, die „*Hohenau*, die *Nebenbei, der Schwemmer und der Schwemmer - Nebenbei*", waren schon übervoll mit welschen Waren aus den Landen überm Brenner beladen. In der Hauptsache Fass um Fass weißen und roten Weines aus dem Etschtal, aus Julisch - Venetien, dem Piavetal, Stoffe, Gewürze und Glaswaren aus Murano bei Venedig.
Der nachfolgende Schiffszug fuhr unter dem Kommando von Albrecht Miederer, der schon lange im Dienste des Mühldorfer Schiffmeisters stand. Dieser kernige, kraftstrotzende Tiroler aus Telfs war ein äußerst loyaler und erfahrener „*Sößthaler*" [1)], wie man die Schiffsführer im Tirolerischen nannte. Seine Besatzung rekrutierte er jedes Jahr selbst und ausschließlich aus dem Gebiet des Inntales. Aus Pfunds, Imst, Landeck bis hinauf nach Kufstein kamen die jungen, kräftigen Tiroler Bauernburschen. Hierin ließ ihm Maximilian Bauer immer freie Hand. Er wusste, dass er sich auf diesen Mann vollkommen verlassen konnte. Schiffseigner Bauer dagegen suchte sich die meisten seiner Ross- und Schiffknechte in den kleinen Orten entlang des Inns ab Kiefersfelden bis hinauf nach Mühldorf aus. Das war praktisch für ihn, da er keine langen Wege zur Rekrutierung hatte.

Der „*Sößthaler*" Albrecht Miederer hatte die Order, in *Neubeuern* und in *Nußdorf* noch eine Ladung Lebensmittel, Obst, Essig und einige Fässer Branntwein für einen Kunden in Passau zu tauchen. Die nachfolgende und noch halb leere Plätte des Schwemmers hatte hierfür noch genügend Platz.
Von *Braunau* aus sollte sich der Floßverband des Mühldorfer Schiffmeisters den beiden Schiffszügen anschließen. Dieser war größtenteils mit „*Wienerisch Floßholz*" beladen. Wertvolles, auserlesenes Bauholz für die pulsierende Residenzstadt des Habsburger Imperiums. Eine der Plätten wurde zudem mit tonnenweise mit Salzscheiben in Fässern aus den Salinen in Hallein für Budapest getaucht. Dort wartete schon der Anschlussauftrag für die „Hohenaufahrt".
Zwei seiner drei Plätten sollten mit Getreide, Pottasche, Osterwein, Kupfer- und Bleierze aus Ungarn und der Slowakei für seine Abnehmer im unteren Inntal und im „Land vorm Gebirg" beladen werden.

[1)] **„Sößthaler"** *(tirolerisch auch: Seßthaler) = Kommandant eines Schiffsverbandes/-zuges. Genau wie der Stoirer nur dem Schiffseigner untergeordnet.*

Der Schiffseigner Maximilian Bauer hoffte sehr, auch in Wien wieder einen lukrativen Anschlussauftrag für die Fahrt bergauf zu erhalten.
Die weiteste Strecke jedoch hatte der Schiffszug des Tirolers Albrecht Miederer vor sich. Bis hin zum bulgarischen Hafen *Ruse*, genau gegenüber von *Zurz,* im Königreich Rumänien sollte diesmal die gefährliche und lange Fahrt gehen.
Maximilian Bauers Zielhafen jedoch war wieder einmal *Nikopol.* Wochen später, Ende Mai, erreichte sein voll beladener Schiffszug den Hafen von Belgrad. Auch in *Nikopol* und *Smederevo* konnte er wieder Fracht für die Bergfahrt mitnehmen.

*****

Am Stapelplatz im Hafen von Belgrad, etwas südlich vom Zusammenfluss der Save in die Donau, schien die Hölle los zu sein. Ein größerer Verband von Plättbooten hatte in den späten Abendstunden des milden Freitags am Donauufer, unterhalb der Burg *Kalemegdan* festgemacht.
Für den Mühldorfer Schiffmeister war es die erste Hohenaufahrt dieses Jahres - und höchste Zeit für seinen gesamten Schiffszug eine Rast einzulegen.
Maximilian Bauer sehnte schon den Tag herbei, wenn er einen Teil der dann nicht mehr gebrauchten und ramponiertem Plätten als Brennholz in Wien oder auch in Linz versilbern konnte. Denn dann musste er auch einen Teil der Leinreiter und Schiffknechte für einige Zeit nach Hause schicken. Seiner Kasse tat dies gut. Konnte er doch mit dem Erlös für den Verkauf dieses Brennholzes schon einen erklecklichen Teil des noch ausstehenden Lohnes an seine Männer auszahlen. Seine Besatzung und auch er waren nach dem langen Weg von *Orsova* am „*Eisernen Tor*" in Richtung Westen nun völlig am Ende. Die Treidelpferde waren ausgelaugt und mussten unbedingt ausgewechselt werden. Auch sie brauchten dringend Erholung.
Sieben seiner Pferde hatte er schon verloren, bald war Ersatz nötig.

Wie immer übernachtete er etwas abseits vom Hafen in einem kleinen Gasthof, den er schon seit langer Zeit kannte. Und wie immer hatte er zu später Stunde Damenbesuch! „Ganz diskret ...", wie ihm der listige Wirt als Arrangeur dieses *Tête-à-Tête* versicherte, „... und auch recht ansehnlich ist die Dame. Ansehnlich und nicht zu teuer ...!" Na ja, das mit dem „*diskret*" war Bauer eigentlich egal. Aber das mit dem „ansehnlich und nicht zu teuer?" Da würde der Wirt auch noch seinen Batzen dran verdienen, das war sicher! Doch in dieser Nacht war er trotz aller Befürchtungen wieder voll auf seine Kosten gekommen. Die Dame war wirklich ansehnlich und vor allem sehr anschmiegsam.

Übermüdet und trotzdem mit neuem Elan versehen wollte er sich nach einem ausgiebigen Frühstück auf den Weg in die Unterstadt machen. Gewichtig und wenig rücksichtsvoll bahnte er sich seinen Weg durch die immer dichter werdende Menschenmenge. Der untersetzte Schiffmeister fluchte ausdauernd und lautstark wie ein altgedienter und mit allen Flusswassern gewaschener Tiroler Schiffknecht.
„Zefix Halleluja, Himmiherrgottsakrament! Muss denn immer alles auf einmal kommen ...?"
Die Frage richtete er eigentlich an Niemanden. Mit zornigem, hochrotem Kopf spukte er in hohem Bogen einen Priem seines Kautabaks über die Mauer des Flusshafens in die graubraunen Fluten des Flusses. „Flussaufwärts muss es irgendwo stark geregnet haben ...", dachte sich Bauer. Der Wasserstand der Donau war innerhalb weniger Stunden bedenklich angestiegen. Die Pferde und die Leinreiter hatten deshalb schon auf den letzten Meilen von *Kovin* nach Belgrad, bedingt durch den rasend steigenden Pegel, eine Höllenarbeit zu verrichten gehabt. „Eigentlich höchste Zeit für eine längere Pause, aber nicht unter diesen vermaledeiten Vorzeichen ..." sinnierte der Eigner von insgesamt drei Schiffsverbänden an Salzach und Inn weiter.

Und gerade da hatte ihn die Nachricht erreicht, dass einige Männer von seinem zweiten Schiffsverband fehlten.
Seine beiden Frachtagenten vor Ort hatten sich wohlweislich schnell vor den Zornesausbrüchen des tobenden Schiffmeisters aus Mühldorf am Inn in Sicherheit gebracht, denn irgendeine „Laus" lief ihm ja immer über die Leber. Vorsorglich waren die beiden in ein Lokal am Hafen gegangen, um sich den angestauten Ärger mit süffigen rotem Wein und Schnaps hinunter zu spülen. Gut, sie wussten ja, der Schiffszug hatte bei der Hohenaufahrt mittlerweile fast vier Tage verloren. Das wussten sie. Aber was hätten sie denn daran ändern können? Dass dem Tiroler Albrecht Miederer mir nichts, dir nichts, der altgediente Vorreiter des Treidelzuges und zwei seiner besten Rossknechte abhauten und sich kurz vor *Smederevo* frühmorgens einfach in die Büsche schlagen würden, das konnte doch wirklich keiner ahnen. Und dann auch noch wegen ein paar unsinniger, oft immer nur kurz anhaltender Liebschaften! Wenn „der Verstand in die Hose gerutscht war", war´s denen doch egal, dass dann die anderen deren Arbeit übernehmen mussten!
Gut, auch das war schon des Öfteren passiert. Schlimm war nur, dass in dieser kurzen Zeit, als die beiden Agenten diese Nachricht in Belgrad erreichte, bis zum Eintreffen des zweiten Schiffzuges trotz aller Anstrengungen niemand Gleichwertiges als Ersatz für die drei stiften gegangenen Leinreiter gefunden werden konnte.

Das bedrückte den Schiffmeister und auch die Mannschaft auf dem vorausfahrenden Schiffszug schwer.
Aber ändern, nein, ändern konnten sie es auch nicht mehr...

*****

Dass gerade an diesen Tagen das große Frühlingsfest unterhalb der großen Burg *Kalemegdan* stattfinden würde, war mehr als ein unglücklicher Zufall. Ja, unglücklich!
Denn keiner der vielen ledigen und kräftigen Burschen aus der Puszta oder aus Slawonien, die die Agenten, Bauer sowie sein Steuermann, der „*Stoirer*" ansprachen, wollte sich über diese Festtage hinweg für eine derart harte Knochenarbeit einstellen lassen. Schon garnicht für dieses lumpige Entgelt. Da nützten weder Schmeicheleien noch Freundlichkeiten und auch nicht das Versprechen auf besseren Verdienst. Den Gedanken, bei anderen Schiffsverbänden, die gerade auch in Belgrad anlegten, einige gute Leute abzuwerben, ließ Bauer gleich fallen. Das würde nur böses Blut geben. Wer wusste denn schon, wann er wieder einmal auf Hilfe eines anderen angewiesen war?
Und dann?
Vielleicht war er halt auch zu knauserig. Ja, hätte er doch noch ein paar Gulden oder Taler mehr draufgelegt! Vielleicht, ja vielleicht hätte es dann klappen können. Letztendlich, wenn auch widerwillig, verstand er auch diese jungen, wilden Burschen. Schließlich war er auch mal jung und ungestüm, bevor er sich die Hörner abgestoßen hatte und in etwas ruhigerem Fahrwasser gelandet war.
Im Hafen der Ehe in Mühldorf am Inn.
„Lang, lang ist´s her" seufzte er wehmütig in seinen leicht ergrauten Bart hinein. Lange, allzu lange schon dümpelte seine Ehe mehr recht als schlecht dahin. Gut, seine Frau hielt mit eiserner Hand das große Haus und das wachsende Vermögen in Schuss. Das musste sich der Maximilian schon eingestehen.
Aber sonst? Ja sonst?
Zuhause war das „*Feuer*" schon lange erloschen und ein Sohn, der in die Fußstapfen seines Vaters treten könnte, war ihm nicht vergönnt. Seine Ehe war kinderlos geblieben. Die größte Sorge jedoch war in diesen Tagen, an wen er in diesen schlechten Zeiten denn noch seine „*Schiffmeister - Gerechtigkeit*" verkaufen sollte. Er bräuchte den Verkaufspreis dringend für seine Absicherung im Alter. Vererben, nicht verkaufen, das war lange Zeit sein Plan. Aber seine Frau bekam einfach keine Kinder. Er wäre ja sogar mit einer Tochter zufrieden gewesen. Bauer wusste zu genau, dass er nicht unfruchtbar war. Ganz genau wusste er das! Zahlte er doch seit über vierzehn Jahren brav seine Alimente an eine Frau, droben in Burghausen an der Salzach.

Für einen Sohn! Seine Frau wusste davon nichts, da war er sich absolut sicher! Sein, schon jahrelang andauerndes, Verhältnis mit der jungen Witwe eines Schiffmeisters endete abrupt vor zwei Jahren. Seine Geliebte hatte die Heimlichtuerei satt und verheiratete sich wieder mit einem jüngeren Mann.
Außerdem gab es noch viele andere Sorgen, die ihn bedrückten. Die neumodischen Ideen der jüngeren Schiffmeister erschreckten ihn sehr. Einige der frechsten, verwegensten dieser Spezies lebten drunten in Nußdorf und Neubeuern am Inn. Faselten doch diese jungen Heißsporne in letzter Zeit nicht immer von „radikalen Veränderungen"? Ja sogar von direkten Einschnitten in der bisherigen Geschäftspolitik? Widersprach das nicht der Ehre und dem seit Jahrhunderten geltenden Selbstverständnis der Innschiffer? Wollte doch gar schon manch einer von ihnen heimlich mit der königlich - bayerischen Eisenbahn zusammenarbeiten! Maximilian Bauer ahnte schon, dass sich langsam aber sicher die Zeit der Flussschifferei zu Ende neigte, da sie nicht mehr konkurrenzfähig war. Aber nun die gesamten Transporte von heute auf morgen auf die Schienen zu verlegen? Nein, das konnte er sich beim besten Willen noch nicht vorstellen.
Ungewollt waren seine Gedanken wieder einmal weit abgewichen.
Nein, solche Gedankengänge konnte er diesen jungen Menschen nicht verübeln. Außerdem schon garnicht das Verhalten der jungen Zigeuner vom Frühlingsfest unterhalb der Burg *Kalemegdan.* Bei diesem herrlichen Wetter auf ein paar schöne, fröhliche Tage verzichten? Und auf all die wunderschönen und bereitwilligen jungen Mädchen? Das konnte warten. Aber der Schiffmeister Bauer aus Mühldorf am Inn konnte und wollte nicht so lange warten. Die Termine drunten in Rattenberg, Innsbruck und Kufstein brannten ihn schon tüchtigst unter den Nägeln. Und der neue junge Konkurrent, der sich vor einem knappen Jahr in Nußdorf getraut hatte, seinen eigenen Betrieb aufzumachen, schnappte ihm auf dem Inn mittlerweile einen Auftrag nach den anderem weg. Er bekam ihn einfach nicht in den Griff, diesen rücksichtslosen Emporkömmling! Obwohl, Bauer musste es sich eingestehen, dass er vor nicht mal zwanzig Jahren genauso rotzfrech einen Konkurrenten nach dem anderen „aus dem Feld geschlagen" hatte. „Rücksichtnahme ist halt keine Zierde der Jugend und schon garnicht in unserem Gewerbe" hatte ihm sein verstorbener Schwiegervater einmal gesagt. Just an jenem Tag, als er dem Ehemann seiner Tochter Theresia seinen Betrieb übergeben musste. Der alte und in seinem Gewerbe hochrespektierte Anton Rogner aus Mühldorf am Inn war zu dieser Zeit schon sehr schwer erkrankt. Kurze Zeit später starb er. Maximilian Bauer schüttelte die unan-

genehmen Gedanken aus seinem Kopf und machte sich auf den Weg, die Sache selbst in die Hand zu nehmen. Doch schon nach ein paar Schritten haderte er wieder mit seinem Schicksal. „Ein Sohn, ja ein Sohn. Oder auch nur ein tüchtiger Schwiegersohn hätte mich jetzt viel entlasten können!" sotterte er leise in sich hinein. Der Schiffmeister schwor sich, diese beiden Halunken, diese windigen und unfähigen Frachtagenten noch am nächsten Morgen zu feuern. Das schwor er sich hoch und heilig beim heiligen St. Nikolaus. Trotz allen vorangegangenen Ärgers hatte er heute sein feinstes Gewand angelegt: Roter, samtener Wams und die schwarze, fein gewalkte Joppe mit den goldfarbenen Knöpfen, die er sich vor nicht allzu langer Zeit bei einem Aufenthalt in Wasserburg vom *Trachtenhaus Huber* am Marienplatz zugelegt hatte. Unterm Wams trug er ein blütenweißes Hemd aus feinstem Linnen, verziert mit Stickerei am Kragen und auf der Brust. Und am großen, schwarzen Filzhut steckte ein voluminöser, wunderschöner Gamsbart. Ein Geschenk seines wichtigsten Agenten und Handelspartners aus Telfs in Tirol. Am Gürtel seiner knielangen Lederhose hing seine nagelneue, schwarze Geldkatze aus feinstem Hirschleder. Verziert mit allerlei gold- und silberfarbenen Einlegearbeiten, Stickereien und einem Schloss, aus echtem, schwerem Silber.

*****

Seine Gedanken schweiften zurück.
Vergangenen Herbst, auf seiner letzten *Naufahrt*[1] vor dem nahenden Winter und nach einem feuchtfröhlichen Abend mit seinem Frachtagenten in einer Weinschänke, dicht beim alten Augustinerkloster, hatte er sich dieses Schmuckstück bei einem schrulligen Säckler in *Rattenberg am Inn* gekauft. Sein Agent hatte gute Arbeit geleistet. All seine Plätten waren bis zum letzten Zentimeter randvoll, ja beinahe gefährlich voll mit Fracht gefüllt. Das gab gutes, hartes Geld für alle Beteiligten. So was musste man begießen und feiern! „Ein Kunststück, ein echtes Kunststück, eine Rarität" wie ihm damals der schrullige alte Mann in der winzigkleinen, arg verwinkelten Werkstatt im Schatten hinter der großen Pfarrkirche versichert hatte. „Absolut sicher gegen jeden Haderlumpen, der an dein Geld will" versicherte er dem Schiffmeister aus Mühldorf. Er lachte und zeigte aus seinem fast zahnlosen Mund ein paar gelb gefärbte Stummel. Maximilian kaufte sich an diesem Tage bei dem alten Mann noch ein doppelseitig scharfes Messer mit einem wunderschönen Hirschhorngriff,

[1] **„Naufahrt"** *(Fahrt stromabwärts). Stets äußerst gefährlich, da die vollbeladenen flachen Plätten oder Flöße „... immer mit den launischen Wassern treiben ...".*

welcher mit silbernen Nieten verziert war und dessen Klinge in einer kunstvoll gearbeiteten Lederscheide steckte. Immer, wenn er seither sein Festtagsgewand anlegte, durften diese beiden Gegenstände aus Tirol nicht fehlen. So auch heute ...
Doch plötzlich war ihm eingefallen, dass er dem „Stoirer" seines Schiffzuges noch eine Anweisung für das Ablegen am übernächsten Tag geben musste. Er kehrte von seinem Zimmerchen zurück in die Schiffshütte auf dem Kuchlschiff.
Die Sache mit seinem Steuermann hatte er gleich erledigt. Er legte er seinen Hirschfänger auf den Tisch der engen Hütte und - gedankenverloren - seinen schwarzen Filzhut darüber.
Er hatte ja gewusst, dass es große Schwierigkeiten auf der Bergfahrt geben könnte, wenn er nicht nach gutem Ersatz Ausschau halten würde. Für die Lumpen, die so „mir nichts, dir nichts" lieber ein paar Röcken nachgelaufen waren, als pflichtgemäß ihren Schiffsverband wieder hinauf in die Tiroler Berge zu bringen!
Bauer kochte innerlich. Denen, ja denen würde er es heimzahlen!
Fest entschlossen war er, es diesen ehrlosen Gesellen in Zukunft so schwer wie möglich zu machen, wieder Schiffsplanken unter den Füßen zu spüren. Gute, ja sehr gute Verbindungen zu den anderen Schiffmeistern, egal ob in Österreich oder Ungarn hatte er ja. Und sein Wort galt - nach wie vor - etwas in der Zunft der Schiffleute entlang der Lebensadern Inn, Donau und Salzach.
Schiffmeister Bauer nahm seinen Hut wieder vom Tisch, ging über den wackligen Steg hinüber ans Ufer und schlug, wieder missgelaunt weiter vor sich hinbrummelnd, den Weg vom Stapelplatz - direkt am Zusammenfluss von Save und Donau gelegen - in die Unterstadt von Belgrad ein. Schon von Weitem hörte er feurige Zigeunermusik. Je näher er dem Rummelplatz kam, umso mehr nahm der Lärm zu.
„Ein babylonisches Stimmengewirr" dachte sich Bauer. Aber das war er ja gewohnt und machte ihm nichts aus, wenn er schon mal die Strapazen solch einer langen Schifffahrt von den Tiroler Bergen bis hierher auf sich nahm. Und all die verlockenden, verführerischen Gerüche! „Ja, ja, das ist der Balkan" murmelte er vor sich hin. So oft war er schon hier gewesen und es faszinierte ihn immer wieder. Diese Gerüche aus den vielen kleinen Schänken in der Unterstadt!
Das Wasser lief dem Schiffmeister im Munde zusammen.
Behutsam und unauffällig tastete er nach seiner am Gürtel befestigten Geldkatze, in der sich seine gesamte Barschaft befand. Der Erlös einer ganzen Frachtladung vom Zielort Nikopol, abzüglich der getätigten neuen Einkäufe für seine Abnehmer in Wien, Passau, Rosenheim und Innsbruck. Immer wieder vergewisserte er sich von der prall gefüllten

Geldtasche, die von seiner Joppe verdeckt war. „Na ja, genug hab ich ja auf jeden Fall dabei!“ brummelte er in Gedanken vor sich hin und stieß einen zufriedenen Rülpser aus. Jetzt wollte er seinen Ärger mit einem guten Essen und einigen Gläsern süffigen Tokajers hinunterspülen und vielleicht danach ... ? Vielleicht fand er dann wieder eine willige und ansehnliche Begleitung für den Rest der Nacht?
Na ja! Er spann diesen Gedanken nicht lange weiter.
Doch, eigentlich hatte es bisher immer geklappt!
„Ein Heiliger“ war er ganz sicher nicht, das stand felsenfest. Genauso wenig wie die allermeisten seiner Männer. Hatte er doch noch vor wenigen Tagen bei einer rassigen, schönen Frau in *Nikopol* gelegen. „Ja, die wäre es ...“, dachte sich *Maximilian* Bauer, „... ja genau die hätte es sein können!“ schwelgte er in verklärter Erinnerung. An einem weinseligen Abend in einer kleinen Weinstube unterhalb der Festung hatten sie sich kennengelernt. Sicher, das war ihm schon von Anfang an bewusst, hatte sie es auf ihn nur aus einem bestimmten Grund abgesehen. Und der Grund war seine prall gefüllte Geldkatze! Die ließ ihn immer in schwachen Momenten sehr großzügig werden. Da machte er sich gar keine großen Illusionen.

Bei Gott - was für eine feurige und sündige Nacht! Zu lange, allzu lange hatte er kein Weib mehr in seinen Armen gehabt ...

*****

Am Morgen danach entlohnte er sie gut, ja nachgerade fürstlich. Es hatte sich für ihn gelohnt! Maximilian war rundum zufriedengestellt. Sie versprachen sich, so bald wie möglich wiederzusehen. Was er davon halten sollte? Egal! Er nahm das Leben, wie es kam. Was anderes hatte er garnicht im Sinn. Doch diese Nacht hatte ihm auch deutlich gezeigt, dass das Feuer in ihm noch nicht ganz erloschen war. „Im Gegenteil“, musste er sich innerlich sehr stolz eingestehen. „Mann o Mann, hatte dieses Weib noch Feuer unterm Hintern gehabt und mich, den biederen Maximilian zu Höchstleistungen angespornt“ seufzte er und streckte seine völlig übermüdeten Glieder aus.
Beide hatten - und da war er sich absolut sicher - gemeinsam höchst lustvolle Stunden im kleinen Eckzimmer des ersten Stocks der Weinstube am Donauufer erlebt. Beide! Diese pure Verheißung, diese verführerische Frau mit ihren blutroten Lippen, dem warmen und weiblich lockenden Körper, den dunklen, lockigen Haaren.

So, genauso stellte sich der - seit Langem so biedere - Schiffsführer aus Mühldorf am Inn den Himmel vor.

*****

Bieder - und vor allem sehr verunsichert, in puncto seiner Männlichkeit - war Maximilian seit jener Zeit vor knapp zwei Jahren, als ihn seine Geliebte, die junge Witwe Cäcilia Madlon Wurzer aus Burghausen wegen eines wesentlich Jüngeren mir nichts, dir nichts verließ. Hals über Kopf hatte sie sich in einen Schiffszimmermann, einem "Schopper"*) aus Oberndorf bei Laufen an der Salzach verliebt und war mit ihrem Sohn zu ihm gezogen. Die Affäre war damit beendet. Seine Alimente zahlte er jedoch weiter.Den allzu verlockenden Gedanken, die rassige Frau vom Königreich am Schwarzen Meer zu seiner ständigen Gelibte zu machen und sie immer alleine für sich zu haben, schlug er sich jedoch gleich aus dem Kopf. Das hätte sein Vermögen schon nach kurzer Zeit nicht verkraftet. Und vielleicht auch nicht seine Potenz.

Bei deren Ansprüchen!

Doch: War das kleine Zimmerchen nicht extra toll ausstaffiert? Mit rotem Plüsch, vielen Kerzen, sogar frische Blumen standen auf dem Tischchen neben der Waschschüssel. Verführerischer Duft umnebelte schon beim Eintreten seine Sinne. Räucherkerzen mit dem Duft exotischer Kräuter standen in einem kleinen Behälter auf der Fensterbank zur Flussseite hin. Sicher kein Zimmer für raue Flussschiffer oder normale Reisende. Leise Zweifel kamen in ihm auf. War sie gar eine von jenen Frauen, von denen es in den großen Städten am Fluss mittlerweile nur so wimmelte? Jene, die nur vom Geld der Männer lebten? Dies fiel ihm erst jetzt richtig auf. Doch seine Skrupel hielten in Grenzen. „Gestört, nein gestört hat´s mich bislang auf keinen Fall ...", dachte er sich, „... ganz im Gegenteil!" Mit dem Gedanken, dass er ja noch öfters diesen Ort sehen würde, gab er sich zufrieden.

*****

Dort! Die Töne einer Drehorgel mischten sich in das vielstimmige Gemurmel der Menschen. Da vorne musste etwas besonders los sein. Musik, Zigeunermusik drang an seine Ohren.

Dann, ein schallendes Trompetensignal!

Seine Neugier trieb ihn nach vorne in Richtung eines Platzes vor der großen Kirche. Mühsam hatte er es endlich geschafft, sich bis in die erste Reihe vorzukämpfen.

Und da sah er ihn.

Auf einem der kleinen schwarzen Pferde, die wie wild im Galopp sich in einem, mit Sägemehl aufgefülltem Rondell, im Kreis bewegten, saß ein verwegen aussehender junger Mann. Ein Zigeuner, eindeutig!

Seine, zu einem Zopf gebundene, schwarze Haarpracht konkurrierte mit der im Winde flatternden Mähne des Pferdes.

*) **„Schopper"**- *siehe Glossar*

Die Kunstreiter, es waren deren sieben oder acht junge Burschen, standen jetzt alle freihändig auf dem Rücken ihrer galoppierenden Pferde. *Freihändig!*
Das Publikum wurde leiser und leiser und hielt - so meinte er erstaunt feststellen zu können - wie auf Kommando den Atem an. Ringsum war es auf einmal mucksmäuschenstill geworden. Nur die Musik aus der Drehorgel vom großen Kettenkarussell hörte man noch herüber. Dann machten, auf einen Pfiff aus der Reihe der jungen Männer hin, alle zu gleicher Zeit auf ihren Pferden einen Handstand. Zuerst beidhändig und dann, da blieb auch dem Maximilian fast die Spucke weg, alle nur auf einer Hand!
„Respekt, Respekt“ flüsterte er fast atemlos vor sich hin.
Zwei, ja gar drei Runden hielten es die besten der jungen Reiter aus, bis einer nach dem anderen endlich wieder in den leichten Ledersätteln landete. Jetzt erst brach lauter Beifall und Jubel los. Runde um Runde wurde in diesem Rondell gedreht. Dann wieder ein schriller Pfiff. Sichtlich erschöpft sprangen die Männer, einer nach anderen, vom Rücken der Pferde. Zwei von ihnen querten zu Fuß das Rondell in entgegengesetzte Richtungen, um den Obolus der Zuschauer einzusammeln.
Maximilian Bauer öffnete seine Silberschließe, suchte fieberhaft in der Geldkatze nach ein paar Münzen. Trotz allen Ärgers, welchen er in den letzten Stunden hatte, ertragen müssen, wollte er heute nicht zu knauserig sein. „Aber, Vorsicht!“ Dieser Gedanke ging sofort in seinem Kopf herum. Große Menschenmengen, das wusste er aus langjähriger Erfahrung, bargen große Gefahren in sich.
Diesen Gefahren wollte er sich heute nicht unbedingt leichtfertig aussetzen. Irgendetwas an der silbernen Schnalle klemmte. Verdammt! Vorsichtig sah er sich nach beiden Seiten um. Immer wieder ruckte er an seinem Hosengürtel, Stück für Stück, um der prall gefüllten Geldkatze ein paar Münzen zu entnehmen. Es nützte nichts ...

Einer der Zigeuner, derjenige mit den langen, zu einem Zopf gebundenen schwarzen Haaren, kam immer näher und näher. Sein abgekämpftes, schweißnasses Pferd führte er an der Leine hinter sich her. Trotzt der Strapazen, die diese Vorstellung sichtbar mit sich gebracht hatte, trug er ein gewinnendes Lächeln im Gesicht.
Seine perlweißen Zähne blitzten im sonnengebräunten Gesicht.

Plötzlich rannten zwei junge Burschen vor dem Schiffmeister auf und ab und spielten laut schreiend „fangen“. Der eine versteckte sich hinter Maximilian Bauer, während der andere vor ihm in geduckter Haltung seinen Freund mit schnellen Körpertäuschungen zu

erhaschen versuchte. Verärgert versuchte der Schiffmeister die Beiden zu verscheuchen. „Geht´s, haut´s endlich ab! Zieht's euch, aber dalli!" Wild fuchtelte er mit seinen Armen vor seinem dicken Bauch herum, um die beiden Burschen zu verscheuchen.
Er wollte seinen Obolus geben! Endlich gelang es ihm, mit einem kräftigen Ruck die Schließe seiner Geldkatze zu öffnen, um seinen Obolus für die Kunstreiter herauszunehmen. Gerade wollte er die Lasche der ledernen Börse nach oben klappen, als er einen mächtigen Stoß in den Rücken verspürte. Bauer kam ins Wanken, fing sich jedoch mit letzter Kraft, indem er versuchte, sich auf dem vor ihm tänzelnden Jungen abzustützen. Vergebens!

Der Schiffmeister bot ein Bild des Jammers.
„He, he, was soll denn dös ...?"sprudelte es erbost aus ihm heraus. Als es ihm endlich gelang, sich mühsam wieder aufzurichten, sah er aus den Augenwinkeln heraus auf seiner rechten Seite einen kleinen, wuschelköpfigen Burschen mit weit abstehenden Ohren, welcher ihn unverschämt frech angrinste. Seine schneeweißen Zähne blitzten im Sonnenlicht. Den anderen Burschen, der ihn in seinem Rücken gestoßen hatten, bemerkte er garnicht mehr.
Wieder ein kräftiger Stoß. Leichtfüßig tänzelte der Junge mit den stark abstehenden Ohren um ihn herum. Der füllige Schiffmeister konnte sich nur noch mit Müh und Not sich auf den Füßen halten. Nun endlich schwante ihm Böses. „Hilfe, Überfall. Hilfe!" Seine gellenden Rufe nahm aber niemand um ihn herum ernsthaft wahr. Jetzt! Wieder ein starker Stoß von hinten. Es schmerzte höllisch. Bauer versuchte sein Gleichgewicht zu halten. Vergebens! Er wankte hin und her. Eine Klinge blitzte im Sonnenlicht kurz auf. Im nächsten Augenblick durchtrennte der Junge vor ihm mit einem gekonnten Schnitt den Ledergurt und zog mit einem Ruck die Geldkatze an sich. Alles dies geschah in wenigen Augenblicken.
„Hilfe, Hilfe, so helft mir doch!" Obwohl vor Angst beinahe außer Atem, schrie er aus Leibeskräften. Mit ausgestreckten Armen wollte er dem Räuber seine Beute entreißen. Sein massiger Körper folgte jedoch den Befehlen seines Gehirns nicht. Wieder kam er ins Wanken. Er stolperte über einen ausgestreckten Fuß und fiel kopfüber auf das Pflaster. „Hilfe, Räuber! Hilfe ...!" jammerte er - weinerlich am Boden liegend - weiter. Fast versagte ihm nun seine Stimme. Speichel, vermischt mit Blut aus einer Wunde auf der Stirn, tropfte aus den Mundwinkeln auf den Boden. Mühsam versuchte Maximilian Bauer sich wieder aufzurappeln. *„Hilfe..., Räuber! So helft mir doch ...".*
Die Menge war zurückgewichen, so als wäre ein Pestkranker hier in ihrer Mitte. Wut, ohnmächtige Wut machte sich in seinem Kopf breit.

„Saupack, damisches!“ schrie er seinen ohnmächtigen Zorn heraus. Seine rechte Schulter und sein Kopf taten ihm höllisch weh. Mit seinem Sacktuch wischte er sich das blutige Gesicht ab. Instinktiv fuhr seine Hand ans Messerfutteral an seinem rechten Hosenbein. „Mein Messer ...?“ Das Blut wich ihm aus dem Gesicht. Sein Messer? Das Futteral war leer. Der Schiffmeister wusste in diesem Augenblick nicht mehr, ob er den neuen Tiroler Hirschfänger überhaupt eingesteckt hatte, als er sein Zimmer vor wenigen Stunden verlassen hatte. Wieder sah er sich um. Blickte in die gaffenden, völlig unbeteiligt wirkenden Gesichter ringsumher. In manchem Blick glaubte er sogar Schadenfreude zu erkennen.

„Von Mitleid keine Spur. Diese elende Bagage!“

Maximilian kam sich zutiefst gedemütigt vor. Unbeholfen reinigte er, so gut es ging, seine beschmutzten Kleider und wollte sich entfernen.
Da! Was war das? Vom Rondell her hörte er den scharfen Knall eines Peitschenhiebes. In seinem Rücken, vom Flussufer her, trug der Wind das klagende Lied eines Harmonikaspielers an sein Ohr. Unentwegt jammerte er weiter vor sich hin. Noch immer nahm kein Mensch Notiz von ihm. Nur eine alte, gebückt humpelnde Frau vor ihm drehte sich um und schüttelte missbilligend ihren Kopf. Dann plötzlich machte sie kehrt, tippelte ein paar Schritte auf ihn zu und spuckte vor ihm aus. Es war eine Zigeunerin.
„´S bringt Unglück, bringt Unglück“ schoss es ihm durch den Kopf. Er sah an sich herab. Sein durchtrennter Ledergürtel hing immer noch an seiner rechten Seite lose herunter und die Geldkatze war weg. Weg, einfach weg. Das Blut schien ihm in den Adern zu gefrieren. Ihm wurde schwindlig, er holte tief Luft. „Hilfe, Hilfe ...“ schrie er nun wieder, so laut nur konnte. „Hilfe, Diebe haben mich bestohlen. Haltet die Diebe ...!“ Die, soeben noch frech grinsenden und lamentierenden Burschen, schienen plötzlich wie vom Erdboden verschwunden. Und mit ihnen die Beute. Keuchend drehte er sich um.
Doch auch hinter seinem Rücken war niemand mehr ...

In diesem Augenblick wurde ihm mit aller Deutlichkeit bewusst, dass er seine ganze Barschaft verloren hatte. Den Wert seiner ganzen Schiffsladung, die er in Nikopol seinem Geschäftspartner übergeben hatte! Mein Gott, ein Vermögen! Ein Riesenvermögen. Es wurde ihm schwindlig. Alles drehte sich um ihn.
Hart schlug er mit seinem Kopf auf das Pflaster auf ...

*****

Kurze Zeit später erwachte er wieder aus seiner tiefen Ohnmacht und rappelte sich mühsam wieder auf.
Blut tropfte vom Hinterkopf auf den Kragen seines weißen Hemdes. Mutterseelenallein und ohne einen einzigen Taler Geld in seiner Tasche stand er nun - noch etwas wacklig auf den Beinen - außerhalb der Menschenmenge. Keiner nahm von ihm mehr Notiz - und auch keiner hatte ihm geholfen. „Saupack, damisches...!“, fluchte er mehrmals - enttäuscht bis ins Innerste - vor sich hin.
Auf dem Festplatz hinter ihm begann eine neue Vorführung der Zigeunertruppe.

„Weg da, weg da! Aus dem Weg ...!“
Die durchdringenden Befehle des jungen Zigeuners duldeten keinerlei Widerspruch. Schnell machte ihm die Menschenmenge eine Gasse. Der Kunstreiter hatte sich mit einem gewaltigen Satz auf den Rücken seines kleinen Pferdes geschwungen und versetzte ihm mit seiner Gerte einen scharfen Schlag auf die Hinterbacken.
Ängstliches Wiehern - doch ein Pfiff und das kleine Pferd galoppierte los, Richtung Donauufer.
Bauer hielt den Atem an ...
Dicht hinter dem ersten Reiter folgte im scharfen Galopp ein zweiter Mann. Das Stakkato des Hufgetrappels der beiden Pferde auf dem Pflaster übertönte einige Zeit lang sämtliche anderen Geräusche. Selbst die Musik der Drehorgel des nahen Kettenkarussells und auch die, des Akkordeonspielers am Donauufer waren für kurze Zeit nicht zu hören. Die Gasse durch die gaffenden Zuschauer hinter den beiden Reitern schloss sich wieder. Es dauerte nur ein paar Sekunden und János der Zirkusreiter merkte, dass er auf der falschen Fährte war. Hinter sich hörte er das Hufgetrappel des Pferdes seines Freundes Sandor. Kräftig riss er an den Zügeln, der kleine Hengst bäumte sich auf und machte wiehernd auf der Hinterhand kehrt. Fast wäre er mit Sandor zusammengestoßen. „Mir nach! Ich weiß, wo sie sind“ schrie er über seine Schulter zurück und gab seinem Pferd die Sporen.

Die beiden jungen Räuber hatten von diesem Moment an schon so gut wie keine Chance mehr. Vor ihnen lag der mächtige Donaufluss, die Brücke war zu weit entfernt und der Weg zurück nach Süden war durch Sandor, dem anderen Kunstreiter abgesperrt und von der anderen Seite, vom Stapelplatz her, nahte schon János. Ängstlich irrten ihre Blicke umher, um möglichst in Sekundenschnelle einen weiteren Fluchtweg zu erkunden. Vergebens. Es gab ihn nicht mehr! Nicht die geringste Möglichkeit mehr, zu fliehen. Außer, sie wagten den Sprung in den großen Fluss. Aber, keiner der beiden Räuber konnte schwimmen!

Die beiden Zirkusreiter brachten ihre Pferde zum Stehen.
Aufreizend langsam stiegen sie aus ihren Sätteln und führten die dampfenden Pferde locker an den Zügeln.

Schritt für Schritt kamen sie den jungen Burschen näher ...

Die Schlinge um die beiden jungen Räuber schloss sich unbarmherzig immer enger. „Komm, los! Schmeiß den Beutel in den Fluss, sofort!", stichelte der Größere der beiden jungen Räuber seinem Kumpan zu. „Los, wirf ihn weg!" Schneidend drang die Stimme von János an die Ohren der beiden Burschen: „Ich würde das an deiner Stelle nicht tun! Komm, gib mir die Tasche!" Er machte eine kurze Pause, drehe sich um und tat so, als ob er sich vergewissern wollte, dass niemand diese Szene beobachtete.
„Komm, wirf den Beutel zu mir auf den Boden!" sagte er mit besänftigender Stimme. „Komm!" lockte er noch mal. Er deutete mit seinem ausgestreckten Arm vor sich auf's Pflaster.
Sein Ton wurde aufeinmal merklich schärfer. „Hier hin! Sofort!" Dieser Befehl, das merkten die beiden jungen Räuber sofort, duldete keinerlei Widerspruch. Die kohlschwarzen Augen des Kunstreiters glühten vor Wut! Die Burschen merkten, dass ihnen auf einem Schlag sämtliche Felle davon schwammen. Ängstlich guckte der Beutelabschneider den etwas älteren Anstifter an. „Sag doch was! Du, du bist doch schuld, dass wir in dieses Schlamassel hineingeraten sind. Nur du allein ...", presste er atemlos durch seine blutleeren Lippen.
Sie hatten nicht bemerkt, dass der zweite Zigeuner mittlerweile auf leisen Sohlen sich ihnen von hinten genähert hatte. Sein Pferd hatte er einfach gleich an der Brücke stehen lassen, die Zügel locker um einen der mächtigen eisernen Poller geworfen. Noch noch wenige Schritte und Sandor würde einen der beiden zu fassen kriegen, da war er sich absolut sicher. János ließ sich nichts anmerken. Wieder redete er auf die Jungen ein: „Komm, wir machen halbe, halbe. Jeder bekommt seinen Anteil von dem Geld. Jeder ... " lockte er die beiden Räuber mit sanfter Stimme. Die Augen des Anführers der Beiden leuchteten hoffnungsvoll auf. Er strich mit seiner freien Hand eine schweißverklebte Strähne seines dichten Haarschopfes aus der Stirn.
„Jeder? Wirklich jeder?" wiederholte er ungläubig.

Genau in diesem Moment packte Sandor zu.
Sein eisenharter Unterarm umschlang den Hals des kleinen Beutelschneiders. Gleichzeitig warf sich János mit einem gewaltigen Satz auf den anderen Jungen. Beide schlugen hart auf das Pflaster auf. Mit sicherem Griff hatte János blitzschnell die abgeschnittene Geldkatze in der Hand und hielt sie dann mit ausgestrecktem Arm seitlich

weit von sich. Sein linker Arm reichte ihm aus, um diesen kleinen Räuber in Schach zu halten. „Fast jeder kriegt seinen Anteil“ murmelte nun János, der Flusszigeuner zufrieden. „Fast jeder“ sagte er mit eiskaltem Blick und einem Lächeln auf den Lippen. Dann stieß er den Jungen so hart von sich, dass dieser wieder aufs Pflaster knallte. Der Bursche schrie laut auf und jammerte nun unablässig vor sich hin. „Haut ab, lasst euch nie mehr hier blicken. Nie mehr!“ Seine Augen blitzten. Einen Augenblick vorher hatte er noch die scharfe blitzende Klinge des einen Räubers in weitem Bogen in die, träge dahin fließenden Donaufluten, geworfen. Auch Sandor ließ keinerlei Zweifel daran, dass es ihm ernst war. Der Kleinere von beiden rappelte sich nun auch langsam auf, Angst stand in seinem Gesicht. Zuerst langsam, wie zwei geprügelte Hunde mit eingezogenem Schwanz und immer auf der Hut vor einem weiteren Schlag, dann jedoch auf einmal mit schnellen Schritten, machten sich die beiden Burschen auf und davon. So schnell, als sei der Leibhaftige hinter ihnen her. Ihre Schritte hallten noch lange auf dem Pflaster am Donauhafen in der Unterstadt. János klopfte sich den Staub aus seinem langen, roten Kittel.
„Spätestens beim nächsten Fest werden wir die zwei Halunken wiedersehen, verlass dich drauf.“ Freundschaftlich klopften sich die beiden Kunstreiter auf die Schultern. Sandor nickte und drehte sich um, sein Pferd zu holen. Sie ahnten genau, wo sie den Schiffmeister finden könnten.
Wenig später betraten sie das Hafenlokal „*Zum einarmigen Istvan*“. Das Lokal war als Treffpunkt der Flussschiffer bekannt. Istvan war ein rumänischer Zigeuner aus der Gegend um *Zurz,* südlich der Hauptstadt des Königreiches Rumänien, Bukarest. Irgendwann, in jungen Jahren hatte es Istvan nach Belgrad verschlagen. Natürlich, wie sollte es auch anders sein, wegen einer Frau. Er war nun schon weit über siebzig Jahre alt. Man sah es ihm aber nicht an. Sein Haar war noch dicht und kohlrabenschwarz, sein Schnäuzer furchterregend buschig. Als ganz junger Bursche hatte er im „*Russisch-Türkischen Krieg*“ in Nikopol die Festung vor den Russen verteidigen sollen. Vergeblich. Es gelang ihm jedoch, zusammen mit wenigen anderen, eine waghalsige Flucht vor den blutrünstigen Belagerern. Auch die türkische Flotte, in deren Diensten er wenig später zwangsrekrutiert worden war, wurde von den Russen vernichtet. Eine Gewehrkugel zerfetzte Istvan den rechten Arm. Dann hatte er genug von Bulgarien und setzte sich, noch nicht einmal ganz genesen, nach Norden, nach Serbien ab. Auf dem langen und entbehrungsreichen Weg dorthin verliebte er sich unsterblich in seine Krankenschwester.

Und sie sich in ihn.
Mira war Serbin. Und mit ihr begann er mit knapp dreiundzwanzig Lenzen ein neues Leben. Nun waren sie schon fünfzig Jahre zusammen und immer noch brannte, zumindest manches Mal, ihre Liebe lichterloh. Seine Schänke war bekannt bei allen Schiffleuten von Tirol bis nach Konstanza ins Schwarze Meer hinunter. Jeder, auch wirklich jeder brachte Mira und Istvan von seinen Reisen etwas mit. Nicht nur Andenken. Nein, auch ganz handfeste, genussvolle und exotische Sachen. Und hier trafen die beiden Kunstreiter auch den Maximilian Bauer aus Mühldorf in Altbayern. Einsam und verbittert saß er, einen noch halb vollen Krug Rotwein vor sich, an einem kleinen Tischchen in der Nähe des Eingangs. Die beiden Männer bauten sich vor ihm auf. Fragend hob er den Kopf. Sein Gesichtsausdruck verhieß nichts Gutes. „Ja, was ist?“ grummelte er grantig. Mit ruhiger Hand legte János die prallgefüllte Geldkatze auf den Tisch und schob sie aufreizend langsam zu ihm hinüber. „Hier, dein Geld, Schiffmeister!“
Die Zeiger der uralten Standuhr in der kleinen Kneipe am Ufer des Belgrader Donauhafens hatten Mitternacht schon längst überschritten, als sich die drei Männer vom kleinen runden Tisch gleich neben dem Eingang, fast wie auf ein Kommando und ziemlich wacklig erhoben. Schwer atmend stützte sich Bauer mit seinen beiden Armen auf den Tisch. Schweißperlen standen auf seiner Stirn. Sein Gesicht hatte die Farbe einer reifen Paprikaschote und seine große Trinkernase glänzte im schwachen Licht der Petroleumlampen. Er hatte sichtlich das eine oder andere Glas Tokajer zuviel getrunken.

Und dann noch diese lange, Sinnesberauschende Nacht vorher!

*****

„Also, wir sind uns einig! Nächsten Dienstagmorgen. Um Punkt vier Uhr in Neusatz[1], *an der Lände, genau unterhalb der Festung Peterwardein*[2] *ist der Stapelplatz.“*

Vorher hatten sie noch ausgehandelt, sich erst nach einigen freien Tagen flussaufwärts, genau in der Mitte zwischen Belgrad und Mohatsch zu treffen. Die beiden jungen Kunstreiter nickten und schlugen nacheinander in Pranke des Mühldorfer Schiffmeisters ein. „Gut, dann am Dienstagmorgen, um Punkt vier Uhr am Stapelplatz in Neusatz ...“.

---

[1] *heute:* **Novi Sad**/*Serbien*

[2] *heute*: **Petrovaradin**. *Seit 1945 Ortsteil von Novi Sad. „Prinz Eugen von Savoyen“ schlug dort in der „Schlacht von Peterwardein“ am 5. August 1716 - mit 80.000 kaiserlichen Söldnern - vernichtend ein 150.000 Mann starkes osmanisches Heer.*

Sie wollten sich nur noch von ihren Familien verabschieden und mit ihm dann die Bergfahrt in Richtung Budapest, Wien, Passau und Innsbruck auf ihren wendigen Pferden am Ufer der beiden Lebensadern im Südosten Europas durchführen.
Für Maximilian Bauer gab es keinerlei Grund an diesem „Geschäft" zu zweifeln.
Er bezahlte beim Wirt die Zeche für alle drei, ohne mit der Wimper zu zucken. Es war wohl eine stolze Summe, die er für Speis und Trank auf den Tisch legte. Aber dies war es ihm wert!
Auch den Vorschuss mit einer guten Belohnung obendrauf gab er den beiden Zigeunern mit auf den Weg. Hatte er doch seine gesamte Barschaft von den beiden Kunstreitern wieder zurück erhalten!
Und, das war für den Schiffmeister überhaupt der Gewinn dieser turbulenten Stunden: Bekam er doch ab Dienstagmorgen wieder zwei tüchtige Leinreiter zu seiner Mannschaft. Zu diesem Zeitpunkt ahnte er noch nicht, was für ein Glücksgriff ihm da gelungen war! Eigentlich, so fiel es ihn immer wieder im Laufe der Jahre ein, war es damals „*eine Fügung des Schicksals*" gewesen. Ein Wink von oben!.
Insgeheim leistete er später oft den beiden jungen Räubern „Abbitte für ihre gute Tat". Vor der Hafenkneipe verabschiedeten sie sich. SchiffmeisterBauer war sich sicher, dass ihn diese beiden jungen Zigeuner nicht hinters Licht führen würden.
Soviel Menschenverstand glaubte er zu besitzen.

Er sollte recht behalten!

*****

Rückblick
János und Maria

Schon bei seiner allerersten Fahrt hatte János damals die kleine Maria Kohwagner am Stapelplatz in Mittergars kennengelernt. Sie spielte an diesem sonnigen Frühlingstag Anfang Mai zusammen mit ihrer Freundin Katharina Wagner im feinen Flusskies, unterhalb des Fährsteges an der Fähre hinüber zum Kloster Au.
Zuerst dachte János, er hätte Halluzinationen! „Nein, das kann doch nicht wahr sein!" sagte er atemlos zu Sandor, seinem Freund „Schau mal, das ist doch meine Tochter Maria! Wenn ich es nicht ganz genau wüsste, dass sie zuhause bei ihrer Mutter ist, dann müsste sie es sein!"
Zuerst war Sandor amüsiert, er kannte ja die manchmal überbordenden Phantasien seines Freundes und seine unbändige Sehnsucht nach seiner Familie. Da hatte er es schon viel, viel einfacher. Er war nicht gebunden, hatte auch überhaupt keine Absicht sich jemals an die Leine nehmen zu lassen. Er liebte das Leben am und auf dem Fluss

mit all seinen Unwägbarkeiten, den Risiken und auch den Abwechslungen und Freuden. Aber jetzt musste er János unumwunden recht geben: dieses Mädchen dort am Ufer, welches unbekümmert vor den Schiffleuten an ihrem angestammten Platz im Sand mit ihrer Freundin spielte. Sie sah - wie aus dem Gesicht geschnitten - der jüngsten Tochter Maria seines Freundes ähnlich. Auch die Größe, ja sogar die Gesten, die Stimme, wenn auch in einer anderen Sprache. Alles stimmte. Selbst Sandor konnte es nicht fassen.

An jenem Tag begann eine große, unschuldige Liebe zwischen dem Flusszigeuner, Leinreiter und Schiffsmann János aus Südungarn und dem kleinen Mädchen am Fluss. Sie sollte viele Jahre andauern.

János und Sandor hüteten fortan die beiden kleinen Mädchen wie ihre eigenen Augäpfel. Sicher, bei den wilden Burschen, den Schiffknechten, die auf den Plätten schufteten, gab es schon den einen oder anderen, der sich nicht so genau an die geltenden Sitten und Gepflogenheiten halten wollte. Zumal doch viele der Bauernmädchen für ihr Alter schon recht reif aussahen. Aber in Gegenwart dieser beiden Flusszigeuner aus Ungarn getraute sich keiner dieser Rabauken zudringlich zu werden. Nein, nicht mal im Entferntesten. Sie wussten genau, welche Konsequenzen dies für sie bedeutet hätte.
János war bei den Franziskanerinnen im Kloster als überaus fromm und großzügig bekannt. Nie ging er in die Klosterkirche von Au am Inn, ohne auch einen Geldbetrag zu spenden. Diesen Opfergroschen forderte er immer auch von den Ross- und Schiffknechten der anderen Plätten im Schiffsverband ein. Keinen brauchte er darum lange zu bitten. Denn alle dieser einfachen und rauen Kerle waren im Herzen zutiefst gläubig. Immer dann erst, wenn er die größte Kerze vorne am Eingang zur Sakristei für seine Schutzpatronin und für seine Familie angezündet hatte, machte er sich wieder auf den Weg hinunter zum Fluss, um mit seiner kleinen Rossplätte hinüberzufahren, zu seinen Gefährten. Dabei versäumte er es niemals, kurz beim Fährmann Ertl (er wurde nur nach seinem Hausnamen „Fischer" genannt), seiner Frau und deren vier Kinder vorbeizuschauen. Es war wie immer das gleiche Ritual. Seit vielen Jahren verband János und auch Sandor eine alte Freundschaft mit dieser Fährmannsfamilie. Die mitgebrachten Süßigkeiten sorgten dafür, dass die Kinder der Fährfamilie die *„Zicheiner"* noch viel, viel mehr in ihr Herz schlossen.
Und wenig später - nach dem Übersetzen auf die andere Seite - wartete er unten am Holz - Stapelplatz auf *„seine"* kleine Maria aus dem Schifferdorf am Inn. Lange hatte er an vielen Abenden am und auf dem Weg vom Balkan bis nach Mittergars am Geschenk für die kleine Kohwagnerin gebastelt. Im letzten Herbst, daheim in seinem

Dorf, hatte er bereits damit begonnen. Immer wieder hatte er etwas daran zu ändern oder zu verbessern gehabt. Was hatte er dafür Sorge tragen müssen, dass auf diesen Fahrten seine Schnitzereien unbeschädigt ihr Ziel erreichten. Oftmals schüttelten seine Gefährten auf den Plätten verwundert die Köpfe über soviel wunderliche Einfälle des ungarischen Zigeuners. Nun beobachtete er in Gedanken versonnen Maria, wie sie mit wehenden Zöpfen eilig zusammen mit ihrer Freundin Katharina, den Weg hinauf auf nackten Fußsohlen ins Dorf zurücktippelte. Ganz vorsichtig hielt sie das Holzbrett mit der Flusslandschaft vor ihrem schmuchtigen Körper. Noch ein paar Mal drehte Maria auf dem schmalen Fuhrweg sich um, winkte ihm zurück und zeigte mit einem strahlenden Lächeln, wie dankbar sie János für dieses Geschenk war. Und ihn durchfloss ein Gefühl der Wärme und auch der Dankbarkeit. Der Dankbarkeit gegenüber seinem Herrn und Schöpfer und seiner verehrten Schutzpatronin, der heiligen Jungfrau Maria.

János war sich absolut sicher, dass dieses „*Mädchen vom Inn*“ mit Gottes Willen sein ureigener „Schutzengel“ auf den langen, gefährlichen Wasserwegen dieser beiden Lebensadern Inn und Donau geworden war. Freude herrschte natürlich auch bei all denen, welche gut an den Schiffs- und Floßverbänden verdienten: bei den Wirten, den Metzgern und Bäckern, den Schmieden und Wagnermeistern, den Säcklern und den Seilmachern und vielen anderen. Und nicht zuallerletzt auch bei den Bauern und Brauern entlang des Flusses. Sie sorgten für die ausreichende Fourage für das unentbehrliche „*Kuchlschiff*“ eines Schiffsverbandes, wenn es darum ging, den langen, harten Weg bis nach Wien, Preßburg, Budapest, Belgrad oder gar bis ins Schwarze Meer zu bestehen. Das „Kuchlschiff“ war auf diesen Fahrten, flussauf- und flussabwärts, für die Schiffleut das wichtigste Schiff im Verband. Verständlicherweise. Egal ob Ungar, Kroate oder Rumäne, Österreicher oder Bayer, der Hunger machte alle gleich. Und ein Schiffknecht mit knurrendem Magen konnte nichts an Leistung bringen, das wussten die Schiffmeister allzu gut.

Den von allen schon heiß erwarteten Essensruf „*auf'd Bruck - hoi*“, vom Koch des am Ufer festgezurrten „Kuchlschiffs“, verstand jeder der bunt gewürfelten und vielsprachigen Mannschaft. Auch bei starkem Wind und wildem Wasser! Zur akustischen Unterstützung war es Brauch, dass einer aus der Küchenmannschaft ausdauernd kräftig mit dem eisernen Schöpflöffel am großen Kochtopf klopfte, damit auch das letzte Schiff des Verbandes mitbekam, dass nach dem Anlegen an einer Lände der hungrige, knurrende Magen gefüllt werden konnte. Ein Teil seiner normalen Schiffsbesatzung, die für die

Naufahrt über den noch wilden Inn bis hinauf nach Passau notwendig war, wurde in den etwas ruhigeren Fahrwässern der Donau ab Passau oder Linz entlassen. Und - das war zu dieser Zeit schon recht ungewöhnlich - sehr oft auf Kosten des Schiffmeisters mit der Postkutsche, später auch mit der Eisenbahn zurück in ihre Heimatorte geschickt. Falls sie nicht als Leinreiter für die schwere Fahrt flussaufwärts - oder für den Rindertrieb der „Pinzgauer" nach Österreich, Ungarn und Rumänien - benötigt wurden. Denn gute ausdauernde, kräftige und vor allem zuverlässige Schiffsleute waren für diese Schwerstarbeit nicht leicht zu finden. Während flussabwärts, Richtung Donau seit Jahrhunderten Salz, Mühlsteine, Holz, Gips, Kalk, Kupfer, welscher Wein aus Südtirol und Norditalien, edle Stoffe, wie Seide und Damast sowie exotische Gewürze aus dem fernen Orient befördert wurden, transportierte man flussaufwärts mit den Leinreitern höchstens drei, manchmal auch vier größere Plätten mit einer Nutzlast von zusammen rund 150 - 200 Tonnen. Auf diesen Schiffen, die den äußerst mühsamen, extrem Kräfte verschleißenden Weg von den Donauländern bis hinauf ins Gebirge nach Kufstein, Innsbruck oder gar Telfs nehmen mussten, wurde Getreide, Tabak, Pottasche, Tonerde und „Osterwein" aus Bulgarien, Rumänien, Ungarn und den Burgenland in die Städte am Inn und in die Bergbaugebiete nach Tirol transportiert. Gar bis zu 4.000 Zentner in Holzfässern konnte eine „Tiroler Plätte", auf welcher mindestens acht Mann Besatzung den harten Dienst versahen, fassen!
Oftmals dauerten diese Bergfahrten über ein Vierteljahr! Im Großen und Ganzen waren es fast immer noch die gleichen Waren, die seit hunderten von Jahren zu den Menschen auf dieser wichtigen Lebensader von Süd nach Nord und Nord nach Süd kamen. Viele dieser Plätten waren nur mit großen Blessuren in die etwas ruhigeren Fahrwasser bis nördlich von Wasserburg gekommen. Dann aber mussten umgehend die schlimmsten Schäden vor der Weiterfahrt Richtung Donau ausgebessert werden. Der Schmied und der alte Wagnermeister und Stellmacher Bergmann waren seit Langem für ihre saubere und schnelle und preiswerte Arbeit bei den Schiffsführern am Inn bekannt und beliebt. Sie hatten sich rechtzeitig auf diese Art von Kundschaft spezialisiert und konnten somit die schlechteren Zeiten besser überstehen.

*****

Mittergars, welches wie viele andere Dörfer links und rechts des Inns in dieser Zeit zu einem Teil vom Fluss lebte, wurde sehr schnell zum beliebten Anlaufpunkt vieler Schiffleute für die *Naufahrt.* Und demzufolge auch zum regelmäßigen Stützpunkt der Leinreiter

mit ihren Schiffsrössern, die ihren Weg, hinein in die Tiroler Berge fortsetzten. Schon von Weitem hörte man ihre Begrüßungsrufe, wenn die Leinreiter den flussabwärts fahrenden, oftmals mit Zement und Kalk voll beladenen Schiffen aus Kufstein begegneten.
Für die *Hohenaufahrt* hatten fast alle Schiffmeister sich die Länden in Wasserburg oder auch Mühldorf auserkoren. Falls sie überhaupt eine der gefährlichsten Passagen auf dem Inn, die Durchfahrt der „*Roten Bruck´n*" in Wasserburg heil überstanden.
Etliche Kilometer weiter flussabwärts, vor den gefürchteten Stromschnellen bei Aschau und der großen Brücke in Kraiburg - mit ihren unberechenbaren Querströmungen - hörte man am Flussufer ihre lauten Stoßgebete, wenn´s wieder einmal im Hochwasser führenden Fluss um Leib und Leben der Besatzungen ging.

Schiffergebet:

„Schöffleut soll man nicht fretten,
weil er wild fluchend schreit,
Schöffleut kann auch leis´ beten,
Jeder zu seiner Zeit.
Der Tod schreit, fahr´ ich länd,
Leg´ in das Schiff das Ruder,
und falte meine Händ´.
Sankt Nikolaus, mein Lieber,
Mein Schiffpatron hol´aus,
Sankt Nikolaus, hol´über,
In Gottes Nam´ nach Haus."

Die rauen Gesellen hatten aber auch eine sehr empfindsame Seele. Und einen Schutzpatron, den sie in allen Donauländern und auch anderswo inniglich verehrten: den heiligen Sankt Nikolaus. Spätabends dann, wenn die Stoirer mit ihren Schiffleuten beim Bauern Geisberger im kleinen Weiler Heuwinkl, für sich und ihre Pferde Quartier bezogen hatten, ertönten laut die Lieder der Treidelreiter und Schiffknechte vom Lagerfeuer am Stapelplatz, bis hinüber ins Kloster. Sie schallten hinaus auf den Fluss, hinüber ins Kloster Au und bis hinauf ins Bauern- und Flößerdorf Mittergars:

Schiffleut - Lied

„Und die Schiffleut san a Leut,
wenn's a Geld habm, fahrns a weit,
wanns koans habm, fahrns langsam,
laß ahö, in Gotts nam!
Und die Schiffleut am Wassa,
die trinkn an Wein,

für die Bauanbuam am Stadl
muaß a Wassa guat sein.

Und die Schöffleut am Wassa,
die moanan was´s san.
wanns mit alle zwoa Händn
in an Ruadabam drahn.

*****

Der Unfall bei der Doblmühle

Einmal, da wäre es beinahe passiert. Beim Holzrücken drüben auf der anderen Innseite.
Aber dieses schreckliche Ereignis war ja nun schon einige Zeit her! Nur weil Maria ihren Kopf durchsetzen wollte. Seit ewigen Zeiten hatte der kleine Kohwagnerhof einen Zipfel Wald unweit des Weilers Weingarten. Maria wusste nur, dass ihre Mutter diesen Wald von ihren Eltern geerbt hatte.

Damals, kurz nach dem Läuten zur *Prim* von der Klosterkirche Sankt Maria, klingelte Maria am Fährhäuschen. Wenig später gesellte sich eine alte Frau zu ihr. Ungehalten, sogar etwas mürrisch, holte Maria der Fährmann am anderen Ufersteg des Flusses ab und setzte sie, zusammen mit der Greisin, auf die andere Seite über. Kein einziges Wort wechselte der Mann mit seinen beiden Fahrgästen.
„Dem ist aber eine große Laus über die Leber gelaufen" murmelte die alte, stark verwachsene Frau und spuckte verächtlich in den Inn.
Beide machten sich nun eilig zusammen auf den schmalen Weg hinauf zum Kloster. Maria erfuhr unterwegs entlang der kleinen Allee von ihr, dass sie manchmal in der Klosterküche aushalf. Wohl gegen einen geringen Lohn, aber mit freier und vor allem guter Kost. „Ich tue das aber mehr für mein Seelenheil, verstehst?" sagte sie zu dem kleinen Mädchen, bevor sie sich im Klosterhof verabschiedeten. Die alte Frau drückte der kleinen Maria noch eine Münze in die Hand.
„Da kauf´ dir ein paar Gutserl ...!"sagte sie zu dem Mädchen und strich ihr mit rauen Händen liebevoll über die Wange. Dann verschwand sie geschwind im kleinen Eingang zur Klosterküche ...

Langsam öffnete Maria ihre Hand. Ein ganzer Taler ...!
Sie war sichtlich mehr als nur überrascht! Und glücklich. „Ein ganzer Taler!" seufzte sie. Mein Gott, soviel Geld hatte sie in einem ganzen Jahr für sich selbst nicht in den Händen. Ja, manches Mal erhielt sie von ihrem Vater oder auch von den Geschwistern ein paar Pfennige und vielleicht auch mal einen Kreuzer, damit sie sich beim „Kramerwirt" droben ein paar Süßigkeiten kaufen konnte. Aber einen ganzen Taler? Ein Vermögen für sie! Vorsichtig verstaute sie das Geld sicher

unter ihrer Schürze in einem kleinen Lederbeutel, den ihr ihre Mutter einmal auf der Kirchweih in Gars geschenkt hatte. Fest, ganz fest zog sie die Schlinge des Beutels zu und machte gar einen doppelten Knoten. Nun setzte sie eiligen Schrittes ihren Weg fort und nahm vom Kloster aus die Abkürzung über den Weiler *Reisleite* zur Straße nach *Wörth.* Dort überquerte dann das Mädchen die staubige Landstraße. Zuerst ging es an einem kleinen, kristallklaren Bach, den *Reitengraben* entlang in Richtung der *Doblmühle.* Der Bach, der auf dem Höhenrücken des linken Innufers in der Nähe des kleinen Weilers *Sachsenstätt* seinen kurzen Lauf zum Fluss begann, trieb einige Kilometer weiter, am Fuße des Moränenhanges das Sägegatter der Mühle an. Nach wenigen Metern bog der Feldweg ab und führte in ein größeres Waldstück hinein. Maria wusste, dass am Ende des Weges sich das Sägewerk befand. Die Mühlengebäude lagen, tief eingebettet in einer Senke unterhalb der Straße von Elbrechting hinüber nach Kloster Au, am kleinen *Reitengraben.*
Westlich des kleinen Bachlaufes in der Gemarkung „*Mangstleite*", genau auf halbem Wege nach Elbrechting, befand sich der Kohwagner-Wald. „Das Holz, unser Holz ", wie ihr Vater immer stolz sagte, war seit ewigen Generationen schon im Familienbesitz ihrer Mutter. Es warf wohl fast nichts ab, war nur der „Notgroschen" und oft auch der Grund für „Freud und Leid".
Freud dann, wenn man sich etwas auf die Seite legen konnte, falls die Holzpreise und vor allem die Nachfrage günstig waren. Und Leid? Leid dann, wenn wieder mal ein mächtiger Sturm in allen Wäldern Windbruch verursachte. Dann waren die Holzpreise am Boden. Und dies auch noch bei äußerst gefährlicher Arbeit im Wald. Die Schäden mussten ja schließlich beseitigt werden, bevor der gefürchtete Borkenkäfer seine Arbeit aufnahm. Vor nicht allzu langer Zeit erst waren zwei Holzknechte aus *Wang* und *Menham* bei dieser Arbeit im Wald an der „*Hochstraß*" auf der Straße von Gars nach Unterreit erbärmlich ums Leben gekommen.
Andreas wollte an einem frostigen Dezembertag, die Nacht vorher war Vollmond gewesen, die tags vorher gefällten Bäume aus dem Wald holen. Nebel flatterte in lockeren Fahnen vom kalten Fluss übers Ufer, hin zu den sanft ansteigenden Feldern und Wiesen unterhalb des Klosters. Bald hatten die allerletzten Nebelreste den westlichen Moränenhang überwunden und umhüllten kurze Zeit später das kleine Dorf Trescherberg samt umliegender Weiler wie ein sanfter Wattebausch. Hingeschmiegt am Hang lag das kleine barocke *Peterskirchl* von Berg. Warm ums Herz wurde es dem Andreas immer, wenn er drüben im „Holz" zu tun hatte und diese wunderschöne kleine Kapelle

wie hingemalt dort stehen sah. Oft hatten sie als Kinder mit der Mutter dort eine Andacht besucht, die immer der Pfarrer vom Kloster Au abhielt.

*****

Heute, so schien es dem jungen Kohwagnerbauern, war dafür genau der richtige Tag. Auf den mit groben Schotter und feinen Flusskieseln überzogenen Forstweg war sich Andreas sicher, die gefällten Stämme mit seinen beiden Rössern ohne große Probleme hinaus auf den breiteren Waldweg in Richtung Sägewerk befördern zu können. Dafür waren seine beiden Pferde, die Kaltblüter Rosi und Liesel von ihm, den „Rosserer", wie sie Andreas Kohwagner im Dorf nannten, zum Holzrücken ausgebildet.
Die Holzpreise waren, das wusste der junge Kohwagner, um diese Zeit für die Holzbauern nicht unbedingt zum Jubeln. Die Nachfrage nach Holz für den Bau der vielen neuen Eisenbahntrassen war wohl in letzter Zeit sprunghaft angestiegen. Jeder der kleinen Waldbesitzer wollte jetzt partout auf den Markt drängen und sein Holz verkaufen. Aber gerade deshalb waren auch die Preise vollkommen „am Boden". Keiner der einfachen Bauersleute verstand dies anfangs. Die Regularien eines freien Marktes waren ihnen immer noch nicht geläufig. Der Preis fiel von Tag zu Tag rasend schnell, weil viel zu viel billiges Holz nun auch aus Tirol auf den altbayerischen Markt drängte. Vor allem dann, wenn wieder mal zu Beginn der Schneeschmelze verheerende Murenabgänge an den Steilhängen entlang des Inntals ganze Wälder hinunter in die Täler gerissen hatte.

Die Waldbauern im Alpenvorland kamen wieder einmal in arge Bedrängnis. Überall trudelten nun die Holzpreise Tag für Tag, Woche für Woche tiefer in den Keller. Andreas wollte und konnte bei diesen Preisen nicht mitmachen. „Nein, niemals. Mein Holz verschleudere ich nicht!" sagte er immer zu seiner Mutter und zu seiner Schwester Anna. „Irgendwann steigen auch wieder die Preise. Ich muss nur meine Nerven im Zaum halten!" So lagerte er lieber vorerst sein geschlagenes Holz beim Sägewerk der Doblmühle. Manchmal gelang es ihm dann doch, so manchen Festmeter gut abgelagerten Holzes ans Sägewerk oder direkt an andere Bauern zu verkaufen. Im Frühjahr, wenn die erste Arbeit auf dem Felde erledigt war, würde er wohl oder übel den langen Weg über die Innbrücke von Gars zurück zum Holz - Stapelplatz am Innufer machen müssen. Der starke Sturm vor einigen Wochen hatte sehr viele Fichten gefällt. Kreuz und quer lagen sie, geknickt wie dünne Streichhölzer. Billiges, wertloses Bruchholz war darunter. Andreas wusste, dass er mit dem Holzverkauf unbedingt die Ruhe bewahren und vor allem hart um den besten Preis mit den Holz-

aufkäufern verhandeln musste. Der junge Anderl wusste genau: Das Wichtigste war, genau den richtigen Zeitpunkt abzuwarten. Doch er war sich nicht sicher, ob er dazu auch die Nerven hatte. Trotzdem musste er handeln, ob er nun wollte oder nicht.
Er spitzte deshalb überall auf den Märkten, die er besuchte, die Ohren, wenn eine Gruppe gestandener Großbauern beieinanderstand und debattierte. Da hörte er vieles, was er irgendwann gebrauchen konnte. Bei den Verhandlungen mit Holzaufkäufern, die mit allen Wassern gewaschen waren, hätte er sich jedoch sehr oft insgeheim seinen Bruder Lorenz dabei gewünscht. Er wusste aus vielen Begebenheiten, dass sein älterer Bruder für dieses Geschäft weitaus nervenstärker gewesen wäre. Lenz hatte sich schon in ganz jungen Jahren vom Gehabe und Getue dieser oft aufgeblasenen Bagage nicht blenden oder beeindrucken lassen und ihnen so manchen Taler und Gulden mehr aus dem Beutel gelockt, als es ihnen lieb war.
Schon tagelang vorher hatte Maria ausdauernd gebettelt, Andreas zum Holzeinschlag begleiten zu dürfen. Nach langem Verweigern gab ihr Bruder endlich nach „Gut, kannst mir ja die Brotzeit nachbringen. Fährst halt etwas später mit der Fähre rüber nach Au und läufst dann hinter zum Sägewerk. Dort wartest du dann auf mich!“
Gesagt, getan. Sie war außer sich vor Freude, ließ sich’s aber nicht offen anmerken. Lange vor dem Eintreffen ihres Bruders wartete sie schon am Sägewerk. Einer der beiden älteren Holzarbeiter erkannte das Mädchen und winkte ihm von der Zufahrt zum Gatter aus zu. „Grüß dich Maria. Wartest auf deinen Bruder?“ rief er mit lauter Stimme von der Rampe herab, um die Säge zu übertönen. Maria nickte zu ihm hinüber und winkte zurück. Der Mann begab sich wieder an seine Arbeit. Es war sehr kühl im Wald. Maria fröstelte und zog ihre grob gestrickte Jacke enger um ihre Schultern.

Voller Ungeduld wartete das Mädchen auf ihren Bruder.

*****

Die Tage vorher war Schnee gefallen. Nasser Schnee.
Nicht viel, sodass er auf den freien Flächen und den Feldern in Sonnenlage schon nach wenigen Tagen wieder vollkommen weggeschmolzen war. Nur in abseitigen Schattenlagen an den Waldrändern und auch auf den Waldwegen hielt sich der Neuschnee noch. Es war kalt. Andreas nahm den weiten Weg mit den beiden Rössern und seinem Fuhrwerk schon frühmorgens über die Innbrücke nach Gars. Obwohl er zuerst über Wörth zum Holz fahren wollte, nahm er dort angekommen, kurz entschlossen einen anderen Weg, wendete und fuhr mit seinem Fuhrwerk wieder ein ganzes Stück zurück in

Richtung Gars. Bei Stadel bog er dann von der Straße ab und dirigierte die beiden Rückepferde in Richtung der Gemarkung *„Mangstleite"*. Am *Höllthal* vorbei passierte er den linkerhand liegenden Einödhof in *Schachen,* um dann, kurz vorm Weiler Elbrechting in die Doblmühle zum Sägewerk abzubiegen. Ganz knapp über den Wipfeln des Fichtenwaldes sah er noch die Spitze der Rundkapelle von St. *Peter* hervorspitzen, die oberhalb des Weilers Berg an der Straßengabelung nach *Sattlhambach* lag. Andreas hatte bewusst den etwas längeren Weg genommen und hing einfach seinen Gedanken nach. Allzu oft konnte er sich dies aber nicht erlauben. Zu sehr war er auf dem Bauernhof eingespannt, seit sein Vater todkrank darniederlag. Zu seiner rechten Seite plätscherte putzmunter ein kleiner Bach mit kristallklarem Wasser.
„Ho, ho! Brrhh, Brrhh...!"
Andreas zog mit aller Kraft an der Leine und hielt sein Gespann an. Er ließ die beiden Rösser an einer seichten Stelle ihren Durst löschen. Ein sanftes Schnauben dankte es ihm. Die klirrende Kälte ließ die Luft aus ihren dampfenden Nüstern in weißen Wölkchen langsam nach oben steigen. Es ging weiter.
Maria wartete und wartete ...

Auf halber Strecke zu seinem Waldstück passierte Andreas kurz darauf die einsam gelegene Säge der Doblmühle, dessen Gatter vom aufgestauten Wasser des kleinen Baches angetrieben wurde. Andreas sah, dass er an diesem Tage doch nicht der Erste war. Einige Fuhrwerke mussten schon vor ihm dort gewesen sein. Frisch gesägtes, intensiv harzig duftendes Fichtenholz lag in mächtigen Stämmen seitlich des unablässig durchdringend lauten Rattern des Sägegatters. „Ein Höllenlärm, den hält doch kein Mensch stundenlang aus" dachte sich der junge Bauer. Er stieg vom Bock und vertrat sich die Füße. Neugierig machte er sich auf die Suche nach den beiden Arbeitern im Sägewerk, sah aber keinen Menschen. Weder die Sägewerksarbeiter, noch seine Schwester, die ihm jetzt siedendheiß wieder einfiel. „Mein Gott, wie lange wird sie wohl schon auf mich warten?" Der Geruch des Holzes war in der frischen Morgenluft derart intensiv, dass er ein ständiges Kitzeln in der Nase verspürte.
Er wollte gerade die beiden Rösser in den, vom Hauptweg abzweigenden kleineren Waldpfad führen, als er seine Schwester entdeckte. Etwas verloren am Rande des abzweigenden Weges *„ins Holz"* stand sie an eine mächtige Fichte gelehnt. „Kaum dass man sie ausmachen kann ...", dachte sich der Andreas.
„Hallo, Maria! Bist ja schon da!" rief er ihr erleichtert zu. Er wusste nicht warum, aber irgendwie passte ihm jetzt auf einmal die An-

wesenheit seiner Schwester nicht mehr. In seinem Innern verspürte er etwas, was er nicht deuten konnte. Der junge Bauer spannte die Pferde aus und ließ das Fuhrwerk am Rande des breiteren Waldweges stehen. Vorsichtig dirigierte er nun die beiden Kaltblüter an den Leinen hinein in den engen Ziehweg zum „Holz". Ein heftiger Hustenanfall überfiel ihn. Die Rösser fingen zu scheuen an, Andreas hatte zu tun sie unter Kontrolle zu bringen. Maria drückte sich voll Angst ganz eng an den Baum. An seiner Schwester vorbei ging es tiefer hinein in den Wald. Wieder überfiel ihn ein starker Hustenanfall. Er schnappte nach Luft. Jetzt gelang es ihm nur noch mit größter Mühe, die beiden Rösser zu halten. Sie waren auf einmal nervös, legten die Ohren zurück und schnaubten heftig, so, als ob sie irgendetwas witterten. Andreas merkte es deutlich am aufgeregten Verhalten. Einige Meter vor ihm brach plötzlich ein Rudel Rehe aus dem Holz, überquerte mit langen Sprüngen den kleinen Waldweg und verschwand mit großem Krach im Unterholz der Fichtenschonung. Das war zu viel für die beiden sonst recht gutmütigen, mächtigen Kaltblüter. Sie wieherten angstvoll, bäumten sich auf und brachen kraftvoll aus. Andreas wurde von dieser Reaktion überrascht und verlor augenblicklich die Kontrolle über sein Gespann. Seine Kraft, die Rösser an den Leinen zu halten reichte nicht aus.

Nichtsahnend und in Gedanken versunken war derweil Maria in großem Abstand den kleinen Weg hinter ihrem Bruder hergelaufen. Sie fühlte sich glücklich, heute ihrem Bruder helfen zu dürfen. Mit beiden Händen schleppte sie eine der schweren Eisenketten, mit dem die Pferde das Holz auf den Hauptweg ziehen sollten, hinter sich her. Die andere wollte sie später noch beim Sägewerk abholen. Obwohl es ihr Bruder verboten hatte, die schweren Ketten zu tragen, hatte Maria nicht gehorcht. „Das ist doch viel zu schwer für dich, Maria! Ich binde die beiden Rösser nur schnell an und hole dann die Ketten selbst! Warte du am Fuhrwerk".

Seinem Rat jedoch folgte sie nicht.

Sie wollte doch unbedingt ihrem großen Bruder helfen, nicht nur einfach dabei stehen und bei der Arbeit zusehen.

Dann lief alles auf einmal blitzschnell ab. Eines der beiden kräftigen Kaltblüter riss sich mit der Leine los und galoppierte in den Wald hinein. Andreas gelang es nur mit größter Anstrengung, das andere Pferd an der Leine zu halten, zu zügeln und zu beruhigen. Angsterfülltes, bis ins Mark erschütterndes Wiehern durchzog das Waldstück. Das scheinbar gebändigte Ross jedoch war stärker. Der junge Bauer wurde zu Boden gerissen, die Leine schnitt ihm höllisch schmerzhaft in sein rechtes Handgelenk. Blut schoss aus dem Hand-

ballen und lief in breiten Bahnen hinab in seine Armbeuge. Das schwere Kaltblut stellte sich scheuend und erschreckt wiehernd auf und machte alle Anstalten, den kleinen Waldweg zurück zum Fuhrwerk zu galoppieren. Alles Schreien half nichts. Andreas rappelte sich wieder hoch, stolperte mit der um seine Hand gewickelten Leine hinter dem flüchtenden Pferd her. Ein, überm Weg liegender, abgebrochener Ast kam ihm in die Quere. Der junge Bauer stolperte, wurde zu Boden geschleudert und gnadenlos mitgeschleift. Dann, ein fürchterlicher Schlag und Schmerz. Er war mit seiner Hüfte auf einen Findling am Randes des Pfades geprallt.
Dies alles geschah in Sekundenbruchteilen.

Maria, die ihrem Bruder und den beiden Pferden ahnungslos gefolgt war, hatte keine Zeit mehr zum Reagieren. Das Ross und mit ihm Andreas, stürmte auf sie zu. Kein Platz zum Ausweichen! Sie schien unweigerlich verloren, wenn nicht ein Wunder geschah. „O mein Gott! Ich komm nicht von dieser verdammten Leine los! Herr, bitte hilf !“ schrie Andreas in Todesangst.
Rasend schnell lief alles Weitere nun ab. Ein dumpfer, harter Schlag gegen seine Schulter. Sein Kopf schleifte dicht über den Boden, Steine und Zweige schlugen ihm ins Gesicht. Blut lief über Augen und Mund. Mit letzter Anstrengung versuchte er, sich von der Leine zu lösen. Vergebens. Jetzt erst nahm Maria richtig wahr, was passiert war. Sofort ließ sie die schwere, eiserne Zugkette fallen, stellte sich mitten auf den engen Waldweg und breitete ihre kleinen Arme aus. Dann schrie sie, so laut sie nur konnte: „Brrh, Brrh, Liesel, Brrh, halt, halt ...“. Ihre Stimme überschlug sich. Das Herz klopfte ihr bis zum Hals, angstgeweitet waren ihre Augen.
„Ho, Brrh, Brrh, halt, halt ...!“
Die Stimme des Mädchens versagte. Das Pferd geriet nun vollends in Panik. Es war keine zehn Meter mehr von ihr entfernt. Maria sah aus den Augenwinkeln einen starken Ast neben dem Weg liegen. Instinktiv ergriff sie ihn und hielt ihn todesmutig quer vor ihren schmächtigen Körper. Keinen Zentimeter wich sie zurück, wie versteinert stand Maria mitten auf dem kleinen Ziehweg.
Verzweifelt, bettelnd klang jetzt ihre Stimme. „Halt, halt, Liesl, bitte halt, Brrh. Haaalt ...! Nein, bitte nein ...“ Ihr Aufschrei brach sich an den umstehenden Bäumen und setzte sich doch entlang des Weges fort. „Mariaa! Maria, Maria aus dem Weg. Zurück!“ Andreas hing immer noch an der Leine und wurde unbarmherzig mitgeschleift. Er kam einfach nicht los von diesem Pferd. Mit Erschrecken ahnte er was sich vor ihm abspielte. Er konnte nur schemenhaft und verschwommen wahrnehmen, wie sich die Situation zuspitzte und wie

gefährlich sie für Maria wurde. Er musste handeln! In diesem Augenblick schlug sein linker Oberschenkel krachend gegen einen Baumstumpf, sein Körper wurde zur Seite gewirbelt. Und dann geschah das Wunder, auf das er hoffte: Gerade durch diesen harten Schlag kam er wieder auf die Beine. Blitzschnell, in Bruchteilen von Sekunden rekapitulierte er im Unterbewusstsein, dass ihm jetzt die Leine an seiner rechten Hand helfen könnte, das Unglück noch abzuwenden.
Seine und auch Marias letzte Chance!

Mit aller ihm verbliebener Kraft stemmte beide Füße gegen eine junge Buche. Das durchgehende Pferd geriet dadurch kurz außer Tritt. Andreas stolperte nun, so schnell es nur ging mit der losen Leine zwei, dreimal um den Baum herum. Ein Ruck, die Leine und der Stamm hielten der Zugkraft des Rosses stand. Andreas bemerkte nicht, dass die Leine seine Handflächen blutig aufgerissen hatte und die Haut in Fetzen herunterzog. Nacktes, blankes Fleisch schaute hervor.

„Maria Mutter Gottes hilf ...", schoss es ihm noch durch den Kopf.

*****

Das Erste, was Maria wieder sah, als sie erwachte, war ein kleines, schlichtes Holzkreuz. Es hing genau in einem schmalen, senkrechten Lichtstreifen an der weißgekalkten Wand, direkt gegenüber ihrer Bettstatt. Ihr linkes Auge war mit einem Verband versehen.
Kleine, winzige Staubflocken tanzten wild in diesem Sonnenlicht umher und taumelten dann ganz langsam wieder zu Boden.
Ein leichter Luftzug war zu spüren. Irgendjemand musste zu ihr ins Zimmer gekommen sein, sie spürte es. Der hölzerne Dielenboden knarrte leicht, die Geräusche bewegten sich auf ihr Bett zu.
Nun hörte sie den ruhigen, gleichmäßigen Atem der Person, die vor ihrem Bett stand. Maria versuchte, ihren Kopf in Richtung der Geräusche zu drehen. Es ging einfach nicht. Sanft streichelte eine Hand über ihre rechte Wange, ein Gesicht beugte sich über sie. „Du, Schwester Margareta?" flüsterte Maria mit schwacher Stimme. Ein Gefühl von angenehmer Wärme durchströmte das geschundene Mädchen. Ausgerechnet ihre Lieblingsschwester Margareta stand vor ihrem Krankenlager. Genau diejenige, die ihr ab und zu heimlich Zugang den Schätzen der Bibliothek verschafft hatte. Die Nonne wischte ihr sachte mit einem kalten, feuchten Tuch über die schweißnasse Stirne. Vom Haaransatz bis in den Nacken hinein trug das Mädchen einen festen Verband.
Auch ihr Hals war unter dickem weißen Mull verschwunden.
„Maria, ich bin so glücklich, dass du endlich aufgewacht bist. Ich danke der Mutter Gottes und dem Heiligen Franz von Assisi dafür".

Sie machte ein Kreuzzeichen und küsste ihr Kreuz am Rosenkranz vor der Brust. Maria spürte wieder das kühlende Tuch auf ihrer Stirn. Die Nonne führte dem Mädchen einen Schnabelbecher an den Mund. „Trink, Maria, trink. Es wird dir gut tun!" Maria spürte, wie die wohlige Wärme des Getränkes in ihren schmerzenden Körper strömte. Erschöpft schlief sie vor den besorgten Augen der Schwester wieder ein. „Margareta kann ich mit meinem Auge wieder sehen?" fragte das kleine Mädchen mit leiser, ängstlicher Stimme die Nonne. Schwester Margareta nickte und drückte beruhigend ihre beiden Hände.
Dann verließ Margareta auf leisen Sohlen die kleine Krankenstation.

In den Tagen danach erfuhr Maria nach und nach von der Nonne wie alles verlaufen war. Und vor allem, dass sie und auch ihr Bruder Andreas, den man ins große Spital nach Wasserburg gebracht hatte, bei all dem Unglück noch einen großen Schutzengel zur Seite gehabt hatten. Denn wenige Zentimeter fehlten nur, bevor das nicht mehr zu bändigende Pferd Maria hätte umreißen können. So rettete die starke Leine, die ihr Bruder noch im letzten Moment um den Baum wickelte, ihr das Leben. Das Pferd wurde dadurch sofort ein Stück zur Seite gerissen und kam zu Fall. Der schwere Pferdekörper fiel, so schien es für Andreas zuerst auf seine kleine Schwester. Als er sich endlich wieder aufraffen konnte, war Maria seinen Blicken entschwunden. Das gestrauchelte Pferd bemühte sich noch immer vergebens auf die Beine zu kommen. Die Flanken bebten vor Aufregung, dampfender Atem quoll ruckartig aus den Nüstern.
Kurz bevor er das gestrauchelte Ross erreichte, vernahm Andreas Stöhnen und Wimmern. Panikartig, wie von Sinnen, humpelte er die letzten paar Meter den schmalen Waldweg entlang und entdeckte seine kleine Schwester. Es schien, dass der schwere Körper des anderen Pferdes auf ihr lag. Andreas wich das Blut aus den Adern. Plötzlich vernahm er Rufe und lautes Geschrei. „Maria, Maria. Andreas! Dort, dahinten muss es sein, schnell!"
Die Stimmen der beiden Arbeiter vom Sägewerk überschlugen sich. „Andreas, Mariaaa ...". Mit eiligen Schritten näherten sie sich auf dem kleinen Waldweg. Sie hatten trotz des großen Lärms am Sägegatter etwas gehört und waren sofort in Richtung des Holzeinschlages gerannt. Während der eine von ihnen mit einem starken Ast die Stute daran zu hindern suchte abrupt aufzustehen, zogen Andreas und der andere Arbeiter vorsichtig die kleine Maria unter dem Hinterlauf des Pferdes hervor. Sie blutete am rechten Arm und hatte klaffende Wunden über dem linken Auge, am Hinterkopf und am Hals. Andreas, obwohl selbst stark gezeichnet, riss sofort sein Hemd vom Leibe und machte der kleinen Schwester einen Kopfverband mit einer starken

Kompresse daraus. Das Bluten kam zum Stillstand. Maria war mittlerweile ohnmächtig geworden. Die beiden Sägewerksarbeiter brachten die beiden Verletzten mit dem Fuhrwerk schnellstens hinüber zu den Nonnen ins Kloster Au. Dort nahm man sich zuerst der kleinen Maria an. Die Oberin hatte dies höchstpersönlich angeordnet. War doch die Halswunde nur wenige Millimeter von ihrer Halsschlagader entfernt. Ihr Bruder hatte, obwohl selbst schwer verletzt, alles richtig gemacht. Die Kompresse hatte seiner Schwester das Leben gerettet. So konstatierte es der junge Doktor Kölbl aus Gars bei seiner ersten Visite am späten Abend des Unglückstages. Er besuchte das Mädchen von nun an einmal in der Woche im Kloster, weil sie seinen Augenschein nach in der Obhut der Klosterschwestern sehr gut aufgehoben schien.
Den jungen Kohwagner hatten die Holzknechte mit ihrem Fuhrwerk gleich zum Doktor Kölbl nach Gars transportiert. Dieser verbrachte ihn - nach erster Versorgung mit einer schnellen Zweispännerkutsche auf einer Pritsche ins Spital nach Wasserburg. Landarzt Dr. Kölbl selbst saß mit beim Kutscher vorne auf dem Bock. Der junge Bauer hatte sich mehrere Rippen und das rechte Schlüsselbein gebrochen und außerdem den linken Arm ausgekugelt. Sein linker Oberschenkel war von der Leiste bis unter das Knie blutunterlaufen. Der Doktor konnte selbst nicht begreifen, dass vom Aufprall am Baustumpf nichts gebrochen war. Über die vielen anderen Blessuren, von denen sein Körper übersät war, wollte Andreas später garnicht mehr reden. Viel wichtiger war ihm der Zustand seiner Schwester, denn im Innersten fühlte er sich für das Unglück verantwortlich. Erst als ihn die Kunde im Spital erreichte, dass Maria auf der Krankenstation im Kloster Au auf dem Weg der Besserung war, wurde er ruhiger. Wann es nur ging, erkundigte er sich bei Doktor Kölbl nach dem Befinden seiner kleinen Schwester. „Was für ein Wunder!“ sagte später die Oberin zur wiedergenesenen kleinen Kohwagnerin! Der große Ast, den Maria zur Abwehr gegen das wild gewordene Pferd erhoben hatte, hatte ihr wahrscheinlich das Leben gerettet. Nachdem die Verbände vom Kopf so nach und nach entfernt worden waren, dauerte es noch mehr als vierzehn Tage, bis sich Maria wieder in einem Spiegel anzuschauen getraute. Die schweren Blutergüsse im Gesicht und an ihrem Oberkörper gingen nun Tag für Tag zurück. Irgendwann fiel ihr dann wieder die Begegnung mit dieser alten, buckligen Frau am Morgen des Unglückstages ein. War es ein Omen? Als sie einmal das Krankenbett für kurze Zeit verlassen durfte, erkundigte sie sich in der Klosterküche nach dieser Frau. Zu ihrem großen Erstaunen kannte niemand dort, die von Maria beschriebene alte Frau. Der Fährmann

hatte sie wohl schon des Öfteren übergesetzt, aber immer nur auf die Westseite des Inns. Nie zurück nach Mittergars.

War es am Ende gar ihr Schutzengel, der sie vor dem Schlimmsten bewahrt hatte?

*****

Bis weit in die ersten Wochen des neuen Jahres hinein musste Maria in der Obhut der Schwestern im Kloster bleiben. Während der Zeit ihrer Genesung bekam sie viel Besuch aus ihrem Heimatdorf. Besonders oft von ihrer geliebten Schwester Anna und auch von Katharina Wagner. Einmal besuchte sie sogar der Benni Stadler, der Sohn vom Metzger aus Mailham. Er brachte ihr von seinen Eltern ein paar Gläser Marmelade und einen großen Ring Wurst mit. Ganz verlegen überreichte er ihr mit hochrotem Kopf noch ein weiteres Geschenk: ein kleines, liebevoll eingebundenes Büchlein mit vielen, wunderbaren Gedichten.
Maria strahlte ihn an. „Danke, Benni, danke!" hauchte sie aus ihrem Kissen. Benni wurde noch verlegener, als ihm seine ehemalige Schulfreundin dankbar, fast zärtlich seine Hände drückte.
Sie verschlang an den vielen Tagen und Wochen im Krankenbett alles an les- und Lernbarem, was ihr die Nonne und deren Mitschwestern an das Krankenlager brachten. Selbst das Weihnachtsfest hatte Maria im Klosterspital verbringen müssen. Ihre ganze Familie kam zur Christmette mit der Innfähre herüber. Als Geschenk brachte Andreas dem Nesthäkchen ein selbst geschnitztes Pferdegespann mit: die beiden treuen Kaltblüter mit einem kleinen Holzfuhrwerk. Geschnitzt aus dem starken Stock, der Schlimmeres an Maria verhütet hatte. Erst Ende Mitte Februar konnte Maria wieder am Unterricht teilnehmen. Sie wurde aller Herzlichkeit und doch auch mit Neugier empfangen.
Was musste sie die Tage und Wochen darauf alles ihren Mitschülern erzählen ...! Wenn es nach ihrer Genesung für ihre Schwester Anna und ihre Mutter nur ging, fuhren beide mit ihr auf der Fähre hinüber ins Kloster, um sich mit einer stillen Andacht und einer geweihten Kerze in der Klosterkirche für „ihr" Wunder zu bedanken. Jahre später stiftete ihr Bruder Andreas ein geschmiedetes Kreuz mit einer Votivtafel, für die wundersame Rettung seiner Schwester Maria im „Holz" der Gemarkung „*Mangstleite*". Dort fand es auch seinen Platz. Der Berndl Schmied ließ es sich nicht nehmen, das Kreuz selbst anzufertigen und der Familie zu stiften.

Zum Holzeinschlag jedoch ging Maria zeitlebens nie mehr mit ...

*****

Die Novizin Elisabeth

Tief in ihren Gedanken versunken stand das junge Mädchen an Brüstung der ausgetretenen Sandsteintreppe, die hinter dem Konventgebäude hinab in den Klostergarten führte.
Es war kurz vor zehn Uhr.
Die *Terz* war heute etwas länger ausgefallen als üblich. „Maria! Komm doch herunter zu uns in den Garten!" Die junge Novizin winkte ihr vom Klostergarten zu. Maria sah, dass die alte, gichtgeplagte und gebrechliche Schwester Kreszentia an ihrer Seite die Gelegenheit nutzte, um sich sofort auf eine Bank im Schatten eines Baumes zu setzen.
Elisabeth wischte sich mit einem Tuch über die schweißnasse Stirn. Augenscheinlich war sie erfreut, über die sich bietende Abwechslung durch die kleine Maria. Zu arg war sie im täglichen Klosteralltag gefangen. Ja, manchmal empfand sie alles im Kloster mehr, als nur eine große Prüfung vor ihrem Herrn und Gebieter. Dennoch wollte, nein besser musste sie durchhalten und dann ihr zeitliches Gelübde ablegen. Das war sie schon ihren Eltern und dem Pfarrer von Aschau schuldig! Nur noch knapp sechs Wochen, dann würde ihr zweijähriges Noviziat endlich zu Ende gehen. Irgendwie verspürte sie in den letzten Wochen Angst davor.
Angst vor dem ewigen Gelübde.
Schon als ganz kleines Mädchen war es ihr heiß ersehntes Ziel, Nonne im nicht weit entfernten Kloster zu werden. Der junge Herr Pfarrer von „Mariä Himmelfahrt" in Aschau hatte die kleine Elisabeth in ihrem Bestreben - wo es nur ging, unterstützt und auch manch gutes Wort für sie bei den Schwestern im Kloster Au eingelegt. Von ihrer winzigen Kammer unterm Dach in *Obereinöd* bei Aschau konnte sie bei schönem Wetter hinüber bis zu den mächtigen Doppeltürmen der *Klosterkirche St. Maria* blicken.
Dies allein schon hatte damals ihren starken Willen noch stärker reifen zu lassen. Den Willen, „es" zu schaffen!
„Elisabeth, Elisabeth, hallo Schwester Elisabeth ...". Ganz aufgeregt schien das kleine Mädchen. „... machen wir heute endlich unseren Rundgang weiter, den wir neulich unterbrochen haben?" Die Novizin schmunzelte. Nein, widerstehen konnte man diesem klugen, aufgeweckten Mädchen nicht, dachte sie sich. Allzu oft musste sie an ihre eigene, garnicht so lange zurückliegende Kindheit auf dem winzigen Bauerngütl überm Hochufer des Flusses denken. Wie oft war sie als Kind vor vielen Jahren mehrmals die Woche den Weg entlang des Flusses zum Frauenkloster gelaufen, um dort den Schwestern und Nonnen im Klostergarten zur Hand zu gehen. Das Zupacken war sie

von daheim gewohnt, sie schreckte vor keiner Arbeit zurück. Was sie nicht konnte, brachten ihr die Klosterschwestern in Au mit viel Geduld bei. Bald war sie eine gute Hilfe bei vielen Arbeiten im großen Garten. Zur Freude der Nonnen und zum Leidwesen ihrer Mutter, die sie lieber als Hilfe auf dem Bauernhof gesehen hätte. Ihr großer Wunsch, dort als Novizin aufgenommen zu werden, ging Elisabeth zuguterletzt in Erfüllung. Obwohl es anfangs doch garnicht so gut aussah. Alle Plätze im Kloster Au waren schon belegt.
Die Nonnen gaben den Eltern den Rat, es doch im *Dominikanerinnenkloster Altenhohenau* zu versuchen. Fast hätte es geklappt, wenn die kleine Elisabeth nicht so unendlich unter Heimweh gelitten hätte. Nach einigen Wochen hatten die Nonnen in Altenhohenau Einsicht und nahmen mit den Ordensschwestern der Franziskanerinnen im Kloster Au Kontakt auf. Und es gelang!
Ein Platz war plötzlich durch Krankheit frei geworden.
„Der Herrgott hat meine Bittgebete erhört“ dachte sich damals das kleine Mädchen. Die Schwester Oberin in Au hielt ihr Wort. Sie wurde zuerst als Klosterschülerin und dann, nach ihrem erfolgreichen Schulabschluss als Novizin aufgenommen. Elisabeth war zufrieden und glücklich mit dieser Wendung. Sie schwor sich damals insgeheim, jungen Menschen, wann immer es erforderlich war, ebenfalls auf ihren Lebensweg beizustehen. Maria, das wissbegierige Mädchen aus dem Kirchdorf Mittergars am gegenüberliegenden Flussufer, gab ihr dazu große Gelegenheit.
Von Anfang an war sie ein dankbares Objekt der Fürsorge.
Der feine weiße Flusskies, mit dem alle Wege des Klostergartens ausgelegt waren, knirschte unter den Füßen von Maria und Elisabeth.
„Grüß Gott Schwester Kreszentia“. Das Mädchen winkte der alten Nonne zu, die mittlerweile entlang der Klostermauer an einem anderen schattigen Plätzchen auf einer Steinbank Platz genommen hatte. Ein Lächeln aus ihrem fast zahnlosen Mund machte sich im durchfurchten Gesicht von Schwester Kreszentia breit.
Maria wurde warm ums Herz. Zufrieden schien die betagte Nonne die plötzliche Änderung des vorher geplanten Arbeitsablaufes zur Kenntnis zu nehmen. Ihr sollte es recht sein, sie mochte die kleine, immer vorwitzige Maria Kohwagner gut leiden.
Kreszentia wusste, dass ihre Tage gezählt waren. Ihre knochigen Finger drehten ununterbrochenen an den Perlen ihres Rosenkranzes. Beinahe lautlos formten ihre Lippen die Worte ihres täglichen Bittgebetes zur allerseligsten Jungfrau Maria. Das Leben war ihr seit einigen Jahren eine echte Pein und Plage geworden. Aber sie durfte ja nicht klagen. Trotz all der peinigenden Schmerzen in ihren alters-

schwachen Gelenken, ihrer extremen Kurzatmigkeit und dem vielen Wasser in den Beinen. Gott hatte es trotz aller Prüfungen mit ihr gut gemeint. Tagtäglich betete sie flehend in ihrer kargen Kammer zur heiligen Mutter Gottes Maria, der Schutzpatronin ihres Klosters. An jedem Wochentag eine andere Fürbitte. Etwas umständlich nestelte die hochbetagte Nonne aus ihrem schwarzen Habit[1)] ein Gebetbuch hervor. Mit ihren steifen, gichtgeplagten Fingern blätterte sie mühsam eine Seite des arg zerfledderten Büchleins auf, rückte umständlich ihre Brille zurecht und begann Wort für Wort die Fürbitte für diesen Wochentag zu lesen. Beinahe unmerklich bewegten sich dabei ihre blutleeren Lippen. Sie schien in weite Fernen entrückt, die kein Sterblicher je sehen würde.

Die greise Schwester wollte endlich sterben, wollte heimgehen zu ihrem geliebten Herrgott und zur heiligen Jungfrau Mutter Gottes.

Maria und die Novizin Elisabeth hatten sich mittlerweile alleine weiter auf ihren Rundgang durch den Klostergarten gemacht. Mittlerweile war die Novizin mit ihrem Schützling an der östlichen Seite der Klostermauer angelangt. Elisabeth blickte zurück zu der, ganz in sich versunkenen Gestalt drüben an der Klostermauer. Tiefe Wehmut durchzog ihr Herz.

Sie kannte Kreszentia und ihre „Merkwürdigkeiten", wie die jüngere Schwester die Schrulligkeiten der alten Nonne nannte, mittlerweile in- und auswendig. Vor einem großen Blumenbeet blieb sie mit dem Mädchen stehen. „Sieh ..." sagte sie, „... das hier, das ist der hochgiftige Eisenhut! Schon eine kleine Menge dieser Pflanze würde genügen, einen Menschen zu töten!"

Die Novizin deutete auf einen hochgewachsenen Blütenbusch mit langen Stielen, an deren Ende wunderschöne, gezackte blaue Blüten saßen. Maria bückte sich und buchstabierte langsam den lateinischen Namen, der auf einem kleinen Schildchen, mit zwei schwarzen Kreuzen versehen, darunter angebracht war: *„Aconitum napellas"* las sie langsam Silbe für Silbe. „Also Maria, merk dir das: Lass die Finger von diesem Gewächs. Das dürfen nur die ganz erfahrenen Schwestern aus der Klosterapotheke tun. Verstanden?" Maria nickte. „Elisabeth, ich habe garnicht gewusst, dass diese Blume so arg giftig ist ..." sagte sie, nun etwas kleinlauter geworden. Die Schwester musste schmunzeln. „Da bist du ganz sicher nicht die Einzige, Maria. Aber es ist höchst gefährlich!" Die Novizin Elisabeth hatte ein zufriedenes Lächeln in ihrem Gesicht. Sie freute sich, von ihrem Wissen einem jungen Menschen etwas weitergeben zu können.

[1)] **Habit:** *aus dem lat. Habitus= Aussehen, Haltung, Kleidung. Weites, sackartiges, langes Ordensgewand. Habit = äußeres Zeichen der Zugehörigkeit zu einer bestimmten Ordensgemeinschaft.*

Einige Zeit verweilte sie noch mit ihrem Schützling vor dieser Pflanze. Die dunkelgrünen Blätter des *Eisenhuts* waren leicht gezackt. „Wie große Petersilienblätter sehen die doch aus“ dachte sich das Mädchen. Maria wollte die Pflanze anlangen, die Schwester jedoch hielt sie zurück. „Tue das bitte nicht. Auch anfassen kann schon für manche Menschen mit Herzproblemen sehr, sehr gefährlich sein“. „Aber ...“, setzte sie belehrend und scherzend hinzu, „... diese Pflanze spielt auch in der Heilkunst eine sehr große Rolle. Aber nur, wenn man genau weiß, wie viel von ihren Wirkstoffen man einem kranken Menschen davon geben darf! Und Herzprobleme, so scheint mir, sind hoffentlich noch weit, weit weg von dir!“ Maria musste lachen.
Beide setzten ihren Rundgang durch den Klostergarten weiter fort. An einer sonnenüberfluteten, windgeschützten Ecke der dem Süden zugewandten Seite der Klostermauer, wuchs eine wieder Reihe von Pflanzen. Die Novizin blieb wieder stehen.
Das Täfelchen im Boden hatte ein schwarzes Kreuz und bedeutete „*giftig*“. „Ja, was du hier siehst, hat Christoph Kolumbus 1498 von seiner dritten Seereise zurück nach Spanien gebracht“. *„Lycopersicon esculendum“*; stand auf der kleinen Tafel, darunter *„Deutscher Paradiesapfel“*. Die Pflanzen trugen viele kleine und große Früchte. Manche noch grün, leicht gelblich und auch einige der größeren Früchte schon in leuchtend schimmernden Rot. Ein Rot, das unendlich verführerisch aussah. „Maria, das hier ist der Paradiesapfel. Er ist auch giftig und man darf nichts davon essen. Nicht einmal zur Medizin ist er tauglich“ schimpfte die junge Schwester. „Und ...“, sie hob drohend den Zeigefinger, „... es ist besonders den Mädchen verboten, diese Früchte zu essen!“ „Wieso denn nur den Mädchen?“ wunderte sich Maria. Elisabeth war beinahe dabei, sich zu verplaudern. „Nein, nein, das kannst du nicht tun“ sagte sie halblaut zu sich selbst. „Ich habe dich nicht verstanden, Elisabeth“.
Hartnäckig bohrte Maria nach. „Maria, es ist halt so. Warum kann ich dir jetzt auch nicht sagen.“ Energisch packte Elisabeth sie am Arm und setzte ihren Weg im Klostergarten fort. Was sie ihr nicht sagte und auch auf keinen Fall durfte, war die vorherrschende Befürchtung der Botaniker und auch des Klerus und natürlich auch des gemeinen Volkes, dass der Verzehr dieser Früchte bei den jungen, unschuldigen Mädchen einen „Liebeswahn“ auslösen könnte. Aber auch die Novizin wusste nicht genau weshalb und warum.
Sie war ja schließlich keine Botanikerin und wusste nur, dass die Früchte dieses äußerst verlockenden Nachtschattengewächses, der Tomate, den landläufigen Namen *„Liebesapfel“* [*)] trugen. ______

[*)] *Das Nachtschattengewächs, die* **Tomate** *- siehe Glossar*

Nur etwa einen Steinwurf entfernt hinter den hohen Mauern, die das Kloster nach Osten hin umsäumten, befand sich das Gebäude der Klostergärtnerei. Dort lagerten die Nonnen zum Schutz vor den rauen Frösten südliche Pflanzen und Gehölze. Der Nutzgarten und ein Fischbecken schlossen sich an. Im Fischbecken wurden die gefangenen Fische solange gehalten, bis sie von der Klosterküche in der Fastenzeit auf den Tisch gebracht wurden.

Maria erfuhr so nach und nach, dass sich das Franziskanerinnenkloster beinahe selbst mit ihrem Klostergarten und einigen Feldern versorgen konnte. An der unteren Mauer zum Fluss hin war ein Türchen, durch welches ein schmaler Uferpfad hin zur Schiffslände des Kloster führte. Dort wurden überwiegend Waren und vor allem Salz aus Hallein für´s Kloster angeliefert. Salz war für´s Kloster unentbehrlich und lebensnotwendig. Besonders schon deshalb, um Fleisch und andere Lebensmittel die langen Winter über haltbar zu machen.

Hinter der Gärtnerei führte geradeaus ein schmaler Weg hinunter in die „*Buchenau*". Große Buchen säumten den kleinen Pfad, der schnurstracks am Bierkeller des Klosters vorbei hinunter zum Fährhaus verlief.

Der mächtige Gebirgsfluss wälzte an dieser Stelle in einem großen, weiten Bogen seine Wassermassen um das Kloster und den angrenzenden Feldern herum, um seinen Weg nach Norden fortzusetzen.

„Wärst du jetzt ein Vogel, so würdest du meinen, dass der Fluss schützend seinen Arm um unser Kloster legt", sagte die Novizin zu Maria. Die Rosenbeete entlang der Mauern des Klosters standen schon in Blüte.

Berauschender, süßer Duft lag in der Luft. Beetrosen, Heckenrosen, Kletterrosen und Buschrosen wechselten sich harmonisch ab mit kleinen Moosröschen, unterbrochen von in Gestellen wachsenden edlen Strauchrosen. Am sonnenaufgeheizten Gemäuer des Klostergartens standen dicht an dicht stark wuchernde Wildrosen.

Ein Amselpaar auf der Suche nach Futter für ihren beinahe flüggen Nachwuchs stob erschreckt und laut schimpfend hinauf in die Spitze der nahen Holunderbüsche. Die Zeit der Blüte war beinahe schon vorbei, langsam reiften die Früchte in den Schirmrispen.

Noch wenige Wochen, meinte Elisabeth, dann könne man herrlich schmeckenden und wohltuenden Saft aus den Trugdolden pressen.

„Der Saft ist im Winter sehr gut gegen Erkältung und aus den Blüten haben wir schon im Juni Tee getrocknet ...", meinte die Novizin.

„Und außerdem nehmen wir ihn zum Verfeinern von Süßspeisen in unserer Klosterküche. Da wird vorher eine sehr gute Holundermarmelade zubereitet und dann gibt´s für alle Schwestern ein herr-

liches Pfannkuchlessen. Wenn du willst ..." sagte sie zu Maria „... dann lade ich dich einmal dazu ein!"
Obwohl die junge Novizin eigentlich ihre Zeit schon beinahe überzogen hatte, setzten beide ihre Exkursion fort. Eingezäunt von niedrigen Buchshecken reihten sich Farben an Farben und Blüten an Blüten: Zitronenmelisse mit ihren winzig kleinen weißen Blüten, Lavendel, der violett blühende Ysop, der Gemeine Beinwell mit den stark behaarten violett-roten und weißen Blüten und dazwischen die echte Kamille. All dies wechselte sich ab mit wildem Thymian, Majoran, Koriander und Kerbel und Beifuß. In einem schmalen, lang gestreckten Beet direkt an der Klostermauer standen wieder einige Sträucher, die mit kleinen Schildern versehen waren, auf denen neben dem Namen, ein oder gar zwei schwarze Kreuze angebracht waren. Das hatte sie schon beim hochgiftigen Eisenhut bemerkt.
Aufgeregt zupfte sie die Schwester am Ärmel. „Elisabeth, was sollen denn die Kreuze auf den kleinen Schildern" fragte Maria wissbegierig die Novizin. Sie standen vor einem einen Stock mit den purpurroten Blüten des roten Fingerhutes. Sie buchstabierte weiter: „*Digitalis purpurea*".
„Ja, der *rote Fingerhut* ist sehr giftig. Aber er wird auch schon seit Hunderten von Jahren in der Medizin verwendet" erklärte ihr die Schwester. Das Mädchen bekam große Augen. Was sie nur alles wußte, dachte sie ehrfürchtig. Sie nahm sich ganz fest vor, auch so gescheit zu werden. Elisabeth erzählte dem Mädchen, dass der rote Fingerhut nur von Hummeln bestäubt wird und nur der Wind die Samen verbreitet. „Pass gut auf. Die Kreuze bedeuten soviel: Ein Kreuz ist giftig, ja und zwei Kreuze sind tödlich giftig ..." erklärte sie weiter. Maria schüttelte sich, das war ihr schon unheimlich. Bewundernd sah sie zu Elisabeth hoch. „Hast Du das alles im Kloster gelernt" fragte sie naiv. „Ja sicher" antwortete diese „vorher war ich genauso unwissend wie du. Aber auch genauso neugierig ...", sagte sie lachend. Elisabeth ging noch einmal ein paar Schritte mit ihr zurück, zu der Stelle, wo der *Gemeine Beinwell* stand. „Das ist eine der wichtigsten Heilpflanzen in der Klostermedizin. Diese Pflanze enthält neben Alkaloiden auch große Mengen an Gerb- und Schleimstoffen". „Beinwell? Wieso denn dann so einen komischen Namen?" wollte Maria wissen. „Komm, sagte die Schwester, „setz dich einmal her zu mir". Resolut fasste sie nun das Mädchen an der Schulter und führte sie zu einem schattigen Ruheplatz. Auf einer kleinen Steinbank an der unteren Klostermauer, nur wenige Meter vom Flussufer entfernt, ließen sie sich im Halbschatten eines Holunderbusches nieder. Sofort wurde die Hitze erträglicher. Große Walnussbäume an der dem Fluss

zugewandten Mauerseite schirmten den Klostergarten gegen die rauen Ostwinde ab. Elisabeth fuhr fort: „*Beinwell*, auf lateinisch „*Symphytum offizinale*“, so ist der Name der Pflanze. Sicher darauf zurückzuführen, dass der zubereitete Extrakt aus Wurzeln, Stängeln und Blättern schon in früheren Zeiten zur Heilung von Fußleiden, Wirbelsäulen- und vor allem von Beinverletzungen verwendet wurde“, dozierte die gescheite Novizin. Die zur flussseitigen Klostermauer abfallende Wiesenfläche war noch in voller Blütenpracht: Margerithen, Sauerampfer, Echter Thymian, Knaulgras, Rotschwingel, Weidelgras, Wiesenschaumkraut. Eine Farborgie für´s Auge! Gleich am Rande des Kiesweges, dort wo die Sonne in der Mittagszeit ungehindert ihre stärkste Kraft entfalten konnte, wechselten sich das zarte lindgrün des gelbblühenden *Gewöhnlichen Frauenmantels,* mit dem leuchtenden *Johanniskraut* und dem rosafarbenem *Tausengüldenkraut**) ab.
„Schau ... “, sagte Elisabeth, „... dieses rosafarbene Gewächs ist deiner und unserer Kirchenpatronin der hl. Maria geweiht. Es heißt bei uns „*Marienkraut*“ und hilft bei vielen inneren Krankheiten. Das Gewächs braucht trockenen Boden und kann nur hier oben an dieser Sonnenstelle gedeihen, nicht in sumpfigen, nassen Böden. Die Novizin bückte sich und zupfte einen langen Grashalm aus. „Weißt du, was das für ein Gras ist?“ fragte sie das Mädchen. „Ja“, antwortete Maria, das ist eine *Quecke.* „Meine Mama wird immer ganz wild, wenn sie dieses fürchterliche Unkraut aus unserm Garten ausgraben muss! Aber es nützt einfach nichts ...“, sagte sie beinahe mitfühlend.
„Genau, Maria, das ist die eine, die schlechte Seite. Die gute Seite aber ist, dass der Sud aus der gekochten Wurzel ein wirksames Heilmittel bei Rheuma, Gicht und Bronchialleiden und Entzündungen der Harnwege ist. Die Wurzel der Quecke gehört schon seit vielen Jahrhunderten in jede Klosterapotheke.
Maria erfuhr in dieser lehrreichen Stunde auch noch sehr interessante Geschichten über die berühmte „Kräuternonne“, der *Benediktiner - Äbtissin Hildegard von Bingen.* Sie hörte von Namen und von Orten, die sie vorher noch nie in ihrem noch jungen Leben gehört hatte: vom heiligen *Benedikt von Nursia,* dem heilkundigen Mönch vom Kloster auf dem *Monte Cassino* in Umbrien.
Als Elisabeth die fragenden Augen ihrer kleinen Schülerin sah, fügte sie hinzu: „*Monte Cassino, das ist ein Kloster und liegt in der Region Umbrien, mitten in Italien. Weiter nördlich, in der Toskana, lebte auch einige Zeit in einer winzigen Felsenhöhle als Einsiedler der*

---

*) *Das* **„Echte Tausendgüldenkraut“** *– siehe Glossar*

heilige Franz von Assisi im Kloster auf dem Berg La Verna, hoch über dem Tal des Flusses Arno. Und dort empfing der heilige Franz nach der Überlieferung auch seine Stigmata ...“. [1)]

Sie erzählte vom schielenden *Abt Strabo* von der Insel Reichenau im Bodensee und von seinem berühmten Werk „*Hortulus*“, „einer wissenschaftlichen, aber gut verständlichen Anleitung über die Pflege der Klostergärten“ fügte sie ergänzend hinzu. Auch vom Klostergarten im schweizerischen *St. Gallen,* vom berühmten *Lorscher Arzneibuch* und von der „*Macer floridus*“ aus dem fernen Frankreich erzählte ihr die junge Novizin. Im Kopf des jungen Mädchens brummte es wie in einem Bienenstock, doch mit ihren Augen hing sie fasziniert an den Lippen der belesenen Elisabeth. Die Novizin fasste sie an der Hand und stand auf. „So Maria, meine Zeit für heute geht zu Ende. Ich muss drinnen gleich wieder meinen anderen Aufgaben nachgehen. Sonst gibt es mit der Schwester Oberin Ärger“.

Die häufigen Besuche im Kloster hatten zu dieser Zeit schon Früchte getragen: Einmal in der Woche durfte Maria, entgegen allen Regeln, aber mit Wissen und Duldung der Schwester Oberin Ludovika Maria Wille nun in den Klostergarten kommen.War für den Gartenbesuch zu schlechtes Wetter, zeigte ihr die Verwalterin der Bibliothek die einzigartigen Schätze aus der Klosterbücherei. Anfassen durfte sie die wertvollen Folianten dennoch nicht, da waren die Nonnen unnachgiebig. Aber das war ihr garnicht so wichtig.

Hingebungsvoll hingen ihre Augen an den Lippen der Nonne, die ihr aus einem Kapitel längst vergangener Zeiten dieses Klosters vorlas:

„Am Ort des Klosters wurde schon im Jahre 780 durch die beiden Mönche Baldung und Hrodbert eine Zelle gegründet. Dreihundert Jahre später, im Jahr 1122, gründete dann der Erzbischof von Salzburg, Konrad I. ein Stift der Augustinerchorherren, welches ununterbrochen bis 1803 bestand. Und wir, die Franziskanerinnen sind erst seit knapp fünfzehn Jahren wieder hier im Kloster ansässig ...“.

*****

[1)] **Stigmata -** *Wundmale Christi.*
*Der hl. Franz von Assisi soll diese Wundmale am 12. September 1224 erhalten haben. Es ist somit der älteste - sicher dokumentierte - Fall einer „**Stigmatisierung**“.*

Die Klosterschule

Schon wenige Tage nach Beginn der Sommerferien erhielten Maria und ihre Eltern Besuch aus dem Kloster. Es war genau jene Nonne, welche sie zusammen mit der Schwester Margareta in der Krankenstation so getreulich und aufopfernd gepflegt hatte.

„Schwester Adelheid, Schwester Adelheid" rief sie voller Freude und fiel der Nonne um den Hals. Sie hatte Maria ein Glas Honig und Erdbeermarmelade mitgebracht und dazu ein kleines Gebetbuch. „Da, das magst du doch, Maria?" fragte die Nonne. Maria nickte heftig mit hochrotem Kopf und bedankte sich mit einem artigen Knicks. Dann erfuhren das Mädchen und auch ihre Eltern den wirklichen Grund dieses Besuches. Maria war auf einstimmigen Beschluss der Oberin und der Schwestern des Klosters ausgewählt worden, nach erfolgreicher Beendigung der Elementarschule in Mittergars, die 7.Klasse der Klostervolksschule zu besuchen. Mit der Aussicht, im Anschluss daran einen der wenigen, noch frei gehaltenen Plätze für die einjährige Hauswirtschaftsschule im Kloster Au zu besetzen. Ihre Eltern und Geschwister waren schier sprachlos vor Freude und Überraschung. Am meisten freute sich der Vater für seine jüngste Tochter. Im hohlwangigen, bleichen Gesicht strahlten unter dunklen Augenringen seine Augen voller Stolz. Doch er war schon schwer gezeichnet von seiner unheilbaren Krankheit.

Maria Kohwagner konnte ihr Glück garnicht fassen. Wie betäubt saß sie auf der Bank am Fenster. „Na, sitz doch nicht da wie ein Häufchen Elend ..." sagte Schwester Adelheid zu ihr, „... freust du dich denn nicht?" Maria musste einige Male schlucken und nickte dann heftig. „Doch, doch, Schwester Adelheid, und wie!" Adelheid strich ihr zärtlich über den Kopf. Im weiteren Gespräch wurde dann alles geregelt, was bis nach der Erntezeit noch zum Beginn der Übernahme zu erledigen war. Dabei kam auch heraus, dass wiederum ihr größter Fürsprecher der alte Herr Pfarrer von St. Michael gewesen war. Und natürlich auch die Schulschwestern vom Kloster Au. Den Eltern von Maria fiel insgeheim ein Stein vom Herzen. Wußten sie doch nun, dass ihr Nachzögling zumindest für die nächsten beiden Jahre gut untergebracht war. „Und zudem sitzt noch ein Esser weniger am Tisch...", war der pragmatische, unausgesprochene Gedanke ihres Vaters!

Benni, der Metzgersohn war trotz recht guter Noten bereits vor einem Jahr aus der Elementarschule in Mittergars entlassen worden. Sein Vater war froh darüber, er brauchte ihn dringend und hatte schon eine Stelle als Lehrling in einer Schlachterei in Haag gefunden. Dort musste Benni auch wohnen. Auch die meisten Schüler ihrer ehe-

maligen Klasse in Mittergars verließen diese bereits nach der 6.Klasse. Sie mussten sich wie üblich dem Willen der Eltern beugen, sich bei größeren Bauern in der näheren Umgebung zu verdingen. Die Aussichten, sich aus diesem Milieu wieder zu befreien, waren äußerst gering. Fast alle von ihnen blieben gefangen in diesem Teufelskreis von Not und Armut aufgrund zu geringer Herkunft und Bildung.
Meistens ein ganzes Leben lang.

*****

Ein großes Glück war es, dass die Nonnen vom Kloster Au das aufgeweckte Mädchen in die Klosterschule aufnehmen wollten. Es war ein Versuch des Klosters, mehr nicht. Doch diese Plätze waren rar und im ganzen Umkreis beliebt. Viele wohlhabende Bauern versuchten mit allen Mitteln, ihre Töchter dort nach der Schule unterzubringen. Deshalb waren die Verlockungen für die Nonnen und besonders für die Oberin groß, den vielen Bittgesuchen und Wünschen dieser reichen Bauern nachzugeben. Es hätte das Kloster mancher Sorgen beraubt, zumal die großen Besitztümer seit der Säkularisation nicht mehr vorhanden waren.
Diesmal war die Oberin und ihre Mitschwestern der Meinung, endlich einen Versuch zu wagen. Es sollten dieses Jahr Mädchen aus den einfachen, nicht begüterten Bauernhöfen sein. Nicht allein das gute Schulzeugnis gab damals für die kleine Kohwagners Maria den Ausschlag. Nein! Der Pfarrer von St. Michael sprach sich bei einem Besuch bei den Glaubensschwestern in Au vehement für das kleine Mädchen aus. Wusste er doch ganz genau, dass in diesem aufgeweckten Bauernmädchen viel mehr steckte, als es der weitere fest vorgeschriebene Lebensweg für sie vorsah: Als kleine Magd, als Küchenhilfe oder auch als Hilfsarbeiterin in einer der - nunmehr wie die Pilze aus den Boden schießenden - Fabriken in oder um München zu landen. Aber vielleicht auch wenn es ganz gut lief, Haustochter in einem begüterten Bauernhof oder einem Fabrikantenhaushalt in Rosenheim, Mühldorf oder Wasserburg zu werden. Noch viel, viel besser wäre es gewesen, wenn sich aus diesen Anstellungen eine festere Verbindung ergeben hätte. Dann hätte man irgendwann auch einen Hausstand gründen können. Aber das waren meistens nur unerfüllbare Träume. Die großen Standesunterschiede waren seit Menschengedenken fest fundamentiert und in den allermeisten Fällen immer noch unüberbrückbar.

*****

Von all den umwälzenden Zeitläufen draußen im Land bekamen die Schülerinnen im Kloster nur wenig mit.
Die Klosterschwestern schon! Sie hielten Augen und Ohren offen. Und dies war wichtig. Dass in Europa wieder an allen Ecken und Ende kriegerische Händel stattfanden, fand keinen allzu großen Niederschlag hinter den Klostermauern. Zuviel hatten gerade diese frommen Frauen in den, seit Jahrhunderten fest fundamentierten, kirchlichen Institutionen in der Vergangenheit mitgemacht.

Maria erfuhr noch sehr viel mehr von den Klosterschwestern: vom Bauernkrieg, Martin Luther und seinen Thesen, von Türkensteuer wegen der anhaltenden Türkengefahr, vom edlen Ritter Prinz Eugen und vom nicht enden wollenden Schrecken des 30ig-jährigen Krieges, bis hin zu schwedischen Besatzungszeiten.
Auch von den ständigen Händeln der jeweiligen Landesfürsten gegeneinander. Mal war das Land am Inn in jenen Zeiten den Habsburgern verpflichtet, mal dem Erzbischof von Salzburg und ein andermal wieder den Wittelsbachern in München, Ingolstadt oder Landshut. Und letztendlich - vor nicht allzu vielen Jahren - fegte mit eiserner Hand Kaiser Napoleon dieses geografische und politische Gebilde im ganzen Abendland so gewaltig durcheinander, dass nichts mehr so war, wie früher.

Durch die Säkularisation wurde der bislang mächtige Stand der Kirche auf ein Minimum reduziert. Der Minister im bayerischen Kabinett, der machtbewusste, aber geniale Graf von Montgelas, schuf sich dadurch allerdings nicht nur Freunde, wie er einige Jahre später verspüren musste. Obwohl sich so nach und nach die Klöster wieder mit geistlichen und kirchlichen Leben füllten, war es nicht mehr so einfach wie früher. Die meisten kirchlichen Liegenschaften und Besitztümer waren seit der Säkularisation nicht mehr Eigentum der Klöster.

Nach und nach konnte man sich, vor allem durch großherzige Spenden, Schenkungen und Stiftungen, so recht und schlecht über Wasser halten.

*****

Die Entscheidung

Franziskanerinnen - Kloster Au am Inn
„So ein gescheites Maderl, die muss einfach auf die Haushaltungsschule" sagten die Klosterschwestern und Novizinnen bei einer der wöchentlichen Aussprachen mit der Oberin des Klosters Schwester *M. Ludovika Wille*.
Diese war nach einigem Abwägen und Überlegungen damit einverstanden. War dies doch einer der ersten Fälle in ihrer Amtszeit, dass man von den bislang sehr streng gehandhabten Regeln abwich. Außerdem befand sich die weiterführende Klasse der Hauswirtschafterinnen - Schule noch in einer sehr unsicheren Probe- und

Finanzierungsphase. Da musste man ganz besonders vorsichtig sein mit Entscheidungen, die durch allzu viele Gefühle zustande kamen. Ausgiebig und sorgsam hatte die Schwester Oberin die Nächte zuvor genau die *„Confirmationsurkunde"* des *Erzbischofs von München, Graf von Reisach* vom 2. Mai 1854*) nochmals von vorne bis hinten studiert. Und hier stand eindeutig klar formuliert, was von Anfang an eine der wichtigsten Aufgaben des neugegründeten Klosters für die Zukunft sein sollte: *„Die Klosterfrauen sollen sich der Erziehung der weiblichen Jugend aus dem Bürgerstand sowie der Heranbildung christlicher, berufstreuer Dienstboten widmen ...".*

Nun gut, die Definition *„Bürgerstand"* war klar und eindeutig. Waren aber denn die „Bauersleute" nicht immer noch unter dem Stand des Bürgers? Die Oberin beschlichen Zweifel, ob sie mit ihrer Entscheidung nicht einen Präzedenzfall schaffen würde. Schließlich stammte die kleine Kohwagnerin nur von einem ganz kleinen Bauernhof. Aber, in der Urkunde stand auch klar und deutlich *„... dass man sich besondere Sorge um die gesellschaftlich benachteiligten jungen Menschen machen sollte".*
Nach einer nochmaligen Rücksprache der Schwester *Oberin M. Ludovika Wille* mit ihrer engsten Vertrauten *M. Theresia Haselmayr* wurde beschlossen, die Interpretation der Urkunde generell ab sofort mehr dem zweiten Teil des erzbischöflichen Auftrages *„... sowie der Heranbildung christlicher, berufstreuer Dienstboten widmen"* widmen sollte. So geschah es denn auch! Es war für Maria der Beginn eines harten Jahres. Gute, treue, obrigkeitsfürchtige, gut ausgebildete und vor allem gottesgläubige Dienstboten waren bei den reichen Bauern gefragt wie nie zuvor. Eine neue, sehr fruchtbare und lang anhaltende Epoche schien mit dieser Entscheidung für das Kloster Au am Inn wieder angebrochen.

*****

September 1870

Die 7.Klasse der Volksschule im Franziskanerinnenkloster hatte Maria Kohwagner mit Bravour bestanden.
Oberin Ludovika M. Wille stand zu ihrem Wort!
Mitte September 1870 wechselte Maria Kohwagner auf die einjährige Hauswirtschaftsschule im Franziskanerinnenkloster Au am Inn. Die versuchsweise geschaffene Klasse der Haushaltungsschule war ein großes Experiment, denn die Finanzierung stand auf äußerst tönernen Füßen.

---

*) ***Am 2. Mai 1854*** - *Neugründung* **des Klosters Au** – *siehe Glossar*

Schulgeld brauchte dennoch für Maria nicht bezahlt zu werden. Dafür lieferte der Kohwagnerhof (wie auch viele andere Höfe) regelmäßig, wie auch schon im Jahr zuvor, Naturalien und Brennholz an das Kloster. Die Geschwister Andreas und Anna ließen sich nicht lumpen für ihre kleine Schwester, obgleich es sich der kleine Hof eigentlich nicht leisten konnte. Obwohl nirgends niedergeschrieben und auch nicht direkt angesprochen, gab es für diese Art von Stipendium vonseiten des Klosters auch eine Zielrichtung: die Hoffnung, dass einige der Schülerinnen, meist aus vermögenden Haushalten stammend, sich im Anschluss an ihre weiterführende Ausbildung für den Eintritt als Novizin in das Kloster der Franziskanerinnen entschließen könnten.
Die Schule im Kloster war kein Zuckerschlecken. Die Schülerinnen wurden von den Schulschwestern nicht mit Samthandschuhen angefasst. Abgeleitet vom Brief an die Hebräer im Neuen Testament:

Denn, wen Gott liebt, den züchtigt er; er schlägt mit der Rute jeden Sohn, den er gern hat ...", hieß es nun allenthalben: „*... wer sein Kind liebt, züchtigt es.*"
Dies wurde in den Klöstern oftmals noch weitaus strenger als draußen gehandhabt! Alles, aber auch wirklich alles wurde den jungen Mädchen abverlangt. Todmüde lagen die Schülerinnen abends in ihren harten Betten im großen *Dormitorium*, dem Schlafsaal der angegliederten Hauswirtschafterinnenschule. Eine Möglichkeit, sich zurückzuziehen, gab´s für die Mädchen nicht. Die Schlafsäle der Mädchenvolksschule und auch der Haushaltungsschule waren mehr als spartanisch eingerichtet: Ein hartes Bett mit einem Nachttopf darunter, ständig klamme und manchmal auch muffige Bettwäsche, ein winziger Nachttisch oder Stuhl und nicht mehr als zwei Handbreit Platz in einem Schrank für ihre wenigen Kleidungsstücke waren alles, was den Mädchen blieb. Während der langen Winterzeit über waren die großen Schlafsäle eiskalt. Von der Wärme der beiden kleinen Kanonenöfen an den Längsseiten des Saales hatten nur die Mädchen in den unmittelbar daneben belegten Betten etwas. Alle anderen Schülerinnen froren gottsjämmerlich die langen Winternächte über. Aber die meisten der Mädchen waren es ja von ihren Elternhäusern nicht anders gewohnt. Wenn Maria an ihre Schlafstelle im kleinen, zugigen Bretterschlag hoch im Dachboden dachte, kam ihr die jetzige Unterkunft fast noch wie ein Paradies vor. Nicht anders war es in den Unterrichtsräumen: Die Schülerinnen an den Fensterplätzen oder an der Türe waren ständig der eiskalten Zugluft ausgesetzt und diejenigen, direkt neben dem einzigen Ofen, andauernder Hitze.

*****

Maria ertrug schier alles. Alle Ungerechtigkeiten, alle versteckten und offenen Schikanen und Boshaftigkeiten sowie Neid und Hass unter den Schülerinnen. Tunlichst vermied sie es, sich an irgendwelcher Arglist gegen unliebsame Mitschülerinnen zu beteiligen und wurde dadurch schnell selbst zur Zielscheibe vieler Angriffe. Auf einmal schien sie, von einem Tag zum anderen, zur Außenseiterin für viele der Mädchen geworden zu sein. Ihr großes Glück war es, dass sie in der jungen Novizin Elisabeth eine heimliche Verbündete hatte. Sie teilten zusammen das Geheimnis, sich in schwierigen Zeiten auf ein vereinbartes Zeichen hin, drunten in der Klosterschmiede zu treffen. Dort konnte Maria dann - ungestört unter vier Augen - Trost und Rat von Elisabeth bekommen. Und der alte Xaver Berndl hatte immer für Maria ein kleines Geschenk parat. „Du schafft es, Maderl ...“ sagte er immer zu Ihr, „... du lässt Dich nicht unterkriegen, egal was dir angetan wird. Versprichst mir das?“

Maria ließ sich nicht unterkriegen und war auch in dieser Zeit eine folgsame, gläubige und vor allem sehr gelehrige Schülerin. Die Anfeindungen hatten sie noch stärker gemacht. Und sie wusste: Größte Disziplin und Gehorsamkeit waren im klösterlichen Tagesablauf von besonderer Bedeutung. Jeder Tag wurde auch belohnt mit neuem Wissen und neuen Erfahrungen.
Als besondere Anerkennung und Auszeichnung für Fleiß und gute Noten wurde Maria, in ihrer mehr als kargen Freizeit bald freier Zugang zur Klosterbibliothek genehmigt. Ab und zu durfte sie auch der schon gebrechlichen Nonne zur Hand gehen, welche für die Bibliothek verantwortlich war. Das waren ein- deutig die schönsten Momente für das junge Mädchen. Da konnte sie fast ungestört stöbern und nach Herzenslust Bücher wälzen.

Ein Brief von Marias Eltern war an der Klosterpforte für die Schwester Oberin abgegeben worden.
Maria hatte daraufhin am späten Samstagnachmittag ausnahmsweise die Genehmigung für einen Besuch bei ihren Eltern erhalten, da der Vater immer schlimmer darniederlag. In der beginnenden Dämmerung des Abends ließ sie sich, zusammen mit einem alten Austragsbauern aus dem Weiler Haslöd und einer Bäuerin aus Mittergars, vom Fährmann auf die andere Innseite übersetzen. In ihren Händen, ganz fest an den Körper gepresst, hielt sie, eingewickelt in ein Stück grobes Leinen, einen kleinen Topf köstlicher Holundermarmelade und ein Fläschchen mit dem Saft der blauen Beeren. Es war ein Geschenk von Schwester Elisabeth für ihren geliebten, todkranken Vater. „Wirst sehen, Maria, das tut Deinem Vater gut. Den Saft muss Deine Mutter

erwärmen, aber bitte nicht kochen. Und dann Deinem Vater löffelweise einflößen ...!“

Am 10. Februar 1871 feierte Maria ihren 14. Geburtstag. Ihre Schwester Anna hatte ihren Lieblingskuchen gebacken und hinüber ins Kloster gebracht: einen Gugelhupf. Den Kuchen verteilte sie unter ihren Mitschülerinnen. Sehnsüchtig dachte sie an ihren Bruder. Er fehlte ihr unendlich. Noch ein knappes halbes Jahr hin bis zu den Prüfungen in der Haushaltungsschule. Maria war sich ganz sicher, diese zu bestehen.

*****

Der Besuch

Das große Besuchszimmer, welches sich ganz am hinteren Ende des breiten Flures und den gegenüberliegenden Wandelgängen im Konventgebäude befand, war in diffuses Halbdunkel getaucht. Es lag hinter dem großen Kapitelsaal und genau unter dem Dormitorium der Nonnen und wurde, so schien es, auch als Lese- und Studierzimmer der angrenzenden Bibliothek benutzt. Davon zeugten die meterhohen schweren Holzregale und einige wenige, kleine runde Tische in Nähe der Fenster.
Für die langen Winterabende stand in einer Ecke zur Außenfront ein beinahe deckenhoher, gusseiserner Kaminofen. Im ersten Moment wirkte die düstere Ausstrahlung, die von diesem Raum ausging, sicher bedrückend auf jeden Besucher. Vielleicht war dies auch so gewollt? Trotz der übermannshohen Fenster fiel um diese Zeit nur schwaches Licht in den Raum. Ab und zu, wenn die untergehende Sonne eine Lücke in den hohen Bäumen am nicht weit entfernten Fluss fand, erhellte ein schmales Sonnenbündel die gegenüberliegende Wandseite.
Man spürte deutlich, dass sich der Tag nun schnell dem Ende zuneigte. Jeden Augenblick würde der purpurne Sonnenball hinter den Hügeln am westlichen Ufer versinken. Ruhe legte sich bedrückend auf die Ohren des einsamen Besuchers. Er fühlte sein Herz pochen ...

Der junge Mann im Halbdunkel wagte kaum zu atmen.
Er musste sich eingestehen dass er mehr aufgeregt war, als er sich vorher je gedacht hatte. Langsam trat er an eines der Fenster und blickte hinüber aufs östliche Flussufer. Die, hinter den noch kahlen Ästen der Erlen und Silberweiden hervorspitzenden rotbraun schimmernden Dächer der kleinen Weiler Binder und Heuwinkl und auch einige Häuser seines Heimatdorfes Mittergars konnte er, wenn auch nur mit einiger Anstrengung, vom äußersten der drei Fenster erblicken. Ein Stich fuhr ihm durchs Herz! Er musste schlucken.

Nie hätte er gedacht, dass ihm dieser Moment so aufrühren könnte. Zwischen dem Frauenkloster und dem jenseitigen Ufer lag der große Klostergarten. Dahinter, abgegrenzt von einer mannshohen Steinmauer, wälzte sich an diesem Vorfrühlingstag der mächtige Gebirgsfluss träge in seinem Bett. Sanft, aber mit ungeheurer Macht, schob der Inn seine Wassermassen in einer großen breiten Schleife um das Franziskanerinnenkloster. Zuerst nach Nordwesten und kurz darauf wieder nach Nordosten. Es war eine der breitesten Stellen des Flusses auf seinem Weg zur Donau, an die sich der abdendliche Besucher entsinnen konnte.
Nur mit ausdrücklicher Genehmigung der gestrengen Oberin hatte er dieses Zimmer betreten dürfen. Eine Novizin hatte ihn vor wenigen Minuten von der Pforte hierher begleitet. Der junge Mann mit dem langen, welligen Haupthaar zog sich von den Fenstern zurück und verweilte einige Zeit vor der großen Bücherwand. Folianten über Folianten, kleine wie große Bücher reihten sich neben- und übereinander, bis fast hinauf an die Stuckdecke. Ganz rechts am ersten Fenster stand eine große Leiter. Er nahm geistesabwesend ein Buch aus einem Regal in Brusthöhe und blätterte darin. Er schaffte es nicht, sich zu konzentrieren.
Wann würde sie endlich kommen?

Seine Blicke schweiften wieder hinüber auf's andere Flussufer. Hinüber in sein Dorf, in seine Heimat. Er schluckte, doch der Kloß in seinem Hals ging einfach nicht weg. So gut es ging, ordnete er wieder seine Gedanken und versuchte, seine Gefühle im Zaum zu halten. Marias Bruder hoffte in diesen Räumen des Klosters endlich einen geliebten Menschen wiederzusehen! Einen Menschen, der in seinem bisherigen Leben mehr bedeutet hatte als alles andere! Weit entfernt fiel eine Türe hart ins Schloss. Wenig später hörte man schnelle, klackende Schritte den Steinweg des Kreuzgangs durchqueren. Langsam, Zentimeter für Zentimeter, öffnete sich nun die Türe zum Besuchszimmer. Der Besucher am Fenster verspürte den leichten Luftzug im Nacken, Gänsehaut breitete sich in Sekundenschnelle auf seiner Haut aus. Die Türe fiel ins Schloß.
Die Augen des jungen Mädchens taten sich schwer, sich an das Halbdunkel in diesem Zimmer zu gewöhnen. Am mittleren der drei Fenster bemerkte sie die Silhouette eines Menschen, der mit dem Rücken zu Türe stand. Eine Frau?
Was wollte eine Frau von ihr? Die Novizin hatte nur davon gesprochen „dass jemand Maria sehen wollte. Jemand!"
Verlegen räusperte sie sich. „Sie wollten mich sprechen" versuchte sie zaghaft Kontakt mit dem Schatten am Fenster aufzunehmen.

Langsam drehte sich die Gestalt vom Fenster weg.
„Maria? Maria bist du es ...?“
Die Stimme! Mein Gott die Stimme! Maria erschrak bis aufs Mark. Gleichzeitig begann ihr Herz wie wild zu rasen. Der Mann am Fenster hatte sich mittlerweile ganz herumgedreht und war ein paar Schritte zurück ins Zimmer gegangen.
„Maria! Meine kleine Maria ...!“
Ein Aufschrei brach aus dem Mund des jungen Mädchens.
„Lenz, Lorenz! Mein Gott, der Lorenz!“
Mühsam stammelte sie diese paar Worte. Ein Lichtschimmer, reflektiert von der weißgekalkten Wand, fiel auf seine linke Wange, meißelte sein Gesicht mit dem dunklen Schnauzbart markant heraus.
Ein tiefer Seufzer entsprang Marias Brust. Ein paar schnelle, hastige Schritte und beide Geschwister lagen sich in den Armen. Das Mädchen konnte ihre Tränen, Tränen der Freude nicht mehr halten. Ihr Schluchzen drang durch das ganze Zimmer.
Resolut drehte sie ihren Bruder an den Schultern mit dem Gesicht zum Fenster. „Lass Dich ansehen, Lenz“. Sie schluckte ihre Tränen hinunter und wischte sich mit dem Ärmel der Bluse die verweinten, nassen Augen trocken. „Guat g´schaugst aus! Aber vielleicht etwas zu arg bleich, aber gut“ konstatierte Maria, um etwas von ihrer kurz vorher verloren gegangenen Fassung wieder zu gewinnen. Innig drückten sich nun die beiden Geschwister. Maria schmiegte sich nun ganz eng an die Schulter ihres großen Bruders.
„Komm, setz dich her. Erzähl von dir und deinem Leben, bitte! Wo hast du die ganze Zeit gesteckt ...?“ Flehentlich sprach Maria ihren Bruder an. Dann schob sie ihm mit sichtlicher Mühe den großen Sessel vom Schreibtisch zu. Als er zögerte Platz zu nehmen, drückte sie ihn sachte an den Schultern nach unten auf den Ledersessel. Lorenz beugte sich diesem sanften Druck.
Nicht unwillig, wie er selbst feststellen musste. Seine Schwester stand nun mit dem Rücken zum Fenster, sodass sie ihm direkt ins Gesicht sehen konnte. Warmes, mildes Abendlicht fiel in diesem Moment wieder in einem schmalen Streifen ins Besuchszimmer.

Marias Herz pochte bis zum Hals.
Sie versuchte ihre Gefühle wieder einigermaßen in den Griff zu bekommen und ihre Gedanken zu ordnen.

Lenz hatte neben seiner kleinen Schwester auf einen Stuhl Platz genommen.

*****

Lenz Kohwagner begann zu erzählen:
Gebannt hing Maria an seinen Lippen.
Unmerklich verstrich nun Minute um Minute. Und Stunde um Stunde.
Mittlerweile war es stockdunkle Nacht geworden.

***Samstag, 1. Februar 1868** - kurz vor Mitternacht*

Vor etwas über zwei Jahren, als er einen Tag vor Mariä Lichtmess nach einem fürchterlichen Streit mit seinem Vater den elterlichen Hof in stockdunkler Nacht verlassen hatte, nahm ihn im Morgengrauen an der Steige nach *Straßwirt* ein Bauer aus dem Weiler *Bergholz* mit seinem Fuhrwerk zum Lichtmessmarkt nach Ebersberg mit. Alles, was er brauchte, hatte er in einem alten Leinenrucksack dabei: Ein paar Hemden, eine feste Hose und Joppe, etwas Unterwäsche, für Sommer und Winter, Strümpfe und ein paar feste Arbeitsschuhe. Und sein altes, abgegriffenes Gebetbuch, das er seit seiner Kommunion besaß. Dies alles und das, was er am Leibe trug, war sein ganzes Hab und Gut. Sein Dienstbuch und ein paar ersparte Gulden und Kreuzer hatte er zusammen mit einem Taschenmesser in einem ledernen Beutel direkt am Körper verstaut. Den Hirschfänger trug er wie immer an seiner Lederhose. Die Mutter hatte ihm auch noch ein paar Kreuzer von ihrem hart ersparten Geld heimlich zugesteckt, als sie ihm kurz vor Mitternacht, in der Nacht vom 1. auf den 2. Februar noch eine Wehzehrung in den Rucksack packte.
„Pfiat di, mach´s guat, mei Bua."
Sie umarmte ihn so heftig, dass Lenz beinahe die Luft wegblieb. Unablässig rannen der Mutter Tränen über die Wangen. „Rühr dich wieder, wenn du was g´fund´n hast, gell!" schluchzte sie leise. Lenz warf einen Blick über die Schulter seiner Mutter und entdeckte hinter einem der schwach erleuchteten Fenster der Wohnstube seine Schwester Anna. Sie winkte ihm verstohlen mit ihrem Taschentuch zu. Von seinem Vater war nichts zu sehen. Seit dem fürchterlichen Streit am frühen Morgen hatte ihn niemand mehr auf dem Hof gesehen. Auch Andreas war nicht auf dem Hof. Er musste eine seit Langem geplante dringliche Besorgung in Kraiburg machen und war schon seit den frühen Abendstunden fort. Und Maria, die Jüngste, lag zu dieser Stunde in den tiefsten Träumen, oben in der winzigen Kammer, gleich hinterm Heuboden. Ihr erzählte man erst am übernächsten Morgen, dass ihr Lieblingsbruder Lenz für immer vom Hof gegangen war.
„*Für immer*" war für dieses kleine Mädchen überhaupt kein fassbarer Begriff. So alt war sie jedoch nun schon, dass auch sie wusste und verstand, dass man im Streit oftmals über´s Ziel hinausschoss..

Ihr Bruder erzählte weiter ...

Mariä Lichtmess ***2. Februar 1868*** **-** *Sonntagmorgen*

Ein empfindlich kalter Februarmorgen, auf dem Marienplatz in Ebersberg. Ein Vierergespann mit einem Stellwagen der kgl.-bayr. Post passierte gerade aus Richtung München kommend das imposante Gebäude des ehemaligen Malteserordens mit der „Unteren Taverne". Bereits am Ortseingang und einige Zeit vor Erreichen des Marienplatzes hatte der Postillion die Ankunft mit seinem Posthorn immer wieder angekündigt. Recht zögernd machten die vielen Besucher des Marktes Platz. Gekonnt dirigierte der Kutscher sein Gefährt hinein in die Durchfahrt zum großen Hof der Posthaltestelle des Gasthofes „*Post*", um dort die Pferde zu wechseln und Fahrgäste aus- oder einsteigen zu lassen. Dampf stieg von den massigen Leibern der schweißnassen Kutschpferde auf. Die Atemluft der vielen Besucher des Lichtmessmarktes rund um die Mariensäule flatterte in kleinen Wölkchen gegen den kalten Morgenhimmel. Gerade wollte Lorenz einem Großknecht aus Nettelkofen, der mit ihm für eine Anstellung beinahe einig war, per Handschlag zusagen. Doch dann passierte etwas, womit er garnicht im Entferntesten gerechnet hätte! Heftig diskutierend, inmitten eines Haufens junger, kräftiger Bauernburschen sah er seinen guten Freund Josef Pichler. Pichler stammte aus einem kleinen Einödhof in der Nähe von Stadel, einem Weiler auf der anderen Innseite, an der Straße von Gars nach Kloster Au gelegen. Lenz ließ den verdutzten Großknecht einfach stehen und bahnte sich den Weg in Richtung Klosterkirche durch die dichte Menschenmenge. Zehn Uhr. Die Glocken der mächtigen *Klosterkirche St. Sebastian* am unteren Ende des Marienplatzes riefen zur Messe und übertönten alle anderen Geräusche auf dem Platz. Die meisten, der nun vorm Gasthof „*Post*" angebundenen Kutschpferde dampften noch schweißgebadet in der Morgensonne vor sich hin. Ihre Besitzer waren anscheinend lieber erst ihren eigenen Durst löschen gegangen, als für ihre Tiere zu sorgen. Missmutig schüttelte Lenz den Kopf. Maßlos ärgerte er sich darüber, wie manche der Knechte mit diesen Geschöpfen Gottes umgingen. Schon von Kind an hatte er vom Vater gelernt, dass alle Tiere ein Geschöpf des Himmels waren - und man sie auch so mit Ehrfurcht und Liebe zu behandeln hat.

„Bub, du musst immer Demut vor diesen Geschöpfen haben und behandle sie nie, wie nur ein Stück Vieh." Dies hatte er sich in seinem Innersten tief und unauslöschlich eingeprägt.

„Peppi, Peppi". Lenz winkte wild mit seinem Hut und bahnte sich den Weg weiter durch die Menge, hin zu den Burschen, die Schulter an Schulter um den Brunnen der Mariensäule standen. Die meisten von

ihnen hielten einen Maßkrug in der Hand. „Peppi!“ Einer der Burschen zupfte den Pichler am Arm. „He, Pichler! Du, ich glaub´, da will einer was von dir. Schau da hinunter, da winkt dir jemand!” Josef Pichler erkannte nun, trotz der vielen Leute seinen alten Freund den Lenz. Ja, unzweifelhaft, es war der Lorenz Kohwagner mit seinem nach oben gezwirbelten Schnurrbart. Freudig winkte dieser mit seinem Hut zurück und drückte die, neben ihm stehenden Burschen sachte, aber mit Nachdruck zur Seite.
„Geh, lasst´s mi schnell aussi ...!“ Hocherfreut schlugen sich die beiden jungen Männer auf die Schultern, dass es nur so krachte. „Mein Gott, was machst du denn da?“ wollte Lenz von seinem Freund wissen. Doch bevor dieser antworten konnte, kam Lenz ihm zuvor. „Geh´, wart einen Moment. Ich hol uns schnell zwei Maß Bier, drüb´n beim „*Kyrmayr*“. Trinkst doch noch eine Maß mit mir, gell?“ Peppi nickte und nahm einen großen, tiefen Schluck aus seinem, nun fast leeren Krug. „Ah, ein frisches Märzenbier, so was Gutes“ murmelte er in seinen dunklen Backenbart. Wenig später stand Lenz keuchend mit zwei gefüllten Krügen wieder neben ihm. Er reichte seinem Freund den vollen, überschäumenden Krug. „Herrschaft geht´s da droben vielleicht zu. Da kommst du kaum zu einem Krug Bier. Prost!“ Sie stießen an, nahmen beide einen tiefen Zug vom schäumenden Bier und versuchten den Weg zum Marienbrunnen zu nehmen. Doch vergeblich. Es war einfach kein Durchkommen mehr an so einem Tag. Also blieben sie stehen, wo sie waren: eingepfercht inmitten der vielen Messbesucher.
Lenz erfuhr nun, dass sein Freund sich genau wie er, just ein paar Tage vorher, heillos und „bis aufs Messer“, wie er sagte, mit seinem Vater zerstritten hatte. Der „Teufel Alkohol“ hatte das kleine Pichleranwesen Jahr für Jahr näher an den Rand des Ruins getrieben. Seine vielen Geschwister hatten alle schon in den Jahren vorher den Hof fluchtartig verlassen und sich irgendwo in der näheren oder weiteren Umgebung als Knecht oder Magd verdingt. Diese Ausweglosigkeit auf dem Hof forderte von Josef Pichler eine Entscheidung. Dort schaute die bittere, blanke Not aus den Fenstern des winzigen Gütls. Er wollte nicht enden wie sein Vater, niemals. Also ergriff er die Flucht. Für ihn gab es kein Halten mehr zuhause. Da er erfahren hatte, dass in Ebersberg dringend Holzknechte für den *Ebersberger Forst* gesucht würden und dass der Verdienst über dem eines Bauernknechtes lag, machte er sich sofort zu Fuß auf den Weg dorthin. Lenz ahnte wohl, dass ihm Peppi nur teilweise die Wahrheit erzählt hatte.
Dort war die nackte Armut Dauergast. Nein, keinen einzigen Tag hätte es Lenz dort ausgehalten. Die Not schaute aus all den kleinen

Fenstern, mit ihren windschiefen Läden. Vollkommen abgemagert vegetierten die wenigen Tiere im heruntergekommenen Stall. Sein Freund war tüchtig, das wusste der Lorenz. Aber er kam einfach nicht gegen seinen Vater an. Der Alte überließ den kleinen Hof dem Schicksal und soff einfach weiter. Die letzte Gelegenheit, etwas zu ändern oder zu regeln, hatte Peppis Vater verpasst. Von Tag zu Tag sichtbarer, verlor er den Kampf mit der Krankheit und dem Teufel Alkohol. Und seine Mutter? Sie war seit Jahren tief gemütskrank und hatte sich ihrem Schicksal ergeben. Ihr einziger Trost blieb somit die Kirche und die Nonnen im nahen Frauenkloster Au. Der junge Josef Pichler sah keine Möglichkeit mehr, den Hof zu retten und seinem Vater zu helfen. So nebenbei erfuhr der Lenz vom Josef, dass den großen Ebersberger Forst eine ungewöhnliche *„Nonnenspinner-Larvenplage“* heimsuchte. Dieser Plagegeist schädigte größtenteils die Fichten und Kiefern. Aber auch Buchen und Eichen wurden von den gefräßigen Larven nicht verschmäht.
Die gleichermaßen von Waldbesitzern und Forstleuten zwischen *Markt Schwaben, Kirchseeon, Ebersberg und Maitenbeth* gefürchtete *„Nonne“* [1)] setzte alles dran, die Holzbestände drastisch zu reduzieren und sich rasend und ungehemmt auszubreiten. Im nahen, und doch so fernen München war man sich anfangs der gefährlichen Situation nicht ganz bewusst. Und man schob das regelmäßig auftauchende Problem monatelang weiter im Landtag vor sich her.
Erst als die Schäden immer deutlicher zutage traten, entschloss man sich den immer dramatischeren Appellen der königlich - bayrischen Forstämter aus Ebersberg, Vaterstetten und Markt Schwaben mehr Gehör zu schenken. Doch es war beinahe schon fünf Minuten nach zwölf! Es konnte nicht mehr abgewartet werden, das sahen nun auch die Bürokratie und die feinen Herren Politiker in der Residenzstadt München ein. Schnell musste jetzt gehandelt werden, um die weitere Ausbreitung dieses gefährlichen Schädlings zu unterbinden.
Die befallenen Bäume mussten als erste Maßnahme vor Einbruch der wärmeren Jahreszeit schnellstens gefällt und entrindet werden.
Und dazu brauchte man eine große Anzahl von Holzfällern und Holzarbeitern, die den betroffenen Forstämtern zugeteilt werden sollten. Es kam nun auf jede Hand an, die Zeit des Taktierens war vorbei.
Die *„Nonnenspinner - Kalamität“* wurde nun sogar des Öfteren Anlass zu mehr oder weniger kontroversen und heftigen Debatten in der Kammer des kgl.-bayerischen Abgeordnetenhauses in München.

[1)] *Die* ***„Nonne“*** *oder der* **„Nonnenspinner“** *(lat. Lymantria monachia) - heute wie damals ein wirtschaftlich bedeutender Schädling, besonders in Fichten- und Kiefernkulturen.*

Da *„höchste Gefahr im Verzuge war"*, wie sich das zuständige Ministerium letztendlich dramatisch zu formulieren getraute, wurde nun vor allem an den Lichtmessmärkten im Ebersberger Umland mit großen Plakatanschlägen für tüchtige, kräftige Waldknechte geworben. Hier gab es Unterkunft, Verpflegung, geregelte Arbeitszeiten und ein gutes Geld zum Verdienen. Und man hatte sogar etwas freie Zeit für sich. Viele der größeren Bauern hatten nun plötzlich das Nachsehen mit guten und vor allem willigen Arbeitskräften. Besonders dann, wenn seitens der Großgrundbesitzer lange Zeit zu hoch gepokert wurde. Manch einer der mächtigen Bauernbarone musste dann doch nehmen, was so auf dem Markte so übrig war. Und das gab dann im Laufe des Jahres nicht immer nur zur Freude Anlass.
„Also, was ist ...? Peppi Pichler sah Lenz fragend an. „Machst auch mit? Ich geh jetzt gleich zu den Werbern und unterschreib!" Lenz aber war noch unentschlossen. Aber irgendwie hatte sein Freund ihm wohl den Mund wässrig gemacht. „Aber, wenn ...!" entgegnete ihm Lenz mit skeptischer Miene. „Was denn, wenn? Der Verdienst ist gut und wird zweimal monatlich ausbezahlt. Ein paar *Schlenkertage**) kriegst auch noch vorm Arbeitsbeginn, was willst du mehr? Und Essen und Unterkunft hast du auch. Wenn dich heut nicht entschließt, kriegst du dort keine Stelle mehr. Die warten nicht auf uns. Schau dorthin ...", er deutete auf eine große Gruppe von jungen Männern, die sich um den Brunnen auf dem Marienplatz geschart hatten, „... die haben alle schon heute Morgen unterschrieben!" Wenn man die schwere Arbeit nicht scheut, wäre das auf jeden Fall besser, als wieder nur als kleiner Knecht bei einem cholerischen Großbauern anzufangen", sagte Josef Pichler noch zu ihm. Der Widerstand von Lenz war gebrochen
Wenig später hatten sich beide bei den Werbern der königlichen - bayerischen Forstverwaltung für die Arbeit im Ebersberger Forst verdingt. Immerhin, jeder der neuen Holzknechte erhielt zudem sofort nach seiner Unterschrift ein schönes Handgeld als Vorschuss ausgezahlt. Der Lohn sollte zudem um Vieles höher liegen, als der eines Bauernknechtes. Auch die ihnen zustehenden „Schlenkertage" durften sich die neuen Knechte noch nehmen. Hier hielt man sich streng an die geltenden Bräuche. Lenz und Josef waren zufrieden. Peppi war es auch, der seinem Freund eine saubere, wenn auch sehr karge Unterkunft für die paar freien Tage besorgte. Bei der Mutter eines „Gschpusi", wie er sein Verhältnis mit einer um etliche Jahre älteren Witwe nannte, konnte Lenz direkt unterm Dach in einer abgetrennten Kammer einziehen.

---

*) **„Schlenkertage"** - *siehe Glossar*

Ein Bett, ein Stuhl und ein kleiner, wackliger Tisch mit einer Wasserkaraffe war alles an Möblierung. Eine Woche hatten sie beide nun noch Zeit.
Am nächsten Montag sollten sie sich in aller Herrgottsfrühe beim zuständigen Vorarbeiter im Bezirksforstamt in Ebersberg zum Arbeitsantritt melden.

*****

Montag, 10. Februar 1868
Die Schlenkertage waren zu Ende. Lenz war froh, als der Tag des Arbeitsbeginnes vor der Türe stand. Ihr Arbeitsalltag begann. Als erstes bezogen sie mit vielen anderen Arbeitern ihre Unterkünfte in einer der Holzbaracken, mitten im Forst. Ein kleines, provisorisches Lager war auf einer Lichtung aus Bretterhütten gezimmert worden: Unterkünfte, Forstbüro und eine Kantine. Dort wurde auch das Essen für die Waldarbeiter gekocht und ausgegeben. Tagsüber herrschte striktes Alkoholverbot. Mitte der vergangenen Woche war mit aller Macht der Winter wieder zurückgekehrt und brachte zuerst Schnee und dann bittere Kälte ins Land. Nachts fielen die Temperaturen über minus 25 Grad. Die Arbeit im Forst war knüppelhart, das Essen geschmacklos und oft mehr als dürftig. Doch man wurde satt.
Es eilte. Die Zeit lief den Forstleuten davon. Stamm für Stamm fraß sich der Schädling durch den großen Forst. Bis zu Beginn der warmen Jahreszeit musste soviel Schadholz wie nur möglich geschlagen werden, um die Schädlinge auszurotten.
Lenz und Peppi arbeiteten bis Ende März in einer Gruppe, welche nur die gefällten Fichten- und Kiefernstämme zu entrinden hatten. An Ort und Stelle wurde die Rinde verbrannt und die Stämme von kräftigen Kaltblütern auf die breiten Fahrwege gezogen.
Bereits Anfang April wurden Lenz und Peppi zu ihrem Leidwesen in zwei verschiedene Schichten eingeteilt. Mitte April wechselte das Wetter wieder binnen weniger Stunden. Heftige Sturmwinde überzogen zwei Tage lang das Land. Auf dem Fuße folgte eine ergiebige Regenfront, die wenig später in peitschenden Eisregen überging. Verheerender Schnee- und Windbruch im Forst waren nun die weitere Folge. Als nach den ersten schwer verletzten Waldarbeitern die Gefahr von weiteren, noch schwereren Unfällen bestand, erließ der zuständige Forstamtmann einen sofortigen Arbeitsstopp. Starkes Tauwetter setzte ein. Die schweren Schneelasten knickten nun die Bäume wie Streichhölzer. Lebensgefahr herrschte im Forst. Wochenlang musste der Wald mühselig zudem noch von den Folgen des Windbruchs gesäubert werden. Wieder gab es viele Verletzte. Bis Anfang Mai herrschte Dauerregen. Die Nebenflüsse des Inns und der Isar

schwollen bedenklich an und überfluteten die ufernahen Gebiete. Dann schlug das Wetter schlagartig um. Von Tag zu Tag stieg nun die Temperatur und näherte sich bald der 30 Grad Grenze. Ideales Wetter für die Waldschädlinge. die ihre „Arbeit" wieder aufnahmen. Meinte man schon, der Plage Herr geworden zu sein, zeigte sich nun die Natur wieder überlegen. Baum für Baum war befallen und musste schnellstens gefällt und entrindet werden. Im ganzen Forst schwelten Tag und Nacht - auf dafür gerodeten Lichtungen - die Feuer, in denen man die Baumrinde mit den Schädlingen verbrannte. Eine dichte Rauchwolke stand über dem gesamten Ebersberger Forst und konnte bis nach Rosenheim und hinauf nach Freising gesehen werden. Der Kampf gegen die verheerende Raupenplage ging weiter. Das ganze Jahr über wurde nun pausenlos gearbeitet. Auf Witterungsverhältnisse wurde nun keine Rücksicht mehr genommen!

Beinahe zwei Jahre arbeitete Lenz nun bereits im Forst.
Er war zufrieden und konnte sogar wieder etwas Geld auf die Seite legen. Die Unterkünfte der Waldarbeiter, einfache Holzbaracken, waren zwar spartanisch, die Verpflegung hatte sich mittlerweile etwas gebessert. In diesem Winter gab es endlich genügend Brennholz, um abends die bittere Kälte aus den Gliedern zu vertreiben. Die Arbeiter, das war den Forstbeamten jetzt bewusst, mussten bei Kräften und bei guter Laune gehalten werden. Viele, zu viele waren in den vergangenen Jahren den Unfällen und tückischen Krankheiten erlegen ...

*****

Anfang des Jahres 1870

Plötzlich, von einem Tag auf den anderen, wurden händeringend Arbeiter für den Bau der Bahnlinie München - Rosenheim gesucht. Ohne großen Erfolg! Denn woher nehmen? Viele der jungen Männer waren zum Militär eingezogen worden, weitaus mehr als die Jahre zuvor. Doch ein großer Teil der Männer im wehrfähigen Alter zog es vor, vor der Aushebung zum Militärdienst illegal nach Übersee zu fliehen. Akuter Arbeitskräftemangel herrschte im „*Land vorm Gebirg*". Tausende Männer und Frauen aus dem gesamten Chiemgau waren in die schnell wachsenden Industriezentren gezogen, um sich dann dort zu Hungerlöhnen und miserablen Wohnverhältnissen verdingen zu lassen. Also wurde endlich in München gehandelt. Werber durchstreiften das Land rund um Ebersberg, Grafing, Miesbach, Wasserburg und Rosenheim. Hunderte von Plakatanschlägen an Bäumen und Stadeltoren östlich von München, sowie Tausende von Handzetteln zeugten davon.
Lorenz Kohwagner und Josef Pichler beratschlagten sich lange.

Nein, in die Großstadt wollten sie auf keinen Fall! Das stand von Anfang an fest. Und beim Forst wollten sie auch nicht mehr bleiben. Aber in eine Fabrik gehen?
Zuviel hatten sie schon die letzten Jahre von den Zuständen in den aufstrebenden Industrieorten mitbekommen: Von unmenschlichen Arbeits- und Wohnbedingungen und Gruselgeschichten gehört, wenn Arbeiter von einem Tag auf den anderen vor die Werkstore gesetzt wurden, sobald sie gegen die unsozialen Bedingungen und schlechte Bezahlung nur leise aufmuckten! Und dann ohne irgendeine Absicherung und ohne Unterkunft plötzlich auf der Straße standen. Zurück konnten die Allermeisten auch nicht mehr. Denn die blanke Not war auf dem Land noch größer als in den Städten. Ihr Entschluss stand fest. Die Auflösung ihres Vertrages mit dem kgl.- bayr. Bezirksforstamt war eine reine Formsache.
Beide verdingten sich nun Anfang Februar bei den Werbern, der mit dem Trassenbau für die Bahnlinie beauftragten Baugesellschaft aus Rosenheim. Die Prozedur am Werberstand der Eisenbahndirektion war kurz und schmerzlos. Beide mussten ein Formular ausfüllen und unterschreiben. Per kräftigen Handschlag wurde der Vertrag, altem Brauch folgend, nochmals besiegelt. Die Werber, die ihren Stand - nicht ohne Hintersinn - gleich vor der *„Wirtschaft zum Kyrmayr"* aufgebaut hatten, verstanden wahrlich ihr Geschäft. Eine lange Schlange Wartender stand bis hinunter zum Marienbrunnen. Für jeden der neu eingestellten Waldarbeiter bekamen sie eine satte Provision. Und die angeworbenen Arbeiter einen Bon für zwei Maß *„Stoff"*. Für süffiges, dunkles Märzenbier vom *„Kyrmayr - Wirt"*, bei den schrulligen Eheleuten Forster.
So verdiente jeder etwas an diesem Tag!
Der Bau neuer Bahnlinien der kgl.- bayr. Staatseisenbahn verschlang Unmengen an Holz. Genau wie im Forst, wurde das ganze Jahr über gearbeitet, solange es nur irgendwie die Witterung zuließ. Und die „Messlatte für schlechtes Wetter" lag sehr hoch! Höher noch als bei den gefährlichen Arbeiten im Forst! Günstig war es für die Waldbesitzer, dass trotz des Schadens und der immens auf den Markt drängenden Holzmengen, der Preis viel besser war als die Jahre vorher. Unmengen an Holz wurden nun für die Schwellen der Bahntrasse von München über Glonn nach Rosenheim benötigt.
Das vermeintliche *„Unglück mit dem Nonnenspinner"* im Ebersberger Forst hatte sich also wenig später, für viele Betroffene als ein Segen herausgestellt. Dann plötzlich im Juli 1870 - es war kurz vor Ausbruch des Krieges gegen Frankreich - hörte man, quasi von einem Tag auf den anderen, andere Sprachen. Fremde, unbekannte Laute erklangen

nun an den frisch aufgeschütteten Trassen. Italienische und slowenische Arbeiter aus dem habsburgischen Staatsgebiet um Trient waren für den Eisenbahnbau geworben worden und schufteten nun im Akkord zusammen mit Altbayern und Tirolern um eine termingerechte Fertigstellung der - als dringlich eingestuften - Bahnverbindung München - Rosenheim und weiter über Salzburg nach Österreich, ins Hoheitsgebiet der k. k. Österreich - Habsburgischen Staatsbahn hinein.

Viele völlig gegensätzliche Mentalitäten prallten nun beim Bau der Bahntrasse südöstlich von München auf einmal unerwartet hart aufeinander. Die Südbahn Wien - Triest war ein Prestigeobjekt der Donaumonarchie und erschloß, mit dem Zielbahnhof Triest, das Habsburger Reich nun schneller mit der Adria. Auch das Deutsche Kaiserreich hatte somit direkten Zugang zu einem Hafen im Mittelmeer. Die ganze Welt und vor allem zwei benachbarte Monarchien in Europa, die Habsburger und die Wittelsbacher, befanden sich im Rausch des Aufbruchs in eine neue Zeit.
Doch die Drohungen des Enkels von Napoleon Bonaparte I. im Nachbarland Frankreich gegen Preußen wurden immer unverhohlener...

*****

Der „*Sebastiani - Markt*“ in Ebersberg, benannt nach dem Schutzpatron des großen Klosters am unteren Ende des Marienplatzes, war mehr, als nur eine liebe Tradition. Nein, es war eines der heiligsten und wichtigsten Feste im ganzen bäuerlichen Jahreskalender des Ebersberger Landes. Lenz konnte sich noch deutlich daran erinnern, dass er schon als kleines Kind mit seinem Vater den weiten Weg vom Inn herüber machen musste, um mit ihm den wichtigsten „*Pferde-, Hornvieh- und Schweinemarkt*“ im ganzen Gäu zu besuchen. Nur noch der „*Mittfastenmarkt*“ in Wasserburg, immer am 4. Sonntag nach Aschermittwoch innerhalb der Stadtmauern und der große *Wasserburger Viehmarkt* an der Innschleife hinterm „*Max-Emanuel -Platz*“ am Gries hatten zweifelsohne noch etwas mehr Anziehungskraft.
Meistens blieben sie für zwei Tage in Ebersberg und übernachteten für einige paar Kreuzer in der „*Post*“ oder auch in einer anderen Wirtschaft. Denn der nächste Tag, so erinnerte sich Lenz, war für seinen Vater und die vielen andern Bauern noch wichtiger als der Vorhergegangene. Am Tag nach „*Sebastiani*“, dem 18. Januar, wurde nämlich traditionsgemäß auf der großen Wiese im Garten des „*Hambacher Wirtes*“ ein Viehmarkt abgehalten. Im ganzen Gäu westlich des Inns gab es keinen so großen Auftrieb an Pferden, Rindern, Schafen und

Schweinen wie in Ebersberg. Für ihn, den kleinen Lorenz und auch für seine Schwester Anna, die auch einmal dabei sein durfte, war damals jedoch der große *Krämermarkt* am Marienplatz der weitaus interessantere Teil dieses Ausflugs in die große, weite Welt. Der traditionelle, jahrhundertealte Markt war nicht nur ein Platz des Angebotes und der Nachfrage. Nein. Noch viel, viel wichtiger waren gerade diese beiden Tage kurz nach Jahresbeginn und vor allem vor Mariä Lichtmess. Sie wurden als idealer Ort einer gut funktionierenden Nachrichtenbörse ersten Ranges bei den Bauern hoch geschätzt. Manch eine neue Geschäftsverbindung nahm dort ihren ersprießlichen Anfang.
Und auch so manch kleine Kuppelei.

*****

Zwei Stunden vor Mitternacht.
Franziskanerinnenkloster Au am Inn

Irgendwann hörten sie zaghaftes Klopfen an der Türe. Dann eine leise, flüsternde Stimme: „Maria, bist du noch da?“ Auf dem kleinen Sekretär neben dem gusseisernen Kaminofen brannte eine einsame Kerze und warf ihr flackerndes Licht an Decke und Wände. „Es muss irgendwoher ziehen“ dachte Maria. Nochmals wurde an Türe gepocht. „Ja, herein, bitte“. Maria musste sich anstrengen, ihre Gedanken waren durcheinandergewirbelt. Mit einem Ruck erhob sich ihr Bruder aus dem schweren Ledersessel.
Einen Kerzenleuchter in der Hand, stand die junge Novizin auf der Türschwelle zum Besuchszimmer. „Ich wollte nur nachsehen, ob alles in Ordnung ist und ...“, sie hielt verlegen inne und sagte dann mit zaghafter Stimme, „ ... die Schwester Oberin hat mir aufgetragen, dass ich jetzt gleich die Besucherpforte schließen muss“. „Leider“ fügte sie noch achselzuckend entschuldigend hinzu. Dennoch war es eine eindeutige Anordnung für das junge Mädchen und ihrem Bruder. „Danke! Es ist gut. Ich hab´s verstanden. Mein Bruder wird sofort gehen “ antwortete Maria. Die Novizin machte die Andeutung eines Knicks und zog die schwere Türe langsam wieder hinter sich ins Schloss. Lorenz stand auf und ging auf Maria zu. Dann nahm er seine kleine Schwester fest in den Arm. Tränen standen in seinen Augen. „Maria ... ” seufzte er, „ ... Maria, komm lass dich noch einmal drücken!“ Lorenz zog sie dieses Mal noch fester an sich. „Maria es war schön, dich wieder einmal gesehen zu haben. Ich bin sicher, dass du deinen Weg machst. In Gottes Namen!“ sagte er und machte ein Kreuzzeichen auf ihre Stirn. Dann zog Lenz hastig seine schwere Joppe an. „Mein Gott, ich muss ja auch noch die letzte Fähre nach

drüben erwischen. Also Maria behüt´ dich Gott ...". Nochmals drückte er sie ganz fest an sich und küsste sie ganz leicht auf die Stirn. „Maria ...", er machte eine kleine Pause „... bitte Maria, versprich mir, dass du niemanden über meinen Besuch bei dir etwas erzählst. Niemanden! Versprich mir´s, bitte!" Sie schaute ihn mit fragenden Augen an. „Lenz, sag mir warum! Bitte! Warum darf´s denn gar niemand wissen, dass du mich besucht hast?" Ihre Augen suchten in dem schwachen, flackernden Kerzenlicht seinen Blick. Lenz wandte sich leicht ab, aus seiner Brust drang ein tiefer Seufzer. „Ach, Maria bitte! Glaube mir, es ist besser so! Mehr kann ich dir nicht sagen ...".
Sachte, doch beinahe mit sanfter Gewalt, schob er seine Schwester von sich. Dann drehte er sich um und öffnete die Türe zum Gang. Verstohlen wischte er sich draussen schnell über die Augen. Die schwere Eichentüre an der inneren Pforte in den Wandelgängen fiel hinter ihm mit einem lauten metallenen Geräusch ins Schloss. Tief in ihre Gedanken versunken, zuckte Maria erschrocken zusammen. Langsam verhallten seine schweren Schritte auf dem Gang, wurden leiser und leiser. Das schrille Quietschen der kleinen Eingangstüre an der Hauptpforte signalisierte, dass jetzt der letzte Besucher gegangen war.
In diesem Moment ahnte Maria noch nicht, dass sie ihren Bruder niemals mehr sehen sollte.

*****

Maria hatte eine fürchterliche, schlaflose Nacht.
Als sie es garnicht mehr in ihrem Bett aushielt, ging sie auf leisen Sohlen hinaus aus dem großen Schlafraum, wo mit ihr noch über dreißig andere Hauswirtschaftsschülerinnen ihren Schlafplatz hatten. Die dicken, schafwollenen Strümpfe dämpften die Schritte auf der breiten Treppe.
Das Seitenportal der großen Klosterkirche war nicht verschlossen. Vorne am Hochaltar brannten einige Kerzen in gefärbten Glasbehältern. Maria Kohwagner setzte sich ganz am Rande des Chorgestühles und betete. Wild schossen ihr die Gedanken durch den Kopf. Was hatte ihr Bruder doch alles erzählt? Sie konnte noch nicht alles verarbeiten, zu aufgewühlt war sie zutiefst im Inneren. Jetzt konnte sie so nach und nach auch begreifen, warum Lorenz all die Zeit sich hatte kaum mehr hatte zu Hause blicken lassen. Die Scham war einfach zu groß. Die Scham und die Angst, dass hier im Dorf der Tratsch seine Familie beschädigen könnte. Dabei hätte die Wahrheit dem Lenz nur zur Ehre gereicht und nicht andersrum, wie er befürchtete. Und Maria war sich ganz sicher, dass ihr der Lenz nur die reine Wahrheit erzählt hatte. In Gedanken versunken, rekapitulierte sie noch einmal alles,

was Lenz ihr in den Stunden vorher erzählt hatte. Ihr war nun bewusst, Lenz endlich einmal seine Seele entlasten wollte. Maria schien es so, als habe er lange, lange Zeit darauf gewartet, sich einem vertrauten und geliebten Menschen anvertrauen zu können. Später, so erfuhr sie, dass ihr Bruder Lorenz nie mehr die Schwelle seines Elternhauses betreten hatte. Auch nicht in jener Nacht. Der Fährmann, den sie einige Tage später unten am Inn befragte, konnte sich nicht erinnern, den Lenz über den Fluss gesetzt zu haben. Schon garnicht an jenem Tag, als er seine Schwester im Kloster besuchte.
In seinem penibel geführten Fährbuch war am besagten Abend keinerlei Eintrag vermerkt.

*****

19. Juli 1870
An diesem Tag erklärte der französische Kaiser Napoleon III., ein Enkel von Napoleon I. Bonaparte, Preußen und dem Norddeutschen Bund den Krieg. Es war der Beginn des Deutsch - Französischen Krieges. Auch die drei süddeutschen Staaten, die Königreiche Bayern und Württemberg, sowie das Großherzogtum Baden (die noch 1866 gegen die Preußen gekämpft hatten!), stellten sich nunmehr auf die Seite Preußens. Die Fäden im Hintergrund zog genial auf deutscher Seite der spätere Reichskanzler Otto von Bismarck.
Zu dieser Zeit war Frankreich die stärkste Großmacht auf dem europäischen Kontinent, aber mit einer, sich massiv überschätzenden Berufsarmee (Deutschland besaß zu dieser Zeit eine Wehrpflicht - Armee!). Der französischen Armee mit einer Truppenstärke von 400.000 Mann bei Kriegsbeginn stand eine vereinigte deutsche Armee unter König Wilhelm I. von etwa 300.000 Mann entgegen. Die französischen Armeen wurden innerhalb weniger Wochen besiegt, Kaiser Napoleon III. gefangen genommen. Frankreich führte nun als Republik den Krieg weiter und kapitulierte endgültig erst im Frühjahr 1871. Die Franzosen verloren über 138.000 Soldaten (143.000 Verwundete) und die Deutschen fast 45.000 Soldaten (über 89.000 Verwundete). Über 474.000 französische Soldaten gingen in die Gefangenschaft. Die verheerende Niederlage besiegelte das Ende des zweiten Kaiserreiches in Frankreich - und die Gründung der Dritten Republik. Frankreich musste am 10. Mai 1871, beim sogenannten „Frieden von Frankfurt am Main" (im „Hotel zum Schwan") fünf Milliarden Goldfrancs (!) als Reparationskosten ans Deutsche Reich bezahlen und das Elsass, sowie Teile von Lothringen abtreten. Eine große Demütigung für das ganze französische Volk!
Der „Grundstein" für weitere Konflikte war somit für lange Zeit gelegt.

*****

Wochen später wurden in den meisten Orten Altbayerns und im ganzen neuen Deutschen Reich mit Pomp und Gloria Denkmäler an diesen glorreichen Sieg über den Erbfeind eingeweiht. Maria konnte sich später noch gut an die feierliche Einweihung des Obelisken an der Dorfstraße in Mittergars erinnern. Eingemeißelt darauf die Namen der gefallenen Söhne vom Kirchdorf.

„Zu Ehren für Volk und Vaterland - 1870/71".

Der „steinerne Lohn" für die im Feld bei Sedan, Vionville, Gravelotte, Mars-la-Tour, Beaumont oder sonst wo auf französischem Boden gebliebenen jungen Männer! Die Schützenkapelle spielte auf und die Schulklassen mussten zu den Klängen des *Hohenfriedberger- und des bayerischen Defiliermarsches,* weißblaue Papierfähnchen schwenken. Anschließend war schulfrei.

*****

Ende November 1870

Die Mordtat an Josef Pichler

Die meisten der italienischen Arbeiter beim Bau der Trasse stammten aus den bitterarmen, habsburgischen Gebieten von Friaul, Julisch - Venetien oder aus dem *Suganatal* im Trentino, vom südlichen Rand der Dolomiten. Sie waren äußerst arbeitsam, doch halt um einiges heißblütiger als die jungen Arbeiter aus den altbayerischen Gebieten rund um München. Oftmals mussten deshalb die Gendarmen schlichtend eingreifen. Vor allem dann, wenn sich nach Feierabend oder an den Sonntagen diese welschen Heißsporne mit den jungen Männern in die Haare gerieten. Immer öfter gingen diese Konflikte blutig aus. Und allzu oft war Ursache der Streitereien nicht nur ein schon lange schwelender landsmannschaftlicher Konflikt, sondern auch die unverblümten Annäherungsversuche der Männer südlich der Salurner Klause zum weiblichen Geschlecht in den Weilern und Dörfern links und rechts der neuen Bahntrasse.

Und hier verstanden plötzlich die rauen Männer aus Altbayern wirklich keinerlei Spaß mehr.

Lenz erfuhr es erst einige Tage später, da er plötzlich, von einem Tag auf den anderen, an eine neue Trasse einige Kilometer südlich von Grafing eingesetzt wurde. Einer der technischen Inspekteure der Staatsbahn erzählte es so nebenbei einem seiner Untergebenen. Lenz schnappte nur den Namen „Pichler Josef" auf. Nichts Ungewöhnliches, eigentlich. Nur als der Angesprochene lautstark und erregt herausstieß: „Tot? Was sagst du, tot …?", durchströmte ihn plötzlich ein Gefühl, als ob er ohnmächtig werden würde. Es zog ihm fast die Beine weg, er musste sich setzen.

Das Blut war aus seinen Adern gewichen, sein Gesicht war aschfahl. Wie durch dichten Nebel drangen nun Wortfetzen des weiteren Gespräches an sein Ohr: „Messerstecherei ..., ja, in den Rücken! Italiener! Ja, ja ... ein Italiener!" Eine aufkommende Windböe zerriss

das Gespräch der beiden. Der Andere stellte eine erregte Gegenfrage, die Lenz auch nicht verstand. „Ja, ja. Genau, eine Frau war im Spiel, die Freundin vom Pichler. Die junge, hübsche Barbara aus der Kantine in Grafing!“ antwortete der Inspekteur.
Die beiden Männer redeten sich in Rage und debattierten mit hochroten Köpfen und fahrigen Gesten lautstark weiter.
„Ja, ja …“, beschwichtigte der Inspektor seinen Untergebenen nachdrücklich und gestenreich, „… die Gendarmen haben ihn sofort verhaftet. Er ist ohne Widerstand mitgegangen. Sie mussten ihn nicht einmal in Ketten legen ...“. Langsam entfernten sich die beiden Männer, redeten jedoch immer noch aufgeregt miteinander, bis sie hinter einer Biegung an der Trasse verschwanden.

So nach und nach kam an den folgenden Tagen alles heraus: Es hatte einen Toten gegeben, bei einer Messerstecherei unter den Bahnarbeitern an der Trasse zwischen Kirchseeon und Grafing. Einer der Italiener hatte sich gewehrt, als der Pichler Josef ihn zur Rede stellte. „Geh, lass dei Händ vo meim Gspusi. Sonst verprügle ich dich, dass dir Hören und Sehen vergeht...“ soll ihm der Peppi rabiat gedroht haben. Und dies bereits zum wiederholten Male. Es nützte nichts. Wobei ein gerüttelt Maß an Schuld auch Peppis Freundin auf sich geladen haben dürfte. Sie spielte das Spiel der beiden um sie balzenden Streithähne anscheinend genüsslich mit.
Bis zum bitteren Ende ...
Recht hitzig muss es zwischen den beiden an diesem kalten, regennassen Abend auf dem Platz vor der Kantinenbaracke zugegangen sein. Hitzig und lautstark. Ein Wort gab das andere, keiner der beiden angetrunkenen Männer wollte nachgeben. Der Italiener machte sich über Pichler lustig, verhöhnte ihn lautstark, „dass seine Braut, dem Josef seine Braut, schon lange mit ihm zusammen sei!“
Da muss dem Josef Pichler der Gaul durchgegangen sein. Er griff plötzlich den schwarz gelockten Italiener an und schlug ihn mit einem einzigen kräftigen Hieb mitten ins Gesicht nieder. So kräftig, dass diesem das Blut aus Mund und Nase schoss. „Geh, lass bloß die Finger von meinem Maderl! Du, du windiger Katzelmacher, du windiger!“ „Für immer!“ soll er noch wutentbrannt geschrien haben. Und dann ging alles, so erzählten die wenigen Augenzeugen, blitzschnell. Für den Pichler war die Sache anscheinend erledigt.
Nicht jedoch für den heißblütigen Italiener.
Josef hatte sich bereits wieder umgedreht und war wutentbrannt auf dem Weg zurück in die Wirtsstube der Baracke. Noch bevor er einen Fuß auf die unterste Stufe der kleinen Holztreppe setzen konnte, traf

ihn der tödliche Stich in den Rücken. Die Klinge drang ihm eine Handbreit unter dem linken Schulterblatt direkt ins Herz. Bis zum Heft war der scharfe Stahl in eingedrungen und hatte den Herzbeutel aufgeschlitzt. Der Stich war mit aller Wucht geführt worden, wie der herbeigerufene Bezirksarzt aus Ebersberg später feststellte. Josef Pichler, der Häuslersohn von Stadel am Inn, war innerhalb weniger Minuten verblutet. *Lenz war am Boden zerstört.*
Über zwei Jahre hatten die beiden Freunde nun miteinander verbracht. Eine harte Zeit! Was hatten sie doch für gemeinsame Ziele und Ideen! Ideen, sich den Haberern anzuschließen und die zum Himmel schreiende Ungerechtigkeit um sich herum zu bekämpfen! Sich nicht mehr alles gefallen zu lassen, den Schwachen zu helfen, immer und zu jeder Zeit. Aufbegehren gegen „die Großkopferten da oben", gegen die rücksichtslosen Leuteschinder und Abkassierer. Vor allem aber gegen die „rausg´fressenen Bauernbarone". Diejenigen, die ihnen und auch ihren Eltern das Leben noch schwerer machten, als es sonst schon war.

*****

Meinten die Altvorderen vor knapp zwei Generationen noch, dass ihnen das Leben zu ihrer Zeit als Leibuntertanen schon schwer genug gewesen wäre, so mussten die meisten nun erkennen, das vieles noch viel schlimmer geworden war. Nun, als steinalte Austragsbauern, die noch die Zeiten der Säkularisation, übers neu etablierte Königreich Bayern bis hin zum Deutschen Reich erlebt hatten, mussten sie nun notgedrungen ihre Ansichten revidieren. Denn alles, beinahe wirklich alles war eigentlich noch viel, viel schlimmer geworden. Von einem gleichmäßig mahlenden Strom waren die meisten Menschen im „Land vorm Gebirg" nunmehr in immer turbulenteres, reißendes Wasser geraten. Wer hier nicht genug strampelte, um Luft zu bekommen, war schnell untergegangen und verschwunden. Untergegangen im Strudel der Neuzeit, der industriellen Revolution. Gut, sie und ihre Altvorderen waren jetzt wohl „freie Bauern". Aber was hieß denn das in Wirklichkeit? Ihre Abhängigkeit war noch größer geworden, als zu Zeiten, als ihre Großeltern noch die Untertanen und Scharwerkspflichtige der Landadeligen und der Klöster entlang des Inns waren. Von Rott, Attel, von Altenhohenau, von Gars und von Au am Inn. Lenz erinnerte sich, wie sie sich in endlosen Abenden, zusammen mit Tirolern und auch Italienern die Köpfe heißredeten, über all die Ungerechtigkeiten in der Welt. Er merkte schnell, dass die „kleinen Leute" überall anscheinend das gleiche Schicksal erleben mussten. Egal ob im Königreich Bayern, in der Donaumonarchie oder in Italien.

Und nun diese grässliche Bluttat ...
Sicher wusste Lenz, dass Josef seit Kurzem eine feste Freundin hatte. Einmal hatte er sie zusammen mit Peppi gesehen. Einmal! Und das war auf dem „*Leonhardi-Fahrt*", Anfang November, drüben in Grafing. Am Marktplatz standen sie zusammen, als sich der schier endlose Zug der prächtig geschmückten Truhenwagen, Kutschen und Fuhrwerke vor einer jubelnden Menschenmenge durch die Stadt hinaus zur kleinen Kapelle des hl. Sankt Leonhard wälzte.

Eine rassige junge Frau war's schon, die Barbara Mosbichler, nach der sich alle Männer umdrehten.
Mit ihren dunklen, zu einem straffen Dutt gebundenen Haaren, glutvollen Augen, breiten Wangenknochen und ausladenden Brüsten hatte sie etwas Fremdländisches, Welsches an sich! Einfach eine Augenweide auch unter den - bestimmt nicht wenigen - Schönen im Grafinger Land. Barbara stammte aus einem Einödhof in der Nähe von Oberpframmern, nicht weit westlich von Glonn entfernt.
Die meisten Frauen warfen ihr neidische Blicke zu! Sie wusste genau um ihre Ausstrahlung und ihre unübersehbaren weiblichen Reize. Den Eindruck hatte nicht nur der Lenz.
„´S is guat für´s G´schäft", wie sie einmal schnippisch zum Josef sagte, als er ihr Vorhaltungen über ihr Verhalten in der Bahnarbeiterkantine machte.
Peppi war narrisch auf sie und verzieh ihr so manche Eskapade. „Ausgerechnet in diesen armen Schlucker, den Pichler Peppi, muss sich die verlieben". Das war die Meinung vieler Schürzenjäger zwischen Grafing, Ebersberg, Vaterstetten und Glonn.
Aber sie hatte sich, aus nicht nachvollziehbaren Gründen für diesen Burschen drüben vom Inn entschieden. Doch nicht nur er war bis über beide Ohren in dieses Prachtweib verliebt. Ein Verhängnis, wie sich bald herausstellen sollte. Es kam nun eins zum anderen! Und ein Verhängnis war es halt auch, dass sich ihr Arbeitsplatz genau dort befand, wo Abend für Abend die hart schuftenden Männer ihr Feierabendbier in der Kantine tranken.

Bruchstück für Bruchstück setzte sich nun die Geschichte zusammen. Der Josef Pichler war rettungslos verliebt in dieses Weib und wollte sie heiraten, sobald er genügend Geld zusammenhatte, so sagte er einmal zum Lenz. Kreuzer auf Kreuzer und Gulden auf Gulden legte er deshalb auf die Seite. Kaum, dass er sich noch eine zweite Maß gönnte, wenn alle anderen in der Wirtschaft oder in der Kantine der Bahnarbeiter noch sitzen blieben. Nein, er wollte nicht so enden wie sein Vater. Aber genau auf dieses Mädchen hatte es, neben vielen anderen, auch der junge schwarzhaarige Lockenkopf Lorenzo abgesehen. Der Italiener stammte aus einem winzigen Weiler auf einer Hochebene in über tausend Metern Höhe, nahe des Dorfes Lafraun[1] - unweit der Stadt Trient. Das Dorf lag einige hundert Meter genau oberhalb des Gallnötschsees[2] im Suganertal[3].

Die wenigen armseligen Hütten im Gebiet von Habsburgisch-Venetien waren im Winter völlig von der Außenwelt abgeschnitten. Aus den Fenstern der kleinen, armseligen Häuser glotzte die bitterste Not. Die Hütten fassten kaum die ganzen Familienmitglieder und nagender Hunger war, besonders in den harten und langen Wintermonaten, an der Tagesordnung. Die italienischen Tagelöhner und Häusler, abgesetzt von deutschsprechenden Siedlern, lebten in unvorstellbarer Armut mehr oder weniger von der Hand in den Mund. Da war es überlebensnotwendig, wenn die älteren Söhne oder Töchter sich irgendwo in der Welt verdingten. Egal, zu welchen Bedingungen auch immer.

Lorenzo Pisano war ein lustiger und eigentlich umgänglicher Mensch. Augenscheinlich hatte der Italiener die weitaus besseren Karten bei der schönen Kellnerin in der Bahnarbeiterkantine.
Jeden Tag machte er ihr schöne Augen und unentwegt den Hof, so oft sie ihm über den Weg lief. Abend für Abend spielte der feurige Italiener mit schmachtenden Blicken auf seiner Mandoline am Lagerfeuer vor der Holzbaracke herzzerreißende italienische Liebeslieder.
Gar jedermann merkte und sah es ihm an: Er spielte nur für sie, seine Angebetete. Josef Pichlers Barbara!

Zu dieser Zeit arbeitete Pichler einige Kilometer weiter südöstlich weit entfernt an einem anderen Trassenabschnitt in Richtung Aßling. Er erfuhr es deshalb sehr spät, ja eigentlich als Letzter. Denn sein Mädel getraute sich nicht, es ihm zu gestehen. Sie hatte vor Josef Angst, genauso aber noch mehr vor dem heißblütigen Italiener! Und trotzdem genoss sie die Verehrung zweier „g´standner Mannerleut“.
So nahm das Unglück halt seinen Lauf.
Lenz musste an die Eltern und Geschwistern seines Freundes denken, die ja nun sicher mittlerweile von der Obrigkeit schon verständigt worden waren. Wie würde dort wohl, in dem kleinen Einödbauernhof am Inn, diese schlimme Nachricht aufgenommen werden?
Vor allem deswegen, weil man ja im Unfrieden vor Jahren auseinandergegangen war.

[1] *heute: Lavarone*

[2] *heute: Lago di Caldonazzo*

[3] *heute: Val Sugana (alle heute: autonome Provinz Südtirol/Trentino-Alto Adige)*

An einem eiskalten, regenverhangenen und beinahe stockdunklen Tag Ende November wurde der Leichnam des ermordeten Josef Pichler auf dem Friedhof von Sankt Maria im Franziskanerinnenkloster Au bestattet. Der Pfarrer vom Kloster sprach erhebende, zu Herzen gehende Worte zu allen Trauernden. Es war eine große Menschenmenge, die sich bis an die mächtigen Mauern des Friedhofes drängte. Man merkte ihm an, dass es ihn, der den kleinen heruntergekommen Pichlerhof kannte und den Josef Pichler selbst getauft hatte, ebenfalls schwer getroffen hatte. Tags vorher hatte er noch eine Seelenmesse nur für die engsten Familienangehörigen im kleinen Peterskirchl, droben in Berg abgehalten. Dies war er, so meinte er, der tiefgläubigen Familie Pichler einfach schuldig. Denn das kleine Anwesen lag in Sichtweite dieser wunderschönen, barocken Rundkirche aus dem Jahre 1624.

Zwei ganze Tage hatte ihm sein Vorarbeiter freigegeben, obwohl er nur noch knapp zwei Wochen zu arbeiten hatte. Unerkannt nahm Lenz an der Beerdigung im Klosterfriedhof teil. Niemand nahm von dem Mann Notiz, der im Schatten eines großen Baumes stand. Den breitkrempigen Hut hatte er tief in die Stirn gezogen und sein wildwuchernder Bartwuchs war ihm eine gute Tarnung. Zudem schüttete es zeitweilig wie aus Kübeln, jeder hatte mit sich zu tun. Erst beim hellen Läuten des Totenglöckleins hatte er sich der Friedhofsmauer genähert. Auf keinen Fall wollte er erkannt werden. Angst hatte er nur davor, dass Angehörige seiner Familie, oder noch schlimmer, seine kleine Schwester Maria bei der Beerdigung anwesend wären. Doch von der Mittergarser Seite drüben waren nur wenige Leute gekommen. Und die hatten keinerlei Notiz von ihm genommen und ihn nicht erkannt.
Gut so. Denn Lenz ging die Sache mit seinem Vater sehr zu Herzen.

Hatte *e r* denn alles in seinem Leben bisher richtig gemacht?
Und tat e r damals seinem todkranken Vater nicht unrecht?
War e r denn ohne Fehl und Tadel?
Wie hieß es doch schon in der Bibel, als die Pharisäer und Schriftgelehrten ein ehebrecherisches Weib steinigen wollten, jedoch Jesus vorher um Rat fragten.
„… wer unter euch ohne Sünde ist, der werfe den ersten Stein!“,
so antwortete Jesus zu jener Zeit den Pharisäern. Enttäuscht, wütend und ernüchtert ließen diese sodann von ihrem Vorhaben nach den Gesetzen des Buches Mose ab, als ihnen der Spiegel so entlarvend vorgehalten wurde. Was wäre denn dabei gewesen, ihm seine einzige Leidenschaft zu gönnen? Ja, sein Vater war dem Trabrennen ver-

fallen! Genauso wie sein Cousin, drüben in Lohen. Ja, aber war denn das alles so schlimm gewesen? Denn nicht wenige der Altersgenossen seines Vaters waren dem Suff und dem Teufel Alkohol hörig oder schikanierten tagaus, tagein ihre Familie und die Ehehalten bis aufs Blut. Gar viele verspielten Hab und Gut am Karteltisch.
Er gestand sich ein, dass er es war, der übertrieben hatte. Denn an Fürsorge für seine Familie hatte es sein Vater eigentlich nie fehlen lassen. Und soviel getrunken wie andere, hatte er sowieso nie. Auch nicht sein Cousin von Lohen drüben. Warum, fragte er sich nun, musste er seine Abneigung gegen das Traberrennen sogar letztendlich zum Anlass zu nehmen, von einem Tag auf den anderen den Hof zu verlassen.
Lenz war sich auf einmal bewusst, dass auch er den *„Splitter im Auge seines Vaters“* gesehen hatte, um den *„Balken im eigenen Auge“* gar allzugerne zu übersehen. Der „Balken“, das war seine Selbstgerechtigkeit, seine Sturheit und Unnachgiebigkeit, wenn er sich einmal was in den Kopf gesetzt. Für Kompromisse irgendwelcher Art war er dann nicht mehr ansprechbar. Mein Gott! Alles, aber auch alles hinzuschmeißen, seine Familie und seine Freunde im Stich zu lassen? War es denn *das* wert gewesen? Er war der Erstgeborene, der Älteste. Er musste was ändern! Nicht sein alter, schwerkranker Vater. Das spürte er jetzt besonders schmerzhaft. Lebte er denn überhaupt noch?
Als er nach der Beerdigung von Josef Pichler zu Fuß den steilen Weg den Stampflberg hinauf, an Weingarten vorbei in Richtung Trescherberg marschierte, hatte er genug Zeit nachzudenken. Der starke Regen hatte mittlerweile aufgehört. Zaghaft lugten über den Bergen Strahlen der untergehenden Sonne hervor. Ein Regenbogen stand überm östlichen Flussufer. Klares Licht breitete sich nun in den höheren Lagen übers Voralpenland aus, zeichnete jede Kontur der Berge scharf heraus. Nur über dem nicht weit entfernten Chiemsee hielt sich noch eine flache Dunstglocke. Die Chiemgauer- und die Tiroler Berge waren allesamt noch schneebedeckt.
Obwohl er es eilig hatte, blieb er trotzdem einige Augenblicke unterhalb der Burgruine des *Stampflschlößls*[1] stehen. Lenz drehte sich um und blickte hinunter aufs Kloster und hinüber, über den Fluss.
Das Haus des Fährmannes leuchtete als weißer Fleck am Ende der Allee herüber, die durch die *Buchenau* zum Kloster hinauf führte. Er brauchte seinen Blick nur ein Stückchen weiter schweifen lassen: Da sah er mitten hinein in sein Heimatdorf. Sah die Schmiede vom Berndl Xaver, den kleinen Hof seiner Eltern und den großen Hof des reichen Wagnerbauern gegenüber.

[1] **„Stampflschlößl“** ***(Burg Megling)*** *- ehemaliger Adelssitz der „Edelfreien von Megling“ (11/12.Jh.).Früher ein beliebtes Ausflugsziel.*

Unübersehbar der Glockenturm seiner Heimatkirche St. Michael, dort wo er seine erste heilige Kommunion empfangen hatte. Und, ganz weit drüben am östlichen Waldrand, konnte man gerade noch die beiden Höfe von Lohen ausmachen.
Sanft aufsteigender Rauch kräuselte sich aus den Kaminen des zur Ruhe gekommenen Kirchdorfes gegen den Abendhimmel.
Der Himmel im Südwesten zauberte plötzlich, von einer Minute auf die andere, ein grandioses Farbenspiel über das Land am Inn. Ein Sonnenuntergang, wie ihn Lenz schon lange nicht mehr gesehen hatte. Die Silhouette der Alpen zeichnete sich wie ein Scherenschnitt klar und deutlich heraus. Sein Herz verkrampfte sich schmerzhaft. Seine Heimat? Das war seine Heimat! „Ja, mei Hoamat“ dachte er sich wehmütig. Tief unter ihm strebten die letzten Trauergäste zu Fuß oder mit ihren Kutschen und Fuhrwerken zurück zu ihren Höfen und Häusern. Höchste Zeit, sich um den Hof zu kümmern. Die Kühe, das Vieh, die Arbeit im Stall und auf dem Hof konnte nicht lange warten. Lenz wurde es warm ums Herz, als diese Gedanken und unausgesprochenen Worte durch seinen Kopf gingen. Was würden seine Eltern, sein Bruder Andreas und seine Geschwister jetzt wohl tun? Wie würde es seinem Vater gehen und vor allem, was machte seine jüngste Schwester, die Maria.
Fest presste er seine Lippen zusammen, er wollte die in ihm aufsteigende Verzweiflung unterdrücken. Doch es half einfach nichts.
Tränen schossen ihm in die Augen. „Reiß dich zusammen Lenz. Es war einmal ... “ murmelte er vor sich hin. Lenz musste sich zwingen, wieder die Realität zu sehen.
Für das Leben, das er sich selbst ausgesucht hatte.

*****

Von der Klosterkirche St. Maria drunten am Fluss hörte Lenz das Läuten zur *Vesper*. Er musste sich jetzt gewaltig sputen und seine Beine in die Hände nehmen. Zuspätkommen wurde von den Vorarbeitern an der Trasse hart bestraft.
Trescherberg hatte er mittlerweile schon hinter sich gelassen.
Er stöhnte und schwitzte, musste einen Moment stehen bleiben, um Luft zu holen. Noch lagen gute zwei Stunden Fußmarsch vor ihm. In Haag drüben, hatte er sich kurz nach acht Uhr abends mit einem Bauern verabredet, der den Winter über sich bei der königlich-bayerischen Staatsbahn mit seinem Pferdegespann zum Holzrücken verdingt hatte. Er wollte ihn wieder mit zurücknehmen, an die Bahntrasse bei Grafing. Der Bauer wartete schon ungeduldig. Den quälend langen Weg auf dem Kutschbock zurück in seine Unterkunft hatte er

genügend Zeit über sein Leben nachzudenken. Lenz nahm sich fest vor, irgendwann in nächster Zeit einen Schlussstrich unter dem unversöhnlichen Streit mit seinem Vater zu ziehen.
Wieder zurück zu gehen und ihm die Hand zur Versöhnung geben. Ihn um Verzeihung zu bitten, bevor es zu spät war. Obwohl er auf sein Erbe vor einiger Zeit beim Notar in Ebersberg verzichtet hatte. Egal!

Dann würde er halt eben seinem Bruder Andreas zur Seite stehen und den Kohwagnerhof - so gut es ging - auf den Weg in die neue Zeit bringen. Doch der harte Alltag und die äußeren Umstände verhinderten immer und immer wieder seinen Entschluss.
So lange, bis es dann endgültig zu spät war.

*****

Nachdem Lorenz seinen Dienst bei der Bahn quittiert hatte, erhielt er seine Arbeitspapiere und den restlichen Lohn ausbezahlt. Er empfand ein tiefes Gefühl der Befriedigung. Obwohl es ihm niemand ansah, ein Habenichts war er nun nicht mehr. All die Zeit war er sehr sorgfältig mit seinem Geld umgegangen.
„Irgendwann, ja irgendwann ...“, hatte er zu seinem Freund Peppi einmal gesagt, „... irgendwann, werde ich das Geld ganz sicher gut gebrauchen können!“ Er, der Lenz, wollte wieder zurück zu „seinen Wurzeln“. Wollte wieder das tun, was er mit jeder Faser seines Herzens vermisste und liebte. Und was er von klein auf von seinem Vater gelernt hatte. *Er wollte wieder als Bauer arbeiten.*
Wenn auch vorerst nur als Knecht. Er war bereit, sich durchzubeißen um dann nach Hause, in sein Dorf zurückzukehren. Er wollte sich mit seinem Vater aussöhnen, und vielleicht den Hof übernehmen. Siedendheiß fiel ihm wieder ein, dass er ja seinen Verzicht aufs Erbe schon vor Jahren unterschrieben hatte! Doch, er wollte unbedingt wieder die unbändige Kraft und auch das unkalkulierbare Risiko der Scholle spüren. Wollte kämpfen gegen alle Widrigkeiten. Gegen Unwetter, Dürre, Hitze, Stürme, Ungeziefer, gegen die übermächtige Obrigkeit und gegen die hartherzigen, brutalen Bauernbarone und, und, und ...
Lorenz Kohwagner wollte auch endlich wieder das Gefühl erleben, welches ihn die ganze Zeit über selbst in seinen Träumen nicht verlassen hatte. Er wollte wieder fühlen, wie es ist, an einem frühlingswarmen Märztag hinaus auf das Feld zu gehen und sehen, wie sich die Wintersaat mit ihren zartgrünen Sprossen durch die ausgeaperten Schneereste nach oben gekämpft hatte. Wollte sie fühlen und ertasten, die unter der schützenden Schneedecke gekeimten, zartgrünen Triebe der Wintergerste. Oder - er erschauderte bei dem Ge-

danken - an einem sonnenüberfluteten Frühlingstag im Wonnemonat Mai himmelhochjauchzend die allererste Fuhre von herrlich duftendem Heu in die Scheuer fahren zu können. Ein erregend krippelndes Gefühl, wie er sich eingestehen musste.

Er war wieder auf dem Weg zu sich selbst, befand sich endlich auf dem Weg zu seiner inneren, seelischen Heimat.

Vor der Ernte

Nun störet die Ähren im Feld
Ein leiser Hauch,
Wenn eine sich beuget, dann bebet
Die andere auch.

Es ist, als ahnten sie alle
Der Sichel Schnitt -
Die Blumen und die fremden Halme
Erzittern mit

Martin Greif* *)

*****

Montag, 2. Februar 1871
Lichtmessmarkt in Ebersberg

Lenz verdingte sich am Vormittag in Ebersberg als Knecht beim Großbauern Kammerer aus Wolfsöd.
Der hochgelegene Weiler gehörte zur Gemeinde Straußdorf, südlich von Grafing. Sebastian Kammerer hatte schon länger - anscheinend erfolglos - an diesem sonnenhellen Morgen mit einigen jungen Burschen verhandelt, als Lenz wie zufällig zu dieser Gruppe stieß.
Der junge, kräftige Mann interessierte den Bauern sofort. Er zog ihn an seinem Ärmel auf die Seite.
„Du, i bin der Kammerer- Bauer aus Wolfsöd. I brauchat no oan guat'n Knecht. Oan, der mit meine Ross guat umiganga ko... “.
Eine imposante Gestalt stand vor Lenz, strotzend vor Selbstbewusstsein. Über dem mächtigen Bauch spannte sich eine samtrote Weste, aus deren Brusttasche eine goldene Uhrkette quer zur anderen Brusttasche führte. Das blütenweiße Hemd war mit großen Hirschhornknöpfen und mit schöner, aufwändiger Stickerei versehen. Seine Stiefel, die die hirschlederne Hose direkt unter den kräftigen Waden umschlossen, waren aus allerfeinsten, weichem Leder. Doch das Auffälligste an diesem Mann war sein Gamsbart. Dieser übertraf an Größe und Schönheit alles, was Lenz reihum erblicken konnte.

---

*) ***Friedrich Hermann Frey (Pseudonym*: Martin Greif**) – *siehe Glossar*

Von allen Seiten wurde der Bauer unterwürfig gegrüßt.
Doch Kammerer war, so schien es, in Eile.
Das Gespräch war schnell beendet, man war sich einig. Per Handschlag stellte ihn der Bauer ein. Es schien so, als hätte er sofort, aus irgendwelchen Gründen auch immer, einen Narren an dem kräftigen jungen Mann vom Inn drüben gefressen. Imponierte ihm sein offenes Wesen, sein fester Händedruck oder auch das Feuer in seinen Augen? Kammerer zog einen Lederbeutel aus seiner Sacktasche, schnürte ihn auf und langte hinein. „Kannst dir noch die paar *Schlenkertage* nehmen ...“, sagte der Großbauer und steckte ihm generös einige Kreuzer zu. „Da! Hier hast du einen Vorschuss. Ich schreib mir´s auf. Meldest dich spätestens am nächsten Freitag in der Früh auf dem Hof beim Hias! Er deutete auf seinen Großknecht. Der erklärt dir jetzt noch alles. Oder - noch besser, der Hias holt dich am Marienplatz ab. Verstanden? ...“ Lenz nickte. Kammerer gab seinem Großknecht Matthias Ergoldinger noch ein paar Anweisungen und wandte sich dann wieder einer Gruppe von Bauern zu, die gerade in großes Gelächter ausbrachen.

Lenz konnte nicht ahnen, wie dieser Tag sein ganzes bisheriges Leben völlig auf den Kopf stellen sollte ...

Aus den Augenwinkeln heraus sah er noch, wie all die Bauern gemeinsam und schnurstracks den Platz überquerten und droben im Gasthof „*Zum Kyrmayr*“ verschwanden.
Lenz kannte die beiden Wirtsleute gut. Schon oft hatte er, dann wenn er für seine Vorarbeiter von der Bahn irgendetwas in Ebersberg besorgen musste, bei den Wirtsleuten *Georg und Theresia Forster* für ein paar Kreuzer eine gute Brotzeit und süffiges Bier erhalten. Bei den Holzknechten und den Bahnarbeitern hatte es sich herumgesprochen, dass beide Wirtsleute ein großes Herz für die schwer schuftenden Männer im Forst und an der Bahnstrecke und auch für das Gesinde der umliegenden Bauerngüter hatten. Der „*Kyrmayr*“ war darüber hinaus dafür bekannt, dass es dort die besten gebratenen Hendln weit und breit gab.
Großknecht Matthias, der ein paar Tage später nach Ebersberg musste, verabredete sich nun für Freitagmorgen vor der „*Alten Post*“, direkt am Marienplatz in Ebersberg mit dem neuen Knecht. Lenz wollte die paar „*Schlenkertage*“, seine einzige freie Zeit im ganzen Jahr, in diesem Ort verbringen. Die Gelegenheit war gut, da er bei einem Bekannten aus dem nahen *Altmannsberg* übernachten konnte.
Dieser kannte seine neue Arbeitsstelle, da er einige Zeit bei einem Bauern in Aßling gearbeitet hatte. Er schilderte ihm, so gut er konnte, genau die örtlichen Gegebenheiten. Über seinen neuen Dienstherrn,

den Kammerer, hielt er den Mantel des Schweigens. Irgendwie fiel´s dem Lorenz schon auf. Aber weitere Gedanken machte er sich darüber nicht. Trotz seines rauschigen Kopfes, den Lenz am Morgen nach Lichtmess noch hatte, war doch viel bei ihm hängen geblieben.

*****

Freitag, 6. Februar 1871
Der Kammerer -Hof

Am frühen Freitagmorgen, schon vor sechs Uhr stand der Lenz mit einigen anderen Knechten vor dem Gasthof „*Alte Post*“ in Ebersberg. In seinem Schädel brummte es wie in einem Bienenstock. „Mein Gott, oh mei, hätt´ ich denn gestern Abend nicht so viel gesoffen.“
Pünktlich mit dem Siebenuhrläuten der Klosterkirche *St. Sebastian* traf dann das Fuhrwerk vom Kammererhof auf dem Marienplatz ein. Die beiden Pferde dampften. Hias bog in den Hof der „*Alten Post*“ ein, zog die Bremse an, stieg vom Bock und legte den beiden Rössern grobe Decken über. Dann ging er nach hinten und holte vom Fuhrwerk zwei Futtersäcke, die er den Pferden umhängte. Ruhig begannen die beiden Kaltblüter zu fressen. Zufriedenes Schnauben zeigte an, dass es den Tieren schmeckte. Lenz hatte auf Anhieb wieder den Großknecht vom Kammererhof erkannt, als dieser vor wenigen Minuten mit einem letzten Peitschenknaller vom Kloster *St. Sebastian* um die Kurve herauf zum Wirtshaus eingebogen war. Er löste sich von der Gruppe der anderen wartenden Knechte am Marienbrunnen und ging die wenigen Schritte hinunter zum Gasthof. Dann durchschritt er die große Einfahrt in den Hof und stand vor dem Fuhrwerk des Kammererhofes.
„Guten Morgen. Ich bin der Lenz Kohwagner!“ Hias hielt bei seinen Verrichtungen an der Kutsche inne und sah den Lenz durchdringend an. „Der hat ja einen richtig ärgerlichen Blick drauf“ dachte sich der Lenz. „Geh, steh da nicht rum, hol schnell zwei Kübel Wasser“, sagte barsch und leicht verärgert der Großknecht, ohne seinen Gruß zu erwidern. Er drückte ihm zwei Eimer in die Hände. Irgendetwas schien ihm auf der Herfahrt über die Leber gelaufen zu sein. Wenig später kam Lorenz vom Marienbrunnen zurück. In langen Zügen soffen die beiden Pferde das frische Nass. Die Futtersäcke waren schon leer, er füllte noch einige Hände Hafer nach. Ein weiteres Fuhrwerk bog, bergab kommend, in den Hof der Wirtschaft ein.
„Ho, ho, Brrh ...!“ Quietschend wurden die Bremsen angezogen. Ein Fuhrknecht sprang vom Bock. und legte zwei Bremsklötze unter die Räder. „Grüaß di God, Ergoldinger“, rief er hinüber zum Kammerer - Fuhrwerk. „Wie geht's?“ „Dankschön, gut geht's mir ...” antwortete

ihm der Matthias ausweichend. Man merkte sofort, Freundschaft herrschte zwischen diesen beiden nicht. Er brummelte noch leise in seinen Bart: „Nein, nein, das muss mir heut´ morgen auch noch passieren. Der Bazi, der Elendige!“ Seine Laune schien sich nicht gebessert zu haben. Man sah im deutlich an, dass er keinerlei Lust hatte, mit dem anderen Knecht noch ein einziges Wort mehr zu verlieren. Er beruhigte sich nicht.

„Der Malefizbazi, der Hundling, der elendige, der ausg´schamte. Ein richtiger Hinterfotz ist das, der Sau - Knecht vom Finkenschlag“

Dann blickte Matthias auf seinen neuen Knecht und nickte anerkennend, die bislang finstere Miene hellte sich zusehends auf. Er ging auf Lorenz zu und klopfte ihm beinahe väterlich jovial auf die Schulter. „Kohwagner, das gefällt mir, dass du die Arbeit sehen tust. Also, ich geh´ jetzt zum „*Kyrmayr*“ und kauf mir eine Maß. Hast mich?“ Lorenz nickte und tätschelte dem braunen Wallach seine Flanke. „Kannst ruhig so lang hier warten und in der Post auch eine Maß kaufen“ sagte er noch bestimmend zu seinem neuen Knecht.
Er drehte sich auf dem Fuß um und stiefelte erhabenen Schrittes hinauf in die Kutscherschwemme des Gasthofes „*Zum Kyrmayr*“.
Kurz nach Sonnenaufgang verließ das Fuhrwerk wieder Ebersberg in Richtung Grafing. Der Hias hatte gewaltig zu tun, sein Gespann im Griff zu behalten.

Am Scheitelpunkt der Kuppe, dort wo rechterhand die Allee zum vornehmen Herrenhaus des *Gutshofes Kaps* abzweigte, schnauften die Pferde hörbar tief auf. Fast schien es so, als witterten sie den heimatlichen Stall. Unweit vor ihnen lag Grafing im Dunst des frühen Morgens. Das kleine Dorf Wiesham konnte man zur Rechten in der dazwischenliegenden Senke unter dieser grauwabernden Nebeldecke kaum ausmachen. Hias brabbelte immer wieder unverständliches Zeug vor sich hin. Speichel lief ihm aus den Mundwinkeln übers unrasierte Kinn und hing in dünnen Fäden in seinen Hemdkragen. Vorsichtig, ohne dass der Großknecht es bemerkte, entzog Lenz ihm die Leine und übernahm selbst die Führung des Fuhrwerkes. Es musste beim „*Kyrmayr*“ in dieser - eigentlich recht kurzen Zeitspanne - nicht nur bei einer oder zwei Maß „Stoff“ geblieben sein. In seinem Gesicht meinte der Lenz einen zufriedenen Ausdruck zu erkennen. Die Nebelschwaden breiteten sich nun immer dichter, so wie ein Wattebausch, in der Senke hinüber nach Grafing aus. Lenz hielt das Fuhrwerk an, langte unter den Kutschbock und zog zwei raue Pferdedecken hervor. Die Eine breitete er vorsichtig über den Schoß des tief schlafenden Matthias aus. Die zweite Decke legte er sich

selbst um. Denn plötzlich war es bitterkalt geworden, obwohl nun schon leicht die Sonne über die sanfte Kuppe des *Seemoos Berges* spitzte. Zum Süden hin konnte er die Gipfel des Mangfallgebirges erkennen. Lenz hüllte sich noch fester in eine Decke ein und grübelte vor sich hin. Ab und zu ließ der Großknecht einen lauten Rülpser fahren.
Nachdem das Fuhrwerk Kaps passiert hatte und auf den Weg hinter nach Grafing war, wachte der Großknecht wieder auf und gähnte laut. „Mei, hab´ ich doch pfeilgroad g´schlafen. Hab´ ich was vapasst?” konstatierte er erstaundlich nüchtern und fuhr dann übergangslos fort: „A guats, süffig´s Bier habn´s scho in der Post, ned woar Lenz?“
Irgendwie hatte er trotz seines eigenen Rausches gleich auch den leicht alkoholgeschwängerten Atem seines neuen Knechtes gewittert. „Hoffentlich säuft er nicht soviel, wie ich ...“ dachte sich der Matthias, „... denn dann gibt´s nämlich gewaltigen Ärger! Er und ich, das geht nie und nimmer gut!“ Hias richtete sich wieder ganz auf, ergriff herrisch die Zügel vom Lenz und zog straff an der Leine, feuerte die beiden Rösser an.
„Hüa, Hüa, oide Haider! Schlofst mer nur need eini!“ Der Großknecht knallte mit seiner Peitsche und kippte dabei beinahe nach vorne über. Zu arg war er berauscht. Lenz musste ihn schnell stützend in die Arme greifen. Hias grunzte nur. Mit keinem Wort bedankte er sich für die Fürsorge des neuen Knechtes, ihm eine wärmende Decke übergelegt zu haben.

Das Gefährt ratterte weiter in Richtung Grafing.
„Hast du dir das auch wirklich ganz genau überlegt ...“ plagte Lenz fortdauernd sein „innerer G´wissenswurm.“, „... so einfach den Hof in Mittergars aufzugeben!“ brummelte er missgelaunt vor sich hin.
Der Großknecht blinzelte ihn aus den Augenwinkeln argwöhnisch an. „Was ist denn los, Lenz. Hast irgendwelche Probleme ...?“
Eine Antwort erwartete er nicht. Hias griff unter den Bock und zog aus dem Korb eine der Bierflaschen. „Plopp“, mit einer Hand öffnete er sie und lies sich das Bier in langen, durstigen Zügen durch seine Gurgel laufen. Er schmatzte genüsslich. Lenz zuckte zusammen. Allzu sehr war er in seine zweifelnden Gedanken versunken. „Na, na! Nix ist los. Hias. Alles ist in Ordnung, wirklich alles!“
Doch der „Wurm“ in ihm gab nicht nach. Bohrte und bohrte weiter! Hatte er doch schon länger Kenntnis von der schweren Erkrankung seines Vaters gehabt! Und überhaupt: Wie lange würde er noch leben? Schafft es der Andreas überhaupt alleine? Jetzt, da durch die ausbrechende Krankheit das eigentliche Problem, das er jahrelang mit seinem Vater hatte, nämlich die ständigen kostspieligen Fahrten zu all

den Traberrennen ringsum, sich vollständig im Nichts aufgelöst hatte, war doch seine Flucht völlig sinnlos ..., rumorte es in ihm unentwegt weiter. Wie er es auch anfing, er kam nicht mit sich ins Reine. Doch sein bei der Beerdigung von Josef Pichler gefasster Vorsatz, „so schnell wie möglich nach Hause zu fahren und reinen Tisch zu machen", der stand fest. *Felsenfest.*

Später, die blutrote Sonne ragte jetzt knapp über den Baumwipfeln der Wälder im Osten, nahm er erst richtig seine Umgebung war.

Gut, er war als junger Bursche schon vor Jahren einmal mit seinem Vater von Ebersberg nach Miesbach gefahren, um dort Verwandte zu besuchen. Aber so ein prachtvolles Bauernland, wie er jetzt sah, hatte er nicht mehr in Erinnerung. Vielleicht hatte es ihm damals auch garnicht so stark interessiert. Sein Blick war halt jetzt der eines Bauern. „Da, nimm!" Hias hatte neben sich mit seiner rechten Hand aus einem Stück fettigen Papiers einige Brote ausgepackt. Eines davon reichte er dem Lorenz. Lenz nahm dankend an und biss schweigend in das Vesperbrot. „Mmmh, Geselchtes! Mein Gott schmeckt das aber gut!" Genussvoll mampften die beiden die Wegzehrung, die sich Hias von der Großmagd hatte mit auf den Weg geben lassen. Ergoldinger langte unter seinem Kutschbock und hangelte hintereinander zwei Flaschen Bier aus dem Korb. „Da trink! Nimm oan g´scheitn Schluck!" Ein knallendes „Plobb" folgte. Genussvoll zog und nuckelte der Hias an seiner Bierflasche. Lorenz wischte sich über die fettigen Lippen und tat es ihm nach. „Mmmh, das schmeckt aber wirklich gut!" „Ho, ho! Brrh, Brrh... ". Laut quietschten die Bremsen auf. Der Großknecht zog gleichmäßig, aber kräftig an der Führungsleine. Die Kutsche kam zum Stehen. Hier in Grafing musste er noch beim Seilermeister vorbeischauen und einen Bund Kälberstricke kaufen. Vorhin, als sie das „*Kasperlbräu*" passierten, seufzte der Altknecht noch: „Mei, oh mei, jetzt noch eine Halberte ...". Die beiden Pferde blieben plötzlich wie auf Kommando stehen.

„Hüa, hüa, weiter geht´s, ihr Haider! Gewohnheitstiere, ja Gewohnheitstiere, genau wie ich ... " murmelte der Großknecht mit einem Anflug verstehenden Schmunzelns auf dem kantigen Gesicht. Er schnalzte mit der Zunge. „Hüa, hüa, weiter geht´s!" Allzu gerne wäre er doch noch in seiner Lieblingswirtschaft „*Beim Grandauer*" in Grafing auf ein paar Bier eingekehrt. Doch das ging schon geraume Zeit nicht mehr. Seit dem Sebastiani-Fest im letzten Jahr hatte er striktes Hausverbot erhalten. Er und auch der August Moser, der Altknecht. Waren beide doch damals an diesem eiskalten, aber sehr schönen Januartag mehr als nur angeheitert, schnell noch auf dem Heimweg „auf a poar Halberte" im „*Grandauer-Bräu*" eingekehrt.

Drinnen kam's dann so, wie es kommen musste.
An einem der großen Eichentische direkt neben dem Schanktisch, saßen einige Knechte vom Finkenschlag und auch von den unteren Mooshöfen. Die alte „Erbfeindschaft“ der beiden Nachbarhöfe Finkenschlag und Wolfsöd forderte sofort ihren Tribut. Schnell arteten die üblichen Sticheleien und Frotzeleien in wüste Beleidigungen und Beschimpfungen aus - und schon war's passiert. Bis die drei Gendarmen aus Grafing von ihren Kollegen aus Ebersberg Unterstützung erhalten hatten, war die halbe Wirtschaft verwüstet. Kreuz und quer lagen Stühle und Tische im Wirtsraum, der ganze Dielenboden war mit Splittern von Glas und Steingut übersät.
Das große Gläserregal hinter dem massiven Schanktisch hatte seinen Geist aufgegeben, und das Schlimmste war: die geliebte Trophäe des Wirts, ein kapitales 16-Ender Hirschgeweih, erlegt im Ebersberger Forst, hatte einem der Raufbolde als Wurfgeschoss gedient und war ebenfalls völlig zerdeppert.

*****

Der eilends herbeigerufene Bezirksarzt Doktor Ludwig Schwaiger aus Ebersberg hatte alle Hände voll zu tun. Beim Matthias Ergoldinger diagnostizierte er einen Jochbeinbruch, eine klaffende und stark blutende Wunde am Hinterkopf sowie einen gebrochenen Mittelfinger der rechten Hand. Außerdem verlor er zwei Schneidezähne. Den hinkenden Moser hatte es auch erwischt: Das Nasenbein und den kleinen Finger seiner rechten Hand gebrochen, die Schulter rechts ausgerenkt und zudem ein herrlich violettes linkes Auge waren das Ergebnis dieser „kleinen“ Auseinandersetzung für den treuen Adlatus des Großknechtes. Hauptsache, die „Ehre des Kammerer - Hofes“ war gerettet. Nicht weniger mitgenommen sahen jedoch auch einige der Widersacher aus. Aber das Hausverbot wurde halt nur den beiden Knechten aus Wolfsöd erteilt. Das, so sagte einige Tage später der Matthias zum August, war die schlimmste Strafe und tat mehr weh, als jede Verletzung, die beide an diesem Tag erlitten hatten. Seither mussten die Kammerer - Fuhrwerke immer einen großen Bogen ums „*Grandauer*“ machen und wurden Stammgäste im „*Kasperlbräu*“. Ab und zu kehrten sie zwar auch im „*Wildbräu*“ ein, aber dort saßen immer die vornehmeren Herren, die Honoratioren aus Grafing. Zwar schmeckte im „*Grandaue*r“, zumindest anfangs, das Märzenbier nicht ganz so gut und dort war das extra eingebraute Festbier zu „*Leonhardi*“ auch nicht mehr so süffig, aber letztendlich obsiegte wieder der Durst. Und irgendwann hatte sich Gaumen und Gurgel auch an den Sud des neuen Bräus gewöhnt. Nur die Pferde hatten diese Umstellung immer noch nicht ganz verkraftet. Jedes Mal wollten sie partout auf dem Heimweg in der Griesstraße abbiegen und den Weg zum Hof des *„Grandauer Bräus"* nehmen. Vergebens. Hias riss sich gewaltsam aus seinen Gedanken. In der Griesstraße, am Ortsausgang in Richtung Straußdorf, schickte er den Lenz in die *„Gerberei Enthammer"* gegenüber, um die bestellten Schaffelle für die Kammererbäuerin abzuholen. Derweilen nahm er noch ein paar kräftige Züge aus seiner großen Bierflasche und wischte sich dann seinen nassen Schnurrbart ab. Ein zufriedener Rülpser folgte auf dem Fuß. Plötzlich fiel ihm siedendheiß ein, dass ihm die „Bauernbaronin" Juliane Kammerer den Auftrag gegeben hatte, auf dem Heimweg unbedingt beim *„Brucknbäck"* am Marktplatz noch vorbeizuschauen. Bevor der Lenz auf den Kutschbock kletterte, gab er ihm die Anweisung, zum Bäcker zurückzulaufen und die bestellten süßen Backwaren für die „Bauernbaronin" abzuholen. Sogar eine Torte und viele - mit verschiedenen Marmeladen - gefüllte Buchteln waren unter dem Gebäck. „Ach ja, die gnädige Frau Kammerer hat heut′ eine große Einladung, gell ..." erfuhr er von der leutseligen Bäckersfrau. Als das Fuhrwerk dann am späten Vormittag, kurz vor dem Zwölfuhrläuten Grafing in Richtung Haging verließ, hatte der Lenz wieder die Zügel übernommen. Matthias Ergoldinger war schon vorm Ortsausgang wieder tief und fest eingeschlafen. Ab und zu brummelte er noch etwas in seinen Bart, aber sonst war er zu keiner Tätigkeit mehr fähig. Nach einer knappen halben Stunde hatten sie ihr Ziel fast erreicht. Die Pferde wieherten und schnaubten freudig.

Ergoldinger erwachte langsam aus seinem Rausch.

Ein kleiner, verwitterter hölzerner Wegweiser stand am rechten Straßenrand. *„Wolfsöd -1 km"* stand in verwaschenen Buchstaben drauf. An der Abzweigung, direkt unter ihnen in einer Senke, lagen die Häuser von Haging. „Da, dort droben, direkt hinterm Wald, da steht der Kammererhof" sagte stolz der Matthias in einem Anflug von Nüchternheit. Dann nickte er wieder kurz ein. Die Steigung und das Waldstück waren schnell bewältigt. Lenz hatte den Eindruck, dass die Pferde jetzt einfach leichtfüßiger trabten. Inmitten der großen, noch leicht Schnee- und Reifgezuckerten Felder und Auen thronte vor ihm ein gewaltiges Anwesen: Der Hof des „Bauernbarons" Sebastian Kammerer. Matthias war jetzt endgültig aus seinem rauschigen Zustand aufgewacht. Schnell brachte er seine Joppe in Ordnung und setzte den abgewetzten, speckigen Hut auf.

„Da, schau! Dort droben, da bist jetzt dahoam, Lenz."

„Dahoam?" Lenz kam unvermittelt ins Sinnieren. Ein Stich durchfuhr sein Herz.

„Dahoam? Nein, gewiss nicht! Mei Dahoam ist und bleibt trotz allem der Kohwagnerhof in Mittergars, drüben überm Inn ...“, dachte er wehmütig. Wenig später bog das Fuhrwerk mit knirschenden Reifen in den großen Innenhof ein. Matthias drehte die Bremse fest und stieg bedächtig vom Kutschbock. Einer der beiden Hofhunde näherte sich dem neuen Knecht vorsichtig und hielt seine Schnauze witternd in den Wind. Ein unbekannter Duft? Direkt furchterregend fletschte der Köter kurz das Gebiss. Doch es ging gut. Lorenz näherte sich vorsichtig dem Hund mit dem verzottelten Fell. „S´ is scho guat, bist a ganz a braver ... “ sagte er leise und in ruhigem Ton zu ihm und hielt ihm ganz vorsichtig seine rechte Hand hin. Der Hund schnupperte daran und wedelte dann ganz entspannt mit dem Schwanz. Der Geruch sagte ihm anscheinend zu, die Gefahr war beseitigt. Matthias beachtete die beiden nicht mehr und stakste mit etwas unsicheren Schritten hinein ins Herrenhaus.

Der Kammererhof südöstlich von Grafing war - mit Hunderten von Hektar Grund- und Waldbesitz - im weiten Umkreis der größte und mächtigste Bauernhof. Von der Anhöhe, auf dem der stolze, mächtige Dreiseithof thronte, hatte man einen überwältigenden Blick übers „Land vorm Gebirg“, beinahe über den ganzen Chiemgau: vom Mangfallgebirge, hinunter in die Loferer Steinberge, den Watzmann, den Wilden Kaiser im Südosten und die Salzburger Berge ganz im Osten.

*****

Lorenz Kohwagner war von nun einer von vier Knechten. Auch drei Mägde waren zu dieser frühen Jahreszeit auf dem Hof beschäftigt. Im Hochsommer zur Erntezeit wurden immer noch zusätzliche Kräfte als Tagelöhner eingestellt. Diese wurden meist aus der näheren Umgebung rekrutiert. Außer einer stattlichen Anzahl Milchvieh hatte der Bauer seit einigen Jahren auch eine Schweinezucht seinem Hof angegliedert. Zudem ergänzte eine kleine Schafherde den großen Viehbestand. Und das war zu jener Zeit in Altbayern mehr als ungewöhnlich. Die Schafe waren jedoch die meiste Zeit des Jahres einem Schäfer übergeben, der noch für mehrere Bauern arbeitete. An einem der ersten Tage fuhr der Altknecht Moser mit einem Gespann die Grenzen des Kammerer - Imperiums ab, schon um dem neuen Knecht Lenz die Besitzverhältnisse zu zeigen. Sie schafften es nicht an einem Tage. Vier, fünf Tage hintereinander fuhren beide hinaus und waren immer noch nicht fertig mit der Begutachtung der Besitztümer des Kammerer - Bauern. Der Hof umfasste sicher mehrere Hundert Hektar Wiesen und Ackerland und ebenso viel Wald. Durch ständigen Zukauf in den letzten Jahren und auch durch Ersteigerung kleinerer Güter von hoch verschuldeten Auswanderern war der Besitz des Bauernbarons Kammerer nochmals immens gewachsen. Kaum ein Bauernhof, den er drüben in der Wasserburger Gegend kannte, erreichte annähernd diese Größe.

*****

Mittwoch, 15. März 1871

Mit einer großen und pompösen Feier wurde der Bahnhof in Grafing eröffnet - und am gleichen Tag auch die Bahnlinie München - Rosenheim. Alles, aber auch wirklich alles, was Rang und Namen hatte, war zu diesem Ereignis erschienen. Auch die beiden Bauernbarone und heimlichen Kandidaten für den bayerischen Landtag Alois Stiglmaier und Sebastian Kammerer waren der Einladung gefolgt. Sie würdigten sich keines Blickes und waren letztlich froh, dass beide namentlich von den Festrednern erwähnt wurden. Ein Patt unter den zeitweise bis aufs Blut verfeindeten Nachbarn! Die Bürger von Grafing hatten endlich, wenn auch nur mit langen Geburtswehen verschmerzt, dass „*ihr*" Bahnhof nicht direkt in der Stadt lag, sondern etwa eine knappe halbe fußläufige Stunde von der Gemeinde weg. Was soll's, Hauptsache, der Bahnhof war da, das war die einhellige Meinung danach. Hatten doch die Ebersberger keine Bahnlinie und keinen Bahnhof abbekommen.
Sicher pflegte man eine gute Nachbarschaft und hätte auch nie und nimmer was dagegen gehabt, wenn die Ebersberger eine sogenannte „*Vicinalbahn*"[1)] , eine Nachbarschaftsbahn erhalten hätten. Beileibe nicht. Aber es wurde halt so in München entschieden. Die Ebersberger natürlich waren sich sicher, ganz sicher sogar, dass man die Entscheidung zugunsten von Grafing und zum Nachteil der Bezirksamtsstadt Ebersberg alleine nur dem rührigen Landtagsabgeordneten aus Glonn zu „verdanken" hatte. Dabei sah knapp dreißig Jahre früher alles noch so gut für Ebersberg aus. Hatte man doch schon im Jahre 1835, kurz nach der Eröffnung der ersten deutschen Dampfeisenbahnlinie zwischen Nürnberg und Fürth mit der „Adler", sich große Hoffnung auf den Antrag des kgl.-bayr. Hofbankiers *Baron Simon Freiherr von Eichthal* beim bayerischen Ministerrat gesetzt. Dieser, ein seiner Zeitepoche weit vorausblickender Bahnpionier, wollte die kgl.-bayr. Staatsbahnen schon zu jener Zeit von München über Rosenheim nach Salzburg fertigstellen, um eine Anbindung an die habsburgische „*Kaiser-Ferdinand-Nordbahn*" nach Floridsdorf zu erreichen.

[1)] **Vicinalbahn** (*auch: Vizinalbahn - lat." Vicinus" /dt.:benachbart/nahe). Nebenbahnen zur Erschließung des ländlichen Raumes. 1869 per Dotationsgesetz im Bayer. Landtag beschlossen.*

Und von da aus weiter an die südliche Anbindung Wien - Triest an der Adria.
Fürwahr ein kühner und seiner Zeit weit vorauseilender Gedanke. Und, das war das Entscheidende bei diesem Antrag: Die Trasse sollte damals über Ebersberg führen. So sehr sich auch die Ebersberger die Realisierung über die Jahre hinweg gewünscht hätten und auch nichts unversucht ließen, dies mit Petitionen und auch guten Beziehungen zu erreichen: Es war vergebens.

Nach wie vor konnte also Ebersberg, knapp vier Kilometer nördlich von Grafing gelegen, nur mit der Postkutsche und dem Stellwagen erreicht werden. Ein Dorn, ein fürchterlicher Stachel im Fleisch, der viele Jahre noch für Schmerzen in Ebersberg sorgen sollte. Doch trotz alledem: Eine ganz neue Zeit hatte Einzug gehalten im Gäu zwischen München und Rosenheim.
Die bäuerlichen Strukturen standen plötzlich vor einer riesigen Herausforderung und auch vor großen Chancen, deren Auswirkungen selbst die kühnsten Vorstellungen schnellstens übertreffen sollten..
Noch hatten die meisten Menschen in ihrer Anfangseuphorie keinerlei Ahnung über irgendwelche negative Auswirkungen. Weshalb denn auch? Die Zahl der Kritiker war verschwindend gering. Lenz war dies alles egal. Das war die große Politik und die hatte mit den einfachen Menschen auf dem Land wenig am Hut. Es hatte sich gelohnt, er war zufrieden. Klimperten doch nun auf einmal in seinem Beutel eine ganze Menge Groschen, Kreuzer und Taler. Angespart in zwei Jahren harter, ja härtester Arbeit.
Es schien, nicht nur für den jungen Mann aus dem Schifferdorf am Inn, als wäre jetzt endlich die schlechte, karge Zeit für immer passé.

*****

„Ahh...!“
Kammerer schnaufte tief durch! Schon wieder der Stiglmaier, der Hundling, der G’freckte. Muss allweil überall dabei sein ...“, so brummelte Kammerer ärgerlich in seinen Bart hinein, als er am Spätnachmittag nach der Einweihungsfeier im Halbdunkel der Gaststube, hinten am Kamin, seinen erbitterten Gegner und Nachbarn vom Finkenschlag entdeckte. Beide Großbauern waren mit ihren Anwesen etwas über einen Kilometer voneinander entfernt. Ihre Ländereien grenzten direkt aneinander. Wäre nicht ein kleines Waldstück links und rechts der Straße dazwischengelegen, hätte man sich Tag für Tag beobachten können. Hinter dem schmalen Waldriegel lag eine sanfte Talaue mit einem Bächlein, welches aus dem höher gelegenen Hochmoor, dem *„Wolfsöder Filz“*, die Feuchtigkeit der vergangenen

Niederschläge langsam, aber stetig abtransportierte. Es war der kleine *Filzengraben,* der auf seinem kurzen Weg im *Asslinger Moos* nochmals Wasser aufnahm um dann, kurz vor Assling, in die Attel zu münden.
Doch, auch wenn die räumliche Distanz der beiden Großbauern sehr gering war, geistig trennten beide Kampfhähne ganze Welten.

Jeder fühlte sich in allen Dingen dem anderen haushoch überlegen. Seit Jahren gab es nur noch ein Gegeneinander. Sonst nichts. Das schlechte Verhältnis war nicht nur seit langen Zeiten manifestiert, es hatte mittlerweile an zerstörerischer Raffinesse und Heftigkeit zugelegt. Mal war dort ein Weidezaun umgerissen oder der kleine Filzengraben in Trockenzeiten nachts heimlich abgeleitet; mal fehlten in den Wäldern um den Höfen der beiden Erbfeinde, vor allem an entlegenen Stellen, die besten Bäume oder gar klafterweise geschnittenes Brennholz. Jeder traute letztendlich dem anderen alle erdenklichen Schlechtigkeiten zu. Ging es anfangs noch, mit wechselnden Erfolgen, wegen jeder Kleinigkeit vor den Kadi in Ebersberg, ließ man dies seit einigen Jahren sein. Der Landrichter hatte einfach keine Lust mehr, Klagen der beiden Kampfhähne anzunehmen. „Macht's euern Dreck alleine aus! Ich hab wirklich Besseres zu tun, als mich mit euren Kindereien abzugeben!“ sagte er maßlos verärgert, bei der letzten Streitsache zu den beiden und schloss die Verhandlung. Doch sowohl Stiglmaier als auch Kammerer wussten genau: Es gab raffiniertere Methoden, dem andern eins auszuwischen und kräftig zu schädigen. Dies praktizierten sowohl Kammerer als auch Stiglmaier in Perfektion.
Es war sogar schon so weit gekommen, dass der Kammerer seinen Knechten bei Strafe verbot, für den Weg nach Straußdorf die Straße zu benutzen, die zwischen dem Finkenschlag und den tiefer gelegenen Mooshöfen hindurchführte. Obwohl dies die kürzeste Verbindung gewesen wäre. Vor allen Dingen dann, wenn man von Wolfsöd nach Straußdorf oder Assling wollte - oder musste. Nein, alle Bediensteten mussten den Umweg im Norden des Bergrückens über Dichau und der weit entfernten Baumgartenmühle nach Straußdorf nehmen. Wehe, einer leistete der Anordnung nicht Folge und der Kammerer kam dahinter! Nach außen hin ließ sich der Kammerer jedoch nichts und nirgendwo was anmerken.
„Ha, er! Er, der „Bauernbaron“ würde doch sein Gesicht nicht verlieren. Hier und jetzt in seiner Stammwirtschaft bei den Forsters und vor seinesgleichen schon garnicht.

*****

Der Großbauer Alois Stiglmaier aus der Gemarkung Finkenschlag oberhalb von Straußdorf war für ihn ein rotes Tuch. War er doch der größte Konkurrent im ganzen Umland. Am allermeisten aber wurmte es den Wastl, dass der Stiglmaier zwei sehr tüchtige Söhne hatte. Gar etliche der älteren Bauern in den umliegenden Dörfern wussten wohl den - schon lange zurückliegenden - Grund dieser gepflegten Todfeindschaft, behielten ihn aber lieber für sich. Nur manchmal, wenn der Alkohol die Zunge des einen oder anderen Altbauern löste, hörte man an diesem oder jenem Stammtisch rund um Straußdorf die Geschichte von *„den doppelt gehörnten Bauernbaronen“.*
Zuerst hatte der Stiglmaier nach einem Kirchweihbesuch den Kammerer *„in Flagranti“* mit seinem - erst jung angetrauten - Eheweib in der Nähe der Gemarkung *„Moosholz“* unterhalb der Mooshöfe erwischt. Dies auch noch im Beisein von einigen Zeugen.
Nur denen war es zu verdanken, dass da kein Blut floss.
Kein halbes Jahr später trieb es der Gehörnte mit der jungen Juliane Kammerer so heftig, dass sich sogar der Herr Hochwürden vom Pfarrdorf Straußdorf höchstpersönlich um diese „delikate Sache“ kümmern musste. Das alles lag nun schon gar über zwanzig Jahre zurück. Gras war zwar über das Treiben der beiden Gockel gewachsen.

Doch in den Herzen und Köpfen der beiden ineinander verbissenen Kontrahenten hatte sich nichts geändert. Rein garnichts!

*****

Die ersten paar Tage und Wochen auf dem Hof verliefen ja noch einigermaßen normal. Da der Winter das Land bis Anfang März noch fest im Griff hatte, gab es nicht soviel zu tun.
Der Bauernhof hatte eine eigene kleine Schmiede eingerichtet. Gerade groß genug, um kurzfristig eigene Gerätschaften auszubessern. Da Lenz dem Berndl - Schmied in Mittergras mehr als nur einmal über die Schultern geschaut hat, war er „dafür“ nun der richtige Mann.
Die Straßen von Straußdorf her bis zur Mitte des Waldes zum Finkenschlag und den Mooshöfen und auch der steile Weg hinunter nach Haging hin zum Hof mussten bei diesem Wetter tagtäglich kontrolliert und freigemacht werden, da sie der scharfe Westwind beständig zuwehte. Eine fürchterliche Schufterei, vor allem dann, wenn nasser, schwerer Schnee gefallen war. Die Erreichbarkeit, besonders auch in den Wintermonaten, war für den hochgelegenen Weiler von existenzieller Bedeutung. Falls Schnee gefallen war, begann um Punkt vier Uhr der Arbeitstag. Etwas länger konnten die Knechte im Sommerhalbjahr schlafen. Doch spätestens um fünf Uhr war die Nacht

vorbei. Zusammen mit den anderen Knechten wurde erst ausgemistet und dann die hungrigen Kühe im Stall versorgt. Dann gab´s eine lauwarme Milchsuppe, die kaum sättigte. Mit hungrigem Magen ging´s danach an die alltäglich anfallenden Arbeiten: Brennholz spalten, aufstapeln, den Hof vom Schnee befreien, die manchmal beängstigend mit Schnee überladenen Dächer kontrollieren und von ihrer gefährlichen Last befreien. Derweil richteten die Mägde nach dem Stalldienst die große Küche her: Feuer im Herd machen, heißes Wasser bereitstellen, das Frühstück zubereiten. Gegen sieben Uhr morgens, manchmal - wenn draußen der Winter seine ganze Macht zeigte - auch später, gab es das karge Morgenmahl. Und dann endlich konnten die Mägde und die durchgefrorenen Knechte in der warmen Stube am Tisch Platz nehmen und ihre tägliche Milchsuppe mit altem, eingeweichtem Brot löffeln. Da Matthias schnell merkte, dass der neue Knecht ein äußerst geschickter Handwerker war, wurden nunmehr viele Dinge in Angriff genommen, die schon lange Zeit unerledigt waren. So war ein Teil der Stallungen von den vorhergegangenen Novemberstürmen sehr arg in Mitleidenschaft gezogen. Lenz reparierte die herausgerissene Fassadenbretter, die eine Stadeltüre und flickte die lückenhaften Dächer. Er erneuerte, nachdem der Schnee durch die warme Märzsonne abgetaut war, einen großen Teil des zusammengefallenen Zaunes am Auslauf des Hühnerhofes. Auch die Gatter unten am Filzengraben mussten erneuert werden. Lorenz machte sich so sehr schnell auf dem Kammererhof unentbehrlich. Keine Arbeit war ihm zu schade oder gar zu dreckig.

Kammerer beobachtete seinen neuen Knecht anfangs mit großer Genugtuung.

„Hast wieder mal einen guten Fang gemacht, Wastl!" murmelte er zu sich, als er dem neuen Knecht beim Arbeiten zusah und sich dabei die wärmenden Sonnenstrahlen auf seinen voluminösen Bauch auf der Bank vor dem Herrschaftshaus scheinen ließ. Genussvoll nuckelte er an seiner langen Pfeife, blies den Rauch in die klare, kalte Luft. Schmatzend machte er einen kräftigen Zug aus seinem Bierkrug. Ein kräftiger Rülpser folgte.

Zwei rollige, verfilzte Katzen umschmeichelten ausdauernd seine Füße, aufmerksam beobachtet von einem zerzausten Kater mit nur einem Auge, der unter eine ramponierten, verrosteten Egge sich die Sonne aufs Fell scheinen ließ. Kammerers prall gefüllter Wams bewegte sich ruhig auf und ab. „Mei, sakrisch guat woar die Brotzeit" dachte sich der Bauer. Ab und zu nahm er zufrieden einen guten Schluck aus dem Krug. Gut, dass der Großknecht vor ein paar Tagen mit einem Fass voll frischem Märzenbier vom „*Kasperlbräu*" aus

Grafing für Nachschub gesorgt hatte. Die Katzen wurden ihm nun lästig. Unwirsch schob er sie mit seinen klobigen Schuhen von sich. „Schleicht´s eich, ihr mistichen Viecher.“ Dennoch, die Idylle schien vollkommen. Sebastian Kammerer dachte sehnsüchtig daran, dass in einigen Tagen wieder mehr Leben auf dem Hof sein würde. Seine beiden Zwillinge würden endlich wieder einmal auf Besuch kommen. Es wurde ihm warm ums Herz. Ja, richtiggehend Sehnsucht hatte er nach seinen beiden feschen Maderln aus der fernen Hauptstadt München.
Er freute sich auf seine Zwillinge.

*****

Ende März 1871

Gegen Ende März hatte die Sonne endlich soviel Kraft, dass die Feldarbeit beginnen konnte. Das Kammerer - Land ringsumher war nun einigermaßen von den letzten hartnäckigen Schneeresten befreit und an den sonnenüberfluteten Stellen weitgehend abgetrocknet. Nur, die im Schatten der umliegenden Wälder gelegenen Felder lagen noch im tiefen Winterschlaf. Hier würde es mindestens bis Anfang Mai dauern, um dort - außer mit dem Ochsengespann zu düngen - richtige Feldarbeit verrichten zu können. Die letzten Obstbäume auf dem - südlich gegen Aßling gelegenen - Sonnenhang wurden nun zugeschnitten, bevor sich die Säfte regten. Die Wintersaat spitzte an manchen Stellen schon mit sattem, leuchtenden Grün durch die ausgeaperten Schneereste. Jetzt war die Zeit, wo sich die überlebenden Mäusebussarde, Weihen und Habichte wieder an den nun übervollen Tischen niederlassen konnten. Gar hart war der Winter gewesen. Die Feldmäuse hatten sich unter der schützenden Schneedecke so prächtig vollgefressen und waren dadurch nicht sehr beweglich, sodass es für die ausgehungerten Raubvögel ein Leichtes war, sie jetzt in großer Anzahl zu erbeuten. Der Greifvogelnachwuchs für dieses Jahr schien gesichert.
Lenz hatte sich einigermaßen eingelebt und den ihm zugewiesenen Platz in der Hierarchie angenommen. Das Essen war reichlich und manchmal sogar ganz gut. Niemand musste hungern, wie etwa die unzähligen Tagelöhner rings umher, in ihren windigen Hütten voll von Kindern. Die Launen des Bauern und Großknechts waren anfangs gerade noch zu ertragen. Auch daheim, auf dem elterlichen Hof war´s ja nie ein Zuckerlecken gewesen. Eines Tages, so Ende April und kurz nach den Osterfeiertagen, war - von einem Tag auf dem anderen - die jüngste Magd, die Barbara verschwunden. Da sie frühmorgens schon immer vor den Knechten aus der Küche war, fiel es dem Lenz erst einen Tag später auf, dass sie beim Mittagessen fehlte. Die Fragen des

neuen Knechtes nach ihr wurden mit Achselzucken ignoriert. Es wurde so getan, als wäre alles ganz normal. Auch die beiden älteren Mägde schwiegen eisern wie ein Grab und verrieten mit ihrem Verhalten nichts von dem, was sie ganz sicher wussten. Dafür war der Lenz eben noch viel zu kurz auf dem Hof. Barbara war und blieb verschwunden.
Doch er wollte mehr wissen, weil er von der Geschichte dieser jungen Magd berührt war.

*****

April 1871 - Mittergars am Inn
Mit Marias Vater wurde es nicht mehr besser.
Da auch die Mutter auch nicht mehr bei bester Gesundheit war, musste die beinahe 18-jährige Anna, so wie es üblich war, recht bald den Großteil der häuslichen Pflichten ganz übernehmen und somit auch ihren Bruder Andreas entlasten. Anna war schon mit zwölf Jahren von der Elementarschule gegangen.
Zuerst hatte sie es damals als Jungmagd bei einigen Bauern in der Umgebung versucht. Ein schreckliches Erlebnis jagte das andere. Sie war, wie oftmals viele der jüngeren Mägde, das Freiwild vom Bauern, den heranwachsenden Söhnen - und auch der älteren Knechte. Beharrlich und aufdringlich versuchte es manche immer wieder bei ihr. Als sie sich nicht gefügig zeigte, wurde mit offenen Drohungen gearbeitet. Immer wieder musste sie deshalb die Stelle wechseln. Bis sie schließlich kein Hof mehr nahm. Es hatte sich unter den Bauern herumgesprochen, welch aufrührerisches Blut in ihren Adern floss.
Schließlich wurde sie wieder zuhause in Mittergars aufgenommen. Ihr Bruder Andreas war darüber heilfroh. Er musste, nachdem der Lenz von einem Tag auf den anderen verschwunden war, sämtliche Arbeiten des dahinsiechenden Bauern übernehmen. Und bald sollte er auch der Hoferbe werden. Im Grunde genommen war er es eigentlich schon, nur beim Notar in Wasserburg war man noch nicht gewesen. Dies sollte nun schnellstens nachgeholt werden. Ein Termin in der zweiten Maiwoche stand schon fest.
Um die Gesundheit des nun schon sehr lange bettlägerigen Vaters stand es von Tag zu Tag schlechter. Der Pfarrer hatte schon mehrmals einen Hausbesuch gemacht, um sein gläubiges Mitglied der Kirchengemeinde nicht unvorbereitet den letzten Weg antreten zu lassen. Marias Vater klagte nicht. Er wusste es: Seine Krankheit befand sich schon im Endstadium. Von Tag zu Tag wurde er weniger, war nur noch Haut und Knochen. Die Augen, über den abgemagerten, bleichen Wangenknochen, starrten aus ihren dunklen Höhlen tagaus, tagein nur noch unbeweglich an die Decke im Wohnzimmer. Hustenanfälle

plagten ihn ohne Unterlass. Nur wenn seine jüngste Tochter, sein Liebling Maria, an sein Bett kam, erkannte man deutlich so etwas wie ein Leuchten in seinen Augen. Über seine eingefallenen Wangen huschte dann ein flüchtiges Lächeln. Sein kraftloser Händedruck mit den kalten, knöchernen Fingern war kaum noch zu spüren. Maria durchströmte dann immer ein Gefühl der Glückseligkeit, aber auch gleichzeitig der tiefsten Verzweiflung und Trauer. Ihr Vater war, solange sie zurückdenken konnte, ein guter Vater. Zumindest ihr gegenüber. Streng war er schon, wie halt die allermeisten der Männer im Dorf. Aber erst viele Jahre später wurde Maria klar, dass er eigentlich sehr gerecht war. Nie war er ungerecht zu seinen Knechten oder seinen Mägden, so wie der Nachbarsbauer schräg gegenüber und viele andere Bauern im Dorf zu ihren Ehehalten, dem Gesinde. So gut es ging, hielt er mit seiner Frau seine Familie zusammen. Deshalb konnte Maria auch zeitlebens nie begreifen, dass ihr Vater sich mit ihrem Lieblingsbruder so zerstritten hatte, sodass dieser irgendwann auf sein Erbe verzichtete und sich dann, vor über einem Jahr endgültig nicht mehr blicken ließ.

Was war denn in ihrer Familie schon alles passiert? Zwei Buben waren ihrer Mutter bereits hintereinander bei der Geburt gestorben. Ein drittes Kind, ein Mädchen, überlebte nur den ersten Winter und starb dann an einer, den Inn entlang grassierenden Grippe. Viele kleine Gräber von vielen Familien wurden in diesem Frühjahr am hinteren, östlichen Teil des Gottesackers der Pfarrkirche Sankt Michael von den Totengräbern direkt an der Friedhofsmauer ausgehoben.

Doch, nicht nur die Kleinsten raffte die Seuche dahin. Besonders viele Ältere und chronisch Kranke fielen bei der fürchterlichen Grippeepidemie dem „Boandlkramer“ zum Opfer. Sorgenvolle Mienen sah man deshalb nicht nur beim Pfarrer und beim Bürgermeister, beileibe nicht. Denn ein großer Teil der im Frühjahr anfallenden notwendigsten Arbeiten auf den Bauernhöfen konnte garnicht mehr zeitgerecht und sorgfältig durchgeführt werden.

War man nicht lebensbedrohend erkrankt, so hatten die einigermaßen Gesunden doch viel zu tun, um sich nicht anzustecken. Jeder Husten und Schnupfen wurde schon argwöhnisch beobachtet und als mittlere Katastrophe betrachtet. Bewusst vermied man nun näheren Kontakt mit den Nachbarn und Freunden. Sogar in den Wirtshäusern war viel weniger los und auch das Gotteshaus war nicht mehr voll besetzt. Feuerwehrübungen und Schützenabende wurden in dieser Zeit - wenn nicht vorher schon rechtzeitig abgesagt - nur von ganz wenigen Männern besucht.

Die Grippewelle dauerte bis weit in den nasskalten und stürmischen April hinein und kostete immer noch vielen Menschen das Leben.

*****

Mitte April 1871 verstarb auch Georg Kohwagner.

Bevor er in den Stall ging, fand ihn früh am Morgen sein jüngster Sohn Andreas. Mit friedvollem Gesichtsausdruck lag er auf dem Sofa. Seine Schlafstelle seit über einem Jahr! Die Hände waren wie zu einem letzten Gebet gefaltet. In seinen knochigsteifen und bereits erkalteten Fingern hielt er, neben einer kleinen, arg vergriffenen Photographie seines verschwundenen Sohnes Lorenz, einen alten, zerknitterten und vergilbten Kalenderzettel vom 18. Oktober vergangenen Jahres mit einem Vers des Evangelisten Lukas:

„Er sandte seinen Knecht zur Stunde des Gastmahls aus,
um den Geladenen zu sagen:Kommt, denn alles ist schon bereit."

Ihr Vater, das wusste Maria, verehrte immer schon diesen Heiligen. War doch *Sankt Lukas* der Schutzpatron der Kranken, des Viehs und des Wetters. Und somit einer der wichtigsten Schutzheiligen im bäuerlichen Leben. Eine knappe Woche nach der Beerdigung wurde Andreas nach dem Letzten Willen seines Vaters vor dem Notar in Wasserburg als Hoferbe des Kohwagnerhofes in Mittergars am Inn beurkundet. Da der erstgeborene Sohn Lorenz schriftlich auf sein Erbe schon vor einiger Zeit verzichtet hatte, sah der Notar keine Gründe mehr, dem geltenden Erbrecht Folge zu leisten. Die notarielle Willenserklärung von Lorenz Kohwagner seines Kollegen aus Ebersberg vom 21. Februar 1871 lag vor. Ebenso das handschriftliche Testament von Georg Kohwagner. Lenz hatte einige Wochen nach seinem 21.Geburtstag auf Anordnung des Bezirksamts Ebersberg beim dortigen Notar erscheinen müssen und seinen Erbverzicht erklären. Er unterschrieb. Ob er wollte oder nicht!

Lenz war der einzige der Familie und der großen Verwandtschaft, der nicht bei der Beerdigung anwesend war. Doch keiner der vielen Trauergäste auf dem Friedhof wunderte sich noch darüber. Hatten sie doch in letzter Zeit des Öfteren wieder diese oder jene Geschichte über den ältesten Sohn der alteingesessenen Bauernfamilie gehört. Geschichten, die man am besten nur hinter vorgehaltener Hand erzählte.

Geschichten, die bar jeden Körnchens Wahrheit waren ...

*****

Ende Juni 1871 - Der Weg hinaus ins Leben

Maria verließ das Kloster mit einem guten Examen der Haushaltsschule. Der Abschied fiel ihr schwer, aber sie nahm auch das Angebot der Schwester Oberin nicht wahr, doch als Novizin in das Kloster einzutreten. Lange Zeit hatte sie schwer um diese Entscheidung - die ihr niemand abnehmen konnte - gerungen.
Auf dem Kohwagnerhof konnte sie nicht bleiben. Ihr Bruder hätte sie nicht entlohnen können, die Erträge der letzten Ernten waren einfach zu mager ausgefallen. Nur ihre Schwester Anna half immer noch auf dem Hof, denn sie konnte ihren Bruder Andreas jetzt nicht alleine lassen. Kaum, dass er seinen finanziellen Verpflichtungen bei der Kassa in Gars noch nachkommen konnte. Doch wie lange noch?
Auch der Viehhandel mit den „*Pinzgauern*" war merklich ins Stocken geraten. Sein Freund in Stadel war schon im letzten Herbst aus dem Handel und der Zucht ausgestiegen. Nun lastete alles auf Andreas Schultern. Andere Jungbauern entlang des Flusses hatten sich nun die Idee vom Schiffmeister Bauer zu eigen gemacht. Bauer konnte dies, so gerne er es auch getan hätte, nicht verhindern. Denn der Transport der Tiere erfolgte nun schon fast ausschließlich auf der Schiene nach Österreich und in die Länder des Balkans. Schiffmeister Bauer hatte mit schweren finanziellen Einbußen zu kämpfen. Nur noch die Holzflößerei war einigermaßen kostendeckend. Aber auch hier nahte unaufhaltsam das Ende. Der Markt war, so wie es aussah, überall gesättigt. Verstehen konnten dies weder die Bauern, die Handwerker, noch die Schiffmeister an Inn und Salzach samt ihren Schiffsknechten, Rossknechten und Leinreitern. Genauso wenig wie auch all die Zulieferer für dieses, vom Aussterben bedrohte Gewerbe entlang des Gebirgsflusses.
Wie die Motten zum Licht zog es immer mehr Menschen vom Land nun in die Großstädte. Die Meisten der Landflüchtigen machten sich zu eigen, was ihnen von den Werbern auf den Dörfern raffiniert vorgegaukelt worden war:
„Dass es immer noch besser wäre, dort für gutes Geld zu schuften, als bei den Bauern für miserablen Hungerlohn das ganze Jahr über zu buckeln."
Hoffnung unter der verarmten Landbevölkerung keimte auf! Die Einwohnerzahlen im Königreich Bayern mit der Kurpfalz stiegen schnell in schwindelnde Höhen. Die größeren Städte quollen über von Menschen, der Bedarf an Wohnraum und Lebensmitteln war riesig und nicht mehr zu decken, geschweige denn zu bezahlen. Und da sollte man als Bauer seine Erzeugnisse nicht mehr verkaufen können?

Unverständlich! Weil nun weitaus billigeres Getreide und andere Feldfrüchte aus Übersee auf den Markt drängten, standen knüppelharte Zeiten bevor. Die Ablösung der Großsegler auf den Weltmeeren durch die Dampfschiffe - und die Bahn mit ihren schnellen Transportzeiten - hatten es möglich gemacht. Getreide und Mais aus Südamerika, Kartoffeln und Gemüse aus Italien, Spanien und Frankreich. Die weltweite Marktwirtschaft fasste Tag für Tag mehr Fuß im Deutschen Reich, besonders auch im Agrarland Bayern. Von Tag zu Tag purzelten die Preise mehr in den Keller. Ein dramatisches Höfesterben am Inn setzte ein. Die Kleinbauern traf es als Erstes mit voller Wucht. Die Besitzer der Lagerhäuser, die Landwarenhändler und Bauernbarone dagegen schwammen auf einer Welle des Erfolges. Sie konnten nun die Preise diktieren, wie sie wollten. Rücksichtnahme und Mitleid waren Fremdwörter für die Meisten. Andreas war ratlos. Mut und Kampfgeist des jungen Bauern Kohwagner aus Mittergars schienen von einem Tag auf den anderen verschwunden. Das wenige Geld, das noch von der letzten Ernte übrig blieb, hatte bis zum Frühjahr die Krankheit des Vaters verschlungen.

*„**M**aria, ich kann dir nicht helfen ...“.*

Andreas musste bei diesen Worten schlucken. Sie saßen zusammen in der Wohnküche. Anna, die Mutter, er und Maria. Die beiden Ehehalten Walburga und den jungen Florian hatte er schon an Lichtmess entlassen müssen. Das Herz hatte es ihm damals beinahe gebrochen. Jahrelang waren diese beiden treu zum Hof gestanden, ohne große Ansprüche zu stellen. Und nun diese Entscheidung! Maria fasste ihren Bruder sanft am Arm und sah ihm ins Gesicht. „Nein Andreas, du brauchst mir auch nicht zu helfen. Ich werde schon was finden, verlass dich drauf. Vielleicht kann ich dich dann sogar noch etwas unterstützen ...“. Ihre Schwester Anna stand auf und zog aus ihrer Schürze ein Kuvert. „Da, Maria! Fürs Erste wird´s dir auf jeden Fall etwas helfen. So denke ich.“ Empört lehnte Maria ab. „Nein, nein! Anna, ich will dein Geld nicht. Behalte es oder gib es Andreas, der braucht jeden Kreuzer viel nötiger als ich! Ich werde zurechtkommen, ich habe selbst ein wenig gespart. Die Schwestern im Kloster haben mir ab und zu was zugesteckt, wenn ich ihnen im Klostergarten zur Hand gegangen bin. Und auch Xaver Berndl hat mir beim Abschied einige Gulden seines Ersparten geschenkt. Obwohl ich es nicht wollte!“

*****

Mitte August 1871
Ein kleines Wunder geschah.

Ihre Ausbildung im Kloster Au schien nun sich auszuzahlen.
Maria bekam eine Stelle in Wasserburg am Inn. Apotheker *Anton Palmano* von der der „Marienapotheke“, gleich neben der kgl.-bayerischen Postexpedition am Marienplatz, hatte ihr die freie Stelle als zweite Haushaltsgehilfin gegeben. Maria ahnte nicht im Entferntesten, dass hier die Oberin vom Kloster Au „ihre Hände im Spiel gehabt hatte“. Bei einem Besuch des Sonntagsgottesdienstes am ersten Sonntag im August in St. Michael in Mittergars hatte der Pfarrer Maria Kohwagner nach dem Gottesdienst zur Seite genommen und ihr den Rat gegeben, es doch einmal in der „*Marienapotheke*“ in Wasserburg zu versuchen. „Du hast doch eine hervorragende Ausbildung im Kloster absolviert! Es wäre jammerschade, wenn du jetzt deine Fähigkeiten als einfache Dienstmagd irgendwo verschleudern würdest.“ Gespielt seufzend setzte er nach: „Tja, am liebsten würde ich dich ja selbst nehmen. Aber ich weiß nicht, was meine Haushälterin dazu sagen würde ...!“ Der Dorfpfarrer wusste von den schwierigen wirtschaftlichen Verhältnissen der Bauern in seinem Kirchsprengel. Und die Kohwagners Familie tat ihm besonders leid, das konnte er nicht abstreiten.

Die Zeit in Wasserburg betrachtete Maria später als ihre schönste Zeit im Leben. Vom ersten Tag an fühlte sie sich in dem herrschaftlichen Haus am Marienplatz wohl. Der Apotheker und seine Frau waren wohl bedacht, nicht zu viel Nähe zu zulassen. Sie waren jedoch immer korrekt und gerecht zu ihr. Sicher, ihr Arbeitstag hatte meistens zwölf Stunden, oftmals sogar mehr. Frei bekam sie, wenn überhaupt, nur jeden zweiten Sonntag. Aber das auch nicht regelmäßig, da es immer viele Gäste im Hause der Apothekerfamilie gab. An solchen Tagen waren ihre Hilfe und auch ihr Erlerntes von der Klosterschule bestens geeignet, sich nach kurzer Zeit unentbehrlich zu machen. Allerdings sehr zum Unbehagen der ersten Haushälterin, einer giftigen, ältlichen Jungfer. Von Monat zu Monat spitzte sich die Situation im Haushalt des Apothekers immer mehr zu. Doch Maria war in dieser Zeit selbstbewusster geworden, die alte Haushälterin dagegen noch sturer und hinterhältiger. Streit um Kompetenzen im Haushalt ging die Apothekerfamilie geschickt aus dem Weg, was wiederum die Lage verschärfte.

*****

Vieles über ihren Bruder erfuhr Maria erst lange nach ihrer Klosterzeit. Dann, als so manche angeblichen „Geheimnisse" ihres geliebten Bruders nach und nach ans Licht drangen und in der Gegend um Gars auf vielen Festen und vor allem in allen Wirtschaften durchgehechelt wurden. Ob wahr oder nicht, konnte sie damals nicht beurteilen. Marias grenzenloses Vertrauen zu ihrem Bruder war allein auf die Liebe in ihrem Herzen begründet. Sie war als Einzige, so schien es, immun gegen die Anfeindungen, die nun auch die Familie zu ertragen hatte. Eines aber prägte sich damals wie unauslöschbar in ihrem Gehirn ein: Die Wörter „Haberer" und „Haberfeldtreiben". Lange brauchte sie, bis sie sich getraute jemanden zu fragen, was es denn mit diesen Begriffen auf sich hätte. Und sie fand diese Person, wie so oft, nur in der weisen, gelehrten Franziskanerschwester Hedwig, die seit einiger Zeit auch die Klosterbibliothek betreute und mühsam wieder mit aufbaute. Denn, in den Jahren nach der Säkularisation war gar alles verschleudert worden, was nicht niet- und nagelfest gewesen war.

*****

1872 - Kammererhof in Wolfsöd

Der Großknecht Matthias war schon viele Jahre auf dem Hof. Hias Ergoldinger war ein grobschlächtiger, muskelbepackter, untersetzter Mann. Sein Alter war nur schwer zu bestimmen. Lenz schätzte ihn so auf Ende vierzig, vielleicht auch schon Mitte fünfzig. Breite Schultern und mächtige, muskelbepackte Oberarme zeugten von seiner körperlichen Kraft. Im Sprechen war der Matthias eher bedächtig langsam als zu voreilig. Außer, wenn ihm etwas „über die Leber gelaufen war". Dann explodierte der Ergoldinger regelrecht. Im Tonfall beherrschte er alle Facetten eines kleinen Despoten.
Von unerwartet leisen Tönen bis hin zu plötzlichen, lautstarken Wutausbrüchen - alles war beim Großknecht aus Vogtareuth drin. Seine Leute, die ihn wie der Bauer nur den Hias nannten, hatte er, und das merkte Lenz sofort, bestens im Griff. Keiner wagte auch nur irgendwie das Wort, wenn nicht der launische Matthias mit Blicken oder Gesten sein Einverständnis dazugegeben hatte. Seine kohledunklen, listig verschlagenen Augen waren wie immer hellwach. Diese Augen, versteckt unter buschigen, kohlrabenschwarzen Brauen dominierten das ganze Gesicht. „Irgendwie furchterregend, er schaut aus wie ein Teufel." dachte der Lenz.

Nichts, aber auch garnichts entging auf dem Hof den Blicken der rechten Hand des Bauernbarons, dem Hias Ergoldinger...

Der Bauer wusste sehr genau, was er an seinem Großknecht hatte. Er vertraute ihm und seinen Wort voll und ganz. Matthias war die Loyalität höchstpersönlich. Und das hatte ganz sicher seine Gründe. Lenz wurde mit den beiden anderen Knechten in einer sauberen, aber recht kargen Stube im zweiten Stock eines Seitenflügels untergebracht. Der Matthias hatte eine eigene Kammer. Die Mägde mussten sich im Haus im dritten Stock zusammen ein Zimmer teilen. Zwei der älteren Mägde waren schon lange Jahre auf dem Hof. Die junge Magd hatte erst im Jahr zuvor ihre Stelle angetreten. Sie hieß Barbara und hatte eine rötlichbraune, streng nach hinten gekämmte Haarpracht, die sich kaum zähmen ließ. Sie war mit einem Wort, zumindest vom Augenschein her, ein richtiges Prachtweib. Barbara, so hatte Lenz erfahren, stammte aus dem kleinen Dorf *Sulmaring,* unweit von *Rott am Inn.* Nach der Schulzeit, die sie mit zwölf Jahren beenden musste, half sie wegen schwerer Erkrankung ihrer Mutter im eigenen, kleinen Bauernhof. Die Mutter starb, als Barbara knapp sechzehn Jahre alt war. Zu dieser Zeit war mit ihrem Bruder, dem Hoferben, absolut schon kein Auskommen mehr. Er behandelte sie schlimmer als kleinste Magd! Nichts passte ihm. Sie versuchte deshalb ihr Glück zuerst in Rosenheim. Doch auch hier konnte sie nicht Fuß fassen, denn als Haustochter musste sie ständig sich vor den Aufdringlichkeiten ihres Arbeitgebers erwehren. Darauf wechselte Barbara wieder die Stellung und landete auf einem anderen Hof nahe Wasserburg.
Mit Müh, Not - und vor allem mit einer Portion weiblicher List - gelang es ihr, eine Zeitlang den Nachstellungen ihres neuen Dienstherrn auf diesem Hof zu entgehen. Aber vergebens. Sie wechselte wieder. Was dann passierte, erzählte Barbara dem Lenz, als sie einmal nach Feierabend hinterm dem großen Holzstadel auf einer Bank in der warmen Abendsonne saßen. „Ja, dann bin ich halt nach Aibling gegangen, zu einem anderen Bauern. Und dort ging es wie in Rosenheim weiter. Nur mit dem Unterschied, dass es diesmal der jüngste Sohn des Großbauern war.“ Lorenz ließ sie weitererzählen, er merkte, dass ihr dies gut tat. Nur eines verschwieg sie ihm: dass sie schon seit Langem das Nachtlager mit dem Kammererbauern teilen musste. Immer, wenn er es denn wollte. Dies mit stillschweigender Duldung und Wissen der Bäuerin!
Lenz erfuhr dies erst einige Zeit später.

Die beiden Knechte, die jetzt mit Lenz ihre Stube teilen mussten, waren nicht allzu redselig. Einer, der knapp fünfzigjährige August Moser, stammte aus der Gegend um Aibling. Der jüngere von beiden, Georg Fischhuber aus einem kleinen Weiler weit im Norden bei Dorfen. Bei Fragen über den Großknecht wichen beide geschickt aus.

Im Gegenteil, Lenz verspürte sofort, dass sie irgendwie Angst hatten, sich offen zu äußern. „Auch recht ... “ dachte er sich, „ ... ganz sicher kein Zuckerlecken hier, aber ich hab´s ja nicht anders gewollt!“ Außerdem war der ausgehandelte Lohn beim Lichtmessmarkt in Ebersberg nicht zu verachten. Irgendwie hatte Lenz das Gefühl, dass er vom ersten Tag an wachsam sein musste. Er hatte nicht vor, egal aus welchen Gründen auch immer, vorschnell aufzugeben. Nein, er wollte sich in der Fremde durchbeißen und beweisen, dass er ein guter, fähiger Bauer war. Genau das nämlich, was ihm sein Vater zuhause Jahr für Jahr und Tag für Tag absolut nicht zutraute.
Ihm, den zukünftigen Hoferben.

*****

Kammerers Töchter

Einen männlichen Hoferben gab es zum großen Leidwesen des Bauernbarons nicht. Die beiden älteren Töchter, die knapp 17-jährigen Zwillinge Luise und Franziska, hatte Lenz bisher kaum zu Gesicht bekommen. Sie gingen auf ein Mädchen - Lyzeum in München und in den großen Ferien waren sie meist mit ihrer Mutter bei Verwandten in Seebruck zur Sommerfrische am Chiemsee. Die Winterferien verbrachten sie fast ausschließlich bei ihrer Tante in der Nähe von München. Sogar das letzte Weihnachtsfest hatten sie im Lyzeum gefeiert. Nur vage erinnerte sich Lenz noch an sie.
Er hatte andere Sorgen. Kaum dass er wusste, wie jetzt wohl seine Geschwister drüben überm Inn aussehen würden. Alles schien so weit, so unendlich weit von ihm weg.
Wer ihm jedoch beinahe jeden Tag über den Weg lief, war die kleine, lustige und sommersprossige Vroni. Das Mädchen, ein Nachzögling, besuchte mittlerweile im nahen Grafing die vierte Klasse der Volksschule. Jeden Tag musste einer der Knechte die kleine Veronika Kammerer mit der Kutsche oder dem Fuhrwerk sie dort hinfahren und wieder abholen. Schon im ersten Schuljahr hatte der Bauer all seine Beziehungen spielen lassen, um seine Veronika aus der Dorfschule von Aßling wieder herauszuholen. Das war schon ein großer Schreck, dass seine Vroni zusammen *„mit Kreti und Pleti“* in dieser engen Zwergschule mit allen Klassen saß. Schon alleine deswegen, dass jeder Tagelöhner seine Kinder auch dorthin schickte, war dem Kammerer ein Gräuel. Die Versetzung nach Grafing klappte, wenn es auch hinter den Kulissen rumorte. Der Schulrat bereute schnell seinen Entschluss, dem Kammerer einen Sonderstatus eingeräumt zu haben. Jetzt wollten viele der größeren Bauern ihre Kinder auch nach Grafing, Ebersberg oder sogar nach Wasserburg schicken. Es dauerte

lange, bis er den strengen Mahnungen aus München Folge geleistet hatte. Für seine weitere „Karriere“ brauchte er sich keine Gedanken mehr zu machen. Die war mit diesem Gefallen für den Kammerer vorerst gründlich versaut. „Wer weiß, vielleicht wird er demnächst doch Abgeordneter, dann wird er sich sicher für mich einsetzen“ dachte sich der leicht derangierte Schulrat.
Er sollte sich irren.

*****

Lenz bezog immer zu extrem Stellung. Für ihn gab es nur schwarz oder weiß. Kompromisse zu schließen, waren nicht seine Stärke - auch nicht das Tolerieren einer anderen Meinung.
Sein verdammter Gerechtigkeitssinn stand ihm immer im Wege! Er konnte sich in seinen Gesprächen mit den beiden Knechten nicht zurückhalten, konnte seine Wut einfach nicht unterdrücken oder verbergen. Je mehr er über die Machenschaften des Bauern erfuhr, desto mehr suchte er die Konfrontation. Matthias hatte schon lange Wind bekommen, dass Lenz sich aufsässig gegen den Kammerer äußerte. Er hatte ja einen zuverlässigen Zuträger, den jungen Georg Fischhuber. Der war nicht unbedingt der Allerhellste, trug sein Herz auf der Zunge und verplapperte sich bei geschickter Wortführung des Großknechtes sehr, sehr leicht. Und wie es schien, garnicht so ungern. Immer sprang mindestens ein Krug Bier mehr heraus. Am meisten ärgerte es den Matthias, dass Lenz diese Reden auch in der Dorfwirtschaft im nahen Haging geführt hatte. „Dem muss schnellstens ein Riegel vorgeschoben werden“, dachte sich der Hias. Gesagt, getan. Für den Lenz brachen sofort andere Zeiten an. Zu jeder Mist- und Drecksarbeit wurde der Lorenz nun herangezogen. Feierabend war für ihn ab sofort ein Fremdwort. Lenz merkte schnell, dass er nun sehr auf der Hut sein musste. Doch es half ihm nichts. Ergoldingers Methoden zum Schikanieren waren derart meisterlich, dass Lenz wohl oder übel immer den Kürzeren ziehen musste. Mit dem Großbauern hatte Lorenz an und für sich wenig zu tun. Aber Lenz war sich sicher, dass dieser von den Machenschaften seines Großknechtes ganz genau Bescheid wusste und sie auch deckte. Lenz Ergoldinger war halt der überaus autoritäre Großknecht. Und der hatte absolute Narrenfreiheit vom Großbauern Wastl Kammerer.

*****

Die nächsten Wochen trieb der Hias mit Wissen und Wohlwollen des Bauern seine Schikanen auf die Spitze. Während die beiden anderen Knechte, der Fischhuber und der „Fütterer" der Altknecht Moser, schon lange Feierabend hatten, musste Lenz noch schuften. Es waren oft die unsinnigsten Arbeiten, mit denen der hinterlistige, verschlagene Großknecht Matthias ihm die Schneid abkaufen wollte. Sie wollten den aufmüpfigen Kohwagner in die Knie zwingen, damit er endlich kuschte. So musste Lenz an einem Samstagabend ein übervoll mit Fichtenstämmen beladenes Fuhrwerk höchst eigenhändig wieder abladen, weil angeblich das Gatter des Sägewerkes bei Straußdorf, drüben an der Attel beschädigt war. Sonntagabend, zu später Stunde bekam Lenz den Auftrag, genau diese Stämme eigenhändig wieder auf das Fuhrwerk zu laden, „da die Säge mittlerweile repariert sei". Aus den Augenwinkeln sah Lenz noch, wie der hinterfotzige Fischhuber Georg schnell sein feixendes Gesicht hinter dem strohgelben, löchrigen Vorhang verstecken wollte. Auf der Säge erfuhr dann Lorenz am Montagmorgen, dass die beiden Gatter seit Wochen zuverlässig ihren Dienst taten. Nichts, rein garnichts war dem Großknecht mehr gut genug. Geschickt nutzte er auch die Situationen aus, bei welchen der Bauer und auch die anderen Bediensteten in der Nähe waren. Er wollte anscheinend ein Exempel mit Lenz statuieren. Ihn lächerlich und ganz, ganz klein machen. Als sie auch noch bei einem Besuch des Pferdemarktes „am Gries" in Wasserburg herausfanden, dass der Lenz im Streit mit seinem todkranken Vater den Hof verlassen hatte und aufs Erbe verzichtet, war für den täglichen Spott gesorgt. Eines Abends, nach einem anstrengenden Tag, passierte es. Sie saßen gerade alle zusammen in der großen Küche beim Essen. Der Bauer führte wie immer lautstark das Wort. Devot blickte ihn die Bäuerin an seiner Seite an und nickte nur ab und zu mit dem Kopf. „Daheim nix taugen und bei uns das große Wort führ´n! Wo kommen mir denn da hin, ha?" feixte lautstark der Bauernbaron mit hochrotem Kopf zum Gesindetisch herüber. Sein Blick war böse. „Ja, ja! Gar überall den Herrn spielen woll´n und gar nie nix was dahinter!" Schmatzend und gierig schlang er ein großes Stück vom Knödel hinunter und schöpfte sich aus der großen Schüssel gleich noch einen auf seinen Teller, auf dem auch noch ein stattliches Stück von Schweinebraten lag. Sofort wusste jeder am Tisch der Knechte und Dirnen, wer die Zielscheibe seines Spotts werden sollte. Die Wirkung seiner Worte mit listigen Äuglein abwartend setzte Kammerer kurz darauf nach: „... und dein Vater, den hast auch ins Grab bracht! Ned woar, du windiger Aufschneider, du Haderlump!" Er war wütend. Irgendetwas war ihm schon am Vormittag über die Leber gelaufen.

Drohend hob der Bauer die fleischige Hand gegen den Gesindetisch. Lenz zog den Kopf ein und starrte wie paralysiert angestrengt mit leeren Augen auf seinen Teller. Er kochte. Sein Innerstes war wie zum Zerreißen gespannt. Der letzte Bissen hartes Brot war ihm im Halse stecken geblieben. Sein Kopf war rot angelaufen, die Adern an seinen Schläfen traten in blauen Strängen weit hervor. Lenz war kurz vorm Aufspringen.
„Ich bring ihn um, diesen Leuteschinder. Ich bring ihn um!" presste er durch seine Lippen. Erschrocken sahen ihn die Mägde an. Voller Wut im Bauch warf er sein Messer auf den Tisch. Es fiel klirrend auf den steinernen Boden und schlitterte in Richtung des Herrgottswinkels. Moser und der junge Fischhuber schauten betroffen auf die Tischplatte, keiner vom Gesinde wagte den Blick zu heben. Mit einem heftigen Ruck schob Lenz den Tisch geräuschvoll von sich und stand auf. Seine Augen funkelten. Die Milchsuppe mit dem eingeweichten, alten Brot schwappte über und besudelte die blaue Schürze des jungen Georg Fischhuber. Eine eisenharte Hand legte sich plötzlich auf seinen linken Arm. „Bleib! Bitte, Lenz bleib. Lass ihn, setz dich, bleib sitzen... !" August Moser entwickelte ungeahnte Kräfte. Wie ein Schraubstock umfasste die Hand des Altknechtes den linken Unterarm vom Lenz. Leise, aber eindringlich redete er auf ihn ein: „Lass dich nicht mehr provozieren. Bitte!" Man merkte dem alten Knecht an, dass er keinen Widerspruch dulden würde.
Der Bauer höhnte und stichelte ununterbrochen weiter. Er hatte schnell bemerkt, dass am Tisch der Ehehalten nicht die von ihm beabsichtigte und erhoffte Stimmung gegen Lenz eingetreten war. Kammerer wollte seinen neuen Knecht in dieser eigentlich eng aufeinander angewiesenen Gemeinschaft demütigen. Einfach nur demütigen. Großknecht Matthias, der mit am Tisch des Bauern saß, war schon nach kurzer Zeit das hämische Lachen im Halse stecken geblieben, als er die Stimmung am Tisch der Knechte und Mägde bemerkte. „Das wird nicht gut gehen. Nie und nimmer mehr" dachte er auf einmal erschrocken. „So eine Demütigung wird niemand hinnehmen. Schon garnicht der Kohwagner Lorenz!" Kammerer hatte sich endlich ausgetobt und verließ, weiter wüste Drohungen gegen Lenz ausstoßend, seinen Tisch. Die Türe zur Diele flog laut krachend ins Schloss. Die Bäuerin zuckte nur hilflos mit ihren Schultern und sagte in die schmerzhaft fühlbare Stille hinein: „So ist er halt, der Wastl, der Bauer!" Sie versuchte mit Lenz Blickkontakt aufzunehmen und sagte mit leiser Stimme: „Nimm´s nicht so schwer, Lenz!"
Die Schikanen des Bauern gingen tagtäglich unvermindert weiter. Doch Lenz ließ sich in den Wochen danach nicht unterkriegen.

Dem Fischhuber wollte er irgendwann mal an den Kragen gehen, ließ es aber dann doch sein, als der ältere Knecht, der hinkende August Moser dazwischen ging.
Der August hielt sich sonst aus der Geschichte raus.
Doch Lenz merkte, dass er nicht auf der Seite des Großknechtes stand.

*****

Pfingstfreitag 1873
Franziska Kammerer

Der Frühling war - wie so oft im Voralpenland - über Nacht ins Land gezogen. Wo gestern noch an den nordseitigen Waldrändern und Hügeln große, über viele Wochen angewehte fast meterhohe Schneemengen lagen, wurde es nun Tag für Tag sichtbar weniger. Der kleine Bach in der Senke zwischen Finkenschlag und Wolfsöd war wochenlang randvoll gefüllt und hatte die Wiesen bis weit unterhalb der Mooshöfe, auf der anderen Waldseite, satt getränkt. Die, bis Ende April noch fest geschlossenen Knospen der Kirschbäume, waren binnen weniger Tage prall bis zum Platzen gefüllt. Emsig schwirrten Bienen und die großen Erdhummeln auf der Suche nach Nektar durch die Obstwiesen. Arg hatte ihnen der lange Winter zugesetzt. Im großen Bauerngarten hinter der kleinen Hauskapelle, dort wo es am wärmsten war, blühte schon manch eine Blume: Gruppen von Schneeglöckchen, viele Winterlinge und Krokusse, vereinzelt Tulpen und auch schon Hyazinthen spitzten keck aus den letzten Schneeresten, die von Tag zu Tag weniger wurden. Die Forsythienbüsche standen in voller Pracht. Die Kirschblüten waren, so schien es jedenfalls, kurz vor dem Aufbrechen.
„Viel zu früh", sagte der Großknecht Matthias zum Lenz und seufzte. Er wusste ja langer Erfahrung, wie oft die Eisheiligen schon die ganze Obsternte in Mitleidenschaft gezogen hatten. Drüben, am nordseitigen Rand des Fichtenwalds, lagen noch Schneereste. Der große, sanft abfallende Wiesenhang war bis hinunter in die südseitige Talaue ein endlos gelbes Blütenmeer. Soweit das Auge reichte, stand der Löwenzahn schon in voller Blüte. Nur unterbrochen von den bereits frisch bestellten Feldern für die Frühjahrssaat. Alles Kammerer-Land, dachte sich Lenz.
Das Pfingstfest lag dieses Jahr kalendermäßig sehr spät. So nebenbei bekam Lenz mit, dass die beiden Töchter in ihren Ferien am Freitag vor Pfingsten für ein paar Tage auf den Hof kommen sollten. Bislang kannte er sie nur von einem Photo, das er in der guten Stube der Kammerers gesehen hatte. Um die Mittagszeit war der Bauer mit dem Zweispänner in Richtung Straußdorf unterwegs. Die beiden Rösser des Kammererbauern hatten das „Sonntagsgeschirr", ein nagelneus

und kunstvoll silberziseliertes Kummet verpasst bekommen. Die Kutsche war auf Hochglanz poliert. Seine Zwillinge waren bereits seit den Morgenstunden von München aus auf der neu eröffneten Bahnlinie nach Grafing unterwegs und sollten am frühen Nachmittag an der Bahnstation eintreffen. Kurz vor der *Vesper* hörte Lenz, der sich gerade am Brunnentrog mit freiem Oberkörper vor dem Haupthaus wusch, Pferdegetrappel. „Hüah, hüah …“, mit lauter Stimme dirigierte der Bauer die schweißglänzenden Rösser die letzten Meter der langen Steigung von Haging hinauf zum Kammererhof. „Ho, ho. Brrh, Brrh“ - schrill quietschten die Bremsbacken, die Räder drehten wegen der scharf angezogenen Bremse auf den mit Schotter frisch belegten Innenhof noch einige Meter durch. Lenz hing sich das Handtuch über seine Schulter und wollte schon zu Hilfe eilen. Doch plötzlich stand die Kutsche still. „Sakra, sakra, dös war owa haarscharf, Matthias!“ sagte mit erhobener Stimme der Bauer zu seinem, bereits auf dem Hof wartenden Großknecht, der jetzt die Bremskurbel etwas lockerte. Lorenz nahm zwei am Trog stehende Eimer, füllte sie mit frischem Brunnenwasser und stellte diese vor die dampfenden Pferde. Die beiden Rappen tranken gierig und in vollen Zügen.

Mit einem Ruck ging die Haustüre auf und die Bäuerin stand unter der Türe. „Luise, Franziska! Maderl da seid´s ihr ja endlich wieder! Herzlich willkommen dahoam!“ Mit ausgebreiteten Armen und strahlendem Lächeln ging die Bäuerin auf die viersitzige Kutsche zu. Jetzt erst bemerkte Lenz die beiden jungen Mädchen auf der Kutsche. Einer von ihnen wurde gerade von ihrem Vater auf der anderen Seite aus der Kutsche geholfen. Das andere Mädchen stieg alleine ohne Hilfe auf seiner Seite aus. Da sie den Koffer aus dem Kutschwagen herunterholte, sah er nur ihren Rücken und die zu einem Pferdeschwanz gebundenen blonden Haare. Dem jungen Knecht wurde plötzlich bewusst, dass er immer noch fast halbnackt auf dem sonnenüberfluteten Innenhof stand. Schnell streifte er sein Hemd über seinen muskulösen Oberkörper. Die warme Nachmittagssonne ließ das schweißnasse Fell der beiden Rappen dampfend trocknen. Als er sich umdrehte, sah er in das Gesicht des Mädchens. Es traf ihn wie ein Schlag, als er in ihre graugrünen Augen blickte.

„Mein Gott, was für ein schönes Mädchen“ durchfuhr es ihn.

Offen erwiderte das Mädchen seinen Blick, lächelte ihn an. Lenz stand wie versteinert vor dem Brunnentrog. „Du bist ganz neu hier auf dem Hof?“ sprach sie ihn unbefangen an. Die schneeweißen Zähne blitzten und ihre Stimme versetzte sein Innerstes in nicht enden wollende Schwingungen. Hauchzarter Duft von betörendem Parfum wehte auf ihn zu, überwand ohne große Anstrengung die Mauer des scharfen

Geruchs der schweißnassen Rösser. Lorenz verschlug es die Sprache. Mehr als ein verlegenes Kopfnicken und ein leise gestammeltes „Ja“ brachte er nicht mehr zustande. Er ging einige Schritte auf das Mädchen zu, misstrauisch vom Großknecht auf der anderen Seite der Kutsche beäugt und nahm den Koffer der jungen Dame auf. Gerade, als er sich nach dem Gepäckstück bückte, streiften ihn die langen blonden Haare des Mädchens im Gesicht, da beide zugleich nach dem Koffer langen wollten. Ihr Duft raubte ihm fast die Sinne. Lenz war „so etwas“ einfach nicht gewohnt. Mit einer leichten Verbeugung, die ihm selber sehr linkisch vorkam, flüsterte er mit heiserer Stimme, als hätte er einen Frosch im Hals:

„Ich bin der Lenz. Darf ich Ihnen helfen?“

Der Duft ihrer strohblonden Haarpracht war es, der ihn bis in den unruhigen Schlaf verfolgte. Schon alleine die Vielzahl der Düfte, welche die Natur jetzt im berauschend verschwenderischen Überfluss produzierte, hätte schon ausgereicht, die Hormone jedes jungen Menschen verrückt spielen zu lassen. Die Knospen der Fliederbüsche hinter der kleinen Hauskapelle waren binnen kurzer Zeit aufgesprungen. Drunten, links und rechts des kleinen Filzengrabens blühten in voller Pracht die gelben Sumpfdotterblumen, an halbschattigen Stellen der Bachnelkenwurz und die Maiglöckchen und am Waldrand öffneten sich Märzenbecher und der Bärlauch seine weißen Sternblüten. Föhnwolken standen schon seit Wochenbeginn über den nahen Bergen. Es war Pfingstmontag, ganz früher Morgen.

Das Wetter zeigte sich an den Feiertagen von seiner besten Seite. Ringsumher hörte er die Kirchenglocken der umliegenden Dörfer. Lenz hatte bereits die Frühmesse im nahen Frauenneuharting besucht. Heute war sein freier Tag. Obwohl die Sonne immer noch ganz tief über den weit entfernten Bergen stand, wärmte sie schon kräftig die Landschaft auf. Leichter Nebeldunst flatterte im Hauch des Morgenwindes hoch und zog herauf vom Wiesengrund mit dem winzigen Rinnsal des Grabens, der nach Regenzeiten die *Wolfsöder Filze* entwässerte. Lenz suchte seinen Weg weiter entlang des Waldrandes und über die Wiesen hinauf zum Kammererhof, bis hin zur kleinen Hauskapelle. Die stand nun schon frei im warmen Sonnenlicht.

Dort war der höchste Punkt weit und breit. Auf einer kleinen, verwitterten Holztafel stand: *592 Meter ü. d. M.* Der Ausblick auf die nahen Berge raubte ihm beinahe den Atem. Doch wenn einem die Schufterei die Luft nahm, hatte man für die Schönheiten seiner Heimat keinen Blick mehr übrig. Lenz setzte sich auf die kleine Holzbank, die etwas verborgen einige Meter unterhalb der Kapelle hinter den großen Holunderbüschen stand. In seinen Händen hielt er ein

Stück rissiger Rinde eines Kiefernstammes. Er wollte ein kleines Holzschiff schnitzen und einfach vor sich hinträumen. Träumen von einer Auswanderung nach Amerika! Erst vor kurzen hatte er in Grafing auf dem Viehmarkt erfahren, dass einer seiner Freunde auswandern wollte. Von einem Auswanderungsagenten aus München war dieser angesprochen worden. Die Staaten in Amerika, der Neuen Welt, vor allem in Ohio und Pennsylvania suchten händeringend nach tüchtigen jungen Siedlern, nach Handwerkern und Bauern vor allem aus Deutschland. Lenz spürte einen Stich in seinem Herzen. Seine Heimat im Stich lassen, seine Heimat? Lorenz musste schlucken.

„Darf ich ...?“ Er hatte sie nicht bemerkt, so tief war er in seine Gedanken versunken. Lenz schluckte, seine Stimme versagte, mehr als ein Räuspern brachte er nicht zustande. Unbeholfen rutschte er ein Stück zur Seite und putzte umständlich die auf der Sitzbank verstreuten Holzspäne auf die Erde. „Bitte ...“ murmelte er mit hochrotem Kopf. Er hatte sich mühsam gefangen, obwohl sein Herz noch wie verrückt klopfte. Franziska Kammerer setzte sich neben ihn. Wie unabsichtlich berührte sie seinen rechten Arm. Lenz durchströmte ein Gefühl der Glückseligkeit. Sie hatte ein wunderschönes blaues Dirndl an. Ihre blonden, lockigen Haare bändigte ein hellblaues Band, mit gestickten Enzianblüten darauf.

Lorenz pochte das Herz bis zum Hals.

Eine noch zutiefst unschuldige Liebe zwischen den beiden jungen Menschen begann zu dieser Stunde.

*****

Die Pfingstwoche war vorüber und damit auch die kurzen Ferien der Mädchen. Der Alltagstrott hatte den Bauernhof wieder im Griff. Der Bauer hatte seine beiden Töchter wieder auf´s Mädchen - Lyzeum nach München geschickt und die kleine Vroni musste wieder jeden Tag nach Grafing gebracht werden. Erst in den Sommerferien sollten die Zwillinge wieder hinaus auf den Kammererhof kommen. Auf dem Rückweg von München musste der Bauer noch Geschäftliches in Ebersberg erledigen. Er wollte das Einödanwesen eines kleineren Bauern in der Nähe des Weilers *Geisfeld* ersteigern, der bis über beide Ohren hoch verschuldet war. Die Bauernfamilie hatte sich in ihrer Verzweiflung entschlossen, mitsamt ihren sechs Kindern nach Amerika auszuwandern. Mit dem - beim Hausverkauf übrig gebliebenen - Geld, so hofften sie, wollten sie sich eine neue Existenz in Ohio oder Pennsylvania aufbauen. Das kleine Bauerngütl besaß zu den wenigen paar Tagwerken Land auch ein kleines Stück Wald in Richtung der Gemeinde *Dichau*, nicht weit von Wolfsöd entfernt. Für diese große Familie war´s zu viel zum Sterben, aber zu wenig zum

Leben. Missernten in den vergangenen Jahren hatten den Kleinbauern in immer größere Abhängigkeit gegenüber seinen Gläubigern gebracht. Dem „Bauernbaron“ Kammerer war das mehr als wurscht, er wollte nur seinen Besitz vergrößern und da lag das Land des Kleinbauern recht günstig. Im Norden, Richtung Steinhöring lagen, fast direkt angrenzend an sein Land, die saftigsten Wiesen des verzweifelten Bauern. Kammerer konnte durch diesen Schachzug gegen seinem schärfsten Widersacher und Konkurrenten, dem Stiglmaier-Bauern vom Finkenschlag drüben bei Straußdorf wieder Boden gutmachen. Dieser hatte in letzter Zeit seinen Besitz durch geschicktes Zukaufen und Ersteigern erheblich vergrößern können. So groß war der Stiglmaierhof mittlerweile, dass der Bauer sich sogar mit dem Gedanken anfreundete, in absehbarer Zeit einen studierten Ökonomen als Gutsverwalter einzustellen. Kammerer wurmte das zutiefst. Dennoch, im Hinterkopf hatten sich schon hartnäckig Ideen und Vorstellungen bei ihm eingenistet: Hatte der Stiglmaier nicht zwei Söhne, die schon bald im heiratsfähigen Alter waren? Und ergo: Hatte er, der Kammerer - Bauer nicht zwei bildhübsche und gescheite Töchter, die bald flügge waren? Eine davon würde sich sicher von einer Einheirat in den großen Stiglmaierhof überreden lassen, zumal die Burschen seines Widersachers nicht übel aussahen.
Kammerer war nicht so weltfremd, um zu wissen, dass man heute seine Töchter nicht mehr ganz so einfach verkuppeln konnte, wie vielleicht noch eine Generation früher. Und dass zu viel Bildung und das Lyzeum in einer Großstadt vielleicht wieder hinderlich waren, stand seinen Plänen direkt konträr gegenüber. „Zu g´scheite Weiberleut... “ murmelte er vor sich hin, „…zu g´scheite Weiberleut´ lassen nicht mehr alles mit sich machen“. „Und sie lassen sich vor allen Dingen nicht mehr so einfach für Gut und Geld verschachern ..., das hatte er vergessen zu sagen. Da müssten schon alle Konstellationen sehr günstig für den großen Kammererbauern stehen.
„Eigentlich hätt´ ich mir das früher überlegen müssen. Beide auf eine höhere Schule zu schicken. Spinn i denn? Wann die Weiberleut zu vui wiss´n, is dös goar nie need guat. Ned guat für`d Mannerleut!“ grantelte er laut vor sich hin, als er über den Marienplatz zum Haus des Notars lief. Die Versteigerung beim Landgericht in Ebersberg lief sehr, sehr bitter für die Kleinbauernfamilie ab. Kammerer kam - wie so oft - verblüffend einfach zum Zuge, nachdem die meisten Mitbieter schon bei Beginn der Versteigerung abwinkten, als sie die tatsächliche Höhe der Schulden erfahren hatten. Die mussten ja möglichst mit dem Kaufpreis abgedeckt werden. Das war Kammerers Chance, nachdem nach kurzer Zeit kein Bieter mehr mithalten wollte und konnte.

Kammerer war gewitzt genug und hatte die langjährige Erfahrung, dass man letztendlich mit den Gläubigern unter vier Augen über alles, ja wirklich alles reden konnte. Wenn er sie weich gekocht hatte, handelte er ihre Forderungen weit bis unter die Schmerzgrenze herunter. So auch jetzt. Der Großbauer löste die heruntergehandelten Hypotheken sofort ab und legte dann oft, in einem Anflug von Großmütigkeit, ja mehr Großkotzigkeit, worüber er sich kurz darauf schon wieder mächtig ärgerte, noch ein paar Gulden mehr darauf. Später fiel ihm dann wieder siedendheiß ein, dass er das Anwesen doch noch um einiges billiger hätte haben können. Er war letztendlich am Ende der einzige ernsthafte Bieter.
Wie so oft war der verhasste Stiglmaier, dieser „Habenichts", wie der Kammerer ihn oft nannte, mit einem zweideutigen Lächeln im Gesicht schon lange vorher abgesprungen. Den armen Häuslern und Kleinbauersleuten blieb also für ihre Amerikaträume, für die Träume vom besseren und gerechteren Leben nur ein Almosen über. Das Geld, das ihnen noch zur Verfügung stand, nachdem sie ihren Hausrat und das sonstige bewegliche Gut versteigert hatten, reichte kaum für die Überfahrt von Hamburg nach New York für die vielköpfige Familie. Und vielleicht, wenn man sich extrem einschränkte, für die ersten paar Wochen zum Überleben in der neuen Welt. Ihr sicher geglaubtes Ziel, das weite, fruchtbare Bauernland im südlichen Ohio, blieb vorerst nur als ein Traum übrig. Ab New York wollten sie schauen, dass sie sich irgendwo einem Siedlertreck in eine ungewisse Zukunft anschließen konnten. Alsbald bemerkten gar viele nach der Ankunft in der „Neuen Welt", dass sie vom „*Regen in die Traufe*" gekommen waren.

*****

Kammerer genehmigte sich nach der Versteigerung auf dem Bezirksgericht noch ein paar Maß Bier im Gasthof „*Zum Kyrmayr*", an der Ecke Marienplatz zur Sieghartstrasse. Dort kannten sie ihn alle, den Bauernbaron aus der Nähe südlich von Grafing. Er war sichtlich mit sich zufrieden und genoss seinen „geschäftlichen" Triumph. Und gönnerhaft zeigte er sich an diesem Nachmittag auch noch: Einige Runden Freibier gingen an diesem Abend auf seine Kosten. „Immer an die nächste Wahl zum Landtag denken" war insgeheim seine Devise. Für die kleinen Leute, die hier auch in der Wirtschaft saßen, hatte der Kammerer innerlich nicht sehr viel übrig. Er benützte sie, solange sie ihm nützten. Mehr nicht.
Es wurde spät noch an diesem Tag. Kurz nachdem die Uhr vom nahen Turm der *Sebastiani - Kirche* die Sechsuhr-Messe eingeläutet hatte, wuchtete sein Großknecht mit aller Anstrengung den volltrunkenen Bauern auf den Kutschbock, brachte die beiden Rösser mit einem

lauten „Hü“ zum Laufen und fuhr mit seinem Herrn und Gebieter im gemächlichen Tempo zurück auf den Hof. Der „Bauernbaron“ bot eine gar jämmerliche Figur auf dem Kutschbock neben seinem Großknecht. Zusammengesunken, den rauschigen Kopf fest an die Schulter von Matthias angelehnt, bemerkte er nicht, wie die Bauernburschen, die noch in den Dörfern entlang der Straße nach Grafing und Straußdorf unterwegs waren, sich über ihn lustig machten. Speichel lief ihm über die Mundwinkel auf seine schon voll besabberte rote Weste. Den nächsten Tag sah man den Bauern erst am frühen Nachmittag, wie er mit seiner Frau auf dem Einspänner in Richtung Miesbach fuhr. Wie so immer, nach guten Geschäften oder auch nach der Aufdeckung - nie ausbleibender - sexueller Eskapaden, durfte sich die Frau Gemahlin großzügig was ganz Neues, Teures und Modisches zulegen.
Lorenz Kohwagner brauchte es sich innerlich garnicht einzugestehen. Seine innere Zerrissenheit und Verzweiflung darüber, über das vor einigen Tagen Erlebte, kulminierte in der aussichts- und ebenso hoffnungslosen Einsicht, dass er sich unsterblich verliebt hatte. Aber was nicht sein durfte, war auch nicht zu verstehen.
An diesem Pfingstmontagabend war es halt passiert. Sie hatten sich heimlich für den Abend unten am Filzengraben bei den dichtstehenden Silberweiden verabredet. Dort, wo man vom Haupthaus keinen Einblick ins Gelände hatte. Franziska und er hatten sich an diesem Abend ewige Treue geschworen. Über beide war es plötzlich und gewaltig wie ein Gewittersturm aus heiterem Himmel hereingebrochen; unvorhergesehen und ohne jegliche Möglichkeit, diesem Schicksal auszuweichen! Franziska und er wollten ein Paar werden. Egal was auch passieren würde. Das war Lenz in diesem Augenblick bewusst und brannte sich unauslöschlich in sein Gehirn und seine Seele ein.
Und nun war sie, seine Franziska, wieder für endlos lange Wochen auf dem Lyzeum in München.

*****

Der Kammerer Wastl hatte wieder einmal Blut geleckt. und „schlug“ weiterhin gezielt zu. Diesmal sollte es klappen! Endgültig. Er wollte endlich ganz nach oben.

Durch seine weitreichenden Verbindungen, die er sich natürlich auch einiges kosten ließ, war er immer genau informiert, was sich so zwischen Vaterstetten, Zorneding Kirchseeon, Ebersberg, Wasserburg und der Gegend südlich von Grafing bis hin nach Miesbach und darüber hinaus abspielte. Schon durch seine vielen Kontakte zu den großen Viehhändlern hatte er genauestens Kenntnis von der ausweg-

losen Situation mancher kleinerer und mittlerer Bauernhöfe. Sie konnten sich letztendlich nur noch über Wasser halten, weil sie Stück für Stück ihr bestes Vieh verkaufen mussten, um die Münder ihrer großen Kinderschar einigermaßen zu stopfen. Dies führte natürlich langsam aber sicher zu ihrem Ruin. Missernten taten ein Übriges.
An Geld mangelte es Kammerer anscheinend nie. Er war immer liquide, und wenn einmal nicht, so konnte er sich anscheinend ohne viel große Mühe genügend Geld beschaffen. Irgendwelche Probleme fürchten zu müssen, war ihm absolut fremd.
Er wusste einfach viel zu viel über viele wichtige Menschen.

*****

3. Juni 1873 - „Maierhof" in Lohen.

Anna Kohwagner aus Mittergars heiratete den Jungbauern Georg Inninger vom „Maierhof" in Lohen. Dessen Stiefvater Johann Kohwagner war schon lange Zeit bettlägerig und hatte mittlerweile die Zügel ganz aus der Hand gegeben. Dem, sich immer mehr zuspitzenden Existenzkampf waren er und seine Frau Therese einfach nicht mehr gewachsen.
Eine äußerst bescheidene Hochzeit war es.
Zu arg hatte die anhaltende Wirtschaftskrise im neuen Deutschen Reich die Bauern in Bayern gebeutelt. Zu übermächtig war das Preisdiktat durch die Marktwirtschaft und die Importe aus fernen Ländern und Kontinenten geworden. Die Kleinbauern traf es am härtesten.

*****

Anna und Georg hatten ein sehr schweres Erbe angetreten.
Der Maierhof nagte schon länger am Existenzminimum. Durch den Einsatz von schnellen Dampfseglern auf den Weltmeeren drängten auf einmal billige Getreideimporte aus Übersee nach Europa und sorgten für starken Preisverfall bei den Erzeugern beinahe aller Landprodukte. Selbst der Wald von Georg und Anna erwirtschaftete nur noch eine geringe Summe, da das Holz aus den Tiroler Bergen weitaus billiger auf den Markt kam. Da konnte Georg und seine Mutter mit den beiden Ehehalten, die sie mit Mühe noch halten konnten, schuften, was sie wollten: Es reichte hinten und vorne nicht mehr. Anna konnte nur eine ganz kleine Mitgift in den Hof einbringen. Zu wenig, um ihren Mann aus der Misere zu helfen. Maria erfuhr damals auf Annas Hochzeit, dass die Frau des wohlhabenden Getreidehändlers Franz - Xaver Huber aus Gars am Inn schon lange eine tüchtige Hilfe im Haushalt suchte. Maria Kohwagner stellte sich vor und wurde prompt genommen. In den Semesterferien kam Linus, der Sohn der Hubers aus Weihenstephan zurück nach Gars. Er studierte dort Landwirtschaft und Ökonomie. Bis zu diesem Tag hatten Maria und Linus sich nur einmal ganz flüchtig gesehen. Ihm zu Ehren hatten seine Eltern

damals Freunde, Bekannte und Verwandte in ihrem großen Garten überm Innufer zu einem Gartenfest eingeladen.
Und genau an jenem Tag hatte es sofort zwischen den Beiden mehr als nur geknistert. Lichterloh war ihre Liebe zueinander entflammt. Doch beide wussten sofort, dass dies ganz alleine ihr Geheimnis bleiben musste.

*****

Sommer 1873
Rathauseinweihung in Ebersberg

Alles was Rang und Namen im Umkreis von der Bezirksstadt Ebersberg hatte, war zur Einweihung des großen Rathauses am Marienplatz eingeladen worden. Vor noch nicht allzu langer Zeit befand sich in diesem imposanten Gebäude des aufgelösten Malteserordens noch die Klostergaststätte zur „*Unteren Taverne*“. Die Verwaltung von Ebersberg jedoch benötigte dringend mehr Platz. Der Bürgermeister samt Magistrat stimmte deshalb am 16. Januar 1873 dem Ankauf dieses Gebäudes am Marienplatz mit Mehrheit zu.
Der Bauernbaron hatte von Anfang an vor, der Einladung der Stadt Ebersberg nur mit seinem ganzen Anhang Folge zu leisten. Bis auf eine „Stallwache“ sollte alles mit nach Ebersberg! Aus gutem Grunde.
„Der Stiglmaier könnt′ ja auch mit seinen ganzen Leuten kommen“ sagte er zu seiner erstaunten Frau, als er ihr die Einladung des Bürgermeisteramtes aus der Bezirksstadt vorlas.
„Und für meine nächste Kandidatur wär′s auch garnicht schlecht, wann ich mich da mit meinen Leuten sehen lassen würde. Wirst sehen Juliane, da werden die Leut′ schon schauen ...!“ Kammerer warf einen triumphierenden Blick auf seine Bäuerin und fuhr fort: „... vor allem, wenn's unsrige Töchter, die blitzsaubern Dirndl sehen!“ Seine Frau nickte bestätigend, was jedoch Sebastian überhaupt nicht mehr registrierte. Er war mit seinen Gedanken schon ganz woanders und hatte beschlossen, an diesem Tag mit den zwei Kutschen - basta!
Dem Kammerer war in den letzten Wochen der geschickte und sichere Umgang seines neuen Knechtes mit den Rössern nicht entgangen. Da er von der Leidenschaft zu Trabrennen des Vaters von Lenz und dessen Onkel aus Mittergars schon lange wusste, konnte sich der Bauer dies gut erklären. Der Lenz sollte deshalb die zweite, etwas kleinere Kutsche hinter den Herrschaften fahren, zum offensichtlichen Missfallen vom Hias Ergoldinger, dem Großknecht.
Auf der ersten Kutsche saß der Bauernbaron selbst vorne auf dem Kutschbock und dirigierte die beiden schwarzen Rösser sicher und gekonnt am Finkenschlag vorbei hinunter die Steige nach Straußdorf. Sein mächtiger Kopf war feuerrot angelaufen, als die Kammerer -

Delegation durch Grafing fuhr. Mit etwas beleidigtem Gesichtsausdruck saß sein Großknecht neben ihm auf Bock.

Jovial grüßte der Bauernbaron nach allen Seiten, besonders als er einige seiner engsten Zechkumpane vorm Eingang des *„Kasperl - Bräu"* stehen sah. Schließlich hatte er in naher Zukunft wieder einmal politische Ambitionen. Diesmal wollte er es unbedingt schaffen und als Abgeordneter ins Parlament in München Einzug halten. Er war sich seiner Sache sehr sicher.
In der Kutsche vom Lenz saß, außer dem Fischhuber Georg, dem August Moser und einer älteren Magd, die Jungmagd Barbara Leitmayr. Als ihr der Lenz bei der Abfahrt auf dem Kammererhof am frühen Morgen recht galant beim Einsteigen auf die Kutsche half, sah sie ihn lange mit ihren dunkelbraunen Rehaugen an. Lenz durchfuhr´s wie ein Blitz. „Sie hat so wunderschöne Augen mit ganz langen Wimpern, ein sauberes Maderl ist sie" dachte er. „Mei, das wär´ schon was für mich ...". Auch bei der Einweihungsfeier am Marienplatz in Ebersberg drückte sich die Barbara in der jubelnden Menschenmenge ganz eng an den neuen Knecht. Lenz konnte ihren Atem an seiner rechten Wange spüren. Seine Nackenhaare stellten sich auf, er wusste nicht, was mit ihm geschah.
Kammerer hatte dies auch bemerkt, obwohl er mit seiner Frau und den Töchtern, die an diesem Wochenende extra von München gekommen waren, einige Reihen vor seinem Gesinde stand. Ein böser Blick des Bauernbarons zurück über die Schulter traf den Lenz. Gottseidank wurde Kammerer gleich darauf abgelenkt, da nun wieder die Musikkapelle einen schmissigen Marsch spielte. Der laue Frühlingswind ließ die vielen Fahnen am Marienplatz lustig knattern. Ein Redner nach dem anderen erklomm das festlich geschmückte Pult an der Längsseite des imposanten Rathauses. Sogar ein Abgesandter der Regierung aus München war erschienen. Lenz interessierte sich nicht viel dafür, er genoss sichtlich die Nähe von Barbara, obwohl er ahnte, dass dies sehr gefährlich sein konnte. Den Blicken seines Bauern nach zu urteilen. Ja, es waren die Augen von Barbara, was dem Lenz in den vergangenen paar Wochen auf dem Hof am meisten aufgefallen war. Sie schienen ihn immer erfüllt von einer Traurigkeit und trotz aller Sanftmut auch irgendwie leer. Irgendwie ohne Lebensfreude, ohne Leben. Nie beteiligte sich die Barbara an den Gesprächen und schon garnicht an den, überaus derben Scherzen. Je mehr Lenz darüber nachdachte, umso mehr fügte sich ein Mosaikstein nahtlos zum anderen. Jetzt, wo Lenz Stück für Stück erfuhr, wie dieses Mädchen immer „benutzt" worden war, wie sich alles herauskristallisierte, kam in ihm die Wut hoch.

Die Wut über diese überheblichen Herrenmenschen. Und besonders auf dem Großbauern Kammerer. Und die Wut, über das herrschende System der immer noch offen vorhandenen Leibeigenschaft.

*****

„St. Peter und Paul“ - Sonntag, 29.6.1873

Auf der Kirta in Lauterbach

Sixtus und Lenz saßen auf einem großen Baumstamm nebeneinander am Waldrand und schauten dem geselligen Treiben der Kirtabuam auf dem Anger am Dorfrand in Lauterbach zu. Am Morgen waren sie noch beim Gottesdienst zu Ehren des Patrozinats *St. Peter und Paul* im kleinen, uralten Kirchlein gewesen. Leichte Föhnfahnen überzogen den bayerischen Himmel. Ein leichter Windhauch wehte herüber aus Richtung Ebersberg vom - nicht weit entfernten - beinahe 600 Meter hohen *Seemoosberg*.

Ein Tag, wie ein Geschenk des Himmels! Die Tage vorher hatten die Bauern ringsum eine reiche Heuernte einbringen können.

Zuerst erzählte Sixtus aus seinem Leben. Von seiner gar armseligen Kindheit auf einen kleinen Einödhof zwischen Hausham und Miesbach, „garnicht weit vom Schliersee weg“, sagte er zum Lenz. Er redete weiter von seiner Schulzeit, von seinen vielen Geschwistern und immer wieder von der bitteren Armut in seinem Elternhaus. Schon mit zwölf Jahren verließ er Hals über Kopf den kleinen Hof, um sich als Hüterbub zu verdingen. Zuerst auf der weit entfernten „Holzeralm“, hoch über´m Tegernsee. Dort hielt er es jedoch nicht sehr lange aus. Nach einem Sommer kam er wieder zurück an den Schliersee und hütete dann dort das Vieh auf der hochgelegenen „Gindelalm“. Die Bezahlung und Behandlung war miserabel. Im Winter konnte er sich nur als Tagelöhner durchschlagen. Großes Glück hatte er, dass er in Fischbachau, bei einem Onkel, ein kleines Zimmer auf dem kalten Dachboden bekam. Ohne Ofen, mit Holzwänden, durch die im Sommer der Regen tropfte. Obwohl er die immer breiter werdenden Fugen ständig abdichtete, drückte bei Sturm jetzt im Winter der Schnee in seine Kammer.

Dennoch, er hatte eine Unterkunft. Die wenigen Kreuzer, die er im Sommer auf der Alm verdiente, gab er zum Großteil seinem Onkel und dessen Frau. Sie versorgten ihn anständig.

Trotzdem hatte er ständig Hunger, riesig nagenden Hunger.

Sein Leben änderte sich schlagartig, als er mit 16 Jahren, im Frühjahr 1866 eine Stelle im Pechkohlebergwerk in Hausham bekam. Er fühlte sich jung und kräftig genug, diese Knochenarbeit unter Tage zu leisten. Mit einem Schlag verdiente er auf einmal in einem Monat

soviel Kreuzer, wie sonst den ganzen Sommer auf der Alm nicht. Beinahe drei Jahre hielt er das durch. Dann wurde er im April 1869, kurz nach seinem 19.Geburtstag, vom königlichen Bezirksamt in Miesbach zur Musterung einbestellt und im Sommer als Rekrut zu einem Pionierregiment nach Ingolstadt kommandiert. Ende August 1870 wurde er als Reservist mit seiner Einheit an die Front nach Sedan geschickt. Recht viel mehr erzählte Sixtus nicht von seinen Erlebnissen als Frontsoldat. Als er nach dem Frankreich - Feldzug entlassen wurde, konnte und wollte er nicht mehr unter Tage arbeiten. Die Tage und Wochen in den Schützengräben und unterirdischen Bunkern hatten in ihm eine panische Angst vor Dunkelheit, vor´m Verschütten durch feindlichen Beschuss, vor erdrückender Enge, Nässe und Feuchtigkeit unter Tage hinterlassen. Nach einem erneuten Versuch, wieder im Bergwerk zu arbeiten, war er fast dem Wahnsinn nahe. Ab diesem Tag verdingte er sich als Knecht auf verschiedenen Bauernhöfen und zog so, Meile für Meile, Richtung Norden.
Lorenz saß schier wie erschlagen neben seinem Freund. „Mein Gott, was hast du schon alles mitgemacht ...“ stammelte er.
Sein eigenes Schicksal kam ihm nun so unendlich klein vor.
Eine Zeitlang schwiegen beide so vor sich hin.
Lenz erzählte dann wieder von seinem Leben und von der unglücklichen Liebe zur Großbauerntochter Franziska. Der „Franzi“, wie er sie zärtlich nannte. Es sprudelte nur so aus ihm heraus. Wie ein Wasserfall, Wort für Wort und Satz für Satz, schüttete Lenz sein Herz aus. Endlich war da jemand, dem er vertraute und sein Herz ausschütten konnte. Er erzählte ihm von den fürchterlichen Schikanen, die er seit der Aufdeckung der Beziehung zur Franziska vom Bauern und vor allem wieder vom Großknecht aushalten musste. Er erzählte vor allem von der brutalen Behandlung, die der Bauer und seine Frau ihrer eigenen Tochter antaten. „Schlimmer haben sie´s behandelt, schlimmer als die kleinste Magd“ stöhnte der Lenz, „wie ein Stück Dreck sind´s mit ihr umgegangen und das alles vor meinen Augen“. Sixtus erfuhr vom aufgebrachten Lenz, dass sie ihrer Franziska auch keine Briefe mehr schrieben. Und er - der Lenz bekam weiterhin keinerlei Post zugestellt. Als er dann Sixtus von den andauernden sittlichen Verfehlungen seines Dienstherrn berichtete und davon, dass er auch die letzte Jungmagd, nachdem er sie geschwängert hatte, mit Schimpf und Schande nach Ostern vom Hof jagte, wurde er immer hitziger. Er redete sich in Rage „Ich bring ihn um, den Lumpenhund, wann er noch einmal mit meiner Franzi so umgeht ... “ sagte er erregt zu seinem Nachbarn gewandt. Im Schein des hell auflodernden Kirchweihfeuers konnte man sehen, wie sein imposanter Adamsapfel

bei diesen Worten über den Kragen seines weißen, offenen Leinenhemdes richtig auf und ab hüpfte. Seine Adern am Hals waren weit hervorgetreten. Die glutvollen Augen saßen in dunklen Augenhöhlen, unter dichten schwarzen Augenbrauen.
Lenz steigerte sich immer mehr in seine Wut hinein!.
„Einen Denkzettel muss er endlich kriegen, der großmächtige Haderlump! Aber einen, da wo er sich so schnell nix mehr davon erhol ´n tut, der Teufel, der damisch!"
Sixtus erfuhr von ihm noch die Sache mit der schlimmen Rauferei hinter der kleinen Hauskapelle - und wie er der Barbara beistehen wollte, gegen den jähzornigen Kammerer. Besänftigend legte er seine Hand auf den Unterarm des völlig aufgeregten Lenz. „Schön langsam, Lenz. Ganz langsam. So schnell schießen auch die Bayern nicht. Da gibt´s gar noch ganz andere Mittel, so einen Hurer und Leuteschinder einen anständigen Denkzettel zu verabreichen. Das sag ich dir als Freund, merk dir das"!
Beide nahmen einen großen Schluck aus ihren irdenen Bierkrügen. Lenz wischte sich seinen bierfeuchten, schaumbehangenen Schnäuzer ab und reichte dem Sixtus seine Schnupftabaksdose „Da, nimm auch eine Pris´". Sixtus markierte eine dünne, schwarze Linie auf seinem Handrücken und zog mit einem einzigen Schnaufer den Tabak in seine Nase. „Ah, dös tuat owa guat ... ". Leicht rempelte er Lenz mit seinem Ellbogen an.
„Lenz, konnst schweig´n? Schweig´n wia a Grab? Auf dein´ Eid?"
Stille herrschte nach diesen Worten zwischen beiden Knechten. „Um was geht´s?" fragte Lenz. Obwohl er die Antwort schon ahnte, wollte er´s von Sixtus wissen! „Ich denk schon, dass du ein Schlauer bist und es schon weißt, oder... ?" entgegnete ihm der Sixtus lapidar. „ ... hab ich recht?" Lenz druckste noch ein wenig herum. „Geht´s um die *Haberer?*" *) fragte er. Sixtus Heimerl nickte. „Also, wos is? Konnst wirkli schweig´n wia a Groab?" Noch zögerte der Kammerer – Knecht. Er bohrte nochmals nach: „Also, geht´s um die Haberer, Sixtus... ?" Sixtus nickte. „Da...", er hielt dem Lenz seine mächtige Pranke hin, „... da, schlag ein und ich leg für dich ein Wort ein, beim nächsten Haberertreffen!"
Immer noch zögerte Lenz.
Doch Sixtus gab nicht auf: „Glaub´ mir, so einer wie der, gehört endlich abgestraft für seine ganzen Schandtaten. Der hat schon viel zu viel auf seinem Kerbholz, dieser Leute- und Mägdeschinder.
Wir haben schon sakrisch viel g´hört über diesen unseligen Malefizbauern. Viel zu viel... !"

*) **„Haberer"** - *siehe Glossar*

Heimerl nahm wieder eine große Prise Schmalzler, sog sie genüsslich in die Nasenlöcher und fuhr fort: „Schon alleine, wie er all die kleinen Häusler und Bauern um Ebersberg und Grafing zum Spottpreis zusammenkauft! So, dass denen nix mehr bleibt zum Leben... “.
Sixtus holte tief Luft und sprach dann voller Erregung weiter: „Der Sauhund, der damische braucht eh schon längst einen Denkzettel ...!“ Hochrot war sein Kopf angelaufen, so hatte er sich in Wut geredet. „Also, was ist? Gib mir deine Hand drauf, dann wirst bald einer von den Unsrigen sein. Glaub mir: *Du bist einer von uns!* Ich leg ein Wort für dich ein beim nächsten Treffen, wann mir die Übeltaten von dem Verbrecher alle zusammentragen haben.“ Er hielt immer noch dem Kammererknecht seine schwieligen, abgearbeiteten Pratzen hin.
Lenz gab sich endlich einen Ruck und schlug ein.
Ein fester Händedruck besiegelte nun das Bündnis mit den Haberern.
Vorausgesetzt, so erklärte ihm noch Sixtus, Lenz fand auch noch bei der nächsten geheimen Zusammenkunft der Haberer durch den Haberfeldmeister die Zustimmung. Und das, so klärte dann der Sixtus den Lenz auf, würde sehr bald sein. „Du hörst noch Näheres von mir. Alles nur mündlich, nix gibt es schriftlich. Kannst dich drauf verlassen! Ich nehm´ wieder Kontakt mit dir auf. Und kein Wort zu den anderen Knechten und Mägden auf dem Kammererhof; kein Sterbenswörtchen, gell“! Lenz nickte.
Beide tranken in einem langen Zug den Rest ihrer Krüge leer und machten sich wieder auf den Weg, runter ins Dorf.
Hin, zum Kirchweihtreiben.
Dort herrschte immer noch viel Betrieb.

*****

Wenige Tage später - Mittwochabend, 2. Juli 1873
Karolina Veit

Sie war die jüngste Tochter eines Großbauern aus Pfaffing, drüben an der Attel. Eine Freundin hatte sie solange bearbeitet, bis sie mit ihr und einem Bauernsohn aus Werfling Anfang Juli zum weitbekannten Patroziniumsfest nach Frauenneuharting fuhren.
Auf der Tenne im „Weinhuber-Bräu“, wurde am späten Nachmittag zum Tanz aufgespielt.
Eine willkommene Abwechslung im harten, bäuerlichen Alltag. Und noch wichtiger: Dort war bekanntermaßen der beste Heiratsmarkt weit und breit im Landl zwischen Grafing, Wasserburg und Rott am Inn. Und auch der beste Ort zum „Anbandeln“. Die Hochzeitslader im Gäu konnten todsicher schon wenige Wochen oder auch Monate nach dem Fest an „*Mariä Heimsuchung*“ an ihre Arbeit gehen. Als Erstes fiel

Lenz das herzerfrischende Lachen dieses Mädchens auf. Inmitten einiger Freundinnen stand sie und schüttelte ausdauernd ihren wuscheligen Kopf mit den langen Zöpfen. Irgendetwas amüsierte die sichtlich aufgeräumte Runde der Freundinnen. Wenn Karolina Veit lachte, blitzten hinter ihren sinnlich kirschroten Lippen zwei Reihen makelloser, perlweißer Zähne auf. Wenige Zeit später, nach einem kurzen aber intensiven Augenkontakt, meinte er zu erkennen, dass das diese bildhübsche Dirn immer wieder ihn beobachtete.
Lenz hatte auf gar keinen Fall an diesem Abend tanzen wollen. Dazu war er felsenfest entschlossen. Es war ihm auch garnicht zumute danach. Sicher, die eine oder andere Maß wollte er trinken, vielleicht eine mehr als sonst. Und auf der Kegelbahn hinterm Bräu bei den Burschen vom Dorf eine Runde mitkegeln. Ja, das hatte er sich vorgenommen. Aber, wenn er schon mit auf denTanzboden musste, so wollte er sich das auch anmerken lassen. Sein grantiges, abweisendes Gesicht, als er so alleine an einem der Tische saß, sprach Bände. Er ärgerte sich jetzt innerlich, dass er dem Drängen des Fischhuber Georg nachgegeben hatte. „Stell di need so an. ´S is ja nur oan Katzensprung rüber nach Frauenneuharting. Außerdem hat uns der Bauer freigeb´n!“ Immer noch widerstrebend willigte Lenz ein. Der Fischhuber Georg jedoch war im „*Weinhuber-Bräu*“ ganz in seinem Element. Gerade spielte die Kapelle wieder zu einem Dreher auf, als er schon mit seiner Freundin auf den Tanzboden der Tenne eilte. „Kohwagner, verpass fei need dei Glück. Sin´ oan ganz ´n Hauf´n blitzsaubere Madl do!“ rief er ihm feixend über die Schulter zu, als er sich mit einer recht drallen Tänzerin im Schlepptau den Weg durch die zur Tanzfläche drängende Menge ebnete.
Leicht verärgert winkte Lenz ab. Gerade als er aufstehen wollte, um nach dem Altknecht Moser drunten in der Schwemme zu schauen, erhielt er einen deftigen Rempler von der Seite in die Rippen. Sein randvoller Maßkrug schwappte über und besudelte seine Joppe.
„He Lackl, du g´scherter ! Konnst need aufpass´n ...?
Verärgert drehte sich der Lenz um. Hinter ihm stand ein bildhübsches Mädchen, wohl einen Kopf kleiner als er. Sie hatte schwarze Haare und noch dunklere Augen mit langen Wimpern. „´S tuat mir load. Na, dös hab i need wolln! Tschuidigung!“ Beschwichtigend hob das kleine Persönchen ihre Hände. „Entschuldigung“ sagte sie noch mal mit unschuldigem Augenaufschlag. „Mein Gott, Augen hat dieses Mädchen“, dachte der Lenz. Er war perplex. Ihm blieb das, was er auf diesen rüden Rempler hin sagen wollte, nunmehr im Halse stecken. Das Mädchen zog ein Tuch aus der Schürze ihres feschen, hellblauen Dirndls und wollte - seine mit Bier besudelte - Joppe abwischen.

„´S is scho guat. Nein, nein! Lassen´s das nur gehn. Das trocknet schon von selber.“ Etwas verwirrt wehrte er die Versuche des jungen Mädchens ab. Doch sie ließ nicht locker, hielt Lenz an seiner Joppe fest und rieb ausdauernd das Bier aus dem abgewetzten Lodenstoff. Das Blut schoss ihm in den Kopf, er war völlig verlegen. „So, jetzt geht´s wieder. Und nun tanzen´s aber auch mit mir, gell?“ Die Frage ließ keine Antwort mehr offen. Resolut führte das Mädchen den verdatterten Lenz wie einen störrischen Zugochsen an der Hand hinter sich her, hin auf die überfüllte Tanzfläche. Sie nahm sofort das Zepter in die Hand. Lenz durchlief es nach dem ersten Schock heiß und kalt. Sie zupfte ihn am Ärmel. „I, i bin die Karolina und kimm aus Pfaffing. Vastehst mi?“ Der Lärm der Tanzenden und die Musik verschluckte beinahe jedes Wort, er musste sich tiefer zu ihr herunterbeugen.
„Ich bin die Karolina Veit. Und wer bist denn du?“ wiederholte sie fordernd.
Lenz war völlig außer Atem.
Das kleine Luder hatte ihm ganz gehörig auf dem Tanzboden eingeheizt, Schweißperlen standen ihm auf der Stirn. Über die Schulter seiner Tänzerin sah er, wie der Fischhuber Georg ihm winkte und verstohlen immer wieder Zeichen machte. Der junge Kohwagner überragte viele der anderen Tänzer und Tänzerinnen um Haupteslänge. Energisch stupfte sie ihn. „Also sag, wer bist du?“ fragte sie nochmals eindringlich und stupste ihn keck in seine Seite.
„Du, du gefällst mir nämlich …“ setzte sie aufreizend kokett hinzu.
„Ich ...?“, stotterte er nun verlegen, „... ich bin der Lenz, ich komm aus Wolfsöd“. Er war erschrocken und verunsichert über die direkte Art seiner Tanzpartnerin. Sie zog ihn wieder auf die Tanzfläche, drückte ihn ganz fest an sich. Lenz verspürte ihre steifen Brustwarzen durch´s knapp sitzende Mieder ihres Dirndls. Ein wohliger Schauer durchzog ihn. Es kam, wie es kommen musste. Sein Widerstand war schnell gebrochen.

Er wollte heute mehr. Mehr von ihr, als nur schmusen und tanzen ...
Karolina hatte leichtes Spiel. Sie führte hier die Regie, ganz eindeutig! Atemlos und weltvergessen tanzten die Beiden weiter.
Lärm und Hitze um sie wurden immer unerträglicher. Er merkte auf einmal, dass es ihm überhaupt nicht unangenehm war, dieses quirlige Mädchen in seinen Armen zu halten. Seine anfänglichen Skrupel waren auf einmal wie weggeblasen. Kein Gedanke mehr an Franziska. In den Adern kochte sein Blut, Schweiß stand auf seiner Stirn. „Mein Gott, wie lange ist es denn her, dass ich das letzte Mal auf dem Tanzboden war!“ Er war jetzt dreiundzwanzig Jahre alt - ja, es musste gar schon vier oder fünf Jahre her sein. Das Mädchen merkte ihm seine

Gedanken an. Sie zupfte ihm resolut am Ärmel: „Was ist? Tanzt nicht allzu gern, gell? Willst vielleicht mit mir rausgehen?“ Lenz antwortete nicht. Er fühlte sich wie gelähmt. Fast willenlos bewegte er seinen Körper und ließ sich von seiner Partnerin wie ein kleiner Bub über die Tanzfläche führen, die breite Treppe zur großen Wirtsstube hinunter. Er war völlig in ihrer Hand, folgte ihr wie ein Hund. „Was ist nur mit mir los?“ schoss es ihm durch den Kopf. Das Mädchen führte ihn an der Kegelbahn vorbei, hinaus in den großen Garten. Flüchtig hatte Lenz in der verrauchten Wirtschaft aus dem augenwinkel den August Moser erkannt. Mit ein paar älteren Knechten saß er an einem Tisch neben der Türe und spielte Karten. Lenz wusste, dass dies dem Kammererknecht seine große Leidenschaft war: Schafkopfspielen. Draußen wurde der Lärm leiser und leiser, ebbte schließlich ganz ab.
Silbrig glänzte der Mond und tauchte die Landschaft in magisches Licht. Die Uhr am Kirchturm von *„Mariä Heimsuchung“* schlug zur Mitternacht. „Geisterstunde“ flüsterte das Mädchen, auf den Zehenspitzen stehend, leise in sein Ohr. Sie hatte sich an ihn geklammert und biss ihn sanft in sein linkes Ohrläppchen. Ein erregender Schauer durchströmte seinen Körper - bis weit hinunter in seine Lenden. Ganz sanft, aber bestimmend und vor allem äußerst erregend anzufühlen pressten nun beide ihre Handflächen aneinander. Das Mädchen schaute ihm ganz tief in die Augen, drückte ihren Kopf an seine Schulter. Ihr Atem streichelte sein Gesicht. Lenz verspürte ein Kribbeln, welches in Schauern über seinen Rücken lief. Ein angenehmes, äußerst angenehmes Kribbeln! „Fürchtest dich, Lenz?“ Er Beinahe etwas unwirsch schüttelte er den Kopf.
Er war gerade dabei, seinen Verstand zu verlieren. Er war zutiefst verunsichert. Dieses verdammte Weib übernahm - mir nichts, dir nichts - die angestammte Rolle der Männer ... ! „Ach geh, wieso denn? Warum sollt ich mich fürcht´n, pfeilgroad ich“? Wieder knapperte sie zärtlich an seinem Ohrläppchen, steckte ihre Zungenspitze sanft in die Ohrmuschel. Ihr heißer Atem umschmeichelte seinen Hals. Schauer über Schauer durchlief seinen Körper.
„O, mein Gott! Was passiert mit mir ...“, schoss es ihm durch den Kopf. Der Flaum unter seinen langen Nackenhaaren stellte sich auf. Am ganzen Körper bekam er eine Gänsehaut. Er konnte sich nicht mehr im Griff halten, jeglicher Vorsatz war dahingeschmolzen. Die sexuelle Begierde ließ bei den beiden jungen Menschen alle Hemmungen fallen. Im Schatten der mächtigen Linde ganz hinten im Wirtsgarten fielen sie übereinander her. Verschmolzen ineinander küssten und liebten sich mit aller Leidenschaft. Oben, von der Tenne her, ging es weiter lautstark zu. Während die Musikkapelle wieder zu

einem Zwiefachen aufspielte, stritten einige der Burschen vor der Wirtschaft heftig um ein und dasselbe Mädchen.

*****

Einige Stunden später ...

Recht wortkarg saß der Moser August auf dem Kutschbock neben dem jungen Fischhuber. Er war schön angeschickert, das merkte der Lenz sofort. Ab und zu zeugte ein kräftiger, alkoholgeschwängerter Bierrülpser von seiner inneren, unüberhörbar zufriedenen Einstellung. Georg Fischhuber ließ die beiden Rösser laufen, sie fanden ihren Weg über Jakobneuharting von alleine. Ganz außen auf dem Kutschbock saß in Gedanken versunken der Lenz und grübelte vor sich hin. Das ständige Schaukeln der Kutschlaterne ging ihm auf die Nerven. Er nahm sie ab und stellte sie zwischen seine Beine. Fahles Mondlicht breitete sich wie ein weißes Leintuch über die sanfte Moränenlandschaft. An Biebing vorbei ging´s Richtung des kleinen Weilers Schaurach mit seinen paar Häusern. Hofhunde schlugen an. Sie passierten Haging, fuhren die Steige hinauf und durchquerten den kleinen Wald. Rechterhand lag das Moor, das Wolfsöder Filz. Ein Käuzchen schrie ausdauernd - und drüben am Waldrand Richtung Voglherd, äste im Mondlicht friedlich ein Rudel Rehe.

Genau vor ihnen auf der Anhöhe lag der kleine Weiler Wolfsöd.

****

Juli 1873

Barbara Leitmayer

Viel später, zu spät, machte sich Lenz Vorwürfe, dass er sich nicht aus dieser unseligen Geschichte herausgehalten hatte. Die Jungmagd Barbara Leitmayer tauchte monatelang nicht mehr auf. Bis zu jenem sonnendurchfluteten, herrlichen Altweibersonntag, kurz nach dem Erntedankfest. Da sah er die Bärbl wieder. Zusammen mit ihrem Säugling, eingebunden in ein Tragetuch, stand sie mitten auf dem Kammererhof vorm Brunnen, als der Bauer mit seiner Frau und dem Großknecht vom Kirchgang zurückkam. Sie hielt dem Kammerer und seiner Frau mit ausgestreckten Armen ihr Kind entgegen.

„Da, da! Deins ist es, Kammerer, ganz alleine deins! Dein Sohn! Kannst ihn haben, den Lukas, deinen Hoferben. Da ...!“

Sie schleuderte ihm mit funkelnden Augen und mit schrill überschlagender Stimme diese paar Worte entgegen. Kammerer wirkte wie gelähmt, als er langsam vom Kutschbock herabstieg. „Lass, lass! Lass sie los“ wehrte er seinen Großknecht ab, der mit raschen Schritten auf die Leitmayr Barbara zueilte und sie hart an der Schulter packte. „Lass aus, Hias!“ Er deutete herrisch und unnachgiebig auf das Haupthaus.

„Verschwindets, geht´s alle rein, aber dalli, dalli ...!“ Kammerers Ton war nicht laut, er hörte sich eher gefährlich beherrscht an. Mit wütenden Blicken sah er sich um, war sichtlich verunsichert. So etwas war ihm anscheinend noch nie passiert. Seine Stimme duldete keinerlei Widerspruch. Seine Frau und der Großknecht trollten sich gehorsam in das Haupthaus. Die Türe schloss sich hinter ihnen mit einem unsanften Knall. Lenz beobachte diese Szene vom gegenüberliegenden Heustadel, wo er hinter einer Fensterluke verborgen auf einem Strohballen in der wärmenden Oktobersonne sitzend an einem Stock schnitzte. Der Bauer ging auf die Bärbl zu, packte sie mit seinen grobschlächtigen Händen hart an der Schulter und redete eindringlich auf sie ein. Lenz konnte nicht genau verstehen, was gesprochen wurde. Er meinte nur zu sehen, dass Barbara Leitmayr vehement den Kopf schüttelte, immer und immer wieder. Das kleine Bündel Mensch, ihren Sohn, hielt sie noch fester an sich gepresst. Der Bauer sah sich wieder um. Niemand war mehr auf dem Hof zu sehen. Sofort änderte er seine Taktik. Jetzt fasste er die Bärbl fast vertraulich an den Schultern, was die junge Frau jedoch abwehrte. Mit aschfahlem Gesicht schloss die Bäuerin leise das Küchenfenster, an welchem sie das ganze Debakel miterleben musste.
Das Gespräch wurde hitziger und lauter, doch verstehen konnte Lorenz nun garnichts mehr, weil die Kühe im Stall just in diesem Moment großen Lärm machten. Wutentbrannt stürmte plötzlich Juliane Kammerer aus der Türe des Herrenhauses, überquerte so schnell sie konnte den Innenhof und packte ihren Mann grob an den Armen. Ein hitziger Streit entbrannte. Lenz konnte jedoch nichts verstehen. Aus seinem Blickwinkel sah er noch, wie der Bauer mit der Magd und ihrem Kind den Innenhof verließen und auf den kleinen Weg hin zur Hauskapelle abbogen.
Verlassen stand die Bäuerin nun ganz alleine auf dem weiten Hof. Mit gesenktem Kopf, ein Tuch vor´s Gesicht gepresst, verließ sie weinend den Ort ihrer Niederlage.
Kurz nachdem der Bauer sich mit der Kindsmutter und ihrem Säugling zusammen vom Hof entfernte, folgte ihnen Lenz heimlich. Niemand hatte bemerkt, wie er sich vom Heustadel über die hintere Einfahrt des Kuhstalles hinaus schlich. Lenz sah den Kammerer vor der kleinen Bank hinter der Hauskapelle stehen. Der Bauer redete vehement auf die Kindsmutter ein. Lorenz beobachtete hinter einem Stapel frisch geschlagenen Holzes versteckt, die beiden.
Der Bauer schien furchtbar erregt. Er wurde immer lauter, sein Tonfall aggressiver. Lenz hörte, dass Barbara weinte. Das Kleinkind klammerte sich an seine Mutter und fing jämmerlich zu schreien an.

Mit wütender Stimme versuchte der Bauernbaron lautstark den Säugling zur Räson zu bringen. Er griff nach dem Säugling und wollte ihn anscheinend schütteln. Dies war der Moment, als Lenz wie von Sinnen, seine Deckung verließ und auf den Bauern losstürzte.
„Du Lump, du dreckiger Lump. Du Sauhund, du miserabler".
Mit vor Zorn hochrotem Kopf stand der Knecht vor seinem Herrn, bereit zu zuschlagen. Der Bauer sah ihn höhnisch an. „Was willst denn du da, du windiger Habenichts? Hau sofort ab, sonst mach ich dir Beine!" Ein verächtliches Grinsen lag in seinem breiten, fleischigen Gesicht. „G´schaug zua, dass di schleichst, sonst werf i di hochkantig raus! Lenz konnte sich nicht mehr im Griff halten. Wie von Sinnen schlug er plötzlich auf den Bauern ein. Ein Faustschlag traf den Kammerer mitten ins Gesicht. Blut spritzte in einem kräftigen Schwall aus der Nase des Bauern.
„Lenz, Lenz! Halt ein, bitte! Bitte!"
Barbaras Stimme überschlug sich. Der Säugling in ihren Armen schrie unentwegt wie am Spieß weiter. Lenz wurde abgelenkt. Ein winziger Moment, ein Wimpernschlag, in dem der Lenz nicht auf der Hut war. Trotz seiner Leibesfülle war der Bauernbaron sehr behände. Es gelang es ihn diesem Augenblick, Lenz einen Fußtritt zu verpassen, der ihn sofort ins Wanken brachte. Lenz verlor das Gleichgewicht und fiel rückwärts einige Meter den Abhang hinunter. Keuchend folgte ihm der Bauer. In seiner Rechten schwang er einen schweren Holzknüppel.
Lorenz erwachte aus einer tiefen Ohnmacht, *s*ein Kopf lag auf dem Schoß der jungen Barbara. Ihr Kind lag, friedlich schlummernd zu einem weißen Bündel gewickelt neben ihr auf der Wiese, unterhalb der kleinen Hofkapelle. Zärtlich tupfte die junge Frau mit einem feuchten Tuch den Hinterkopf von Lorenz ab. Schmerz durchzuckte ihn, es brannte fürchterlich.
„Dankschön, dass du mir beigestanden bist, Lenz, dankschön. Das werd´ ich dir nie vergessen!" Barbara streichelte ihn sanft über die blutverklebten Haare.
Die nächsten Tage waren eine Höllenqual für Lorenz. Zuerst wurde er endgültig vom gemeinsamen Essen ausgeschlossen. Eigentlich die höchste Bestrafung in einer bäuerlichen Gemeinschaft. Kammerer hatte Lenz nicht bei der Gendarmerie angezeigt, obwohl er es sofort tun wollte. Er hörte auf den Rat von Matthias und tat recht damit. Zuviel hatte sich mittlerweile angesammelt und herumgesprochen.

Die Allmacht des Großbauern stieß nun merklich - Stück für Stück - an ihre Grenzen ...

*****

So nach und nach konnte Lenz mehr in Erfahrung bringen. Er musste es geschickt anstellen, das merkte er sofort. Auf direkte Fragen bekam er keine Antwort, im Gegenteil. Es wurde ihm klipp und klar gesagt, nicht so neugierig zu sein. Dennoch - Stück für Stück setzten sich die Fragmente seiner Ermittlungen zu einem Ganzen zusammen: Barbara war seit über einem Jahr die Geliebte des Bauern. Nicht freiwillig. Immer wenn die anderen Mägde zur Feldarbeit waren, wurde die Bärbel für Arbeiten auf dem Hof eingeteilt. Somit war sie den Nachstellungen des Bauern schutzlos ausgeliefert und musste ihm, dem großen, mächtigen Bauernbaron, wann er denn wollte, zu Willen sein. Und er wollte immer öfters. Besonders dann, wenn er von den Wirtshäusern aus Frauenneuharting, Aßling, Straußdorf oder Grafing heimkam. Immer dann musste sie seine alkoholgeschwängerten Attacken in ihrer Kammer ertragen.
Der Jüngere der beiden Knechte verplapperte sich nach ein paar Maß Bier auf dem ersten Kirchweihfest Ende April und erzählte dem Lenz dann doch Näheres: „Das ist nicht das erste Mal, dass der Bauer dass macht. Das Schlimmste ist, seine Frau weiß davon seit langer Zeit. Er bestraft sie, weil sie ihm keinen Sohn geboren hat, so sagt die Bäuerin!“ Fischhuber machte ein ernstes Gesicht und eine bedeutungsvolle Pause „Ja, und die Bärbel hat er über Nacht vor die Türe gesetzt, nachdem sie ihm und seiner Frau wegen ihrer fortgeschrittenen Schwangerschaft die Pistole auf die Brust setzen wollte.“ Georg Fischhuber, machte einen tiefen Zug aus seinem Bierkrug. „Ja, und so was lässt sich der Kammerer halt nicht gefallen! Davongejagt haben die beiden sie. Mit Schimpf und Schande vom Hof gejagt! Ihr gesagt, sie soll froh sein, wenn sie nicht angezeigt wird, weil sie die Bäuerin bestohlen hat! Aber im Vertrauen: Der Bauer hat sich danach garnicht ganz so schofelig gezeigt, wie nach außen hin. Er hat ihr schon ein paar Gulden fürs Erste zugesteckt! Die Bäuerin durfte es halt nicht erfahren!“
Da Lenz noch nicht lange auf dem Hof war, hatte er ihren geschwollenen Bauch nicht bemerkt; die junge Frau trug wie alle Mägde weite Kleider und kaschierende Schürzen. Ein ausnehmend hübsches Mädchen war sie, ja. Doch sehr in sich zurückgezogen.

Kaum ein Lächeln kam über ihre Lippen und in ihre Augen.

*****

Wasserburg am Inn - Marienplatz
23. September 2006

Ich hatte überhaupt nicht bemerkt, wie schnell sich all die vielen Tische und Stühle rund um den Marienbrunnen gefüllt hatten. Allzusehr hatte mich das bislang Gelesene in den Bann gezogen. Ich schaute auf meine Uhr. Es war kurz vor 12 Uhr. Mein Gott, wo waren denn diese fast drei Stunden hingekommen? Nichts hatte ich zuwege gebracht und keine der mir aufgetragenen Besorgungen erledigt, war vollkommen eingetaucht in eine Welt und eine Zeit, die bisher jenseits meiner Phantasie und meiner Vorstellungskraft lag. Ich winkte der Bedienung, die gerade zwei Tische weiter einige fesche Frauen in ihren feschen Dirndln aus dem Wasserburger Umland ein spätes, aber deftiges Frühstück servierte. Laut und fröhlich ging es da zwei Tische von mir entfernt zu. Ich war fast etwas neidisch über diese lockere Fröhlichkeit.
Mir pressierte es. Ich winkte und machte das Zeichen für´s bezahlen. „Bezahlen, bitte!“ „Komm´ gleich“, antwortete die junge Frau. Mein Wunsch wurde schnell erfüllt! „So, einen Cappuccino, ein Croissant und ein Hefeweizen, macht zusammen“, die junge Frau addierte auf ihrem elektronischen Notizblock die Summe, „das macht zusammen Acht Euro fünfzig! Ich bezahlte, gab ihr ein Trinkgeld und packte sorgfältig die Chronik in das hintere Fach meines Rucksackes. Das Telefon hatte sich nicht mehr gerührt. Doch aus langjähriger Erfahrung heraus hatten wir früh am Morgen ausgemacht, dass wir uns auf jeden Fall spätestens um zwölf Uhr unten am „Gries“, auf dem großen Parkplatz an unserem Auto treffen würden. Und das durfte ich auf keinen Fall verschwitzen! Da verstand meine Frau keinen Spaß mehr. Atemlos erreichte ich, einige Minuten nach dem Zwölfuhrläuten von der mächtigen Stadtpfarrkirche St. Jakob her, den großen Parkplatz direkt hinterm Inndamm. Na ja, recht viel mehr Galgenfrist hätte ich nicht mehr bekommen, zumal der Autoschlüssel sich auch noch in meinem Rucksack befand. Ganz hinten, an der ehemaligen Erziehungsanstalt stand sie, mit einigen schön gestylten und auch prall gefüllten Einkaufstaschen vor ihren Füßen, auf mich wartend vor unserem Fahrzeug. „Aha“ dachte ich leicht angesäuert, „war sie mal wieder in ihren Lieblingsgeschäften“
„Hab´ garnicht mehr gedacht, dass du überhaupt noch kommst. Was hast du denn die ganze Zeit über wieder gemacht? Zu oft hatte ich sie schon in letzter Zeit aus Vergesslichkeit anscheinend versetzt. Ich versuchte mich deshalb garnicht ernsthaft zu verteidigen und

beichtete gleich meine Sünden. „Hab ´ganz vergessen, die Einkäufe zu machen. Tut mir leid!“ fügte ich noch achselzuckend an. Doch: Ingrid war wider Erwarten milde gestimmt. Vielleicht auch deshalb, weil ich direkt provozierend und unentwegt auf ihre prall gefüllten Einkaufstaschen gestarrt hatte. „Macht nichts, die Einkäufe können wir ja jetzt noch erledigen. Du kaufst das Baguette und ich gehe rüber und kaufe die anderen Sachen. Ok?“ Ich nickte brav ihre Anweisungen ab, verstaute Ingrids Taschen und meinen Rucksack im Kofferraum und fuhr zurück zum Marienplatz. Ein Parkplatz wurde gerade frei. Dann warf ich meine Parkgebühr ein, legte den Zettel unter die Windschutzscheibe. Ingrid war schon verschwunden. Ich machte mich wieder auf den Weg hinüber zur Bäckerei in der „Schranne“. Die beiden großen Tische entlang der Hausfront mit den lustigen Landfrauen waren immer noch mit dem Frühstück zugange. Gerade kam die Bedienung mit einem großen Tablett Prosecco auf den Tisch zu. „Achtung meine Damen. Nachschub kommt!“ Verdutzt schauten einige der Frauen der lustigen Prosecco-Runde auf. Etliche davon schienen schon leicht angeschickert zu sein. Die Wortführerin fasste sich als Erste und fragte streng: „Wer hat denn da noch was ausgegeben? Hab ich da etwa was nicht mitbekommen?“ Sie schaute reihum in die Runde. Achselzucken und ratlose Gesichter. „Was? Hat denn niemand von euch den Prosecco bestellt?“ Seelenruhig hatte die junge Kellnerin mittlerweile Glas um Glas des perlenden Getränkes auf den beiden Tischen abgestellt. „Keine Sorge, meine Damen. Das ist schon erledigt. Die Herrn da drüben ...“, sie deutete hinüber an den Tisch direkt neben dem Eingang, „ ... haben heut´ die Spendierhosen an!“ Die Bedienung winkte den Männern neben dem Eingang des Rathauses zu. Die erwiderten den Gruß, hoben ihre Weizengläser und prosteten hinüber zu den Landfrauen. „Da wenn ich was mitbekomm´...“ sagte die Wortführerin gespielt streng, „ ...habt´s da einige von euch wohl mit denen angebandelt. Oder ... ?“ Großes Gelächter setzte ein. Die Dirndl - Frauen winkten den Spendern und prosteten zurück.

Es dauerte, bis ich an die Reihe kam. Nur noch zwei kleine Baquettes lagen in der Schütte hinter der Verkäuferin. „Zwei Baquettes, bittschön´“ sagte ich. Einige Frauen und Männer drehten sich nach mir um. Zu arg versetzte sie mein fränkischer Slang in Neugier - oder gar Schrecken? „Halt, tun´s mir bitte auch noch ein Nusshörnchen rein“ bat ich die Verkäuferin. Das Hörndl war für mich, ich aß sie für mein Leben gerne. Bis ich mit meiner großen Papiertüte die Lauben gegen-

über erreicht hatte, war das süße Stück schon in meinem Bauch gelandet. Ingrid kam gerade vollbepackt aus dem Lebensmittelgeschäft. Wir nannten es immer „unserer Alimentari".
„Kannst mir gleich helfen" sagte sie zu mir. „Ich geh noch mal schnell zum Regenauer und Kaffee holen, dann können wir fahren." Droben beim Huber´schen Gasthof, beim „Kellerwirt" hielt ich auf dem kleinen Parkplatz an, öffnete das Dach unseres Cabrios. Es war ein wunderbarer Tag geworden. Strahlendblauer Himmel und kein Wölkchen zu sehen. Langsam fuhren wir die kleine enge Straße entlang, in Richtung Gars und ließen uns den milden Herbstwind um die Nase wehen. Bei Unterreit bogen wir links ab und fuhren über Weitfeld am kleinen Kloster Elsbeth vorbei, durch den Wald über die „Hochstraß" hinunter nach Gars - Bahnhof. Dann gings über die Innbrücke hinauf in den Markt Gars. Vorm Kloster bogen wir in die Straße Richtung Kloster Au ein. Frühling lag in der Luft. Der lang anhaltende Regen einige Wochen vorher hatte den Bauern nochmals eine weitere unerwartete Heumahd ermöglicht. Jetzt konnte der Winter kommen! Das Wetter hatte es in diesem Jahr gut gemeint mit den Bauern in Altbayern. Die Scheuern waren übervoll und die Preise waren auf einem guten Niveau geblieben. Die vielen Erntedankfeste Wochen später reihum im „Land vorm Gebirg" zeugten von der Dankbarkeit des Bauernstandes. An der Kreuzung bei Kloster Au bogen wir nach links ab, fuhren beim Weiler Weingarten den steilen Hang bis zur kleinen Kapelle hinauf. Schon des Öfteren hatten wir zusammen dort eine kleine Rast gemacht.
Der Ausblick auf die Alpen war wie immer gigantisch und ebenso mundete die Brotzeit, welche meine Frau wie immer sehr stilvoll präsentierte. Was wollte man mehr, es war „der Himmel auf Erden". Wir stießen mit unseren randvoll gefüllten Trinkbechern voll Rotwein auf diesen wundervollen Tag an ...
„Was ist denn plötzlich mit Dir" fragte besorgt meine Frau. „Nichts" antwortete ich sehr wortkarg. „Doch, ich merke, da ist etwas. Bitte sag mir´s bitte!" Nach einigem Zögern erzählte ich meiner Frau von meinem „Eintauchen" in die Vergangenheit der riesengroßen und uralten Inninger - Sippe, deren Stammland jetzt in all seiner Pracht und Herrlichkeit vor unseren Augen lag. Denn genau unter uns, war einer von den zwei prächtigen Bauernhöfen im Weiler Weingarten auch mit den Inningers verbandelt, der „Niedermoar - Hof". Die Kapser - Bäuerin Elisabeth (die „Niedermaorin"), war die beinahe zwanzig Jahre ältere (Halb-) Schwester meiner Mutter. Und sie war

auch das Mädchen, bei deren Geburt Marias Schwester, die Anna Inninger, fünf Tage nach Geburt ihres zehnten Kindes, im Alter von 34 Jahren an Kindsbettfieber verstarb.
Mit meinem Freund Jonny fuhr ich 1959 mit dem Fahrrad nach Altbayern um während der Ferien einige Wochen lang - bei anhaltender, brütender Hitze auf dem „Niedermoar - Hof" in Weingarten zu schuften. Danach waren wir verbrannt wie die „Mohren". Die Menschen überall in Bayern - und ganz Deutschland - lechzten zu jener Zeit förmlich nach Regen - und „Dalida" sang Tag für Tag ihren Super - Hit: „Am Tag, als der Regen kam, lang ersehnt, heiß erfleht. Da erblühten die Felder, da ergrünten die Wälder ...".
Eine Woche mussten wir damals in einem riesigen Acker Kartoffelkäfer einsammeln, um sie dann - in mit Altöl gefüllten Büchsen - ins Jenseits zu befördern. Nach etwa vier Wochen fuhren wir auf unseren Fahrrädern an einem einzigen Tag wieder zurück nach Rothenburg. Sentimentalität breitete sich in mir aus.
„Weißt du", sagte ich zu meiner Frau, „hier sind meine mütterlichen Wurzeln und auch die meiner beiden Brüder. Irgendwie geht es mir schon an die Nieren, seit ich mich heute Morgen in diese Chronik vertieft habe ..." „Erzähl ..." sagte meine Frau und drückte zärtlich meine Hand, „... erzähl mir, was du heute Morgen gelesen hast."

*****

Sebastian Kammerers Reich wurde immer größer und größer. Was nicht direkt an seine Liegenschaften anschloss, versuchte er durch geschicktes Vorgehen zu tauschen. Auch hier war oft, außer guter Ablöse - wenn´s garnicht anders ging - sanfter oder auch unverhohlener Druck oder Zwang im Spiel. Der Bauernbaron hatte nichts zu befürchten. Die aufgekauften Höfe bewirtschaftete er nicht. Es hatte ja auch wenig Sinn. Meistens waren diese kleinen Höfe völlig heruntergekommen. Wenn es ging, verpachtete er das Land an umliegende Bauern. Das übrig gebliebene Vieh verkaufte er sofort, falls es auf seinem Hof nicht gebraucht wurde.
Der Wastl konnte abwarten. Er war schlau, ausdauernd, listig wie ein Fuchs und hatte die Geduld eines Bussards, der auf seinem Ansitz auf Beute wartete. Irgendwann brachte er die weiter weggelegenen Höfe doch wieder los. Und meistens noch mit einem satten Gewinn. Sein Einfluss wuchs von Tag zu Tag. Seine Nominierung für die anstehenden nächsten bayerischen Landtagswahlen schien so gut wie gesichert. Viel Geld hatte er dafür investiert, um sich die nötigen Stimmen zu sichern! Einige Jahre zuvor, im November 1869, war er

bei den letzten Neuwahlen zum Landtag noch ganz knapp gegen einen Konkurrenten aus Aßling gescheitert.
Aufpassen musste der Wastl eigentlich nur auf seine Frau, die Juliane. Sie, die bislang eisern zu ihm gehalten hatte, zeigte in letzter Zeit ein beunruhigend seltsames Verhalten. Obwohl sie darüber mit ihm absolut nicht redete, wusste der Kammerer, was der Grund war. Sie, die bisher lammfromme Juliane, hatte schon lange Kenntnis vom neuen Techtelmechtel mit der Jungmagd erhalten. Wahrscheinlich hatte es ihr eine der älteren Mägde „gesteckt". Aber sie hatte in der langen Ehe gelernt zu leiden und trotzdem zu schweigen. War es doch nicht der erste „Ausrutscher" ihres Mannes mit dem weiblichen Ehehalten. Und was ihr schon alles zu Ohren gekommen war! Wie er´s trieb, wenn er zu seinen vielen „Versammlungen" nach Miesbach, Aindling, Tuntenhausen, Ebersberg oder Wasserburg musste. Und erst frühmorgens sein klammes, unberührtes Bett neben ihr aufsuchte.
„Am liebsten würde ich die Weiber alle rausschmeißen" maulte Kammerer vor sich hin, als er vom Haupthaus hinüber zur Kutschenremise lief. Doch er wusste, dass dies nicht ging. Er und der Hof waren zu sehr auf ihre verlässliche Arbeit angewiesen.
Immer öfter fuhr nun Juliane in letzter Zeit mit dem Einspänner zum Einkaufen fort. Der Altknecht August, ihr treu ergebener Kutscher, war immer ihr Begleiter wenn sie die teuersten Geschäfte in Rosenheim, München, Miesbach oder auch Erding aufsuchte. Am liebsten suchte sie ihre neueste Mode in Wasserburg beim *„Trachten Huber"* - oder auch im weit entfernten Erding, beim *„Gewandhaus Gruber"* aus. Nein, Ebersberg lag ihr in *„puncto Mode"* nicht so. „Dann haben ja alle das Gleiche an, wie ich" war ihr knapper Kommentar, als sich der auf seine Reputation arg bedachte Sebastian Kammerer einmal daraufhin ansprach. Er fürchtete um seine Wählerstimmen bei der nächsten Kandidatur und sie um das Getratsche, wenn „Hinz und Kunz" ihr neuestes Gewand ebenfalls trugen. So einfach war das. Außerdem waren ihr die beiden Orte für solche Einkäufe zu nahe. Zu viele Menschen kannten sie dort. Das Landvolk um Grafing und Ebersberg nannte sie schon lange nur noch bei ihrem Spitznamen: *„die Bauern - Baronin"*. Also orientierte sie sich irgendwann mehr nach Erding, Mühldorf, Miesbach, Wasserburg und Rosenheim. Aufgeplustert sah sie aus, wenn sie mit ihren mondänen Kopfbedeckungen und sündhaft teuren Kleidern durch die Straßen der kleinen Bezirksstädte flanierte. August Moser, immer im gehörigen Abstand hinter seiner Herrin, war meistens vollbepackt mit Schachteln und sonstigen nutzlosen, modischen Firlefanz, welche die Bauernbaronin soeben erstanden hatte. Juliane ließ sich die Eskapaden ihres

Gatten also gut honorieren. Für die Stadtbewohner war es auf jeden Fall immer ein Ereignis, über das man ausgiebig tratschen konnte.
Doch der alte, erfahrene Fuchs Kammerer war diesmal mit seinem Latein am Ende. Gut, Geld spielte keine große Rolle bei ihm. Aber wusste er denn sicher, dass seine Ehehälfte nicht noch mehr „in petto" hatte, wenn es einmal „zum Stechen" kommen sollte? Seine Widersacher und Neider, besonders in der Politik, warteten schon sehnsüchtig und ausdauernd auf jegliche Schwäche und weitere Fehler von ihm. Dem habgierigen, aber eigentlich erfahrenen Fuchs entging völlig, dass sich nicht nur auf seiner Habenseite Stück für Stück anhäufte, sondern noch viel, viel mehr auf seiner Sollseite. Echte Freunde hatte er immer weniger. Feinde, besonders die noch verborgenen, mehrten sich von Tag zu Tag. Kammerer ahnte wohl davon, wusste aber wenig oder so gut wie überhaupt nichts Genaues. Lieber steckte er den Kopf in den Sand, als sich mit solchen Dingen weiter zu befassen.

*****

Sommerferien 1873

Franziska

Lenz erinnerte sich später noch haargenau an jenen Tag, als er mit der Kutsche Franziska Kammerer und ihre Schwester zu Beginn der Ferien von der Posthaltestation am Marienplatz in Ebersberg abholen sollte. Die beiden Mädchen waren nach Schulende noch einige Tage bei ihrer Tante gewesen. Die wollte es so.
Doch - ihre Schwester Luise war nicht dabei. Sie wollte noch ein paar Tage länger bei einer Tante in der Nähe von Taufkirchen dranhängen.
Lenz war darüber mehr als erleichtert.
Es überlief es heiß und kalt, als er daran zurückdachte, wie sie sich beide, als ihre Kutsche endlich außer Sichtweite von Ebersberg in Richtung Steinhöring unterwegs war, verzweifelt aneinander geklammert hatten. Lange Wochen hatten sie sich nicht mehr gesehen. Lorenz hatte es schon auf der Hinfahrt nach Ebersberg geplant und nun auf der Rückfahrt ganz bewusst den langen Umweg über Steinhöring und Frauenneuharting genommen. Er wollte Zeit haben und mit seiner geliebten Franziska länger alleine zu sein.
Schweigend saßen sie beieinander.
Verstohlen drückte Franziska immer wieder seine Hand. Es herrschte eine unerklärliche Sprachlosigkeit zwischen den beiden. Irgendwie mussten Lenz und Franziska mit dieser Situation erst fertig werden. Franziska bemerkte die Verkrampfung ihres Geliebten, wusste von seinen Problemen. Sie kuschelte sich nun ganz tief in seine rechte Seite. Mit seinem Arm umfasste er nun ihre schmale Taille und zog

sie an sich. Ein hauchzarter Duft ihres Parfums zog um seine Nase. Lenz sog es mit geschlossenen Augen ein. „Ja, das ist es wieder“ murmelte er leise und wie bestätigend vor sich hin. Franziska sah ihn erstaunt von der Seite an. „Hast du was zu mir gesagt, mein Schatz“ fragte sie ihn mit großen Augen. Die Pferde liefen ihren gewohnten Trott. Lenz ließ die Zügel locker und strich ihr zärtlich die blonden Locken aus der Stirne. Mit einem Seufzer gab sich Franzi zufrieden, Obwohl er innerlich immer noch ganz aufgewühlt war, hatte er sich doch jetzt ganz gut in der Gewalt. Musste er jetzt auch, denn viele kannten den Lenz in Steinhöring. Und natürlich auch die Franziska Kammerer. Einige Personen an der staubigen Hauptstraße winkten der Kutsche zu und waren zuerst sichtlich perplex, als sie nur den Knecht und die junge Franziska erblickten. Manche dachten sich sicher ihren Teil.

„Brhh, Brhh...“. Kurz nach der *Pfarrkirche St. Gallus* in Steinhöring musste Lenz seine Kutsche anhalten. Gerade kamen viele schwarzgekleidete Menschen aus dem Gotteshaus und überquerten schnellen Schrittes vor ihm die staubige Straße. Im Nu waren sie in der schräg gegenüberliegenden Wirtschaft verschwunden. Anscheinend kamen alle aus einer Trauermesse.

„Hüa, Hüa ...“ Lenz zog leicht an der Führungsleine, die Kutsche setzte sich langsam wieder in Fahrt. Das Gefährt passierte nun die, rechterhand liegende imposante *„Höfter'sche Poststation“* *), mit ihrer barocken Vorderfront. Ein schmiedeeiserner Ausleger, mit einem ins Horn blasenden Postillion samt Gespann, zierte den - in die Straße ragenden - kleinen Erker. Geschäftiges Treiben herrschte. Laute Kommandos schallten über den Platz und übertönten das Wiehern der hungrigen und durstigen Pferde. Einige Überlandkutschen, die Eilwagen mit ihren Sechsergespannen und auch die großen Stellwagen des Linien- und Frachtverkehrs aus München oder Rosenheim waren gerade angekommen und standen vor der Posthalterei, welche die meisten der Poststationen zwischen München, Salzburg und Wien - bis hin zur Endstation nach Stein an der Traun - selbst in größeren Gemeinden um ein Vielfaches an Bedeutung übertraf.

Dort wurde jedes der neu ankommenden Gespanne zu jeder Tageszeit mit dem Posthorn begrüßt und verkündet. Eigene Rossknechte der *„Höfter'schen“* versorgten die Rösser, entluden oder verstauten die Gepäckstücke der Überland - Reisenden. Hier in Steinhöring war ein Knotenpunkt über viele Ländergrenzen hinweg. Für die Kutschen aus Budapest, Wien, Salzburg, Innsbruck, ja gar aus Brixen, Bozen und Verona, von der östlich und südlichen Seite von München.

*) ***Die* „Höfter'sche- Poststation** – *siehe Glossar*

Sogar Kutschen und Stellwagen aus Paris, Straßburg, Augsburg, Ulm, Nürnberg, Prag, Frankfurt, Köln, Weimar wechselten an der „Höfter'schen" ihre Pferde - und die Reisenden auch oftmals ihre wahre Identität.

Die *„Höfter'sche Posthalterei"* war allen Kutschern - aber vor allem der noblen, oftmals auch sehr zwielichtigen Kundschaft, fürwahr ein Begriff. Hier traf sich von den Allermeisten oftmals unbemerkt, auf dem Weg von West nach Ost, von Nord nach Süd, die Welt der Schönen und Reichen, der Künstler, Lebenskünstler und Adeligen. Damen wie Herren. Auch die Bauernbarone und manche Herren des Landadels und der Obrigkeit zu beiden Seiten des Inns wussten natürlich diesen weltläufigen Umschlagplatz interessanter Menschen, schöner, eleganter - und oft auch williger - Frauen zu schätzen. Blieb doch manch eine der „Damen" nicht nur eine, sondern oft mehrere Nächte in der Posthalterei. Und ebenso lange dauerte oft die Abwesenheit eines oder mehrerer Großbauern vom heimischen Herd und Bett. Und ebenso lange dauerte oft die Abwesenheit eines oder mehrerer Großbauern vom heimischen Herd und Bett.
Man war unter sich - Diskretion war in den meisten Fällen eine Ehrensache. Wenn nicht, dann half immer noch das Geld!
Die Posthaltestation war ein mächtiges Zeichen des Stolzes und des Selbstbewusstseins seiner Besitzer. Das Wirtsehepaar Höfter hatte es mit viel Fleiß, Geschick und Schläue - und vor allem mit einer gewissen Portion Skrupellosigkeit geschafft, die große Welt nach Steinhöring zu holen. In nicht wenigen der Schmähbriefen vergangener Haberfeldtreiben ringsum, war sogar „von regem Besuch einiger Würdenträger aus der näheren Umgebung der *„Höfter'schen"* die Rede!"
Das gurrende Lachen einer mondän aufgeputzten Frau drang vom großen Biergarten unter der riesigen Kastanie herüber, an die Ohren der beiden Verliebten. Kurz nach dem letzten Haus bog Lenz nach rechts von der Hauptstraße ab und nahm den staubigen, schmalen Fuhrweg Richtung *Hintsberg.* Dort vor der Kirche, dirigierte er die Kutsche weiter in Richtung Süden, den Bergen entgegen. Der staubige Weg führt nun über eine Lichtung hinein in ein Wäldchen.
Behutsam lenkte Lorenz dort sein Gespann nach rechts in den Waldweg. Fragend sah ihn Franziska von der Seite an. Lenz bemerkte dies und drückte ihr sanft die Hände. Ein wohltuender Schauer durchzog seinen Körper. Intensiv duftete es nun nach feuchtem Moos und Pilzen. Beinahe geräuschlos bewegte sich die kleine Kutsche immer tiefer hinein in den Wald. Der weiche, noch regenfeuchte Boden verschluckte jedes Geräusch.

„Brrh, Brrh, ssss...“! Ruhig dirigierte Lenz sein Gespann und zog leicht an seiner Fahrleine. Die Tiere schnaubten unwillig kurz auf, verlangsamten jedoch augenblicklich ihr Tempo. Gemächlich rollte das Gefährt aus und kam zum Stehen. Augenblicklich fingen die beiden Pferde zu grasen an. Ganz in der Nähe machte sich lautstark ein Specht an einem Baum zu schaffen.

*****

Es bedurfte keiner vielen Worte mehr ...
Die Begierde, die sexuelle Gier aufeinander war übermächtig. Franziska sah Lenz tief in die Augen, ihre Lippen, ihre Körper verschmolzen ineinander. Alles geschah beinahe mechanisch – und doch irgendwie unbeholfen. Wie zwei Ertrinkende hielten sie sich umklammert und tauchten tief ein in die Welt ihrer Gefühle, tauchten ein in eine atemlose Welt der körperlichen Begierde. Alle noch vorhandenen Ängste, Bedenken und Hemmungen fielen von ihnen ab. Animalisch - und doch unendlich zärtlich - versanken sie in eine Welt der Sehnsucht und der Grenzen überschreitenden Lust. Monatelang hatten sie einander nicht mehr gesehen und auch nichts mehr voneinander gehört. Es war ein Rausch - die beiden Liebenden vergaßen die Welt um sich herum.
Leises Scharren und Wiehern riss die beiden aus ihren erschöpften Träumen. Schnaubend blähten sich die Nüstern eines der Kutschpferde. Lenz drehte sich um und zog sanft dem Arm unter Franziskas Kopf weg. Er horchte. Nichts! Die Pferde beruhigten sich wieder ...
„Wahrscheinlich Rehe“ murmelte er leise vor sich hin. Die innere Unruhe und Erwartung ließ seine Stimme zittern. Franziska hatte noch die Augen geschlossen. Zärtlich strich ihr Lenz übers Gesicht. Sie wachte auf. Wieder umarmten und küssten sie sich gierig. Immer und immer wieder fielen sie den wild mahlenden Strudel ihrer Begierden. Sie waren unfähig, sich nur ansatzweise dagegen zu wehren. Und sie wollten es auch nicht. Plötzlich und wie ein unerwarteter Gewittersturm war´s über sie hereingebrochen.
Leise, beinahe verschämt stand Lorenz auf. Er wagte es nicht, seine Geliebte anzusehen. Doch, als sie zu ihm hochschaute, sah er ein glückliches Lächeln in ihrem Gesicht. Zärtlich strich er über ihre zerzausten Haare. Das Blut schoss ihm in den Kopf. „O mein Gott, was hab ich für ein Glück. Solch ein Maderl ist nun die Meinige?!
Sie hatten sich geliebt, zum ersten Mal miteinander geschlafen.

Langsam und bedächtig, aber ungeheuer verlegen faltete Lorenz die schwere Kutschdecke zusammen, streifte pedantisch die Tannennadeln und die Blätter ab und verstaute sie wieder hinter den Sitzen. Franziska war gerade dabei ihre Haare und auch ihr leichtes, blumiges

Sommerkleid einigermaßen in Ordnung zu bringen. „Wie wundervoll sie aussieht“ dachte der Lenz. Als ihn Franziska, „seine Franzi“, einen zarten Kuss auf die Wange hauchte, lief er feuerrot an. Franziska bemerkte es und strich ihm zärtlich über die Wangen. Sie schmiegte sich ganz eng an ihn.
Ich liebe dich, Lenz. Ich liebe dich über alles in der Welt ...“ flüsterte sie ihm ins Ohr. Lorenz konnte nur atemlos antworten: *„Ich liebe dich auch! Für immer und ewig ...!“*
Ganz vorsichtig, noch mit flatternden Atem, dirigierte er die Kutsche auf den Waldweg hinaus ins Freie. Die Rösser suchten alleine ihren weiteren Weg - und die beiden Verliebten hatten keinerlei Eile. Grelles Sonnenlicht blendete Lenz.
Vor ihnen lag in einer Senke das Dörfchen Stinau mit der kleinen Kirche und ihrem schiefen Glockenturm auf einer Anhöhe. Lenz war schon des Öfteren dort gewesen, bei einem, mit dem Kammerer verbandelten Bauern. Wenig später passierten sie die kleine Ortschaft Lauterbach. Am Ortsende grüßte ein Bauer die beiden Verliebten von seinem Hof herüber. Lenz erwiderte den Gruß und fuhr weiter, die leichte Steigung hinauf, der Sonne entgegen, weiter Richtung Süden. Auf einer kleinen Anhöhe lag Frauenneuharting, mit dem schlanken Kirchturm der Dorfkirche „Mariä Heimsuchung“.

*****

Lenz erfuhr jetzt von Franziska Stück für Stück, warum seine Briefe sie nicht in München erreichen konnten und weshalb die Ihrigen nicht ihn. Matthias Ergoldinger, der Großknecht hatte wie so oft, seine Finger mit im Spiel. Ihr Vater hatte schnell vom heftigen, aber noch harmlosen Techtelmechtel zwischen Lorenz und Franziska in den vergangenen Pfingstferien etwas mitbekommen. Als Franziska wieder auf das Lyzeum nach München musste, wurde Kammerer sofort aktiv. Er nahm Kontakt mit den, ihm sehr ergebenen Posthaltern von Grafing und Ebersberg auf und gab ihnen seine „Anweisungen“. Nicht umsonst verstand sich. Denn, so gerissen war er, diese Beamten vorher zu einem zünftigen Essen mit Umtrunk im Gasthof „Post“ einzuladen. Aber nicht in Ebersberg. Nein, sondern in Grafing.
Nachdem Kammerer jedem noch einigermaßen diskret einen Umschlag übergeben hatte, zierten sie sich nicht lange und leisteten der dringlichen „Bitte“ um Überwachung des Briefverkehrs der beiden Verliebten von und nach München, gehorsamst Folge.
Zu groß war der Einfluss des mächtigen Bauern ...
Ihr Fehler war nur, dass sie sich vom Bauernbaron, den sie ganz sicher bei den nächsten Wahlen eine erfolgreiche Kandidatur für den Landtag zutrauten, in aller Öffentlichkeit auf seine Seite gezogen wurden.

Denn auch in Grafing kannte man natürlich die beiden königlich – bayerischen Posthalter. Kammerer war nun von Anfang an über alles informiert, was die beiden Verliebten sich schrieben.
Nur Lorenz und Franziska waren lange ahnungslos und hörten garnichts mehr voneinander.

Der Bauernbaron triumphierte insgeheim. Da der Matthias nun Mitwisser war, wurde er um ein erkleckliches Sümmchen im Jahr besser entlohnt. Irgendwann hatte jemand dies an Franziskas Schwester Luise nach München geschrieben. Denn diese bekam ja seltsamerweise noch regelmäßig Post aus der Heimat. Im Gegensatz zu ihrer Schwester. So erfuhr es dann auch letzten Endes Franziska.

*****

Die Felder ringsherum standen in voller Frucht.
So weit das Auge reichte, prachtvolles fruchtbares Bauernland. Linkerhand sah er einen Bauern mit seinen Knechten und Mägden das Heu auf einer großen Wiese wenden. Es roch köstlich.
Franziska sog genussvoll den Duft von frisch gemähtem Heu in ihre kleine Stupsnase. „Mei, Lenz, sowas können mir in München garnicht mehr riechen!“
Goldgelb leuchtete das Korn in der brütendheißen Sommersonne, die beinahe noch im Zenit stand. Kaum wahrnehmbarer Windhauch wiegte die prallen Ähren sanft hin und her. Lenz wusste, dass die Ernte unmittelbar bevorstand. „Hoffentlich gibt´s keine Unwetter mehr in den nächsten Tagen“ sagte er zu Franziska gewandt. Er wusste auch, dass jetzt jede Hand auf dem Kammererhof benötigt wurde. Konflikte, die bestanden, oder solche, die schon länger am schwelen waren, wurden jetzt so gut wie´s ging, zurückgestellt.
Das war ehernes Gesetz auf dem Lande.
Das Weideland vor ihnen zog sich in leichten, sanften Moränenhügeln bis hin zu den Bergen am Horizont. Es war überflutet mit einem Meer von Löwenzahn, Margeriten, blühendem Sauerampfer, Schafgarbe, Johanniskraut, Klatschmohn und Kornblumen. Dann wieder endloses Gelb, soweit das Auge reichte. Dahinter die bläulich schimmernden Gipfel der Chiemgauer Berge und des Mangfallgebirges. Die Sicht war in den höheren Lagen so klar, dass Lenz nacheinander die Gipfel vor ihnen aufzählte. Allen voran die Kanzelwand, den Geigelstein und den überaus markanten Wendelstein. Franziskas Gesicht überzog ein feines, glückliches Lächeln. Sie war stolz auf ihre Heimat, ihr Land und vor allem auf ihren Lenz. Den Wendelstein, die Kampenwand und all die anderen Gipfel kannte sie natürlich auch. Aber Lenz wusste noch viel, viel mehr von diesen Gipfeln aufzuzählen. Und vor allem, und das war noch interessanter, mancherlei Geschichten dazu. Ein

gutes Gefühl durchströmte ihren ganzen Körper. So, ja genauso müsste der Mann sein, mit dem sie ihr Leben gestalten und verbringen möchte.

Alles war in Windeseile passiert und nicht nach dem uralten Credo: *„Drum prüfe, wer sich ewig bindet, ob sich das Herz zum Herzen findet“*. Ihre Liebe war wie ein unvorhersehbarer Sturm über sie hereingebrochen, wie aus heiterem Himmel. An jenem Tag, als sie in den Sommerferien von München hinaus nach Wolfsöd, zu ihrem elterlichen Hof fuhr! Franziska seufzte leise auf.
Ja, sie war glücklich, unendlich glücklich.

*****

Sanfter, fast unmerklicher Windhauch wehte von den Bergen herüber. Hoch oben in der Thermik der Lüfte steckten Mäusebussarde und Habichte in gleichmäßigen, kreisrunden Segelmanövern ihre Jagd- und Balzreviere ab. Ihr schrilles Geschrei, ähnlich wie das klägliche Miauen rolliger Katzen, hob sich deutlich ab vom rasanten Tremolo der Feldlerchen. Ihr jubilierender, betörender Gesang übertönte alles. Lenz brachte seine Kutsche zum Stehen. Er zog die Bremse an, stieg vom Kutschbock herab und begann am Rande eines ausgedehnten Kornfeldes Blumen zu pflücken. Sein Bauernherz schlug höher. Prächtig stand der Weizen, die übervollen Ährenstände versprachen eine sehr gute Ernte. Das große Feld und die Feldraine entlang der Straße waren überfüllt mit weißgelb blühenden Wiesen - Margeriten, durchsetzt mit Kornblumen und überquellendem Klatschmohn, der mühelos das leicht hin und her wogende Ährenmeer überragte.
Auf der andern Seite des staubigen Weges breitete sich eine schier endlose Weidelandschaft aus. Von irgendwoher hörten sie Kuhglocken. Ganz leise, im Ton auf- und abschwingend, wirkten diese Töne irgendwie feierlich, ja getragen. Lenz reichte ihr einen wunderschönen Strauß, den er noch mit einigen Stängeln Johanniskraut garniert hatte. Franziska verbarg ihr Gesicht darin und sog gierig den süßen Duft ihrer Heimat ein.

*****

„**F**ranziska, ich liebe dich!“
Mit einem Schwung hatte er wieder neben ihr auf dem Kutschbock Platz genommen, drückte ihr den prächtigen Strauß in die Hand und presste sie ganz fest an sich. „Jetzt, ja jetzt bin ich endlich wieder heimgekommen“ seufzte Franziska mit einem glücklichen Lächeln in ihrem ebenmäßigen Gesicht. Ihre Sehnsucht nach ihrem Lenz, die langen Wochen des Wartens, hatten sich doch gelohnt. Bevor die Kutsche wieder anfuhr, küsste sie ihn lang und innig. Lenz schnalzte

mit der Zunge. „Hüa, Hüa". Langsam trabten die beiden Pferde wieder an. Wenig später erreichte die Kutsche die Ortschaft Frauenneuharting, welche in der Glut der nachmittäglichen Hochsommerhitze wie völlig ausgestorben da lag. Vor der uralten romanischen Kirche *„Mariä Heimsuchung*", mit dem schlanken, spätgotischen Glockenturm, direkt schräg gegenüber vom Gasthof *„Weinhuber-Bräu*", ließ er sein Gespann am Brunnen mit der Pferdetränke den Durst stillen. Der „Bräu" war ein breites, stattliches und mehrgeschossiges Gebäude und zeugte augenscheinlich vom Fleiß und großen Wohlstand ihrer Besitzer.

*****

Rückblick - vor einigen Wochen

„Karolina, Karolina, Karolinaaaa...!"

In seiner Seele, im Kopf und seinem Herzen tobte ein Sturm. Nein, es war mehr ein fürchterlicher, alles zerstörender Orkan. Lenz war hin- und hergerissen von seinen Gefühlen. Er schämte sich. „Was hab ich nur getan?" Einesteils war er immer noch ungeheuer erregt, wenn er an das Geschehene der paar Stunden mit diesem verführerischen Weib dachte. Und andererseits zerfloss er innerlich schier vor Selbstmitleid.

„Was ist mit mir los …? So ein Luder, so ein verdammtes, raffiniertes Luder!" Er schloss die Augen und sog die kühle Morgenluft in seine Lungenflügel. Nein, sie ging ihm nicht so schnell aus dem Sinn, die Karolina Veit aus Pfaffing. Gottseidank hatten die beiden anderen nichts bemerkt. Oder doch? Nein, rein garnichts wie er feststellte. Ein Stein fiel ihm vom Herzen.

Was war nur passiert? Und - warum konnte es passieren? Lenz kam einfach zu keinem erklärbaren Ergebnis. Er war einfach zu müde, hundemüde, doch mit Schlafen war nichts. Dazu waren seine Sinne und Gefühle noch zu sehr aufgewühlt.

August Moser war damals, beim „Tanz auf der Tenne", schon kurz nach der Abfahrt vom *„Weinhuber-Bräu*" in einen bierseligen Schlaf gefallen. Sein Kopf ruhte abwechselnd an den Schultern vom Fischhuber Georg und vom Lenz. Getanzt hatte er nicht! Mit wem hätte er auch tanzen sollen? Hätt´ ihn eh keine genommen, mit seinem steifen Bein. Also hatte er sich wieder einmal einen tüchtigen Rausch unten in der Wirtsstuibe angesoffen. Um all die Schikanen auf dem Kammererhof vergessen zu können.

Sonntagmorgen, der Morgen danach...

Im Rücken, von der Wasserburger Gegend her, kündigte sich der neue Morgen an. Die wenigen Stunden Schlaf hatten ihn noch müder gemacht. Aber es half nichts. Er hatte einen Auftrag vom Kammerer. Und den musste er ausführen, ob er nun wollte oder nicht. Gut, dass er

schon ganz in der Frühe mit dem Fuhrwerk nach *Tegernau* musste, um eine trächtige Muttersau bei einem Bauern abzuholen. Als er, noch völlig gerädert, seine beiden Rösser einspannte und die schwere Saukiste auf dem Fuhrwerk verstaut hatte, bohrte schon wieder dieser verdammte Gewissenswurm in ihm: du Lump! Hast deine Franziska verraten! Du ehrloser Lump.
Unterwegs hatte es angefangen, leicht zu nieseln. Es war ein warmer Regen. Schwarze Wolken waren unmerklich mit auffrischendem Wind schnell von Westen herübergezogen und verdunkelten den Himmel des langsam erwachenden Morgens.
Aus den Talauen stieg leichter Nebel auf.
Wenig später hatte er seinen Auftrag erledigt und bekam vom Bauern noch eine Brotzeit und einen Krug Most spendiert. Dann machte er sich wieder auf den Rückweg. Genau mit dem Zehnuhr-Läuten der Dorfkirche von Tegernau passierte er das rechter Hand auf einer leichten Anhöhe liegende *Schloss Stachet*. Eine größere Jagdgesellschaft - mit einer Meute von Hunden - machte sich gerade zum Ausritt bereit. Die dunklen Wolken waren verzogen, die Alpen am Horizont waren in helles Sonnenlicht getaucht und über den dampfenden Wiesen und Auen erhob sich ein majestätischer Regenbogen.
Noch zwei Wochen und die beiden Kammerer-Mädchen würden aus München eintreffen, um ihre Sommerferien diesmal auf dem Hof zu verbringen.

*****

Mitte August 1873
„Hundstage“

Der Hochsommer überzog das Voralpenland mit einer Hitzewelle ungeahnten Ausmaßes. Nur gut, dass die erste Wiesenmahd so reichlich ausgefallen war. Und Schattenlagen gab es auf seinen vielen Wiesen doch noch zuhauf. Aber seit letztem Sommer hatte er bei einigen hoch verschuldeten Bauern - mitsamt ihren elendig heruntergekommenen Höfen - noch über hundertfünfzig Stück Milchvieh zu einem Trinkgeld dazu ersteigert. Und deshalb extra einen neuen Stall an der Südwestseite unterhalb des hochgelegenen Kammererhofes für dieses Vieh anbauen lassen müssen.
Durch geschickten Landtausch mit seinem ärgsten Konkurrenten Stiglmaier gelang es dem Kammerer, das nunmehr noch dringender benötigte Weideland für seine Rindviecher zu bekommen.
Und jetzt die schon wochenlang anhaltende Dürre ...
Überall im Gäu war das Heu schon zu Ende gegangen. Die letzte Mahd lag nun schon acht Wochen zurück. Manch einer der Bauern überlegte gar schon, ob er sein Vieh nicht verkaufen sollte.

Das Wetter spielte schon wieder völlig verrückt. Gottseidank führte der kleine Bach unterhalb seines stattlichen Hofes noch ausreichend Wasser. Noch! Das Wolfsöder Filz hatte sich an den regenreichen Wochen zu Beginn des Jahres übervoll gesogen und gab jetzt so nach und nach sein - zur Neige gehendes - Wasser - Reservoir in den kleinen Filzengraben ab. Des Öfteren hatte er schon mit dem Gedanken gespielt, diesen kleinen, jedoch in Trockenzeiten so eminent wichtigen Wiesenbach anzustauen und ihn mit einem neu angelegten Graben abzuleiten. Aber, er wusste von Anfang an von der Gefährlichkeit seines Denkens und bekam gerade noch rechtzeitig Skrupel, seine Gedanken nicht in die Tat umzusetzen.
„Dem Nachbarn das Wasser abgraben... “ war immer noch ein unheiliger Verstoß seit urgrauen Vorzeiten. Nichts wurde schlimmer bestraft und geächtet. Außerdem würde dies ja am meisten den Bauern von den Mooshöfen, direkt unterhalb vom Stiglmaier am Finkenschlag gelegen, treffen. Und mit denen hatte und wollte er auch keine Händel und Probleme. Also ließ er schweren Herzens dieses Vorhaben fallen.
Die beiden Fuchswallache hatten schon ihr Geschirr umgelegt bekommen. Sie schienen trotzt der Gluthitze freudig erregt. Lenz befestigte sorgfältig die lange Deichsel, kontrollierte nochmals den festen Sitz des frisch polierten Kummets. Alles in Ordnung, es konnte losgehen. „Was für ein Glück, dass der Matthias sich heute Morgen verletzt hatte ... “ dachte sich Lorenz „ ... was für ein Riesenglück für mich!“ Lenz fühlte sich wie auf Wolken laufend. Sein Herz pochte bis zum Halse, er musste achtgeben, dass ihm seine Freude niemand ansah. Hatte er nicht soeben den Auftrag von seinem Großknecht erhalten, mit der noblen Zweispännerkutsche nach Ebersberg zu fahren und die beiden Kammerer - Mädchen für die Zeit der Sommerferien auf den Hof zu holen. Eigentlich war der Matthias damit vom Bauern beauftragt worden, doch der hatte sich am Morgen beim Stallausmisten mit der Mistgabel ziemlich am linken Unterschenkel verletzt.
Der Fischhuber Georg war schon vor ein paar Stunden mit dem jammernden Matthias auf dem Bock nach Grafing zum Doktor geschickt worden. Lorenz fuhr frühzeitig los. Er stellte seine Kutsche direkt vor der Posthaltestation am Marienplatz ab, versorgte erst die beiden Rösser und dann sich selbst. Ein paar Bauern beobachteten ihn interessiert. Genüsslich machte er sich dann an seiner Brotzeit zu schaffen: Speck, Brot und ein paar eingelegte Gurken. Im Gasthaus gegenüber holte er sich eine Maß Bier, das musste einfach sein. Lenz war absolut kein Trinker. Aber zu einer Brotzeit, das wusste jedermann im Gäu, gehörte ein frisch gezapftes Bier. Erst am späten Vor-

mittag sollte die Postkutsche aus München eintreffen. Lenz wunderte sich, weshalb die beiden Mädchen mit der Postkutsche aus München kamen und nicht mit dem Zug. War doch erst vor drei Jahren der neue Bahnhof in Grafing eingeweiht worden, nachdem die Bahnstrecke von München nach Rosenheim fertiggestellt war. Das größere und weitaus bedeutendere Ebersberg wartete seither vergebens auf den Anschluss an die Bahn. Aber ihm sollte es egal sein, wo er die Mädchen abholte, dachte sich der Lenz. Sein Herz begann beim Gedanken daran wie wild zu schlagen. Franziska! Seit beinahe zwei Monaten hatten die beiden sich nicht mehr gesehen. Ein paar Mal hatte der Lenz versucht, über einem ihn bekannten Knecht aus Grafing als *„Postillion d 'Amour"* Briefe nach München zu senden. Nicht umsonst versteht sich. Bislang hatte er jedoch nie eine Antwort bekommen. Der Knecht aus Grafing schüttelte aufdrängende Fragen immer nur bedauernd seinen Kopf. „Nein, nein. Ich habe nichts für dich mitbekommen! Ich habe die Briefe wirklich immer beim Posthalter abgegeben, aber nie etwas mitbekommen!"

Warum, erfuhr er erst einige Zeit später. Dann, als es schon zu spät war.

*****

Ende August 1873

Lenz hatte eine Nachricht erhalten.
Nein, nicht von Franziska, wie er erhofft hatte.
Von Karolina Veit aus Pfaffing war der Brief. Sie hatte in Erfahrung gebracht, dass Lenz ein- bis zweimal die Woche hinauf nach Grafing oder Ebersberg musste. Geschickterweise hatte sie ihm gleich in zwei Gasthäusern, die Lenz immer aufsuchte, eine Nachricht gleichen Inhalts hinterlegt. Der eine Brief war in der „*Post*" in Ebersberg und der zweite im „*Wildbräu*" in Grafing für ihn hinterlegt. Es kostete Karolina schon mehr als nur ein paar Kreuzer, um die Wirtsleut′ jeweils zur Verschwiegenheit zu überreden. Sie war sich ihrer Sache sicher. Schließlich war ihr Vater, der Peter Michael Veit aus Pfaffing, einer der einflussreichsten Bauern im ganzen Gäu. Veit kannte sogar den kleinenn Kohwagnerbauern aus Mittergars und seinen Cousin vom „Maierhof" in der Einöde Lohen. Auch Veit war mit Leib und Seele ein Freund des Trabrennens und hatte selbst schon mehrere Preise gewonnen.
In Ebersberg übergab Lenz der redselige Wirt nicht unbedingt diskret den Brief. „Ja mei, der Kohwagner Lenz vom Kammererhof! Auch einmal wieder in Ebersberg. Da, ich hab′einen Liebesbrief für dich. Und parfümiert ist er auch noch!" Genüsslich und für alle ersichtlich,

schnupperte der Wirt am Brief. Die Kartelbrüder der Schafkopfrunde am Stammtisch klopften sich laut grölend auf die krachledernen Schenkel. „Ha, ha, unser Wirt spielt jetzt auch noch den *„Postillion d `Amour"*. Können wir dich auch einmal bei Bedarf in Anspruch nehmen?" Lenz lief rot an. Die neugierig - verschlagenen Gesichter vom Stammtisch beobachteten ihn mit lauerndem Blick. Er versuchte, sich seine Überraschung nicht anmerken zu lassen. Gottseidank war es heute ein trüber Tag und die Wirtsstube noch etwas dunkler als sonst. Er setzte sich in eine Ecke der Wirtstube und bestellte sich eine Maß Bier. Verstohlen öffnete er den versiegelten Brief. Doch vergebens - es war einfach zu schummriges Licht. Verstohlen steckte er den Brief wieder in seine Joppentasche. Von draußen, vom Marienplatz her, ertönte lautes Geschrei. Flüche, angstvolles Pferdewiehern und Peitschenknallen. Er zuckte zusammen. Auch die Gäste, am Stammtisch unterbrachen abrupt ihr Kartenspiel. Zum Schanktisch gewandt, hinter dem der Xaver, der Wirt den hereindringenden Lärm mit noch mehr Emsigkeit zu überdecken versuchte, sagte einer der Wortführer der Schafkopfrunde mit lauter Stimme: „Wirt, schau endlich einmal raus, damit mir auch wissen, was da draußen los ist …!" Der Wirt verließ den Schankraum durch die Küche, nicht ohne ein paar grantige Bemerkungen seinen Stammgästen zu hinterlassen. Wenig später kam er mit hochrotem Kopf in die Wirtsstube und berichtete aufgeregt von einem hitzigen Streit zwischen zwei Kutschern. „Mei, ganz schöne Striemen hat er dem andern übers Gesicht gezogen, mit seiner Peitsche. Und nur, weil der partout nicht mit seiner Kutschen hat ausweich´n wollen, der Bazi, der elendige!"

Der Posthalter und Wirt nahm eine gehörige Prise Schmalzler und gönnte sich einen kräftigen Schluck aus dem tönernen Krug unterm Zapfhahn. Er wischte sich den Schaum aus seinem mächtigen Schnurrbart und blies die Backen auf. Voller Stolz lehnte er sich mit seinem breiten Hintern gegen eine, mit kunstvollen Schnitzereien verzierte und vom endlosen Qualm dunkel gebeizte Buchensäule, die den Stammtisch zu den anderen Tischen in der Wirtsstube abgrenzte. „Hätt´ sich eh keiner von euch raus getraut, gell? Nur ein großes Maul habt´s ihr allweil. Aber, wenn´s zum Stechen kommt, dann zieht ihr wie immer, alle den Schwanz ein!" Lenz sah ihm an, dass es dem Xaver gut tat, seinen Groll auf die vorlauten Stammtischbrüder endlich mal wieder loszuwerden. Das Gemurmel am Nebentisch hielt sich, ob dieser Standpauke, merklich in Grenzen und flachte nach kurzer Zeit ganz ab. Schon wenig später übertönte wieder das laute Knallen der Karten und das übliche Frotzeln den Lärm von draußen. Lenz widmete sich nochmal dem Brief. Aber es war immer noch zu dunkel im Wirtsraum. Zumindest zu dunkel, um einen Brief zu lesen. Er wechselte den Tisch und setzte sich an ein Fenster zum Marienplatz hin. Dort war es etwas heller. Interessiert betrachteten der Wirt und die Stammtischbrüder das Tun des Kammerer-Knechts.

„*Geliebter Lenz ...*“ stand ganz oben feinsäuberlich in akkuraten Buchstaben in der ersten Zeile des zart duftenden Briefes aus feinem Büttenpapier. Ein erregender Schauer durchfuhr seinen Körper, bis hinunter in seine Lenden. Aber außer der ersten Zeile konnte er auch nicht viel entziffern. Interessiert beobachtete ihn der listige Wirt vom Schanktisch her. Schnell verstaute er wieder den Brief in seiner Joppe, trank sein Bier aus, stand auf und bezahlte.
Dann verließ er eiligen Schrittes den Gasthof „*Post*“ am Marienplatz in Ebersberg. Nur noch ein kleines Häuflein sensationslüsterner Bürger und Bauern standen um die beiden Streithähne am unteren Ende des Marienplatzes. Ein Gendarm machte sich gerade über die Anfertigung eines Protokolls. Lenz nahm auf dem Bock seines Fuhrwerks Platz, lockerte die Bremse und dirigierte mit sanften Rufen sein Gespann den abschüssigen Marienplatz hinab in Richtung Kirche. „Hüa, Hüa. Ja brav. Hüa, Rosl, hüa Walli, schön tuat´s laufen“.

Seine Besorgung für die Frau des Bauernbarons hatte er schon gemacht. Ein großes Paket aus München war mit der Postkutsche angekommen. Die „*Hutmacherei von A. & W. Magreiter, München, direkt am Karlstor.*“ war der Absender dieses voluminösen Paketes. Unter dem Absender war, neben dem Wappen des bayerischen Königshauses auf die Verpackung gedruckt:

„*Königlich - bayerischer Hoflieferant seit 1825*“.

„Nobel, nobel“ dachte sich der Lenz. Auf dem Rückweg nach Grafing hielt er sein Fuhrwerk genau auf der Kuppe der Steige und direkt an der Allee zum Gutshof Kaps an. Hinter ihm lag dass kleine Dorf Asslkofen. Er konnte von dieser Stelle aus sowohl nach Grafing als auch zurück nach Ebersberg sehen. Weit und breit befand er sich mit seinem Fuhrwerk alleine auf der Straße. Das stattliche, weißgekalkte Herrenhaus des Gutshofes lag rechter Hand, majestätisch mit seiner Frontseite, am Ende der kleinen Allee. Es war Mittagszeit. Stille stand über dem ganzen Voralpenland. Ab und zu hörte man die miauenden Rufe eines Hühnerhabichts und das einschläfernde Gebimmel von Kuhglocken. Der Nebel, der sich stundenlang wie ein schweres, feuchtes Tuch über die Moränenhügel gelegt hatte, hatte sich mittlerweile verflüchtigt. Die Sonne, die jetzt genau im Süden stand, tauchte die Gipfel der Chiemgauer Berge und des Mangfallgebirges in sanftes, ockerfarbenes Licht. Es war noch empfindlich kalt für diese Jahreszeit, ein Frösteln lief durch seinen Körper. Diese majestätische Land-

schaft, welche sich nun seinen Blicken öffnete! Doch er wusste auch, dass gerade die Bergwelt für die Menschen dieses Landstriches unwirtlich, unnahbar und bedrohlich war. Dennoch war Lenz immer wieder von dieser prächtigen Aussicht überwältigt. Besonders an so einem Tag. Grafing gegenüber lag noch leicht im Schatten der Nebelbank. „Gottes Land, Bayernland“ murmelte er leise vor sich hin.
Er versuchte seine Gedanken zu ordnen und sich wieder dem Brief zu widmen.. Vergebens!
Wild pochte sein Herz. Was hatte dieses Teufelsweib nur alles geschrieben! Ein verrücktes und völlig unmoralisches Weib. Sie war anscheinend außer Sinnen und ganz wild nach einem Wiedersehen. Auch ein Datum und einen Ort nannte sie schon. Anscheinend war sie ihrer Sache sehr sicher. Lenz war mehr als nur irritiert. Damit, nein mit so was hatte er nie und nimmermehr gerechnet. Sicher, *beide* hatten Schuld. Aber er, er fühlte sich mehr als nur schuldig. Viel, viel mehr. Hatte er sich doch schon zuvor Franziska versprochen. Dabei hatte Lenz diesem verdammten, kleinen Biest aus Pfaffing doch keinerlei Avancen und Hoffnungen gemacht. Gut, zugegeben, er hatte sich rumkriegen lassen und es war zu mehr gekommen, als nur zum heftigen Schmusen. Schließlich war er auch nur ein Mann! Und bei so einem Bild von einer Frau! Doch, er war sich sogar sicher, dass es auch ihr mehr als nur Spaß gemacht hatte. So wie sie sich ihm hingegeben hatte! Und dies auch noch mit bislang ungeahnten Lustgefühlen, für ihn sowohl auch für Karolina. Da konnte er sich nicht täuschen, denn sie hatten es mehr als nur einmal in dieser Nacht „getan“! Und versprochen hatte er ihr schon garnichts. Rein garnichts! Außerdem - und da meinte er sich ganz sicher zu sein - war er auch nicht der „Erste“ bei ihr gewesen.
Ein wohltuender, erregender Schauer durchzog ihn wieder, als er ans Geschehene im dunklen Wirtsgarten hinterm „*Weinhuber-Bräu*“ dachte. Damals vor wenigen Wochen. „Mein Gott ... “ schoss es Lenz durch den Kopf, „ ... wenn sie nun ein Kind von mir bekommt?“ Er wagte den Gedanken garnicht zu Ende zu denken. „Nein, nein, um Gottes willen, nochmals nein. Das darf nicht sein!“ Lorenz war sich sicher, dass er auf keinen Fall zum Kirchweihtanz nach Tegernau fahren würde. Dort, genau an der Einfahrt zum Schloss „*Stachet*“, wollte Karolina sich mit Lenz am nächsten Samstagabend treffen. Lenz war bestimmt keiner, der sich drückte. „Ich muss das schnellstens aus der Welt schaffen. Egal, was auch passiert ...“, das war sein einziger Gedanke, „... ganz schnell! „Noch eine Woche und Franziska kommt in die Ferien nach Wolfsöd. Verdammt! Jetzt ist guter Rat teuer“ schoss es ihm durch den Kopf.

Die Tage zuvor hatten die Knechte bei herrlichstem Sommerwetter unten am Bach die großen Wiesen gemäht, das Gras gewendet und später dann zum Trocknen auf die Heuböcke geschichtet. Und jetzt? Gerade jetzt war schlechtes Wetter von den Bergen her im Anzug. Jede Hand wurde jetzt auf dem Hof gebraucht, um bis spät in die Nacht das Heu trocken in den Stadel zu bringen. Wetterleuchten vom Südwesten, vom Mangfallgebirge her und eine dunkle, drohende Wolkenwand bestätigten die Vermutung nach einem schnellen Wetterumschlag. Geschäftiges Treiben herrschte auf dem Kammerer Hof. Laute Befehle und Anweisungen schallten über den Innenhof. Selbst die Ochsen mussten jetzt in die Geschirre. Jedes Fuhrwerk wurde benötigt.
Was würde sie wohl machen, dachte der Lenz. Würde sie bei diesem Wetter überhaupt zur Kirchweih nach Tegernau fahren? Egal, jetzt war es für ihn unmöglich, sich zu drücken. Selbst wenn er wollte, sein Pflichtbewusstsein würde dies nie und nimmermehr zulassen. Dazu war er viel zu viel Bauer. Todmüde sank er kurz nach Mitternacht in seinen Bettkasten. Georg und August schliefen schon tief und fest. Beide schnarchten um die Wette. Alle hatten bis zum Umfallen geschuftet. Sofort war er auch eingeschlafen. Kurz darauf prasselte wolkenbruchartiger Regen an das Kammerfenster. Ab und zu hörte man noch ein sich entfernendes Donnergrollen. Das Gewitter hatte sich, so schnell es gekommen war, wieder verzogen. Hinüber über den nahen Inn und hinein ins Salzburgische. Keinen einzigen Tropfen Nass hatte das trockene Heu abbekommen. Kammerer grunzte zufrieden, als er sich in der Wohnstube eine weitere frische Maß Bier gönnte. Es sollte nicht die Letzte in dieser Nacht bleiben.
Die Knechte bekamen am nächsten Tag frei.
Georg Fischhuber und August Moser hatten vor, zum Traberrennen nach Zorneding zu fahren. Kammerer hatte anscheinend seinen guten Tag erwischt. In einem Anfall von Großzügigkeit überließ ihnen der Bauer eine der beiden leichten Kutschen, einen Einspänner.

*****

Die Aussprache

Bereits am frühen Morgen fuhren Fischhuber und Ergoldinger in guter Stimmung los. Lenz wollte an diesem Tag endlich mit Karolina Veit reinen Tisch machen und hinüber nach Pfaffing fahren. Deshalb fragte er vorher den Großknecht Matthias Ergoldinger, ob er auch ein Pferd einspannen dürfe. Der Großknecht gab ihm die Erlaubnis. Ihm war´s schließlich egal, wohin der Lenz fuhr. Beide dachten oft das gleiche übereinander „Ich bin froh, wenn ich den mal einen Tag nicht sehe!“ Lenz wusste nicht, ob sein Vorhaben noch Sinn hatte. Aber er

wollte nichts unversucht lassen, dieses „Missverständnis“, wie er es nannte, so schnell wie möglich aus der Welt zu räumen.
Er nahm mit dem leichten Einspänner zuerst den kleinen Weg hinunter nach Schaurach und fuhr dann, als er außer Sichtweite des Kammererhofes war, nicht nach Süden, sondern in die nordöstliche Richtung nach Frauenneuharting. Auf schmalen Feldwegen fuhr er entlang der *Frauenneuhartinger Filze*[1] durch einen kleinen Fichtenwald in Richtung *Perach*. Dort, das wusste er, würde er wieder auf die Landstraße nach *Pfaffing* stoßen, die links entlang der Attel nach Norden führte. Kurz nach dem Elfuhrläuten erreichte er den Ort. Auf dem Platz gegenüber der Pfarrkirche *St. Katharina* stand eine Gruppe von jungen Männern dicht zusammen, die interessiert den Neuankömmling auf dem leichten *Gig*[2] begutachteten. Sie waren sich anscheinend nicht ganz schlüssig, was ein fremder Knecht mit dieser feinen Kutsche hier im Ort wollte. Und dazu noch mitten an einem Sonntag! Lenz brachte sein Gefährt zum Stehen, drehte die Bremse zu, stieg vom Bock herunter und ging mit etwas steifen, unbeholfenen Schritten auf die Gruppe zu. „Grüaßt enk, mitnand´, sagte er zu den Burschen. „Tschuidigung, i suchat den Hof vom Bauern Veit. Wia kimm i do hi?“ Es dauerte. Die jungen Männer musterten ihn ausdauernd und nicht gerade freundlich. Keiner von ihnen reagierte auf die Frage vom Lenz. Lenz räusperte sich laut, es war ihm sichtlich unangenehm. Er versuchte es noch mal. „Den Weg zum Bauern Veit such ich, bittschön ...“ Die Stille war nun sicht- und fühlbar feindlich. Endlich löste sich einer der Männer aus der Mitte der Gruppe und ging auf Lorenz zu. „Ja, ich! Ich kann dir den Weg zeigen. Die wohnt drüben in Scheidsöd. Komm mit!“ Der junge Mann zog Lenz am Ärmel und ging mit ihm wieder zur Kutsche. „Pass auf ... “, sagte er mit gesenktem Tonfall zu ihm, „... ich bin der Lang Xaver aus Werfling. Und dich kenn ich ...!“ Erstaunt zog Lenz die Augenbrauen hoch. „Du? Du kennst mich?“ „Ja! Ich kenn dich vom Kirta-Tanz in Frauenneuharting. Beim „*Weinhuber-Bräu*“.Vor zwei Wochen, weißt schon! Ich hab nämlich die beiden Maderln zum Tanzen gefahren. Die Karolina Veit und ihre Freundin. Das heißt, meine eigene Freundin ...“. Lenz sah ihn ungläubig an. „Geh, g´schau doch need so bled! Komm, setz dich auf dein Bock, mir zwei fahren jetzt raus zur Karolina! Ich bin schon über alles informiert.“ Der Kammererknecht sah ihm an, dass er keine Widerrede duldete. Im Schatten einer großen Linde, mit einem Marterl und einer Bank davor, hielt er die Kutsche an.

[1] **Filz /Filzen** *(österr./bayr) = Hochmoor (Moos) im Voralpenland oder in den Bergen*

[2] **„Gig“** (*altbayrisch - /engl.: „Sulky“- kleine, leichte Ein- oder Zweispännerkutsche mit zwei Rädern. Wurde damals - wie heute noch - bei Traberrennen eingesetzt.*

Genau da, wo die staubige Straße zum Weiler Ried abzweigte und der schmale Feldweg hinüber zur Einöde *Scheidsöd* führte. Xaver Lang deutete hinüber zu dem - hinter einem blühenden Bauerngarten liegenden Hof. „Dort! Da drüben wohnt die Karolina ..." sagte er und deutete hinüber. Die Fenster und auch der ausladende Balkon der breiten Hausfront des Bauernhofes hin zur Straße nach Pfaffing waren über und über mit knallrot blühenden Geranien geschmückt. Das Geländer des Balkons bog sich schier unter der Last des Blumenschmucks. „Donnerwetter, ein großer, stattlicher Hof" dachte sich der Lenz. Ein schwarzer Hund mit verzotteltem Fell döste in der Sonne vor dem Eingang ins Haupthaus. „Wart´ hier, ich bin gleich wieder da. Rühr dich nicht vom Fleck!" Er drohte lachend mit dem Finger. Die Stute fing ruhig zu grasen an. Eine mächtige Eiche und etliche Holunderbüsche verhinderten nun die direkte Sicht auf den Bauernhof und von dort aus auch auf die Kutsche. Nach einigen Minuten kam der junge Bursche zurück. „Bleib sitzen, die Karolina kommt gleich rüber!" Er zog sein rot - weißes Schnupftuch aus der Rocktasche und schnäuzte sich lautstark. Das Ross stellte irritiert seine Ohren. Dann nahm er sich genussvoll aus einer kleinen Dose eine Prise Schnupftabak. „Da, nimm auch eine Prise Schmalzler!" Lenz lehnte dankend ab. Drüben auf dem Hof fiel nun laut eine Tür ins Schloss. Mit eiligen Schritten lief das Mädchen auf die Kutsche mit den Männern zu. Der große Hund wollte ihr folgen. Sie scheuchte ihn zurück. Unwillig und mit heftig schlagender Rute trollte er sich wieder zurück in Richtung Bauernhof und begann dort ausdauernd zu bellen. Plötzlich stand sie vor der Kutsche und sah zu ihm hinauf. Lenz lief feuerrot an.
„Was ist, willst nicht absteigen?" fragte sie ihn keck.

*****

Bildhübsch sah sie wieder aus.
Ein rotes Dirndl mit spitzenbesetztem, weißen Mieder betonte ihre aufreizend dralle Figur noch mehr. Sie war sich ihrer Wirkung genau bewusst - ihrer Wirkung auf die Männer. So hatte es den Anschein!
Wieder verspürte ein heftiges Kribbeln in seinen Lenden. Die pure Sünde steht vor mir, die pure Sünde...", ging ihm durch den Kopf.
Lenz stieg vom Bock herab und ging mit etwas steifen Beinen hinüber auf die andere Seite. Es schien so, als ob er Zeit gewinnen wollte. Er hatte Angst vor dem, was jetzt kommen würde. Der junge Bauer, der ihn hierher begleitet hatte, stand immer noch mit etwas dümmlich - neugierigem Gesicht neben der grasenden Stute und wartete, so schien es dem Lenz, listig lauernd auf das, was da jetzt passieren würde.

„Was ist noch? Geh, sei so gut und schleich dich!“ sagte Lenz barsch zu ihm. „Und …“, er hatte es sich gerade noch eine weitere Unflätigkeit verbissen, „… und, dank dir schön, dass du mich herbracht hast!“ Generös streckte er ihm die Hand entgegen. Doch Xaver war beleidigt und schlug sie aus. Mürrisch maulend macht sich der junge Bauer zu Fuß auf den Weg zurück zum Dorf. Lenz und Karolina waren nun mit sich ganz alleine. Vorsichtig spitzte Lorenz hinüber zum Bauernhof. Nichts, rein garnichts rührte sich dort. „Brauchst nicht so schauen, ist niemand daheim. Meine Eltern sind heute in der Frühe nach Wasserburg rüber gefahren! Und die Ehehalten sind, bis auf die alte Magd, heim zu ihren Eltern.“ Karolina machte einen Schritt auf Lenz zu und schmiegte sich ganz eng an ihn. Er spürte, wie er dabei war, all seine Vorsätze zu verlieren. Ihr betörender Duft nach Maiglöckchenparfum!
Ein wohltuender Schauer breitete sich über seinem Körper aus.
Lenz fühlte, wie sein Fleisch wieder schwach wurde.

„Komm, sitz auf, fahren wir ein Stück hinaus“. Lenz war mehr als verlegen. Er reichte ihr die Hand und half ihr, auf dem Bock Platz zu nehmen. Wenig später bogen sie an der Straße zum kleinen Weiler *Nederndorf* hin ab. Kurz darauf erreichten sie ein großes Waldstück. Er dirigierte seinen Gig nach Süden. Vom Waldrand hatten sie einen herrlichen Blick auf die schier endlose Alpenkette. Lenz stieg ab und band sein Pferd an einer Birke am Wegrand fest. Zwischen den beiden Birken stand ein Marterl mit einer Bank davor.
Lenz war jetzt fest entschlossen, es „so kurz wie möglich“ zu machen. Fest entschlossen, „es hinter sich zu bringen“. Er hielt nichts davon, ein Leben zu führen, wie viele andere um ihn herum.
Franziska und er hatten sich versprochen. Und er hatte eindeutig einen Riesenfehler begangen. Mehr noch, eine unverzeihliche Todsünde. Er fing zu reden an. Redete sich alles von der Seele. Redete von der Qual und Pein, der er seit einer Woche sich ausgesetzt sah.

Ihm kam garnicht der Gedanke, nicht im Entferntesten, dass neben ihn ein Mensch, ein Mädchen aus Fleisch und Blut saß. Er sah nur das eine Ziel: sich selbst zu rechtfertigen und sich selber zu verzeihen.

Karolina hörte ihm eine Weile sehr geduldig zu, ganz entgegen ihrem sonstigen Naturell. Sie kannte sich fast selbst nicht mehr. Doch plötzlich stand sie auf, stellte sich direkt vor ihm, ihre Arme kämpferisch in die Hüften gestemmt. Karolinas Augen funkelten ihn kämpferisch an. „So, jetzt bist du einmal ruhig. Jetzt lässt mich einmal reden. Auch ich hab dir einiges zu sagen; spitz deine Ohren, Lorenz Kohwagner!“

*****

Zum ersten Mal in seinem Leben musste sich Lenz mit aller Kraft zwingen, den Worten einer Frau zuhören zu *müssen,* die um ihn kämpfte. Die sich augenscheinlich unsterblich in ihn verliebt hatte - und die ihn nicht wieder verlieren wollte. Es sprudelte nur so aus ihr heraus. „Du, du ...“, mit wütendem Gesicht und funkelnden Augen fauchte sie ihn an, „... du behandelst mich wie eine Hur´, wie eine billige Hur´. Nur weil ich mit dir geschlafen habe!“ Karolina stampfte mit den Füßen auf. „Weißt du, was du mir da antust? Oder was denn Liebe ist? Ich wusste doch nicht, dass du dich schon einem anderen Mädchen versprochen hast. Du hast mir kein Wort davon gesagt, dass du schon versprochen bist. Das ist dann doch nicht meine Schuld. Es ist doch ganz alleine deine Sache!“
Zornig stampfte das kleine Persönchen heftig mit den Füßen auf. Lenz fasste ihr an die Schulter. Doch sie ließ sich nicht mehr bändigen und fuhr fort: „Du hättest es mir sofort sagen müssen. Sofort und vorher! Und mich nicht erst herumkriegen und dann sitzen lassen wollen!“ Karolina konnte sich nicht mehr halten, die Tränen flossen ihr in Strömen die geröteten Wangen herab.
Lenz nahm sein Halstuch und versuchte vorsichtig ihr die Tränen zu trocknen. Sie wehrte ihn brüsk ab. „Lass das sein! Was machst du denn, wenn ich jetzt schwanger geworden bin ...?“, flüsterte sie mit tränenerstickter Stimme. Verschämt musste er sich eingestehen, dass sie der Zorn noch viel verführerischer, viel hübscher machte, als sie sowieso schon war. Sie versuchte jetzt, sich wieder an Lenz anzuschmiegen. Die Versuchung war groß, doch Lenz blieb hart. Auch wenn es ihm viel schwerer fiel, als er sich je gedacht hatte.

Ja, er hatte sich Franziska versprochen und Karolina musste dies mit versteinertem Gesicht und völlig verweinten Augen endgültig zur Kenntnis nehmen. Am späten Abend setzte er die kleine, völlig aufgelöste Karolina Veit wieder bei ihrem Elternhof ab und fuhr zurück zum Kammererhof. Als er mit seiner Kutsche das kleine Marderl passierte und zurück über seine Schulter blickte, sah er noch, wie sich Karolina die Hände vor´s verweinte Gesicht schlug.

Lenz hörte niemals wieder etwas von ihr. Er schwor sich, nimmermehr auf die Kirta in Frauenneuharting und sonstwo zu gehen.
Zumindest nicht ohne seine Franziska ...

*****

Samstag, am Spätnachmittag des 23. September 2006

Sanfter Wind wehte vom Fluss drunten herauf. Kloster Au lag, drunten linkerhand in einer flachen Senke, immer noch im satten, klaren Licht der langsam untergehenden Herbstsonne. Ich hatte meiner Frau mein Herz ausgeschüttet. „Stell dir vor, ich musste so alt werden, um etwas über die nächsten Vorfahren meiner Mutter zu erfahren. Mein Leben lang bin ich im Glauben gewesen, dass meine Mutter das dreizehnte - und damit das letzte Kind meiner Großmutter Maria auf dem Hof drüben in Lohen gewesen wäre. Ein Leben lang! Und heute Morgen lese ich in der Chronik, dass mein Großvater Georg hieß und dreiundzwanzig Kinder gezeugt hatte. Stell dir das einmal vor: dreiundzwanzig Kinder auf einem Einödhof!" Ich deutete mit meiner Hand hinüber nach Lohen, welches gerade noch erkennbar hinterm Kirchdorf Mittergars hervor spitzte. „ Bis gestern habe ich noch nicht einmal die Namen meiner Großeltern gekannt. Meine beiden Brüder haben ein Leben lang immer nur von zwölf Geschwistern ihrer Mutter gesprochen! Und jetzt dies! Ich bin sprachlos ..." sagte ich zu meiner Frau. Nein, ich war noch immer sprachlos. Das musste ich erst mal verarbeiten. Wir tranken noch einen Schluck des guten Tirolers, verkorkten die halb volle Flasche wieder und packten die Reste unserer Brotzeit zusammen. Dann fuhren wir zurück in unser Quartier in Babensham. In der Nacht lag ich lange wach. Meine Frau schlief tief und fest. Mir ging alles wieder durch den Kopf. Ich stieg leise aus dem Bett, holte aus meinem Rucksack die Chronik und setzte mich an den winzigen Tisch am Fenster. Dann knipste ich die kleine Lampe an. Gedankenversunken durchblätterte ich nochmals die Aufzeichnungen von vorne. Ich überflog die Eintragungen über die erste urkundliche Erwähnung im Jahre 1329 mit dem Verkauf des „Inningergutes" in Kerschdorf am 6. Februar durch den Adeligen „Ott, der Stegherre zu Kerschdorf" an das Dominikanerinnenkloster Altenhohenau am Inn. Dann las ich von einer Klosterurkunde ausgefertigt an **„mitichen nach sant Margretten tag** (=13. Juli) **1407"**erstmals namentlich von einem weiteren Inningerbauern im drei Kilometer entfernten Kettenham bei Griesstätt: „Chunrad Yninger" saß auf dem „Mitterhof"*) zu Kettenham und war ebenfalls Grunduntertan des nicht weit entfernten Klosters am Inn.

*)Heute noch besteht dieser Hof in Kettenham bei Griesstätt und trägt - obwohl schon lange Zeit in anderem Besitz - seit gar ewigen Zeiten immer noch den Hausnamen **„Inninger - Hof"**.

Schon wenig später wird dieser Chunrad (Konrad) Yninger als „Siegelbittzeuge" bei einer Darlehensbeurkundung des Dominikanerinnenklosters Altenhohenau genannt. Obwohl noch leibeigen und unfrei, sicher auch ein Zeichen von Wertschätzung durch die Nonnen des Klosters am Inn. Die schier endlose Linie der männlichen Vorfahren zog sich ermüdend fort. Bis zu jener Seite, als ich auf die Linie meiner früh verstorbenen Mutter stieß, war es eigentlich eine ganz normale, doch niemals erwartete Chronik. Doch was heißt normal? Ich war schon gefesselt und fasziniert, dass es möglich gewesen war, diese altbayerische Bauernsippe in solch enorm weit zurückliegende Zeiten zurückverfolgen zu können. Und das, mit den vor dreißig Jahren zur Verfügung stehenden Hilfsmitteln!

683 Jahre - *eine schier unendliche Zeitspanne! Von 1329 bis heute!*
Nein, das überstieg meine Aufnahmefägigkeit bei Weitem. Eine Zeit lang grübelte ich noch vor mich hin, und blätterte dann weiter zur Seite 41, Absatz 7: „Die Inninger auf dem Maierhof zu Lohen - mit den Verzweigungen nach Wasserburg und Georgenried" lautete die trockene Überschrift. Ich versank wiederum in die schier endlose Aufzählung von Zahlen und Fakten.

Meine Mutter hatte ich nie gekannt. Schon jahrelang vor ihrem qualvollen Tod im Januar 1948 war sie immer wieder viele Wochen stationär in der Universitätsklinik in Würzburg, ohne Erfolg. Sie starb jung an Brustkrebs. Die wenigen Momente, an welche ich mich an sie entsinnen konnte, waren an den Fingern einer Hand abzuzählen. Weder ihre Stimme noch ihr Aussehen waren mir in Erinnerung geblieben. Mein Vater erzählte mir über meine Mutter rein garnichts. Sicher war das keiner böser Wille! Meine sechs und sieben Jahre älteren Brüder hatten natürlich schon eine bessere Erinnerung an sie. Aber auch von ihnen – und meinen nächsten nahen Verwandten der Inninger - Linie in Rothenburg erfuhr ich, der „Kleinste" im Trio, leider sehr wenig. Ich hatte jahrzehntelang darauf gehofft - es aber dann aufgegeben. Vielleicht war es die Hektik der Nachkriegszeit mit ihren großen Zäsuren, politischer und wirtschaftlicher Art, der Altersunterschied oder auch der Umstand, dass ich in jungen Jahren schon zur Marine ging und nur noch wenig „nach Hause" kam. Ich weiß es bis heute nicht. Die wenigen Fragmente über das Wesen, Aussehen, Charakter und Leben meiner Mutter hatte mir meine Cousine Anni Bergmann aus Mittergars am Inn gegeben. Sie sprang damals ein, als unsere Mutter den jahrelangen Kampf gegen das Sterben führte. Als junges und hübsches Mädchen stellte sie ihre eigenen Wünsche und

Bedürfnisse hinten an, opferte sich auf und versorgte den Haushalt unseres Vaters in Rothenburg ob der Tauber. So an die achtzehn Jahre muss sie damals alt gewesen sein. Nur von ihr habe ich die wenigen vergilbten Fotos und noch wichtiger - wenigstens eine liebevolle Beschreibung meiner nie gekannten Mutter!
Und nun war diese geliebte Bezugsperson seit einigen Jahren leider tot. Wir, der fränkische Ableger der Inninger - Sippe aus einer weiblichen Linie, waren damit seither ziemlich abgekapselt von einem wichtigen Teil unseres Lebens. Todmüde kroch ich gegen vier Uhr morgens wieder in mein Bett - um schon knapp vier Stunden später unten in der Wirtsstube in Babensham beim Frühstück zu sitzen. Nebel waberte über die sanften Moränenkuppen Richtung Osten. Langsam setzte sich die Morgensonne durch. Wieder war ein wunderschöner Herbsttag zu erwarten. Meine Frau sah meine Augenringe und sagte, sanft tadelnd zu mir: „Heute Nacht gehst du mal früher ins Bett".

*****

Eine Hand berührte ihn sanft und riss ihn aus seinen Gedanken. „Lenz, was ist mit dir? An was denkst du denn gerade?"
Er schwieg. Sie bohrte weiter. „Mir scheint, du hast gerade was geträumt!" Er antwortete wieder nicht und Franziska bohrte nicht weiter in ihn hinein. Nach einer Weile schmiegte sie sich wieder ganz eng an ihn, aber nur auf der freien Strecke. Kurz nach Frauenneuharting passierten sie den kleinen Ort Jakobneuharting. Inmitten der paar Gehöfte befand sich eine Straßenkreuzung. Unweit der - etwas abgesetzt von der Straße stehenden - Kirche, führte die staubige Landstraße linkerhand hinunter nach Ramerberg, geradeaus nach Aßling, Richtung Süden, und rechter Hand hinüber nach Wolfsöd, Straußdorf und Grafing. Ein Hund döste faul im Schatten einer großen Kastanie vor einem großen Bauernhof vor sich hin. Er hob nur kurz seine geschlossenen Augendeckel, knurrte leicht und fiel wieder in den Schlaf. Fast schien es dem Lenz, als langweile ihn nur die einsame Kutsche, die dort vor der Kirche gehalten hatte. Nicht weit entfernt gackerten aufgeregt einige Hühner. Ganz behutsam stellte er den Zweispänner vor der kleinen Kirche ab und band die Pferde im Schatten der Kastanie an einem Pflock fest. Sofort fingen sie zu grasen an. Liebevoll half Lenz Franziska vom Kutschbock herunter und nahm sie zärtlich in seine Arme. „Wie stark und kräftig er ist" dachte sich Franziska. „Oh, schau her, Lenz" rief sie entzückt aus. Sie raffte ihr leichtes, duftiges Sommerkleid zusammen und rannte schnell hinüber in Richtung des sanft abfallenden Wiesenhanges, auf dem sich vor

dem Glockenturm des kleinen Kirchleins ein winziger Friedhof befand. Zu beiden Seiten des schmalen Weges, der vorbei an einem stolzen Bauernhof hin zur Kirche führte, drängte sich ein Meer von im Wind wogender Margeriten bis hin zum verwitterten Eingangsportal und zur Kirchentüre. Franziska pflückte Blume für Blume. Lenz stand an der Kutsche, gab seinen beiden Pferden aus einem Säckchen je eine Handvoll Hafer. Er war rundum glücklich.

So glücklich, wie noch nie in seinem Leben.

Die schwere Eichentüre der kleinen Kapelle war unverschlossen, das Gotteshaus menschenleer. Drinnen herrschte angenehme Kühle. Franziska trat hinter ihm ein, hielt Lenz am Arm fest und machte ihrem Geliebten mit Weihwasser ein Kreuzzeichen auf der Stirn. Sie legte den Blumenstrauß an der Marienstatue ab und beide setzten sich nebeneinander in die letzte Bankreihe. Stille umgab sie. Sie meinten ihre Herzen pochen zu hören. Lenz drückte Franzi leicht und zärtlich an sich. Sie sprachen ein Bittgebet, jeder leise für sich. Versunken in ihr Gebet, bemerkten sie nicht, wie hinter ihnen die Kirchentüre geöffnet worden war. Doch der Luftzug und ein kaum wahrnehmbares Räuspern riss sie aus ihren Träumen und ihrer stillen Andacht. Erschrocken drehte sich Lorenz um. Der Pfarrer von Jakobneuharting stand hinter den Verliebten. „Ja mei, wen seh´ ich denn da? Das Fräulein Franziska vom Kammererhof!“ Die sanfte, sonore Stimme des Geistlichen klang wohltuend angenehm. Der hochgewachsene, hagere Pfarrer mit den leicht ergrauten Schläfen und der Stirnglatze hatte einen offenen, geraden Blick. Dem Lenz schenkte er zuerst wenig Beachtung. Verlegen stand Franziska von der Kirchenbank auf. „Grüß Gott, Herr Pfarrer“. Sie machte einen leichten Knicks und reichte ihm die Hand. „Das hier ...“, sie deutete auf den Lenz, „... das hier ist der neue Knecht meines Vaters, der Lorenz! Er hat mich heute von der Poststation in Ebersberg mit der Kutsche abgeholt.“ Der Pfarrer machte noch einige kurze Schritte Richtung Altar, drehte sich wieder um und stand nun direkt vor den beiden jungen Menschen.

„So, in Ebersberg abgeholt. Mit der Kutsche. Aha! War denn die Bahn nach Grafing schon voll besetzt?“ Er machte eine kleine Pause und schaute den beiden in die Augen. Verlegenheit stand in den Gesichtern der beiden jungen Menschen vor ihm. Franziska schien es so, als habe Hochwürden nun den Faden verloren. Schier etwas verlegen, so als hätte er ein Kratzen im Halse, räusperte sich der Geistliche. „Na ja, ich hab´s ja deswegen bemerkt, weil eine Kutsche vor meiner Kirche stand. Selten genug unter der Woche, zumal noch bei dieser brütenden Hitze draußen. Habt aber einen schönen langen Umweg gemacht, wenn ihr jetzt aus Richtung Frauenneuharting gekommen seid!“ „Seid ihr doch, oder?“ setzte er fragend nach. „Tja, schon.“ Lenz schluckte ein wenig. Verlegen drückte er schließlich heraus: *„Tja, eigentlich, Herr Pfarrer ... !“*

*****

Stille herrschte einen Augenblick lang ...
Franziska war rot angelaufen, das merkte selbst der Pfarrer im dusteren Licht der Kirche. Er sah Lenz unvermindert neugierig an. „Was eigentlich?“ forschte er weiter nach. „Ja mei, hm ... , eigentlich schon“ stotterte Lenz und musste vor lauter Verlegenheit einige Male schlucken. „Eigentlich wollte ich dem Fräulein Kammerer noch ein wenig Zeit zum Wiedereingewöhnen in unserer Heimat geben, nachdem sie doch immer eine so lange Zeit in München verbringen muss“ antwortete der Lenz nun fast trotzig dem Pfarrer. Mit letzter Kraft hatte sich Lenz - so schien es - den inquisitorischen Fragen des Geistlichen entziehen können.
„Aha, hm, aha ...“ sagte der Pfarrer wieder strenger als gewollt und runzelte seine Stirn, „... ein sehr schöner Zug von Ihnen“. Er ließ nicht locker, der Pfarrer von Jakobneuharting. „Sie ist doch garnicht so lange weg gewesen, das junge Fräulein Kammerer. Oder täusch´ ich mich?“ „Nein, nein“ antwortete Lenz an ihrer Stelle. „An Ostern und an Pfingsten war sie auch kurze Zeit auf dem Hof!“
„Aha“, der Pfarrer nickte verstehend. „Übrigens, wo ist denn das Fräulein Schwester, die Luise? Ist sie denn mit der Bahn gefahren oder mit einer anderen Kutsche abgeholt worden?“ Lenz merkte deutlich die versteckte Ironie aus den Worten des Pfarrers. Franziska antwortete ihm, jedoch nicht bevor sie Lenz einen unmerklichen Stups in seine rechte Seite gegeben hatte: „Ja, Herr Pfarrer. Die Luise wollte noch ein paar Tage bei ihrer Tante, der Schwester meines Vaters, in der Nähe von Taufkirchen bleiben. Sie wird in einigen Tagen auch hier zu den Sommerferien eintreffen!“ Der Pfarrer hatte mittlerweile gemerkt, dass er mit weiteren Fragen den Bogen leicht überspannen würde. Der Gesichtsausdruck von Franziska war unzweideutig; ihr Gesicht hatte mittlerweile wieder eine normale Farbe. „Sie ist sehr selbstbewusst, ja direkt fast aufmüpfig geworden, die kleine Kammerer-Tochter. Sie wird doch in München nicht schon verdorben worden sein?“ dachte sich der Pfarrer und rümpfte wieder leicht seine Nase. „Schön, dass ihr in meinem bescheidenen Kirchlein vorbeigeschaut habt. Kommt´s irgendwann mal wieder in den Sommerferien, gell?! Grüß die Eltern von mir zuhause, Franziska! Und auch deine Schwester, die Luise. Behüt´ Euch Gott!“ sagte er zu den jungen Leuten, machte ein Kreuzzeichen, verbeugte sich nochmals leicht. Dann ging er gemessenen Schrittes Richtung des Chors und bog dann

ab in seine Sakristei. Die Türe schloss sich nun hörbar hinter ihm. Tief atmeten die beiden Verliebten durch.
„O je, das wird sicher bald mein Vater erfahren“ seufzte Franziska. „Aber ich habe keine Angst, glaube mir!“ Sie drückte ihrem Lenz fest die Hand und führte ihn hinter sich aus der Kirche. Auch vor der Türe ließ sie seine Hand nicht los. Lorenz bewunderte ihren Mut. „Wenn das nur gut ausgeht“ schoss es ihm durch den Kopf. Aus den Augenwinkeln sah er, dass sich im lang gezogenen Bauernhaus gegenüber der Vorhang leicht bewegte.

*****

Anfang September 1873

Dunkle Wolken über dem Kammererhof

Lange schon hatte Lenz von der Unterschlagung seiner Briefe an Franziska geahnt. Er hatte die vielen, zuerst unergründlichen Schikanen seitens des Bauern und des Großknechtes klaglos hingenommen. Wenn auch mit zusammengebissenen Zähnen und mit immer mehr Wut im Bauch. So langsam erkannte er jedoch „System“ an der Sache. Der Matthias Ergoldinger war ein wahrer „Meister“ dieses Fachs. Nicht nur als Großknecht. Nein, er beherrschte perfekt die Klaviatur der Schikanen jeglicher Art.
Zuerst - und nicht sofort auf den ersten Blick erkennbar - wurde Lenz immer mehr zum Spielball der beiden Tyrannen. Lachender Dritter bei diesem Spiel war der Jungknecht. Der Fischhuber Georg, sonst dem Lenz eigentlich recht gut gesonnen, nutzte diese Situation nach kurzen Skrupeln geschickt für sich aus. Die unangenehmsten Arbeiten, die sonst in seinem Aufgabenbereich lagen, musste jetzt auf einmal der Lenz ausführen. Das war dem Georg mehr als recht. Der „*Fütterer*“, der erfahrene August Moser, er hielt sich klug aus der ganzen Sache heraus. Viel später erfuhr der Lenz, dass der August immer auf seiner Seite gestanden hatte. Nicht erst seit jenem Abend, als ihn der Kammerer so brutal demütigte. Die oftmals fadenscheinigen Begründungen des Matthias, bei der wöchentlichen Arbeitseinteilung, waren mittlerweile Alltag. Lenz kam kaum noch richtig zum Essen, meistens saß er alleine am Gesindetisch, da alle anderen schon ihr Mahl eingenommen hatten.
Die soziale Hierarchie hatte sich nun völlig zuungunsten von Lorenz Kohwagner verschoben. Auf einmal war er der Hofdepp für alle und für alles, was niemand gerne tun mochte. Der Bauer und Matthias waren, schier von einem Tag auf den anderen mit seiner Arbeit nicht mehr zufrieden. Dies, obwohl er sich alle erdenkliche Mühe gab und mit aller Kraft reinkniete. Nichts konnte er mehr richtig machen. Sie

stellten ihn bei jeder Gelegenheit bloß, möglichst dann, wenn die beiden Mägde und der Jungknecht dabei waren. Eine ganze Zeit lang schien es, dass Lenz resignierte. Vorerst konnte er weiter nur seine Fäuste in den ausgebeulten Hosentaschen ballen, mehr nicht. Die täglichen Schikanen durch Bauer und Großknecht gingen ungehemmt weiter.

Franziska merkte von alldem nicht sehr viel.
Lenz war ihr gegenüber in dieser Sache nicht sehr gesprächig. Er wollte sich auf jeden Fall allein durchbeißen. Die beiden Liebenden mussten höllisch aufpassen, dass ihre Beziehung nicht auffiel. Doch sie beklagte sich oft, aber mehr scherzhaft, dass Lenz für sie immer weniger Zeit hatte. Und die Sommerferien gingen so schnell vorüber.

*****

Mitte September 1873

Franziska musste zusammen mit ihrer Schwester Luise wieder in das Internat des Lyzeums nach München. Die Sommerferien waren vorbei. Ihrer Mutter - und ganz besonders auch dem Lorenz - verschwieg sie, dass schon über zwei Wochen ihre Regel ausgeblieben war. Nur ihre Schwester und auch die Tante weihte sie einige Wochen danach ein.

*****

Das Maß war voll ...

Stimmung machte sich breit gegen diesen protzigen Landbaron im Land südlich von Grafing. Einen Großteil zu dieser Stimmungslage hatte der listige Stiglmaier, der Loisl, beigetragen. Er, der Stiglmaier, hatte schon lange auf diese Gelegenheit gewartet und mit Argusaugen die brachialen Gelüste zur Ausdehnung des Landbesitzes seines Nachbarn beobachtet.
Als er von der neuesten Affäre seines Kontrahenten erfuhr und auch von der Auseinandersetzung mit seinem Knecht Lorenz, witterte er Morgenluft. Das war eventuell die Chance, den überheblichen Nachbarn etwas auf den Boden der Realität zurückzuholen. Er, der Stiglmaier Alois vom Finkenschlag, musste es schlau anstellen; durfte nicht allzu offen agieren. Nach außen hin spielte der Stiglmaier den Neutralen. Er gab keine inhaltsschwangeren oder gar verunglimpfende Kommentare, die sowieso an allen Stammtischen die Runde machten. Auch die Sache der Jungmagd Barbara Leitmayr wurde immer wieder gehässig oder auch genüsslich kommentiert. Nicht jedoch vom Stiglmaier. Insgeheim hatte er ja Verständnis für die Gelüste seines Nachbarn. War er doch nicht sehr viel anders. Aber der Alois

Stiglmaier wusste immer geschickt und vor allem immer zum richtigen Zeitpunkt das Gespräch auf seinen mächtigen Kontrahenten zu lenken. Und das nicht unbedingt im positiven Sinne. Doch, der Ökonom vom Finkenschlag war bauernschlau und zudem ein wahrer Meister der Rhetorik.
Er war schon mit allen Wassern gewaschen, der Loisl.
Nur er selbst sagte kein einziges, böses Wort über den Kammerer. Dazu war er viel zu schlau und beherrscht. Nicht so aufbrausend und cholerisch wie sein Gegenüber, der Wastl, vom Kammererhof. Der Großbauer Stiglmaier sah vielmehr endlich eine echte Chance, seinen Sohn Arnulf, den Erstgeborenen, wenn´s nur irgendwie ging, mit den Kammerers zu verbandeln. Und damit sein Imperium „vor allem zu günstigen Konditionen", wie er scherzhaft zu seiner Frau sagte, zu vergrößern. Schon lange hatte sein Sohn Arnulf, mittlerweile 21 Jahre alt, ein Auge auf die bildhübsche Franziska geworfen. Allerdings bisher ohne messbaren Erfolg. Als sich auch noch herumsprach, dass einer der Kleinbauern in der Nähe von Tegernau, denen die Kassa - und zuletzt der Kammerer - gnadenlos den finanziellen Todesstoß versetzt hatte, in seiner ausweglosen Situation zuerst seine Familie umbrachte und danach Selbstmord beging, kochte die Seele des gemeinen Bauernvolkes über.
Alois Stiglmaier suchte fieberhaft nach einem guten Grund, schnellstmöglich dem Kammererhof einen Besuch abzustatten. Er witterte seine Chance und wollte jetzt endlich Nägel mit Köpfen machen! Zudem er wusste, dass die Nominierung der neuen Landtagskandidaten in Miesbach kurz bevorstand. Und er wusste auch von den erneuten Ambitionen seines Nachbarn. Stiglmaier wollte Kammerer seine ganze Unterstützung und Loyalität zusichern. Nicht jedoch, ohne seinen eigenen Preis hierfür zu nennen. Zumal er in guter Erinnerung hatte, dass bei einer großen Viehversteigerung im letzten Frühjahr in Ebersberg der Sebastian Kammerer in gelockerter Runde selbst ein Gespräch unter vier Augen mit ihm, dem Alois Stiglmaier, suchte. Und da ging es, nach mehreren Maß süffigen Bieres, ganz klar und ohne große Umschweife über die Zukunft ihrer Kinder und ihrer direkt benachbarten großen Höfe. Beide merkten sofort, dass ihre Gedanken und Vorstellungen fast konform waren - ja mit wenigen Abstrichen sogar identisch. Also, jetzt war die Zeit einfach reif und vor allem der Zeitpunkt sehr günstig, denn der Kammerer saß nicht mehr ganz so auf „hohem Ross" wie noch vor wenigen Monaten. Die Verhandlungsposition schien Stiglmaier und auch seiner Frau besser denn je. An einem frühen Sonntagvormittag machte er sich zusammen mit seiner Frau auf den Weg. Eigentlich konnte er von seinem An-

wesen fast den Gutshof der Kammerers sehen. Der Weg war also nicht allzu lange, die Kutsche brauchte keine zehn Minuten. Doch, die Begegnung verlief äußerst unerfreulich. Stiglmaier wütete auf dem kurzen Rückweg zu seinem Hof derart auf seinem Kutschbock, dass seine braven Rösser aus dem Tritt kamen. Seine Frau saß mit kreidebleichem Gesicht neben ihrem tobenden Mann. Der mächtige Stiglmaier musste sich im nach hinein mehr als nur verärgert eingestehen, dass er eine bittere Niederlage erlitten hatte.

Noch jahrelang nagte der Wurm der Enttäuschung und Niederlage tief in seiner Brust. Kammerer hatte ihn mit seiner Frau ohne viel Federlesens vom Hof geworfen. Der Wolfsöder Bauernbaron hatte noch nichts dazu gelernt und fühlte sich immer noch unangreifbar, ja unbesiegbar! „Irgendeine Laus muss ihm halt über die Leber gelaufen sein, dem Kammerer …". Seine Frau versuchte ihn auf dem kurzen Heimweg zu beruhigen. Es half nichts. Stiglmaier war außer sich vor Wut. Enttäuschung und Wut über die erlittene Niederlage. Er schnaufte wild auf. „Das soll er mir büßen, der Großkopferte, windige Bauernfünfer, der ehrlose!"
Er schwor nun dem Kammerer bittere Rache.
Und früher als er gehofft hatte sollte ihm, dem Stiglmaier, die ersehnte Rache gelingen. Und dies - ohne selbst einen Finger zu krümmen ...

*****

Was das Ehepaar Stiglmaier jedoch nicht wusste, war die Tatsache, dass Kammerer und seine Frau just an diesem Morgen von der Schwangerschaft ihrer Tochter Franziska in Kenntnis gesetzt worden waren. Ein Brief seiner Schwester aus München war zwei Tage vorher eingetroffen.
Kammerer tobte seither ununterbrochen.
Sein Altknecht Matthias wusste nur allzu genau, dass der Bauer vor seiner neuerlichen Kandidatur keinen neuen Skandal mehr brauchen konnte. Und der wäre bei Anwesenheit seines Knechtes Lenz nicht mehr zu vermeiden gewesen. Lenz wurde umgehend vom Großknecht Matthias aus der Gefahrenzone gebracht und für ein paar Wochen zu einem kleineren Bauern in der Nähe von Emmering gefahren. Dieser war dem Bauernbaron noch was schuldig. Genau dort auf diesem Bauernhof in Emmering, hatte der Lenz vor nicht allzu langer Zeit das allererste Mal Kontakt mit einem leibhaftigen Haberer. Sixtus Haberl, dem einzigen Knecht des Kleinbauern Johann Wimmer. Der Wimmer war ein seelenguter und tiefgläubiger Mensch. Besonders die schreiende Ungerechtigkeit auf dem Land war ihm auf dem Tod verhasst. Er erinnerte sich noch ganz genau an die Situation vor nicht allzulanger Zeit. Es war ein lauer, milder Sommertag und der Lenz

war auf Drängen des Matthias, dem der tüchtige Knecht hinten und vorne fehlte, schon wieder seit einigen Tagen auf den Kammererhof zurückgekehrt. Kein Wort verlor der Bauer über die Rückkehr seines Knechtes. Lenz war für ihn einfach Luft. Aber dennoch sah er mit unverhohlener Genugtuung, dass der Knecht wie eh und je für seinen Hof schuftete. Haargenau fiel dem Lorenz nun Stück für Stück alles ein, wie sich Sixtus Heimerl damals, als er immer mehr von seinem Schicksal erzählte, auch ihm gegenüber offenbarte. Zutrauen hatte er eigentlich schon damals zum Sixtus gefasst, als er für ein paar Wochen beim Bauern Wimmer in Emmering aushalf.

*****

Etwa eine Woche später.

Lorenz Kohwagner musste eine dringende Besorgung mit dem Fuhrwerk im nahen Emmering machen, als Sixtus in Tegernau seinen Weg kreuzte. Es schien fast so, als hätte er auf ihn gewartet.
Da Sixtus auch des Öfteren nach Wasserburg und auch manchmal nach Gars kam, konnte er dem Lenz auch Nachrichten über seine Familie aus Mittergars überbringen. Möglichst unverfänglich hatte er reihum Erkundigungen eingezogen. Lenz wusste nicht, dass dies auch ein Teil der Strategie war, um neue Mitglieder für die Haberer zu rekrutieren. Und um Loderbriefe zu erstellen. Über´n Lenz wussten die meisten in Gars und Mittergars nichts Neues mehr. Mehr jedoch über seine Familie und über die beiden Schwestern Anna und Maria.
Lenz ging das Herz über, als er von Sixtus erfuhr, dass die Maria mit Erfolg ihre hauswirtschaftliche Schule im Kloster Au abgeschlossen hatte und mittlerweile im Haushalt eines großen Getreidehändlers in Gars arbeitete. Und dass sie ein bildhübsches, fesches Maderl geworden war. „Mein Gott“ dachte sich Lenz, „es ist schon wieder gar zwei Jahre her, dass ich sie besucht hab, drüben im Kloster“.„Sixtus, ich kann mich nicht lang aufhalten. Dank dir schön für deine Nachrichten! Ich muss wieder weiter!“ Er wollte gerade seine Pferde wieder antraben lassen, als ihm Sixtus in die Leine griff.
„Halt, halt, Lenz. Noch was ganz Wichtiges muss ich dir sagen.“
Ganz nahe trat er an den Kutschbock heran, sah sich ein paar Mal nach beiden Seiten verstohlen um und flüsterte dem Lorenz zu: „Mir haben beschlossen, dass wir dich und noch einen anderen bei unserem nächsten Treffen aufnehmen. Hast mich?“ Lenz musste ein paar Mal schlucken, darauf war er nicht gefasst. „Hast mich?“ bohrte Sixtus nach. „Ja, ja, ich hab dich verstanden, Sixtus!“ antwortete er.
Ungeduldig scharrten die Rösser mit den Hufen, man merkte, dass sie nach Hause in den Stall wollten. „Pass jetzt gut auf, Lenz. Du musst

dir alles merken. Nix, aber rein garnichts wird aufgeschrieben, gell? Alles! Alles muss mündlich geschehen, hast mich?“ Lorenz nickte wieder. „Also, übermorgen, am Samstagabend, da stehst du an der Straße bei *Eichbichl*, gleich neben der kleinen Kapelle. Aber pünktlich um sieben. Hast mich? Um sieben!“ Sixtus machte eine bedeutungsvolle Pause und sah Lenz direkt in die Augen. Lenz nickte unmerklich. „Es kommt da einer mit seinem Fuhrwerk vorbei, der dich beim Namen nennt. Und merk dir deine Parole: *Rauhnacht*!“ Lenz antwortete „Ja, ja - ist schon gut. Rauhnacht, ich hab´s kapiert!“ Sixtus tätschelte das Hinterteil des Wallachs, als dieser immer unruhiger wurde! „Ist schon gut, Brauner, gleich geht´s wieder weiter“. Er sah sich noch einmal verstohlen um. „Du fragst dann nach seinen Namen - Vitus. Nur Vitus, hast dir das gemerkt?“ Lenz nickte. Sixtus fur fort : „Zu dem steigt´s dann auf den Bock und der bringt dich dann zu uns. Mehr braucht´s im Moment nicht zu wissen! Also, nimm dir aus irgendeinem triftigen Grund Samstagabend die Zeit und lass dir einmal eine gute Ausrede für den Kammerer einfallen“.„Und“, er machte eine kleine Pause und fuhr dann fort, „gib gut Obacht, dass dir keiner folgt! Verstanden?“ Wiederum nickte Lenz. „Lenz! Ich verlass mich ganz auf dich. Hab´ mein Ehrenwort für dich gegeben. Gib mir deines auch“. Lenz schlug in die dargebotene Hand vom Sixtus ein. „Also, Pfiat di…“. Sixtus klopfte dem Wallach nochmals kräftig aufs Hinterteil, das Fuhrwerk fuhr langsam an und schlug den Weg Richtung Dorfmitte ein. Lenz musste noch seine Besorgung beim Dorfschmied machen und beim Wagner die beiden gebrochenen Räder abgeben.
Es eilte.

*****

Ende September 1873
Das konspirative Haberer -Treffen in der Köckmühle

Samstagabend stand Lenz schon lange vor der ausgemachten Zeit an der Straße gegenüber der kleinen Kapelle in Eichbichl und wartete. Unmerklich war die Dämmerung der Dunkelheit gewichen. Nur im Südwesten, über den Kämmen des Mangfallgebirges sah man noch einen leichten dünnen Streifen des Sonnenunterganges.
Als Erstes bemerkte er die beiden hin und her schaukelnden Kutschlaternen, dann erst hörte er das knirschende Geräusch der Räder auf dem groben Schotter. Er trat einen Schritt aus dem Schatten der uralten Eiche an der Kapelle heraus. „Lenz, bist du es?“ Die Kutsche hielt an der Weggabelung an. Die beiden Rösser schnaubten auf. „Lenz?“ Der Mann auf dem Kutschbock leuchtete mit seiner Talglaterne in Richtung Straßenrand. „Vitus, ja ich bin´ s. Der Lenz Kohwagner.“ „Parole, wie lautet die Parole?“ sprach der Mann auf der

Kutsche. „*Rauhnacht*“ antwortete ihm Lenz leise. „Steig auf“ antwortete kurz und knapp der Mann auf dem Kutschbock. Lenz stieg auf den Bock. Vitus nahm an der Kreuzung die kleine Straße in Richtung Tegernau. Von dort dirigierte er seine Rösser weiter nach Emmering. Schon gut eine Stunde saß er nun schon neben dem Kutscher mit auf dem Bock. Der Mann, der ihn an der kleinen Kapelle in Eichbichl abgeholt hatte, war mehr als nur schweigsam.
Er schien stumm zu sein. Zumindest war er maulfaul ...
Im wechselnden Rhythmus schaukelten die beiden Talglaternen links und rechts des Kutschbockes. Immer schlechter und enger wurden nun die Wege. Ab und zu sahen sie Licht aus einem der vielen einsamen Bauernhöfe oder hörten das Kläffen eines Hofhundes. Der Gang der Rösser wurde nun immer langsamer, vorsichtig suchten ihre Hufe nach mehr Halt auf den aufgeweichten Waldwegen.
Kurz nach Emmering verließen sie die Straße und bogen bei Schalldorf in einen kleinen Feldweg ein. Lenz war sich sicher, dass der Weg auf der östlichen Seite der Attel entlang führte. Wenig später überquerten sie den kleinen Fluss bei der Ortschaft Rettenbach auf einer wackligen Holzbrücke und passierten wenig später den menschenleeren Ort. Bei Oberndorf schlugen sie ganz scharf wieder den Weg nach Osten, in Richtung des kleinen Flusses ein. In der Nähe des kleinen Weilers Voglsang setzten sie ihre Fahrt entlang der Attel fort. Lenz hörte nun wieder das leise, gleichmäßige Plätschern des kleinen Flusslaufes. Soviel er feststellen konnte, bewegten sie sich jetzt scharf nach Norden. Er entspannte sich und hing seinen Gedanken nach. Seinen Gedanken an Franziska Kammerer.
Tag und Nacht sehnte er die Stunde herbei, in der er sie wieder in seine Arme schließen konnte. Weihnachten war nicht mehr allzu weit entfernt. Er hoffte sehr, dass die Kammerers - Mädchen dann nach Hause kommen würden. Lenz wusste auch, dass es sinnlos war, weiter auf Nachricht von seiner Franziska zu warten, geschweige denn ihr zu schreiben. Das „*Kammerer - System*“ mit den beiden Posthaltern funktionierte anscheinend noch immer. Und wenn einmal nicht, so hatte er weitblickend dafür gesorgt, dass auch auf dem Münchner Lyzeum alles nach seinen Wünschen lief. Ganz auch im Sinne der gestrengen Leiterin dieses Internats für höhere Töchter. Und Liebesgeschichten, Affären konnte sie schon garnicht auf ihrer Schule gebrauchen. Das würde nicht in ihr Weltbild passen und dem streng reglementierten Ablauf im Internat auch nicht sehr förderlich sein. Ihre Willfährigkeit gegenüber dem mächtigen Landbaron ließ sich die ältliche, adelige Jungfer großzügig honorieren.

Und in dieser Hinsicht war der Kammerer nicht geizig.

Unsanft wurde der Knecht aus seinen unruhigen Träumen gerissen. Die Kutsche war mit den vorderen Rädern in eine tiefe Furche geraten, die sich quer über den Feldweg zog. Mit Müh und Not hatten die Rösser diese Hürde geschafft. Der Regen in den vergangenen Tagen hatte die Wege arg in Mitleidenschaft gezogen. Langsam setzten die beiden Pferde ihren Weg wieder fort, der schweigsame Kutscher führte sie locker an der Leine. Er vertraute seinen Rössern. Irgendwie glaubte Lenz nun das monotone Klappern eines Mühlrades zu hören. Ja, er hatte sich nicht getäuscht. Jetzt sah er auch die Lichter eines einsamen Gehöftes. Einige der Lichtpunkte bewegten sich. Anscheinend waren weitere Personen kurz vor ihnen angekommen. Stimmengemurmel, das metallische Klappern von Pferdegeschirr und immer wieder schemenhafte Gestalten mit kleinen Laternen in den Händen. Jetzt sah der Lenz deutlich die Silhouette des mächtigen, einsam gelegenen Mühlengebäudes. Auf der anderen Seite der Mühle befand sich ein lang gezogenes, schräges Wehr, von welchem der Mühlbach abzweigte. Der nun vollkommen bedeckte Himmel war für einen kurzen Moment aufgerissen und tauchte die alten Gebäude am Fluss in gespenstisches Licht. Einige Fuhrwerke und Kutschen standen schon davor.
„Brrh, Brrh. Ho ...“. Leise, beinahe flüsternd gab der Kutscher den Pferden das Kommando. Sofort gehorchten sie seinem Befehl. Vitus zog die Bremse an und sprang vom Bock herab. Dann hängte er den Rössern den Futtersack um. Lenz half ihm dabei, die Pferde trocken zu reiben und ihnen die Decken überzulegen. Zufriedenes Schnauben, mahlendes Gebiss und das leise Klappern des Geschirrs waren jetzt die einzigen Laute, die an ihre Ohren drangen. Der Himmel riss wieder kurz auf. Ein großes Gebäude lag im diffusen Licht vor ihnen. Es war eine Mühle und auch ein kleines Sägewerk, etwas versetzt daran angebaut. Genau an der Stelle, wo der Mühlbach von der Attel abgeleitet wurde und sich der Fluss seinen Weg in einem spärlichen Rinnsal hin zum Inn über das breite Wehr suchte, ehe er sich knapp hundert Meter weiter, mit dem sprudelnden Wasser des Mühlbachs wieder vereinte. Obwohl die Wolkendecke beinahe alles Licht verschluckte, wusste Lenz nun ganz genau, wo er sich in diesem Moment befand. Schon einige Male hatte er für seinen Bauern hier in dieser Mühle, in der *Köckmühle* am linken Ufer der Attel, Bretter für den neuen Stadel abholen müssen. Im letzten August hatte er auch einen großen Teil der Getreideernte hier zu Mehl mahlen lassen. Gegenüber auf der anderen Flussseite lag die kleine Ortschaft *Steinhart.* Eine kleine Brücke führte hinter der Mühle über den kleinen Fluss. Dort war er jedes Mal, wenn er auf sein Mahlgut oder die Bretter warten

musste, zu einer deftigen Brotzeit in der Dorfwirtschaft eingekehrt. Das Sägegatter befand sich auf der rückwärtigen Seite des Gebäudes und ein großes, oberschlächtiges Mühlrad trieb die Mühle und die Säge an. Noch ein paar Schritte. Ein kleiner Lichtstrahl aus einer Ritze des Holztores spiegelte sich in den großen Pfützen vom vorhergegangenen Regen wider. Knarrend und quietschend öffnete sich die große Stadeltüre zum Sägegatter. Vitus ging festen Schrittes voraus. Sie waren anscheinend schon erwartet worden. Lenz merkte ihm an, dass er sich hier auskannte und unter den anderen Haberern sicher fühlte. Die Männer standen im Halbkreis in der großen Scheune, die an das Hauptgebäude angebaut war. Man konnte hinaussehen auf den Mühlbach und den Fluss. Ein schmaler Steg führte von hier aus zu dem, schräg zum Fluss verlaufenden Stauwehr und dann unmittelbar hinüber auf die andere Flussseite. „Da drüben liegt Pfaffing" flüsterte leise sein Fuhrmann zu ihm. Lenz kannte dieses größere Dorf. Als kleiner Bub hatte er einmal dort mit seinem Vater zu tun gehabt, als sie ihre Besorgungen in Wasserburg erledigt hatten. Vitus zog ihn an seinem Ärmel weiter auf den Halbkreis zu. Die schemenhaften Gestalten bekamen nun plötzlich Gesichter. Das flackernde Licht der Fackeln und Kerzen erzeugte eine gespenstische Stimmung. Es roch intensiv nach Bier. Einige der Männer, das sah er jetzt erst, hielten große, irdene Maßkrüge in der Hand und tranken aus vollen Zügen den frisch gezapften Gerstensaft. Lenz lief das Wasser im Munde zusammen. Lenz schätzte, dass es mindestens an die dreißig Männer waren. Sie hatten ihre Hüte tief ins Gesicht gezogen und musterten die beiden Neuankömmlinge eher argwöhnisch. Sixtus löste sich nun aus der Menge und ging die paar Schritte auf ihn zu. „Grüß dich, Vitus" sagte er zum Kutscher, der Lenz in Eichbichl abgeholt hatte. Lenz fasste er an der Schulter. „Komm mit" sagte er zu ihm und führte Lenz zu einem kräftigen, großen Mann, der einen schwarzen Vollbart trug. Es schien der Anführer der Haberer zu sein.

Auf seinem großen, breitkrempigen schwarzen Hut trug er zwei große weiße Gockelfedern. Zwei, drei Meter vor dem Anführer blieb Sixtus mit Lenz stehen. „Warte hier" gab er ihm leise zu verstehen. Lenz stand nun inmitten des Halbkreises. Aus einer Gruppe von wartenden Männern auf der rechten Seite des Halbkreises wurde ein zweiter Mann zum Haberfeldmeister geführt.

Der Halbkreis schloss sich nun zum Kreis.

Er schien ausgezeichnet über die zwei Neulinge informiert zu sein. Nichts, rein garnichts schien ihm ein Geheimnis zu sein. Vom Lenz wusste er die genaue Familiengeschichte. Auch - dass er im Zorn sein Elternhaus verlassen und auf sein Familienerbe verzichtetet hatte -

und mit der Tochter des Bauernbarons ein heimliches Techtelmechtel hatte, all dies wusste der Anführer. Und sogar von seiner Liebschaft mit der Bauerntochter Karolina aus Pfaffing wusste der Anführer der Haberfeldtreiber. Das Gleiche widerfuhr dem anderen Neuen, der aus der Nähe von Steinhöring stammte. „Und du, du hast ein Kind mit der ledigen Dirn von Winkl“ musste sich der Andere anhören. Der Stellvertreter des Haberfeldmeisters informierte die Neuen über die Entstehung, Herkunft, Sinn und Zweck des Femebundes. Und ganz eindringlich vor allem über den unumstößlichen Ehrenkodex der Haberer „auf Leben oder Tod“:
Niemals Verrat an der eigenen Sache und an Mitgliedern des Habererbundes zu verüben. Verstöße dagegen würden unweigerlich mit dem Tode bestraft. Vor allem aber darf niemals persönliche Rache oder Fehde über den Habererbund ausgetragen werden.

Sixtus hatte dem Lenz schon vor ein paar Tagen das Aufnahmeritual erklärt. Und auch von der größten Angst der Haberer erzählt: Die Haberer fürchteten sich nicht vor Gott und der Welt, jedoch vor dem Verrat aus eigenen Reihen und der daraus unweigerlich zu erwartenden Rache der Obrigkeit. Deren Strafen waren gnadenlos und brutal. Die meisten der überführten Haberer wurden von den Gerichten mit einigen Jahren schwerer Kerker bestraft. Davor hatten sie eine Höllenangst. Solchene Verräter gehören aber gleich auf der Stelle erschossen oder aufg´hängt, die Lumpen, die G´freckten!“

Die Worte des Haberfeldmeisters ließen den beiden Neuen das Blut in den Adern gefrieren. Dann wurden sie darauf eingeschworen, niemals an einem Haberfeldtreiben teilzunehmen, welches sie selbst oder ihr persönliches Umfeld betraf. Die Gefahr des Verrats wäre in diesem Fall viel zu groß gewesen. Dass die Bezirksämter Miesbach, Ebersberg, Wasserburg und Rosenheim in letzter Zeit wiederum höhere Belohnungen auf die Ergreifung von Haberern ausgelobt hatten und dadurch dem Verrat - auch aus den eigenen Reihen - immer mehr Tür und Tor öffnete, auch darauf wies der Haberfeldmeister ganz besonders eindringlich hin. Er vergaß nicht nochmals zu erwähnen, dass mit Verrätern aus den eigenen Reihen kurzer Prozess gemacht werden würde. „Keiner, aber auch keiner entkommt unserer gerechten Rache“ fügte er mit erhobener Stimme hinzu. „Keiner ...!“ Er trat dicht an die beiden neuen Haberer heran und sah ihnen mit einem stechenden Blick in die Augen. „Jetzt könnt ihr euch zum allerletzten Mal überlegen, ob ihr den Haberer - Eid ablegen wollt!“ „Oder nicht!“ setzte er nach einer gefährlich langen Pause nach ...
Lenz verspürte den Atem des Mannes und ein Frösteln auf seiner Haut, als er den stechenden Blick auf sich geheftet sah. Irgendwie war

er sich sicher, dass der andere jede Schwäche bemerkte. Von den Gefühlen des Haberfeldmeisters war in dem geschwärzten Gesicht nichts, aber auch garnichts zu erkennen. Es wirkte wie eine starre, schwarze und unheimliche Maske. Zwei weitere Haberfeldtreiber waren nun in den inneren Kreis getreten. Leiser Trommelwirbel setzte ein Auf ein Handzeichen des Anführers hörten die Trommler auf.
„Seid ihr bereit?“ Seine Frage ließ unmissverständlich keinen Ausweg. „Dann sprecht mir nach und schwört bei Gott und Kaiser Karl vom Untersberg euren Eid“. Er hob seine rechte Hand und sprach in die versammelte Runde:

„Wir schwören bei unserem Leben, unverbrüchliches Schweigen zu wahren, über den Habererbund und über das Treiben. Nicht List, nicht Gewalt, nicht Zuchthaus, nicht der Tod sollen uns bewegen, diesen Schwur je zu brechen.“
Lenz und der andere taten es dem Anführer und seinen Stellvertretern gleich und hoben die Hand zum Schwur.
„Wir schwören es, bei Gott und Kaiser Karl vom Untersberg!“
Trommelwirbel setzte wieder ein. Kurz danach wurden ihre Gesichter mit Ruß und Fett geschwärzt und erhielten als äußeres Zeichen ihrer Zugehörigkeit zu diesem Bund eine weiße Gockelfeder überreicht. Lenz bekam nun vom Haberfeldmeister seinen Decknamen:
„Falke vom Stampflberg“.
„Mei, wenn das nicht passt“ schoss es dem Lenz durch den Kopf. Auf dem Stampflberg, genau auf der gegenüberliegenden Innseite seines Heimatdorfes gelegen, standen die Reste einer Burg. Nur der Bergfried war noch erhalten. In ihm lebten, seit sich Lenz denken konnte, schon Generationen von Turmfalken. Innerlich musste Lorenz lächeln. Vielleicht hatten die Anführer der Haberer ihm auch diesen Namen verliehen, weil er auch so eine große, hakenförmige Nase im Gesicht trug. Fast wie ein Turmfalke. Eben, eine echte „Inninger - Nase“.
Der zweite Neue erhielt den Decknamen *„Goiser von Höring“.*
Lenz erinnerte sich am nächsten Tag zuerst nur noch schemenhaft an die Geschehnisse vom Abend vorher. Ja, zwei, drei Fässer süffigen Bieres waren angezapft worden, die neuen Mitglieder gefeiert, währenddessen die drei Anführer in einer abgesetzten Ecke des Stadls ein neues Treiben beratschlagten. Lorenz erfuhr in dieser Nacht mit keinem Sterbenswort, dass das nächste Haberfeldtreiben dem Bauernhof des Sebastian Kammerer gelten sollte. Zu groß war die Gefahr, dass sich davon betroffene Neulinge durch Verrat zu einer leicht verdienten Belohnung verleiten ließen.
War einer der neu Aufgenommenen erstmals beim einem Treiben dabei, so war er auf jeden Fall Mitwisser.

Dann galt für die Obrigkeit - wie überall - die Order: „mitgefangen, mitgehangen."

Am Morgen danach

Sein Schädel brummte immer noch gewaltig. Nach und nach kam bruchstückweise wenigstens das Wichtigste wieder in sein Gedächtnis zurück. Er musste wohl einen Gewaltigen über den Durst getrunken haben und konnte sich nicht mehr genau entsinnen, wie er auf den Kammererhof zurückgekommen war. Neugierig wollten die andern Knechte wissen, was denn am Tag vorher passiert wäre. Der Zustand von Lenz war ihnen beileibe nicht entgangen. Er befand sich in einer misslichen Lage und erzählte den beiden nur, dass er mit einem befreundeten Knecht nach Aßling gefahren sei „... und dort einen Tüchtigen draufgemacht habe ...".*Damit ließ er es bleiben.*

*****

Grafing, anno 6. November 1873

Einige Wochen später bei der „Leonhardi - Fahrt" *)

Ganz weit hinten in der Wirtsstube im Gasthof „Kasperlbräu", gleich neben dem Ausgang zum Biergarten und hin zu den Aborten, saßen an einem kleinen, runden Tisch im Eck drei Männer. Es waren zweifelsohne verwegene Gestalten. Ihre, mit prächtigen Gamsbärten geschmückten schwarzen Hüte hatten sie aufbehalten und recht tief in die Stirn gezogen. Aber das fiel hier an diesem so hektischem Tage nicht auf. Die drei Männer in dieser dunklen Ecke des Bräus in Grafing steckten immer wieder die Köpfe zusammen. Auch das war nicht verdächtig. Schon garnicht der fröhlichen, lautstarken Kartelrunde am großen, runden Nachbartisch.

Dichte Rauchschwaden zogen durch die Gaststube und ließen das diffuse Licht noch undeutlicher, undurchdringlicher werden. Von draußen, vom Marienplatz und der Hauptstraße her, drang der Lärm des „*Leonhardi-Fests*" in die, bis fast auf den allerletzten Platz gefüllte Wirtstube und übertönte nun spielend die schon enorme Lautstärke im Inneren des Gasthauses. Man merkte es schnell: Ein besonders süffiges und würziges Bier war gebraut worden und wurde heute ausgeschen. Extra zum höchsten Feiertag der Grafinger, dem Fest des Hl. Sankt Leonhard. Das Wetter hatte es Ende Oktober nochmals sehr gut gemeint mit den Grafingern und den Bauern aus dem Umland: aus Straußdorf, Dichau, Aßling, Emmering, Steinhöring, Pfaffing.

---

*) *Die* **„Leonhardi-Fahrt"** – *siehe Glossar*

Ja sogar aus dem weit entfernten Miesbach, aus Rosenheim, Traunstein, Wasserburg, Ebersberg, Kirchseeon und Glonn waren Pferdegespanne zur *Leonhardi - Fahrt* mit ihren stolzen Besitzern gekommen. Fein herausgeputzt in mühevoller, tagelanger Arbeit waren sie, die nervös tänzelnden Rösser. Das Fell der Pferde glänzte feucht und dampfte im Gewaber des Dunstes, welches aus der Senke zwischen dem Gutshof Kaps und dem kleinen Weiler Wiesham sich bis nach Grafing hin ausbreitete. Gestriegelt, mit glänzendem Fell und frisch geschnittenen, kunstvoll geflochten Mähnen und schwarz gewichsten Hufen waren die Rösser, die sich nun, aus Richtung Wiesham kommend, über die Hauptstraße durch den Ort bis hin zur kleinen Wallfahrtskirche St. Leonhard bewegten. Dort sollten Ross und Reiter und die festlich, mit christlichen Motiven bemalten großen Truhenwagen, nach einem Gottesdienst vom Ortsgeistlichen gesegnet werden. Dreimal mussten zuvor nach uraltem Brauch die Reiter und die Gespanne um die kleine, schon etwas baufällige Kapelle fahren, ehe sie den Segen erhielten. Das Kirchlein mit dem Turm im barocken Stil lag direkt an der alten Handelsstraße München - Rosenheim. Gestriegelt wie die Rösser waren auch ihre Reiter. Den feinsten und allerbesten Lodenwams hatten deren Ehefrauen aus den mächtigen Truhen und eichenen Bauernschränken geholt. Und die hirschledernen Hosen dazu. Frisch gebügelt die leuchtend weißen Leinenhemden - alles aber roch äußerst aufdringlich nach Mottenkugeln, die in den schweren Kleidertruhen die verhassten Schädlinge dezimieren sollten. Ebenso frisch gewichst und teilweise in abenteuerliche Formen getrimmt war der Bartschmuck und die kunstvoll drapierten Schnurrbärte der meisten Teilnehmer. Stolz, überaus stolz das Getue, Gehabe und die Blicke ihrer Träger. Dies war eindeutig ihr Tag! Ja, das waren ihre Stunden, am höchsten Fest des Schutzpatrons der Nutztiere, sich dem gaffenden Volk zu zeigen. Zu zeigen, was sie sich erarbeitet, ererbt und vielleicht auch durch geschickte Verheiratung, Betrug und eine gehörige Portion geschäftliche Brutalität zusammengerafft hatten. Ihre Frauen, die meisten mit Kropfband, hohem Dutt und wunderschönem Kopfschmuck hatten leuchtende, stolze Augen. An diesem Tag waren sie sich ihrer Sache vollkommen sicher. Mochte sich doch das einfache Volk über manches sein Maul zerreißen!
Es war auch sein Tag!
Kammerers Tag!

Durch´s aufgeputzte Grafing flanierte die Parade der Bauernbarone aus dem alten Bauernland zwischen Ebersberg und Miesbach. Nur noch drunten in Tölz sollte es mehr Pferde beim *Leonhardi-Ritt* geben, sagte man. Es gab keinen Grund dies anzuzweifeln. Doch, man

war sich selbst genug. Geschäftig eilte die dralle Kellnerin an den abseits gelegenen Tisch der drei Männer und stellte ihre Maßkrüge ab. „Resi, sei so gut und bring mir die Schmalzlerflasche!“ sagte der große, hagere Mann mit den tiefliegenden Augen zur Kellnerin. „Is scho recht“ antwortete die rotbackige Dirn und bahnte sich den Weg zurück zum Schanktisch. Ständig strömten neue Männer in die Wirtsstube, die mittlerweile aus allen Nähten zu platzen drohte.
Zufrieden ließ der Wirt des „*Kasperlbräus*“ seine Schweinsäuglein durch sein Reich schweifen. Überschlägig machte er in seinen Gehirnwindungen den zu erwartenden überaus satten Gewinn dieses Feiertages an einer Summe fest, die sonst selbst in ein oder zwei garnicht so schlechten Monaten zu erreichen war. Insgeheim lief ihm das Wasser im Maul zusammen, als ihm einfiel, dass er an Allerheiligen endlich wieder einmal nach München fahren würde. Allein. Natürlich allein. Von der Küche her hörte er durch´s laute Tellerklappern hindurch, die durchdringende, keifende Stimme seiner besseren Hälfte. Sie führte überall ein strenges Regiment, die Kathi. Nicht nur in der Küche; nein, auch in der kalten, muffigen Schlafkammer. Lange Zeit, gar lange Zeit lief da schon rein garnichts mehr. *Gar nie nichts!*.
Und die Versuchung für den Bräuwirt auf dem Fuss nach dem Fest nach München zu fahren, wurde von Tag zu Tag, von Woche zu Woche immer größer. Er seufzte, während er flink und mechanisch einen Maßkrug nach dem anderen unter den Zapfhahn schob und das überschäumende Leonhardi-Festbier mit einem großen Holzspatel gekonnt abstreifte. Ab und zu nahm er aus seinem Krug einen tiefen, kräftigen Schluck Tropfbier. Nein, der Wiggerl ließ nichts verkommen und anbrennen. „Ja mei, meine Alte ...“ dachte er resignierend. Na, da war seine Nannerl in München schon anders, fuhr es ihm siedendheiß durch den Kopf. Und auch in die Glieder. Er spürte ein leichtes, verlangendes Ziehen in seinen Lenden. Sicher, sie würde ihm wohl wieder einen Batzen Geld kosten, die fesche Nannerl, die Johanna Huber. „Aber was soll´s“, dachte sich der Wirt vom „*Kasperlbräu*“, „man lebt halt nur einmal. Das Leben ist viel zu kurz, um sich so einer keifenden und geldgierigen Alten noch auf andere Art und Weise zu widmen“. Von Vergnügen wollte er garnicht mehr sprechen, geschweige denn denken. Nein, dafür war sich der Wiggerl, der Ludwig Wagner, seines Zeichens „Bräu“ im altetabliertem „*Kasperlbräu*“, zu schade. Er wollte noch ein wenig von seinem Leben genießen.
Und das natürlich am liebsten mit der Nannerl, dem jungen, gewieften Luder, dem er seit langer Zeit schon eine kleine Wohnung im obersten Stock eines alten Schwabinger Hauses finanzierte. Und darüber hinaus

einen erklecklichen Teil ihres Lebensunterhaltes. Sicher, er wusste genau, dass er nicht der einzige Galan dieser durchtriebenen Näherin, diesem kleinen und dazu noch rothaarigen Luder aus Haidhausen war. Nein, beileibe nicht. Das wäre auch zu viel verlangt gewesen. Bei so einem jungen, hübschen und willigen Ding nicht ganz unverständlich, musste der Wiggerl aus Grafing sich letztendlich immer wieder eingestehen. Darüber hinaus wusste er sicher noch von zwei, drei, wenn nicht gar von vier anderen „älteren Herren“ aus der benachbarten Residenzstadt München, die seiner - und natürlich demzufolge auch ihrer - Nannerl ein einigermaßen sorgenfreies Leben garantierten. Darüber hinaus wusste der Wiggerl nichts. Und er wollte auch garnichts davon wissen. Nach allen Seiten schaute sich der Wirt verstohlen um. Dann bückte er sich schnell, öffnete das Türchen unter dem Schanktisch und tastete mit seinem rechten Arm ganz hinter bis ins Dunkle. Soweit bis seine kurzen, fleischigen Finger beinahe schon an die vordere Holzwand stießen. „Bräu, was suchst denn da unten so anstrengend?“ Arglos fragend stellte die Kellnerin ein paar leere Maßkrüge auf den Schanktisch und blickte von oben hinunter auf den dicken Hintern vom Wiggerl. Schwer atmend hob Ludwig Wagner seinen hochroten Schädel bis knapp über den Tisch.
Schweiß stand ihm auf der Stirn.
„Scher dich! Nix, garnix such ich. Find´ nur meinen alten Zapfschlegel need ...“ antwortete er ausweichend brummelnd in seine Bartstoppeln. „G´schaug zua, dass´d weiter kimmst, mach deine Arbeit! Die Leut´ ham heit an g´scheitn Durscht ...!“
Mürrisch entfernte sich die Kellnerin, um am Stammtisch drüben eine neue Bestellung aufzunehmen. Der Wirt ging wieder in die Knie. Sorgfältig schob er einige sauber gestapelte Leinentücher auf die Seite und nun, nun fühlte er „sie“. Ja, er fühlte nun das kalte Metall der Schatulle an seinen Fingerspitzen. ein leichter Schauer durchströmte seinen massigen Körper. Da war sie, die prall bis oben hin gefüllte Kassette mit Geld, dass er für seine Eskapaden in München bereits seit Monaten abgezweigt hatte. Natürlich wusste seine Frau schon lange davon. Aber nicht, wo genau er sie versteckt hatte und auch halt nur von einem kleinen Teil des schwarz kassierten Geldes. Die Schlüssel zur Schatulle gab er nicht aus seinen Händen. Seine Alte hielt still, da war sich der Wiggerl sicher. Gab er doch seiner Angetrauten großzügig eben aus dieser Schatulle. Dies alleine schon reduzierte ihre unstillbare Neugier und Eifersucht auf ein verträgliches Mindestmaß. Und das war für den Wiggerl wirklich eine annehmbare Lösung. Denn, den weitaus größeren Batzen des Schwarzgeldes nahm er jedes Mal mit nach München. Für drei Nächte wollte er diesmal in der

Hauptstadt bleiben, „sich etwas umschauen bei den Kollegen, einen neuen Lieferanten für Wein und für Käse suchen und vielleicht auch eine ganz neue Zapfanlage anschauen. Vielleicht?“
Beim Gedanken auf das bevorstehende amouröse Abenteuer und dass endlich wieder einmal ein paar heiße, wenn auch anstrengende Nächte vor ihm liegen sollten, lief ihm das Wasser im Maul zusammen.
„Wiggerl, Wiggerl, was ist?“ Erschrocken zuckte er zusammen. Die laute, durchdringende Stimme seiner Kellnerin riss ihn aus seinen Tagträumen. Den drei Männern am kleinen Tisch in der Ecke gönnte er keinen Blick. Er hatte sie noch nie gesehen. Und heute - an diesem Tag waren ja allerhand Fremde im Ort. Kein Grund, um sich etwas näher um neue Kundschaft zu kümmern. Hauptsache, die Kasse stimmte! Der hagere, große Mann am kleinen Tisch nahm eine kräftige Prise Schmalzler und sog sie tief in beide Nasenhöhlen. „Ah! Ja mei - das tut gut!“ Ein tiefer, zufriedener Seufzer folgte. Er prostete den anderen Männern an seinem Tisch zu, schob die Schmalzlerflasche in die Runde. Das Treiben draußen und rings um sie herum interessierte sie nicht - meinte man. Doch aus den Augenwinkeln hatte der große Hagere die ganze Wirtsstube im Blick. „Sind wir uns einig?“ flüsterte er dann nach einiger Zeit. Sein durchdringender, stechender Blick bohrte sich in die Augäpfel der beiden anderen Männer. Sie nickten. „Also, noch einmal: in der Nacht vor Allerheiligen! Auf der großen Lichtung im Wald östlich vom Mooshof. Genau eine Stunde vor Mitternacht! Habt ihr mich verstanden?“ Die beiden anderen Männer nickten! „Genau eine Stunde vor Mitternacht ...“ wiederholten sie leise flüsternd. Kurze Zeit später bezahlten die drei Gestalten und verließen mit tief ins Gesicht gezogenen Hüten das Wirtshaus.
Niemand nahm von ihnen Notiz.
Und auch niemand konnte sich später an die drei Männer an einem Ecktisch im „Kasperlbräu“ erinnern, sofern man denn danach gefragt hätte. Auch nicht an den Mann mit den glühenden Augen und dem dunklen hochgezwirbelten Riesenschnäuzer.

*****

Mitte November 1873
Das Haberfeldtreiben in Wolfsöd

Schon seit Eintritt der Dämmerung waren die abenteuerlich vermummten Männer aus allen Himmelsrichtungen zum vereinbarten Treffpunkt unterwegs.
Dem Loderbrief, *der „Pasquille“**) des Haberfeldmeisters war eine grobe Wegeskizze beigefügt. Eigentlich überflüssig, denn die meistens der Haberer kannten ja den raffgierigen, brutalen und großmäuligen Wastl Kammerer und sein unweit auf einer Anhöhe liegendes, mächtiges Anwesen. Auch die Schmähschrift gegen den Delinquenten, ebenso verfasst vom Haberfeldmeister und seinen engsten Getreuen, kannte beinahe schon jeder der am Rande der Lichtung wartenden Männer auswendig. Der wichtigste Befehl jedes Haberfeldmeisters an seine Gefolgsleute war, bei Gefahr einer drohenden Gefangennahme diese Schriftstücke sofort zu vernichten. Die lange Wegstrecke, welche die meisten der Haberer zurücklegen mussten, hatte Kraft gekostet. Sehr viel Kraft. Die seelische und körperliche Anstrengung hatte „ein Gesicht“: Schweißbahnen zogen sich wie silberhelle, glänzende Rinnen durch die mit Ruß geschwärzten Gesichter. Unter ihren Kopfbedeckungen leuchteten aus dunklen Augenhöhlen die weißen Augäpfel. Das schummrige Licht des zunehmenden Mondes, welches ab und zu durch die schnell dahinjagenden Wolkenfetzen über die Lichtung huschte, ließ alles noch viel unheimlicher, gespenstischer erscheinen. Für einen zufälligen Beobachter sah es geradezu furchterregend und dämonisch aus. Manche von ihnen führten abenteuerliche Instrumente mit sich. Gar eine kleine, etwa mannshohe Windmühle, aufgebaut auf einem Leiterwagen, befand sich darunter.
Es war das eindeutige Erkennungszeichen der Haberer!
Die abenteuerlich vermummten Männer trugen Musikinstrumente, Trompeten, Trommeln, Ratschen und vor allem blecherne Eimer. Andere wiederum waren mit Sensen, Mistgabeln, Dreschflegeln und Stutzen ausgerüstet. Einer der Männer am Waldrand hielt gar einen furchterrregenden Morgenstern in der Hand, ein anderer eine große Strohpuppe - bekleidet mit Hose, Hemd, Jacke und schwarzem Filzhut - im Arm. Sie sollte den Delinquenten dieses Treibens darstellen. Das weiße Hemd der Puppe leuchtete im fahlen Mondlicht hinüber bis zu den Haberern in der Mitte der Waldlichtung.

*****

---

*) **Pasquille** – *siehe Glossar*

Die letzte Rotte der Femebündler hatte den vereinbarten Treffpunkt erreicht. Auf der kleinen Waldlichtung konnte man nicht allzu viel erkennen. Über den Wipfeln der Bäume heulte ausdauernd der Sturm. Es war gespenstisch. Ab und zu, wenn es dem bögigen Sturm gelang die dichten Wolken ein wenig auseinanderzureißen, konnte man die weißen Gockelfedern auf den Hüten der Anführer deutlich erkennen. Nur eine einsame Laterne brannte.
Die Männer am Rande der kleinen Lichtung verhielten sich still. Manchmal vernahm man leises Räuspern und unterdrücktes Husten, mehr nicht. Rufe von drei Käuzchen aus verschiedenen Himmelsrichtungen hatten sie alle nacheinander auf die Waldlichtung treten lassen.
Immer noch war es gespenstisch still.
Im Schein von mehreren Laternen standen kurz darauf vier der vermummten Gestalten zusammen. Abgesondert von den Trupps, genau mitten auf der Lichtung. Einer der Männer musste schon lange vor den einzelnen Gruppen dort gewartet haben. Man hatte ihn im Schatten der kleinen Windmühle auf Rädern nicht ausmachen können.
Der Mann hatte im Gegensatz zu allen anderen zwei große, weiße Gockelfedern auf seinem Hut.
Es war der Anführer der Haberer!
Die drei Unterführer sprachen nacheinander das Kennwort: *„Kammerfensterln"*. Jetzt, da die Laternen das spärliche Licht besser bündelten, konnte man etwas genauer ihre rußigen Gesichter im flackernden Kerzenschein ausmachen. Die am Rande der Lichtung stehenden Männer der einzelnen Trupps tuschelten leise miteinander. Es mussten mittlerweile an die einhundert dunkel geschwärzte Haberer dort versammelt sein. Aus der Gruppe der Laternenträger lösten sich nach kurzer Beratung nacheinander drei Männer. Sie gingen auf die am Waldrand wartenden Vermummten zu. Es waren die Anführer der einzelnen Gruppen. Jetzt stand nur noch der große, hagere Mann mit den zwei weißen Federn auf dem schwarzen Hut alleine mitten auf der Lichtung. Kaum vernehmbares Zischen und Schnalzen mit den Fingern ließ das leise Gemurmel der Männer ringsum verstummen.
„Haberer!" Die Stimme des Haberfeldmeisters war gedämpft, doch für jeden deutlich vernehmbar: *„Haberer, schwört auf euren Eid und auf „Kaiser Karl dem Großen vom Untersberg", und dass wir uns genau und vor allem ohne Wenn und Aber an die uns selbst auferlegten Regeln halten! Ihr wisst, um was es geht und was wir jetzt zu tun haben."* Der Haberfeldmeister ließ einige Sekunden verstreichen. Dann trat er noch einen Schritt auf die am Rande der Lichtung wartenden Männer zu und hob seine Stimme: *„Haberer. So schwört!"*

„*Wir schwören bei Gott und unserem Leben …*“ murmelten die Haberer und legten ihren Eid ab. Daraufhin wurden in schneller Folge nacheinander alle Tarnnamen der Haberer durch einen der Unterführer von einem Zettel abgelesen - und mit „*hier*“ geantwortet. Jedoch beim Nachzählen war - wie immer und absolut nicht unerwartet - ***„Einer zu viel“*** anwesend. Der vom Haberfeldmeister aus der Gruppe der Truppführer bestimmte Vorleser sagte daraufhin mit gehobener Stimme seinen Vers auf:

„Einer ist darbey, den thun wir nit kennen,
Gaißfüß hat er zwei,
wie möcht er sich wohl nennen,
Ich bild mir´s schon ein, der Teufel mueß´s seyn!“

Nun sollte es losgehen.
Das vorgeschriebene Ritual war vollbracht, die Männer am Rande der Lichtung scharrten wie junge Reitpferde unruhig mit den Füßen. Einer von den Gestalten zog die Handkarre mit der kleinen Windmühle von der Lichtung herunter zum Schatten des Waldrandes. Von zwei weiteren Handkarren wurde dort aus Holzfässern, den Banzen, reihum Bier in Steinkrüge abgefüllt. Mit hastig - gierigen Zügen tranken die Männer den kühlen Gerstensaft. Man merkte jedem von ihnen an: sie waren ungeduldig und heiß auf ihre Mission. Doch es war immer noch fast eine halbe Stunde bis Mitternacht. Auf knappe Befehle hin verließen die Männer endlich die Waldlichtung und setzten in Reihe hintereinander laufend, ihren Weg durch den Wald fort hinunter an den Wiesenbach.
Völlig unerwartet riss die dichte Wolkendecke endgültig auf.

Leise fluchte der Haberfeldmeister vor sich hin.
Wieder fiel fahles Mondlicht auf die gespenstische Szenerie. Dabei war tagelang vorher der Himmel dicht verhangen gewesen. Wolkenfetzen jagten nun mit hoher Geschwindigkeit über die vermummten Gestalten hinweg, als sie den Waldrand erreicht hatten. Warfen mal da und mal dort einen flüchtigen Schatten auf die große Hangwiese. „Mondlicht, Mondlicht - gerade heute Nacht! Zefix halleluja, so eine malifizverdammte Sauerei ...“ fluchte der Anführer der Femebündler nun so laut, dass die Männer am Rande der Lichtung zusammenzuckten!
Aber es half nichts. Jetzt das Treiben abblasen? Unmöglich! Da waren sich der Anführer und seine Unterführer schnell einig!
Von irgendwelchen Höfen am Fuße der Anhöhe hörte man das Bellen von Hofhunden, ab und zu unterbrochen von einem klagenden Jaulen. Der große, weiß gekalkte Dreiseithof, dessen mächtige Außenmauern grell leuchtend das Mondlicht reflektierten, lag wie eine unbezwing-

bare Burg auf der Anhöhe gegenüber. Die Haberfeldtreiber wussten jedoch, dass nicht der Hof ihr erstes Ziel war, sondern die große Wiese mit den Weiden am Bachlauf, unweit in der Senke unterhalb des Kammererhofes. In Windeseile und wie auf ein geheimes Zeichen hin löste sich nun aus jeder der drei Gruppen eine einzelne vermummte Gestalt. Die Männer des Vorkommandos hatten es eilig. Hastig, aber lautlos liefen sie den Hang hinunter, überquerten den kleinen Bach und dann die große Weide auf der anderen Seite. Dann umgingen sie die kleine Waldzunge, welche bis zum Weg nach Straußdorf führte. Den Anstieg über den Wiesenhang gegenüber überwanden sie schnell und in tief gebückter Haltung. Die am Waldrand wartenden vermummten Gesellen konnten alles deutlich erkennen.

Doch kein Laut drang zu den Haberern herüber.

Von irgendwoher schrie ausdauernd ein Käuzchen. Manchem der Vermummten zog eine Gänsehaut über den ganzen Körper. Der nachgeahmte Ruf eines Waldkauzes und ein deutlich vernehmbares Zischen aus ihrer Mitte setzte die Haberer wieder lautlos in Bewegung. Schnell, aber geordnet und präzise ging´s nun über die Wiese vom Waldrand hinunter zum Bach, zum Filzengraben. Der Weiler Finkenschlag und die Mooshöfe in Richtung Straußdorf lagen getrennt durch das breite Waldstück, bereits in ihrem Rücken. Nachdem der kleine Graben überwunden war, verschmolzen die vermummten Schatten wieder ineinander. Wie auf ein geheimes Zeichen hin zu einem undefinierbaren, regungslosen dunklem Fleck.

Würde jetzt jemand vom Hof hinunter auf die vom Mondlicht beleuchtete Wiese schauen, er hätte nichts bemerkt und er würde nichts sehen. Nichts von den Männern, die nun regungslos bei den drei Silberweiden und der Viehtränke auf das verabredete Zeichen der drei anderen Haberer warteten.

*****

Gesindekammer auf dem Kammererhof in Wolfsöd

Lenz hielt seinen Atem an. Den Oberkörper steif aufgerichtet, stützte er sich auf dem mit Stroh gefüllten Kopfkissen ab. Ja, er hatte sie gehört. Zuerst den Ruf eines Käuzchens und dann die Haberer. Vor knapp zwei Wochen erst hatte er seinen Eid abgelegt, mit niemanden ein Sterbenswort darüber zu reden. Obwohl er den genauen Termin des Haberfeldtreibens unter keinen Umständen erfahren durfte, hatte er es schon geahnt, dass es heute Nacht passieren könnte. Die beiden anderen Knechte schliefen immer noch tief und fest. Auch aus der Kammer des Großknechtes Matthias drang lautes und regelmäßiges Schnarchen.

Seine Nerven waren zum Zerreißen gespannt. Kalter Schweiß, eiskalter Schweiß stand auf seiner Stirn. Einige Tropfen rannen ihm in die Augenwinkel. Es brannte höllisch. Schnell wischte er sich die Augen mit dem Ärmel seines Nachthemdes aus. Lenz hörte wieder ein leises, kaum wahrnehmbares Zischen und kurz darauf ein leichtes, metallisches Scheppern. Irgendjemand schien auf dem Hof gegen einen Blecheimer gestoßen zu sein. Er hielt seinen Atem an. Jetzt war wieder Stille. Ein beängstigendes Gefühl durchzog den ganzen Körper von Lenz. *Stille, unwirkliche Stille.*
Nur noch das gleichmäßige, jetzt wieder ruhigere Atmen der anderen Knechte in seiner Kammer war zu hören. Einer der beiden drehte sich laut stöhnend von der einen auf die andere Seite und brabbelte irgendetwas Unverständliches im Schlaf. Anscheinend hatten beide nichts gehört. Die Kirchturmuhr vom nahen Straußdorf schlug die vollen Stunden zur Mitternacht an. Geisterstunde! Der Mond hatte sich kurzfristig wieder durch die tieffliegenden Wolken gekämpft und tauchte die Schlafkammer immer wieder kurz in ein watteverpacktes, fast unwirklich bläulich und schneeweiß angehauchtes Szenario, sodass dem Lenz eine Gänsehaut über den ganzen Körper lief. Aufrecht und fast wie zur Salzsäule erstarrt lehnte sich Lenz an das Kopfteil des Bettes. Kaum noch fähig, sich zu bewegen, zündete er ein Talglicht auf dem Tischchen neben seinem Bett an. Ein fürchterlicher Schlag riss nun auch die anderen Knechte aus ihrem Tiefschlaf. Mit angsterfüllten Augen und erschrockenen Gesichtern saßen sie, genau wie der Lenz, kerzengerade in ihren Betten. „Was ist los? Was ist da draußen los ...?" stotterte angstvoll der junge Georg Fischhuber mit heiserer Stimme. Ein Zündholz flammte auf.
„Ruhe, seid´s ruhig! Psst ...", ließ der nun ebenfalls hellwache August Moser vernehmen. Er war der älteste der drei Knechte und stand mit einer Kerze in der Hand unter der Stubentüre. „Wie er nur so schnell aufgestanden ist?" dachte sich der Lenz. Der Hofhund schlug an, gebärdete sich wie verrückt. „Mistvieh, Sauhund, sei ruhig. Man kann ja sein eigenes Flüstern nicht mehr verstehen" sagte Moser. Das hysterische, ununterbrochene Bellen des Hundes übertönte die Stille nach diesem fürchterlichen Knall.

*****

Dann ging´s los.
Ein Spektakel, das der Lenz bisher nur vom Hörensagen kannte. Die Wirklichkeit war das, was jetzt passierte. Und dies war viel, viel schlimmer, als er in seinen kühnsten Vorstellungen sich mit taufrischen Rachegedanken ausgemalt hatte. Nach dem ersten Knall zerrissen zwei kurz aufeinander folgende Büchsenschüsse die kurz-

zeitige Stille. Das Kläffen des Hofhundes, der an der langen Leine vor dem Haupthaus angebunden war, wurde aufgeregter, hysterischer. Dann fing der Hund plötzlich kläglich zum Jaulen an, das in einem kläglichen Winseln verebbte und dann verstummte.
Laut und deutlich ertönten nun die Stimmen des Haberfeldmeisters und seiner beider Adjutanten.

„Kammerer du Hurenstingl,
Leutschinder und Mägdeschwängerer,
du Ausbeuter, du elendiger Teifi,
du sauschwänziger, kimm außa,
wannst no an Rest vo Schneid host!"

Der Knall eines weiteren Büchsenschusses ließ sie erschrecken und zerriss wieder die schmerzhafte Stille. Augenblicklich setzte vor der Haustüre unten vorm Herrenhaus Lärm ein. Lenz stand hinter dem kleinen Kammerfenster und spitzte hinunter auf den großen Innenhof. Die anderen Knechte hatten sich schnell ihre Hosen angezogen und standen ebenfalls am Fenster. Genau unter ihnen sahen sie einen Vermummten mitten auf dem Hof mit einem brennenden Kienspan in der Hand. „O Gott ..." stammelte der junge Fischhuber, „ ... o Gott, die werden doch nicht den Hof abfackeln?" Lorenz stockte der Atem. „Nein, das kann nicht sein. Das ist nicht der Sinn des Treibens. Die werden sich doch an die Spielregeln halten!" schoss es ihm durch den Kopf. Plötzlich wurde der ganze Hof von einem hell flackernden Feuerschein in gespenstisches Licht getaucht. „Mei, das schaut ja aus, wie die Flammen im Fegefeuer". August Moser machte schnell ein Kreuz auf seiner Stirn. Ihm versagte schier die Stimme, als er das Feuerspiel auf der gegenüberliegenden Dort, wo die Knechte soeben noch den Kienspan in der Hand eines Vermummten gesehen hatte, fing jetzt die übermannshohe bekleidete Puppe mit weißem Hemd zum brennen an. Die Figur trug einen langen Strohbesen in einer Hand und hatte einen mächtigen Hut auf. So einen, wie der Kammerer immer trug! Stark böiger Wind entfachte plötzlich das Feuer an der Puppe immer mehr. Lenz sah jetzt, dass im Schlafzimmer des Bauern das Licht anging. Der Lärm wurde stärker und unerträglicher. Immer mehr abenteuerlich vermummte Männer versammelten sich nun auf dem großen Hof. Gespenstisch sah es aus: Sensen und Sicheln, Dreschflegel, Spieße, Mistgabeln, große Knüppel, ja sogar richtige Morgensterne trugen die Männer in den Händen. Einige der Vermummten hatten sich große Glocken oder auch Kuhschellen umgebunden, mit denen sie zwischendurch wilde Tänze aufführten. Langsam kehrte in dem Haufen Ruhe ein. Die Männer mit ihren ge-

schwärzten Gesichtern standen im Halbkreis um die, wie eine Fackel brennende „*Loderfigur*“ *⁾.
Ein scharfer Pfiff und wieder vollführten die maskierten Männer ein Höllenspektakel mit all ihren Instrumenten und Geräten.
„Man könnt′ direkt meinen, das Jüngste Gericht wird gleich hier an Ort und Stelle abgehalten“, dachte sich Lenz. Einige der Habererer entzündeten nun an den brennenden Fackeln Raketen und schossen sie in Richtung des Wolfsöder Filzes ab. Dorthin, wo der Lauf des kleinen Filzengrabens seinen Weg zur Attel begann.
Andere wieder legten Feuer an Feuerwerkskörpern, die an der Windmühle und an einem Wagenrad auf einer Stange befestigt waren, und drehten diese unentwegt im Kreis herum. Dazwischen explodierten ohne Unterlass die „Frösche“: Kleine, wild hüpfende Kracher mit großem Funkenschlag.

Alles dauerte nur wenige Minuten - und der erste Spuk war vorbei.

Juliane Kammerer, Frau des Bauernbarons, zog′s am Fenster stehend, die Füße weg. Sie war ohnmächtig geworden. Kammerer packte sie unter den Achseln und schleppte sie mit Mühe an die gegenüberliegende Wand der Wohnstube, dort wo ein großes Sofa stand. Mithilfe seiner kleinen Tochter Veronika bettete er seine Frau, so gut es nur ging, auf das Kanapee. Dann wies er seine jüngste Tochter an, der Mutter schnell was zu trinken zu geben und ihr die Stirn mit einem nassen Tuch zu kühlen. Die kleine Veronika tat brav und tapfer, wie ihr geheißen.
Schweren Schrittes ging der Bauer wieder in Richtung des Fensters. Laut pochte sein Blut in den Adern. Gefährlich rot war sein mächtiger Kopf angelaufen. Auf ein Handzeichen des Anführers, der auf dem Hut zwei weiße Gockelfedern trug, verstummten draußen auf dem Hof sämtliche Männer. Zwei von ihnen zogen den Handkarren mit der Windmühle in die Mitte und stellten das Gefährt neben die - immer noch hellldodernde - Puppe ab. Wieder ertönte ein Büchsenschuss.
Der Anführer der Haberer stieß einige Male kräftig mit einem Schellenbaum auf. Mit lauter, durchdringender Stimme forderte er Kammerer auf, sich offen am Fenster zu zeigen: „Kimm, zeig di!“

Kammerer, sei koa feiger Hundling,
Bischt doch sonst a ned so zart besaitet,
wannst die kloanen Bauern von ihrm Hof vatreibst.
Du Haderlump, sauschwänziger, du ehrloser Lump!
Oiso, kimm außi!“

---

*⁾**Loderfigur** – *siehe Glossar*

Auf ein neuerliches Handzeichen hin, fing das Gerassel wieder von vorne an. Zwei Männer betätigten sich an der alles übertönenden Windmühle und einige Männer kletterten über eine große Leiter rückseitig aufs Dach um den Mistwagen mit aufzubauen. Der höllische Lärm, der alles andere ringsum auf dem großen Hofplatz übertönte, setzte sich fort. Die Haberer auf dem Dach fingen nun an, Ziegel für Ziegel mitten auf den Hof zu werfen.
Lenz lief Gänsehaut über den ganzen Körper. Er konnte beobachten, wie sich mehrere Gestalten am, vor dem Stadel abgestellten Mistwagen zu schaffen machen. Es sah doch tatsächlich so aus, als ob sie das Gefährt vollständig zerlegen wollten. „Genau, die machen das" entfuhr es Lenz. Sicher, gehört hatte er irgendwann schon einmal von dieser „höchsten Haberer - Strafe", aber noch nie selbst erlebt.
Der dürre Georg Fischhuber hinter ihm flüsterte erschrocken: „Lenz. Weißt du, was die treiben da unten? Weißt du das …? Gell, das sind die Haberer ...?" Heißer, biergeschwängerter Atem streifte den Nacken von Lenz. Doch der drehte sich nicht um und schüttelte nur genervt seinen Kopf. „Bin i vielleicht pfeilgroad a Haberer?" fragte er schlecht gelaunt den Jungknecht. Sicher wusste er es. Aber er durfte es nicht preisgeben, was jetzt aller Voraussicht nach passieren würde. Schon garnicht vor dem losen Maul des Fischhubers.

*****

Der Mistwagen war nun vollkommen in seine Einzelteile zerlegt. Stück für Stück wurde jetzt in Windeseile nach oben gereicht und - vom Lenz seinem Fenster nicht mehr einzusehen und nur zu ahnen - wieder auf dem Dachfirst zusammengebaut. Auch der Kammerer hatte dies mit Erschrecken bemerkt und sofort gewusst, wie es weitergehen würde. Allzu oft hatte er doch schon schadenfroh gefeixt und gelästert, wenn ihm zu Ohren gekommen war, dass bei einem Haberfeldtreiben einer seiner Nachbarn einen vollgefüllten Mistwagen vom Dachfirst hatte herunterholen müssen. Es war, und das wusste jeder im Landl am Inn, die höchste Strafe dieser ländlichen Femegerichte für jeden Bauern, der eine seiner Mägde schwängerte. Das Blut schoss ihm in den Kopf, die Zornesadern an den Schlägen traten so weit hervor, als würden sie jeden Augenblick platzen. Eimer für Eimer dampfender, stinkender Mist wurde jetzt nach oben durchgereicht. Die Männer hatten eine lange Kette aufs Dach gebildet. Nur ihr Anführer mit zwei seiner Gefolgsleute stand noch in der Mitte des Hofes und beobachtete alles mit Argusaugen. Einer der neben ihm stehenden Männer drehte unablässig an der infernalisch klappernden Windmühle. Das „Werk" auf dem Dach schien vollbracht! Einer nach dem anderen kletterte wieder vom Dach. Um die Puppe wurden nun mehrere Strohballen geschichtet. Die Haberer wollten weiter das Haupthaus voll im Visier haben. Jetzt, man konnte es kaum erkennen, ging zaghaft das Fenster von Kammerers Schlafgemach auf. In seinem weißen Nachthemd sah er mit bleichem Gesicht wie ein leibhaftiges Gespenst hinunter auf die Ansammlung, die ihm soeben die Leviten lesen wollte. „G´schaugst, dass weiter kimmts, ihr Lumpenpack, ihr G´sindel. Verbrecher seid´s. Werd´ euch alle anzeigen! Alle …“, so schleuderte er die ohnmächtige Wut aus seinem Leib heraus. Seine Frau, mittlerweile wieder einigermaßen zu Kräften gekommen, duckte sich furchtsam hinter ihm. An ihrem Nachthemd hielt sich die kleine Veronika ängstlich fest. Drohend schüttelte er seine Fäuste, zog sich aber sofort wieder zurück ins Zimmer, als das infernalische Gerassel wieder einsetzte. Der Anführer der Haberer hob wieder seine Hand. Sofort trat Stille ein. Das Fenster zur Schlafstube war immer noch leicht geöffnet. Im Stockwerk darüber sahen die Haberer schemenhaft die Gesichter von zwei, drei Männern. Und aus dem darüber liegenden Fenster, direkt unter dem mächtigen Holzbalken des Giebels, erkannten sie die ängstlichen Gesichter der Mägde, die sich im Lichtschatten ihres Zimmers versteckten. Der Haberfeldmeister trat nun wieder in die Mitte des Hofes. Gebieterisch hielt er seinen rechten Arm hoch. Augenblicklich verstummten die Lärminstrumente und das Schreien und Reden der Vermummten. Nur noch das leise Knistern der hell auflodernden Strohballen und das ängstliche Muhen der aufgeschreckten Kühe vom Stall gegenüber dem großen Herrenhaus war zu hören. Dazwischen das anhaltende, durchdringend ängstliche und schrille Quieken der Schweine.

„Kammerer, du Feigling kimm außi.
Und hör dir´s an,
was zu sogn uns´re Pflicht ist.“

Aus dem Ärmel des weiten, dunklen Umhangs zog er einen Bogen Papier, den Loderbrief mit den Knittelversen heraus und begann mit lauter Stimme die Schmähschrift vorzulesen:

„Kammerer, hör guat zua.
Du Ehbrecha hoast vor uns koa Ruah.
Dös is scho bei dir a feina Brauch,
legst di jede Nochd bei olle ledige
und a verheiratete Weiber auf´m nackerten Bauch.
Dös Kindamacha kunnst du Hurnstingl ja guat,
nur zoin tuast nia ned, fia die kloane Bruat.“

Der linke Arm des Haberfeldmeisters ging nach oben, mit dem rechten setzte er lautstark einen Schellenbaum auf den Boden auf.

„Is des wahr?“ **„**Wahr is!“ antworteten lautstark die Maskierten im Rund. „Dann treibts eam g´scheidt“ war seine Antwort. Heftiges Rasseln und Trommeln setzte ein, Trompetenstöße folgten.

„Kammerer, tuast kloane Bauern
übers Meer nach Amerika vajog´n,
owwer heit geht´s dir selber an dein Kroagn.
Seid´s nur tüchtig auf dr Huat,
wann´st bring´st d´ armen Leit,
um ihr letztes Hab und Guat“.

Der hünenhafte Mann hob die Hand und sagte seinen Spruch wieder auf. „ ... Is des wahr?“ Wie aus einem Mund ertönte wieder deren Antwort: „Wahr is!“ Der Mann mit den zwei weißen Gockelfedern auf am Hut gab wieder den Befehl: „So treibt´s eam g´scheid!“
Augenblicklich setzte wieder der Höllenlärm ein. Ein Vermummter mit einem Schellenbaum hüpfte über den Hof, sämtliche Instrumente und Werkzeuge wurden nun wild durcheinander betätigt. Und wieder folgte das gebieterische Handzeichen im flackernden Licht der Fackeln.

„Sollst hiernach für immer wiss´n,
dass a auf´d Landtoagskarrier is g´schissn.
Frei´n konnst di heit scho auf den Morg´n,
dafür wer´n wir jetzt und für immer sorg´n.

„Is des wahr?“ „Wahr is!“, antworteten die vermummten Gestalten wie aus einem Mund. *„Treibt´s eam g´scheid!“.*
Ohrenbetäubende wilde Musik setzte wieder ein. Beinahe unmerklich bewegte sich der Vorhang im Schlafzimmer der Bauersleute. Der Bauernbaron war mit aschfahlem Gesicht erneut ans Fenster getreten, hatte es weit geöffnet und stellte sich, die fleischigen Arme in die Hüften gestemmt, seinem Tribunal. „Feig, nein, feig sollen´s mich eh nicht seh´n“ sagte er laut über die Schulter zu seiner Frau, die sich - wieder einigermaßen erholt - hinter´m breiten Kreuz des Bauernbarons versteckte. Wieder hob der Anführer der Haberer die Hand und pfiff durch seine Finger. Sofort kam Bewegung in die dunklen Gestalten. Aus den Augenwinkeln heraus sah Lenz, wie einige der Männer über die angebaute Kutschenremise das Dach des Haupthauses erklommen. Es war anscheinend die Ablösung für die völlig erschöpfte erste Mannschaft. Ziegel für Ziegel wurden nun wieder hinunter mitten auf den Hof geworfen und zerbrachen dort laut scheppernd in tausend Stücke. Bei jedem Wurf zuckte der Bauernbaron zusammen.

Das Werk auf dem Dach schien nun erledigt.

Der vollbeladene Mistwagen thronte zwischen den beiden Kaminen. Auf dem Hof wurde es merklich ruhiger.
Lenz stockte der Atem, sein Herzschlag pochte hinauf bis zum Hals. Von seinem Blickwinkel aus sah er das ängstliche Gesichtchen der kleinen Veronika, die sich zwischen den Vater und der Fensterbank gezwängt hatte und wahrscheinlich auf ihren Zehenspitzen nach unten auf den Hof schaute. Sie tat ihm leid.
Die beiden anderen Knechte hielten immer noch gehörigen Abstand zum geschlossenen Fenster. Erneut gab der Haberfeldmeister ein Handzeichen und Höllenlärm setzte wieder ein. Schellentänzer rasten nun wie Irrwische über den Hof - so, als wäre der Leibhaftige gar selbst hinter ihnen her. Nach einigen Runden um die Formation ihrer Kumpane gab es wieder ein Handzeichen. Der Haberfeldmeister fuhr in der Verlesung des Loderbriefes, der *Pasquille*, fort:

„Kammerer, du Hurer und du Borstenschwein,
du durchtriebner Haderlump,
wann' di zwick'n dei ranzig' Eierlein,
muaßt schwängern dös arme, kloane Leitmayrlein

Der Teifi soll di heit no hol'n,
selb'n brauchts in der Hölln,
So oan noblen, bockigen,
fetten und geilen Bauernbaron".

„Kammerer tat's guat daran,
zoahlt's dem armen Hascherl, der Barbara am End'
für ihr'n kloanen Bankert ihr Aliment."

Er machte eine kurze Pause, die Träger der Schellenbäume vollführten wieder ihren diabolischen Veitstanz auf. Dann fuhr er mit lauter Stimme fort, die Pasquille zu vollenden:

„Sunst, Kammerer, du alter Hurenbock,
verlaß di drauf, du elendiger geiler Bock,
zieh mer dir aus dein Hurenrock
und treiben di durchs Haberfeld
daß denkst, jetzat war 's das End' der Welt.

„Oiso, Kammerer, no amoi:
Hör guat zua und noch amoi:
Gibt's da Bärbl net bald a Aliment,
san mir olle samt wiada do,
bis nach da nächsta Sunnawend."

Einige der Haberer gruppierten sich um den Hofbrunnen, reckten ihre Stutzen in die Luft und feuerten mehrere Salven Spitzkugeln gegen

den stockdunklen Nachthimmel ab. Wieder war es für einen Moment still. Totenstill. Doch plötzlich - wie auf ein Kommando - setzten infernalisch laut wieder sämtliche der mitgeführten Lärminstrumente ein. Ein Trompeter blies in sein Instrument, zwei Klarinetten erklangen in schrillen, unmelodiösen Tönen dazu. Wie von Sinnen vollführten die Schellenträger ihren wilden Tanz. Mistgabeln, Sensen und Dreschflegel sausten zischend und klappernd und zischend durch die kalte Nachtluft. Stärker aufkommender Wind ließ die Funken in den Strohballen meterhoch aufstieben. Auf einem Schlag war die Wolkendecke aufgerissen und der Mond beleuchtete kurzzeitig dieses gespenstische Szenario. Lenz stand völlig benommen am Fenster. Wie versteinert wirkten auch die anderen Knechte im Zimmer. Kaum, dass man ihren Atem noch hörte.
Ein lauter Pfiff zerriss die eingetretene Stille. Fackeln und Laternen der Haberer erloschen blitzschnell auf dieses Kommando. Mehrere Schüsse fielen noch und einige selbst gebastelte Raketen wurden jetzt in Richtung Haging und Straußdorf abgeschossen.
Dann herrschte Grabesstille.

Wenig später vernahm man nur noch das Getrappel und die Geräusche der - in alle Richtungen - davoneilenden Haberer. So schnell wie er gekommen war, war der Spuk wieder vorüber. In Windeseile waren die Haberer verschwunden. Zerstoben in alle Himmelsrichtungen.
„Koa halberte Stund hat´s dauert“, so sagte später der Lenz - nicht ohne einen gehörig empörenden Unterton in seiner Stimme - bei seiner Vernehmung durch den Gendarmeriekommissär und dem Herrn Bezirksrichter aus, „ … na, koa halberte Stund´ hat dieser Spuk dauert“.

*****

Samstag, 15. November 1873
Der Morgen danach.

Die letzten Strohreste waren am Verglühen, doch der böig aufkommende Wind ließ ab und zu immer noch ein kleines Feuer auflodern. Die Kühe und Schweine hatten sich immer noch nicht beruhigt. Vom Hofhund war noch nichts zu sehen. Erst am frühen Morgen fand ihn der Lenz ganz drüben, am Waldrand an einer Tanne angebunden. Anscheinend hatte er die Sache gut überstanden. Ein paar abgenagte, große Rindsknochen lagen vor ihm. Schwanzwedelnd und freudig jaulend begrüßte er den Knecht. Die Dunkelheit war noch nicht gänzlich gewichen, als auf dem Kammererhof schon emsiges Treiben herrschte. Mit großen Laternen und Fackeln wurde der Innenhof ausgeleuchtet. Die Leitern standen schon am Haupthaus und mit

Schubkarren wurde Ziegel für Ziegel an der Hauswand abgeladen. Als Erstes hatte man nach der gründlichen Hofsäuberung die, an der Scheune zum Bach gelagerten, neuen Ziegel auf den Hof gestapelt. Beim Einsetzen des Morgengrauens stieg als Erster der alte Moser die Leiter hoch. Er tat sich augenscheinlich sehr schwer, sein steifes Bein behinderte ihn stark. Es dauerte. Der Jungknecht folgte ihm vorsichtig. Mit hochrotem Kopf rannte der Kammerer ungeduldig auf dem Hof hin und her. „Dalli, dalli - Beeilung! Schloft´s ned eini. Bis Mittag muss das Dach wieder gedeckt sein. Basta!" Dann erst entdeckte er seinen hinkenden Knecht auf der Leiter. Wütend stampfte er mit dem Fuß auf. „Sakra, Himmiherrgottsakrament, muss denn der August selber raufgehen, mit sein kaputt´n Haxen?" Er fluchte wie ein Rossknecht und beorderte den Altknecht in den Hof hinunter. Schweiß lief ihm über seine breite Stirn. Die Blicke, welche er auf seinen neben ihm stehenden Großknecht Matthias „schleuderte", verhießen absolut nichts Gutes. Gestikulierend machte er auf dem Fuß kehrt, packte grob seine Frau am Arm und verschwand mit wildem Gefuchtel im Hausgang.

Nun aber schlug die Stunde des Großknechts!
Die Stunde des cholerischen Matthias Ergoldinger. Er wollte es sich und seinem Herrn und Meister wieder einmal beweisen! Brüllend, fauchend, ja wie ein Irrwisch tanzend, wirbelte er über den ganzen Hof. Breitbeinig und mit hochrotem Kopf belferte er seine Befehle heraus. Nichts ging ihm schnell genug. Er wusste vom Druck, der auf ihn lastete. Dem freudig winselnden Hofhund, der sich augenscheinlich von der Attacke der vergangenen Nacht wieder erholt hatte und nun arglos schwanzwedelnd auf ihn zugetrottet kam, versetzte er einen fürchterlichen Tritt. Laut jaulend suchte dieser wieder Zuflucht in seiner Hütte. „Schau nur hin, wie er sich wieder aufführt. Der alte Speichellecker, der hinterfotzige!" Lenz war erbost. Musste doch der Matthias von alleine sehen, dass alle jetzt kräftig zupackten, auch ohne sein Geschreie und Getobe. Als der Großknecht wieder eine Schimpfkanonade losließ, rief ihm der Lenz laut von der anderen Hofseite zu: „Geh, leck mi doch am Arsch, du oider, aufbloasner Fliagnschiss!" Den Ergoldinger Matthias riss es fast von Socken, als er dies vernahm. Eine derartige Unbotmäßigkeit, eine solch eminente Missachtung seiner Autorität konnte er nie und nimmermehr hinnehmen. Schon garnicht von diesem aufsässigen Lorenz Kohwagner, diesem verhinderten Rebellen. Lange hatte er schon bemerkt, dass dieser dahergelaufene Bauernsohn gegen alles und jedes aufmüpfig war, was gegen seinen völlig verbohrten Gerechtigkeitsfanatismus verstieß. Wusste der denn nicht, wie es in der Welt der Bauern zu-

ging? Besonders auf einem so großen Hof, wie dem Kammerer seinem? Für ihn, den Matthias, war er ein Träumer und Spinner und - das hatte er schon von Anfang an bemerkt - mit einem unbändigen Hang zu aufrührerischen sozialistischen Parolen und Tendenzen.
Auch dem Bauern war das nicht entgangen. „Soll er sich doch Gott weiß wo hin scheren! Bei uns in Altbayern ist die Welt noch in Ordnung. Keine sozialistischen Parolen und sonstiges freiheitliches Geschwafel, wie vor nicht allzu langer Zeit drüben im weit entfernten kurpfälzischen Hambach, sind hier geduldet oder gar angebracht.
„Eine schöne Erbschaft hat Napoleon, der kleine Korse unsern Wittelsbachern hinterlassen", das war dem Kammerer seine Meinung.

Jetzt war guter Rat teuer. Doch Matthias hatte sich sofort im Griff. Das, was soeben passiert war, konnte er dem Lenz noch bald genug heimzahlen und zwar doppelt und dreifach. Obwohl er bemerkte, dass alle der Mägde und Knechte ob dieser Beleidigung und Untergrabung seiner Autorität aufmerksam die Ohren spitzten, tat er so, als hätte er dies nicht gehört. Jetzt was unternehmen, würde die ganze Arbeit zur Wiederherstellung des äußeren Scheins auf dem Hof völlig durcheinanderbringen oder gar verhindern. „Kommt Zeit, kommt Rat" dachte sich der Großknecht. Und er wusste: Jede Stunde war jetzt kostbar, bevor die umliegenden Bauern von der großen Schmach des Kammererbauern durch das Habertreiben Kenntnis erhielten. Er ging zur Tagesordnung über: „Kommt, schaut´s endlich, dass es vorangeht. Bis zum Mittag muss alles wieder sauber beieinander sein!" lautete kurz und bündig seine harsche Anordnung. Dann stellte er sich in die Mitte des Hofes und klatschte in seine Hände. „Gemma, gemma, gemma ...!", kommandierte er lauthals.

Eines aber ging ihm nicht mehr aus seinem Schädel, bohrte sich ganz tief in sein Gehirn: Hatte dieser Lenz, dieser renitente Knecht, nicht vielleicht seine Hände im Spiel gehabt mit den Haberern? Er, der Matthias, würde der Sache auf den Grund gehen. Da war er sich felsenfest sicher. Koste was es wolle...
Lenz hatte mit dem Fischhuber und einer Magd äußerst mühsam die Ziegel über die Treppen in das Dachgeschoss geschleppt. Es war eine pure Kärrnerarbeit. Schweiß rann ihm in Strömen herunter. Kammerer stand inzwischen wieder breitbeinig unten im Hof. Ihm war von der guten Stube aus drinnen nichts, aber auch überhaupt nichts entgangen. Er hatte sich schnell seinen Reim auf das aufgeregte Verhalten seines Großknechtes gemacht. Der Matthias, da war er sich sicher, war ihm absolut treu ergeben. Ohne einen Grund würde er sich nie und nimmermehr so arg hineinsteigern mit dem Lenz. Da musste was ganz

anderes dahinterstecken. Auch Kammerer nahm sich insgeheim vor, der Sache zur richtigen Zeit auf den Grund zu gehen.
„Den Mistwag´n, das grauslige Gestell, tut´s ihr mir als Erstes runter!“ kommandierte er schon wieder lautstark und forsch. Von der erlittenen nächtlichen Seelenqual war ihm nicht mehr sehr viel anzumerken. Das mit dem Mistwagen sollte sich jedoch als garnicht so einfach erweisen. Erst musste Eimer für Eimer des stinkenden und immer noch dampfenden Schweinemistes nach unten transportiert werden, was sich als wahre Höllenarbeit erwies. Über´s Dach den Mistwagen nur hinunterschieben ging nicht, da die Ziegel noch nicht ganz neu eingedeckt waren und auf den Sparren würde es nicht gehen. Es dauerte fast bis zum Zehnuhrläuten von Straußdorf herüber, bis endlich alles vom Dach war: Der Mist und das Fuhrwerk, das weithin sichtbare Zeichen des Hurers und das Menetekel seiner ständigen sittlichen Verfehlungen.
Bis zum Mittagsläuten war das Dach wieder gedeckt. So schlau wie er war, hatte der Kammerer auf den beiden Zufahrtswegen zwei seiner Mägde postiert. Eine nach Straußdorf hin, genau hinterm Waldriegel beim Finkenschlag, die andere nach dem Waldstück hinunter Richtung Haging. Da dort eine lange Steigung von Haging herauf führte, hätte sie bei „Gefahr im Verzug“ nur das kleine Stück Weg entlang des Filzmooses durch den Wald zurücklaufen müssen, um Alarm zu schlagen.
Die zerdepperten Ziegel wurden feinsäuberlich hinter dem Heustadel unter faulendem Stroh vergraben und die Stelle perfekt getarnt.
Die Mägde hatten jeden noch so kleinen Krümel der zerbrochenen Ziegel zusammengefegt und weit entfernt, oben im Filzenmoos verstreut. Nun saßen sie völlig erschöpft auf dem Rand des Brunnens. Genau wie die Knechte hatten sie Schwerstarbeit abgeliefert.
Nun sah fast so aus, als wäre zu nächtlicher Stunde nichts, aber auch rein garnichts passiert. Kammerer stand breitbeinig vor dem Haus, stemmte seine mächtigen Pranken in die Hosenträger. Er schien mit dem Ergebnis der vormittäglichen Aktion sichtlich zufrieden, nahm einige kräftige Prisen Schmalzler und zwirbelte ausdauernd seinen Schnurrbart zu beiden Seiten.
Der Bauernbaron wirkte wieder sehr selbstsicher.

*****

Sonntag, 16. November 1873

Der Kirchgang hinunter nach Haging fiel an diesem Tag aus. Die Besucher des Gottesdienstes wunderten sich nicht, dass der Kammerer mit seiner Familie und seinem Gesinde abwesend war. Die meisten der Bewohner von Haging, Schaurach, Wimpersing - und den

vielen Weilern und Einöden ringsum - hatten ja den fürchterlichen Lärm und die Schüsse in der Nacht gehört! Und die Raketen und den lodernden Feuerschein hatte man bis hinüber nach Frauenneuharting und Jakobneuharting sehen können, ja sehen müssen!
Recht aufgedreht lud nach den ersten Aufräumungsarbeiten der Bauer seine Knechte und Mägde am Abend auf einen Trunk und ein deftiges Vesper ein. Die köstlichen Speisen, die sonst nur am Tisch der Herrschaften kredenzt wurden, standen an diesem Abend auch auf dem Tisch des Gesindes.

Kammerer verpflichtete sie allesamt zu strengstem Stillschweigen
„Schon in eurem eigenen Interesse“ wie er übel gelaunt und unheilschwanger hinzufügte. Später gab´s für die Knechte noch Bier und für die Mägde süffigen, süßen welschen Rotwein von seinem Lieferanten aus Klausen an der Etsch in Südtirol. An diesem Abend sparte der Bauernbaron rein an garnichts. Kammerer ließ sich das Stillschweigen schon was kosten. Es schien so, dass zumindest an diesem Abend der Lenz wieder willkommen war im Kreis der anderen Ehehalten.
Ein Trugschluss, mehr nicht.
Mehr als nur vier Augen beobachteten den Knecht aus Mittergars ständig. Sie warteten anscheinend auf jede noch so unauffällige Regung im Gesicht des Lorenz Kohwagner. Misstrauisch blickten auch der Altknecht August Moser und Georg Fischhuber.
Auch sie hatten schon lange einen bestimmten Verdacht.
Alle Heimlichtuerei auf dem Kammererhof in Wolfsöd war vergebens. Die Kunde vom *Haberfeldtreiben* und dem übervollen, stinkenden Mistfuhrwerk auf dem Dach des Kammererhofes hatte sich rasend schnell in der Gegend rund um Grafing, Ebersberg und Wasserburg verbreitet. Ja, sogar der Inhalt der Schmähschrift machte bis hinunter nach Miesbach und Tegernsee an den Wirtshaustischen die Runde. Er musste schon an Allerheiligen überall dort verteilt worden sein. Als Erster hatte sein Nachbar am Finkenschlag, drüben hinterm Wald, der windige Stiglmaier Alois, vom nächtlichen Spuk bei seinem Nachbarn Kenntnis erhalten.
Exakt korrekt zwirbelte er beim Frühstück seinen mächtigen Schnäuzer nach oben und holte sich, zufrieden feixend, einen großen Krug welschen Rotwein aus einem der Holzfässer in seinem Keller. Beim Hinuntergehen murmelte er mit geballten Fäusten zufrieden vor sich hin: *„Kammerer, mei Liaber, jetzt wirst owa g´schaun. Auf dei Landtoags - Kandidatur is g´schissn! Für immer ...“.*

*****

Von Stund an war der Bauernbaron Sebastian Kammerer im ganzen Gäu, von Ebersberg bis hinunter nach Miesbach auf's Tüchtigste bloßgestellt. Manche - und das waren nicht wenige, rieben sich feixend und schadenfroh lachend die Hände, als sie von der „Heimsuchung durch die Haberer" des einflussreichen Bauernbarons erfuhren.

Als schon einen Tag nach Allerheiligen und dem „Haberfeldtreiben" der Bezirksrichter aus Ebersberg zusammen mit seinem Gehilfen und einer stattlichen Gendarmeriestreife auf dem Hof die Ermittlungen aufnehmen wollte, war der Großbauer Kammerer sehr, sehr wortkarg. „Außergewöhnlich, sehr außergewöhnlich" empfand der Herr Bezirksrichter dieses Verhalten. Er kannte den großmäuligen und rücksichtslosen Großbauern schon seit Jahren und hatte in fröhlicher Runde im Kreis der Honoratioren auch schon manchen Krug mit ihm zusammen am Stammtisch beim „*Kyrmayr*" in Ebersberg leeren müssen. Ja müssen! Wohl war's ihm dabei nie! Denn leiden gemocht, nein gemocht hatte er diesen „Emporkömmling" und diesen „Großprotz", wie er ihn insgeheim nannte, nie! Auch war er schon des Öfteren „gerichtsmassig" in Wasserburg und Ebersberg in Erscheinung getreten. Unfreiwillig zwar, wie allerdings die meisten seiner Klientel, aber für ihn, den Herrn Justizrat niemals unerwartet. Er hatte schon lange Kenntnis von den brutalen Machenschaften, mit denen er kleine Bauern von ihrem Hab und Gut vertrieb, wenn sie sich bei ihm oder auch bei seinen Strohmännern haushoch verschuldet hatten. Aber Kenntnis allein half ihm nicht viel, wenn niemand Anzeige gegen Kammerer erstattete. Manchmal erschien jedoch den kleinen Leuten der Gang zum Gericht als allerletzte Hoffnung. Leider fast immer vergebens, wie der Herr Bezirksrichter mit argen Grimm feststellen musste. Kammerers Vorgehensweise hielt immer allen juristischen Anfechtungen stand. Er war einfach ein gerissener, mit allen Wassern gewaschener Hundling, dieser Bauernbaron. Und sein windiger Advokat stand ihm keinesfalls nach!

„Nein, nein! Erkannt habe ich wirklich niemand". „Nein, weder an der Stimme noch am Aussehen", antwortete er auf die bohrenden Fragen des Bezirksrichters. Dieser glaubte ihm kein Wort. „A bisserl mehr Kooperation tät' Ihnen scho guat, Kammerer. Meinen's ned? Mir sind ja nicht da, dass mir uns von ihnen und ihren Ehehalten verarschen lassen. Merken's ihnen das!" Die ausgeprägte, senkrechte Zornesfalte auf seiner breiten Stirn war blutrot angelaufen. Der Richter war ausgesprochen grantig und bohrte unnachgiebig weiter, wollte sein Gesicht und seine Autorität vor seinen Leuten nicht ganz verspielen. „Ja, und von einem Mistwagen auf dem Dach haben's auch gar nie nix

bemerkt, nicht wahr?“ fragte er sichtlich genervt mit inquisitorischem Unterton in seiner Stimme den Bauern. Kammerer schüttelte den Kopf. „Nein, überhaupt nichts, Herr Justizrat.“ Er stand auf, ging an´s Küchenfenster, schob die gehäkelten Gardinen zur Seite und deutete keck hinüber zum Gerätestadel. „Wieso denn auf´m Dach, Herr Bezirksrichter? Da, schauen´s doch …“, er deutete mit der Hand hinüber zum Heustadel, „ … da, dort drüben steht unser dampfender Mistwagen. Und auch noch bis oben hin vollgefüllt. Der muss heut´ Nachmittag noch auf den Acker! Wollen´s vielleicht am End´ mithelfen, Herr Bezirksrichter?“ fügte er süffisant hinzu.
Dem erfahrenen Richter platzte ob dieser Kühnheit fast der Kragen. Seine Adern am Hals und an seinen schweißnassen Schläfen waren vor Zorn blauschwarz fingerdick hervorgetreten. Er war nicht nur völlig verärgert, er war einem Kollaps nahe. So etwas, nein so etwas hatte er in seiner langen Amtszeit noch nicht erlebt, höchstens von einem Kriminellen. „Was glaubt denn dieser Bauernlümmel, dieser Malefiz - Bazi denn, wen er vor sich hatte ...?“, ging es dem altgedienten Bezirksrichter durch den Kopf.
Es half alles nichts. Selbst die Androhung von Beugehaft konnte den Großbauern, die Ehefrau und die in der Küche vollzählig versammelten Ehehalten nicht umstimmen. Der Richter wusste auch warum: Zu groß war deren Angst vor dem mächtigen Bauernbaron. Noch eine Sache schien dem Richter bei der Vernehmung nicht geheuer: kein Bewohner der umliegenden Gemeinden, ob aus Haging, Frauenneuharting, Jakobneuharting, dem Weiler Schaurach oder kleinen Ort Wimpersing, in Sichtweite direkt unterhalb von Wolfsöd gelegen, kein einziger dieser Bewohner machte eine Aussage. Alle hatten „tief und fest geschlafen und überhaupt nichts gesehen“. Und Lenz, der neue Knecht? Auch dieser sagte bei der Vernehmung fast nichts aus, was von Bedeutung war.
Nur, Lenz hatte seine ganz eigenen Gründe zu schweigen.
Unverrichteter Dinge und höchst verärgert zogen nach einigen Stunden der Bezirksrichter Beissenwanger und seine Gendarmen wieder ab. Auf der ganzen Heimfahrt tobte er unentwegt wie ein leibhaftiger Bierkutscher. „Zefix halleluja, so ein mistiger Haderlump, dieser Kammerer.“ Wie sollte er diese kümmerlichen Ermittlungen nur den Vorgesetzten bei der Kammer des Innern in München erklären? Ohne irgendein handfestes Ergebnis vom Verhör beim Kammerer zurückgekommen zu sein? So eine Schande! Aber ausrichten konnte er auch nichts. Nichts fürchtete er mehr, als eine Untersuchungskommission aus dem großkopferten München in seinem ureigenen Gäu. War er doch jetzt schon ganz sicherlich die nächsten

Wochen das Gespött sämtlicher Stammtische in und rund um Ebersberg. Er schäumte. „Den werd´ ich noch eines Tags zum Kooperieren zwingen, den Bauernbaron, den windigen!“ soll er giftigst gesagt haben, der Herr „*Justizrat erster Classe*“, Leonhard David Beissenwanger.

Das Leben auf dem Kammererhof ging nach dem Haberfeldtreiben anscheinend wieder seinen normalen Weg weiter.
Doch der allmächtige Bauernbaron war zutiefst getroffen.

Die Schmähschrift, die seine Frau Juliane am frühen Morgen auf einem irdenen Topf voll von Urin und stinkendem Menschenkot an der Haustüre fand, hatte der Kammerer wohlweislich, - wie er meinte - gut vor der Obrigkeit versteckt.
Vergebens! An vielen Bäumen und Stadeltüren rund um Wolfsöd, von Haging bis Tegernau, von Aßling bis nach Pfaffing, ja sogar bis hinüber nach Grafing, Ebersberg, Glonn, Zorneding, Steinhöring und sogar Wasserburg, war diese Schmähschrift von den Haberern sichtbar für Jedermann aufgehängt.
Die gesellschaftliche Reputation des bislang als unantastbar geltenden Bauernbarons war von Stund an aufs Empfindlichste angekratzt. Die Leute wichen in den Dörfern und auch in der Stadt seinem Blick aus. Und erst recht, so gut es nur ging, auch seinem Gruße. Manche wechselten sogar schnellstens auf die andere Straßenseite.
„Viele Kreaturen darunter, die vor noch nicht allzu langer Zeit mir fast tagtäglich in den Arsch gekrochen wären“, dachte sich verbittert der Großbauer.

*****

Ganz hatte das Haberfeldtreiben seine erhoffte Wirkung nicht verfehlt. Denn der Kammerer zahlte wenig später Monat für Monat pünktlichst der Barbara Leitmayr die Alimente für ihren kleinen Sohn Thomas Sebastian Leitmayr. Außerdem besorgte er ihr selbst wieder eine Stelle im Haushalt des Pfarramtes von Rott am Inn. Bei der Nominierungsversammlung in Miesbach zum Landtag fiel er wenige Zeit später gegen seinem direkten Konkurrenten, dem Alois Stiglmaier, mit Pauken und Trompeten durch.

Das Votum der Delegierten war niederschmetternd, gar vernichtend! Selbst ihm ehemals treu ergebene Delegierte verweigerten nun die Gefolgschaft. Sebastian Kammerer war brutal auf den Boden der Realität zurückgeholt worden. Seine Tochter Franziska durfte nach ihrer „Verbannung“ in die Residenzstadt München wieder mit ihrem, mittlerweile zweijährigem Söhnchen Maximilian - Lorenz auf den

Kammererhof zurückkehren. Endlich hatte die „Bauernbaronin" Juliane Kammerer auch einmal ihren Kopf durchsetzen können.
Der Sohn von Lorenz Kohwagner entwickelte sich prächtig und war schnell der Liebling seiner Großeltern und des ganzen Hofes ...
Zwei Wochen später - Ende November 1873

*****

Verrat beim Haberfeldtreiben in Schalldorf

An einem späten Nachmittag Ende November 1873, hatte sich kurz nach Einbruch der Dämmerung gänzlich unerwartet der Wind gedreht. Tiefschwarze, schwere Schneewolken zogen in schneller Folge aus Richtung Südwesten, vom Mangfall- und Wettersteingebirge her, weiter in Richtung Nordosten. Es dauerte nicht sehr lange, dann fing es an zu schneien. Zuerst in hauchfeinen Graupeln, aber wenig später schon in dichten und großen Flocken überzog der „Herold" des nahenden Winters das Voralpenland.
Binnen weniger Stunden war das Land zwischen Salzach, Inn und Isar mit einem dicken und dichten Schneeteppich überzogen. Die Wolkendecke hatte ihre erste Last ausgeschüttet und war weiter Richtung Innviertel gezogen. Knöchelhoch lag der feuchte Schnee auf Feldern, Wegen und Straßen in den Dörfern rund um Emmering. Der Himmel war wieder aufgerissen und der zunehmende Mond spendete ab und zu sein sanftes Licht auf's Landl südlich von Grafing.
Schnee und Mondlicht, der allergrößte „Feind" der Haberer!
Schlimm, wenn beides zusammenkam, da hatten Häscher oft leichtes Spiel ihrer habhaft zu werden.
Nein! Keiner seiner Berater hatte ihm dies vorausgesagt! Und auch keine Bauernregel! Wie von Sinnen tobte der Anführer der Haberer.
Gerade jetzt in Schalldorf!
Wollten er und seine Männer doch heute Nacht es endlich diesem brutalen Leuteschinder, Schürzenjäger und Betrüger, den Zauner Vitus vom „Huber - Hof" tüchtigst die Leviten lesen. Viel, gar allzu viel von ihm verursachtes Leid und Unheil war auf seinem langen Kerbholz aufgelaufen.
Und die Obrigkeit schaute konsequent seit Jahren weg.
Nun, vor einigen Wochen, am Erntedank in Schalldorf, war der berühmte „letzte Tropfen ins Fass gefallen" und hatte dieses zum Überlaufen gebracht: In einem Stadel am Dorfrand war er erwischt worden, als er mit seinem Kanonenrausch versuchte, sich seine neue Jungmagd gefügig zu machen, um sie zu vergewaltigen. Die Kleider hatte er ihr schon vom Leib gerissen, der jungen Magdalena Schmiderl aus einem Einödhof in der Nähe von Aßling.

Wie von Sinnen war er, der *„Huber - Bauer“*, als ihn der kräftige Jungknecht Leonhard Müller vom Staffler - Bauern aus Tegernau bei seiner Untat erwischte - und gerade noch rechtzeitig an seinem schändlichen Vorhaben hindern konnte. Eine Anzeige bei der Gendarmeriestation im nahen Emmering wurde damals wohl oder übel angenommen, aber nicht weiter verfolgt. „Es wär´ ja nichts passiert ... “ sagte der zuständige Herr Bezirksrichter in Wasserburg am Inn. Vor dem Huber - Bauern hatten alle Angst, nicht nur seine Ehehalten und seine ganze Familie, die er seit ewigen Zeiten tyrannisierte und missbrauchte.
„Dös Gesetz, dös bin i, merkt´s eich dös ... “ war sein geflügeltes Wort an allen Stammtischen, die er reichlich in allen umliegenden Dörfern besuchte. „Dös wos i macha wui, dös mach i, vastehst ...?“, war seine einfache, aber immer wirkungsvolle Antwort auf - oft sehr zaghafte - Vorhaltungen. Nun, heute Nacht sollte er endlich für seine Untaten büßen und der Gerechtigkeit zugeführt werden. Lange, sehr lange hatte der Führer der Haberfeldtreiber mit seinen beiden Vertretern beratschlagt. Aber es musste getan werden.
Und dann dies! Jeder, aber auch jeder, den er für diesen Tag zu Rate gezogen hatte, sagte eine dunkle, wolkenbehangene Nacht voraus. Vielleicht mit einigen Lücken ab und zu in der Wolkendecke. Keinesfalls aber Neuschnee und klarer Himmel! Und dazu noch Mondlicht. Das machte alles noch viel schlimmer, wenn nicht gar unmöglich. Die Gefahr war zu groß, viel zu groß, von den Häschern erkannt, erwischt oder verfolgt zu werden. Zu deutlich und zu lange hätte man ihren Spuren in allen Richtungen folgen können. Doch nun bestand überhaupt keine Möglichkeit mehr, das für diese Freitagnacht verabredete Haberfeldtreiben in Schalldorf bei Emmering abzusagen. Seit Einbruch der Dunkelheit waren seine Getreuen schon Stunden aus allen Himmelsrichtungen unterwegs. Als Letzter traf der Trupp der Wasserburger Haberer am vereinbarten Treffpunkt ein. Diese hatten unzweifelhaft an diesem Abend den weitesten Fußmarsch hinter sich.

Dicht auf ihren Spuren folgten die Trupps der Häscher.

Unheil und Chaos nahmen nun ihren Weg, auch noch von einer ganz anderen Seite. Ohne dass diese Gefahr in ihrer ganzen Dimension dem Haberfeldmeister bewusst war. Die Häscher der Obrigkeit hatten gründliche und gute Arbeit im Vorfeld geleistet. Schon weit vor Anbruch Dunkelheit lagen sie mucksmäuschenstill, geduldig und gut getarnt in ihren Verstecken auf der Lauer. Stunde für Stunde. Der Gendarmerieoberkommissär Angerer aus Rosenheim hatte strengste Disziplin seiner Untergebenen gefordert: Keine Geräusche, Unterhaltungen und unnötige Bewegungen, kein Rauchen und keinen

Alkohol, das waren die Eckpunkte seiner Vergatterung. Jeder Verstoß dagegen würde erhebliche Konsequenzen nach sich ziehen. Angerer und seine Unterführer hatten aber nicht mit dieser extremen Witterung gerechnet. Die Kälte machte den beinahe bewegungslosen Häschern nach kurzer Zeit schwer zu schaffen ...
Die Bezirksämter Ebersberg, Wasserburg, Miesbach und Rosenheim, die Bürgermeisterämter von Aßling und Emmering arbeiteten Hand in Hand - und so gut es bei diesen Entfernungen halt ging - wie aus einem Guss zusammen. Auf Fuhrwerken, Kutschen und Planwagen waren schon in der vorangegangenen Nacht und in den frühen Morgenstunden, noch im Schutze der Dunkelheit starke Einheiten der Gendarmerie aus Ebersberg, Wasserburg und Miesbach sowie ein Trupp Soldaten aus Rosenheim nach Emmering verlegt worden.
Der Bürgermeister von Emmering und auch sein Gemeinderat waren zu strengstem Stillschweigen verpflichtet worden. Das hätte es in diesem Fall garnicht mehr bedurft, denn dem Gemeinderat waren die Repressalien beider Seiten schon lange überdrüssig. Die der Haberer - und vor allem die der Obrigkeit. Denn die gingen erst recht an den Geldbeutel der Gemeinde. Obwohl alle ahnten, dass auch Männer von Emmering und Umgebung bei dem Haberfeldtreiben dabei sein konnten, entschloss sich der Rat einstimmig zur Kooperation mit der Obrigkeit. Der Trupp kgl.- bayerischer Infanterie wurde in den späten Nachmittagsstunden auf zwei abgedeckten Planwagen von Emmering zum Weiler Schalldorf transportiert und still und heimlich in einer großen Scheune am Ortsrand einquartiert.
Nichts, aber auch garnichts deutete zu diesem Zeitpunkt darauf hin, dass dieser Ort eine kleine Festung war ...

*****

Eine halbe Stunde vor Mitternacht...
Der Kreis der Haberer um das Anwesen des Vitus Zauner am Dorfrand hatte sich geschlossen und keine Maus hätte mehr unbemerkt das Dorf verlassen können. Da wurde der Haberfeldmeister, ein hünenhafter, wortgewaltiger Schankwirt aus der Nähe von Vogtareuth, stutzig. „Zefix ...“ murmelte er bei einer letzten Abstimmung mit seinen Unterführern, „... zefix no amoi, ich hab´ das ungute Gefühl, dass da was nicht ganz in Ordnung ist!“ „Hört ihr denn nicht, wie still es im Dorf ist? Totenstill!“ flüsterte er zu seinen Getreuen. „Oder hört ihr irgendwo her das Kläffen von einem Hund? Na ...?“
Er machte eine kurze Pause, hob seine Talgfunzel ein Stück in die Höhe und sah nacheinander in die ratlosen Gesichter seiner Unterführer. Dann fuhr beängstigend leise fort: „Nein! Ich nämlich auch nicht! Nix, aber auch gar nix tut sich hier. Das Dorf ist ja so still wie

ein Leichenhäusl um Mitternacht. Nein, nein, ich hab´ das Gefühl, da braut sich was zusammen!“ Die Vorhut von den Haberern war schon vor geraumer Zeit - scheinbar unbemerkt - ins Dorf eingedrungen und dabei sofort lautlos von den Häschern überwältigt worden. Wie auf glühenden Kohlen stand der Haberfeldmeister mit seinen Stellvertretern. Warum wohl, war der Kontakt zu seinen Spähern abgerissen? *Alle drei waren ratlos.*
Punkt Mitternacht, mit dem letzten Schlag der Glocken von der Dorfkirche, da wollten sie losschlagen. Das Zielobjekt war das Rathaus und das Haus des Dorfpfarrers dieser kleinen Gemeinde. Der letzte Schlag der Kirchenglocken von Emmering her war noch nicht verklungen, da zerrissen mehrere Salven von Schüssen die eintretende Stille. Schreie, Flüche, ein heilloses Durcheinander setzte in den Reihen der Haberfeldtreiber ein. Jegliche Disziplin und Ordnung war urplötzlich verflogen.
Nach allen Richtungen versuchten die Haberer zu fliehen.

Dieser Tag sollte zum Fanal, mehr noch, zum furchtbaren Menetekel für den Femebund der Haberer werden. Geschickt zogen die Häscher die Schlinge nach und nach um die - aus allen Himmelsrichtungen eintreffenden und vollkommen ahnungslosen - Rotten der Haberer enger.
Die Femebündler waren nun vollständig umzingelt.

„Verrat, Verrat! Wir sind verraten worden. Schnell weg von hier ...!“ Trillerpfeifen, scharfe Kommandos, Hundegebell, wieder einige Gewehrsalven und Schreie. Schreie und fürchterliches Jammern, welches einem bis ins Mark drang. Die Wolkendecke war aufgerissen, der Mond tauchte das kleine Dorf kurzzeitig in gespenstisches, fahles Licht und erhellte ein wenig das schreckliche Szenario.
Von überall her ertönte nun auch auf einmal das wilde Kläffen der Suchhunde und das ängstliche Wiehern von Rössern. Ein Haberer nach dem anderen wurde zur Strecke gebracht. Auf die, die sich nicht sofort ergaben und versuchten zu flüchten, wurde mit Schrot und Spitzkugeln scharf geschossen.
Nur einigen wenigen Haberern gelang buchstäblich in allerletzter Sekunde, zusammen mit dem Haberfeldmeister, die Flucht.
Die lange schon vor Anbruch der Dämmerung auf Lauer gelegenen Gendarmerieeinheiten von der westlichen Innseite, alarmiert und eingewiesen unter der Federführung des Gendarmiekommissärs Faltermeier vom Bezirksamt Ebersberg, hatten gute Arbeit geleistet und konnten die meisten der Haberer dingfest machen. Darunter auch die drei Unterführer. Schwer verletzt wurde ein Gendarm aus Zorneding, den eine Spitzkugel aus den Reihen der sich verzweifelt

wehrenden Haberer in den Unterleib traf und ihn seiner Männlichkeit beraubte. Fortan „Anlass" zu hämisch beißenden Spottversen in den darauffolgenden Haberertreiben. Auch einige der Femebündler wurden durch Schüsse schwer verletzt und mit einem Pferdefuhrwerk unter strenger Bewachung ins nahegelegene Spital nach Wasserburg gebracht. Lenz und Sixtus, beide von der Obrigkeit als hochgefährliche Rädelsführer eingestuft, gelang es mit letzter Kraft, viel Geschick und vor allem viel Glück, den Häschern von den Bezirksämtern Ebersberg und Rosenheim zu entkommen.

Sie erfuhren niemals, dass ihnen der Verräter kein Unbekannter gewesen wäre: Georg Fischhuber verdiente sich den „Judaslohn".
Dies sollte ihn nicht sehr glücklich machen. Nachdem es herauskam, musste er Hals über Kopf fliehen.
Jahre später erfuhr man auf dem Kammererhof, dass der ehemalige Knecht sich weit oben im Rottal, bei einem Bauern in Johanniskirchen in der Nähe von Pfarrkirchen verdingt hatte. Wohlweislich ließ er sich nie mehr in der Gegend um Wasserburg oder Ebersberg blicken.

*****

Rothenburg ob der Tauber,
Montag, der 25. September 2006

Am nächsten Morgen erwartete uns strömender Regen. Das Wetter daheim hatte umgeschlagen. Ich setzte mich nach dem Frühstück ans Laptop, schaute von meinem Schreibtisch gedankenabwesend hinaus auf meinen kleinen Teich inmitten des herbstlich gefärbten Gartens. Mit dem Regen hatte eine Kaltfront von Westen her Einzug ins Fränkische gehalten.
Das Thermometer in der Nähe meines kleinen Fischteiches zeigte erschreckende sechs Grad Plus. Weit droben an den deutschen Küsten, war laut Wetterbericht anscheinend ein richtiger „Altweibersommer" mit milden Temperaturen. Irgendwie spielte das Wetter wieder einmal verrückt. Der Kaffee neben mir war schon kalt - aber ich trank die Tasse noch leer. Dann breitete ich die Karte meines Reiseführers vom Chiemgau neben mir aus. Der Maßstab war gut für mich. Von den Tiroler Bergen im Süden - bis hinauf nach Altötting und Burghausen im Norden, sowie von München im Westen bis hinüber nach Salzburg, alles war schön zu erkennen. Mittendrin das Dominikanerinnen - Kloster Altenhohenau am Inn, jenem Kloster, dem meine mütterliche Sippe, von dem Moment, als sie 1329 aus dem Dunkel der Geschichte auftauchte, bis zur Säkularisation Anfang des 19. Jahrhunderts als Leibuntertanen auf Gedeih und Verderb ver-

pflichtet waren. Sechzehn (!) männliche Hauptlinien hatten sich seit 1329 fast ausschließlich entlang des mächtigen Gebirgsflusses angesiedelt: von Kettenham, Kerschdorf, Bruckmühl, Schechen bei Rott am Inn, Laiming, Langwied, Fraßbach, Atteltal bei Attel, Sulmaring und Amering bei Wang, Höhfelden, Ostermühle, Bruckmühl, Geiereck, Rimsting, Rosenheim, Pfaffing bei Evenhausen, Holzham bei Halfing, Wasserburg, Gars, Mittergars dem ehemaligen Einödhof Lohen bei Mittergars am Inn, bis hinauf nach Mühldorf.

Verzweigungen führten noch in viele andere Orte entlang des Flusses und sogar kurz nach dem 1.Weltkrieg, anfangs und Ende der zwanziger Jahre des letzten Jahrhunderts, bis nach Rothenburg ob der Tauber und nach Penaflor bei Santiago de Chile.

Welch große Standfestigkeit hatte diese fruchtbare Sippe über all die Jahrhunderte bewiesen! Unwillkürlich war ich abgeschweift. Jetzt konzentrierte ich mich wieder auf die Familie meiner Mutter.

Was war das für eine Zeit, wo insgesamt 23 Kinder von 1875 - 1906 auf dem einsam gelegenen „Maierhof" das Licht der Welt erblickten?

Die erste Nacht ging ich noch ziemlich früh ins Bett. Doch die nächsten Tage und auch Nächte über war ich schon wieder am recherchieren, notieren und wieder recherchieren. Nach und nach holte ich mir alles ins Haus, was nur irgendwie mit dieser Zeit in Verbindung zu bringen war.

Ich hatte auf einmal „Blut geleckt".
Wollte mehr wissen, wie meine altbayerischen Vorfahren diese umwälzende Epoche erlebt - und vor allem überlebt hatten. Diese atemberaubende Epoche, die Bayern, Deutschland und ganz Europa vollkommen durcheinanderwirbeln sollte.

*****

Flucht in die Berge

Der Fluchtweg führte Lenz und Sixtus zuerst ein kurzes Stück Richtung Norden, immer hart an Waldstücken vorbei. Ihr Ziel war der kleine Weiler *Elend* unterhalb des *Benediktiner - Klosters Attel.* Sie wollten den Hunden der Häscher ihre Spur nehmen und wateten - zu Beginn ihrer überstürzten Flucht - deshalb eine längere Strecke durchs hüfthohe, eiskalte Wasser des Flusses. Bis unter die Achseln stand ihnen an manchen Stellen des kleinen Flusses das eiskalte Wasser. Ihre Stutzen und ihre Rucksäcke hielten sie über ihren Köpfen. Beim kleinen Weiler *Mühlbichl* mussten sie völlig erschöpft die Attel verlassen. Nach einer kurzen Rast setzten sie, nass bis auf die

Knochen, querfeldein im Schutze der Dunkelheit ihren Weg weiter in Richtung des Inns fort. „Gottseidank ist das Wetter wieder auf unserer Seite ... “, flüsterte Lenz seinem Freund zu. Der Himmel hatte sich nun völlig zugezogen. Nachdem sie sich einige Zeit in einem kleinen Waldstück unweit des Weilers *Zossöd* versteckt gehalten hatten und das Hundegebell der ausgeschwärmten Suchtrupps doch unaufhaltsam näher rückte, gelang es ihnen in einem Gewaltmarsch im beginnenden Morgengrauen Schutze den Weiler *Elend* zu erreichen. Ein paar armselige Häuser duckten sich im Schatten unterhalb des mächtigen Benediktinerklosters Attel am Anstieg des Moränenhügels. Völlig durchnässt und jämmerlich frierend hatten sie ihr erstes Ziel erreicht.
Ein Hofhund schlug laut an! In einem der Häuschen machten sie einen schwachen Lichtschein aus. „Schnell, schnell! Nur noch ein paar Meter, ich glaub, dann haben wir´s geschafft“ keuchte Sixtus. In gebückter Haltung rannten beide nun, so schnell es nur ging, weiter in Richtung der Flussauen. Das monotone Rauschen der Wassermassen des großen Gebirgsflusses war schon überdeutlich zu hören. Im letzten Häuschen, am Rande der *Attlerau* und beinahe schon dort, wo die Attel sich mit dem großen Gebirgsfluss vereinte, klopfte Sixtus am Hintereingang dreimal kurz, aber hart an ein Fensterchen im angebauten Holzstadel. Es dauerte. Dann endlich schlurften Schritte auf die Türe zu. Leises Fluchen drang an ihre Ohren. Knarrend öffnete sich kurz darauf vorsichtig die Holztüre, die ganz schief in den Angeln hing. Eine Stalllaterne leuchtete ihre Gesichter an. „Was ist los, wer ist da? Aha, ihr seid´s!“ Sein misstrauischer Gesichtsausdruck hellte sich ein wenig auf. „Kommt's rein, aber dalli!“ Der große, hagere Mann hielt die Laterne in der rechten Hand, mit seiner Linken hatte er sich auf einen Stock gestützt. „Xaver komm, lass uns rein, es pressiert. Wir sind auf der Flucht vor den Schandis ...!“keuchte Sixtus. Der Mann spitzte erst nach links und dann nach rechts und zog Sixtus derb hinein in die Dunkelheit des Stadels; Lenz folgte auf dem Fuß. In knappen, hastigen Worten schilderte Lenz das Fiasko des Haberfeldtreibens in Schalldorf. Beide zitterten am ganzen Leib. Schnell entledigten sie sich ihrer steifgefroren, nassen Kleider und hängten diese auf einem Gestell neben dem Ofen auf. Die tropfenden Schuhe stellten sie dicht davor: Ihr Habererfreund hatte derweil Wasser zum Kochen gebracht und einen Tee aus Kräutern aufgebraut. Der tat ihnen gut und weckte einigermaßen wieder ihre Lebensgeister. Es war ihnen sofort klar, dass sie ihren Fluchtweg nur im Schutze der Dunkelheit fortführen konnten. Schon alleine deswegen, um ihren Gastgeber nicht zu verraten. Für wenige Stunden sollten sie nun, versteckt im hintersten Winkel des kleinen Holzstadels, beim ledigen Kleinbauern und

Habererbruder, Franz Xaver Mitterer, Unterschlupf finden. Das war lange vorher in einem „Notfallplan“ von den Habererführern schon festgelegt worden. Schriftliches durfte jedoch darüber keiner der Haberer was dabei haben. Sie bekamen etwas zu essen und trockneten, so gut es ging, ihre nasse Kleidung am bullernden Ofen.
Sixtus hatte sich erkältet und stellte mit heißerer Stimme Lenz den hageren, schnauzbärtigen Bauern als Mitglied der Haberer vor: „Lenz, ist einer von uns, brauchst keine Angst nicht haben!“ Noch ein paar hastige Bissen und einige Schlucke, des mit Honig gesüßten Kräutertees für die beiden Männer und der Mann drückte ihnen ihre immer noch dampfenden Kleidungsstücke wieder in die Hand. „Müsst euch drauflegen, es trocknet dann genau so gut!“ sagte er zu ihnen. Der wortkarge Mann deutete mit einer unmissverständlichen Geste an, ihm sofort zu folgen. „Auf, kommt, aber schnell! Dalli, dalli. Es wird Zeit. Ich muss bald hoch ins Kloster zur Arbeit, sonst suchen die *Barmherzigen Brüder* nach mir.“ „Psst!“ Er hielt den Zeigefinger an die Lippen und wartete ein wenig. Dann nickte er und nahm das flackernde Talglicht vom Haken neben der Türe, die hinaus zum Stall führte. Gebückt ging er durch die kleine Türe voraus. Eine weitere Türe, eigentlich nur ein Durchschlupf, führte an der Frontseite des niedrigen und muffigen Stalles direkt hinaus in den Stadel. Im schummrigen Licht des Stalles hatte Lenz nur eine magere Kuh und, an der Wandseite zum Stadel eine Muttersau mit mehreren Ferkeln in einem Koben erkennen können. Eine halb verhungerte Katze strich, kläglich und eindringlich miauend um seine Beine. Mitterer hatte schon die nach oben führende, schmale Holztreppe erreicht und winkte den beiden zu. „Beeilt euch, ich hab wirklich keine Zeit mehr!“ Mit seiner Funzel deutete er in die hinterste Ecke und zeigte ihnen ihren Schlafplatz im angebauten Stadel. Er stellte das Talglicht auf einen Holzsockel an einem Stützbalken ab und schob mit einer Gabel einige Ballen Stroh zur Seite. Mehrere flache, mit Stroh gefüllte Säcke, lagen an der rückwärtigen Wandseite des Schobers.
„Pfiat´s euch, bis heut Abend. Und seid´s um Gottes willen stad!“ sagte er und war schon auf dem Weg nach unten. Die Lampe hatte er wieder mitgenommen. Kurz spähte Lenz noch durch eine Ritze des Schobers. Ein herrlicher Sonnenaufgang deutete sich an. Blutrot war der wolkenlose Himmel im Osten hinter ihrem Rücken eingefärbt. Stück für Stück begann der Tag über die Nacht zu siegen. Sixtus war sofort eingeschlafen. Durch einen kleinen Spalt konnte Lenz hinüber zum anderen Ufer des Flusses blicken. Dicht überm Wasserspiegel waberte dicke Nebelschicht. Einige schneeweiße *Seidenreiher* zogen in ruhigen, gleichmäßigen Flügelschlägen dicht übers Wasser, zogen

dann nach oben und flogen in Richtung Norden. Wind kam auf. Der Nebel überm Fluss der Atteler Au verflüchtigte sich so nach und nach. Rötlich glänzend zog der träge dahinfließende Fluss im Wechselspiel des Lichtes zwischen Sonnenaufgang und der Sichel des untergehenden Mondes seinen Weg nach Norden. Nicht weit entfernt erhob sich ein Schwarm Wasservögel in die Luft und zog mit lautem Gekreische in Richtung des Chiemsees ...
Lorenz schlief unruhig. In Schweiß gebadet wachte er ständig auf. Seine Nerven schienen zum Zerreißen gespannt. Immer meinte er, irgendein Geräusch zu hören. Die Angst vor den Häschern der Obrigkeit war groß. Tagsüber hatte wieder leichter Schneefall eingesetzt. Bereits schon in den frühen Nachmittagsstunden war die Schneefront nach Osten abgezogen. Zu Beginn der Dämmerung riss der Himmel ganz auf und tauchte die Landschaft in fahles, bleiches Licht. Bittere Kälte war in den letzten Stunden von den nahen Bergen nach Norden gezogen. Übergangslos war die Dämmerung der Nacht gewichen. Vom Klosterberg dröhnten die Glocken zur Vesper hinunter in die Au und riefen die Barmherzigen Brüder des einstigen Benediktinerstifts zur Andacht. Auf einem Schlag waren beide wach. Einen ganzen Tag hatten sie nun in diesem dunklen Stadel geschlafen. Während Sixtus ausgeschlafen schien, war Lenz todmüde. Sämtliche Knochen schmerzten ihnen, aber sie wussten, dass sie hier keine Stunde mehr hier verweilen durften.
Kaum war der letzte Glockenschlag verklungen, hörten sie, wie Franz-Xaver Mitterer mit eiligen Schritten den Hof überquerte und die Türe zum Stadel öffnete. „Ich bin´s, der Xaver. Seid´s fertig?“ rief er mit leiser Stimme nach oben. Schnell tranken sie noch eine Tasse stark gesüßten Tees. Dann schnippte Mitterer mit den Fingern. Das Zeichen zum Aufbruch für die beiden Haberer. Regungslos hingekauert vor der windschiefen Stadeltüre warteten sie nun auf eine gute Gelegenheit, ihre Flucht in Richtung Süden fortzusetzen. Der hagere Kleinbauer und Hausmeister des Stifts aus dem Weiler Elend hatte sie noch mit ausreichender Verpflegung für die nächsten Tage versorgt: ein wenig Speck, Käse, ein paar hart gekochte Eier, Brot und Äpfel und ein Säckchen voll mit Walnüssen. Für Sixtus packte er noch ein Fläschchen Spitzwegerichsaft dazu.
„Nimmst dös, dös tuat beim Huasdn und bei Hoiswä häifa...!“
Bevor sich die beiden Haberer in die Dunkelheit aufmachten, sondierte er mit Argusaugen, zusammen mit seinem Hund, die nähere Umgebung seines armseligen Häuschens. Auf sein Zeichen hin verdrückten sie sich schnell durch den Hinterausgang. Lautlos und in tief gebückter Haltung liefen sie, so schnell sie nur konnten, entlang der

tropfenden Silberweiden am Ufer des kleinen Flusses hinunter zum Inn. Der mächtige Gebirgsfluss hatte genau an dieser Stelle fast exakt am Scheitelpunkt einer lang gezogenen Schleife hin nach Westen, das am gegenüberliegenden Ufer Kloster von Altenhohenau passiert, um dann wieder seinen Lauf in nordöstlicher Richtung nach Wasserburg fortzusetzen. Schon nach den ersten hundert Schritten hörten beide laute Kommandos und Hufgetrappel. Blitzschnell warfen sie sich ins dichte Ufergebüsch. Quälend langsam verklang das Getrappel der Pferde in Richtung Rott. Einige Herzschläge später krochen die zwei Gestalten zu beiden Seiten des verwilderten Pfades aus dem Gebüsch und setzten in gebückter Haltung vorsichtig ihren Weg nach Süden fort. „Wahrscheinlich eine Gendarmeriestreife oder ein Trupp Soldaten." vermutete Lenz noch ganz außer Atem. Die Nerven waren zum Zerreißen gespannt. Mitterer hatte ihnen dringend geraten - und das schon in seinem eigenen Interesse - bei der Flucht die kleine Holzbrücke über die Attel an der Straße unterhalb der Abtei im Ortsteil Elend zu meiden. Die Gefahr, dass sich dort, an dieser strategisch wichtigen Stelle, bereits ein Gendarmerieposten versteckt halten könnte, war einfach zu groß. „Lauft´s entlang des Schilfgürtels am linken Ufer bis zur Mündung. Dort seht ihr hinter einer weit ausladenden Silberweide einen mächtigen entwurzelten Erlenstamm quer im Fluss liegen. Den hat vor wenigen Wochen ein Biber gefällt. Über diesen Baum erreicht ihr dann sicher das andere Ufer und könnt dann euren Weg nach Süden fortsetzen". Der Weg über die „Behelfsbrücke" war wohl nicht ganz ungefährlich, aber beide kamen trockenen Fußes doch hinüber. Am großen Stamm der Erle hatte der Biber schon fleißige Arbeit verrichtet. Sein Bau war bereits vollendet, das sah Lenz trotz des diffusen Lichtes mit Kennerblick. Den Himmel hatte nun wieder eine dichte Wolkendecke überzogen. Grau in grau, ein düsterer Novembertag bahnte sich an.

Von der anderen Seite des Flusses erblickten sie verschwommen die Lichter der *Klosterkirche St. Peter und Paul* von Altenhohenau. Vor einigen Jahren war Lenz im Auftrag seines Vaters dort in diesem kleinen Klosterdorf gewesen, um mit dem Fuhrwerk eine Wagenladung Korn anzuliefern. Schon seit Beginn der Säkularisation war dieses Kloster, wie auch alle anderen, regelmäßig auf Zukäufe von anderen Bauern angewiesen, um eine ausreichende Versorgung ihrer Nonnen und Bediensteten sicherzustellen. Auch einige Verwandte seines Onkels auf Lohen hatten hier in der Nähe, in Kettenham und Kerschdorf ihre kleinen Bauernhöfe. Es war eine gute Erinnerung, die der Kohwagner Lorenz an dieses Kloster hatte. Denn die Priorin hatte ihn nach getaner Arbeit und sofortiger Bezahlung noch ein warmes

Mahl spendiert und eine schöne Wegzehrung für den langen Heimweg nach Mittergars mitgegeben.
Die ersten paar Kilometer Richtung der Berge hatten Lenz und Sixtus nun hinter sich gebracht. Nicht weit entfernt sahen sie die Lichter des kleinen Dorfes Sendling. Auf der anderen Flussseite konnten sie gerade noch die Kirchturmspitze Kloster ausmachen. Nein, so hatten sie es sich nicht vorgestellt. Aber dafür gab es ja auch keinerlei richtige Pläne „fliehen zu müssen“. Vor den Schandis, Soldaten und Denunzianten. „Und dies auch noch bei meinem ersten Haberfeldtreiben“ dachte sich Lenz verbittert.

In jenem Augenblick ahnte er noch nicht, dass er seine geliebte Franziska für immer verloren hatte.

*****

Der Weg entlang des Flusses war entschieden schwieriger als querfeldein. Zu viele Altwässer des Flusses mussten sie umgehen. Sie durften auf keinen Fall die Straßen zu oft benutzen. Dies wäre der sicherste Weg in die Gefangenschaft gewesen. Geduld und höchste Wachsamkeit waren angesagt. Oftmals verharrten sie längere Zeit in einem Versteck am Fluss, wenn sich oben, auf der am Inn entlangführenden Straße zu viel tat. Diese Nacht war für ihr Weiterkommen nicht hilfreich.
Der Himmel hatte sich wieder völlig zugezogen. Kalter Regen setzte ein und starke Windböen kamen auf und peitschten die Regenflut waagrecht durchs Inntal. Kaum dass man die Hand vor den Augen sehen konnte. „Lenz, ich glaub, wir müssen uns irgendwo unterstellen und rasten und besseres Wetter abwarten“. Sixtus hatte sich mittlerweile durchs dichte Schilfröhricht zum Flussufer durchgekämpft. Lenz folgte ihm auf dem Fuß. Eine kleine Holzhütte bot ihnen notdürftig Schutz vor dem fürchterlichen Wolkenbruch. Er kaute auf einem harten Brotkanten herum, brach ein Stück davon ab und reichte es seinem Freund. Lenz schob das Brot zwischen die Zähne und fing an zu kauen. Die genaue Orientierung war ihnen durch die Dunkelheit beinahe völlig abhandengekommen. Aber das Rauschen des Flusses zu ihrer linken Seite gab ihnen doch die Gewissheit, auf dem richtigen Weg zu sein. „Wir müssten doch schon bald in der Nähe von Lengdorf sein ...“ mutmaßte Lenz, „... oder?“ Sixtus antwortete nicht.
Die Zeit brannte ihnen unter den Nägeln, sicher. Aber deshalb alle Vorsicht außer Acht lassen? Zu dicht befanden sie sich noch in der Nähe des aus allen Fugen geratenen Haberfeldtreibens in Schalldorf. Sixtus Heimerl wurde ungeduldig. „Auf, wir müssen weiter“ sagte er und packte ihn an der Schulter ...

Hufgetrappel, heftiges, erschrockenes Wiehern und scharfe, bellende Kommandos schallten wieder von der nahen Uferstraße her. Eine Gendarmeriepatrouille hoch zu Pferd, die aus Richtung Attel den Weg nach Süden fortsetzte, konnten sie aus nächster Nähe aus ihrem Versteck beobachten. Wieder setzten sie ihren mühevollen Weg entlang des Flusses fort. Am Ortseingang von *Lengdorf* wären sie um Haaresbreite in die Hände einer Gendarmeriestreife geraten. Wieder einmal stand ihnen mehr als nur ein Schutzengel zur Seite. Nur das mehrmalige Aufflammen eines Streichholzes rettete sie vor der Gefangennahme. Sonst hätten sie die Gendarmen im Schutze eines abgesetzt liegenden Stadels garnicht bemerkt. Erst im letzten Augenblick konnten sich beide in den Straßengraben werfen. Mitten hinein in eiskaltes, stinkendes Sickerwasser aus einem riesigen Misthaufen. Wortfetzen drangen zu ihnen herüber. Wortfetzen und lautes, kaum unterdrücktes Gelächter. „Habt´s schon g´hört, drüben in Griesstätt haben´s auf die gestrige Nacht scho a poar von dene Halunken derwischt." Eine andere, heller klingende Stimme antwortete: „Mei, die Belohnung müsst man hab ´n, Hias, a sovui Gäid...!"
Die nächsten Sätze vertrieb der aufkommende starke Wind. Gelächter setzte ein, anscheinend wurde eine Schnapsflasche unter den Häschern herumgereicht. „Oiso Manner ... " sagte ein anderer Mann, offensichtlich der Anführer des Trupps, „ ... oiso, passt´s auf wie´d Heftlmacher bis wieda hell wird. Vielleicht kennan wir uns olle miteinand oan Batzen Gaid vadienan!" Schallendes Gelächter folgte auf dem Fuß. Der Wind wurde stärker und stärker, schauerartiger Schneeregen peitschte auf die beiden Haberer nieder. Lenz fror gottserbärmlich und klapperte mit seinen Zähnen. „Sixtus, wos mach´ mer jetztat ?", flüsterte er heiser. „Zurück, ganz langsam zurück robben" zischte ihm Sixtus zu. Der Wind wurde wieder zum Sturm und verschluckte alle Geräusche. Die Gendarmen hatten sich anscheinend weiter in den Schutz des Stadels zurückgezogen. Mühselig krochen sie nun Zentimeter um Zentimeter in der eiskalten, brackigen Mistbrühe zurück, um sich dann in einem günstigen Moment wieder in Richtung des Flussufers zu orientieren.
Der Schock saß tief. Sie wussten, dass sie nun auf jeden Fall wieder den äußerst mühseligen Weg direkt am Ufer des Inns benützen mussten. Hier drohte anscheinend am wenigsten Gefahr. Dies kostete sie aber viel Zeit und Kraft. Im frühen Morgengrauen erreichten sie den zerstreuten Weiler *Oberwöhrn bei Schechen*, wo sie in einem kleinen Haus am südlichen Ortsrand wieder bei einem Habererbruder Unterschlupf fanden. Ermattet schliefen sie den ganzen Tag über im Schober über dem armseligen Kuhstall des Kleinbauern. Er gab ihnen

Verpflegung für die weitere Flucht mit. In der darauffolgenten Nacht kamen sie gut veran und passierten in sicherem Abstand Rosenheim. Dann durchquerten sie südlich des Weilers *Grubholz* des Nachts watend die eiskalte Mangfall, umgingen die Ortschaft *Kolbermoor* und setzten dann in sicherer Entfernung von kleinen Landsträßchen ihren Weg weiter Richtung der Berge fort. Jede Sekunde mussten sie auf der Hut sein. Denn überall wimmelte es von Uniformierten. Doch nicht nur von denen drohte Gefahr. An vielen Bäumen und Stadeltoren, entlang der Straßen und Dörfer hingen die Steckbriefe der noch nicht gefassten Haberer.
Sie mussten weiter höllisch aufpassen, nicht erwischt zu werden.
Die folgenden zwei Nächte verbrachten sie in bitterster Kälte in einem abseits gelegenen Heustadel unweit von Feilnbach. Ständig waren auf der kleinen Straße zwischen Feilnbach und Fischbachau berittene Gendarmeriestreifen unterwegs, auch zu den Nachtstunden.
Auf jeden der beiden Haberer war bei Dingfestmachung eine satte Belohnung von fünfzig Gulden seitens der Obrigkeit ausgesetzt worden. Eine riesige Summe! So hatten sie´s schon am dritten Tag ihrer Flucht auf einen Steckbrief lesen können. Sie rissen das Pamphlet in dieser sturmumtosten Novembernacht hastig von der Scheunenwand ab. „Schnell waren´s die Schandis, ganz schnell. Einen ganzen Haufen Batzen Geld sind mir schon wert, nicht wahr Sixtus", murmelte Lenz vor sich hin. Sixtus hörte davon nichts, er war ihm schon einige Schritte voraus. Ihr Glück war, dass Sixtus Heimerl diese Gegend so gut wie seine Hosentasche kannte. Über Feilnbach und Hundham erreichten sie nun in der sechsten Nacht einen Einödhof in der Nähe des *Klosters Sankt Martin bei Winkl*. Dort hatte Sixtus einen guten Freund, der vor Jahren mit ihm im Bergwerk von Hausham gearbeitet hatte und dann später den kleinen Hof seiner Eltern übernehmen musste. Mit ihren Kräften schienen sie nun beinahe am Ende. Zwei volle Tage ließ er die zerlumpten und völlig erschöpften Gestalten bei sich übernachten, bis sie sich wieder einigermaßen erholt hatten.

*****

Anfang Dezember 1873
Der achte Tag nach ihrer Flucht von Schalldorf.
Sobald die Dämmerung hereingebrochen war, ging es mit neuer Verpflegung weiter. In den darauffolgenden Nächten setzten sie sich nun in etwas langsameren Etappen bis in die Gegend südlich vom Schliersee ab, der Heimat von Sixtus Heimerl. In dieser Gegend kannte er jeden Weg und Steg. Nachdem sie das kleine Dorf Neuhaus im Osten

umgangen hatten, überquerten sie kurz darauf wieder die steile Straße hinauf zum Spitzingsattel. Im kleinen Weiler *Josefsthal* klopften sie kurz vor Mitternacht an die Haustüre beim Dorfschmied, einem Gefolgsmann der Haberer. Der knorrige Schmied fackelte nicht lange und versorgte die Flüchtigen mit neuen Vorräten. Nach einer kurzen Rast erreichten sie in den frühen Morgenstunden den *Spitzingsattel.* Der kleine Waldweg, westlich entlang der Straße hinauf zum See, hatte ihre ganze Kraft gefordert. Eiskalter Wind von Westen peitschte nun in ihrem Rücken. Drunten, überm See lag, wie ein großes weißes Leinentuch, eine dicke träge Nebelschicht. Es hatte in den Tagen vorher viel geschneit. Bevor der Tag anbrach, hatten sie unterhalb der *Aiplspitz* einen Heuschober über dem See erreicht. Dort hielten sie sich wieder tagsüber versteckt, um die Stunden bis zum Einbruch der Dunkelheit abzuwarten. Es herrschte nun gute Sicht, der Nebel hatte sich aufgelöst und wärmende Sonnenstrahlen legten sich auf die Südseite des Schobers. Langsam wurden ihre steifen Knochen wieder geschmeidig. Bei eintretender Dämmerung stiegen sie hinab zum See. Unten am See war sich Sixtus immer noch nicht ganz schlüssig, welchen Unterschlupf sie wählen sollten. Fast war er geneigt, die paar Kilometer noch zur *Roten Valepp* hinter sich zu bringen. Dort verlief nicht weit entfernt die Grenze zu Tirol. Aber dann, nach längerem Nachdenken, verwarf er wieder diesen Gedanken. „Die Forsthütte ist auch im Winter viel zu oft die Unterkunft für Jäger und deren Gehilfen. Außerdem sind die österreichischen Grenzer und Förster noch viel, viel schärfer als die Unsrigen. Und wie ich gehört habe, passen´s im Moment noch mehr wegen den Haufen von Wilderern auf, die sich dort rumtreiben“, sagte er zum Lenz.
Also blieb es dabei: hinauf auf die Obere Firstalm.
Lenz wurde auf einen Schlag hellwach. Er hatte vorher seinen Durst an einem langen, dicken Eiszapfen gestillt und beim Abstieg zum See auf seinem Kanten Brot herumgekaut. „Sixtus, warum müssen wir denn hinauf auf die Berghütte ganz da droben? Der Weg zur Unteren Firstalm ist doch wesentlich kürzer und die Almhütte bestimmt besser als die da oben!“ Er deutete hinauf in Richtung *Brecherspitze.* Fragend sah er seinen Freund an. Sixtus zuckte mit den Schultern. „Wir haben keine andere Wahl“ antwortete dieser nüchtern. „Die anderen Hütten sind nicht sicher. Dort kommen öfters die Jäger oder ihre Gehilfen von Schliersee vorbei. Und zur *Krottenthaler Alm* unterhalb der *Aiplspitz* ist es einfach zu weit. Wir schaffen das nicht mehr. Glaub´ mir!“
Lenz ließ sich nun endgültig überzeugen.

Derweil hatte Sixtus neben ihm schon den weiteren Fluchtweg mit seinem kleinen Feldstecher in Augenschein genommen. Nicht weit entfernt, aber ein gewaltiges Stück höher, lag überm Rand eines quer laufenden Waldstückes eine einsame Berghütte: *ihr Ziel!*
„Schwer wird´s werden, sauschwer!“ Sixtus hielt mehr ein Selbstgespräch, als dass er das Gespräch mit Lenz suchte.
„Der tiefe Schnee macht´s nicht leichter. Und unsere Spuren kann man meilenweit sehen, wenn´s nicht mehr schneit! Zumindest, bis wir den Waldrand erreicht haben.“ Der Himmel war mit Wolkenbänken bedeckt, neuer Schneefall kündigte sich an. Ab und zu schimmerte das Licht der schmalen Sichel des zunehmenden Mondes durch. Die Sicht war einigermaßen gut. Der schmale Ziehweg entlang des steil ansteigenden Bergwaldes verlangte ihnen alles ab. Bis weit über die Knie versanken sie nun im Schnee. Stürme mussten in den Wochen vorher einen großen Teil der mächtigen Fichten und Föhren gefällt haben. Kreuz und quer lagen sie im Bergwald und über den schmalen Ziehwegen. Die Hindernisse machten ihnen noch mehr zu schaffen. Alle hundert Schritte wechselten sie sich vorne ab, um die Kräfte zu schonen. Sixtus hatte beschlossen, den direkten Weg zur Alm zu meiden. „Den kann man zu lange vom See aus einsehen. Wenn da ein Jäger oder Förster auf Ansitz liegt, dann ist´s um uns geschehen.“
Lenz schien mit seinen Nerven am Ende.
Sixtus hatte vor vielen Jahren, als ganz junger Hüterbub, mal einen ganzen Sommer lang dort verbringen müssen. Und deshalb wusste er auch genau, wo der große Schlüssel versteckt war und vor allem, dass immer über´n Winter noch bestimmte Vorräte auf der Hütte gelagert wurden. Lenz ließ noch einmal den heutigen Tag der Flucht in seinem Gedächtnis vorüberziehen. Der Aufstieg von Josefsthal hoch war schwer gewesen, weit schwerer als erwartet und hatte das Letzte von ihren Kräften eingefordert. Der knietiefe Schnee war nass und schwer und machte ihnen mehr zu schaffen, als ihnen lieb war. Sie mussten ja bis zum Anbruch des Tages die Hütte erreichen, ehe es der Sonne gelang, den Schnee noch schwerer werden zu lassen. Die tief verschneite *Untere Firstalm* hatten sie schon passiert. Meter für Meter mussten sich die beiden Haberer weiter nach oben kämpfen. Ein steil ansteigender Ziehweg führte zuerst durch die *„Blaik“* und dann weiter westwärts durch den Bergwald hinauf zur *Oberen Firstalm.* Völlig erschöpft, am Ende ihrer Kräfte, mussten sie eine kurze Rast auf einem umgestürzten Baum einlegen. Stück für Stück spitzte die aufgehende Sonne hinter der *Aiplsitz* hervor. Weiter! Jeder Schritt in diesem tiefen Schnee bedeutete nun eine Höllenqual - sie verfluchten die Last ihrer Rucksäcke. Obwohl der Morgen immer näher rückte,

mussten sie noch mehrmals rasten. Sie fürchteten, dass ihr Plan, noch in der Dunkelheit anzukommen, nicht mehr aufgehen konnte. Endlich spitzte der Giebel der Hütte am Hang gegenüber über eine tief verschneite Kuppe. Nur noch eine steil ansteigende große Almwiese lag zwischen dem Waldrand ihrem Ziel. Lenz stöhnte auf, sein Atem ging stoßweise. Ermattet wollte er nochmals rasten, doch Sixtus trieb ihn an: „Willst da alt werden, ha? Wenn du nicht kannst, geh´ ich halt alleine weiter. Kannst dich dann aber lang genug im Zuchthaus ausruh´n, wann´s di derwisch´n, gell“! Das brachte Lorenz schnell wieder auf die Beine.
Drunten, vom Tal her, schlugen die Glocken der Pfarrkirche *St. Sixtus* von Schliersee die siebte Stunde des heranbrechenden Tages. Sie schafften es. Langsam, Stück für Stück, lugte der glutrote Sonnenball hinter der *Aiplspitz* hervor. Mit vereinten Kräften schaufelten sie mit bloßen Händen einen schmalen Zugang zur Hütte. Dann schob Heimerl mit seinem Fuß den restlichen Schnee an der kleinen Holzbank neben der Tür auf die Seite, bückte sich und lockerte mühevoll einen großen Stein. Triumphierend hielt er einen Schlüssel in die Höhe. Er war immer noch an derselben Stelle gelegen, genau wie vor über zehn Jahren. Sixtus hatte doch recht gehabt. Nachdem sie sich den Zugang zur eingeschneiten Hütte verschafft hatten, suchten sie ermattet eine trockene Ecke für ihre todmüden Glieder. Vollkommen erschöpft verschliefen sie den ersten Tag. Spätabends erwachten beide. Es hatte wieder stark zu schneien angefangen.
„Aufwachen!“ Sixtus rüttelte seinen Freund an der Schulter. Lenz fuhr erschrocken auf. „Ruhig, ruhig Lenz. Wir haben Glück, Lenz, viel Glück. Der Schnee ist jetzt unser Freund! Er verwischt auch alle unsere Spuren zur Hütte ...“
Lenz stand auf, streckte seine Glieder und ging zu seinem Rucksack, um darin herumzukramen. Dann öffnete er die Türe. Es war vollkommen windstill. Dichter Schneefall hatte eingesetzt. Bedächtig stopfte sich Lenz die selbst geschnitzte Pfeife aus Wurzelholz, riss ein Streichholz an und paffte mit zufriedener Miene und langen Zügen die kleinen Rauchwolken hinaus in die dunkle Winternacht. Hoffnung glomm in ihm auf. Hoffnung, es zu schaffen und den Häschern der Obrigkeit zu entkommen.
Den ersten Tag und die darauffolgende Nacht hatten sie noch alle Hände voll zu tun, um einigermaßen Ordnung in ihre Hütte und ihr Leben zu bringen. Feuer getrauten sie immer noch nicht zu machen. Dann, am übernächsten Tag bei neuerlichem starken Schneetreiben, machten sie das Feuer im Kamin an. Schon, um ihre klammen

Klamotten endlich zu trocknen und das erste warme Essen seit über einer Woche zuzubereiten.

*****

Silvesternacht 1873/1874

Seit Mitte Dezember hatte es nun jeden Tag geschneit. Dann klarte plötzlich durch starken Sturm aus Westen der Himmel auf. Ruhe zog ein in den Bergen. Die Silvesternacht 1873/1874 war in helles Mondlicht getaucht. Es war kalt, klirrend kalt geworden.

Die ersten paar Wochen hatten sie nun hinter sich gebracht. Doch Einsamkeit und Eintönigkeit ging ihnen bald stark an die Nieren ...! Aber sie konnten jetzt noch nicht ihre Flucht fortsetzen. Zu hoch lag der Schnee. Sicherlich suchten auch immer noch die Häscher nach ihnen. Sie mussten noch etwas Zeit gewinnen.

Die Nerven beider aber wurden von Tag zu Tag dünner. Schon eine unbedeutende Kleinigkeit führte oft zu erbittertem Streit. So konnte es nicht weiter gehen, das wurde ihnen schnell klar! Nach einer dramatischen Auseinandersetzung, die in Handgreiflichkeiten ausartete, einigten sie sich schließlich auf einen „Burgfrieden“: Nur durch Einigkeit könnten sie die nächsten Wochen überleben, war das Ergebnis ihrer Aussprache. Vom ersten Tag an führte Lenz genau sein mitgeführtes Stück Eschenholz mit den abgelaufenen Tagen. Kerbe für Kerbe, je ein vergangener Tag ihrer Flucht.

Ein überwältigendes Crescendo der Kirchenglocken von Schliersee und Neuhaus bis hinauf in die majestätisch Stille der Schlierseer Berge verkündete den beiden Haberern: Es war Neujahr 1873.

Zusammen leerten sie in dieser Nacht den letzten Rest des Enzianschnapses aus der Flasche, die sie von ihrem Freund in Josefsthal erhalten hatten. Beide standen mit dem Rücken an der Hüttenwand und schauten über den Gipfel der *Rotwand* hinauf in den klaren Sternenhimmel. *„Wie lange noch, wie lange ...?“*

Sixtus schien die Gedanken seines Freundes erraten zu haben. „Lenz, wir müssen noch Geduld haben. Jetzt können wir nicht hinunter ins Tal. Das ist unmöglich, der Schnee ist viel zu hoch. Und das ist auch gut für uns hier oben. Niemand kommt bei diesem Wetter hoch in die Berge. Es ist viel zu gefährlich, schon alleine wegen den vielen Lawinen“. Lenz nickte und biss ein kleines Stück von der geräucherten Wurst ab. „Ist schon gut, Sixtus. Ich verlass mich auf dich; Du kennst dich hier in den Bergen aus und hast mein volles Vertrauen!“ Nach wie vor getrauten sie sich tagsüber kein offenes Feuer zu machen, nur oft erst kurz vor Mitternacht. In mondhellen Nächten machten sie überhaupt kein Feuer. Die Kälte, die klirrende Eiseskälte hatte es sich mittlerweile breitgemacht in ihrer Berghütte. Bitterer Frost in den Nächten und tagsüber, selbst wenn die Sonne mal durchkam, die klamme kalte Nässe. Oft waren beide gedanklich dabei, ihr Versteckspiel vor den Häschern aufzugeben. „Lenz, komm, stellen wir uns! Das hat doch alles keinen Wert. Erwischen tun die uns doch irgendwann." Lenz schäumte und fauchte zurück: „Bist narrisch? Willst vielleicht ein paar schöne Jahr im Zuchthaus verbringen, ha?" Was sie da von den Zuchthäusern schon alles Grauenhaftes gehört hatten! Vor nichts hatten beide mehr Angst, als vor dem Zuchthaus. Geld und Besitz hatten beide ja nicht, da konnte man ihnen nichts nehmen. Aber all die Geschichten, die über die eingekerkerten Haberer in den Zuchthäusern unter den Haberfeldtreibern kursierten, waren ein geeignetes Zuchtmittel aller Haberfeldmeister, um in den eigenen Reihen garnicht erst den Gedanken an Aufgeben oder Verrat aufkommen zu lassen. Denn so oder so: Die Strafen beider Seiten waren mehr als drakonisch. Denn, machte man sich zum Büttel der Obrigkeit, um sich durch Verrat ein paar Silberlinge zu verdienen, war man seines Lebens vor den Haberern nicht mehr sicher.

Hatten sie nicht alle auf Leben oder Tod den „Haberereid auf Kaiser Karl vom Untersberg" geschworen?

*****

Januar 1874 - Obere Firstalm

Ein heftiger Knall riss Lenz aus dem erschöpften Tiefschlaf. „Sixtus! Sixtus, wach auf, schnell! Wach auf!"
Lenz rüttelte seinen Kumpan heftig an der Schulter. Sixtus Heimerl richtete sich ruckartig auf seinem Strohsack auf. „Was ist los?" fragte er schlaftrunken. „Hast du das nicht g´ hört? Ein Schuss ist gefallen. Hat sich angehört, als wär´s dort drüben an der Wand gewesen!"
Sixtus erhob sich schnell von seinem Lager und schob die Hosenträger über die Schultern. Dann stellte er sich neben Lenz und spähte durch die Ritzen der Hütte hinüber zum Berghang, welcher hinauf zur Brecherspitz führte. Schwer ging sein Atem. „Ein Schuss? O Gott, bist sicher? Ich hab nix gehört!" „Kein Wunder, schläfst ja wie ein Murmeltier!" knurrte Lenz zurück. Sie hatten höllische Angst vor Wilderern - und weit mehr noch vor den Jägern und deren Gehilfen*).
Doch ihr Blickwinkel war zu stark eingeengt. Sie konnten kaum einen Streifen von zwanzig Meter Breite am gegenüberliegenden Hang erkennen. „Lenz, ich glaub´, du hast dich getäuscht. Ich seh´ überhaupt nix. Rein gar nix. Vielleicht hast dich doch getäuscht!"

---

*) *der **Wilderer*** **Georg Jennerwein** – *siehe Glossar*

Der Angesprochene schüttelte den Kopf. „Hab ich nicht", zischte er ihm entgegen. Im selben Moment krachte wieder ein Schuss. Sixtus wich das Blut aus den Adern.
Lenz stand dicht hinter ihm. Stoßweise und schwer streifte sein Atem den Nacken von Sixtus. „Das sag ich dir. Lebend, lebend kriegen die uns nicht. Ich schwör´s dir. Mich auf keinen Fall" flüsterte er.
Sixtus drehte sich zur Seite und sah, dass er in seiner Linken den geladenen Stutzen hielt. Mit der Rechten schob er gerade eine Handvoll Patronen in seine Hosentasche. „Geh, lass mich rausschauen" zischte er Sixtus an und schob seinen Freund hart auf die Seite. Ganz dicht presste er sein rechtes Auge an die schmale Ritze im kleinen Fensterladen und hielt die Luft an. Seine Hand ging nach oben. „Psst! Ich glaub´ ich hör Stimmen!"
Sixtus bewegte sich auf leisen Sohlen nach hinten, nahm seinen Stutzen von der Wand und schob eine Patrone in das Rohr. Dann klappte er den Lauf nach oben, bis dieser hörbar verriegelte.
„Mich kriegen´s auch nicht. Lebendig schon garnicht! Das schwör ich dir, Lenz. In Gott´s Namen, ich bin bereit!"
Konzentriert, ohne Hektik verstauten sie ihre wichtigsten Sachen und den wenigen Proviant, den sie noch hatten, in die leinenen Rucksäcke. Es war die letzten Stunden noch kälter geworden. Die klammen Finger reibend, hauchte Lenz in seine Hände. Der Atem gefror ihm an den Barthaaren fest. „Ruhe, verdammt ...!"flüsterte er. Sixtus deutete mit Gesten an, dass er hoch in den Dachboden gehen wollte: „Ich geh rauf. Vielleicht kann ich von der Tenne oben besser was erkennen?" Sixtus quälte sich die wacklige Leiter zum winzigen, mit Spinnweben verhangenen Dachboden hoch.
Droben im Heuboden war´s stockdunkel. Man konnte nicht aufrecht stehen und sich nur auf allen Vieren fortbewegen. Die spärlichen, dünnen Lichtstreifen, welche durch die Ritzen in der Vorderfront der Hütte drangen, reichten gerade aus, um Sixtus auf den Knien rutschend den Weg einigermaßen geräuschlos finden zu lassen. Mühsam arbeitete er sich zu einem lockeren Brett vor, bewegte es behutsam Zentimeter für Zentimeter auf die Seite. Nun hatte er ungehinderten Ausblick auf den gegenüberliegenden Berghang. Lenz hatte - von Sixtus unbemerkt - ebenfalls die Leiter erklommen. Sein Kopf spitzte durch die Luke „Siehst was, Sixtus?" „Psst!" zischte dieser und winkte ihn mit der rechten Hand her. Nur schemenhaft sah Lenz die Umrisse seines Freundes. Langsam kroch er zu ihm. Sixtus kniete auf einem Sack hinter dem gelockerten Brett und hauchte in seine eiskalt gefrorenen Finger. Atemschwaden zogen entlang der

Ritzen in Richtung der mit Spinnweben übersäten Balkendecke. Er gab seinem Freund ein Zeichen, zu schweigen.

Atemlose Stille herrschte und legte sich schmerzhaft auf die Ohren. „Da ... “, flüsterte er und deutete mit seinem Zeigefinger durch die breite Ritze, „ ... dort drüben sind zwei Männer. Am anderen Hang droben, genau unterhalb der Brecherspitz. Siehst du´s - zwei Männer?“ fragte er leise seinen Freund. Lenz kroch ganz nach vorne und presste sein Auge ebenfalls ganz dicht an den Spalt. Die dichte Wolkendecke war aufgerissen. Ab und zu fiel nun ein Streifen des Mondlichtes auf die meterhohen Schneemassen auf der Firstalm. Jetzt konnte man ganz deutlich zwei Gestalten am anderen Hang über ihnen erkennen. Sein Atem flatterte vor innerer Anspannung. Er schnaufte kurz durch und beruhigte sich wieder etwas. „Sixtus, ich glaub das sind Wilderer. Die haben wahrscheinlich eine Gams oder ein Reh angeschossen. Und jetzt ist´s denen wahrscheinlich aus gekommen.“ Er spähte nochmals angestrengt durch das leicht zur Seite geschobene Brett hinüber auf die andere Seite des Hanges. „Ja, jetzt habens sie´s g´funden. Die Gams war anscheinend nur waidwund g´schossen. Drum auch der zweite Schuss.“
„Lass mich auch sehen“. Sixtus schob seinen Freund auf die Seite und spähte hinüber zu den beiden Gestalten. Erschrocken zuckte er zusammen „Zefix no amoi! Ich glaub´, einer von denen hat herüber zur Hütte gedeutet. Genau kann ich das aber nicht sagen ...“
Einige Minuten vergingen, die ihnen wie eine Ewigkeit vorkamen. Der Atem von Lenz ging flach, er wagte vor innerer Anspannung kaum zu atmen. „Was ist ... “, hakte Lenz mit rauer Stimme nach, „... kommen´s?“ Sein Freund winkte unwirsch ab und legte den Finger an die Lippen. „Still. Psst ... “ zischte er über seine Schulter zurück. „Ich glaub, die beraten noch, wann´s das Wild später abholen!“ Wieder verstrichen einige Minuten. Ihre Nerven waren nun zum Zerreißen gespannt. Noch war sich keiner von ihnen im Klaren, wie man reagieren sollte, wenn! Wenn, ja wenn! Sixtus atmete hörbar erleichtert aus.
„Die Zwei gehen jetzt den Weg zurück. Wahrscheinlich warten's weiter drunten über'm See auf der Unteren Firstalm, bis es dunkel wird. Und dann bringen's die Gams ganz hinunter ins Tal.“

*****

G*enau so mustes es dann gewesen sein.*
Sixtus und Lenz waren haarscharf an einer Entdeckung vorbeigeschrammt. Keiner machte sich größere Gedanken darüber, was dann wohl passiert wäre: Wilderer treffen auf Haberer. Beide bewegten sich

am äußersten Rande der Gesellschaft. Obwohl sie von der Gesellschaft eigentlich insgeheim bewundert wurden. Sie waren froh, dass dieser Kelch an ihnen vorübergegangen war. Tauwetter setzte wieder ein. Die Sonne hatte jetzt schon mächtig Kraft in ihren Strahlen. Es dauerte nicht lange und die ersten Stellen drüben am Waldrand, dort wo die Sonne die meiste Kraft hatte, waren schon schneefrei. Tags vorher musste ganz in der Nähe eine Lawine niedergegangen sein.
Mit dem beginnenden Witterungsumschwung schöpften beide wieder Hoffnung. Jetzt konnten sie sich wieder auf die Suche nach Moosen, Flechten und bislang unter der Schneelast verborgenen Kräutern machen. Vielleicht gelang es ihnen auch, mit einer ihrer primitiven Fallen einen Vogel oder gar ein Schneehuhn zu fangen. Einmal schon, Anfang des neuen Jahres, hatte sich einer dieser Vögel hinunter zum Waldrand verirrt. Tagelang lagen sie auf der Lauer, aber der Vogel war einfach schlauer.
Dennoch, wider Erwarten machten sie einen guten Fang. Als Lenz am übernächsten Morgen die Fallen kontrollierte, zappelte ein großes Steinhuhn darin. Ihr klägliches „Witt … witt … witt …" war bis hinüber zu ihrer Hütte zu hören gewesen. Hilflos hing es mit einem Fuß in der Falle. Es war ein prachtvoller Vogel. Lenz machte kurzen Prozess mit ihm. Sixtus zauberte am Abend auf dem Feuer im Kamin mit dem letzten trockenen Holz ein Festmahl: „Steinhuhn mit Wildkräuterfüllung".
An einer sonnenerwärmten Ecke der Hütte hatte er tatsächlich am Nachmittag nach langem graben im hoch angewehten Schnee noch einige Löwenzahnpflanzen, Gänseblümchen und Spitzwegerich gefunden. An dieser Stelle tropfte bei Sonneneinwirkung immer wieder das Schmelzwasser in den Schnee und hatte so in den meterhohen Schneeverwehungen ein schützendes und wärmendes Loch geschaffen. Dort konnten diese Pflanzen und Gräser überleben. Er war rundum zufrieden, ja irgendwie euphorisch! „Die letzten alten Brocken Brot hab ich dazu eingeweicht. Das gibt eine gute Suppe ...", sagte er zum ungläubig dreinblickenden Lenz, „ ... wirklich! Da können wir sogar den nächsten Schneefall noch überleben!" Als Beilage gab es Bucheckerngrütze. Und am nächsten Tag nochmals eine warme Suppe, gekocht aus den schon einmal ausgekochten Knochen und Resten des erbeuteten Steinhuhns.
Das frühlingshafte Wetter blieb.

Hoffnung keimte wieder auf. Doch über Nacht kehrte der Winter mit aller Macht zurück. Zwei Tage fiel nun ununterbrochen der Schnee. In der Hütte wurde es dunkler und dunkler. Mittlerweile reichte die Schneehöhe an der Vorderseite bis über die zwei kleinen Fenster. Sie mussten schweißtreibende Arbeit verrichten, damit sie wenigsten ein wenig Tageslicht hatten.

Nun ging´s wieder Tag für Tag ums nackte Überleben.
Die zur Neige gegangenen Vorräte nahmen ihnen alle Illusionen. Bis auf eine winzige, fast schon ungenießbare Notration war nun alles aufgebraucht. Auch der Vorrat des in der Hütte trockenen Holzes war fast zu Ende gegangen. Ihre klammen Kleider schlotterten an ihnen, sie waren beide stark abgemagert. Der nagende Hunger ließ Verzweiflung aufkommen. Sixtus entschloss sich deshalb, des nachts den Weg hinunter zur Unteren Firstalm zu wagen. Er wollte dort einsteigen und nach Vorräten suchen. Mit einem mehr als kläglichen Ergebnis kam Sixtus erschöpft in den frühen Morgenstunden wieder zurück zur Oberen Firstalm.
Doch es reichte, um wieder einige Tage überleben.
Oft waren sie kurz vor dem Erfrieren. Hunger in ihren Eingeweiden raubte ihnen fast die Sinne. Tagelang stritten sie sich darüber, ob sie es wagen sollten, ein Reh oder einen Steinbock mit ihren Stutzen zu erledigen. Dazu hätten sie aber auf die *Untere Firstalm* absteigen müssen und wären der Gefahr einer Entdeckung durch die Jäger und deren Jagdgehilfen ausgesetzt gewesen. Sie ließen es bleiben und klammerten sich an ihren allerletzten Strohhalm: Nur ein rigoroser Wetterumschwung konnte sie aus ihrer ausweglosen Lage noch retten.

Die Stimmung in ihrer Hütte wurde von Tag zu Tag kritischer.
Lenz ertappte sich immer öfter dabei, wie er Sixtus belauerte, ob dieser von den wenigen Vorräten heimlich etwas aß. Beider Nerven lagen wieder mehr als blank. Er begann einige Fallen zu bauen und stellte sie nachts unter großen Mühen rund um die Hütte auf. Das Sonnenlicht, das ihnen wenige Tage vorher die steifgefrorenen Glieder gnädig erwärmte, war hinter dicken, prallgefüllten dunklen Schneewolken verschwunden. Eiskalter, scharfer Wind aus Osten schüttelte die Hütte und raubte ihnen des nachts den Schlaf.
Doch die paar Tage schönes Wetter in der Woche vorher waren zuguterletzt auch ein Glücksfall gewesen. Niederwild, welches sonst nur dicht über der Baumgrenze lebte, hatte sich in dieser kurzen Zeit nach unten auf die Alm begeben und war jetzt praktisch zusammen mit ihnen auf gleicher Höhe eingeschneit. Das schlechte Blatt wendete sich tatsächlich für ein paar Tage. Ab und zu machten sie nun in den einfachen Fallen einen Fang: Mal einen verletzten Schneehasen mit einem gebrochenen Vorderlauf, mal einen kräftigen Kolkraben oder eine Bergdohle, welche das letzte Stück ranzigen Specks aus einer Falle stehlen wollte. Für einige Tage hatten sie nun wieder was zu

essen. Sie fingen nun an, Bretter aus der Rückseite der Hütte zu verfeuern. Auf dem winzigen Dachboden hatten sie in einer dunklen Ecke noch einen alten Schubkarren gefunden, welchen sie nun Stück für Stück verheizten. Als allerletzte Reserve hatten sie jetzt noch die Bank vor der Hütte. Doch da waren sich beide einig: das sollte wirklich das Letzte sein, was sie in den Ofen stecken wollten. Untertags konnten sie immer noch sehr selten Feuer machen. Nachts - und vor allem dann, wenn schlechte Sicht war und der Wind den Rauch hinüber ins österreichische Tirol blies, konnten sie es wagen. Die mitgeführten Stutzen halfen ihnen nicht viel.

Es musste nun Ende Februar sein.

Lange würden sie nicht mehr durchhalten können. Ihre Kräfte schwanden immer mehr. Endlich kam die Sonne wieder zurück. Von Tag zu Tag wurde es etwas wärmer. Apathisch dösten sie nun oft stundenlang auf der Bank vor der Hütte und ließen die wärmenden Sonnenstrahlen auf ihren Pelz einwirken. Für wenige Stunden machte dies beiden wieder etwas Mut und Hoffnung. Hoffnung, endlich wegzukommen und ihre Flucht fortzusetzen. „Lenz, wir müssen weg! Wir müssen endlich hier wegkommen ...!“ Die kurzen Sätze, kraftlos über die Lippen seines Freundes ausgestoßen, rissen Lenz aus seiner dumpfen Lethargie.

Es schien fast so, als hätten beide abgeschlossen mit ihrem Leben.

Jeder weitere Tag auf der einsamen Hütte wurde ihnen zur Höllenqual. Die psychische Qual war aber weitaus gefährlicher als die körperliche.

Nur weil sie sich für die Rechte entehrter Menschen eingesetzt hatten, denen kein Richter mehr recht gab, wurden sie jetzt als Verbrechergesindel gesucht. Sie zweifelten an sich. „Lenz was haben wir denn getan?“

Sixtus Heimerl saß auf dem kargen Lager mit dem aufgeschütteten Strohsack. Er war sichtlich am Ende. „Wir haben doch nur Partei ergriffen, für jene, die sich nicht mehr selbst helfen können. Und denen kein Richter von Rosenheim, Miesbach, Wasserburg bis Ebersberg und sonst wo, nur ein Jota Recht gibt.“ Er redete sich nun richtig in Rage. „Es war ja nicht die erste Magd, die der Kammerer geschwängert hat, der Lump der dreckige. Sie ist anscheinend nur die erste, die Barbara, die sich gegen das schreiende Unrecht wehrte! Und, was hat der windige Mödl von Emmering gemacht, der Sauhund, der g´freckte? Ha, was hat er g´macht?“ Er drehte seinen Kopf hin zum Lenz, der an dem winzigen Tisch neben der Feuerstelle saß. Lenz rührte sich nicht. „Na, wos hat der Mödl denn g´macht, Lenz? Na?“ Sixtus hatte sich heftig in Wut geredet. Lenz winkte mit einer fahrigen Handbewegung ab. „Ach, lass mir endlich mei Ruh´. S´ is ois für'd

Katz g´wes´n. Ja, für´d Katz, vastehst´ mi, Sixtus. Die Kirch´ hat dös Madl a ganz alloa g´lassn!“ Sixtus merkte, dass sein Freund, der starke unbeugsame Lenz einfach nicht mehr wollte. Genau wie er.

Die letzten Tage im Februar waren verstrichen. Einer wie der andere gleichmäßig trost- und hoffnungslos. Sie waren manchmal dem Wahnsinn nahe, immer wieder ganz dicht dran, sich hinunter ins Tal zu schleppen und in Neuhaus oder Schliersee sich der Gendarmerie zu stellen. Doch immer wieder hielt sie auch ihr gemeinsamer Plan davon ab.

Sie wollten in die Freiheit und nicht in den Kerker. Sie wollten ins „gelobte Land“. Sie wollten nach Amerika. Ein neues und freies Leben anfangen. Im Land der Freiheit, der Menschenrechte und der unbegrenzten Möglichkeiten.

Ganz jedoch ließ sie das Glück nicht im Stich.

Eines Morgens machte Lenz wieder einen Fang. Ein Auerhahn, durch eine Falle am rechten Fuß und Flügel verletzt, hatte sich unter´s Dach der Hütte geflüchtet. Er war ihnen hilflos ausgeliefert und versuchte verzweifelt über eine Schneewächte sich zu retten. Lenz machte kurzen Prozess. Für einige Tage hatten sie nun wieder etwas zum Essen. Und wieder einmal kündigte sich ein Wetterwechsel an. Es war kurz vor Vollmond. Lenz merkte als Erster, dass sich heute der eiskalte Wind, der ansonsten ausdauernd und mit voller Wucht ständig über den *Spitzingsattel* pfiff, sich gedreht hatte. Er blies nun vom Südwesten, aus dem Tirolerischen her und brachte spürbar wärmere Luft mit sich. Sie fackelten nicht lange: Diese Nacht wollten sie nutzen, um die Flucht fortzusetzen. Doch ihr Vorhaben scheiterte schon nach kurzer Zeit. Zu schwer, zu nass war der Tiefschnee.

Enttäuscht und völlig entkräftet mussten sie den Rückweg zur Hütte in ihren eigenen Spuren wieder antreten.

*****

Anfang März 1874 - ***Die Flucht nach Norden***

Mitten in einer stockdunklen Nacht gelang es ihnen endlich die Hütte auf der Oberen Firstalm und die Gegend um den Schliersee unbemerkt zu verlassen. Zu ihrem Gklück hatte in den vergangenen Tagen starkes Tauwetter eingesetzt. Über ihnen tobte die ganze Nacht ein gewaltiger Sturm! In den frühen Morgenstunden erreichten sie *Josefsthal* und suchten sofort den Haberer auf. Man sah ihm deutlich an, dass er sich wunderte, sie noch am Leben zu sehen. Er versorgte die völlig heruntergekommenen, halb verhungerten Haberer nochmals mit einigen Lebensmitteln. Dann ließ er sie einen Tag lang im muffigen, aber warmen Stadel schlafen. Nach Einbruch der Dunkelheit ging´s weiter. Zuerst führte sie ihr weiterer Fluchtweg über Schliersee nach Gmund am Tegernsee. Immer in den Nachtstunden setzten sie sich nun Stück für Stück Richtung Norden ab. Wann es nur ging, orientierten sie sich nach den Sternen. Da sie jetzt keinerlei Kenntnisse über mögliche Habererfreunde hatten, mussten sie mit den Vorräten noch mehr haushalten und sich die Schlafplätze noch sorgfältiger auswählen. Die Lage war mehr als gefährlich. Doch, ihre Sinne für lauernde Gefahren hatten sich in den vergangenen Monaten enorm geschärft. Lenz und Sixtus waren sich einig: Die ausgesetzte Belohnung sollte sich keiner der Gendarmen oder obrigkeitshörigen Verräter verdienen. Niemals! Am übernächsten Tag passierten sie den Ort Geretsried. Unweit der *Klosterkirche Beuerberg* fragten sie den alten Bauern, eines am Rande eines Hochfilzes gelegenen, kleinen Hofes um einen Schlafplatz. Nach einigem Zögern willigte er für einige Pfennige ein. Er war, so schien es, der einzige Mensch auf diesem Einödhof. Was hätte er da tun sollen, gegen zwei heruntergekommene junge Männer? Am nächsten Morgen verließen sie noch in der Dunkelheit den kargen Schlafplatz. Unzweifelhaft war sich der augenscheinlich bresthafte Bauer*) bewusst, wem er Unterschlupf gewährte. Aber die beiden Haberer waren sicher, dass er ohne jegliche Falschheit war.

*****

Die Residenzstadt München umgingen sie an den darauffolgenden Nächten südlich und in weitem Abstand. Am siebten Tag nach ihrem Aufbruch vom Spitzingsee passierten sie in den frühen Morgenstunden in sicherer Entfernung den Ort Sulzemoos. In einer aufgelassenen Waldhütte verschliefen sie den ganzen Tag und auch die halbe Nacht. Die Vorräte gingen wieder einmal dem Ende entgegen; die Nerven waren einmal mehr zum Zerreißen gespannt. Südlich von *Aichach* beobachteten sie tags darauf im Morgengrauen über längere Zeit das Geschehen auf einem einsam gelegenen Hof am Rande einer Waldlichtung. Dann wagten sie es! Ein Hund schlug an. An einer langen Kette angebracht, fletschte der heruntergekommene Schäferhund seine Zähne und knurrte ausdauernd. Die Tür des windschiefen Hauses ging auf. Eine zerlumpte Gestalt stand im Türrahmen. Der Hund war außer Rand und Band. „Gib a Ruah, kusch!“ schrie er den kläffenden Köter an. Knurrend fügte sich der Schäferhund und kauerte sich winselnd nieder. Lenz sprach den Bauern an. „Bauer, mir wolln unsre Stutzen verkauf´n. Host Intresse...?“ „Na, na, hob i need. Braucht´s mir fei nichts verkauf´n woll´n! Ich brauch nia nix, a koane Stutzen ...!“ sagte er.

*) **bresthaft** – *siehe Glossar*

Unstet lauernd wanderten seinen verschlagenen Blicke vom einem zum anderen. Er schien sich seiner Sache sicher, dass ihm keinerlei Gefahr drohte: Im Rücken der Haberer stand in der Stalltüre sein hünenhafter Knecht, eine Mistgabel in der Hand.
Eine flammende Narbe zog sich von der Schläfe zur Nasenwurzel. Über seinem rechten Auge trug er eine schwarze Binde.
Unentwegt stierte der Einäugige zu den Haberern hinüber, scharrte immer wieder unruhig mit den Füßen. Lenz und Sixtus merkten schnell, dass dieser verschlagene Bauer doch auf ihre beiden Stutzen scharf war. Eindeutig! Sie vermuteten, dass der Einödbauer ein Hehler war. „Wir müssen sakrisch auf der Hut sein, dass er uns nicht für einen zusätzlichen Judaslohn verrät", flüsterte Sixtus seinem Freund zu. Hatte er oder auch sein Knecht vielleicht schon von den Fahndungsaufrufen aus München Wind bekommen?
Doch die Gier und die Aussicht auf ein günstiges Geschäft siegten.
Die Haberer erhielten für wenige Kreuzer eine Schlafstelle und eine recht karge Brotzeit. Weiter handelten sie im Vorgriff auf das - für den Morgen geplante - „Geschäft" aus: noch eine Wegzehrung für die nächsten paar Tage. Murrend willigte der Einödbauer ein.
Jede Stunde wechselten sie sich nun gegenseitig im schlafen ab. Mit Argusaugen passten beide dabei auf, dass keiner der beiden den Hof verließ. Die Angst vor Verrat oder einem Überfall durch diesen Bauern mit seinem Knecht war einfach zu groß. Am nächsten Morgen verließen sie vor Sonnenaufgang diesen feuchtklammen, ungastlichen Ort. Ihre Stutzen verkauften sie zu einem Spottpreis. Die Munition rückten sie nicht heraus und warfen sie im nächsten Waldstück weg. Sie hatten sich entschieden nun auch öfters tagsüber einige Kiliometer zurückzulegen.
Um die beiden Einödbewohner zu täuschen, gaben sie vorher beiläufig - und vor allem überzeugend arglos - von sich, dass sie ihren Weg nun nach Süden in Richtung der Allgäuer Berge und der Schweiz fortsetzen wollten. Ihr Fluchtweg führte sie deshalb zuerst einige Kilometer durch ein Waldstück Richtung Süden. Als sie überzeugt waren, dass ihnen niemand gefolgt war, schlugen sie wenig später den Weg hart nach Norden ein. Größere Dörfer und Städte umgingen sie wieder weiträumig. Einige Tage später überquerten sie in stockdunkler, stürmischer Nacht die große Steinbrücke über die Donau in Ulm. Ihr weiterer Weg führte sie dann nur noch bergauf, bergab. Weiter über die bitterkalte schwäbische Alb, durch klamme, dunkle und nasskalte Fusstäler, immer weiter in Richtung Norden. Nächtens passierten sie Heidenheim, Königsbronn, Oberkochen, umgingen dann weiträumig Aalen und Ellwangen. Dann verschlug es sie ein gehöriges Stück nach

Westen. In weitem Abstand von der Grenze zum Königreich Bayern hin überquerten sie die Kocher bei Schwäbisch Hall und setzen dann ihren Weg weiter Richtung Norden fort. Tags darauf passierten sie kurz nach Mitternacht die Brücke über die Jagst im Dorf Bächlingen und schlichen mühsam die endlos lange Steige nach Langenburg hoch. Ihr Schlaflager bezogen sie in einem Waldstück dicht hinter dem Städtchen mit dem mächtigen Schloss auf dem Bergsporn. Sie waren todmüde und vollkommen ausgehungert. Mitten am Tag wurden sie, als sie sich tief in einer Kuhle im Waldboden zum schlafen gelegt hatten, von einer Rotte grunzender Wildschweine auf Futtersuche aufgestöbert. Beide waren zu Tode erschrocken und fingen aus Leibeskräften an zu schreien. Es half. Die Rotte flüchtete. Denn glücklicherweise war der Schrecken bei den Schwarzkitteln noch größer als bei ihnen. Am nächsten Abend hatten sie das große Glück, in einem Weiler einen Kanten Brot und etwas Gselchtes von einer alten, sehr gütigen Bäuerin zu bekommen und dazu einen ganzen Krug Apfelmost. Sie durften im Heuschober schlafen und kamen wieder etwas zu Kräften.
Das weite Bauernland auf der *Hohenloher Ebene* mit seinen vielen Burgen und Schlössern lag noch im tiefsten Winterschlaf. Hier, in dieser ärmlichen Gegend, war es immer noch empfindlich kalt. Andauernd pfiff ein starker, eiskalter Westwind und ebenso andauernd wechselten für die einsamen Wanderer die Ländergrenzen. Mal befanden sie sich im Königreich Bayern, dann, eine halbe Wegstunde weiter passierten sie schon wieder einen verwitterten Grenzstein des Königreichs Württemberg. Nachdem sie wieder einen Tag in einer Feldscheune verbracht hatten und vor lauter Mäusen nicht zum Schlafen gekommen waren, sahen sie beim Sonnenaufgang tags darauf - hinter den bewaldeten Hügeln der Frankenhöhe - am Horizont den blutroten Sonnenball riesengroß aus den Baumwipfeln aufsteigen. Der Himmelskörper tauchte die noch im tiefen Nebelschlaf liegende Landschaft auf der Hochebene unter der Frankenhöhe in ein waberndes, rauchig flammendes Farbenmeer.

*****

Dichter Nebel stieg aus dem tiefeingeschnittenen Flusstal und verflüchtigte sich hoch oben über den Türmen und Dächern der tief verschneiten Stadt. Lenz fasste Sixtus an der Schulter.
„Das, das da vor uns …“, er deutete mit ausgestreckter Hand hinüber über´s Tal, „ ... ich glaub, das da drüben ist Rothenburg ob der Tauber“ stammelte Lenz, augenscheinlich von seinen Gefühlen übermannt. „Mein Gott Sixtus, g ´schaug ...“.

Lenz stand neben einem alten, stark verwitterten Grenzstein mit den Wappen der beiden Königreiche Württemberg und Bayern und blickte hinüber auf die Silhouette der alten Reichsstadt über dem Tauberfluss. Dieser Anblick war so großartig, dass ihnen beinahe der Atem stockte. Türme über Türme! Einer mächtiger als der andere, eingebunden in einen schier nicht enden wollenden Mauerring. Nein, so etwas, so eine mächtige, wehrhafte Stadt hatten beide noch nie gesehen. Wasserburg war wohl auch befestigt. Aber so mächtig und stark? Aber das war dort auch nicht so nötig, umschloss doch der mächtige Inn - Fluss beinahe die gesamte Stadt. Der graue, steinerne Schutzwall der ehemaligen fränkischen Reichsstadt war geschickt - und augenscheinlich für Feinde unüberwindbar - den Konturen und Linien des großen Bergsporns und des Geländes am steilen Tauberabhang angepasst. Ein mächtiger Bergfried am Rande der Burganlage hoch über dem Tauberfluss konkurrierte mit den imposanten Kirchtürmen der Stadtpfarrkirche St. Jakob.

***„Owa, lauter Lutherische sans...“* bemerkte Sixtus brottrocken.**

*****

Mitte März 1874

Bei ihrer letzten Rast im württembergischen Grenzland waren sich beide einig, von nun an ihre Flucht nur noch tagsüber fortzusetzen. Es erschien ihnen einfacher. Sie waren nun weit entfernt von Altbayern und fühlten sich etwas sicherer. Beide saßen auf einem großen Holzstumpf in der wärmenden Morgensonne am Waldrand und blickten hinüber auf die andere Seite des Flusstales. „Mir scheint, ein wahres Meisterwerk der mittelalterlichen Baukunst“, sagte Sixtus mit offenem Mund staunend. Ein ratterndes Fuhrwerk in ihrem Rücken, welches sich auf der schmalen Straße hin zur Stadt bewegte, riss sie aus ihrer Träumerei. „Komm, Sixtus! Wir müssen weiter und haben jetzt bestimmt keine Zeit zum Verweilen. Außerdem sind wir noch - oder schon wieder - im Königreich Bayern!“ Der Bauer nahm sie auf seinem Fuhrwerk mit hinunter ins Tal. Er wollte in einer der Mühlen einige Säcke Korn mahlen lassen. Ihr Weg führte sie nun auf halber Höhe am tief unter ihnen liegenden Dorf Detwang, mit der *romanischen Kirche St. Peter und Paul* vorbei. Sie waren völlig durchgefroren. Gehörig knurrte der Magen. Lenz und Sixtus hofften, dass sie in drunten am Fluss etwas für ihren Brotbeutel ergattern konnten. Doch ihre Hoffnung war vergebens. Bei einer Mühle flussabwärts am Dorfende nahmen sie ihre Beine in die Hände und flüchteten über die Tauber vor einem scharfen Hofhund. Mühsam erklommen sie wieder den steilen Hang auf die westliche Seite.

Vom kleinen Weiler *Seldeneck* führte sie der Weg wieder sehr steil hinunter ins Tal. Beim Dorf Bettwar überquerten sie die alte Steinbrücke über die Tauber und standen, einige Kilometer flussabwärts, plötzlich vor einer Mühle. Hier am Ortseingang vom kleinen Winzerdorf Tauberzell bekamen sie für einige Pfennige Brot und etwas fetten Speck. „Mehr hammer a nit! Es sind halt ganz schlechte Zeit´n für uns" sagte die Müllersfrau zu den bärtigen Zeitgenossen und zuckte entschuldigend mit den Schultern. Als sie die enttäuschten Gesichter der - wie sie meinte - armen Wanderburschen bemerkte, plagte sie doch ihr schlechtes Gewissen.
„Wart´s emol ihr zwaa ..." sagte sie zu den beiden. Behände tippelte sie mit ihren Holzschuhen zurück in den Hausflur und kam wenig später mit ein paar runzligen, aber noch essbaren Äpfeln in ihrer gefalteten Schürze zurück. „Do, des kriecht´er no vo mir dazua!" Schnell war das Obst im Beutel verstaut. Doch, wie von Zauberhand hielt die freundliche Müllerin plötzlich eine grüne Flasche mit Apfelmost in ihrer rechten Hand. „Da, aber etzt macht´s dass ihr eich schleichts. Sunst kummt no der Müller! Und der, der sicht souwos iwwerhaupt nit gäere!" Sie bedankten sich überschwänglich und machten sich eiligen Schrittes auf den Weg hinaus zum Dorf. So schnell es nur ging, überwanden sie den steilen Hang auf der anderen Flussseite. Der schmale Weg entlang der hohen Steinriegel mit den vielen, noch kahlen Weinstöcken, brachte beide ins Schwitzen. Auf der Höhe angekommen, fielen sie heißhungrig über´s Essen her. Was vorher noch so karg aussah, schmeckte ihnen jetzt köstlich. Vor allem der Most tat es ihnen an. Mittlerweile hatte die Sonne die Höhen des Taubertales überwunden und wärmte beide auf. Sie nickten mit rauschigem Kopf ein. Die Strapazen der letzten Tage forderten ihren Tribut. Und dazu noch der ungewohnte Alkohol des Apfelmostes. Eine Wolkenbank verdrängte schlagartig die wärmenden Sonnenstrahlen. Sie wachten auf. „Komm, wir müssen weiter!" forderte Sixtus Lenz auf. Sie packten ihre Bündel und setzten auf der nordöstlichen Flussseite ihren Weg weiter in Richtung des verschlafenen Landstädtchens Aub fort. Es noch kühler geworden. Schneefreies, sattes dunkles Bauernland lag vor ihren Augen! Das Glück war ihnen auch diesmal gut gesonnen. Auf einem großen vorm Dorf stehenden Bauernhof auf der Höhe vor Ochsenfurt am Main, konnten beide bei der beginnenden Feldarbeit mithelfen. Dem Bauern war einer seiner Knechte wegen eines schweren Unfalls beim Holzrücken ausgefallen und die großen Rübenfelder auf der Hochfläche über dem südlichen Mainufer mussten nun dringend bestellt werden. Da kamen ihm die bärtigen „Wanderburschen" gerade recht. Aus der geplanten und vereinbarten

Woche wurden schließlich zwei Wochen. Die Verpflegung und Unterkunft waren gut - und auch die Bezahlung. Gefragt wurde vom Bauern und seiner Frau nicht viel. Lenz und Sixtus erholten sich zusehend und bekamen wieder etwas mehr auf die Rippen. Als sie ihr Bündel schnürten, standen der Bäuerin gar die Tränen in den Augen. Sixtus war drauf und dran gewesen, mit einer der hübschen fränkischen Mägde anzubandeln. Viel hätte nicht mehr gefehlt und Lenz hätte seinen Weg alleine weiter fortsetzen müssen. Tags darauf trafen sie am frühen Nachmittag in Würzburg ein. Mit Staunen beobachteten sie das geschäftige Treiben in der großen Bischofsstadt mit dem mächtigen Dom und der großen *Veste Marienberg*. Nachdem beide eine Nacht in einer kleinen Hütte oberhalb eines Weinberges verbracht hatten, wärmten sie sich „ihr Fell" in der Märzsonne am „*Alten Kranen*" am Mainufer auf. Interessiert beobachteten sie, wie Fass für Fass, des ringsum auf steilen Hängen angebauten fränkischen Weines auf mehrere kleinere Flusskähne geladen wurden.
Schnell kamen sie mit den Flussschiffern ins Gespräch und erfuhren, dass der Wein bis nach Holland und von dort weiter bis nach England, Dänemark, Schweden und Norwegen verschifft wurde. Und auch einige Fässer besten „*Würzburger Stein*" und „*Randersackerer Ewig Leben*" waren für die großen Weinkontore in Amsterdam, Bremen, Hamburg und Lübeck an Bord der dampfgetriebenen kleinen Schiffe. Als Lenz einen der Schiffer am „*Alten Kranen*" am Mainkai fragte, ob denn eine Mitfahrt möglich wäre, trat das Unerhoffte ein: Beide konnten auf seinem Kahn gemeinsam die Fahrt nach Norden mitmachen. Doch umsonst gab´s nichts: Bei voller Mitarbeit an Bord und mit Kost und Logis - das war die Bedingung.
Beiden hüpfte das Herz schier vor Freude.
Sie kamen ihrem ersehnten Ziel, Bremerhaven oder Hamburg nun Tag für Tag, Meile für Meile näher. Kurz nach Aschaffenburg passierten sie schon am ersten Tag die Grenze nach Kurhessen. Oftmals hatten die Kapitäne mit ihren Kähnen, wegen zu geringem Wasserstand, große Schwierigkeiten ihre Schiffe zu steuern. Sie überholten deshalb zwischendurch einige größere Holzflößerverbände, die vom Fichtelgebirge in Richtung Rhein unterwegs waren. Ihre Angst von der Obrigkeit erwischt zu werden, wurde jetzt von Tag zu Tag weniger, verging aber nie ganz. An Frankfurt, Koblenz und Köln vorbei fuhren sie auf dem Rhein in Richtung Norden. Sixtus wusste, dass dort in der Gegend auch Kohle gefördert wurde.
Er konnte darüber sehr viel erzählen. Kohle, Kohle und nochmals Kohle, ja das war der Stoff, den die „*Alte*" und vor allem die „*Neue Welt*" damals in riesigen Mengen brauchten.

Man sah es nun rundum überall!
Die „industrielle Revolution“ hatte hier augenscheinlich schon volle Fahrt aufgenommen! Sixtus bekam glänzende Augen, wenn er darüber mit Lenz plauderte. Man merkte ihm an, dass er einige Jahre im Bergbau gearbeitet hatte und trotz seiner Strapazen, die er dort in Hausham als junger Mann erleben musste, fühlte er sich den Menschen unter Tage immer noch verbunden.
Knapp vier Monate waren sie nun schon seit dem Verrat des Haberfeldtreibens in Schalldorf auf der Flucht. Sie ahnten nicht, dass ihre nächsten Angehörigen und Freunde daheim, in dieser Zeit immer wieder strengen Verhören über ihren möglichen Verbleib unterziehen mussten. Regelmäßig schickte der verantwortliche Bezirksrichter eine Gendarmeriestreife nach Hausham und nach Mittergars, schon alleine wegen der Abschreckung für mögliche Haberer - Sympathisanten. Schwer litten Maria und Anna unter der Ungewissheit, was mit ihrem geliebten Bruder vielleicht passiert sein könnte. Sie hatten weitaus mehr Angst, dass er nicht mehr am Leben war, als dass er von seinen Häschern gefangen werden würde und die nächsten Jahre im Kerker verbringen müsste.

Erst nach sehr langer Zeit stellte die Obrigkeit die ständigen Nachforschungen nach den geflohenen Haberern ein. Man vermutete, dass ihnen die Flucht entweder in die Schweiz oder nach Amerika gelungen war. Das kleine Dorf am Inn atmete wieder auf, obwohl auf der Familie des gesuchten Lenz Kohwagner noch jahrelang ein großer Schatten lag. Irgendwann vergaß man aber endlich die ganze Geschichte „vom Lenz, dem verlorenen Sohn“.
Allein seine Familie musste sich jahrelang mit der Ungewissheit ihres vermissten Sohnes und Bruders abfinden.

*****

Im kleinen verträumten Ort Wesel am Niederrhein, nicht weit von der Grenze zum Königreich Holland entfernt, verließen die beiden Bayern das kleine Schiff. Lenz und Sixtus erhielten noch ein kleines Handgeld und Verpflegung für eine ganze Woche. Sie machten sich auf die letzte Etappe, um endlich ihr Ziel an der Küste zu erreichen.
Die Zeit drängte.
Lenz und Sixtus wollten bis spätestens Mitte April an der Küste in Bremerhaven sein. Erschrocken hatten sie in den vergangenen Tagen feststellen müssen, dass sie ihr Orientierungssinn augenscheinlich im Stich gelassen hatte: Sie waren auf ihrem Weg nach Norden zu weit abgetrieben worden.
Und diesen Fehler galt es jetzt schnellstens wieder auszumerzen.

***Altbayern** - Freitag, 3. April 1874*
Lenz ahnte hoch im Norden des Kaiserreichs nichts davon, dass seine geliebte Franziska hochschwanger war und in wenigen Tagen niederkommen würde. Er ahnte auch nichts davon, dass sie ihr Vater, der hartherzige Bauernbaron Sebastian Kammerer, vom Hof verstoßen hatte. „Mit dem Bankert brauchst mir nicht wieder unter die Augen zu treten und zu uns rauskommen. Bleib du, wo der Pfeffer wächst und lass dich nie mehr hier blicken. Nie mehr!" hatte er sie bei ihrem letzten Besuch kurz vor „Josefi" angeschrien. Alles Flehen und Bitten seiner Frau und auch seiner beiden anderen Töchter half nichts.
Sein Herz blieb hart. Hart wie Stein.
Einen Tag darauf musste der Fischhuber Georg die Franziska den weiten Weg bis hinein nach München ins Lyzeum zurückfahren. Unerbittlich war er gewesen. Auch eine Vorsprache vom Pfarrer aus Frauenneuharting auf Wolfsöd half nichts. Im Gegenteil, er geriet immer mehr in Rage. „So eine Hur', so eine Elendige. Verrecken soll's mit ihrem Bankert, die Matz!"

Er schäumte. Gerade er, dem Moral und Anstand in seinem ganzen Leben in jeglicher Hinsicht ein Fremdwort gewesen war, spielte sich nun auf, wie der Herr über Leben und Tod. „Sebastian, bitte versündige dich nicht" flehte seine Frau Juliane und machte ein Kreuz nach dem anderen auf ihrer sorgenvollen Stirn. Es half nichts.

Lenz Kohwagner wusste auch nicht, dass seine Schwester Anna vor über einem Jahr den Erben des „Maierhofes" in Lohen, den Georg Inninger geheiratet hatte. Den Stiefsohn seines Onkels Johann Kohwagner.
Von alldem ahnte Lenz nichts.
Doch die Sehnsucht nach Franziska nagte Stunde für Stunde, Tag für Tag in seinem Herzen. Die kurze Affäre mit Karolina Veit hatte er vergessen. Es hatte ihm, das wusste er jetzt ganz sicher, nie etwas Großes bedeutet.

*****

Einige Jahre später ...
Im Frühherbst 1879 heiratete Franziska Arnulf Stiglmaier, den ältesten Sohn des neuen Landtagsabgeordneten Alois Stiglmaier. Franziskas fünfjähriger Sohn Maximilian-Lorenz trug, zusammen mit einem kleinen Mädchen die Brautschleppe. DerBraut war ihr sonst so fröhliches, ansteckendes Lachen seit Langem völlig aus ihrem Gesicht verschwunden. Die junge Frau wirkte für ihr Alter sehr reif. Hätte man in ihren dunkelbraunen Augen lesen können, so hätte man die Geschichte ihrer tragischen und unerfüllten Liebe zu Lenz herausgelesen. Zu ihrem Lenz, den sie ihr Lebtag nie vergessen konnte und dessen Sohn so prächtig gediehen war. Arnulf adoptierte notgedrungen den

kleinen Maximilian - Lorenz und verzichtete zugunsten seines jüngeren Bruders Franz - Josef aufs Hoferbe. Arnulf wurde nun der neue Bauer auf dem Kammererhof. Alois Stiglmaier vom Finkenschlag gewann wieder die Nominierung zur Landtagswahl gegen seinen Konkurrenten Kammerer und widmete sich fortan ausschließlich der großen Politik in München. Abgesehen von diesem einschneidenden Ereignis waren somit die Träume der beiden, ehedem verfeindeten Großbauern fast alle in Erfüllung gegangen. Ein großer Teil des Landes südöstlich von Grafing war jetzt im Besitz zweier, eng miteinander verbandelter Familien.
„In Erfüllung gegangen schon" dachte sich melancholisch seufzend, damals im Spätsommer 1879 der alte Sebastian Kammerer beim rauschenden Hochzeitsfest von Franziska und Arnulf im großen Saal des „Weinhuber-Bräus" in Frauenneuharting. Wenn auch nicht haargenau so, wie es sich der Bauernbaron vor langer Zeit vorgestellt hatte. Wenige Wochen später erlag er einem Schlaganfall. Kammerer sollte nur sechzig Jahre alt werden.

Alois Stiglmaier jedoch überlebte ihn um neun Jahre.

*****

5. April 1874

Der endlos lange Weg an die Küste zehrte erneut gewaltig an ihren Kräften und Nerven. Wieder einmal waren Sixtus und Lenz kurz davor aufzugeben und sich zu stellen. Sie wussten jedoch, welch drakonische Strafen sie bei einer Auslieferung an die Häscher im Königreich Bayern erwarten würden.
Da hätten sie auf keine Hilfe hoffen können!
Einige Kilometer nordwestlich von Bremen, im kleinen Fischerdorf *Elsfleth,* setzten sie mit einer klapprigen Fähre über den breiten Weser - Strom. Am jenseitigen Ufer erfuhren sie von einem Landsmann, der mit ihnen abends das Nachtlager in einer arg heruntergekommenen Feldscheune teilte, dass von Bremerhaven aus nur mit „völlig sauberen" Papieren auf ein Auswandererschiff zu kommen sei. „Er selbst habe ...", so erzählte er weiter, „... mit eigenen Augen gesehen, wie zwei Männer aus der Nähe von Miesbach von der Hafenpolizei abgeführt worden sind!"
„Und ..." so setzte er noch arglos hinzu „... es sollen so komische Femebündler aus Bayern gewesen sein, die sich Haberer nennen!" Beiden gefror das Blut in den Adern. „Dass würde gerade noch passen, so kurz vor dem Ziel noch der Obrigkeit ausgeliefert zu werden", sagte er leise tuschelnd zu Sixtus. Sofort ändernten sie ihre Pläne und beschlossen, am nächsten Morgen sich in Richtung Hamburg abzusetzen. Anscheinend war die Einheit des neuen Deutschen Reiches mittlerweile schon so weit fortgeschritten, dass man die Mittel, über welche die Obrigkeit in allen Ländern des neuen Staatsgebildes verfügte, mittlerweile besser miteinander abgesprochen

hatte. Ein ziemlich wortkarger Bauernahm sie vor ein paar Tagen, auf dem schier endlos langen Weg durch´s düstere, Nebel umwaberte *Teufelsmoor* in Höhe der Ortschaft *Worpswede* bis nach *Gnarrenburg* für ein paar Groschen mit. Von dort setzten sie zu Fuß ihren Weg östlich an der mittelalterlichen Stadt *Bremervörde* vorbei fort und erreichten nach zwei weiteren Tagen *Stade*.
Die kleine Hafenstadt am Westufer der Elbe und Hauptort des *„Alten Landes"* überraschte die beiden Altbayern mit quirligem Leben.
Es war Markttag, als sie zu früher Morgenstunde an den Fachwerkhäusern am *„Alten Hansehafen"* vorbeispazierten. Sie fielen nicht besonders auf, mit ihrer heruntergekommenen Kleidung und den langen Bärten. Viele Fischer, Seeleute und Bauern machten ihre Besorgungen und auch die hatten nicht ihre Sonntagsanzüge an. Jetzt sehnten sich beide mit jeder Faser ihres Herzens danach, endlich wieder einmal ein warmes Wannenbad zu nehmen, ihre zu Kleidung waschen und ein sauberes Bett zu haben. Prüfend und wägend beratschlagten sie etwas abseits vom Trubel, was sie tun wollten. Vorsichtig ließen sie ihre Barschaft durch die Finger gleiten. Überlegten hin und her und machten sich dann endlich auf die Suche nach einem billigen Quartier.

Auch wenn sie stark von ihrem geplanten Ziel abgedriftet waren, so waren sie doch dem ersehnten Ziel mit der Ankunft in der kleinen Stadt an der Elbe ein großes Stück näher gekommen. Der Zufall kam ihnen zu Hilfe. Am *Schwedenspeicher* kamen sie mit einem Elbfischer ins Gespräch, der sie an eine Seemannswitwe, gleich hinterm Deich in *Bassenfleth* verwies. „Jau, da könnt ihr beide mang gut schlafen und essen. Und alles sauber und billig ... ", versicherte der drahtige Fischer. Die Witwe Harmsen war eine gute, wenn auch wortkarge Gastgeberin. Die Betten waren sauber, sie machte für die beiden heißes Wasser, welches sie in einen großen Zuber hinter ihrem Ziegenstall schüttete. Dort konnten sich die beiden endlich mal wieder richtig waschen. Auch einen Teil ihrer Wäsche reinigten sie und hängten sie in den frischen, kühlen Wind.
Zwei Nächte blieben sie dort. Am dritten Tag bezahlten sie die Unterkunft und machten sich weit vor´m Sonnenaufgang auf den Weg zum kleinen Hafen von *Stadersand.* Frau Harmsen hatte ihnen nachts als Wegzehrung einen Beutel mit Brot, Äpfeln und Käse zwei hart gekochten Eier vor die Türe gestellt. Und von ihr hatten sie den Ratschlag bekommen, doch mal bei einem Ewer - Kapitän nach einer Mitfahrgelegenheit nach Hamburg zu fragen. Wieder stand das Glück auf ihrer Seite: Von einem stromaufwärts fahrenden und randvoll beladenen Sand - Ewer wurden sie nach Hamburg mitgenommen.

Aber nichts war umsonst. Der Schiffsführer erklärte den beiden, dass sie sich gleich zur Fahrt auch ein Zubrot verdienen könnten, wenn sie im neu erbauten Hafen mit anpackten und den Elbsand in seiner Schute schnellstens löschten. „Das bringt mir eine Ladung mehr an diesem Tag" sagte der Skipper. Während der kleine, mit Kohle angetriebene Dampfmotor - Ewer gegen Hamburg schipperte, verschlangen sie ein sättigendes Frühstück auf der „*Antje*".
Der Skipper, der nur noch einen älteren Heizer und einen Schiffsjungen an Bord hatte, war nicht geizig.

*****

Dienstag, den 6. April 1874

Hamburg

Im diffusen Licht eines nebligen, nasskalten Aprilmorgens erreichten sie den *Niederhafen* in Hamburg. Lenz und Sixtus verschlug´s schier die Sprache. Im Hafen reihte sich an den Kais ein Lagerhaus ans andere, ein Lastkran löste den nächsten ab.
Die kleine Sandschute suchte sich, wie von Geisterhand gesteuert, ihren Weg durch endloses Wirrwarr von riesigen Segel- und Dampfschiffen. Die meisten der großen Schiffe hatten an riesigen Holzpfosten, den *Duckdalben*, mitten im Strom festgemacht. Das emsige Hin und Her mit kleinen Lastkähnen von den Schiffen zu den Lagerhäusern am Ufer zog die beiden Bayern in ihren Bann. „Hier geht´s ja zu wie in einem Ameisenhaufen", murmelte der Lenz entgeistert. Sixtus nickte. Auch er kam aus dem Staunen nicht mehr heraus.
Der Schiffer, sonst recht wortkarg, hatte den Bayern auf der Fahrt auf der Elbe von Stade nach Hamburg langatmig erklärt, dass der Rat der Stadt Hamburg einen ganz neuen Überseehafen baue. Und dass er, der Skipper, „hierbei einen wichtigen Beitrag leiste", mit seinen täglichen Fahrten auf der Sandschaluppe. „Es gibt Gottseidank noch jahrelang für mich und andere Skipper zu tun", sagte er mit viel Pathos in seiner tiefen Stimme. So ganz nebenbei erzählte er den Landratten einige seemännische Begriffe und Eigenarten, die beide ungläubig staunen ließen. Sie erfuhren auch, dass er nach vielen Jahren als Kapitän auf einem Fischkutter in der Nordsee nun von seinen Einkünften in und mit der Freien Hansestadt lebte.
„Nach dem großen Brand 1842, da fing es an" *), sagte er mit hehrem Pathos in der Stimme und schob den Priem von der einen Backentasche in die andere, bevor er einen mächtigen schwarzbraunen Strahl backbords über die Reeling in hohem Bogen in die träge dahinfließende Elbe spuckte.

---

*) **„Hamburger Brandnacht"** – *siehe Glossar*

„Nö, an Aufträgen mangelt es seither nicht. Nein, beileibe nicht.“ fuhr er fort. *„Wat dem een sin Uhl, is halt dem annern sin Nachtigall“* bemerkte der erfahrene Elbschiffer noch kryptisch dazu. „Tja, und dann sind damals über drei Tage die Feuer nicht mehr ausgegangen.
Bis hinauf nach Stade und Glückstadt auf der anderen Elbseite sah man das Riesenfeuer“ sagte der alte Skipper. „Tja - und als der Wiederaufbau fast fertig war, wurde mit dem Bau des neuen Hafens begonnen. Und seither schipper ich halt statt Ziegel, Sand nach Hamburg. Tag für Tag Sand. Sand, immer wieder Sand. Nachdem die Ziegelbrenner entlang der Marsch im *Alten Land* zwischen Stade fast bis hinauf nach Ritzebüttel an der Elbmündung jahrzehntelang volle Auftragsbücher hatten, wurden auf einem Schlag die Sandgruben zur nächsten Goldgrube. Mir soll´s recht sein. Jungs. Ich könnt schon zwei kräftige Burschen, wie ihr Bayern es seid, gut für länger gebrauchen!“
Sixtus und Lenz schüttelten bedauernd die Köpfe. Er musterte sie durchdringend, beinahe ein wenig misstrauisch. Man merkte es ihm an: Der Skipper hatte noch wenig Erfahrung mit Menschen, die ganz aus dem tiefsten Süden des Reiches stammten. Doch er hatte auch in den wenigen Stunden, die sie an Bord elbaufwärts verbrachten, feststellen können, dass sie kräftig zupackten. Das -und nur das war ihm wichtig, sonst nichts! Sie hätten andere Pläne, teilten sie dem Skipper mit. Welche genau, wollte er dann nicht mehr wissen.
Gemächlich tuckerte der flache Kahn weiter in Richtung der großen Kräne. Von allen Seiten hörte man geschäftiges Hämmern, Schlagen, Schleifen und Sägen. An einem eisernen Schiffsrumpf wurde an vielen Stellen geschweißt. Der Schiffsführer drosselte den Motor. Sirenen heulten rings um sie herum auf, der Lärm steigerte sich infernalisch. Manchmal, so schien es, passte keine Handbreit mehr zwischen den manövrierenden Kähnen, Lastbooten und den, bis zum Rand voll mit Kies und Sand beladenen Schaluppen. Nirgendwo schien überhaupt in diesem fürchterlichen Durcheinander Platz zum Anlegen. Doch ihr Skipper war ein erfahrener, alter Seebär. Ruhig, fast stoisch steuerte er sein Ziel an und ließ sich durch nichts aus der Ruhe bringen. Schon in Sichtweite des Hafengebietes hatte er sie zum Arbeiten eingesetzt.
„Links und rechts“, für Lenz und Sixtus die erste Lektion, hieß hier an der Küste „Backbord“ und „Steuerbord“. So mussten große „Fender“ aus geflochtenen, armdicken Hanf außenbords gebracht werden. Ihre fragenden Blicke hatte er schnell in wissendes Kopfnicken umgewandelt, als er ihnen erklärte, dass diese Fender, gesichert an

ebenso dicken Tauen, eine Kollision mit einem anderen Boot oder einem sonstigen starren Hindernis stark abschwächen sollten.
Die kleineren Schiffe konnten sich ja noch irgendwie mit letzter Kraft einen Platz zum Festmachen verschaffen. Aber der Großteil der „Dick-Schiffe", wie der Skipper die großen Dampfsegler nannte, musste mit einem Platz an dicken Holzpfählen, den Duckdalben, vorlieb nehmen. Nach einigen Stunden schweißtreibender Arbeit war der Ewer „gelöscht". Wieder ein Begriff, den die zwei Freunde erst verstehen mussten. „Mensch Sixtus, wo ist denn nun das ganze Wasser hingekommen ...", fragte Lenz beim Blick über die Reling. Beängstigend schief lag der kleine Kahn auf graubraunen, zähem Schlick. Man hätte meinen können, dass die Schiffe alle steckengeblieben waren. Der alte Skipper erklärte ihnen mit Schmunzeln im Gesicht, dass jetzt Ebbe herrsche, also ablaufendes Wasser zur Nordsee hin.. Sixtus gab Lenz einen kräftigen Schubser mit dem Ellbogen. Dieser fuhr herum und starrte in das entgeistert wirkende Gesicht seines Freundes. „Wie sollen die denn alle noch hinaus bis aufs Meer kommen, Lenz?" Der Käpt´n hatte ihre Zweifel bemerkt. Er schob gemächlich kauend seinen Priem von der linken in rechte Backentasche und beförderte wieder einen Strahl des Tabaksaftes über Bord. „Mal keine Sorge, Jungs!" Ein neuerlicher Tabakstrahl klatschte in den graublauen Schlick auf der Steuerbordseite. „Spätestens am späten Nachmittag wechselt der *Tidenhub* und die Kähne werden wieder flott, wenn die Flut kommt! Und dann sind sie alle, besonders die Dampfschiffe, „schwupp die wupp" verschwunden und schon auf dem Weg zur Elbmündung nach Cuxhaven in die Deutsche Bucht!"
„Und bis dahin, Jungs …", sagte er mit einem verschmitzten Lachen im seinem rotwangigem Gesicht, „… bis dahin, gehen wir jetzt zusammen einen Lüttjen trinken!" Mit Müh und Not gelang es ihm, den kleinen Holzsteg an die provisorische Kaimauer zu lehnen. Die zwei Bayern krabbelten auf allen Vieren die steile Leiter hinauf, sehr zur Gaudi des alten Heizers, der an Bord bleiben musste. Der Schiffsjunge durfte mit an Land gehen. Breitbeinig suchte der alte Kapitän seinen Weg durch das Menschengetümmel, im Schlepptau der Schiffsjunge und die zwei Bayern. „Dort, da drüben …", er deutete mit ausgestrecktem Arm durch´s Gewirr der neu entstandenen Häuserzeilen, „… dort seht ihr die neue *Nikolai - Kirche*". Ein imposanter Kirchenbau im neugotischen Baustil ragte linkerhand vor ihnen auf. Die vielen Arbeiter waren anscheinend gerade dabei, das Gerüst von diesem monumentalen Kirchenbau abzubauen. „Ja, in ein paar Wochen ist sie fertig und wird dann als Gotteshaus wieder genutzt werden können." Ein wenig Stolz schwang in seiner Stimme mit.

Auch wenn er nur aus Stade war: Schließlich hatte er dafür gesorgt, dass pünktlichst die Ziegel für die Häuser und die Sakralbauten in die Hansestadt kamen. In einer dunklen Kneipe am „*Alten Holzhafen*" kehrten sie ein. Der Skipper aus Stade wurde von allen Tischen und vom Wirt hinter dem Tresen mit lautem „Moin, Moin" begrüßt. Verwegen aussehende Gestalten mit wettergegerbten Gesichtern, standen dicht an dicht gedrängt am Tresen. Ihre Kleidung bestand aus einer marineblauen Tuchhose mit weiten Schlägen und einer festen blauen Jacke aus gewachstem Stoff. Um den Hals hatten sie ein blauweiß oder rotgemustertes Tuch geknotet und auf dem Kopf trugen alle eine gestrickte Pudelmütze. Unentwegt waren ihre Backenknochen in Bewegung: Sie kauten alle Kautabak. Regelmäßig verließ ein kräftiger Strahl des Tabaksaftes ihren Mund und landete auf dem, mit Sägespänen bestreuten Fußboden. Gläserklirren, Rauchschwaden und lautes Geschrei erfüllte das Lokal - dazwischen glucksend helles Lachen einer Frau.

Die Zeit verging rasend schnell - und doch so unendlich schleichend.

Lenz und Sixtus mussten sich langsam Gedanken machen, wo sie die Nacht über bleiben sollten. Als sie Stunden später aufbrechen mussten, spürten sie jeden einzelnen ihrer Knochen. Sie hatten dem Schiffer versprochen, ihn zu seinem Kahn zurück zu begleiten. Eine Rückfahrt nach Stade lehnten sie dankend und mit allerletzter Kraft ab. Dann halfen sie dem Kapitän und dem Schiffsjungen auf die kleine Schaluppe und brachten sie beide unter Deck. Verständnisvoll nickte sein Heizer. Der Skipper wusste, dass er ihm getrost das Ruder zurück nach Stade überlassen konnte. Dafür machte der Schiffsjunge ein langes Gesicht: Jetzt musste er ran zum Kohleschippen. Und das schmeckte ihm anscheinend überhaupt nicht. Das auflaufende Wasser drückte nun immer stärker gegen den Bug des kleinen Kahnes. Da jetzt keine Ladung mehr an Bord war, hatte die flache Sandschaluppe allergrößte Mühe, den neu erbauten „*Kaiserkai*" am gegenüberliegenden Ufer des Hafenbeckens zu erreichen, um eine wichtige Fracht für ein Handelskontor in Stade mitzunehmen. Auch am Südufer gegenüber herrschte rege Bautätigkeit. Ein großer Speicherbau sollte dort entstehen. Die meisten Schiffe, die dort am *Kaiserkai* an großen Pollern festgemacht hatten, waren eiserne Steamer - Dampfschiffe. Obwohl über den beiden Flussarmen der Norder- und Süderelbe noch dichter Nebel waberte, sahen sie nun von dieser Seite des Elbufers auch die markante, grünspanbeschlagene Kirchturmspitze von *St. Michael*, dem „*Hamburger Michel*".

Blutrot überzogen von untergehenden Sonne, die sich über der Nebelbank durchsetzte.

Der neue Hamburger Hafen in Harburg, knapp eine Meile elbaufwärts östlich des Fischmarktes gelegen, war eine einzige, riesengroße Baustelle. Unüberschaubares Gewusel herrschte am Elbufer unterhalb von Sankt Pauli und Altona. Dieser neue Hafen, an der vom selbstherrlichen Hamburger Rat abgezweigten Fahrrinne, der sogenannten *Norderelbe* mitten in der Stadt gelegen, sollte den mittlerweile aus allen Nähten platzenden Hafen in *Blankenese* für immer ablösen. Diese Entscheidung über ihren Köpfen hinweg verursachte unter den Bürgern in den kleinen, südlich gelegenen Ortschaften viel böses Blut. Bisher wurden die Überseesegler und auch die Dampfschiffe über den alten Hafen an der *Süderelbe* abgefertigt hatten. Doch gegen die Senatoren der mächtigen ehemaligen Hansestadt waren die unbedeutenden Landbürgermeister an der Süderelbe einfach machtlos. Das ganze Geld aus dem Überseehandel sollte nunmehr direkt nach Hamburg fließen. Fuhrwerk über Fuhrwerk stand bereit, um Fracht abzuladen oder auch von einem anlegenden Dampfer abzuholen. Bizarre, riesengroße bewegliche Eisengestelle, ragten in den morgendlichen Himmel. „Du“ sagte der Sixtus zum Lenz, „das sind Motorkräne zum Löschen der Schiffsfracht“. „Löschen?“ fragte Lenz ungläubig, „ ... brennt denn die Fracht manchmal?“ Sixtus konnte sein Lachen nicht mehr zurückhalten. Es prustete nur so aus ihm heraus. Sein Kopf war plötzlich hochrot angelaufen. „Löschen“ klärte er jovial seinen Freund auf, „bedeutet etwa so viel wie: Die angemeldete und angelandete Fracht eines Schiffes wird in ein amtliches Protokoll eingetragen. Dieser Eintrag wird, erst wenn alles überprüft ist und auch haargenau stimmt im Protokollbuch des Hafenmeisters „gelöscht“ , also gestrichen. Stimmt was nicht zwischen Anmeldung und Ausladen, wird der Eintrag auch nicht gelöscht und der Ursache auf den Grund gegangen. Nicht mehr und nicht weniger. Auf jeden Fall nicht das, was du vermutet hast ...!“ Lenz war baff erstaunt. Soviel Seemannswissen hätte er dem ehemaligen Bergmann Sixtus Heimerl garnicht zugetraut. Doch Sixtus erzählte ihm nicht, dass er kurz vorher auf der kleinen Brücke der Schaluppe den Skipper aus Stade genau nach diesem „Löschen“ gefragt hatte. Der Skipper aus Stade entlohnte ihre Mithilfe gut. Jetzt klimperten schon wieder einige Taler mehr in ihrem Säckel. Die Angst, noch erwischt zu werden, war einer gelockerten Zuversicht gewichen, in den nächsten Tagen auf ein Schiff nach Amerika zu kommen.

„Geht heute Abend in eine Seemannskneipe, droben in St. Pauli. Da werdet ihr zwei bestimmt fündig. Ihr seid kräftig und habt keine Scheu vor der Arbeit. So was wird immer gesucht ...“, war der Rat des alten Seemanns.

Gesagt, getan. Sie machten sich auf den Weg in eine der vielen Spelunken, droben auf der Reeperbahn

*****

Kraichgau, Baden - Württemberg

Samstagabend, 14. Oktober 2006

Vier Tage lag ich nun schon in der Klinik im unteren Kraichgau. Mit mir im Zimmer befand sich ein etwa gleichaltriger italienischer Koch aus Schwäbisch Gmünd. Er war gebürtiger Sizilianer aus Palermo. Was ich an meinen Füßen hatte, das hatte er in den Fingern. Gottseidank nicht umgekehrt. Denn sonst hätte ich keine einzige Zeile dieser Geschichte schreiben können.

... isch kanne nicht mehr kochen, isch ´abe kein Gefühl mehr in meine Finger" sagte er zu mir bei der gegenseitigen Schilderung des Grundes unseres Hierseins. Nun ja, gelernt hatte „mein Mafioso", wie ich ihn bald nannte, augenscheinlich nichts daraus, ging es mir durch den Kopf, als ich seine nikotinverfärbten Finger der rechten Hand sah. Er studierte gerade konzentriert seine rosafarbene Lieblingslektüre aus Italien, die „Gazetta dello Sport". Die Konversation war somit einseitig durch ihn beendet worden. O. k. dachte ich mir, packte mein Laptop - welches bislang aufgrund meiner Behandlungen ein einsames Dasein in meinem Spind gefristet hatte - auf den Tisch an der Wand vor meinem Bett und steckte das Kabel in die Steckdose.

Dann schaltete ich das Gerät an.

„Was du machen da ...?" fragte mich augenblicklich entgeistert blickend mein Pizza -Bäcker aus Palermo. Seine Informationen über Italiens Fußball waren nunmehr allem Anschein nach zweitrangig geworden. Wachsam und interessiert hatte er anscheinend schon einige Minuten von seinem Bett aus mein Tun beobachtet. Der Italiener war begeisterter Fan vom KSC (den „Club" mochte er natürlich nicht und war ihm sonst keiner Silbe würdig!) und kannte fast alle wichtigen Ergebnisse der Bundesliga, der italienischen Serie A, der englischen Premier League, der spanischen, französischen Liga, ja sogar der holländischen Ehrendivision auswendig. Ich glaube sogar, die Wichtigsten davon fast 10 Jahre zurück. Ein Streit zwischen uns, über die deutschen Torschützen in einem bestimmten Spiel bei der Weltmeisterschaft 1990 im eigenen Land artete fast aus. Erst als ich meine, wie sich später herausstellen sollte, richtigen Behauptungen zurücknahm, kehrte langsam wieder Frieden ein. Für ihn kam an Stellenwert die italienische National - Mannschaft nach dem Gewinn

der Weltmeisterschaft in „Deutscheland“ vor drei Monaten, gleich nach dem Papst in Rom. Ich glaube, er wollte eigentlich garnicht wissen, was ich da tat. Ihn störte nur, dass ich seinen ewigen Fußballgeschichten nicht mehr folgen wollte. Obwohl ich selbst ein halbes Leben leidenschaftlich dem „runden Leder“ hinterhergejagt bin.
„Eh, isch ´abe dich was gefragt“ bohrte mein Bettnachbar nach einigen Sekunden der Stille hartnäckig nach. „Ach, ich schreib halt mal was“ antwortete ich ihm völlig unverbindlich und abweisend.
„Waaas du schreiben ...?“, entgegnete mir genervt wieder mein Sizilianer. „Ooch, ich weiß es selber noch nicht“ war meine ausweichende Antwort. Ich war ehrlich gesagt total genervt.
Massimo, der Koch mit den tauben Fingern, schnaufte, gab sich aber notgedrungen mit meiner nichtssagenden Antwort zufrieden. Ich glaube auch, dass er meinen Gesichtsausdruck rechtzeitig und vor allem richtig interpretiert hatte. Endlich war es mir gelungen, meine Gedanken in Ordnung zu bringen. Ich legte das kleine rote Ringbuch neben dem Laptop ab und klappte es behutsam auf. Mein Massimo, sichtlich angesäuert, schälte sich umständlich aber lautstark aus seinem Krankenbett, stieg in seine Schlappen, nahm den arg ramponierten blauen Morgenmantel vom Haken und verließ voll beleidigt das Zimmer. Doch, bevor er die Türe hinter sich zuzog, maulte er noch unüberhörbar über seine linke Schulter in meine Richtung: „Nix wissen was wollen, aber müsse schreibe. Ha ...!“ Das war Verachtung pur, aber der Kelch war an mir vorübergegangen, zumindest vorerst. Denn damit gab sich mein kleiner Mafiosi, wie ich ihn scherzhaft immer nannte, ganz sicher nicht zufrieden. Lange starrte ich auf das Display und wartete auf eine erleuchtende Eingebung für den Titel meiner Geschichte. Vergeblich! Ich setzte mich wieder auf die Bettkante, zog die Kopfhörer über, schaltete den kleinen Fernseher an der Wand mir gegenüber an und verfolgte - mehr oder weniger oberflächlich - die Berichte über die Fußballbundesliga. Dann verschob ich meinen Start als angehender Autor nochmals, denn seine Raucherpause war beendet und Massimo (oder so ähnlich) war wieder in mein Leben getreten. „Wie ´aben gespielt, äh? Bayern Monaco, Schalke, Stuttgarte, äh?“
Ich antworte ihm knapp und immer noch beleidigt: „Kannst doch selber schauen. Oder?“ Nun war die Stimmung mehr als eisig. Doch, der intensive Krankenhausduft war auf jeden Fall sofort überlagert von den strengen Ausdünstungen seiner Rauchersucht. Nun gut - ich selbst hatte leider viele Jahre, viel zu viel geraucht.

Und deshalb lagen wir beide ja auch zurecht hier in dieser Klinik. Nur hatte ich halt schon sieben Jahre früher völlig und endlich mit diesem Sch ... laster aufgehört. Meinen Italiener kümmerte die Ursache seiner Erkrankung sehr, sehr wenig, er qualmte unbeirrt weiter. Dann, am Montagabend darauf, war es endlich soweit. Der KSC hatte auch gewonnen. Mein Sizilianer war guter Stimmung. Ich war kurze Zeit nach dem Abendessen alleine auf dem Zimmer und versuchte es noch einmal. Und nun klappte es.

Der Titel? Wie sollte denn der Titel lauten? Mir kamen Zweifel, fing ich vielleicht am falschen Ende an? Wieso zermarterte ich mir meinen Kopf, um sofort einen Titel zu haben, obwohl ich noch keine Zeile meines Romans geschrieben hatte? Kann es nicht auch ein Arbeitstitel sein? Oder erst mal gar keiner? Doch es war in meinem Kopf - und ging nicht mehr heraus „Ich brauche unbedingt zuerst einen Titel“ hieß der Auftrag ans Gehirn und an meine Hände über dem Laptop. Wie hieß doch noch mal meine Großmutter, die 22 Jahre vor meiner Geburt verstorben war? „Maria?“ Aha! Und ihre Schwester, welche beim 10. Kind im Kindsbett verstorben war? „Anna!“ Jetzt war der Groschen gefallen!

„Annas Schwester - das Mädchen vom Inn“ *- der Arbeitstitel war somit „aus der Taufe gehoben“. Von da an begannen meine Finger wie berauscht über die Tastatur zu tanzen. Ich schrieb wie in Trance, auch noch, als ich nach ein, zwei Stunden wieder Probleme mit meinem Bettnachbarn hatte ...*

Während der nächsten Tage auf der Klinik normalisierte sich die Situation zwischen uns beiden. Ich schenkte ihm zwischendurch wieder die nötige Aufmerksamkeit für seine rechthaberischen, geistigen Fußball - Exkursionen und er ließ mich dafür schreiben, solange ich denn wollte. Einige Tage später trennten sich unsere Wege. Ich hatte inzwischen den roten Faden ausgelegt, der mich weit über vier Jahre in seinen Bann ziehen sollte.

Ja, ich hatte sie gefunden, die Spuren meiner nie gekannten Mutter und Vorfahren. Bin tief eingetaucht in eine Zeitspanne vor etwa 150 Jahren, welche nicht nur Altbayern, sondern Europa und die ganze Welt dramatisch verändern sollte ...

*****

Bootsmann Hermann Heinrich Menzel

Sicher, er war derjenige, der die zwei Männer ohne viel Federlesens in einer Seemannsspelunke auf der Reeperbahn, droben in St. Pauli angeheuert hatte. Nur eine kurze Zeitlang hatte er sie in der Kneipe beobachtet, dann wusste er genau, dass er diese zwei kräftigen Burschen brauchte. Er heuerte sie an, obwohl ihm klar war, dass sie noch nie zur See gefahren waren und sicher mehr, als nur etwas „Dreck am Stecken" hatten. Aber das war für Menzel überhaupt kein Nachteil. Hatte er doch auf seinen vielen Fahrten auf allen Weltmeeren oft die besten Erfahrungen mit den „Landratten" und mit Außenseitern gemacht. Und von „der See" sollten die Greenhorns so und so nicht viel sehen. Ohne große Umstände sprach er sie an und sagte, was er von ihnen wollte. „Eure Logis liegt unterhalb der Wasserlinie. Da könnt ihr ruhig mal die Bullaugen aufmachen und rausschauen ...". Er bog sich vor Lachen über seinen gelungenen Witz! „Nee, nee! Papiere will ich garnicht sehen" sagte er auf die vorsichtige Frage von Sixtus. Menzel stand unter immensen Druck, da er seinen Kapitän nicht rechtzeitig über den plötzlichen Ausfall zwei seiner Kohlenzieher informiert hatte. Still und heimlich hatten sich die beiden von ihrem Arbeitsplatz im Maschinenraum - bei einem kurzen Zwischenhalt zum Kohlebunkern auf der Rückfahrt - im Hafen von Le Havre in der Normandie, sozusagen auf „französisch" verabschiedet und kurz nach Mitternacht heimlich das Schiff verlassen. Die beiden Kohlenzieher mussten diesen Schritt lange geplant haben. Und irgendwie kam dann auch heraus, dass beide das Höllenleben an Bord satt hatten. Der Oberheizer tobte und war außer sich, konnte aber nichts mehr daran ändern. Mit Müh und Not konnte er das Fehlen der beiden Halunken vor dem 1.Ingenieur verheimlichen. Obwohl! Er ahnte, dass dieser was von der Sache wusste und nur stillhielt, um ihm, Menzel, noch eine Chance zu geben. „Irgendwie kriege ich das schon wieder hin …" dachte sich Menzel auf der Fahrt von Le Havre nach Hamburg, „... und in Hamburg wird´s schon irgendwie klappen." *Und er sollte - wie so oft - recht behalten.*

Ein kräftiger Handschlag unter drei Männern besiegelte, was bei einigen Gläsern Bier an einem kleinen Ecktisch in der verrauchten Kneipe vereinbart worden war. „Ihr bekommt ein Drittel der Heuer in amerikanischem Geld von mir beim Zwischenstopp in Plymouth im Voraus. Den Rest erhaltet ihr bei der Ankunft in New York, ebenfalls von mir. Ihr steht sozusagen offiziell nicht auf der Liste des Zahlmeisters, sondern nur eure Vorgänger. Also, morgen früh, um Punkt vier Uhr, will ich euch drüben bei der Speicherstadt auf unserem Pott sehen. Der Liegeplatz „*Am Jonas*“ ist an den großen Lagerhallen. Verstanden?“ „Nee, verfehlen könnt ihr die „*Cimbria*“ eigentlich nicht, auch wenn ihr euch noch ein paar Gläser mehr rein schüttet. Ihr seht sie schon von Weitem an der Pier liegen ...“, sagte er nicht ohne ironischen Unterton mit seiner sächselnden Stimme. „... zwei Masten vorne und hinten und mittschiffs die mächtigen Schornsteine! Nochmals: Die Pier heißt „*Am Jonas*“, merkt euch das!“ Die beiden Bayern nickten gottergeben. Er verschwieg ihnen wohlweislich, dass der größte Teil seiner Männer an den beiden Kesseln „*was auf dem Kerbholz hatte*“. Auch der Schiffsführung war dies bekannt, ohne jedoch zu reagieren! Für diese Drecksarbeit bekam man halt niemand anders mehr. Im schummrigen Licht am Tresen der Hafenspelunke füllte er flüchtig einen Zettel aus, trug ziemlich unleserlich die Namen der zwei Altbayern ein und unterschrieb den Wisch. Er pochte mit dem Zeigefinger seiner mächtigen rechten Pranke auf das Papier und schaute ihnen fest in die Augen: „Das hier, das zeigt ihr vor, verstanden, damit ihr an Bord kommt! Und meldet euch dann anschließend sofort bei mir! Und noch was: Ich vertrau und verlass mich auf euch!“ Bootsmann Hermann Menzel war ein alter, erfahrener Fahrensmann. Schon als 14-jähriger Knabe hatte ihn das Fernweh gepackt. Heimlich hatte er damals sein Bündel gepackt und über Nacht - immer der Elbe entlang - seinen Weg nach Hamburg begonnen. Dort heuerte er schon am ersten Tag als „Moses“ auf einem alten Seelenverkäufer auf der Route nach Südamerika an. Beinahe sein ganzes Leben fuhr er dann auf Segelschiffen. Und, als die HAPAG 1868 eben dieses Schiff, „seine“ *Deutschland* verkaufte und somit die gesamte Flotte auf Dampfschiffe umgerüstet war, da wollte er zuerst abmustern. Aber, nach langem Kampf mit sich selbst, hatte er es dann doch sein lassen. Er bekam von seiner Reederei einen neuen Posten unter Deck und wurde zum Oberheizer ernannt. Nun sollte er, von einem Tag auf den anderen, nicht mehr „*seine Nase in den steifen Wind drehen können*“. Er, der jeden Sturm schon Tage vorher todsicher erahnte. Er, der schon viermal Kap Hoorn an Lee und Luv überlebt hatte und dabei auch schon manchem Orkan in letzter Sekunde noch ein Schnippchen geschlagen hatte. Weil er die meiste Ahnung vom richtigen und rechtzeitigen Segelsetzen und - Reffen auf seiner „*Deutschland*“ hatte.

Und, der im noch tief im Schlaf, wenn er doch mal 'ne Mütze davon voll nahm, noch sämtliche Püttings, Taljen, Klappläufer, Blöcke, die Summe aller Belegnägel, Winschen, Pardunen, Speigatts - und so fort aufzählen konnte. Falls es denn jemals einer wissen wollte ...

*****

Menzel war Seemann durch und durch. Als Bootsmann mit der, von seiner Reederei zusätzlich erteilten, Befähigung sogar einen Toppsegelschoner oder eine 3-Mast-Bark zu steuern, war Menzel in der ganzen Segelschiffflotte eine Größe, ja sogar eine Institution. Viele Geschichten über ihm gingen an den Backs anderer Schiffe zu fortgeschrittener Stunde und im geselligen Kreis einer Hafenspelunke herum. Er war schrullig und auch ein gnadenloser Pedant. Aber sein Handwerk verstand er wie kaum ein anderer in der Flotte seiner Reederei. Wehe, er fand irgendwo auf einem Törn an seinem Arbeitsplatz an Oberdeck - und sei es auch nach härtestem Einsatz - irgendeinen losen Tampen oder ein Tau unaufgeschossen herumliegen! Oder die Taue für das Reffen oder Setzen der Besegelung hingen nicht ordentlich an den Nagelbords, sodass die Knoten bei Gefahr nicht mit einem Handgriff geöffnet werden konnten. Da konnte er völlig ausrasten!
„Ihr verdammten schiet Sailors. Ja glaubt ihr dämlichen Muschkoten denn, ich will *mein* Schiff und *mein* Leben wegen so was aufs Spiel setzen?“ Menzel schrie, nein er brüllte sich seine Wut aus dem Leib, wegen dieser, in den Augen vieler Matrosen, kleinen Lappalie. Doch der erfahrene Decksoffizier wusste, warum er sich so aufregte. Wie oft hatte schon erleben müssen, dass das Durcheinander von nicht korrekt aufgeschossenen Tauen und Leinen äußerst bedrohliche Situationen an Bord hervorrufen konnten. Ja, zwangsläufig hervorrufen musste. Schon bei normalem Wetter, einem harmlosen Segelmanöver konnte eine solche Nachlässigkeit zu einer tödlichen Bedrohung für Besatzung und Schiff werden. Und erst recht bei Sturm. Hier kam es auf jede Sekunde an. Schnelle und sichere Segelmanöver waren durch solche Schlamperei fast zum sicheren Scheitern verurteilt und nur unter schwersten Anstrengungen zu korrigieren. Dann konnte der Segler schnell ein Spielball der Winde und der Wellen werden. Diejenigen der Deckmannschaft, welche sich solch eine „Lappalie“ auch nur einmal erlaubten, hatten lange Zeit unter Bootsmann Menzel nichts mehr zu lachen.
Nicht nur mit Wehmut dachte der erfahrene Seemann an diese Zeit zurück. Hermann Menzel aus Wurzen an der Elbe war beinahe am Boden zerstört, nachdem er erfuhr, dass der allerletzte Segler irgendwohin „für ein paar Silberlinge“ verscherbelt worden war. Die meisten dieser stolzen Schiffe hinüber ins russische Zarenreich nach Polen oder auch nach Finnland. Dann kam auch für ihn die Stunde der Wahrheit. Zögernd, ja beinahe widerwillig, den schweren Seesack auf seinem breiten Rücken schleppend, betrat er damals zum allerersten Mal die Gangway hinauf zur „*Cimbria*“.

Aber erst dann, nachdem er einige Male an der Pier „*am Jonas*“ auf- und abgelaufen war. Dabei hatte er - unübersehbar für die Bordwache und dem diensttuenden Offizier - seinen verächtlichsten Gesichtsausdruck „aufgesetzt“. Jeder sollte merken, dass hier, in diesem Augenblick ein „echter Fahrensmann“ mit seinem Seesack auf dem Buckel an Bord dieses eisernen Ungetümes kam. *Nein, kommen musste!*
Er hatte ja keine andere Wahl mehr. Das hatte man ihm im Personalbüro der HAPAG klar und überdeutlich verklabustert. Menzel wurde an seinen Arbeitsplatz unter der Wasserlinie versetzt, fast hinunter bis zum Kiel der „*Cimbria*“. Bis knapp über die, mit schlammgrauen, stinkenden Wassern überfüllte Bilge. Und das Schlimmste war: Nirgends mehr ein Bullauge oder ein Oberlicht, damit man wenigstens ab und zu mal einen Blick hinaus aufs Meer oder den Himmel werfen konnte. Unterhalb der Wasserlinie dieses eisernen Ungetümes sollte er nun mit zuständig sein für die beiden riesigen Kessel, welche die 1.500 Psi starken Motoren mit der nötigen Kraft versorgen sollten, den Transatlantikdampfer schnellstmöglich über den Nord - Atlantik zu schippern.
Nein, nein und nochmals nein! Als Oberheizer... !
Für einen alten Seebären wie ihn eine Degradierung ohnegleichen. Aber irgendwie musste er ja seine Familie zuhause ernähren. Und die Zulage für diese Knochenarbeit in der Gluthitze der beiden Heizkessel für die Dampfturbinen war auch nicht zu verachten. Gottseidank, mit den beiden Maschinisten und auch dem Maschinen - Ingenieur verstand er sich auf Anhieb sehr gut. Dieser war kein so feiner Pinkel, wie er es oft schon bei Offizieren erlebt hatte. Allerdings, da musste er wiederum den Seeleuten recht geben: Ein Seemann war dieser 1.Ingenieur absolut nicht. So war es auch kein Wunder, dass er oftmals freie Hand bei Entscheidungen für seinen Arbeitsbereich hatte. Sixtus und Lenz bezogen ihre Logis neben dem Kesselraum mittschiffs. Menzel hatte ihnen ganz bewusst eine winzig kleine Kajüte, nein, eher einen Holzverschlag zugeteilt. Er wollte aus gutem Grund vermeiden, dass die „*Illegalen*“, wie er sie insgeheim nannte, zu viel Kontakt mit den anderen Heizern im Kesselraum hatten. Die Gefahr, dass seine eigenmächtige Entscheidung auffliegen würde, war einfach zu groß.

*****

Teil 2

Gut in Trimm
und gut gestaut.
so vertraut
man der wechselnden Kimm
Fahr denn hinaus
in das große Auf und Nieder,
einem guten Schicksal bereit!

Der Winde uralte Lieder
singen Ade,
singen Ade, Ade
und Kehrwieder! ...
Kehr wieder!

(aus: „Die Hafenorgel - „Bootstaufe" von Hans Leip)

*****

Die Überfahrt nach Süd - England
In den frühen Morgenstunden des 8. April 1874 lief die „SS Cimbria" von Hamburg mit dem Ziel New York aus.

Was hatten sie die ersten Tage bis zum Umfallen geschuftet! Am meisten fehlte ihnen dort unter der Wasserlinie des Steamers das Tageslicht und die frische Luft. Sixtus war immerfort am Jammern: „... das hätte ich auch im Pechkohlebergwerk in Hausham weiter haben können!" Sie, die ja immer harte Arbeit gewohnt waren, hatten nun kaum die Kraft, sich zu ihrem winzigen Kabuff zu schleppen und schafften es nach jeder Schicht gerade noch in ihre engen, muffigen Kojen. Sie fühlten sich wie gerädert. Jede Faser ihres Körpers tat ihnen weh, höllisch weh. Schnell hatten sie kapiert, dass die Kohlenzieher oder Trimmer an Bord die allerärmsten Schweine unter der ganzen Besatzung waren. Gut, die Fahrt auf der Elbe seewärts war noch ein Zuckerlecken, obwohl ihr Dampfer gegen auflaufende Flut und starken Nordwestwind anzukämpfen hatte. In Cuxhaven, dort wo der mächtige Elbstrom seinen langen Weg in der „*Deutschen Bucht*" beendete, hatten sie das erste Mal eine kurze Freiwache. Bevor sie eine Mütze Schlaf nahmen, schnupperten Lenz und Sixtus kurz an Oberdeck die salzige Luft der - schon recht unruhigen Nordsee. Einige ältere, in dicke Decken gehüllte Männer aus dem Zwischendeck, saßen um einen der zwei mächtigen Großmasten herum, rauchten Pfeife und unterhielten sich.
Wortfetzen drangen zu ihnen herüber, „... ja, ja seekrank, speiübel, ... hochschwangere junge Frau ...".

*****

9. April 1874
Auf der Höhe von Calais im Ärmelkanal

Die See wurde zunehmend rauer.
Die Takelage der beiden Großmasten war schon lange eingeholt und sturmsicher verbändselt. Alle Luken, Schotten und Bullaugen waren fest geschlossen, die Passagiere der 1.Klasse längst unter Deck verschwunden. Im Maschinenraum liefen die Turbinen auf volle Last. Die schweißglänzenden Heizer und Kohlenzieher im Kesselraum schufteten im Akkord. Nur die Brücke an Oberdeck war noch besetzt. Der steife Nordwester trieb helle, tanzende Schaumkronen auf den Wellenkämmen vor sich her. Ein kleiner Vorgeschmack für die Landratten aus Altbayern was noch kommen würde ...
Bleich schimmerte das Mondlicht durch die beinahe geschlossene Wolkendecke. Nach der Passage durch den Ärmel - Kanal an Dover, Folkestone und Brighton vorbei, flaute der Wind vorübergehend leicht ab. Die See hatte sich ein wenig beruhigt. Tiefliegende, schwarze Wolken zogen in großer Geschwindigkeit ´gen Osten. Sollte denn der höllische Sturm schon vorbei sein? Der Steamer „SS *Cimbria*“ *) suchte ruhig und gleichmäßig stampfend, seinen Weg weiter nach Westen, dem geplanten Zwischenziel an der südenglischen Küste, *Southampton* entgegen.
Im Kesselraum und auch im Maschinenraum ging die tröge Routinearbeit unbeirrt weiter.
Diese Knochenarbeit!“ Sixtus stöhnte leise vor sich hin. Sein Gesicht war mit Ruß und Schweiß verschmiert. Lenz reichte ihm mit dem Becher einen Schluck Wasser. „Da, trink!“ Das lauwarme Wasser rann dem ehemaligen Bergmann aus Hausham wie Öl durch die ausgedörrte Kehle. „Dank dir, Lenz! Ahhh... , das tut gut.“

Beide waren seekrank, hundsspeiübel seekrank.
Die letzte Nacht hatten sie gekotzt, bis nichts mehr aus den gebeutelten Körpern der beiden Kohlenzieher kam. Sie waren zu nichts mehr zu gebrauchen! Oberheizer Menzel tobte und schrie. Aber es blieb ihm keine andere Wahl, als den beiden eine kurze Ruhepause zu gönnen. Erste Reuegedanken keimten in den beiden Bayern, wobei durch die raue See in der Straße von Dover die plötzlich aufkommende Seekrankheit nicht unschuldig war.

Sie merkten unten im Rumpf nicht, dass die „Cimbria“ Southampton schon lange an Steuerbordseite passiert hatte. Es wäre ihnen auch egal gewesen. So ausgelaugt, so kaputt waren sie.

---
*) **„Steamer-Ships**“- *siehe Glossar*

In *Plymouth*, diesem großen Hafen in Südwestengland an der Küste der Grafschaft Devon, sollten sie „unplanmäßig“ - wie der Oberheizer grantig vor sich hinmaulte - am Abend des 11. April noch Kabinen - Passagiere der befreundeten englischen Reederei *Cunard - Line* an Bord nehmen. Die Zeiten, als die großen deutschen Reedereien HAPAG und „*Norddeutscher Lloyd*“ mit der Flotte ihrer neuen Auswandererdampfer noch fast konkurrenzlos schalten und walten konnten und sich das Gros der Auswanderer „hanseatisch redlich“ teilten, waren mittlerweile längst Geschichte.
Ehrgeizig aufstrebende kleine Reedereien, nicht nur im Deutschen Reich, sondern entlang der Nordsee und der Atlantikküste, von Amsterdam, Rotterdam, Antwerpen, bis hinunter an die Küsten der Normandie und der Bretagne mit ihren Häfen Calais, Dieppe, Brest und vor allem Le Havre machten den „Etablierten“ das große Geschäft immer madiger und schwieriger. Le Havre hatte sich mittlerweile zum ernsthaftesten Konkurrenten von Bremen und Hamburg entwickelt.
Die Not der Stunde brachte die beiden Reedereien des „*Norddeutschen Lloyd*“ und der HAPAG zu einer, in langen Sitzungen erarbeiteten, Kompromisslösung: Das Zauberwort hieß „*Kooperation*“. Kooperation mit einigen anderen Häfen, vor allem in England. An erster Stelle stand jedoch Le Havre, welches von immer mehr Auswanderern aus dem süddeutschen Raum als Einschiffungshafen auserkoren wurde. Die Entfernungen von der Schweiz, vom Elsass, von den Königreichen Württemberg, Bayern oder vom Großherzogtum Baden waren etwas kürzer, und den ersten Teil der Seereise ersparten sich die dort an Bord gehenden Auswanderer.
Dumpingpreise bestimmten mittlerweile in ganz Europa den Markt. Musste man früher noch 60, 80 oder gar 100 Gulden und mehr für die Passage nach Amerika im Zwischendeck bezahlen, unterwanderten die kleineren Reedereien, Jahr für Jahr, ja sogar oft Monat für Monat sukzessive diese Preise. Doch die ausgestreckten Hände zur Zusammenarbeit wurden von den Franzosen nicht akzeptiert. Le Havre wollte seinen, bislang sehr erfolgreichen Weg alleine weiter gehen. Auch auf der Insel, im Königreich England, herrschte die gleiche ruinöse Preispolitik. Dort war Liverpool der bedeutendste Auswandererhafen. Und auch die wollten ihr „Süppchen‘ alleine kochen. Nur Southampton und Portsmouth zeigten sich einigermaßen kooperativ, da dort schon lange gute Verbindungen nach Hamburg und Bremen bestanden. Da half den beiden großen deutschen Reedereien nur eines: Enger zusammenarbeiten und einfach noch schneller die Überfahrt schaffen. Und, wenn´s denn nur irgendwie ging: die Auslastung der ersten und zweiten Klasse mit gediegenen Komfort zu

steigern. Denn hier konnten von den vermögenden Passagieren oder Geschäftsreisenden - ohne mit der Wimper zu zucken - anstandslos Passagepreise von 100 Gulden oder mehr verlangt werden. Und das für eine einfache Passage! Konnte vor allem die niederländische und andere europäische Konkurrenz noch einigermaßen in Schach gehalten werden, so musste sich besonders die HAPAG auf einmal zu Beginn des Jahres 1874 einen erbarmungslosen Preiskampf mit der kleinen „*Transatlantischen Schifffahrtsgesellschaft*“, der *ADLER - Linie*, mit Sitz in Hamburg liefern. Deren Expedienten, samt Haupt- und Unteragenten, hatten fast ausnahmslos freie Hand, in den deutschen Auswandererhäfen Bremerhaven und Hamburg die Preise nach unten zu drücken. Koste, was es wolle! Sieben Transatlantik - Liner von je 3.500 BRT, hatte die *ADLER* - Linie bei ihrem Umsteigen von den Seglern auf die Dampfschiffe „auf Kiel“ legen lassen. Wirtschaftlich gesehen zuerst eine Katastrophe für die etablierten Reedereien. Schneller und komfortabler als die mittlerweile schon leicht betagten Schiffe der HAPAG, machten die Schiffe der „*Transatlantischen*“ sofort Furore. Deshalb arbeitete schon seit Anfang der siebziger Jahre die HAPAG mit der Reederei der englischen „*Cunard - Line*“ in Southampton und Plymouth zusammen, den großen Häfen an der Südküste der britischen Insel. Beide Seiten profitierten von dieser Regelung: Deutsche Passagiere mussten sich nicht an die üblichen Fahrpläne nach England halten und englische Passagiere konnten genauso außerhalb der geplanten Abfahrten nach Amerika schippern.

Das, einige Jahre vorher neu verlegte Untersee - Atlantikkabel, ermöglichte nun zudem die schnellste Übermittlung der Nachrichten von Kontinent zu Kontinent - und von Europas Festland zur britischen Insel.

Aus einer Unterhaltung zwischen dem Maschineningenieur und dem Oberheizer hatte Lenz tags zuvor, ohne groß zu lauschen, erfahren, dass nun, entgegen der Order in Hamburg, die Fahrtroute nicht in den Hafen von Southampton führte, sondern in den weiter westlich gelegenen Hafen Plymouth. Hier sollten noch einige betuchte Kabinenpassagiere für die Überfahrt nach New York eingeschifft werden. Die Order war dem Kapitän durch einen Lotsen beim Passieren der „*Kugelbake*“ in Cuxhaven überbracht worden. Und auch die Mitteilung, dass sich ihnen wahrscheinlich die kleinere „*Teutonia*“ der HAPAG in Plymouth anschließen würde!

Man sah es ihnen überdeutlich an: Beide Männer waren sichtlich sauer wegen dieser Entscheidung der Schiffsführung ...

Zwei Tage lang nun schon tobte entlang der gesamten Südküste Englands ein „*ausgewachsener Nordwester*“ aus Richtung Irischer See. Der Sturm bewegte sich Richtung Osten zum Ärmelkanal und Biskaya, sodass Schiff, Besatzung und Passagiere gehörig durchgeschüttelt wurden. Nachdem bei schwerem Seegang die „*Isle of Wight*“ passiert worden war, klarte in Höhe von „*Prawle Point*“ der Himmel gegen Westen langsam auf. Der Sturm war gegen die Küste der Normandie gezogen - die See hatte sich wieder merklich beruhigt.

Plymouth - Südwestküste von England

Stunden später erreichten sie, nach dem Passieren der „*Bigbury Bay*“ die Einfahrt zum „*Plymouth Sund*“. Kurz vor Hereinbrechen der Dämmerung warf die „Cimbria“ ihren Anker dicht auf Lee von „*Drakes Island*“. Die Beflaggung durch die Hafenmeisterei auf dieser kleinen, vorgelagerten Insel zeigte deutlich an, dass die Kais zum Anlegen im Hafenbecken von Plymouth übervoll belegt waren. Teilweise lagen die Steamer oder Segler dicht an dicht im Päckchen.

Die Passagiere in den Zwischendecks mussten allesamt an Bord bleiben, da gab es keinen Pardon von der Schiffsführung. Die allermeisten gingen an Oberdeck, schnappten frische Luft und schauten sehnsüchtig hinüber auf die, auf mehreren sanften Hügeln liegende, englische Hafenstadt.

Lenz und Sixtus erhielten zu ihrem Vorschuss ein paar Stunden Freischicht und - nach Verhandlungen mit dem Oberheizer - auch noch einen Landgang genehmigt. „Punkt Mitternacht seid ihr wieder an Bord! Verstanden?“ vergatterte er scharf die Bayern. Die meisten der anderen Kohlenschipper und Trimmer mussten in dieser Nacht nochmals Hand anlegen und zusätzlich eine Ladung Kohle für den bevorstehenden Atlantiktörn bunkern.

*****

Samstag, 11. April 1874

Das Barometer ließ keinen Zweifel offen. Der Metereologe auf der „Cimbria“ machte eine besorgte Miene, als er seine Meßdaten dem Kapitän in dessen Kajüte auf den Tisch legte. In dieser Nacht sollte noch ein zweites Tief von Nordwesten her mit schwerem Sturm entlang der Westküste von der Irischen See bis hinunter zur Südküste Englands folgen. Schweren Herzens entschloss sich der Kapitän, erst am übernächsten Tag auszulaufen.

Eine kleine Schaluppe setzte die beiden Bayern mit einigen anderen Matrosen zum Hafen von Plymouth über. Auf der Rückfahrt übernahm diese, die schon wartenden 1. Klasse - Passagiere der *Cunard-Line* und brachte sie an Bord der „Cimbria“.

Phänomenaler Sonnenuntergang in ihrem Rücken überzog die weite Hafenbucht, den „*Sound of Plymouth*“ mit einer wahren Farborgie. Lenz und Sixtus setzten nun zum allerersten Mal ihre Füße auf den Boden eines fremden Landes. Zuvor hatten sie in der Kajüte von Menzel hoch und heilig schwören müssen, nicht zu desertieren. „Keine Angst, Bootsmann ...“, sagte beschwichtigend Lenz zum Oberheizer, „... keine Angst. Amerika ist und bleibt unser Ziel.“ Nachdem beide noch von Menzel darauf eingeschworen worden waren „ unter allen Umständen pünktlich wieder an Bord zu sein, nicht zu viel Alkohol zu trinken, nichts mit Weibern „anzufangen“ - und auf keinen Fall etwas über ihre wahre Identität auszuplaudern“, hatten sie die Genehmigung zum Landgang erhalten. „Wir bekommen unseren Lohn in Dollar! Hörst du, in Dollars, Sixtus!“ Sixtus Heimerl schien mit dieser Situation einfach überfordert „Dollars, mein Gott, amerikanisches Geld“, seufzte er fast zu Ehrfurcht erstarrt. Andächtig schoben sie die „*Greenbacks*“*), wie Menzel dieses, ihnen bislang unbekannte Zahlungsmittel nannte, zwischen Daumen und Zeigefinger hin und her. Ein Geldsegen zur rechten Zeit. Hatten beide doch noch einen großen Batzen der eisernen Reserve von Talern und Gulden am letzten Abend in der Hamburger Hafenkneipe ausgegeben. Leichtsinnig und betrunken, wie sie waren.
Und nun auf einmal Dollar? Amerikanisches Geld? Das war auf jeden Fall schon im ersten englischen Hafen-Pup, den sie betraten, sehr willkommen.
„*The Three Crowns*“ stand in großen Lettern auf einem kunstvoll bemalten Schild über dem Eingang der zweigeschossigen Hafenkneipe im Hafen in Plymouth. Im brechendvollen, verräucherten Pub herrschte höllischer Lärm. In einer düsteren Ecke des Gastraumes saßen ein paar Mädchen auf den Knien von Matrosen und amüsierten sich. „Sodom und Gomorra“ flüsterte ihm Sixtus ins Ohr! Trotzdem lief ihnen das Wasser im Mund zusammen und beide mussten erst von den erfahrenen Seeleuten aus ihrer sichtbaren Erstarrung ob des Gesehenen, gerissen werden. Gierig stürzten sie nun das eiskalte, dunkle Bier ihre ausgetrockneten Kehlen hinunter. Doch zum Leidwesen von Lenz und Sixtus gefiel diese Kneipe ihren Begleitern nicht so gut und die Heizer und Trimmer machten sich bald wieder auf den Weg. Sie wollten noch eine „verruchte Seemannskneipe“ im Rotlichtviertel der Hafenstadt aufsuchen. Auf dem Weg dorthin erhielten sie so ganz nebenbei noch einen Geschichtsunterricht von ihren Leidensgenossen im Kesselraum.

*) **Greenbacks** – *siehe Glossar*

„Hier, jau genau hier!“ Einer der älteren Kohlentrimmer schleppte sie zu einer ausgetretenen, steilen Steintreppe, die von der Pier hinunter ins brackig schwappende Wasser des Hafenbeckens führte. „Da, auf diesen alten Steinstufen sind die allerersten Auswanderer, die Pilgerväter aus Europa, am 6. September 1620 bei ihrer Überfahrt nach Amerika die letzten paar Schritte an Bord „*Mayflower*“ gegangen. Und hatten somit Europa endgültig, aber sehr hoffnungsvoll hinter sich gelassen ... !“
In Erwartung einer ehrfurchtsvollen Reaktion in den Gesichtern der beiden Neulinge blieben die anderen Matrosen auch stehen. Doch Lenz und Sixtus hatten schon wieder die Augen auf ein paar Weiber vor der nächsten Hafenkneipe geworfen und wollten sich klammheimlich verdrücken. „Schiet, diese Greenhorns! Haben nur noch die Weiber im Kopf. Sofort ihnen nach, sonst bekommen wir noch Ärger mit dem Menzel ...“, grummelte der Ältere der beiden Trimmer. Schnell waren sie wieder eingeholt. „Keine Angst; wir passen schon auf euch Bayern auf …!“, sagten sie lachend und schritten zielstrebig weiter in Richtung der sanft ansteigenden Innenstadt. Schweren Schrittes waren sie zuerst in eine enge kleine Gasse nach links, dann nach rechts, die Hafenstraße entlang gelaufen. Man merkte ihren Begleitern an, dass sie schon jahrelange Erfahrung auf diesem Gebiet hatten.

Hey, Sailors! Please, come in…“
Die dralle, stark geschminkte Blondine stand mit wippenden Brüsten neben dem Durchgang zu einem Pub, schnippte mit ihren Fingern, packte dann ungeniert Sixtus am Ärmel und wollte ihn in einen schummrigen Durchgang hineinziehen. Sixtus wusste nicht, wie ihm geschah und sah sich, mit ängstlichen Augen, Hilfe suchend nach seinen Freunden um. Die standen mit gehörigem Abstand zu diesem Etablissement draussen auf der Gasse, klatschten sich auf die Schenkel und feixten vor lauter Schadenfreude.
Lenz konnte sich nicht mehr beherrschen. „Ja mei, das wenn´s in Hausham wüssten. Der Heimerl, so ein Hallodri - und auch noch ein pfundiger Weiberheld dazu!“ Es prustete nur so aus ihm heraus. Unversehens waren sie mitten im Sündenpfuhl von Plymouth gelandet. Mit einiger Mühe gelang es Sixtus schließlich, sich von seiner „Dame“ zu befreien. Es waren sicherlich unfeine Worte, die die aufgetakelte Blondine noch den Matrosen der „Cimbria“ mit auf den weiteren Weg schickte. Wenig später erreichten sie die Kneipe, die den anderen Kohlenziehern schon von vielen Fahrten bekannt war. Die Sonne war über der Kimm untergegangen, im Hafenwasser spiegelte sich das schummrige Licht der Straßenlaternen entlang der

Kaimauer. Lenz entzifferte mühsam die Inschrift auf dem Wirtshausschild: „*Sea Lion*". Auf der kunstvoll gemalten Tafel über dem Eingang waren der Kopf eines verwegen aussehenden Piraten mit schwarzer Augenklappe und das Bild eines Seelöwen auf der anderen Seite recht gut gelungen dargestellt. „Aha", dachte sich Lenz, „... schon wieder was dazu gelernt."
Der Rat der altgedienten Heizer und Kohlentrimmer die Kneipe zu wechseln, war gut: Nämlich dort noch ein Bier zu trinken, von wo sie es nicht mehr weit zurück auf ihr Schiff hatten. Und es gefiel ihnen auf Anhieb. Babylonisches Stimmengewirr herrschte in den verrauchten Räumen, vor lauter Tabaksqualm konnte man kaum von einer Wand zur anderen schauen. Und es war so laut, dass man seine eigene Stimme nicht mehr verstehen konnte. Lenz und Sixtus ergatterten mit Mühe und Not zusammen einen Stehplatz in der zweiten Reihe an der langen Theke, die sich über zwei Räume erstreckte. Die Matrosen aus dem Maschinenraum fanden dicht gedrängt auf einer Bank gleich neben dem Eingang Platz. Augenscheinlich waren sie dort auf alte Freunde gestoßen. Überschwänglich und lautstark wurden sie begrüßt. Etwas verlegen drückten sich die zwei Bayern an der Theke herum. Ein breitschultriger Seebär mit mächtigen Vollbart reichte ihnen - ohne zu fragen - über die Köpfe der vor ihnen an der Theke stehenden Matrosen, zwei randvoll gefüllte Gläser dunklen Bieres. Er hatte ihre zaghaften - am Schanktisch nicht bemerkten - Gesten richtig gedeutet und sofort gehandelt. „Two Pints for my Friends, for the German Sailors!" Er hob sein Glas über die Köpfe der anderen Matrosen und prostete den beiden zu. „Cheers. Geht auf meine Rechnung ... ", fügte er noch im schönsten Bayerisch dazu.
„Ein Landsmann und dazu noch ein Bayer" konstatierte Sixtus nüchtern. Als sie auch noch von ihm erfuhren, dass der spendierfreudige Seemann aus Rimsting am Chiemsee stammte, fiel ihnen ein Stein vom Herzen. Von ihm erfuhren sie dann auch, dass er als Maschinist eigentlich auf einem Schwesterschiff der „*Cimbria*" fuhr, dem ganz neuen Steamership „*Franconia*". Dieses Dampfschiff der HAPAG war im Liniendienst hauptsächlich nach Südamerika oder auch nach Westindien eingesetzt. Erst die letzten Fahrten führten schnurstracks von Hamburg nach New York. Nur alleine für diese Überfahrt war er wegen eklatantem Personalmangel von seiner Reederei auf die „*Cimbria*" abkommandiert worden, zusammen mit zwei weiteren Männern der „*Franconia*".
„Auswanderer, nur noch Auswanderer!" stöhnte Siggi, der Altbayer. Der muskelbepackte Maschinist behielt, so erzählte den zwei Neulingen ein anderes Besatzungsmitglied der „Cimbria" am Tresen, auch

in brenzligsten Situationen im Maschinenraum die Nerven. Seine Frotzeleien und Späße lockerten zudem den harten Dienst der schuftenden Männer etwas auf.

Von ihm, dem schon ergrauten Fahrensmann, bekamen sie den einen guten Tipp: Es dort in Amerika zu versuchen, wo schon andere Deutsche angesiedelt waren. Dieser Ratschlag des alten, erfahrenen Seebärs sollte ihr weiteres Leben entscheidend beeinflussen.

*****

Montag, 13. April 1874
Am frühen Montagmorgen steuerte Kapitän Schmidt, zusammen mit einem englischen Lotsen, die „Cimbria" durch den *„Sound of Plymouth"* wieder hinaus auf die offene See und schlug den Kurs hart Westen ein. An Falmouth, „Lizard Point" und Pencanze vorbei, passierte der Dampfer in den frühen Nachmittagstunden den Leuchtturm von *„Land's End"*. Die zugeorderte „Teutonia" hielt sich auf Sichtkontakt in einem Abstand von etwa drei bis vier Seemeilen abgesetzt hinter der „Cimbria". Nicht ganz eine Stunde später, bei einsetzender Dämmerung, starkem Wind von vorne aus Nordnordwest und schon meterhoher, stark rollender Dünung mit riesigen Gischtfontänen, lagen steuerbords, nur wenige Seemeilen nördlich entfernt, die *Scilly Islands*, der letzte Zipfel Land von „Old Great Britannia". *„Bishop's Rock"*, die kleine Felsengruppe unweit *„Land's End"* schon seit gut einer Stunde weit achtern hinter den beiden Auswanderschiffen. Der offene Nordatlantik war nunmehr erreicht. Den gefährlichsten Klippen an der Südküste Englands, die schon viele Schiffsunglücke und unzählige Tote auf dem Gewissen hatten, waren die Steamer trotz stürmischen Wetters und schlechter Sicht, unbeschadet entkommen. „Bye, Bye, good Old England" rief Hermann Menzel lautstark - den in der Gluthitze der Öfen schuftenden Kohlenziehern und Heizern zu - als er den schmalen, eisernen Niedergang vom Zwischendeck in den Maschinenraum hinter sich gebracht hatte. Die Kohlentrimmer hatten nun in der schweren, rollenden See Höchstleistungen zu verrichten. Sie und die anderen nahmen keinerlei Notiz davon, dass sie Europa hinter sich gelassen hatten. Ihnen war es egal. Ihr Ziel war der Hafen von New York.
Und dafür mussten sie noch zehn bis zwölf Tage schuften.

*****

Beim Auslaufen aus dem „Plymouth - Sound" hatte sich ihnen die etwas kleinere *„SS Teutonia"* angeschlossen, die in Southampton wegen eines Motorschadens einige Tage in einer Werft hatte verbringen müssen. Die „*Teutonia*“ hatte die Nacht vor dem Auslaufen an der Leeseite der kleinen Insel „*Great Mew Stone*“ Anker geworfen. Knapp eine Woche vor der „*Cimbria*“ war dieser Steamer der HAPAG aus Hamburg mit dem Ziel New York ausgelaufen. Mit an Bord waren über 300 Auswanderer beinahe aus allen Bundesländern im neuen Deutschen Kaiserreich. Durch einen fahrlässigen Übersetzungsfehler bei der telegrafischen Übermittlung war dieses Schiff beim dortigen Agenten der HAPAG schon im Ärmelkanal als überfällig gemeldet worden. Doch endlich klappte die tagelang gestörte Verbindung auf dem Überseekabel von Europa über England nach Amerika wieder. An Bord der „*Teutonia*“ herrschte - ob dieses nicht eingeplanten Stopps - unter den Offizieren nicht die allerbeste Stimmung. Da der fast einwöchige Zwangsaufenthalt in der Werft die Vorräte stark dezimiert hatte, mussten neue, zusätzliche Vorräte in Southampton gekauft und gebunkert werden. Der Zahlmeister kam aus dem Jammern garnicht mehr heraus. „Wo soll ich denn diese anfallenden Zusatzkosten jetzt hernehmen ...“, fragte er händeringend den dafür zuständigen 1.Offizier. Lapidar fertigte ihn Julius Hansen ab: „Na, dann lassen Sie sich halt mal was einfallen. Und …“, er machte - nach einem langen, genüsslichen Zug aus seiner Mittagszigarre - eine Pause, „… tja, dann gehen Sie halt einfach mal in der 1.und der 2.Klasse sammeln. Ha, ha, ha ... !“

Hansen reihte kunstvoll Kringel an Kringel des Tabakrauches, bis diese sich durch die leicht geöffneten Luken an der Decke ins Freie verflüchtigten. Feixend schlugen sich die anderen Offiziere in der Messe auf die Oberschenkel. Endlich hatte der Stellvertreter des ollen Jan Anders Grimme es wieder einmal diesem arroganten und übergeizigen Pfennigfuchser „gezeigt“. Obwohl, keinem von ihnen war so richtig wohl in seiner Haut. Und Zahlmeister Wilhelm Päffgen war mehr als ratlos. „Sollte er etwa seine sorgsam gehütete schwarze Kasse anzapfen?“ „Nein!“ Schon der leiseste Gedanke daran ließ ihn eine Gänsehaut über seinen gebeugten Rücken laufen. Aber er wusste auch, dass er die jetzt aufgelaufenen Mehrkosten nicht von seiner Reederei erhalten würde. Das Geld wo anders auftreiben? Nein, das war von vorneherein zum Scheitern verurteilt. Weder bei den zahlungskräftigen aber mehr als knausrigen Passagieren in den Kabinen an Oberdeck, noch bei der Besatzung und ihrem Kapitän auf seiner „Reise in den Ruhestand“ war was zu holen. Und schon garnicht bei den Auswanderern im Zwischendeck.

Weder die mangelnde Ernährung noch die miserablen hygienischen Verhältnisse im überfüllten Deck interessierten die betuchten Kabinenpassagiere. Genauso wenig wie die, seit Tagen bis an die

Grenzen ihrer Belastbarkeit schuftende Besatzung. Nur dem 1.Offizier, Carl Wilhelm Julius Hansen verursachte der erzwungene Aufenthalt in Southampton tagelang insgeheim ein gehöriges Bauchgrimmen. An die Mehrkosten wegen der zusätzlich gebunkerten Verpflegung mochte er nach seiner flapsigen Antwort an seinen Zahlmeister garnicht mehr denken ...
Der 1.Offizier Hansen war auf „dem Sprung", endlich sein eigenes Schiff als Kapitän übernehmen zu können. Ihn wurmte es gehörig, dass sein ewiger Kontrahent schon aus Kadettenzeiten, Schmidt, schon seit über zwei Jahren ein eigenes Kommando auf einem der brandneuen Auswandererdampfer, der „SS Cimbria" hatte. Wie lange hatte er, Hansen, denn darauf schon gewartet und immer wieder hatte die HAPAG ihn vertröstet. Als Stellvertreter des kurz vor seiner Pensionierung stehenden Schiffsführers Jan Anders Grimme, sollte er sich auf dieser Überfahrt nach New York - wieder einmal - vor seinen Vorgesetzten in Hamburg bewähren. Im Grunde genommen führte Hansen ja die „*Teutonia*" bereits schon auf der dritten Überfahrt vollkommen alleine. Kapitän Grimme kümmerte sich eigentlich nur noch um die angenehmen Dinge an Bord. Und das war in erster Linie die unentwegte Konversation mit allen weiblichen Passagieren der 1. und 2. Klasse. Nicht zu vergessen, manch einen Flirt - und manchmal auch mehr - mit einer der zahlreichen holden und nicht unvermögenden Damen.
Langsam war es Hansen leid.
Er überlegte schon lange, ob er nicht zur Konkurrenz nach Bremen wechseln sollte. Ein wirklich verlockendes Angebot hatte er schon lange vorliegen. Doch als waschechter Hamburger brachte er es noch nicht übers Herz, seiner Reederei „den Bettel hinzuschmeißen."
Jetzt auch noch dieses Malheur! Verlor Julius Hansen doch zumindest auch noch eine Überfahrt nach Amerika - und das bedeutete auch eine spürbare Kürzung seiner vertraglich vereinbarten Prämie mit dem Agenten der HAPAG in New York. Dann war er auch noch gezwungen mit - aber hinter - dem größeren und schnelleren Steamer der „*Cimbria*" im Konvoi über den Atlantik zu schippern.
Na ja, gegen das Schiff hatte er ja eigentlich nichts. Im Gegenteil. Aber gegen ihren arroganten Skipper, diesen Kapitän Schmidt. Eine „uralte Erbfeindschaft", die noch aus Zeiten der Segelschifffahrt herrührte. Beide fuhren damals als junge Seekadetten zusammen auf dem Weizensegler „*Neckar*" und trafen sich später wieder bei einer Überfahrt nach Südamerika auf der „*Deutschland II*" als fertige, aber immer noch blutjunge, unreife Decksoffiziere. Hielt sich schon damals ihre Freundschaft sehr in Grenzen, gerieten sie bei einem Landgang

im Hafen von *Porto Alegre* in Brasilien mächtig aneinander. Eigentlich nur wegen einer äußerst bildhübschen „Lappalie" namens Marcella. Diese wunderschöne, dunkelhäutige kreolische Schönheit, brachte sozusagen das „Fass zum Überlaufen". Beiden Seeleuten hatte sie in einer Hafenkneipe ausdauernd schöne Augen gemacht. *Beiden!* Und die Hoffnung auf viel, viel mehr. Gekonnt raffiniert spielte sie ihr Spiel mit den zwei feschen Seeoffizieren aus dem fernen Europa. Und diese fielen prompt drauf rein. Dabei wimmelte es an jenem Abend im Hafen nur so von glutäugigen, bildhübschen und willigen Frauen. Einen Tag später mussten sie von ihrem Kapitän unter Zuhilfenahme des örtlichen deutschen Konsuls und eines satten Lösegeldes von der Hafenpolizei abgeholt werden. Übel zugerichtet sahen sie aus. Ihre Uniform bestand nur noch aus kaum erkennbaren Resten.
Beide hatten fürchterlich zugerichtete Visagen mit schwarzblauviolett unterlaufenen Augenpartien. Hansen hatte sich bei der Schlägerei um die heißblütige Marcella die rechte Hand angebrochen; Schmidt war zudem der Kiefer angeknackst, sodass er wochenlang kaum beissen konnte. Zu allem Unglück kamen ihnen bei der verbissenen Rauferei um eine kleine, aber bildhübsche Hure auch alle Papiere und ihre gesamte Barschaft abhanden.
Die wenigen Male, die sich die Kampfhähne später noch im Bürogebäude bei ihrer Reederei in der Hamburger Deichstraße begegneten, bestraften sie sich mit größtmöglicher Missachtung. Fortan waren sie füreinander Luft. Beide waren absolut nachtragend und sicher, dass damals in *Porto Alegre* jeweils der Andere die Schuld daran hatte, dass die schöne Marcella keinen von ihnen erhörte.
Jetzt dies! Jetzt musste Julius Hansen dem arroganten Schnösel von der „Cimbria" im Konvoi nach New York hinterherfahren. Wie gerne hätte er endlich sein nächstes Kommando als Schiffsführer auf so einem Schiff der neuen Serie aus der schottischen Werft „Caird & Co. Ltd. Greenock" angetreten. Allzu gerne! Waren die Schiffe dieser Baureihe doch nochmal satte 500 BRT größer und vor allem auch noch etwas schneller. Vor allen Dingen konnten über 200 Auswanderer mehr auf jeder Überfahrt mitgenommen werden. Und das bedeutete bares Geld für alle Beteiligten: für die Reederei, die Agenten in Hamburg und New York - und auch für den Skipper und seine Besatzung.

*****

Dienstag, 14. April 1874 .
Bei Einbruch der Dunkelheit.
Die altgedienten, erfahrenen Seeleute merkten es sofort.
Südlich der Irischen See kündigte sich ein gewaltiges Orkantief an. Dann, nach einigen Stunden voller Kraft voraus, erreichten die beiden Auswandererschiffe die ersten Ausläufer aus Richtung der Vulkaninsel. Die nautischen und die meteorologischen Messgeräte spielten nunmehr pausenlos verrückt.
Der erste schwere Schlag erwischte die „Cimbria" mittschiffs auf Steuerbordseite. Niemand auf der Kommandobrücke hatte mit der Gewalt dieser Riesenwelle gerechnet. Schon garnicht die schlagartig durcheinandergeworfenen, eingepferchten Auswanderer tief unten in den qualvoll überfüllten und stickigen Zwischendecks. Alles, aber auch alles, was nicht schon rechtzeitig niet- und nagelfest gesichert war, wurde plötzlich zum gefährlichen Geschoss an Bord des Auswandererschiffes. Egal, ob in den Kabinen der 1. und 2.Klasse, in den Unterkünften der Matrosen, in der Messe oder in der Kombüse. Und noch viel schlimmer sah es im Kesselraum mit den umliegenden Kohlenschapps aus: Immer bedrohlicher kamen die Kohlen ins Rutschen.

Es war stockdunkle Nacht und der fürchterliche Orkan hatte die beiden, einsam durch die aufgepeitschte Irische See stampfenden, Schiffe auf Anhieb voll im Griff.

„Schluss mit lustig", sagte der Kapitän trocken auf der Brücke zu seinem 1.Rudergänger. Bis vor wenigen Stunden hatten sie noch Sichtkontakt mit ihrem ungeliebten Schwesterschiff *„Teutonia*". Etwa fünf Seemeilen und leicht nach Nordosten abgesetzt, folgte sie der *„Cimbria"*. Bald war nichts mehr von ihren Positionslampen zu sehen. Das Inferno hatte alles mit riesigen, aufgepeitschten Gischtfontänen und aufkommenden Wellenbergen bereits zu Beginn der Dämmerung verschluckt. Brecher auf Brecher überrollte nun in immer kürzeren Intervallen Bug und Vorderdeck des Steamers. Bei Aufkommen erster Windböen hatte der 1.Offizier das Reffen und das sichere Vertäuen der Takelage an den Masten achtern und am Bug befohlen. Die beiden Matrosen im Krähennest des Großmastes hatten längst den Ausguck verlassen müssen. Hohe Wellenberge, gesäumt von wild tanzenden und zum Himmel strebenden Gischtfontänen, rollten unablässig über die Back und schaukelten die - einsam und mit voller Kraft auf Westkurs stampfenden - Schiffe hilflos wie winzige Nussschalen in der aufgewühlten See. Ganz oben auf der Brücke klammerte sich Käpt´n Schmidt mit weit auseinander gespreizten Beinen fest an die messing-

verkleideten Holme des Kompassgehäuses und starrte angestrengt auf die vor ihm ausgebreitete Seekarte. Sorge, echte Sorge stand in seinem Gesicht geschrieben. Der Steamer hatte eine bedrohliche Neigung von zeitweise über 30 Grad nach Backbord und wechselte - oft unvermittelt schnell - durch die querende, rollende See in die gleiche Neigung nach Steuerbord.
Aus dem Maschinenraum kamen keine guten Nachrichten: Ein großer Teil der Kohle war ins Rutschen geraten und konnte nur mit letzter Kraft gestoppt und umgeschichtet werden. Irgendwo im Zwischendeck hatte es einen Wassereinbruch gegeben. Die Schiffszimmerleute waren noch heftig am arbeiten. Über den Stand der Dinge wusste der Kapitän immer noch nicht genau Bescheid.
Für die gesamte Mannschaft galt jetzt ohne Ausnahme: *„alle Hände für das Schiff!“* Sogar die Kombüsenmannschaft, die Stewards und die gesamte Freiwache wurden den nunmehr unerwartet und vermehrt anfallenden, wichtigen seemännischen Aufgaben zugeteilt. Warmes Essen wurde eingestellt, die Feuersicherheit war nicht mehr gewährleistet. Wenn überhaupt möglich, sollte nur „Cold Meal“ von der Kombüse an die über 600 Passagiere auf der *„Cimbria“* ausgegeben werden. Bei diesem fürchterlichen Seegang stieß jedoch auch diese Anordnung des 1.Offiziers schnell an ihre Grenzen.

Es herrschte Alarmstufe eins!
Und es war Ausnahmezustand in und auf allen Decks! Nur in den Kabinen der 1.und 2.Klasse herrschte darüber Unverständnis. Einige der gutbetuchten Passagiere schienen sichtlich empört, als ihnen diese Änderungen von den Kabinenstewards mitgeteilt wurde. Käptn Schmidt hatte für solches Verhalten nur ein Achselzucken übrig. Mochten sie sich doch nach ihrer Ankunft in New York über ihn beschweren. Was soll´s?
Hier an Bord war er der „Herr über Leben und Tod“.
Nach dem Sextanten und dem Kreiselkompass spielte nun auch das Barometer verrückt! „Funktioniert denn überhaupt noch was?“, war die unausgesprochene Frage des völlig ratlos wirkenden diensthabenden Offiziers auf der Brücke. Sicher war er sich da auf jeden Fall nicht mehr. Das Heulen des Sturms gab nicht nach und nahm an Heftigkeit stetig zu. Die Windböen näherten sich nun zunehmend der Stärke 12: Orkan! Vier kräftige Männer standen, gesichert mit Tauen, breitbeinig in den ledernen Fußschlaufen beidseitig am Ruder und versuchten den brüllenden Anweisungen ihres Steuermanns Folge zu leisten. Man verstand sein eigenes Wort nicht mehr! Die Adern traten den Matrosen an Händen und Unterarmen vor übermenschlicher Anstrengung wie kleine, prallgefüllte Schläuche durch die aschfahle

eiskalte Haut. Wieder kamen die Schläge mit ungeheurer Wucht von der Steuerbordseite. Brecher über Brecher, Woge für Woge überrollte nun mit ungeheurer Macht das Deck.
Minutenlang, so empfanden es die Rudergänger, das seemännische Personal, die Maschinisten, Heizer, Trimmer und Kohlenzieher tief unten im Bauch des schwer kämpfenden Schiffes, minutenlang hatten die Schrauben des Dampfers überhaupt keinen Wasserwiderstand im aufgewühlten Atlantik. Sie drehten sich hilflos in der gischtigen Luft.
Dann fiel auch noch zeitweise immer wieder die Beleuchtung aus. Hektisch wurde versucht, alle verfügbaren Lampen an Bord anzuzünden. Fieberhaft wurde im Maschineraum am defekten Notstromaggregat gearbeitet. Tief unten, in den Zwischendecks, kämpften Euler und Jaspers mit all ihrer verbliebenen Durchsetzungskraft gegen die aufkommende Panik unter den Auswanderern.
Der Steamer war nun ein Spielball der tobenden Meeresgewalt geworden. Die „Cimbria" keuchte schwer, setzte aber unbeirrt und stoisch stampfend ihren Weg ´gen Westen fort. Kapitän Schmidt blickte in die Nacht hinaus in die schäumende See, klopfte auf seinen Kartentisch und brummelte anerkennend vor sich hin: „braves Mädchen, braves Mädchen." Irgendwie schien ihm, trotz allem Unglück, ein schwerer Stein vom Herzen gefallen zu sein. Er war sich anscheinend vollkommen sicher, dass *dieses* Schiff es schaffen würde!

Mittlerweile war der Navigator auf die Brücke gekommen. Mit Erschrecken hatte er feststellen müssen, dass die Abdrift des Steamers in den letzten Stunden immer größer geworden sein musste. Noch viel schlimmer als vermutet. Wegen des Orkans war schon seit einigen Stunden die gesteckte Route verlassen worden, um sich nach Süden vor den Sturmspitzen abzusetzen. *Aber so weit?* Der Kreiselkompass spielte schon seit einigen Stunden verrückt, eine Navigation nach den Sternen war unmöglich. Nichts, aber auch garnichts drang durch tief dahinrasenden Wolkenbänke.
„Und wie jetzt unsere genaue Position feststellen?" Die unausgesprochene Frage des Navigators an den 1.Offizier konnte und brauchte dieser nicht zu beantworten. Auch Kapitän Schmidt schüttelte ratlos den Kopf. „Egal, erst mal müssen wir es schaffen aus dieser Scheißsituation rauszukommen und auf besseres Wetter hoffen. Dann sehen wir weiter, wenn´s uns gelingt ...". Den Satz vollendete er wohlweislich nicht. Große Sorge machten sie sich auf der Brücke um die „*Teutonia*". Den letzten Sichtkontakt hatte die Männer im Ausguck schon Stunden vor dem Einsetzen des Orkans gehabt. Seit dem Aufgeien, dem Reffen der Rah- und Brahmsegel war das kleinere Schwesterschiff verschwunden. Kapitän Schmidt wurmte es innerlich

immer noch, dass er sich auf strikte Anweisung seiner Reederei dem kleineren und langsameren Steamer mit seiner Fahrtgeschwindigkeit anpassen musste. „Gerade wegen diesem Korinthenkacker, diesem ewig nörgelnden und überkorrekten Hansen, diesem Windei. Sonst wären wir schon längst aus der Gefahrenzone!“ Schmidt hatte Hansen die Geschichte von *Porto Alegre* noch nicht verziehen, genau wie umgekehrt auch.
Da war er sich absolut sicher, dass Hansen dies genauso sah.
Schmidt war stolz, dass er seit über zwei Jahren sein eigenes Schiff der HAPAG - Flotte führen durfte. Doch, eigentlich überwog mehr seine Schadenfreude, es diesem Herrn doch noch gezeigt zu haben, wer denn der Bessere von beiden war. Von einem Bekannten in seiner Reederei hat er vor diesem Törn erfahren, dass seinem Antrag, „wieder auf die interessantere Route Südamerika versetzt zu werden“, „wohlwollender Zuspruch“ unter der Vorstandschaft zuteil wurde. Dass ihm da auch die weitaus „amüsanteren Landgänge“ im Kopf herumgeisterten, verschwieg er wohlweislich. Dennoch war er stinksauer, als sein Informant auch seinen schon auserkorenen Nachfolger nannte! Es sollte sein Intimfeind Julius Hansen sein!
Ausgerechnet dieser Hansen! Auf s e i n Schiff!
Zu allem Übel wurde dann dieser Mann, dieser vermaledeite Hansen auch noch für diese Überfahrt auf dieses Schiff, auf die „*Teutonia*“ als 1. Offizier und Stellvertreter des Kapitäns kommandiert.

*****

***Rückblick** - vor ein paar Tagen*

Die strikte Order der Hamburger Reederei - anstatt zum geplanten Zwischenstopp in Southampton anzulegen - in den „*Plymouth Sound*“ einzulaufen, an der Leeseite von „*Drakes Island*“ Anker zu werfen, um dann im Konvoi anschließend mit der „*Teutonia*“ die Fahrt weiter nach Amerika fortzusetzen, hatte die Schiffsführung auf der „*Cimbria*“ mittlerweile verdaut.
Knapp 900 Auswanderer befanden sich nun zu gleicher Zeit auf beiden HAPAG-Schiffen auf den Weg nach Amerika. „Schiet Telegraph ...“, polterte Käpt´n Schmidt beim Abendessen in der Offiziersmesse und haute verärgert mit seiner Faust auf die Back, dass die Gläser klirrten und sprangen, „... über einen ganzen Tag werden wir verlieren, nur um diese lahme Ente von „*Teutonia*“ mit über den großen Teich zu schleppen. Über einen Tag ...“, brüllte er mit hochrotem Kopf in die Runde.

Zu diesem Zeitpunkt ahnten er und auch noch keiner seiner Offiziere, was die nächsten Tage alles auf sie zukommen sollte.

Schöpften viele von den unter Deck eingepferchten Auswanderern beim obligatorischen Zwischenstopp Südengland noch die vage Hoffnung, dass es von nun an besser als bei der Überfahrt durch den aufgewühlten Ärmelkanal werden könnte, wurden sie nach dem Passieren von „*Lizard Point*" an der Südwestküste von England schnell eines Besseren belehrt.
Mit sorgenvollem Gesicht ließ sich Kapitän Schmidt, zusammen mit seinem 1.Offizier sporadisch zur Inspektion in den Zwischendecks blicken. Sein Begleiter war dabei auch immer der „*Elder*", der Vormann der Auswanderer an Bord, Johann Jacob Euler und dessen Vertreter Severin Jaspers. Gegen die beiden Männer kam sich Kapitän Schmidt manchmal innerlich wie ein Zwerg vor. Euler! So ein Riese von einem Mann! Nicht nur rein körperlich, sondern auch geistig. Nerven hatte der! Genauso erging es ihm mit Severin Jaspers, dem Mann aus dem Land *Wagrien in Holstein*, unweit hinter der Ostseeküste. Von Severin Jaspers hatte der Kapitän so „hinten herum" in Erfahrung gebracht, dass er als junger Mann im April 1864 beim siegreichen Sturm der Preußen gegen die Dänen auf die „*Düppeler Schanzen*" bei Sonderburg an vorderster Front mit dabei war. Dies hatte ihm in den Jahren danach nicht nur Freunde gebracht. Starke Kräfte der dänischen Minderheit in Holstein hatten ihm und auch anderen dies nie verziehen. Durch diese Umstände und auch deswegen, weil seine Affäre mit der Gattin des dänischen Gutsherren ans Licht kam, gab er notgedrungen seine Anstellung als Gutsverwalter auf. Er wollte wieder ein ruhiges Leben ohne ständige Anfeindungen führen. Severin Jaspers verkaufte sein weniges Hab und Gut und machte sich auf den Weg nach Amerika. Der Eutiner strahlte in jeder erdenklichen Situation überlegene Ruhe aus. „Diese enorme Willensstärke müsste man haben" sagte Schmidt nach einer Inspektion mit einem Arzt im dunklen, stinkenden Zwischendeck. Käpt´n Schmidt war alles, jedoch durchaus kein stupider, bösartiger Leuteschinder. Falls es nur irgendwie vom Wetter und vom Seegang her machbar war, wurde ein großer Teil der Zwischendeckpassagiere ans Oberdeck geholt. Sie musste unter Beaufsichtigung der Decksmannschaft ihre Glieder und Knochen bewegen und so lange frische Luft schnappen, bis das „Grüne aus ihren Gesichtern einer gesunderen Gesichtsfarbe gewichen sein würde", wie es Käpt´n Schmidt salopp formulierte. Der Fahrensmann hatte halt die Erfahrung von ´zig Überseefahrten. Doch so ganz uneigennützig war dies nicht: Denn nur ein „gesunder Auswanderer" brachte der Reederei Geld. Da waren die amerikanischen Einwanderungsbehörden seit ein paar Jahren knallhart. Schon beim leichtesten Anzeichen einer Krankheit wurden die Auswanderer

wieder zurückgeschickt. Zurück in ihr Heimatland. Und dies auf Kosten der Reederei. Ganz tief unten im Rumpf bei den Heizern, Trimmern und Kohlenziehern, war von solchen Fürsorglichkeiten nichts zu spüren. Rund um die Uhr wurde im brutalen Akkord geschuftet. Der Zeitplan der Reederei in Hamburg war unerbittlich.
Nach dem Passieren der Irischen See änderte sich nun die Lage an Bord stündlich.

*****

Menzel saß nach einer harten Schicht mit den beiden Altbayern zusammen. Eine Buddel Rum auf dem winzigen Schreibtisch in seiner schmalen Kajüte vor sich mit seinen mächtigen Pranken umklammernd, fing er wieder zum Lamentieren an.
„*Meine Deutschland, meine gute alte Deutschland*“ jammerte er fortdauernd. „Meine *Deutschland* für einen Spottpreis verhökert. Ja, genau für ein paar Silberlinge Judaslohn wird die ganze gute alte Seefahrt irgendwann verraten werden!“
Der Bootsmann wusste aber auch, dass der „*Norddeutsche Lloyd*“ in Bremen schon 1866 wieder einen Steamer auf den Namen „*Deutschland*“ in Dienst gestellt hatte. Aber er wollte unbedingt bei der HAPAG bleiben. Und schon garnicht auf einem Steamer - Ship fahren! Dass die neue „Deutschland“ zu seiner Dampfmaschine mit 600 PS immer noch eine klassische Vollbeseglung hatte, interessierte ihn damals herzlich wenig.„Vielleicht, ja vielleicht ist es auch für was gut ...“, sagte Menzel in einem Anflug von ironischem Selbstmitleid, einmal im Maschinenraum zu den beiden Bayern, „wer weiß, was noch alles passiert im Leben ...!“

Wie recht er doch behalten sollte, stellte sich bald heraus.
Sein Entschluß, nicht auf die neue „Deutschland“ zum Norddeutschen Lloyd zu wechseln, war Gottes Fügung - und sein Glück!

Sein Riesenglück, wie sich nur etwas über eineinhalb Jahre später herausstellen sollte*)

*****

*) **SS „Deutschland“** (Norddeutscher Lloyd) – *siehe Glossar*

Da kam zur Stund
ein Sturm mit Macht
und Mensch und Fracht
ging fast zu Grund.

Vom Kurs verirrt
verzagte ich.
Da sahst du mich,
mein Herr, mein Hirt.

Der Wind wird zahm,
die Woge schwand,
als deine Hand das Ruder nahm.

(Die Hafenorgel, aus: „Die Reise 'gen Übersee“
von Hans Leip - 1893/1983 - Verfasser von „Lili Marleen“)

*****

Die Überfahrt nach Amerika

Stunden später - südlich von Island - ging dann fast nichts mehr. Durch die Verspätung wurden die Rationen für die bedauernswerten Auswanderer nun von Tag zu Tag reduziert. Die Stimmung in den abgeteilten Schotts wurde gereizter und bedrohlicher. Raue See ließ für den Smutje in der Kombüse kaum noch die Zubereitung warmer Mahlzeiten zu. Die Gefahr für seine Männer sich zu verbrühen, wäre zu groß gewesen. Seekrankheit setzte nun den meisten Auswanderern in den Zwischendecks extrem zu. Euler und sein Stellvertreter Severin Jaspers aus Eutin hatten von nun an alle Hände voll zu tun. Euler war heilfroh, den Holsteiner an seiner Seite zu haben. Auf ihn war Verlass. Beide hatten sonst keinerlei Privilegien und teilten sich mittschiffs, unterhalb des Niedergangs, direkt neben dem Kabelgatt, dem Lagerraum für die Taue der Besegelung, zusammen eine äußerst schlichte und enge Kabine. Der einzige Luxus dieses muffigen Raumes war eine Türe vor der Kabine! Das musste so sein und war auch von der Reederei so gewollt. Man wollte damit den Status dieser beiden „Speaker“ eindeutig vor der Menschenmasse im Zwischendeck festlegen. Euler und Severin Jaspers vermuteten, dass ein großer Teil der Nahrungsmittel schon seit Tagen zusätzlich an die Kabinenpassagiere ging, anscheinend nur, um diese zahlungskräftige Klientel bei besserer Laune zu halten. Manche dieser betuchten Passagiere überquerten gar mehrere Male im Jahr den Atlantik, um ihren Geschäften in Europa oder Amerika nachzugehen. Und diese Leute musste man sich halten. Der Konkurrent in Bremen schlief nicht und saß der HAPAG immer dicht im Nacken. Wegen der stürmischen See verschlechterten sich nun von Tag zu Tag die hygienischen Be-

dingungen. Beide „Speaker" sprachen deswegen bei Kapitän Schmidt vor. Doch das Ergebnis war ernüchternd. Der bislang zugängliche Kapitän zeigte den Beiden von nun an seine unangenehme Seite. Es war eine reine Nervensache für beide Seiten. Weder die Wasserrationen wurden erhöht, noch die Bitten um täglichen, schichtweisen Zugang zum Oberdeck. Kapitän Schmidt war sichtlich ungehalten. „Ja, glauben die Herren denn, dass ich diese Fahrt zum Spaß und Vergnügen mache? Ich habe meine Vorschriften und einen exakten Zeitplan, vor allem für die Kabinenpassagiere. Es langt schon, dass mir die Reederei ab Plymouth auch noch diese langsame Seekuh von „*Teutonia*" aufgehalst hat!" Die Nachricht hatte ihn schon etliche Seemeilen weiter ostwärts erheblich in Rage gebracht. „*Teutonia*" und „*Hansen*", zwei rote Tücher für den erfahrenen Skipper. Er ging sichtlich aufgeregt in seiner direkt luxuriösen Kabine auf und ab. „Und jetzt noch dieses verdammte Schietwetter, das uns voll auf die Mütze haut. Wie soll ich da rechtzeitig in New York ankommen?"
Er kannte kein Pardon. Selbst dann nicht, als er erfuhr, dass mittlerweile zwei junge Frauen im Zwischendeck hochschwanger waren, kurz vor der Niederkunft standen und die beiden Speaker für diese Wöchnerinnen bessere Zusatzkost verlangten. Mit viel Mühe und Hartnäckigkeit konnten Euler und Jaspers einige Extraportionen an Mehl, Zucker, Eiern und gepökeltem Salzfleisch herausholen. Den allermeisten Auswanderern, meist zuerst den Großfamilien, gingen ihre mitgebrachten Notrationen an Verpflegung schon bedenklich zur Neige.

*****

Donnerstag 16. April 1874

Dumpf brüllend durchdrangen die Töne des Nebelhorns alle Decks des in der wilden See stampfenden Steamers.

Der heftige Sturm blies direkt von vorn. Mit zunehmender Stärke näherte sich der Orkan den Positionen der beiden, einsam durch die aufgewühlte See dahin stampfenden HAPAG-Schiffe.

Jacob Euler, der so besonnene Führer der Auswanderer war nun sichtlich ratlos. Hatte er nicht schon genug zu tun, um die Ordnung und Sicherheit in den bis weit über die Grenzen vollgepfropften Zwischendecks mit seinem Stellvertreter Jaspers in Griff zu bekommen? Nein! Und jetzt auch noch dieses Inferno, diese Apokalypse, was wenige Meter über den geduckt kauernden, in Todesangst erstarrten Menschen ablief. Viele der angstgepeinigten Menschen klammerten sich hilfe- und trostsuchend aneinander.

Am Niedergang zum 2. Zwischendeck, dort wo die Frauen und Kinder untergebracht waren, stand breitbeinig ein untersetzter, grauhaariger Mann und klammerte sich mit einem Arm an einem Stützbalken fest. In der anderen Hand hielt er eine Bibel und las im spärlichen Licht der - über seinem Kopf hin und her schwanken Talgfunzel - mit lauter Stimme:

„... O gütigster Herr und Schöpfer! Komme mir und meinen Brüdern und Schwestern zu Hilfe. Mein Herz ist in größter Noth und Bedrängniß, und ich habe keinen Tröster. Blicke herab, auf unsre Trübsal, unsre Noth...“

Durch Mark und Bein gehende Schreie unterbrachen das Flehen des Mannes und übertönten plötzlich alle anderen Geräusche im Zwischendeck. Es waren keine Angstschreie wegen der extremen Schräglage des Dampfers zur Backbordseite hin. Nein, es waren Schreie des Schmerzes und der puren Verzweiflung.
Auch bei der zweiten hochschwangeren Frau kündigten sich nun starke Presswehen an. Erfahrene, ältere Frauen standen ihr wohl zur Seite. Aber die Enge, die stickige Luft und vor allem der fürchterliche Sturm sowie die stark rollende See setzten den Menschen in den Zwischendecks fürchterlich zu.
Beißend stechender Geruch legte sich auf die Schleimhäute. Es stank höllisch nach Kot, Urin und Erbrochenem. Die hygienischen Verhältnisse und der Gestank waren nun unbeschreiblich. Auf Anordnung des Kapitäns hatte der 1.Offizier von Matrosen die Räume der Zwischendecks wohl schon in den frühen Morgenstunden ausräuchern lassen. In großen Blecheimern wurden, über einer Schicht glühender Kohlen, Wacholderbeeren und getrocknete Thymianzweige zum Glimmen gebracht und die Eimer wie ein Weihrauchgefäß hin und her geschwenkt. Ohne spürbaren Erfolg. Der grauenhafte Gestank ließ sich kaum vertreiben. Sofort, wenn die Rauchschwaden der Beeren und des Küchenkrautes sich an die Decke verzogen hatten, setzte er sich wieder durch. Die wenigsten, der bedauernswerten Auswanderer, schafften es bei diesem höllischen Seegang kaum noch bis zu den paar aufgestellten Eimern an den Stützpfeilern in den Zwischendecks.

Alles flog nun durcheinander und schlitterte unentwegt von der einen zur anderen Seite: Menschen, Gepäck, Teller, vollgefüllte Fäkalieneimer ...
Es war kaum noch ein Durchkommen in den, beinahe nur zwei Fuß breiten Gängen zwischen den einzelnen, grob gezimmerten Schlafstellen. Kinder wimmerten und klammerten sich an angstvoll an ihren Vätern und Müttern fest. Selbst Euler hatte sich schon mehrere Male

übergeben müssen. Heimlich, denn er wollte niemanden zeigen, dass auch er unter schwerer Seekrankheit litt.

Severin Jaspers war von nun ab seine wichtigste Stütze. Dem ruhigen Eutiner schien dieses Inferno nicht im Geringsten was auszumachen. War es seine Abstammung von der Küstennähe? Er behielt auf jeden Fall seine Nerven! Euler atmete auf. Es war jetzt höchste Eile notwendig, wie sollte man nun an heißes und sauberes Wasser kommen? Wie denn? In der Kombüse waren schon seit Anfang des Sturmes in der Irischen See auf strikten Befehl alle Kochstellen gelöscht worden. Zu groß war die die Feuersgefahr. Euler überlegte einen Moment, ob er nicht das heiße Wasser aus dem Kesselraum besorgen sollte. „Unmöglich" antwortete ihm Jaspers, als er diesen um Rat bat, „ es ist viel zu schmutziges Wasser. Das können wir den Frauen da hinten nicht für die Geburtshilfe geben ..." Man hatte schon vor zwei Tagen den zwei hochschwangeren jungen Frauen provisorisch eine kleine Kabine „hingezaubert", um ihnen einigermaßen das Gefühl zu geben, dass sie nicht jedermann beobachten und anstarren konnte. Mehrere Frauen kümmerten sich seither rund um die Uhr aufopfernd und liebevoll um die Schwangeren.
Euler wusste nur den Namen der einen jungen Frau, bei der es erst in einigen Tagen soweit sein sollte: Augustine Bürger hieß sie. Irgendwas an ihr faszinierte den unverheirateten Zimmermann aus dem Schwarzwald. Waren die großen, dunklen und fragenden Augen unter den wunderschön geschwungenen Augenbrauen, wenn sie ihn anblickte? Oder ihre zu einem straffen Dutt gebundenen schwarzen Haare? „Eine Mähne wie ein wildes Pferd" dachte sich Euler. Oder war es ihre Art, ihre augenscheinliche Selbstbeherrschung trotzt dieser ganzen schlimmen Umstände? Euler konnte sich darauf keine Antwort geben. Doch er hatte ein eigentümliches Gefühl in der Magengrube, als er kurz nach dem Ablegen von *„Drakes Island"* eine kurze Unterhaltung mit ihr führte. Irgendwie berührte ihn diese Frau mehr, als er sich eingestehen wollte. Sie hatte ihm erzählt, dass ihr Verlobter kurz vor der Reise nach Hamburg bei einem Unglück ums Leben gekommen war. Dieser hatte seine letzten Arbeitstage bei der kaiserlichen Reichsbahn fast hinter sich. Seine und auch ihre Auswanderungspapiere waren schon in ihrem Besitz, als es Ende März zu einem schrecklichen Unfall an der Bahnstrecke von Kassel nach Bebra gekommen war. Eine Gruppe von Arbeitern überhörte an einem Tunneleingang die Signale eines herannahenden Zuges. Drei Arbeiter wurden getötet, darunter ihr Mann und zwei weitere schwer verletzt. „Er hatte sich doch so auf Amerika gefreut. Unser Kind sollte unbedingt in New York auf die Welt kommen ...", das war doch sein

allergrößter Wunsch. „ ... und den will ich ihm auch erfüllen" sagte die junge Frau, die sich von ihrem Entschluss auszuwandern nicht abbringen ließ und von einer Gruppe von Aussiedlern aus der Umgebung Fritzlar nach Norden mitgenommen wurde. Auf seine Frage, wie es denn in Amerika ohne ihren Mann weitergehen sollte, antwortete sie ihm nur mit leuchtenden, brennenden Augen: *„Ich gebe mich in Gottes Hände. Er wird mir meinen weiteren Weg zeigen ..."*

Dies gab ihm einen Stich ins Herz. Er hatte das sichere Gefühl, dass ihm diese Frau mehr bedeutete. Viel mehr, als je ein weibliches Wesen bisher in seinem ganzen Leben. Daran musste Jacob Euler denken, als er den Niedergang hoch eilte, um zäh mit dem Smutje über einige Eimer heißen Wassers zu verhandeln. Es gelang ihm das schier Unmögliche. Der Schiffskoch nahm es auf seine Kappe und warf einen der mächtigen Kohleöfen an: Zwei seiner Smutjes kümmerten sich darum, dass die beiden großen Eisentöpfe bei einem weiteren Brecher nicht über die Schlingerleisten bugsiert wurden.
Es war soweit ...
Jaspers und einige weitere Männer holten in Windeseile das kochende Wasser in der Kombüse ab. Als Zugabe erhielten sie vom Smutje für die Kinder und Frauen einen Riesentopf voll heißer Milch mit Honig. Euler und Jaspers mussten dem Koch und seiner Mannschaft über diese Eigenmächtigkeit absolutes Stillschweigen versprechen.

*****

Freitag 17. April 1874

Das Schreien des neugeborenen Kindes ließ alles andere auf dem Schiff direkt ehrfurchtsvoll verstummen.
Der Junge wurde von einem protestantischen Pfarrer, der sich unter den Auswanderern befand, auf Wunsch seiner Mutter auf den Namen Severin Nepomuk Nikolaus getauft. Auf Severin schon deshalb, weil der Holsteiner Jaspers aus Eutin einer der Taufpaten war. Und Nikolaus auch wegen ihrer Meinung, dass der Patron der Seefahrer diesem neuen Erdenbürger auf dem restlichen Wege über den großen Ozean Glück fürs weitere Leben bringen würde.

*****

München, 17. April 1874
Zu gleicher Zeit im Königreich Bayern

Die Hebamme verhalf einem gesunden, schreienden Buben das Licht der Welt zu erblicken. Franziska Kammerer war erschöpft, aber überglücklich.

Wenige Tage später wurde der kleine Bub auf den Namen Maximilian - Lorenz Kammerer getauft. Ihre Tante in München stand treu und fest an ihrer Seite. Bitterböse Briefe hatte sie in den vergangenen Wochen und Monaten an ihren hartherzigen Bruder Sebastian nach Wolfsöd geschrieben. Ohne Reaktion von seiner Seite! Das Tischtuch zwischen Vater und Tochter war, so schien es, für immer zerschnitten. Nur heimlich konnte Franziska ihre Geschwister Luise und die kleine Veronika treffen. Ihre Mutter Luise besuchte sie jedoch, wann es nur ging, regelmäßig. Dies, obwohl ihr Mann alles Mögliche androhte, wenn er „dahinter kommen sollte!"

Lorenz Kohwagner, der Kindsvater ahnte von alldem, was im fernen Europa geschah nichts und befand sich genau zu dieser Zeit auf dem Weg nach Amerika überm Nordatlantik. Inmitten eines tobenden Orkans - und tief unten im Bauch der „Cimbria" schuftete er mit den anderen um sein Leben.

*****

Von einem Tag auf den anderen, kam dieses neue, rigide Gesetz der amerikanischen Immigrations - Behörden! Ein großer Schock für alle Reedereien in Europa. Schlimm hatte die strikte Anordnung der amerikanischen Einwanderungsbehörden die Verantwortlichen der HAPAG getroffen: Sofort auf allen neuen Auswandererschiffen sämtliche Zwischendecks in drei Abteilungen zu trennen. Nicht nur optisch, beileibe nicht. Sondern ganz konsequent mit einer Krankenstation, einem Schott für Familien mit Kindern, einem Schott für unverheiratete Frauen und Mädchen und einer Abteilung für ledige Männer und ältere Menschen.
Die amerikanischen Behörden wollten, allein schon um den anhaltend eingeschleppten Krankheiten und Seuchen vorzubeugen, endlich die seit Langem bekannten katastrophalen hygienischen und auch menschlichen Zustände auf allen Auswandererschiffen verbessern. Das war keine Menschenliebe, beileibe nicht. Sondern ganz banal gesehen, reiner Pragmatismus. Alle deutschen und die französischen, englischen und holländischen Reedereien mussten sich wohl oder über diesem Druck beugen. Der für die Amerika-Linie zuständige HAPAG - Direktor fluchte schlimmer wie ein echter Hamburger Bierkutscher, als ihm dieses Gesetz in seinem Büro an der Deichstraße auf den Tisch flatterte. Noch viel schlimmer gebärdeten sich die Zahlmeister und Kapitäne der jeweiligen Schiffe. Am schlimmsten traf es aber die auf den Schiffen eingesetzten Quartiermeister, welche für die Be-

legung der Schiffe zuständig waren. Verzweifelt rauften sie sich die Haare, machten Belegungsplan über Belegungsplan, um sie am Ende entmutigt und wuterfüllt zerknüllt in die Papierkörbe zu werfen. War doch durch diese, nun unvermeidlichen Umbaumaßnahmen erheblich weniger Platz für die Passage nach Amerika auf den Schiffen.
Damit auch weniger Umsatz für die Überfahrten nach den Staaten. Doch alles Zedern und Jammern half nichts. Und irgendwie, wenn auch mit einiger Verzögerung, klappte es denn auch endlich: Eine etwas menschenwürdigere Überfahrt für die hoffnungsschwangeren Passagiere in ein besseres Leben. Endlich unter einigermaßen erträglichen Umständen, obwohl es den meisten der Auswanderer unter Deck immer noch beängstigend eng erschien. Die Vorschriften der amerikanischen Immigrationsbehörden waren ein wahrer Segen für die Auswanderer, gemessen an den unmenschlichen Zuständen, die all ihre ungezählten Vorgänger noch wenige Jahre vorher auf den Segelschiffen von Europa über die endlos lange Südroute in die neue Heimat erdulden mussten.

Diese neue Vorschrift, geltend für alle Reedereien der Welt, die amerikanische Häfen mit Auswanderern an Bord anliefen, verursachte manches Bauchgrimmen zu allererst vor allem auch bei den zuständigen Schiffsingenieuren. Wussten sie doch ganz genau, dass bei einer Havarie mit einem anderen Schiff oder Kollision mit einem Unterwasserhindernis die Schotten im Zwischendeck nicht - oder nicht schnell genug zu schließen waren. Das absolute Todesurteil für fast alle Steamer der HAPAG - sollte dieser Ernstfall einmal eintreten. Woran keiner der Verantwortlichen auch nur im Entferntesten sich zu glauben getraute.
So nach und nach pendelten sich jedoch - entgegen aller Befürchtungen der Reedereien - die Auswandererzahlen wieder auf einen „gewinnbringenden" Stand ein! *)

*****

Tagelange Stürme, heftig ohne Unterlass rollende See, einseitige Verpflegung, faules Wasser, Gestank, Übelkeit ohne Ende brachten die hoffnungsvoll aufgebrochenen Emigranten nun an den Rand ihrer körperlichen Leistungsgrenze. Obwohl schon lange Zeit Vorschrift, fehlte auch bei dieser Einschiffung aus Kostengründen beim Ablegen *„am Jonas"* wiederum der vorgeschriebene Bordarzt.
Die Kontrolle durch die Hafenbehörden war doch oft sehr lasch. Manche der Kontrolleure diesseits und jenseits des Ozeans hielten halt einfach „die Hände auf".

*) **Auswanderer** - *siehe Glossar*

Diesmal wusste der Kapitän von seinem Zahlmeister, dass sich auf seiner Passagierliste ein deutscher Mediziner in der 1. Klasse auf dem Weg nach New York befand. Er fand es trotzdem nicht einmal für nötig, diesen Arzt beim Einborden befragen zu lassen, ob er denn in einem Notfall helfen würde. Nein, er hielt dies schlicht für überflüssig. So beiläufig offerierte er dann mitten auf dem Ärmelkanal dem Doktor aus dem Kurpfälzischen, beim „*Käptn's Dinner*" sein Ansinnen. Nicht ohne dabei den „Eid des Hippokrates" zu erwähnen. Wie erwartet erschien dann dieser Mediziner auf der, von den amerikanischen Behörden geforderten, Liste als Verantwortlicher beim medizinischen Bordpersonal. So einfach war das. Die wenigen Vergünstigungen, die er dafür dem gutmütigen Doktor auf der Überfahrt zuteil kommen ließ, waren nur ein Bruchteil der Kosten für einen fest angestellten Mediziner. Der Kapitän war sich sicher, dass dies auch wieder auf der Rückfahrt nach Europa klappen würde. Und wenn nicht, konnte er sich immer noch was einfallen lassen. Er und seine Reederei erhielten nur für jeden der überlebenden Emigranten von Europa nach Amerika das Geld für die Überfahrt von dem zuständigen Agenten bei *Kunhardt & Co.* in New York. Doch immer wieder starben auf den Ost-West-Passagen viele Menschen. Alte, wie auch ganz Junge. Der Tod machte sogar vor den Stärksten nicht Halt.

*****

Samstag, 18. April 1874

Mitten im Auge des Orkans

Oberheizer Hermann Menzel stand breitbeinig am Fuße der „Hühnerleiter", wie die Heizer die steile und enge Eisentreppe ins Zwischendeck hinauf bezeichneten, und hielt sich krampfhaft mit den Händen an den Enden des eisernen Handlaufs fest. Der Dampfer begann mächtig zu rollen. Die Wellenberge kamen jetzt nicht mehr vom Bug oder nur von Steuerbord. Nein, sie liefen nun direkt quer unter dem heftig stampfenden Dampfer hindurch.

Es schien so, als wäre die „*Cimbria*" nicht mehr fähig, Kurs zu halten. Jetzt waren wieder die Kohlentrimmer gefordert. An ihnen lag es nun, dass sich, die noch Hunderte Tonnen umfassende Kohlenlast nicht abrupt und unkontrolliert in ihren Kohlenschapps hin und her bewegte. Eine Riesengefahr für den nun in schwerster See stampfenden und schlingernden Dampfer! „Freiwache" gab es nun nicht mehr. Alle Mann mussten ran, auch die Kohlenzieher. Und trotz dieser nun lebensgefährlichen Arbeit mussten auch die bedauernswerten Heizer Schippe für Schippe in die höllischen Feuerschlünde der beiden Dampfkessel befördern. „Wenn jetzt auch noch die Kohle in Be-

wegung kommt. Dann kann uns nur noch Gott helfen!" dachte sich Menzel. Bis jetzt ging es ja noch einigermaßen, begünstigt durch die extreme Backbordlage des Schiffes.
Die starke Krängung*) nach Backbord hatte man ja noch einigermaßen ertragen können. „Aber jetzt diese schiet verdammte, rollende *Dwarssee...* " schrie er hinein in den Lärm des Maschinenraumes. Die Trimmer und Kohlenzieher brauchten die Kohle bislang nur auf die Steuerbordseite verfrachten. „Wehe uns, wenn der Sturm jetzt noch drehen würde" schoss es dem Oberheizer durch den Kopf.
Und es kam kurze Zeit später, wie es der erfahrene Seemann geahnt hatte. Droben, auf dem sturmumtosten Oberdeck herrschte fürchterlicher Sturm. Brecher über Brecher überrollte die Back und das Schanzkleid des Steamers. Alles, was jetzt nicht niet- und nagelfest war, riss es in die kochende See. Tief unten, direkt über der Bilge, schafften es die bis zu völligen Erschöpfung schuftenden Kohlentrimmer und -Zieher nicht mehr alleine, die gewaltige Kohlenlast in den mächtigen Schapps an der Backbord- und Steuerbordseite zu sichern. Jeder Mann der Freiwache, ob Heizer, Trimmer, Kohlenzieher oder Heizer musste ohne Pardon aus den Kojen und wurde in den Maschinenraum befohlen.

Auch der Oberheizer Menzel war sich nicht zu schade, die Schlünde der Kessel zu füllen. Aus seinen muskulösen, mächtigen Oberarmen traten vor Anstrengung die Adern und Venen wie kleine, pralle Schläuche hervor. Menzel hatte keine Angst. Beileibe nein! Da hatte er schon zu viele Höllenstürme in seinem Leben mitgemacht. Er, dem zehn Meter hohe Wellenberge als Decksmann auf seinem geliebten Segler, der „*Deutschland*" absolut nicht fremd waren, fühlte sich hier unten aber wie in einer Gruft. Er war ein Seemann durch und durch. Ihm musste der „Sturm um die Nase wehen und das Salz auf seinen Lippen brennen". Nur dann war er auf seine Art glücklich und zufrieden und lief immer zu Höchstleistungen mit seiner Decksbesatzung auf. Unter Deck ließ er sich nur zum „Verholen" - oder an der Back zum Essenfassen sehen. Auf seiner „*Deutschland*" konnte er wenigstens an Oberdeck den Wassergewalten noch ins Auge sehen. Aber hier unten? Hier unten fühlte er sich macht- und hilflos und das erste Mal seit langer Zeit merkte er, wie ihm Angst, echte Angst Zentimeter für Zentimeter in seinem Nacken hochkroch und sich im Gehirn verfestigte. Sein Kopf, seine Sinne spielten verrückt.
„Bleib ruhig, bleib ruhig, Menzel ...", murmelte er mit zusammengepressten Lippen leise zu sich selbst, „... lass dir ja nichts anmerken!"

*) **Krängung** ***(Schlagseite)***- *siehe Glossar*

Seine völlig erschöpften Männer merkten ihm nichts an.
Wurden sie noch mit der gefährlich extremen Schiffsneigung zur Backbordseite hin einigermaßen fertig, hatten sie nun alle Hände voll zu tun, um die immer stärker rollende Dwarssee hier unten im „Keller" in den Griff zu bekommen. Mal nach Backbord, mal nach Steuerbord rutschte die gefährliche, aber zugleich auch unentbehrliche Fracht: die Kohle. Obwohl Menzel mit äußerster Konzentration lautstark die Befehle zum Öffnen und Schließen der Kesselluken gab, die tobende See kümmerte sich darum nicht. Die gebunkerte Kohle in den Schapps fing nun immer bedrohlicher zu rutschen an.

Dort unten im Kesselraum herrschte jetzt akute Lebensgefahr ...
Von der Brücke kamen nun ohne Unterlass durch das Sprachrohr neue Anweisungen hinunter in den Maschinenraum.
Die halbnackten Heizer hatten mehr mit ihrer Eigensicherung zu tun, als dass sie die Feuerschlünde schnell und konzentriert füllen konnten. Manchen von ihnen zog es einfach die Beine weg und sie schlitterten gefährlich an die Luken der Heizkessel heran. Menzel und der leitende Ingenieur wussten, dass „oben" die reinste Hölle herrschte.
Der Oberheizer fühlte sich ausgebrannt. Er wusste genau: Nur wenn die beiden Kessel voll unter Dampf standen, war das Schiff manövrierfähig zu halten. Endlich, nach langem Zögern, hatte der Kapitän sich entschlossen, die „*Cimbria*" nicht auf den vorher abgesteckten Kurs zu halten. Er wollte dem Orkan ein Schnippchen schlagen und sich mit voller Kraft nach Süden durchschlagen. Koste, was es wolle! Er gab die neu gesteckten Koordinaten seines Navigators weiter an seinen Steuermann und ließ den Steamer, der nunmehr schon seit beinahe eineinhalb Tagen ein hilfloser Spielball der Höllensee war, unter Volldampf den direkten Kurs nach Süden nehmen:
„Kurs Südwest, hart backbord - volle Kraft voraus ...!"

*****

Hermann Heinrich Menzel oder auch Henry, wie er sich bei seinen wenigen Landgängen in New York, Plymouth, Southampton oder anderswo nannte, hatte wirklich Nerven! Nerven, so schien es, so dick wie Taue zur Sicherung des Großmastes.
Angst? Nein, das war ihm ein Fremdwort. Als alter Fahrensmann hatte er so manchen Höllensturm auch auf der „*Deutschland*" überstanden. Den Schlimmsten vor vielen, vielen Jahren, als sie *Kap Hoorn* auf der Fahrt nach Valparaíso umschiffen mussten. Und mit Müh und Not, gebrochenem Hauptmast und zwei - bei schwerster See - über Bord

gegangenen Matrosen nach Tagen den Schutzhafen von *Punta Arenas* an der Südspitze Feuerlands erreichten.
Aber so ein Gefühl als jetzt, hatte Menzel noch nie. Er merkte, die „Cimbria" kämpfte um ihr Leben! Der Steamer arbeitete, rollte und stampfte wie ein Berserker. Und komisch: Irgendwie fühlte Menzel in diesem Moment eine Art innige Zuneigung zu diesem Schiff. Er wollte es sich fast nicht eingestehen! Aber es stimmte: Für dieses Schiff, so merkte er, lohnte es sich zu kämpfen!

Sicher, sein Groll, dass er der Gefahr nicht mehr an Oberdeck „ins Auge sehen" konnte, der würde noch viel Zeit brauchen, um zu verrauchen. Er fühlte sich hier unten eingeschlossen, auf Gedeih und Verderb eingeschlossen im Bauch, ja in den Eingeweiden dieses heroisch kämpfenden Schiffes.
Ihm fehlte die Sicht auf das Tohuwabohu droben in der tanzenden, rollenden und gierigen See. Das hätte ihn innerlich sicherer gemacht: der Gefahr mutig ins Auge zu sehen. Der alte Bootsmann Menzel merkte: Er hatte doch Angst! Aber er konnte doch kein Jota davon zeigen. Ebenso wenig wie der leitende Maschineningenieur. Doch Menzel bemerkte die nackte Todesangst in den Augen seiner Heizer, die allesamt wie um ihr Leben schaufelten. Die 1.500 PS mussten auf Volldampf laufen, ein Wahnsinnsunterfangen bei dieser Höllensee.

Der Auswandererdampfer war nun zum reinen Spielball des tobenden Nordatlantiks geworden.

*****

Doch knapp 36 Stunden später hatte es die „Cimbria" tatsächlich geschafft. Von der „Teutonia" war seit Tagen nichts mehr zu sehen; sie schien in der unendlichen Weite des Meeres verschwunden zu sein. Die vom Orkan aus Nordnordwest verursachte Abdrift nach Süden war enorm. Ein Übriges tat die Kursänderung des Kapitäns. Die korrekte Positionsbestimmung dauerte ihm zu lange. Viel zu lange, wie der Kapitän nervös und verärgert gegenüber seinem „*Ersten*" feststellte. Erst als eineinhalb Tage nach dem Orkan der Himmel wieder einigermaßen aufklarte, konnte der Navigator wieder mit seinem Sextanten arbeiten. Und nun konnte es erst wieder richtig losgehen im Maschinenraum.
Rund um die Uhr wurde nun in Doppelschichten geschuftet. Es galt, verlorene Zeit aufzuholen.
Menzel wusste zwar, dass seine Männer schon „auf dem Zahnfleisch daher kamen", konnte aber nichts daran ändern. Es gab Sonderrationen von Tee mit Rum oder Rum mit Tee. Es spielte keine große Rolle, ob die Besatzung im Maschinenraum etwas mehr Alkohol als

üblich trank. Das war in Minutenschnelle wieder ausgeschwitzt. Der Steamer änderte nun seinen Kurs wieder in Richtung Neufundland, lief südlich von Grönland mit aller Kraft auf die Küste Nordamerikas zu. Im Ruderhaus waren an Steuerbordseite einige der großen Fenster durch einen riesigen Brecher geborsten und notdürftig von den Schiffszimmerleuten mit Holzdielen repariert worden. Zudem waren große Teile des Schanzkleides am Bug der „*Cimbria*" durch die schweren Brecher stark beschädigt, Bullaugen in der 1.und 2.Klasse eingedrückt und - zu allem Unglück - noch mehrere Rahsegel des Mastbaumes auf dem Vorderschiff vom Orkan zerfleddert. Sie mussten in mühevoller und lebensgefährlicher Arbeit schnellstens ersetzt werden. Zwei Rettungsboote hatte es zudem aus den Halterungen gerissen und über Bord gespült. All die vielen anderen „Kleinigkeiten" wollte Kapitän Schmidt erst in New York instand setzen lassen. Während der Schiffsführer schon wieder Tagesroutine verkündete und die folgenden Abende, so als wäre nichts Besonderes gewesen, wieder mit den Passagieren der 1. und 2. Klasse dinierte, herrschten bei den Auswanderern im Zwischendeck der „*Cimbria*" immer noch chaotische Zustände.

Knapp 500 Auswanderer, darunter 200 Kinder, so schien es, waren bei diesem Inferno fast völlig alleine ihrem Schicksal überlassen. Wenn, ja wenn nicht die beiden Sprecher für ihre Schäfchen bis zum Umfallen geschuftet hätten. Jacob Euler und Severin Jaspers waren sich für nichts zu schade. Doch gerade darüber schien Kapitän Schmidt sehr, sehr genervt. War es etwa Neid über enorme mentale Stärke der beiden Männer in dieser Situation?

Seit Beginn des Orkans ließ er die beiden Männer nur noch mit seinem 1.Offizier verhandeln. Übertrug ihm die „angenehme Aufgabe", den hartnäckigen Forderungen der beiden Männer, soweit wie es nur ging, Paroli zu bieten. Schmidt war geizig, wohl wissend, dass dies auch ein großes Risiko war. Jeder der Passagiere, ob 1.Klasse oder Zwischendeck, die auf seinem Schiff bei der Überfahrt starben oder auch nur schwer verunglückten, verursachte - neben einem großen Papierkrieg vor den amerikanischen Einwanderungsbehörden - auch einen nicht unerheblichen Verdienstausfall für sich persönlich. Mussten sie doch vor zwei Tagen einen alten Mann „dem Meer übergeben". Der betagte Auswanderer aus dem ehemaligen Großherzogtum Baden hatte die Strapazen während des Sturmes nicht überlebt. Er war der Senior einer neunköpfigen Familie aus der Nähe von Offenburg, deren Ziel Cincinnati in Ohio war.
Käpt'n Schmidt wusste auch, dass die Menschen unten an fürchterlichem Durchfall und Erbrechen litten, aber was konnte er dagegen

tun, wenn es der mitreisende Doktor schon nicht schaffte? Und seine Einwände bei der Reederei, solch alte Menschen nach Übersee mitzunehmen, waren nie auf fruchtbaren Boden gefallen. Im Gegenteil: Er machte sich langsam unbeliebt. Großzügigerweise ließ er nun über Euler und Jaspers an Frauen und Kinder täglich einige Sonderrationen an Dürrpflaumen, Haferflocken, Honig, Schiffszwieback, Zwiebeln, Schmalz, Milch und rohe Eier verteilen.
Doch es besserte sich nicht viel.

*****

Der Steamer ging nun wieder auf Kurs Südsüdwest. Kapitän Schmidt befahl seinem 1.Offizier „volle Kraft“ voraus.
Dichter, undurchdringlicher Nebel war über dem Atlantik aufgezogen. Von der Brücke sah es so aus, als würde das Schiff eine undurchdringliche, graue Wand vor sich herschieben. Rund um die Uhr waren jetzt wieder die beiden Krähennester in den Masten auf dem Vorderdeck und achtern mit einer Doppelschicht Matrosen im Ausguck besetzt. Eisschollen, unendlich viele große Eisschollen trieben rings um das Schiff. Der Kapitän befahl dem Maschinenraum, auf „halbe Kraft“ zu gehen. Die Gefahr, mit einem treibenden Eisberg zu kollidieren, war jetzt riesengroß geworden.
Der Orkan hatte südlich von Grönland ganze Arbeit geleistet ...

*****

19./20. April 1874
Kurs auf New York

Zwei Tage später auf Höhe von „*Cap Sab*le“ an der Südspitze der lang gezogenen Halbinsel *Nova Scotia*.

Stickig war es in der Kajüte des Oberheizers.
Früher, ja früher ...“, so erzählte er Tage nach der extrem stürmischen und gefährlichen Passage mitten durch den Orkan, den beiden Bayern Lenz und Sixtus während einer Freiwache in seinem Kabuff bei einem Glas Rum, „... tja früher, da bin ich halt noch mit „echten Schiffen“ gefahren. Aber niemals die Nordroute. Immer mit den Passatwinden voraus, entlang der Küste von Afrika bis tief in den Süden zu den Kapverden. Und dann, mit einem Schwung an die Ostküste Südamerikas und im großen Bogen hinauf in die Karibik. Jau, bis an die Süd- und Ostküste Nordamerikas ...“.
Der alte Seebär tat einen tiefen Seufzer und gönnte sich einen Priem. Dann nahm er einen Schluck aus der kleinen Rumflasche und schaute in die verrußten Gesichter seiner Kohlenzieher. „Meistens haben wir

zu dieser Zeit den Hafen von *Galveston* angesteuert. Tolle Weiber gab´s da, da könnt ich euch was erzählen! Aber alles, wirklich alles hat sich in den letzten Jahren geändert. Was hatten wir da noch für Verluste unter den Auswanderern! Besonders bei Flaute dümpelten wir dann tagelang droben in der Karibik herum, um nicht mal 20 Seemeilen am Tag zu schaffen. Dazu die brütende Hitze, die verdorbenen Lebensmittel, das faulige Wasser. Manches Mal bis zu zehn, fünfzehn und mehr Tote mussten wir auf solchen Überfahrten Neptun übergeben. Ein herber Verlust für den Käpt´n und besonders für die Agenten ...".

Mitleid mit den Angehörigen der Auswanderer schien ihm völlig fremd zu sein. Eher sah man ihm immer wieder an, dass er stark am Verlust seines geliebten Seglers, der *„ollen Deutschland"* litt. Als er das ungläubige Staunen in den Gesichtern von Lenz und Sixtus sah, fügte er bedeutungsvoll hinzu: „Ja, mit echten Schiffen! Mit Segelschiffen aus Holz, Teer und Tuch!"

Wenn Hermann Menzel so in die Vergangenheit abschweifte, seinen Priem von einer Backentasche in die andere schob und ab und zu mit gespitzten Lippen einen kräftigen Strahl des Tabaksaftes kunstvoll im Kesselraum in die Kohlehaufen beförderte, dann, so meinten nicht nur die Greenhorns an Bord, dann verklärte sich sein grobschlächtiges Gesicht in unglaublicher Art und Weise. Man sah ihm seine Sehnsucht nach diesen alten, jetzt so langsam aus der Mode gekommenen Schiffen an. Hatte doch die HAPAG und auch der unmittelbare und schärfste Konkurrent, der „Norddeutsche Lloyd" in Bremen, mittlerweile fast alle Segler ausgemustert und die gesamte Paketschiff - und Auswandererflotte auf diese eisernen Ungetüme umgestellt. Anfangs gab´s aber noch ein Patt unter den Reedern und auch unter den Konstrukteuren. Um ganz sicher zu gehen, wurden noch lange Jahre die Schiffe mit kombiniertem Segel- und Dampfantrieb bei der schottischen Werft J. Caird & Co. in Greenock bestellt und gebaut. So konnten naturgemäß kostengünstigere Motoren und Turbinen mit meistens nur einem Schornstein eingebaut werden. Das drückte die Kosten für Kohlebunkerung für Hin- und Rückfahrt gewaltig, da die West-/Ostpassage meist mit günstigen Winden auf der Nordroute zu bewältigen war. Gut, das war eine große Zeitersparnis; man war halt nicht mehr immer ausschließlich nur von den launischen Winden abhängig, wie Menzel ihnen erklärte. Man konnte, was bisher sehr langwierig wegen der Winde war, in direkter Richtung schneller quer über den Atlantik schippern. An der Südküste von England vorbei, dann weiter südlich von Island und Grönland bis an die Küste Nordamerikas.

Dienstag, 21. April 1874

Der Nordatlantik hatte sich inzwischen merklich beruhigt, die endlosen Eisfelder waren passiert. Die Menschen an Bord atmeten auf. An Oberdeck hielten Euler und Jaspers mit einem Geistlichen einen Dankgottesdienst ab. In den frühen Morgenstunden des 21. April, die im wabernden Nebeldunst liegende Küstenlinie der Halbinsel *„St.Johns"* von Neufundland lag bereits ein Stück steuerbords hinter ihnen, kündigte sich auf dem Barometer wieder ein Wetterumschwung an. Später, beim dem Passieren der „*Cabotstraß*e" und nur wenige Seemeilen von „*Kap Breton Island*" entfernt, sah man über der Kimm die Konturen der Küste der Halbinsel *Nova Scotia* im Morgendunst langsam auftauchen. Die See blieb ruhig und auf Anordnung von Käpt´n Schmidt durften sich nun die Auswanderer stundenweise in kleinen Gruppen an Oberdeck aufhalten. Aber nur achtern und nicht auf der Back auf dem Vorderdeck. Die war nämlich strikt den 1.und 2.Klasse - Passagieren vorbehalten. Damit dies reibungslos klappte und nicht alle Auswanderer auf einmal an Oberdeck kamen, überließ er die Einteilung Euler und Jaspers. Und diese waren heilfroh, dass ihre gebeutelten Schützlinge wieder ein wenig Luft, Licht und Sonne bekamen. Schmidt jedoch ging´s nur darum, dass seine Schützlinge eine besser durchblutete Gesichtsfarbe hatten, bevor er diese den pingeligen Immigrationsbeamten in *Castle Garden* zur Kontrolle übergab. Auch vor den schlitzohrigen Agenten von *„Kunhardt & Co.* sollten die Auswanderer ja ein „gutes Bild" machen. Die waren immer drauf und dran, mit irgendwelchen an den Haaren herbeigezogenen Gründen, die vereinbarten Prämien für die Auswanderer zu drücken. Sehr zum Verdruss des Kapitäns und seiner Reederei. Deshalb galt die eiserne Regel: Eine gesunde Gesichtsfarbe der Auswanderer war gut fürs weitere Geschäft! Ein wunderschöner klarer Tag mit leicht auffrischendem Wind lag vor ihnen. Der Kapitän ließ deshalb nun zusätzlich die gesamte Betakelung brassen, der Steamer nahm sofort gewaltig mehr an Fahrt auf. Große, zeitraubende Segelmanöver waren überflüssig, da der Wind unentwegt von der Backbordseite aus Osten blies. Die Decksbesatzung und auch die Menschen aus den Zwischendecks erlebten nun einen ruhigen Tag. Das Oberdeck war überfüllt mit Auswanderern, die gierig die frische Luft in ihre malträtierten Lungen einsogen und jeden Sonnenstrahl sichtlich genossen.

Man „roch" jetzt förmlich schon den „Kontinent der Verheißung": Amerika. Euphorische Stimmung breitete sich unter den Auswanderern aus. Die kurzfristig - nur wenige Tage vorher- vom ehemaligen Organisten Severin Jaspers zusammengestellte Musikkapelle tat ihr Übriges dazu. Die Musiker, die sich den Namen „The Cimbrias" gegeben hatten, spielten flotte Weisen aus den Heimatländern der Auswanderer. Da einige Auswanderer aus Alexanderwohl auch dabei waren, erklangen auch russische Weisen auf ihren Balalaikas auf diesem „Schiff Gottes", wie es Severin Jaspers treffend formulierte.

Kapitän Schmidt befahl, für alle Personen an Oberdeck warme und kalte Getränke und auch frischgebackenen Kuchen auszuteilen. Die Hoffnung, dass nun alles gut gehen würde, nach diesen dramatischen und endlosen Stunden im Auge des Orkans merkte man jedem der Passagiere deutlich an. „Noch zwei, drei Tage, dann werfen wir vor „*Castle Garden*" den Anker, sagte Schmidt zu seinem 1.Steuermann. Zufrieden stopfte er sich eine Pfeife und sog den Rauch in kurzen Zügen ein, um den feuchten Tabak zum Glimmen zu bringen. Wenig später verbreitete sich ein wunderbarer Duft auf der Kommandobrücke der „Cimbria". Schmidt war wieder einmal mit selbst zufrieden. Zumal er erfahren hatte, dass in den Morgenstunden dieses wunderbaren Tages die zweite Frau von einem Mädchen namens *Cimbria Cecilia* entbunden hatte.
Was für ein schöner Name: *Cecila Cimbria Bürger!* Und auch noch auf den Namen „seines" Schiffes getauft! Gut, so etwas hatte er schon öfters mitgemacht, schließlich war er ja auch gleichzeitig mehr oder weniger an Bord für alles verantwortlich. Aber nach so einem Orkan? Kapitän Schmidt konnte sich beim besten Willen nicht daran erinnern. Er war tatsächlich irgendwie gerührt und ließ von seinem Smutje persönlich wiederum für die beiden Wöchnerinnen Sonderrationen mit Milch, Honig, Schiffzwieback und Butter ins Zwischendeck bringen. Die Formalitäten über Leben und Tod erledigte routiniert sein Zahlmeister. Sollte nichts mehr bis New York passieren, war die Passagierliste „summasummarum" sogar um eine Person gestiegen!
Also gab's auch hier noch einige Dollars mehr zu verdienen.

*****

Donnerstag, 23.April 1874
Sechsunddreißig Stunden später.

„Beide Maschinen auf halbe Kraft!"Metallisch laut schepperte die schneidige Stimme des „Leitenden" durchs Handsprachrohr an den grau bepinselten Wanten des Schiffskörpers entlang und erreichte, trotz des infernalischen Lärms schnell und deutlich die schuftenden Männer im Kessel- und Maschinenraum.
Das Auswandererschiff fing stark zu bocken und vibrieren an, jedermann merkte das starke Drosseln der Maschinen. Die Auswanderer in

den Zwischendecks klammerten sich mit angstvollen, bleichen Gesichtern eng aneinander. Menzel und der „Leitende" Ingenieur Curt Peymann standen mit angespannten, übernächtigten Gesichtern am Fuße der steilen eisernen Treppe, welche hinauf ins Zwischendeck mit den Kabinen der Mannschaften und Bootsleute führte. Die Männer tief unten im Bauch sahen nicht, was sich alles in den Zwischendecks abspielte: Hoffnung, Zuversicht und Vorfreude - oder panische Angst vor dem, was in den nächsten Stunden und Tagen auf sie zukommen sollte. Würden alle das penible Prozedere der Einwanderungsbehörde überstehen? Würden die Familien nicht auseinandergerissen und Angehörige wieder nach Europa zurückgeschickt? Zu vieles hatte sich an Bord herumgesprochen. Ob wahr oder nicht wahr, das wusste keiner der Auswanderer. Euler und Jaspers waren am Ende ihrer Kräfte. Rund um die Uhr mussten sie beschwichtigen, besänftigen. Euphorie und Angst auf engstem Raum, das konnte nicht mehr lange gut gehen.

*****

Die von den Strapazen des Orkans noch völlig erschöpften Männer im Maschinenraum tief unter der Wasserlinie des Schiffes sahen nicht, wie ihr Schiff die *„Neue Welt"* erreichte.
Ihr Leben, in den Tagen vorher - längs der Küstenlinien Neufundlands und Nova Scotia bis hin nach New York - bestand nur aus „schuften, luftholen, trinken, essen, Schweiß abwischen und erschöpft in kurzen Schlaf sinken ...". Der Zeitdruck durch die große Abdrift der „Cimbria" im Orkan hatte ihnen und auch allen anderen Heizern an den Feuerschlünden der beiden Heizkessel keinerlei Verschnaufpause gelassen. Wenig Zeit zum verschnaufen oder wenigstens dem ausgepumpten Körper eine kleine Erholung zu gönnen. Dass sie dem Ziel, „ihrem Ziel" immer näher kamen, merkten sie auch an ihrem Oberheizer Menzel. Er wurde mit einem Schlag leutseliger, wandelte sich vom manchmal gnadenlosen Antreiber hin, zu einem gut gelaunten und großzügigen Kumpel. Von all dem Geschehen an Oberdeck bekamen die vollkommen ausgelaugten, rußverschmierten, verschwitzten Heizer im heißen und stickigen Bauch des Steamerships so gut wie nichts mit.
Mit langsamer Fahrt steuerte der Steamer nun sein Ziel an: Die Reede lag etwa eine halbe Seemeile vor der Halbinsel *„Castle Garden"*. Alle Auswandererschiffe aus Europa oder sonst wo her, mussten dort vor Anker auf Reede gehen.

Ohne Ausnahme.

Drunten im Maschinenraum merkten sie das Besondere dieser Stunde erst, als sie Oberheizer Menzel per Handsprechrohr mit einem unmissverständlichen „alle Maschinen stopp!“ aufforderte, ihre Arbeit einzustellen.

*****

Das schrille, kratzende Geräusch der Ankerwinsch drang hinunter bis zu den erschöpften Männern an den Heizkesseln, die völlig ermattet auf Kohlesäcken niedergesunken waren. Die „Cimbria“ hatte Anker geworfen und harrte nun der Inspektion von Auswanderern und Passagieren durch die Behörden von „*Castle Garden*“. Unweit des Steamers gingen schon die ersten Schlepper und Kähne zum Übersetzen in Lauerstellung. Einige andere Auswandererschiffe waren schon abgefertigt und drehten nun mit Motorkraft wieder bei, um irgendwo an den Kais in *Lower Manhattan* Material zu bunkern oder neue Passagiere nach Europa aufzunehmen.

Heute sollte für viele Menschen in Manhattan ein fettes Geschäft winken!

*****

Die Südspitze der Halbinsel Manhattan lag im leichten Dunstschleier an Steuerbordseite. Käpt´n Schmidt hatte angeordnet, dass die Bordkapelle der Auswanderer sich zum Auftritt an Oberdeck bereit machte. „Aber Tipp topp in Schale geworfen ...“ gab er seinem „Ersten“ klar zu verstehen, „... und lassen sie eine extra Portion Rum unter den Männern der Kapelle und auch unter den Männern im Maschinenraum verteilen“ rief er ihm noch nach. „Aye, aye, Sir“, quittierte sichtlich erfreut der Stellvertreter des Kapitäns. Ingenieur Peymann salutierte und zog seine schmucke Ausgehuniformjacke zurecht. Nach einigen exakten Anweisungen an seinen Stellvertreter begab er sich hinunter in den Maschinenraum. Dort wandte er sich mit theatralischem Gebaren an seine Männer, die erwartungsvoll vor den großen Kohlenhaufen standen. Die weißen Augäpfel leuchteten gespenstisch aus ihren schwarzen Gesichtern. Dicke Schweißbahnen zogen sich über die Gesichter und die schwarzglänzenden nackten Oberkörper der Männer im „Vorhof zur Hölle“. Mit einer schroffen Handbewegung sorgte der Ingenieur für augenblickliche Ruhe im Kesselraum.
„Männer! Wir haben soeben in New York angelegt. Ihr habt unter schwierigsten Bedingungen eure Arbeit hervorragend gemacht und deshalb ab morgen in der Frühe zwei Tage Freischicht. Alles Nähere erfahrt ihr von eurem Oberheizer. Dort, bei ihm auf der Kajüte, liegt auch eure Heuer bereit. Von ihm bekommt ihr nun auch eine extra Portion Rum vom Käpt´n!“ Salopp tippte er mit zwei Fingern seiner Hand an die öl- und rußverschmierte Offiziersmütze, drehte sich auf der schmalen und extrem steilen eisernen Treppe auf dem Fuß um und

begab sich wieder auf den Weg nach oben. Er wusste: Heute Abend stand noch in der Offiziersmesse ein kleiner Empfang mit Vertretern des Hafenamtes und Abgesandten der deutschen Emigranten auf dem Dienstplan. Und das wollte der trinkfeste Haudegen sich nicht entgehen lassen. Das unerwartet einsetzende Heulen aller Schiffssirenen, das Zeichen für die Ankunft im „Gelobten Land Amerika", riss jeden aus seiner Lethargie.
Lenz, Sixtus und auch die anderen diensttuenden Heizer waren eigentlich fix und fertig und wollten so schnell wie möglich etwas „zwischen ihre Kiemen schieben" und dann eine Mütze voll Schlaf nehmen. Sie waren geschafft.
New York konnte auch bis morgen früh warten.

Schon kurze Zeit später machten zwei Schaluppen der Hafenbehörde an der Steuerbordseite fest. Nach einer kurzen, aber äußerst peniblen Inspektion durch den *Immigrations - Officer* mit seinen Adjutanten, unterstützt von einer Handvoll Männer, wurde mit dem Ausbooten der Passagiere und Auswanderer auf Schlepper und Kähne begonnen.

*****

Lenz und Sixtus wussten, dass nun Geduld für ihr Vorhaben gefragt war. Geduld und nochmals Geduld. Sie wussten genau, dass sie noch einige Stunden warten mussten. Warten darauf, dieses Schiff im Hafen von New York zu verlassen zu können. Diese Chance - und war sie noch so klein - wollten und mussten sie nutzen. Wenn am nächsten Morgen an einem der vielen Piers an der *East Side* von Manhattan mit dem Löschen der Ladung begonnen werden sollte, dann war es zu spät.
Hunderte von Pakete und Dutzende Postsäcke voll von Briefen für die Einwanderer aus der alten Welt wurden abgeladen. Dazu Hausrat, Waren aus der alten Welt, deutsches Bier in Fässern und Wein aus Deutschland, Österreich, Südtirol und den meisten französischen Weinbauregionen. Die Gaumen der Einwanderer lechzten nach alten Genüssen der Heimat. Kurzum, ein Sammelsurium an Artikeln aller Art, die noch die wachsamen Augen der Zöllner passieren mussten.
Dann, ja und dann wollten sie es riskieren. Egal, was jetzt dummerweise auch dazwischengekommen war. Sicher, eine unerwartete und neue Situation.
Aber wenn nicht jetzt, wann dann?
Jovial, mit einem breiten Grinsen im Gesicht, reichte Oberheizer Menzel aus einem kleinen Holzkistchen jedem seiner Männer eine Zigarre. Und als Zugabe zum Rum hatte er für seine Mannschaft noch einige Kästen deutsches Bier ausgehandelt. Als Belohnung und mit ausdrücklicher Zustimmung des leitenden Maschineningenieurs, dass

die Überfahrt trotz rauester See so gut geklappt hatte. Lenz und Sixtus konnte es noch garnicht fassen. Sie die einzigen Greenhorns in der Crew des Maschinenraums auf der „*Cimbria*" hatten ihren ersten „Törn", wie es Menzel ausdrückte, bravourös überstanden. Alle anderen Heizer und Maschinisten hatten schon mehrere Überfahrten hinter sich. Am meisten überraschte sie die menschliche Ader ihres Vorgesetzten. Er, der sie in den letzten Tagen und Wochen bis weit über die Grenzen ihrer Leistungsfähigkeiten gefordert hatte, er war auf einmal auch ein Mensch.
Die stürmische Überfahrt hatte trotz aller Gefahren auch Vorteile gehabt. Zwei Tage früher als nach dem Orkan vom 1. Offizier berechnet, konnte Käpt´n Schmid, begünstigt durch die, südlich von Grönland spürbaren und in Höhe von *St. Johns*, dem östlichsten Punkt Neufundlands stärker aufkommenden Winde, die Takelage der Heck- und Bugbesegelung voll brassen..
Genau einen Tag nach der „*Cimbria*" hatte endlich auch das Schwesterschiff die „*Teutonia*" ihr Ziel New York erreicht. Sie war mit letzter Kraft einer Katastrophe entgangen und hatte erhebliche Schäden erlitten. Schon mit Beginn des Sturmes südlich von Island war ein Schaden in der Ruderanlage aufgetreten. Das Schiff war über einen Tag lang nicht zu manövrieren. Tragischerweise waren auf diesem Schiff drei Auswanderer bei dem schweren Orkan unter Deck so schwer verunglückt, dass sie ihren Verletzungen trotz der Hilfe des Bordarztes erlagen. Ihre sterblichen Hüllen wurden dem Nordatlantik übergeben. Nur mit viel Glück, einem genialen Maschineningenieur und seiner Mannschaft war es zu verdanken, dass die kleine „*Teutonia*" nicht Opfer des Orkans wurde.
Einen großen Anteil hatte auch die besonnene Art und Weise, wie der 1.Offizier Carl Wilhelm Julius Hansen*) mit dieser enormen Herausforderung der Naturgewalten umgegangen war. In seiner Schiffsstammakte bei der HAPAG-Reederei in Hamburg wurde dies mit großer Hochachtung und dem Zusatz

„Geeignet für höhere Aufgaben"

vermerkt.

Leider „schmorte" dieser Vermerk noch fast volle drei Jahre in seinen Akten im Personalbüro der HAPAG.

*****

---

*) **Carl Wilhelm Julius Hansen** – *siehe Glossar*

Castle Garden[*] im Stadtteil *„First Ward"*, an der Südspitze von *Lower Manhattan* gelegen, war eine ehemalige Festung gegen die englischen Angriffe von See her und schon vor vielen Jahren schon zu einem Konzertsaal und Theater umgebaut worden. Dann, 1855, wurde dieses riesige, runde Gebäude nochmals umgebaut und die Sammelstelle für die Einwanderungsbehörde untergebracht. *„Castle Garden"* war durch einen langen Damm mit der *„Battery"* am südlichsten Punkt der Halbinsel von Manhattan verbunden. In der großen Rundhalle, mit umlaufenden Wandelgängen im Inneren, passten rund 3.000 Einwanderer auf einmal hinein. Hier wurden die von der Überfahrt gebeutelten und erschöpften Auswanderer penibel und unbarmherzig auf Herz und Nieren von den Beamten der amerikanischen Einwanderungsbehörden geprüft, bevor sie endlich ihre begehrten Papiere erhielten.
Ihre Papiere für das Glück in der Neuen Welt ...
„Die armen Hunde ..." sagte Menzel, „... die müssen jetzt erst recht höllisch aufpassen, wenn sie das Tor zur ersehnten neuen Freiheit durchschreiten. Dann fangen nämlich die Schwierigkeiten erst an. Die *„Runners",* die verdammten Schlepper, werden schon gierig darauf warten, diese naiven und hoffnungsvollen Menschen den Neppern und Ausbeutern in die Arme zu schleusen. Und ihnen dann ihr allerletztes und sauer erspartes Geld aus den Taschen ziehen! Wahrscheinlich sind schon viele von ihnen in Hamburg und Bremerhaven von den verdammten *Buttjers* oder *Litzern*[**] ausgenommen worden".
Lenz und Sixtus saßen am Rande eines großen Kohlehaufens auf einer großen Holzkiste und hörten dem erfahrenen Bootsmann zu. „Seid nur froh, dass ihr das nicht mitmachen müsst. Ihr habt´s gut, ihr könnt nochmal zurück mit mir nach Deutschland!" Den beiden gefror bei diesen Worten schier das Blut in den Adern. Der Bootsmann bemerkte gottseidank nicht, dass die beiden Bayern bei diesen Worten merklich schlucken mussten.
Das „nochmal zurück" war ihnen mächtig auf den Magen geschlagen. Doch ihr Plan stand unumstößlich fest. Sonst wären alle Strapazen ihrer monatelangen Flucht vor den Häschern umsonst gewesen.
Sie erfuhren, dass die „Cimbria" nach dem Ausbooten der Auswanderer an der Pier von *„Castle Garden"* zur Reparatur noch das Dock einer Werft an der East Side von Manhattan anlaufen musste. Außerdem sollten dabei auch neue Passagiere der 1. und 2.Klasse für die Überfahrt nach Hamburg eingeschifft werden.
Vorausgesetzt die Reparatur an dem defekten Kessel würde nicht allzu viel Zeit in Anspruch nehmen.

[*] **„Castle Garden"** - [**] **"Buttjer/Litzer"** - *siehe Glossar*

Samstag, 25. April 1874
New York - Manhattan.

Sie hatten noch keinen festen Plan.
Konnten ihn ja auch, nach den sich überschlagenden Ereignissen und Entscheidungen der Schiffsführung in den letzten Stunden, garnicht haben. Jetzt mussten sie einfach das Beste aus der neuen Lage machen. Beide wussten, dass sie mit ihren Handlungen auf das angewiesen waren, was um sie herum passierte. Aber eines mussten sie immer sein: auf der Hut und hellwach.
Als am Spätnachmittag des 25. April 1874 das Schiff - nach dem Ausborden der Auswanderer und der Kabinenpassagiere - an den Docks der „*Upper West Side*“ angelegt hatte und die Reinigungsarbeit an den großen Kesseln fast beendet war, beobachteten Lenz und Sixtus, wie Hermann Menzel mit dem leitenden Maschineningenieur unruhig auf und ab lief. Kurz, nachdem er nach oben auf die Brücke verschwunden gewesen war, kam der Ingenieur wieder zurück. Aufgeregt und in großer Eile stieg er die „Hühnerleiter“ in den Turbinenraum hinab. Er und sein Oberheizer schienen besorgt und erregt zugleich. Wortfetzen drangen durch den starken Lärm bis zu ihnen herüber: „Haarrisse, neue Maschine ...“ und „ ... neuer Kessel“ drangen an ihre Ohren. Immer wieder inspizierten die beiden Männer mit sorgenvollen Mienen die großen Dampfkessel. Sie schraubten, klopften und horchten immer und immer wieder an den Kesseln und an den Rohren, die zu diesen hin- oder wegführten. Paulchen Krüger, ein gutmütiger älterer Mecklenburger aber erfahrener Obermaschinist, wurde hinzugezogen. Es stellte sich heraus, dass „irgendetwas“ an einem der beiden Dampfkessel nicht in Ordnung war. Der Ingenieur hatte es mit seinen geübtem Gehör beim Passieren von „*Staten Island*“ bemerkt: ein ganz merkwürdig schepperndes, untypisches Geräusch. „Irgendetwas läuft hier nicht mehr ganz rund“ sagte er mit skeptischem, unheilschwangerem Blick zu seinem Oberheizer, dem Bootsmann Hermann Menzel. Wohl oder übel mussten Lenz und Sixtus nochmals heran. Schaufel für Schaufel stopften sie den gierigen Schlund der riesigen Dampfmaschine mit frischen Kohlen. Dann, als genügend Druck in den Kesseln vorhanden war, wurden die Maschinen nochmals gestartet. Die Dampfturbinen sollten nochmals auf niedrigster Stufe im Leerlauf überprüft werden. Und es sollte sich leider schnellstens bewahrheiten: Eine der Maschinen war defekt und musste auf jeden Fall von Spezialisten in einer Werft genauestens inspiziert werden. Haarrisse in einem der Kessel und auch ein größerer Riss in einer der Hauptleitungen konnte mit Bordmitteln nicht behoben werden. Ignorieren war nicht möglich. Die Gefahr einer

Kesselexplosion war einfach zu groß. Lenz und Sixtus saßen am Rande des großen Kohlehaufens auf einer großen Holzkiste und beobachteten das Geschehen. Gerade, als sie zu ihrem kleinen Kabuff gehen wollten, um eine Mütze Schlaf zu nehmen, rief ihnen Menzel zu: „Stopp ihr beiden, hier geblieben“. Er winkte sie zu sich her. Sixtus und Lenz sahen sich erschrocken an. Konnte etwa der Oberheizer Menzel Gedanken lesen? Dann erfuhren sie es aus erster Hand: „Tja Jungs, dann müssen wir wohl oder übel auf einem anderen Dampfer der HAPAG zurück nach Europa schippern“ sagte Menzel zu ihnen. „Wir werden morgen oder übermorgen mit einem Teil der Maschinisten und Heizer auf der *„Silesia“* anmustern.“ Die *„Silesia“*, ein Schwesterschiff in gleicher Bauweise wie die *„Cimbria“*, lag schon einige Tage an einer der vielen Piers im Hudson River an der *„West Side“* von Manhattan. Geplant war, in den frühen Morgenstunden des 28. April 1874 wieder nach Europa auszulaufen, erklärte ihnen der Oberheizer. Er erzählte ihnen auch, dass die *„Silesia“* nur halb ausgebucht war. Einige wenige amerikanische Geschäftsleute mit einer Handvoll schon eingebürgerten Deutschen, welche ihre Verwandten in Deutschland besuchen wollten, hatten Kabinen in der 1.und 2.Klasse reserviert. Beinahe der gesamte Laderaum diente nun der Beförderung von Frachtgut aus Amerika nach Southampton und Hamburg. Hermann Menzel konstatierte nüchtern, jedoch mit saurer Miene den verdutzten Bayern: „Sorry, die *„Cimbria“* muss auf jeden Fall in eine Werft und bleibt einstweilen hier!“ Ganz freiwillig hatte sich die Schiffsführung dazu nicht entschlossen. Durch eine Routineinspektion in den Büchern im Maschinenraum waren die Ingenieure des Hafenamtes von New York auf die defekte Dampfturbine gestoßen. Die Inspekteure der Hafenverwaltung und auch die Verantwortlichen des *„Immigration - Bureau“* waren unerbittlich. Allein schon deswegen, weil auf der Rückfahrt ein großer Teil amerikanischer Staatsbürger gebucht hatte. Die Schiffstechniker kannten keinerlei Pardon. Das Schiff musste in eine Werft und wurde mit dieser Anordnung somit „an die Leine“ gelegt. Zu kostbar war den Behörden das Leben ihrer eigenen Landsleute, die den Trip nach *„Old Europe“* machen wollten.
Die Nachricht war für die meisten Männer der Besatzung im Maschinenraum nahezu bedeutungslos.

Nicht jedoch für die beiden geflohenen Haberer aus Altbayern ...

*****

Jetzt galt es.
Lenz und Sixtus mussten nun schnell reagieren und ihre allerletzte Chance ergreifen. „Zurück nach Europa, nach Hamburg ...?" Verzweifelt suchten die beiden Haberer einen Ausweg, diesem Schicksal zu entgegen. Ein zweites Mal wollten sie das Glück nicht nochmal strapazieren.
Nein, jetzt musste es geschehen!
Ihr Vorhaben musste ein erfolgreiches Ende finden, auch wenn es mit einem Wortbruch enden sollte! Einem Wortbruch gegenüber ihrem harten, aber auch väterlichen Mentor: Hermann Heinrich Menzel. Lenz und Siegfried wurde nach den deprimierenden Worten ihres Oberheizers und der Anordnung der Inspektoren, in Sekundenbruchteilen klar: „Jetzt war es höchste Zeit zum Handeln!" Ihr Gewissen stellten sie hintan. Es hatte seine Gültigkeit verloren. Sie konnten nicht mehr bis zum Morgen warten. Heute Abend, oder besser noch in den Stunden um Mitternacht war ihre letzte Chance, sich abzusetzen. Die Skrupel gegenüber ihrem Gönner stellten sie hintan.

Heute war ihr Tag.
Nächtelang hatten sie auf See während ihrer Freiwachen in ihrem winzigen Kabuff bei Kerzenlicht in aller Heimlichkeit die Flucht vorbereitet. Die wenigen, ihnen zur Verfügung stehenden Informationen hatten sie von anderen Heizern und Kohlenziehern im Kesselraum. Jenen, die schon oft in New York waren. Und diese konnten sie nur unter größter Vorsicht ausfragen. Beide mussten höllisch vorsichtig sein, denn die Hängematten der Besatzung des Maschinenraumes hingen dicht neben ihrer Kabine. Sie konnten sich nur einigermaßen ungestört unterhalten, wenn sie einen der wenigen Ausflüge an Oberdeck zum Luftschnappen ausnützten und ihre Nasen mit dem Wind drehten. Die Heizer der Freiwache waren längst schon an Land gegangen. Und aus der Kajüte nebenan, dort wo einer der beiden Maschinistenmaate schlief, hörte man tiefes, ruhiges Schnarchen. Sie wuschen sich die verdreckten Gesichter und wechselten ihre verrusste Arbeitskleidung. Dann schlichen sie an Oberdeck.
Von irgendwoher durchdrang Frauenlachen die Nacht. Lautes, aggressives Hundegebell setzte von der Landseite her ein. „Nur nichts anmerken lassen, Sixtus, bitte. Ganz ruhig bleiben. Wir beide schaffen es. Vertrau auf Gott!" flüsterte Lenz seinem Freund zu. Sie mussten jetzt so tun, als würden sie vor dem Schlafen gehen noch eine Prise Luft nehmen würden. Mehr nicht. Die nasskalte, frische Luft raubte ihnen nun fast den Atem, fühlte sich stechend in der Luftröhre an. Der Nebel hatte sich verstärkt. Die langen Tage unter Deck hatten ihnen

das Gefühl der frischen, sauerstoffreichen Luft genommen. Sie inhalierten wie Verdurstende die Luft New Yorks. Dann, als sie auf einmal auf dem Achterdeck backbords an der Reling der Upper West Side standen, verschlug es ihnen die Sprache. So etwas hatten sie noch nie gesehen und sich auch nicht in den kühnsten Träumen ausmalen können: New York im Lichterglanz der Nacht.
Menzel hatte sie auf der langen Überfahrt mehrmals unter sechs Augen vergattert. Er war kein Mensch der leisen Töne, aber hier hielt er sich in der Lautstärke schon aus eigenem Interesse verständlicherweise zurück. Es ging um ihre Papiere. Ahnte er womöglich schon etwas? „Ihr verlasst auf keinen Fall das Schiff. Ich habe mit meinem Wort beim Käpt´n dafür gebürgt. Wenn ihr hier fliehen wollt, seid ihr ohne Chance. Ihr kommt aus dem Hafengelände nicht heraus. Und wenn sie euch erwischen, bin ich auch dran! Genau passiert es mit mir, wenn sie euch nicht erwischen“. Eindringlich redete er auf sie ein: „Ihr bekommt von mir eine zweite Chance, verlasst Euch drauf. Aber der Zeitpunkt muss stimmen.“ Er machte eine Pause und schob seinen Kautabak auf die andere Seite der Backe. „Vielleicht müsst ihr noch eine Fahrt mit zurück nach Europa machen. Da werde ich versuchen, mit dem Käpt´n über euch zu reden. Ich weiß, dass ihr keine Verbrecher seid. Ich weiß es! Wenn ihr es dennoch tut, denkt daran: Der Kapitän wird auch bestraft. Von seiner Reederei und von der Hafenpolizei, wenn sie euch bei der Flucht aufgreifen.“
Auf „*Ehr und Gewissen*“ mussten sie ihm versprechen, nicht zu fliehen. Hermann Menzel wusste alles, scheinbar alles von ihnen, obwohl sie ihm nichts erzählt hatten. „Will ich garnicht alles wissen. Nein, überhaupt nicht …!“, hatte er ihnen vor einigen Wochen in Hamburg in der schummrigen Hafenkneipe in Altona deutlich zum Verstehen gegeben. „Ich brauche euch, weil mir ein paar gute Leute ausgefallen sind! Das andere nehme ich auf meine Kappe! Wir regeln das alles, wenn wir wieder von Amerika zurückgekommen sind.“
Er machte wieder einen kräftigen Schluck aus seinem Bierglas. „Und ihr, das sage ich euch, ihr haltet eure Klappe. Sonst ...!“ Der Sachse brauchte nicht mehr viel zu sagen. Seine Augen sprachen Bände.
Man merkte es, er vertraute ihnen voll und ganz.
Jetzt standen sie im Dunkel achtern an der Reling, starrten sehnsüchtig hinüber auf New York und durften nicht von Bord. Sie wussten, dass Hermann Menzel schon vor zwei Stunden an Land gegangen war und dass er ihre Papiere in seiner Kajüte aufbewahrte. Genauso wie die Seemannspapiere der anderen Heizer seiner Sektion.
Sie warteten bis wenige Minuten nach Mitternacht.
Der Empfang in der Offiziersmesse war im vollen Gange.

Ein paar Handgriffe, und schon war es geschehen. In kürzester Zeit hatten die sie Kajütentür des Oberheizers geöffnet. So, als hätten sie den Ablauf tagelang geübt. In einem Holzfach über dem kleinen Schreibtisch waren ihre Dokumente verstaut. Bei den Papieren lag, sauber gebündelt in zwei Umschlägen, die Heuer in Dollar für die Überfahrt. Wohl auf andere Namen, aber mit Quittung vom Zahlmeister und unterschrieben von Hermann Menzel. Sie wussten genau, dass er ihnen dieses Geld nie vorenthalten hätte.

Lange hatten sie Stück für Stück alle Möglichkeiten vorher in ihren Köpfen durchgespielt. Aber immer ohne Kenntnis der genauen Örtlichkeit, die sie erwarten würde. Sicher, irgendwann hatte sich Menzel auf einer Freiwache bereit erklärt, ihnen eine Hafenkarte samt Stadtplan von New York zu zeigen und auch oberflächlich zu erklären. Lenz und Sixtus spielten dem Oberheizer überzeugend ganz normales Interesse vor. In ihrem engen Kabuff zeichnete dann Sixtus die wichtigsten Punkte von Manhattan aus dem Gedächtnis, so gut es ging, nach.

Sie wussten, dass eine jetzt Flucht über die Gangway zu riskant und unmöglich sein würde. Dort standen, schon wegen des bevorstehenden Mitternachtsempfangs in der Offiziersmesse, nicht nur ständig einige Mann der Bordwache. Nein, noch viel schlimmer. Unweit von ihrem Schiff entfernt patrouillierte auch eine Doppelstreife der Hafenpolizei mit einem Hund. Daher mussten sie es backbords versuchen, also auf der Wasserseite. Und zwar sofort!

Es war ihnen irgendwie gelungen, festes Wachspapier aufzutreiben. Schnell verpackten sie ihre wichtigsten Habseligkeiten und vor allem ihre Papiere mit den Dollars in das Papier. Dazu noch einige Kanten Brot mit ein paar Zwiebeln, etwas Speck und hart gekochte Eier, die sie seit einigen Tagen sich vom Mund abgespart hatten. Dann schnürten sie ihre anderen Habseligkeiten zu einem festen Bündel, packten das mit Wachspapier ummantelte Päckchen hinein.

„Jetzt!“ Lenz gab leise aber bestimmt das Kommando. „Sixtus, du als Erster. Komm, schnell ...!“ Dieser zögerte leicht, aber Lenz drückte ihm unmissverständlich das starke Tau in die Hände. Er kletterte über die Reling und ließ sich nun, Stück für Stück aus einer Türe vom menschenleeren Zwischendeck geräuschlos an einem Strick herab. Irgendwoher hörten sie Musikfegtzen aus einer Hafenbar zu ihnen herüberwehen. Dann war es wieder gespenstisch still. Nur das leichte, sanfte Plätschern des Hudson - Rivers an die Pier und die Eisenwanten der „Cimbria“ hörte man. Unten, im Wasser des Hudsons versuchte Sixtus das Seil straff zu halten. „Schnell, Lorenz! Beeil dich, ich erfriere gleich im eiskalten Wasser ...“, flüsterte ihm Sixtus nach oben.

Lenz hatte sich sein Bündel ebenfalls vor der Brust umgebunden und ließ sich nun am Tau nach unten. Sachte stieß er sich mit beiden Beinen vom Schiffsrumpf ab. Das lange, dicke Tau folgte mit seinem losen Ende noch einige Meter der starken Unterströmung des Hudson River und passte sich dann den Wellenbewegungen des Wassers an.

Beide hielten sich kurz an dem starken Seil fest und stießen sich dann mit beiden Füßen vom Rumpf der „Cimbria" ab.

*****

Sonntag, 26. April 1874

Der erste Tag in Amerika

Böig peitschender Regen hatte kurz nach Mitternacht eingesetzt. Das Wasser des *Hudson Rivers* in Höhe der Chelsea Piers von Manhattan war wirklich brutal kalt. Mit der Strömung des Flusses ließen sie sich ein Stück entlang des Schiffsrumpfes treiben und klammerten sich fest an ihre Kleiderbündel. „Keine großen Schwimmbewegungen machen, wenn wir noch in der Nähe des Schiffes sind" hatte Lenz seinen Freund eingebläut. Sie hatten es dutzendmal im Kopf durchgespielt. Aber jetzt war eigentlich alles anders. Doch, sie hatten gut getan, dass sie ihre Sachen so gut verzurrt hatten. Sie konnten durch den natürlichen Auftrieb ihrer „Schwimmhilfen" in kürzester Zeit eine gute Strecke flussabwärts zurücklegen. Es gelang ihnen schließlich, in sicherer Entfernung von einem anderen Schiff einen - weit in den Hudson hineinragenden - Holzponton anzusteuern. Nach einer kurzen Verschnaufpause hangelten sie sich Stück für Stück hoch. Patschnass wie sie waren, schlotterten sie am ganzen Körper und zitterten wie Espenlaub im Winde. War es die Angst oder war es nur die nasse Kälte? Ihre Klamotten trieften, die Zähne klapperten wie wild im Takt. Das Wasser, das sich vom Atlantik her mit dem Fluss vermischt hatte, schmeckte ihnen salzig auf ihren Lippen. Starker Schüttelfrost überkam beide. In weiser Voraussicht hatte Sixtus eine Flasche Jamaika Rum aus der Bordration geklaut und in sein Päckchen geschnürt. Jeder von ihnen nahm einen kräftigen Schluck. Der starke Rum tat sofort seine Wirkung und ihre steifen Glieder füllten sich wieder mit Leben. „Lenz, was jetzt?" flüsterte Sixtus im Schutze der glitschigen, mit festgebackenen, scharfkantigen Muschelschalen übersäten Kaimauer. „Keine Ahnung. Ich weiß nur, dass wir schnellstens aus dem Hafengelände heraus müssen, bevor uns die Streife der Hafenpolizei erwischt. Mehr nicht!" Lorenz trank noch einen kräftigen Schluck aus der Rumflasche. Er reichte die Flasche an Sixtus zurück.

„Sixtus“, flüsterte er freudetrunken vor Aufregung. „Sixtus! Sixtus, wir sind im Amerika! Wir sind angekommen in der Neuen Welt!“

Im Schutze eines riesigen Stapels von Holzfässern umarmten sie sich ausgelassen und tanzten wie kleine Kinder. Hätten sie ihre Freunde doch hinausschreien können! Obwohl die Fässer in ihrem Versteck einen furchtbaren Fischgestank ausströmten, waren beide außer Rand und Band. Tränen der Freude rannen ihnen wie kleine Sturzbäche über die ausgemergelten Wangen.
Wie so oft hatten sie auch diesmal wieder Glück. Es gelang ihnen, den Hafenbezirk noch im Schutz der Dunkelheit zu verlassen.
Obwohl es noch eine sehr brenzlige Situation gab: Eine Doppelstreife der „*Harbour - Police*“ mit ihrem Schäferhund hätte sie beinahe erwischt. Der Hund hatte irgendwie Witterung aufgenommen, der Wind stand ungünstig für sie. „Sixtus, gib mir sofort deine Rumflasche!“ Sixtus zögerte. „Schnell, komm, sofort, gib sie her!“ flüsterte er mit heiserer Stimme. Sixtus reichte ihm widerwillig die fast noch volle Flasche. Er begann sofort einen Teil des Flascheninhaltes über sich auszugießen. „Ja spinnst denn jetzt völlig?“ flüsterte Sixtus heiser. Lenz schüttelte den Kopf. „Komm schnell, nimm! Mach sofort das Gleiche wie ich. Es nimmt dem Hund den Geruch von uns. Schnell, sonst sind wir verloren ... !“ Sixtus Heimerl begriff. Der starke Rum brannte ihn in seinen Augen. Gierig leckte er die Rinnsale des köstlichen Getränks aus seinen Mundwinkeln ab. Beide stanken nun kilometerweise gegen den Wind, wie zwei stinkbesoffene Matrosen. Nicht mehr nach Mensch, nur noch nach Rum.
Und: Das „Wunder“ geschah: Der Spürhund hatte tatsächlich das Interesse an diesen Gerüchen verloren. Alkohol passte auf keinen Fall in sein angelerntes Beuteschema. Im Morgengrauen erreichten sie die Bronx. Quer durch Manhattan hatten sie sich geschlagen. Immer die Faust im Nacken, falls sie ein Polizist entdecken und kontrollieren würde. Von einem der Heizer wussten sie, dass man in der Bronx am allerbesten untertauchen konnte, wenn „man etwas Dreck am Stecken hatte“. Lenz hatte sich die Karte von New York, die ihnen Hermann Menzel so arglos gezeigt hatte, genauestens im Gehirn eingeprägt. Vor allem die mögliche Anlegestelle im Hafen von New York.
„Nordost, hart Nordost“ so hämmerte es ununterbrochen in seinem Kopf. Er hatte sich von einem Heizer für ein paar Dollars einen kleinen Kompass gekauft und ihn die ganze Zeit wie seinen Augapfel gehütet. „Was brauchst denn einen Kompass“ hatte ihn Sixtus wiederholt angefrotzelt. „Wirst schon sehen...“ so antwortete ihm immer wortkarg der Lenz. Dort, ganz am Ende der Halbinsel Manhattan lag die Bronx, dieser Schmelztiegel der rasend wachsenden Bevölkerung

dieser Riesenstadt. Wind kam wieder auf und es fing an, stärker zu regnen. Mit eingezogenen Köpfen setzten sie ihre Suche fort.
Lenz wusste, dass er am Ende von Manhattan über eine hölzerne Brücke, die „*Kings Bridge*“ musste, die den „*Spuyten Duyvil Creek*“ überspannte. Auf der anderen Seite der Brücke lag ihr Ziel.
Es regnete immer noch in großen, schweren Tropfen. Nun waren sie „gleich“ mit allen anderen Menschen, die jetzt noch oder schon wieder unterwegs war. Absolut gleich. All diese Menschen waren durchnässt, hasteten mit eingezogenem Genick ihrem Ziel entgegen. Die ersten Dock- und Hafenarbeiter waren auch schon unterwegs zu den Piers und Kais am Hudson River. Rings um die beiden durchnässten Gestalten herrschte ein Gewusel, „wie in einem aufgescheuchten Ameisenhaufen“ - wie Sixtus etwas verstört zu Lenz sagte. „Aber, gerade das hilft uns jetzt! Glaub´ mir Sixtus ...“ antwortete dieser und fuhr fort, „,... jetzt fallen wir garnicht mehr auf!“
Der Moloch New York fing zu leben an und zu beben. Schiffsirenen drangen vom East River in die Stadt. Ein undefinierbarer Gestank waberte aus manchen Lagerhäusern im Hafen. Ein Gestank nach Fisch, verdorbenem Fleisch. Doch trotzdem: Es war ein gutes Gefühl für sie, endlich wieder festen Boden unter den Füßen zu haben.

Und angekommen zu sein.

*****

Das winzige Zimmer in einem Hinterhaus des Chinaviertels der Bronx war äußerst schäbig, ja heruntergekommen. Zehn Dollar hatten sie als Vorschuss für eine Woche bezahlen müssen. Ein Batzen Geld wie Sixtus meinte. Der beinahe zahnlose alte Chinese in seinem Verschlag im Hausflur war unerbittlich, als Lenz unbeholfen versuchte zu handeln. Stoisch schüttelte er ausdauernd seinen Kopf. Dabei bleckte er grinsend die wenigen, noch vorhandenen Zahnstummel. Sie waren vom vielen Nikotin ganz gelb gefärbt und hatten sich somit genau seiner pergamentartigen Hautfarbe angepasst. Sein schütteres, dünnes und graues Haar, hatte er zu einem kleinen Zopf im Nacken geflochten. „Sieht ja aus wie ein fettiger Rattenschwanz“ dachte sich Lenz.
Immer noch zeigte sich keine Regung sich im Gesicht des alten Mannes.
„Nein, ganz stimmte das nicht ... “, wie sich Lenz insgeheim eingestehen musste „ ... der kleine Chinese lächelt oder grinst eigentlich nur unentwegt.“ Genau das war es, was Lenz fürchterlich irritierte.
So etwas war er noch nicht gewohnt. Es machte ihn unsicher. Das Zimmer mit den zwei Eisenbetten, einem kleinen Tisch und zwei wackligen Stühlen, befand sich im Erdgeschoss zum Innenhof. Der

Fußboden bestand aus geölten, dunklen Dielen, die einen intensiven Petroleumgestank ausströmten und bei jedem Schritt fürchterlich knarrten. Nur ein kleines und vor Schmutz fast blindes Fenster ging hinaus auf den Hof. Im - mit Nebelschwaden durchsetzten - Licht des beginnenden Morgens sahen sie, dass sich im Innenhof einige kleine Geschäfte mit ihren rückwärtigen Ausgängen befanden. Eine bucklige Frau leerte gerade einen Eimer dampfender, undefinierbarer Brühe in eine Ecke des Hofes. Ein Schwarm Tauben stob geräuschvoll vor ihr auf. Mitten im Zimmer stand ein kleiner Kanonenofen. Das Ofenrohr verlief quer entlang der verrußten Decke durch den Raum und führte durchs Oberlicht des Fensters hinaus in den Hof. Ein großer Stapel Holz war in der Ecke neben der Türe aufgeschichtet. „Gottseidank habe ich auch einige Packungen Zündhölzer ins Wachspapier gepackt." dachte sich der Lenz. Alles war noch trocken: Geld, Papiere und die Zündhölzer - und sogar noch das Essen. Sie hatten gute Arbeit geleistet. Die Wärme des bullernden Ofens weckte neue Lebenskraft in ihnen. Die Angst, entdeckt zu werden, war gänzlich von ihnen abgefallen. Sixtus schnupperte wie ein ausgehungerter Hofhund in der Luft. „Du, hier stinkt´s ja fürchterlich nach Schnaps!" Er nahm seine Jacke von der Stuhllehne und schnüffelte. „Ja wirklich! Wir zwei stinken ja wie ein ganzes Rumfass". Er hielt Lenz seine Hose hin. „Da riech!" sagte er zu ihm. Lenz winkte ab. „Meine Klamotten stinken genauso wie deine. Das war der *„Schnaps unserer Rettung"* im Hafen!" konstatierte er nüchtern. Sie besorgten sich einen großen Blecheimer Wasser und stellten ihn auf den bullernden Ofen. Nach einer Stunde hatten sie ihre ganze Kleidung gewaschen. Nichts war mehr vom Fusel zu riechen. Nachdem sie ihre Kleidung zum Trocknen aufgehängt hatten, verfielen sie sofort in einen tiefen Schlaf. Starker Hustenreiz plagte Lenz, Rauch kratzte in seinem Hals. Schnell war er hellwach und sprang aus dem Bett. Das Zimmer war schon stark verräuchert, unterhalb der Decke waberte eine weißgraue Rauchschicht. Schnell riss Lenz ganz weit die beiden Fensterflügel auf, atmete tief durch. „Sixtus, Sixtus. Aufwachen, schnell." rief er, von Hustenreiz geplagt, in den Raum zurück. Doch sein Freund stand schon hinter ihm und sog - stark hustend - gierig die kalte, frische Luft in seine Lunge. Draußen herrschte starker Nebel. Sixtus hatte sich inzwischen wieder in sein Bett verkrochen. Lenz knurrte der Magen. Er wickelte das Wachspapier auf und aß Brot mit Speck und hartgekochtem Ei. Wohligkeit breitete sich in seinem Körper aus.
Doch jetzt er verspürte er irrsinnigen Durst. Er fühlte nach seiner Kleidung, die über den beiden Stühlen und Bettgestellen zum Trocknen aufgehängt waren. Sie war beinahe schon trocken, stank nun

aber furchtbar nach kaltem Rauch. Er rückte seine und Sixtus´ Schuhe näher an den Ofen heran, sie waren noch nass. Leise zog er sich an. Seinen Freund wollte Lenz nicht wecken. Hatte er kein richtiges Zeitgefühl mehr? Wie spät mochte es wohl sein? Wie lange hatte er geschlafen? Vermutlich würde die Hafenpolizei nach ihnen suchen!
Barfuß trat er in den dunklen Flur mit den ausgetretenen Holzdielen und suchte sich tastend den Weg zur Rezeption der winzigen Pension. Der alte Chinese saß immer noch - oder schon wieder - in seinem Holzverschlag. Eine Petroleumlampe stand vor - und eine große Tasse dampfenden Tees - seitlich von ihm. Lorenz lief das Wasser im Munde zusammen. Er versuchte dem alten Mann verständlich zu machen, dass er etwas Wasser zum Trinken bräuchte. Der kleine dürre Mann mit dem verwitterten gelben Gesicht stand auf, ging in den Raum hinter dem Verschlag. Nach einigen Minuten kam er mit einer Kanne voll dampfenden, köstlich duftenden Tees wieder heraus. Lenz verschlug es die Sprache. Er bedankte sich mehrmals überschwänglich und machte die Geste des Bezahlens, indem er Daumen und Zeigefinger einige Male gegeneinander rieb. Ihm schien, dass der alte Mann auf einmal beleidigt war. Das Lächeln in seinem Gesicht war plötzlich verschwunden. Der Chinese schüttelte merklich verärgert seinen Kopf, hob abwehrend beide Hände und sagte: „No, no! No Money! Your welcome in New York!“ Er verbeugte er sich leicht und nahm wieder auf seinem wackligen Stuhl Platz.
Ein nie gekanntes Glücksgefühl durchströmte seinen ganzen Körper und er dachte: „Ja, ich bin angekommen, im Land meiner Hoffnung ...
Leise öffnete er die Türe zum Zimmer. Der Tee duftete köstlich. In der Flasche, die er vom Hafen bis hierher mit sich geschleppt hatte, befand sich tatsächlich noch ein kleiner Rest Rum. Lenz schüttete ihn vorsichtig in die Kanne. Auf einem Holzbord standen ein paar Blechtassen und eine verbeulte Zuckerdose. Er wischte die Tassen mit einem Tuch ab und füllte seinen Becher mit dem dampfenden Tee. Die Metallkanne stellte er auf die heiße Ofenplatte und legte einige Scheite Holz nach. Vorsichtig nahm er auf dem wackligen Stuhl Platz, führte den Becher mit dem heißen Tee an seine Lippen und schlürfte das köstliche Getränk in kleinen, andächtigen Schlücken. Hinter ihm, auf der anderen Seite des Zimmers wälzte sich sein Freund unruhig auf seinem Lager hin und her. Lenz schüttelte ungläubig seinen Kopf und murmelte leise vor sich:
Sixtus, wir haben es geschafft!“

*****

New York
Montag, der 27. April 1874

Früher Nachmittag eines verregneten, grauen Tages.
Hermann Menzel musste für seine Hilfsbereitschaft schwer büßen. Er wurde nach der Flucht seiner beiden Kohlenzieher von der HAPAG noch in New York zum einfachen Heizer degradiert. Fast gab es auch noch ein diplomatisches Nachspiel wegen der illegalen Einreise zweier Besatzungsmitglieder. Nur mit viel Mühe gelang es der HAPAG-Reederei, die Wogen wieder zu glätten. Menzel musste die Heimfahrt mit dem Schwesterschiff der „Cimbria", der gleichgroßen, aber nagelneuen „Franconia", antreten. Auf diesem Dampfer versah er einige Zeit seinen Dienst als einfacher Heizer. Die „Cimbria" wurde in einer Werft im Hafen von New Jersey, auf der gegenüberliegenden Seite von Manhattan, wieder instandgesetzt. Erst ein Jahr später ließ die Reederei, nach dringlicher Vorsprache des Kapitäns der „Cimbria", Gnade vor Recht gelten: Hermann Heinrich Menzel wurde wieder in den Rang eines Bootsmanns und Obermaschinisten zurückversetzt und kam endlich wieder auf sein Schiff.

Auf seine „Cimbria".

*****

Der Tipp, den ihnen der alte Chinese gegeben hatte, war weitaus mehr wert, als die paar Dollars, die er dafür verlangte. Auf Anhieb hatten sie die Fälscherwerkstatt gefunden. Die gefälschten Immigrationsdokumente, ausgestellt schon Wochen vor Ankunft der „Cimbria", und auch die neuen Pässe hätten jeder Überprüfung standgehalten. Lenz und Sixtus waren zufrieden mit den neuen Papieren und auch mit den dazu erhaltenen guten Ratschlägen. Denn, nachdem sie dem Polen erklärt hatten, dass sie beide als Farmarbeiter bei den Amischen oder Mennoniten in Pennsylvania unterkommen wollten, schüttelte dieser nur den Kopf. „Um Gottes Willen! Nein, tut das nicht! Das ist nicht euer Leben, bestimmt nicht. Dort werdet ihr nur ausgenutzt und auch noch schlecht bezahlt. Wenn ihr schnell gute Dollars verdienen wollt, dann gibt es nur eins: *„Ab nach Pennsylvania, ab in die „Anthracite Region. Ab nach Scranton!"*
Er erzählte ihnen von einer Gegend, die das prosperierende Amerika im Mittleren Westen und vor allem, in den rasant wachsenden Industriestandorten Philadelphia und Baltimore an der Küste mit *dem* Rohstoff versorgten, welcher dort am dringendsten gebraucht wurde: hochwertigste Anthrazitkohle.
„So rein wie sonst fast nirgends in Amerika. Mit einer ungeheuren Brennkraft, genau richtig für die Schmelzöfen in den Standorten ent-

lang des *Susquehanna River*, bis hinauf nach Detroit und hinunter an die Atlantikküste. Das *schwarze Gold Amerikas!* Alle rennen den Nuggets, dem echten Gold in Kalifornien weit drüben im Westen hinterher und werden dadurch nur unglücklich. Mord und Totschlag sind dort an der Tagesordnung. Gold macht nicht glücklich! Es bringt nur Unglück über die Menschheit!" Dem Exil - Polen gelang es, die beiden zu überzeugen, seinem Ratschlag zu folgen: Weder Farmer, noch Goldgräber zu werden. Sondern dort ihr Glück zu versuchen, wo der Stoff abgebaut wurde. Den Stoff, welchen Amerika jetzt noch mehr wie Gold benötigte: allerbeste, reinste Anthrazitkohle für die Stahlkocher von Detroit, Baltimore, Harrisburg und anderswo. Andrzej war Angehöriger der polnischen Minderheit von Kattowitz in Oberschlesien und sprach recht gut deutsch. Trotz seines etwas heruntergekommenen Aussehens hatte er das Benehmen eines feinen, noblen Herrn. Außerdem war er hilfsbereit und freundlich, aber auch rigoros bestimmend in seinen Ansichten. Er wollte den Illegalen aus Deutschland wirklich helfen. So gab er ihnen eine recht zerfledderte, aber noch lesbare uralte Landkarte der Gebiete westlich von New York bis nach Ohio und Virginia mit und zeigte ihnen ihren Zielort und die Route der Eisenbahn. Alles sollten sie sich genau einprägen. Andrzej Novotny erklärte ihnen, wo sie am besten drüben, auf der anderen Seite des Hudson River in New Jersey, einen leeren Kohlenzug nach Pennsylvania finden könnten und nannte ihnen auch für die ersten Tage in *Scranton* eine Unterkunft, wo sie einige Zeit bleiben könnten. Dann gab er Lenz einen Zettel mit einer Adresse, die er mit akkuraten Buchstaben aufgeschrieben hatte. Lenz buchstabierte ganz langsam:
Miss Lorie Johnson, Lackawanna Main Av./Corner Providence Road, Scranton/Pennsylvania.
„Eigentlich nur einen Steinwurf entfernt vom Lackawanna Creek und vom Race Course, der Pferderennbahn" fügte er hinzu. „Ihr könnt Miss Johnson eigentlich nicht verfehlen: Vom „*Lackawanna Railroad Depot*" nach Norden halten, über die Brücke auf die Westseite des Flusses und entlang der Bahnlinie nach Norden. Eine halbe Meile und ihr seit fast schon dort. Wenn die Main - Avenue die Bahnlinie unterquert, geht ihr streng nach Norden. Und dort, wo die Providence Road einmündet, befindet sich das Haus genau gegenüber. Lorie wohnt im Hinterhofgebäude einer chinesischen Wäscherei. Habt ihr das kapiert?" Fragend sah er die Bayern an. Lenz und Sixtus nickten. Der Pole drehte sich den kleinen Tisch am Fenster seiner Werkstatt zu, zog einen Stuhl heran und setzte sich. Dann legte er ein Blatt Papier vor sich hin, glättete es mehrmals sorgfältig mit der Handfläche seiner

rechten Hand. Schnell hatte er eine Skizze angefertigt. Dann schrieb er noch einige Zeilen in Englisch für Lorie Johnson dazu und steckte diesen Brief etwas umständlich in einen Umschlag.
So ganz nebenher erfuhren sie auch noch, dass Miss Lorie vor nicht allzu langer Zeit, am 28. Mai 1871, ihren Mann bei einem schweren Grubenunglück in der Grube von *West - Pittston*, südwestlich von Scranton, verloren hatte. Zusammen mit neunzehn anderen Bergarbeitern starb er bei einer fürchterlichen Schlagwetter - Explosion an einer Rauchvergiftung. Die junge Witwe Lorie Johnson musste sich von da an mit ihren zwei kleinen Kindern und wenig Rente irgendwie durchs Leben schlagen. Der Chinese von der Wäscherei gab ihr damals eine Chance - und die nützte sie. Die beiden Bayern erfuhren auch, dass er Lorie und ihren Mann in Scranton kennengelernt hatte, als er selbst einige Zeit dort unter Tage arbeitete. „Ich habe das in Polen auch getan, in Kattowitz" sagte er zu den Deutschen. Sie erfuhren von ihm, dass er jahrelang in den Kohlebergwerken zwischen Krakau und Kattowitz geschuftet hatte, bevor er nach Amerika emigrierte. „Man kann hier mit dieser harten Arbeit gutes, sehr gutes Geld verdienen! Mehr, als ihr je bei einem Farmer bekommt, viel mehr!" Er hatte ihnen die allerletzten Zweifel genommen, ihr innerlicher Widerstand, vielleicht einem Betrüger aufzusitzen, war damit gebrochen. „Lorie kann ganz sicher jeden Dollar gebrauchen. Und ihr habt vor allem fürs Erste eine saubere und sichere Unterkunft. Dafür lege ich meine Hand ins Feuer!" Andrzej zündete sich eine Zigarette an und blies genussvoll den Rauch an die Decke der winzigen Werkstatt.
„Und, Vorsicht!" Er machte eine längere Pause, verdrehte theatralisch seine Augen, um dann mit gehobener Stimme fortzufahren: „Ich warne Euch! Miss Lorie ist eine echte Augenweide, eine schwarze Schönheit" fügte Andrzej verschmitzt lächelnd hinzu und drohte schulmeisterlich mit dem Zeigefinger. Der Schelm blitzte ihm aus den Augen. „Grüßt sie ganz herzlich von mir!" sagte er bedeutungsvoll, als die beiden sich verabschiedeten.

Das war vor nicht ganz zwei Tagen.
Schnell hatten sie, anhand der groben Skizze, den großen Güterbahnhof auf der anderen Flussseite vom Hudson River gefunden. Im Schutze der Dunkelheit fanden sie einen leeren, nicht verschlossenen Waggon fast am Ende des endlos langen Kohlezuges ...

*****

Mittwoch, 29. April 1874
Auf dem Weg nach Scranton/Pennsylvania

Durch einen breiten Spalt des Waggons drang ein Strahlenbündel Sonnenlicht, in welchem Myriaden von feinsten Staubflöckchen aus Anthrazit ihren spielerischen Tanz aufführten. Mit seinen Fingern strich Lenz über den Boden des Waggons.
Reinster Anthrazitkohlestaub, das „schwarze Gold" Amerikas, glänzte auf seinen Fingerkuppen.
Immer wieder begutachtete Lenz die neuen Ausweispapiere. Wirklich, er schien gut gelungen zu sein, der neue „Passport". Vorm Besuch beim Photographen hatte er sich seinen dichten Bart bei einem italienischen Barbier in der Bronx abrasieren lassen. Auch das wild wuchernde Haupthaar war kräftig gestutzt worden. Lenz fand, dass er nun recht manierlich aussah. „Guat g´schaugst´ aus, *Lorenz Kramml*" murmelte er vor sich hin. Seinen Vornamen wollte er partout nicht abgeben, da stellte er sich, entgegen dem Rat des Fälschers stur. *Kramml war nun sein neuer Familienname.*
Sie wollten keinerlei Risiko mehr eingehen. Er und Sixtus, dessen Pass nun auf *„Josef Meindl"* lautete, wollten schnellstmöglich ein ganz neues Leben anfangen. Koste, was es wolle. Und das ging halt nur mit neuen und gut gefälschten Papieren. Einen recht erklecklichen Teil ihrer Heuer in Dollar hatten die zwei Männer in der gut versteckten Fälscherwerkstatt in der Bronx kassiert. Das tat weh, doch sie wussten, dass man im Leben nichts umsonst bekam.
Und schon garnicht, in ihrer Lage.
Das monotone Rattern des Zuges machte sie schläfrig. Sie hatten beide starken Nachholbedarf an Schlaf. Die Höllenfahrt mit der *„Cimbria"* über den Atlantik hatte sie doch zu sehr geschlaucht. Lenz´ Zustand wechselte vom Dahindämmern - hin bis zum hellwachen Zustand. Er musste voll auf der Hut sein, wenn Sixtus schlief.
Rattatat, rattatat, rattatat...
Die Geräusche der Lokomotive und der Waggons nervten ihn. Er versuchte sich zu konzentrieren, es ging einfach nicht. Verdammt. Immer und immer wieder dieses ewige „rattatat, rattatat, rattatat." Und zwischendurch schrilles, ohrenbetäubendes Quietschen der Bremsen, dann, wenn der leere Kohlenzug zu schnell in eine Kurve ging oder an einem gottverlassenen Bahnhof hielt. Er blickte hinüber zu seinem Freund, der zusammengesunken, mit dem Rücken zur rauen Waggonwand hockte. Sein Kopf pendelte dauernd hin und her, ohne dass er davon aufwachte. Immer noch schien er tief erschöpft. Die Anspannungen der vergangenen Tage und Wochen forderten jetzt eindeutig ihren Tribut. Doch er musste jetzt wachbleiben!

Sie hatten in New York beschlossen, immer gegenseitig Wache zu halten. Lenz stand auf und begann seinen morgendlichen „Spaziergang", wie er das Auf- und Abgehen nach dem Aufstehen jeden Morgen nannten. Es tat seinen Gliedern gut. Sie waren steif, die Muskeln schmerzten höllisch. Im Waggon war es bitterkalt. Lenz schlug beide Arme um seine Schultern und machte einige Kniebeugen. „Nur nicht ungelenkig werden" murmelte er leise vor sich hin. Lorenz Kohwagner, alias Lorenz Kramml, spähte wieder durch die Ritze hinaus und versuchte einen Zipfel der vorüberziehenden Landschaft zu erhaschen. Die Luft roch leicht salzig. Er schmeckte es auch auf seinen schrundigen Lippen, als er mit seiner Zunge darüber fuhr. Das Meer musste also nicht sehr weit von der Bahnlinie entfernt sein.

Lenz sehnte sich zurück in seine Heimat.

Mit geschlossenen Augen versuchte er sich das Gesicht seiner geliebten Franziska vorzustellen, ihren Duft in seine Erinnerung zurückzuschnuppern. Es gelang ihm nicht. Das einzige, vergriffene kleine Foto, welches er von seiner geliebten Franzi besaß, war zusammen mit seinen alten Papieren in festes Wachspapier eingenäht im Futter seines Mantels versteckt.Das Knurren in seinem Magen ließ nicht nach.

Lenz hing weiter seinen Erinnerungen nach. „Hat es sich denn gelohnt, diese Strapazen auf sich zu nehmen?" Skrupel krochen in seinem Innern hoch wie schleimige, alles verzehrende graue Würmer. Sie nagten an seiner Seele, an seinem Herzen und vor allem an seinem Willen, dies alles noch länger durchzustehen. Jetzt, da beide längst außer Reichweite ihrer Häscher waren, hätten sie sich doch den Behörden stellen können. Hätten! Ja, wenn sie nicht bei der Einreise als Illegale bereits wieder mit dem amerikanischen Gesetz in Konflikt geraten wären."

Was war denn schlimmer: die Flucht, die Strapazen und das Leben in der Anonymität? Oder sich endlich einfach zu stellen? Immer und wieder hatten in den vergangenen Tagen und Nächten er und Sixtus darüber gesprochen. Nicht unbedingt ernsthaft oder verbissen. Mehr nur Gedankenspiele, die sich jetzt aber doch in Lenzens Gehirn verdichteten.

„Wäre es nicht besser, sich endlich zu stellen? In Philadelphia einfach die Türe ihres Waggons zu öffnen, zu warten, bis sie die Zugbegleiter entdeckten und dann in Gewahrsam nehmen würden?" Dann endlich hätten sie wieder einmal ein Bett zum Schlafen und regelmäßiges Essen. Die Strafe? Lenz runzelte seine Stirne. „Wird vielleicht garnicht so schlimm ausfallen. Ausweisen werden die uns bestimmt nicht. Die brauchen ja immer mehr Arbeitskräfte in ihrem Land!"

Die Skrupel wichen endlich wieder der Vernunft. „Nein, jetzt kurz vor dem Ziel geben wir nicht auf!" Lenz bemerkte garnicht, dass er für seinen, immer noch tief schlafenden Freund Sixtus, soeben dessen weiteren gemeinsamen Weg mit beschlossen hatte. Er formte seine Hände zu einem Trichter, presste sie an die rauen Holzwände des Waggons. Tief sog er die frische, kalte Luft ein. Sixtus tat hinter seinem Rücken einen tiefen Schnarcher. Wenig später ging sein Atem wieder tief und ruhig. Lenz durchzog plötzlich ein beklemmendes Gefühl. „Was ist, wenn unsere wenigen Vorräte zur Neige gehen?" Besonders mit dem Wasser mussten sie haushalten. Die ledernen Trinkbeutel, die sie sich in einem kleinen spanischen Laden in der Bronx besorgt hatten, waren schon zur Hälfte leer getrunken. Wie lange würde ihre Fahrt nach Scranton noch dauern? Fragen über Fragen. Doch beantworten konnte sie keiner von ihnen. Auch ihre dramatische Flucht von der „*Cimbria*" ging Lenz immer und immer wieder durch den Kopf. „Mein Gott, was hatten wir beide für ein Glück" dachte er und lehnte sich mit dem Rücken an die raue Wand des Waggons. Dann ließ er sich langsam nach unten gleiten.

Das anhaltende monotone Rattern des Güterzuges schläferte ihn nach kurzer Zeit ein.

*****

Lenz träumte ...

***H**and in Hand rannten beide durch ein Wiesenblumenfeld. Margeriten, Klatschmohn, blühender Sauerampfer, Ackersenf, Schachtelhalm und Kornblumen wogten ihnen, wie die endlos sanften Wellen am Chiemsee an einem schönen, ruhigen Sommertag entgegen. Die Berge erschienen heute noch viel, viel näher als sonst. Es war Föhnwetter. Feine, dünne Streifenwolken standen am azurblauen Himmel über den Gipfeln des Mangfallgebirges. Nur ein leichter, angenehmer Windhauch blies übers Land des Kammererbauern. Das Summen der Bienen und Hummeln klang ihnen in den Ohren.*
„Lenz, ich liebe dich ..." hauchte sie ihm ins Ohr, als sie beide, erschöpft vom Laufen ins hohe, duftende Gras sanken. Er spürte ihre gierig fordernden Lippen auf seinem Mund, ihre suchenden Hände an seinem Körper und erwiderte allzu bereitwillig ihre Küsse. Lenz, mein Geliebter. Nimm mich bitte, ich möchte ein Kind von dir ...!

*****

Der Zug rumpelte lautstark über mehrere Weichen. Bremsen quietschten schrill und rissen Lenz unsanft aus dem tiefen, erschöpften Schlaf. „Mein Gott, hab ich geschlafen?" schoss es ihm

durch den Kopf. Sixtus schnarchte noch immer neben ihm. Das harte Rumpeln hörte nicht mehr auf. Der Kohlenzug fuhr wieder über mehrere, stark verzogene Weichen. Strömender Regen klatschte aufs Dach und gegen die Wände des Waggons. Heftiger und ständig wechselnder Sturm drückte den Regen durch die Ritzen. Langsam, Zentimeter um Zentimeter näherte sich das Wasser dem Strohlager ihrer Schlafecke.
Hatte er gerade wirklich geträumt?
Ernüchtert rieb er sich die Augen. Ja, er hatte geträumt! Geträumt von seiner unerfüllten, nur allzu kurzen Liebe zu Franziska. Was sie wohl jetzt tun würde? Ein Stich durchfuhr sein Herz. Lenz riss sich gewaltsam aus seiner verzehrenden Sehnsucht und seinem Grübeln.
Ein Blick zu Sixtus bestätigte ihm nur die unendliche Bierruhe, die dieser Bursche aus Hausham in all den Wochen und Monaten ihrer Flucht aus Deutschland zeigte. „Den Sixtus, den kann wirklich nix, aber auch garnix aus der Ruhe bringen“ dachte er sich. Dann stand er auf, dehnte seine Glieder, um seine Muskeln wieder zu lockern, griff in seinen Brotbeutel und schob einen Kanten harten Brotes in den Mund. Auf wackligen Füßen versuchte er auf die andere Seite des Waggons zu gelangen. Dort spähte er durch einen Spalt hinaus. Nicht weit entfernt meinte er, etwas glitzern und blinken zu sehen. Wasser?
War es das Meer, oder war es ein Flusslauf?
Das Brot war alt und steinhart. Und es schmeckte auch schon leicht modrig. Lenz kratzte mit seinem Messer den Schimmel ab. „Egal! Hauptsache das Hungergefühl ist weg“ dachte er sich. Der Druck auf seine Blase wurde immer stärker. Lenz schlug in einem großen Strahl aus dem Spalt in der Schiebetüre sein Wasser ab. Sie hatten untereinander vereinbart, dass sie während der Zugfahrt ihre wenigen Vorräte gerecht miteinander teilen würden. Dies war ein Ehrenkodex, den sie auch schon vom Habererbund kannten: Einander zu helfen und in jeder Lage füreinander da zu sein. Und sei es, es ging ums eigene Leben. Noch wichtiger erschien ihnen, vor allem auf peinlichste Sauberkeit zu achten. Auf der Berghütte am Spitzingsee ging dies alles einfacher. Doch hier in diesem dunklen, muffigen und eiskalten „Gefängnis“ halfen alle guten Vorsätze nichts: Von Tag zu Tag stank es fürchterlicher im ewig dahinrumpelnden Kohlewaggon. Beide träumten von einem richtigen Bett, von einem warmen Essen.
Wie lange würde es wohl noch dauern?
Die Kälte war ihr schlimmster Feind. Zu dieser Jahreszeit herrschten noch empfindliche Temperaturen. Ein Glück für sie war, dass in einer Ecke noch einen Stapel alte Kohlensäcke gefunden hatten, die ihnen Nächtens doch ein bisschen gegen die klirrende Kälte halfen. Beide

waren völlig verdreckt und nervlich wieder einmal am Ende. Und doch mussten sie immer noch auf der Hut sein, nicht im letzten Augenblick als Illegale erwischt und enttarnt zu werden. Der Zug fuhr nun merklich langsamer. „Pennsylvania, wir kommen“, schrie er plötzlich aus voller Kehle erleichtert durch den Spalt hinaus. Am Abend vorher hatten sie den Bahnhof von *Newark* passiert. Anhand der kleinen Karte, die ihnen der polnische Emigrant mitgegeben hatte, versuchten sich die beiden einigermaßen zu orientieren. „Langsam müssten wir doch den Staat *New Jersey* hinter uns haben. Er blickte durch den Spalt nach oben und konnte einen kleinen Zipfel der schon hochstehenden Sonne erwischen.

„Rattatat, Rattatat, Rattatat.” Ihre Ohren schmerzten, es quietschte laut und durchdringend. Der Zug verlangsamte nun auffallend deutlich seine Fahrt. Er hörte es sofort am Klang der Räder: ganz langsam rollte der Zug über einen Fluss. Die Schatten der Metallstreben der riesigen Brückenkonstruktion drangen durch die Ritzen ihres Waggons und huschten über ihre Gesichter wie die Gitterstäbe eines Gefängnisses. Möwen kreischten. Sie flogen in gleicher Höhe wie der Zug. „Das muss der *Delaware River* sein“. Lenz war sich da ganz sicher. Linkerhand, auf der östlichen Flussseite, sah er durch den Spalt eine größere Ansiedlung. „Und das wird wohl *Trenton* gewesen sein!“ sagte er halblaut zu Sixtus, der direkt hinter ihm über seine Schulter schaute. *„Trenton?“*[*)] antwortete dieser desinteressiert. „Dann, ja dann ist es ja nicht mehr allzu weit bis nach Philadelphia, oder?“ Lenz nickte und faltete säuberlich die kleine verschlissene Landkarte wieder zusammen. Der Pole hatte ihnen erzählt, dass fast alle Züge von New York zuerst nach Süden über Philadelphia fuhren und erst dann von dort wieder in Richtung Norden. Mittlerweile hatte der Zug das andere Ufer des Flusses erreicht und fuhr in einer, schier nicht enden wollenden Kurve weiter Richtung Südwesten. Der heftige Wind vom Atlantik her hatte etwas nachgelassen. Langsam hörte der Regen auf und ein grandioser Regenbogen überzog das Land. Ganz dicht führten die Gleise jetzt am *Delaware River* vorbei.

*****

Ein großer Schwarm Wildgänse zog majestätisch eine Runde über den Fluss. Fest presste er sein Gesicht an die Ritze der Bretterverschalung des Waggons. Jetzt sah er schon die ersten rauchenden Schornsteine der Fabriken an der Peripherie von Philadelphia. Von dort aus sollte der Zug eine andere Richtung nehmen.

Weiter - hinauf nach Norden.

[*)] **Trenton** - *siehe Glossar*

Hinauf in die Schatzkammer des *„Schwarzen Goldes“* der New England-Staaten, hinauf in die *„Anthracite* Region“. Nach *Scranton, Wilkes-Barre* und von dort aus vielleicht noch weiter bis nach *Hazleton*. „Dort könnt ihr Germans das schwarze Gold mit euren eigenen Händen graben“ hatte ihnen zum Abschied der leutselige Pole gesagt.

Blutroter Sonnenuntergang tauchte das Land in ermattende Agonie.
Sixtus, der eine Armlänge neben ihm auf seinem feuchten Büschel Stroh wieder eingenickt war, drehte sich laut stöhnend ständig hin und her. „Wahrscheinlich hat er Alpträume“ dachte sich Lenz. Er kramte einen verrunzelten, leicht fauligen Apfel aus seinem verbeulten Rucksack, zog sein Messer aus der Hose und begann ihn zu zerteilen. Scheibe für Scheibe, kaute er langsam und mit vollem Genuss. Sie mussten sich ihren Proviant genau einteilen.
„Hoffentlich hat er sich seinen neuen Namen schon eingeprägt, der Josef Meindl“! Er musste leicht vor sich hinkichern, als er mit dem Gedanken spielte, seinen Freund jetzt aus dem Schlaf zu reißen und ihn zu prüfen. Heimerl hatte gleich an Ort und Stelle im Kohleofen der Fälscherwerkstatt seine alten Papiere verbrannt. Doch Lenz konnte sich nicht davon trennen. Er ließ sie sich am letzten Tag in der Bronx gegen ein kleines Extrageld, feinsäuberlich von der Frau des alten Chinesen ins Futter seiner dickwattierten Winterjacke einnähen. Akkurat eingewickelt in dickes Ölpapier und nicht zu ertasten.
Der Aufenthalt auf dem Güterbahnhof in Philadelphia hatte nur ganz kurz gedauert. Ein paar Mal waren ihre Waggons hin- und her rangiert worden. Am Zugende wurde eine weitere Lokomotive angekoppelt. Kein Mensch kontrollierte zu ihrem Glück die hinteren, leeren Kohlewaggons. Von weit vorne, von der Zugspitze mit der mächtigen Dampflok her, hörten sie kurze Zeit lautes Rufen. Lenz weckte Sixtus. „Josef, hey! Josef!“ Er rüttelte ihn ziemlich unsanft an den Schultern. Unwilliges Knurren war die Reaktion. „Du schläfst ja wie ein Murmeltier aus dem Wettersteingebirge. Aufwachen, Josef, aufwachen!“ Langsam kam Sixtus zu sich. Er hatte noch nicht richtig kapiert, dass er mit „Josef“ angesprochen worden war. „Siehst du“ sagte Lorenz zu ihm „jetzt verstehst vielleicht, warum ich meinen Vornamen behalten habe, oder?“ „Du musst die Wache übernehmen, bis wir in *Allentown* angekommen sind. Verstanden?“ „Ja, ja! Ist schon in Ordnung“ grantelte Josef Meindl, *alias Sixtus Heimerl* vor sich hin. Er suchte mit den Füßen Halt in einer Ritze des Bodens und schob sich mit dem Strohsack ein Stück die Waggonwand hinauf. Jetzt saß er einigermaßen gerade. Er wischte sich den Schlaf aus den

Augen und gähnte laut. Sehen konnten die beiden nur schemenhaft, es war dunkel in ihrem Waggon. *Wieder vergingen endlose Stunden.*
„He Lenz, du bist wieder dran. Wir werden gleich *Allentown* erreicht haben". Lenz stand auf und rieb sich wieder die steifen Glieder. „Ich muss hier endlich raus, sonst verliere ich den Verstand und gehe kaputt" murmelte er leise mehr zu sich selbst. Durch die Ritzen tauchten wieder die Lichter einer Stadt auf. Bremsen quietschten schrill. Im Schritttempo rumpelte der lange Kohlezug durch einen Bahnhof. *„Allentown/Bethlehem"* konnte Lorenz auf dem Schild entziffern. Hinter sich hörte er, wie Sixtus sich durch einen Spalt an der Rückseite des Waggons erleichterte. Wenig später schon zeugten gleichmäßige, feste Atemzüge davon, dass das Murmeltier Sixtus Heimerl wieder Kraft tankte für die nächste Wachschicht.
Es war nun früher Morgen.
Irgendwie merkte Lorenz, dass sich zaghaft der Frühling ankündigte. Die laut kreischenden Möwen, als ihr Zug am Atlantik entlang fuhr, waren schon lange entschwunden. Jetzt waren es Laute, die ihm irgendwie so vertraut wie in seiner bayerischen Heimat erschienen: Vogelgezwitschter!
Ein warmes Gefühl durchströmte seinen Körper.
Der Zug hatte die Railway-Station von *Allentown* passiert und erreichte wieder freies Gelände. Der Weg war immer noch weit in die Hauptstadt der *„Anthracite Region"*: nach *Scranton* im Staate Pennsylvania. Doch der Weg war nur das allererste Ziel der Freunde aus dem Königreich Bayern.
Und den hatten sie konsequent und bisher erfolgreich beschritten.

*****

Scranton/Pennsylvania
Freitag, 1. Mai 1874

Lange vor Sonnenaufgang war er mit steifen Gliedern aus dem nasskalten, stinkend muffigen Unterschlupf gekrochen. Zuerst hatte er die beiden Lederbeutel an einem kleinen Bach, der unweit von ihrer Hütte in den träge dahinfließenden Fluss mündete, mit klarem Wasser gefüllt. Lenz nahm einen tiefen Schluck und biss einen Brocken des harten Brotstückes ab, welches er aus den Tiefen seines Beutels gekramt hatte. Ausdauernd kaute er auf dem Brot herum, bis sein Speichel zusammen mit den mahlenden Zähnen einen breiigen Klumpen in seinem Mund gebildet hatte. Dann erst schluckte das Brot hinunter. Seit Langem hatten er und Sixtus sich es angewöhnt, so zu essen. Sie wussten, dass man damit das Hungergefühl am besten im Griff hatte. Vieles hatte sich in den letzten Monaten in ihrem Leben geändert, nichts war mehr so, wie vor ihrer Flucht aus Bayern. Nur um zu überleben. Trotzdem! Er war nicht unzufrieden. In einer aufgelassenen, halb zerfallenen Hütte direkt am *Lackawanna Creek*, am Nordrand von Scranton und in direkter Nähe zum Güterbahnhof, waren sie letztendlich nach ihrer Ankunft gelandet und hatten die erste Nacht dort überstanden - und den folgenden Tag darauf beinahe ganz verschlafen. Die Erschöpfung war einfach zu groß gewesen.

*****

Dort, wo sie auf den Fluss gestoßen waren, befand sich im Rücken eine kleinc, baufällige Hütte. „Hierher Sixtus, es ist vielleicht die Hütte eines Anglers" flüsterte Lenz leise. Dann machten sie sich an die Erkundung. Die Türe hing so schief in den Angeln, dass man sie nicht schließen konnte. Das Dach schien undicht und das Innere machte einen schlechten Eindruck. In einer Ecke befand sich ein Tisch und ein Stuhl. Und rechts davon stand ein Bett. Ein Bett mit einem Strohsack. Drinnen roch es durchdringend modrig. Im Halbdunkel tasteten sie sich vorsichtig weiter ins Innere. Lenz hatte auf dem wackligen Tisch eine Leuchte mit einem Kerzenstummel entdeckt. „Gib mir ein Streichholz" sagte er zu Sixtus. Umständlich kramte dieser in seinem Rucksack herum und reichte ihm dann nach längerem Suchen die Packung der Zündhölzer. Lenz riss eines an. Nichts passierte. Die Zündhölzer waren feucht. Doch, nach etlichen mühsamen Versuchen klappte es. Im Nu wurde die baufällige Anglerhütte von einem warmen Licht erfüllt. Jetzt entdeckten sie auch die kleine Feuerstelle direkt hinter der Türe: ein winziger Kanonenofen. Und daneben, ein Stapel mit dürren Ästen. Es dauerte nicht lange und in der windschiefen Hütte macht sich ein Hauch von heimeliger Wärme breit. Etwas, was sie seit vielen Tagen vermisst hatten: Wohlige Wärme breitete sich aus. Sie legten sich zusammen in die wacklige, klamme Schlafstatt und kuschelten sich eng aneinandcr. Das half gegen die nasse Kälte, die vom Fluss heraufzog. Wenig später fielen sie in einen traumlosen, tiefen Schlaf.

Der nächste Morgen.
Ihre Vorräte waren bis auf zwei, drei Kanten Brot aufgebraucht. Wieder einmal lagen ihre Nerven blank. Ein Wort zu viel und das Fass wäre durch diesen „Tropfen" zum Überlaufen gebracht worden. Eigentlich waren sie schon drauf und dran, jetzt am helllichten Tag nach der Wohnung von Lorie Johnson zu suchen. Sie wollten nicht mehr länger warten. Dennoch ließen sie den Plan wieder fallen.
Den ganzen Tag verbrachten sie nun im Schutz der Hütte am Fluss.
Das Feuer war ausgegangen, Kälte hatte sich wieder breit gemacht. „Na ja, erfroren sind wir nicht ..." dachte sich Lenz. Seine Knochen und die Muskeln schmerzten höllisch. Anscheinend hatte er die ver-

gangene Nacht noch viel unbequemer als im vertrauten Kohlewaggon gelegen. Sie mussten immer noch auf der Hut sein, nicht erwischt zu werden. Wie oft waren sie seit ihrer Flucht aus New York nur um Haaresbreite an einer Entdeckung durch die rabiaten Zugbegleiter vorbeigeschrammt. Die meisten von denen waren, das hatte ihnen auch der Pole vor ein paar Tagen erzählt, äußerst brutal. „Die fackeln nicht lange herum. Bist du dich verschaust, hast du einen Knüppel übern Kopf gezogen bekommen. Es gab schon viele Tote und schwerverletzte Railway-Tramps. Entweder waren sie auf der Flucht vor dem Zugpersonal auf die Dächer der Waggons geflohen und dort abgestürzt und schlimmstenfalls ums Leben gekommen. Oder sie wurden im Schlaf von diesen unbarmherzigen Menschen derart verprügelt, dass mancher von ihnen ein Krüppel blieb!"
Nein! Andrzej Nowotny wollte ihnen beileibe keine Angst machen. Er wollte nur ihre Sinne für diesen Trip auf einem leeren Kohlenzug von New York nach Pennsylvania in die *Anthracite Region* schärfen.
Die Dämmerung war hereingebrochen. Erst jetzt machten sich beide vorsichtig auf, um nach was Essbarem zu suchen. Zuerst versuchten sie es ein ganzes Stück nach Norden und dann, als dies erfolglos war, wieder in südlicher Richtung. Unter der Eisenbahnbrücke entdeckten sie einen Beutel mit Lebensmitteln. Doch das Ergebnis war deprimierend: Alles war ungenießbar und verfault. Da sie nur im direkten Uferbereich nach Nahrung suchen mussten, gingen sie auch leer aus.

Die zweite Nacht in Scranton lag vor ihnen.
Morgen früh, ja morgen müssten sie die Adresse aufsuchen, die ihnen der Pole zugesteckt hatte. So schworen sich beide mit knurrenden Mägen. Nochmals tauchte das Abendrot den Creek und das gegenüberliegende Ufer in blassrotes, metallisches Grau. Von den nicht weit entfernten *Appalachian Mountains* wehte ein kalter Wind aus Nordosten herüber. Tief hängende Wolken luden in kurzen Intervallen ihre nasse Fracht ab. Hagel, Graupel und Schneeschauer wechselten sich mit starken Regengüssen ab. Erinnerung an ihre alte Heimat kam auf. Auch dort waren ähnliche Wetterverhältnisse nicht selten. Der Fluss zog hier in einem langen, sanften Bogen um den Bahnhof und das Eisenbahndepot der *„Delaware, Lackawanna & Western Rail Road Company"* herum. Es roch nach Teer, Petroleum, rostigem Eisen und vor allem nach feuchtem, modrigem Holz. Diese Nacht hatten beide nun auch überstanden. Der Dauerregen hatte aufgehört.
Nasse, schwere Nebelfeuchte zog nun, langsam wabernd vom Fluss her Richtung Südwesten. Das Morgengrauen hatte sich schwer wie Blei über den kleinen Fluss gelegt. Lenz kroch mit schmerzenden

Gliedern aus der Hütte am Fluss. Sein Magen knurrte laut vor Heißhunger. Die Klamotten waren feucht und klebten kalt auf seiner Haut. Er fröstelte, obwohl es nun schon Anfang Mai war. In der Hütte hinter seinem Rücken hörte er immer noch das laute Schnarchen seines Freundes.

„Es sieht ja hier aus wie der Inn bei Mittergars, nur nicht so breit ..." dachte Lenz. Die Wasser des *Creeks* schoben sich bedächtig Richtung Süden. Äste, Gebüsch und vereinzelt auch Baumstämme trieben langsam vorbei. „Muss ein schweres Unwetter irgendwo gewesen sein." sinnierte Lenz vor sich hin. Von irgendwoher hörte er das Kläffen eines Hundes und aus Richtung des Bahnhofs drangen die schrillen Geräusche rangierender Lokomotiven an seine Ohren. Kommandos und Wortfetzen trieb der aufkommende Wind in kurzen Intervallen zu ihm herüber. Vorsichtig spähte Lenz nach allen Seiten. Doch die halb verfallene Hütte lag gut geschützt hinter großen Büschen unterhalb des steil ansteigenden Flussufers. Niemand konnte sie einsehen, da war er sich absolut sicherer. Lenz dehnte und streckte seine Glieder. Um das nagende Hungergefühl zu vertreiben, nahm er wieder einen tiefen Schluck aus der Feldflasche.

Er schloss die Augen und träumte von einem warmen Essen. „Milchsuppe mit eingeweecktem Brot, mmhh - und vielleicht noch eine Schale dampfender Kaffee, wie zuletzt auf der „Cimbria". Lenz lief das Wasser im Mund zusammen. Er rieb sich die verklebten Augen. Hatte er wieder geträumt? Nein!

Er war in der Wirklichkeit angekommen. Er war in Amerika.

Irgendwie meinte Lenz, dieses Amerika jetzt „riechen" zu können. Doch sie mussten diese paar Stunden noch aushalten, bevor sie sich endlich auf den Weg zu „ihrer" Adresse machen konnten, Der Fluss führte an diesem Morgen viel Wasser und hatte sich schon ein Stück weit über seine Ufer ausgebreitet. Als sie vor zwei Tagen dort die Hütte fanden, war der Creek noch ein sanft murmelnder, kleiner Fluss gewesen, mehr nicht. Er war sich erst jetzt der Gefahr bewusst, in der sie nachts hätten kommen können. Er, der ja hautnah an einem Gebirgsfluss aufgewachsen war - und die oftmals aus dem Nichts auftretenden Gefahren sozusagen mit der Muttermilch aufgesogen hatte - hätte dies wissen müssen, schalt er sich insgeheim.

*****

Er beobachtete das kleine Tierchen nun schon über eine geraume Zeit und war fasziniert von dessen Geschicklichkeit. Der Baumstamm, auf dem es saß, hatte sich schräg gegenüber an einem anderen Stamm verhakt und drehte nun aufs andere Ufer des Flusses zu. Auf sein Ufer! Unruhig tippelte das Tier auf dem wankenden,

schaukelnden Stamm hin und her. Lenz fixierte immer wieder den Baumstamm, der nun langsam mit dem riesigen Wurzelballen voran, genau auf ihn zutrieb. Dann machte es einen gewaltigen Satz, um von ihrem Platz auf dem Baumstamm ans rettende Ufer zu kommen. Fasziniert, aber völlig regungslos beobachtete Lenz diese Szene, die sich genau vor seinen Augen abspielte. Zu kurz! Klatschend landete das kleine Tier dicht vor ihm im Wasser und versuchte flink ans Ufer zu paddeln. Die schwarzglänzende Nase mit den langen Schnurrbarthaaren hielt es angestrengt übers Wasser. Den - genau vor ihr sitzenden - Lenz hatte das Tier noch nicht gewittert. Angestrengt paddelte die Ratte gegen die starke Strömung des Flusses. Wenige Meter fehlten noch zum sicheren Ufer. Aber der starke Sog ließ nicht nach. Sie drehte sich deshalb ständig im Kreis und schaffte es gerade noch, nicht in den Strudel gezogen zu werden.
Lenz zollte dem Tier seine ganze Hochachtung. „Eine Ratte. Ja, ganz sicher eine Ratte! Und was für eine Mutige!“ dachte sich Lenz. Doch - er hatte noch nie „*so eine*“ Ratte gesehen. Sein nächster Gedanke war, dass es ein vielleicht ein junger Biber sein könnte. Aber dafür war das Tier viel zu klein. Nein, ein Biber war es auch nicht! Noch einige Paddelschläge. Jetzt endlich hatte das Tier das sichere Ufer erreicht und begann sofort, sich das Wasser aus dem Fell zu schütteln. Wieder und wieder streckte es ihre glänzende Schnauze sichernd in alle Himmelsrichtungen. Sie war so nahe an Lenz, dass er ihre Schnurrbarthaare zittern sah. „Mein Gott, wie riech′ ich denn wohl ...“ fragte sich Lenz, „ ... dass dieses Viech mich einfach nicht wittert?“
Unwillkürlich hielt er nun den Atem an ...
Ausdauernd und ohne Argwohn putzte das Tier sorgfältig seinen Kopf, keine zwei Armlängen von seinem Sitzplatz entfernt und schüttelte sich noch einige Male kräftig. Spritzer des Wassers trafen die Hosenbeine von Lenz. Ihr dunkler Schwanz war ungewöhnlich lang. Lenz schätzte, dass er locker die Körpergröße des Tieres erreichte. Er grübelte und grübelte vor sich hin: „Was ist denn das für ein Viech ... ?“ Lenz zerbrach sich den Kopf, kam aber nicht darauf.
Könnte es vielleicht eine Ratte sein?
Von daheim und auch von Wolfsöd, war er Ratten tagtäglich gewöhnt. Auch Wasserratten, die es bei Hochwasser am Inn immer in die Ortschaften am Fluss trieb, waren ihm beileibe nicht fremd. Wie oft hatte er schon Jagd auf diese Schädlinge gemacht. Nein, besser machen müssen. Sie waren bei allen Anwohnern am Fluss gefürchtet als Krankheitsüberträger. Ja, sogar die großen Pestepidemien vor langer Zeit lastete man diesen Tieren an. Zu Recht, wie man mittlerweile wusste. Verschmitzt vor sich hinlächelnd, aber ohne die noch

ahnungslose Ratte aus den Augen zu lassen, erinnerte er sich an seine Kindertage. An die Zeit, als die Dorfbuben sich ein paar Pfennige verdienen konnten, wenn sie ihre erlegten Ratten beim Gemeindediener ablieferten. Zuerst waren nur die abgetrennten Schwänze gefragt, dann aber mussten sie die ganzen Kadaver abliefern. Auf einmal war das Fell der Ratten gefragt. Einige von seinen Freunden hatten versucht zu schummeln, bis es der Obrigkeit zu bunt wurde. Doch der Dorfjugend am Inn waren bei ihrem Erfindungsreichtum im Fallenstellen keinerlei Grenzen gesetzt. Als aber die „Fangerträge" und damit ihr Verdienst immer geringer wurden, hatten sie die Idee, einen ihrer Hunde, als Rattenfänger auszubilden. Nun hatten sie wieder große Erfolge. Schließlich wurde der Hundebesitzer mit seinem abgerichteten Schnüffler sogar von Nachbargemeinden angefordert. Der Mischlingshund war furchtlos, aber vor allen Dingen nicht wasserscheu und zudem ein äußerst geschickter Schwimmer.
Er riss sich wieder aus seinen Gedanken. „Also, eine Wasserratte ist es nicht, da bin ich mir sicher. Die hat nämlich nur einen ganz kurzen Schwanz" ging ihm durch den Kopf. Noch immer war das Tier mit seiner Fellpflege beschäftigt. Erste, zaghafte Sonnenstrahlen brachen nun durchs Gebüsch am gegenüberliegenden Ufer und verdrängten schnell die Nebelschwaden.
„Eine Hausratte? Nein, auch die kann es nicht sein. Die ist nämlich viel kleiner als dieses Tier, hier vor mir. Und außerdem hat sie ein dunkles, graues Fell und kein braunes", sinnierte Lenz weiter und kam zu keinem Ergebnis.
*Nein, so ein Tier *) hatte er bestimmt noch nie im Leben gesehen.*

Er verhielt sich ruhig und versuchte so leise wie möglich zu atmen. Plötzlich hielt das Tierchen beim ausdauernden Putzen inne und versuchte schnuppernd, wieder nach allen Seiten Witterung aufzunehmen. Irgendwas schien sie zu beunruhigen oder zu stören. Ihr Kopf mit den kleinen Augen bewegte sich unruhig hin und her stellte sich auf ihre Hinterläufe und sondierte mit flinken, wachsamen Augen den Flusslauf und das vor ihr liegende Ufergelände.
Nichts. Und immer noch hatte das Tier den vor ihm sitzenden Lenz nicht bemerkt. Von der nicht weit entfernten Railway - Station hörte man die Geräusche einer Lokomotive, die laut zischend Dampf abließ.

Dann passierte es!
Die Ratte vernahm es wohl Sekundenbruchteile früher.
Aber da war es schon zu spät.

---
*) *Die* **Bisamratte** – *siehe Glosssar*

Den Lufthauch in seinem Nacken verspürte Lenz erst beim Starten des großen Vogels mit seiner quiekenden und ums Leben fiependen Beute in seinen Fängen. Lautlos, mit ruhigen und kräftigen Flügelschlägen überquerte der große Vogel den Fluss, um dann in einer lang gezogenen Kurve mit seinem Fang zum Horst seiner Jungen zurückzukehren. Lenz war sich nicht sicher: War es ein Bussard oder vielleicht ein Adler gewesen? Zu schnell war alles abgelaufen. Viel zu schnell für das Leben des einsamen Tierchens am Ufer des Flusses.
Einige Zeit noch grübelte er darüber nach, welche Art von Ratte er denn hier am Ufer des großen Flusses gesehen haben könnte. Er kam einfach nicht drauf. So eine Ratte, nein, die hatte er am Inn oder auch sonstwo noch nie gesehen. Dieses Tier war mindestens dreißig Zentimeter groß gewesen, wenn nicht noch größer. Und dann noch der lange, nackte und an den Seiten abgeplattete Schwanz?
Lautes Gähnen drang aus der windschiefen Holzhütte in seinem Rücken. Sixtus schien endlich aufgewacht zu sein. Lenz dreht sich um und schaute über seine Schulter. Aus dem Halbdunkel der Hütte kroch gerade auf allen Vieren Sixtus. Er sah ziemlich mitgenommen aus.

Langsam verflüchtigten sich die letzten Nebelfahnen über dem Fluss.

*****

Auch die zweite Nacht war nun überstanden.
Schon als der nahende Morgen sich ankündigte, hielt es Lenz nicht mehr aus. Vorsichtig stand er von seinem engen Lager auf und ging nach draußen. Sixtus merkte nichts davon und brummelte im Halbschlaf auf der gemeinsamen Schlafstatt vor sich hin. Schnell versuchte Lenz sich zu orientieren. „Gleich in der Nähe ist doch die Eisenbahnbrücke, also muss nicht weit entfernt von hier die Straßenbrücke über den Lackawanna Creek führen.“ Nun erinnerte er sich wieder dran, was der Pole vor wenigen Tagen ihnen über Scranton erzählte hatte: Während auf der östlichen Flussseite die etwas wohlhabenderen Familien angesiedelt waren und sich im Ortsteil *Greenridge* entlang der *Marian- und New York Avenue* Geschäft an Geschäft reihte - befand sich die Siedlung der Bergarbeiter westlich des Bahnhofes. Dort, zwischen der *Luzerne Road* und der *Washington Avenue,* wohnten die verheirateten Bergleute langgedienter Steiger und Obersteiger aus den verschiedenen Minen von West - Pittston mit ihren Familien. Ein kluger Schachzug mit Kalkül der mächtigen Kohlebarone im *Luzerne County*, um ihre fleißigsten Minenarbeiter an sich zu binden. Den verheirateten Miners ging es nicht schlecht. Aus Erfahrung wussten die Besitzer der Minen, dass verheiratete Bootleg - Miners am zuverlässigsten waren. Ihnen war keine Arbeit zu viel und

kein Risiko zu hoch. Hatten die allermeisten von ihnen doch zu Hause eine große Zahl an hungrigen Mäulern zu stopfen.
Dagegen ließ man das - sich nie erschöpfende - Reservoir der Neuankömmlinge aus der alten Welt, vorzugsweise aus den Königreichen Rumänien, Polen und Bulgarien, sowie aus der Österreich - Ungarischen - Donaumonarchie, in oft erbärmlich einfachen Holzbaracken hausen. Eine Gegend, die von den Bewohnern der anderen Flussseite streng gemieden wurde. Im Sommer war´s in den Baracken zu heiß und in den langen Wintern oft lebensgefährlich, vor allem bei angegriffener Gesundheit. Anthrazitkohle war rar und für die Minenbesitzer viel zu teuer zum Verheizen. Sie wurde stark rationiert, sodass in den strengen Wintern - und die gab es zuhauf in diesem rauen Landstrich - nicht wenige der ledigen Bergarbeiter jämmerlich in ihren eiskalten Unterkünften erfroren. Vor allen Dingen dann, wenn sie wie so oft, wieder mal über den Durst getrunken hatten.

*****

Was war in den zurückliegenden Tagen denn alles passiert?
Als der leere Kohlezug mit quietschenden Bremsen kurz nach Einbruch der Dunkelheit vor über zwei Tagen im Bahnhof eintraf, waren ihre Nerven zum Zerreißen gespannt. Vorsichtig hatten sie die Waggontüre geöffnet und waren mit einem Satz auf dem Schotterbett der Gleise gelandet. So schnell sie konnten, sondierten sie ihre Umgebung und verdrückten sich dann abseits in ein Gebüsch. Sie hörten lautes Rufen und Hundegebell aus Richtung der Lokomotive. Also mussten sie schnell handeln. Ihr Fluchtweg führte sie weiter hinein in die Dunkelheit. Die Geräusche kamen näher und näher. Angst, nackte Angst kroch in ihnen hoch. „Jetzt noch scheitern, kurz vor dem Ziel ...“ flüsterte Lenz zu Sixtus. „Nein, niemals. Wir schaffen das auch noch!“ Er packte seinen Gefährten am Arm und zerrte ihn weiter in die alles verschluckende Dunkelheit. Starker Regen setzte ein, es fing an zu blitzen und donnern. Schon nach wenigen Minuten waren beide bis auf die Haut durchnässt. Die Stimmen der Männer und das Hundegebell wurden leiser und leiser und verebbten schließlich ganz. Die Hatten die feinen Nasen der Spürhunde vor dem Wetter kapitulieren müssen? Wenig später sahen sie in sicherer Entfernung den - immer mehr verblassenden - Schein hin und her pendelnder Laternen. Ein Blitz erhellte sekundenlang die Nacht und Lenz konnte die Kompassnadel erkennen. Jetzt half ihm sein Kompass weiter.
„Sixtus, ich glaube, wir müssten uns wieder scharf nach Norden orientieren“ murmelte er vor sich hin. Kurze Zeit später zog das Gewitter zügig weiter in Richtung Süden. Einsetzendes Wetterleuchten ermöglichte ihnen, sich in ihrer Umgebung besser zu Recht zu finden.

Plötzlich vernahmen sie das gleichmäßige Rauschen eines Flusses. Schnell rutschten sie hintereinander auf dem Hosenboden eine Böschung hinunter, krochen durch dichtes, stacheliges Gebüsch und standen plötzlich am Ufer des Creeks ...

*****

Sonntagmorgen, 3. Mai 1874

Trotz des in ihren Gedärmen nagenden Hungers war das Selbstvertrauen bei beiden zurückgekehrt. Lenz und Sixtus waren sich nunmehr sicher, dass ihre Flucht ein gutes Ende finden würde. Der Pole hatte ihnen ja eine grobe Skizze dieser Bergarbeiterstadt angefertigt.

Der Zeitpunkt war gekommen. Jetzt - oder nie! Sie wollten es, ganz entgegen ihrem ursprünglichen Plan nun tagsüber riskieren. Ganz wie normale Minenarbeiter sollten sie sich bewegen, das hatte ihnen der Pole gesagt. Ganz wie normale „Miners"!

Bevor Lenz und Sixtus ihre feuchte Hütte endgültig im Morgengrauen verließen, wuschen sie sich so gut es nur ging, im eiskalten Bachwasser. Im Schutze des Ufergebüsches bewegten sich die beiden Deutschen gegen die Strömung des Flusses. Bald erblickten sie die große Eisenbahnbrücke über den Fluss. In ihrem Rücken erwachte die Railway-Station mit dem neuen Tag gerade zu neuem Leben.

Droben, auf der Straße reihten sie sich ein, in den Strom, der zur Arbeit eilenden Menschen. Niemand achtete auf sie.

*****

***Scranton,** Sonntagmittag, 3. Mai 1874*

Mmhh..., es duftete nach Bohnen, nach Speck und Bratkartoffeln. Und es duftete herrlich nach Bohnenkaffee! Nein, nein, nein! Verdammt und nochmals nein! Um Herrgottswillen! Nochmals, nein!

Riechen? Nein das war viel zu wenig gesagt. Es duftete göttlich, ja himmlisch. Ja, es war eine Geruchsorgie von verschiedenen und lange Zeit entbehrten Gerüchen. Lenz und Sixtus lief das Wasser im Munde zusammen. „Kaffee" flüsterte Lenz entgeistert Sixtus zu. Ein- oder zweimal in seinem Leben hatte der Lenz bisher echten Kaffee getrunken. Er erinnerte sich noch genau daran. „Ja, in einem Kaffeehaus in Rosenheim war es gewesen", ging es ihm durch den Kopf.

Artig und brav standen die beiden - wie zwei kleine Buben vor dem gedeckten Weihnachtstisch - im Zimmer neben der Küche. Beide dachten an den oft den eintönigen, geschmacklosen Fraß an Bord und an die lauwarme, braune Brühe, die der Smutje „Kaffee" nannte. Nur zu genießen mit einem Schuss Weinbrand oder Rum! Und den hatte

Bootsmann Menzel rationiert. Ihnen gegenüber, mit dem Rücken zum Fenster, hockte ein kleines Mädchen auf einem kleinen, wackligen Schemel. Sehen konnten sie eigentlich nur die Augen und die Umrisse der Figur. Mit großen Augen starrte das schwarze Mädchen unentwegt die heruntergekommenen Männer an. Sie bewegte sich kaum. Die knapp vierjährige Jenny Johnson hatte Angst, sie verstand die Sprache der fremden Männer nicht. Sixtus lächelte der Kleinen zu. Das Mädchen erschrak noch mehr.
Er erinnerte sich an seine Zeit als blutjunger Bergmann in Hausham. Immer, wenn sie nach der harten Arbeit unter Tage wieder nach oben kamen, sahen alle aus wie die Mohren. Nur das Weiß ihrer Augäpfel war in der Dunkelheit zu sehen. Genau so sah nun das Mädchen ihnen gegenüber aus. Lenz hatte sich den Namen des Mädchens schon in New York eingeprägt: Jenny. Und auch das Alter: vier Jahre. Er erinnerte sich, dass sie noch einen Bruder hatte: Jeremias, ja Jeremias, genannt Jerry! Jerry müsste jetzt so an die fünf Jahre alt sein. Anscheinend war er nicht zu Hause. Das Klappern in der Küche wurde leiser und hörte schließlich ganz auf. Eine helle, wohlklingende Stimme rief: „Jenny, Jenny, come in. Please come in, help me!" Flugs stand das kleine Mädchen auf, strich ihr Kleidchen glatt und trippelte schnellen Schrittes in die Küche nebenan. Kurze Zeit später trat sie, einen Korb mit Brot tragend zurück ins Wohnzimmer. Durch die Küchenfesnter fielen Sonnenstrahlen auf ihren gedeckten Tisch. Lorie Johnson balancierte mit der einen Hand eine riesige Eisenpfanne, mit der anderen eine dampfende Kanne Kaffee. Höchst verräterisch durchdrangen nun die Sonnenstrahlen ihr leichtes, weißes Baumwollkleid und zauberten die Konturen ihres verlockenden Körpers in die Augen der ausgehungerten Männer. Lenz musste mehrmals schlucken, ganz trocken war plötzlich sein Hals. Ein Schauer durchzog seinen Körper, er konnte sich nicht dagegen wehren. „Mein Gott, verzeih mir meine unkeuschen Gedanken" schoss es ihm durch den Kopf. Aus den Augenwinkeln sah er, dass auch Sixtus mit angehaltenem Atem und hochrotem Gesicht unbeholfen, ja unbeweglich hinter seinem Stuhl stand. Sie waren beide sprachlos.
„Nein, mein Gott nein! Diese Versuchung ...".
Lenz musste seinen ganzen Willen aufbieten, um diese Gedanken nicht weiter ausufern zu lassen.

So ein Weib, nein, so ein verlockendes Weib, hatten sie in ihrem Leben noch nie gesehen. Lorie Johnson bemerkte die Erstarrung der beiden abgerissenen und erschöpft wirkenden Männer, die sich mehr als verlegen vor dem gedeckten Tisch herumdrückten „Eigentlich müsste ich ja Angst vor diesen Gentlemen haben" dachte

sie sich. Aber die Zeilen ihres alten Freundes Andrzej gaben ihr die nötige Sicherheit, sich nicht nur am heruntergekommenen Äußeren dieser beiden „Germans" zu orientieren. „Please, Gentlemen! Sit down!" Nachdem sie die Kanne mit dem dampfenden Kaffe auf den Tisch gestellte hatte, deutete sie mit ihrer Hand unmissverständlich auf die noch freien Stühle. Lenz fasste sich als Erster und schob etwas linkisch seinen Stuhl an den Tisch, Sixtus tat nun dasselbe. „Danke, danke" murmelten beide verlegen und setzten sich. Verführerisch zog der Duft der Speisen um ihre Nasen. Das Wasser lief den beiden jungen Deutschen im Mund zusammen. Wann, ja wann hatten sie so etwas das letzte Mal gerochen? Lorie setzte sich zu ihnen, faltete ihre Hände und sprach ein kurzes Tischgebet.
Ergriffen senkten die beiden Männer ihre Köpfe und falteten nun ebenfalls ihre Hände. Als das Gebet zu Ende war, hob Sixtus seinen Kopf. Wie lange hatte er schon nicht mehr gebetet? War er denn so gottlos auf seiner langen Flucht geworden?

Seine Blicke kreuzten sich - nur einen Sekundenbruchteil, einen winzigen Augenblick - mit denen von Lorie Johnson. Dennoch traf es ihn voll ins Herz. In diesem Augenblick hatte sich Sixtus unsterblich in diese wunderschöne schwarze Witwe verliebt. Wenige Tage später gestand ihm die Bergarbeiterwitwe Lorie Johnson, dass es ihr in jenem Augenblick ebenso ergangen sei.

Lorie Johnson konnte durch einen befreundeten Bergmann für Sixtus, alias Josef Meindl, eine Stelle als Hauer in der Anthracite - Mine von West - Pittston bekommen. Ebenso wurde Lenz dort eingestellt. Obwohl er noch nie unter Tage gearbeitet hatte, wollte man es mit ihm dort probieren. Durch die ständigen Minenunglücke war den Bossen jede kräftige und willige Arbeitskraft willkommen. Keiner der Obersteiger interessierte sich für die Herkunft und Papiere der Männer. Um *West - Pittston* lag, genau in einem Halbkreis südwestlich von Scranton herum, eine der ergiebigsten Kohlenminen Pennsylvanias. Es war eine der größten Schatzkammern des „schwarzen Goldes" in ganz Amerika.
Und genau hier, östlich der sich bis hinunter an die Küste und hinauf nach Kanada hinziehenden *Appalachian Mountains* fingen sie ihr neues Leben in Amerika an. Sie, die beiden geflohenen Haberer aus dem Land im fernen Germany, aus dem Landl am mittleren Inn.
Hier „fuhren" sie beide zusammen das erste Mal unter Tage. *„Lorenz Kramml"* und *„Josef Meindl"* stand jetzt in ihren Arbeitspapieren. Die gefälschten Pässe hatten keinerlei Argwohn erregt.
Der Pole hatte gute Arbeit geliefert.
Ihr Glück schien für's erste vollkommen.

„A Hundling bist scho, owa a sakrischer ... " sagte Lenz zu ihm, als Sixtus nicht mehr umhin konnte, seine Liebe zu der schwarzen Schönen zu gestehen. Lenz schnalzte anerkennend mit der Zunge und bekräftige nochmals sein Urteil. Er musste - wohl oder übel - akzeptieren, dass Sixtus und Lorie ein Paar geworden waren. Recht froh darüber war er nicht, doch er musste eingestehen, dass Lorie dem Sixtus gut tat. Die kleine Familie blühte in den paar Wochen, als Lenz noch in einer winzigen Kammer eine Schlafstelle dort hatte, förmlich auf. Jeremias und die kleine Jenny hatten plötzlich wieder einen „Daddy". Er sprach wohl nicht richtig ihre Sprache, aber er konnte gut mit ihnen gut umgehen.

Schon einige Wochen später trennten sich die Wege von Lenz und Sixtus. Lenz konnte das pure Glück der beiden Verliebten nicht mehr ertragen. Doch eifersüchtig war er nicht. Obwohl? Lorie war schon eine außergewöhnliche Schönheit. Das musste er dem Sixtus schon lassen. Sein Herz zerriß schier vor unbändiger Sehnsucht nach seiner Franziska daheim in Altbayern, daheim im Grafinger Land.

Lorenz zog in eine der Arbeiterbaracken um. Er ahnte, dass er seinen Freund verloren hatte. Und auch, dass jeder seinen eigenen Weg in Amerika gehen musste! Später wollte er sich in Scranton seine wenigen Habseligkeiten bei Lorie und Sixtus abholen und sich vorübergehend eine billige Pension suchen. Vor allem aber eins wollte er: Nicht mehr in der Nähe von Sixtus und Lorie sein.

Er konnte deren Glück wohl verstehen, aber nicht mehr ertragen.

*****

Aber nach kurzer Zeit gab es schon ein Riesenproblem: Lenz war absolut nicht für die Arbeit im Bergwerk geeignet. Sein Obersteiger merkte dies schon nach ein paar Tagen, gab aber dem „German" noch eine kurze Galgenfrist. Es nützte nichts. Lenz hatte fortlaufend Panikattacken, wenn es in den dunklen, feuchtmuffigen Schacht ging und war dann zu keiner Arbeit mehr fähig. Er war einfach zu weich für diese Höllenarbeit. Nach jeder Schicht war er vollkommen kaputt und demoralisiert. Die Angstattacken zermürbten ihn. Wenn er nach wenigen Stunden aus unruhigem und dennoch bleiernem Schlaf erwachte und auf seinem muffigen Strohlager in der Unterkunft der Miners sitzend über seine Zukunft nachdachte, redete er sich immer wieder beharrlich und stur ein:
„Ich bin ein Bauer und kein Maulwurf!"

*****

Juli 1874
In West - Pittston schaffte es Lenz einfach nicht.

Zum Leidwesen seines Freundes Sixtus.
Nach einigen Wochen gab Lenz völlig demoralisiert auf und kündigte. Er bekam seine Arbeitspapiere, ließ sich seine paar Dollars auszahlen, die er sorgfältig in seinem ledernen Leibgurt versteckte. Am nächsten Morgen wollte er mit seinen wenigen Habseligkeiten die Unterkunft der Bootleg Miners verlassen und sich auf die Suche einer neuen Arbeitsstelle machen.
Er war einfach kein Bergmann! Er eignete sich nicht dazu. Kein Bergmann, so wie der Sixtus Heimerl. Vor allem aber kein „*Bootleg - Miner*“, wie die Einheimischen die schwarzgesichtigen, schwer schuftenden und immer schweißnassen Männer unter Tage nannten. Sie waren die Härtesten dieser Gegend. Männer, die diese Region so dringend brauchte. Für den Rohstoffhunger der Eisenhütten an der Atlantikküste und entlang des großen Flusses.
Vor allem brauchten diese harten und tüchtigen Kerle die Besitzer der lukrativen, ertragreichen Minen von Scranton über Wilkes - Barre, Pittston bis hinunter nach Hazleton, Pottsville und weiter bis Minersville im *Schuylkill County*.
Jetzt war guter Rat teuer, was sollte tun?
Bislang sprach er nur wenige Worte englisch und konnte sich kaum mit den anderen Miners aus Irland, Wales, Schottland, Polen, Russland oder sonst woher verständigen. Lenz wurde schwermütig und zog sich immer mehr zurück. Jetzt, da völlig auf sich alleine gestellt, merkte er, wie eng seine Bindung mit Sixtus gewesen war. Aber zurück nach Scranton? Nein, dafür war er zu stolz.
Und, er war auch irgendwie eifersüchtig.

*****

Dicht hinter ihm war ein Mann aus dem Minen - Büro getreten.
„*Hey du, warte mal! Hey, du. Bleib doch stehen. Ich muss mit dir reden!*“ Ein Deutscher? Lenz verlangsamte seine Schritte und drehte sich um. Hinter ihm stand ein großer Mann mit dichtem, dunklem Haupthaar. Er sah sympathisch und vertrauenserweckend aus und zeigte Lenz mit einem Lachen die schneeweiß blitzenden Zähne.
Der Mann reichte Lorenz seine Hand und drückte sie fest. „Schön, dass man wieder mal einen Deutschen hier sieht. Ich war hinter dir im Personalbüro, hab auch meine Papiere geholt. Well, mein Name ist Wilhelm Mauk, aber nenn mich einfach William ...“ sagte er mit entwaffnetem Lächeln zu dem Bayern. „Komm lass uns ein Stück zusammen gehen. Dort drüben, da ist der Saloon „Miners Inn“. Lass uns

beide dort zusammen ein Bier trinken! Ok?" Lenz schüttelte zuerst den Kopf, willigte aber dann doch ein. Es fiel ihm ein Stein vom Herzen, als er hörte, dass ihm der Deutsche bei seiner Arbeitssuche behilflich sein wollte. „Weißt du ...", sagte er zu Lenz, „... ich war auch mal froh, als ich vor vielen Jahren nach Amerika kam und mir jemand half. Ich gebe also nur weiter, was ich einmal bekommen habe." Er hielt kurz mit dem Reden inne und machte mit den geöffneten Händen eine theatralische Geste nach oben, zum Himmel. „Von ihm da oben. Von ihm! Verstehst du, was ich meine?" Lenz nickte, als er mit ihm die hölzernen Stufen zum Saloon hochging.
An einem kleinen runden Tisch gleich neben dem Eingang nahmen sie Platz und bestellten bei der Serviererin zwei Bier. „Cheers" sagte er zu Lenz und hob sein Glas. Lenz stieß mit ihm an. Er war das erste Mal in dieser Kneipe und wunderte sich, dass das Lokal gerammelt voll war. Das Bier schmeckte gut und beide bestellten sich noch ein Glas. Der Alkohol löste ihre Zungen. William fuhr fort: „Komm mit mir! Dort unten, in Pottsville oder Tremont, da kenn ich mich aus wie in meiner Hosentasche. Komm mit." Sein breites Lächeln strahlte pure Zuversicht aus. Trotzdem sah Lenz ihn zweifelnd an. Man merkte es ihm an: Er kämpfte heftig mit sich.
Doch William bohrte weiter nach.
„Du musst weiter nach Süden. Dort sind viele Deutsche. Am besten du machst dich auf den Weg in Richtung *Pottsville* oder, besser noch nach *Minersville*. Entweder arbeitest du dort bei einem deutschen Farmer oder versuchst es halt doch noch einmal in einer Mine, was ich dir aber nicht unbedingt raten würde." Lenz machte immer noch ein skeptisches Gesicht und zuckte ratlos mit den Schultern. „Na ja, ich weiß nicht recht, ob ich noch mal in eine Mine soll", antwortete er ein wenig hilflos seinem neuen Bekannten.

„Aber, du kannst doch auch nach einem Job *„über Tage"* fragen. Also dort mithelfen, wo die Kohle auf die Eisenbahnwaggons verladen wird!" Er schlug ihm freundschaftlich auf die Schulter. „Hm, was meinst du dazu?" „Ich werd's mir überlegen. Aber ich nehme dein Angebot an und fahre mit dir nach Süden" antwortete Lenz. Beide vereinbarten einen Termin in den frühen Morgenstunden am übernächsten Tag. „Merk Dir eins, Lenz ... " sagte William zu ihm, „ ... hier in diesem Lande darf man nichts auf die lange Bank schieben. Man muss es einfach wagen!" William zahlte die paar Biere für sich und Lenz. Im Hinausgehen klopfte er seinem Landsmann nochmals kräftig auf die Schultern und sagte zu ihm: „Ich freue mich, dass du zugesagt hast, mein Freund!" Sie verließen das Lokal und wollten sich gerade voneinander verabschieden, als lautes Schreien an ihre Ohren drang. Drüben, auf der anderen Straßenseite waren unüberhörbar zwei Männer miteinander in heftigen Streit geraten. Deutsche? Ja! Es waren Deutsche! Und noch dazu Bayern. Und, es war sogar haargenau die Sprache seiner Heimat!

Noch mehr, es war hörbar s e i n e Muttersprache!
Lenz schien wie vom Blitz getroffen.
Da stritten sich doch nur einige Meter vor ihm, in der Nähe des Werkstores, zwei Miners bis aufs Messer miteinander. Und dann auch noch im allerbesten Chiemgauer Dialekt. Ganz sicher: Die Männer mussten direkt aus seiner Heimat sein. Aus Rosenheim, Miesbach oder Hausham, vielleicht auch Aibling? „Du Lump, du windiger Haderlump. Ich bring dich um, das sag ich dir!" Drohend reckte der kleinere der beiden Streithähne die Fäuste in die Höhe. „Hast mein ganzes Geld unterschlag´n, du g´scherter Hammel, du g´scherter. Ich bring dich um, verlass dich drauf". Wütend schnaufte er auf. „Mein allerletztes Hemd hab ich dir geb´n und du machst meinem Weib noch schöne Augen…". Breitbeinig und mit verschränkten Armen stand der größere der beiden Männer vor seinem Kontrahenten. Sein Gesichtsausdruck verriet Verachtung, unendliche, überhebliche Verachtung. Der Bärtige lachte dem Kleineren frech ins Gesicht.
„Vapatzen hätt´ ich di solln, du G´frecker, du elendiger. Hätt´ mir oan Batzen Gaid mit der Belohnung vadienen können, wenn i di verrat´n hätt. Du, ja genau du warst ja da Anführer! Ned i! Du Haberer, du sauschwänziger!" Lenz erschrak bis auf´s Mark und wurde kreidebleich.

„Mein Gott - Haberer, hier in Amerika?"

*****

Blitzschnell überschlugen sich die Gedanken in seinem Kopf.
Die Stimme! Genau, die Stimme!
Er war sich sicher, einen der beiden Männer zu kennen. Ja! Es war der Kleinere von beiden. Und der, da war sich Lenz jetzt sicher, war auch bei dem Haberfeldtreiben in Wolfsöd dabei gewesen. Damals, bei seiner Vereidigung im Sägewerk an der Attel saß er neben Lenz und Sixtus auf einem Fichtenstamm, direkt am Sägegatter. Genau, er war es. Er stammte aus einem Einödhof bei Rott am Inn. Lenz fröstelte. Unerklärliche Starre überzog seinen ganzen Körper. „Hier in Amerika, im gelobten Land, Haberer?"
In seinem Kopf wütete ein Orkan, das Blut schien aus seinen Adern gewichen.
„Hey... !" William zupfte ihn mehrmals unsanft am rechten Arm. „.Was ist los mit dir. Wir wollten doch gehen? Komm, Lenz. Lass uns

gehen. Misch dich da nicht ein, das bringt nichts. Das sage ich dir aus langer Erfahrung ...". Lenz reagierte nicht sofort. Zu sehr waren seine Sinne vom Gehörten gefordert. Erst als ihn William nochmals aus seiner Erstarrung schüttelte, sah Lorenz ein, dass der Rat seines neuen Freundes richtig war. „Ist schon gut! Ich gehe auch. Meine Zeit hier ist soundso abgelaufen. Muss nur noch meine Sachen in Scranton regeln. Also, William, bis übermorgen ..."

*****

Kurze Zeit später erfuhr Lenz von einem schrecklichen Drama unter zwei geflohenen Haberern im Nachbarstaat Ohio. Einer der beiden Männer hatte den anderen erschlagen und seine Leiche in einer halb verfallenen Mühle am *Hickory Creek*, hart an der Grenze zu Pennsylvania, verscharrt. Er wurde dabei von einem Fallensteller beobachtet, der den Sheriff der Kleinstadt *Bessemer* in Pennsylvania verständigte. Zusammen mit seinem Kollegen in Ohio wurden die Ermittlungen aufgenommen und Jagd auf den Mörder gemacht. Die gute Beschreibung half den Täter bald zu überführen. Es war der Mann mit dem dunklen Vollbart. Bei ihm wurde eine Menge Gold- und Silberschmuck gefunden: Die Beute eines völlig aus dem Ruder gelaufenen Haberfeldtreibens in der Nähe von Miesbach. Ein Teil der verschwunden Beute konnte von den - aus der Untersuchungshaft geflohenen - Haberern nach Amerika geschmuggelt werden. Später war es, vom nunmehr ermordeten Haberer, in der verlassenen alten Mühle hart an der Grenze von Ohio zu Pennsylvania versteckt worden. Die Gerichtsreporter in Ohio und Pennsylvania, welche damals über diese Bluttat berichteten, fanden keine richtige Übersetzung für diesen altbayerischen Femebund ins Amerikanische.
So schrieb einer der Reporter in seiner Gazette über den Mordprozess und dem Täter:
"He was a member of what would be termed Whitecaps in America...". [1]
Die Haberer und Wilderer aus Altbayern wurden also in Amerika - *de facto* - dem dortigen Geheimbund „*Ku-Klux-Clan*" gleichgestellt.

*****

Not brauchte er im Moment nicht zu leiden und auch große Angst, erwischt zu werden, hatte er nun nicht mehr. Sein neuer Pass hatte bisher allen Prüfungen standgehalten. Von Sixtus hatte er seit seinem Weggang in West - Pittston immer noch nichts gehört.

[1] **entnommen aus:**
„Ein bayerischer Wilderer vor Gericht in USA. Zwei Morde in zwei Erdteilen - aber nur ein Mörder?" von **Dr. Wilhelm Kaltenstadler (1999)**

Nun hatte er mit viel Glück und Hilfe von William Mauk eine neue Stelle bekommen, nur wenige Meilen südwestlich von *Minersville,* in den „*New Mines*". Die Mine lag zwischen *Llewellyn,* einer kleinen, fast rein walisischen Siedlung und *Branche Dale*. Eigentlich wollte er damals, vor ein paar Wochen, dem Rat dieses Mannes folgen, den er beim Verlassen der Mine kennenlernte: „Hey, werde doch wieder Bauer. Das ist dein Leben. Und nicht ein Leben in ständiger Dunkelheit unter Tage".

Ja, ein glücklicher Zufall war es damals schon gewesen.

Seine Papiere hatte Lenz im Büro der Mine abgeholt und wollte sich auf den Weg nach Scranton machen.

Und dann, ja dann hatte er den Mann getroffen, der seinen weiteren Weg in Pennsylvania entscheidend mit beeinflussen würde: Wilhelm „William" Mauk

*****

Altbayern - Juli 1874

„Maierhof" in Lohen bei Mittergars am Inn

Über ein Jahr war seit der Hochzeit von Anna mit Georg vergangen. Es war eine extrem schwierige Zeit.

Anna und Georg wurden von schier unlösbaren Geldsorgen geplagt und mussten deshalb auch ihre letzten beiden Ehehalten entlassen. Nur Therese, Georgs Mutter half noch auf dem Hof. Zu wenig, um die Arbeit auf den Feldern, im Wald und im Stall richtig zu schaffen.

Der Getreide - und Landwarenhändler Franz Xaver Huber stellte ein letztes Ultimatum! Und auch die Kassa in Gars sperrte nunmehr jeglichen Kredit. Über Lohen hing nun am seidenen Faden das „Damoklesschwert" der Versteigerung. Zu groß war die Last der drückenden Schulden.

Tiefe Verzweiflung machte sich auf dem „Maierhof" in Lohen breit.

*****

Nordamerika

Die „*New Mines*" taten Lenz gut! Sehr gut sogar.

Er hatte sich vom ersten Tag an, genau wie vor langer Zeit auf dem Kammererhof, wieder unentbehrlich gemacht. Lenz war sich für keine Arbeit zu schade, schuftete wie ein Berserker, nur halt jetzt über Tage. Eisenbahnwaggons mit Anthrazitkohle zu beladen, wie ihm William empfohlen hatte, brauchte er aber nicht. Nein, sein neuer Vorarbeiter brauchte ihn von Tag zu Tag mehr als *d e n* versierten Handwerker, als der er sich von der ersten Stunde an entpuppt hatte.

„The German is a very, very good man..." sagte er zu seinem Boss, dem walisischen Besitzer der kleinen Mine. Und diesem war´s recht und billig. So einen Mann hatten sie schon lange gesucht.
Lenz lernte nun auch schneller die Sprache kennen, die in seiner jetzigen „Heimat" gesprochen wurde. Unter Tage war das unmöglich gewesen vor lauter Plackerei. Und abends war er immer todmüde gewesen, um sich den Sprachunterricht von Lorie zu widmen.
Dass er Deutscher war, fiel in Minersville nach kurzer Zeit überhaupt nicht mehr groß auf. Ein Großteil der Männer auf dieser Mine stammte aus ja deutschsprachigen Ländern; viele aus Elsass-Lothringen und die meisten von ihnen hatten schon in ihrer alten Heimat mit dem *„schwarzen Gold"* Berührung gehabt.
Lenz hatte sich nun recht passabel eingelebt.
Die Getrreideernte stand kurz bevor. Hie und da sah man Bauernfamilien der *Mennoniten* und *Amischen* schon einen Teil der Ernte einbringen. Die Männer und die Burschen mit ihren schneeweißen Hemden, schwarzen Hosen mit den Hosenträgern und den Strohhüten - die Frauen und Mädchen ebenso mit weißen Blusen und dunklen Röcken; auf ihren Köpfen weiße Hauben, die wie Schlafmützen aussahen. Ein Bild das sich tief in sein Innerstes prägte und ihn immer wieder fesselte. Seine Gefühle spielten verrückt.

Heimat? Wo ist deine Heimat Lenz?
Lenz roch das reife Korn auf den Feldern Pennsylvanias - und wieder übermannte ihn verzehrendes Heimweh. Er dachte an seine kurze Zeit mit Franziska - und auch an die noch unbeschwerte Zeit vor seiner Flucht aus Mittergars. Was würden wohl seine Geschwister machen? Anna, Andreas und vor allem die kleine Maria.
Es zog ihm das Herz zusammen ...

*****

Pottsville
Die kleine Bergarbeiter - Stadt im Schuykill County lag, eingebettet von sanften Hügeln, am Westufer des *„Schuylkill Reversion"*. Hier lebten Menschen vieler Nationalitäten: Norweger, Iren, Schotten, Holländer, Russen, Italiener und vor allem sehr viele Menschen mit deutscher Sprache: Schweizer, Deutsche, Elsässer, Österreicher und Deutschstämmige aus den russischen Gebieten bis weit hinter dem fernen Ural. In den Tagen vorher hatte er - so nach und nach - die „Geschichte" seines neuen Freundes erfahren.
Mauk erzählte Lenz, dass in Pottsville alljährlich, einige Wochen nach dem Rodeo in Tremont, immer ein großes Fest, „The Great Pottsville Cruise" stattfinden würde. Dass er Anfang Mai auf dem „The Great

American Way Fair" seine große Liebe, die Katy Hinterleiter aus Kutztown kennengelernt hatte, erfuhr Lenz auch. Der kleine Weiler Kutztown lag im Berks County, einige Meilen südwestlich der Bezirksstadt Allentown und war eine rein deutsche Gründung.
William stammte aus einer amischen Familie aus Meisersville, einem winzigkleinen Ort im „Snyder County", keine sechzig, siebzig Meilen südwestlich von Pittston und fast direkt am westlichen Ufer des Susquehanna River gelegen. William war das schwarze Schaf, das „Black Sheep", wie er sich gerne selber titulierte, der strenggläubigen Auswandererfamilie aus dem südlichen Elsass. Niemanden und nirgends konnte er sich unterordnen. Er war einfach ein andauernd rebellierender Freigeist. Und das brachte ihm die Ächtung der Amischen ein.
Eines Nachts packte er seine wenigen Habseligkeiten in einen Rucksack und floh gegen Osten. Er wollte Geld verdienen. Viel Geld.

Und endlich leben. Sein eigenes Leben führen ...
Drüben in *Kutztown*, knapp zehn Meilen südwestlich der Bezirksstadt *Allentown,* hatte er auch endlich seine große Liebe gefunden. Das Schlimme daran war nur, dass er seine Katy kaum treffen konnte. Sie, mit bürgerlichem Namen Katharina Barbara Hinterleiter, entstammte einer Bauernfamilie aus dem südlichem Schwarzwald, welche vor einer Generation als Glaubensflüchtlinge in Pennsylvania Zuflucht und neue Heimat gefunden hatte. Die wenige Zeit, die die beiden Verliebten miteinander verbringen durften, war überschattet vom ständigen Versteckspiel vor ihren Eltern und der Gemeinschaft der von den Amischen abgespaltenen Mennoniten in diesem Gebiet.
William „Wilhelm" Mauk war sozusagen vom „Regen in die Traufe" gekommen. Das Schlimme daran war, dass er sich unsterblich in dieses hübsche Mädchen verliebt hatte. In das hübscheste Mädchen im ganzen County! Und sie sich auch in ihn. Das Versteckspiel rieb beide fast auf. Jede Hütte, jeder Heuschober, jedes Gebüsch und jede noch so kleine Waldlichtung hatte hier in dieser rein deutschen Gegend Augen und Ohren. Ein Amischer und eine Mennonitin?
Unmöglich, ja direkt gotteslästernd diese Verbindung! So war die landläufige Meinung. Schlimm war es, dass William immer nur alle vier Wochen die Möglichkeit hatte, „*seine*" Katy zu besuchen.
Nun tat es ihm sichtlich gut, einen Landsmann wie den Lenz kennengelernt zu haben. Lenz und William zogen sich an, wie die Pole zweier Magnete. Sie hatten die gleichen Ideen und Träume und - auch noch zu gleicher Zeit - starken Liebeskummer.

Denn Lenz konnte seine Franziska einfach nicht vergessen.

Wie viele Briefe hatte er denn schon seit seiner Ankunft in Amerika an sie geschrieben? Er wusste es nicht; bestimmt sehr, sehr viele.
Aber das war ja auch gleichgültig. Denn, keinen Einzigen hatte er je abgesandt. Dazu fehlte ihm einfach immer der Mut.

*****

Es kam so, wie's kommen musste.
Beide warfen an diesem Vormittag ihre - kurz vorher noch in Pottsville geschmiedeten - Pläne übern Haufen: „Auf nach Tremont, zum Rodeo". Die Dollars saßen heute locker und beide wollten auch noch ihren Spaß haben. William Mauk und sein Freund suchten sich auf dem aushängenden Fahrplan der *„Lackawanna & Western R.R."* die Zeit für die nächste abfahrende Postkutsche nach Tremont aus. „Komm, wir haben noch etwas Zeit für ein Bier zusammen", sagte William und dirigierte ihn an der Schulter in einen Saloon an der Hauptstraße. Nebenan lag das Gebäude mit Postoffice und im Gebäude schräg gegenüber befand sich das Büro des Sheriffs. Einige Pferde waren von ihren Besitzern vor der breiten Treppen des Saloons angeleint und wurden gerade von einem jungen Burschen mit Wasser und Heu versorgt. Im Saloon waberten dichte Tabakschwaden, die sich zäh an die Decke verflüchtigten. Nur der langsam rotierende Propeller des großen Ventilators an der schwarz geräucherten rohen Bohlendecke verschaffte etwas Luft bei dieser Hitze. Gleich neben der langen Theke klimperte ein einbeiniger, grauhaariger alter Pianist auf dem klapprigen Piano herum. An der Theke selbst war keine Handbreit mehr Platz. Das erste Bier tranken die beiden Deutschen in der zweiten Reihe im Stehen. Die meisten Männer an der Bar aber labten sich an Whisky. Lenz sah sich um. In einer Ecke, unweit von der ausladenden Treppe, welche hinauf in den ersten Stock führte, saßen ein paar aufgeputzte Damen und wedelten sich mit Fächern aus Papier kühle Luft zu. Oder auch die Rauchschwaden weg. William bemerkte, wie sein Freund interessiert diese Frauen musterte.
„He, lass die Finger von diesen Weibern! Die ziehen dir den letzten Cent aus der Tasche, wenn du dich mit einer von denen einlässt! Die sind nur auf deine Dollars aus". Lenz winkte beschwichtigend ab.

„Ja, ja, das mit der Katy Hinterleiter!"
William bekam direkt ein verklärtes Gesicht, „Ein Glücksfall, wie man ihn nur einmal in seinem Leben geboten bekommt", sagte er nach dem zweiten Glas *„Yuengling Special"* zu seinem Freund. Und jetzt schüttete er ihm seine Seele aus. Auch dieser kräftige, scheinbar unbesiegbare Mann hatte eine sanfte Ader in sich und eine augenscheinlich sehr verletzliche Seele. Lenz kannte diese Seite seines neuen Freundes noch garnicht. Auf den wenigen Meilen von Pottsville nach

Tremont durch die Bergarbeitersiedlungen Minersville und Llewellyn sanken beide in einen kurzen, aber tiefen Schlaf. Das Rütteln und Schütteln der Kutsche auf den staubigen Straßen störte sie keinesfalls.

*****

Anfang August 1874

Es gab kein beliebteres Sommerfest im ganzen *Schuylkill - County* als das *„Rodeo-Fair in Tremont"*. Warum und weshalb, konnte auch William nicht genau sagen; zumindest vordergründig. Sicher gab es weitaus größere und auch bedeutendere Feste, vor allem das Sommerfest *„The Great Pottsville Cruise"* in Pottsville. Aber am beliebtesten war, unerklärlicherweise, das Rodeo in Tremont. Vielleicht war es gut so, dass William zu ihm sagte: „Du hast etwas Abwechslung nötig. Du kannst nicht nur deiner Vergangenheit nachtrauern! Schau nach vorne …!"

Lenz hatte endlich einen wirklichen Freund gefunden: Wilhelm „William" Mauk. Ja, und beide wollten zusammen auf das große Sommerfest in Tremont gehen.

Tremont!

Eigentlich ein kleines, ja fast winziges und verschlafenes Nest im Bezirk *Failey,* südlich der *Broad Mountains*. Östlich des kleinen Kaffs vereinigte sich der von Norden her fließende *„Middle Creek"* mit dem *„Swatara Creek"*, der seinen langen Weg bis zur Mündung in den *Susquehanna River* am Südwestrand von Middletown südlich von Harrisburg fortsetzte. Und in so einen kleinen Ort zog es im Sommer, kurz vor Beginn der Ernte, Tausende von Menschen, die wild auf Zerstreuung und vor allem wild auf das alljährliche Rodeo - Spektakel waren. Gut! Es gab in vielen Countys wesentlich größere Feste, meist am *Thanksgiving-Day*, am Fest des Erntedankes im Oktober. So wie das weithin berühmte Erntedankfest in der Bezirkshauptstadt *Lancaster.* Alles, was Rang und Namen im südlichen Pennsylvania hatte, musste dort im kleinen Tremont anwesend sein. Sogar für die betuchten und leicht blasierten Städter unten aus Philadelphia war es ein Pflichttermin, hinaus aufs Land und rüber in Richtung Nordwesten nach Tremont zu fahren. „Back to the Roots" war die leicht hintergründige und süffisante Umschreibung einer Sehnsucht der Städter, wieder mal einen „richtig draufzumachen". Denn viele, ja die meisten ihrer Verwandten wohnten ja noch dort, als Handwerker oder Arbeiter auf dem Lande.

Als Mauk den Lenz in seiner einfachen Unterkunft auf dem Areal der Mine in *Llewellyn* besuchte, erzählte er ihm einiges über dieses sommerliche Fest in der kleinen Stadt: „Du musst unter die Menschen,

so kannst du nicht weiterleben. Gründe eine Familie, erst dann wirst du sesshaft in Amerika ...", so bearbeitete William seinen Freund. Als er ihm noch erzählte, dass zum Rodeo nach Tremont die schönsten Mädchen und Frauen links und rechts des *Susquehanna Rivers* und des *Lackawanna Creeks* kommen sollten, war's um ihn geschehen.
Lenz machte große Augen und William sah, dass dessen Widerstand gebrochen war. „Well, versprochen ..., er hielt seinem Freund die Hand hin, „... komm schlag ein!" Mit einem verlegenen Lächeln schlug Lenz in die ihm dargebotene Hand ein. „Na ja, wenn du meinst" bemerkte dieser wortkarg. Dann stand er auf und suchte aus seinem Spind die besten Kleidungsstücke heraus. Es waren derer nicht sehr viele und irgendwie war William nicht mit dem Aussehen seines Freundes zufrieden. „So willst du mit mir auf's Sommerfest gehen? Niemals!" sagte er mit festem Nachdruck in der Stimme. Lenz wollte ihm widersprechen und sagen, dass dieser Ort doch wirklich nur ein kleines Dorf sei. Doch William blieb standhaft.
„Hey, du brauchst eine Frau in Amerika, well. Jemand, an dem du dich aufbauen kannst. Du bist einfach zu einsam hier. Aber so, wie du jetzt ausschaust, kriegst du niemand. Du lässt dich einfach gehen! Komm, Lenz, lass uns morgen nach Pottsville hinüber fahren, zum Taylor Schwaiger. Der ist günstig und macht dir schnell ein neues Gewand für das Sommerfest. Verstanden? Außerdem können wir da wieder mal richtig gutes „Original German Beer" trinken, well". Fragend sah er den zweifelnden Lenz an.
„Ja, dort ist die *Yuengling-Brauerei.* Die *„Yuengling & Sohn Brewery"* ist von deutschen Auswanderern schon vor fast fünfzig Jahren hier ins Pottsville gegründet worden. Die machen ein richtig gutes und süffiges deutsches Bier, wie es bei uns in der Heimat auch gab. Die Bergleute sind ganz wild darauf, besonders auch die polnischen und walisischen Miners." Nun lief ihm das Wasser im Mund zusammen. „Deutsches Bier? Echt deutsches Bier ...?" fragte er ungläubig. Nur noch kurz rang Lenz mit sich und nickte dann. „O. k. William, ich gehe mit." Die Aussicht auf deutsches Bier hatte gesiegt. Und auch die Einsicht über sein Äußeres. Er wusste selbst, dass er mit diesen Kleidern, die er in seinem winzigen Schrank hatte, keinen Staat mehr machen konnte. Vieles hatte wohl die Lorie in den wenigen Wochen seines Aufenthaltes in Scranton heimlich ausgebessert und nicht mal dafür etwas verlangt. Aber William hatte recht. In allem.
Lenz war ziemlich heruntergekommen und unendlich einsam ...

Er sehnte sich nach einer neuen Beziehung. Aber nur, wie er sich immer wieder beharrlich einredete, um seine Franziska endlich zu vergessen. Fesch sahen sie aus, der Lenz und auch der William. Beide hatten sich auch endlich wieder mal einen Barber-Shop von innen angeschaut. Der Frisör und sein Gehilfe hatten lange zu tun, um das wallende Haupthaar und die wild wuchernden Bärte seiner Kunden zu stutzen.

*****

The Tremont Rodeo Fair.

Lorenz hatte schon lange nicht mehr soviel Menschen auf einen Haufen gesehen. Das „*Tremont Rodeo Fair*" hatte sichtlich eine ungeheure Zugkraft weit über das Snyder County hinaus.

Gut sahen beide aus. Lenz war überhaupt nicht mehr wieder zu erkennen. Keck saß der neue Strohhut auf seinem frisch gestutzten Haarschopf. In Pottsville hatten er und sein Freund gleich alles erledigt, was schon ewig auf die lange Bank geschoben worden war. Sie ließen sich inmitten der schier unübersehbaren Menge hin auf den Festplatz treiben. William war anscheinend bekannt wie ein bunter Hund und kannte hier sehr viele Menschen. Kein Wunder, seine imposante Gestalt überragte die meisten der Festbesucher um Haupteslänge.Lenz bemerkte so manchen wohlwollenden, ja direkt aufreizend kessen Blick vieler Mädchen und junger Frauen auf seinen Freund. William hatte sich fein herausgeputzt. „Wie ein Stutzer schaut der heute aus", dachte sich Lenz. Aber William war kein Stutzer. Nein, er war ein echter Freund.

Sie wollten zusammen zum Rodeoplatz. „Das musst du unbedingt sehen. Du verstehst doch was von Viechern?" sagte William Mauk zu Lenz. Dieser nickte und antwortete wortkarg „Ja, schon! Weshalb willst du denn das wissen?"„Wirst schon sehen" antwortete ihm sein Freund sibyllinisch, „wirst schon sehen." Lorenz wurde nicht schlau daraus, bohrte aber auch garnicht nach. Es hätte auch nichts gebracht, denn die Menge schob sie einfach immer weiter. An Unterhaltung war überhaupt nicht mehr zu denken. Immer weiter ging´s Richtung der Hauptattraktion an diesem Tag: dem Rodeoplatz. Der Weg entlang war mit Ständen von Handwerkern und Händlern links und rechts der Straße gespickt. Die neuesten Geräte für die Landwirtschaft wurden ebenso präsentiert, wie abenteuerlich aussehende Maschinen und Geräte für den Haushalt und den Handwerker. An langen, rohgezimmerten Tischen stapelte sich Bekleidung für den Farmer, genauso wie für die Cowboys und den Bootleg - Miners.

Besonderes Augenmerk erzielten die Stände für die weibliche Bevölkerung. Hosenträger, Gürtel, Knöpfe, Hemden, Hüte, Sonnenschirme, Schürzen und Lederstiefel gingen weg wie nichts. Ein Stand erregte besonders viel Aufmerksamkeit bei den überwiegend männlichen Besuchern. Auf zwei roh gezimmerten Ständen stapelten sich

auf den Tischen große Mengen von blau gefärbten, langen Hosen und *„Waist Overalls*“ aus schwerem Baumwollstoff, auch mit Indigo gefärbt. So etwas Grundsolides hatte Lenz noch nie bei einer Hose gesehen. Die vielen Taschen, das Hosentürl oder auch der Hosenlatz am Overall waren mit glänzenden Nieten aus Messing oder Metall fixiert. Und erst die Nähte! Vier-, an manchen Stellen sogar fünffach, so glaubte er zu erkennen, waren die Nähte mit starkem Faden genäht. Lenz befragte den emsigen Verkäufer und nahm eine der Hosen vom Stapel, drehte und wendete sie interessiert, prüfte ausgiebig die Festigkeit der Nähte und war sichtlich begeistert. Er blickte nach oben. Über den Tischen waren als Sonnenschutz lange Planen aus festem Leinen angebracht.
Dort hing auch ein großes Holzbrett mit der gebrannten Aufschrift:

„Levi Strauss & Company -Waist Overalls“ *)

Das Gedränge wurde immer größer. Lenz machte sich breit und fuhr ganz instinktiv seine Ellbogen weit aus. Er versuchte sich mit seinem Freund in Verbindung zu setzen. Doch das erledigte sich von alleine, denn auch William war neugierig geworden und zwängte sich nun, nicht gerade zimperlich, zwischen Lenz und einem vierschrötigen Miner mit wildem Bartwuchs hindurch. Der drehte sich erbost um und wollte schon grob zu William werden. Als er aber die hünenhafte Gestalt von William Mauk sah, ließ er von seinem Vorhaben ab.
William klopfte Lorenz gut gelaunt auf die Schulter.
„Hey Lenz, du willst dir nicht doch eine neue Hose kaufen, oder?“
Er schüttelte den Kopf und dachte an sein mühsam erspartes Geld, dass er in einem ledernen Beutel eng am Körper in einer ledernen Geldkatze mit sich führte. Dollar für Dollar hatte er seit seiner Ankunft in Scranton auf die Seite gelegt, sich nichts Besonderes gegönnt. Nur für sein großes Ziel: Sich irgendwann hier in Pennsylvania einen kleinen Bauernhof zu kaufen und wieder Bauer zu werden. Was ihm daheim am Inn nicht geglückt war, wollte er hier erreichen.
Um jeden Preis.
Während er so vor sich hinsinnierte, glaubt er seinen Augen nicht zu trauen: William hatte sich, nach kurzer Prüfung schnell entschlossen und eine dieser Hosen gekauft. In Packpapier gewickelt, klemmte er sie fest unter seine rechte Achsel. Dieser drehte sich zu Lenz um.
„Und was ist mit dir?“, fragte er.
„Du solltest dir auch so eine gute Hose oder einen Overall leisten, o. k.? Die fassen sich ja an, als würden sie uns beide überleben, so grundsolide sind die gemacht. Also, was ist?“

---

*) **Levi Strauss** – *siehe Glossar*

Ein freundschaftlicher Rempler von William löste die Starre in seinem Kopf. Er nestelte aus seiner Geldkatze vier Silber-Dollars und reichte sie dem Verkäufer über die rohgezimmerte Verkaufstheke. Schon war er Besitzer einer neuen Hose. Er war, zumindest innerlich, zufrieden. Beide verließen ganz entspannt wieder den Hosenstand um sich den weiteren Darbietungen rings umher zu widmen.

Als Lenz all die großen Bauernfamilien sah, die sich auf diesem Fest verlustierten, wurde es ihm eng ums Herz. Er musste an die Zeit in Mittergars und Wolfsöd denken. Wie es wohl seiner Familie erging? Lebten seine Eltern noch und was mochte wohl aus Anna und der kleinen Maria geworden sein? Was war mit Franziska, seiner großen Liebe passiert? Sicher war sie schon verheiratet!

Gewaltsam riss Lenz sich aus seinen Gedanken. Was ihm am meisten auffiel, waren die vielen Invaliden, die sich mit Krücken und einfachen Wägelchen durch die Menge quälten. „Ja", sagte William, „der grausame Bürgerkrieg ist ja erst neun Jahre her und hat viele Männer zu Krüppeln und viele Frauen zu Witwen gemacht! Besonders hier in Pennsylvania ..."

*****

Man sah und hörte es ringsum: Auf dem Fest wimmelte es von deutschsprachigen Siedlern. Seltsame Laute, die Lenz aber nur teilweise verstand. William, den er deswegen fragte, antwortete ihm: „Ja, ja! Es ist eine ganz alte Sprache. Auch ich tue mich jetzt manches Mal schwer, weil ich sie schon lange Zeit nicht mehr gebrauche. Die Amischen und die Mennoniten sprechen teilweise Schwyzerdütsch, elsässisch und wieder andere den Dialekt aus dem Burgundischen, aus Mömpelgard. Und auch „Holländerdütsch" wird man irgendwann, wenn man länger hier ist, deutlich heraushören können." William musste immer wieder Leute grüßen, denen sie begegneten. Seine Gestalt ragte wie ein Fixpunkt aus der wogenden und schiebenden Menschenmenge heraus. Außerdem hatte er sich in Pottsville einen riesigen weißen Stetson zugelegt, unter dem seinen dunklen Locken erst richtig zur Geltung kamen. Lenz bemerkte, dass nicht wenige der weiblichen Rodeobesucher seinen Begleiter deutlich anhimmelten. Was hatte William denn vorhin mit seinem „ ... du wirst schon sehen" gemeint? Lenz grübelte, kam aber nicht darauf. Zu sehr waren auch sämtliche Sinne auf das Schauspiel konzentriert, was sich ihm jetzt auf dem Rodeoplatz bot: Bullriding. Gerade wurde einer der Männer von einem Bullen in hohem Bogen durch die Luft befördert und landete krachend direkt am Coralgatter vor ihm. Die Frauen kreischten hellauf und die Männer klatschten frenetisch Beifall. „Für wen denn"

dachte sich Lenz, „für den Bullen oder für den bedauernswerten Reiter?“ Neben ihm hatte sich eine Großfamilie von Amischen vor dem Gatter breitgemacht. Lenz überschlug die Personenzahl im Kopf und kam auf eine stattliche Kinderzahl. „Dreizehn Kinder? Mein Gott“ dachte er sich, „wie bei uns im Chiemgau!“ Sie fielen mehr durch ihre Äußerlichkeiten, als an ihrer Sprache auf. Die Männer mit ihren breitkrempigen Strohhüten, mit schwarzem Hutband, die Kinder gingen barfuß, die Mädchen und die Frauen mit ihren weißen, eigentümlichen Hauben. „Die sehen ja aus wie Schlafkappen“ dachte sich der Lenz und drehte sich neugierig nach ein paar jungen Frauen um, die hinter ihm über irgendetwas belustigt kicherten. „Machst du dir über die hübschen Mädchen hinter dir Gedanken? Vergiss es! Da hast du überhaupt keine Chancen bei denen. Das sind Amische, drüben vom *Lancaster County!“* Lenz trank in langen, hastigen Zügen. „Richtig“ sagte William, als ob er seine Gedanken hatte, lesen, ja besser noch deuten können, „genau wie Schlafhauben sehen diese Kopfbedeckungen aus, wie Schlafhauben!“ „Die meisten hier sind aber Mennoniten aus dem Berks County. Ich kenne sehr viele“ sagte sein Freund. „Irgendwann haben sich die Amischen untereinander, tja, wegen mir nichts, dir nichts, ganz einfach zerstritten. Aber das war schon vor ...“, er rechnete kurz im Kopf nach und fuhr dann fort: „... ja, ich glaube vor über 250 Jahren. Ja! Ich bin mir fast sicher: Es war im Jahre 1693!“ Lenz wurde neugierig. „Weißt Du denn, warum sich die Amischen damals zerstritten haben?“ William kraulte sich nachdenklich den Bart, während sie sich langsam durch Menge Richtung Rodeoplatz schieben ließen. „Mich fragst du als Falschen, wirklich“ sagte ihm William. „Ich bin schon seit vielen Jahren das berühmte schwarze Schaf in meinem Dorf, drüben über *Susquehanna River.*“ Er machte ein grimmiges Gesicht. Dann erklärte er doch seinem Freund einige Besonderheiten aus dem Leben der Amischen.
„Weißt du, die Amischen und auch die Mennoniten leben seit Jahrhunderten nach sehr strengen weltlichen und religiösen Regeln. Niemand darf sich diesen Regeln widersetzen oder versuchen, sich ihnen zu entziehen. Sonst wird er unbarmherzig aus der Gemeinschaft ausgestoßen. Sie lassen auch keinen Menschen anderen Glaubens in ihre verschworene Gemeinschaft.“

*****

William erzählte, bis Lenz die Ohren glühten. Vom Leben in Ehrfurcht vor Gott und vom Leben von eigener Hände Arbeit. Er erzählte davon, dass die Amischen bei der Arbeit, eigentlich bei allen Tätigkeiten, gemeinsam singen. Dass sie nur untereinander heiraten, viele Kinder haben, delikate Apfelbutter herstellen und dass die Kartoffeln „*Krumbeeren*“ heißen, dass sie keinerlei technischen Fortschritt dulden, die Kinder sommers, oft auch winters barfuß laufen lassen und jeglichen Genuss von Alkohol als Todsünde betrachten. Außerdem gehen diese Menschen mindestens dreimal am Tag in ihre Kirche! Lenz war wie erschlagen, soviel Eindrücke stürzten auf ihn ein. „Vielleicht verstehst du jetzt auch ein bisschen mehr, warum ich mich so in Fesseln gefühlt habe und meine Frau in Meisersville verließ. Ich habe darunter gelitten, wie ein Hund.“ Die ersten Vorführungen im Bullriding waren anscheinend zu Ende gegangen. Ein paar Männer und eine Frau spielten auf einer kleinen Holzbühne mit Countrymusik. Die Sängerin hatte eine durchdringende, aber dennoch melodiöse Stimme. Ihr langes, rotblond gelocktes Haar fiel ihr in weiten Bögen bis über die Schulter. Die Miners und die Cowboys von den umliegenden Farmen standen dicht an dicht vor der kleinen Bühne und wippten im Takt mit der Musik und klatschen nach jedem Song begeistert in die Hände oder auf ihre Schenkel. Die Stimmung kochte über, die glühende Hitze tat ihr Übriges dazu. Einige Paare führten einen Tanz auf, den Lorenz so noch nie gesehen hatte. Staub wirbelte auf und zog wie ein Schleier der hochstehenden, brennenden Sonne entgegen. Es war beinahe windstill und sehr heiß. William bemerkte, wie hingerissen Lenz die Tanzformationen betrachtete. Er reichte seinem Freund ein neues Bier. „Cheers“, er hob sein Glas und prostete dem Bayern zu. William genoss sichtlich diesen Tag. „Hey, das ist Line Dance und kein Dreher, wie bei euch in Bayern“ erklärte er gönnerhaft und etwas süffisant seinem Freund, „yeah, das ist *Line Dance*! Gefällt es dir?“ Lenz nickte, er konnte sich garnicht sattsehen an den hübschen und gelenkigen Tänzerinnen mit ihren Partnern. Rechter Hand von ihnen lag eine Blockhütte. Über dem Eingang war ein großes schwarzes Schild angebracht. „*Last Hope Saloon*“ stand in goldfarbenen Lettern darauf. Links und rechts auf dem Schild über der halbhohen Pendeltüre waren je zwei gekreuzte Colts mit Säbeln aufgemalt. William zog Lenz am Ärmel. „Komm, lass uns da rein gehen und zusammen noch ein Bier trinken. O. k.?“

All die guten Vorsätze, eher nach Hause zu fahren, schienen mit einem Schlag dahin. Lenz beugte sich, eigentlich nicht ungern, dem Wunsch seines Freundes. Außerdem hatten die Biere, die sie vorher getrunken hatten, Appetit auf mehr gemacht. Viele, viele Wochen hatten sie schuften müssen, hier und heute konnten sie endlich mal wieder Spaß haben und sich etwas gönnen. Der Lärm im Saloon, der von allen Seiten auf ihn einstürzte, war ohrenbetäubend. Einige Zeit später, es ging schon auf die Abendstunden zu, verließen die beiden das Lokal wieder. Lenz wollte zurück in seine Behausung nach *Llewellyn* und William hinüber nach *Good Spring*.

Sie versprachen sich, in Verbindung zu bleiben und wollten sich gerade trennen, als Lorenz mit einer jungen Frau zusammenprallte. Er war voll gegen ihre Schulter gestoßen. Sie schrie auf. „O, mein Gott. Können Sie nicht aufpassen?" fauchte sie ihn von unten herauf an. Sie war gut einen Kopf kleiner als er. An ihren Händen führte sie zwei Kinder; ein Mädchen und einen etwas jüngeren Buben. Das propere Mädchen mit den langen, braunen Zöpfen schätzte er auf vierzehn Jahre. Der junge Bursche durfte vielleicht knapp ein Jahr jünger sein. Lenz lief hochrot an und war sehr verlegen. „Entschuldigung" sagte er verlegen auf Deutsch. Die Frau rieb sich die schmerzende Schulter, ihre Kinder sahen Lenz vorwurfsvoll an. William, der ihm hätte hier helfen können, war schon längst in der Menschenmenge verschwunden. Ein Amischen - Farmer, der die Szene beobachtete, kam Lenz zu Hilfe. Er übersetzte der Frau, die kein deutsch verstand und nur englisch sprach, dass sich Lorenz nur bei ihr entschuldigen wollte. Sie akzeptierte und ihre Miene hellte sich wieder etwas auf. Ungeduldig zerrten nun ihre beiden Kinder an ihrer Mutter, sie wollten endlich wieder weiter. In diesem Augenblick sahen sich beide in die Augen. Lenz zog es fast die Füße weg, seinen ganzen Körper durchströmte ein Gefühl, das er seit seiner kurzen Zeit damals mit Franziska nicht mehr gespürt hatte.

*****

Er wusste, dass er sich in diesem Moment unsterblich in diese Frau verliebt hatte.

Lenz handelte instinktiv - wie halt alle Verliebten - ohne viel zu überlegen. „Darf ich Sie auf ein Getränk einladen?" Noch einmal übersetzte der hilfsbereite Farmer die Worte des Deutschen. Zu seinem großen Erstaunen nickte die hübsche Frau. Die Limonade hatte ihren Kindern gut geschmeckt und danach auch noch das süße Gebäck von einem Stand nebenan. Sie schienen zufrieden und hatten sich schon ein wenig an die Gesellschaft des Mannes gewöhnt. So erschien es zumindest Lenz. Nun saßen sie auf einer Bank am Rande des Festplatzes allein. Die Kinder vergnügten sich derweil mit anderen Jugendlichen mit einem Ballspiel. Die vergangene Stunde hatten beide mit viel Gestik und radebrechen versucht, sich irgendwie zu unterhalten. Es funktionierte. Beide wollten augenscheinlich miteinander reden, egal wie. Lenz erfuhr nun, dass diese hübsche Weibsperson eine Kriegerwitwe war. Ihr Mann, so erzählte sie weiter, war vor fast 14 Jahren, am 3. Juli 1863 in *Gettysburg* bei der schweren Reiter-

schlacht zwischen den Konföderierten und den Nordstaaten am „*Culp's Hill*", als Sergeant einer Kavallerieeinheit gefallen. Jonathan „Jonny" Webb, ihr Mann, so erzählte Catharina Webb weiter hatte - wenige Wochen vor seinem Tod - noch die höchste Tapferkeitsmedaille für seinen Einsatz in der Reiterschlacht bei „*Brandy Station*" erhalten. Seither war sie Witwe und versuche, so gut es nur ginge, mit ihren beiden Kindern halt durchzukommen. Es dauerte nicht lange und er nahm allen Mut zusammen. Lenz war sich sicher, jetzt, in diesem Moment das einzig Richtige zu tun. Felsenfest sicher. Er umfasste ihre Hände und fragte sie: *„Hast du Lust mit mir zusammenzuziehen? Ich würde alles tun, um für dich und deine Kinder zu sorgen. Cathy!"*
Lenz umfasste die Frau sacht an den Schultern und schaute ihr tief in die Augen. *„Cathy - ich liebe dich!"*
Auf dem Heimweg, den er allein zu später Stunde in seine Unterkunft in der Mine machte, fiel Lenz siedendheiß wieder der Satz ein, den William zu ihm auf dem „*Rodeo - Fair*" gesagt hatte: *„Wirst schon sehen, wirst schon sehen!"*
Hatte sein Freund etwa hellseherische Fähigkeiten? Denn wenig später rempelte er ungeschickt diese junge Frau an - und nun war er Hals über Kopf verliebt. Verliebt in Catharina Webb aus *Watsontown*, einem kleinen Ort südlich von *Williamsburg*.
Schon wenige Wochen nach dem Rodeo zog Catharina Webb - zusammen mit ihren Kindern - aus Watsontown am Susquehanna River, auf einen kleinen Bauernhof südöstlich von Llewellyn.
Der Besitzer der Mine, ein vollbärtiger Schotte mit strohgelbem Haar, hatte seinem „besten Mann" zu einer günstigen Pacht diesen Hof überlassen.

*****

Altbayern Frühjahr 1875

Königreich Bayern

Nach dem endgültigen Zerwürfnis mit der streitsüchtigen Haushälterin im Apothekerhaushalt Palmano in Wasserburg hatte sie glücklicherweise diese Stelle in Gars am Inn bekommen. Die Palmanos waren wohl traurig darüber, diese gute Kraft zu verlieren, zeigten aber doch Verständnis für ihren Entschluss. „Junge Menschen müssen auf Wanderschaft gehen, um vorwärtszukommen ..." war der „Abschiedsgruß" ihrer Herrin. Die hatte ihr vorher noch mit dem Dienstbuch einen extra Geldbetrag zugesteckt. Heimlich versteht sich.
Nach Gars! Sie konnte ihr Glück kaum fassen, erhielt sie doch dort die Stelle an der Seite der altgedienten und hochbetagten Haushälterin im Huber´schen Haushalt in Gars. Wenig später verstarb die alte Frau

und Maria war nun schon seit knapp einem Jahr selbst verantwortlich für die Führung des kleinen, aber noblen Haushaltes.

Das Königreich Bayern hatte mittlerweile, zusammen mit dem linksrheinischen Regierungsbezirk „Kurpfalz", über fünf Millionen Einwohner. Die Zeit der großen Wirtschaftskrise gehörte vorerst der Vergangenheit an, die endgültige Einführung einer neuen, einheitlichen Währung im Deutschen Reich am 1. Januar 1876 - und auch andere Einflüsse hatten endlich wieder für mehr Stabilität gesorgt. Daran glaubte man nun auch in Altbayern und anderswo ...

*****

25. Oktober 1875
Maierhof in Lohen bei Mittergars am Inn

Das erste Kind der jungen Inninger - Familie kam auf die Welt: Hans - Georg. Zu dieser Zeit war Maria Kohwagner schon einige Monate im Haushalt des Getreidegroßhändlers Huber aus Gars am Inn. Ab und zu besuchte sie ihre Schwester auf dem Bauernhof in Lohen. Georg Inninger war Kunde von Huber und stand bei diesem „hoch in der Kreide". Die Saatgut - Rechnungen vom vergangenen Jahr waren immer noch offen. Noch hielt Franz - Xaver Huber still. Die Kassa in Gars belastete den „Maierhof" mit weiteren Hypotheken, zu immer höheren Zinsen.

*****

Lohen - 17. April 1876
Der junge Bauer Georg Inninger vollendete seinen 30.Geburtstag. Sorge machte ihm und seiner jungen Frau der - sich immer mehr verschlechternde - Zustand seines Stiefvaters, den er trotz aller in der Vergangenheit aufgetauchten Probleme gut leiden mochte. Schon seit vielen Monaten war er bettlägerig, siechte von Tag zu Tag mehr dahin. Noch auf dem Sterbebett hatte er der Bahn - Eröffnung entgegengefiebert. Er wurde von Georg in den ersten Stock im Westteil des Bauernhofes gebracht. Von dort aus konnte er hinüberschauen, auf die nur knapp 300 Meter entfernte Bahnlinie. „Resl, jetzt bauen's auch noch in Mittergars eine Haltestelle, wirst sehen. Alles wird gut, wird viel besser für die Jungen und dich!" flüsterte er seiner Frau mit fast versiegender Stimme ins Ohr, als sie ihm die fieberheiße Stirn mit einem Tuch abtupfte.
Johann Kohwagner überlebte seine schwere Erkrankung nicht und starb am 24. April 1876 in Lohen. Der Altsitzer auf dem „Maierhof" und Stiefvater vom jungen Georg Inninger, Johann Kohwagner, erlebte nicht mehr die herbeigesehnte, glanzvolle Eröffnung der Bahn-

linie Mühldorf - Rosenheim und des Bahnhofes Gars wenige Tage später. Nur sechs Tage nach seinem Tod, am 1. Mai 1876, hielten die ersten Züge drüben im neu erbauten Bahnhof Gars. Bald entstand dort eine kleine, aber schnell aufstrebende neue Ansiedlung auf den Anhöhen der südlichen Innseite. Therese war nun Witwe und zog hinüber ins kleine Austragshäusl. Ihr restliches Leben opferte sie nun der großen, von Jahr zu Jahr immer größer werdenden Inninger - Familie. Doch auch ihre Kraft ließ langsam nach. Zuviel hatte sie in ihrem Leben mitmachen müssen.

*****

Ende April 1876

Amerika - Pennsylvania.
Ende April heirateten Lenz und Cathy. Die Trauung fand vor dem Bürgermeister in Tremont statt. Die Papiere von Lorenz Kramml waren in Ordnung. Seine Trauzeugen waren William Mauk und Katharina Hinterleiter. Eigentlich wollte er als Trauzeugen seinen Weggefährten Sixtus Heimerl gewinnen. Aber alle seine Versuche, ihn in Scranton zu verständigen, blieben ohne Erfolg. Die Post kam immer wieder ungeöffnet an ihn zurück, mit dem Vermerk, dass der Empfänger nicht mehr auffindbar sei.
Lenz wollte wieder an der frischen Luft arbeiten, das Tageslicht sehen und das tun, was er von Anfang an, fast mit der Muttermilch aufgesogen hatte: Bauer sein. Die Scholle und die Krume riechen, die Erde Pennsylvania durch seine kräftigen Finger rieseln lassen und, und, und …
Sein Herz blühte wieder auf. Gedanken an die alte Heimat, an das Land im Chiemgau am mittleren Inn - und an Franziska verblassten langsam. Er seufzte. „Seine Franzi!“ Doch er musste seine Seele endlich wieder in geordnete Bahnen bringen. Pflügen, eggen, säen, düngen, hegen und pflegen und ernten. Sich tagtäglich an der frischen Luft aufhalten, den Wind, die Sonne, Regen, Schnee und Sturm spüren. Und er wollte mit Herzblut kämpfen - für eine gute Ernte seines Bauern.

Seine Gedanken gingen zurück.
Damals, als er mit William von West-Pittston Richtung Minersville ging, um sich einen neuen Job zu suchen, ja damals sah alles noch viel anders aus. Es war Ende Mai, der Frühling hatte sein Füllhorn ausgeschüttet und Lenz machte sich zusammen mit William und mit einer Handvoll Dollars auf den Weg nach Südwesten, Richtung Susquehanna River.
Es war keine zwei Jahre später, als Lenz seine Arbeit auf der Mine in *Llewellyn* aufkündigten wollte. William, der davon erfuhr, fiel aus

allen Wolken. „Das kannst du doch nicht machen. Bist denn jetzt völlig verrückt?“ Lorenz merkte, dass er drauf und dran, es mit seinem Freund auf ewig zu verderben und versuchte ihm die Gründe zu erklären. „Schau mal, William. Auch du hast vor einigen Jahren einen Riesenschnitt gemacht. Hast dich von deiner Susanna, so mir nichts, dir nichts getrennt und andere Wege beschritten. Und auch schon wieder neue Spuren hinterlassen. Oder?“
Lenz war selbst erstaunt, über seinen Mut, die Dinge anzusprechen, wie sie waren. Dennoch, William ließ sich nicht ganz von seiner Einstellung abbringen, dass Lenz hier einen ganz großen Fehler machte. Schon deshalb, weil der Bayer mittlerweile mit der hübschen Cathy Webb zusammenlebte, ja sie sogar geheiratet hatte.

Auch in der Mine war damals die Situation ähnlich. Sein Vorarbeiter und auch sein schottischer Boss konnten das einfach nicht verstehen. Erst recht nicht, als ihnen Lenz den wahren Grund verriet und mitteilte, „dass er wieder seiner Berufung als Bauer nachgehen wollte“. „Lenz, du kannst bei uns in einem Monat mehr verdienen, als bei den Amischen in einem Vierteljahr!“ Sie schmierten ihm direkt Honig um den Mund, boten ihm und seiner kleinen Familie eine noch bessere Unterkunft und zusätzlich auch noch einen Helfer für die kleine Landwirtschaft an seiner Seite an. Vergebens! Auch sein Freund, den er kurz vor seinem endgültigen Entschluss in Tremont nochmals traf, konnte ihn nicht mehr umstimmen.
Sein Entschluss war unumstößlich: auf einem Bauernhof bei den Amish People in der Gegend südlich von *Lancaster* wollte er Arbeit finden. Diesen Tipp hatte er damals von Johann Jacob Euler bekommen, als er ihm seine Träume erzählte. „Wenn es schon sein muss, dann geh ins *Lancaster County*. Dort sind die Amischen etwas toleranter. Versuch es mal im kleinen Ort *Paradise* bei den Webers. Du kannst sie leicht finden, sie haben den größten Bauernhof dort weit und breit“.
Catharina Webb war natürlich fürchterlich geschockt! Sie hatte es endlich geschafft, für sich und ihre zwei, jetzt schon fast flüggen Kinder einen stattlichen Mann und auch ein neues und auch schönes Zuhause zu finden. Lenz war gut zu ihr, auch wenn er manches Mal unergründlich traurig zu sein schien. Außerdem: Sie kamen gut aus mit ihrer kleinen Witwenrente und dem Verdienst von Lenz. Das, was sie sonst zum Leben brauchten, baute Cathy mit Hilfe ihrer Kinder auf dem Grund und Boden an, der zu dem kleinen Bauernhof gehörte. Es reichte so recht und schlecht. Jonathan Junior, mittlerweile knappe dreizehn Jahre alt, wollte unbedingt auch Bauer werden. Seine ein Jahr ältere Schwester, die Deborah zog es dagegen in die Stadt. Sie

wollte jedoch unbedingt nach Pottsville und dort bei einem Schneider lernen oder in einen Haushalt gehen.
Ein glücklicher Zufall half ihr zur Erfüllung ihres Wunsches.

Die deutsche Brauereifamilie *Yuengling & Sohn* suchte dringend zusätzlich ein zuverlässiges Kindermädchen für die zusehends wachsende Kinderschar. Wilhelm „William" Mauk war mit einem der erwachsenen Söhnen gut bekannt und vermittelte der jungen Deborah Webb diese begehrte Stelle. Schon im August 1876 zog das Mädchen nach *Pottsville* um. Sie hatte ein Zimmer in dem noblen, weiß gestrichenen Herrenhaus, direkt am Ufer des *Schuylkill - Rivers.*
Und jetzt dies. „Das Leben hätte doch jetzt in so geordneten Bahnen weiterlaufen können", dachte sich Cathy, als sie von seinem festen Entschluss, wieder als Bauer zu arbeiten, Kenntnis bekam. Das Land ums Haus herum war dazu zu klein, das stand fest. Und in der Nähe fand Lorenz keinen Bauern, bei dem er hätte arbeiten wollen. Zu sehr führte diese Glaubens - und Lebensgemeinschaft der Amischen und auch Mennoniten ein Leben noch wie vor hundert Jahren, das sich außerhalb jeglicher, jetzt geltender Normen abspielte. Für Außenstehende wäre es zudem sehr schwer, wenn nicht sogar unmöglich, dort Anschluss zu finden. Geschweige denn Arbeit. Die Argumente und Vorbehalte von Lorie Johnson und auch William Mauk waren vergessen. Und auch die seiner Frau, seiner geliebten Cathy.
Aber Lenz hatte sich´s einfach in den Kopf gesetzt: Er wollte wieder als Bauer arbeiten. Komme, was da wolle. Dann am liebsten aber auch dort, wo man seine Sprache verstand und sprach. Eben bei den Menschen aus der Schweiz, dem Schwarzwald, Elsass, Lothringen oder anderswo her. „Lieber beiße ich in den sauren Apfel" wie er seinem Freund gestand. Die Minenverwaltung aber gab ihm, nach langem internen Ringen, die große Chance „es halt doch mal zu versuchen", bauten ihm jedoch ein goldene Brücke zurück ins bisherige Leben: „Du kannst jederzeit wieder bei uns anfangen, wenn es nicht klappt!"
Er aber folgte dem Ratschlag von Johann Jacob Euler.

*****

Nachdem der Winter sich so langsam verabschiedete, die letzten Schneereste auf den *Appalachian Mountains* in der warmen Frühlingssonne dahingeschmolzen waren und den, sonst träge dahinfließenden Susquehanna River, wie immer um diese Jahreszeit, zum Überlaufen brachten, machte sich Lenz Ende Februar 1878 auf den Weg in Richtung *Lancaster County.*

Er sprach mal da, mal dort vor, übernachtete in aufgelassenen Waldhütten und manches Mal auch unter freiem Himmel. Etwas Zubrot verdiente er sich auf dem Weg nach Südwesten auf einsam gelegenen Höfen als Tagelöhner. Seine Stimmung war nicht schlecht. Nur wenn er an seine Cathy dachte, dann wurde es ihm eng in der Brust.
Schon jetzt hatte er starke Sehnsucht, auch nach ihren Kindern.

Die erste feste, und auch vielversprechende Arbeitsstelle, fand er auf dem Bauernhof der Familie Weber in dem kleinen Weiler namens „*Paradise*“ in der der Nähe des Ortes *Intercourse.* Die Bauersleute Friedrich - Wilhelm und Amanda Eugenie Weber, waren Amische aus der Nähe von Basel und hatten eine große Zahl von Kindern. Sie brauchten unbedingt und sofort einen Helfer zur Ernte, dringend. Der Patriarch der Amischenfamilie war bei einem Unfall mit einer Kutsche sehr schwer verletzt worden, ebenso seine beiden ältesten Söhne. Just in jener Zeit stellte sich Lenz, alias „*Josef Kramml*“ auf diesem Hof vor. Von der Empfehlung Eulers sagte er dem Patriarchen nichts.
Er wollte es auch so schaffen.
Da auch auf Nachbarschaftshilfe zu dieser Zeit nicht zu hoffen war, wich die Familie von ihren bisher ehernen Grundsätzen ab, niemand von außen in die Familie zu holen, und stellten Lorenz Kramml vorübergehend als Knecht ein. Denn der Lenz konnte kräftig zu packen.

*****

Teil 3

***Rückblick** - 1. Mai, anno 1876, Gars am Inn*
Zwei Jahre vorher in Altbayern.

Fesch hatte sie sich gemacht.
Ganz früh war Maria schon aus den Federn. Draußen war es noch dunkel. Aus dem winzigen Fenster in ihrer Kammer hoch unterm Dach konnte sie einen winzigen Zipfel vom Inn sehen, kurz bevor er unter der Brücke unterhalb des Ortes seinen Weg nach Norden weiter fortsetzte. Zaghaft kündigte sich im Osten der neue Morgen am wolkenlosen Himmel an. Leichte Nebelschwaden zogen vom Fluss hoch und verfingen sich den Ästen der blühenden Kirschbäume in den Gärten entlang der südseitigen Klostermauern von Gars am Inn. Maria dachte wehmütig daran, dass erst vor wenigen Tagen ihr Onkel, auf dem Mittergarser Friedhof seine letzte Ruhestätte gefunden hatte. Sie war auch vor wenigen Tagen auf seiner Beerdigung.
Von ihrer Herrschaft, dem *„Getreide- und Landwarenhändler en gros“* Franz - Josef Huber und seiner Ehefrau Cäcilia, geborene Neumayer, hatte Maria heute zum 1. Mai 1876 freibekommen. Cäcilia Huber war eine gute Herrin und hatte ein großes Herz für ihre Dienstboten, auch wenn sie manches Mal streng sein konnte.
Es war ein Bilderbuch - Sonntag.
Der Frühling hatte sichtbar und fast über Nacht, sein Füllhorn über die Natur ausgeschüttet. Die Luft war mild und schon in den Morgenstunden voller Summen. Die Innauen und die Wiesen, der in der Sonne liegenden westlichen Moränenhänge, glitzerten wie ein silberner Teppich. Die Bienen, Hummeln und Insekten in den Obstgärten am Pfarrhaus und den Bauerngehöften kamen kaum ihrer Arbeit nach: Zu bestäuben und süßen Nektar für sich und ihre Brut zu sammeln. Ganz Gars und das Umland bis hinauf nach Haag und noch weiter in den Osten bis hinauf nach Unterrreit, Wang, Penzing stand an diesem Tage Kopf. Die Tage zuvor hatte sie, zusammen mit den anderen Hausangestellten, das große Haus der Hubers noch auf Hochglanz bringen müssen. Bis in den kleinsten Winkel hinein hatte die Hausherrin ihre Dienstboten kontrolliert. Da war sie äußerst konsequent und unnachgiebig. An allem hatte sie heute etwas auszusetzen. „Eigentlich ungewöhnlich für meine Herrin“ dachte sich Maria. Doch andererseits verstand sie auch die Aufregung im Hause Huber. Sollte doch, nach dem großen Ereignis am nächsten Tag alles, was Rang und Namen in der näheren Umgebung hatte, im Hause der Hubers zu einem Empfang kommen.
Zur Feier, für den Aufbruch in ein neues Zeitalter.

Ja, es war die Zeit gekommen!
Die *„neue Zeit"*. Die industrielle Revolution! Eine Zeit für ungeahnte, noch nie zuvor dagewesene Möglichkeiten, ihres, der Hubers Vermögen schnell aufs Reichlichste zu vermehren.
Und heute, genau Punkt elf Uhr sollte die neue Bahnlinie Mühldorf-Rosenheim eröffnet werden. Drüben auf der anderen Innseite am neu erbauten Bahnhof Gars. Schön stand es da an der Straße nach Mittergars, Jettenbach und Kraiburg: das neue, sauber gestrichene mächtige Bahnhofsgebäude. Noch etwas einsam wohl. Aber das würde sich sehr bald ändern, ahnte und hoffte der Herr Gemeinderat Huber. „Da wird´s nicht lang dauern, da haben wir die ersten Betriebe rund um den Bahnhof. Ganz sicher!", sagte er strotzend vor Selbstbewusstsein.
Maria wusste aus unzähligen zufällig mitangehörten Unterhaltungen bei den berühmten Kartelabenden mit seinen Freunden und Gemeinderatskollegen, dass sich der Huber schon arg mit einem ganz fixen Gedanken beschäftigte: Sich einen günstigen Standort für sein neues Lagerhaus direkt am Bahnhofsgebäude zu sichern. Was sich der Herr Gemeinderat Huber vornahm, setzte er konsequent und manches Mal auch sehr rabiat durch. Hatte er sich doch schon klammheimlich ein wahres „Filetstück" Grund neben dem Bahnhof, an der Straße nach Mittergars und Jettenbach gesichert! „Unter der Hand" versteht sich! Und heute wurde auch, mit diesem Eröffnungszug und inmitten all der honorigen Ehrengäste *„Er"* erwartet. Er, der „Kronprinz" und einzige Sohn des Hauses Huber: Linus Huber. Ein Eilbrief war am frühen Morgen mit der Postkutsche aus Mühldorf in Gars eingetroffen.

Maria Kohwagner hatte „ihn" schon einige Monate nicht mehr zu Gesicht bekommen. Studierte er doch seit fast einem Jahr in Weihenstephan bei Freising Ökonomie und Landwirtschaft. Was niemand wusste: Maria und Linus empfanden weit mehr als nur Freundschaft füreinander. Irgendwann in den langen Monaten des vergangenen Winters war es passiert. Sie waren ein Liebespaar geworden. Beide hatten Angst, dass es der Vater von Linus erfahren würde, höllische Angst sogar. Linus sollte natürlich „etwas" werden, der einzige Sohn, der männliche Erbe des großen Huber-Vermögens. Und später dann auch mal standesgemäß heiraten und das Vermögen dadurch noch vermehren! Seine Schwester, das wusste Maria, die knapp drei Jahre älter als ihr Bruder war, hatte schon vor zwei Jahren nach München geheiratet. „Einen Beamten ... ", wie damals etwas maliziös ihre Herrin bemerkte, „... aber, mit gutem Einkommen und sehr guten Beförderungsaussichten als Ökonomierat im kgl.-bayr. Landwirt-

schaftsministerium in der Residenzstadt." Sicher, er war schon an die zehn Jahre älter als Gabriele Huber, hatte einen kleinen Bierbauch und sein schütteres Haar ließ auch nicht unbedingt den Eindruck eines Adonis aufkommen. Aber bei einem so guten Auskommen konnte man über Äußerlichkeiten schon mal hinwegsehen.
Dankbar dachte sie später oft an ihre Schwester Anna, die ihr diesen Ratschlag gab, „... es doch einmal bei den Hubers in Gars zu versuchen!" Maria Kohwagner hatte sich mittlerweile zu einer überaus hübschen, adretten Weibsperson gemausert, auf die mancher begehrliche Blick mehr oder weniger offen fiel. Anna, ja! Maria seufzte. Sie wusste von den schweren wirtschaftlichen Verhältnissen auf dem Einödhof in Lohen. Ihre Verbindung zu ihrer älteren Schwester Anna war etwas eingeschlafen. Allein schon wegen ihres strapaziösen Dienstes in Gars.

Anna, ihre ältere Schwester war jetzt auch schon fast drei Jahre mit Georg Inninger verheiratet. Und sie hatte im Oktober vergangenen Jahres einem gesunden Sohn das Leben geschenkt. Hans - Georg hieß der Erstgeborene auf dem „Maierhof". Maria war sofort bereit, die Patenschaft für diesen kleinen Wonnepropfen zu übernehmen. Wenn es ihr doch einmal gelang, an einem Sonntag freizubekommen, besuchte sie die kleine Familie in Lohen.

Aber heute hatte sie endlich mal wieder ganz frei.
Man sah es überdeutlich, nicht nur das Land an den Ufern des Inns befand sich im Aufbruch. Die Natur tat das Ihrige dazu. Die Kirschblüte stand früher als gewöhnlich schon in voller Pracht. Das intensive Gelb der Forsythien, der betörende Duft des üppig blühenden Flieders, die frischaufgeblühten Maiglöckchen drüben am Waldrand!
Alles passierte jetzt schier zu gleicher Zeit! Die Natur stand Kopf und spielte nach dem späten Winterende verrückt. Hie und da, besonders in den Beeten der Klostergärten bei den Redemptoristen in Gars und den Franziskanerinnen im Kloster Au sah man wahre Farborgien: von Gelb, Rot und Lila: Narzissen, Tulpen, Krokusse und Hyazinthen, soweit das Auge reichte. Entlang der Klostermauer zu Au war die Wiese zum Fluss mit vielfarbigen Krokussen übersät. Und es schien, dass es den Menschen ebenso wie der Natur erging.
Maria machte sich, gleich nach dem Kirchgang um sieben Uhr, mit einer Freundin auf den Weg hinüber auf die andere Flussseite. Man merkte sofort, dass dies ein besonders Tag sein musste. Der Weg war voll von sonntäglich gekleideten Menschen. Die beiden Mädchen hatten gar Bedenken, die Innbrücke würde diese Massen an Menschen und Fuhrwerken nie und nimmermehr bewältigen können und zusammenstürzen. Ängstlich warteten beide lange auf einen Moment,

wo sich die Massen etwas auseinanderzogen. Erst dann überquerten sie schnellen Schrittes die große Holzbrücke hinüber zur anderen Innseite. Die Unterführung der Eisenbahnlinie hatten sie schnell erreicht und folgten den Leuten, die nun alle zum Bahnhof hin strebten. Als sie die Kuppe der Steigung erreichten, stockte ihnen der Atem. „Mei, Rosi … “, sagte Maria zu ihrer Freundin „ … ich glaub´, mich trifft der Schlag!“ Die ein paar Hundert Meter entfernte Bahnstation war umgeben von einem riesigen, wogenden Meer von Menschen. Bunte Fahnen und Flaggen wehten von den eigens aufgestellten Masten. Der Wind trug die Klänge einer Schützenkapelle zu ihnen. Es herrschte auf den letzten Metern vor dem Bahnhofsgebäude ein beängstigendes Geschubse und Gedränge, wie es Maria noch nie in ihrem Leben erlebt hatte. Sie hatten Angst, erdrückt zu werden, so groß war die Begeisterung der Leute. Alle hörten den Zug schon von Weitem, noch lang bevor er die leichte Rechtskurve an der Weggabelung nach Lohen erreicht hatte. Mächtige weiße Dampfwolken der Lokomotive stiegen in den wolkenlosen Morgenhimmel und kündigten die Ankunft an. Die Ankunft des Eröffnungszuges der neuen Bahnlinie Mühldorf-Rosenheim.

Einige Zeit hatte es ja so ausgesehen, dass sich die Fertigstellung der Bahnlinie noch um Monate verzögern würde. Ein verheerendes Hochwasser hatte am Abend des 7. Juni 1875 einen großen Teil des - von der süddeutschen Brückenbaugesellschaft aufgestellten Baugerüstes der neuen Eisenbahnbrücke beim kleinen Weiler Königswart am Inn, südlich von Gars gelegen, hinweggerissen. Ebenso wurden am Werkssteg die sogenannten Eisbrecher fortgespült. Wider Erwarten und mit Einsatz aller Kräfte konnte jedoch schon vierzehn Tage später, am 20. Juni 1875 die „Schlußsteinfeier“ begangen werden. [1)]

Ein denkwürdiger, ja ein historischer Tag sollte es heute werden, sagten die Gemeinderäte und die Honoratioren vom Marktort Gars. Denkwürdig, auch für Maria! Nur hatte sie davon noch keinerlei Ahnung. Heute sollte endlich die offizielle Eröffnung sein. Schon von Weitem sah man die weißen Dampfwolken in den wolkenlosen Himmel. Auf Höhe der Sankt Michaels Kirche in Mittergars ließ das schwarze Ungetüm, die mächtige Lokomotive ein lautes Pfeifsignal ertönen, sodass sich direkt eine Gänsehaut über Marias Körper ausbreitet.

*Wie die meisten Menschen hier und in der Umgebung verband auch sie dieses Ereignis mit der Hoffnung auf eine bessere Zeit. Auf ein besseres Leben!*____ [1)] **Quelle:** *Stadtarchiv Wasserburg a.Inn, Signatur Kirmayer: Innschifffahrt, 1875, 7.6.1875*

Näher und näher kam das schwarze, zischende Ungetüm mit - man sah es jetzt deutlich - sechs Waggons. Auch diese waren mit kleinen Fähnchen, die straff im Fahrtwind flatterten, in den Farben des Königreiches Bayern geschmückt. Die letzten einhundert Meter, als die schrillen Bremsgeräusche des schwarzen Ungetüms an der Spitze der Waggons sich schon schmerzhaft in die Trommelfelle der Menschen bohrten, gab es beinahe kein Halten mehr.
Wäre da nicht eine Abteilung von Soldaten einer Garnison aus Rosenheim zur Absicherung nach Gars kommandiert worden, „wer weiß, was heute passiert wäre“ dachte sicher nicht nur die hilflos mit ihrer Freundin Rosi zwischen all den Menschenleibern eingeklemmte Maria Kohwagner. Lautstark versuchten die Gendarmen und Soldaten die ungestüm nach vorne drängende Menschenmenge zur Räson zu bringen. Maria fasste sich ein Herz. „Komm, Rosi! Lass uns schnell rein gehen. Kimm g´schwind!“ Sie zog ihre Freundin an der Hand hinein in den Bahnhof. Voll Ehrfurcht und auch Neugier fiel der Blick von Maria auf ein großes, glänzend poliertes Messingschild an der Wand über den zwei kleinen Schalterfenstern:

Königl.-Bayer.Staatseisenbahn
General - Direction der Königl.- Bayer. Verkehrsanstalten
1.Mai 1876 - Eröffnung der Bahnlinie Mühldorf -Rosenheim

Irgendwie war Maria innerlich auch von Stolz erfüllt, dass die „neue Zeit“ nun endlich bei ihnen angekommen war.
Die beiden Mädchen schafften es trotz allem Gedränge zum Bahnsteig zu gelangen. Mit schrill kreischendem Bremsgeräusch hielt der Zug auf den Meter genau vor dem fein herausgeputzten Bahnhofsgebäude. Nach einem Augenblick atemloser Stille setzte ringsum großer Jubel ein. Drei Böllerschüsse der Schützengesellschaft aus Wasserburg auf der gegenüberliegenden Seite der Bahngeleise beendeten sofort wieder den infernalischen Lärm der enthusiastischen, ja enthemmt wirkenden Menschenmassen rund um den Bahnhof.
In diese nur sekundenlang dauernde Stille hinein fing die Blaskapelle aus Gars an, den bayerischen Defiliermarsch zu spielen. Die, schon lange in Positur verharrenden Honoratioren von Gars und den umliegenden Gemeinden, traten nun noch etwas unruhiger von einem Bein aufs andere. Das ewige Warten hatte ihnen schon viel zu lange gedauert. Zu lange warteten sie auch schon auf eine zünftige Brotzeit und das versprochene Freibier. Nervös und innerlich sehr verkrampft hielt der Bürgermeister sein Manuskript mit der Empfangsrede in seinen, mit feinstem Wildleder behandschuhten Händen. Schweiß rann ihm von der Stirne. Unter seinem Zylinder hatte die warme Morgensonne volle Arbeit geleistet. Er fürchtete jeden Moment, einen

Kreislaufkollaps zu bekommen. Die Kapelle fing eine zweite schmissige Weise an zu spielen und im selben Moment öffneten sich langsam, Stück für Stück, die Türen des ersten Waggons.
Recht forsch - und nicht seinem gesetzten Alter entsprechend - nahm nun mit zwei, drei Schritten der erste der Männer die Stufen herab auf den Bahnsteig. Waren es vielleicht die vielen hübschen und jungen Damen, die ihn, auf einem Schlag, die täglichen Kreuzschmerzen vergessen ließen? Wie es sich kurze Zeit später herausstellen sollte, war es ein Ministerialbeamter der kgl.- bayerischen Staatsbahn. Weitere, fast alle mit schwarzem Cut und Zylinder bekleidete Männer, folgten. Erheblich vorsichtiger und bedächtiger nahmen die meisten von ihnen die kleinen eisernen Trittstufen hinab auf den Bahnsteig. Bewegung kam nun in die wartenden Männer des Empfangskomitees. Ein Tusch der Kapelle erfolgte, Begrüßung und allgemeines Händeschütteln setzte ein. Genau vor dem Bahnhofseingang, der wunderbar mit Maisträußen und jungen Birkenbäumchen geschmückt war, hatte man ein Pult aufgebaut. Dort stand schon lange, mit hochrotem Kopf, der Oberlehrer Wimmer aus Gars. Dieser hatte den bedeutenden Auftrag vom Gemeinderat erhalten - dem er selbst seit vielen Jahren angehörte - einige bedeutende Daten aus der Gemeindechronik den Ehrengästen zu übermitteln und außerdem noch, das erschien ihm weitaus komplizierter und schwieriger, zusammen mit dem örtlichen Gesangverein einige Frühlingsweisen erklingen zu lassen.
Rundherum wurde das Gedränge um Maria und ihrer Freundin immer enger und ungemütlicher.
Die Begrüßung der Ehrengäste war vorüber, die Kapelle machte eine Pause, der Oberlehrer Wimmer rückte sein Monokel zurecht und stand, sichtlich ungeduldig an einem geschmückten Pult. Jetzt erst öffneten sich auf einen schrillen Pfiff der Lokomotive, gleichzeitig alle Türen der anderen fünf Waggons. Es handelte sich um die ersten, handverlesenen Fahrgäste auf dieser Jungfernfahrt von Mühldorf nach Wasserburg am Inn. Menschen um Menschen drängten sich nun auf dem mit schneeweißen Kies belegten Perron. Fröhliches Lachen und laute, lustige Wortfetzen drangen ans Ohr von Maria. Sie musste sich ganz arg auf ihre Zehenspitzen stellen, um noch einen Blick auf die aussteigenden Fahrgäste zu erhaschen.

Maria glaubte ihren Augen nicht zu trauen, dann sah sie „ihn".
Ja, genau ihn, den Linus Huber aus Gars! Monatelang hatte sie nichts mehr von ihm gehört. Briefe konnte er nicht schreiben und auch nicht empfangen. Er hatte Angst, dass ihn einer seiner Kommilitonen oder auch Professoren anschwärzen könnte.

Gelassen, ja beinahe provozierend langsam wie ein „Großstadt - Stutzer“, stieg er aus dem Waggon. Er war der letzte Fahrgast im letzten Waggon. Fesch sah er aus, der einzige Sohn des wohlhabenden Kommerzienrates Huber. Männlich war er geworden im vergangenen Jahr. Nicht mehr das Bübchen, das Maria vor seinem Weggang zum Studium nach München noch kannte. Aus dem lustigen Buben Linus Huber war sichtbar ein äußerst stattlicher und umwerfend gut aussehender junger Mann geworden. Ihr Herz pochte laut.
„Was ist mit mir nur los?“ schoss es Maria durch den Kopf. Durch laute Hurrarufe wurde sie aus ihrer Erstarrung gerissen. Sie hatte nicht mitbekommen, wie nach der langen Rede des Oberlehrers Wimmer und den darauffolgenden Frühlingsweisen des Gesangsvereins sich die Menschenmenge auf die Wiese vor dem Bahnhofsgebäude drängte. Dort stand ein großes Festzelt und viele Buden mit Kirchweihtand waren ringsherum aufgebaut. Wie der Rattenfänger von Hameln führte der Dirigent der Trachtenkapelle die Menschenmassen hinüber auf den Festplatz und kurz darauf hinein ins schon beängstigend volle Festzelt.„Maria, was ist?“ Recht unsanft wurde sie von ihrer Freundin am Arm gezupft. „Bist du überhaupt noch da? Du wirkst ja richtiggehend abwesend. Ist was mit dir?“ Besorgt sah ihr ihre Freundin ins Gesicht. „Nein, nein. Es ist alles in Ordnung. Ich glaube, mir war es im Moment nicht so gut“ redete Maria sich heraus. Erklären konnte sie sich diese Geistesabwesenheit auch nicht. Sie überquerten mit den letzten Passanten die Straße auf dem Weg zum Festzelt, als hinter ihnen laute, eilige Schritte ertönten.
„Maria, Maria! Halt! Bitte, halt an!“
Ein süßer Schauder durchzuckte sie. *„Die Stimme ...!“*
Fragend sah ihre Freundin sie an. Nochmals ertönte die Stimme eines Mannes: *„Maria, halt an. Bist du es?“* Sie wusste, es war die Stimme von ihm, vom „Studiosus aus Weihenstephan“. Langsam drehte sie sich um. Schwer atmend stand er vor ihr, etwas hilflos seine kleine Reisetasche schwenkend. Ihre Blicke trafen sich. In diesem Moment spürten beide, dass sie sich im letzten Winter hoffnungslos ineinander verliebt hatten. Verlegen stammelte Maria „Linus! Mei, der Huber Linus! Mein Gott, das gibt es doch garnicht! Deine Eltern haben mir nichts davon erzählt, dass du schon vor den Sommerferien nach Gars kommst!“ Rosi stand mit offenem Mund sprachlos hinter ihrer Freundin. Auch sie spürte deutlich, dass hier „höhere Mächte im Spiel waren“, wie sie später Maria erzählte. „Ja mei, Maria ...“ sagte Linus Huber mit entwaffnendem Lächeln im Gesicht, „... meine Eltern konnten das freilich nicht wissen. Ich bin mit einem Kommilitonen schon vorgestern zu einem Mai - Ausflug in seine Heimatstadt Mühl-

dorf gefahren. Ja, und dann hab ich am Bahnhof von der Eröffnungsfahrt nach Rosenheim Kenntnis erhalten! Und, wie´s der Zufall will, hab ich die allerletzte Karte von einem Fahrgast erhalten, der aus dringenden familiären Gründen im allerletzten Moment diese Zugfahrt absagen musste. Das hab ich aber nur meinem Freund zu verdanken, der diesen Mann sehr gut kannte! Meine Eltern habe ich auch noch mit einem Brief verständigt, aber ...“.

*****

Fünf Monate waren seit ihrem letzten Beisammensein vergangen. Und das Schlimmste war in dieser Zeit gewesen, dass sie sich nicht einmal Briefe schreiben konnten. Wohin denn auch?
Linus Huber sah Maria ganz tief in die Augen. „Mei, a sauber’s Maderl bist word´n, Maria. Wo hab´ ich denn meine Augen gehabt, als ich im letzten Jahr nach Freising gegangen bin?“ Maria wusste genau, dass dies jetzt alles gespielt war. Schließlich stand ihre Freundin Rosi dicht bei ihr. Sie lief vor Verlegenheit rot an. Linus hatte sich prächtig entwickelt. Sein dichtes, braunes Haar fiel in langen Locken fast bis auf seine Schultern herab. Maria musste eingestehen, dass es ihm sehr gut stand. Er war nach städtischer Art ganz salopp gekleidet: eine dunkelbraune, samtene Joppe mit weit ausgelegtem Kragen, darunter ein weißes Leinenhemd. Im offenen Kragen steckte ein rotes Seidentuch. Eine beigefarbene Tuchhose stülpte sich locker über ein paar braune, halbhohe Lederstiefel. Gut sah er aus, verdammt gut, der junge Herr Linus Huber. „Bist ein richtiger Studiosus geworden, gell?“ fragte nun Maria keck. Sie hatte das Gefühl, sich einigermaßen gefangen zu haben. Doch, die Schmetterlinge in ihrem Bauch flatterten wie wild. Lachend wehrte sich Linus gegen die offenen Komplimente. Vergebens.
Die Glut in Beiden war wieder entfacht, hell loderte das Feuer auf. Versunken in ihre wieder aufgeflammte Verliebtheit. blieben beide einfach sprachlos vor Glück mitten auf der Straße vor dem Bahnhof stehen hielten sich an den Händen und schauten sich tief in die Augen! Erst eine wild galoppierende Pferdekutsche riss sie aus ihren verliebten Blicken und Träumen. Einem Kutscher waren die Rösser durchgegangen, der große Menschenauflauf hatte sie anscheinend nervös gemacht. Rosi bemerkte, dass die beiden jungen Menschen drauf und dran waren, die Welt um sich zu vergessen und machte sie sich still und heimlich auf dem Weg hinüber zum Festzelt, wo schon die ersten Töne der Kapelle erklangen.
Die Stimmung dort näherte sich nun schnell zum ersten Höhepunkt. Das Freibier auf Kosten der Gemeinde und der königlich - bayerischen Staatsbahn tat das Seinige dazu. Von einigen der jungen

Bauernburschen musste sich die Rosi derbe Sprüche anhören, als sie deren Tische zum Ausgang hin passierte. Es war ihr mehr als unangenehm. Die meisten davon kannte sie. Einzeln waren sie meistens Duckmäuser und viel zu gehemmt, um mit einem adretten jungen Maderl, wie es die Rosi war, anzubandeln. Aber, in der Gruppe waren sie stark wie junge, wilde Stiere.
Nach einer halben Stunde hatte Marias Freundin genug. Sie wurde unruhig. Schon zweimal hatte sie das Festzelt verlassen, um nach Maria zu sehen. Vergebens. Nirgends eine Spur von ihr und auch nicht von Linus Huber. Rosi hatte es satt, sich noch einmal von den schon stark angeheiterten Burschen aus Gars oder Mittergars aufziehen zu lassen und machte sich zurück auf den Weg hinüber nach Gars.

Auf dem Heimweg schloss sie sich einer Gruppe von jungen Frauen aus den Weilern *Höfen* und *Osterreit* an. Sie waren den weiten Weg am Morgen zu Fuß hinüber auf die andere Innseite gelaufen, um bei der Bahneröffnung dabei zu sein. Einige von ihnen waren ihr nicht fremd. Die Magdalena Freiberger, ein hübsches Mädchen mit langen braunen Zöpfen, kannte sie aus dem örtlichen Handarbeitskränzchen, welches die Frau vom Oberlehrer Wimmer seit einigen Jahren leitete. Magdalena arbeitete seit ihrer Schulzeit schon beim „*Straßwirt*", oben an der Abzweigung nach Höfen und Osterreit und war dort „Mädchen für alles". Dass sie an diesem Samstag, dem 1. Mai freibekommen hatte, wunderte Rosi arg. Magdalena selbst war darüber am meisten erstaunt. Der Wirt, der wegen seines ungeschlachten Wesens nicht den besten Ruf hatte, stellte sich auf die zaghaften Bitten seiner Magd die Wochen und Tage vorher taub. Er war unnachgiebig und wurde richtig fuchsig, als Magdalena immer wieder drum bettelte, zur Eröffnungsfeier nach Bahnhof Gars zu gehen. „Ja, pfeilgrad am 1. Mai! Da, wo mir das meiste Geschäft machen können! Nix da, du bleibst da und machst deine Arbeit. Basta!"
Doch, am späten Abend des Tags vorher, Magdalena war gerade mit der Arbeit in der kleinen, verräucherten Küche fertig geworden, wurde er milder gestimmt. Vielleicht machten es die paar Biere mehr, die er beim Verkosten des Maibock - Anstichs getrunken hatte? Oder auch, dass seine Magd in den letzten Tagen nicht mehr ganz so arg abweisend auf seine plumpen Annäherungsversuche gewesen war. Anscheinend hatte er Hoffnung geschöpft, bei ihr endlich „zum Zug zu kommen" und war deshalb auf einen Schlag viel zugänglicher geworden. „Aber, um acht Uhr bist mir spätestens wieder da, verstanden?" Mit diesen Worten entließ er sie auf den Weg hinunter nach

Gars. Aber nicht, ohne ihr ein paar Mark heimlich in die Hand zu drücken. Magdalena war perplex ob dieser Großzügigkeit, ahnte aber auch den Sinn und Zweck.
Sie erzählte der Rosi weiter, dass sie sich seit Wochen schon den Zudringlichkeiten des Wirtes zu erwehren hatte. Seine Frau stellte sich taub, die war das seit vielen Jahren gewöhnt und hatte sich mit den Eskapaden ihres Mannes endgültig abgefunden. Ihr ging es nicht schlecht. Mit „der Lieb war es wohl aus", wie sie immer süffisant ihrer einzig verbliebenen Freundin erzählte, aber ihr selbst fehlte an nichts. Sie wurde immer dicker und runder und ging immer zänkischer mit den Dienstboten im Haus und in der Wirtschaft um. Oft schon hatte sich Magdalena des Nachts, wenn sie alleine in ihrer Kammer lag, mit dem Gedanken befasst, sich woanders eine Anstellung zu suchen - den Gedanken jedoch immer wieder verworfen.
„Wohin denn ... ", hatte sie noch vor einigen Wochen, als sie im Dunkeln mit Rosi den Weg zusammen in Richtung Kloster ging, „ ... wohin denn soll ich gehen, wenn mich der Wirt nicht gehen lässt? Oder mich vielleicht sogar rauswirft ohne mein Arbeitsbuch und ohne meinen Lohn?"
Die Rosi konnte ihr damals auf dem nächtlichen Heimweg von den wöchentlichen Handarbeitsstunden, so gerne sie es auch getan hätte, keinen Rat geben. Die Sitten waren rau - und so wurde auch mit den Dienstboten umgegangen!
Mit eiligen Schritten überquerten die Mädchen nun die große hölzerne Brücke über den Inn. Ein Fuhrwerk mit einem Ochsengespann ratterte gemächlich die abschüssige Straße von Gars herunter und bog kurz vor der Brücke zum kleinen Ort Kerschbaum ab. Nachdem die vier Mädchen die lange Steigung geschafft hatten, bogen zwei von ihnen nach rechts auf den Marktplatz des kleinen Marktortes ab. Die heimstrebenden Menschen hatten sich langsam verlaufen. Zuhause, auf dem Hof wartete bei den allermeisten die Stallarbeit. Es war nun drei Uhr nachmittags und sehr, sehr heiß. Von der Klosterkirche her läuteten die Glocken zur Non, zum Chorgebet der Mönche in der neunten Stunde ihres Arbeitstages. Rosi hatte sich entschlossen, ihre Freundin noch den langen Weg nach *„Straßwirt"* hinauf zu begleiten. Die Zeit war schnell verronnen. Viel zu schnell. Dort, wo die Straße am Ende der Steigung nach den Weilern *Nickl* und *Veitlipp* abbog, saßen beide lange auf einer Bank unter einem Marterl am Waldrand und genossen die Abendsonne.
Sie hatten sich sehr viel zu erzählen. Erst als die Glocken vom Kloster her zur Vesper läuteten, machten sich beide wieder auf den Weg in die entgegengesetzten Richtungen. Es dämmerte und die untergehende

Sonne tauchte das östliche Innufer in ein mystisches Rot. Rosi kam am großen Anwesen vom Getreidehändler Huber vorbei. Im Untergeschoss, dort wo sich die Räume zum Repräsentieren befanden, brannte schon überall Licht. „Ach ja, heute ist die große Einladung der Hubers“ schoss es Rosi durch den Kopf. Klavierspiel und lautes Lachen drang hinaus auf die Straße. Ein paar Männer rauchten auf der großen Freitreppe im Garten dicke Zigarren und unterhielten sich lautstark über das Geschehen des vergangenen Tages.
Rosi blickte hoch. Die Fenster zum Zimmer ihrer besten Freundin Maria, welches zur Hauptstraße hin im zweiten Stock gelegen war, waren dunkel. „Aha, sie ist immer noch nicht zuhause.“ ging es der Rosi durch den Kopf, „… ist anscheinend etwas mehr daraus geworden, mit dem Linus!“
Laut lachend begaben sich die Männer wieder ins Innere des Huber´schen Hauses. Und laut fiel drüben die große Eichentüre ins Schloss. Ein Hofhund schlug an, als sich Rosi noch einige Minuten auf der gegenüberliegenden Straßenseite aufhielt, um das Haus weiter zu beobachten. Dort, wo das Kontor des Getreidehändlers Huber war, brannte auch noch Licht. „Wahrscheinlich sitzt der alte Geldsack da mit seinen engsten Geschäftsfreunden zusammen“ dachte sich das junge Mädchen. Sie hatte Angst um Maria. Nach einigen Minuten ging sie eiligen Schrittes weiter in Richtung des Klosters. Am Fuße der Steigung hinauf nach Höfen wohnten ihre Eltern. Genau über der Werkstatt ihres Vaters, des Schreinermeisters Pichlmeier, bewohnte sie ein kleines Zimmer. Von hier aus hatte sie es nicht weit zu ihrer Arbeitsstelle in der alten Klostergärtnerei, direkt an der Straße in Richtung Kloster Au am Inn gelegen.
Der Wind hatte gegen Abend gedreht und trug noch lange Zeit die flotten Weisen vom Festzelt im neuen Ortsteil Bahnhof Gars über den Inn hinüber bis zum Kloster, an dessen mächtigen Außenmauern sich die Melodien brachen.

*****

Die Affäre

Lange Monate hatten sie es ja geheim halten können.
Eine ungewöhnlich lange Zeit für den kleinen aufstrebenden Markt Gars am Inn, mit seinen umliegenden Dörfern, Weilern und den vielen Einöden.
Nachdem Linus einige Tage später wieder zum Studium nach Weihenstephan gefahren war, nutzte Maria daraufhin die Gelegenheit, eine Woche darauf mit dem Zug in die Residenzstadt zu fahren. Sie gab dringende, familiäre Gründe an. Im Nachhinein schämte sie sich, dafür ihren schon lange vermissten Bruder Lenz vorgeschoben zu

haben. Ihrer Herrschaft gegenüber hatte sie nämlich mit erstaunlich großer Kaltblütigkeit eine Lügengeschichte aufgetischt, dass sie auf der Feier zur Bahnhofseinweihung durch einen ihr Unbekannten erfahren hatte, dass ihr Bruder in der Nähe von München leben sollte. „Im Westen der Stadt, im Dorf Allach, soll er bei einem Großbauern in Diensten sein ... „ sagte sie ganz treuherzig zu ihrer Herrin. Und mit ihm wollte sie sich just an diesem Wochenende in München treffen.
Die gnädige Frau war besorgt, schon alleine wegen der weiten Reise. Ahnungslos sagte sie zu ihrer jungen Haushälterin: „Mei, hättest doch ein paar Tag früher was sagen können. Unser Linus hätte sich mal drum kümmern können und dich bei der Suche nach deinem Bruder unterstützen!" Ganz beflissen und mitfühlend drückte sie Maria noch einige Reichsmark extra in die Hand und übergab ihr einen Zettel mit der Anschrift von Linus. „Besuchst ihn halt mal. Aber da müsstest du mit dem Zug bis hinaus nach Freising fahren, dort wohnt er nämlich im Studentenheim, unser Linus", sagte sie noch arglos. Maria durchfuhr es heiß und kalt. „Mein Gott, wenn meine Herrin wüsste, was ich wirklich vorhabe. Ich und ihr Sohn Linus ... !"
Das Wochenende verging wie im Fluge. Linus hatte alles perfekt organisiert. „Zu perfekt" wie sich Maria auf der Heimfahrt mit dem Zug Sonntagsabends eingestehen musste. Aber sei´s drum, sie waren beide himmelhochjauchzend verliebt. Maria hätte sich nie und nimmer gedacht, dass sie sich ohne Skrupel in so ein Abenteuer stürzen könnte. Linus hatte ein kleines, nettes Zimmer in einer Pension, nahe am Marienplatz fürs Wochenende gemietet. „Meine Cousine aus Gars kommt mich besuchen" sagte er kaltblütig, aber überzeugend charmant, und wie er meinte, auch glaubhaft zu der ältlichen Pensionswirtin. Und er zahlte sofort im Voraus. Das Misstrauen der erfahrenen Frau hielt sich somit sehr in Grenzen. Als Maria am ersten Morgen „danach" in aller Herrgottsfrühe leise aus dem Bett kroch, in dem Linus noch seligst schnarchte, fiel ihr Blick auf die Türme der Frauenkirche. Die aufgehende Sonne ließ ihre Kuppeln golden leuchten. Von der Kirchturmuhr schlug die sechste Morgenstunde. Zärtlich blickte Maria den noch tief schlummernden Linus Huber an. *Ihren Geliebten!*

Was für eine Wahnsinns - Nacht!
Anfangs, die ersten Minuten, waren sie beide sehr unsicher. Sie schämten sich sogar irgendwie ihrer Gefühle und Sehnsüchte. Doch dann siegte die gegenseitige Begierde zueinander ...

Wohl herrschte schon eine gewisse Vertrautheit zwischen ihnen, aber sie wussten damit nichts Rechtes mehr anzufangen. Zu lange hatten sie sich nicht mehr so intim, so nahe gesehen. Beide verhielten sich

schamhaft und linkisch, obwohl Linus eigentlich schon Erfahrungen in München gesammelt hatte. Aber halt nur mit käuflichen Damen.
Erst als es draußen von Minute zu Minute dunkler wurde und Linus die auf einem kleinen Tisch abgestellte Rotweinflasche öffnete und zwei Gläser einschenkte, tauten beide auf.
Die Laternen der Straßenbeleuchtung zauberten sanftes Licht in das Zimmer der Verliebten. Die romantische Stimmung, die sich breitmachte, zeigte nun ihre Wirkung: Jetzt öffneten sie sich ganz. Beide waren wie berauscht, wie von Sinnen.

In den frühen Morgenstunden des nächsten Tages
Hemmungslos hatten sie sich stundenlang einander hingegeben; voller unbändiger Leidenschaft und Gier. Ein Inferno hatte sich in ihren Körpern und ihren Köpfen abgespielt. „Würde diese Nacht, ihre erste Nacht mit diesem zärtlichen, mit diesem wilden und doch zärtlichen Mann neben ihr doch nie zu Ende gehen. Erst in den frühen Morgenstunden war Linus in einen erschöpften Schlaf gesunken. Maria war zu aufgewühlt, konnte keinen Schlaf finden. Außerdem, das frühe Aufstehen war ihr anscheinend von ihrem Leben auf dem Elternhof und in der Klosterschule Au in Leib und Blut übergegangen.
Leise schlich sie sich aus dem Bett und tippelte auf nackten Sohlen hin zum Fenster. Sie sah in den Spiegel über der kleinen Waschkommode und erschrak. „Mein Gott, schau ich aus. Hab´ ich dicke Augenringe!“ Sie schüttete den Wasserkrug in die Waschschüssel, tauchten ihre Hände ins kalte Wasser und benetzte ihr Gesicht. „Aaah, das tut gut“ murmelte sie leise vor sich hin und wiederholte das Ganze noch einmal. Sie spürte, wie ihre Lebensgeister in ihren ausgebrannten Körper zurückkehrten. Linus schlief immer noch tief und fest.

Schon einige Wochen später war ihr Traum, beider Traum, wieder ausgeträumt. Durch einen Bauern, der bei ihm Kunde war, bekam der Getreidehändler und Mühlenbesitzer Franz Xaver Huber unfreiwillig Kenntnis von der Affäre seines Sohnes Linus mit Maria Kohwagner.

*****

Rein zufällig hatte er davon Kenntnis erhalten.
Droben auf der Anhöhe über Gars, beim „*Straßwirt*“. Nach einem gelungenen Geschäft in Haag kehrte Huber mit seinem Fuhrknecht Sepp auf dem Rückweg noch auf eine Maß Bier und eine Brotzeit in der dortigen Wirtschaft ein. Er war guter Laune und wollte seinen geschäftlichen Erfolg würdig ausklingen lassen.
Am Stammtisch, direkt links neben dem wuchtigen Kachelofen, saßen ein paar Kartler. Huber kannte sie fast alle: die Kleinbauern, Häusler und Tagelöhner und Habenichtse aus den Weilern Amselgraben, Aich,

Veitlipp und Starreit. Auch ein Bauer aus Höfen war dabei, der schon viele Geschäfte mit ihm gemacht hatte. Ein grobschlächtiger, rotgesichtiger bulliger Mann, der ständig trank und viel, viel Geld in den Wirtshäusern in und um Gars verpulverte. Er führte das große Wort am Stammtisch, unüberhörbar. Doch, als der Getreidehändler mit seinem Knecht die dunkle Wirtsstube betreten hatte, waren plötzlich alle Gespräche verstummt.
Die Stille war körperlich fühlbar.
Huber wusste genau, dass er bei *„diesen"* Leuten nicht sonderlich beliebt war. Im Grunde genommen pfiff er aber darauf; auf solche Leute war er nicht angewiesen. Andererseits war es ihm schon sehr unangenehm, plötzlich in so eine - offensichtlich feindlich gestimmte - Runde zu platzen. Er riss sich zusammen. „Grüaßt´s enk beinand" sagte er jovial. Obwohl der Bauer aus Höfen und er sich nicht sehr grün waren, grüßte Huber den Mann besonders freundlich!
„Habe die Ehre, Demmlinger. Scho lang nimmer g´sehn".
Am liebsten wollte er ja sagen „scher dich zum Teufel oder schau nicht so giftig, du Habenichts, du windiger ...", verbiss sich dies aber im letzten Moment. Der Angesprochene knurrte nur etwas in seinen Bart und drehte dann dem Huber demonstrativ den breiten Rücken zu. Die anderen Kartelbrüder am Tisch verhielten sich mucksmäuschenstill. Mit abgewandten Gesichtern blickten sie desinteressiert hinaus auf die staubige Straße oder auf die, mit pappigen Bierflecken übersäte Tischplatte. Huber übersah diese Reaktionen großzügig. Der Getreidebaron aus Gars nahm mit seinem Knecht an einem der kleineren Tische neben dem Schanktisch Platz. Der *„Straßwirt"* war nicht da, seine Frau bediente die beiden. In der Küche arbeitete die junge Magdalena Freiberger. „Bringst uns zwei eine Brotzeit und zwei Maß Bier, Zenzi" sagte er zu ihr. Huber kannte ihren ganzen Lebenslauf. Die Wirtin stammte aus Osterreit und war in einer bitterarmen, kinderreichen Familie aufgewachsen. Hinten und vorne langte das Geld nicht. Die Bauernfamilie kam so recht und schlecht über die Runden, ab und zu unterstützt von Hubers Frau. Er sah das nicht so gern, aber ließ ihr letztendlich ihren Willen, arme Leute hin und wieder zu unterstützen. Sie, die „Straßwirtin", war die Älteste der neun Geschwister und verließ schon mit dreizehn Jahren den kleinen elterlichen Hof am westlichen Ortsrand von Osterreit. Erst arbeitete sie bei verschiedenen Bauern als Jungmagd und einige Zeit später, sie war knapp zwanzig Jahre alt, heiratete sie den wesentlich älteren Wirt. „Verhärmt sieht sie aus ..." dachte sich Huber, „... sehr verhärmt. War einmal ein sauberes Maderl gewesen, die Zenzi..." sinnierte er weiter, während er sich den Schaum des ersten Schluckes aus dem Schnurr-

bart wischte. „Ahh, dös tuat guat ...". Die Brotzeit schmeckte wie immer ausgezeichnet. Am Nachbartisch, drüben bei den Kartlern ging es jetzt wieder hoch her. Fast schien es, als hätten sie Huber und seinen Fuhrknecht vergessen.
Fast ...

Doch auf einmal hörte der Getreidehändler seinen Namen. Nein, den seines Sohnes Linus Huber. Ganz eindeutig, Linus Huber! Nicht leise, auch nicht laut, doch genau so dosiert, dass es bis zum Tisch der beiden durchdringen musste.
Veit Demmlinger führte wieder einmal das große Wort: „Habt´s schon g´ hört? Der Linus hat´s mit der kleinen Kohwagnerin aus Mittergars. Die zwoa treiben´s ja ganz schön arg miteinand …". Er machte sich gar keine Mühe leise zu sprechen. Dem Huber Xaver blieb auf den Schlag der Bissen Gselchtes im Halse stecken. Sein Knecht schaute angestrengt kauend, verlegen auf sein Vesperbrett. Demmlinger drehte sich nun halb auf seinem Stuhl um und schaute triumphierend in Richtung der beiden Männer. Er bemerkte sofort, dass er einen Volltreffer gelandet hatte und setzte hämisch nach: „Ja! Und der Einzige, der das anscheinend noch nicht weiß, das ist der Huber selber! Ha, ha, ha ...!" Aus vollem Halse lachte der Bauer aus Höfen. Endlich, ja endlich hatte er eine Gelegenheit gefunden, mit dem verhassten Getreidehändler aus Gars drunten ein Hühnchen zu rupfen und ihm die Schmach all seiner erlittenen Niederlagen wenigstens ein bisschen heimzuzahlen. Seiner endlosen Niederlagen, wenn ihn der Huber nach der Ernte wieder einmal brutal übers Ohr gehauen hatte, nachdem er schon vorher „die Hos´n völlig runterg´lassen hatte", indem er ihn bis auf den letzten Pfennig herunterhandelte. Auch die ständige Schmach, wenn ihm der Getreidehändler immer wieder sakrische Wucherpreise beim Kauf von Saatgut aufdrückte, obwohl er genau wusste, wie schwer es dem Demmlinger fiel, seine große Familie einigermaßen über Wasser zu halten. Alle wussten dies, alle im Ort und auch darüber hinaus. Aber er schaffte es einfach nicht, sein Leben in geordnete Bahnen zu bringen. Denn, allzu sehr hatte ihn der Teufel Alkohol im Griff. Wieder prustete Demmlinger mit hochrotem Kopf los. Sein übergroßer Adamsapfel hüpfte beim Schlucken auf und ab.
Die Kartelrunde stimmte ein verhaltenes, unsicheres Lachen an.
Schmerzhafte Stiche fuhren durch Hubers massigem Körper und engten sein Herz ein. Er bekam fast keine Luft mehr. Die Wirtin am Schanktisch hielt mit kreidebleichem Gesicht bei ihrer Tätigkeit am Zapfhahn inne.
Man hätte eine Entendaune auf den Boden fallen hören.können, so still war es geworden.

„Sein Sohn, sein Sohn ...? Eine Affäre mit einer Kleinbauerntochter aus Mittergars?“ Das Blut schoss ihm in den Kopf. Das Maß war voll. Übervoll! Plötzlich schlug er mit seiner massigen Faust auf den Tisch. So heftig, dass die Maßkrüge und die hölzernen Brotzeitteller tanzten. „Jetzt langt´s aber“ brüllte er in die Runde. Mit einem Ruck und hochrotem Kopf stand der Getreidehändler aus Gars auf. So vehement, dass sein Stuhl krachend in die Mitte der kleinen Wirtsstube schlitterte. Er warf ein paar Münzen auf die Tischplatte; einige davon fielen auf den Boden und kullerten in alle Richtungen durch die Stube.

„Komm, Sepp! Weiter geht´s...“ fuhr er unwirsch den Fuhrknecht an. Mit hartem Schlag fiel die Türe hinter den beiden Männern ins Schloss. Die Biergläser auf dem Schanktisch wackelten bedenklich. Am Tisch der Schafkopfrunde zuckten alle zusammen. Auch der wortgewaltige Veit Demmlinger.
Genau in diesem Moment ahnte der Kleinbauer schon, dass er

„Wind gesät hatte und ganz sicher Sturm ernten würde“.

Veit Demmlinger aus dem Weiler Höfen hatte sich an diesem späten Nachmittag eindeutig mit seinem losen Maul übernommen.

*****

Genau seit jenem Abend war auch im Huber´schen Haushalt gewaltig „Feuer unterm Dach“. Huber Senior fackelte nicht lange. Maria flog noch an diesem Abend hochkant aus seinem Haus. Dies, obwohl sich seine Frau vehement dagegen aussprach, ja sich direkt mit der Kraft ihrer ganzen Person dagegen stemmte. Es nützte nichts!
„Nix, da! Die ganz´n Lügeng´schichten vo ihr´m vermissten Bruder, die´s uns auftischt hat. Die Hur´, die gottlose Schlamp ´n, die vermaledeite. Dös ausg´schamte, raffinierte Weib tritt mir ned mehr über mei Schwell ´n. Nur über mei Leich´...!“, war sein bissiger und absolut endgültiger Kommentar zur Sache.
Mit seinem Sohn ging er nicht weniger zimperlich um. Er stellte ihm ein Ultimatum, diese nicht standesgemäße Verbindung sofort und ohne Wenn und Aber zu beenden, oder ihn unverzüglich zu enterben und alles der Schwester von Linus Huber zu überschreiben. „Du bringst jetzt schnellstmöglich und vor allem mit Erfolg dein Studium droben in Freising zu Ende. Und dann fängst du bei mir an, verstanden?“ Dies ließ nicht viele Möglichkeiten zu. Linus entschloss sich, dem „Rat“ seines Vaters zu folgen.
„Von mir aus, verlustiert du dich mit Weibern in München, solang du Lust hast. Ich geb dir auch das nötige Geld dazu. Aber von dieser ...“,

mit Mühe verbiss er sich das Wort „Hure“- und fuhr fort, „... aber von dieser Matz lässt du ab sofort die Finger. Sonst ...!“

Auch im Kohwagnerschen Hause in Mittergars am Inn war der Friede dahin. Marias Mutter Karola, mittlerweile im 60.Lebensjahr stehend und immer mehr kränkelnd, war zutiefst getroffen. Sie, die auf ihre jüngste Tochter so stolz war, verstand die Welt nicht mehr. Selbst in der ganzen Familie wusste man nichts vom innigen Verhältnis von Maria und Linus. Am meisten hatte es Andreas, ihren älteren Bruder und Hoferben erwischt. Er, der genau wie sein Schwager Georg vom „Maierhof“ viele Geschäfte auf „Gedeih und Verderb“ mit dem Getreidehändler Huber machen musste, fürchtete nun in Zukunft um seine Reputation, seine Aufträge und vor allem um seine Kreditwürdigkeit! Wohin hätte er auch seine Ernteerträge im kommenden Jahr liefern sollen? Die nächsten Lagerhäuser und Großhändler in Kraiburg und Wasserburg waren einfach zu weit entfernt. Und er wurde dort noch viel, viel schlechter bezahlt als in Gars.
Milder gingen die drei Schwestern mit Maria um. Sahen sie doch die ganze Angelegenheit mit den Augen einer Frau: das alte Schicksal, schon in griechischen und römischen Tragödien herzzerreißend beschrieben, spielte sich auch hier auf dem Lande rechts und links des Inns ab: Der „Königssohn“ durfte seine Geliebte nicht zur Frau machen. Nur deshalb, weil sie niederen Standes und dazu noch ohne Vermögen war. So einfach und pragmatisch sahen dies ihre Schwestern Anna, Barbara und Elisabeth. Alle drei waren mittlerweile schon mehr oder weniger glücklich unter der Haube. Dass nun ihr geliebtes Nesthäkchen dieses traurige Schicksal erleiden musste, betrübte alle ebenfalls zutiefst.
Ihre Schwester Anna versuchte Maria, so gut es nur ging zu trösten, seit diese wieder zu Hause war. Dann ging man zur Tagesordnung über. War der Alltag doch anstrengend genug. Abwechselnd verbrachte Maria immer einige Tage in Lohen bei ihrer Schwester Anna und dann reihum wieder ein paar Tage bei den Schwestern Barbara und Elisabeth, die in der Nähe von Babensham und Penzing in Bauernhöfe eingeheiratet hatten.

*****

München - November 1877

Plötzlich, Anfang November 1877 verließ Maria über Nacht ihr Elternhaus. Nur einen kleinen Zettel fand ihr Bruder, der sie suchte, auf ihrem Nachttischchen. Die wenigen Worte zeugten irgendwie von der Dramatik, die sich seit den Ereignissen im vergangenen September im Herzen des verlassenen jungen Mädchens

abgespielt haben mussten. *„Bin nach München. Bitte, bitte sucht mich nicht! In tiefer Liebe! Eure Maria.“*
Nur ihre Mutter hatte sie tags zuvor, mit der Bitte um strengstes Stillschweigen, davon in Kenntnis gesetzt. Maria wollte auf keinen Fall sich über ihren Entschluss mit ihren Bruder Andreas und ihre Schwestern auseinandersetzen. Das hätte sie wahrscheinlich nicht verkraftet. Die Bäuerin Karola Kohwagner durchlebte nunmehr eine bittere Zeit. Sollte sie, nach ihrem geliebten und unvergessenen Sohn Lorenz, nun auch noch ihr Nesthäkchen Maria für immer verlieren?

Auch der Herr Pfarrer von St. Michael in Mittergars konnte ihr in ihrer großen Seelennot keine Hilfe geben.

*****

Mit mürrischem Gesicht wischte der Wirt vom *„Augustiner - Bräu“* mit dem alten, schmierigen Lappen den Schanktisch zum wiederholten Male. „Heute ist schon ein verflixter Tag ...“ murmelte der vierschrötige, untersetzte Mann. Unter seinen dichten, schwarzen Augenbrauen wanderten zwei kohledunkle, aber äußerst listige Äuglein durch den mittlerweile beinahe leeren Gastraum. In der Küche hinter ihm klapperten die Küchenmädchen noch anhaltend laut mit dem Geschirr. Gelächter und Kichern drang an sein Ohr.
Alles nervte ihn jetzt, aber wirklich alles. Es war einfach heute nicht sein Tag. Obwohl, das Wetter hätte schon gepasst. Ein verregneter, nasskalter Tag Ende November wäre eigentlich früher immer gut fürs Geschäft gewesen. Aber heute, so schien es dem Wirt, war irgendwie der Wurm drin. Es hatte sich sehr früh abgezeichnet. Schon allein der Streit in aller Herrgottsfrühe zwischen den beiden Bierkutschern im Hof des mächtigen *„Augustiner - Bräus“* an der Neuhauser Straße! „Zefix und sackelzement, halleluja“ fluchte der Simmerl vor sich hin. Das war ihm schon mächtig auf die Nieren geschlagen.
Mit Müh und Not konnten die Streithähne durch ihn und seinen Braumeister zur Räson gebracht werden. Simon-Xaver Merkl ahnte aber, dass zwischen diesen - eigentlich sehr tüchtigen - Bierkutschern, die Sache noch lange nicht ausgestanden war. Um was es eigentlich ging, hatte er jedoch nicht herausbekommen können.
Nur, eine Vermutung hatte er, eine ganz vage Vermutung: Eifersucht um eine Frau. Womöglich um seine neue, hübsche Kellnerin mit ihren kohleschwarzen Augen? Nein, das konnte nicht sein, dachte sich Simmerl. Da schien sie ihm zu selbstbewusst, die Maria Kohwagner aus Mittergars am Inn. Sein Blick fiel hinüber auf einen der Tische an der Wand hin zur Straßenseite. Schwacher Laternenschein drang durch das Rundbogenfenster in die große Wirtsstube. Einsam saß dort

noch ein letzter Zecher. Ein hünenhafter Mann mit wildem Haar- und Bartwuchs. Gut und gern die sechste oder auch siebte Maß Bier hatte ihm die neue Kellnerin schon servieren müssen.
Etwa zwei Wochen war sie nun schon bei ihm, die Maria Kohwagner. Insgeheim war er ja recht zufrieden mit ihr. Keine Arbeit war ihr zu viel und auch das Bedienen klappte ausgezeichnet. Ihr brauchte man nicht zweimal etwas zu sagen. Aber mit frühem Lob, nein, da wollte er sich noch Zeit lassen. „Wer weiß, was heut noch kommt“ sinnierte der gewiefte „Bräu“. Dumpf starrte er weiter vor sich hin. Unablässig, geistesabwesend, fuhr seine Hand mit dem Lappen über eine nassglänzende Tischplatte; in seinem rechten Mundwinkel baumelte eine erloschene Pfeife, an der er unablässig saugte. Sein Augenmerk richtete sich wieder auf diesen merkwürdigen Mann. Dem Wirt schien es, als hielte der Fremde Selbstgespräche. Ab und zu ballte der die rechte Faust und gestikulierte dann noch wilder, lauter mit sich. Simmerl dachte angestrengt nach. Nein! Diesen Mann hatte er noch nie in seinem Wirtshaus gesehen.
Und er hatte ein sehr gutes Personengedächtnis.
Der letzte Stammtisch an einer der großen Säulen leerte sich nun vollends. Einige der Vorstadthonoratioren hatten sich nach hitzigem Wortgefecht anscheinend wieder versöhnt und begaben sich lautstark auf den Heimweg. Manch einer von ihnen auf sehr wackligen Beinen.
Maria räumte den Tisch ab und wischte die Spuren der Zecher von der blank gehobelten Tischplatte. Der Wirt winkte die neue Kellnerin zu sich her. „Maria komm - mach deine Abrechnung!“ Über ihre schmalen Schultern blickte die adrette Kellnerin zum einsamen Gast am Fenster hinüber. „Herr Merkl, da drüben sitzt ja noch ein Gast. Den hab ich noch nicht abkassiert!“ „Ja, ja! Den da drüben, den mach ich selber. Ich schmeiß ihn sowieso gleich raus!“ murmelte mürrisch der Wirt. Sorgfältig machte Maria ihre Abrechnung..
Es war wirklich ein verflixter Tag, auch für sie. Überschlägig berechnete sie im Kopf, dass ihr heute sehr, sehr wenig Trinkgeld übrig bleiben würde. Das Abendgeschäft war mehr als miserabel gelaufen. Sie hatte erst um fünf Uhr von einer anderen Kellnerin übernommen. Maria schaute auf die große Wanduhr neben dem Eingang.
Es war wenige Minuten vor Mitternacht. So früh hatte sie ihre Nachtschicht noch nie beendet. In der Kammer der Dienstboten und Kellnerinnen zog sie sich um. Recht eilig hatte sie es nicht, wenn sie an ihre einfache Unterkunft im Hinterhaus in der Arnulf - Straße dachte. Nun ja, sauber war das winzige Zimmer im Dachgeschoss schon. Und auch der kleine Kanonenofen funktionierte recht gut. Dies war aber auch sehr wichtig, bei den undichten Fenstern. Sie war zu-

frieden, so schnell eine Bleibe gefunden zu haben. Doch die anderen Mieter, denen sie bisher in den paar Tagen hier auf dem Hof oder im dunklen Treppenhaus begegnet war, waren so garnicht nach ihrem Geschmack. Sie wirkten auf Maria, dem einfachen Mädchen vom oberen Chiemgau, wie aus einer ganz anderen Welt. Aber mehr hatte sie sich einfach nicht leisten können, nachdem sie Hals über Kopf nach der Trennung von Linus die Stelle im Huber´schen Haushalt in Gars verlassen hatte. Verlassen musste.

Weit, viel zu weit war sie in ihren Gedanken abgeschweift.
Langsam verheilten ja die Wunden, war sie doch nun schon ein paar Wochen in München. Die Glocken der Frauenkirche läuteten zur mitternächtlichen Stunde. Sie musste sich beeilen, der Weg in ihr kleines Zimmer war noch weit. Ein lautes Geräusch aus der Wirtsstube riss Maria plötzlich aus ihren Gedanken. Sie war hundemüde und wollte schnellstens in ihre kleine Wohnung. Maria packte ihre Sachen in den kleinen Weidenkorb und verließ das Gesindezimmer. In der Küche hörte sie noch den Hausknecht Wiggerl mit einigen Frauen scherzen. Sie befand sich gerade auf dem Weg zur Toreinfahrt der Augustinerbrauerei, da vernahm sie hinter sich lautes Geschrei aus der Wirtschaft. Gläser klirrten. Irgendwie hatte sie das Gefühl, dass hier zwei Männer heftig miteinander in Streit geraten waren. Dort drinnen in der Wirtsstube! Wie angewurzelt blieb sie stehen. Der Lärm nahm zu, wurde heftiger. Schnell eilte sie die wenigen Meter zurück. Wortfetzen drangen an ihr Ohr: „Ich, ich bin doch kein Zechpreller! Nein, das lass ich mir nicht nachsagen ...“, und „ ... vo eana scho goar ned!“ setzte er lautstark nach. Maria stellte sich auf die Zehenspitzen und lugte durch ein kleines Fenster hinein in die Wirtsstube. Sie schlug die Hände vors Gesicht. „Mein Gott, das ist ja mein Gast!“

*****

Der Mann stand mit einem Ruck auf.
Lautes Gepolter drang an ihr Ohr, ein Stuhl fiel um. Drohend stand der große Bärtige nun vor dem Wirt. „Wiggerl, Wiggerl! Komm raus, aber schnell. Hilf mir!“ Das war die Stimme vom Merkl, der, anscheinend schwer in Bedrängnis nach seinem Bräuknecht rief.
Mit angehaltenen Atem drückte Maria die Türklinke zum Seiteneingang auf. Ihr Herz pochte wie verrückt. Die schweren Schritte vom Wiggerl polterten haarscharf an der Seitentüre vorbei. Sie hörte sein aufgeregtes Schnaufen. Wieder fing er zu schreien an - mit dem Bräuknecht an seiner Seite fühlte er sich anscheinend stärker. „Entweder Sie zahlen jetzt ihre acht Halberte oder ich hol die Gendarmen!“ Der Gast wehrte sich mit lauter Stimme: „Ich? Ich hab

nie und nimmer acht Halbe getrunken! Nur sechs! Und die zahl´ ich - und kein einziges Bier mehr. Basta!"
Lautes Geschrei setzte wieder ein. Die Stimme des Wirtes überschlug sich beinahe: „Zechpreller, damischer, Zechpreller!" Maria zuckte zusammen. Ihr fiel auf einmal siedendheiß ein, dass sie dem einsamen Mann am Fenstertisch, tatsächlich nur sechs Halbe serviert hatte; dem Wirt aber auf der Abrechnung versehentlich acht Halbe aufgeschrieben! „Mein Gott, was soll ich jetzt tun" fuhr es ihr durch den Kopf. Die Sache drinnen fing zu eskalieren an. „Wiggerl, geh sofort in die Kuchl und sag einem der Maderln, sie soll schnell zur Gendarmeriestation rüber laufen!"
„Also, ich gehe auf jeden Fall. Von mir aus, machen´s was woll´n, sie …, sie ausg´schamter Zapfenwirt, sie windiger! Ich geh jetzt und komm nie wieder." Die Faust des Gastes krachte auf den Tisch. „Da, da ist das Geld für meine sechs Bier" sagte der Mann mit aggressivem Unterton in seiner tiefen Stimme und warf einige Münzen auf die Tischplatte. Er war mehr als nur grantig. Die Stimmung näherte sich dem Siedepunkt. Mit einem Ruck machte Maria die Türe auf und stürzte hinein in die Wirtsstube. „Halt, halt! Herr Merkl - hören´s auf. Der Mann hat ja recht." Man sah ihr den Schreck und die Aufregung an. Sie fuhr fort: „Ich hab ihnen versehentlich zwei Bier zu viel auf g´schriebn" sagte sie zu dem großen Mann. Aufgeregt stand sie zwischen den drei Männern, fingerte aus ihrem Weidenkorb ihre abgegriffene Geldbörse hervor und legte zwei Mark zu den anderen Münzen auf den Schanktisch. „Das Versehen zahl ich selber, Herr Merkl! Lassens jetzt den Mann laufen, bittschön. Er hat ja recht!"
Der große bärtige Mann sah Maria erstaunt an. Simon Xaver Merkl, der „Simmerl - Wirt" war perplex. Er wusste nicht mehr, wie er jetzt reagieren sollte, um sein Gesicht nicht zu verlieren. Merkl holte Luft und schnaufte tief durch. Sehr schnell hatte er sich jedoch zu einer, wie er meinte, salomonischen Lösung durchgerungen. Entschuldigen, nein, entschuldigen wollte er sich vor diesem jungen Rüpel auf keinen Fall. Schon garnicht vor Zeugen, dem Wiggerl und der Maria. Auch aus der kleinen Durchreiche zur Küche hin, genau hinter seinem Rücken, spitzten neugierig noch zwei Küchenhilfen. Zu gerne hätten sie den alten Choleriker Simmerl mal erlebt, wenn er eine Niederlage einstecken musste.
Wie oft hatte er sein Personal schon grundlos schikaniert und zusammengestaucht, wenn ihm wieder einmal eine Laus über die empfindliche Leber gelaufen war. „Boshaftes G´socks" dachte sich der Augustinerwirt und sprang plötzlich doch über seinen Schatten. „Es tut mir leid! Aber ich, ich kann da garnix dafür… " stammelte er

mit zusammengepressten Lippen. „Entschuldigung ...“ setzte er noch hinzu. Dabei schaute er den fremden Gast nicht an. „Also Maria, was g´schaugst? Hol uns schnell drei Stamperl Enzian. Aber den ganz Guten, dalli, dalli!“ Er machte einen Schritt auf den hünenhaften Mann zu und entschuldigte sich nochmals: „s´ tuat mir load ...“.
Der Gast schlug - etwas zögernd - in die ihm dargebotene Hand des Wirtes ein. „S´is scho recht, a jeder kann si a oamol irr´n!” Maria war wieder vom Schanktisch zurückgekommen und reichte jedem der Männer ein Stamperl Schnaps. „Also Prost, vertragen wir uns wieder!“ Die Männer prosteten sich zu. Es schien so, dass alles wieder in Ordnung war.
Fast alles.

Am nächsten Morgen ...
Nein! Nein, rein gar nichts war mehr in Ordnung.
Überhaupt nichts mehr. Ihr Leben war innerhalb weniger Stunden vollkommen durcheinandergewirbelt. Ein süßer Stich fuhr ihr durchs Herz. Während sie auf Zehenspitzen vom Bett wegschlich, vernahm sie sein tiefes, gleichmäßiges Atmen. Stöhnend drehte er sich auf die andere Seite und schlief weiter. So leise es nur irgendwie ging, versuchte sie die Türe zu ihrem kleinen Schlafgemach ohne Geräusch zu schließen. Vergebens. Schon lange hatte sie sich vorgenommen, die quietschenden Scharniere zu ölen. Immer wieder, wenn sie den launischen Hausmeister sah, wollte sie es ihm sagen oder wenigstens um etwas Öl bitten. Während sie die weiße Keramikkaraffe mit dem eiskalten Wasser füllte und in die große Waschschüssel schüttete, liefen die letzten Stunden nochmals in ihrem Kopf ab. Sie tauchte ihren Waschlappen ins eiskalte Wasser und fuhr sich über - die immer noch glühenden Wangen. Maria erschrak vor ihrem Spiegelbild. Große, dunkle Augenringe „zierten“ ihr bleiches Gesicht. In Strähnen hingen ihre langen dunklen Haare über ihre Wangen.

Es waren die Spuren einer langen, heißen und unvergesslichen Nacht.

*****

Bitterkalt war es in der winzigen Küche. Selbstvergessen kratzte sie mit den Fingernägeln an den Eisblumen am Fensterchen und hauchte dann dagegen. Die Dächer rundum waren mit dickem Reif überzogen. „Winter, schon um diese Zeit?“ ging es ihr durch den Kopf. Ihre Blase drückte schmerzhaft. Sie musste dringend hinunter auf den Gang im zweiten Stock. Dort war der Abort auch für Bewohner des Dachgeschosses. Das Nachtgeschirr unter ihrem Bett getraute sie sich nicht benutzen. Nein, da schämte sie sich.

Wie spät es jetzt wohl sein mochte? Die Wanduhr war schon seit ewigen Zeiten kaputt. Normal war es für sie nicht so schlimm, da sie erst immer abends ins Augustiner - Bräu musste. Aber heute!

Was war gestern Nacht passiert?

Sie hatte noch kurz vor dem Fremden das Gasthaus verlassen. Die bösen Blicke des Wirtes hatte sie wohl noch gesehen, aber nicht so wichtig genommen. „Wird sich schon wieder beruhigen ... " dachte Maria, als sie in die eiskalte Nacht hinausging und sich auf den Weg zu ihrer kleinen Wohnung in die Arnulfstraße machte. Niemand, außer zwei zerzausten streunenden Straßenkötern, die sich verbissen um einen Knochen balgten, war mehr auf der Straße. Heftige Graupelschauer peitschten durch den starken Wind in ihr Gesicht. Sie zog den Kragen ihres warmen Mantels höher. Dankbar dachte sie an ihre Mutter, die ihr dieses Kleidungsstück direkt „aufgezwungen" hatte. „Maderl, nimm dir den warmen Mantel mit. In München ist´s genau so kalt wie draußen bei uns in Mittergars. Wirst mir dankbar sein, wann der Winter kommt!"

Diese Worte hatte sie noch haargenau in ihren Ohren und damals - fast widerwillig - das schwere, sperrige Kleidungsstück an sich genommen. Kurz bevor sie am Karlsplatz zum Karlstor abbiegen wollte, hörte sie Schritte hinter sich. Eilige Schritte! Ihr Herz schlug schneller, sie wagte sich nicht umzusehen und beschleunigte nun ebenfalls ihre Schritte. Angst, pure Angst überfiel sie. Kein Mensch war mehr auf der Straße. Schon hatte sie die *Dreifaltigkeitskirche* fast erreicht, als die Schritte hinter ihr noch schneller wurden. Dann plötzlich eine Stimme: „Fräulein Maria, warten´s doch, bittschön!"

Sofort erkannte sie diese Stimme. Es war die Stimme des einsamen Fremden vom Augustinerbräu. Von jenem Mann, der zu Unrecht fast zum Zechpreller abgestempelt worden war. Nur durch ihre Dummheit und Vergesslichkeit. Maria verlangsamte ihre Schritte. Wieder rief der Mann: „Maria, bitte warten´s doch. Ich will mich nur noch einmal bei ihnen bedanken. Bitte!" Maria blieb vor dem Kirchenportal stehen und drehte sich ängstlich um. Das schwache Licht der Straßenlaterne ließ nicht viel erkennen. Der große, bärtige Mann stand jetzt direkt vor ihr. Er hatte trotz des unablässigen Graupelns seinen breitkrempigen Hut abgenommen und drehte ihn jetzt, mehr oder weniger verlegen, zwischen seinen mächtigen Pranken. Ja - diese Hände waren Maria sofort aufgefallen, als sie ihm sein erstes Bier servierte. Seine großen, kräftigen Hände und seine dunklen, glühenden Augen unter den buschigen Brauen. „Maria, Fräulein Maria, ich wollt´ mich noch mal bei Ihnen bedanken, dass Sie mir so aus der Bredouille geholfen

haben. Danke". Er verbeugte sich galant und trotzdem etwas unbeholfen vor ihr. Über Marias Gesicht huschte ein verlegenes Lächeln. „Baumgartner, Johann Baumgartner ist mein Name!"
Die beiden jungen Menschen waren mutterseelenallein auf dem Platz vor der Kirche und schauten sich tief in die Augen. Johann Baumgartner umfasste mit seinen Pranken die Hände dieser kleinen, quirligen Person.
Ein lange nicht mehr gespürtes Kribbeln durchströmte Marias Körper. Von der Frauenkirche am Marienplatz her schlug es ein Uhr.

„Is scho recht, Herr …?" „Baumgartner" sagte er nochmals leise zu ihr. Maria fuhr fort: „… ´s war doch einzig und alleine meine Schuld. Ich möchte mich bei Ihnen bedanken, dass Sie mir nicht böse sind, über meinen unverzeihlichen Fehler!" Sie sah zu ihm hoch.
„Was für ein Mannsbild" dachte sie sich. „Darf ich Sie noch ein Stück begleiten? Wo wohnen´s denn?" wollte er wissen. Zuerst wollte Maria intuitiv abwehren. Aber dann änderte sie plötzlich ihre Meinung.
„Ich ...?" Sie genierte sich richtig und war drauf und dran, einfach weiterzugehen, doch ihre Neugier siegte. „Ja, ich wohne in der Nähe der Maxvorstadt. Ist ja nicht mehr allzu weit von hier. Aber wenn Sie wollen …" setzte sie schnell nach. „Also gut, Herr Baumgartner, begleiten´s mich noch die paar Meter! Aber nicht dass Sie denken …". Sie vollendete ihren abwehrenden Satz nicht, ließ ihn einfach so im luftleeren Raum stehen. „Is scho recht, Fräulein Maria", antwortete ihr der Mann freundlich. Baumgartner bot ihr galant seinen rechten Arm an und setzte seinen Hut wieder auf den dichten Haarschopf. „Ich bin der Johann, Maria! Nennens mich doch bittschön Johann!" Wenig später standen beide vor dem Haus in der Arnulfstraße, in dem sie wohnte. Lange schwiegen sie sich verlegen an. Johann drückte Maria fest an sich, unfähig seine Gefühle in Worte zu packen. Sie wehrte sich nicht.
Dann kam´s halt, so wie´s kommen musste.
Sie nahm den Johann Baumgartner mit auf ihr Zimmer. Eigentlich nur, um mit ihm eine Tasse heißen Tee zu trinken. Auf Zehenspitzen schlichen sie sich wie Einbrecher nach oben in ihre kleine Wohnung im Dachgeschoss. Doch es half nicht viel, die knarrenden Stufen machten selbst bei größter Vorsicht einen Höllenlärm. Innerlich schalt sich Maria auf jeder Treppenstufe, die sie ihrer kleinen Wohnung unterm Dach näher brachte.
„Was tust denn gerade da? Einen wildfremden Mann mit auf dein Zimmer nehmen. Bist verrückt ...?" plagte sie ihr Gewissen. Doch es war schon zu spät! Auf Anhieb hatte sie sich zu dieser späten nächt-

lichen Stunde in Johann Baumgartner verliebt. Auf einen Blick! Unsterblich verliebt ...
Maria hatte versucht sich gegen ihre Gefühle zu stemmen. Vergebens. Wie im Rausch liebten sie sich. Hemmungslos. Gierig. Atemlos. Endlos - und hoffnungslos. Sie überschritt sämtliche Grenzen in ihrem Kopf und beide eroberten stürmisch ihre bebenden, schweißglänzenden Körper. Ermattet fielen sie dann immer wieder in zärtliche, alles verhüllende und verzeihende Agonie.
Johann war ein sehr erfahrener Liebhaber, das merkte sie sofort. Was für ein wundervoller, zärtlicher und stürmischer Liebhaber!
Ja, er wusste genau, was Frauen mochten und was ihnen gut tat. Und sie genoss ohne einen einzigen Funken Scham jede Sekunde mit ihm ...

*****

Sie hatte ihm ein kräftiges Frühstück bereitet.
Etwas verlegen saßen sie sich beide am kleinen Küchentisch gegenüber. Vom Fenster konnte man über die Maxvorstadt schauen; hinüber bis zu den Schornsteinen der Lokomotivenfabrik Maffei, im aufstrebenden Dorf Schwabing.*)
Dort drüben im Ortsteil *Tivoli* wohnte der Johann, gleich neben einer großen Mühle. Ganz in der Nähe seines Ateliers befand sich die *Maffei´sche Lokomotiven-und Maschinenfabrik* des Unternehmers *Josef Anton von Maffei.* Die Fabrik „*in der Hirschau*" beschäftigte Hunderte von Arbeitern zur Herstellung von Lokomotiven und anderer Maschinen. Sehr oft saß dann auch der bärtige Bildhauer inmitten der Arbeiterschaft aus der Maschinenfabrik
Jeder, aber auch jeder der Arbeiter und auch Angestellten, vom Lehrling bis hinauf zum Chef kannten ihn. Ihn, den knorrigen Sozialisten Johann Baumgartner. Nicht nur als Bildhauer oder wegen seiner Körpergröße. Nein, auch als hartnäckigen, ja sturen Verbreiter neuer, sozialistischer Ideen war der begnadete Fabulierer, Philosoph, Frauenliebling, Alleinunterhalter bekannt. Und als glänzender Charmeur.
Darum beneideten ihn besonders viele! Sein ständiges Domizil war unzweifelhaft der „*Große Wirt*" in Schwabing. Besonders an den Wochenenden ging es dort recht hoch her. Viele der Arbeiter setzten dort oftmals auf dem Fuß einen erklecklichen Teil ihres Wochenlohnes in den süffigen Gerstensaft um.
Er, den viele schon bei seinem Spitznamen, den „wilden roten Johann" nannten, führte dort oft große Reden vor der Maffei´schen Arbeiterschaft beim „*Großen Wirt*" im Saal. Reden vom ausgebeuteten Prekariat, von Sozialismus, Freiheit, Gleichheit und Brüderlichkeit aller Werktätigen.____

*) **Schwabing** – *siehe Glossar*

Dies war natürlich auch schon längst den Industriebaronen und den Politikern im Landtag zugetragen worden - und mittlerweile ein großer Stachel in ihrem Fleisch. In ihren Augen war der *„rote Johann"* ein Radikaler, ein Aufrührer! Schon gar, seit der Hetzrede Kaiser Wilhelms gegen die Sozialisten im Berliner Reichstag. Und jetzt hatte man schon solche „Kreaturen" schon mitten in München. Ein Skandal! Die meisten Bürger in München, aber besonders in den Vororten und Dörfern rund um die Stadt waren zutiefst verunsichert, ja erschrocken und konsterniert.
Doch öfters obsiegte auch die Neugier. Immer mehr Münchner der Gesellschaft machten sich an den Wochenenden auf nach Schwabing. Dort gab es mittlerweile nicht nur die hübschesten Mädchen von ganz München, wie so mancher der betuchten Herren augenzwinkernd seinen Freunden hinter vorgehaltener Hand mitteilte, nein, dort gab es ja auch den „roten Johann", den hünenhaften Bildhauer von Schwabing.
Dieser hatte hier für seine sozialistischen Ideen und Schwärmereien bei den Arbeitern der aufstrebenden Schwabinger Fabriken den richtigen Nährboden gefunden.

*****

Am übernächsten Abend nach diesem Vorfall waren Maria vom Simon - Xaver Merkl kurzerhand die Papiere ausgehändigt worden. Ohne viele Worte hatte sie der Simmerl gefeuert. Der „Bräu" hatte für dieses Malheur mit dem großen, bärtigen Fremden seinen Sündenbock gefunden: die neue Kellnerin, drüben vom Inn.
Allerdings, das musste sich der Augustinerwirt schon eingestehen: Recht adrett war sie schon, die Maria. Und kam sehr gut bei seinem Kunden an. Manches Mal zu gut. Unverblümte Angebote wurden ihr gemacht. Das war nicht ungewöhnlich, denn Alkohol lockerte allzu schnell die Moral und vor allem auch die Zungen..
Doch schnell hatten die alten Böcke gemerkt, dass Maria sich ihrer Haut zu wehren wusste und nicht aufs Maul gefallen war!
Sie beschritt ganz sicher und unbeirrt den schmalen Grad, der ihr, bei all den üblichen Aufdringlichkeiten noch übrig blieb und wurde nie zu den Stammkunden ausfallend oder gar unverschämt. Schon nach ein paar Tagen war Maria der Liebling seiner zahlreichen Stammtische geworden. Jedoch - der Wirt hatte es einfach nicht verwunden, in dieser Nacht so auf den Bauch gefallen zu sein! Und das nur wegen der Nachlässigkeit einer kleinen Kellnerin.
Nein, das konnte, das durfte er sich nicht bieten lassen. Wenn sich das unter seinen Wirtskollegen herumsprechen würde ...
Also machte er reinen Tisch und trennte sich sofort von Maria.

Obwohl Maria schon ein paar Tage später im *„Hofbräuhaus am Platzl"* die Zusage einer Stelle bekommen hätte, da eine der Kellnerinnen hochschwanger war und dringend ersetzt werden musste, wurde daraus nichts.
Denn der sonst bauernschlaue und mit allen Wassern gewaschene Wirt vom *„Augustiner"* hatte nämlich - im wörtlichen Sinne - diesmal *„die Rechnung ohne seine Stammgäste gemacht"*. Schon an einem der folgenden Tage, nachdem er Maria gefeuert hatte, forderten ihn seine wichtigsten Stammgäste ultimativ auf, seine Kündigung zurückzuziehen und Maria sofort wieder einzustellen. „Andernfalls würden sie sich auf dem Fuß eine andere Stamm - Wirtschaft suchen". Das war ihre unverhohlene Drohung an den Simmerl.
Und da zog Merkl den Schwanz ein und trat reumütig den „Gang nach Canossa" an. Er selbst, nicht etwa wie üblich einer seiner Bräuknechte, die er sonst bei unangenehmen Dingen immer schickte, begab sich auf den Weg zur Arnulfstraße, ging hinauf unters Dachgeschoss und bat - mit einem sündhaft teuren Parfüm, einer Schachtel Pralinen in der Hand - und vielen salbungsvollen Worten im Kopf und auf der Zunge - bei seiner Bedienung um Nachsicht und Vergebung.
Maria Kohwagner ließ sich umstimmen.

Wenige Tage darauf etablierte sich ein ganz neuer Stammtisch im *„Augustiner"* in der Neuhauser Straße. Der Inhaber des „Bräus" und auch sein Pächter Simon Xaver Merkl waren darüber mehr als nur hoch erfreut. Wollten sich doch ab sofort bedeutende Männer aus der Münchner Gesellschaft regelmäßig bei ihm zum Stammtisch treffen. Eine lockere Runde von Honoratioren aus Industrie, Handel und Gewerbe, reiche Privatiers, Künstler, Akademiker und Ärzte traf sich nun einmal wöchentlich zu einer geselligen Runde. Wortführer und Sprecher dieser noblen, aber nicht eingebildeten Gesellschaft, war der jüdische Metallwarenfabrikant Simon Prager. Dieser besaß eine kleine, aufstrebende Metallwarenfabrik und stellte viele Arten von Haushaltsgeräten, wie Töpfe, Pfannen, Besteck und auch eine Vielzahl von Kleingeräten für die Landwirtschaft und für das Handwerk her. Neben einer gediegenen Stadtwohnung unweit des Karlsplatzes, bewohnte er an den Wochenenden zusammen mit seiner Frau Rachel und seinen beiden Töchtern, eine prunkvolle Villa inmitten eines großen Parks am Rande von Grünwald. Zweimal in der Woche ließ er sich von seinem Kutscher mit der eigenen Pferdedroschke hinaus nach Grünwald zu seiner Familie kutschieren. Das war ehernes Gesetz. Sonst blieb er, schon wegen Zeitmangel in seiner Münchner Stadtwohnung.

Konnte er so doch seinen Prinzipien treu bleiben: Der *„erste Mann“* im Betrieb hatte auch als Erster an seiner Arbeitsstelle zu sein.
Jeden Morgen um halb sechs Uhr öffnete ihm der Pförtner das Türchen am Eingang zu seiner Fabrik. Eine halbe Stunde später folgten seine Angestellten und Arbeiter. Irgendwann unterbreitete Simon Prager der Maria ein verlockendes Angebot: sie sollte in seiner Villa der alten Haushälterin zur Hand gehen, und auch als Kindermädchen fungieren. Maria war überrascht und fühlte sich geehrt, lehnte aber dankend ab. Sie wollte den Wirt nicht in die Verlegenheit bringen, nachdem er ihr damals noch eine Chance gegeben hatte. „Nein, dankschön Herr Prager. Ein verlockendes Angebot, wirklich. Aber was machen denn Sie und ihre Kollegen dann, wenn ich hier nicht mehr bediene?“ Das Argument der feschen Maria überzeugte sowohl fürs Erste Herrn Prager und besonders auch seine Freunde.
Prager, ein immer freundlicher, äußerst gebildeter und ungemein sprachgewaltiger Mann, der den Einstand im *„Augustiner“* zum Anlass nahm, dort mit seinen Freunden seinen 59.Geburtstag zu feiern. „Freunde, es ist das letzte Mal, dass ihr einen falschen Fuffzger in eurem Kreise ausgiebig feiern und derblecken könnt. Verpasst diese Gelegenheit nicht, meine Herren!“ Lautes Gelächter und Beifall folgte auf seine kurze Rede. Wohlwollend prosteten ihm seine Stammtischfreunde zu und ließen ihn laut hochleben. War er sonst schon ein großzügiger Mann, so ließ er sich erst recht an diesem Abend nicht lumpen. Nur das Beste aus Küche und Keller kam auf den Tisch der Wagner´schen Augustiner - Bräugaststätte. Einen ganzen *„Hirschen“*, so nannte man die großen Holzfässer mit voll abgelagertem, süffigen Vollbier, spendierte er den anwesenden Gästen an diesem Abend. Der Pächter, Simon-Xaver Merkl, strahlte über alle Backen und rieb sich heimlich die Hände. Er war froh, heilfroh, dass er seine beste Kraft, die Maria, wieder zurückgeholt hatte. Sie war an diesem Abend verantwortlich für die Bedienung der Honoratioren und konnte sich über ein fürstliches Trinkgeld freuen, als die noble Gesellschaft sich weit nach Mitternacht auf den Heimweg machte. Als Simon Prager am nächsten Tag die Rechnung seiner Geburtstagsfeier beglich, bestand er darauf, auch im Namen seiner Stammtischfreunde, bei ihren wöchentlichen Zusammenkünften jetzt und auch in Zukunft nur von *einer* Kellnerin bedient zu werden: nämlich von Maria Kohwagner.

Dies allerdings behielt der listige Wirt ganz alleine für sich, als Maria sich wieder zum Dienst meldete.

Johann Baumgartner, der Schwabinger Bildhauer und Sozialist und die ledige Maria vom „Augustiner“ waren in der Nacht ihres Rausschmisses ein Liebespaar geworden. Sie kümmerte sich um seine

etwas heruntergekommene, kleine Atelierwohnung im Schwabinger Ortsteil „*Tivoli*". Schrubbte, wedelte und putzte. Johann wurde es ob dieses Ordnungs- und Sauberkeitswahns, wie er es nannte, langsam mulmig. Als geborener Junggeselle hatte er nun - und dies nicht nur manchmal - das beklemmende Gefühl, stark in seiner Bewegungsfreiheit eingeschränkt zu werden.
Doch, Maria hatte dies schnell bemerkt und nahm sich rechtzeitig wieder etwas zurück. „Er ist halt ein Künstler" sagte sie sich oft, nur um sich zu beruhigen und ihn zu verzeihen.

*****

Jahreswechsel 1877/1878
Eiskalter Winter hatte das Land monatelang im Griff. Das Wild aus den Wäldern kam vor Hunger brüllend bis hinab auf die Höfe. Eine kurzfristige Warmfront mit darauffolgenden schweren Schneefällen verursachte in den Wäldern des Chiemgaus verheerenden Schneebruch. Viele entlegene Berg- und Einödhöfe waren nun wochenlang von der Außenwelt völlig abgeschnitten.
Schwerer Eisstau bildete sich auf Isar, Inn, Mangfall, Salzach und allen größeren Zuflüssen und verursachte große Schäden.
Auf dem Einödhof zu Lohen erwartete Anna Inninger ihr zweites Kind. Sebastian erblickte am 12. Januar 1877 das Licht der Welt. Der Hof kämpfte weiter ums Überleben. Die letzten beiden Ehehalten mussten noch vor Mariä Lichtmess ihre Bündel packen.

*****

Im „*Augustiner*" war die neue Kellnerin sehr beliebt. Schnell hatte sie Tag für Tag, Abend für Abend „ihre" Stammgäste. Ja es gab sogar einige Stammtische, die ihre abendlichen Treffen, genau wie der Industrielle Simon Prager, so verlegen ließen, dass sie nur von der feschen Maria bedient wurden. Es lohnte sich für sie. Das Trinkgeld floss nun reichlich, sie konnte einiges beiseitelegen und manch einer der noblen Herren machte ihr auch unverhohlen Avancen; allerdings vergebens. Nach und nach bekam der „*Augustiner*" ganz neue Gäste.
Eine etwas „spinnerte Gesellschaft", wie sich Simon Xaver Merkl hinter vorgehaltenen Händen ausdrückte. Aber es gefiel auch ihm! Künstler, Maler, Dichter und manchmal auch politische Neuerer und Eiferer aus dem nicht allzu fernen Schwabing, fanden auf einmal den Weg in die Neuhauser Straße. Auch sie trafen sich bewusst im „*Augustiner*", der ältesten Münchner Brauerei. Denn das Urwüchsige gefiel ihnen. Dort war von nun an, neben listigen Handwerkern und verschlagenen, neureichen Bauernbaronen, auch eine Vielzahl von liebenswürdigen Spinnern, eleganten Hochstaplern und Tagedieben

anzutreffen. Kurz gesagt: Ein Sammelsurium von Spezies der aufstrebenden Großstadt München.

Über ein Jahr war Maria nun schon wieder im Augustinerbräu.
Mit dem Leben mit Johann hatte sie sich arrangiert, so gut es halt ging. Mehr schlecht und recht lebte er von seiner Arbeit als Bildhauer. Aber ihre Liebe war immer noch am Glühen. Obwohl er´s eigentlich nicht vorhatte, gab er wenig später seine kleine Kammer mit dem Schlafplatz in Schwabing auf. Sein Atelier behielt er dort. Aber seine exzentrischen, schrulligen und oft skurrilen Angewohnheiten legte er keineswegs ab. Tage- und Nächtelang kam er nicht nach Hause. Anfangs hatte sich die Maria noch auf die Suche nach ihm gemacht; doch bald ließ sie es sein. Sie merkte nun, dass ihre Liebe auf eine extrem harte Probe gestellt wurde.
Wie oft hatte sie den Johann schon in einer der schummrigen Kneipen in Schwabing überrascht. Wie oft! Meistens mit willigen, drallen und blutjungen Frauen. Grässlich geschminkt und aufgetakelt waren sie alle. Aber, der „Geschmack" der Männer war ja so und so unergründlich. Die Fabriken dort draußen vor den Toren von München zogen nun auch das horizontale Gewerbe an, wie die Motten das Licht.
Dort war leicht verdientes, schnelles Geld zu machen. Und auch die Aussicht auf eine weitere Karriere schien nicht unmöglich. Denn die Lokale wurden immer öfters von noblen und großzügigen Herren der Münchner Gesellschaft aufgesucht.
Viele Szenen und viele Tränen gab es, nicht nur bei Maria, sondern auch in vielen anderen Beziehungen. Immer wieder schwor Johann Baumgartner ihr, seine Eskapaden endlich aufzuhören.

Schwüre über Schwüre - ohne Inhalt!

*****

1878
Altbayern, „Maierhof" zu Lohen
Anna Inninger wird zum 3. mal Mutter.
Peter wird am 29. Juni 1878 geboren.
Ein völlig verregneter, nasskalter Sommer lässt alles Getreide und auch die Kartoffeln auf den Feldern faulen.
Georg muss schon wieder einen schweren Bittgang zur Kassa nach Gars antreten ...

*****

Ende September 1878

Nordamerika - Pennsylvania
Die Erntezeit war vorüber.

Lenz war nun mittlerweile schon über vier Jahre in Amerika und fast über ein Jahr in einem Weiler nahe der kleinen Ortschaft *Paradise.* Die verlorene Heimat in Altbayern existierte nur noch vage in seinen Träumen. Sein Englisch war zwar immer noch sehr leidlich und mit starkem Akzent durchsetzt, aber hier in der Gegend, wo so viele Deutsche lebten, fiel das nicht besonders auf und störte vor allen Dingen niemanden. Er hatte sich mit seinem Schicksal und mit seinem neuen Leben arrangiert und abgefunden.

Nur Sehnsucht hatte er, wahnsinnig Sehnsucht nach seiner kleinen Familie, droben auf dem kleinen Bauernhof in der Nähe von Llewellyn. Und immer noch Sehnsucht nach seiner Franziska im unendlich fernen Deutschland hinterm großen Ozean ...

An so einem Tag Ende Oktober fasste er den Entschluss, wieder zu seiner Frau und seiner kleinen Familie zurückzukehren. Im Herbst nach der Getreideernte hatte er seinen Vertrag bei dem Bauern, der mittlerweile wieder gesundet war, gekündigt und sich wieder auf dem Weg nach Hause gemacht. Sein Glück war, dass der Patriarch der amischen Familie sein Wort hielt und ihm das zugesagte Geld auch voll auszahlte und sogar noch etwas mehr. Dies hatte Lorenz Kramml allerdings nur der gütigen Frau des Bauern zu verdanken. Das angesparte Geld konnte seine Familie gut gebrauchen. Er selbst hatte nur sehr wenige Dollars in der Zeit seiner Abwesenheit für sich verbraucht.
Sein großes Glück war halt der Zufall gewesen, dass er vor knapp zwei Jahren auf dem Markt in Pottsville einen Mann traf, von dem er nicht erwartet hatte, ihn je wieder zu treffen. Es war Johann Jacob Euler, der Führer der Auswanderer auf der „*Cimbria*", während der Überfahrt im April 1874 von Hamburg nach New York.

Jacob Euler war nach seinem Wegzug aus *Intercourse*, seiner ersten Station in Amerika, mittlerweile der Bürgermeister der kleinen Gemeinde mit dem schönen Namen *Ringgold*, einige Meilen östlich von Pottsville geworden und hatte mit seiner Angetrauten, der jungen Augustine Bürger mittlerweile schon zwei Kinder gezeugt. Die kleine *Cimbria Cecilia Bürger*, die auf der stürmischen Überfahrt Mitte April 1874 im muffigen Zwischendeck des Auswandererschiffes, mitten auf dem Atlantik bei schwerer See das Licht der Welt erblickt hatte, war mittlerweile ein hübsches, quirliges Mädchen geworden und schon über vier Jahre alt. Johann Jacob Euler hatte das Mädchen nach seiner Hochzeit mit ihrer Mutter adoptiert. Der tatkräftige Mann aus dem Südschwarzwald war inzwischen in seinem neuen Heimatland, im Staate Pennsylvania, ein sehr geachteter und bekannter Mann geworden und die Anlaufstelle für unzählige deutsche Auswanderer im Süden des jungen Staates. Euler setzte sich bei einem Abgeordneten des Staates Pennsylvania dafür ein, dass *„Josef Kramml"* die amerikanische Staatsbürgerschaft erhielt. Er schwieg wie ein Grab, weil er doch den wahren Namen des Kohlenziehers von der *„Cimbria"* kannte. Von ihm erfuhr Lenz auch, dass sich sein Stellvertreter auf dem Auswandererschiff, Carl Severin Jaspers im kleinen Ort *Paradise,* südöstlich von *Intercourse* niedergelassen hatte. Er war auch verheiratet und hatte mittlerweile vier Kinder. Außerdem war er Bürgermeister dieses Ortes geworden. Lorenz hatte einige Mal Kontakt mit ihm, wenn er Besorgungen der Webers in *Paradise* oder *Intercourse* erledigen musste. Carl Severin Jaspers unterstützte auch seine schnellere Einbürgerung.

Äußerst ungern ließ die Farmerfamilie den tüchtigen Lenz wegziehen. Sie waren nach anfänglicher Skepsis hell begeistert, was der junge Mann aus Old Germany alles als Landwirt kannte und konnte. Sein Fleiß, sein Umgang mit den Pferden war beispielhaft, auch seine handwerklichen Fähigkeiten übertrafen sämtliche Erwartungen.
Manchmal, aber nicht allzu oft, redete die Bäuerin über Lenz. Wie an einem Abend im frühen Oktober, als sie bei ihrem Mann in der kargen Schlafkammer lag. Sie redete über Dinge, bei denen sie nie gedacht hätte, dass diese Worte einmal über ihre Lippen kommen würden. „Schade, dass der Lorenz nicht unseres Glaubens ist, wirklich schade. Und, leider auch schon verheiratet mit einer Witwe ...!" Erstaunt drehte sich der Bauer mit einem Ruck um. „Was, was sagst du da?" Sein Ton war mehr als scharf, zumal er aus dem Schlaf gerissen wurde. „Komm, rück' heraus, was du auf dem Herzen hast!" Er zündete die Petroleumlampe neben sich auf dem kleinen Tischchen an und setzte sich ganz auf. Seine Frau druckste etwas linkisch herum. Endlich fasste sie sich ein Herz. „Ich meinte ja nur, er würde so gut auf unseren Hof passen. Wir kommen doch hinten und vorne nicht mehr nach. Haben halt zu viele Töchter bekommen ... " sagte sie fast resignierend. „In der Tat ..." sagte nach einer kurzen Atempause ihr Mann, „ ... in der Tat! Doch bedenke, dass dies garnicht geht! Du weißt das doch selbst ...!" setzte er rasch nach. Stille trat ein.
„Außerdem ...", fuhr er nach einer Weile mit trotzigen Worten fort, „... außerdem ist er halt schon verheiratet!" „Das sagt doch garnichts aus.

Die Mormonen haben auch mehrere Frauen. Zudem ist sein Heimatdorf weit, ganz weit weg ..." fiel ihm seine Frau einfach ins Wort.
Immer und immer wieder versuchte er die verbohrte Idee seiner Frau auszureden. Es schien, als er ob der verbohrten Logik und Zielstrebigkeit seiner Angetrauten überrascht war.
Nach einer Weile des Nachdenkens entschloss er sich, dieses Thema schnell und endgültig zu beenden.
„Ich muss wohl gestehen, dass der Gedanke schon verlockend wäre. Zumal unsere Älteste, die Katharina schon längst unter der Haube sein müsste. Sie ist ein hübsches und vor allem, ein sehr tüchtiges Mädchen und immerhin nun schon fast dreißig Jahre alt." „Aber ...", er wandte sich wieder seiner Frau zu, „ ...aber es geht einfach nicht. Schon alleine wegen unseres Glaubens! Genau deswegen dürfen wir diesen Gedanken garnicht mehr weiterspinnen, verstehst du?" sagte er eindringlich zu seinem, neben ihm liegenden Weib.
Seine Frau seufzte laut in ihrem Kissen. Sie ahnte, dass sie mit ihrer Idee auf verlorenen Posten stand. „Verstehst du, Rosalinda, schon allein wegen unseres Glaubens! Katharina muss halt das Los ertragen. Findet sie noch einen, ist das genauso Gottes Wille, wie andersherum, wenn sie für immer ledig bleibt!" Seine Frau schluckte und nickte ergeben. Sachte nahm sie seine Hand und drückte sie fest.
Er hatte ihr das schwere Los, das sie sonst lange mit sich allein hätte tragen müssen, aus der Hand genommen.

Ein Stein, nein ein Mühlstein fiel ihr vom Herzen! Ein ganz schwerer Mühlstein. „Der Herrgott wird's schon richten, mit der Katharina" war ihr letzter Gedanke, bevor sie wieder in den Schlaf sank.

*****

Januar 1879

Kurze Zeit nach seinem Weggang aus *Paradise* trat Lenz wieder seine alte Stelle in der Anthrazit - Mine von *Llewellyn* an. Sein Boss hielt, was er versprochen hatte. Er war heilfroh, seinen tüchtigen Mann wieder in seiner Mine zu haben.
Jonathan Junior hatte sich zwischenzeitlich zu einem brauchbaren Farmer entwickelt. Wenn es seine Zeit zuließ, zeigte ihm Lenz die Kniffe und Feinheiten aus seiner langjährigen Erfahrung.
Lorenz war mittlerweile fast 38 Jahre alt.
Seine Liebe zu Cathy war ungebrochen. Obwohl sie einige Jahre älter als Lenz war, sah sie aus wie das blühende Leben. Mit viel Disziplin und eisernem Willen hatte sie die letzten Jahre überstanden. Sich immer wieder nur auf die wenigen Tage gefreut, die sie ihren Mann im Jahr sehen konnte, bevor er wieder zu seinem Bauern nach

Paradise aufbrach. Und Lenz vergaß von Tag zu Tag, von Monat zu Monat mehr seine Zeit in Mittergars, in Wolfsöd. Und seine Zeit mit Franziska. Nur manchmal, aber das immer seltener, durchfuhr ihn ein starker Schmerz. Dann, wenn seine Gedanken zurück in die weit entfernte Heimat schweiften. Zurück zu Franziska und zurück auf das Land am Inn. Dann verzog er sich immer wieder in einen stillen Winkel, zog Papier und Bleistift aus einer alten Schatulle, die er sorgfältig versteckt hatte. Und dann schrieb er wieder einen Brief an seine unerfüllte Liebe daheim, an Franziska Kammerer aus Wolfsöd bei Straußdorf. Doch keinen einzigen dieser Briefe getraute er sich je abzusenden. Keinen! Cathy, seine Frau, war schon lange hinter sein Geheimnis gekommen, behielt ihr Wissen aber für sich. Sie verzieh es ihrem Lenz und sie konnte ihn sogar verstehen, nachdem er im Laufe der Jahre Stück für Stück mit der Wahrheit herausgerückt war. Nur, bei einem war Lorenz eisern: Seinen wahren Namen verriet er nie.
Auch nicht Catharina Webb.

*****

Erst viel später - und dann aus traurigem Anlass - sollte sie von der wahren Identität ihres Mannes erfahren.
Dann, an jenem Tag Anfang April 1885, als ein Lachsfischer den vermissten und ertrunkenen Lenz aus einem Gestrüpp auf der Flussinsel „Berrier Islands" im Susquehanna River barg. Im Futter seiner Jacke entdeckte der Marshall von „Perry County" seine echten Papiere aus Deutschland.
Fein säuberlich in mehrere dünne Schichten Wachspapier eingewickelt, lesbar und völlig unversehrt.

Was war geschehen?
Lorenz Kohwagner, alias „Lorenz Kramml", hatte beim Versuch aus dem Uferbereich des hochwasserführenden Gebirgsflusses bei „Port Trevorton" eine Amischen - Familie von ihrer havarierten Kutsche zu retten, sein eigenes Leben gelassen. Die Familie aber überlebte.
Es war Susanna Förster - mit einigen ihrer Geschwister - aus Meisersville im Snyder County. Susanna Förster - die vor langen Jahren mit William Mauk verheiratet gewesen war!" Sie und alle weiteren fünf Insassen der Kutsche konnten sich durch die Hilfe von Lenz mit letzter Kraft auf die Flussinsel „Whites Island" retten und überlebten so. Lenz aber wurde durch die starke Strömung mitgerissen und ertrank jämmerlich. Für seine Rettungstat im Frühjahr 1885 erhielt Lorenz Kohwagner posthum die Ehrenmedaille des Staates Pennsylvania, welche Jahre später, mit einigen seiner persönlichen Habseligkeiten, beim Bezirksamt Wasserburg am Inn eintraf.
Der Minenbesitzer in Llewellyn zahlte an die Witwe von Lorenz „Kramml" von dem Tag an, als er die Hintergründe von diesem schrecklichen Unfall und vom uneigennützigen Einsatz seines besten Mannes erfuhr, eine monatliche Summe zur Aufbesserung ihrer kargen Kriegerwitwenrente. Dies ermöglichte ihr weiterhin, ein relativ sorgenfreies Leben zu führen. Denn: Jonathan Webb

Junior führte den kleinen Bauernhof zu einer richtigen Blüte, kaufte Land dazu und heiratete ein Jahr nach dem Tod seines Ziehvaters.
Ihre Tochter Deborah jedoch, verliebte sich in einen der jüngsten Söhne der „Brewery Yuengling & Sohn", heiratete diesen und stand mit einem Schlag auf der Sonnenseite des Lebens.

*****

Altbayern, Spätherbst 1879.
Schwabing - der rote Johann

Der Johann, der „*rote Johann*", konnte es einfach nicht sein lassen. Die Weiber waren einfach sein „Verhängnis".
Irgendwann, nachdem sie wieder einmal wochenlang nichts von ihm gehört oder gesehen hatte, glaubte sie ihn bei einer Besorgung für den Augustiner - Wirt auf dem Viktualienmarkt erkannt zu haben. Sie war schon drauf und dran, ihm nachzulaufen. Nach hartem, inneren Kampf ließ sie es jedoch sein. Wenn auch mit einem stechenden Schmerz in ihrem verletzten Herzen. Sie hatte geglaubt, das Kapitel Johann Baumgartner abgeschlossen zu haben. Hatte!

Fast zwei Monate später erschien er eines Abends wieder einmal im „*Augustiner*". Es war ein Freitag und die Honoratioren waren schon in allerbester Stimmung an ihrem Stammtisch. Zuerst hatte sie ihn garnicht bemerkt. Mit dem Rücken zum Schanktisch saß er ganz alleine am kleinen Tisch, genau hinter dem mächtigen Eichenschrank, in welchem die Bierkrüge der Stammgäste eingelagert waren. Eine andere Kellnerin brachte ihm gerade eine schäumende Maß Bier. Beinahe hätte sie ihn nicht erkannt, wären nicht seine langen braunen, lockigen Haare gewesen, die beinahe bis auf seine Schulter fielen. Maria war aufgewühlt und kämpfte mit sich. Seit über acht Wochen war der Johann schon nicht mehr in ihrer Wohnung aufgetaucht. Und sie hatte standhaft keinen Fuß mehr hinüber nach Schwabing gesetzt. Sie war fertig mit ihm, völlig fertig. Wohl ahnte sie, wo er sich aufhalten könnte, wollte aber denselben Fehler nicht noch einmal machen, ihn in seiner Werkstatt aufzusuchen.
„Mach das nie, nie wieder …" hatte er sie damals angeschrien, als sie ihn mit diesem Flittchen, dieser Schlampe ertappte. Splitterfasernackt standen beide vor ihr!
Splitterfasernackt! Dieses raffinierte, völlig versaute Flittchen!
Mit wutentbrannten Gesicht stand er damals vor ihr, mit einer Hand krampfhaft seine Hose vor sich haltend. „Dieser Hurensohn ..." heulte sich Maria später bei einem ihrer seltenen Besuche bei den Schwestern am Inn aus. „Maria hör zu! Sie ist doch nur ein Modell für meinen neuen Auftrag! Nur ein Modell! Bitte ...!", hatte er ihr noch

hilflos und flehend nachgerufen, als sie auf dem Fuß kehrt machte und laut heulend den langen Weg zurück in ihre kleine Wohnung lief.
Ja, seitdem hatte sie ihn nicht mehr gesehen. Seine paar Habseligkeiten hatte sie schon in einen kleinen Karton verpackt und zur Abholung durch diesen treulosen Haderlumpen parat gestellt. „Bist halt schon wieder einmal auf einen dieser Halunken hereingefallen, Maria“ tröstete sie sich ständig voller Selbstmitleid.
Die ganzen Wochen hatte sie gehofft, sie würde seine schweren Schritte auf der knarrenden Treppe hinauf in ihr Zimmer hören. Vergebens ...! Doch sie war auch informiert, dass sich draußen in diesem kleinen Dorf vor den Toren Münchens schon lange ein Sündenbabel - mit einer sozialistischen Enklave etabliert hatte.
Am Stammtisch der Honoratioren im „Augustiner“ blieb dies auch nicht lange geheim. Viele Künstler, Lebenskünstler, Poeten, Dichter, Maler und politische Wirrköpfe hatten in den letzten paar Jahren dort ihr Quartier aufgeschlagen. Ein bis dahin nie gekanntes Leben und auch Lebensgefühl zog dort ein. Arbeiter und Künstler und dann auf so engem Raum - das wird nie zusammenpassen, war die Meinung der meisten Münchner. Die alteingesessenen Bürger waren ob dieser Entwicklung mehr als nur ratlos..

*****

Einige Wochen nach dem Vorfall in seinem Atelier saß also Johann wieder im *„Augustiner“*. Es war die Starkbierzeit im März. Innerlich kochte Maria. „Nein, so mir nichts, dir nichts, hake ich das nicht ab!“ ging es ihr durch den Kopf, als sie mit einigen Maßkrügen auf dem Weg zum Stammtisch der Honoratioren war. Genau in diesem Augenblick drehte er sich um. Ein leichtes Lächeln huschte über sein Gesicht. Fast schien es so, dass er irgendwie verlegen wäre, seiner Schuld bewusst. Doch plötzlich heftete sich sein Blick durchdringend auf sie. „Diese dunklen, glühenden Augen!“ Innerlich seufzte Maria, obgleich ein erregender, wohliger Schauer ihren Körper durchfuhr. Was hatte sie für unvergessliche Stunden mit ihm verbracht!
„Ja nicht hinsehen, schau bitte nicht hin, Maria ...!“dachte sie. Kannte sie ihn ja allzu gut, den Johann. Durch und durch ein Schlawiner, der wusste, dass dies bei den Frauen ankam. Seine allzu oft erprobte Masche! *„Einfach nicht mehr hinschauen ... !“*
Maria kämpfte standhaft weiter mit sich und hatte große Mühe, die gefüllten Krüge an den Tisch zu bringen. Sein Bart war noch wilder gewachsen und seine Mähne inzwischen noch wallender. „Mein Gott, was für ein Mannsbild“ fuhr es ihr durch den Kopf. Marias Knie

wurden weicher und weicher. Sie riss sich zusammen. „Nachschub meine Herren, Nachschub“. Mit einem strahlenden Lächeln setzte sie die überschäumenden Krüge auf dem Stammtisch ab. „Also Verehrung Fräulein Maria, Verehrung. Schnell wie immer. Und immer so gut gelaunt.“ Der Fabrikant Simon Prager klopfte mit den Knöcheln anerkennend auf den blankgescheuerten Wirtstisch. Eigentlich wollte er ja seine Hand ganz woanders landen lassen, aber!
„Halt! Wartens doch. Bringens doch noch eine Runde Enzian für die Herren. Und mir einen großen Cognac, bittschön!“
Sie konnte nicht mehr anders. Die paar Schritte hatte sie schnell hinter sich gebracht. „Was machst du denn hier ...“ fauchte sie ihn barsch an. „Ich?“ entgegnete ihr arglos der Angesprochene. Ihr schien, als würde Johann Baumgartner verlegen werden. „Ja, wer denn sonst? Siehst du jemand anderen an deinem Tisch sitzen?“ Johann räusperte sich und scharrte recht verlegen mit den Füßen.
Aus den Augenwinkeln heraus bemerkte er, dass die noblen Herren drüben am Stammtisch sehr interessiert ihre Bedienung und ihn beobachteten. „Tja, ich will halt mal wieder ein g´scheites Bier trinken. Oder ist das etwa nicht gestattet?“ Etwas hilflos machte er Anstalten, sich zu erheben. Doch er unterließ es. „Komm, setz dich doch einen Moment zu mir her. Bitte!“ Mit flehentlichem Blick sah er sie an. Und darin war er Meister, das wusste Maria. Sie machte eine abwehrende Geste und antwortete resolut: „Das geht nicht! Ich darf mich nicht zu den Gästen an den Tisch setzen, das weißt du ganz genau!“ Sie machte eine kurze Pause, zupfte ihr Dirndl zurecht und sah verstohlen über ihre Schulter zum Schanktisch hinüber.
„Es geht nicht, basta... !“ Giftig setzte sie nach, „ ... wo bitte war denn der Herr die ganze Zeit über gewesen. Wo denn bitte?“ zischte sie ihn an. Sie war wütend. Fürchterlich wütend. Johann versuchte einzulenken. „Maria ... !“ Vom Schankkellner drüben kam unmissverständlich ein Zeichen, dass Arbeit auf sie wartete. „Ich muss arbeiten, verstehst? Arbeiten“. Er fasste sie am Arm. „Maria, bitte! Gib mir doch noch eine kleine Chance. Können wir uns vielleicht nach Dienstschluss treffen? Am Marienplatz, ja?“ Maria wusste, dass auch sie gegen ihre Gefühle nicht ankämpfen konnte und gab zögernd nach. Außerdem waren ihr die giftigen Blicke der anderen Kellnerin nicht entgangen. „Meinetwegen! Um sieben Uhr drüben am Marienplatz, am Fischbrunnen. Um sieben ...“ sagte sie kurz angebunden.
Schnellen Schrittes eilte sie zurück, hinüber zum Schanktisch. „Bist endlich wieder da, wird höchste Zeit, Maria!“ knurrte der massige Kellner. „Der Stammtisch der noblen Herren da drüben wartet schon ziemlich lange auf Stoff. „So gerne sieht das der Wirt nicht, wenn du

allzu lange mit einem Gast herum schäkerst, gell!" gab er ihr noch belehrend mit auf den Weg, als sie mit einigen Maßkrügen den Stammtisch ansteuerte. „Maria, wer ist denn der Mann da drüben am Tisch?" wollte beiläufig der Fabrikant Prager wissen. „Mein Freund, Herr Prager! Das heißt, mein ehemaliger Freund." Sie wollte schon wieder gehen, doch Prager hielt sie am Arm fest. „Bist mit ihm zerstritten? Nicht so schlimm, wenn man jung ist, tut sich vieles wieder von selbst einrenken. Wirst sehen, glaub´ mir". Seine Stammtischfreunde spitzten aufmerksam die Ohren, aber mischten sich nicht ein. „Was macht er denn so beruflich" wollte nun Simon Prager wissen. Nein, so schnell lies er sich nicht abspeisen. Maria zierte sich jetzt sichtbar. Ihr war das Thema nicht angenehm, man sah es ihr deutlich an. „Ja, Bildhauer ist er, der Johann. Drüben im Tivoli in Schwabing, aber …" fügte sie an und schwieg dann. Sie drängte schon wieder zurück zum Schanktisch.

Doch Simon Prager hielt sie weiter fest. „Was denn aber? Bleibens doch kurz, Fräulein Maria. Der Herr Merkl wird´s schon tolerieren. Also raus mit den Worten: was aber ...?" Maria überwand ihre Skrupel. „Ja, der Johann ... ", sie holte tief Luft und fuhr fort, „ ... ja der Johann ist ein guter Bildhauer, sogar ein sehr guter. Aber er hat halt im Moment kaum Aufträge." Sie seufzte und redete weiter: „ ... und wenn er welche hat, bekommt er oft sein Geld nicht." „Ja, von was lebt er denn, ihr Freund?" Maria schwieg. Simon Merkl blickte zu ihnen herüber. Er sagte irgendetwas zu seinem Schankkellner. „Herr Prager, der Herr Merkl beobachtet mich schon die ganze Zeit. Ich kann nicht noch länger bleiben ...".

„Also, gut. Gehens nur Maria, aber schicken´s mir doch mal ihren Freund herüber. Ich möchte mich mal mit ihm unterhalten. Vielleicht hab´ ich ja was für ihn!"

*****

Eiligen Schrittes ging Maria zum Tisch vom Johann und redete kurz mit ihm. Er nickte. Simon Prager beobachtete die Szene. Lautstark und leidenschaftlich debattierten seine Stammtischfreunde gerade über ein Haberfeldtreiben in einem kleinen Dorf bei Aibling. Dort ging es um Vergewaltigung und Brandstiftung. Die Regierung im bayerischen Landtag war, wie so oft, in hellem Aufruhr. Einer der Haberer hatte auf einen Knecht des Bauern geschossen und ihn tödlich verletzt. Die Ermittlungen des Bezirksrichters von Miesbach ergaben später, dass in dieser Nacht auch noch eine Magd in diesem Dorf von zwei der Haberer vergewaltigt worden war. „Das Maß ist voll! Weg ins Zuchthaus mit diesem archaischen und anarchistischen Gesindel

und Lumpenpack!“ war die einhellige Meinung der Honoratioren am Stammtisch.
Simon Prager stand auf und begab sich zu dem einsamen Zecher am Ende des benachbarten Tisches. „Grüß Gott. Ich bin Simon Prager aus Grünwald und möchte ein paar Worte mit ihnen wechseln.“ Fragend schaute er Johann Baumgartner an. Mürrisch blickte dieser von seinem Bier auf. „Ja, weshalb denn? Was ist denn los. Die Maria hat schon so was verlauten lassen. Womit habe ich denn die Ehre …?“ Demonstrativ streckte er seine langen Beine noch weiter aus und lümmelte sich in seinem Stuhl. Prager ließ sich davon nicht beeindrucken. „Ich würde genauso reagieren an seiner Stelle“, ging es ihm durch den Kopf.
„Herr Baumgartner, wenn ich richtig informiert bin, sind Sie Künstler. Bildhauer, nicht wahr?“ Baumgartner schwieg und nahm einen tiefen Zug aus seinem Krug. „Gehens, sperren´s sich doch nicht so, Johann. Ich will ihnen doch nur helfen.“ Skeptisch blickte der Bildhauer Simon Prager an. „Sie mir helfen? Warum denn?“ Man sah ihm deutlich an, dass er nachdachte. „Aha, so läuft der Hase. Die Maria, gell? Die Maria hat ihnen was gesteckt, nicht wahr?“ Sein Gesicht lief rot an. Simon Prager drehte sich um und machte ein Zeichen zum Schankkellner hin, dass er eine Bestellung aufgeben wollte.
„Darf ich mich setzen? Bitte!“ „Wenn´s sein muss. Bitte setzen sie sich. Da!“ Mürrisch deutete der Bildhauer auf einen Stuhl, den er mit seinem rechten Fuß unter dem Tisch herausgeschoben hatte. Prager setzte sich. „Die Herren, Sie wünschen, bittschön?“ Maria stand plötzlich an ihrem Tisch. „Zwei Bier, Fräulein Maria. Zwei Bier für uns. Aber bitte vom neuen Starkbier.“ „Gerne, sehr gerne Herr Prager, wird sofort erledigt.“ Für Johann verschwendete sie keinen Blick. „Also, lieber Herr Baumgartner. Ich mein´ es ehrlich. Ich hätte da ein paar Aufträge für sie. Meine Frau und ich suchen schon lange jemand Tüchtigen, der einige Skulpturen für unseren neu angelegten Park in Grünwald entwirft und anfertigt. Ich hab´s wohl schon ein paar Mal probiert, aber es wurde einfach nichts daraus.“
Johann Baumgartner räusperte sich und setzte sich so steif hin, als hätte er plötzlich einen Stock im Rücken! Man sah ihm die innere Abwehrhaltung an. „Ja, und zu mir haben sie einfach Vertrauen. So ganz einfach Vertrauen? Sie haben doch noch garnichts von mir gesehen ...“. Sein Tonfall wurde merklich schärfer. Er fühlte sich anscheinend in die Enge getrieben. Prager entgegnete: „Sie haben ja recht. Doch ihre Freundin hat mir von ihnen erzählt. Dass sie so ein begnadeter Bildhauer sind. Und ihr glaube ich, das dürfen Sie mir abnehmen!“ Prager nutzte die Gelegenheit, man merkte es ihm an.

„Sie haben Riesenglück. So eine Frau zur Freundin zu haben." Baumgartner nickte bestätigend. Unbemerkt war Maria an ihren Tisch getreten. „So, die Herren, zwei Maß vom neuen Starkbier. Lassens sie sich´s schmecken, Herr Prager". Schon war sie wieder davongeeilt. „Also, stoßen´s mit mir an, Herr Baumgartner. Prost!" Nach der dritten Maß und gute zwei Stunden später waren sich die beiden Männer einig. Johann Baumgartner wusste es nur noch nicht genau. Aber er hatte einen Glückstag erlebt. Schon am nächsten Vormittag sollte er der Villa in Grünwald einen Besuch abstatten und sich ein Bild von den Vorstellungen der Fabrikantenfamilie Prager machen. Er war voller Zweifel, aber auch voller Hoffnung, ob sich diese Vorstellungen auch mit seiner künstlerischen Linie deckten. Denn nur dann würde er zusagen. Nur dann. So dringend nötig er auch jede Mark brauchte. Zulange hatte ihn in letzter Zeit schon Maria unterstützt. Verkaufen, nur einfach verkaufen wollte er seine Kunst nicht.

Da war sich Johann Baumgartner ganz sicher.

*****

November 1879

Auf dem Einödhof gibt es Freude - und dann tiefe Trauer. Johann, das vierte Kind von Anna, kommt am 5. November 1879 auf die Welt - und stirbt nur drei Wochen später, am 29. November 1879.

Ab Anfang Dezember überzogen extreme Schneefälle und dann bittere Kälte mit bis zu minus 29 Grad das Land.
Georg Inningers Versuch, von der Bank nochmals einen kleinen Kredit zu bekommen, scheitert kläglich. „Verkauf dein Holz, Inninger, dann sehen wir weiter ...", gab ihm der Direktor der Kassa kalt lächelnd mit auf dem Heimweg. Dies, obwohl er ganz genau wusste, dass die Preise für Holz noch lange Zeit am Boden bleiben würden. Kurz vor Weihnachten, am 21. Dezember, machte sich Georg nach Mitternacht auf dem Weg hinauf zum „Holz" in Richtung der Einöde „Ernst am Reith".
Der Himmel hatte aufgerissen, Wolkenschleier ließen ab und zu zum blassen Vollmond durchblicken. Georg hoffte, dass der vor ihm liegende Tag, der „Thomastag", Aufschluss über das Wetter im kommenden Jahr geben würde.
Anna, seine Frau ahnte von all dem nichts.
Der Tod ihres Sohnes hatte sie in tiefe Verzweiflung gestürzt. Sie umgab sich gegenüber ihrem Mann mit einem „Schutzpanzer" und zog aus der gemeinsamen Kammer aus. Tagelang hatte es nun schon ohne Unterlass im Voralpenland fortgeschneit. Die Wege nach Mailham, Mittergars und den Berg hinauf nach Unterreit waren unpassierbar geworden. Der Einödhof war nun fast völlig von der Außenwelt abgeschnitten. Das „Holz" lag am steilen Anstieg, hinauf auf den Moränenrücken in

Richtung Unterzarnham. Meterhohe Schneeverwehungen machten selbst den beiden Kaltblütern an seiner Leine den Aufstieg extrem schwer. Keuchend blähten sie ihre Nüstern auf, um genügend Sauerstoff in ihre Lungen zu pumpen. Schweißnass glänzte im fahlen Licht des Wintermondes das Fell der beiden treuen Rösser. Georg wusste, dass alles, was er jetzt tat, doch vergebene Mühe sein würde. Trotzdem versuchte er, den letzten Strohhalm zu ergreifen und das zu tun, was ihm der Direktor der Kassa als Ultimatum mit auf den Heimweg gegeben hatte. Auch wenn es ihm und seiner Familie vielleicht erst im übernächsten Jahr helfen würde. Verpfänden - egal auch zu welchem Preis - wollte er das geschlagene Holz an die Bank. Nur um das Überleben seiner Familie und des „Maierhofes" für die nächsten harten Wintermonate zu sichern. Er wusste, die Kassa würde mit Landwarenhändler Huber den Preis so stark drücken, dass er nur soviel Geld bekam, um gerade „von der Hand in den Mund zu leben". Da war sich der „Maierhofbauer" ganz sicher!
Der „Thomastag" vor ein paar Tagen hielt den kleinen Funken Hoffnung in seinem Herzen am Glimmen. Den ganzen Tag über hatte es leicht geschneit und die Sonne ließ sich nicht blicken: ein gutes Zeichen für ein schönes, neues Jahr. So stand's zumindest auf seinem Kalenderblatt. Die kommenden „Lostage" [1] *sollten ihm nun die Zuversicht stärken und vor allem die Kraft für die nächsten Monate geben.. Seine ganze Hoffnung ruhte nunmehr vor allem auf dem „Stephanstag"* [2]*, den 26. Dezember, dem ersten Tag der zwölf Rauhnächte. Würde dieser Tag sonnig ausfallen, gäbe es endlich wieder einmal ein sonniges und gutes Erntejahr ... Daran glaubte er fest und mit jeder Faser seines Herzens.*

*****

Sommer 1880 - Gars am Inn

Schon einige Tage nach dem erfolgreichem Abschluss seines Studiums kehrte Linus von Weihenstephan nach Gars zurück. Und bereits nach wenigen Monaten, so um den ersten Advent herum, lernte er Katharina Wagner aus Mittergars kennen.
Die ehemals beste Freundin von Maria!
Eine standesgemäße, geldvermehrende Verbindung bahnte sich an!
Knapp ein halbes Jahr später läuteten die Hochzeitsglocken im kleinen Peterskirchl in Berg bei Kloster Au.
Genau dort wollten die beiden sich den Bund der Ehe versprechen. Dies war vor nicht allzu langer Zeit der sehnlichste Wunsch seiner unvergessenen Liebe Maria Kohwagner gewesen.

[1] **Lostage**= *die zwölf Lostage in den Raunächten zwischen Weihnachten und hl. Dreikönig spielten in der bäuerlichen Mythologie des Alpenraumes eine gewichtige Rolle. An ihnen orientierte man sich bei guten und auch bei schlechten Voraussagen.*

[2] **„Stephanstag"** *(österr.: Stefanitag") - Tag zu Ehren und Gedenken an den grausamen Märtyrertod des hl. Stephanus.*

„Linus, Geliebter! Wenn wir zwei heiraten, dann drüben in der kleinen Peterskapelle in Berg. Versprichst mir das“? An diesem wunderschönen Frühlingstag hielt Linus sein geheim gehaltenes Versprechen.
Nur eben mit einer anderen Frau.
Mit ihrer ehemals besten Freundin! Seine verlorene Liebe Maria Kohwagner lebte zu dieser Zeit schon einige Jahre in München.

*****

Der Fabrikant Simon Prager und seine Frau Rachel hatten es endlich geschafft. Genau eine Woche vor dem St. Josefstag 1881 wechselte Maria Kohwagner vom *„Augustiner-Bräu“* als Haushälterin in die Villa nach Grünwald. Rachel, die junge Ehefrau von Simon Prager und ihre zwei kleinen Töchter Sarah und Judith waren überglücklich, so eine tüchtige Kraft als Ersatz für ihre alte, aber sehr kranke Haushälterin bekommen zu haben. Diese erhielt als Dank für ihre Dienste lebenslanges Wohnrecht und die beste medizinische Versorgung. Maria bekam ein schönes, helles Zimmer unterm Dach. Von ihrem Fenster konnte sie genau hinüber zur Burg Grünwald sehen.
Kurz nach ihrem Einzug durfte Maria schon die Herrschaften zum traditionellen *„Josefi - Anstich“* in Grünwald begleiten. Obwohl das dunkle Starkbier sehr gut schmeckte, hielt Maria sich geziemend zurück. Sie merkte, dass dies nicht ihre Welt war, und verließ schon, nach kurzer Zeit, mit Erlaubnis ihrer Herrschaften, das Festzelt. Sie wollte zurück zu den beiden Kindern. Die Mädchen der Pragers waren ihr schnell ans Herz gewachsen. Und diese Zuneigung war nicht einseitig.
Johann Baumgartner aber erlebte, nach einer endlos langen finanziellen und künstlerischen Durststrecke, eine Phase der schöpferischen Ekstase. Simon Prager gab ihm völlig freie Hand zur Gestaltung seines Parks. Nicht nur, dass der wilde Hans nun seine ureigensten Ideen verwirklichen konnte und auch noch sehr gut bezahlt wurde. Nein. Simon Prager hatte ihm über seine Stammtischfreunde auch noch eine weitere Reihe lukrativer Aufträge vermittelt. Von einem Tag auf den anderen war der Bildhauer Johann Baumgartner mit der Hilfe des jüdischen Metallwarenfabrikanten Prager ein Begriff in der noblen Münchner Gesellschaft geworden. Man lud ihn überall zu Festen und Vernissagen ein. Dort war der *„rote Johann“* die Attraktion der weiblichen Gäste. Nur die männlichen Besucher machten des Öfteren mehr als grantige Gesichter. Einige Male kam auch Maria mit. Aber, das war nicht ihre Welt. Niemals! Zu sehr war diese Gesellschaft nur auf Glanz und Äußerlichkeiten aus. Schöne, mondäne Frauen und interessante Männer

tummelten sich dort zuhauf auf diesen Festen. Johann, ja Johann stand überall im Mittelpunkt. Entschuldigend, ja beinahe mitleidig sah er sie oft an, wenn er sich inmitten all dieser schönen Menschen bewegte. Maria zog sich schnell aus diesen Kreisen zurück.
Ab und zu fuhr sie jetzt mit der Eisenbahn zu ihren Geschwistern und ihrer Mutter nach Hause in das kleine Dorf am Inn.
Trotz aller Freude über den vielen Nachwuchs auf dem Bauernhof in Lohen kam auch Trauer in ihr auf, als sie daran dachte, dass zwei Buben ihrer Schwester, Johann und Lorenz schon kurz nach ihrer Geburt gestorben waren.

*****

Am 27. August 1883 um 10.02 Uhr Ortszeit explodierte - nach einigen vorausgegangenen kleineren Eruptionen - die Vulkaninsel Krakatau in der „Sunda - Straße", welche die beiden Inseln Sumatra und Java trennte.
Der 813 Meter hohe Vulkanberg wurde mit mehreren Explosionen vollkommen weggesprengt. 36.417 Menschen fanden dabei durch die - bis zu 40 Meter hohen - Flutwellen[1)] den Tod. An den umliegenden Küsten und auf den Inseln wurden 165 Städte und Dörfer vollkommen zerstört. Die Flutwelle wurde sogar noch an der Küste im - 17.000 Kilometer von ihrem Ursprung entfernten - Golf von Biskaya in Frankreich registriert! Die Explosion des Krakatau schleuderte 18 Kubikkilometer Asche und Gestein bis zu 80 km (!) in die Erdatmosphäre und verteilte dort innerhalb von wenigen Tagen weltweit über 70 % des hochgiftigen Aerosols in dieser Luftschicht. Rund um die Erdkugel wurden daraufhin monatelang spektakuläre Sonnenuntergänge beobachtet. Es dauerte einige Jahre, bis diese giftigen Partikel wieder aus der Atmosphäre abgesunken waren. Durch die starke Reflexion der Sonnenstrahlen zurück ins All sank, vor allem auf der Nordhalbkugel, die Durchschnittstemperatur um über ein Grad Celsius. ***Jahrelange Missernten waren die Folge, vor allem in Europa. Weltweite Hungersnöte kosteten in den folgenden drei Jahren Hunderttausenden von Menschen das Leben***
Im „Land vorm Gebirg" und überall in deutschen Landen verfaulten die Kartoffeln, die Gerste, der Weizen und der Roggen auf den Feldern - oder die Saaten gingen überhaupt nicht auf. Verminderter Bienenflug ließ auch in ganz Europa die Obsterträge auf ein Minimum sinken. Die Bauern standen - wieder einmal - vor leeren Scheuern. Ein Hof nach dem anderen musste aufgegeben werden. Von den deutschen Auswanderungshäfen Bremerhaven und Hamburg und vom französischen Le Havre setzte erneut eine verstärkte Auswanderung der kleinen Gütler, Tagelöhner und Handwerker in die Länder ihrer letzten und großen Hoffnung nach Süd- und Nordamerika ein.

*****

[1)]**Flutwellen** *indonesisch: „gelombang pasang", japanisch* ***Tsunami:*** *große Hafenwelle*

Altbayern, Dezember 1883

Auf dem „Maierhof" erblickt am 21.12.1883 Lorenz das Licht der Welt. Annas siebtes Kind. Die hungrigen Mäuler am Tisch des Einödbauern Georg Inninger und seiner Frau Anna werden immer zahlreicher.

Heilig Abend 1883

Maria kam mit dem Zug von München nach Gars.

Georg, ihr Schwager, holte sie am Bahnhof mit der Kutsche ab. Anna, seine Frau war arg mitgenommen von der Geburt und sah erschreckend ausgezehrt aus. Trotzdem strahlte aus ihren Augen so etwas wie Glück, meinte ihre Schwester Maria zu bemerken.

Der Herrgott hatte es endlich wieder einmal gut mit ihr und ihrem Mann gemeint, nachdem ihr die letzten zwei Kinder im Kindsbett weggestorben waren.

Ja - es sollte endlich wieder einmal ein glückliches Weihnachtsfest auf dem Bauernhof zu Lohen werden.

*****

Uber ihre Zeit in München sprach Maria nicht viel.

Außerdem: Man sah ihr an, dass sie nicht unglücklich aussah. Im Gegenteil, sie war zu einer blühenden, hübschen Weibsperson herangereift. In ihrem Auftreten war sie sehr selbstbewusst. Ungewöhnlich für einen einfachen Menschen vom Land. Maria hatte sich auch nicht gehen lassen. Sie achtete, je älter sie wurde, doppelt auf ihr Äußeres.

Ihre dichten, langen brünetten Haare hatte sie meistens kunstvoll zu einem prachtvollen Dutt gebunden. Oder sie trug sie gebündelt in einem langen Zopf, über ihrer Stirn straff nach hinten gebürstet. Das stand ihr am besten, meinten viele im Dorf, wenn sie wieder mal einige Tage von München nach Mittergars kam. Einen Mann? Nein, einen Mann hatte sie nie dabei. Keiner wusste was Genaues, es gab nur Vermutungen.

Besonders an den Biertischen beim sonntäglichen Frühschoppen der beiden Dorfwirtschaften.

Als ihre Schwester am 11. März 1885 ihr achtes Kind, die Therese entbunden hatte, blieb die Maria damals einige Tage länger als vereinbart in Lohen. Sie musste einfach ihrer Schwester beistehen. Ob sie wollte, oder nicht! Ihre neue Herrin in München hatte ihr eine Nachricht geschickt und den zusätzlichen Urlaub zugestanden.

Anna war völlig geschwächt, war nur noch Haut und Knochen. Sie schien am Ende ihrer Kräfte. Auf dringenden Rat von Dr. Kölbl wurde sie für einige Tage auf die Krankenstation nach Wasserburg gebracht. Dort päppelte man sie einigermaßen wieder hoch. Anna wollte jedoch schnellstens zurück zu ihrer Familie und vor allem zu ihrem neugeborenen Mädchen, zur kleinen Therese.

Maria, ihre jüngere Schwester hatte alle Hände voll zu tun, um die große Kinderschar in Lohen einigermaßen zu bändigen. Nur der älteste der Inninger - Kinder, der neunjährige Hans - Georg konnte sie ab und zu ein wenig im Haushalt und auf dem Hof unterstützen. Da jedoch die Frühjahrs-Aussaat bevorstand, musste er seinem Vater, zusammen mit dem altersschwachen Knecht, zur Hand gehen und fiel Abend für Abend todmüde ins Bett.
Einmal traf sie sich drüben in Gars mit ihrer alten Schulfreundin, der Katharina. Sie war seit Langem schon verheiratet und hieß nun Huber. Die Frau des Linus Huber, der ersten Liebschaft Marias. Der Streit vor einigen Jahren war vergessen. Sie waren sich nicht mehr böse. Schon garnicht, als Katharina viel über ihr Leben mit Linus erzählte. Sie erfuhr von ihrer Freundin, deren es finanziell an nichts, aber auch garnichts mangelte, dass die Ehe mit Linus immer noch kinderlos geblieben war. „Maria, es liegt an mir. Ich weiß es genau. Der Linus hat mittlerweile zwei uneheliche Kinder, drüben in der Grafinger Gegend.“ Sie erzählte viel von ihrem Leid, von Linus, der ein fürchterlicher Weiberheld geworden war und das Vermögen seiner Eltern und auch ihr eingebrachtes Heiratsgut Stück für Stück aufs Spiel setzte. Maria war eine geduldige und verständnisvolle Zuhörerin. „Dank deinem Herrgott und sei doch froh Maria“ sagte die Katharina, „dass du diesen Haderlumpen nicht behalten hast!“
Für eine ganz kurze Zeit befand sich die Maria auch wieder in der Dorfgemeinschaft von Mittergars, obwohl sie an deren Leben nicht teilnahm. Sie blieb so lange, bis ihre Schwester wieder einigermaßen mit ihren Kindern und mit dem Haushalt zurechtkam. Kurz vor Ostern fuhr sie wieder zurück nach München, ihre Zeit war abgelaufen. Sie musste wieder im Haushalt der Pragers ihre Arbeit tun. Bei ihrem Abschied am neuen Haltepunkt der Bahn, drüben in Mittergars, flossen die Tränen in Strömen. Alle, außer Hans - Georg und sein Vater, waren den Weg mit ihrer Mutter hinüber zur Bahnlinie gelaufen: der achtjährige Sebastian, der sechsjährige Peter, die vierjährige Anna. Sebastian zog, zusammen mit seinem Bruder Peter, die beiden Jüngsten in einem wackligen Leiterwagen hinter sich her:
Der knapp zweieinhalbjährige Johann hielt seine winzige Schwester Therese fest an sich gedrückt. Sie war tief und fest eingeschlummert.

*****

Im Kirchdorf machte man sich schon lange Sorgen, über die stetig anwachsende Inninger-Sippe, drüben auf dem „Maierhof".
Vor allen Dingen fand der Pfarrer von St. Michael keine Ruhe. Sicher, der Kindersegen reihum in seiner Gemeinde war schon in seinem - und auch in seiner Kirche Sinn.
Kindersegen war einfach gottgewollt!
Doch ringsumher häuften sich die Fehlgeburten und der Tod im Kindsbett von Mutter und Kind waren oftmals alltäglich. Er wusste auch, dass Dr. Kölbl und die Schwestern vom Kloster alle Hände voll zu tun hatten, nur um das Allerschlimmste zu verhüten. Was sollten sie denn auch machen? Die meisten gebärenden Frauen waren in jungen Jahren schon so stark durch schwerste Arbeit und andauernde Mangelernährung ausgezehrt, dass auch die beste Medizin oftmals nicht mehr half. Schon die kleinste Infektion bedeutete dann den Tod. Wie sollte man diesen Teufelskreis von bitterer Armut und medizinischer Unterversorgung durchbrechen?
Dr. Kölbl, die Franziskanerinnen und der Pfarrer gaben ihr Bestes - aber mehr konnten auch sie nicht tun. Die kleinen Bauern erwirtschafteten mal gerade soviel, um sich vielleicht das Saatgut für die nächste Aussaat kaufen zu können. Alles, aber auch wirklich alles, was sie mit ihrer Hände Arbeit erwirtschafteten, verkauften sie, um das Jahr über ihre Familie ernähren zu können. Aber immer öfters zu Preisen, die sie tiefer in die Schuldenfalle hineinzogen. Die meisten Buben und Mädchen mussten, sobald sie die 6.Klasse der Elementarschule hinter sich hatten, schon mit zwölf Jahren außer Haus und sich auf fremden Höfen zu einem Hungerlohn verdingen. Meistens war dort auch noch das minderwertigste Essen auf dem Tisch des Gesindes. Gar manch unangenehmes Getuschel machte nun im Dorf die Runde. „Auslöser" für ihre Rückkehr sollen die vielen Briefe gewesen sein, so der Postbote sehr diskret hinter vorgehaltener Hand, welche von München aus nach Mittergars geschickt worden waren. „Ja, sogar einige Expressbriefe waren darunter", wusste er nach dem dritten oder vierten Glas Bier „sehr diskret" beim „Grantl" zu berichten. In der Zeit, wo Maria sich kurz im Dorf aufhielt und ab und zu auch ihrem Bruder Andreas zur Hand ging, stand sie naturgemäß im Mittelpunkt des männlichen Interesses im Dorf. Manch begehrlicher Blick fiel auf die äußerst adrette ledige Kohwagnerstochter. Besonders dann, wenn sie - festlich und fesch angezogen - an den Sonntagen vom Kirchgang kam und den Weg an der oberen Wirtschaft beim Ziegelgänsberger vorbeigehen musste. Dort, an der Straßenfront des Wirtshauses, standen immer die Männer des Dorfes, bevor sie sich vor dem sonntäglichen Mittagessen ein paar Krüge Bier in einer der beiden

Wirtshäuser genehmigten, um Neuigkeiten, Tratsch und Klatsch untereinander auszutauschen. Etwas weiter abgesetzt, über die Straße hinweg, gruppierten sich die verheirateten Frauen an den Stufen des neuen Spezerei- und Kolonialwarengeschäftes zum Ratschen, direkt gegenüber der Kirche. Bei den Männern nahm man es nicht so genau, ob verheiratet oder noch ledig. Hier durften auch die jüngeren Burschen dabeistehen, wenn auch nur am Rande der Runde. Da unterschied man nicht so pingelig wie bei den Weiberleuten. Dort durften die jüngeren, noch ledigen, aber fast schon heiratsfähigen Frauen in der illustren Runde noch nicht dabei sein. Sie standen etwas abseits an der weißgekalkten, hohen Friedhofsmauer.
Aber auch hier gab es schon sichtbare Hierarchien. Nicht wenige dieser jungen Frauen warfen mehr als nur verstohlene Blicke hinüber zu den, sich oft gockelhaft und lautstark darstellenden Jungbauern.
Es könnte ja irgendwann eine gute Partie daraus werden ...

*****

Ende November 1885

Maria machte sich in München Sorgen um ihre nun schon wieder schwangere Schwester - und auch um ihre schwerkranke Mutter. Ihre Schwester Anna hatte beim letzten Besuch in Lohen nicht gut ausgesehen und ihrer Mutter konnte niemand mehr helfen. Doktor Sylvester Kölbl konnte nur noch ihre fürchterlichen Schmerzen lindern. Doch gegen ihre Gemütskrankheit war er schier machtlos. Denn immer noch hatte der Kohwagnerhof in Mittergars keine Nachricht vom Verbleib des Erstgeborenen erhalten. Lorenz Kohwagner war seit seiner Flucht vor der Obrigkeit vor nunmehr über zehn Jahren spurlos verschwunden. Gerüchte gab es immer wiedermal genug. Mal hatte man eine männliche Leiche aus der Isar oder dem Inn geborgen, in der Größe und Statur dem Lenz gleich. Mal war von zwei gerissenen und brutalen Serieneinbrechern im Tegernseer Land die Rede. Immer und immer wieder nahm man das Wort „Lenz“ in den Wirtstuben rund um Gars in den Mund. Ihre Mutter Karola war seit dem unseligen Fortgang ihres Ältesten mehr und mehr verfallen. Sie konnte es einfach nicht verwinden. Auch die vielen Enkel von ihren Töchtern Barbara und Elisabeth, die öfters mal Besuch kamen, konnten sie nicht aus ihrer Lethargie reißen. Schwer war dies auch für den Hoferben, Andreas. Und auch einer der entscheidenden Gründe, warum er sich nicht fest binden wollte. Er wollte dies einer Frau auf dem Hof einfach nicht zumuten.

*****

Juni 1886

Pfingstsonntag, den 13. Juni 1886, unternimmt König Ludwig II. einen Abendspaziergang am Würmsee[1)] und ertrinkt (als hervorragender Schwimmer!) im seichten Uferbereich des Sees. Mit ihm starb sein Leibarzt, Professor Dr. Bernhard von Gudden. Bereits vier Tage vor seinem mysteriösen Tod war der - im Volk ungemein beliebte - doch sternenweit auch vom Volk entfernte - Monarch von seiner eigenen Regierung im Parlament entmündigt und des Amtes enthoben worden!

Sein Onkel, Prinzregent Luitpold, hatte schon am 10. Juni 1886 die Regierungsgeschäfte übernommen! Das Samenkorn für eine - beinahe schon 130 Jahre - anhaltende Legendenbildung war mit Erfolg der Krume übergeben worden.

*****

Spätsommer 1886

Johann Baumgartner war schon vor längerer Zeit in eine Wohnung mit größerem Studio in der Maxvorstadt umgezogen. Doch das Glück hatte sich von ihm unmerklich - „peu a peu" - verabschiedet. Das viele Geld und auch der neue Ruhm taten Johann nicht gut. Maria und er hatten sich entfremdet, konnten aber dennoch nie ganz voneinander lassen. Es war ein Teufelskreis. Maria wusste ja, dass Johann es mit der Treue von Anfang an noch nie genau genommen hatte. Aber ihre „eigene Entschuldigung" von damals: „Er ist halt ein Künstler!", fiel nun bei ihr nicht mehr auf fruchtbaren Boden. Verstärkt widmete er sich wieder seinen wechselnden „Musen". Maria wusste nun, dass er ihr endgültig entglitten war. Sie verspürte Heimweh nach ihrem Dorf am Fluss, quälendes Heimweh ...

Auch ihre Herrin, die gutmütige und großzügige Rachel Prager spürte die Veränderung in Maria. Obwohl sie sich ihr gegenüber nicht öffnete, wusste Frau Prager genau Bescheid. Bekam sie doch vieles aus der Münchner Gesellschaft mit, was Maria nie erfuhr, geschweige denn erfahren durfte. Maria hatte sich endgültig entschlossen, den Johann Baumgartner nie mehr zu sehen.

Der Kampf hatte lange gedauert, sehr lange. Baumgartner wohnte zu dieser Zeit wieder einmal bei einer seiner vielen jungen Gespielinnen. Nur ab und zu - und dann auch nur für wenige Stunden - kam er zurück zu ihr. In ihrer kleinen Wohnung unterm Dach in der Villa in Grünwald heulte er sich dann an ihrer Brust aus. Weinte sich aus über eine ungerechte Welt, über die Brutalität des Kapitalismus und die schreiende Ungerechtigkeit der Mächtigen, über die Ausbeutung des Proletariats. Und auch über die geistige Ausbeutung seines Genies durch seine Auftraggeber.

[1)] *heute: „Starnberger See"*

Nicht unerwähnt ließ er dabei, dass er wieder Mal sein ganzes, verdientes Geld an eines dieser Luder verloren hatte, an deren Gesicht er sich angeblich schon wenige Tage später garnicht mehr erinnern konnte. Oder wollte! Zeigte Maria bislang immer Verständnis für seine unerträglichen Eskapaden, änderte sich dies an jenem Tag schlagartig.

Endlich nahm sie all ihren Mut zusammen und warf ihn umgehend - und vor allem für immer - hinaus ihrem Leben.
Aus vergessen, vorbei ...

Sie richtete sich, so gut es halt ging, mit ihrer neuen Situation ein und führte jahrelang ein einigermaßen zufriedenes Leben.
Maria, die die Dreißig nunmehr überschritten hatte, setzte nun andere Prioritäten. Die Kinder der Pragers waren schon recht selbstständig geworden und brauchten nicht mehr ihre ständige Betreuung. Das war auch im Sinne ihrer Herrin, Rachel Prager. Maria widmete sich zusammen mit ihr mehr und mehr karitativen Aktionen in Grünwald und München.

*****

Mittergars am Inn
Das uralte, archaische Spiel der Balz.

Samstag, der 19. März 1887
Ausgerechnet wieder der 19. März! Josefitag! Einer der heiligsten Feiertage im bäuerlichen Leben. Der Frühling war dieses Jahr ungewöhnlich früh ins Land am Inn gezogen. Die Natur hatte übereilig und verschwenderisch schon ihr Füllhorn über das Landl ausgeschüttet. Und dies, nach einem langen und überaus harten Winter von Anfang Oktober bis in die letzten Januartage hinein.
Dann, zuerst ganz zaghaft ab Lichtmess und von Tag zu Tag deutlicher, wich die eisige Kälte und die meterhohen Schneemassen mussten den frühlingshaften Temperaturen Tribut zollen. Schneeschmelze hatte im „Land vorm Gebirg“ und in den bayerischen und tirolerischen Bergen eingesetzt. Viel zu früh, wie die wettererfahrenen Anwohner im Chiemgau wussten. Wenn das nur gut ging?
Eisstau, gefährlicher Eisstau herrschte auf weiten Abschnitten des Flusses! Der Inn schwoll an, Hochwasser breitete sich rasend schnell aus und trat vielerorts über seine Ufer. Ufernahe Gehöfte standen wochenlang knietief unter Wasser. Endlich, Mitte März war der Spuk vorbei. Man konnte sich nach den unvermeidlichen Aufräumarbeiten wieder seinem normalen Tagwerk widmen.

Und dann dieses Herrgottswetter am Josefitag!

Heute wollten´s die Jungen wie die Alten mal wieder richtig krachen lassen. Nach alter überlieferter Tradition stand der erste Frühlingstanz am Nachmittag drunten auf der Tenne beim „*Grantl*“ an. Jedermann spürte die „Säfte in sich aufsteigen“ - ob jung oder alt, ob Männlein oder Weiblein. Ja, man spürte nach dem langen Winter endlich den Frühling in den Gliedern.
Der Gottesdienst war vorbei. Ein übervolles Gotteshaus, die Menschen standen teilweise bis hinaus auf den Gottesacker, hatte den Pfarrer zu einer grandiosen, ja wie er sich ein paar Stunden später in gelöster und schon etwas bierseliger Stimmung selbst insgeheim stolz eingestand, „ja ungemein furiosen“ Predigt über den heiligen Josef, dem „*Bräutigam der herzheiligsten Gebärerin, der Jungfrau Maria*“, aufgestachelt.
Sie endete nach der Litanei der Fürbitten mit dem Schlussgebet:
„Wir bitten Dich, o Herr! Daß uns durch die Verdienste des Bräutigams Deiner heiligsten Gebärerin geholfen werde, damit was unser Vermögen erhalten kann, uns durch Seine Fürbitte geschenket werde. Durch Christum unsern Herrn. Amen“

Es war genau der richtige Zeitpunkt, die Menschen mit Gottes Wort aus ihrer monatelangen Lethargie und dem Winterschlaf zu reißen. Mehr noch: Sie anzufeuern, das neue Bauern - Jahr mutig und selbstbewusst anzupacken. Noch wichtiger aber schien dem Dorfpfarrer, vor allem nicht die „Armen und Benachteiligten unter uns“ zu vergessen, wie er mit machtvollem Worte von der Kanzel seinen Schäfchen diktierte. Nein, heute las er ihnen keine Leviten, wie sonst so oft. Dazu hatte er heute an „*Josefi*“ beileibe keinerlei Anlass. Heute sollte für alle ein ungetrübter Tag der Freude sein. Zumal auch er gerne nach dem Gottesdienst immer noch auf einen Krug Bier mit ins Wirtshaus ging. Und dort wollte er heute keinen Streit und kein schlechtes Gewissen sehen.
Die Frühlingssonne strahlte vom wolkenlosen Himmel. Die ledigen Frauen hatten ihre schönsten Dirndl an - und die Altbauern ihre wissenden Mienen aufgesetzt, um ihre im Innersten verborgenen Gelüste etwas besser im Griff zu haben. Bei den Jungen schien es umgekehrt. Sie inspizierten ungeniert die jüngere Damenwelt nach dem Kirchgang. Und rissen manch zotigen Witz über diese und jene Maid. Nicht alle der jungen Burschen taten dies. Manch einem war dies „röhrende Hirschgehabe“ schon echt zuwider. Nur anmerken durfte man es sich nicht lassen. Bei Gott, da wäre derjenige bei seinen Spezln unten durch gewesen.

*****

Maria war anders als ihre Geschlechtsgenossinnen im Dorf. Irgendwie viel, viel reifer. Wie´s schien, abgeklärter und erfahrener. Schon als junges Mädchen, bevor sie nach München „emigrierte“, hielt sie es oftmals nicht aus, das Gekichere und altkluge Getratsche mit ihren Freundinnen an der Friedhofsmauer gegenüber dem Schulhaus. Meistens war sie eine der Ersten, die den Weg nach Hause antrat. Schon damals beschleunigte sie immer ihre Schritte, wenn sie am oberen Wirt vorbeigehen musste, um zum Hof ihrer Eltern zu gelangen. Besonders bei schönem Wetter. Denn da standen halt fast alle der Mannsbilder in kleineren und größeren Gruppen nach dem sonntäglichen Gottesdienst immer noch eine Zeit lang im Hof herum. Zumindest so lange, bis die jüngere Damenwelt sich in alle Winde zerstreut hatte oder die auf der anderen Seite stehenden Ehefrauen nach Hause gegangen waren. Schließlich musste ja das Mittagessen pünktlich auf dem Tisch stehen. Jede dieser Gruppen hatte natürlich einen Wortführer. Trotz des Stimmengewirrs hörte man schon von Weitem diese Platzhirsche heraus. Das laute Lachen und Schenkelklopfen ihrer getreuen Vasallen übertönte alles andere. Blauer Dunst stieg aus den Tabakspfeifen der Männer im weiten, offenen Hofgelände auf.

Die resche, fesche Maria sahen die Männer gerne, die Jungen wie die Alten! Versteckte Pfiffe und auch eindeutige, oft zotige Angebote waren auf diesen paar Metern am „Grantlwirt“ vorbei, immer dabei. Zumindest solange sich der Herr Pfarrer noch nicht unter seine Schäfchen gemischt hatte. Auch er trank gerne vor dem Mittagläuten noch einen Krug süffiges, braunes Klosterbier. Zum Leidwesen seiner Haushälterin, der am Sonntag beinahe immer die Knödel verkochten.

*****

Anfangs überwog im Dorf noch die Bewunderung für diese hehre, christliche Einstellung der Maria Kohwagner. Doch es dauerte nicht sehr lange, so bis zum Herbst des darauffolgenden Jahres, da interpretierte man doch bei vielerlei Anlässen manches in die Anwesenheit der Maria auf Lohen hinein. Zuerst nur vage und völlig unverfänglich, wie die losen Mäuler im Dorf es selbst von sich - und auch von ihrer gezielt lancierten Kampagne meinten. Anfangs schüttelten noch viele den Kopf, wenn sie damit ziemlich unverfroren konfrontiert wurden. „Nein, das kann nicht sein! Das glauben wir nicht. Der Georg und die Maria!“ Doch schnell ging die „Saat“ auf. „Es“ machte die Runde in und um das Dorf. Niemand kam es mehr darauf an, nach dem „warum und wieso“ zu fragen. Hier hatte man eine bereits enttarnte „Sünderin“ zur Strecke zu bringen, das war die Aufgabe manch neidischer Männer und Frauen.

Dienstag, 8. 11. 1887
Elisabeth, Annas 10. Kind kommt auf die Welt

Sonntag, 13.11.1887
Ein stürmischer ein eiskalter Tag im oberen Chiemgau
Anna, Georgs Frau stirbt, nur fünf Tage nach der Geburt von Elisabeth, mit 34 Jahren an Auszehrung und Kindsbettfieber.
Ihre kleine Tochter aber überlebt.

*****

Der Entschluss

Mitte November 1887 brachte der Postbote der Maria in München ein Telegramm. Die Nachricht riss ihr den Boden unter den Füßen weg: Ihre geliebte Schwester Anna war nur fünf Tage nach der Geburt ihres zehnten Kindes, der kleinen Elisabeth, an Kindsbettfieber gestorben.
Dr. Sylvester Kölbl konnte das Leben seiner Patientin trotzt aller Anstrengungen nicht mehr retten. Von einem Tag auf den anderen war nun der Bauer Georg Inninger in Lohen Witwer und hatte acht unmündige Kinder zu versorgen.
Darunter den fünf Tage alten Säugling, die Elisabeth.
Maria kündigte noch am Abend ihre Stelle beim Fabrikantenehepaar Prager in Grünwald, packte ihr weniges Hab und Gut in einem großen Koffer und fuhr am nächsten Morgen mit dem Zug nach Mittergars. Herr Prager persönlich hatte sie in seiner Pferdedroschke zum Münchner Bahnhof gefahren. Das Ehepaar Prager ließ Maria alle Wege offen, wieder zu ihnen zurückzukehren
Tränen flossen auf beiden Seiten, besonders bei den halbwüchsigen Kindern der Familie Prager. „Wannst willst, Maderl", sagte väterlich Simon Prager zu ihr, „dann kannst jederzeit bei uns wieder im Haushalt arbeiten".

In dem Moment wusste sie jedoch schon: Es gab für sie keine andere Entscheidung. Es konnte einfach keine andere Entscheidung geben ...

*****

Fabrikant Simon Prager gab Maria eine großzügige Abfindung, weil er von den Schwierigkeiten ahnte, die diese tüchtige Frau in ihrem Heimatdorf am Inn erwarten würde. Seine Frau Rachel war vom Weggang dieser tüchtigen jungen Frau besonders betroffen. Sie verabschiedete ihre Haushälterin mit einem großen Paket, das so gewichtig war, dass Maria Mühe hatte, es im Abteil zu verstauen.
Ihr Bruder Andreas holte sie am Bahnhof Gars mit dem Fuhrwerk ab. Erst auf dem Kohwagnerhof in Mittergars stellte sie fest, welche

Schätze ihr mitgegeben worden waren: Damastbettwäsche, Kissenbezüge, herrliche Tischdecken, feinstes Leinen und ein Besteckservice aus echtem Silber. Ausreichend für einen großen Haushalt, der sie jetzt auf dem Weiler Lohen erwarten würde.
Sie spürte, ja sie wusste es: Jetzt war sie angekommen. Angekommen daheim und angekommen bei ihrer Schwester, für deren Kinder sie ab sofort zu sorgen hatte.
Ein neues Leben hatte heute für Maria begonnen.

In den frühen Morgenstunden schon machten sie sich mit der Kutsche auf den Weg hinüber nach Lohen. Andreas begleitete sie. Viel Arbeit wartete auf die beiden ...
Und ein Leben, das ihr viel Leid, Entbehrung, Hoffnung und doch auch Glück bringen sollte. Dennoch in einer Dimension, die sie jetzt, auf dem gemächlich dahin rollenden Fuhrwerk in Richtung Lohen, nie und nimmer hätte ahnen können.
Und das war gut so.

*****

Das Gotteshaus Sankt Michael in Mittergars konnte die vielen Trauergäste nicht fassen. Die Trauerfeier für die verstorbene „Maierhof - Bäuerin" Anna Inninger sprengte jeden Rahmen. Nicht, weil sie eine bedeutende Frau gewesen wäre, beileibe nicht. Nein, all die vielen Menschen kamen auch nicht aus Sensationsgier. Sie kamen zur Ehre von Anna Inninger, dieser allzu jung verstorbenen Ehefrau von Georg, dem Bauern in Lohen.

Der Tag war nasskalt und heftiger Sturm blies die letzten verbliebenen Blätter von den umstehenden Bäumen auf den hellen Kiesweg zum Gotteshaus hin. Die Predigt des Dorfpfarrers zeugte von sehr viel Mitgefühl für die Familie drüben auf dem Einödhof. Dem alten, erfahrenen Geistlichen von Mittergars gelang es, den Zweifel über die Gerechtigkeit Gottes in ihren Herzen zu zerstreuen.
Und vor allem gelang es ihm, auch Zuversicht in die Köpfe und Herzen all der Menschen zurückzugeben, welche, ob dieser Dimension des tragischen Todes der jungen Frau an ihrem Glauben genauso zweifelten, wie der Witwer von Lohen.

„Schauet her ...", sagte er zu all den vielen Trauergästen, „... schauet trotz all des Unglücks auf dem „Maierhof" auch auf das Glück in diesen traurigen Stunden. Ja, ihr habt richtig gehört! Auch auf das Glück, dass das Kind unserer so jung verstorbenen Anna Inninger, die kleine Elisabeth wohlauf und gesund ist.
Das Leben geht weiter, sagt unser allmächtiger und weiser Herrgott. Und genauso, wie das Sterben und der Tod seines leibhaftigen Sohnes

nicht umsonst gewesen war, so ist auch dieser tragische Tod von unserer geliebten Anna vor Gottes Augen nicht umsonst ...".

Schon wenige Tage nach der Beerdigung bezog Maria ein kleines Zimmer im Austragshäusl des „Maierhofes" und nahm die vielen Kinder ihres Schwagers in ihre Obhut.
Niemand, aber auch gar niemand hatte ihr, der Maria dies antragen müssen. Sie hielt es einfach für ihre christliche Pflicht.

Da konnte ihr der Pfarrer von Sankt Michael von ganzem Herzen nur beipflichten.

*****

Jahreswechsel 1887/1888

Der Jahreswechsel begann mit arktischen Temperaturen.
An Neujahr sank das Thermometer auf Minus 27 Grad im *„Land vorm Gebirg"*! Die Eiseskälte hielt wochenlang an.
Maria stürzte sich wie besessen in die Arbeit.
Ihr Tag begann um fünf Uhr morgens und endete sehr oft erst kurz vor Mitternacht. Schnell merkte sie, dass sie ihre Kraft anders einsetzen musste. Die kleine Elisabeth kränkelte wochenlang und schwebte, nach einer Lungenentzündung in akuter Lebensgefahr. Dr. Kölbl brachte das kleine Mädchen zu den Franziskanerinnen ins Kloster Au, die das Kind mit seiner Hilfe wieder kurieren konnten. Anfang Februar 1888 kam sie wieder auf den Hof zurück. Eine erfahrene Amme aus dem Kirchdorf übernahm das Stillen des Säuglings im Hof der Kohwagners. Marias Bruder Andreas unterstützte seine Schwester, so gut er konnte. Organisiert hatte dies alles der Pfarrer von Mittergars. Georg musste wiederum eine Sau schlachten, seine Vorräte an Fleisch waren völlig aufgebraucht.
Am 14. Februar 1888 sank das Thermometer gar auf eiskalte Temperaturen von über minus 28 Grad! Das wäre an und für sich nicht so schlimm gewesen, wenn noch genügend Schnee auf den Feldern gelegen hätte. Aber der war nun schon vor zwei Wochen bis auf wenige, ausgeaperte klägliche Reste dahingeschmolzen. Nur im Schlagschatten des Fichtenwalds drüben, welcher sich steil den Moränenhang nach Unterreit hinaufzog und die Grenze des mächtigen Urstrombettes des Inns auf der östlichen Seite markierte, lag fast noch über einem Meter bräunlicher Harschschnee.
Die Wintersaat auf den Feldern in der Sonnenlage konnte sich nicht richtig entwickeln, denn dort fehlte - außer der Feuchtigkeit - die, vor den starken Nachtfrösten schützende Schneeschicht zum Keimen.
Die aus dem Boden sprießenden Hälmchen wurden schwarz und schwärzer und verkümmerten sichtlich. Tag für Tag schaute der Bauer

besorgter. Dringender, ja nötiger denn je brauchte er für dieses Jahr die Einnahmen der Wintergerste.

Der Winter dauerte immer noch unvermindert an.
Ende Januar passierte das, wovor alle Bauern und Flussanwohner Angst hatten: ein nur wenige Tage andauernder Wärmeeinbruch mit darauffolgenden, starken Regenfällen. Der Inn und all seine Zuflüsse führten schnell wieder extremes Hochwasser. Die tiefgefrorenen Böden in den Auenwiesen nahmen keinen Tropfen Wasser mehr auf... Meterhoch waren über Nacht ufernahe Gebiete überschwemmt.
Kurz darauf spielte das Wetter wieder verrückt. Zwei Tage nach Mariä Lichtmess blies - bei strahlend blauem Himmel - ununterbrochen eiskalter Ostwind übers gesamte Voralpenland.
Tag für Tag fielen nun die Temperaturen wieder in den Keller.

*****

Mittwochnachmittag, 21. Februar 1888.
Wieder einmal schlägt das Schicksal auf dem „Maierhof" unerbittlich zu.
Beim Spielen an der „*Gsottmaschine*"*) auf dem Heuboden über dem Futtergang des Stalls stürzte die fast vierjährige Theresa rücklings durch die Futterluke hinab in den Kuhstall. Niemand hatte es bemerkt oder sie gar vermisst. Erst beim abendlichen Füttern fand Maria ihre Nichte. Mit verrenkten Gliedern lag sie, wie eine weggeworfene Puppe tot auf dem eiskalten Futtergang.
Für Georg Inninger und seine Schwägerin, Maria Kohwagner brach eine Welt zusammen. Sie verzweifelten an ihrem Gott. Schon wieder war dem Witwer ein so hoffnungsvolles, fröhliches Kind genommen worden. Theresa, sein Sonnenschein! Wie prächtig hatte sich dieses Mädchen entwickelt.

Und nun dies schreckliche Unglück!.

Waren doch die Wunden über den Tod seiner Frau kaum verheilt. Auch Maria schien am Boden zerstört. Gab sie sich doch insgeheim die Schuld, nicht genügend auf das quirlige, kleine Mädchen aufgepasst zu haben. Zu dieser Zeit war Maria schon einige Monate auf dem Hof. Die kleine Theresa hatte sie von Anfang in ihr Herz geschlossen. Immer und immer wieder machte sie sich Vorwürfe, nicht besser auf das Mädchen aufgepasst zu haben. „Aber, du hattest immer alle Hände voll zu tun... ", wie ihr tröstend immer daraufhin tröstend der Bauer sagte, „ ... um all die anderen Kinder zu versorgen".

*) **Gsottmaschine** – *siehe Glossar*

Es half nichts. Tagelang vergrub sie sich in ihrem kalten Zimmer im Austragshäusl.
Zum Frühlingsanfang am 21. März herrschten immer noch starker Dauerfrost bei Minustemperaturen des Nachts bis über 18 Grad. Vor der Brücke in Gars hatte sich extremer Eisstau gebildet. Meterhoch schoben sich die Eisschollen auf und gefährdeten die Brückenkonstruktion. Fieberhaft versuchten die Bewohner des hoch liegenden Marktfleckens und die Bauern aus dem Umland dort mit langen Stangen die gefrorenen Eisschollen in Bewegung zu bringen. Jede Hand war jetzt gefordert.
Vergebens! Genau das Gleiche spielte sich im nahen Kraiburg ab.

Jeder weitere Tag Frost brachte entlang des Flusses alle Orte mit Brücken in immer größere Bedrängnis.

*****

Zu später Stunde saß Georg noch in der Küche. Auf dem groben Holztisch brannte eine Petroleumlaterne.
Es war einige Wochen nach Theresias Unfall. Die Kinder waren alle schon im Bett und der noch verbliebene Knecht auf seiner Stube, ganz oben unterm Dach. An Lichtmess war seine letzte Magd vom Hof gegangen. Er konnte ihr nicht einmal den ganzen Lohn für´s vergangene Jahr bezahlen und vertröstete sie auf die Zeit nach der Ernte.
Georg stand vom Tisch auf und kniete sich auf den harten Betschemel unterhalb des Herrgottwinkels mit dem gekreuzigten Jesus.
Dann faltete er seine abgearbeiteten Hände und fing an, leise zu beten. Der Schein der Laterne warf das Licht auf die beiden, mit schwarzen Trauerband versehenen Bilder seiner Frau Anna und des verstorbenen Mädchens, der kleinen Theresia. Georgs Augen wurden feucht, verstohlen wischte er sich mit dem Handrücken die Tränen von den Wangen. Er bemerkte nicht, dass die Türe sich hinter ihm leise geöffnet hatte. Maria Kohwagner setzte sich auf die äußerste Kante der Ofenbank und wagte kaum zu atmen. Es war ihr peinlich, sich so hereingeschlichen zu haben. Unbewusst. Und doch war sie sichtlich berührt. Tief in ihrem Herzen empfand sie ein Gefühl, das sie nicht klar deuten konnte. Doch es war das Gefühl von Liebe. Fast genau so, als sie damals Hans Baumgartner in München kennengelernt hatte.
Doch es war auch wieder ganz anders.

Einfach stärker, inniger und wärmer.

*****

Langsam erhob sich Maria von der Ofenbank und ging auf Georg zu. Jetzt erst bemerkte der Bauer seine Schwägerin. Erstaunt sah er hoch. „Maria, du?“ Sie kniete sich, so gut es nur ging, neben ihm auf den kleinen Betschemel. Georg rutschte ein Stück zur Seite und beide verharrten noch eine Weile in stiller Andacht vor dem Kreuz Christi. Dann berührte sie mit ihrer rechten Hand den Arm von Georg, drückte ihn leicht, aber nachdrücklich.
„Komm Bauer, setz dich mit her am Tisch, bitte ...!“
Sie stand auf und setzte sich auf die Bank am Fenster. Nach einer Weile stand Georg ebenfalls auf und wollte sich alleine auf einen Stuhl am Tisch setzen. „Nein!“ Maria deutete unmissverständlich auf den Platz neben sich. „Hier, genau hierher setzt du dich jetzt, Bauer!“ Ihre Stimme duldete keinen Widerspruch. Georg gehorchte. Nach ein paar Augenblicken legte sie ihm zärtlich ihren Arm um seine Schulter. Sie wunderte sich selbst über sich.
„Georg komm. Wir beide miteinander, wir schaffen das schon!“
Es dauerte nicht lange und der Maierhofbauer gab seinen Widerstand auf, sträubte sich nicht mehr, als sie noch näher an ihn heran rutschte. Ein wohliges, schon lange nicht mehr gekanntes Gefühl überkam ihn. Wärme durchströmte seinen Körper. Es tat ihm gut, dass seine Schwägerin auf dem Hof war und sich um die Kinder annahm. Nicht nur deswegen, wie er schon nach kurzer Zeit feststellen musste. Ja, schon viel länger verspürte er mehr als nur verwandtschaftliche Gefühle für seine hübsche Schwägerin.
Zuerst hatte er Skrupel, wollte sich dies nicht eingestehen. „Nein, das kannst du deiner Anna nicht antun. Nein, niemals!“ waren seine ständigen Gedanken, wenn er nachts alleine in seiner Kammer lag, das leere Bett seiner verstorbenen Frau unberührt neben sich. Noch schlimmer wurde es in seiner Gefühlswelt, als er merkte, dass seine Schwägerin Tag für Tag immer mehr zur Mutter für seine unmündigen Kinder wurde. Er wusste sich keinen Rat mehr. Nach einem Gottesdienst suchte er den Pfarrer in seinem Pfarrhaus auf. Etwas verwundert runzelte Hochwürden seine Stirn.
„Du, Georg? Was ist denn los mit dir? Kann ich dir helfen?“
Es war kurz vorm Mittagessen. Eine sonst heilige Zeit für den Pfarrer, die nicht gestört werden durfte. Auf keinen Fall. Das wussten alle Schäfchen seiner Gemeinde. Noch mehr aber seine Köchin. Ihren zornigen Blick jedoch ignorierte der alte, erfahrene Gottesmann geflissentlich. „Inninger komm, gehen wir in mein Studierzimmer“. Schnurstracks führte er, an den erbosten Blicken seiner Haushälterin vorbei, den Maierhofbauern in sein Zimmer. Der Pfarrer setzte sich an seinen Sekretär am Fenster.

„Da … “, er deutete auf einen Stuhl, „ ... Georg, nimm Platz und sag, wo dich der Schuh drückt! Brauchst dich nicht zu genieren und auch keine Angst vor meiner Köchin haben.“
Verlegen drehte Georg seinen Hut in den Händen hin und her und nahm schließlich mit hochrotem Kopf auf dem angebotenen Stuhl Platz. Der Pfarrer nickte ihm zu. „So, heraus damit, Inninger!“ Tief atmete der Bauer durch. Es klang mehr wie ein Seufzer. Nochmals nickte ihm der Pfarrer ermunternd zu.
Georg erzählte ihm nun von seinen Gefühlen und seinem Konflikt in seiner Seele und in seinem Herzen. Als er nach einer guten halben Stunde sich vom Pfarrhaus auf den Weg nach Lohen hinüber machte, war er - wie er meinte - mit seinem Innersten im Reinen.

Georg Inninger nahm sich vor, nun alsbald mit Maria, seiner jungen Schwägerin „darüber“ zu reden.
Doch insgeheim hatte er vor diesem Gespräch höllische Angst.

*****

Anfang Dezember 1888
Recht zähflüssig zog sich das Jahr dem Ende entgegen.

Ein Jahr war der Georg nun schon Witwer auf dem Bauernhof. Alles, aber auch wirklich alles wuchs ihm über den Kopf.
Die verheerenden Unwetter zur Erntezeit im vergangenen Jahr, der Tod seiner Frau Anna und knapp drei Monate später der Tod seiner noch nicht vierjährigen Therese.
Mein Gott! Seine vielen Kinder ...
Er packte es einfach nicht mehr. Georg konnte nicht Bauer sein und gleichzeitig die Kinder erziehen. Und seine Mutter war dafür schon zu gebrechlich. Auch die Magd, die ihm großzügig ein Bauer aus dem kleinen Weiler Schatzzöd vorübergehend auslieh, war sichtlich überfordert. Der Bauer musste sich entscheiden. Bald! Dem Pfarrer von St. Michael ging dieses neuerliche Unglück der Inningerfamilie schon arg an die Nieren. Wie konnte er nur dieser gebeutelten Familie helfen? Mildtätigkeit alleine war zu wenig, das wusste er!

Immer und immer wieder sprach er Georg nach dem Kirchgang an, besuchte die beiden auch einige Male drüben auf dem Hof. Doch es rührte sich nichts. Zusehends verfiel Georg wieder in eine dumpfe Agonie und Depression. Es schien so, dass er es einfach nicht mehr schaffte. „Wenn nicht Maria, seine Schwägerin gewesen wäre.
Wer weiß, was dann passiert wäre ...“, dachte sich später öfters der Pfarrer von Mittergars.

Maria war mehr als stark gefordert mit den vielen Kindern. Immer wieder kränkelte eines von ihnen. Es mangelte gar an allem, vor allem an ausreichender Nahrung und an Kleidung. Schuhe konnten nur noch für den wöchentlichen Kirchgang benutzt werden, sonst liefen die meisten der kleineren Kinder das ganze Jahr über barfuß herum.
Ab und zu kamen mildtätige Spenden aus der Kirchengemeinde und aus dem Kloster zu dieser kinderreichen Familie. Und das Schlimmste war: Die Ernte war wieder nicht besonders gut ausgefallen. Nur einen winzigkleinen Teil seiner Schulden konnte der Bauer abbezahlen und das Saatgut fürs nächste Jahr kaufen.
Maria, seine Schwägerin war ihm eine große Stütze geworden. Sollte er es nicht endlich wagen? Der Pfarrer von St. Michael hatte ihn schon mehrmals abgepasst, um ihn zu sagen, dass seine Kinder wieder eine Mutter bräuchten. „Eine richtige Mutter“ wie er betonte!

„Keine Stiefmutter oder Reing'schmeckte! Georg, ich bitt dich. Du musst endlich was tun! Eine Frau kann das nicht von sich aus machen, das weißt du ganz genau! Also, was ist ...?“

*****

Maria erinnerte sich ...
Die erste Zeit, kurz nachdem das Trauerjahr für ihre verstorbene Schwester vorbei war, konnte sie dem noch etwas linkischem Werben des Bauern widerstehen. Maria dachte sich: „Kommt Zeit, kommt Rat. Mögen tu ich ihn ja. Vielleicht kommt irgendwann auch noch die Liebe dazu!“

*****

1889

Nach einem eiskalten Spätwinter und zögerlich beginnendem Frühling und vor allem nach endlos langen mageren Jahren sollte der Bauer in diesem Jahr endlich wieder einmal eine reiche Ernte einfahren können.
Er wusste es nur noch nicht.
Doch, als ob Georg es geahnt hätte: Heuer hatte er das erste Mal wieder seit langer Zeit zwei Dienstboten an Lichtmess eingestellt. Drüben in Haag, auf dem Lichtmesstag war's gewesen. Er musste es einfach wagen, um seinem Hof und der großen Inninger-Familie von Lohen aus ihrer fast ausweglosen Lage zu helfen. Einen Knecht und eine Magd stellte er ein.
Es sollte sich bezahlt machen. Sie waren fleißig und fühlten sich wohl auf dem Hof. Die Magd durfte das Austraghäusl, drüben am Obstgarten, ganz alleine bewohnen, ein ungewohnter Luxus für sie. Der Knecht dagegen bezog eine Kammer im Haupthaus, genau unterm

Dach. Die Witterung meinte es in diesem Sommer mit den Bauern ringsum endlich wieder einmal gut. Einem nassen und kalten Frühjahr war ein wunderschöner, milder Mai gefolgt. Die Eisheiligen waren zwar fühlbar, aber nichts erfror, wie schon oft in den Jahren vorher. Schon recht früh wurde die erste Wiesenmahd - saftig grünes Gras mit vielen Kräutern eingebracht. Die Kühe dankten es mit hohem Ertrag schmackhafter, fettreicher Milch. Der Juni war durchsetzt mit ergiebigen Regengüssen, unterbrochen von warmen Sonnentagen. Bestes Wetter für alle Bauern im Gäu. Auch die Schafskälte war wesentlich milder ausgefallen, als in all den letzten Jahren vorher. Prächtig stand das Korn Anfang Juli. Noch vierzehn Tage, so rechnete sich Georg aus, dann würde er das reife Korn ernten können. Und so trat es auch ein: Ende Juli war der größte Teil der Getreideernte schon trocken in den Scheuern. Auch die Kartoffelernte könnte heuer wahrscheinlich zwei, wenn nicht sogar drei Wochen früher begonnen werden, da war sich der Bauer sicher. Seine beiden Ehehalten hatten rundum gute Arbeit geleistet. Das Vieh in den Ställen war gut beieinander. Die Schweine waren rund gemästet, die Kühe gaben sehr viel Milch. Georg hatte vor, am letzten Sonntag im September auf den großen *Michaelimarkt* nach Wasserburg zu fahren, um einige seiner Ferkel dort zu verkaufen.
Das zarte Pflänzchen Hoffnung keimte auf dem „Moarhof" auf!
Doch - immer noch nicht hatte sich Georg getraut, Maria zu fragen!
„Wenn jetzt nur keine schlimmen Unwetter mehr kommen ... ", sagte der Bauer sinnierend eines Abends zu Maria, als beide noch zusammen ganz alleine im Kerzenlicht bei einem Glas Most in der großen Stube saßen. *Sie schauten sich tief in die Augen.*
Endlich knisterte es zwischen den beiden.
Nun wich sie seinem Blick nicht mehr aus, wie noch einige Wochen vorher. Zögernd ergriff Maria die Hände ihres Schwagers und drückte sie lang. „Es wird schon werden, Bauer! Ich hab ein gutes Gefühl. Verlass dich drauf! Georg, es wird schon werden! Wir zwei brauchen uns und schaffen das ganz bestimmt mit'nand!"
Draußen war es schon lange dunkel geworden.

*****

Mitte August 1889
Einige Stunden nach Mitternacht ...

Maria stand schon in aller Herrgottsfrüh auf.
Im ganzen Haus war es noch totenstill. Auch die Kühe im Stall verhielten sich noch ruhig. Mit den Schuhen in der Hand schlich sie leise auf Zehenspitzen aus der Kammer des Bauern. Das, obwohl er sie

noch an beiden Händen festhalten wollte. „Bleib, bleib... ! Bitte, Maria bleib doch ... " forderte er sie eindringlich flehend auf. Doch sie entwandt sich ihm und schlich auf nackten Sohlen im Dunkeln zurück in ihre Kammer. Sie schämte sich, schämte sich abgrundtief! Vor allem vor ihrem Herrgott. „O mein Gott! Was habe ich nur getan?" murmelte sie vor sich hin. Insgeheim schämte sie sich mehr vor ihrer verstorbenen Schwester, als für das, was heute Nacht zwischen ihr und Georg, ihrem Schwager passiert war. *Doch es war halt passiert ...*
Nach dem Aufstehen kniete sie auf dem Betschemel in der Wohnkuchl nieder und betete unterm Kruzifix noch leise, aber inbrünstig das „*Gebet wider die Unkeuschheit*":

Vater, ich habe gesündigt wider den Himmel und vor Dir, und ich bin nicht mehr werth, Deine Tochter zu heißen. Was soll ich Elende thun? Denn meine Missethaten haben mein Haupt überstiegen und lasten gleich einer schweren Bürde auf mir. Ach, erbarme Dich meiner, o Herr! Amen."

Die Tage darauf gingen sich Georg und Maria, so gut es nur irgendwie ging, aus dem Weg. Es herrschte zwischen den beiden eine sichtlich betroffene Stimmung. Am darauffolgenden Sonntag beichtete sie ihre Sünde dem Pfarrer von Mittergars. Der Pfarrer „verdonnerte" die Maria zu einigen Vaterunser und Rosenkranzgebeten. Dabei ließ er es bleiben, ohne ihr groß weitere Vorwürfe zu machen, wozu er eigentlich verpflichtet gewesen wäre.
Doch, bevor sie den Beichtstuhl verlassen wollte, befahl er ihr, das Ohr ganz nahe an das hölzerne Gitterfensterchen zu halten. Dann flüsterte er: „Maria, hör gut zu. Du tust jetzt genau das, was ich, dein Pfarrer, zu dir sage!" Maria lief rot an. Gut, dass es so dunkel war.
Der Pfarrer fuhr fort: „Deine Schwester hat dir schon verziehen, das weiß ich bestimmt. Unsere heilige katholische Kirche billigt sogar ausdrücklich die Schwesternheirat. Sie nennt es in Lateinisch das „*Sororat*". Das ist, wenn ein Witwer die Schwester seiner verstorbenen Frau heiratet. Eigen Fleisch und Blut ist besser wie jede Stiefmutter! Glaube mir, es ist allein Gottes Wille und das Allerbeste für die vielen unmündigen Kinderlein."
„Schau Maria...", fügte er nach einer kurzen Pause an, „... schau, es dein eigen Fleisch und Blut. Du tust es im Sinne deiner verstorbenen Schwester Anna und vor allem im Sinne unseres Herrn Jesus Christi! Bitte ... !"
Menschenleer war die Kirche. Hochwürden kam aus dem Beichtstuhl heraus und ging auf Maria zu. Fest drückte er ihre Hände und sah ihr tief in ihre Augen. „Maria verstehst du, allein Gottes Wille!" Er wartete die Wirkung seiner Worte ab und fuhr fort: „Heirate den

Georg Inninger! Sofort! Lange genug habt ihr gewartet. Und im Dorf wird nun auch schon zu lange getuschelt. Du bist für ihn bestimmt, nur du, Maria ...". Ohne Pause fuhr er fort: „Seine Kinder brauchen dich und er braucht nach Gottes Willen wieder ein tüchtiges, gottgläubiges Weib. Noch vor dem Erntedankfest will ich euch beide trauen. Es ist der Wille des Herrn, verstehst du?" Eindringlich wiederholte der Pfarrer nochmals: „Georg braucht endlich wieder ein tüchtiges Weib im Hause!"
Er hielt inne und flüsterte nach einer kurzen Atempause weiter: „So, nun gehe zurück auf den Hof, gehe zu deinen Kindern nach Lohen! Aber merke: Ich erwarte dich und deinen zukünftigen Mann bis spätestens Mitte dieser Woche in meinem Pfarrhaus! Macht für die Formalitäten einen Termin mit meiner Haushälterin aus! Und spätestens Ende des Monats steht ihr hier vor meinem Traualtar!
Hast du verstanden, Maria?"

Maria nickte, machte einen Knicks und verabschiedete sich wortlos.

*****

A*uch die Menschen im Kirchdorf waren schon lange der Meinung, dass nun in Lohen endlich was passieren sollte! Und nun?*
Nun wollte diese fesche, runde Maria den Wittib von Lohen, ihren Schwager heiraten! Gar dreiundvierzig Jahre alt war er schon, der Georg. Und hatte einen Sack voller Kinder zu versorgen. „Ja, ja, dass er wieder eine Weibsperson brauchte ... ", das war eigentlich allen klar. Aber, so fragten manche ganz offen, „ ... musste es gleich die Maria sein, die hübsche, großstadterfahrene Kohwagnerin?" Aus vielen Worten sprach der blanke Neid. So ein sauberes Weib gönnte man dem Georg nicht, nein! Außerdem: Hätte er nicht eine gestandene Witwe aus dem Dorf nehmen können, oder eine etwas ältliche, tüchtige Jungfer, deren es ja so viele hier am Inn gab!? „Die Maria, die noch so jung war und manch anderen Jünglingen schon im Auge lag? Gerade d i e …?"

Der Tratsch im Dorf nahm zu, wurde unangenehmer, verletzender. Einmal platzte unerwartet die Maria in eine Frauenrunde im neuen Spezereiladen. Sie wollte für den Bauern und die Kinder ein paar Besorgungen machen. Arglos grüßte sie die dort versammelten Frauen, die bei ihrem Eintritt sofort verstummten. Doch - hatte sie nicht soeben noch ihren Namen gehört „die Kohwagnerin"?
Eisige Kälte schlug ihr augenscheinlich entgegen, ihr Gruß wurde von keiner der Frauen erwidert. Sie dachte, dass das laute Klingeln der Ladenglocke ihren Morgengruß übertönt hätte und sagte nochmals mit ihrer glockenhellen Stimme: „Guten Morgen, allerseits".

Demonstrativ drehten ihr die meisten der Frauen den Rücken zu. Maria war betroffen und wie gelähmt. Einzig die Ladnerin begrüßte sie freundlich. „Grüß dich Maria, was brauchst denn heute?“ Sie nahm dies garnicht richtig wahr. Ja, sie spürte die Abneigung dieser Frauen direkt körperlich. Erst als sie die Ladnerin das zweite Mal nach ihren Wünschen fragte, löste sich ihre innere Anspannung. Sie kramte ihren Zettel aus ihrem Weidenkorb und gab der Frau ihre Bestellung auf. In ihrem Rücken vermeinte sie die bösen Blicke all der Frauen zu verspüren. Der Frauen, die sie doch alle seit ihrer Kindheit kannte! Schnell packte sie ihren Weidenkorb mit den Spezereien voll und wandte sich zum Gehen.
„Dankschön Maria, ich schreib´s auf, gell! Grüß den Georg von mir“ sagte die Ladnerin. Die Frauen standen immer noch stumm in der Ecke und starrten sie mit nicht sehr freundlichen Blicken an. „Mein Gott, was hab ich denen denn getan, warum tun die mir so weh?“ dachte sich Maria. Mit hocherhobenem Kopf verließ sie den Laden gegenüber der Kirche. Recht weich war´s ihr in den Knien geworden, die Stufen hinunter auf die staubige Straße machten ihr Mühe. Sie holte tief Luft und lief eilig den Weg hinunter zur Dorfstraße.
Kein Wort erzählte sie dem Bauern in Lohen von ihrem Erlebnis. Georg Inninger bekam von all dem Getratsche nicht sehr viel mit. Nach den Kirchgängen besuchte er regelmäßig das Grab seiner Frau und die kleinen Gräber seiner vielen verstorbenen Kinder. Dann ging er, wie einige andere, meist sofort nach Hause, sich um Kinder und Stall zu kümmern. Das Allernötigste auf dem Hof taten ja schon seine beiden Ältesten, der Hans-Georg und der Sebastian.

*****

Montag, den 30. September 1889

Eine knappe Woche vor dem Erntedankfest heiratete der Witwer Georg Inninger die Maria Kohwagner. Die Schwester seiner verstorbenen Frau Anna.
Die Hochzeit fand in der Dorfkirche St. Michael statt. Sie war bis auf den letzten Platz gefüllt, auch wenn diesmal viele nur aus purer Neugier kamen. Die gesamte erste Reihe gehörte den Inninger-Kindern! Den, schon lange geplanten Besuch auf dem „Michaelimarkt“ in Wasserburg an diesem Montag, musste der Hochzeiter nun auf´s andere Jahr verschieben. Doch darüber machte er sich an diesem besonderen Tag keine großen Gedanken mehr ...

Just in jenem Moment, als die Kirchentüre durch den immer mürrischen Mesner geschlossen werden sollte, drückte sich noch ein großer, kräftiger breitschultriger Mann mit einem dunkelgrünen

Lodenmantel in die Kirchentüre. Er schob sie mit seiner rechten Schulter soweit zur Seite, dass er gerade noch Platz hatte, sich durch den Spalt zu zwängen. Der Unbekannte tauchte die Finger seiner rechten Hand ins Weihwasserbecken am Eingang und machte ein flüchtiges Kreuzzeichen auf seiner Stirn. Dann drehte er sich wieder um und stellte sich, mit dem Rücken dicht zur Wand an die weißgekalkte Mauer. Als er seinen Hut abnahm, fielen seine lockigen, schon leicht graumelierten Haare bis hinab auf seine Schulter. Er hatte ein gebräuntes Gesicht und eine imposante Hakenhase, die ihm - mit den buschigen Augenbrauen - den Ausdruck von etwas Wildem, Ungebändigten verliehen. Die Männer und Frauen in den hinteren Reihen drehten sich nach und nach, doch ganz verstohlen und vorsichtig um. *Nicht wenige der Frauen tuschelten miteinander.*
Der Hochzeitslader konnte sich nicht erinnern, diesen Mann jemals in seinem „Hoheitsgebiet“ gesehen zu haben. Der Fremde hatte nur Augen für das Geschehen und die Zeremonie am Altar. Der Pfarrer vollendete nun seine Ansprache: *„... bis dass der Tod Euch scheidet!“* - und die beiden Brautleute schworen die ewige Treue und steckten sich unbeholfen die Ringe an die Hand.
Von der Empore herab erklang die Orgel und der Kirchenchor sang vielstimmig das „Ave Maria“. Manch lautes Schluchzen drang von den Kirchenbänken bis hinter zu dem einsamen, großen Mann, dessen Miene irgendwie versteinert schien.

Bevor der letzte Ton verklungen war, hatte er schon leise einen der beiden Flügel der schweren Kirchentüre geöffnet und war wieder hinaus ins Freie verschwunden.

Die Glocken von St. Michael steigerten sich in ein ohrenbetäubendes Halleluja für das Brautpaar. Eine Abordnung der Schützenkompanie, deren Mitglied der Georg schon lange war, schoss beim Verlassen der Frischgetrauten einen Ehrensalut. Die Kinder in den ersten Reihen hielten sich mit rotangelaufenen Gesichtern die Ohren zu. An Brautjungfern war absolut kein Mangel.
Die kleine Maria und die vorwitzige Elisabeth aus der ersten Ehe durften die herrlichen Spätsommerblumen aus ihren großen Blumenkörben streuen. Hans-Georg, der Erstgeborene, mittlerweile ein strammer, kräftiger Bursche von knapp fünfzehn Jahren, hielt mit anderen Buben zusammen das dicke Hanfseil gespannt, welches der Vater zusammen mit seiner neuen Frau außen am Friedhofseingang erst mit seinem scharfen Hirschfänger durchschneiden musste, um sich dann mit reichlich Münzen und Süßigkeiten freizukaufen.
Gefeiert wurde in der größten Wirtschaft in Mittergars, beim *Ziegelgänsberger - Wirt*, beim Grantl. Oben auf der Tenne, dem

großen Tanzboden war prächtig aufgedeckt. Gebinde mit Zwergsonnenblumen, Ziertabak, Herbstastern, Gladiolen, Rosen, Stockrosen und Töpfe, mit den filigranen, zerbrechlich wirkenden Schmuckkörbchen standen auf den langen, weiß gedeckten, mit Buchs bestreuten Tischen. Die eingeladenen Frauen hatten ihre Bauerngärten aufs Gründlichste geplündert. Der Hochzeitslader hatte augenscheinlich auch sehr gut gearbeitet, das „Mahlgeld“ war gesichert, der Beutel mit seinem ausgehandelten Anteil prallvoll. Den größten Teil des Mahlgeldes erhielten nach alter Sitte die Brautleute. Deftiger Schweins- und Rindsbraten stand schnell auf allen Tischen, als die Hochzeitssuppe verzehrt war. Die Knödel dampften in den großen, weißen Schüsseln, das Blaukraut duftete verführerisch nach Nelken und Lorbeer. Die feschen Bedienungen mit ihren drall gefüllten Dirndln kamen mit dem Servieren schier garnicht mehr nach. Ein Fass nach dem andern wurde vom Keller geholt und über die hölzernen, dunklen Dielen in die Wirtsstube gerollt und angezapft. Dem „*Grantl - Wirt*“ war die Anstrengung ins Gesicht geschrieben. Den Schweiß auf seiner hohen Stirn wischte er oft mit seinem Sacktuch ab. Mit hochrotem Kopf füllte er die Steinkrüge, bis das Bier oben herausschäumte. Ab und zu nahm er aus seinem Tropfbierkrug einen kräftigen Schluck. Danach zwirbelte er sich immer akkurat seinen mächtigen schwarzen Schnurrbart zurecht. Seine Frau führte mit lauter Stimme das Kommando in der großen Küche. Heute konnte man alles brauchen, was nur zwei Hände hatte. Die Bedienungen waren auf Zack, keine Kehle droben im großen Tanzsaal oder auch in der Gaststube blieb lange trocken.

Der umtriebige Wirt überschlug schon mal im Kopf seinen Gewinn, den er heute machen würde. Da würde er mal wieder solo nach München fahren können, zu den hübschen, willigen und feschen Maderln. „Wär´ ja schon lange überfällig“ dachte er sich. Beim Gedanken daran lief ihm das Wasser im Munde zusammen. Die Tenne war berstend voll, als die Musik, noch vor dem Kaffee, zum ersten Tanz der Brautleute aufspielte. Eine Handvoll Bauernbuschen entführten die Braut zu später Stunde. Mit dem Fährnachen ging´s hinüber bis ins Kloster Au. Georg und seine Helfer bei der Suche nach der entführten Braut waren ratlos. Überall schlugen ihre Versuche, die Maria zu finden und auszulösen ins Leere. Erst zu später Nachtstunde kam jemand auf die Idee, bei den Franziskanerinnen im Kloster Au nachzuforschen. Der Fischer Martin grantelte wohl etwas, war aber schon insgeheim darauf vorbereitet. Dafür bekam er ein paar Mark mehr und durfte den Freikauf der hübschen Braut auch in der Wirtsstube im Kloster mitfeiern.

Kurz vor Mitternacht konnte der Georg seine Maria wieder in die Arme schließen. Die Auslösung hatte ihm einen Batzen Geld zusätzlich gekostet. Bis weit in die frühen Morgenstunden musste die Braut aushalten, einen Tanz nach dem anderen machen, ehe sie ihr Mann mit dem Einspänner auf seinen Hof, nein, eher auf „*ihren*" Hof nach Lohen heimholte. Zuhause, drüben in Lohen, hatte eine Nachbarin auf die kleineren Kinder aufgepasst.

Bereits am frühen Morgen nach der Hochzeit ging Maria hinüber zum Friedhof von St. Michael und legte einen großen Strauß Blumen auf das Grab ihrer Schwester Anna.
Sie hielt ein langes Zwiegespräch mit ihr.
Die Kirche von St. Michael war zu dieser Stunde völlig leer. Der Frühgottesdienst war schon vorbei. Maria nahm in einer der vorderen Reihen Platz und betete einige Vaterunser. Dann blätterte sie selbstversunken in ihrem vergriffenem Gebetbuch und vertiefte sich in das Gebet *„Bitte zur heiligen Anna"*.
„Ähmm, Ähmm...!" Jemand räusperte sich verhalten hinter ihrem Rücken. Maria war so in ihrer Andacht vertieft, dass sie nicht bemerkte, wie sich die Kirchentür leise geöffnet hatte und plötzlich der Pfarrer hinter ihr stand. Sie erschrak. Hochwürden legte seine rechte Hand auf die Schulter von Maria. „Maria! Schön, dass du heute schon wieder bei mir im Gotteshaus bist. Ich habe nicht gelauscht, aber doch dein letztes Gebet gehört. Ich sage dir nochmals: Gott und auch deine Schwester haben dir schon verziehen. Du hast gestern vor Gott dem Allmächtigen den heiligen Bund der Ehe geschlossen. Schließe jetzt endlich Frieden mit deiner Seele und mit Anna, bevor es zu spät ist!"
Er verstärkte kurz den Druck seiner Hande auf ihrer Schulter. Vorne, vor dem Hochaltar kniete er nieder, machte ein Kreuzzeichen. Langsamen Schrittes entfernte er sich über den dunkelroten, ausgetretenen Teppich hin zur Sakristei. Die Türe fiel laut ins Schloss.
Maria schreckte aus ihren Träumen auf und verließ die Kirche.
Zuhause, in „*ihrem*" Zuhause drüben im Bauernhof in Lohen wartete jetzt viel Arbeit.
Sehr viel Arbeit.

*****

Gut dreieinhalb Jahre jünger als ihre verstorbene Schwester Anna war Maria, also zur Hochzeit etwas über zweiunddreißig Jahre.
Ihr Mann Georg war mittlerweile dreiundvierzig Jahre alt.
Maria war sich schon drei Monate vor der Geburt mit ihrem Mann über einen Herzenswunsch einig geworden. „Georg, wenn uns der Herrgott einen Buben schenkt, dann soll er Lorenz heißen, gell! Genauso wie mein Lieblingsbruder!" fügte sie schnell doch etwas

bestimmender hinzu. Der Bauer legte den „Wasserburger Anzeiger" aus der Hand und nickte. Sanft und zärtlich streichelte er mit einer Hand über den stark gewölbten Bauch seiner jungen Frau.
„Es ist schon gut, Maria ..." sagte er zu ihr, „... du sollst deinen Willen haben!" Der Bauer wusste gar zu genau, dass sie all die Jahre ihren verschollenen Bruder nie vergessen hatte.
Und auch niemals vergessen würde ...

*****

Droben in den Kammern seiner Kinder war endlich Ruhe eingekehrt. Georg Inninger machte einen letzten Rundgang durch Stadel und Stall, kontrollierte, ob das - gerade vor ein paar Tagen geborene - Kälbchen in Ordnung war und kehrte wieder ins Haus zurück.
Sie hatten wieder einen schweren Tag hinter sich gebracht.
Maria, mittlerweile schon hoch schwanger, sah erschöpft aus. Der immer noch andauernde harte Winter und die schwierige Versorgung ihres Haushaltes mit den vielen noch heranwachsenden Kindern in Lohen erforderten ihre ganze Kraft.
Den Tod der kleinen Therese vor knapp einem Jahr hatte weder Georg noch Maria bisher verarbeiten können. War Maria doch auch die Patentante des verunglückten Mädchens ihrer verstorbenen Schwester. Und wie war das Mädchen an ihrer Patentante gehangen.

Die Bäuerin saß immer noch am großen Tisch unterm Kruzifix und hatte ihren Kopf auf die Unterarme gelegt. Sie war eingeschlafen. Vor ihr auf dem Küchentisch lag die Ausgabe des „*Wasserburger Anzeigers*" vom Freitag, den 31. Januar 1890. Obwohl Georg leise die Türe zum großen Flur geschlossen hatte, fuhr Marias Kopf erschrocken hoch. Plötzlich war sie hellwach.
„Georg, Georg ..." sagte sie atemlos, „... hast du d a s gelesen?"
Der Bauer trat näher und sah seiner Frau über die Schulter.
„Was ist? Was soll ich denn gelesen haben, was?" „Da, da schau her, da steht´s schwarz auf weiß! Bauer, ich glaub´, mir schwant etwas!" Im Innersten tief aufgewühlt pochte sie mit ihren Fingern auf die Zeitung.
„Hier, lies selbst" sagte sie zu ihm.
Georg beugte sich noch tiefer, seine Augen waren nicht mehr die besten. Maria klopfte wieder ganz aufgeregt mit dem Zeigefinger auf eine fett gedruckte Überschrift. „Da, da steht´s doch ganz groß schwarz auf weiß ...!"
Umständlich nestelte der Bauer seine Lesebrille aus dem Etui vom Fensterbrett und begann halblaut zu lesen:

Grausiger Fund im Inn

„Wie die Gendarmeriestation Aschau gestern mitteilte, wurde vor zwei Tagen in den frühen Morgenstunden, unterhalb des Weilers Bruckhäusln bei Kraiburg die Leiche eines Mannes aus dem Inn geborgen. Ein Bauer aus dem Weiler Gundelprechting hatte den arg geschundenen Leichnam am Ufer der Innschleife gegenüber der Ortschaft St. Erasmus gefunden, als er Odel auf seine Auenwiesen fuhr.

Die Untersuchungen des zuständigen Bezirksrichters aus Mühldorf ergaben, dass es sich sehr wahrscheinlich um den seit einigen Tagen vermissten, 37-jährigen Gutsbesitzer Nikolaus-Emmeran Zangl aus einem Weiler bei Reichertsheim handeln könnte. Soviel, wie unser Korrespondent vor Ort in Erfahrung bringen konnte, wies der Leichnam starke Verletzungen am Kopf und am ganzen Körper auf - sehr wahrscheinlich aufgrund des seit Tagen herrschenden Eisstoßes des Inns. Der zuständige Untersuchungsrichter vermutet, dass der Verstorbene einem Unfall zum Opfer gefallen sein könnte. Genauere Untersuchungen werden laut Aussage des zuständigen Gendarmeriekommissärs Augustin Reitmeyer aus Mühldorf in den nächsten Tagen noch fortgesetzt ...“

Bedächtig, mit nachdenklichem Gesicht, legte der Bauer die Zeitung aus der Hand und stand vom Tisch auf. In der Stube des „*Maierhofes*“ in Lohen hätte man eine Daunenfeder zu Boden fallen hören können. Vom Franziskanerinnen-Kloster auf der anderen Innseite her vernahm man die leise ausklingenden Töne der Glocken von St. Maria.

Es war zur Matutin geläutet worden. Mitternacht.

Langsam ging Georg hinüber zum kleinen Wandschrank neben der Ofenbank, schloss ihn auf und entnahm eine Flasche mit zwei Gläsern und stellte alles auf den Tisch. Dann füllte er behutsam die zwei Schnapsgläser. In sein Glas, seinem Stamperl, hätte kein Tropfen mehr gepasst; das seiner Frau schenkte er nur bis zur Hälfte ein.

Maria sah ihn an.

„Bauer, was ist?“ fragte sie ihn. „Da, trink erst einmal ...“ sagte er zu ihr. Beide leerten die Gläser. Georg schenkte sich nach und atmete tief durch. Dann setzte er sich wieder auf seinen Stuhl. Die Zeitung lag noch aufgeschlagen vor ihm. Der starke Obstler brannte in seinem Rachen. Eine Zeit lang schwieg er vor sich hin und schüttelte leicht seinen Kopf. „Ja mei, wird´s doch noch ein bisserl Gerechtigkeit auf der Welt geben! Meinst nicht, Maria ...?“ „Bauer, wie meinst denn das?“ fragte Maria zurück. „Maria denk doch einmal ganz scharf nach! Weißt du es nicht mehr, was sich der kleine Schusters Bub, der Wiggerl, damals beim Begräbnis für Jedermann augenscheinlich geschworen hat? Das hat doch jeder bemerkt, bei der Beerdigung von seiner Schwester, der Vroni? Die der Sauhund der g´scherte von Zangl

g´schwängert und hat sitzen lassen. Und die damals ihr junges Leben wegen diesem Haderlumpen weg g´schmissen hat! Einfach weg g´schmissen!“
Georg trank aus und schenkte sich noch einmal nach.
„Er hat ihn halt umbracht, den Lumpen. Zurecht! Was denn sonst ...? Glaub mir, da hat ein *anderer* Gericht gehalten! Glaub mir´s Maria ...“, setzte er nach. Maria atmete tief durch. „Wie lange das wohl jetzt her sein mag“, murmelte sie leise vor sich hin. Sie war ja damals noch ein blutjunges, kleines Mädchen und wusste nicht mehr soviel davon. Maria brauchte etwas Bewegung und stand vom Tisch auf. Ihr Kind im Leibe drückte doch schon ganz schön arg, obwohl sie doch erst Anfang des siebten Monats war.
„Bauer meinst du das im Ernst, wirklich im Ernst?“„Ja, dös moan i im Ernst. Dass er wieder kommen tut, der Ludwig, das hat er erst vor nicht allzu langer Zeit drüben in Gars gesagt! Wie in jedem Jahr genau an dem Tag, wo er das Grab seiner ertrunkenen Schwester besucht, im Klosterfriedhof.“
„Aber Georg, wie heißt es schon in der Bibel: Du sollst nicht Gleiches mit Gleichem vergelten! Meinst du das wirklich?“ Georg nickte. „Genau so mein ich das, genau so.
Und gerecht wär´s auch, glaub mir´s, Maria! Nur allzu gerecht!“

*****

1890

Schon sieben Monate nach der Hochzeit, am 1. 5. 1890, kam ihr erster Sohn Lorenz auf die Welt. Der erfahrene Pfarrer von Sankt Michael hatte damals im Beichtstuhl Maria also wohlweislich einen guten, ja sogar sehr guten Rat gegeben. Und den sogar noch, im tiefsten menschlichen - und vor allem christlichen Sinne!

*****

Die Taufe

Die Frauen vom Kirchenchor und vom Handarbeitskreis hatten sich für die neue Bäuerin zur bevorstehenden Geburt ihres ersten Kindes etwas ganz Besonderes einfallen lassen. Zehn Tage nach der Geburt - und wenige Stunden nach der Taufe von Lorenz in St. Michael - bewegte sich ein langer Zug von Dorfbewohnern vom Kirchdorf aus hinüber nach Lohen. Durch die Unterführung am neuen Bahnwartehäuschen vorbei, folgte hinter einem - von zwei kräftigen Ochsen gezogenen - Fuhrwerk eine große Menschenmenge und bewegte sich, den schmalen Feldweg hinüber, auf den kleinen Weiler Lohen zu. Vorneweg lief gemächlichen Schrittes die örtliche Schützenkapelle und an deren Spitze der Bruder von Maria. Andreas

Kohwagner war, obwohl noch jung an Jahren, schon vor einiger Zeit zum Kapellmeister und Dirigenten ernannt worden. Er hatte auch den Plan mit ausgeheckt, seiner „kleinen“ Schwester Maria zur Geburt ihres ersten Kindes ein besonderes Geschenk zu machen. Ein Geschenk, an das sie und ihr Mann ein Leben lang denken sollten. Zwei, drei Tage lang hatten die Frauen des Handarbeitskreises und des Kirchenchores gebastelt.
Und vor allem gebacken, gebacken, gebacken ...
Sie wollten sich nicht lumpen lassen und den traditionellen Brauch des *„Weißertwecken“* - Überbringens bei der Erstgeburt der jungen Wöchnerin zu einem richtigen, zünftigen Fest werden lassen. Man hatte die Familie der Inningers nicht vergessen und wollte sie auch endlich wieder fest in ihrer Gemeinde eingebunden sehen.
Die große Mehrheit der Dorfbewohner war jetzt richtig froh, dass nach „Gottes Willen und seiner gütigen Gnade“, wie es der Herr Pfarrer bei der ersten Maiandacht am Abend vorher von der Kanzel herab predigte, ‚“... möglich geworden war, einem Wittib mit vielen unmündigen Kindern wieder eine tüchtige Frau an seine Seite zu stellen“. Der Gemeinde schien mit dieser unerwarteten Entwicklung drüben in Lohen, ein „ großer Mühlstein von der Seele“ zu gefallen zu sein. Und was konnte den Dank, außer der bisher schon üblichen Unterstützung, am besten ausdrücken? Man buk also gemeinsam einen schier endlos langen Hefezopf, den „*Weißertwecken*“. So groß war dieser gelungen, dass er mit einem Fuhrwerk zu der Wöchnerin gebracht werden musste. Mindestens zehn, wenn nicht gar zwölf Meter und mehr musste das süße Hefegebäck lang sein. Denn: „lumpen lassen“ wollte man sich auf keinen Fall. Alles, was gut war, kam hinein. An Butter wurde überhaupt nicht gespart. Mit frischem Staubzucker und Hagelzucker überstreut und mit vielen Rosinen und gehobelten Mandeln und Nüssen drinnen, wurde es ein köstliches Gebäck in einer außergewöhnlichen Dimension. Unter großem *„Tschingtscherassabum“* bog der lange *„Weißertwecken - Zug“* am Weiler Lohen von der kleinen Straße nach Mailham hinüber, in den Hof der Inningers ein. Geschwind und ohne irgendein Kommando, wurden die mitgeführten, mit weißblauen Stoffbändern geschmückten Birkenbäumchen durch die Burschen des Kirchdorfes rings um den Hof aufgestellt und flugs *„Tischlein deck dich“* gespielt. Gar viele fleißige Hände langten zu.
Maria und Georg waren sichtlich gerührt. Verstohlen wischte sich die neue Bäuerin eine Träne nach der anderen aus den Augenwinkeln und drückte Lorenz, ihren Erstgeborenen, ganz zärtlich an ihre Brust. Schnell wurde nun von den älteren Kindern mit ihrem Vater im Hof

alles an verfügbaren Tischen und Bänken aufgestellt, mit weißen Laken überzogen und - zur Ehre des Tages - in Vasen und sonstigen Behältern mit üppigen Frühlingssträußen aus dem Pfarrgarten von St. Michael dekoriert. Osterglocken, vereinzelt Tulpen, blühende Kirsch- und Fliederzweige, ein wunderbares, hoffnungsfrohes Bild des Frühlings bot sich den vielen fröhlichen Menschen auf dem Hof.

Die Nachbarn des anderen Hofes im Weiler waren herübergekommen und gingen der Inninger-Familie tüchtig zur Hand. In all den Jahren waren sie immer treu der Familie zur Seite gestanden und hatten oft in Notlagen ausgeholfen, so gut es halt ging. Die Frauen des Kirchenchores waren in ihrem Element. Endlich konnte man wieder einmal was Sinnvolles und vor allem Handfestes tun und nicht nur andauernd reden und ratschen.

*****

Ein Traumtag dieser 10. Mai 1890!
Wenige Tage vorher, kurz vor der Niederkunft von Maria so gegen Ende April, hatte sich der Winter endgültig verabschiedet. Von Tag zu Tag wurde es merklich milder. Föhnwölkchen standen seit Tagen über dem Voralpenland, den Chiemgauer Alpen und dem Mangfallgebirge. Die Natur war in diesen paar Tagen sichtbar explodiert. Es würde nicht mehr lange dauern und aus den aufgehängten Nistkästen an den beiden Stadeln und der großen Remise würden die Jungvögel ihre ersten Flugversuche wagen. Schon länger wurde das emsige Füttern durch die Meisen, Spatzen und Amseln von den Katzen auf dem Hof beobachtet.

Zu fortgeschrittener Stunde kamen auch noch der Herr Pfarrer und der Bürgermeister persönlich auf dem Einödhof vorbei. Und natürlich durfte auch Doktor Sylvester Kölbl mit seiner Frau Gloria aus Gars am Inn nicht fehlen.

Kühl war es plötzlich geworden. Mitten im Hof hatte man ein großes Holzfeuer angezündet. Bis weit in die späten Nachtstunden dauerte das Fest. Erst, nachdem die Blaskapelle sichtlich ermattet mit müder Musik zurück nach Mittergars gezogen war, wurde der Hof der Inningers leerer. Ein Fest, von dem man noch Wochen später im ganzen Gäu um Mittergars sprach, war zu Ende gegangen.

Maria und auch Georg war in diesen aufregenden Stunden vieles von ihren Ängsten und Sorgen genommen worden. Als zu früher Morgenstunde immer noch einige der Festbesucher um den Brunnen im Hof saßen, fasste Maria ihren Mann fest an der Hand und ging mit ihm in das Haus zurück. Ihr Herz quoll über vor Liebe. Liebe zu Georg, zu ihrem Erstgeborenen Lorenz und zu den Kindern ihrer verstorbenen

Schwester Anna. Ganz fest drückte sie seine abgearbeiteten, rissigen Hände. „Georg, gell mir zwoa, mir schaff´n dös scho. Mir lassen uns und unsere Kinder nia und nimmermehr im Stich. Morgen ... “ setzte sie nach, bevor sie die Türe zur Schlafkammer öffnete, „... und morgen gehen wir beide hinüber zum Grabe von Anna und legen einen großen Strauß unserer Blumen auf ihr Grab. Und auch Blumen auf die Gräber deiner verstorbenen Kinder!“

In dieser Nacht, erstmals genau in dieser Nacht, erzählte sie ihrem Mann von ihrem Leben in München. Und auch von ihrer großen Liebe. Dem Johann Baumgartner, Bildhauer aus Schwabing.

Kurz bevor der blutrote Sonnenball endgültig die Spitzen des Fichtenwaldes überwand und die hungrigen Kühe im Stall keine Ruhe mehr gaben, stahl sich Georg heimlich und still aus der Schlafkammer. Maria war endlich eingeschlafen. Auf ihrem Gesicht lag ein Hauch eines glücklichen Lächelns.
So jedenfalls meinte dies der Bauer zu deuten.
Der kleine Lorenz nuckelte zufrieden schmatzend an seinem Daumen in der uralten Wiege vor dem elterlichen Bett. Georg hatte damals schon geahnt, dass der große, bärtige Fremde bei seiner Hochzeit in St. Michael eine große und gewichtige Rolle im Leben seiner Frau gespielt haben musste. Aber er wollte es von Maria selbst erfahren und hatte deshalb nie ein Wort darüber verloren.
Der Doktor aus Gars war der Letzte, der das Fest weit nach Mitternacht verließ. Seine Frau war schon vorher mit einer Bekannten nach Hause gefahren. Manche behaupteten gar später, dass der Herr Doktor, selig auf dem Kutschbock schlummernd, erst in den frühen Morgenstunden am Bahnhof vorbeigefahren wäre. Fürwahr ein schlechtes Vorzeichen für den arbeitsreichen Tag eines Landarztes. Aber Dr. Kölbl war ein trinkfester Mann und dazu noch mit großem Pflichtbewusstsein ausgestattet.
Der kleine, putzige Lorenz wurde sehr schnell zum Liebling seiner zahlreichen Halbgeschwister. Die Großfamilie auf dem Einödhof in Lohen blühte wieder sichtlich auf.

*****

Bereits Anfang August 1890 hatte sich der kurze Sommer verabschiedet. Sintflutartige Regenfälle im gesamten Alpenraum und im Süden Deutschlands ließen alle Flüsse anschwellen. Das Korn wurde auf dem Halm schwarz und verfaulte auf den Feldern.

Zahlreiche Bittgottesdienste wurden in den Kirchen in Altbayern abgehalten. Es nützte nichts. Gegen Ende August waren in der Nähe der

Flüsse Inn, Salzach, Isar, Mangfall kaum noch Weg und Steg passierbar. Der Inn schob riesige Mengen an Geröll in seinem Flussbett vor sich her, ebenso die sonst so sanfte Tiroler Ache, die das Gestein bis weit in den Chiemsee hinein mitriss.
An einem Dienstag, dem 26. August 1890, riss das Hochwasser die überflutete Holzbrücke über den Inn bei Gars hinweg. Zuviel mitgerissenes Treibgut hatte sich in den Tagen und Stunden vorher an der Brücke verfangen. Diese konnte letztendlich dem fürchterlichen Druck des tobenden Flusses nicht mehr standhalten und gab sich geschlagen. Doch, schon knapp ein Jahr später, am 23. August 1891 war die neue, stabilere Brücke wieder fertig. Die Welt schien wieder in Ordnung. Die gewaltigen Umwege über Wasserburg, Kraiburg waren endlich vorbei. Dem Fährmann Ertl in der Buchenau beim Kloster Au brachen - von einem Tag auf den anderen - die lukrativen Umsätze weg. Das Leben, droben in Gars und in den Orten rings um den Marktflecken, konnte wieder seinen normalen Gang gehen.

*****

Das Vermächtnis

Nur etwas mehr als zehn Monate nach der Geburt von Lorenz gebar Maria schon ihr zweites Kind, die kleine Therese.
Es war der 27. März 1891.
Knapp fünf Wochen später, Anfang Mai 1891 erhielt Maria eine amtliche Benachrichtigung vom kgl.-bayerischen Notariat aus Wasserburg. Sie wurde zu einem Termin am 18. Mai zum Notar beim Stadt- und Kreisgericht am Marienplatz bestellt. Zum Notariat? Maria war beunruhigt und rätselte darüber angestrengt, ebenso wie Georg. Erst der ganz klein geschriebene Hinweis: „*In Sachen und Angelegenheit des Lorenz Kohwagner aus Mittergars*“ ließ sie erstarren.
Lorenz? Eine Nachricht von Lenz, ihrem vermissten Bruder?
Marias Herz raste ...
Wenige Tage später, als Georg und Maria gemeinsam mit der Bahn nach Wasserburg gefahren waren, erfuhren sie auf dem Bezirksamt die ganze Wahrheit. Die Wahrheit in recht dürren Worten über sein Leben in Amerika und die Wahrheit über seinen Tod im Frühjahr 1885 im *Susquehanna River* im Staate Pennsylvania.
Den Habseligkeiten des Lorenz Kohwagner, die von Auswandern bei einem Heimatbesuch in Wasserburg zuerst der Kirchengemeinde - und von dieser dann dem Amt - zugestellt wurden, waren eine Ehrenmedaille und eine Urkunde des Staates Pennsylvania beigefügt. Außerdem ein versiegelter Beutel mit Goldmünzen.

Und ein fest verschnürtes Bündel von Briefen.

Aus dem beiliegenden Schreiben, welches von den Auswanderern übersetzt worden war, erfuhr Maria, dass ihr geliebter Bruder, den sie ein Leben lang nie vergessen konnte, beim Versuch eine Amischen - Familie in Pennsylvania aus dem reißenden, hochwasserführenden Fluss zu retten, selbst ertrank. Die Familie der Amish People aber konnte durch seinen mutigen Einsatz gerettet werden.

Doch, noch etwas ganz Außergewöhnliches war an jenem denkwürdigem Tag passiert. Der königlich-bayerische Amtmann im Notariat Wasserburg, Franz Josef Haslöder, der immer die Beurkundungen über Nachlässe für den Herrn Notar in seinem Bezirk durchführte, war sichtlich gerührt. Man sah es ihm direkt an. So etwas war auch für ihn, in seinem gewichtigen Amte schon lange ergraut, nicht unbedingt alltäglich.
Und er erlebte, das musste er sich an diesem Tage wieder einmal eingestehen, in seinem Amte allerhand Freude, Trauer, Tragik, Wut - und, ja manches Mal auch direkt Komisches und Lustiges. Aber was sich heute Morgen bei ihm in der Amtsstube in der Salzsenderzeile abgespielt hatte, war dennoch etwas ganz Außergewöhnliches. Auch für ihn, der eigentlich ein ganz dickes Fell sich hatte wachsen lassen müssen in seinem Beruf. Zwei Schreiben hatte sein junger Amtsgehilfe, der Korbinian Sattler aus Reitmehring in dieser Sache schon vor einigen Wochen hinausgeschickt. Ja, daran erinnerte er sich noch genau. An zwei Frauenspersonen, genau! Einer der Briefe ging an seinen Kollegen im Bezirksamt Ebersberg und der andere an den Ortsvorsteher des Kirchdorfes Mittergars am Inn. Der Name dieser Weibsperson in Lohen war ihm sicherlich geläufig, lebten doch viele der Namensträger „Inninger" in seinem Bezirk. Auch direkt in Wasserburg. Der Name der anderen Frau war ihm auch nicht ganz unbekannt, obwohl er zuerst keinerlei Zusammenhang mit der ihm anvertrauten Erbsache erkennen konnte:
Stiglmaier hieß diese Person. Franziska Stiglmaier!
Amtmann Haslöder runzelte die Stirn und kratzte sich angestrengt an seinem fast schon kahlen Hinterkopf. Haslöders Tonsur hätte einen Augustinermönch neidisch werden lassen können. Doch er ärgerte sich ständig über seine glänzende Glatze und versuche heimlich allerlei Mittel, die ihm der Wasserburger Apotheker *Franz Sales Schneider* immer zu stolzen Preisen verkaufte.
Stiglmaier? Schon oft war dieser Name in den vergangenen Tagen und Wochen in seinem viel strapazierten Gehirn herumgegeistert. Immer wenn der die Akte *„Inninger/Stiglmaier"* auf seinem Schreibtisch vom Notariatsgehilfen Korbinian Sattler, mit dem Vermerk „dringlich", auf seinen Schreibtisch gelegt bekam. Eigentlich war

Amtmann Haslöder kein Mann, der die Notariatssachen auf die „lange Bank“ schob. Vor allen Dingen in Erbangelegenheiten. Er hatte sich angewöhnt, jedoch immer zuerst *die* Fälle zu bearbeiten, wo die Betroffenen ihm auch persönlich gut bekannt waren; oder wenn das Ableben des Erblassers noch nicht so lange zurücklag. Aber in diesem Fall? Mit einem Vermächtnis aus dem fernen Amerika? „So etwas“ hatte sein Vorgesetzter der Doktor Aschenbrenner und er als sein langjähriger Amtsleiter eigentlich noch nie in der Hand gehabt. Irgendwie verspürte er innerlich eine Sperre.
„Alois, es läuft ja nichts davon!“ sagte er immer wieder in Gedanken zu sich. Bis endlich die Zeit drängte und auch bei ihm der „Groschen fiel“. Haslöder atmete erleichtert durch.
„Stiglmaier, Stiglmaier?“
Ja genau, jetzt wusste er es wieder. Stand es doch vor etwa zwei, drei Wochen in allen Zeitungen und Amtsblättern rund um München:

„Tragischer Tod des Landtags- und Reichstagsabgeordneten Alois Stiglmaier aus Straußdorf“

So oder so ähnlich lauteten damals die balkendicken Überschriften im *„Wasserburger Anzeiger“* und all den anderen Zeitungen. Es war der einflussreiche Abgeordnete aus dem Nachbarbezirk Ebersberg-Grafing, der bei einem „privaten Ausflug an den Plauer See in Mecklenburg von seiner eigenen Kutsche erschlagen wurde... “, so der Bericht. Dass noch „eine zweite, jüngere weibliche Person bei diesem schrecklichen Unglück ihr Leben lassen musste“, auch das konnte Jedermann lesen. Die anderen, viel pikanteren Einzelheiten erfuhr man, mehr oder weniger phantasievoll ausgeschmückt, so nach und nach an den jeweiligen Stammtischen. Auch nach einem großen Artikel im *„Wasserburger Anzeiger“* war es in der Bezirksstadt und in den Dörfern drum herum d a s Thema aller Stammtische: Der Alois Stiglmaier, der nach einer Kampfabstimmung in Miesbach bei der Kandidatur für den Landtag über seinen, durch das Haberfeldtreiben arg diskreditierten Konkurrenten Kammerer obsiegte, war ein echter „Hallodri und Halunke“.
„Halt oaner der Unsrigen“, wie mit geschwellter Brust verständnisvoll nicht wenige der lüstern geifernden Stammtischbrüder in den Wirtschaften im ganzen Gäu dachten und auch sagten! Schlüpfrige Details machten überall die Runde. Manch einer dachte auch an die „Haberer“. Dennoch, dafür war kein Delinquent mehr zur Verfügung. Hier hatte ein „Höherer“ sein Urteil gesprochen, da war man sich sicher. Stiglmaier schaffte es damals nach seiner Wahl in den Landtag sogar, als bayerischer Abgeordneter in den Reichstag nach Berlin einzuziehen. Das Mandat im Maximilianeum konnte er jedoch weiter

behalten, genau wie noch einige andere seiner bayerischen Kollegen aus dem Landtag. Obwohl schon dreiundsechzig Jahre alt, legte er sich alsbald „standesgemäß“ in Berlin eine blutjunge, aber für ihr Alter schon reichlich verruchte Geliebte zu. Der Stiglmaier hätte direkt ihr Großvater sein können. Aber, darüber schaute diese „Dame“ hinweg, da er ihre, mit der Zeit immer weniger beanspruchten Liebesdienste großzügig honorierte. Jenny, so hieß die langbeinige Blondine, welche mit ihm letztendlich dann gleichzeitig das Zeitliche segnete, konnte sich von diesem Salär, nebst einer eigenen, schicken Maisonetten - Wohnung nicht nur einen, sondern zeitgleich gar mehrere junge Liebhaber leisten. Dem Stiglmaier war´s mehr als wurschtegal, wie man so hörte. Hauptsache er hatte sein Vergnügen, wenn´s ihm danach war.

Und dann schlug halt das Schicksal unerbittlich zu.

Beim ersten warmen Frühlingstag an einem Wochenende Mitte April 1891 machte er mit seiner Jenny einen Kutschausflug rund um den schönen Plauer See. Ein wild gewordener Straßenköter brachte die aufgescheuchten Kutschpferde zuerst aus dem Rhythmus und dann die Kutsche eine steile Böschung direkt zum See hinunter. Kurz vor dem Ufer kippte das Gefährt um und begrub die Insassen unter sich. Der hinzugerufene Gendarmerieposten und ein Doktor aus Plau konnten nur noch den Tod durch Genickbruch der beiden Personen feststellen. Die wild gewordenen Pferde hatten sich von der Deichsel losgerissen und wurden einige Kilometer entfernt von einem Bauern eingefangen.
Erst bei Sichtung des Nachlasses durch seine beiden Söhne, Franz-Josef und Arnulf stellte sich heraus, dass ihr Vater ein perfektes Doppelleben geführt hatte. Mit der „kleinen, verhurten Matz“; wie sie Arnulf, der älteste Sohn vom verstorbenen Stiglmaier, despektierlich nannte, hatte sein Vater seit einigen Jahren ein kleines Wochenendhaus in *Waren* bewohnt, direkt am Ufer des Müritzsees. Ein richtiges Liebesnest, wie beide Söhne neidlos anerkennen mussten. Ihre Mutter, die Ehefrau von Alois Stiglmaier, hatte sich schon geweigert mit nach München zu kommen und war auch wohlweislich nicht mit nach Berlin gezogen.
Der kgl.-bayerische Amtmann im Bezirksgericht Wasserburg, Franz-Josef Haslöder, riss sich gewaltsam aus seinen gar arg weit abgeschweiften Gedanken. Nur, dass es in Straußdorf eine so große Beerdigung gegeben hatte, wie noch nie in der Geschichte dieser Gemeinde, fiel ihm wieder sein. Selbst sein direkter Vorgesetzter, der Herr Notar und Advokat Dr. Alois Aschenbrenner, ja der musste allein

schon aus dienstlichen Gründen an dieser Beerdigung teilnehmen. Er tat es, wie man nach seiner Rückkehr erfuhr, natürlich nicht ungern. Traf er doch endlich mal wieder einige seiner alten Studienkollegen und Freunde aus seiner ehemaligen Burschenschaft in München. Eingeweihte wussten später zu erzählen, dass der Herr Notar noch tagelang später von diesem feuchtfröhlichem Leichenschmaus im „*Kasperlbräu*“ in Grafing schwärmte.

Nun stand diese Franziska Stiglmaier, die Schwiegertochter vom verunglückten Reichs- und Landtagsabgeordneten Alois Stiglmaier auch hier in seiner Amtsstube. Um zusammen mit einer Maria Inninger, einen aus Amerika herübergebrachten Nachlass eines gewissen Lorenz Kohwagner in Empfang zu nehmen.
Beide Frauen wussten bis zu dieser Minute, in der sie vor ihm gestanden hatten, nichts voneinander. Rein garnichts!
Nach den vorgeschriebenen amtlichen Regularien musste er die beiden dann doch noch über die wahre Identität dieses „*Lorenz Kramml*“ aufklären. Erleichtert nahmen Franziska und Maria zur Kenntnis, dass der im November 1873 erlassene Haftbefehl gegen die Haberer Kohwagner und Heimerl nicht mehr rechtsgültig sei. Denn die damals geflohenen Männer waren inzwischen Bürger des Staates Amerika geworden.

„Unglaublich, wirklich unglaublich ...“ dachte sich der Amtmann,
„... und eigentlich der Stoff für eine überaus spannende Geschichte!“

Später, nachdem beide Frauen seine Amtsstube wieder verlassen hatten, war sich der königlich-bayerische Bezirksamtmann Haslöder ganz sicher, dass aus seinem Zimmer an diesem denkwürdigen Tag zwei Freundinnen gegangen waren.
Und zwar Freundinnen fürs ganze Leben ...
Maria, die mit ihrem Mann noch im „*Bruckbräu*“ auf der anderen Innseite eingekehrt war, war unendlich glücklich. Schon alleine deswegen, dass sie nun endlich Klarheit bekommen hatte über das Verschwinden und das Leben ihres verstorbenen Bruders.
Ja! Sie hatte ihren Lenz nach vielen Jahren „wiedergefunden“.
Ihr Seelenfrieden war nun nach schier endloser Zeit wieder ins Lot gekommen. Die schwere Türe an der Klosterpforte in Au, welche sich damals hinter ihrem geliebten Bruder Lorenz zu später Stunde schloss, hatte sich endlich wieder geöffnet. Davon hatte sie in vielen Nächten geträumt. Und sie hatte zudem noch das große Glück, an diesem denkwürdigen Morgen einen überaus wertvollen Menschen gefunden zu haben. Eine Frau, die sich vor vielen Jahren rettungslos in ihren großen Bruder verliebt hatte: Franziska Stiglmaier.

Und noch jemanden hatte Maria Inninger an diesem Tag in Wasserburg, im „*Bruckbräu*“ wieder gefunden.
Gerade als beide die Wirtsstube verlassen wollten, da stieß Maria versehentlich mit einem Mann heftig zusammen, der stürmisch von außen die Türe aufdrückte. Sie hatte zu tun, ihr Gleichgewicht zu halten. „He, konnst ned aufpass ´n, Lackl g ´scherter?“ sagte sie ziemlich barsch und erbost zu dem untersetzten, vierschrötigen Mann.
„Tschuidigung, tuat ma load ...“ antwortete dieser und wollte schon weiter gehen, als er auf einmal abrupt stehen blieb und sich wieder umdrehte. „Sakra, na. Ich glaub´s nicht. Ja mei, die Maria? Pfeilgroad! Maria bist du´s? Da trifft mich doch gleich der Schlag! Die kloa Kohwagners Maria aus Mittergars?“ Verdutzt blieb Maria Inninger unter der Türe stehen und drehte sich recht verlegen zu diesem Mann um. Nein, auch sie glaubte ihren Augen nicht zu trauen. Nein, das konnte nicht wahr sein! Doch! Er war es! Der Benjamin Stadler aus Mailham, ihr alter Schulfreund und Verehrer. Ihr begnadeter Gedichteschreiber und ihr selbstloser Freund von damals, aus der Elementarschule in Mittergars.
„Ja, mei, der Benni. Der Stadlers Benni von Mailham. „Ja, da sitzt dich nieder! Mei, was machst denn du da?“ Der Viehhändler Stadler ging die paar Schritte auf Maria zu, Georg beachtete er garnicht mehr. Jetzt erst bemerkte die Bäuerin, dass der Benni stark hinkte. „Kommt doch mit rein! Trinkt noch eine halbe Maß mit mir!” Ungeniert umarmte er Maria und drückte sie herzlich. Die beiden Inningers zögerten. „Auf, kommt´s, macht´s mir doch nicht so schwer, kommt rein!“ Benni sah Marias Mann an, verzog sein Gesicht ein wenig, so als ob sich entschuldigen wollte. Georg zuckte mit den Achseln. Ihm war´s augenscheinlich nicht ungelegen. In „so ein Schicksal“ begab er sich allzu gerne. Besonders an diesem Tag. Stadler packte Maria am Ärmel ihres Dirndls und schob sie sanft vor sich her durch die Einfahrt des „Bruck-Bräu“ hinein in die Wirtsstube. Georg blieb also garnichts anderes übrig, als den beiden zu folgen. Er war darüber, wie gesagt, alles andere als unfroh. Aus einer halben Maß wurden - zumindest für den Georg und dem Benjamin Stadler - noch zwei, drei, wenn nicht gar noch mehrere Maßen süffigen Bieres. Sie erfuhren so einiges aus seinem Leben als großer Viehhändler in Rosenheim. Er, der mittlerweile fast die ganzen Viehmärkte im Chiemgau beherrschte, hatte auch heute am Viehmarkt in Wasserburg seine umtriebigen Geschäfte zu erledigen. Bis nach München und auch darüber hinaus kam er mittlerweile als Großmetzger und Viehhändler. Zu guterletzt holte er einen leeren Zettel aus einer Tasche seiner Joppe, kramte aus unergründlichen Tiefen der Lederhose einen Bleistift

hervor und schrieb, etwas holprig, einige Zeilen auf diesem Blatt. Die beiden wussten nicht, was dies sollte. „So, jetzt schaut einmal her!“ Mit beiden Händen schob er den Bauersleuten einen beschriebenen Zettel hinüber. „Da, lest´s einmal” forderte sie der Viehhändler auf und genehmigte sich einen kräftigen Schluck aus dem irdenen Bierkrug. „Mmmh, gut! Ein gutes Bier ist das schon! Da müssen sich die Rosenheimer schon ein wenig mehr anstrengen! Also, die haben hier auch wirklich ein sakrisch gutes Bier ... “ fügte er besänftigend seiner Kritik hinzu. Genüsslich fuhr er sich über den riesigen, nach oben gezwirbelten Schnurrbart. „Eigentlich ist der viel zu groß, für den kleinen Benni... “, dachte sich die Maria. Umständlich drehte sie das Stück Papier ins einfallende Sonnenlicht.
Leise fing Maria zu lesen an:

Vertrag

zwischen dem Viehhändler und Großmetzger Benjamin Stadler aus Rosenheim und den Eheleuten Georg und Maria Inninger vom „Maierhof“ zu Lohen über die Lieferung von Rindvieh und Schweinen zu Tageshöchstpreisen vom Sommer 1891 bis _______.“

„Da...“, er pochte mit seinem fleischigen Zeigefinger auf die offene Stelle im Vertrag und sagte zu den beiden „... da, das andere Datum könnt ihr selbst einsetzen. Für mich gilt dieser Vertrag, solange ihr nur wollt!“ Wie erschlagen saßen die beiden vor dem Blatt Papier. Den Lärm rings um sie bekamen sie garnicht mehr mit. Doch dann zog Benni Stadler das Papier wieder an sich und vollendete den Vertrag.
Wasserburg am Inn, im Bruckbräu, Samstag den 18. Mai 1891
Gezeichnet
Benjamin Stadler *Georg Inninger/Maria Inninger*

Drei schon etwas holperige Unterschriften besiegelten den Vertrag, der zumindest die allergrößten Sorgen in Lohen in den nächsten Jahren etwas lindern sollte.
„Prost ihr zwoa! Macht´s bittschön koa so depperten G´sichter. Is ois ohne doppelten Boden, das Fass, dass mir mitnand´ jetzat aufmach´n. Vertraut´s mir und euerm Glück! Oiso, Prost!“
Er hob seinen Maßkrug und stieß mit den Bauersleuten aus Lohen an. Eine Welle der Wärme breitete sich in Marias Körper aus. Sie seufzte tief und schickte in Gedanken ein Gebet zum Himmel!

Einem dünnen Silberstreif am Horizont war nur wenige Stunden später ganz unerwartet ein richtiger, goldfarbener Komet gefolgt.

*****

Als Maria und Georg kurz vor dem Sechsuhrläuten zur *Vesper* vom Turm der Frauenkirche endlich das *Bruckbräu* verließen, waren beide schier wie erschlagen. Sicher, Georg hatte mindestens eine Maß zu viel getrunken. Aber nicht nur er. Der Stadler Benni schlief seinen Rausch sogar im Bräu aus! Für „solchene Fäll´“, wie er nannte, „ da hab ich immer mei Zimmer im Bräu ...!“
„Mei, Georg …“, sagte Maria zu ihrem Mann, als sie mit ihrem Fuhrwerk die steile Salzburger Straße hinauf nach Weikertsham fuhren, „… mei, Georg, ich glaub´, mir zwei haben heut einen Glückstag gehabt. Einen riesengroßen Glückstag. Zuerst erb ich einen Batzen Golddollars von meinem Bruder, dabei lern´ ich dem Lenz seine Franziska kennen. Dann erfahr ich auch noch nebenbei, dass ich eigentlich schon lang die Tante von einem jungen Burschen bin. Und jetzt noch der Benni, mein Verehrer und Schulfreund aus Mittergars. Der Benjamin Stadler von Mailham, mei …“.
Sie holte tief Luft, zu arg hatten sie die Ereignisse der vergangenen Stunden gefordert. „Und dann noch sein Vertrag für unsern Hof! Maria und Josef, ich kann´s gar noch nicht glauben“. Die Bäuerin sah hinauf in den wolkenlosen Himmel und machte angesichts der nahen St. Martinskirche von Babensham schnell auf ihrer Stirn ein Kreuzeszeichen. Georg saß zusammengesunken auf dem Kutschbock und bekam nicht mehr viel mit. Die Zügel waren ihn fast ganz aus seinen kräftigen, aber schlaffen Fingern geglitten.
Doch als sie in Babensham an der *Brunnlechner´schen Wirtschaft* vorbeifuhren, hatte Maria ihren Georg schon wieder soweit „hergerichtet“, dass keine der Bewohner bemerkten, dass der Inninger Georg heute nicht mehr der Allernüchternste war. Maria übernahm am Ortsanfang von *Irlham* nun selbst die Zügel. Die braven Rösser brauchten für ihren Heimweg keine große Führung mehr. Maria stupfte ihren Mann in die Seite.
„Hörst mir eigentlich noch zu?“ Georg Inninger brummelte irgendetwas Unverständliches vor sich hin und döste weiter. Maria war nicht davon überzeugt, dass er zuhörte, und redete sich deshalb auf den letzten Kilometern zwischen Irlham und Unterreit alles von der Seele. Alles, was sie heute erlebt hatte. „Ja, sogar einen Vertrag hat uns der Benni noch gegeben. Er will uns helfen, geh´ Georg!“ Sie stupfte ihm nochmals sanft in die Seite. Unterreit lag vor ihnen. Georg brummelte nur zufrieden vor sich hin. „Helfen will er uns, mein Schulfreund! Hörst es? Helfen!“ Maria war euphorisch. Die restlichen Kilometer an diesem lauen, wunderbaren Maiabend hinunter nach Lohen, kamen ihr diesmal eigentlich viel zu kurz vor. Genau dasselbe Gefühl hatte Franziska auf ihren Heimweg auf der westlichen Innseite.

Sie hatten es einander fest versprochen, sich nie mehr aus den Augen zu verlieren; die Maria Inninger aus Lohen und die Franziska Stiglmaier aus Wolfsöd. Franziska glaubte wieder an höhere Mächte; sie glaubte an die Macht des Schicksals.

*****

Stunden vorher ...

Wasserburg am Inn

Schon der Weg vom Kammererhof hierher war für Franziska voll von Rätseln. Eigentlich wusste sie nicht genau, weshalb man sie zum Notar nach Wasserburg bestellt hatte. Stand doch in dem Schreiben ein ihr fremder Name drin: Nachlass des Lorenz Kramml, gebürtig aus Mittergars am Inn. „Lorenz, Lorenz?“ Sie war sich nicht sicher, aber sie hatte eine leise Ahnung. „Amerika, Lorenz - Lorenz Kramml, Amerika?“ Im Herzen hoffte sie natürlich brennend, dass sich hinter diesem Namen ihr Lenz, der Lorenz Kohwagner verbergen könnte. Sie war sich aber die ganze Fahrt hinüber in die alte Salz-Handelsstadt am Inn darüber nicht ganz sicher. War es endlich ein Lebenszeichen vom Vater ihres Sohnes Maximilian-Lorenz? Eine Nachricht von Lorenz Kohwagner, der unvergessenen großen Liebe ihres Lebens?

Und warum dann „Kramml, Lorenz Kramml?

Die Zeit der Fahrt bis hinüber nach Wasserburg verlief zäh. Sie musste sich gedulden. Ihr treuer Knecht, der August Moser, mittlerweile auch schon im 73.ten Lebensjahr hatte den Auftrag erhalten, sie ganz früh zu wecken, um sie dann nach Wasserburg zu kutschieren. Er war vom Hof nicht mehr wegzudenken und würde auch dort bis zu-seinem letzten Lebenstag bleiben. Schon als sie noch ein junges Mädchen war, hatte er sie tagtäglich mit der Kutsche zusammen mit ihrer Schwester zur Schule nach Aßling oder Grafing gebracht - und später dann die kleine Veronika. Ihr Mann musste vor der Hochzeit hoch und heilig versprechen, den hinkenden Moser nie, aber auch wirklich nie vom Kammererhof zu entlassen.

Je näher Wasserburg rückte, umso stärker war Franziska innerlich aufgewühlt. „Geh, August. Wir müssen uns beeilen ...“ sagte sie zu ihrem Knecht. Punkt zehn Uhr hatte sie den Termin im Bezirksamt. „Is scho recht, Bäuerin“ antwortete der Altknecht und schnalzte mit seiner Peitsche. „Hüa, Hüa, oide Haider ...“ rief er mit lauter Stimme. Die Pferde verfielen in einen leichten Trab. Noch eine knappe halbe Stunde bis hinunter nach Wasserburg. Franziska vertraute ihrem Kutscher. Der ließ ihr ihre Ruhe, sie hatten sich schon lange aneinander gewöhnt. Franziska versank wieder ins Träumen.

Ab und zu schnalzte der Moser mit seiner Zunge. Die Pferde spitzten die Ohren und er sprach mit ihnen ein paar beruhigende Worte, wenn auf ihrem Weg ein Reh oder ein auffliegender Bussard sie irritierte. Zwischendurch nahm er verstohlen immer wieder einmal einen tiefen Schluck aus einer mitgeführten Bierflasche. Inzwischen war die Bäuerin auf dem Kutschbock sanft entschlummert.
Zielsicher und ruhig dirigierte er seine Kutsche samt Bäuerin weiter auf der staubigen Straße Richtung Wasserburg. Moser war schon neugierig, was seine Herrin zum Bezirksamt getrieben hatte. Aber er wusste auch mit der Erfahrung seines langen Lebens, dass er sie nicht fragen durfte. Auf keinen Fall. Das gehörte sich nicht für einen Knecht. Doch er war sich sicher, dass er den Grund dieser Fahrt früher oder später erfahren würde.
„Geduld zahlt sich aus“ und „alles braucht seine Zeit ...“.
Und er sollte, wie so oft recht behalten.

Edling wurde linkerhand passiert. Einige Bauern, die er von den Viehmärkten in Ebersberg, Grafing und Wasserburg kannte, grüßten ihn freundlich zurück. Die lange Steige von *Gabersee* hinunter nach Wasserburg musste er allzu oft die Bremse betätigen. Noch langsamer vorausfahrende Fuhrwerke ließen die Minuten endlos vergehen. Die Zeit drängte, stellte der Knecht mit einem Blick auf seine Taschenuhr fest. Endlich, die Salzgrafen - Burg war passiert und die steile Burgstraße, die *Schmidzeile* gleich zu Ende. Franziska Stiglmaier setzte er am Marienplatz, direkt gegenüber der Frauenkirche ab. Sie hatte nur wenige Schritte durch die Arkaden hin zum Kreis- und Stadtgericht fast am Ende des Marienplatzes. Das ehemalige *„Kern-Haus“* mit der herrlichen Rokokofassade von *Johann Baptist Zimmermann,* beherbergte seit einiger Zeit das kgl.-bayerische Notariat.
„Spätestens um halb eins bist´ wieder da und holst mich ab, gell?“ Es war mehr ein Befehl, denn eine Bitte. Der alte Knecht nickte und tätschelte seine beiden Rösser. Dann sah er sich um. Der Platz vor der Frauenkirche war übervoll belegt von Fuhrwerken und Kutschen. Dazwischen waren auch noch einige Marktstände aufgebaut.
Hier ging es auf keinen Fall! Also stieg er wieder auf den Kutschbock, wendete umständlich sein Gefährt und dirigierte es dann auf dem Marienplatz wieder zurück in Richtung Schmidzeile.
Zuerst überlegte sich Moser, ob er seine erste Maß nicht im *„Bräu im Winkl“* am oberen Ende des Marienplatzes trinken sollte. Aber da hätte er sein Gespann über die *„Rote Bruckn“* dirigieren müssen. Und das wollte er nicht. Also bog er bei der Schmidzeile scharf rechts in die schattendunkle *Schustergasse* ein. Vor ihm, im mächtigen Eckhaus der *Herrengasse*, lag das Gasthaus *„Weißes Rößl“,* mit seiner herr-

lichen Lüftlmalerei an der Hausfront überm Eingang. Früher musste er des Öfteren seinen Herrn, den Bauernbaron Kammerer, hier absetzen, wenn dieser geschäftlich in Wasserburg zu tun hatte. Na ja, mit dem „geschäftlich" war's oft nicht soweit her.
Manch amouröses Abenteuer seines Bauern musste der verschwiegene Altknecht schlucken. „Früher, ja früher ...". August Moser seufzte und brummelte missgelaunt vor sich hin: „... do hock'n ja nur die Großkopferten, is ja nix für so oan kloanen Knecht wie unseroans". In der breiten Herrengasse bog er wieder nach rechts ab und lenkte sein Gefährt langsam und umsichtig durch die Menschenmenge. Geschäftiges Treiben ringsumher, Aufbruch herrschte in der Stadt am Inn. Lange hatte der Winter gedauert, unendlich lange.

Frühling lag in der Luft.
Seine Blicke fielen auf die hochherrschaftlichen Handels- und Patrizierhäuser, die links und rechts in den Himmel ragten. Das Sonnenlicht hatte sich gegen den zähen Nebel über die, vom Fluss eng umschlungene Stadt durchgekämpft. Die steilen Dächer der Hallgrafenburg und der mächtige Glockenturm von St. Jakob wurden sanft von der Frühlingssonne gestreichelt.
August Moser blickte nach rechts. Nein. Durch die enge *Frauengasse* passte die Kutsche nicht, also fuhr er ein Stück weiter, hin zur *Salzsenderzeile.* Erst jetzt bemerkte er, dass hier heute anscheinend ein besonderer Tag war. Markttag?.„Ja, Markttag!" schoss es dem Knecht durch den Kopf. Er klopfte sich demonstrativ an die Stirn. „Freilich, heute war ja der dritte Dienstag im Monat und da war immer der Tag für den weithin bekannten „Pferde- und Viehmarkt" drunten am Gries, dem *Max-Emanuel-Platz*. Aber gerade heute in Wasserburg? So ein Zufall!" dachte sich Moser.
Man hätte ihm ansehen können, dass er mit dieser Überraschung nicht unzufrieden war. Am Marienplatz, in der Salzsenderzeile, Herrengasse und auch in den Nebenstraßen wimmelte nur so von Bauern, Handwerkern und Knechten. Frauen mit großen Weidenkörben auf dem Rücken und Knechte mit Handkarren brachten ihre Waren auf den Markt. Obwohl er doch von weiter herkam, kamen ihm viele Gesichter bekannt vor. Auch aus der Gegend um Pfaffing und Emmering waren sie heute herübergekommen. Sogar bekannte Gesichter aus Steinhöring, Straußdorf und Aßling fielen ihm in der Menge auf. Einige der Männer grüßten den Altknecht vom Kammererhof. In seinem Rücken stand die Sonne nun genau über dem mächtigen, gotischen Turm von St. Jakob. Er wollte wieder zurück zum Marienplatz fahren und von dort aus versuchen, seine Kutsche über die einmündende Tränkgasse unten in der Nähe des Viehmarktes *„am Gries"*

abzustellen. Langsam bahnte er sich weiter seinen Weg mit dem Fuhrwerk durch die Menschenmenge. Die Rösser waren unruhig, schnaubten aufgeregt und ließen sich nur schwer an der Leine führen. Endlich! Fast hatte er es schon geschafft. Vor ihm lag, noch im Schatten, das Stadtgericht. Die Stadt hatte vor Jahrzehnten dieses mächtige Gebäude der Patrizierfamilie Kern mit seiner berühmten Rokokofassade abgekauft und den Stadtrichter darin untergebracht.

Rechterhand, mit dem Rücken zum Marienbrunnen, standen einige der jüngeren Postexpeditienten mit ein paar Gehilfen vom Apotheker *Josef Palmano* aus der „Marienapotheke" nebenan zusammen. Alle schienen sichtlich guter Laune und prosteten sich aus großen Bierkrügen lautstark zu. Gelächter drang zu ihm herüber. August Moser wusste von seinen Besuchen in Wasserburg, dass dort auf dem Marienplatz Treffpunkt der Bauern nach ihren Besorgungen war. Genauso wie bei den einheimischen Kirchgängern nach der Messe in der Frauenkirche.

Tagsüber tranken dort die Postler von der „Expedition" nebenan nach getaner Arbeit ihre *„Stehmaß"*, meist in Gesellschaft mit den Apothekern und ihren Gehilfen. An diesem wunderschön milden Maientag herrschte eine fröhliche und gelockerte Stimmung auf dem Marienplatz und in den Straßen der ganzen Stadt. Es sah so aus, als hätten die jungen übermütigen Burschen den Markttag genutzt, um ihre Brotzeit ein wenig zu verlängern, denn mittlerweile ging es schon hart auf halb elf Uhr zu.

„Brrh, Brrh, Brrh!" Der alte Knecht zog kräftig an der Führungsleine, die beiden Rösser gehorchten sofort. Mit der linken Hand betätigte er die Bremskurbel und dirigierte sein Gefährt nun ganz langsam in die Tränkgasse. Diese führte, nach dem Passieren des ehemaligen *Geigenbergerschen Steinmetzbetriebes* an der Ecke, schnurstracks hinunter zur Viehtränke im Zirnweg, der entlang des Flusses nach kaum hundert Metern unterhalb der *„Roten Bruck 'n"* endete.

Bis in die frühen Morgenstunden hatte es geregnet. Ein warmer Regen, der Hoffnung auf eine gute Heuernte machte.

Die wabernden Nebelbänke entlang des östlichen Hochufers hatten sich schon beinahe verzogen, einzelne Reste im dichten Gebüsch am Steilufer hoch oben am Kellerberg verfangen. Die warme Frühlingssonne tauchte nun Stück für Stück die Häuserzeile der Innstadt in warmes Licht. Auf den Dächern der Patrizierhäuser gurrten Taubenpärchen. Frühling! Ganz hinten, fast am Ende der Tränkgasse entdeckte er gerade noch eine kleine Lücke, um seine Kutsche dort abzustellen. Einfach war es nicht, aber er schaffte es doch. Zuerst band er sein Gespann an einem Pflock am Inndamm fest, dann rieb er die

dampfenden Rösser mit einem großen Tuch trocken. Danach legte er den Pferden eine Decke über und band ihnen anschließend den prall gefüllten Hafersack um. Sie dankten es ihm mit einem zufriedenen Schnauben. August Moser hinkte nun zurück zum Marienbrunnen, füllte dort seinen Ledereimer mit frischem Brunnenwasser und machte sich wieder auf dem Weg zurück zu seinen Rössern.
„Host owa oan g´scheitn Brand, gell Kutscher“ rief ihm - unter dem schallendem Gelächter der anderen Burschen - ein rothaariger junger Postexpeditient nach. „Is scho recht“ antwortete halblaut Moser und zuckte mit den Schultern. Er kümmerte sich nicht weiter um das Gefrotzel und Derblecken. Schließlich war er auch einmal jung gewesen ...
Der Hafer war schon fast aufgefressen. Gierig und mit langen Zügen soffen die Rösser das frische Nass, zufriedenes Schnauben und Scharren mit den Hufen dankte es ihm. Einem herumlungernden, sommersprossigen Buben gab er den Auftrag, auf seine Kutsche aufzupassen und machte ihm gleich eine kleine Anzahlung von einigen Pfennigen auf den versprochenen „Verdienst“. Der Bursche sah wohl etwas heruntergekommen aus, schien dem Kutscher aber trotzdem zuverlässig. „Also pass mir gut auf, hast mich?“ „Ja, ja ist schon recht, Bauer“ sagte der kleine, aufgeweckte Bursche und kraulte zärtlich einem der Rösser die Kruppe. „Hmm, scheint sich mit Rössern auszukennen“ konstatierte zufrieden der Knecht vom Kammererhof.
Und: *„Bauer“* hatte ihn der Bursche auch genannt! Nicht schlecht „für sein Innerstes“, musste er zufrieden feststellen und setzte mit stolzgeschwellter Brust den Weg ins pulsierende Leben der Innstadt fort. Schließlich war er auch zu seinem Vergnügen hier, wie er sich insgeheim eingestand. Die Zeit, die er nun noch hatte, galt es konzentriert zu nützen: Den Auftrag von Franziska Stiglmaier, unbedingt bei der Posthalterei vorbeizugehen, um dort ein paar Briefe aufzugeben.
Dies wollte er als Erstes erledigen. Am *Fletzinger-Bräu* vorbei bog er scharf links in die Postgasse ab und betrat dann die Posthalterei, die sich an der Ecke der Salzsenderzeile zum Marienplatz befand. Posthalter Obermayer war ihm kein Unbekannter. Immer wenn seine Herrin die Franziska Stiglmaier Post hatte, von der man möglichst in Ebersberg, Grafing oder Aßling nichts wissen sollte, schickte sie ihren treuen Knecht zu Besorgungen nach Wasserburg. Dort gab er dann auch die Post auf. „Ja pfeilgroad, der August vom Kammererhof! Grüaß di, wia gäds eana denn?“ fragte ihn der Posthalter. Er kannte den hinkenden Knecht schon lange Zeit. Moser reichte ihm über den Schalter hinweg die Hand. „Dankschön, Herr Obermayer, gut geht's mir!“ antwortete der Knecht ziemlich reserviert. Die Stadt machte ihn

immer etwas kleinlauter. Und auch mundfauler. „Und ihnen, Herr Obermayer, wie geht's ihnen?" fragte August nun höflich zurück. Der Posthalter, ein untersetzter Mann mittleren Alters mit einem Haarkranz um den sonst glänzend kahlen Kopf, dankte ihm. Er wechselte mit ihm noch ein paar freundliche Worte, gab die Post seiner Herrin auf - und verspürte plötzlich wieder ungeheuren Durst. Nun hatte er es eilig, wollte keine Zeit mehr verplempern. Schnell zählte er dem Posthalter die Münzen für die Briefmarken auf den Schaltertisch, drückte ihm die Hand und verabschiedete sich: „Oiso, pfiats eana God!"
Beinahe fluchtartig verließ nun Moser die kgl.-bayerische Postexpedition, spähte draußen schnell nach links und nach rechts, um nicht noch mal von einem bekannten Gesicht aufgehalten zu werden. Dann ging er die paar Schritte zurück in Richtung Fletzingergasse, bog nach links ab und eilte schnellen Schrittes hin zur *Bäckerzeile*, der ehemaligen *Peckhenzeyl.*
August mochte diese schöne, quicklebendige Stadt unten an der Innschleife. Er konnte sich gut daran erinnern, als er einmal als junger Mann vom Bauern aus Wolfsöd nach Wasserburg wegen einer wichtigen Besorgung geschickt worden war. Es war einige Monate nach dem verheerenden Stadtbrand im Jahr 1874. Noch tage- und wochenlang später hatte er richtiggehende Alpträume über das, was in Wasserburg passiert war. Brandgeruch stand damals noch lange Wochen über der ganzen Stadt. Fast alle der ausgebrannten Häuser standen noch als verkohlte Ruinen im Stadtgebiet zwischen dem Rathaus, der Herrengasse, dem Marienplatz, der Postgasse und der Salzsenderzeile. Bis hinunter zur Tränkgasse hatte das fürchterliche Höllenfeuer gewütet und erst vor der Kaserne am Gries haltgemacht. Nur der westliche und südliche Teil der Innstadt wurde von der Feuersbrunst einigermaßen verschont.
Wie hatte ihm damals das Herz geblutet!
Dann, Jahre später, das noch viel schlimmere Unglück an einem glühend heißen Sommertag. Es war ein Donnerstag, der 6. August 1885. Dieser Tag sollte ein Fanal in der langen Stadtgeschichte der ehemaligen Salzhandelsstadt setzen. Er sollte noch monatelang Gesprächsstoff am Fluss und im ganzen Chiemgau sein. Noch mehr Gebäude als elf Jahre zuvor fielen dieser verheerenden Feuersbrunst zum Opfer. Fast das gesamte Stadtviertel westlich „*Hinter den Mauern*", (mitsamt der historischen Stadtmauer) der *Peckhenzeyl* bis zur *Salzsenderzeile* wurden zum Raub der entfesselten Flammen.[1)]
32 Häuser wurden völlig vernichtet, 44 Familien hatten Wohnung und vielfach auch ihr gesamtes Hab und Gut verloren. ——

[1)] **Quelle:** *Stadtarchiv Wasserburg am Inn*

Und jetzt, knapp sechs Jahre später war vieles, aber lange noch nicht alles wieder zu neuer Pracht und Blüte erwacht. So, als wäre es an jenem verhängnisvollen heißen Augusttag nur ein böser Traum gewesen, nicht mehr. Nur hie und da sah man noch Ruinen.
Der Wasserburger Magistrat, unter der Führung von Bürgermeister Christoph Schnepf hatte großartige Arbeit geleistet: Die meisten Brandstätten waren kurz nach der verheerenden Feuersbrunst von der Stadt erworben worden und wurden später dem Erdboden gleichgemacht. Ein völlig neues Viertel sollte dort nach dem Willen des Magistrats entstehen.
Ausnahme bildeten die beiden Braustätten. Beim *„Fletzinger"* war der Wiederaufbau schon nahezu vollendet, die Brachfläche der abgerissenen Nebengebäude war zu einem großen Biergarten umgewandelt worden und mit Schatten spendenden Bäumen bepflanzt. Am ehemaligen *„Danninger-Bräu"*, hatte man sämtliche Anbauten abgerissen.
Die Bäckerei *Grafwallner* befand sich allerdings immer noch in der Salzsenderzeile an der Ecke Gerblgasse. August Moser bewunderte die enorme Willenskraft der Bürger dieser Stadt. Denn neben Feuersbrünsten wurde die alte Innstadt auch in schöner Regelmäßigkeit von schweren, verheerenden Hochwassern heimgesucht.
Immer wieder schafften es der Magistrat und seine Bürger aufzustehen, sich aufzulehnen und zu erheben gegen all die Naturgewalten. Moser fiel auch noch ein, dass nach dem Stadtbrand im ganzen Gäu um Wasserburg herum eine Welle der Hilfsbereitschaft durchs Land ging. Selbst bei den Kirchweihfesten rings um Grafing, Ebersberg, Glonn, Zorneding, Kirchseeon und anderswo wurde für die betroffenen Menschen gesammelt.

Mit unerwartet großem Erfolg!

*****

An der Ecke zur Gerblgasse schnupperte er. Verlockend war der Duft von frischgebackenem Brot, nach Brezeln, nach gezuckertem Hefezopf, gefüllten Buchteln und all dem andern süßem Gebäck! „Das kann ich auch noch auf dem Rückweg machen" murmelte er beinahe trotzig vor sich hin, als er an das köstlich duftende Gebäck dachte. „Jetzt drückt mich meine Blase, ich muss pieseln - und dann hab ich einen Riesendurst, sonst nichts ...!"
Moser bog nun haarscharf links in die enge *Nagelschmidgasse* ein. Von der *Hofstatt* wehte ein leichter Wind den Geruch gebratener Würste herüber. Sein Riechorgan erschnupperte auch genüsslich den süßen Duft frisch gerösteter Mandeln und, er glaubte auch das verführerische Aroma von duftenden Bratäpfeln im Zuckermantel be-

stimmen zu können. Aber dem August Moser dürstete es doch ein gehöriges Quantum mehr, nach einem frisch gezapften Bier und mindestens zwei Paar Weißwürsten, möglichst noch vor dem Zwölfuhrläuten. Zielstrebig setzte er seinen Weg fort, wollte entlang der Häuserzeile die Hofstatt queren und dann weiter in die *Lederer-zeile* gehen.Dann blieb er wieder ungewollt stehen.
Eine bunt gemischte Truppe von Akrobaten und Gauklern versuchte sich dort mit waghalsigen und spektakulären Darbietungen: Feuerschlucker, Schlangenbändiger, Jongleure mit Keulen, Kugeln und Bällen, ja sogar mit rohen Eiern zeigten sie ihr Können vor den vielen Zuschauern, die mit offenen Mündern das Geschick dieser Leute bestaunten. Auch ein Seiltänzer zweigte sein waghalsiges Können. Tosender Beifall brandete nach jeder Darbietung auf. Flugs eilten junge Mädchen und in grellbunten Gewändern gekleidete Frauen mit großen Hüten durch die Menge der Zuschauer, um fordernd und nachhaltig ihren Obolus zu verlangen. In der Mitte des weiten Platzes, dort wo die Schaulustigen und Gaffer am dichtesten standen, konnte er eine Menschenpyramide erkennen.
Neugierig ging er noch ein paar Schritte weiter zur Mitte der Hofstatt. Die Pyramide aus Menschen war so hoch, dass man glaubte, sie würde jeden Augenblick umkippen und die Allerkleinsten der Artisten, die ganz oben auf der Spitze standen, hinab in die Tiefe aufs harte Kopfsteinpflaster schmettern. Vier Reihen von Männern zählte er und obenauf noch ein paar kleinere Kinder! Er bekam eine Gänsehaut. Sein Mund war brottrocken und er musste ein paar Mal kräftig schlucken. Auf der anderen Seite, unter den Arkaden an der Ecke zum „Roten Turm“, entdeckte er den Apotheker *Franz Sales Schneider*. „Auch so ein Wasserburger Original“ dachte er sich. Sogar an den Stammtischen in Straußdorf, Grafing und Ebersberg sprach man oft von diesem urigen Menschen. Er war schon ein legendäres Schlitzohr, der Apotheker. Sein Bauer, der Kammerer Wastl, kannte den Apotheker sehr gut. Ab und zu musste der August für den Bauernbaron „ein paar Pülverchen“ dort abholen. „Aber ganz diskret ...“ befahl Kammerer dem Moser immer! „Ganz diskret! Braucht´s eh niemanden zu wissen. Host mi ...?“, gab er ihm jedesmal noch mit auf dem Weg nach Wasserburg am Inn.
Neben dem Apotheker stand noch ein Mann. Auch dieser kam ihm irgendwie bekannt vor. Angestrengt dachte er nach, kam aber nicht sofort darauf. Doch, auf einmal fiel bei ihm „der Groschen“: Ja genau, er war es, der Advokat *Christoph Schnepf,* seit langen Jahren Bürgermeister dieser Stadt. Auch ihn hatte er, mit vielen anderen Wasserburger Honoratioren, bei der Beerdigung von Sebastian Kammerer im

letzten Jahr gesehen. Das bunte und laute Treiben auf dem Platz ließ ihn einfach nicht los. Wann hatte er schon wieder mal Gelegenheit, so einen großen Markt noch in diesem Jahr zu besuchen? Sicher, er kam oft nach Grafing, Ebersberg und auch mal nach Aibling. Zumindest in den vergangenen Jahren öfters als nach Wasserburg. Und einmal im Jahr ging´s mit zwei Kutschen, den Kindern und fast den gesamten Ehehalten zum Herbstfest nach Rosenheim.
Etwas abseits, hin zur Salzsenderzeile, bemerkte er eine aufgeregte Menschenmenge. Neugierig bahnte er sich den Weg durch die vielen Leute. Ein Kreis aus Menschenleibern hatte sich gebildet. August setzte, um auch etwas von dem Ereignis zu erhaschen, ziemlich unsanft seine Ellbogen ein und blieb auf einmal im Innern des Kreises wie erstarrt stehen. Einige der anderen welschen Artisten, die mit freiem Oberkörper und nackten Sohlen eine kurze Strecke über glühende Kohlen liefen, versetzten die meisten der Schaulustigen in einen merkwürdigen Zustand. Vielen Zuschauern blieb bei dieser Darbietung der Atem stocken. Doch einige unter den Gaffern feuerten die Artisten wiederholt um Zugaben auf. „Welch ein Wahnsinn" dachte sich der Altknecht. Zu dieser spektakulären Aufführung erklang, je nach Situation unterschiedlich laut, dumpfer Trommelwirbel. Einige zerlumpte Bettler hockten im Schatten der Arkaden, drüben an der Ledererzeile. Die elendigen Gestalten waren immer auf der Hut vor den ständig auf und ab patrouillierenden Gendarmen, die heute extra von Rosenheim zur Verstärkung auf den Markt nach Wasserburg befohlen worden waren.
„Aufpassen, Männer! Beutelschneider, Bauernfänger, Taschendiebe und anderes Gesindel sind heute in unserm Gäu und vor allem in Wasserburg unterwegs ...", das war die strenge Vorgabe des Gendarmeriekommandanten zur absoluten Wachsamkeit für diesen Tag an seine Untergebenen. Überall hingen auch noch Steckbriefe der am meisten gesuchten Haberer, welche trotz konsequenter Verfolgung immer noch zur Verärgerung der Obrigkeit ihr Unwesen in dieser Gegend trieben.
Fremdartiges Stimmengewirr drang ihm plötzlich an seine Ohren. Drüben, direkt vor dem *Roten Turm*, an einem Stand mit Messern, Töpfen, Pfannen und allerlei Tand für Männlein und Weiblein sah er eine Gruppe von Leinreitern und Schiffleuten lautstark debattierend zusammenstehen. Tiroler, Bayern, Ungarn und Serben glaubte er unterscheiden zu können.
Nun erinnerte er sich wieder daran, was er kurz vorher von dem jungen Burschen erfahren hatte: dass am Abend vorher wieder einmal ein großer Schiffszug an der Lände im Scheitelpunkt der großen

Innschleife, direkt hinter der Kaserne, angelegt hatte. „Der Erste in diesem Jahr, leider“ wie der junge Bursche betonte. August zog erstaunt die Augenbrauen hoch. „Wieso leider?“ fragte er den Buben. „Ja, es kommen ja fast keine mehr, seit die Bahn alles transportiert. Sind ja fast nur noch die Holzflößer unterwegs ... “, antwortete ihm der Bub mit einem Anflug von Enttäuschung in seinem sommersprossigen Gesicht. Moser musste zugeben, dass er den kleinen heruntergekommenen Burschen schon etwas unterschätzt hatte. In seinem Alter solche Gedankengänge! Aber sicher verdiente dieser kleine Bursche immer ein paar Pfennige, wenn er den Schiffleuten zur Hand ging oder ihnen sonst wie gefällig war. „Ja, im letzten Jahr waren es nur noch wenige Schiffszüge, die in Wasserburg haltgemacht haben“ mischte sich ein knorriger Fuhrmann ein, der mit seinem Gefährt einen Stellplatz genau vor seiner Kutsche hatte und nun neugierig näher gekommen war. Ein weiterer Fuhrknecht gesellte sich dazu. „Nix ist mehr zu verdienen. Die geben einem gar keine Verträge mehr, holen sich immer den Billigsten unter uns Fuhrleuten“ sagte der eine etwas grantig. Der größere von den ihnen zündete sich umständlich eine Pfeife an. „Tja, und jetzt arbeiten wir schon als Tagelöhner. Mehr sind wir nicht mehr wert!“ sagte dieser mit verbittertem Gesichtsausdruck. „Die neumodische Zeit bringt uns nur Unglück!“
August wurde unruhig, trat von einem Fuß auf den anderen! Er musste unbedingt weiterkommen. „Pfiats euch, Manner!“ sagte er und drehte sich um. Die leutseligen Knechte winkten ihm noch zu und er traf nun Anstalten, sich endlich auf den Weg in die Stadt zu machen. „Also, gib mir schön Obacht auf meine Kutsch´n, gell!“ Zum anderen Knecht sagte er im Weggehen: „Aber so was, wie Eure Probleme, ja so was krieg´n mir in unserm Gäu gar nie nicht mit. Mir, bei uns drüben, haben auch unsere Probleme, aber halt wieder ganz andere.”
„Die Haberer ... “ wollte er noch anfügen, unterließ dies jedoch. Gottseidank, wie er sich im Innersten gestehen musste. Allzu locker trug er allzeit sein übervolles Herz auf seiner Zunge!

Das war vor einer Viertelstunde und er hatte immer noch keinen kühlen Schluck getrunken. Schier pappte ihm der Mund zusammen. Vor seinem geistigen Auge sah er immer deutlicher eine deftige Brotzeit mit einer frisch gezapften Maß im „*Grein-Bräu*“. Jetzt betrachtete er die jungen Schiffleut´ und Treidelreiter schon mit ganz anderen Augen. Viele der Schiffknechte - und das hörte und sah man eindeutig - waren ja junge Männer von den Dörfern und Städten entlang des Flusses. Die brauchten bitter nötig den Verdienst, der ihnen die Arbeit auf dem Fluss brachte. Der betagte Knecht atmete tief durch. Sein rechter Fuß schmerzte heute höllisch. Irgendwie ging ihm das schon an die Nieren. Doch auch ein tiefes Gefühl der Dankbarkeit machte sich in ihm breit. Dankbarkeit gegenüber seiner Herrin, Franziska Stiglmaier, welche ihm immer die Treue gehalten hatte in all den letzten harten Zeiten. Was hatte er Angst gehabt, als nach dem Tod vom Kammerer ein neuer, harscher Ton auf dem Hof einzog.

*****

Moser setzte nun endlich seinen Weg in Richtung „*Grein-Bräu*" fort. Die meisten der Fieranten waren aus dem Welschland, aus Italien oder dem Königreich Serbien gekommen. Die Mandel- und Eisverkäufer aus dem Trient, die Weinhändler und Kunsttischler aus dem Etschtal und die Gewürzverkäufer aus dem habsburgischen Südtirol. Feinste Tücher wurden von Markthändlern aus Venedig, Florenz, Bologna und Turin angeboten - genauso wie allerlei kunstvoll Gedrechseltes, Geschnitztes und Wein, Käse, Speck, Salami und Kaminwurzen von den Bewohnern aus dem Landl, direkt hinterm Brenner.

Für alle Menschen war es die letzen Jahre etwas leichter geworden. Die k. k. Bahn der Habsburger Donaumonarchie hatte ihren Siegeszug schon lange über die Alpen angetreten und brachte Menschen, ihre Bräuche, Eigenarten und auch Waren näher und schneller zusammen als jemals zuvor.

Er riss sich endlich zusammen, gab sich einen Ruck und wandte sich wieder nach rechts. Mittlerweile war es schon kurz vor halb zwölf Uhr. Mitten in der Durchfahrt des „*Roten Turms*" hatten sich zwei große Fuhrwerke verkeilt. Wüstes Gefluche und Geschrei mit gegenseitigen Schuldzuweisungen der Fuhrleute drang an seine Ohren. Er kümmerte sich nicht weiter darum und wechselte, sich zwischen zwei Buden hindurch schlängelnd, wieder die Straßenseite. Auf der anderen Seite drüben, dort wo die Schustergasse in die Ledererzeile mündete, duftete es verlockend nach gebrannten Mandeln. Drüben, auf der anderen Seite, dort wo die schmale Friedhofsgasse durch die Stadtmauer hinaus zum Gottesacker führte, sah er wieder ein bekanntes Gesicht in der Menschenmenge: Vor dem Eingang zu seiner Wirtschaft stand der Sauhändler Pius, weithin als „*Sau-Pius*" bekannt. Gemütlich paffte er eine lange, fast bis auf seinen mächtigen Bauchansatz herunterhängende Keramikpfeife, mit einem kunstvoll gearbeiteten Mundstück aus Hirschhorn. Jovial erwiderte er den Gruß des Knechtes aus dem Grafinger Land. Beide hatten auch schon öfters miteinander auf dem Viehmarkt „am Gries" zu tun gehabt. Man musste immer höllisch aufpassen, dass der gewiefte Sauhändler einen nicht über den Tisch zog.

Jetzt aber pressierte es. Moser fasste sich verstohlen in seinen Schritt.

Zielstrebig steuerte nun August die letzten paar Meter bis zu seinem ersehnten Ziel an und setzte humpelnd seinen Weg in Richtung *Weberzipfel* fort. Noch ein paar Meter und er war endlich am lang ersehnten Ziel. Musik aus einer Drehorgel drang an sein Ohr. Da, weiter hinten am Weberzipfel, drehte sich ein Karussell. Frauen hasteten eilig mit ihren Kindern an ihm vorbei. Das große Karussell war auf keinem Volksfest wegzudenken und weit und breit ein Magnet für alle Kinder. Ein plötzlicher Windstoß riss im fast den Hut vom Kopf. „Aha, Westwind" konstatierte der naturerfahrene Knecht nüchtern und schon stieg ihm ein anderer verführerischer Geruch in seine Nase. Der Geruch der gärenden Maische und des Malzes vom Sudhaus des „*Grein-Bräus*" her, welches sich an das mächtige Wirtsgebäude am Kirchhofplatz anschloss, stieg ihm nun aufreizend in die Nase. Die große Flügeltüre aus verwitterter Eiche in der Durchfahrt zum Sudhaus stand offen.
Eilig erledigte er nun sein Geschäft auf dem Abort hinten im Hof.

Er atmete tief durch.
Endlich erlöst von seinen Qualen trat er in die Wirtsstube. Im Halbdunkel des Schankraums waberte dichter Tabaknebel unter der mächtigen Bohlendecke. August konnte kaum was erkennen. Dort, an einem der Fenster zur Straße hin, ein freier Platz. Nach der ersten Maß war der Knecht aus Wolfsöd schon wieder „heimisch". Hier kannte halt jeder jeden. Es war „wie ein Stück Heimat", dachte er zufrieden. Aus einer geplanten Maß wurden eine zweite und letztendlich sogar eine dritte. August vergaß ganz und gar, dass er ja einen Auftrag hatte. Bis es ihm plötzlich wieder siedendheiß einfiel. Die Kirchturmuhr von der mächtigen Stadtpfarrkirche St. Jakob hatte zum Einuhr-Läuten geschlagen. Er rief nach der resoluten Kellnerin, bezahlte und wollte gerade aufstehen, um zum Marienplatz zu eilen. *Zu spät!*
Franziska hatte sich inzwischen schon auf die Suche nach ihrem Faktotum gemacht und ihn zielsicher sofort im „*Bräu*" gefunden. Die junge, hübsche Bäuerin zog augenblicklich das Interesse aller männlichen Wirtshausgäste auf sich. Auch der rundliche Wirt hinter dem Schanktisch, den sonst nichts aus der Ruhe brachte, lugte neugierig hinter der Zapfsäule hervor. Selbst die wenigen Frauen im Wirtsraum schauten interessiert, aber mißtrauisch, auf diese hübsche augenscheinlich sehr selbstbewusste Weibsperson. Einige ganz kecke Burschen und Männer mit prächtigen Schnäuzern oder Vollbärten, die Trachtenhüte mit dem Gamsbart keck ins Genick geschoben, pfiffen ihre Begeisterung lautstark anerkennend durch die Finger. Der Altknecht lief rot an! Ihm schwante nun Böses. „O weia... " dachte er sich, als er unter dem spöttischen Gejohle und Gelächter seiner Zech-

kumpane mit viel Schweiß auf der Stirn und hochrotem Kopf die Wirtsstube des „Bräus“ im Windschatten seiner feschen Bäuerin verließ, „... o weia, das wird noch was geben, dahoam!“
Doch weit gefehlt. Franziska Stiglmaier hegte keinen allzu großen Groll gegen ihren Knecht. Hatte sie doch noch die Gelegenheit benutzt, sich ein wenig im *Trachtenhaus Huber* am Marienplatz die neuesten Modelle anzusehen. Sie war begeistert und wollte „in Ruhe“, wie sie den freundlichen Ladnerinnen sagte „in ein paar Wochen nochmals vorbeischauen!“ Nein, die vielen anerkennenden Pfiffe im Gasthof hatten sie nicht im Geringsten gestört. Im Gegenteil, ihr tat es innerlich gut, wieder einmal von ein paar kräftigen und saftigen Kerlen hofiert zu werden, nachdem sie ihr Mann zu Hause überhaupt nicht mehr beachtete. Aus den Augenwinkeln hatte sie erkennen können, soweit dies im Dunkeln des Wirtsraumes überhaupt möglich war, dass sich einige sehr stattliche Exemplare der Gattung Mann darunter befanden. Auch solchene, wie ihr Lenz damals einer gewesen war.
„Mei, August, du bist halt einer alter Schlawiner“ sagte sie augenzwinkernd und lächelnd, mit drohend erhobenem Zeigefinger, draußen auf der Ledererzeile zu ihrem Altknecht. Wusste sie jedoch genau, dass auf ihm immer Verlass war, wenn man ihn brauchte. Und das mit dem Lenz, vor langer, endlos langer Zeit, hatte sie ihm schon längst verziehen. Konnte er doch damals fast garnicht anders handeln, beim übermächtigen Bauernbaron. August bat etwas kleinlaut seine Bäuerin, am Marienplatz kurz auf die Kutsche zu warten. Er musste schon wieder dringend sein „Geschäft“ erledigen. Franziska nickte und kaufte sich unter den Arkaden eine Tüte voll süßem Gebäck. Heißhungrig probierte sie gleich ein Stück, dick mit Zuckerguss überzogen. An einem anderen Stand drüben an der Frauenkirche erstand sie für ihren Sohn ein wunderschönes Messer mit einem kunstvoll ziselierten Hirschhorngriff. Und dazu ein ledernes Etui. Auf einmal verspürte sie richtig Sehnsucht nach dem Kammererhof und nach ihrem Sohn, Maximilian-Lorenz. „Komisch“ dachte sie, „sehr komisch“. Dabei hätte ihr das bunte Treiben heute am Viehmarkt und auf der Messe in Wasserburg schon ganz gut gefallen.
Sie gestand sich ein, dass sie endlich mal wieder was für sich tun sollte. Vielleicht sich neu verlieben? Sich dieselbe Freiheit herausnehmen, wie ihr Mann? Interessenten gab es ja zuhauf. Erst vor wenigen Minuten hatte sie es spüren dürfen: Sie war noch attraktiv und begehrenswert. Keine alte, gebrochene Frau. Sie war eine Frau im besten Alter. Und sie nahm sich was vor. Aber nein! Sie verwarf sofort den Gedanken daran. Sie wollte jetzt, nach diesen zwei inner-

lich aufwühlenden Stunden im Bezirksgericht, zurück auf ihren Hof. Heim auf den Kammererhof.
„Aufgeschoben ist nicht aufgehoben" dachte sich lächelnd die junge Bäuerin.

*****

Die schier endlos lange und steile Steige von der Schmidzeile, an der Salzgrafenburg vorbei hinauf bis nach *Burgau*, hatte den Pferden arg zugesetzt und sehr viel Kraft gekostet.
Leichter fiel dann der Heimweg über Reitmehring, Edling, Breitbrunn und Pfaffing. Zuerst wollte ja ihr treu ergebener Knecht die - angeblich kürzere - Strecke durch den *Untersteinbuch-Wald* nehmen, aber Franziska verbot es ihm strikt.
„Nein, nein, August! Es wird bald dämmern und dann in diesem dunklen, kalten Forst. Nein, das will ich auf keinen Fall!" „Da wenn du vom Weg abkommst, dann Gnade Gott!" fügte sie noch an. Sie wollte lieber noch etwas länger vorne auf dem Kutschbock sitzen und ihren Gedanken, ihrer Sehnsucht und Träumen nach der lange verloren gegangenen Liebe Zeit und Raum geben. August Moser wagte einen verstohlenen Blick hinüber zu seiner Herrin. „Sie ist halt immer noch eine verdammt hübsche Frauensperson, die Franziska" dachte sich der alte Knecht. Die untergehende Sonne zauberte einen verklärten Ausdruck auf die ebenmäßig schönen Gesichtszüge von Franziska. Moser schien es als hätte diese Frau, die er schon als ganz kleines Mädchen auf seinen Knien schaukelte, heute Nachmittag etwas ganz Besonderes erlebt. Sicher wollte Franziska deswegen bewusst den Weg entlang der Attel, südlich des Forstes nach Pfaffing fahren und von dort aus weiter in Richtung Straußdorf. Erst meinte sie, als würde ihr Altknecht etwas mürrisch auf ihre Anweisung reagieren. „Aber vielleicht war´s auch nur eine Einbildung", dachte sich Franziska. Auf jeden Fall nahm der August die Zügel fester zur Hand und trieb die beiden Wallache zu einer schnelleren Gangart an.
Die, in dickes Ölpapier verpackten Briefe drückte Franziska fest an ihre linke Seite. Irgendwoher aus dem nicht weit entfernten Waldstück rief ausdauernd ein Kuckuck.
Für sie bedeutete der angeordnete Umweg eine kleine „Reise in die Vergangenheit". Ja, sie wollte Zeit gewinnen. Zeit um ihre Gedanken zu ordnen und an *d e n* Stellen vorbeifahren, an denen sie in der kurzen Zeitspanne mit ihrem Lenz so glücklich gewesen war.

Auch wenn sie an diesem heutigen Tag ihre große Liebe endgültig und für immer verloren hatte. Bittersüße Sehnsucht nach der lange zurückliegenden Zeit durchströmte ihr Innerstes.

*****

Sie schloss die Augen und dachte noch einmal intensiv zurück an die letzten Stunden im Büro des Notariats.

Es war der „*Letzte Wille*“ ihres geliebten Lorenz, dass diese - nie aus Amerika abgeschickten - Briefe nur in ihre Hände gelangen sollten. Laut pochte ihr Herz, ein schmerzhaft beklemmendes Gefühl stellte sich in ihrer Brust ein, als sie dies vom Amtmann Haslöder erfuhr. So souverän, wie es nur ging, führte dieser die notwendigen Regularien durch. Pflichteifrigst und gewissenhaft unterstützt von seinem Gehilfen Korbinian Sattler.
Maria - die Schwester vom Lenz erhielt - nebst einigen vergilbten Photographien, die Rettungsmedaille samt Ehrenurkunde des Staates Pennsylvania und dazu ein versiegeltes, schweres Ledersäckchen. Mit einem „großen Batzen Golddollar“, wie der Herr Amtmann mit etwas süffisantem Lächeln der Inninger - Bäuerin aus Lohen mitteilte.
„Gold, mein Gott, soviel Gold!“ sagte erschrocken Maria.
Und dazu erhielt sie noch einen persönlichen, sehr langen Brief von Lorenz, ihrem Bruder. Außerdem wurde ihr ein - aus dem Englischen übersetztes - Schreiben von Catharina Webb aus *Watsontown* am Susquehanna River übergeben. Ein Brief jener Frau, mit der Lorenz Kohwagner die letzten Jahre seines Lebens verbracht hatte.
Und diesem Brief war auch der echte, ziemlich ramponierte Ausweis ihres Bruders beigelegt, ausgestellt vom Bezirksamt Wasserburg am Inn, am 16. April 1871 auf:
Lorenz Kohwagner, geboren am 13. April 1850 in Mittergars.
Der Mann, der am 31. März 1885 in der Nähe von Port Trevorton im Staate Pennsylvania, im fernen Amerika so schrecklich zu Tode kam.

Franziska Stiglmaier, geborene Kammerer, erhielt vom Wasserburger Notaramtmann die Briefe von Lorenz Kohwagner ausgehändigt.
In diesem Moment glaubte Franziska ihr Herz würde zerspringen ...

*****

Sie fühlte sich erschöpft und war, nachdem die Kutsche die Ortschaft *Ramerberg* passiert hatte, auf dem Kutschbock sanft eingeschlummert. Nach einer halben Stunde erreichte Moser den kleinen Ort *Rettenbach*. Kurz nach der Kirche dirigierte ihr Knecht die Rösser über die Attelbrücke und mit ruhigem Kommando direkt nach Westen. Die Kutsche hatte mittlerweile den Flusslauf der Attel hinter sich gelassen. An *Fellbach* und *Großaschau* vorbei suchten sich die Pferde alleine den Weg hinauf nach *Jakobneuharting*. Nach einer weiteren Viertelstunde passierten sie, linkerhand von der Straße, das kleine *Schloss Stachet*. Unmerklich war es kühl geworden. Im Süden,

garnicht weit entfernt und durch die seit Tagen herrschende Föhnwetterlage herrlich heraus modelliert, stand majestätisch der *Wendelstein.* Franziska war wieder eingenickt.
Moser hatte zwischenzeitlich seiner Herrin behutsam die warme Decke übergelegt, ohne dass sie aufgewacht war oder auch nur einen einzigen Mucks gemacht hätte. Er verspürte für sie ein tiefes Gefühl der Zuneigung und Fürsorge. Hatte er sie doch, zusammen mit ihrer Zwillingsschwester Luise, als Kinder oft genug auf seinen Knien geschaukelt und sie überall hin begleitet.
Franziska bewegte sich, wachte auf und rieb sich die Augen. „August, sind wir schon da?“ fragte sie erstaunt. Sie hatte garnicht wahrgenommen, dass sie schon in Jakobneuharting angekommen waren. Vor ihnen - direkt an einer Kreuzung und auf einer kleinen Anhöhe - stand die kleine Kapelle. Weithin leuchtete das kleine weißgekalkte Kirchlein am Ende der langen Steigung.
Blutroter Sonnenuntergang zeichnete sich in ihrem Rücken über die ganze Bergkette bis hin zum Mangfallgebirge ab. „Augsut halt ... “, Franziska zupfte den Moser am Arm „... August, halt an und wart´ ein paar Minuten auf mich“. Die Kutsche verlangsamte ihre Fahrt und hielt unter der großen Dorflinde an der Straßenkreuzung an. Franziska stieg ab.
Die Pferde dampften. August zog die Bremse an, stieg ab und legte den Rössern Decken über. „So viel Zeit muss schon sein“ sagte er zu sich selbst. Er liebte seine Tiere und sorgte immer für sie. Für ihn waren sie Freunde und vor allem Gottes Geschöpfe. Nie hätte er ein Tier misshandelt. Nie und nimmermehr. Gut, sie waren für die Arbeit auf dem Hof da. Und die war oft hart genug. Und dann noch diese Geschöpfe misshandeln? Niemals!
Im Schatten der beiden Lindenbäume fingen die Kaltblüter sofort zu grasen an. Lange würde es nicht mehr dauern und die Bäume würden ihre Knospen öffnen und erblühen, dachte sich der Knecht.
Franziska war inzwischen schnellen Schrittes die wenigen Steinstufen hinaufgerannt.
Leise öffnete sie die Kirchentüre. Das Gotteshaus war leer.
Franziska setzte sich in die allerletzte Reihe - genau wie damals vor vielen Jahren!
Der kleine Altar in der Kapelle war mit weißen und lila Fliedersträußen wundervoll geschmückt. Birkenzweige, wohl noch von der letzten Maiandacht, waren zu beiden Seiten des Chores aufgestellt. Franziska zündete eine große Kerze an und warf einige Geldstücke in den Opferstock. Niemand außer ihr war in dem kleinen Gotteshaus. Genau wie damals vor langer Zeit. *Ihr fuhr ein Stich ins Herz.*

Sie erinnerte sich noch ganz genau an jenen Tag vor vielen Jahren. Als sie hier mit ihrem Lenz in dieser kleinen Kapelle auf der harten Bank saß und sich beide wortlos die ewige Liebe schworen. Und auch daran, als sie damals plötzlich beide unerwartet vom Pfarrer angesprochen wurden, dessen Eintreten sie nicht bemerkt hatten.
Sie wusste, dass dieser erfahrene Gottesdiener ahnte, wie es um die beiden jungen verliebten Menschen stand.
Er hatte übrigens nie ein Sterbenswort gegenüber dem allmächtigem Kammerer verlauten lassen. Lebte er denn noch, dieser alte Herr? Nein! Undeutlich erinnerte sie sich daran, dass der Geistliche schon vor einigen Jahren gestorben war.
Franziskas Gedanken schweiften weit zurück.
Zurück in die Zeit vor fast 18 Jahren. Als beide, Lenz und sie, noch ein heimliches Liebespaar waren.
„Mein Gott, unser Sohn Maximilian - Lorenz ist ja schon 17 Jahre alt geworden! Im vergangenen April ...! Ihr Sohn, ihr ganzer Stolz und auch der zukünftige Erbe vom „Kammererhof". Ihre Ehe mit Arnulf Stiglmaier war kinderlos geblieben. Sie war am Ende und bestand eigentlich nur noch auf dem Papier. Ihr Mann hatte anscheinend auch die Ader seines verstorbenen Vaters: andauernd irgendwelche Liebschaften. Ob in Pfaffing, Wasserburg, Grafing, Aibling, Miesbach, Rott oder sonst wo. Überall hatte der flotte Arnulf seine „*Gschpusi*". Sicher, nichts wirklich Ernstes dabei, wie er selber immer auf ihre Vorhaltungen hin lapidar entgegnete. Sie hatte sich daran gewöhnt und beide lebten halt ein Leben getrennt von Tisch und Bett.

Verstohlen blickte sich August Moser um.
Verflixt! Aber das konsumierte Bier drückte ihn schon wieder auf die Blase. Er kontrollierte schnell nochmals die Bremse und band seine Rösser am Geländer der Treppe fest. Dann entfernte er sich eiligen Schrittes auf eine nicht weit entfernte Schlehenhecke zu. Dort verschaffte er sich mit hörbarem Aufatmen die dringend notwendige Erleichterung. Ein satter Rülpser folgte auf dem Fuß.
Von irgendwo schlug eine Turmuhr. „Vesper. Sechs Uhr, es wird Zeit, dass mir heimkommen!" brummte er vor sich hin. Sein Magen knurrte unüberhörbar.
Immer noch war Franziska in der Kapelle.
August Moser füllte einen Eimer mit dem glasklaren, kühlen Wasser aus dem - vor der Kirche plätschernden - Brunnen und gab seinen Pferden zu saufen. Dann drehte er sich um, packte aus seinem Rucksack die Reste seiner Brotzeit und begann genüsslich zu vespern. Obwohl es nicht mehr lange zum Kammererhof dauern würde, plagten ihn wieder der Hunger und auch der Durst.

Der Brief

Franziska hatte keinen Hunger und nur ein klein wenig zu Abend gegessen. Das Gesinde hatte seine Arbeit auf dem Hof an diesem Tag gut verrichtet. Die Feldarbeit stand noch nicht so dringend im Vordergrund. Wichtig war es, das viele Vieh in den Ställen zu versorgen. Sie wollte jetzt ihre Ruhe haben. Ihre beiden Männer waren aus dem Haus. Wo ihr Mann war, konnte sie sich denken. Seine allerneueste „Flamme" wohnte drüben in Kirchseeon. „Wer weiß, wie lange es diesmal dauern würde", dachte sie sich. Endlich hatte sie sich damit abgefunden, dass sie ihn verloren hatte. Ihr Sohn war auf dem Treffen der *„Kirtabuam"* [1)], drüben in Straußdorf.
Wochenlang hatte man genug zu tun um den eigenen, riesengroßen Maibaum zu bewachen. Vor allem in der Nacht! Sie hatte erfahren, dass es den Burschen von Straußdorf gelungen war, ihren ärgsten Widersachern und „besten Freunden" in Oberelkofen drüben, in der Nacht zum 1. Mai den Maibaum zu stehlen. Erst im frühen Morgengrauen hatten sie es geschafft, an den völlig übernächtigten Wachen vorbei, den abgesägten Baum wegzuschaffen. Und heute gab´s anscheinend eine Feier für diesen großartigen „Sieg". „Na ja", Franziska huschte ein leises Lächeln über die Lippen, „... sonst kann ich mich auf meinen Maxl schon recht verlassen!
Mehr wie auf seinen Stiefvater ...".
Nachdem ihr Mann sich mehr und mehr nur um seine Liebschaften kümmerte und den Kammererhof „links liegen ließ", kam es immer mehr auf ihren Sohn, den Maximilian-Lorenz an.

Ja, der Maxl! Wie aus dem Gesicht geschnitten, sah er seinem Vater ähnlich: die dunklen schwarzen Haare und die dichten Augenbrauen über der leicht gebogenen Nase! Auch sein Gang, die Art zu sprechen, die ganzen Gesten ...!
Leise seufzte Franziska auf. „Und noch etwas hat er geerbt. Eindeutig!" dachte sie. „Diesen verdammten und verbohrten Gerechtigkeitswahn. Ja, den hat ihm der Lorenz mit in seine Adern, in seinen Kopf und in sein Gehirn gegeben ...".
Da hätte er ja direkt ein Haberer sein können, ja sein müssen! Wenn, ja wenn er nicht auf der „anderen Seite" gestanden hätte. Wenn ...!
Manchmal hätte man glauben können, das „Land vorm Gebirg" sei außer Rand und Band. Die Obrigkeit war auch nach verstärkten Bemühungen immer noch nicht vollkommen dieser „Landplage" Herr geworden.

[1)] **Kirtabuam** ***(Bayern/Tirol)*** - *Kirchweihburschen (Volks-/Brauchtum). Werden u.a. auch beim traditionellen „Maibaum - Aufstellen" aktiv.*

Kaum, dass der Druck der Justiz von München und von den Bezirksämtern auf dem Lande etwas gelockert wurde, flackerten ringsumher wieder die unseligen „Feuer dieses Femebundes“ verstärkt auf.
Doch trotzdem hatte sich vieles geändert: Ein großer Teil der Haberer waren nun allein schon aus der Not heraus auch Wilderer. Und die waren nicht unbedingt zimperlich mit ihren Methoden.
Drunten am Tegernsee, in Valley, in Aibling, ja mittlerweile sogar innabwärts Richtung Altötting und Marktl und darüber hinaus, bis hinein in die Münchner Gegend und hinüber nach Schwaben wurden die immer mehr ausufernden Aktionen der Feme- und Rügegerichte durch die Haberer zur schieren Landplage. Denn: Nicht wenige ihrer Anführer nutzten die Gunst der Stunde, um persönliche Rachegelüste zu befriedigen.
Damals, vor vielen Jahren als junges Mädchen und dann noch in der behüteten Umgebung ihres Lyzeums in München, ja damals hatte Franziska und ihre Schwester Luise davon keinerlei Ahnung. Keine Ahnung von dem, was auf dem Lande so vor sich ging. Auch nicht von den unseligen Machenschaften ihres Vaters, Sebastian Kammerer. Wohlweislich hatte ihre Mutter darüber straff den Mantel des Schweigens gelegt. Und auch die Ehehalten waren streng dazu verpflichtet worden, den beiden Mädchen aus München während ihres Besuchs ein Sterbenswörtchen davon zu erzählen. Sonst hatten sie ja in ihren Ferien keinerlei Kontakt. Und ihre kleine Schwester Veronika? Na ja, das Nesthäkchen war noch viel zu jung, um die Eskapaden ihres vergötterten Vaters irgendwie zu erkennen oder einordnen zu können. Sicher hatte das kleine Mädchen damals oft die verweinten Augen ihrer Mutter bemerkt. Aber sich nie einem Reim darauf machen können. Weshalb denn auch?
Spät, eigentlich erst dann, als sie mit ihrem Sohn im April 1874 in München niederkam, erfuhren die Zwillinge, Franziska und auch Luise, von den Verbindungen ihres geliebten Lenz zu den Haberern. Und auch erst dann bekam sie Kenntnis vom großen Haberfeldtreiben im November 1873 auf dem Kammererhof zu Wolfsöd. Ihre Tante hatte ihr alles haarklein erzählt. Ihr und ihrer Schwester Luise. Aber zu diesem Zeitpunkt trug Franziska unter ihrem Herzen schon ein Kind von ihm, von ihrem Lenz; dem seit langem steckbrieflich gesuchten geliebten Menschen. Zu jener Zeit war auch sie schon von ihrem Vater unerbittlich nach München verbannt worden ...

„Ein Bankert auf dem Hof? Nein, die Schande für den Kammererhof wäre zu groß...“, so argumentierte er damals hartherzig gegenüber seiner Frau Juliane ...!

*****

Unruhig flackerte das Licht der Kerze ...

Sie stand auf und schloss behutsam das kleine Fenster hinunter zum Wiesenhang. Dann setzte sie sich wieder auf den alten Korbstuhl vor dem runden Tischchen.

Es musste jetzt kurz vor Mitternacht sein ...

Das monotone Ticken der Standuhr beruhigte langsam ihre aufgewühlten Gedanken. Mit zitternden Fingern öffnete sie die Verschnürung des Paketes, faltete vorsichtig das Ölpapier auseinander und entnahm den ersten Brief. Ihr Atem ging flach, Druck lastete auf ihrer Brust. Ihre Hände fingen noch stärker zu zittern an. Franziska versuchte sich zu beruhigen. Vergebens. Ihr Herz schlug wie wild.

Sie legte den obersten, noch ungeöffneten Brief wieder auf den Stapel, stand auf und ging wieder ans Fenster, öffnete es und ließ die kühle Nachtluft herein. Franziska sog sie tief in ihre Lungen ein. Sie brauchte jetzt einen ganz klaren Kopf, das wusste sie.

Nach schier endlos empfundenen Minuten hatten sich ihre Nerven wieder beruhigt. Franziska hauchte einen zarten Kuss auf das vergilbte, abgegriffene Foto von Lenz und lehnte es vorsichtig an die große Vase mit duftendem Flieder, welcher vor ihr auf dem Tischchen stand. Wie oft hatte sie das einzige Foto ihres Geliebten heimlich in den letzten Jahren aus dem hintersten Winkel ihrer Truhe geholt und betrachtet. Wie oft? Immer wieder versetzte ihr dies einen Stich ins Herz bei dem Gedanken: *„Was wäre, wenn ...?“*

Wie oft hatte sie auch diese drei Worte tonlos vor sich hingeflüstert. In vielen einsamen Nächten, wenn der ihr angetraute Gatte wieder einmal bei einer seiner vielen amourösen Abenteuer Minnedienste leisten musste!

Franziska nahm einen kleinen Schluck Wasser aus dem Glas und begann leise, sorgsam Wort für Wort und Zeile für Zeile zu lesen:

Scranton, Pennsylvania, 10. Juni 1874

Meine geliebte Franziska!

Ich weiß nicht, ob ich Dir diesen Brief jemals senden werde. Aber wenn ja, so sollst Du wissen, daß ich Dich über alles liebe und Dich niemals vergeßen kann. Und daß es mir unendlich viel leid thut, daß ich Dich hab verlassen müssen. Du wirst ja sicher erfahren haben, warum Sixtus und ich und noch einige andere der Haberer von Schalldorf aus haben fliehen müssen. Die Schandi waren halt schon dicht hinter uns her und die hätten uns, wenn sie uns erwischt hätten, einfach ins Zuchthaus gesteckt. Ich wollte Dir und auch mir das nicht anthun, glaube mir. Und deshalb sind wir beide geflohen. Nun bin ich schon seit über sechs Wochen in Amerika. Sixtus Heimerl, Du kennst ihn ja, arbeitet jetzt in West Pittston, in der Nähe von Scranton, in einem Bergwerk unter Tage. Wir leben hier im Staate Pennsylvania. Es sind viele Deutsche, Schweizer, Österreicher und auch Elsässer hier. Trotzdem, ich weiß nicht, ob ich das lange hier aushalte. Im Bergwerk ist es die reinste Hölle. Ich habe Angst, jeden Tag höllische Angst, daß ich verschüttet werde. Sixtus sagt mir immer nach der Schicht, ich soll mich nicht so anstellen, es wird sich noch alles geben, mit Gottes Hilfe. Aber, ich glaube nicht daran. Er hat ja gut reden, hat er doch schon einige Jahre in Hausham drunten in einem Pechkohlebergwerk gearbeitet. Außerdem lebt er jetzt schon einige Wochen mit einer Frau zusammen, mit der Lorie. Na ja, sie ist halt leider eine Schwarze, weißt schon, eine Negerin. Wohl recht fesch anzusehen, hat aber zwei kleine Kinder. Sie ist Witwe, denn ihr Mann ist hier vor einigen Jahren in einem Bergwerk tödlich verunglückt.

Ich habe eine kleine Kammer, werde aber in den nächsten Tagen ausziehen und mir woanders eine neue Arbeit suchen. Ich brauche wieder das Tageslicht und vor allem die frische Luft zum atmen. Wahrscheinlich werde ich auf einem Bauernhof drunten im Lancaster-County anfangen zu arbeiten. Du weißt sicher nicht, wo das ist - oder? Der Ort heißt Paradise. Ein schöner Name, gell?

Dort wohnen auch viele ausgewanderte Deutsche als Bauern auf ihrem eigenen Land. Die meisten sind allerdings alle so komisch angezogen und machen überhaupt nicht was Neumodisches mit.

Ich schreibe Dir wieder, wenn ich dort unten angefangen habe zu arbeiten. Zu essen gibt es genug, man muß sich halt erst dran gewöhnen. Denn es ist nicht so ein Essen, wie bei uns in Bayern.

Mittlerweile kann ich auch schon ein paar Worte amerikanisch sprechen, well. „I love you", das heißt, ich liebe Dich! Ich denke nur in großer Liebe an Dich. Hoffentlich geht es Dir gut! Vergiß mich bitte nicht!

Dein Dich ewig über alles liebender
Lenz.

*****

Minuten, für Minuten und Stunden für Stunden, bis weit in den frühen Morgen hinein, las Franziska einen Brief nach dem anderen. Sie konnte nicht mehr weinen. Nein! Zu viele Tränen hatte sie in den vergangenen Nachtstunden vergossen. Doch, sie konnte auch nicht davon lassen, weiter zu lesen.

Das Fieber hatte sie gepackt. Es war so, als würde sie mit Lenz, *ihrem Lenz,* noch einmal vertraute Zwiesprache halten.

Jedem seiner Briefe, die sie in dieser langen und doch so kurzen Nacht in den Fingern hielt, hauchte sie einen zarten Kuss aufs Papier. Ihre

Wangen glühten, sie spürte nicht die vergehende Nacht und nicht den kommenden Morgen. Und doch schaffte sie den ganzen dicken Stapel nur zu einem knappen Drittel. In den Morgenstunden fand Maximilian seine Mutter - mit dem Gesicht auf ihrem rechten Ellbogen schlafend - über einen aufgeschlagenen Brief vor. Die Kerze war erloschen. Leise entfernte er sich wieder aus dem Zimmer, ging hinunter in den Stall, um mit den Ehehalten den angebrochenen Tag zu beginnen.
Es dauerte noch viele Tage und Wochen, bis Franziska die Briefe von Lenz durchgelesen hatte. Nicht einmal, zweimal, ja gar oft dreimal hatte sie die meisten gelesen. Und sie danach wieder sorgfältig versteckt.

In ihrem Herzen war jetzt endlich Frieden eingekehrt.
Frieden über ihre verlorene große Liebe zu Lenz, der sie in Amerika nie vergessen hatte. Sie war stolz auf ihn. Stolz, dass er sein Leben in der Art und Weise vollendet hatte, wie er es auch auf dem Kammererhof vorlebte: Aufrecht, hilfsbereit und gradlinig bis zum letzten Atemzug. Sie war unendlich froh, jetzt drüben auf der anderen Innseite, eine Freundin, ja sogar eine Verbündete gefunden zu haben: Maria Inninger, die Lieblingsschwester von ihrem Lorenz.
Am Familiengrab der Kohwagner wurde wenig später vom Steinmetz aus Gars am Inn, eine kleine geschliffene Steinplatte angebracht und mit dem Zusatz versehen:

Zur Erinnerung an
Lorenz Kohwagner
Geb. 13. April 1850 in Mittergars
Gest. 31. März 1885 in Port Trevorton
Pennsylvania in Amerika
<Ruhe in Frieden>

*****

Der Gemeindepfarrer hielt einen bewegenden Gedenkgottesdienst in der Pfarrkirche St. Michael, zu dem sehr viele Menschen aus der näheren und weiteren Umgebung kamen. Auch einige der Ordensschwestern vom Franziskanerinnenkloster auf der anderen Seite des Flusses waren dabei.
Seine Ehrenmedaille erhielt, zusammen mit der Urkunde und einem Bild vom jugendlichen Lorenz Kohwagner, einen Ehrenplatz direkt neben dem Kruzifix im Herrgottswinkel. Auch Maria hatte endlich wieder Frieden im Herzen. Sie hatte ihren geliebten Bruder Lorenz wieder gefunden.
Wenn auch nur im fernen und für sie unerreichbaren Amerika! Die vielen Golddollars, die Lenz ihr vermacht hatte und, die er sich wahr-

scheinlich vom Munde abgespart hatte, behielt Maria mit Einverständnis ihres Mannes nicht für sich alleine. Ein Drittel des Erlöses spendete sie der Kirche und dem Kloster Au. Das zweite Drittel übergab sie wieder über das Notariat der deutschen Auswandererfamilie, damit sie das Geld Catharina Webb in Watsontown zurückgeben konnten. „Diese Frau wird das noch nötiger brauchen als wir", sagte sie zu ihrem Mann. Maria empfand dies als ihre christliche Verpflichtung. Auch den, schon wieder auf gepackten Koffern für die Rückreise nach Amerika sitzenden, Auswanderern, die noch einen Familienangehörigen mit hinüber nach Pennsylvania nahmen, übergab sie einen kleinen Teil ihres eigenen Brudererbes. Als Dank für die Ehrlichkeit dieser Familie, die vor vielen Jahren aus dem kleinen Ort Soyen über den großen Teich ins Land der Hoffnung gefahren waren.

Und mit dem Rest der Golddollars kauften sich Maria und Georg ein Ross, einige Stück Rindvieh und eine trächtige Muttersau.
Das Glück schien für kurze Zeit wieder auf den Hof zurückgekehrt.

*****

Anfang Juni 1891

Schon drei Wochen später musste sich die Kammererhof - Bäuerin wieder auf den Weg nach Wasserburg machen. Ihre aufgeschobenen Einkäufe im Trachtenladen Huber am Marienplatz drängten. Und endlich wollte sie an diesem Tag auch wieder einmal ihrer kleinen Schwester Veronika im Kloster Au einen Besuch abstatten, die seit etwas über zwei Jahren Ordensschwester bei den Franziskanerinnen war. Lange Zeit hatte Vronis Lebensweg in eine ganz andere Richtung gezeigt. Doch, nach einer unglücklichen Liebe - fast genau wie bei ihr - hatte sich die Veronika entschlossen, ihr Leben und ihre Liebe nur noch Gott und den Menschen selbstlos zu schenken. Und nun war Veronika Nonne genau in jenem Kloster, in welchem Maria, die Schwester ihrer großen Liebe zur Schule gegangen war.
Und dort, wo ihr geliebter Lenz geboren, aufgewachsen und lange Zeit gelebt hatte.

*****

Der Kammererhof in Wolfsöd

Kein Tag verging von Anfang an auf dem Kammererhof, an dem nicht vom cholerischen Arnulf Stiglmaier das unterste zu oberst gekehrt wurde. Moser und auch der Großknecht Ergoldinger waren bald mit ihrem Latein am Ende. Beide trugen sich ernsthaft mit dem Gedanken, beim nächsten Lichtmesstag ihren Dienst zu quittieren und sich auf die Suche nach einer anderen Stelle zu machen. Die ewigen

Wutausbrüche und Ungerechtigkeiten ihres neuen Herrn hatten sie mürbe gemacht. August Moser wusste jedoch sofort, dass er bei einem solchen Vorhaben die schlechtesten Karten gehabt hätte. Er, in seinem Alter und dazu noch mit seinem steifen, rechten Bein!

Irgendwann hatte es auch die Franziska satt.
Sie konnte das eisige Klima und das ständige Gebrülle auf dem Kammererhof nicht mehr ertragen. Ein fürchterlicher Krach, zu hören durch´s ganze Haupthaus und bis hinüber in die letzten Stadel, beendete dann an einem heißen Sommertag, wenige Tage vor der Getreideernte, diese unselige Zeit. Der Stiglmaier Arnulf zog - mehr oder weniger endgültig - aus dem ehelichen Schlafzimmer aus und ließ sich danach wochenlang nicht mehr auf dem Hof blicken. Die Ehe war somit schon beendet, bevor sie richtig begonnen hatte. Arnulf hatte reihum seine Verhältnisse, schier endlose an der Zahl.
Eine junge, reiche Witwe in Aibling zog ihn im Moment in ihren Bann. Nach kurzer Zeit war er ihr restlos verfallen, packte in Wolfsöd seine restlichen Siebensachen und verschwand wieder.
Danach ließ er sich überhaupt nicht mehr blicken.

Auf dem Hof sowie im Herzen von Franziska herrschte nun wieder einigermaßen Friede. Auch Franziskas Sohn, Maximilian-Lorenz blühte plötzlich wieder auf. Schwer, unheimlich schwer hatte er unter den Ungerechtigkeiten und Zornausbrüchen seines Stiefvaters leiden müssen. „Du Knechtsbalg, du elendiger Saubankert", war das Mildeste, was er oft zu hören bekam. Nach dem Verschwinden ihres Mannes dauerte es nicht lange und der Kammererhof blühte zu neuer Größe und Macht auf. Jeder, vom Jungknecht bis zum treuen Altknecht, gab nun wieder sein Bestes für „Hof und Herrin!"

Mosers Ängste und Sorgen schienen von einem Tag auf den anderen verflogen.

*****

Der Tod kam immer wieder regelmäßig auf den „Maierhof".

Das eine Leben ging, das andere kam.
Das Kindergebären ging fast ohne Unterlass in Lohen weiter. Immer wieder stellten Missernten den Erfolg der kleinen Bauern auf einen harten Prüfstand, so auch auf dem „Maierhof" in Lohen.
Im Kirchdorf schlug man oft die Hände über den Kopf zusammen, wenn die - mittlerweile schier unübersehbare - Inninger-Sippe am Sonntag fast die zwei Reihen der St. Michaels - Kirche von alleine füllte. Für den Dorfpfarrer jedoch war diese Familie trotz aller Probleme die reine Reinkarnation der christlichen Urfamilie. In den

Gremien der Kirchengemeinde, im Gemeinderat und auch überm Inn, im Kloster Au war das Schicksal dieser Familie Thema zu endlosen Beratungen. „Wie bitte ..." so hieß es „... kann man dieser Familie denn noch helfen?" Manche dachten und sagten auch recht bedeutungsschwanger: „... *so* einer Familie!"
Der Pfarrer wies immer wieder darauf hin „dass dies alles Gottes Wille wäre, denn Gott nimmt und gibt ..." wie er sich gesalbt ausdrückte. Leise Zweifel an diesem doch sehr harten Standpunkt, dass hier von „einem Gottesgeschenk ja wirklich nicht mehr gesprochen werden konnte" wischte er beinahe zornig vom Tisch. Derlei Beispiele gab´s ja genug in seiner weit verstreuten Gemeinde! Aber in dieser schier apokalyptischen Dimension, das wagte er nicht zu sagen!
In den weltlichen Gremien diskutierte man verhaltener. Man sah mehr das menschliche, soziale Problem, das hier auf der Gemeinde lastete. Empfängnis war sicher gottgewollt, das zweifelte keiner der Räte an. „Aber könnte man nicht einmal mit dem Doktor aus Gars sprechen?" wie einer aus dem Rat ganz vorsichtig formulierte. Nachdenkliche, ja erschrockene Gesichter, das war die erste Reaktion auf diesen Vorschlag. Man wusste wohl, was der Ratskollege damit sagen wollte, getraute es sich aber nicht offen auszusprechen.
ES.: das Wort „Empfängnisverhütung ... !" Bei Gott, schon alleine der Gedanke daran erschien den meisten Männern und Frauen ketzerisch an sich. Ja, ja - man hatte schon davon gehört. In der Großstadt war man da „ja schon viel, viel weiter"! Aber hier? Im direkten Umfeld von zwei großen Klöstern und der allmächtigen Kirche? Empfängnisverhütung oder noch schlimmer eine Abtreibung galten hier nach wie vor als Todsünde. Beides wäre nie und nimmer toleriert worden. Und Abtreibung stand gesetzlich unter schwerster Bestrafung.
Das war nur etwas für die „durch und durch verdorbenen Großstädter mit ihrem losen, lockeren ausschweifenden Lebensstil" sagte man mit einem angewiderten, bigotten Seitenblick in Richtung Sündenpfuhl München.
Also blieb es so, wie es war. All die Gremien konnten nur versuchen, das Schicksal dieser Familie in ihrer Gemeinde etwas zu lindern. Mehr aber auch nicht. Der Bürgermeister wurde trotzdem sogar ermächtigt, mit dem Leiter der örtlichen Spar- und Darlehenskassa in Gars Verbindung aufzunehmen, um Möglichkeiten auszuloten, dass man den immer noch hoch verschuldeten Hof doch etwas mehr unter die Arme griff. In Form von reduziertem Zins oder Ähnlichem. Doch dieser Versuch schlug ins Leere. Denn die Vorstandschaft der Bank lehnte dies mit Mehrheit kategorisch ab. „Man wolle auf keinen Fall hier einen Präzedenzfall schaffen ..." hieß es in der mündlichen

Stellungnahme, wie der Bürgermeister bei der nächsten Gemeinderatssitzung bekannt gab. Schriftliches erhielt er natürlich nicht auf seine Anfrage. So blieb vorerst alles beim Alten.
Fast, jedoch nur „fast" blieb alles beim Alten.

*****

Hatte sich nicht der Hausarzt in Gars, der Herr Doktor Sylvester Kölbl, auf diskrete Anfrage der Frau eines Gemeinderates hin, bereit erklärt, sich dieser Familie endlich gezielt anzunehmen?
Und, was besonders erfreulich war, dass er dem Ansinnen des Gemeindegremiums spontan zusagte, diese enorm kinderreiche Familie in Zukunft kostenlos zu behandeln. Die Kosten für lebenswichtige Medikamente wollten sich die Gemeinden Gars, Mittergars und das Franziskanerinnenkloster Au am Inn teilen. Natürlich war auch dies ein nicht ungefährlicher Präzedenzfall für die Praxis des Doktors, das wussten sofort alle, die davon Kenntnis erhielten. Aber der Doktor stand konsequent zu seiner einmal getroffenen Entscheidung.
Über seine medizinische Hilfe hinaus versuchte er nunmehr, die junge Bäuerin Maria mit all den bekannten und vor allen Dingen rechtlich und kirchlich unbedenklichen Mitteln der Empfängnisverhütung vertraut zu machen. Seine eindringlichen Worte über weibliche Zyklen, den Eisprung und vielem, vielem mehr, hörte sich Maria geduldig an, schüttelte jedoch ab und zu vehement den Kopf.
Die ärztlichen Argumente fielen jedoch augenscheinlich nicht auf sehr fruchtbaren Boden. Im Gegenteil, je mehr der aufrichtige Doktor Maria mit seinen Ratschlägen eindeckte, umso mehr sträubte sich die junge Bäuerin innerlich dagegen.
„Mei, wenn dös der Georg erfährt …" sagte sie nur immer wieder abwehrend zum Doktor Kölbl. Hatte nicht der Herr Pfarrer gegen die Gottlosigkeit - im nicht allzu fernen München und sonst wo in der Welt - erst vor Kurzem wieder von seiner Kanzel gewettert? Und dass es *„alleine der Wille Gottes ist, fruchtbar zu sein und Kinder zu gebären"?* Papst Pius IX und die Kurie in Rom stellten Empfängnisverhütung jeglicher Art sogar als Todsünde hin - und seine Diener in Deutschland und auf der ganzen Welt achteten strengstens auf die Einhaltung der päpstlichen Dekrete und göttlichen Gebote.
Doch die alttestamentarische Überlieferung des Spruches:

„Seid fruchtbar und mehret Euch und füllet die Erde und machet sie Euch untertan"
war nunmehr zum Alptraum, ja zum Menetekel und zur echten Bedrohung für die Bauernfamilie auf dem Maierhof geworden.

Georg und Maria schafften es doch irgendwie immer wieder und hatten diese riesengroße Anzahl an Nachkommen erstaunlich sicher im Griff. Manch einer im Dorf hätte sich wohl gewünscht, dass es irgendwann, und sei es aus auch nichtigsten Gründen, mal was an den Kindern zu mäkeln gab. Nur um seine Vorurteile bestätigt zu sehen. Vergebens!
Vielen war dieser immense Kinderreichtum einfach suspekt, sie hatten richtiggehend Angst davor. Kinderreichtum ja, aber gleich so viele? Dennoch, eines musste man der Familie schon lassen: sauber gewaschen und angezogen, ging die Familie an allen Sonn- und Feiertagen ihren christlichen Pflichten nach. Manches Mal, bei hohen Feiertagen, fuhr der Bauer sogar mit der Kutsche - im fliegenden Wechsel - von Lohen nach Mittergars. Auch der Dorflehrer konnte - trotz einiger diesbezüglicher - Nachfragen nichts entscheidend Negatives über die vielen schulpflichtigen Inninger - Kinder berichten. Im Gegenteil, viele hoben sich mit ihrem Fleiß und ihrer Intelligenz über manch andere, hochwohlgeborene Kinder hervor. Auch den Franziskanerinnen vom jenseitigen Kloster Au lag diese Sippe am Herzen und sie unterstützten sie, so gut es nur ging.
Doch die Not war halt rings um das Kloster in diesen Zeiten überall sehr groß..

Mittlerweile waren auch die älteren Mädchen aus der ersten Ehe, allen voran die fast 14-jährige Maria, vollauf mit ihren jüngeren Stiefgeschwistern beschäftigt. Elisabeth, die letztgeborene aus erster Ehe mit der Anna, war nun auch schon über 12 Jahre, als ihre Stiefmutter Maria in der ersten Dekade des neuen Jahrhunderts, am 1. 3. 1900 einem kräftigen Buben, dem Michael, das Leben schenkte. Zwölf bis vierzehn Geschwister, manches Mal noch mehr, wuchsen so zeitweise um die Jahrhundertwende auf dem Weiler Lohen in äußerst kargen und sehr ärmlichen Verhältnissen auf. Eigentlich wären es ja noch einige mehr gewesen, doch sie überlebten das Säuglingsalter nicht. Ihre kleinen Grabsteine auf dem Gottesacker in Mittergars waren jedoch in „zahlreicher Gesellschaft". Beinahe jede Familie im Kirchdorf hatte eines oder mehrere solcher Schicksale zu beklagen.
Ein großes Stück des Friedhofes weit hinten an der Friedhofsmauer, abgesetzt vom nach Osten gerichteten Chorhaus, war für die vielen kleinen Säuglinge, den „Engelsgeburten" oder für die verstorbenen Kleinkinder reserviert. Viele Kinder aus armen Familien kamen ja oft über das Säuglingsalter in dieser Zeit garnicht hinaus.
Dies zeigte sich besonders tragisch auf dem „Maierhof".
Der Tod war immer mit am Wochenbett.

*****

Es sah so aus, als hätte sich der Himmel gegen die Inninger-Sippe in Lohen verschworen. Georg und Maria verzweifelten an ihrem Herrgott. Der Bauer flüchtete sich nach solchen Schicksalsschlägen in noch härtere Arbeit, wurde des Öfteren ungerecht zu seiner Frau und seinen kleinen Kindern. Mit seinem ältesten Sohn aus erster Ehe, dem Hans-Georg kam er garnicht mehr zurecht.
Irgendwann fing der Bauer übermäßig zu trinken an ...

*****

Endlich wollte man wieder einmal ein Hoffest in den ersten warmen Frühlingstagen abhalten. Auch wenn´s hinten und vorne an Vielem nicht reichte. Doch es sollte der Dank für die Hilfe der Nachbarn in Lohen, der Einwohner aus dem Kirchdorf Mittergars - und vor allem der Dank an Gott, für die wundersame Genesung ihres kleinen Andreas sein. Dafür wurde auch eine große Kerze gespendet und eine Geldspende dem Opferstock von St. Michael übergeben.

Es war ein warmer, schöner Samstag, gegen Ende April.
Die Nachbarn, Verwandte sowie Freunde waren dazu eingeladen. Ein fettes Schwein und einige Hühner und Tauben waren extra geschlachtet worden, obwohl der Ertrag aus einem Verkauf dieser Tiere eigentlich dringender für Zins und Tilgung bei der Bank benötigt worden wäre. Egal. Die zwei „Stallhasen", waren in den Wochen zuvor dem Georg am Waldrand als Feldhasen in die gut getarnten Fallen gelaufen. Und mittlerweile an gut versteckter Stelle auf dem Hof sehr gut abgehangen. Das Fleisch schmeckte richtig zart. Maria hatte die Hasen mit einer köstlichen Füllung versehen.
Zwei Musiker aus dem nahen Unterreit, der eine mit einer diatonischen Ziehharmonika und einer mit Trompete, spielten lustig zum Tanze auf. Die Kirschbäume im Obstgarten hinter den Austragshäuschen trieben schon deutlich die Knospen aus. Lange würde es bei diesem Wetter nicht mehr dauern und die Blüten würden ihre weiße Pracht zeigen. Ein Hauch von Aufbruchstimmung ins neue Jahrhundert wehte förmlich sichtbar auch über den Hof in Lohen. Der Pfarrer, der Doktor Kölbl aus Gars, die Hebamme vom Kloster und einige andere ihrer Glaubensschwestern aus der Kongregation der Franziskanerinnen waren ebenso der Einladung gefolgt, wie der neue Herr Lehrer, der erst seit einigen Monaten hier die Schule übernommen hatte. Dieser saß, nach dem ausgiebigen Mittagsmahl, zusammen mit Hochwürden auf einer Bank in der warmen Aprilsonne. Auf ihren Knien hielt jeder einen irdenen Maßkrug voll süffigem Klosterbier. Sie waren anscheinend vertieft in hochgeistige Gespräche. Gründe gab es ja genug dazu. Dieses Jahr hatte sich der

Bauer endlich, nach langem Zögern, ein paar Bienenstöcke zugelegt. Die Bienen schienen sich nach kurzer Zeit schon sehr wohl zu fühlen. Es summte und brummte bereits an allen Ecken und Kanten. In einer geschützten, sonnigen Hofecke blühten noch kräftig eine Zaubernuss sowie einige Forsythiensträucher; in den Beeten davor standen prächtige Tulpen, Narzissen und Traubenhyazinthen. Hinten, neben dem Austragshäusl, auf der Obstwiese sah man viele Krokusse aus dem schon grünem Gras spitzen. Einige junge Frühjahrskatzen trieben unter einem schon aufgeblühten Haselnussbusch ihr putziges Spiel miteinander. Und der alte Hofhund räkelte sich mit Ausdauer im warmen, sonnenaufgeheiztem Staub vor dem Pferdestall und wälzte sich wollüstig von einer Seite auf die andere.

*****

Rückblick

Der Ökonom Franz Xaver Huber aus Gars hatte schon damals, vor über dreißig Jahren, also lange vor der Eröffnung der Bahnlinie, die Zeichen der neuen Zeit erkannt und einen Großteil seiner geschäftlichen Aktivitäten in das neue Lagerhaus nach Gars Bahnhof verlegt. Dort sollte dann, in nicht allzu ferner Zeit, nach dem Studium in Weihenstephan, sein Sohn Linus die Verantwortung übernehmen. Franz Xaver Huber hielt große Stücke auf seinen Sohn und hatte ebenso große Pläne mit ihm. Bürgermeister, ja mindestens Bürgermeister sollte er in absehbarer Zeit werden. Und dann eine Karriere als Landtagsabgeordneter im kgl. - bayerischen Landtag in München anstreben. Vielleicht später auch als Kandidat für den neuen Reichstag in Berlin antreten. Wer weiß? All dies, was ihm, dem Gemeinderat Franz Xaver Huber trotzt seiner begnadeten Rhetorik und raffinierten Ränkespielen ein Leben lang nicht geglückt war.
Diese Schmach sollte nun zu dieser Zeit der Junior Linus Huber richten! Nur, er ahnte es dieser damals nicht.
Ungeahnte Möglichkeiten eröffnete nun in dieser Epoche die Bahn! München war keine Tagesreise mehr entfernt. Ja, man konnte sogar an einem Tag hin und zurückfahren. Und nach Rosenheim brauchte man nur etwas mehr als eine Stunde ... !

*****

Die Kirche, besonders die nahen Klöster Gars und Au, beide auf der westlichen Innseite gelegen, begleiteten in diesem zu Ende gehenden Jahrhundert wieder bestimmender den Ablauf, die Gepflogenheiten und oft auch die banalsten Dinge des täglichen Lebens.
In Gars war der Männerorden der Kongregation der Redemptoristen, nach seiner Vertreibung im Jahre 1873 durch die Aufhebung des so-

genannten „*Jesuitenerlasses*“ im Berliner Reichstag, wieder ansässig geworden. Im Kloster St. Maria in Au, wirkten ja schon seit 1854 wieder die Nonnen des Franziskanerordens.
Die Strukturen aus dem flachen Lande im nördlichen Chiemgau und auch sonst anderswo waren immer noch streng hierarchisch aufgebaut. Trotz aller neuen Gesetze aus München hatte der Klerus in Altbayern wieder insgeheim das Sagen. Oftmals war der Gemeindepfarrer - noch weit vor dem Bürgermeister und anderen Obrigkeiten im Dorf - *d i e* Autorität und oberste Instanz. Die schulische Erziehung der Kinder lag zu einem nicht unerheblichen Teil auch wieder in den Händen der Kirche. Oder zumindest unter deren gestrenger Aufsicht. Täglicher Kirchgang war die Pflicht. Außer zu den Erntezeiten. Hier drückte der Pfarrer von St. Michael schon ein Auge beim Zählen seiner Schäfchen zu. Ja, hier zu beiden Seiten des mächtigen Flusses, war noch tiefstes Bauernland mit gottesfürchtigen Bewohnern. Je weiter es jedoch auf die immer mehr ausufernde Großstadt München zuging, so Richtung Grafing, Ebersberg, Vaterstetten, nahm man vieles im täglichen Leben schon wesentlich lockerer als im Land um den Inn und im Chiemgau. Auch vom anrüchigen Treiben bestimmter Weibspersonen auf der Höfter´schen Poststation in Steinhöring hatte man schon vor langem Kunde erhalten, doch das Interesse daran war erloschen. „Leisten“ konnte man´s sich „sowas“ eh nicht! Die Stammtische am Fluss hatten immer wieder ihr Lieblingsthema und manch einer aus ihrem Heimatort oder auch der Nachbargemeinden wurde gezielt zum Mittelpunkt ihrer derben Frotzeleien. Nicht umsonst predigte damals der Herr Pfarrer in Gars regelmäßig gegen den Sündenpfuhl westlich des Inns. Nicht ohne jedoch mahnend auf der Kanzel immer die Finger zu erheben: ***„... denn wer im Glashaus sitzet, soll nicht mit Steinen werfen!“***
Die Nähe der pulsierenden Residenzstadt war schon arg zu spüren, der lockere Lebensstil pflanzte sich zu dieser Zeit in der Peripherie Münchens schneller fort, als es den dort herrschenden Obrigkeiten lieb war. Hatte man vor nicht allzu langer Zeit doch einen der bekanntesten geistlichen Herrn aus einem Etablissement im Osten von München kommen sehen? Zu nachtschlafender Stunde versteht sich! Doch der mächtige Gebirgsfluss Inn mit seinen vielen Klöstern zu beiden Seiten seines Laufes schien noch immer wie die natürliche Grenze, gegen die allzu lockeren Sitten vom Sündenpfuhl München zu sein. Das Krebsgeschwür der Maß- und Haltlosigkeit schaffte es bislang noch nicht nachhaltig, den Inn zu überschreiten.
Viele der Landbarone und Honoratioren sahen das wohl in ihrem häuslichen Umfeld genauso. Hier musste strengste Ordnung, Sitte und

Anstand herrschen! Dennoch handelten die meistens von ihnen so, wie es schon in der Bibel stand: *Sie predigten Wasser und tranken Wein.* Viele „geschäftliche Fahrten“ mussten bei diesen Herrschaften in dieser Zeit auf einmal - und dann auch unaufschiebbar - in die größeren Städte, besonders nach München, durchgeführt werden. Manch einer hielt sich dort sogar eine teure Liebschaft. Die Münchner Bohéme faszinierte die Bauernbarone und die Landadeligen.

Sie wurden zur willkommenen Staffage des unkomplizierten, lebensfrohen und freien Künstlervölkchens, das sich dort vor allem im Stadtteil Schwabing so langsam, „peu á peu“ etablieren sollte.

*****

Sommer 1900
Ein Vierteljahrhundert war vorübergegangen

Die Menschen im Chiemgau und auch anderswo hatten sich an Vieles gewöhnt. An das Angenehme, genauso wie an das Unangenehme. Das Leben musste halt weiter gehen.
Seit Mitte März hatte es kaum geregnet. Sorgenvoll schauten die Bauern Tag für Tag zum Himmel - und auf ihre staubtrockenen Felder. Nach einem glutheißen April mit Temperaturen über dreißig Grad folgte endlich in der Mitte des Monats noch ein regenreicher Mai. Die beinahe schon verkümmerten Saaten gingen nun doch noch auf. Der Wettergott meinte es anscheinend dieses Jahr gut mit den Bauern. Die Ernte fiel rundum recht gut aus.
Man war wieder frohen Mutes in Lohen.
Der kleine Michael entwickelte sich prächtig, Andreas hatte endlich laufen gelernt und Juliane, die Dreijährige, musste auf alle zwei aufpassen. Die vierzehnjährige Maria, Tochter ihrer Schwester Anna, fand glücklicherweise in Wasserburg eine Lehrstelle als Schneiderin. Auch Lorenz hatte sich prächtig entwickelt und wechselte nach den Sommerferien in die fünfte Klasse, die Therese kam in die Vierte und der kleine Josef in die dritte Klasse. Sein Berufsziel stand schon fest: Er wollte unbedingt Lokomotivführer werden. Jeden Tag, wenn es nur irgendwie ging und er nicht seinem Vater im Stall oder auf dem Feld helfen musste, stand er am kleinen Bahnhäus'l drüben am Haltepunkt Mittergars, um die ankommenden Züge, nebst ihren Insassen, genauestens unter die Lupe zu nehmen. Maria wurde warm ums Herz, als sie an ihren wissbegierigen Pepperl dachte.
Sorgen machte ihr im Moment ihre Stieftochter Elisabeth. Im nächsten Jahr sollte sie ausgeschult werden. Wohin würde sie ihr Weg führen? Auf dem Hof bleiben konnte sie nicht, da Essen und Kleidung kaum für die vielen anderen Geschwister reichte. Maria war sich nicht

sicher, ob sie ihre Elisabeth dann schon in eine Anstellung entlassen sollte, falls man überhaupt was finden würden.
War es schon schwer für den Bauern, seine Kinder zum regelmäßigen Schulbesuch abzustellen, so war es noch schwerer zu wissen und zu begreifen, dass diese Bemühungen oft nichts halfen. Nur die wenigsten ihrer Kinder bekamen eine Anstellung. Das ging jedoch den allermeisten Häusler- und Kleinbauernfamilien so.

„G´scheite Kinder brauch mer need ...“, so sagten die Großbauern, ***„... arbeiten, g´scheit arbeiten solln´s können. Owa mera need!“***

*****

März 1901
Maria war im sechsten Monat schwanger.
„Es ist Gottes Wille“, sagte sie sich - und die Kirche sah es genauso!
Endlich! Nach einer sehr schwierigen Schwangerschaft erblickte am 28. Mai 1901 Rosalia das Licht der Welt. Über einen Monat zu früh.
Es war Marias zehntes Kind!
Sie war am Ende - und völlig erschöpft.
Georg schaute mehr als skeptisch drein, als er wieder ein Mädchen zur Taufe anmelden musste. Zudem schien das kleine, verrunzelte Lebewesen nicht ganz gesund zu sein. Sorgenfalten standen auf seiner Stirn, als er bei der Taufe in St. Michael das rasselnde Röcheln aus der Brust seiner kleinen Tochter vernahm. Maria war geschwächt, aber trotzdem guten Mutes, diesen Winzling durchzubringen.
Glücklichen Momenten folgte beinahe regelmäßig der Absturz in tiefe und finsterste Depression und Hilflosigkeit.

Einem recht kurzen Frühling war eine lange Kälteperiode gefolgt. Die Eisheiligen wollten garnicht mehr weichen. Der Juni war trüb und grau, die Bauern konnten nur mit großer Mühe ein wenig Heu machen. Zu allem Unglück sollte am 27. Juni der *„Siebenschläfertag“,* einer der wichtigsten Lostage im Bauernkalender, auch noch völlig verregnet sein. Ununterbrochen, bis *St.Peter und Paul* zwei Tage darauf, öffnete der Himmel all seine Schleusen. Felder, Wiesen und Auen im ganzen Chiemgau hatten sich übervoll gesogen mit Wasser. Dann schien wieder für einige Tage die Sonne und alle hofften nun wieder auf einen guten Sommer. Vergeblich! So, wie die lang anhaltende Schafskälte gegangen war, setzte sich das Wetter fort. Nach kurzer Zeit hatte sich das nasskalte Wetter spürbar in Haus und Hof eingenistet. Die Kinder auf dem „Maierhof“ waren allesamt erkältet und kamen aus dem Husten garnicht mehr heraus.
Der kleinen Juliane drohte nun, zu ihren geschädigten Bronchien, eine schwere Lungenentzündung. Noch schlimmer war jedoch der Zustand

der gerademal zwei Monate alten Rosalia. Doktor Kölbl gab sich die größte Mühe, konsultierte auch mehrmals wegen des kleinen Kindes seinen Freund Dr. Metzger in Rosenheim. Aber auch dieser wusste keinen schlüssigen Rat und Kölbl schien mit seiner Kunst und mit seinem „Latein“ am Ende. Auch Maria war geschwächt, aber trotzdem guten Mutes, diesen Winzling durchzubringen.

Das Schicksal meinte es schon wieder einmal nicht gut mit den Bauersleuten von Lohen.

*****

Montag, 9. September 1901

Schlag auf Schlag ging es nun auf dem „Maierhof“.
So bei der kleinen Rosalia. Nur vierzehn Wochen nach ihrer Geburt war ihr Leiden zu Ende. Der Himmel nahm sie bereits am 9.9.1901 wieder zu den Engeln auf.

*****

Pfarrhaus von St. Michael
Donnerstag, 12. September 1901

Selbstvergessen stand der Pfarrer von Mittergars unter dem Türrahmen seines Pfarrhauses. Er wirkte vollkommen ratlos. Genau so vollkommen ratlos war er auch vor ein paar Wochen aus Lohen zurückgekehrt. Und seit gestern lag die kleine Rosalia schon unter der Erde. Hinten an der „Engelsmauer“. Wie oft hatte er schon in den letzten Jahren ein Kind vom Einödhof Lohen dort beerdigen müssen ...?

Weit schweiften seine Gedanken zurück.
Schon über zwanzig Jahre war es her, als er kurz nach seiner Priesterweihe im Dom zu Freising von seinem Bischof zuerst nach Markt Schwaben geschickt und dann einige Jahre später nach Mittergars versetzt worden war. Er erinnerte sich noch ganz genau. Besonders an eine seiner ersten priesterlichen Bewährungsproben dort. „Ja, es muss wohl im November gewesen sein. Genau, im November ...!“ brummelte er leise vor sich hin. Ende September 1879 war er in dem kleinen Dorf überm Inn angekommen, um seinen schwer erkranktem Vorgänger beiseite zustehen. Er sollte damals dem alten Pfarrer „nur etwas unter die Arme greifen“. Doch es wurde mehr daraus, denn schon kurze Zeit später verstarb der alte Geistliche und er musste sofort seine Pfarrstelle übernehmen. *Er sinnierte weiter.* „Ja, und dann glaub´ ich, schon gegen Ende November habe ich den knapp zwei Wochen alten Johann Inninger an der hinteren Friedhofsmauer beerdigt. Den kleinen Johann aus Georgs erster Ehe mit Anna, der ver-

storbenen Schwester von Maria. Vor seinem geistigen Auge sah er noch genau, wie der kleine weiße Sarg bei eiskaltem Schneeregen in die dunkle Grube hinabgelassen wurde.
Und er erinnerte sich, als wär´s nicht für ihn mittlerweile fast alltäglich in seiner seelsorgerischen Arbeit, an das Weinen, Wehklagen und Schluchzen der vielen Trauergäste. Vor allem auch besonders an die drei kleinen Buben an der Hand von Anna. Den Hans - Georg, den Sebastian und den erst eineinhalb Jahre alten Peter. Auch die Anna Inninger musste er schon einige Jahre später in Gottes Reich verabschieden. Fünf Tage nach der Geburt ihres zehnten Kindes Elisabeth. „Mein Gott" dachte er sich „warum tust Du all diese Prüfungen dieser Familie an?" Er richtete seine Augen gegen den bewölkten Himmel und erwartete von seinem Herrn keine Antwort auf sein ketzerisches Denken.
Der Geistliche hing weiter seinen Gedanken nach.

Jetzt war er schon über sechzig Jahre alt und würde wohl seinen Ruhestand auch noch hier erleben müssen. „In diesem Alter wird man nicht mehr versetzt" dachte er sich. Eigentlich war es ja ganz schön hier in Mittergars: ein schönes Pfarrhaus, einen herrlichen Gemüsegarten, aus dem seine Pfarrköchin, die Walburga, das köstlichste Essen hervorzauberte. Und dazu noch einen großen Obstgarten mit vielen Zwetschgen- und Apfelbäumen. Einen Teil der Ernte ließ er von einem Schnapsbrenner in Gars drüben zu „hochgeistigen Essenzen" verarbeiten, wie er immer bei den vorwurfsvollen Blicken seiner guten Seele im Haus entschuldigend sagte. Ja, er fühlte sich hier wohl, wollte sich eigentlich nie mehr verändern. Des Öfteren, sobald es seine die karge freie Zeit denn erlaubte, machte er sich zu Fuß hinunter an die Lände und fuhr mit der Fähre hinüber auf die andere Flussseite. Der restliche, kurze Fußweg zum Frauenkloster Au fiel ihm leicht. Er freute sich auf die weithin bekannten Schweinshaxen im Klosterbräu und eine gute Maß Bier. Der Pfarrherr von Mittergars hatte eine sehr gute Beziehung zu den Nonnen und besonders zur belesenen Priorin der Franziskanerinnen. Bei ihr saß er, wann es nur immer ging, auf ein Glas guten Rotweins und stöberte in alten Folianten. Oder diskutierte mit ihr das Zeitgeschehen und - eher zurückhaltend - das kirchliche Geschehen in ihrem Gäu. Aber noch lieber machte er einen kurzen, immer wieder schweißtreibenden Abstecher hinauf zum Stampfl - Schloss. Dort oben am mächtigen Burgfried, hoch über dem kleinen Weiler Weingarten, hatte er einen weiten, herrlichen Blick über den Chiemgau, bis hin zu den österreichischen Bergen. „Gottes Land... " sagte er dann immer wieder, „ ... Gottes Land!". Bei schönem Wetter saß er meist auf der alten, grau

verwitterten Holzbank am Rande des steilen Hügels, zu seinen Füßen das Kloster und den kleinen Weiler Weingarten mit den beiden Höfen. Und drüben überm Innfluss lag seine Pfarrei, Mittergars. Die Ziegel des Kirchturms von St. Michael schimmerten im sanften Licht der Spätnachmittagssonne herüber. Der Hort und auch das geistliche Zentrum für seine Schäfchen. Ja, er betrachtete sich im wörtlichen Sinne als „Hirte seiner Schäfchen“. Auch wenn´s einige tiefschwarze Schafe unter der ihm anvertrauten Herde gab. Meistens waren es ja die Männer, die ihm Kummer bereiteten. Alkohol, Rauflust, Spielsucht, Schlägereien, kleinere Diebstähle - immer wieder sittliche Verfehlungen - und, und, und ... .
Die Liste ließ sich in seinen Gedanken endlos fortsetzen. Und immer litt, das wusste er leider zu genau, die Frau und die Familie am meisten darunter. Doch es gab auch Lichtblicke in seiner Herde, in seiner Pfarrei. Besonders hier, auf der westlichen Innseite, gehörten seit Kurzem zu seinem Sprengel einige Weiler und Höfe. Hier hatte er noch nie Probleme gehabt. Es war im wörtlichen Sinne einfach die „Sonnenseite“ in seinem „Pferch“. Hier konnte er nach getaner Arbeit auch immer wieder richtig „zu sich“ finden. Einfach entspannen und die Seele richtig baumeln lassen. Es wurde ihm warm uns Herz, als ihm diese Gedanken durch den Kopf gingen. Seit Kurzem hatte hier oben am Stampflschlößls eine kleine Wirtschaft aufgemacht. Im Ausschank natürlich das herrlich süffige Klosterbier. Und eine gute Brotzeit gab es immer: „G´selchtes mit Kraut und Salzkartoffeln“ war seine Lieblingsspeise hier oben. Er brachte immer ein Gefühl der Zufriedenheit und des Glücks hinüber in die Arbeit mit seinen Schäfchen im Kirchdorf. Und das war wichtig, denn soviel Unglück und Leid in einer Familie wie auf dem „*Maierhof*“ hatte er in seiner ganzen Pfarrei noch nicht erlebt - und trotzdem auch wieder soviel unbändigen Lebenswillen.

*****

Freitag, 12. September 1901

Zwei Tage nach der Beerdigung von Rosalia war Maria auf einmal spurlos verschwunden. Obwohl Haus und Hof und auch der angrenzende Wald Richtung Unterreit aufs Gründlichste durchsucht worden waren: die Bäuerin blieb unauffindbar. Es war kalt geworden, die letzten zwei Tage. Die Temperatur war rapide gefallen. Seit Anbruch der Dunkelheit hatte zudem starker Regen eingesetzt.
Georg hatte Angst und war völlig verzweifelt. Er kniete vor dem Kruzifix und flehte mit eindringlichen Worten: „Herr im Himmel. Bitte lass uns die Maria wieder finden. Heilige Maria Mutter Gottes, bitte hilf mir, dass sich meine Frau nichts antut! Fürchterliche Ge-

danken und Ängste geisterten durch seinen Kopf. Er wusste ganz genau, dass seine Frau wegen des langen Sterbens der kleinen Rosalia am Ende war.

Sein ältester Sohn war mittlerweile hinüber ins Kirchdorf gelaufen, um den Pfarrer und den Bürgermeister um Hilfe zu bitten.

*****

Verzweiflung

Die schmale, verhärmte Frau stand schon lange im Gebüsch an der ausgespülten östlichen Uferböschung, dicht beim kleinen Weiler Krücklham. Dort, wo der reißende Gebirgsfluss in einer langen Schleife ums Kloster herum seinen Weg weiter in Richtung Jettenbach, Kraiburg und Mühldorf fortsetzte. Es war eine der gefährlichsten Stellen weit und breit, den die Schiffleut und die Bauern des Weilers und im Kirchdorf nur allzugut kannten. Wie viele angeschwemmte Leichen wurden hier aus dem Ufergebüsch geborgen? Keiner konnte es genau sagen - auch nicht die Schwestern vom Kloster Au.

Die Dämmerung war der Dunkelheit gewichen. Der Himmel hatte nun sämtliche Schleusen geöffnet. Von den kahlen Zweigen der Grau- und Silberweiden und von den windgebeugten Eschen tropfte es unaufhörlich auf die Kleidung der Frau. Heftige Windböen zogen über den Fluss, Zweige peitschten ihr ins Gesicht. Die Kälte der Nässe war ihr schon bis auf die Haut gedrungen. Flach ging ihr Atem. Sie fror elendiglich und zitterte am ganzen Körper. Der Fluss führte wieder einmal starkes Hochwasser. Sein tosendes Rauschen drückte auf ihr Gehör und legte sich schmerzhaft aufs Trommelfell.

Sie wusste genau: wer es hier versuchte, hatte die besten Chancen! Um ihr linkes Handgelenk hatte sie ihren Rosenkranz geschlungen, mit der rechten Hand drückte sie die letzten Zweige zum Fluss hin auseinander. Manchmal murmelnd und manches Mal laut schreiend betete sie gegen die tosenden Fluten an. Sie verspürte nun nicht mehr die Kälte, nicht die nassen Regengüsse, die ihr auf die Wangen klatschten. Die Haare hingen ihr in Strähnen übers Gesicht, es war ihr egal. In ihr war alles leer ...

Sie wollte jetzt sterben, einfach nur sterben! wollte heute noch zu ihrer kleinen, geliebten Rosalia!

Sie wusste, sie durfte das nicht tun. Es war eine Todsünde, sich selbst zu entleiben!

Maria Inninger war dabei, sich und ihre Familie ganz aufzugeben!

*****

Nein, Maria Inninger konnte nicht mehr an ihren Gott glauben. Jetzt war schon ihr viertes Kind von Gott genommen worden . Diese kleinen unschuldigen Geschöpfe!
Die Rosalia vor wenigen Tagen, der acht Tage alte Säugling Stephan kurz vor Weihachten 1895 und wenig später - Anfang des Jahres 1897 - die erst einige Wochen - alte Cäcilia. Alle lagen sie nun neben ihren drei Stiefgeschwistern aus der Ehe Georgs mit ihrer jung verstorbenen Schwester Anna, in ihren kleinen, weißen Särgen auf dem Gottesacker bei Sankt Michael. Friedlich nebeneinander aufgereiht. Wie oft stand sie schon vor deren Gräbern! Wie oft?
„Herr im Himmel. Warum läßt Du deine getreue Dienerin alleine? Heilige Maria Mutter Gottes, bitt für uns Sünder, jetzt und in der Stunde unseres Todes, Amen!“
Es war kein Gebet mehr.
Nein es war ein verzweifeltes, heiseres Schreien gegen das Inferno der reißenden Fluten genau vor ihr.
Maria raffte unbeholfen mit beiden Händen ihren Rocksaum hoch, so, als wollte sie diesen tatsächlich vor der Nässe des Flusses schützen! Ihre Schuhe hatte sie schon abgestreift und ganz akkurat nebeneinander in den feinen Sand dicht an eine Trauerweide gestellt. Beinahe zärtlich ließ sie ihren Rosenkranz, das Halskettchen mit dem kleinen, goldfarbenen Medaillon und ihren Ehering in einen ihrer Schuhe gleiten.
So, als wollte sie, dass diese Erbstücke ihrer Mutter nicht beschädigt würden, wenn man ihr paar Habseligkeiten fand.

Dann trat sie noch einige Schritte nach vorn und stolperte über die freigespülte Wurzel eines Baumes. Maria hielt sich an den Zweigen des Baumes fest - der Boden unter ihr rutschte weg.
Das eiskalte Wasser reichte ihr nun schon übers Knie.
Sie verspürte nichts mehr! Nicht die Kälte, nicht die Nässe, nicht den tobenden Fluss.

Der starke, eiskalte Regen hatte aufgehört, war ins Nieseln übergegangen. Hundegebell, Schreie und Rufe, die immer näher und näher kamen. „Maria, Mariaaa, wo bist du!“ Sie hielt inne, zögerte. „Maria Inninger, wo bist du ... ?“ Das Rufen der Suchenden und das aufgeregte Bellen der Hunde wurde zunehmend lauter. Irgendwie meinte sie, die Stimme ihre Mannes herauszuhören. Und, noch viel Schlimmer, die Stimme ihres Erstgeborenen. Lorenz! Diesem Geschenk Gottes. Es gab ihr einen Stich ins Herz. Wie hatte sich doch der Bub entwickelt. Brachte gute Noten aus der Schule nach Hause, stand schon in aller Herrgottsfrühe mit dem Vater auf, um im Stall zu

helfen. Lorenz war sich für nichts zu schade. Ja genau - es war die Stimme des kleinen Lenz, seine Rufe kamen näher und näher ...
„Mama, Mama, ich bin´s der Lenz. Mama, melde dich! Bitte! Tu dir nichts an an, bitte, bitte ...!“ Flehentlich war die Stimme ihres ältesten Kindes. Maria hielt den Atem an, ihr Herz raste. „Nein, nein, nein! Das hätte jetzt nicht passieren dürfen. Um Gottes Willen. Nur das nicht. Der Lenz, ihr Lenz ... !“
Lautes Hundegebell dicht hinter ihr ließ sie zusammenzucken. Das Bellen ging in anhaltendes Jaulen über. Einer der Hunde hatte sie gefunden und die anderen Hunde mit herangelockt.
Der Hundeführer bahnte sich brachial den Weg durchs Gebüsch.
Maria drehte sich um. Über ihrer linken Schulter sah Maria den schwachen Lichtschein einer Laterne hin- und herschwanken. Es knackte und knirschte. „Hier. Schnell alle hierher kommen. Hier ist sie. Wir haben sie gefunden ...!“
Maria drohte drohte das Bewußtsein zu verlieren.
Im Unterbewußtsein vernahm sie nun das sich schier überschlagende Stimmchen ihrer kleinen Therese: „Mama, Mama. Bitte“ Ich bin´s, deine Resl ...!“
Ein fürchterlicher Kampf tobte in ihrem Kopf und in ihrem Herzen!
„Tue es, sofort! Mach ein Ende damit, geh zu deiner kleinen Rosalia. Gehe zu deinen verstorbenen Kindern. Sie brauchen dich!“
Fordernd, lockend und bestimmend, ja unnachgiebig war die *eine* Stimme. Die *andere* Stimme kam aus ihrem verzweifelten Herzen: „Mach´s nicht, Maria! Versündige dich nicht an deinem Mann und deinen, sowie Annas Kindern! Sie brauchen dich noch! Bitte, tue es nicht ... “, sagte diese Stimme zu ihr.
Es war mehr ein Flehen, denn ein Befehl!
Der Wurm des Zweifels wütete in ihrem Kopf. Maria bekreuzigte sich und machte noch ein, zwei Schritte nach vorwärts. Der Wasserdruck des schäumenden Flusses riss sie nun fast von den Beinen.

Eine grobe Männerhand packte Maria plötzlich unerwartet hart und schmerzhaft an der Schulter, riss sie herum. Der Mann packte sie unter den Armen und zog sie hinauf auf´s sichere Ufer. Ein zweiter Mann war neben ihr schon in die kalten Fluten gesprungen, ein Dritter stützte sie von der anderen Seite. Mit vereinten Kräften zogen sie die Lebensmüde aus dem eiskalten Wasser über die Böschung hinauf. Andere Helfer hatte ihnen mittlerweile ein dickes Seil zugeworfen, welches an einer starken Erle befestigt war.
Hinter der Uferböschung wickelten sie Maria in eine warme Decke und schleppten dann die - mittlerweile ohnmächtige - Bäuerin an eine sichere Stelle beim ersten Hof von Krücklham. Dort wachte Maria

wieder auf. Eine Frau aus dem Weiler flößte ihr fürsorglich und ganz behutsam heißen Kamillentee mit Honig ein. Löffel für Löffel. In ruhigem Tonfall redete sie auf die Verzweifelte ein: „Inningerin, s´ wird scho wieda, glaub mir. Ois wird wiada guat!“
Jemand räusperte sich verhalten hinter dem Rücken der Frau. Maria blickte hoch und sah verschwommen ihren Mann. Georg beugte sich über sie. „Maria. Maria - ich bin´s der Georg.“ Er hatte seine Lippen dicht an ihr Ohr gepresst. Das flackernde Hin und Her der Petroleumlampen der vielen Helfer aus dem Dorf verursachte ein gespenstisches Szenario. „Maria, bitte ...!“ Aufschluchzend versank Georg in tiefe Sprachlosigkeit. Im fehlten einfach die Worte. Tränen über Tränen liefen die unrasierten, hageren Wangen hinab. Tiefe Furchen hatten sich in sein Gesicht eingegraben. Es schien so, dass der Bauer plötzlich um Jahre gealtert wäre. Die Frau flößte Maria weiter Tee ein, die Wärme kehrte in ihren Körper zurück, sie überkam ein Gefühl erlösender Mattigkeit. Die abgekämpften Gesichter der Helfer im unruhig flackernden Laternenlicht wirkten betroffen.
„Maria, Maria - alles wird wieder gut. Glaub mir! Alles wird wieder gut. Wir werden´s schon schaffen, wir zwei ... !“
Georg Inninger küsste sein Frau zärtlich auf die Stirn und wischte ihr sachte die nassen Strähnen aus dem Gesicht. Fest drückte er durch die feste Decke ihre Hände.
Resignation und Hoffnung wechselten sich übergangslos im Gesicht des „Maierhof - Bauern“ ab.
Hochwürden war zm Fluss gekommen und auch der Bürgermeister. Sichtlich betroffen schwiegen beide zu dieser Beinahe - Tragödie. Auch das ganz Dorf verhielt sich unerwartet still. Viele nachdenkliche Gesichter sah man am nächsten Morgen beim Frühgottesdienst, bei dem der Herr Pfarrer sich für die glückliche Rettung der Maria Inninger nach Gottes Willen dankte! Mit keiner Silbe erwähnte er die Schuld, die diese verzweifelte Frau in den Augen der geltenden Kirchendoktrin auf sich geladen hatte.
Ein weiser Entschluss!
Nun überlegte man im Dorf ernsthaft, wie man nachhaltig dieser armen Frau und ihrer Familie denn helfen könnte.

*****

Schon wenige nach der Beerdigung von Rosalia und nach dem dramatischen Vorfall mit Maria, wurde Georg wieder auf die Bank nach Gars bestellt. Dort wurde ihm, ohne viel um den heißen Brei herum zu reden, vom jungen Direktor der Kassa eröffnet, dass aufgrund der drückenden Überschuldung und der vielen aufgelaufenen Forderungen des Landwarenhändlers Huber der Hof zur sofortigen

Versteigerung freigegeben wurde. Der Antrag der Bank und des Gläubigers war schon vom zuständigen Bezirksrichter unterschrieben und lag nun dem Inningerbauern vor.
„Inninger brauchst dir koa Angst zu machen, wir ham scho an guat´n Int´ressenten!“ besänftigte der neue Direktor den völlig aufgebrachten Bauern! „Es ist der junge Wagner - Bauer. Woast scho, der Wagner Josef aus Mittergars. Konnst z´frieden sein, er zahlt dir einen guten Preis ... “, schob er noch „tröstend“ hinterher!
Völlig in sich zusammengesunken saß der Bauer von Lohen mit aschfahlem Gesicht vorm Schreibtisch des Allmächtigen von der Kassa, nicht mehr fähig, nur einen einzigen, klaren Gedanken zu fassen, geschweige denn, ein Wort herauszubringen!
„Schau Inninger, vielleicht kannst als Knecht auf deinem Hof weiterarbeiten und deine Frau, die Maria als Magd. Dann geht das Leben doch weiter, oder ...?“, gab der Mann von der Kassa ihm nach der Eröffnung dieser Hiobsbotschaft mit auf dem Heimweg.
„Aber eins sag ich dir noch: Zu überlegen gibt´s jetzt absolut nichts mehr. Merk dir´s Inninger: Anfang Oktober ist die Versteigerung“, rief er dem zutiefst geknickten Bauern noch nach.

Auf dem „Maierhof“ zu Lohen brach eine Welt zusammen.
Maria Inninger unternahm einen Bittgang nach Gars. Ihre alte Freundin Katharina Huber zeigte ihr jedoch eiskalt die Schulter. „Das ist dem Linus seine Sach´, das geht mich garnichts an ...“ antwortete sie kalt auf die Bitte Marias, ihr zu helfen. „Mei, sei doch froh, dass mein Bruder euer ´runterg´wirtschaftetes Gerstl übernimmt und die gröbsten Schulden bezahlt. Hätt´ ihr euch rechtzeitig drum gekümmert was zurückzuzahlen, dann wär´s ned passiert ...“ rief sie Maria noch nach, bevor diese, in Tränen aufgelöst, das Huber´sche Haus in Gars verließ. „Mein Gott im Himmel ...“ dachte sich, bitterlich weinend die „Maierhof - Bäuerin“ auf dem langen Heimweg nach Lohen, „... hat denn wirklich das Geld ihr ganzes Herz versteinert?“
In ihrer großen Not wandte sie sich wieder einmal an den alten Freund Benni Stadler. Der Metzger hatte inzwischen mit Schläue, Gerissenheit, gepaart mit einer gehörigen Portion Skrupellosigkeit und enormer Tatkraft seinen Viehhandel zu einem kleinen Imperium ausgebaut. Bis hinauf zur Donau, hinüber nach Augsburg und München - und sogar weit ins Salzburgische und Tirolerische hinein reichten seine Geschäftsverbindungen.
Ohne Wissen ihres Mannes schrieb ihm Maria einen Brief und bat inständig um Hilfe. Schon wenig später sprach sie bei ihm in Rosenheim vor. Benni Stadler, der Metzgerssohn aus Mailham, ließ sie nicht im Stich! „Dös wer´n mer scho regeln, kannst di drauf verlaß´n,

Maria. Zahlt mir's halt zurück, wenn ihr wieder könnt, du und der Georg ..." war seine knappe Antwort und Entscheidung, die er ihr auf den Heimweg nach Mittergars gab.
Und so geschah es auch! Am frühen Morgen des angesetzten Versteigerungstermins saß Benni Stadler im Zimmer des Bankdirektors von Gars am Inn. Mit im Zimmer der Landwarengroßhändler und Lagerhausbesitzer Linus Huber. Die angesetzte Versteigerung in der ersten Oktoberwoche wurde kurzfristig abgesagt. Die dafür angefallenen Kosten und die noch offenstehenden der dringlichsten Verpflichtungen wurden, bis auf eine kleine Resthypothek, vom Viehbaron aus Rosenheim getilgt.

Dass dieser sein Geld ihm und seiner Frau zinslos zu Verfügung gestellt hatte, erfuhr Georg Inninger erst viel später von der Kassa in Gars. Der „Maierhof" schien vorerst gerettet.
Wieder einmal hatte der „Schutzengel aus Mailham" seine Hand über den Einödhof gehalten!

****

Ende September 1901
Von nun an verweigerte Maria sich ihrem Mann.

Sie konnte sich einfach nicht mehr anders helfen. Sie war tiefgläubig und wusste deshalb genau, dass sie *d a s* nicht tun durfte. *Sich ihrem Mann zu verweigern!* Doch - zu tief war die Trauer um ihre verlorenen Kinder in ihr. Besonders die ganz frische, unauslöschlich erscheinende Trauer um ihren Winzling Rosalia.
Sie ließ nach ihrer missglückten Selbsttötung all ihre häuslichen Pflichten sträflich schleifen, kümmerte sich kaum noch um ihre Kinder. Als dies dem Pfarrer zu Ohren kam, organisierten einige Frauen aus seiner Gemeinde einen regelmäßigen Hilfsdienst, um ab und zu nach dem Rechten zu sehen.
Die Eheleute lebten in dieser schwierigen Zeit mehr schlecht als recht nebeneinander her.
Wohl schien der finanzielle Ruin des Hofes wie durch ein Wunder im Moment abgewendet, nicht aber die zerstörte Seele dieser jungen Frau geheilt. Sie war aus der gemeinsamen Kammer ausgezogen und schlief ganz oben unterm Dach. In der kleinen Stube ihrer ältesten Töchter Theresa und Juliane.

*****

Hatte man nunmehr im Dorf gehofft, dass nach dem Tod der kleinen Rosalia, dem zehnten Kind der Maria, endlich die „Vernunft“ in Lohen einkehren würde, so dauerte diese Hoffnung nur knapp eineinhalb Jahre. Dann nämlich war Maria schon wieder schwanger.

Doktor Kölbl hatte mit einem Frauenarzt aus seiner Studienzeit in München und einem ihm bekannten Urologen aus Rosenheim korrespondiert. Beide rieten ihm bei diesem großen Problem zu einem „kleinen operativen Eingriff“ beim Manne.

Natürlich ausgeführt von einem Facharzt, eben jenem Urologen aus Rosenheim. Die Entfernung dorthin wäre auch nicht zu allzu weit gewesen für den Patienten. In seinem Antwortschreiben an Doktor Kölbl, welches ihm ein Freund aus Rosenheim mitbrachte, erörterte der Facharzt auch, dass es bei ihm in seiner Praxis eigentlich schon recht häufig praktiziert würde. Allerdings fügte er auch hinzu „ ... es ist ja fast schon Routine bei gewissen Kreisen!“

Was „*gewisse Kreise*“ hieß, ließ er offen, doch Doktor Kölbl konnte es sich denken „Bestimmt nicht die armen, kleinen Leute! Nein, die bestimmt nicht ...“ .

„Sterilisation“ hieß das medizinische Zauberwort, um den fast schon jährlich erfolgten „Kindersegen“ in Lohen endlich in den Griff zu bekommen. So wollte man dieses menschlich - tragische Problem endlich lösen. Ja, aber dies ging halt nur, wenn der Betroffene, also der Georg aus Lohen, dies aus eigenem Entschluss gewollt hätte. Landarzt Doktor Kölbl wagte jedoch, diesen Gedanken garnicht mehr weiter zu spinnen.

Und deshalb ging das Leben in Lohen seinen Weg weiter wie bisher.

*****

Der Tod war beinahe jedes Jahr zu Gast auf dem „Maierhof“.
Der Tod - und auch das neue Leben.

Landarzt Dr. Sylvester Kölbl erinnerte sich, was Maria ihm bei einen seiner letzten Hausbesuche bei der schwer erkrankten Rosalia wenige Tage vor deren Tod erzählt hatte.

Sie konnte garnicht mehr aufhören, es brach alles aus ihr heraus.

Kölbl setzte sich zu ihr auf die Ofenbank, vergaß seine Zeitpläne, die nächsten Hausbesuche und auch den Hunger, der ihn schon wieder plagte.

Er umfasste die Hände von Maria und begann ihr geduldig zuzuhören.

Maria schüttete ihm ihr Herz aus und erzählte aus den vergangenen Zeiten: Zum menschlichen Unglück durch den neuerlichen Verlust eines ihrer Kinder, kam es für den Bauernhof in Lohen wieder ganz knüppeldick. Der größte Teil der Ernte war nach Rosalias Tod den

Witterungskapriolen zum Opfer gefallen. Georg und auch alle kleineren Bauern in dieser Gegend lebten wieder einmal von der Hand in den Mund. Das Wenige, das man verkaufen konnte, reichte hinten und vorne nicht. Sein Kredit wurde nicht mehr verlängert.
Ein neuer, jüngerer Bankdirektor hatte ja in Gars Einzug gehalten. Es wehte dort nun ein noch schärferer Wind! Die Bank bestellte den Georg nun zum wiederholten Male in kurzer Zeit zu einem Gespräch. „Noch einmal, aber zum allerletzten Mal ...“ drohte ihm nun unmissverständlich der neue Bankdirektor. Georg erhielt auf seine flehentliche Bitte nochmals einen kleinen zeitlichen Aufschub bis Anfang August. Da er jedoch Zins und Tilgung seiner Restverschuldung binnen zwei Wochen zu bezahlen hatte, entschloss er sich aus purer Not, bei Nacht und Nebel und hinterm Rücken der Bank einen Großteil seines Viehs zu verkaufen. Die Milchlieferungen an seine Molkerei und damit auch der Erlös gingen daraufhin rapide zurück. Und auch für die große Kinderschar war kaum noch genügend Milch da. Er wusste sofort, dass dies eine schlechte Entscheidung war. Aber sie war nicht mehr rückgängig zu machen. Die Existenz des Hofes stand wieder einmal, wie schon oft, auf Messers Schneide. Die Schulden waren in den letzten Jahren enorm angestiegen, die Großfamilie befand sich am Rande der Existenz.
Das Damoklesschwert der Versteigerung hing nunmehr, fast schon sichtbar, über dem Einödhof in Lohen. Immer öfters sah der Georg jetzt bei den Arbeiten auf seinen Feldern irgendeinen von den Großbauern rundum mit der Kutsche an Lohen vorbeifahren. Besonders oft einen: den jungen Josef Wagner aus Mittergars. Manch einer von diesen überheblichen „Großkopferten“ grüßte den Georg erst garnicht. Zu all den existenziellen Sorgen wurde in dieser Zeit auch noch ihr letztgeborenes Kind, die Rosalia, von Tag zu Tag immer kränker und schwächer. Wochenlanger starker Husten schädigte ihre Bronchien. Sie röchelte nur noch. Auch die uralten Hausrezepturen vom Kloster Au halfen nichts. „Nichts hat geholfen, rein garnichts ...“ stammelte die Bäuerin unter Tränen. Erschöpft hielt Maria in ihrem Monolog inne und fügte noch hinzu: „ ... und leider auch keines ihrer Medikamente und Pillen, Herr Doktor, obwohl sie sich größte Mühe gegeben haben ...“. Sie drückte - erschrocken über ihre Kühnheit - seine Hand. „Dankschön trotzdem, Herr Doktor“ flüsterte sie mit leiser, gebrochener Stimme hinzu.
Monoton fuhr die Maierhof - Bäuerin fort:
„Mit jedem Tag hauchte mein kleines Wesen, die Rosalia, ihr Leben mehr und mehr aus. Ich haderte mit Gott. Meinem Gott ...!“

Sie wischte sich die nass geweinten Augen trocken und fuhr fort, ihre durchlittene Seelenpein weiter zu schildern: Eines Tages, kurz vor dem Tod ihres kleinen Mädchens kam der Herr Pfarrer von Mittergars mit dem Fahrrad zu uns hinaus nach Lohen. Er traf mich gerade beim Kochen in der Küche an ... ". „Gott zum Gruße, Inninger - Bäuerin". Mit diesen salbungsvollen Worten trat Herr Hochwürden in die Kuchl. Maria erschrak. Sie hatte den kleinen Michael mit seiner Rotznase an ihrem Rockzipfel hängen. In der Ecke saß der fast dreijährige Andreas mit verstrubbelten Haaren auf der Fensterbank und spielte mit einem zerfledderten Federwisch. Er versuchte erfolglos die vielen Mücken zu erschlagen, die auf den, über dem großen Esstisch hängenden Leimrollen keinen Landeplatz mehr gefunden hatten.
„Grüß Gott, Herr Pfarrer. Was machen sie denn da bei uns in Lohen?" Maria rückte den riesigen Topf mit dem dampfenden Wasser etwas von der Herdstelle, wischte sich ihre Hände an der Schürze ab und nahm den kleinen, barfüßigen Michael an die Hand. Der Pfarrer ging ein paar Schritte auf sie zu, gab ihr die Hand und streichelte Michael über den Kopf. Zu Andreas gewandt sagte er: „Andre, grüß dich, brauchst heut' deiner Mutter garnicht helfen?" Andreas zierte sich ein wenig und schüttelte seinen Kopf. Dann drehte er sich um und schaute gelangweilt hinaus auf den Hof. Hochwürden nahm's, innerlich amüsiert, zur Kenntnis.
Der alte, in Ehren ergraute Hofhund schnupperte interessiert am Fahrrad des Pfarrers herum und hob dann ausdauernd sein Bein. „Endlich mal wieder neue Gerüche in Lohen", dachte sich wahrscheinlich hochzufrieden der Rüde und trollte sich langsam wieder in den Schatten der Remise. Ein Schwarm Tauben stob auf. Zwei weiße Katzen schlummerten auf der hölzernen Abdeckung des Ziehbrunnens im Sonnenlicht ...
„Maria, ich muss mit Dir sprechen... ", er machte eine kurze Pause und fuhr fort „... nachdem ich dich garnicht mehr in der Kirche sehe" sagte der Pfarrer mit ernstem Gesicht „Setz Dich bitte her zu mir!" Er hatte schon zwei Stühle vom Küchentisch weggezogen und ans Fenster gestellt. Maria nahm etwas zögernd und umständlich auf einem der Stühle Platz. Der kleine Michael wollte sofort quengelnd auf ihren Schoß. „Maria, weshalb verweigerst du dich seit Wochen unserm Herrgott? Du kommst kaum noch in den Gottesdienst zu mir. Ich sehe immer nur den Georg und deine größeren Kinder. Maria komm sprich mit mir. Ich mache mir sehr große Sorgen!"
Der Pfarrer legte seine Hand auf ihre Schulter. Die Bäuerin zögerte, ihre Lippen waren zusammengepresst und schmal wie ein Strich. Blass sah sie aus, ihre Wangenknochen traten scharf hervor, was

durch ihr straff gebundenes Haar noch verstärkt wurde. „Komm, Maria, bitte sprich mit mir ...“ wiederholte der Pfarrer nochmals.
„Ja, Herr Pfarrer, was soll ich denn noch sagen?“ erwiderte ihm die Bäuerin mit verzagter Stimme. Sie sah ihn mit ihren großen dunklen Augen an. „Schauens doch hoch in die Kammer, dort liegt's am Fenster in ihrem Bettchen, die kleine Rosalia und schläft. Und stirbt mir dabei - Tag für Tag - unter den Händen weg. Schauen's doch dös Maderl an... !“ Tief musste Maria Luft holen. Dann sprach sie leise weiter: „Nein, sie macht's nicht mehr lange, ich spüre es!“
Kaum hatte sie ihre Worte ausgesprochen, hörte man das trockene Husten des kleinen Mädchens bis hinunter in die Küche. Maria sprang schnell auf, schob den kleinen Michael beinahe unwirsch auf die Seite und ging rasch zur Türe, die hinter ihr krachend ins Schloss fiel. „Ich. Ich glaub an keinen Gott mehr. Nein, nein, nein ...!“ hörte der Pfarrer noch die Maria, mit laut aufschluchzender Stimme hinausschreien. „Nein, nein, nein! Niemals mehr glaub ich dran... “.
Mit gerafftem Rock verschwand sie kurze Zeit später gegenüber im Schatten des Schweinestalles. Der Pfarrer saß wie erstarrt und ratlos auf seinem Stuhl, den kleinen Michael an seiner Hand. „Komm Michael, setz dich da auf die Bank, ich muss schnell zu deiner Mama ...“ sagte er mit einem Blick zum größeren Andreas, „... und du passt auf den kleinen Bruder auf, gell?“ Er eilte die Treppe hoch, orientierte sich nach dem Wehklagen und Husten der kleinen Rosalia und drückte sachte die Klinke des letzten Zimmers auf dem langen Gang. Maria stand wieder an der kleinen Bettstatt ihrer Tochter und hatte sie auf ihren Arm genommen. Die Wärme und Stimme der Mutter taten dem kleinen Wesen gut. Doch nicht lange und schon wieder plagte sie ein Hustenanfall. Zäher Schleim floss aus ihren Mundwinkeln des kranken Mädchens.
„Schauens doch, Herr Pfarrer! Kann das unser Herrgott woll'n? Dass er mir schon wieder so ein kloanes Hascherl nehmen tut? Kann das denn sein?“ Ihre sonst ruhige, abwägende Stimme wirkte nun richtig schrill. Ganz irr flackerten ihre Augen. Sie putzte mit einem Tuch das Gesicht ihrer kleinen Tochter zärtlich sauber. Schon wieder brach es aus dem kleinen Mädchen heraus, solange, bis es nur noch röchelte. „Maria, tu dich nicht vor unserem Herrgott versündigen, ich bitt' dich!“ sagte der Pfarrer damals eindringlich und streng zur schluchzenden Bäuerin. Tränen liefen ihr über die Wangen.
Erbost funkelte Maria ihn an: „An w a s soll ich mich denn noch versündigen, Herr Pfarrer? Ein Kindlein nach dem anderen nimmt er mir und meinem Mann, unser Herrgott! Ist denn d a s noch Gottes Wille oder vielleicht gerecht, Herr Pfarrer ... ?“

Der Geistliche musste sich gewaltsam aus seinen Gedanken reißen. Maria wiegte weiter, ganz in Gedanken verloren, ihr todkrankes Kind im Arm. Mit verklärtem Gesicht summte sie ein Kinderliedchen. Der Pfarrer war gerührt, kämpfte selbst gegen seine Tränen. „Nur nicht schwach werden" redete er sich insgeheim ein. Er durfte sich keine Sentimentalitäten leisten, aber hier musste er doch endlich was erreichen. „Maria" sagte er nochmals eindringlich, „... unser Leben geschieht ganz nach Gottes Willen! Bitte, vergiss das bitte nie!"
Eindringlich sah er sie an. Abwehrend hob Maria eine Hand - und ließ sie kraftlos wieder sinken. Der Pfarrer musste schlucken. Er wusste, was in ihr vorging. Dennoch wollte er nicht ganz kampflos das Feld räumen. „Maria, ich komme morgen nach Gars und werde beim Doktor Kölbl vorbeischauen. Wegen der kleinen Rosalia ..." fügte er fast entschuldigend hinzu. Vorsichtig versuchte er den Rückzug anzutreten, in der ernüchternden Gewissheit, heute Maria auch beim besten Willen nicht helfen zu können. Nein, sie wollte sich nicht helfen lassen, wollte allein sein mit ihrem endlosen Leid und der verzweifelten Erkenntnis, dass sich auch dieses Mal mit „ihrem Herrgott" kein Bund schließen ließ. Es konnte nur noch ein Wunder helfen.
Sichtlich erschöpft beendete Maria ihren langen Monolog.

Doktor Kölbl sah ihr deutlich an, dass es ihr gut getan hatte, sich einmal alles von der Seele reden zu können. „Mit wem hätte sie denn sprechen sollen, wenn nicht mit mir" dachte er sich, bevor er das Zimmer verließ und hinausging in den frühen Abend. Seine geplanten Hausbesuche in Mittergars drüben musste er auf einen anderen Tag verschieben. Er war jetzt einfach fix und fertig.

Als Doktor Kölbl sich nach geschlagenen zwei Stunden auf den Heimweg machte, war er sicher, dass er Maria mit seinem Zuhören und seiner Geduld mehr geholfen hatte, als es jede noch so gute Medizin von ihm je bewirkt hätte.

*****

Pfingsten 1902

Nahezu ein halbes Jahr dauerte dieser Zustand zwischen den beiden Eheleuten.
Maria war wieder schwach geworden und beugte sich dem heftigen Drängen ihres Ehemannes. Sie zog wieder in die eheliche Schlafkammer ein. Endlich kamen sich die beiden in dieser Nacht wieder näher.
Ende Juni merkte Maria, dass ihre Regel wieder einmal ausgeblieben war. Zuerst hoffte sie, dass es vielleicht ein Irrtum war. Aber auch im folgenden Monat war es genau das Gleiche. Lange Zeit verschwieg sie

darauf diese Umstände ihrem Mann. Das Jahr neigte sich dem Ende zu. Nach ergiebigen Schneefällen Ende November wurde es eiskalt. Das Leben erstarrte plötzlich, von einem Tag auf dem anderen, auf dem „Maierhof" und auch im Kirchdorf Mittergars.

Maria ging es schlecht. Sehr schlecht.
Obwohl Georg schon etwas ahnte, sagte sie ihm kein Sterbenswörtchen. Doch irgendwann ließ es sich nicht mehr verbergen. Zumal auch dem Georg einige Tage vorher schon, bei einem Krug Bier beim *„Kramerwirt"* recht direkt zugetragen wurde, dass „er ja nun bald wieder Vater werden würde". Georg reagierte nach außen hin nicht überrascht und blieb gelassen. Diesen „Triumph" wollte er den Lästermäulern am Biertisch nicht gönnen. „Ja freilich, Maria und ich freuen uns sehr darauf" entgegnete er den verblüfften Stammtischbrüdern. Das Thema war damit sofort vom Tisch.
Beim Mittagessen am Neujahrstag nahm der Bauer seine Frau auf die Seite und erzählte ihr, nachdem die Kinder das Zimmer verlassen hatten, vom Vorfall beim *„Kramerwirt"*. „Maria sag, stimmt das? Bist du schon wieder schwanger?" Maria zierte sich noch ein wenig, aber sah ihm dann in die Augen. Sie war einen halben Kopf kleiner als ihr Mann und musste sich schon strecken, um ihn einen Kuss auf den Mund zu geben. „Ja Georg. Ich wollte es Dir eigentlich schon lange sagen, aber immer habe ich mich nicht getraut. Der Doktor meint, dass es in zehn Wochen soweit sein wird. Hast du es denn nicht gemerkt?" Georg schüttelte den Kopf und drückte seine Frau ganz fest an sich. Dann tastete er mit seinen Händen recht unbeholfen ihren schon merklich gerundeten Bauch ab. „Rührt es sich denn schon, unser Kind?" fragte er seine Frau. Maria war froh, dass ihr nun endlich der große Druck genommen worden war. Dank eines „Schwätzers" beim Frühschoppen in Mittergars. Weihnachten ging vorüber. Nicht mal in die Christmette ging Maria mit. Dann starb auch noch zwischen den Feiertagen ihre geliebte Mutter in Mittergars.
Sie schien am Ende! Wieder einmal.

*****

Anfang November 1902

„Du hast unseren Bullen verkauft, Georg ...?"
Maria wusste von diesem Verkauf vorher nichts. Eigentlich war es mehr eine schüchterne Frage, als eine Feststellung.
Am Abend des *Hl.St. Nikolaus* saßen sie zu später Stunde noch in der Küche. Georg hatte seinen Kopf in beide Hände gestützt, eine alte, zerlesene Zeitung des „*Wasserburger Wochenblattes*" lag neben ihm auf dem Tisch. Georg schwieg und starrte angestrengt auf die rohe

Tischplatte. Er sah müde aus, sehr müde. Dicke, schwarze Augenringe ließen sein Gesicht fast wie eine Totenmaske aussehen.

.„Warum habe ich ihr denn das nur verschwiegen“ dachte Georg verärgert. Er wusste ja genau, dass die Maria seit dem Tod Rosalia fast alles auf dem Hof schleifen ließ. Das wusste er wohl. Aber ...!

Seine Frau bohrte weiter. „Sag, was ist passiert, dass du nach unserem zweiten Ochsen jetzt auch noch den Deckbullen hast verkauft …!“

„Passiert, passiert …“. Georg wollte schon heftig aufbrausen, überlegte es sich jedoch schnell anders. „Maria bitte. Ich hab´s doch nur für den Hof getan. Nur für den Hof, für dich und die Kinder …“. Pure Verzweiflung, Angst und auch Resignation standen in seinen Augen. „Die Kassa sitzt uns schon wieder einmal im Nacken, wir bekommen keinen Pfennig Kredit mehr. Und im Frühjahr will der neue Direktor auch noch den Zins erhöhen, weil ich im Moment nicht mehr zurückzahlen kann. „Die, die warten doch nur darauf, uns versteigern zu lassen! Diese geldgierigen Räuber! Sich unsern Hof unter den Nagel reißen, das wollen´s doch nur, die großen Herrn im feinen Zwirn!“

Georg sagte Maria kein Sterbenswörtchen vom allerletzten Ultimatum des neuen Bankdirektors. Der Bauer konnte seine Tränen nicht mehr zurückhalten und schluchzte laut auf, legte dann seinen Kopf auf die Tischplatte. Sie setzte sich auf den Stuhl ganz eng neben ihn.und umarmte ihn. Maria zog den Kopf ihres Mannes an ihre rechte Schulter. Georg sagte Maria kein Sterbenswörtchen vom allerletzten Ultimatum des neuen Bankdirektors. Zärtlich strich sie ihrem Mann über den Kopf.

„Georg, wir zwei geben nicht auf, gell! Wir kämpfen weiter. Für unseren Hof und für all unsere Kinder!“

****

Georg Inninger konnte nicht einschlafen.

Er dachte noch einmal dran, wie das mit dem Deckbullen gelaufen war. Im Stadium völliger Verzweiflung war er damals auf dem großen Viehmarkt in Haag im Oktober mit einem Viehhändler einig geworden. Innerlich war er mit sich nun längst im Klaren darüber, seinen prächtigen und äußerst tüchtigen Deckbullen zu verkaufen. Er hatte wirklich lange, lange Zeit mit sich gekämpft. Aber es gab keine Alternative mehr! Er und seine riesengroße Familie mussten irgendwie durch den nächsten Winter kommen. Georg hatte das Vieh wohl nicht dabei, aber der Aufkäufer war eigentlich schon länger hinter diesem stattlichen und erfolgreichen Tier her. Also wurde man sich per Handschlag schnell einig. Georg erhielt sofort einen unerwartet hohen, stattlichen Betrag angezahlt. Der Bulle wurde einige Tage nach St. Martin frühmorgens noch in der Dunkelheit in einem Viehkarren auf ein Fuhrwerk verladen und hinauf nach Dorfen gefahren. Dort war der Viehhändler zuhause. Georg konnte es geschickt verheimlichen. Er hatte Bedenken, dass seine Frau ihren Schulfreund, den Benni Schuster in Rosenheim, verständigen könnte, wenn sie von seinen Gedanken gewusst hätte. Und vor dem wollte sich Georg auf keinen Fall blamieren. Zudem hing seine Frau an dem stolzen, kräftigen Tier, das wusste er. Just am Tage des Verkaufs war Maria mit dem kleinen Michael nach Gars gefahren, um beim Schuster ein paar neue Winterschuhe für ihn zu kaufen. Es ging einfach nicht anders. Alle anderen, die Michael und seine Geschwister immer bis zum letzten Rest auftragen mussten, waren völlig verschlissen und eine Reparatur war garnicht mehr möglich. Eisern hatte sie für diesen Kauf monatelang Pfennig für Pfennig auf die Seite gelegt, ohne dass der Bauer davon Wind bekam. Da sie monatelang noch nach Rosalias Tod nicht mehr in den Stall ging, bemerkte sie auch das Fehlen des Bullens erst Anfang Dezember.

*****

Neujahr 1903

Viel Schnee nach Neujahr überzog das Land am Inn und deckte es - mit dem weißen Tuch des gnädigen Vergessens und Vergebens zu.

Georg Inninger war völlig verzweifelt mit dieser Situation und schien heillos überfordert. Doch der Alltag auf dem Hof ließ ihm keine große Zeit zum Trauern. Er musste jetzt unbedingt über den Winter kommen, um die vielköpfige Familie nicht verhungern zu lassen. Dies war er allein schon seiner Frau und dem großherzigen Benni Stadler aus Rosenheim schuldig.
Der ergiebige Schneefall im Voralpenland hatte sich fortgesetzt und die Landschaft bis hin zu den Chiemgauer Bergen fest im Griff. Das Leben kam beinahe völlig zum Stillstand. Viele Schulen wurden geschlossen, da die Schüler die oftmals weiten Wege nicht mehr schafften. Zudem herrschte dort auch extremer Mangel an Heizmaterial. Nur die Bahn fuhr noch, aber auch mit großen Verspätungen. Selbst in den größeren Orten verspürte man die Macht des Winters.
Stille, atemlose Stille lag über dem Land am Inn.
„Irgendwie ist es auch tröstlich ..." dachte sich Maria, als sie im Herrgottswinkel in der Kuchl am Fenster stand und versonnen in das dichte Schneetreiben hinaussah „... und irgendwie wird vieles Leid gnädig mit Schneeflocken zugedeckt". Dem Schneefall folgte eine lang anhaltende, bittere Kälte. Und mit ihr zog, Tag für Tag schlimmer zu spüren, der quälende Hunger wieder einmal auf dem „Maierhof" ein. Die Hühner waren fast schon alle geschlachtet oder

verkauft, obwohl die Eier dringend benötigt wurden. Die vielen Mäuler mussten ja jeden Tag gestopft werden - und nur immer fast schon halbfaulige Kartoffeln, Mohrrüben und Steckrüben auf den Tisch zu stellen, das war auf die Dauer nicht möglich. Die größeren der Kinder brauchten endlich mal wieder etwas Nahrhaftes, wie Fleisch und Gemüse auf den Teller.

Obwohl er nun viel weniger Schulden hatte und nur noch eine kleine Hypothek abzahlen sollte - von irgendwas leben musste seine Familie bis zur nächsten Erntezeit! Den Benni Stadler wollte er auf keinen Fall mehr anpumpen, lieber würde er bankrott gehen ...

*****

Immer noch nicht gab sich der Winter geschlagen und zog sich Tag für Tag hin. Vor lauter Hunger stand das Rotwild nun auch tagsüber ratlos auf den Feldern am Waldrand mit der Wintersaat, dicht beim Hof. Die Greifvögel konnten schon seit Langem keine Mäuse mehr fangen und wurden von Woche zu Woche weniger.
Schwerer Eisstau herrschte auf dem Inn. Das krachende Kalben der sich ineinander verkeilenden Eisblöcke hörte man bis hinauf ins Dorf. Das trockene Brennholz ging in Lohen zur Neige. Der Brunnen auf dem Hof gab kaum noch Wasser. Es konnte nur noch einmal am Tag getränkt werden - das Vieh im Stall brüllte vor Durst.

Ende Januar 1903
Der Inn hatte nun schon seit Wochen mächtigen Eisstau und hielt die Bürger von Gars und den umliegenden Gemeinden in Atem. Alle waren in größter Sorge, dass ihre neue Brücke, die erst im August 1891 eingeweiht worden war, wiederum dem Fluss zum Opfer fallen würde. Doch erstaunlicherweise hielt sie dem immensen Druck stand. Hunger, Not, Leid und Tod zogen in dieser Zeit wieder einmal gnadenlos übers Land. Von Hof zu Hof, von Haus zu Haus, von Weiler zu Weiler.
Viele schwangere Frauen starben an Unterernährung und Auszehrung im Kindsbett. Am schlimmsten traf es die Menschen in den einsam gelegenen Weilern und Einöden, links und rechts des großen Flusses.

Nur mit größter Mühe, Anstrengung überlebte die Großfamilie in bitterster Not diesen Winter.
In den Elendsquartieren der Arbeiter am Rande der Industriegebiete in München und den anderen Großstädten und auch in den allermeisten der kleineren Bauernhöfe in Altbayern und sonstwo war die blanke Not zu Gast. Auch die raren Vorräte für die große Inninger-Familie gingen immer schneller zur Neige. Verwandte und Nachbarn halfen nunmehr, so gut es ging, in den dringendsten Fällen aus.

Ein winzig kleiner Funken Hoffnung glomm am 2. Februar, an *Mariä Lichtmess* auf. Kalt, klar und sonnenbeschienen war dieser wichtige *Lostag* im bäuerlichen Kalender. Ein gutes Zeichen für die Bauern! Sollte wirklich und endlich wieder einmal ein guter Erntesommer folgen? Ende Februar herrschte immer noch bitterer Frost. Das Thermometer sank tagelang auf über 25 Grad Minus. Dann wurde es durch eine starke Weströmung kurzzeitig milder. Es fing wieder an zu schneien; ganz stark zu schneien. Die Wege nach Mittergars, nach Mailham oder durch den Wald den Berg hinauf nach Traunhofen waren nun schon tagelang völlig unpassierbar. Selbst der sonntägliche Familienkirchgang hinüber nach Sankt Michael war eine wahre Strapaze. Die Pferde schafften es einfach nicht, den ungeräumten Weg durch die meterhohen Schneewehen nach Mittergars zu gehen. Also schaufelte man mühselig einen schmale Gasse und machte man sich mühsam zu Fuß auf ins Kirchdorf.
Doch schlimmer schienen die zu erwartenden Folgen dieses fürchterlichen Schneefalls. Georg war mit verhärmtem Gesicht Tage später von einer Besorgung mit dem Pferdeschlitten im Bahnhof Gars auf den Hof zurückgekehrt. Er hatte wieder einmal um „gut Wetter" beim Landwarenhändler Huber Junior betteln müssen. Der Vorrat an Heu war bis auf einen kläglichen Rest zu Ende gegangen.
Sein ihm noch verbliebenes Vieh brüllte Tag und Nacht vor Hunger.
Doch Huber Junior ließ sich nicht erweichen. Wieder sprangen der Hofnachbar und einige Bauern aus Unterreit und aus den Weilern Starzmann und Kochöd ein, um dem verzweifelten Bauern zu helfen.

*****

Anfang März 1903
Fast alle Vorräte waren aufgebraucht.
Und Maria stand vor der Geburt ihres elften Kindes!

Als Erstes musste Georg sich nun schweren Herzens entschließen, auch noch einen der beiden Zug - Ochsen zu schlachten. Tage- und nächtelang hatte er mit sich gerungen. Sein wichtigstes Kapital zur Feldarbeit! Der alte Metzger Stadler aus Mailham, der Vater vom Benni, kaufte Georg die Hälfte des eigentlich für die Frühjahrsfeldarbeit unentbehrlichen zweiten Zugochsens zu einem ehrlichen Preis ab. Die andere Hälfte verarbeitete er auf dem Hof zusammen mit dem Metzger für seine Familie.
Es gab endlich wieder einmal volle Teller und satte Mägen für die vielköpfige Familie in Lohen.
Georg mochte garnicht daran denken, wenn die Arbeit auf den Feldern wieder beginnen sollte. Da müssten er und seine ältesten Buben doppelt so viel arbeiten wie bisher, obwohl sie es schon im letzten

Jahr kaum geschafft hatten. Nur noch ein Ochse, zwei Kühe und ein Pferd standen im Stall. Die Schweine waren auch, bis auf zwei trächtige Muttersäue verkauft. Georg ging ein Stich ins Herz, als er an seinen Zuchteber dachte. Je näher nun der Tag des Beginns der Feldarbeit rückte, umsomehr sank die Stimmung unter den Bauersleuten auf den Tiefpunkt. Pure Hoffnungslosigkeit war wieder unter den Dächern des „Maierhofes" eingezogen.

Und dazu gesellten sich schon wieder, die erdrückend übermächtigen Herren der Kassa.

Jede Woche kam nun einer der Mitarbeiter der Kassa mit seiner Kutsche auf dem Hof vorbei, um nach „*dem Rechten*" zu sehen.

Die Nerven der Bauersleute lagen völlig blank. Maria konnte mit dem restlich verbliebenen Geld wohl einen Teil ihrer Schulden bei der Krämerin drüben in Mittergars abzahlen. Seit Monaten wurde dort nur das wirklich Allernötigste besorgt und dann auch nur auf Pump.

„Vergelt´s Gott, Kramerin" sagte die Maria noch beim Hinausgehen aus dem kleinen Kramerladen „Kolonialwarenhandlung Fischer" unten in der Dorfstraße. „Is scho recht, Maria" sagte die gutmütige und großzügige Kramerin und packte der Inningerin noch eine Tüte mit „Gutserl", mit Zuckerwaren für die Kinder in den Einkaufskorb. Auf dem Heimweg nach Lohen nahm sie sich vor, der Kramerin dann, wenn endlich wieder Besserung auf dem „Maierhof" einkehren würde, reichlich von ihrem Gemüsegarten als Dank zu bringen.

Den Rest des Geldes vom Verkauf des Ochsen brachte Georg zur Kassa nach Gars. Es war nicht mehr „als ein Tropfen auf den heißen Stein, aber besser als garnichts ... ", wie mit einem äußerst süffisanten Gesichtsausdruck der Kassadirektor zum Maierhofbauern sagte.

„Also Inninger…!", er klopfte mit dem Zeigefinger seiner rechten Hand auf ein Blatt Papier, „... da steht noch die Hypothek seit letztem Herbst offen. Und nichts rührt sich, aber rein garnichts! Mit Zins- und Zinseszins ist schon wieder ein ganz schöner Batzen aufgelaufen. Und Tilgung zahlst auch keine!" Der Direktor machte eine bedeutungsvolle Pause und sah seinen „Delinquenten" über den Rand seiner Hornbrille durchdringend an. „Also, ich geb dir noch ein halbes Jahr und dann muss aber endlich Ruh´ und Schluss sein mit dem ewigen Gestupfel, gell! Sonst muss ich endgültig and´re Seiten aufzieh´n!"

Kein Zweifel, die scharfe Klinge der Kassa und des Huber´schen Damoklesschwerts senkte sich schon wieder von Monat zu Monat tiefer über den dahinsiechenden Einödhof. Hatte er doch schon wieder im Voraus einen großen Teil seiner Ernte für dieses Jahr an die Bank und an den Landwarenhändler, dem windigen, durchtriebenen Linus Huber aus Gars für die noch offene Hypothek verpfändet. Der Huber

Linus, genau der, ließ noch am allerwenigsten mit sich reden. Er war noch schlimmer als sein Vater, der vor über einem Jahr das Zeitliche gesegnet hatte. „Nein, nein Inninger, kriegt´s schon für ein Almosen dein Saatgut und dann zahlst mir´s ein Jahr lang überhaupt nichts zurück. Nein, Inninger, wirklich nicht. Basta!".
So brutal ließ er den Georg abblitzen, als dieser nochmals um einen Aufschub für seine immensen Schulden bat. Nein, der selbstgerechte und geldgierige Erbe des riesigen Huber - Vermögens, ließ wirklich nicht mit sich handeln. Auch nicht, wenn Maria es hinten herum wieder einmal bei der Frau des Landwarenhändlers, ihrer alten Schulfreundin Katharina, ohne Wissen ihres Mannes versuchte!

„Mei Maria, so gern ich das tun möchte, es geht einfach nicht. Der Linus lässt da nicht mit sich red´n! Außerdem sind wir uns schon lange nicht mehr gut ..."

*****

16. März 1903

Die kleine Josefa, das „Pepperl", Marias elftes Kind, erblickte das Licht der Welt. Es war ein Montag und einige Tage bevor man das Fest des heiligen St. Josef in der Liturgie der katholischen Kirche feierte. Die Taufe fand vierzehn Tage später statt. Josefa entwickelte sich sehr gut. Endlich wieder mal ein Lichtblick draußen in Lohen, nach all den Schicksalsschlägen der zurückliegenden Jahre. Die kleine „Pepperl", wie sie liebevoll von allen genannt wurde, war ein echter „Sonnenschein". Sie quiekte und lachte immerzu, wenn sie eines ihrer älteren Geschwister erblickte. Dann war auch so schnell kein Auskommen mehr. Josefa forderte alles, die ganze Zuneigung und das ganze Interesse an ihrer Person. Das Leben auf dem Hof ordnete sich ihr kurzzeitig unter. Immer hieß es zuerst „... was macht die Pepperl, wo ist die Pepperl, was mag denn die kleine Pepperl heute Gutes essen und, und, und ...". Besonders liebevoll gingen ihre beiden jungen Brüderchen mit ihr um. Sie war der persönliche Augapfel von Andreas und Michael. Die beiden schleppten sie überall mit hin. Dann noch umso mehr, als der elfjährige Bruder Josef ihr einen ausgedienten Leiterwagen so schön herrichtete und auspolsterte, dass die jüngeren Brüder einen Höllenspaß damit hatten, ihre kleine Schwester überall herumzukutschieren.

Eifersüchtig auf den Familienzuwachs war eigentlich nur die kleine Julie.
Sie hatte auf einen Schlag ihre Rolle als Mittelpunkt der Familie verloren und musste nun damit fertig werden.

*****

Altbayern, April 1903

Dieses Frühjahr ließ sich endlich wieder einmal besser an. Das Saatgut machte sich prächtig, der Wettergott schien gnädig. Wieder einmal, wie so oft, keimte das zarte Pflänzchen Hoffnung auf. Die beiden noch vorhandenen Muttersäue hatten, trotz aller Widrigkeiten, prächtig geworfen. Ein paar Nachbarbauern aus Mailham und Grafengars hatten sich zusammengeschlossen und sich gemeinsam einen jungen, kräftigen Eber zugelegt. Das war für alle billiger, aber genauso effizient. Auch von den Nachbarn steckten die meisten Hals über Kopf in einem Berg von Schulden. Aber alle hatten bei Weitem nicht so viele, so unendliche viele Mäuler zu stopfen, wie bei den Inningers auf dem Einödhof Lohen!
Bei den ersten Schweinemärkten im Frühjahr konnte Georg in Haag und auch in Kraiburg sehr gute Geschäfte machen. Die Verbindungen zum Großmetzger und Viehhändler Benjamin Schuster waren nun endgültig zum Erliegen gekommen. Man hörte, dass er die meiste Zeit in München verbrachte und dort ein recht lockeres Leben führen sollte. Die Großstadt hatte ihn in seinen Bann gezogen.
Wie so viele Menschen rund um die prosperierende Metropole ...

Hoffnung keimte auf dem „Maierhof" auf.
Das gesamte Frühjahr verlief prächtig und mündete nahtlos in einen wunderschönen Frühsommer. Ebenso gediehen alle Saaten und Früchte. Da es auch ausreichend regnete, und dies bei milden Temperaturen, standen auch die Wiesen rund um Mittergars in voller Pracht. Die Schober in den Stadeln der Bauern füllten sich endlich wieder mit nahrhaftem, duftenden Heu. Die Menschen fassten wieder Mut und krempelten die Ärmel hoch. Georg verdiente in den nächsten Monaten so viel Geld, dass er auch die Kassa in Gars zumindest einigermaßen zufriedenstellen konnte. Dennoch musste extrem sparsam weiter gewirtschaftet werden. Das hatte ihm der neue Direktor noch einmal in aller Deutlichkeit gesagt.

Der Hof konnte sich in den nächsten Jahren immer wieder gerade noch so über Wasser halten. Der „*Moarhof*" war nach all diesen Jahren, mit den vielen Totgeburten, mit Säuglingstod und auch mit dem tragischen Unfall der knapp vierjährigen Therese, immer mehr mit einer „unglückseligen Aura des göttlichen Willens" umgeben.
Jetzt musste man schnellstens wieder zum normalen Leben zurückkehren, um nicht ganz unterzugehen. Man konnte sich tatsächlich keine lange Trauerarbeit leisten. Die vielen Bitt- und Gedenkbilder zum Andenken an die verstorbenen Kinder staubten dann schon nach

kurzer Zeit irgendwo vor sich hin. Oder lagen - mehr oder weniger - als Lesezeichen in vergriffenen Gebetbüchern.

Das Leben musste weiter gehen ...
Nun endlich wurde auch öffentlich etwas mehr für die Kinderschar aus Lohen getan. Alle brachten sich jetzt irgendwie ein: die Männer aus dem Kirchenvorstand, die Frauen aus dem Handarbeitskreis, die Männer aus dem Gesangverein. Und vor allem die Nonnen aus dem Kloster Au. Da der „berühmte" und oft zitierte „Küchenmeister Schmalhans" in dieser Gegend bei den Tagelöhnern und Kleinbauern tagtäglich zu Gast war, besonders in der endlos langen Winterzeit, half man zuerst mit Lebensmittel aus. Die vielen Esser am Tisch des „Maierhofes", verzehrten die wenigen Ersparnisse und Lebensmittelreserven Tag für Tag schneller, als es die Bauersleute begreifen konnten. Kaum, dass man sich ein wenig Milch abzuzwacken getraute, man war auf jeden Liter Ertrag angewiesen.
Die Gegend war ja eigentlich nicht arm, im Gegenteil. Weit und breit fruchtbares Bauernland umher. Doch die meisten Menschen, die hier ansässig waren, waren arm und lebten von der Hand in den Mund. Der Großteil des Landes gehörte in dieser Zeit - wie fast überall im Deutschen Reich - den Landadeligen, Großgrundbesitzern, dem Klerus und vor allem: den Großbauern.
Denjenigen Bauern also, die, meist auf rigorose Art und Weise, oder auch durch kluge „Hochzeitspolitik" es irgendwann geschafft hatten, sich aus dem niedrigen Stand der kleinen „Gütler" nach oben zu arbeiten. Sie waren auch diejenigen, die am wenigsten Pardon mit den kleinen Bauern hatten. Immer waren sie darauf erpicht, möglichst viele überschuldete Kleinbauern „für ein Butterbrot" aufzukaufen und somit ihre Macht, ihren Reichtum und ihren Einfluss zu stärken. Ihre ganze Strategie war darauf ausgerichtet.

*****

Maria Inninger war schon wieder schwanger.
Sie war bereits Ende des sechsten Monats.
Einen Tag nach Heiligdreikönig, am 7. Januar 1905 holte die Hebamme von Kloster Au ein kleines, runzeliges Mädchen ans Licht der Welt. Sie wurde vom Pfarrer aus Mittergars auf den Namen Katharina getauft. Neugierig standen die jüngeren Geschwister um das viel benutzte Kinderbettchen im 1.Stock des Haupthauses herum. Allen voran die noch nicht zweijährige Josefa. „Puppe haben" forderte sie immer wieder lautstark, wenn sie am Kinderbettchen rüttelte. Doch die „Puppe", wie nun alle auf dem Hof sie nannten, der Winzling Katharina wollte und wollte nicht recht werden.

Wieder war der Doktor aus Gars Dauergast auf dem Bauernhof.
„Reißt denn da heraußen das Unglück überhaupt nicht mehr ab?" ging es Doktor Kölbl ständig durch den Kopf, wenn er wieder mal einen Hausbesuch machte. Mit Mühe und Not brachten sie das kleine Wesen über den kalten Spätwinter. Das darauf folgende nasskalte Frühjahr war der Gesundheit auch nicht förderlich. Die Kälte ging aus dem dicken Gemäuer des Hofes garnicht mehr heraus. Wenn es nur ging, stellte Maria das Bettchen in die warme Wohnküche. Aber des Nachts war das auch keine Lösung. Decken und Wärmflaschen halfen auch nicht viel, die oberen Räume konnte man nicht heizen. Und der längst fällige Einbau eines anderen Kamins würde die finanzielle Lage des Hofes völlig überstrapazieren. Also hoffte man inständig auf die Besserung des Gesundheitszustandes von Katharina in den ersten warmen Frühlingstagen Anfang Mai. Doch dann folgten unerbittlich die Eisheiligen und wieder lange kalte Tage und Nächte.
Es wurde und wurde nicht besser. Katharina hatte immer und immer wieder Hustenanfälle. So schlimm, dass Maria oft meinte, sie würde ersticken. Josefa wollte jetzt nichts mehr von ihrer kranken, kleinen Schwester wissen. Das war ihr einfach auf die Dauer zu langweilig. Nehmen konnte man das kleine Mädchen auch nicht und husten tat es auch andauernd. Sie verlor zunehmend das Interesse an ihrer „Puppe".
Und Katharina nahm immer weniger Nahrung zu sich.
Das Stillen hatte Maria sehr schnell aufhören müssen, weil die Hustenanfälle immer kritischer wurden und der kleine Wurm auch fast nichts mehr von der Muttermilch behalten konnte. Obwohl Doktor Kölbl im Sommer die Maria jetzt noch heftiger bearbeitete, „auf keinen Fall mehr schwanger zu werden, geschah es trotzdem.
Der Mediziner aus Gars verstand die Welt da draußen nicht mehr.
Sicher, er wusste von der Macht des Papstes, der Kirche, seiner Kardinäle und Bischöfe und auch der Priester.

Aber hier ging es um Menschenleben!

*****

Dr. Sylvester Kölbl

Landarzt Doktor Sylvester Kölbl aus dem etwas über drei Kilometer von Lohen entfernten Gars, war ein guter Arzt und als sehr tolerant bekannt. Und vor allem als überaus sozial und großzügig. Doch jetzt war seine Geduld endgültig mit den Inningers vom Lohen am Ende. Jahrelang hatte er nun schon versucht, mit Maria zusammen auf die Familienplanung des „Maierhofes" Einfluss zu nehmen. Vergeblich, wie die Realitäten es zeigen sollten. Jedes Jahr wurde die „Maierhof-Bäuerin" schwanger - und von Jahr zu Jahr immer dünner.

Die vielen Geburten hatten sie körperlich ausgezehrt. Ihre Seele trauerte vor allem über die vielen verstorbenen Kinder. Sie war nur noch ein Schatten ihrer selbst. Jetzt war auch die letzte Tochter von Maria, die kleine Katharina so arg krank. Und er konnte ihr wieder mit seiner Kunst nicht helfen. „Eigentlich zögere ich das Sterben nur hinaus“ dachte sich der Doktor niedergeschlagen.
Es war früher Nachmittag. Nachdem er einen seiner Hausbesuche in Mailham hinter sich gebracht hatte, dirigierte er sein treues Kutschpferd, mit dem *Gig*, dem leichten Einspänner, auf der staubigen Straße entlang der Bahnlinie Richtung Mittergars - Kraiburg.
„Ich muss heute unbedingt mit dem Georg und der Maria reden!“ nahm er sich vor, „so geht das nicht mehr weiter …“
Er wusste, dass die Bäuerin schon wieder ein Kind unterm Herzen trug. Schon beim letzten Hausbesuch konstatierte er auf der Heimfahrt erschrocken: „Mein Gott, die Maria wird ja von Monat zu Monat schwächer. Zum Schluss stirbt mir die Mutter der Kinder noch unter den Händen weg“!
Es war ein sehr heißer Augusttag, eigentlich nicht ganz ungewöhnlich für diese Jahreszeit. Außerdem war es sehr schwül, vielleicht durch die, von den starken Regenfällen Tage vorher satt durchnässten Innauen. Die leichten, flatternden Schleierwolken in großer Höhe zeugten von einer Föhnwetterlage über den Chiemgauer Bergen. Die klare Luft ließ sogar die Sicht bis zur Kampenwand zu, die Berge schienen heute um vieles näher gerückt zu sein. Ganz weit hinten über einem leichten Nebelhauch an den bewaldeten Hängen der Berge, aber im gleißenden Licht der Nachmittagssonne, sah man noch die eindrucksvolle Gipfelpyramide des *Geigelsteins* hervorspitzen, mit seinen über 1800 Höhenmetern. Die einige Hundert Meter tiefer gelegene *Niederkaser Alm* lag auf einem sanften, mit saftigstem Gras bewachsenen Bergsattel und schon hart an der Grenze zu Tirol. Auch dort hatten sie schon oft Station gemacht. Sylvester sinnierte wieder vor sich hin und erinnerte sich daran, als wäre es erst gestern gewesen: An einem ähnlich heißen Augustwochenende vor langer Zeit wurden er und Ruppert von einem fürchterlich tobenden Gewitter überrascht. Nachdem sie stundenlang die schöne Aussicht bei einer deftigen Brotzeit auf dem Gipfel genossen hatten, bemerkten sie eine schnell aufziehende Gewitterfront. Sie stand schon über dem Mangfallgebirge und war bedrohlich nahe gekommen. „Ruppert, auf geht ´s. Schau hinüber zum Wendelstein.“ Sein Freund erschrak. „Mei, und mir schauen die ganze Zeit zur Kampenwand ′nüber“. Jetzt hörten sie auch das erste Donnergrollen. Leichter Wind kam vom Westen auf. Es war bereits tiefschwarz über dem Wendelstein. Sie mussten sich be-

eilen. Der Wind nahm an Heftigkeit zu und wurde zum Sturm. Erste starke Regenschauer gingen hernieder. Jetzt fing es zu blitzen und zu donnern an. „Das Wetter ist keine zwei Kilometer mehr von uns entfernt“. Sylvester erhöhte sein Schritttempo. Nur mit Mühe und Not erreichten sie einigermaßen trockenen Fußes die schützende Almhütte. Ihr Schreck war groß, denn die Hütte war verlassen, obwohl die Türe nicht verschlossen war und im nun tobenden Sturm hin und her schlug. Auch das Vieh war auf den Almweiden. Ihr ängstliches Muhen verfolgte beide noch stundenlang im sicheren Schutz der Hütte.

*****

Jetzt ging es los

Ohne Unterlaß folgte am tiefschwarzen Himmel Blitz auf Blitz. Krachender Donnerschlag erschütterte die Hütte, Geschirr fiel aus den Holzregalen überm groben Tisch aus Lärchenholz. Sylvester blickte hinauf zum Gekreuzigten und machte schnell sein Kreuzzeichen. „Jesus und Maria steh uns bei ...“ murmelte er vor sich hin. Über den Chiemgauer Bergen schien sich ein Inferno anzubahnen.
Er und Ruppert hatten nicht mehr auf die Zeit geachtet. Nur jeden Moment damit gerechnet, dass einer der unzähligen Blitze in die Sennhütte einschlagen könnte. Doch, nach etwa zwei Stunden, war alles vorbei. Das Donnergrollen wurde leiser und leiser und entfernte sich schließlich weiter in Richtung des Tiroler Kaisergebirges.
Der Himmel hellte wieder auf. Die beiden Männer traten vor die Türe und sogen die klare Bergluft tief in ihre Lungen, ein Sonnenstrahl huschte über ihre Gesichter. Nebeldunst lag über den Almwiesen, die wärmende Sonne hatte sich wieder durchgekämpft.
In kurzen Abständen folgten immer wieder einige kleinere Gewitterfronten, die jedoch in ihrer Kraft schon erheblich abgeschwächt waren. Erst mit Einbruch der Dunkelheit, als der Gewittersturm ganz abgeflaut war, wagten sich die beiden Mediziner wieder hinaus. Weit und breit war nichts zu merken und zu sehen vom Senn. Auch ihr lautes Rufen half nichts. Nach einer Weile gaben sie die Suche auf, vor allen Dingen deswegen, weil es für sie in der Dunkelheit zu gefährlich wurde. Im Innern der Hütte war alles Normal, nichts deutete auf ein Unglück oder einem überhasteten Aufbruch des Viehhirten hin, also legten sie sich schlafen.

*****

Sie kannten ihn schon lange, den kauzigen Quirin Hirtreiter aus dem kleinen Dorf *Sachrang* hart an der Grenze zu Tirol. Ein Hüne von einem Mannsbild war er. Der Senn war im besten Mannesalter und hatte einen imponierenden Schnauzbart, der an den Enden akkurat nach oben gezwirbelt war. Immer zu Späßen aufgelegt und - schön versteckt - immer eine Flasche herrlichen Weines und guten Enzianschnapses für die beiden Freunde. Er selbst war auch kein Kostverächter, was Alkohol und besonders die Weiber anging. Auf die ganz Jungen stand er nicht, der Quirin. „Ich, ja ich muss was ganz handfest´s haben. Rund und rösch muss sie sein. Und luschtig! So luschtig wie der Senn hier droben …“ fügte er noch schmunzelnd hinzu.
„Und willig, allzeit bereit …“ hätte am liebsten noch der Doktor Sylvester hinzugefügt, verbiss sich jedoch diesen spitzen Kommentar. Also, eins stand fest: Der Quirin war durch und durch ein Weiberheld! Aber in erster Linie ein begnadeter Lebenskünstler. Einer, der das Leben tagtäglich so nahm, wie es halt kam. Großes Philosophieren konnte er sich auf seiner Almhütte garnicht leisten. Zu hart waren die täglich wechselnden Anforderungen. Also pickte er sich halt, wie´s der Ruppert zu seinem Freund einmal sagte „die dicksten Rosinen aus dem Kuchen des Lebens!“ Nicht nur einmal trafen sie den Quirin in Gesellschaft eines hübschen Frauenzimmers an. Und beileibe nicht immer mit derselben. Sein „Ruf“ musste sich anscheinend weit herumgesprochen haben.
Einmal schloss sich ihnen eine überaus hübsche, elegante Frau mittleren Alters an, als sie auf dem Weg von der Breitensteinalm zur Niederkaser Alm waren. Es stellte sich unterwegs heraus, dass sie aus dem fernen Berlin kam. Ihr Mann, der Kommandeur eines preußischen Kavallerieregiments war, hatte sie wegen ihrer angegriffenen Gesundheit schon mehrmals zur Sommerfrische in die Berge geschickt. In Marquartstein hatte sie wieder für ein paar Wochen Quartier genommen und beim Almabtrieb im Jahr zuvor, den Quirin kennen- und lieben gelernt. Doch, was heißt, lieben gelernt. Es war eine derart intensiv stürmische Beziehung, die dieser Dame von Welt beinahe das bequeme, aber eintönig fade Leben in Berlin für immer verleitet hätte.
Nur mit Mühe und großer Überredungskunst konnte sie Quirin wieder auf den „Pfad der Tugend“, wie er es ausdrückte, bringen: also zurück zu ihrem Mann. Zumindest für die meiste Zeit des Jahres. Er gab ihr das, was diese feine Dame so dringend „brauchte“! Bei ihm konnte sie das sein, was ihr in Berlin nie möglich war: Ein Vollblutweib, eine Frau, die mit jeder Faser ihres Herzens liebte und geliebt werden wollte. Quirin, das wussten die beiden, war in puncto Liebe und

Potenz ein Meister, ein wahres Naturwunder. Viel, gar viel wurde von ihm auf den umliegenden Hütten erzählt. Und sehr viel Neid konnte man auch aus den Stimmen der männlichen Bergwanderer heraushören.

*****

Ruppert entdeckte ihn zuerst.
Nachdem der Senn am Abend nicht mehr aufgetaucht war, hatten sich beide schon im frühen Morgengrauen des nächsten Tages auf die Suche gemacht. Sylvester, der etwa hundert Meter weiter entfernt von Ruppert war, sah das aufgeregte Winken seines Freundes am Ende einer steil abfallenden Bergwiese.
Quirin lag auf dem Rücken, so als würde er ganz friedlich schlafen. Neben ihm lag vollkommen zersplittert sein kunstvoll geschnitzter Bergstock. Die zwei Mediziner stiegen hinab und sahen sofort, dass ihm nicht mehr zu helfen war. Aber erst beim Umdrehen der Leiche bemerkten sie, dass ihm das Genick und wahrscheinlich auch das Rückgrat gebrochen war. Der Senn musste wahrscheinlich versucht haben, einige seiner Kühe bei herannahendem Gewitter auf eine höher gelegene Alm zu treiben. Eines seiner in Panik geratenen Tiere muss ihn dabei - so sah es den Spuren nach am steil abfallenden Abgrund aus - in die kleine Schlucht hinabgestoßen haben. Die Männer brachten Quirin in die Hütte, legten ihn in seine Schlafkammer, schlossen die Berghütte ab und machten sich auf dem schnellsten Weg zurück, hinunter nach Schleching. Von Marquartstein aus wurde dann eine Gendarmeriestreife mit einigen kräftigen Männern losgeschickt, die den toten Senn hinunter ins Tal trugen.

*****

Einige Zeitlang blieb die Alm verwaist.
Die Kühe wurden vorübergehend von den Bauern auf die beiden anderen Almen verteilt. Es gab eine große Beerdigung in seinem Heimatdorf Sachrang. Unter den vielen Trauergästen, welche kaum in der Kirche St. Michael Platz fanden, sah man sehr viele Frauen aus der ganzen Umgebung, bis hinein ins Tirolerische. Und auch sehr viele Sommerfrischlerinnen aus dem ganzen Deutschen Reich.

Noch jahrelang erzählte man sich die Geschichte vom Senn der *Niederkaser Alm* und vor allem von seinen sagenhaften gigantischen Manneskräften. Und noch viele Sommer lang besuchte eine elegante Frau aus der fernen Hauptstadt Berlin sein Grab im Friedhof von Sachrang. Immer stand dann ein großer Strauß herrlich duftender Rosen vor dem schmiedeeisernen Grab - Kreuz.

„Rosen der Erinnerung" an die große, heftige Liebe einer Frau aus dem fernen, mondänen Berlin zum Senn Quirin Hirtreiter.
Jahre später hörten dann diese Besuche ganz auf und das Grab des Quirin Hirtreiter geriet langsam in Vergessenheit.
Die beiden Freunde wichen nach dem Tod von Quirin zum Rasten und Einkehren auf eine andere Alm aus. Doch sie merkten bald, dass ihnen etwas fehlte, was man mit einem Ortswechsel nicht so einfach ersetzen konnte: Die lustige, kauzige Art des kernigen Hüttenwirtes war einfach unersetzlich.
Nun machten sie des Öfteren Rast auf der *Breitensteinalm*, in welcher ein knorrig kauziger Senn köstlichen Bergkäse herstellte. Manchmal benutzten sie die Alm auch als karges Nachtlager, je nachdem, von welcher Seite sie den Aufstieg machten. Dem Senn waren die paar Mark, die er dadurch verdiente, mehr als willkommen. Außerdem versorgten ihn die beiden Mediziner immer mit allerlei Arzneien.

Doktor Ruppert Metzger ließ seine Bergsteiger - Leidenschaft nie mehr los. Auch nicht, als er wegen seiner außergewöhnlichen Befähigung als Mediziner einer äußerst ehrenvollen Berufung zur Regierung nach München folgte. Er sollte dort am Aufbau eines flächendeckenden, modernen Gesundheitswesens im Königreich Bayern federführend mitarbeiten. Das tat er mit großem Erfolg, wie Sylvester oft staunend bei den immer seltener werdenden Treffen - und vor allem auch aus der Wasserburger Zeitung - erfuhr.
Sylvester und Ruppert verloren sich dennoch nie ganz aus den Augen.

*****

Ein für den Mai geplanter Aufstieg auf die Kampenwand musste ausfallen. Seit Tagen herrschte gnadenlose Hitze rund um den Chiemsee, zudem war es noch ungemein schwül.
Sylvester und sein Freund Ruppert verlegten deshalb ihr Vorhaben auf Anfang Juni. An einem Samstag, den 3. Juni 1905, stiegen sie von Aschau aus in aller Herrgottsfrühe bei strahlendem Sonnenschein hoch. Ruppert wollte unbedingt klettern.
Sylvester, der von der gefährlichen Kletterei nicht allzuviel hielt, riet ihm noch ab. „Bleib lieber bei mir auf festen Boden ...", sagte er noch scherzhaft zu seinem Freund. Doch Metzger ließ sich nicht umstimmen!. „Ich will's einmal wissen, ob ich es noch schaffe ..." war die knappe Antwort, des beinahe schon 60-jährigen Mediziners.
Seine Sturheit sollte ihm letztendlich zum Verhängnis werden.

Dr. Ruppert Metzger versuchte den Aufstieg in den schroffen Wänden der „Kaisersäle", direkt unterhalb der Schlechinger Scharte. Dort stürzte er aus halber Höhe, vor den Augen von Sylvester Kölbl, in die

Tiefe. Der Körper von Dr. Ruppert Metzger war völlig zerschmettert. Sein Freund konnte ihm nicht mehr helfen ...

Da Ruppert keinerlei Nachkommen hatte, fiel sein Vermögen einer „karitativen Einrichtung für ledige Mütter und deren Kinder“ zu. So hatte er es, in einem lange vorher aufgesetzten Testament verfügt. Trotzt seines aufwändigen Lebenswandels war doch noch Einiges an Vermögen vorhanden. Dr. Sylvester Kölbl sorgte dafür, das der in seinem Testament geäußerte Wunsch „ ... *nach meinem Ableben in Gars am Inn auf dem dortigen Klosterfriedhof meine letzte Ruhestätte zu finden*“, in Erfüllung ging.
Die Totenmesse vor einer riesigen Trauergemeinde hielt der alte, nun schon etwas mehr als tattrige Pfarrer von Gars am Inn, Korbinian Küttl. Er hatte mittlerweile das 90.Lebensjahr erreicht und half manchmal nur noch seinem jungen Amtsbruder aus. Nach der Beerdigung trafen sich noch viele Trauergäste, die diesen Charmeur und grandiosen Arzt persönlich kannten, zum Leichenschmaus im größten Gasthof in Gars am Marktplatz. Es ging hoch her und erst weit nach Mitternacht blies der Landarzt aus Gars, als passionierter Jagdpächter, auf seinem Jagdhorn das letzte „Halali“. Manch einer der Töne stimmte zwar nicht mehr, aber das merkten die meisten Gäste auch nicht mehr so genau.
Wenige Wochen später erlag der greise Geistliche Ignaz Küttl, der an diesem Abend einer der eifrigsten Esser und Trinker war, selbst an den Folgen einer über lange Zeit nicht erkannten und verschleppten Lungenentzündung.

*****

Recht unsanft wurde Sylvester Kölbl aus seinen Träumen gerissen.

Mit schrill quietschenden Bremsen hielt der Zug aus Richtung Mühldorf an der kleinen Haltestelle in Mittergars. Einige junge Frauen mit ihren Kindern stiegen aus und grüßten freundlich den Landarzt. Jovial winkte er ihnen zu. Es war seine Klientel. Alle, ja wirklich alle kannte er! Die Lokomotive fuhr mit lautem, schrillen Pfeifen wieder an. Seine Stute scheute. Sylvester hatte zu tun, sie zu beruhigen.
„´S is scho guat, ´s is scho guat, Luise.“ Wiederholt schnalzte er leicht mit der Zunge und versuchte sein Pferd mit sanften Worten zu beruhigen. Es gelang. Ruhig trabte die Stute nun wieder auf der schmalen, staubigen Straße in Richtung Lohen weiter. Kölbl nahm sich eine kräftige Prise Schnupftabak.
Sein Pferd schnaubte, scheute plötzlich nach rechts. Beruhigend sprach er auf das Ross ein. „Tsss, s´is ja guat Luise, tsss...! S´is ja guat...“. Der Landarzt zog die Zügel wieder fester an. Ein mächtiger

Bussard war unerwartet kurz vor der Kutsche am kleinen Bahnwartehäuschen von Mittergars ganz dicht über seine Stute geflogen und das hatte sein braves Ross nicht verkraftet.
Rechterhand sah er hinter den schon abgeernteten Getreidefeldern die Dächer der beiden Bauernhöfe der kleinen Einöde Lohen. Ganz knapp sah man den First des großen Haupthauses vom *„Maierhof“* über das brachliegende Stoppelfeld spitzen. Große Schwärme von Saatkrähen und Kolkraben machten Rast auf den abgeernteten Feldern. Infernalisches Gekreische überdeckte jeden anderen Laut. Nun würde es nicht mehr lange dauern und der Herbst war da. Er drehte sich noch mal um. „Die Sonne müsste jetzt direkt über den Gipfeln der Chiemgauer Berge stehen“ dachte er. Irgendwie „glaubte“ er vor seinem geistigen Auge die Kampenwand und den spitzen Geigelstein zu sehen. „Na ja, sehen ...“ brummelte er mit einem sanften Lächeln im Gesicht, sich selber beschwichtigend zu, „nein, eher ahne ich mit sicherem Instinkt meine Lieblingsgipfel“. Es fiel ihm ein, das er ja Tags zuvor mit seiner Kutsche zu einem dringenden Hausbesuch wegen einer schwierigen Geburt auf einen Bauernhof im kleinen Weiler Trescherberg, ganz oben am höchsten Punkt des westlichen Moränenhanges, fahren musste. Als er nach erledigter Arbeit sich wieder auf den engen Weg durchs Höllenthal hinunter auf den Weg nach Gars machte, lag, - bei strahlendem Sonnenschein und leichtem Föhn - eine ganze Weile das schier atemberaubende Panorama der Berge direkt vor ihm. Östlich, bis hinüber ins Salzkammergut, Watzmann, am Wilden Kaiser und Zahmen Kaiser vorbei, reichte sein Kennerblick. In der Mitte seines Blickwinkels: die Chiemgauer Berge. Majestätisch, direkt bedrohend wuchtig die Kampenwand, dahinter der unverwechselbare Geigelstein. Und dann, etwas weiter rechts, das Mangfallgebirge mit dem Gipfel des Wendelsteins. Ganz weit im Westen erblickte er gerade noch einen Zipfel des Wettersteingebirges. Es machte ihn mehr als zufrieden, in so einem schönen Stück Land seiner Berufung nachgehen zu können.

Sylvester schwor sich ernsthaft, innerlich wieder ein Stück demütiger zu werden. Doch seinen besten Freund Ruppert konnte er einfach nicht vergessen. Vieles ging ihm noch durch Kopf ...
Die Zeit, als 1870 im Chiemgau eine fürchterliche Cholera - Epidemie ausbrach und Doktor Metzger über sich hinauswuchs. Dr. Ruppert Metzger gelang mit seinen Helfern- in einem Kraftakt ohnegleichen - das schier Unmögliche: Die Cholera-Epidemie in und um Rosenheim kam noch im Verlauf des Jahres beinahe zum völligen Stillstand.
Lange dauerte es nicht, da wurde der junge Dr. Metzger zum *„königlich - bayerischen Bezirksarzt zweiter Classe“* in Rosenheim be-

fördert. Und einige Jahre später, nach der Pensionierung seines Vorgesetzten, dem *„Bezirksarzt erster Classe" Dr. Max Mühlbauer* übernahm er dessen Position. Seine schon zahlreich vorhandenen Neider wurden dadurch nicht weniger. Doch Ruppert focht das wenig an. Er ging beharrlich seinen beruflichen Weg weiter. Metzgers Hauptwohnsitz unter der Woche war jedoch immer noch Rosenheim, dazu hatte er sich vorher vertraglich verpflichten müssen. Seinen Zweitwohnsitz behielt er wohlweislich in Wasserburg. Hier fühlte er sich sauwohl. Und hier hatte er auch immer reichlich zu tun. Ob privat - oder auch beruflich. Schon allein durch die vielen Krankheiten, welche die durchziehenden Händler und vor allem die Schiffsknechte auf dem Inn aus aller Herren Länder mitbrachten.

*****

Kölbl versank wieder in Gedanken an die früheren Zeiten.
Welch ausgelassenen Schabernack hatten sie oft im Sommer zu mitternächtlicher Stunde bei Mondenschein getrieben und drunten, an der großen Innschleife hinterm „Gries", auf dem breiten, vom Fluss aufgespülten Sandbett, pudelnackert gebadet. Meistens nicht alleine, beileibe nicht. Sylvester lief das Wasser im Munde zusammen.
„Ei, ei, ei – so manch schöne und willige Maid war damals schon dabei …" reimte lächelnd er vor sich hin. Wehmut stieg in ihm auf. „Liegt doch auch schon wieder einige Jahre zurück, alter Knabe! Werd´ ich alt - oder bin ich tatsächlich schon so alt?" sinnierte er weiter. Seine und Rupperts Lebensmaxime: „Wein, Weib und Gesang" verlor unmerklich aber stetig, die scharfen, exakten Konturen vergangener Zeiten.
Doktor Metzger war ein überzeugter Junggeselle, doch beileibe kein Frauenfeind. Im Gegenteil: er, der Ruppert hatte einen Mordsschlag bei der holden Weiblichkeit, dachte sich Doktor Kölbl. Er „benutzte" die Frauen nicht, er „spielte mit ihnen und ihren oft stark vernachlässigten Gefühlen! „Da haben wir beide was davon", war in vertrauter Runde seine einfache Devise, wenn das Thema auf seinen - vielfach beneideten - „Schlag bei den Weibern" kam. „Vorm Metzger ist kein Rock sicher", hieß es im Wasserburger Gäu und auch in und um Rosenheim.
Irgendwie ergänzten beide Mediziner sich vorzüglich. Sie brauchten sich einfach. Das hatte sich schon in der gemeinsamen Studienzeit in München gezeigt. Ein Glück, das sie beide nicht weit voneinander arbeiteten und wohnten „Um Neider braucht sich der Ruppert bestimmt nicht zu sorgen" sagte Dr. Kölbl oft zu seiner Frau und auch zu anderen Kollegen. Aber er, er war Landarzt mit Leib und Seele.

Nichts hätte ihn an seinem damaligen Entschluss zweifeln lassen. Das war „sein Leben und seine Mission“: Den einfachen Menschen auf dem Land oder auch in der Stadt zu helfen. Oft hielt er auf den langen Kutschfahrten zu seinen Patienten mit sich Selbstgespräche: „Ja mein Weib, die Gloria, die ist großzügig, tolerant und elegant. Und genau deswegen passt die einfach nicht hierher!“ Dabei war Gloria absolut nicht hochnäsig oder eingebildet. Sie mühte sich von Anfang an um guten Kontakt zu den Patienten ihres Mannes und zur Landbevölkerung. Auch ihr starkes Engagement in kirchlichen und sozialen Zirkeln in Gars und Wasserburg wurde immer gewürdigt.

Doch es half einfach nichts. Sie war und blieb fürderhin im Dorf eine Fremde.

*****

Mein Gott, er würde nie vergessen, wie er sie kennengelernt hatte. Es war im Sommer vorm allerletzten Medizin-Semester. Da animierte ihn sein Freund Metzger zu einer Wochenendradtour, hinaus an den Starnberger See. Hauptgrund war natürlich das Einkehren auf dem „heiligen Berg“ der Münchner, dem Benediktiner - Kloster Andechs. Außerdem die Aussicht, ein paar nette und willige Mädels kennenzulernen. Am Klosterberg wollten sie auf einer Wiese zelten. Schon wochenlang lag er ihm in den Ohren, der Student Ruppert Metzger. Ruppert stammte aus dem kleinen Dorf Egling bei Wolfratshausen. Er kannte die Gegend hier wie seine Westentasche. Entgegen der ursprünglichen Planung landeten dennoch beide in Herrsching am Ammersee. Nur deshalb, weil sich beide kurz nach Gilching einer lustigen Radlertruppe angeschlossen hatten, deren Ziel der Ammersee war. Eigentlich hatten beide nur Augen auf die zwei hübschesten Mädels geworfen, die anscheinend solo bei der Gruppe dabei waren. Doch die Hoffnung auf ein amouröses Abenteuer schwand bereits am Anlegesteg in Herrsching. Dort warteten schon zwei elegant gekleidete junge „Gigolos“, wie Ruppert gehässig anmerkte, auf die beiden Hübschen.

„Ist doch eh wurscht“ sagte Ruppert zu ihm, als sie ihre Räder mit den kleinen Segeltuchzelten auf den Gepäckständern, den langen, mit ausgewaschenen, fein geschliffenen Flusssteinen übersäten Weg den Bergrücken von Herrsching hinauf schoben. Ihr Ziel war, übers Kiental zum Kloster Andechs zu gelangen. Er, der Ruppert steckte „so was“, also die Geschichte von den beiden Hübschen, sehr schnell weg. „Selber schuld“, das war einer der häufigsten Floskeln von ihm, wenn es mit dem Anbandeln nicht auf Anhieb klappte. Solche Niederlagen schüttelte er ab, wie ein Hund nach einem Bad im Fluss das Wasser aus seinem Fell. Die Sache war damit abgehakt. Einen „Korb“ gab es für Ruppert nie, zumindest vordergründig. Bloß keine Gedanken daran verschwenden, dass es an seiner sehr direkten Art liegen könnte.

*****

Ja - es war einer dieser typisch heißen Hundstage im August.

Die Luft im ganzen Voralpenland flimmerte aufgehitzt über allen sonnenüberfluteten Feldern. Trugbilder flimmerten am Horizont. „Wie eine Fata Morgana ...“ sagte Sylvester zu seinem Freund Ruppert. Kein noch so kleiner Windhauch rührte sich. Sogar das Trällern der Lerchen hoch über den teils schon abgeernteten Feldern wurde dünner und leiser.

Mensch und Tier suchten an diesem Tag Schatten. In irgendwelcher Form auch immer. Vom See unten kam auch keine Abkühlung mehr bis zu ihnen hoch. Die hatte sich anscheinend schon in den großzügig gestalteten Parks der schneeweißgekalkten Villen am steil ansteigenden Ufer verfangen. Sylvester und Ruppert schauten überrascht und beinahe ehrfürchtig auf die neu erbauten herrschaftlichen Häuser. Auf dem See unter ihnen kräuselten sich sanft und silbrig glänzend die Wellen. Manch einer der reichen Industriebarone aus München und aus dem ganzen Deutschen Kaiserreich, die am gegenüberliegenden Sonnenufer keinen Platz mehr fanden, hatten sich hier auf der Ostseite niedergelassen. Die noblen Villen schossen wie die Pilze aus dem Boden, egal wie steil das Gelände auch auf dieser Seite sein mochte. Wer sich keine dieser pompösen Gründerzeitvillen baute, mietete sich zumindest einen repräsentativen Wochenendsitz. Weißer Kies säumte die kunstvoll geschaffenen Einfahrten, die ja aufgrund der Hanglage nicht immer einfach zu gestalten waren. Hier hatten die Architekten anscheinend experimentieren können. Pavillons, Springbrunnen, Dutzende von Putten und ein Rasen, der wie frisch gestrichen wirkte! „Na ja, an Geld mangelte es ja augenscheinlich nicht“ dachte sich Sylvester.

„Wäre das auch mal was für uns?“ fragte mit leicht ironischem Unterton Ruppert seinen, hinter ihm herkeuchenden Freund. „Ja, genau! Da kauf′ ich mir schon locker in fünf Jahren was!“ entgegnete etwas genervt Sylvester. „Wer weiß, wo wir nächstes Jahr sind“ antwortete er einige Zeit später. Er hatte kein großes Erbe zu erwarten, wie sein Freund Ruppert. Dafür hatte er einfach zuviele Geschwister. Insgeheim verband beide Medizinstudenten gemeinsam eine heimliche Sympathie für die neu entstehende Arbeiterbewegung, den Sozialdemokraten, welche hauptsächlich aus dem Proletariat in den schnell wachsenden Großstädten mit ihren Fabriken ihre Anhänger

rekrutieren konnten. Noch war die Zeit dafür nicht ganz reif, das ahnten leider auch die beiden Akademiker - Freunde.
Die Hitze wurde zunehmend drückender.
Nicht mal in den längeren Waldstücken, die sie durchquerten, fanden sie und auch die anderen Spaziergänger, die sie auf einem kurzen flachen Stück überholten, wenigstens einen Hauch von Abkühlung. Die letzten Meter am steilen Anstieg von der Herrschinger Seite her wollten kein Ende nehmen. Es war eine Qual. Nur die vor ihnen schwebende „Fata Morgana“, eines großen Kruges kühlen Klosterbieres, wie sich Ruppert meinte, ließ sie ohne größere Pause durchhalten. Am „heiligen Berg der Bayern“ wimmelte es nur so von Sommerfrischlern. Vorm „Bräustüberl“ spielte eine Blaskapelle, lautes Stimmengewirr schlug aufs Trommelfell. Kaum ein flüssiges Durchkommen war möglich. Im Schatten der großen Klosterkirche der Benediktinerabtei stellten sie an einer hohen Mauer ihre Räder ab. Die Zelte ließen sie hinten auf dem Gepäckständer. Voller Vorfreude machten sie sich auf den kurzen, aber steilen Anstieg hinauf zum Kloster und zum Biergarten. Oben angekommen blieb ihnen noch mal die Luft weg. „Ein Traumtag“, sagte Sylvester zu seinem Freund. Sie ließen ihre Gedanken und Blicke schweifen. Über die Kimm der Kientalschlucht sahen sie vor sich das Wettersteingebirge, die Ammergauer Alpen - und ganz im Westen die Allgäuer Alpen. „Gell, weißt schon, was wir an den nächsten Wochenenden vorhaben?“ antwortete ihm Ruppert. Sein Mund war wie ausgetrocknet. „Ausgetrocknet, wie das Rinnsal im Sommer eines sonst so mächtigen Flusses in den Alpen“ dachte sich er. Jetzt brauchte er so schnell wie möglich eine frische Maß Klosterbier. Sie nahmen an einem der wenigen - noch freien Biertische - Platz. Kurz darauf stellte Ihnen die dralle, aufgebretzelte Bedienung schon zwei steinerne Krüge mit schäumenden Klosterbier auf den blankgescheuerten Tisch. „Habt´s an großen Durscht, Manner...?“ sagte sie recht schnippisch und war schon wieder in der Menge ihren Blicken entschwunden.
„Gell, a sauber´s Maderl is dös scho? Owa mit Hoar auf di Zähn´“ bemerkte Ruppert, als er sah, wie Sylvester ihr mit seinen Blicken folgte. Klirrend stießen die Maßkrüge zusammen. „Prost, damit die Gurgl need verrost!“ sagte Ruppert zu seinem Freund. „Ha!“ Sylvester holte tief Luft und wischte sich mit einen genussvollem, verklärtem Gesichtsausdruck den Schaum vom mächtigen Schnurrbart.
„Da schmeckt der erste Schluck aus den irdenen Krügen!“

Er strahlte seinen Freund an. Eine überaus vornehme, noble Familie mit ihren zwei Töchtern kam auf der Suche nach einem Platz genau auf ihren Tisch zu. „Du, schau“! Er stupste seinen Freund an.

„Sylvester, das ist unsere Gelegenheit. Schau dir nur die beiden Maderln an. Mmmh, da läuft mir das Wasser im Munde zusammen ... „ flüsterte er. Ruppert sprang behände auf, machte galant eine Verbeugung und bot der Familie an dem Tisch einen Platz an „Wir können ja noch etwas zusammenrücken“ sagte er mit einem umwerfenden Lächeln. Obwohl die vornehme Dame etwas maliziös lächelte, wurde dennoch das Angebot von Ruppert angenommen. Umständlich nahm die Familie Platz. „Aha, etwas hochnäsig, die Herrschaften“ dachte sich leicht verärgert Ruppert Metzger. „Noblesse oblige“ murmelte er halblaut vor sich hin und machte ein etwas säuerliches Gesicht. Dennoch, kurz darauf siegte seine Neugier und er änderte daraufhin seine Taktik.
Immerhin, so musste er sich schnell eingestehen, dass die beiden Töchter nicht von schlechten Eltern waren!

Besonders die Brünette hatte es ihm, dem alten Schürzenjäger, sofort angetan. Gloria hieß sie und ihre Schwester wurde Nette gerufen. Von Anfang suchte Ruppert mit Gloria nicht nur Blickkontakt. Nein. Nach kurzer „*Einschätzung der Lage*“, wie er seinen Freund gegenüber immer verklausulierte, fing dieser Filou sofort mit seinem sehr ansehnlichen Gegenüber zum Anbandeln an. Eindeutig! „Immer das gleiche Spiel und Ritual“ dachte sich Kölbl. Er hatte dafür noch nicht den rechten Sinn. Schweiß perlte ihm von der Stirne.
Sein weißes Sacktuch war schon patschnass. Es half einfach nichts. Irgendwie fühlte er sich in der Gesellschaft der piekfein herausgeputzten Familie mit ihren Töchtern unwohl. „Der Aufstieg mit den Rädern war doch nicht ohne gewesen“, dachte er sich. Nachdem die Familie auch ihre Getränke erhalten hatte, wurde es etwas lockerer am Tisch. Generös hob der Vater der reizenden Mädchen seinen Krug und prostete den jungen Männern zu. Ruppert und Sylvester erwiderten seinen Trinkspruch und stellten sich erst mal vor. Als die elegante Dame ihres „Gastgebers“ hörte, dass beide Medizin studierten, blühte sie sofort auf. „Ach ja, mein Mann ist auch Mediziner. Wir haben eine große Praxis unten am Ammersee, direkt mitten in Dießen. Fast genau am Marktplatz, in der Mühlstraße ...“ fügte sie noch mit unverkennbarem Stolz in der Stimme hinzu. Im gleichen Atemzug erfuhren sie noch, dass die honorige Arztfamilie ein schönes Wochenendhaus in *Sankt Alban am See* ihr eigen nannte.
Ruppert und Sylvester hatten gerade das schwere Physikum auf der Universität geschafft. Schon nach der zweiten Maß des äußerst süffigen Bieres fingen beide mit dem Vater der Mädchen zum Fachsimpeln an.
Von einer Maß zur anderen verstanden sie sich besser ...

Zwischendurch flirtete Ruppert „auf Teufel komm raus“ wieder mit der Brünetten quer über den Tisch. Sylvester war das ewige Gebalze seines Freundes schon wieder ein Ärgernis. Langsam vertieften sich auch die Gespräche der jungen Leute. Sylvester meinte bemerkt zu haben, dass Ruppert nun mit der einen der Schwestern fußelte.
„Oha …“ dachte er sich, „ … das geht ja gut weiter!“ Die Eltern der beiden Mädchen sahen dies zunehmend lockerer. Die jungen Mädchen gingen noch auf ein Mädcheninternat, soviel erfuhren die angehenden Mediziner. In ihren leuchtend weißen Sommerkleidern sahen beide „zum Anbeißen“ aus. Jeanette hieß die andere, die etwas quirligere der beiden Schwestern. Sie hatte schulterlange, dunkle lockige Haare und ein zauberhaftes Puppengesicht mit einem ganz hellen Teint. Ihre großen, breitkrempigen Sonnenhüte hatten sie neben Sylvester auf der Bierbank abgelegt. Jede von ihnen führte einen kleinen Sonnenschirm mit sich. Ihre zarten, feingliedrigen Hände steckten in weißen Handschuhen. Die Mutter der beiden Schönheiten rauchte mit einer langen Zigarettenspitze eine Zigarette nach anderen, jedoch immer nur bis zur Hälfte. Die Bedienung brachte den Herrschaften gerade ihr bestelltes Mittagsmahl: Schweinshaxe mit Knödel und Sauerkraut. Den beiden Studenten lief das Wasser im Mund zusammen. Doch ihr Budget war für diese Wochenendradtour nicht so üppig ausgestattet. In ihren Rucksäcken hatte jeder eine kleine Vesper dabei: Hartwurst, Dosenwurst und jeder ein Stück Bergkäse. Die Brezeln standen auf dem Tisch in einem kleinen Korb. Der Verzehr von Mitgebrachtem war hier im Biergarten erlaubt. Nach dem üppigen Essen standen die Doktorsgattin und ihr Mann auf „um einige Schritte zur Verdauung ums Kloster herum zu tun“ wie sie betonten. Außerdem wollten sie noch *Benedikt Zenetti*, den Abt des Klosters treffen. „Ein sehr guter Bekannter von uns“, wie die Mutter der Mädchen maliziös noch kurz beim Weggehen nicht ohne Stolz betonte. Ruppert war davon weniger beeindruckt als Sylvester. Er wusste gleich, „dass dies für uns ein eindeutiges Signal zum Angriff war“, wie er später dem Sylvester einmal erzählte.
Und - so war es denn auch.
Die jungen Burschen und die beiden Mädchen kamen sich sehr schnell näher. Die Mädchen fanden die unkomplizierte, ja sehr direkte Art der Münchner Studenten „direkt animalisch“. „So etwas, so was Weltläufiges gab es halt in Dießen und auch in der Nähe ihres noblen Internats nicht“ dachten sich die beiden jungen Damen. So erfuhr es Sylvester viel, viel später mal von seiner Gloria. Sie hatten Feuer gefangen. Man verabredete sich fürs erste Septemberwochenende nochmals zu einem Treffen in Herrsching am Ammersee. Die Mädels

wollten mit dem Dampfer von Dießen nach Herrsching übersetzen und sich am Anlegesteg mit Ruppert und Sylvester treffen. Die Eltern, mittlerweile wieder von ihrem sehr ausgedehnten Spaziergang mit Abt Zenetti zurückgekehrt, waren unerwarteterweise damit einverstanden. Allerdings, die Miene der Mutter konnte man auch nur mit allergrößtem Wohlwollen als hocherfreut bezeichnen. „Ein bisschen Zurückhaltung und vornehme Reserviertheit ist doch am Anfang garnicht so schlecht“ sagte später die „Nette“ zu Ruppert, nachdem dieser nochmals die erste Begegnung in Erinnerung rief. „Ihr sollt doch auch ein bisschen kämpfen müssen, bevor ihr uns rumkriegt, oder?“

Denn die Zwei waren zusammengekommen. Gloria hatte sich in Kölbl verschaut. Ihr gefiel die zurückhaltende Art von Sylvester. Ruppert war ihr zu laut und polternd. Nach einigen weiteren Treffen draußen am See durften die beiden Mädchen das erste Mal alleine nach München fahren.

Und dann passierte es. Aus den Verliebten wurden zwei Liebespaare. Ruppert nahm's von Anfang an sehr locker, sehr zum Missfallen seines Freundes.

*****

Die beiden Studenten machten im darauffolgenden Jahr ihr Examen. Schon kurz darauf heirateten Gloria und Sylvester. Ruppert und Jeanette waren zwar immer noch ein Paar, aber beide schon auf lockere Distanz bedacht. Sie lebte immer noch in Dießen am Ammersee. Er machte, genau wie Sylvester, ein Praktikum an einer großen Münchner Klinik. Dann bekamen beide fast zu gleicher Zeit Angebote aus dem Münchner Umland. Ein betagter Hausarzt suchte in Gars am Inn dringend einen fähigen Nachfolger. Und in Rosenheim war eine beamtete Assistenzarztstelle am dortigen kgl. - bayerischen Bezirks- und Landgericht frei. Beide griffen sofort und ohne langes Nachdenken zu - obwohl Gloria nicht unbedingt vor Begeisterung jubelte. Dennoch - ihre Liebe war zu dieser Zeit noch sehr stark. Ihr erster Sohn Max wurde kurz nach Eröffnung der Arztpraxis geboren. Das Geld zur Einrichtung der Praxis kam von den Eltern Glorias. Zwei Jahre später folgte Arnulf Junior. Ruppert und Jeanette waren zu dieser Zeit schon nicht mehr beieinander. Es kam, wie's kommen musste: Er hatte dauernd neue Liebschaften in Rosenheim und Umgebung. Und sie zog nicht ungern wieder nach München, wollte dort ihr Leben in vollen Zügen genießen. Ihre Mutter war sehr vermögend und unterstützte lange Jahre stillschweigend ihre Eskapaden. Der Vater sprach schon lange Zeit nicht mehr mit seiner ältesten Tochter. Er hatte sie radikal aus seinem Leben gestrichen. Auch Gloria sah ihren Lebensmittelpunkt nicht in Gars, „diesem kleinen Dorf in tiefster Provinz“, wie sie immer süffisant betonte. Der Dorftratsch und das Leben hier interessierte die, immer viel zu elegant gekleidete Frau, nicht im Geringsten. Nein, nachdem ihre Söhne aus dem Gröbsten heraus waren, weilte sie sehr oft in München. Angeblich bei ihrer Schwester Jeanette. Oper, Operette, Schauspiel! Die „Boheme“, das war ihr Leben. Und die Schauspieler und Akteure! Dann noch das zaghaft erwachende Schwabing! Und die Garnisonen mit den vielen schmucken Fähnrichen und Leutnants. Man munkelte viel in Gars. Dem Doktor Kölbl war´s nun letztendlich egal, er musste sich trotz allem eingestehen, dass Gloria anfangs alles versucht und getan hatte, sich im täglichen Leben ihres neuen Heimatortes als Arztgattin zurechtzufinden. Doch alle ihre Versuche scheiterten irgendwann kläglich. Dann gab sie´s auf. Immer flüchtete sie aus dem Dorfleben in die blühende Residenzstadt. Er führte nun sein Leben, seine Frau das Ihrige.

Die Söhne waren mittlerweile erwachsen und schon längst aus dem Haus. Keiner wollte irgendwann hier in der tiefsten Provinz, im Landl am Inn versauern. Der eine von ihnen lebte und studierte immer noch in Salzburg, der andere ließ sich anscheinend von einer jungen, attraktiven und nicht unvermögenden Witwe in Augsburg aushalten. „Na schön, wenn´s ihm gut tut“ sinnierte der Doktor weiter. Obwohl, gefallen hätte ihm dieses hübsche, saubere Weib aus Augsburg schon auch. Einmal nur einmal hatte sie der Stephan mit nach Gars zu seinen Eltern gebracht. Und beide waren sichtlich froh, an einem frühen Sonntagnachmittag nach ihrem Anstandsbesuch wieder zusammen vom Bahnhof Gars über München nach Augsburg fahren zu können. Die Gedanken drehten sich in Kölbls Kopf. Ach ja, was hatten Metzger und er schon für herrliche Ausflüge in den vergangenen Jahren gemacht. Auch weiter hinein, ins Tirolerische. Zahmer Kaiser, Wilder Kaiser und die Loferer Steinberge lagen all die Jahre nicht allzu weit weg. Seine Gedanken schweiften immer wieder weiter ab. Er seufzte! Jetzt drückte ihn auch schon ein wenig sein Alter und die ganzen Wehwehchen, die ja man seiner Klientel absolut nicht anmerken lassen durfte.

Weil man gerade die eigenen „Zipperlein“ nicht wahrhaben wollte.

*****

Die Visite

Seine Gedanken waren in der kurzen Zeit weit, endlos weit abgeschweift. Das treue Ross hatte ohne sein Zutun ganz alleine seinen Weg nach Lohen gefunden.
Bleischwer lag die Mittagshitze auf dem staubigen Hof. Drüben, zum nahen Nachbarhof hin, stand der Schuppen für den Gig, dem Fuhrwerk und den landwirtschaftlichen Geräten. Etwas weiter abgesetzt vom großen Wohnhaus befand sich das Austragshäusl des „Maierhofs". Kölbl dirigierte mit ruhiger Hand seinen Einspänner in den Schatten der Remise, spannte seine brave Luise aus und ließ die Stute drüben am Brunnen ihren Durst stillen. Dann band er ihr den Futtersack um und füllte ihn mit einigen Händen voll Heu und Hafer und führte sein Ross in den kühleren Halbschatten der gegenüberliegenden Wand zurück. Kölbl befestige die Fahrleine an einem Eisenring an der Remise. Erst dann wandte er sich dem Haupthaus der Inningers zu.
Eine alte Katze wurde aus ihrem Schlaf gerissen und huschte aufgeschreckt hinüber in die Remise. Dennoch war es auf dem Hof sonderbar still. Nicht einmal der scharfe Hofhund in seinem elenden Zwinger bellte. Träge blinzelte er mit schläfrigen Augen hinüber zur Kutsche, gähnte und legte seinen Kopf wieder auf die Pfoten.
An der Westseite der Gebäude befand sich der große Obstgarten, sicher aus gutem Grunde. Hier war genug Arbeit für die Austragsbauern. Arbeit, die sonst auf dem Bauernhof nicht sehr gern getan wurde. Das überließ man lieber den Altvorderen.
Er klopfte mit dem Eisenring an der großen, schweren Eingangstüre.
„Hallo, hallooo...! Ist hier jemand?" Es rührte sich nichts. „Seltsam, sehr seltsam" dachte der Arzt Kölbl probierte es nochmal.
„Hallo, ist hier denn niemand zu Hause ...?" Der Landarzt zog mehrmals an der Haustürglocke und spitzte durch eines der Fenster in die Wohnküche. Immer noch blieb es still! „Das gibt es doch garnicht, bei so vielen Menschen hier!" murmelte halblaut der Arzt.
Er klopfte nun an die große zweiflügelige Holztüre, versuchte sie zu öffnen. Es ging nicht, anscheinend war sie verriegelt.
Kölbl rüttelte an der Türe! „Hallo, hallo! Ist hier denn hier niemand daheim ...?" Langsam beschlich ihn ein Angstgefühl. Angestrengt spähte er nochmals durch´s Fenster in die Wohnkuchl, sah aber nur eine Katze zusammengerollt faul auf der Ofenbank liegen. „Es wird doch nichts passiert sein? Oder sind die etwa alle auf dem Feld" ging ihm durch den Kopf.
Nochmals pochte er mit aller Kraft gegen die massige Türe. „Hallo!"
Da! Jetzt endlich hörte er oben im Haus eine Türe in Schloss fallen. Schritte, kleine eilige Schritte eines Kindes tapsten nun auf den Stein-

fließen in der Diele entlang. Ein Riegel wurde mit Mühe innen zur Seite geschoben. Jetzt öffnete sich die Türe quietschend zu einem kleinen Spalt. Die kleine achtjährige Juliane stand mit nackten Füßchen hinter dem Türrahmen und sah ihn mit großen Augen an. „Hallo, Juliane“, der Doktor strich ihr über die Haare „bist du denn alleine zu Hause?“ Juliane machte artig einen Knicks. Sie wirkte eigentlich nicht überrascht, dass der Herr Doktor aus Gars vor der Haustüre stand. „Grüß Gott, Herr Doktor“, sagte sie mit einem verlegenen Lächeln und machte wieder einen kleinen Knicks. Das Mädchen schaute erwartungsvoll zu ihm hoch. Doktor Kölbl spähte an ihr vorbei in die dunkle Diele. Angenehme Kühle streifte sein Gesicht. „Grüß dich Gott, Julie, wo sind denn deine Eltern und deine Geschwister alle?“ wollte der Arzt wissen. Dann fragte er das kleine Mädchen, ob sie denn alleine zu Hause sei. Die kleine Julie trat mit ihren nackten Füßen etwas verlegen von einem auf das andere Beinchen. „Nein, nein Herr Doktor! Ich muss auf den Andreas, den Michael und auch noch auf die kleine Josefa aufpassen!“ Sie dachte anscheinend angestrengt über etwas nach, legte ihre kleine Stirn in Falten und plapperte weiter „... und ganz besonders arg auf die kleine kranke Katharina!“ Julie machte eine kurze Pause, spitzte keck an den Hosenbeinen vom Doktor Kölbl vorbei und schaute interessiert zum Kutschwagen hinüber. „Wie heißt denn dein Pferd, Onkel Doktor?“ Ihre runden, dunklen Augen schauten fragend den Doktor an. „Luise“ antwortete Dr. Kölbl. Juliane machte ein entrüstetes Gesicht. „Luise, Luise? So nennt man doch kein Pferd ...!“ sagte die kleine Juliane bestimmt und voller Empörung. Doktor Kölbl musste lachen.
Das Pferd stand jetzt voll in der prallen Sonne. Die braune Stute ließ ihren Kopf hängen und döste mit geschlossenen Augen vor sich hin. „Hast du denn dem Ross schon Wasser gegeben“ fragte sie keck forschend. „Hab ich, Juliane!“ sagte der Doktor. Als er merkte, dass sie ihm nicht glaubte, wiederholte er noch mal: „Hab ich wirklich. Da steht ja noch der Wassereimer vor der Luise. Siehst du das?“ Juliane nickte nun notgedrungen.
Sie war endlich überzeugt.

*****

Langsam bewegte sich die schwere Eichentüre hinter ihr, um ins Schloss zu fallen. Doch Kölbl gelang es im letzten Moment noch, seinen rechten Fuß dazwischen zu setzen.. „Halt, halt Juliane! Bleib doch da! Wo sind denn jetzt deine Eltern?“ Juliane stand schon mit einem Bein auf der ersten Treppenstufe. „Nicht da ...“ antwortete sie bockig und anscheinend noch stark beleidigt vom Gelächter des

Arztes über sie. „Ja und? Wo sind denn dann all die anderen" wollte dieser nochmals wissen. Juliane zögerte noch einen kleinen Moment. „Ach die ...", sie dehnte die beiden Worte ganz lang, „... die sind draußen auf dem großen Kartoffelacker, drüben am Waldweg nach Grafengars." Der Doktor wusste von anderen Bauern, dass die Kartoffelernte heuer viel zu spät dran war. Der bislang kalte Sommer und der viele Regen hatten die Reife und damit die Kartoffelernte stark verzögert. Und gerade in dieser Halbschattenlage des „Maierhofs"! In den nächsten Tagen sollte auch noch das Wetter umschlagen. „Aha", dachte sich der Doktor resignierend, „jetzt wird also jede Kraft vom Hof gebraucht, auch die von meiner schwachen Maria!" Sylvester Kölbl war vor Kurzem zu Ohren gekommen, dass droben am Niederrhein ein Kartoffelschädling großen Schaden anrichtete. Die Bauern nannten diesen gelb-schwarz gestreiften Vielfraß Kartoffelkäfer oder auch „*Colorado - Käfer*", da er aus Amerika eingeschleppt worden war. Wo er auftauchte, blieb nichts mehr zu ernten! „Mein Gott! Hoffentlich kommt dieses gräusliche Viech nicht auch noch zu uns ..." sinnierte der Landarzt weiter, „... denn dann wird´s ja noch bitterer aussehen, als jetzt!"

*****

Sylvester Kölbl erinnerte sich gar zu deutlich.
Zwei Jahre vor der Geburt der kleinen Juliane herrschte im „Land vorm Gebirg" wieder bittere Armut und große Not*).

Sein heutiges Vorhaben, mit der Maierhof - Bäuerin und vor allem mit dem Georg ein ernstes Wort zu reden, „... dass endlich Schluss wäre, mit den jährlichen Geburten", war somit vorerst ins Leere gelaufen.

Draussen auf dem offenen Feld konnte er ja schlecht jemanden, und besonders nicht der Maria, die Leviten lesen. Und dazu noch in einer so heiklen und delikaten Sache. Gut, er würde dies so schnell wie möglich nachholen. Am besten wäre, wenn die Maria zum nächsten Termin zu ihm nach Gars käme. Allzu lange dürfte es jedoch nicht mehr dauern, sonst wäre das, was er der schon sehr ausgezehrten und mitgenommenen Bäuerin sagen wollte, *nein musste*, auch nicht mehr hilfreich gewesen. Kölbl rechnete im Kopf nach und erschrak bei dem Gedanken, dass Maria nächstes Jahr schon neunundvierzig Jahre alt werden würde. Der Georg gar schon sechzig Jahre!
„Mein Gott und dann immer noch Kinder wie die Orgelpfeifen! Wie unverbesserlich unvernünftig! Aber halt der Trieb...", dachte sich der Doktor.

*) *Bezirksamt* **Ebersberg** *–* **„Auswanderer"** *– siehe Glossar*

Er war sicher der Letzte, der dafür kein Verständnis hatte, „ ... doch, was ist, wenn man all die kleinen Bälger nicht mehr ernähren konnte? Was dann“, sponn er in seinen Gedanken weiter.
Resigniert schüttelte Kölbl schließlich seinen Kopf. Er wusste genau: allzu krass war das Unten und Oben - und zu stark war auch der Einfluss der Kirche auf dem Lande.
Verhütung war und blieb einfach eine Todsünde!

*****

Die kleine, süße und rotznasige Juliane mit ihrem dunklen Haarschopf stand immer noch unschlüssig unten am Treppenabsatz. Das Mädchen wurde nun sichtbar ungeduldig und schaute den Doktor mit ihren großen Augen direkt herausfordernd an.
„Herr Doktor ...!“ Kölbl hatte sie ganz vergessen!
Oben vom ersten Stock herunter hörte er, wie die kleineren Inningers anscheinend heftig miteinander stritten. Ihr tadelnder Blick ließ keine Zweifel aufkommen. „Tja, mmhh, mmhh“. Dr. Kölbl räusperte sich umständlich und trat von einem Fuß auf den anderen. Er versuchte es, doch es gelang ihm nicht ganz.
Sein verstecktes Schmunzeln bekam das kleine Mädchen zu seiner Erleichterung nicht richtig mit. Doch er hatte schon kapiert.
In seiner, ausgebeulten rechten Joppentasche hatte er immer für alle Fälle einige Bonbons parat. „Da Juliane, gibst deinen kleinen Brüdern und dem Pepperl auch was, gell? Und sag deinen Eltern recht viel Grüße von mir. Deine Mama soll unbedingt die nächste Woche in meine Praxis nach Gars kommen. Sagst ihr´s, gell!“
Das kleine Mädchen nickte und tippelte auf nackten Füßen ein paar Schritte zur Tür. Sie öffnete ihre beide Händchen und hielt sie wie eine Schale gewölbt nach oben. Kölbl war nicht geizig. Seine prall gefüllte Hand kam mit den Bonbons langsam aus seiner Tasche. Was hineinpasste, legte er auf ihre kleinen Handflächen. Juliane schloss ganz fest ihre Finger und hielt die klebrigen Bonbons krampfhaft in ihren kleinen Händen. Sie brannten ihr förmlich auf der Haut. Aber vor dem Herrn Doktor wollte sie doch die Gutserl nicht gierig in den Mund schieben. Nein, das wollte sie nicht. Noch nicht. Der Doktor wollte sich schon zum Gehen wenden, da fiel ihm siedendheiß ein, dass ja die kranke Katharina oben in ihrem Bettchen lag. „Halt, halt Juliane. Lass mich schnell deine kleine Schwester ansehen, wenn ich schon hier bin.“ Der Landarzt packte sein Medizinköfferchen und folgte der vorauseilenden Juliane in eines der vielen Kinderzimmer im ersten Stock. Michael stand mit der zweijährigen Josefa vor dem Kinderbettchen, das am leicht geöffneten Fenster in der Nachmittagssonne stand. „Grüßt euch, ihr beiden. Wo ist denn der Andreas?“ sagte

er beiläufig, wartete die Antwort garnicht ab und schaute in das Bettchen, wo Katharina auf der Seite lag und schwer atmete. Er packte aus seiner speckig braunen Tasche ein Stethoskop aus, zog das Hemdchen des Kleinkinds nach oben und horchte ihre Lungen ab. Die anderen Kinder, die neugierig in der dunklen Stube standen, fingen laut an zu plappern. „Psst, psst - seid´s endlich ruhig, sonst kann ich eure Schwester nicht abhören!“ sagte er energisch und mit sichtlich zornigem Gesicht. Das half augenblicklich. Sie schwiegen. Jetzt klopfte er mit seinen Zeigefinger und dem Mittelfinger der rechten Hand ganz leicht den Rücken ab und horchte. Er machte ein besorgtes Gesicht. Dann kramte er weiter unten in seiner Tasche, holte ein kleines braunes Fläschchen heraus, betrachtete das Etikett mit der Aufschrift „*Codeinum siccum*“ und stellte es auf die kleine Anrichte im Zimmer. „Das da ...“, er deutete auf das Fläschchen, „... sollte eure Mama ab heute der kleinen Katharina geben. Drei mal zwei Tropfen in etwas Zuckerwasser aufgelöst. Hast du es verstanden, Juliane?“
Vorsichtshalber schrieb er es noch auf einen Zettel auf!

Juliane und Michael schauten ihn beide treuherzig an und nickten; die kleine Josefa war zwischenzeitlich auf einen Stuhl am Fenster gekrabbelt und beobachtete interessiert die Tauben auf dem gegenüberliegenden Stadeldach. Ihr ging die ganze Sache nichts mehr an. Doktor Kölbl traute seinen mündlichen Anweisungen an Juliane nicht, nahm von seinem Rezeptblock ein Blatt und schrieb die Dosierung in leserlicher Schrift feinsäuberlich darauf. Er kannte ja seine normale „Kralle“, wenn er für die Apotheke in Wasserburg ein Rezept ausstellte. Ein Rezept, welches dann niemand anders als der Apotheker Palmano am Marienplatz in Wasserburg entziffern konnte - und dieser außerdem immer nur mit großer Mühe!
Die Türe öffnete sich sachte Zentimeter für Zentimeter und der kleine, rotznasige Andreas spitzte herein. Er sollte in ein paar Tagen eingeschult werden. „Hallo, Andreas. Ich habe gerade für deine kleine Schwester ein Medikament dahin gestellt. Gib es deiner Mama, wenn sie vom Feld zurückkommt, ja?“ Der Bub nickte und machte ein ernstes Gesicht. Die kleine Juliane dagegen machte ein beleidigtes Gesicht. Richtiggehend eifersüchtig sah sie aus. Kölbl bemerkte dies sofort. „Ach ja! Geh mit deiner Schwester Juliane runter in die Küche und hole mir die Zuckerbüchse, einen Löffel und etwas frisches Wasser, bitte“ fügte er hinzu. Andreas und Juliane hasteten die Treppe hinunter und waren kurz darauf mit den verlangten Sachen wieder im Zimmer. Die beiden anderen Kinder standen immer noch interessiert um Katharinas Bettchen herum. Sie hustete jetzt ganz arg.
„Ja, ja! Ist schon gut“ sagte Doktor Kölbl beruhigend.

Er vermischte die Tropfen mit dem Zucker und dem Wasser, hob das kleine Köpfchen des Mädchens sanft an und träufelte ihr die aufgelöste Medizin ein. Katharina verschluckte sich, lief rot an und prustete alles wieder aus. Der Doktor gab nicht auf und sein zweiter Versuch gelang, wenn auch das Husten nicht aufhören wollte. Doch dann, nach wenigen Minuten beruhigte sich Katharina.
Doktor Kölbl packte seine Sachen zusammen und ging zur Türe. „Also, Pfiat´s euch Kinder. Ich muss jetzt wieder weiter. Sagt´s bitte eurer Mama, dass ich hier war, gell!“ Juliane nickte und verteilte jetzt erst oben im Zimmer die Bonbons, die sie vom Doktor erhalten hatte. Aber ganz genau, fast pingelig. Den größten Anteil behielt sie jedoch wohlweislich für sich. Der Doktor ging zu seiner Kutsche zurück, nahm den ledernen Wassereimer, der unterm lederbezogenen Sitz lag, und füllte ihn am Brunnen unter dem großen Apfelbaum bei der Remise mit köstlichem Wasser. Die Pumpe quietschte kräftig, das Pferd spitzte die Ohren und wachte aus seiner Lethargie auf. Mit langen Zügen, ohne abzusetzen, leerte die Stute nochmals den ganzen Eimer. „Also - auffi geht´s! Ho, ho, ho, Louise!” Der Doktor ließ seine Peitsche ganz sacht auf die Flanke der Stute niederfallen, fast eine zärtliche Berührung. Die Eingangstüre des Haupthauses fiel quietschend ins Schloss. Oben im ersten Stock, an einem Fenster zum Innenhof zu, bewegte sich kurz darauf ganz sacht ein Vorhang. Das Pferd setzte sich ganz langsam in Bewegung. Die Kutsche machte nun einen großen Bogen und fuhr über Mailham nach Gars zurück. Diesmal nahm der Doktor die Abkürzung über Mailham zwischen den Feldern zum Bahnhof Gars..

*****

Katharina wurde nicht mehr.
Sie wurde nicht einmal ein Jahr alt.
Ihr Tod, zwei Tage vor dem Weihnachtsfest 1905, war dann irgendwie eine Gnade. Für das kleine Wesen und auch für die ganze Großfamilie. In der vollkommen überfüllten Pfarrkirche St. Michael hielt der Pfarrer schon am nächsten Tag den Trauergottesdienst ab. Man wollte dieses bedauernswerte Geschöpf nicht auch noch über Weihnachten in der kleinen, eiskalten Leichenhalle liegen lassen.

Bitterer Frost hatte sich auf dem Gottesacker eingenistet.
Der Geistliche stellte das Bittgebet auf Seite 555 des Katholischen Gebetbuches von 1844 für die immerwährende Haus - Mission *„Zu der heiligen Jungfrau und Märtyrin Katharina“ ans Ende seiner eindrucksvollen, ja ergreifenden Predigt:*
„O heilige Katharina von Siena! Die Du für Deine Tugenden und Verdienste, für Deine Reinigkeit an Leib und Seele, für Deine

heldenmüthige Standhaftigkeit, mit welcher Du für den heiligen Glauben alle Leiden und selbst den Tod erduldet hast, nun ewig im Reiche Gottes triumphirest; erbitte mir die Gnade, Deinen glänzenden Tugenden heldenmüthig nachzufolgen, für die Ehre Gottes unermüdet zu arbeiten und alles mit Ergebung zu dulden, was immer der Herr mir zusenden will, damit ich mich einstens des herrlichen Lohnes erfreuen möge, den Gott seinen Auserwählten verheißen hat. Amen".

Maria konnte dieser Fürbitte nicht mit mehr mit ganz klaren Sinnen folgen. In ihrem Kopf, in ihrem Gehirn marterte sie, vorne in der ersten Bank, nur die eine Frage: ***„Warum muss mein kleines Mädchen für Gott eine Märtyrerin sein. Warum nur?"***
Schwer haderte sie mit ihrem neuerlichen Schicksal und mit ihrem Herrn, dem Allmächtigen. Ihre Seele war zutiefst verletzt, dass sie Gott schon wieder einmal alleine gelassen hatte.
Draußen hatte leichter Schneeregen eingesetzt. Der böige Wind aus den Bergen wurde von Stunde zu Stunde stärker und kälter.

Die kleine, unschuldige süße Katharina wurde im Familiengrab beigesetzt. Deutlich sahen die Trauergäste, dass Maria Inninger schon wieder hoch „in guter Hoffnung" war, auch wenn dies der weite, schwarze Umhang verbergen sollte. Getuschelt wurde in den hinteren Reihen. So lautstark, dass der Pfarrer einen langen und bitterbösen Blick über die Köpfe hinweg zu den Missetäterinnen aus seiner heuchlerisch - bigotten Gemeinde schickte ...

*****

Maria war ihrem Gott böse. Unverzeihlich bitterböse.
Wieder einmal hatte *ER* sie in Stich gelassen.
Sie verweigerte sich *IHM* völlig. Gleichzeitig bot sie *IHM*, wie schon oft zuvor, einen Handel an. Ja, sie erflehte gerade dazu seine Zustimmung, wenn sie, wie heute nach der Beerdigung, spätabends noch alleine am Küchentisch saß und zum Kreuz im Herrgottswinkel hoch starrte.
„Du hast mich verlassen!" deutete ihr Blick.
Dennoch betete sie laut und mit monotoner, trotziger Stimme: „Vater unser, der Du bist im Himmel, geheiligt werde Dein Name, Dein Wille geschehe, wie im Himmel, so auf Erden".
Sie kam ins Stocken bei den letzten Worten des Gebetes.
„Nein, nein! Bitte nicht. Nicht schon wieder D e i n Wille geschehe! Lass mir doch dieses letzte Mal mein Kind! Bitte Herrgott im Himmel, bitte, bitte, bitte ...! Ich flehe DICH an, nur diese eine Mal noch! Herzzerreißend laut schluchzte sie auf.

Hatte sie doch vier ihrer Kinder in den letzten paar Jahren verloren. Was sollte denn noch alles an Prüfungen auf ihre leidgepeinigte Familie im „Maierhof“ zukommen? Was denn noch? Maria tauchte ihre Finger der rechten Hand in die kleine Marmorschale mit Weihwasser, welche unterm Herrgottswinkel stand und machte ein Kreuzzeichen auf ihrer Stirn. Dann faltete sie wieder ihre abgearbeiteten Hände. Sie sah an sich hinunter, strich zärtlich über den gewölbten Bauch. Das neue Leben in ihrem geschwollenen Leib regte sich in diesem Moment ganz stark. Dies gerade in jener Nacht.

In der Nacht nach der Beerdigung von ihrer „Puppe“, ihrem Engelchen Katharina.

Und genau einen Tag vor dem Weihnachtsfest. Dem Fest der Freude!? „*Friede auf Erden und den Menschen ein Wohlgefallen*“, so würde der Herr Pfarrer wieder in der Kirche predigen. Doch, in ihrem Herzen gab es keinen Frieden mehr. Nein, nein, nein und nochmals nein! *Niemals ...*

In Lohen war, nach all diesen Jahren mit den vielen Todgeburten, mit Säuglingstod und auch mit einem tragischen Unfall, die Wahrnehmung dieser Schicksalsschläge immer mehr mit einer *„Aura des Unglücks“* und auch gleichzeitig „des göttlichen Willens“ umgeben. Zumindest im Gerede der Leute.

Die Tränen liefen ihr in Strömen über die ausgemergelten Wangen, als sie an den vergeblichen Kampf gegen das lange Sterben ihres kleinen Mädchens dachte. Und auch an das Sterben all der anderen Kinder davor. „Mein Gott, warum hast mich und unsere Familie verlassen?“

Tränen erstickten die gestammelten Worte. Schluchzend betete sie weiter:

„Herrgott, Dein Wille geschehe, wie im Himmel, so auf Erden ...?“

Mit geröteten, verweinten Augen und starrem Blick sah sie auf den Gekreuzigten und sagte beinahe zornig: „Herrgott im Himmel! Heilige Mutter Gottes. Hilf mir und meinem Mann!“

Maria Inninger nahm sich in diesem Moment fest vor, wieder eine Wallfahrt zu Fuß nach Altötting zu unternehmen, wenn sie das neue, keimende Leben in ihr behalten durfte.

Nach einem flüchtigen Kreuzzeichen auf ihrer Stirne stand sie mit einem Ruck auf. Sie hielt den Kerzenleuchter in ihrer Hand, den sie vom Küchentisch mitgenommen hatte. Beim Hinausgehen aus der Stube drehte sie sich noch einmal um und sagte mit fester Stimme hin in Richtung zum Herrgottswinkel: „Herrgott, ich mach´ es wirklich!“ Dann begab sie sich in die Schlafkammer zu ihrem Mann. Georg atmete tief und fest. Noch lange Zeit lag sie wach neben ihm.

Ihre ganze Hoffnung ruhte jetzt auf ihrem geheimen Gelübde: der Wallfahrt nach Altötting!

*****

Hoffnung

Das trostlose Weihnachtsfest nach der Beerdigung ihrer kleinen, unschuldigen Katharina war endlich vorübergegangen.
Nicht nur, dass der Gabentisch unter dem Christbaum trotz der vielen Kinder trostlos leer war, es fehlte sogar das selbstgebackene Weihnachtsgebäck wie früher: ihre Platzerl und vor allem der Christstollen. Maria hatte in den Wochen vor dem Sterben Katharinas keinen Finger für die Weihnachtsbäckerei rühren können. Nicht nur wegen der tiefen Trauer. Nein, auch am Geld fehlte es hinten und vorne. Mehl und Eier hatte sie wohl noch, wenn auch nicht mehr viel, auch ein wenig Butter konnte sie vom Gesparten abzwicken. Doch fast alle wichtigen Gewürze für die Weihnachtsbäckerei waren ausgegangen. Und kaufen? Wenn nicht die Nachbarn im Weiler Lohen und einige Frauen und die Kirchengemeinde Sankt Michael auf einem Wohltätigkeitsfest eine Sammlung für die Inninger - Familie organisiert hätten, hätte Weihnachten noch schlimmer ausgesehen. So kam doch noch einiges zusammen. Selbst gestrickte Socken und warme Mützchen, Nüsse, Äpfel, Eingemachtes und auch ein paar Teller voll Plätzchen und als Krönung: zwei Christstollen mit vielen Nüssen und Rosinen. Die stammten von der Burgl, der Köchin des Pfarrers.
Einige Frauen hatten die, von ihren Kindern nicht mehr benötigten Spielsachen mit hinausgeschickt, als der Pfarrer mit zwei Frauen am Nachmittag des 24. Dezember, zwei Tage nach der Beerdigung Katharinas einen kurzen Besuch in Lohen machte und den Weihnachtsbaum segnete. Maria hatte tiefe, dunkle Ränder unter den Augen. Dankbar nahm sie die Gaben an. Der Pfarrer drückte ihr im Hinausgehen, und ohne dass es die anderen Frauen mitbekamen, noch ein paar Mark in die Hand. „Nimm's für dich, Maria. Kauf dir was Schönes dafür nach Weihnachten. Ich bitt dich drum!“ Er lächelte sie an und schloss ihr sanft, aber nachdrücklich mit seinen beiden Händen die rechte Hand. Maria zögerte und war verlegen.
Doch nach einiger Zeit nahm sie das Geld. „Vergelt's Gott Herr Pfarrer! Vergelt's Gott Herr Pfarrer für alles!“ Obwohl Maria sich zuerst stark dagegen sträubte, ließ sie sich am späten Nachmittag von ihrem Mann und den ältesten Kindern umstimmen. Am Heiligabend war die ganze Familie, auch die Kleinsten, in der Christmette.
Doch Maria war garnicht wohl dabei, zwei Tage nach dem Tod ihrer über alles geliebten Katharina.

„Mein Gott, das passt doch nicht zusammen, zuerst die Beerdigung und dann die Christmette!“ dachte sie. Sie war unendlich verbittert.

Der Friede war nicht in - und auch nicht mehr mit ihr. Und auch keine Hoffnung mehr in ihrem Herzen.

Die größeren Kinder, aus Georgs erster Ehe mit ihrer Schwester, hatten die Kleinen an der Hand in ihre Bänke mitgenommen. Aber erst, nachdem sie alle vor dem Hochaltar eine kleine weiße Kerze für ihre verstorbene Schwester Katharina anzünden durften. Manch eine der Frauen in den Bänken links des Kirchenschiffs konnte ihre Tränen nicht unterdrücken. Lautes Schluchzen hörte man durch die ganze Kirche. Sauber waren sie herausgeputzt, allesamt. Maria war trotz allen Kummers stolz auf ihre Familie und zeigte dies auch beim Verlassen der Kirche. Die heilige Christmette hatte sie milder gestimmt, ihr den allergrößten Schmerz genommen und wieder ein Fünkchen Zuversicht in ihrem Herzen erglimmen lassen.
In der Christnacht hatte es wieder angefangen ganz sanft zu schneien. Nach dem Gottesdienst nahm ihr Mann die ganz Kleinen - mit Maria auf dem Kutschbock - nach Lohen hinaus. Die Größeren machten sich zu Fuß mit ihren Geschwistern auf den Heimweg.
„Georg“, sie suchte zaghaft nach der Hand des Bauern und drückte sie. „Georg“ sagte sie nochmals leise, „ich danke dir, dass du mich nicht im Stich gelassen hast in meinem Schmerz, danke!“ Sie wischte ihrem Mann die Schneeflocken aus dem Gesicht und drückte ihm von der Seite einen Kuss auf die eiskalte Wange. Ihre beiden Kleinsten, die Pepperl und den Michael, hielt sie fest an sich gedrückt.

*****

Draussen auf dem „Maierhof“ herrschte wieder einmal „Küchenmeister Schmalhans“, wie so oft. Die Scheuern waren leer, die Vorräte zur Neige gegangen und das verbliebene Vieh konnte nur noch einmal am Tag notdürftig gefüttert werden.

Maria Inninger war nun schon im siebten Monat schwanger. Das dreizehnte Mal!

Auf dem „Moarhof“ musste man jedoch schnellstens immer wieder zum normalen Leben zurückkehren, um nicht ganz unterzugehen. Man konnte sich nach dem Tod der Kinder keine lange Trauerarbeit leisten. Nach dem harten Winter wurde dem Frühling sehnsüchtig entgegen gewartet, um endlich wieder vitaminreiche Kost in Form von Wildkräutern auf den kargen Mittagstisch zu bekommen. Ab und zu wurden auch einige Hasen und anderes Niederwild mit Fallen erlegt.

Natürlich heimlich und immer unter großer Gefahr ertappt zu werden. Wilddiebe wurden äußerst hart bestraft. Das Recht der Jagd gehörte immer noch den Großgrundbesitzern, den Klöstern und den Adeligen. Und ein paar Industriebaronen der Neuzeit.
Krankheiten unter den vielen Kindern bei den Bauern und armen Häuslern waren allein schon wegen chronischer Mangelernährung sowie eklatantem Vitaminmangel an der Tagesordnung. Medizin konnte man sich nur in den allerschwersten Fällen leisten. Also holte man sich ab und zu, wenn die eigenen Hausmittelchen aufgebraucht waren, vom Kloster Au bei den Franziskanerinnen neue Essenzen und vor allem getrocknete Heilkräuter. Die Rezepte dazu befanden sich seit Generationen im Besitz fast aller Familien. Außerdem geizten die Klosterschwestern nicht mit guten und vor allem sehr nützlichen Ratschlägen. Man konnte ja nach einer guten Ernte die Schuld wieder abtragen, auch in Form von Naturalien.
Sehr oft wurde auch mildtätig von den Nonnen gespendet.
Die Priorin kannte ja sehr genau die persönlichen Verhältnisse dieser armen, jedoch äußerst fleißigen und gottesfürchtigen Familien.

*****

Früher Montagmorgen, 5. März 1906

Maria Inninger lag in ihrer Kammer im ersten Stock des Bauernhofes. Alle Fenster der Hausfront zum Hof hin waren erleuchtet. Schreckliche Wehen raubten ihr beinahe den Verstand. Ihre gellenden Schreie, hörte man hinüber bis zum Nachbarbauern des kleinen Weilers. Die Bäuerin von dort half in letzter Zeit tagsüber mal öfters aus. Auch jetzt zu früher Morgenstunde stand sie, so gut es nur irgendwie ging, hilfreich zur Seite. Kochte unten in der Küche für die kleineren Kinder das Essen und putzte mit den größeren Mädchen notdürftig das Haus.
Es sollte keine einfache Geburt werden.
Die älteren Mädchen hatten schon den großen Ofen in der riesigen Wohnküche angeschürt und heißes Wasser aufgesetzt. Saubere Tücher lagen griffbereit. Auch der kleine Kanonenofen, droben im Schlafzimmer der Eltern war nun angeheizt. Dort lag nun die hochschwangere Bäuerin und wartete auif die Kloster - Hebamme.

Trotzt aller sonstigen Probleme funktionierte der Familienverband

*****

Die kleine Nachzüglerin Rosina, erblickte an einem stürmischen Montagmorgen, dem 5. März 1906, das Licht der Welt.
Bernadette, die Hebamme aus dem Franziskanerinnenkloster Au, holte an diesem sturmumtosten, nasskalten Märzmontagmorgen das kleine Bündel Mensch auf die Welt. Ihr rotes, runzeliges Gesichtchen, sah mit großen, erstaunten Augen aus dem leinenbezogenen Federkissen in die Welt. Richtig zufrieden klangen ihre ersten Laute, als sie von der Hebamme der Mutter ans Kindsbett übergeben wurde. Wenig später saugte ihr kleiner Mund schmatzend an der Brust von Maria. Ein starkes, ungeahntes Glückgefühl durchströmte nun die Maierhofbäuerin.

Mit über 49 Jahren hatte sie ihr 13. Kind auf die Welt gebracht.

Zärtlich drückte ihr der Bauer die Hand und wischte ihr zärtlich die verklebten Haarsträhnen aus dem schweißnassen Gesicht. Fast verlegen, entschuldigend sah er seine Frau an. „Maria …!“ Sie nickte ihm lächelnd zu und sagte mit leiser, doch fester Stimme: „Georg, ein schönes, g´sundes Maderl hat uns der Herrgott g´schenkt!“
Zufrieden und mit geschlossenen Äuglein nuckelte und schmatzte das Mädchen weiter. Die Hebamme tupfte Maria mit einem Tuch die schweißnasse Stirne trocken und gab mit einem unmissverständlichen Blick dem Bauern zu verstehen, dass er jetzt wichtigere Aufgaben auf dem Hof zu übernehmen hatte.
Rosina, die winzige Rosa, wurde knapp zwei Wochen später, am „*Josefstag*“ in der Sankt Michaelskirche in Mittergars am Inn getauft.

Auf dem „Moarhof“ in Lohen war - trotz aller großen Not - wieder das Glück zurückgekommen.

*****

Die Stunden vorher

Der kleine, schmale Feldweg vom Holzbrücklein durch die Flussauen bis hin zur Fähre am Inn verlangte den beiden Rössern alles an Standfestigkeit und Trittsicherheit ab. Die tagelangen Schnee- und Regenfälle hatten den Boden stark aufgeweicht. Zu beiden Seiten der Kutsche spritzte der Matsch auf.
„Ho, ho. Brrhh, Brrhh... “.
Mit aller Kraft legte sich der Bauer in die Zügel. Langsam kamen die Rösser zum Stehen. Ihre schweißnassen Flanken bebten vor Anstrengung, stoßweise stieg ihr Atem, kleine Wölkchen bildend, aus den geblähten Nüstern hinauf in die nasskalte Morgenluft. Die unwirtliche, kalte Nacht kämpfte noch schwer mit dem zaghaft beginnenden Morgen. Obwohl innerlich sehr aufgewühlt, löste Georg die keuchenden Rösser aus dem Geschirr und band sie an einer großen

Buche fest. Der starke, knorrige Baum stand nur wenige Meter abseits in den Innauen, direkt hinter der arg windschiefen Fährhütte. Mächtig streckte der Baum seine schwarzkahle Krone in den nachtdunklen Himmel. Vollmond war. Bizarr geformte Wolkenfetzen zogen in hoher Geschwindigkeit hinüber zur bewaldeten Anhöhe hinterm Ort.
Auf der anderen, westlichen Flussseite sah er schemenhaft im Mondlicht den hochgelegenen Antsitz mit dem mächtigen Burgfried, das von den Einheimischen sogenannte „*Stampfl-Schlössl*". Georg lief mit eiligen Schritten hin zur windschiefen Fährhütte.
Der Maierhof-Bauer zog hastig am gedrechselten, hölzernen Klingelgriff, der an einem Pfosten des verwitterten Fährhäuschens befestigt war. Eine einfache, doch sehr wirkungsvolle Konstruktion verband die Glocke in der Diele des Fährhauses mit dem anderen Ufer. An beiden Ufern waren zwei stark verankerte Baumstämme im Boden versenkt. Über zwei einfache, aber stabile Umlenkrollen lief ein starker Draht, der an seinem Ende an der Fährhütte auf dem östlichen Innufer einen hölzernen Griff hatte. Diesen konnte man am Holzmast auf der gegenüberliegenden Seite arretieren.
Oft genug jedoch ärgerten die Mittergarser Buben den Fährmann drüben am anderen Ufer mit ihrer Klingelei. Versteckt hinter der Hütte beobachteten sie dann immer den wütenden Fährmann oder auch seine Frau. Die drohend zum anderen Ufer gereckten Fäuste schreckten sie lange Zeit nicht ab. Erst ein fürchterliches Donnerwetter von der Kanzel der Dorfkirche herab und eine pauschale „Verurteilung", verbunden mit „Wochenendfronarbeiten" am Anlegersteg und an der Holzhütte aller männlichen Elementarschüler, egal welchen Alters, fruchtete dann endlich. Mehr oder weniger war dies eine praktizierte Sippenhaftung, doch es funktionierte. Der Schabernack hörte dann für lange Zeit auf.
Etwas abgesetzt von dieser Nachrichtenverbindung, ganz dicht darunter, war ein dickes Stahlseil gespannt, an welchem der flach gebaute Fährnachen mit einem voluminösen Metallring befestigt war.
Das gedrillte Stahlseil zur Führung des Fährnachens war auf beiden Flussseiten stark verankert und in Betonklötzen eingelassen. Es war in einigen Metern Höhe über den normalen Wasserstand gespannt. Hier hatte man sich eindeutig und aus gutem Grund nach der Böschungshöhe auf der Klosterseite gerichtet. Als zusätzliche Sicherung wurde das Führungsseil auf der rechten Flussseite nochmals um einen starken Baum gewickelt und verankert. Trotzdem war es schon einige Male durch die starke Strömung und besondere Umstände gerissen. Dann gab es bei Hochwasser für die Insassen kaum eine Chance, zu überleben. Die Strömung und der immense Wasserdruck des Gebirgs-

flusses wurden gerade an dieser Stelle nochmal extrem verstärkt, da der Inn um das Kloster Au in einem großen Bogen abrupt auf einer kurzen Strecke seine Richtung änderte. Dadurch gab es die - vom Fährmann und den Innschiffern - gefürchteten extrem starken Unterströmungen durch den scharf nach links abfallenden Knick des Flusslaufes in Richtung Fraham und Jettenbach.
In der Klosterchronik von „Sankt Maria" waren über die Jahrhunderte hinweg, einige schwere Unglücke an der Fähre verzeichnet. Wobei auch ein Vorgänger des jetzigen Fährmanns sein Leben lassen musste, mitsamt seinen Fahrgästen. Von katastrophalen Überschwemmungen, bis hin zu meterhohem Eisstau berichtete die Chronik in akkuraten Schriftzeichen in den alten, vergilbten Folianten der Bücherei. Dies war die eigentliche Schatzkammer des Klosters. Bis zur Säkularisation der „Augapfel" und Quell zur Inspiration und Kraft für die Augustiner - Chorherren; seit der Gründung die Herren auf Kloster Au am Inn.
Bei den Bewohnern des Umlandes und bei den Münchner Sommerfrischlern war jedoch weniger die geistige Nahrung gefragt. Sie labten sich viel lieber am dunklen Klosterbier und dem herrlichen Schweinsbraten in der Klosterschänke.

*****

Bei normalem Wasserstand war diese Überfahrt, an der dort etwa 150 Meter breiten Stelle des Stromes, ungefährlich. Das Prinzip der Fährüberfahrten war eigentlich ganz simpel: Die Strömung des Gebirgsflusses „geleitete" das breitgebaute Fährboot, die „Plätten", mit seinem extrem flachen Tiefgang, unterstützt durch den richtigen Einsatz des Ruders, immer sicher zum jeweiligen Ufer.
Doch bei Hochwasser ...!
Dann schlich sich bei den Menschen am Fluss Angst in die Köpfe. Nackte Angst, vor dem, was immer sicher kommen würde. Bei Hochwasser war dieser Fluss der Schrecken aller Anwohner, auf dem langen Weg von der Quelle bis hin zur Mündung in die Donau, in der „Dreiflüsse - Stadt" Passau.
Die Strömung war in dieser Nacht außergewöhnlich stark. Das Wasser tobte und schäumte wie selten zuvor, da in den ersten Märztagen in den unteren Lagern der Tiroler Berge schon leichte Schneeschmelze eingesetzt hatte.
Es rührte sich noch nichts auf der anderen Seite. Georg trat unruhig von einem Bein auf's andere. Der feine, nasse Innkies an dieser Stelle klebte fest an seinen Stiefeln. Auf dem gegenüberliegenden Steilufer waren Treppen in die Böschung gehauen, abgesichert mit Holzstämmen. Kein Körnchen und kein Gramm Sand hätte sich dort, wo der meiste Wasserdruck herrschte, je halten können. Auf dieser Ufer-

seite hingen das ganze Jahr über die eindeutigen Zeichen der zurückliegenden Hochwässer in den Uferbüschen und Bäumen. Oft fünf, sechs und mehr Meter über dem normalen Wasserspiegel! Wie oft hatte der Fährmann schon totes, ertrunkenes Vieh aus dem Steilufer bergen müssen, das hier in die Äste der Büsche und Bäume gedrückt worden war. Sein Großvater hatte ihm noch als kleinen Buben berichtet, dass in der Biegung auf dem gegenüberliegenden Ufer auch schon ertrunkene Menschen angespült worden seien.
Nochmals betätigte Georg ganz heftig die Klingel, formte seine steifgefroren Hände zu einem Trichter und rief, so laut seine Lungen es hergaben, hinüber zum anderen Ufer: „Martl, hol über, hol über". Sein Rufen brach sich am aufheulenden Wind. Der Bauer vom „Maierhof" in Lohen erschrak, als er feststellen musste, wie weit der Fluss mittlerweile schon sein ursprüngliches Bett verlassen hatte. Die vorderen Dielenbretter des Anlegestegs waren bereits vollkommen vom Wasser überdeckt. Eiligen Schrittes ging er die wenigen Meter zu seiner Kutsche zurück. Die beiden Rösser verhielten sich extrem unruhig, scharrten mit den Hufen und wieherten laut. „Psst, psst. Is scho guat, braucht´s koa Angst zu haben!" sagte mit besänftigender Stimme der Bauer zu den beiden Kaltblütern. Er griff in den mitgeführten Sack und gab ihnen eine Portion Hafer. Dann nahm Georg die Petroleumlampe von der Halterung am Kutschbock und eilte wieder zurück zum Fährhäuschen.
Die Zeit brannte unter seinen Nägeln.
Georg leuchtete in Richtung Steg und erschrak. Die braunen, hochschäumenden Fluten hatten jetzt, wenige Minuten später, den Holzsteg völlig überspült. Wieder und wieder betätigte er die Klingel und schrie gegen das Heulen des Sturms: „Martl, Martl - hol über ...!" Der Hund drüben schlug an.
Fährmann Martin Fischer schreckte in seinem Bett auf. „War das nicht das Schellen der Glocke?" Seine Frau Kathi atmete neben ihm tief und fest ohne aufzuwachen.
Da! Noch einmal ganz laut und ohne Unterlass. Er stand leise aber schnell auf, schlüpfte in seine Pantoffeln und ging hinaus auf den Flur. Da, jetzt wieder! Die kleine Glocke aus Bronze, welche über der Eingangstüre hing, bimmelte Alarm. „Die Saubuam wieder" war sein erster Gedanke. Doch um diese Zeit? Das machte ihn, trotz allen Ärgers stutzig. Wieder schlug die Glocke an. Zwei, drei hastige Schritte, er langte hoch, um die Glocke um das Klingeln zu unterbinden. Nach wenigen weiteren Zuckungen des Drahtes stand sie endlich still. Durch das starke Heulen des Windes drangen unscharf Rufe an sein Ohr. Es musste doch jemand am anderen Ufer sein, der

die Überfahrt begehrte. „Jetzt, um diese nachtschlafende Stunde!?" dachte er. Verärgert wickelte er einen Lappen um die kleine Glocke, den er immer griffbereit neben der Eingangstüre auf dem Sims des kleinen Fensterchens liegen hatte. Der Lappen sollte verhindern, dass das wilde Klingeln weiter ging. Erlaubt war´s wohl nicht, aber dieser kleine Kniff hatte schon oft als „Notnagel" funktioniert, wenn ihn „die Saubankerten aus Mittergars" mal wieder kräftig neckten.
Martl ging ein paar Schritte zurück zur kleinen Anrichte im Flur, nahm aus der, neben einer Petroleumlampe liegenden Streichholzschachtel ein Zündholz, riss es hastig an und wollte die Laterne anzünden. Verdammt, das Zündholz brach ab, die verglimmende Schwefelglut fiel auf den rohen Steinboden. Nochmals versuchte er das Zündholz anzureißen, diesmal etwas ruhiger. Es klappte, die kleine Flamme steckte den Docht im Glas in Brand. Es rußte sehr stark. Der Ruß reizte seine Schleimhäute. Krampfhaft versuchte er den Hustenreiz zu unterdrücken, doch es funktionierte nicht. Schnell drückte er sein Nachthemd vor den Mund, um seine Frau nicht durch sein Husten aufzuwecken.
Die Kathi hatte einen schweren Tag hinter sich, da sie in der Klosterbrauerei Gaßner im Sudhaus zur Hand gehen musste. Das neue Märzenbier wurde eingebraut, eine Spezialität des Braumeisters. Und ein Hochgenuss ohnegleichen. In wenigen Stunden sollten er und seine Frau wieder mit Hand anlegen, wenn die Vorarbeiten zum Brauen für den dunklen, vollmundigen Märzenbock, das sogenannte *Fasten - Bier*, beginnen sollten.
Martl hauchte in seine Hände, ihn fröstelte. Es war bitterkalt im Flur. Nun zog er schnell eine am Haken hängende Hose über sein weißes, langes Nachthemd, schob seinen Hosenträger über die linke Schulter, als die Glocke wieder anfangen wollte zu bimmeln. Der Lappen verhinderte dies gottseidank.
„Himmiherrgottsakrament, zefix halleluja no amoi …" fluchte der Fährbauer und hielt trotz der „Sicherung" mit der Hand die sich bewegende Glocke fest. „Ja, ja, in Gottes Namen, ich komm ja schon" brummelte er halblaut, packte die Petroleumlampe, schloss die Haustüre auf und ging hinaus in die Dunkelheit. Ein eiskalter Windstoß erfasste ihn. Martl zog den Kragen seiner Joppe höher. Angestrengt blickte er hinüber zum anderen Ufer. Plötzlich drehte nun der Sturm von West nach Ost. Da, jetzt hörte er es ganz deutlich rufen: „… hol, über - hol über …!" Er schwenkte seine Petroleumlampe in Kopfhöhe hin und her, als Zeichen, dass er die Rufe gehört hatte. Der Fährmann ging einige Schritte aufs Ufer zu, die tosenden Fluten des Inns raubten ihm fast den Atem. So wild, nein unglaublich wild, hatte er „seinen

Fluss“ seit ewigen Zeiten nicht mehr gesehen. „Mein Gott, ich werd´ verrückt!“ Martl war schockiert, wie hoch der reißende Fluss sich schon über sein normales Flussbett hinaus gearbeitet hatte. Der Anlegesteg war schon ganz überflutet. „Gestern, ja gestern war doch noch ein so schöner, sonnig kalter Märztag gewesen“ dachte er sich. „Martl, Martl“, - jetzt hörte er wieder deutlich die Rufe vom Mittergarser Ufer her.

Und er sah das Licht einer Lampe, die hin und her geschwenkt wurde.

*****

Georg Inninger atmete tief durch.
Trotzt der äußerst schlechten Sichtverhältnisse sah er auf dem anderen Ufer den Fährmann von der Buchenau unterhalb des Klosters. Aber eigentlich sah er ja nur den schwachen Lichtschein der Lampe und etwas Weißes, das sich bewegte. Laute drangen durch das Tosen des Flusses schwach an sein Ohr. „Hallo, hallo Martl ... “. Nochmals brüllte er aus Leibeskräften gegen den wieder aufbrausenden Sturm. Eine Lampe wurde hin und her geschwenkt. „Aha, endlich, das muss der Martin sein“ schoss es dem Bauern durch den Kopf. Das weiße Hemd des Fährmannes leuchtete trotz der schlechten Sicht bis hinüber zum anderen Innufer. Die angebundenen Rösser wieherten laut und ängstlich von der Buche herüber. „Hoffentlich ist da kein streunender Hund oder ein Fuchs unterwegs!“ dachte sich der Bauer. „Martl, Martl“ Georg brüllte weiter verzweifelt gegen den Wind und das Tosen des Inns an. „Martl, Martl - hol über! Hier ist der Inninger von Lohen! Hol über!“ Langsam überfiel ihn Panik, dass es nicht klappen könnte, mit der Hebamme. „Was mach´ ich dann nur, was mach ich dann nur ...?“, jammerte er leise vor sich hin.
Er versuchte seine Nerven in Zaum zu halten.
Martin Ertl schüttelte unwirsch den Kopf. „Was will denn der schon in aller Herrgottsfrühe, der verrückte Inninger - Bauer!“ dachte er sich. „Und dann bei diesem Hochwasser!“ Er formte seine Hände zu einem Trichter und schrie hinüber „Georg, was ist? Wir haben starkes Hochwasser. Es ist viel, viel zu gefährlich. Ich kann nicht kommen!“
Starker Wind zerzauste seine Worte, ehe sie das andere Ufer erreichten. Er wartete eine kleine Pause des Sturmes ab. „Georg! Nehm doch den Weg über die Brücke in Gars! Was gibt’s denn so Dringendes?“ setzte er noch hinzu. Er wollte sich ganz einfach nicht dem Risiko aussetzen, mit seiner Fähre loszureißen und zu kentern. Schließlich hatte er auch noch Familie und drei unmündige Kinder.
Nur noch einzelne Wortfetzen drangen über den tosenden Fluss.
Der andere drüben gab jedoch nicht auf.

Der Fährmann holte seine warme Winterjoppe und seinen breitkrempigen Filzhut aus Bauernschrank im Flur. In ihm rumorte es gewaltig. „Pflicht, nein die Pflicht ist es ja eigentlich nicht mehr; bei dieser Strömung aber wirklich nicht!" brummelte missmutig und sich selbst tröstend der Fährbauer vor sich hin. In normalen Zeiten und bei nicht so extremen Verhältnissen hatte er nämlich eine Beförderungspflicht von frühmorgens bis zum Einbruch der Dunkelheit. Schon Generationen seiner Vorfahren hatten, neben einer kleinen, klosterabhängigen Landwirtschaft, den Beruf des Fährmannes ausgeübt. Ein kleiner Wald, Richtung Weingarten zu, gehörte auch zu seinem Eigentum. Fischer hatte sein Auskommen und war zufrieden. Aber lebensmüde? Beileibe nicht! Andererseits kannte er die Inningers vom „*Maierhof*" in Lohen schon so lange. Bei Gott, wie sollte er handeln? Er kämpfte mit sich, war im Zwiespalt. Doch die Berufsehre und sein Gewissen siegten über seine Skrupel. Mehr als nur widerwillig ging der Fährmann die paar Schritte den Steg hinunter zu seinem Fährnachen. „Irgendeinen verdammt wichtigen Grund muss der Inninger ja haben!" murmelte er verdrossen vor sich hin, bevor er den, bereits sehr hoch an den Treppenstufen liegenden Nachen betrat. Bedrohlich schwankte das kleine, flache Boot in den reißenden Innfluten. Nur mit größter Mühe konnte er sich in seine Fähre hineinhangeln. Ganz in der Nähe schlug ein Blitz in die reißenden Fluten.

„Mein Gott, ist dies das Jüngste Gericht? Herr hilf mir - hoffentlich geht's das gut" schoss es ihm noch durch den Kopf. Er stieß seinen Fährnachen vom Ufer los.

Dann übernahmen die Naturgewalten, die reißenden Fluten des Gebirgsflusses das Kommando über seine Gedanken und all sein Tun. Georg schrie noch mal mit all seiner verbliebenen Kraft hinüber: „Martl, ich brauche dringend die Hebamme vom Kloster. Die Maria hat seit gestern Abend starke Wehen! Setz mich bitte über!" Er wusste nicht genau, ob seine verzweifelten Worte drüben ankamen, sah dann aber doch, wie sich der Fährmann schon im Fährboot befand. Der Wind heulte wieder stärker und das Rauschen des tobenden Inns wurde immer heftiger.

„Mein Gott, mein Gott, heilige Mutter Gottes! Hilf uns bitte. Lass, uns sicher hinüber und wieder zurückkommen ...!"betete er laut vor sich hin. Ein starker Ruck, ein dumpfer, rutschender Schlag und der hölzerne Fährnachen setzte an den bereits überfluteten Brettern des Steges an. Keine zwei Meter von der windschiefen Unterstellhütte entfernt. *„Komm, mach schnell! Spring 'rüber, Georg!"*

*****

Martin Ertl, der *„Fährmann Fischer"* wie er bei den Leuten nach dem Hausnamen hieß, versuchte verzweifelt den Fährplätten an der rechten Uferseite in den Griff zu bekommen. Die Gewalt des Wasserdrucks drohte ihm fast die Schulter auszukugeln, als er das Ruder nochmals kurz in das reißende Wasser eintauchte, um näher an Georg heranzukommen. Der Maierhof - Bauer watete durch das bereits überflutete Innufer und versuchte in die Fähre zu kommen. Doch, der stark aufgeweichte Untergrund und der immense Druck des eiskalten Flusswassers ließen ihm die Beine wegrutschen. Er gab nicht auf, stieß sich ab und landete zuguterletzt krachend mitten im Fährboot. Dort fand er keinen Halt und rutschte auf den nassen Planken weiter. Hart schlug er mit seiner linken Schulter an einer der seitlichen Sitzbänke auf. Er stöhnte laut. Der Schlag hatte ihm den Atem geraubt. Knöchelhoch stand das Wasser nun schon in der Fähre, seine Kleidung war jetzt völlig durchnässt. „Georg, schnell, steh auf. Du musst die zweite Ruderstange hinten benutzen. Der Wasserdruck ist viel zu stark". Am Ruderstand vorne am Bug stand auf einem leicht erhöhten Podest der Fährmann. Das Boot schwankte bedenklich hin und her, es drohte jeden Moment vollzuschlagen. Georg kannte sich aus. Er biss die Zähne zusammen, rappelte sich hoch und nahm die lange Ruderstange, die entlang der niedrigen Bordkante verstaut war. Er musste also das Heckruder benutzen, um der Fährplätte mehr Stabilität zu verleihen. Martl hielt seine Ruderstange so in die reißenden Fluten, dass sich plötzlich mit einem Ruck die Fährplätte hin zur Flussmitte bewegte. Martl hielt dagegen, damit die Balance des kleinen Nachens nicht instabil wurde. Das starke Führungsseil tauchte in der Mitte des Flusses in die reißenden Fluten ein, zog sich dann unerwartet wieder stramm, um kurz darauf wieder ruckartig nachzugeben. Georg wich das Blut aus den Adern, er kam garnicht zum Nachdenken. Der Martl und das Boot forderten seine ganze Konzentration und Kraft. Irgendwie klappte es. Die Fähre wurde durch die extrem starke Strömung mit rasender Geschwindigkeit am Sicherungsseil über den Fluss gezogen. Welle über Welle des aufgewühlten Gebirgsflusses schwappte stoßweise über die niedere Bordwand der Plätte. Schnell stand das eiskalte Wasser bis über Georgs Knöchel. Der Fährmann mühte sich verzweifelt, die Fähre einigermaßen zu steuern und versuchte mit aller Kraft lautstark gegen den heulenden Sturm anzuschreien: „Inninger hilf mir. Ich kann das Boot nicht mehr alleine halten ...! Gefährlich schwankte die Fähre hin und her, das Führungsseil schien nun bis zum Zerreißen gespannt. Es hing nur noch wenige Zentimeter über der schäumenden Gischt. „Georg, hilf mir an der Ruderstange, schnell!" Der erneute Hilferuf des Fährmanns rüttelte Georg nun aus seiner angstvollen Apathie. Ja, er hatte Todesangst. Das erste Mal in seinem Leben, richtige Todesangst. Mit Mühe gelang es ihm, die wenigen Schritte zum Fährmann zu schaffen. Die beiden Männer schafften es dann mit letzter Kraft das andere Ufer zu erreichen. Bedenklich quietschte der starke, eiserne Führungsring mit den Rollen am Seil über ihren Köpfen. Der Fährmann warf das schwere Anlegerseil über den großen Holzpflock, der am Ufer in die Böschung gerammt war. Mit Mühe und vereinten Kräften gelang es ihnen, die Fähre festzumachen. Beide Männer keuchten, als sie die letzten beiden Holzstufen hinauf zum ausgetretenen kleinen Wiesenweg geschafft hatten. Ihre Lungen pfiffen. Der Anlegesteg unter ihnen lag nun schon völlig unter den reißenden, graubräunlich schäumenden Innfluten. „Inninger, was ist denn so Dringendes los?" fragte der schwer atmende Fährmann. „Martl dank dir schön, dass du kommen bist. Das vergess ich dir nie. Aber, meine Maria liegt in den höchsten Wehen. Ich muss dringend die Klosterhebamme holen! Wart´ bitte hier auf mich, ich bin gleich wieder da ...!" Dem Fährmann blieb der Mund offen. Bevor er etwas entgegnen konnte, rannte Georg schon den schmalen Pfad zum Kloster hoch. Vorbei an der Buchenallee mit ihren riesigen alten Bäumen und vorbei an den Bierkellern der Klosterbrauerei, durchs untere Klostertor hinein in den großen Innenhof. Rechts von den Remisen und Stallungen im burgähnlichen Geviert des Klosterhofes, dort wo sich die Klosterküche neben der Klosterbrauerei befand, brannte zu dieser frühen Morgenstunde Licht.

Es war letztlich wie ein Wunder, wie eine Hilfe von „ganz oben", vom Allmächtigen. Georg Inninger läutete verzweifelt ungeduldig an der Klosterpforte: Das Läuten wurde gehört, die mächtige Türe geöffnet und die Hebamme von der Novizin an der Pforte aufgeweckt.

Alles ging nun schnell. Georg kehrte, nein er rannte mit der Klosterschwester zum Fährsteg zurück. Fährmann Martin richtete insgeheim ein Stoßgebet zum Himmel hinauf, er bat inständig um Hilfe. Das Rauschen des Flusses machte ihm Angst, sehr viel Angst! Todesangst! Doch der Nachen kenterte nicht und trieb auch nicht ab. Sie überstanden die Rückfahrt durch die tosende Flut und erreichten mit Gottes Hilfe das andere Ufer.

Von den Glockentürmen der mächtigen Klosterkirche Sankt Maria schlug die Uhr gerade zur Prim - sechs Uhr.

*****

Nachdem der Fährmann seine Fährplätte zusammen mit dem Inninger-Bauern so gut es nur ging doppelt mgesichert hatte, machte er sich zu Fuß auf den Weg hinüber zu seinem Schwager, dem Schmied von

Mittergars. Bei ihm wollte er solange abwarten, bis der Inn sich wieder beruhigt hatte. Oder, wenn ein Übersetzen nicht mehr möglich war, mit dem Zug nach Bahnhof Gars zu fahren, um von dort zurück nach Kloster Au zu laufen. Die Kutsche mit dem Bauern und der Hebamme war bereits seinen Augen entschwunden. Viel, sehr viel hatte er schon auf diesem, „*seinem*“ Fluss erlebt, aber so etwas noch nicht. Er wollte das Schicksal nicht noch einmal herausfordern. „Nein, nein, nein. Zehn Schutzengel in einer halben Stunde sind mehr als genug. Mehr werd ich auf keinen Fall bekommen ...“, dachte er sich.
Unten in der Dorfschmiede bemerkte der Fährmann noch einen schwachen Lichtschein. „Sicher ist er schon auf und arbeitet schon wieder in seiner Schmiede“ dachte er sich.
Fährmann Martin fuhr an diesem Tag nicht mehr hinüber.

*****

Leben

Die Kutsche passierte linkerhand den „*Kramerwirt*“. Das Pferdegespann verfiel nun in einen leichten Trab.
„Ja, Georg, was soll´s denn dieses Mal werden?“ fragte die, in eine schwere Wolldecke eingewickelte Schwester Bernadette. Nur um eine kleine Konversation mit dem als wortkarg und eigenbrötlerisch bekannten Bauer von Lohen anzufangen.
Eine starke Windböe brachte das Gefährt plötzlich ins Wanken.
Georg hatte zu tun, um die beiden Rösser wieder in den Griff zu bekommen. Die Nonne drückte ihr abgegriffenes Hebammenköfferchen ganz eng in ihre rechte Seite! Beängstigend schwankte das Gefährt nach beiden Seiten. „Ja, wir nehmen halt, was uns der Herrgott gibt, Schwester. Hauptsach´, s´is g´sund!“
Hastig machte der Bauer ein Kreuz auf seiner Stirn.
Die Klosterschwester betrachtete im schwachen Lichtschein der auf dem Kutschbock befestigten Petroleumlampe verstohlen das Profil seines Kopfes. Sein sowieso schon kantiges, ausgeprägtes Kinn war stark nach vorne geschoben, die Lippen fest zusammengepresst. Der mächtige dunkle Schnurrbart war an beiden Enden hochgezwirbelt. Die Backenknochen wirkten angespannt im hageren und immer tiefgebräunten Gesicht des Bauern. Obwohl schon fast sechzig Jahre, hatte der Bauer vom Einödhof immer noch ganz dunkle, lockige Haare. Am auffallendsten an ihm - und auch an seinen älteren Söhnen - war die große, kräftig gebogene Nase. Und die dunklen, stechenden Augen unter buschigen, dichten Augenbrauen! „Er sieht aus wie ein echter Tiroler Bergbauer, wie der Andreas Hofer selbst! Ein immer noch gut aussehender Mann. Trotz seines fortgeschrittenen Alters ...“,

sinnierte Schwester Bernadette. Dann fiel ihr siedendheiß ein, dass auch die Kindsmutter, die Maria schon auf das fünfzigste Lebensjahr zuging „Hoffentlich geht das heute gut“ murmelte sie vor sich hin.
„Hüa, Hüa…“, lautstark trieb er seine beiden schnaubenden Rösser an und ließ wiederholt seine Peitsche knallen. Dreck spritzte zu beiden Seiten des leichten Kutschwagens auf. Noch ein Schnalzer mit der langen Peitsche, die Hebamme hielt sich krampfhaft an der Seitenlehne des Kutschbockes fest. Im gleichen Moment lud das Siebenuhr-Läuten zur Morgenandacht in die nahe Dorfkirche ein.
Die beiden dunkel gekleideten älteren Frauen, welche gerade auf dem Weg zur Frühmesse waren und aus der unteren Zufahrt vom großen Ziegelgänsberger-Hof kamen, drückten sich schnell an den matschigen Straßenrand, als der Pferdewagen an der Dorfwirtschaft vorbei die kleine Straße in Richtung Lohen einschlug. „Ah, g´schau Vroni, der Inninger Bauer mit der Klosterhebamme! Ist schon wieder einmal soweit, bei der Maria …?“. Sie raffte mit der linken Hand ihren Rock hoch und fuhr fort: „Es is fei goar no ned so lang her, da hat´s erst a Fehlgeburt g´habt, woast dös?“ bemerkte sie maliziös mit spitzer Zunge. Ungläubig schaute sie die andere Kirchgängerin an. „Jetzt müssat´s ja endlich einmal genug sein, oder? Die haben ja schon ein paar Säcke voll Kinder …!“ bemerkte sie nochmals mit empörtem Gesichtsausdruck. Ein heftiger Windstoß verschluckte die Antwort der anderen Kirchgängerin. Diese hatte große Mühe, ihre schwarze Trachtenhaube auf dem aufgesteckten Dutt zu halten. Die beiden einsamen Kirchgängerinnen stapften weiter durch den matschigen Schnee zur Pfarrkirche St. Michael, tuschelten jedoch unentwegt miteinander.
Mit hohem Tempo rumpelte die Kutsche durch die schmale Unterführung der Eisenbahnlinie an der Nebenbahn Mühldorf - Wasserburg. Der Bauer schlug, an den noch teilweise mit schneebedeckten Feldern vorbei, den direkten Weg zum Bauernhof ein. Mit Mühe konnte er die Pferde kurz vor dem ansteigenden Waldweg scharf nach rechts zum Bauernhof dirigieren. Die Rösser waren zu sehr in Fahrt, sie witterten endlich den heimischen Stall.
„Gut wär´s schon, wenn´s wieder mal ein Bub wär! Die braucht er doch so dringend, der Lohen - Hof!“ dachte sich die Klosterhebamme. Die letzten drei Geburten waren alles Mädchen. „Ja, die Katharina, auf deren Beerdigung sie vor knapp zweieinhalb Monaten erst war, dann die kleine Josefa und vorher die Julie“ sinnierte die Hebamme noch, ehe der Pferdewagen die letzten Meter im Hof des Anwesens zurücklegte. Alle drei Mädchen hatte die Hebamme ans Licht der Welt geholt. Georg dirigierte nun umsichtig die Kutsche vor die große Ein-

gangstüre im Wohnhaus. „Brrhh, Brrhh, Brrhh...". Mit letzter Kraft straffte er die Zügel. Die Rösser kamen zum Stehen. Aus ihren Nüstern entwichen stoßweise weiße Atemwolken in noch dunklen Nachthimmel. Ihre Flanken bebten noch vom harten Antreiben des Bauern. Sie scharrten mit ihren Hufen. Man merkte ihnen an, dass sie sich wieder auf ihren Stall freuten. Es hatte plötzlich wieder angefangen zu schneiden. Nasser, schwerer Schnee in großen Flocken legte sich auf die Felder rings um den kleinen Weiler.
Aus dem Fenster im Erdgeschoss des großen, weißgekalkten Bauernhofes, dort wo sich neben dem großen Flur die Wohnkuchl befand, fiel spärlicher Lichtschein in den beginnenden Morgen. Das Pferdegetrappel hatte die Magd und die älteren Kinder bereits alarmiert. Aufgereiht wie die Orgelpfeifen, mit verschlafenen, übernächtigten Gesichtern, standen sie schon vor der großen, zweiflügeligen Haustüre. Die Lampe am eisernen Haken neben der Tür schaukelte im Wind quietschend hin und her. Ihr mattes, gelbes Licht erhellte nur spärlich den Eingang. Mit weißer Kreide stand auf dem dunkel abgesetzten Sandsteinbogen geschrieben: *„K - M - B - 1906"*.

Etwas steif stieg die Hebamme vom Kutschbock, klopfte sich die nassen Schneereste von ihrem Umhang und versank sofort mit ihren Schuhen im tiefen Schmutz. Genau dort, wo die Kutsche angehalten hatte, war eine große und tiefe Pfütze.
Vom Haus her ertönten plötzlich angstvolle Schreie.
„Die Mama, die Mama oben!" schrien die Kinder wild gestikulierend durcheinander. Die erfahrene, ältere Magd brachte schnell Ordnung in das heillose Durcheinander vor dem Eingang des „Maierhofes".
„Aus dem Weg …" kommandierte sie, „… lasst die Hebamme sofort zu Eurer Mutter. Aber sofort!" Das half! Das Jammern war schnell wie weggeblasen. Wieder ertönten schreckliche Schreie. Schnell begleiteten die älteren Mädchen die Klosterschwester und die Magd hinein in die warme Wohnküche. „Vater, Vater! Gut, dass ihr endlich da seid!" Die Mädchen plapperten aufgeregt: „Die Mama oben hat ganz arge Schmerzen und schreit immer so laut!"
„Ist schon gut... "sagte Schwester Bernadette „... macht´s euch keine Sorgen mehr. Ich bin ja jetzt da, und der liebe Gott ist mit uns!" Bernadette machte ein Kreuzzeichen auf ihrer Stirn und öffnete leise die Türe. Sie hatte ihre schmutzigen Schuhe vor der Türe abgestreift, ging ein paar Schritte weiter in die Stube hinein und machte wieder ein Kreuzzeichen hinüber zum Herrgottswinkel.
Den beiden kleinsten Mädchen strich sie zärtlich über die Haare. Aus ihrem Köfferchen kramte sie schnell eine kleine braune Tüte heraus „Da, ein paar Gutserl für euch!" Die Augen der Jüngsten leuchteten.

„Oh, dankschön Schwester! Mmmh, Gutserl für uns. Danke, danke Schwester Bernadette!“ sagte die kleine, vorwitzige Julie. Das Mädchen steckte sich schnell ein großes Stück der Süßigkeit in den Mund, ihrer kleinen Schwester, dem „Pepperl“ suchte sie langsam haargenau das kleinste Stückchen aus der Tüte aus.
Schnellen Schrittes eilte nun die Hebamme die Treppe hinauf in den ersten Stock. Wohlweislich hatte der Bauer schon Wochen vor Weihnachten einen kleinen, gusseisernen Ofen in dieser Kammer aufgestellt und an den Kamin von der Küche her angeschlossen. Es war wohlig warm.
„Maria, Inninger Maria ...!“ Schwester Bernadette ging schnellen Schrittes mit ausgebreiteten Armen auf's Bett der Bäuerin zu. Maria drehte mit schmerzgezeichnetem Gesicht ihren Kopf zur Ofenbank hin. Ihre müden Augen begannen auf einmal zu leuchten, als sie die ihr vertraute Hebamme sah. Bernadette drückte ihre Hand. Maria lächelte gequält, ein paar Tränen rollten ihr über die rot erhitzten Wangen. „Schmerzen, Schmerzen, große Schmerzen Schwester ...“, presste sie durch ihre zusammengebissenen Zähne hervor. Die Wehen setzten wieder verstärkt ein. Die Klosterschwester trocknete ihr die schweißnasse Stirn ab, hob leicht die Zudecke an und fühlte nach dem Bauch der Schwangeren. Hinter ihr betrat die Magd mit einem Kessel dampfenden Wassers den Raum. Dann machten sich die beiden Frauen an die Arbeit.
Einer der älteren Söhne des Bauern, es war der Johann, ging hinaus auf den Hof und nahm sich des Pferdegespanns an. Er spannte die Rösser aus und führte sie am Kummet in die große Remise direkt hinter dem Kuhstall. Zwei Eimer mit frischem Wasser vom Brunnen draußen im Hof und den Hafersack umgehängt - jetzt waren die Pferde wieder versorgt. Die beiden Rösser waren schließlich, neben den paar Milchkühen, den rund ein Dutzend Ziegen und einigen anderen Tieren, das wichtigste Kapital auf dem Hof. Die erfahrene Franziskanerinnen - Nonne trat, nachdem sie ihre nötigen Instrumente aus der kleinen Tasche auf einem Tischchen am Fenster auf einem Leinentuch ausgebreitet hatte, wieder ans Bett der Hochschwangeren. Maria sah mit schweißnassem und hochrotem Gesicht etwas ängstlich zur Hebamme auf. Die Schwester drückte ihr wieder leicht die Hand. „Es wird schon gut, Inninger-Bäuerin. Hab´ bitte keine Angst! Wir beide schaffen das schon, gell. Wie schon öfters zuvor! Den kloanen Erdenwurm auf die Welt zu hol´n! Ist ja nicht das erste Mal, gell?“ Die besänftigen Worte taten Maria gut, sehr gut sogar. Die Wehen hatten im Moment Pause. Ihren Körper durchströmte nun ein eigenartiges Gefühl der Geborgenheit. Sie wusste, auf die Hebamme konnte

sie sich voll und ganz verlassen. Sanft drückte sie die Hand der Schwester. Die mit Mückenschiss bedeckte nackte Glühbirne an der Decke fing an zu flackern. „Nur jetzt das Licht nicht ausgehen lassen“ dachte sich die Hebamme. Drunten in der Küche saßen die kleineren Kinder, mucksmäuschenstill aufgereiht, entlang der Ofenbank am Kachelofen. Ihre Backen waren dick gefüllt mit den unerwarteten Süßigkeiten. Für sie schien die Ankunft eines neuen Erdenbürgers immer noch ein echtes Abenteuer zu sein und dazu noch ein lohnendes. Man sah es ihnen an: Sie konnten ihr neues Geschwisterchen garnicht mehr erwarten. Mit ihren Nachthemdchen und ihren rotzigen Nasen boten sie der Hebamme ein mitleiderregendes Bild. Die nackten Füßchen baumelten bei den Kleinsten von der hölzernen Bank. „Wohlstand ist bestimmt nicht zu Hause in diesen Gemäuern. Aber dafür ein unerschütterlicher Glaube an unseren Herrn! Irgendwann muss ich doch mal wegen den Inningers mit der Schwester Oberin von St. Maria sprechen“ dachte sich die Hebamme. Leise öffnete sich die Türe hinter ihrem Rücken, ganz leise. Etwas verlegen und unbeholfen, aber in gebührenden Abstand, standen nun die beiden älteren Mädchen vorm Bett ihrer Mutter. Sie räusperten sich verlegen. „Können wir helfen ...?“ fragte die eine der Beiden. Bernadette schüttelte nur leicht den Kopf und gab ihnen ein Zeichen, sich auf die Bank am Ofen zu setzen. „Bleibt´s hier, Maderln ... “ sagte sie mit leiser Stimme zu den beiden Mädchen, „es tut eurer Mutter gut ...“. Auf dem Tisch standen einige Kerzenhalter mit weißen Kerzen bereit. Die größeren Mädchen hatten mitgedacht. Auch zwei große Keramikschüsseln standen auf dem Tisch. Auf dem großen Herd unten in der Küche kochte ein Riesentopf mit Wasser. Zielstrebig und fachkundig ging die Hebamme nun mit der Magd ans Werk und gab an die älteren Töchter ihre präzisen Anweisungen, wenn sie etwas aus der Küche holen mussten.
Georg, der Bauer, kniete dort auf dem Betschemel unterm Kruzifix und betete leise und inbrünstig. Perle für Perle des Rosenkranzes glitt durch seine abgearbeiteten, rauen Finger. Vieles, gar Vieles ging ihm in diesen Minuten durch den Kopf. In wenigen Wochen würde er sechzig Jahre alt werden. Maria, seine Frau hatte vor knapp drei Wochen ihren 49.Geburtstag feiern können. „Was heißt feiern?“ sinnierte der Bauer weiter. Die beiden ältesten Töchter hatten ihrer geliebten Stiefmutter die Geburtstagkuchen gebacken und die Hochschwangere mit einem Schweinebraten für die ganze Familie verwöhnt. Keinen Finger, nicht den kleinsten, durfte sie an diesem, „ihren Tag“ rühren. Das war die Bedingung. Es war eine schöne Geburtstagsfeier und jeder freute sich auf den neuen Familienzuwachs.

„Vater unser, der du bist im Himmel ...“
Nach dem Vaterunser las der Bauer mit lauter Stimme noch aus seinem Gebetbuch das *Schlussgebet zur allerheiligsten Jungfrau:*
„Heiligste, unbefleckte Jungfrau, meine geliebteste Mutter Maria! du bist die Mutter meines Herrn und Heilandes, die Königin der Welt, die Fürsprecherin, Hoffnung und Zuversicht der Sünder ...“.

Wieder drangen gellende, durchdringende Schreie oben von der Kammer der Mutter nach unten in die Küche. Die Kinder zuckten zusammen und ihre bleichen Gesichter spiegelten blanke Angst wider. Angst um ihre Mutter und um das ungeborene Kindchen. Ihr Vater las mit Ausdauer und monotoner Stimme immer noch das Bittgebet. Mit gefalteten Händchen murmelten die Kleinsten der Familie vorher wohl das *„Vaterunser“* nach, doch nun bei dieser Litanei, deren Wortlaut und Sinn sie garnicht mehr folgen konnten, blieben sie alle still.
„....und gebenedeit ist die Frucht deines Leibes Jesus. Heilige Maria Mutter Gottes, bitt' für uns Sünder, jetzt und in der Stunde unseres Todes, Amen!“

Endlich stand der Vater auf, ging an den großen Herd und legte einige große Scheite Fichtenholz nach. Das Wasser im großen Kessel brodelte. Still, ohne viel Aufhebens waren inzwischen die älteren der Brüder und der Knecht daran gegangen, die Tagesarbeit zu beginnen. Das Vieh hatte einfach seine geregelten Zeiten. Sie waren sich sicher: Früh genug würden sie noch über den neuen Zuwachs und dem neuen „Mitesser“ auf dem Hof in Lohen benachrichtigt werden.

Ein fürchterlicher, markerschütternder Schrei drang vom ersten Stock hinunter ins Erdgeschoss, in die Küche und pflanzte sich fort in den Hof, verebbte schließlich langsam in den ans Haupthaus angrenzenden Stallungen. Ein zweiter und ein dritter, noch durchdringender Schrei folgten sofort. Dann war für kurze Zeit atemlose Stille. Der Knecht Vitus und die großen Burschen ließen ihre Mistgabeln und Schaufeln fallen und rannten hinaus auf den Hof. Zaghaft versuchte die Morgenröte sich in diesem Moment über die bewaldeten östlichen Waldhänge in den beginnenden Tag zu tasten.
Nach dieser unwirklichen Totenstille erklang, nein „ertönte“ aus dem mit Raureif überzogenen Fenster zum Hof lautstarkes Krähen. Ein Krähen, das allen Bewohnern des Hofes ein glückliches, erlöstes Lächeln in die Gesichter zauberte. Mit einem Schlag ging die Haustüre auf! Die 15-jährige Theresa stürzte mit ausgebreiteten Armen und verzücktem Lächeln hinaus auf den Hof und rief ihren Brüdern und dem, unter der Stalltüre stehenden, Knecht Vitus entgegen: „Hurra, hurra - die Mama hat ein Mädchen bekommen, ein Mädchen!

Rosina soll sie heißen. Ja, Rosina!“ sagte sie mit verklärtem Gesichtsausdruck, bevor sie ihren Brüdern nacheinander um den Hals fiel und sie abbusselte. Just in diesem Augenblick überwanden die ersten Sonnenstrahlen die Wipfel des Fichtenwaldes und tauchten den winzigen Weiler Lohen in ein sanftes, mildes und alles verzauberndes Licht.

*****

Stunden danach ...
Am späten Nachmittag dieses Tages brachte der Maierhofbauer mit der Kutsche den Fährmann und die Klosterhebamme über die Brücke in Gars nach Kloster Au zurück. „Der Weg über den Fluss in den frühen Morgenstunden mit der Fähre war ganz in Gottes Hand ...“ erzählte die Hebamme am Tag danach ihren gebannt lauschenden Klosterschwestern. „Als ich den wütenden Fluss zu meinen Füßen sah, hab ich garnicht mehr aufhören können, mich zu bekreuzigen. Ich glaub, ich hab wenigstens zwanzig Vaterunser und Ave Maria auf dem Fluss gebetet. Und dies mit ganz fest geschlossenen Augen ...“ erzählte die tüchtige und mutige Klosterhebamme noch immer aufgeregt ihren Mitschwestern. Das Kindlein, das sie in den Vormittagsstunden auf dem Einödhof in Lohen mit großer Mühe auf die Welt geholt hatte, spielte in ihrer Erzählung nur noch eine untergeordnete Rolle. „Rosina heißt das Maderl. Ein pumperlgesundes Mädchen hat der Herrgott der Maria Inninger g´schenkt ...“

Das war beinahe alles, was sie sich über ihre Arbeit von den lauschenden Mitschwestern entlocken ließ.

*****

Endlich war wieder einmal die Sonne der Hoffnung über dem „Maierhof“ aufgegangen. Maria Inninger löste forthin, Jahr für Jahr, ihr geheimes Gelübde ein. Immer wieder, wenn Wallfahrer aus dem fernen Tirol, aus Salzburg, aus München oder auch vom Chiemgau oder sonstwoher in Richtung Norden nach Altötting unterwegs waren, gab sie ihnen kostenlos Speis und Trank und ein Nachtquartier. Und am nächsten Morgen noch eine deftige Wegzehrung bis zur nächsten Rast.

Ein Wunder? Ja, ein kleines Wunder war mit der glücklichen Geburt von Rosa Inninger geschehen! *)

Ein Wunder mit der Geburt des 23. Kindes des Bauern Georg Inninger.

*****

*) **„Wunder“** – *siehe Glossar*

Der aufgrund der Erbfolge ausersehene Hoferbe Hans - Georg hatte um die Jahrhundertwende im Zorn, nach einem heftigen Streit mit seinem Vater Georg auf sein Erbe verzichtet und war in die Kreisstadt Wasserburg am Inn gezogen. Eine Geschichte, die sich anscheinend überall auf der ganzen Welt seit ewigen Zeiten wiederholte. Genau wie so viele Jahre vorher bei Lorenz Kohwagner, dem Bruder seiner Stiefmutter Maria. Und auf dem „Moarhof" zu Lohen war immer noch nichts geregelt

*****

Mitte März 1907

Anfang März 1907 erkrankte der Bauer Georg Inninger von Lohen schwer. Maria kümmerte sich liebevoll um ihren Mann, auch Doktor Kölbl gab sich alle Mühe, aber Georg verfiel von Monat zu Monat zusehends. Ins Spital nach Wasserburg wollte er auf keinen Fall! Ein großes Glück war, dass der knapp 17jährige Lorenz eine große Entlastung war. Auch seine jüngeren Geschwister Therese und Josef schufteten den ganzen Tag, vom frühen Morgengrauen bis tief hinein in die Dunkelheit und gingen keiner Arbeit aus dem Weg.

*****

Maria Inninger sah nach all den herben Schicksalsschlägen in den vergangenen Jahren endlich der Zukunft etwas zuversichtlicher entgegen.

Sie saß in der Wohnkuchl an einem der Fenster und hielt ihre kleine Tochter Rosa in den Armen. Der Ofen in ihrem Rücken strahlte eine wohltuende Wärme aus. Vom Kuhstall herüber hörte sie vertraute Laute. Ihre ältesten Söhne hatten das Tagwerk begonnen. Georg Inninger, den Bauern vom „Maierhof" hatte seine schwere Krankheit seit Langem ans Bett gefesselt.

Maria gab ihrer Tochter die Brust. Gierig schmatzte der Säugling und stillte seinen Hunger. Vom Kloster her hörte sie ganz schwach das Läuten der Glocken von St. Maria zur *Non* herüber. Die Frühlingssonne schickte die ersten warmen Strahlen über die Wipfel des Fichtenwaldes. Durch die kleinen, verschlierten Scheiben breitete sich sanfte, körperlich spürbare Wärme auf ihren Körper aus. Sie fühlte sich glücklich, ein Gefühl großer Dankbarkeit durchströmte Maria. Ermattet und gesättigt war die kleine Rosa eingeschlafen. Sanft schaukelte sie das Mädchen auf ihren Armen und summte leise ein Wiegenlied vor sich hin. Ja, ihr Herz, ihre Seele waren wieder in Ordnung. Sie hatte sich in den letzten Tagen mit ihrem Herrgott versöhnt und der Kirche eine große Kerze aus feinstem Bienenwachs gespendet. Nun spitzten die Sonnenstrahlen auch übers Dach der

Remise und tasteten sich langsam, Zentimeter für Zentimeter hinein in den großen Innenhof. Mit geschlossenen Augen genoss sie die Wärme der Frühlingssonne auf ihrem Gesicht.
Dann schreckte sie auf. Eine dicke, fette Schmeißfliege hatte den sonnigen Morgen zu einem Ausflug vom Kuhstall in das Wohnhaus genutzt. Ihr lautes, unablässiges Summen wurde immer aufgeregter, je mehr sie gegen die kleinen Scheiben in der Küche prallte. Ganz fest waren die Äuglein des Mädchens auf die fette Fliege konzentriert. So lange, bis das Wiegenlied ihrer Mutter seine Wirkung zeigte. Mit einem zufriedenen Lächeln im Gesicht war das kleine Mädchen sanft entschlummert.
„Danke, Herrgott. Danke ..." flüsterte Maria leise, aber eindringlich und heftete ihre Blicke auf das kleine, mit frischen Palmkätzchen geschmückte Kreuz im Herrgottswinkel.

*****

Herbst 1909

Rosina, die kleine Rosl, wie sie später gerufen wurde, war nunmehr das von allen geliebte Nesthäkchen. Umsorgt und umhegt von allen Geschwistern. Selbst wenn, was selten genug vorkam, der einunddreißig Jahre ältere Stiefbruder Hans - Georg mal von Wasserburg auf Besuch kam, stand die Rosl im Mittelpunkt und die kleine vorwitzige Josefa.

Der Wasserburger „Gaßner - Bräu" suchte damals einen tüchtigen und kräftigen jungen Mann. Hans - Georg wurde eingestellt. Schon nach wenigen Jahren stieg der „Görgl", wie ihn seine Kollegen nannten, die Karriereleiter empor. Er, der „Erstgeborene" und älteste Sohn von Marias Schwester Anna, war mittlerweile Hausmeister im „Bräu". Und dort so gut wie unentbehrlich geworden.
Im gestandenen Mannesalter von 34 Jahren schaffte er es, seiner Stiefmutter Maria einen Abnahmevertrag über Braugerste mit seinem Braumeister und sogar noch mit einer befreundeten Brauerei im nahen Haag zu verschaffen. Diese beiden Verträge, zu denen sich noch ein weiterer Brauereivertrag vom entfernten Mühldorf zwei Jahre später anschloss, verhalfen der Witwe mit ihren Kindern so zu einem einigermaßen sicheren Einkommen.
Dazu kam der Glücksfall, guter und vor allem stabiler Wetterbedingungen in den Wachstumsperioden der folgenden Sommer.

*****

1910 - Donnerstag, 8. Dezember
An einem klirrend kalten Frosttag schloss der „Maierhof - Bauer" Georg Inninger - im Kreise seiner großen Familie in Lohen für immer die Augen. Lange, viel zu lange hatte sein Leiden gedauert.
Rosa war viereinhalb Jahre alt, als ihr geliebter Papa am 8. 12. 1910 im Alter von 64 Jahren starb.
Der „Maierhof" in Lohen und die riesengroße Kinderschar ohne ihren Ernährer! Ein schrecklicher, eigentlich undenkbarer Gedanke! Aber es war die nackte Realität. ***Jetzt war wieder einmal die ganze Kraft einer starken Frau gefordert.***

Die Witwe vom „Maierhof" Maria Inninger stand augenscheinlich auf völlig verlorenem Posten. So dachten die Meisten, wenn nicht gar alle! Manch einer der Landbarone in der näheren Umgebung rieb sich schon wiedermal insgeheim die Hände, taxierte den Preis und strich wie ein räudiger Hund zur Tages- und Nachtzeit ums Anwesen in Lohen. Jetzt konnte es ja nur noch eine Frage der Zeit sein, bis man diesen Hof, mitsamt dem Grund- und Waldbesitz und dem mittlerweile doch recht ansehnlichen Gebäudekomplexen, für ein Butterbrot „einsacken" konnte. Erste geheime Verbindungen wurden zur örtlichen Kreditkassa geknüpft. Routiniert ließ man nun seine jahrelang „bewährten Verbindungen" spielen. Doch, obwohl die Inninger-Sippe in Lohen jetzt finanziell endlich am Ende schien: der „Maierhof" wackelte, kam stark ins Wanken, aber er fiel nicht!
Maria wußte dies alles und erinnerte sich an den gehäkelten Spruch auf einem Flecken weißen Leinens, der neben dem Weihwasserbecken und der Marienstatue in der Kohwagner´schen Wohnkuchl gehangen hatte: *Denn immer wenn du denkst, es geht nicht mehr, kommt irgendwo ein Lichtlein her!*
Wieder einmal geschah für den „*Maierhof*" von Lohen ein kleines Wunder. Genauso wie damals, als der Schulfreund von Maria, der Benni Stadler aus Mailham, dem Georg Inninger aus Lohen im „Bruckbräu" in Wasserburg einen langjährigen Abnahmevertrag für seine Großschlachterei in Rosenheim gab. An diesem denkwürdigen Tag im Mai 1891, als der Nachlass ihres Bruders Lenz an sie und an Franziska Kammerer übergeben wurde.
Es war an jenem Tag, als Maria, ihren Bruder Lenz „wiederfand"

*****

Georg Inningers Witwe, die Maria, hatte nun mit ihren ältesten Kindern zu tun, den Hof „über die Runden" in harten Zeiten zu bringen. Große Hilfe waren ihr dabei nun die ältesten Söhne aus ihrer Ehe mit Georg: Lorenz und Josef, sowie die 19-jährige Therese, die von einer Anstellung auf einem Bauernhof in Soyen - an Lichtmess 1911 - wieder auf den elterlichen Hof zurückkehrte.

Bayern - 1911
Das Königreich Bayern beschritt immer noch sehr verhalten den Weg vom Bauern- zum Industrieland. Noch war Bayern überwiegend Agrarland mit immer schlechter werdenden Bedingungen fürs Landvolk. Die Kluft zu den nördlichen Industrieregionen im Kaiserreich wurde stetig größer und krasser.
Während am 7. September 1911 mit der Fertigstellung und Einweihung des „Hamburger Elbtunnels" weltweit ein „Jahrhundertwerk" gefeiert und notiert wurde, zog der bayrische Bauer größtenteils immer noch archaisch - wie schon vor vielen Jahrhunderten - mit seinem Ochsen- oder Pferdegespann hinaus auf seine Felder zur Arbeit. Hinaus zum „Broterwerb", zur harten Arbeit mit immer weniger Knechten und Mägden.

*****

Mittergars am Inn
Sehr oft sahen in der Zeit nach dem erlösenden Tod ihres schwerkranken Mannes Georg die Dorfbewohner von Mittergars die Bäuerin von Lohen, zusammen mit ihrer jüngsten Tochter der Rosa, unten an der kleinen, windschiefen Fährhütte am Inn sitzen.

Jeden Sonntag, wenn Maria nach dem Kirchgang in der Pfarrkirche Sankt Michael die Gräber ihres Mannes, ihrer Schwester Anna, die der vielen Inninger-Kinder und das Grab ihrer verstorbenen Eltern und Geschwister besuchte, da war die kleine Rosa mit ihren langen braunen Zöpfen dabei. Und immer dann, wenn Maria auch vor dem schon verwitterten Gedenkstein ihres Bruders Lenz zu einem stillen Gebet stand, zupfte die kleine Rosa aufgeregt ihre Mama an der Hand und bettelte ungeduldig und inbrünstig: „Mama, Mama - bitte, bitte! Geh mit mir hinunter zum Inn ...".

Auf dem Weg dorthin, entlang der Dorfstraße am Hof ihres Bruders Andreas vorbei, hinunter zur Innaue und hinüber zur Fähre an der ehemaligen Floßlände am Fluss, mussten die beiden auch immer am Haus des „Berndl Schmieds" vorbei. Hier fuhr Maria jedes Mal ein Stich ins Herz, wenn sie an den guten alten Mann dachte, der, ganz tief gesunken, doch letztendlich noch seinen Seelenfrieden drüben im Kloster der Franziskanerinnen gefunden hatte.
Vor wenigen Jahren war er im hohen Alter verstorben und hatte seine letzte Ruhestätte im Friedhof des Klosters gefunden.
Vom Sohn des Dorfschmiedes hatte man nie mehr etwas gehört.

Er war, genau wie damals ihr Bruder, für immer wie vom Erdboden verschwunden.
Es war eine Zeit der völlig Entwurzelten - aber auch eine Zeit des neuen Keimens von Hoffnung und Zuversicht.

*****

Hoffnung - und hoffen auf die Zukunft.
Seit vielen Jahren stand nun in dieser Schmiede wieder ein tüchtiger, junger Huf- und Grobschmied an der Esse. Seine Geschäfte liefen gut, die Glut war immer am glimmen, die Esse wurde nie kalt. Seinem Vorgänger dagegen hatten die Menschen im Dorf kein Vertrauen entgegen gebracht. Nach kurzer Zeit verließ dieser, samt Familie verbittert den Ort am Inn.
Auf dem Schmiedshaus lag nun wieder - nach ganz schlimmen Jahren, so sagten die Dorfbewohner und auch der Herr Pfarrer - „Gottes Segen". Maria vergaß nie, für die vier kleinen Kinder der Schmiedsfamilie einige „Gutserl" und auch ein paar Nüsse und Äpfel in ihrer Schürze zu verstecken.
Wenn Mutter und Tochter dann wenig später einträchtig nebeneinander immer auf dem gleichen, dicken Wurzelstamm einer schon lange gefällten Buche am Ufer des mächtigen Flusses saßen und hinaus auf's träge dahinfließende, graugrüne Wasser blickten, spürte Maria die unglaublich innige Bindung zu ihrem jüngsten Kind. Leise murmelte sie das Gebet an ihre Namenspatronin und drückte dabei fest die Hand, ihres Nesthäkchens, der kleinen, unschuldigen Rosa.:
„Heilige Jungfrau und Gottesmutter Maria Gottes, ich danke Dir für die Gnade, die Du mir und meiner Familie hast zukommen lassen. In Deine Hände empfehle ich meinen Leib und meine ganze Seele, mein ganzes Leben. Und meinen letzten Tag. Amen"

Drüben, über'm Fluss am Steg zum Fährhaus, sah sie einen kleinen, weißen Spitz. Wie damals, vor vielen, vielen Jahren. Aufgeregt kläffend lief er die Stufen zum Anlegesteg auf und ab, um seinem Herrn und Gebieter, dem Fährmann pflichtbewusst zu melden, dass sich am gegenüberliegenden Ufer etwas bewegte.
Wenn die untergehende Sonne in ihrem Rücken dann die Kirchturmspitzen der Doppeltürme der mächtigen Klosterkirche St. Maria vom Kloster Au in sattes Ockergelb tauche, ja dann bettelte das kleine Mädchen auf dem großen, gefällten Buchenstamm an der alten Floßlände immer und immer wieder ungeduldig:

„Mama, Mama!
Bitte erzähl mir die „Geschichte vom Lenz in Amerika. Bitte ...!"

Und vor soviel Hartnäckigkeit musste *Annas Schwester*, die Maria Inninger ständig kapitulieren. Ja, und dann erzählte sie halt, wie schon ungezählte Male zuvor, die Geschichte ihres geliebten und unvergessenen Bruders Lorenz.

Es war die Geschichte eines durch und durch aufrechten jungen Mannes, der, um der Gerechtigkeit willen, vor vielen Jahren seine Heimat, seine geliebte Franziska und auch seine Familie verlassen musste und einen schrecklichen Tod in den Fluten eines eiskalten Flusses in Nordamerika fand.
Der sein eigenes Leben ließ, um anderes Leben zu retten! Ertrunken, in einem reißenden Gebirgsfluss im Westen der "Appalachian Mountains" in Pennsylvania, im doch so fernen Amerika.

E n d e

Die beiden "Inninger - Ableger" in Rothenburg ob der Tauber: Juliane Fetzer (1897/1967- links) und Rosa Lassauer (1906/1948) (Aufnahme ca. 1930 /Foto - Käser, Wasserburg am Inn)

****

Schlusswort

***Maria** (*1857/+1921), meine Großmutter **und „Annas Schwester",** verlor sieben, von ihren insgesamt dreizehn Kindern! Neben Rosalia I (+1894), Stephan (+1895), Cäcilia (+1897), Rosalia II(+1901), auch noch die kleine, noch nicht einmal ein Jahr alte Katharina (+22.12.1905). Zu diesem Zeitpunkt war Maria schon wieder hochschwanger mit Rosina (*5.3.1906/+27.1.1948), dem dreizehnten und letzten Kind.*
*Außerdem fielen die beiden ausersehenen Hoferben in den ersten Monaten und Jahren des 1.Weltkrieges: Lorenz (*1.5.1890/30.10.1914) in Frankreich und Josef (*23.4.1892/+27.10.1916) in Russland.*
*Zudem verlor sie noch in den Jahren vorher zwei Neffen und eine Nichte, also die Kinder ihrer Schwester Anna: Johann (+1879), Lorenz (+1882) und Therese (durch einen gräßlichen Unfall - *1885/+1889).*

Mißernten aufgrund ständiger Wetterkatastrophen, Preisverfall der landwirtschaftlichen Produkte durch immer mehr Importe aus Übersee, Hunger und Mangelernährung und vor allem keine ausreichende medizinische Versorgung, sowie grassierende Epidemien mögen die Ursachen gewesen sein, dass viele der gebärenden Mütter oft schon im Kindsbett starben und sehr häufig eine Schar von Waisen zurückließen!

Was hatten diese beiden Frauen aus dem Kohwagner - Hof an der Mittergarser Dorfstraße denn alles mitmachen müssen? Wie konnte soviel unendlich Leid, Pein und Seelennot auf dem "Maierhof" ertragen, verarbeitet und überwunden werden? Wer, oder was gab diesen Menschen - meinen mütterlichen Vorfahren - diese schier übermenschliche Kraft, erschreckendes Schicksal duldsam zu ertragen und seelisch dabei nicht völlig abzustürzen? Und vor allem auch, den Hof in diesen Notzeiten zu erhalten und für die nächste Generation weiterzuführen?

Ich weiß es nicht und glaube dennoch fest daran:

letztendlich war es der unerschütterliche Glaube an Gott.

Wie armselig und beschämend ist in heutiger Zeit so oft unser eigenes Verhalten in - auch nur annähernd - schwierigen Lebenslagen!

*****

Die Bauernfamilie Inninger auf dem "Maierhof" (Moarhof) zu Lohen bei Mittergars am Inn besteht heute noch!

Maria, *"Annas Schwester"* schaffte es mit unbändigem Willen, den Hof mit den vielen Kindern über die extrem harten Jahre des 1. Weltkrieges zu retten. Schon alleine deshalb, um das Erbe ihrer Schwester Anna und ihrer aller Kinder zu erhalten. Seit *Georg Inninger (*1846/+1910)*, führt nun mittlerweile die vierte Inninger-Generation (*Andreas und Carola Inninger*) diesen Hof weiter! Der winzige Weiler mit zwei Höfen, östlich des Kirchdorfes Mittergars, ist für die sechzehn männliche Hauptlinien umfassende Bauernsippe, bis zum heutigen Tage der nördlichste Siedlungspunkt zu beiden Seiten des - immer noch mächtigen und wilden - Gebirgsflusses Inn.

Die fundierten historischen und genealogischen Daten dieser uralten Bauernsippe wurden, in extrem zeitaufwändiger und akribischer Recherche-Arbeit, durch einen Abkömmling der "Lohen-Sippe", **Dipl. Ing. (grad.) Siegfried Inninger aus Mühldorf am Inn** im Jahre 1980 vollendet (Nachträge: 1985). Es ist beileibe keine trockene Aufzählung von Daten! Im Gegenteil! Unterlegt mit vielen Klosterurkunden, Salbucheinträgen und vor allem Gerichtsprotokollen des damaligen Landgerichts Kling (bei Schnaitsee), erfährt man unendlich viel über das extrem harte Leben dieser Menschen in fast sieben Jahrhunderten! Wie in den archivierten Stiftsurkunden und dem *„Klosterurbar"* (Grundbuch) des Dominikanerinnenkloster Altenhohenau sicher nachgewiesen (BayHStA München), behauptet sich diese große und sehr widerstandsfähige altbayerische Bauernsippe nunmehr bereits seit über *683 Jahren!* Vom Beginn des 14.Jhdts (*erste Erwähnung des Inningergutes oder Loderer - Anwesens in Kettenham (bei Griesstätt) vom* ***6. Februar1329 in der*** **"Regesta Boica"***)*, bis hin zur Neuzeit (Ende des 20. Jahrhunderts) –

über 683 Jahre - eine unvorstellbar lange Zeitspanne!

Bereits zwei Jahrhunderte nach Beendigung der Kreuzzüge (und zu Beginn der „Türkeneinfälle"), beginnen ***anno 1407 (13. Juli 1407!)*** *die* ***lückenlosen namentlichen Aufzeichnungen*** *über diese äußerst fruchtbare und standfeste Bauernsippe. Sicher eine der ältesten in ganz Bayern!*

Die Situation heute ähnelt manchesmal fatal haargenau derjenigen, die zu Zeiten des *authentisch - fiktiven Romans* vor über 150 Jahren herrschte.
Wenn auch auf einem etwas anderen Niveau.
Jetzt herrschen nicht mehr Könige, Kaiser und Hochadel über dieses Land. Sondern wieder der *„Manchester - Kapitalismus pur"* - durch die Hatz nach schnödem Mammon, forciert durch die oftmals skrupel-, ethik- und ehrlosen *„Herren des Geldes"*, in nicht wenigen Bankhäusern weltweit - und auch landauf und landab! Die Politik wird bestimmt und beherrscht von Spezln, Lobbyisten, Techno- und Bürokraten in Berlin, Brüssel und anderswo. Sie alle bringen den Bauernstand - und auch die meisten Mernschen - immer mehr zum Verzweifeln und letzendlich zum resignieren. Die bäuerlichen, überschaubaren Strukturen verändern sich wie im Fluge (und damit eigentlich auch das bäuerliche Kulturerbe) und gehören der Vergangenheit an, so meint man zumindest in weiten Teilen unseres Landes.
"*Agrarfabriken*" in ungeheuren Dimensionen sind besonders im Norden und Osten unserer Republik angesagt - zum Schaden der hilflosen, bedauernswerten Kreatur und zum Nachteil der Qualität für die Verbraucher. Das "Höfesterben" der kleineren Betriebe nimmt rasant zu. Hof für Hof, Betrieb für Betrieb muss seither in ganz Deutschland den politischen Unsinnigkeiten und nicht mehr nachvollziehbaren *„Harakiri -Verordnungen*"geopfert werden - und den daraus folgenden, extremen finanziellen Zwängen Tribut zollen.
Der Bauer und auch der Landmetzger darf nicht mehr selbst schlachten, die kleineren und mittleren Schlachthäuser sind schon längst der Abrißbirne zum Opfer gefallen oder wurden zu Vergnügungszwecken "dem Kulturgut zugeführt". Kommt es bald soweit, dass uns genormte und vermessene Schnitzel oder Schweinebraten mit Gen-Kartoffeln und -Gemüse auf dem Wirtshaustisch serviert werden? Nichts ist mehr unmöglich! Da sehnt man sich doch immer öfters in jene Zeit zurück, in der dieser Roman seine Wurzeln hat, oder?
Aber Vorsicht! Alles in allem war es ganz sicher "*keine gute Zeit*". Der Übergang von Frondienst und Leibeigenschaft nach der Säkularisation Anfang des 19. Jhdts. - bis hin zur industriellen Revolution - hat viele Opfer gekostet. Zu viele! Es scheint jedoch, dass unsere Zeit für die überaus fleißigen Menschen des Bauernstandes ein noch *"viel größeres Kreuz zum tragen*" bereit hält, als bislang alles, über viele Jahrhunderte Dagewesene.

Hatte doch schon der geniale bayerische Schriftsteller ***Oskar Maria Graf*** *(*22. Juli 1894 Berg am Starnberger See/+29. Juni 1967 New York) im grandiosen bayerischen Bauern - Roman* ***"Der harte Handel"*** *(die Handlung spielt zu Zeiten der Inflation Mitte der dreißiger Jahre des letzten Jahrhunderts) in seiner "Kleinen Vorbemerkung" über den Held der Handlung Josef Lederer geschrieben: "Nie hat dieser Bauer ein besonderes Vertrauen zum Staat und seinen Regierungen gehabt. Sein Mißtrauen den "Oberen" gegen-*

über ist unausrottbar. Er verachtet jedes Gesetz, das in sein Leben hineingreift. Er ist stets gegen jene Mächte, von denen er glaubt, daß sie ihm seinen Besitz streitig machen." Oskar Maria Graf gibt am Schluss seines Vorworts noch seine Hoffnungen für die Zukunft preis, indem er schließt: "...dieser Roman ist Studie und Bild zugleich. Aus dem Gefühl einer sozialen Verantwortung heraus, habe ich es immer als meine schriftstellerische Aufgabe betrachtet, die Menschen und Zustände so zu schildern, wie sie wirklich sind. Wer die Wirklichkeit aufhellt und ihr eine unzweideutige Gestalt zu geben vermag, der schafft Erkenntnisse für die Zukunft. Mag's auch so mit diesem (seinem) *Buch sein ...*".
Heute geht es anscheinend mit galoppierenden Volldampf weiter dem "Untergang" entgegen. Dem Untergang, für einen großen Teil dieses Berufsstandes, der auch das Fundament für unser heutiges Bayern an entscheidender Stelle mit erschaffen hat. Erschaffen mit ihrem Fleiß, ihrer enormen Ausdauer und Standfestigkeit, ihrer Genügsamkeit und vor allem auch ihrer tiefen Gottgläubigkeit und Frömmigkeit.
Diese Menschen haben mit Herzblut, Fleiss, Genügsamkeit und Demut das Land der Berge, Seen, Klöster, Burgen, der Königs - Schlösser Ludwig II. und der Landschaft links und rechts des Inns - von Berchtesgaden bis Lindau, zu dem gemacht und erhalten, was es heute für die Bewohner und besonders für die Besucher aus aller Herren Länder darstellt:

zu einem der schönsten Flecken Erde auf der ganzen Welt!

****

Ingrid und Walter Lassauer
<an der Loggia dei Lanzi - Florenz>

*****

Der Autor hat sich mit seiner Familie - nach wechselvollem, ereignisreichen Leben - Anfang der 80er Jahre wieder in Franken, in seiner Vaterstadt Rothenburg ob der Tauber, als Selbstständiger niedergelassen. Dort führte er mit seiner Frau Ingrid fünfundzwanzig Jahre lang ein Sportgeschäft.

Er ist der jüngste Sohn von Rosa, der letztgeborenen Tochter aus der großen Inninger - Sippe vom Einödhof Lohen bei Mittergars am Inn.
Als Halbwaise wurde der Autor kurz nach dem Krieg von seiner Cousine Anna („*Anni*") Bergmann aus Mittergars am Inn in Rothenburg einige Zeit großgezogen und verbrachte - genau wie seine beiden älteren Brüder - immer wieder viele Wochen in der Familie des Wagnermeisters und Stellmachers Augustin Bergmann im Dorf hoch überm Fluss.
Beinahe ein ganzes Leben lang lebte er im Glauben, dass seine so früh verstorbene Mutter, das 13. Kind auf dem Einödhof in Lohen gewesen sei.
Erst nachdem eine meisterhaft und aufwändig recherchierte Chronik von Dipl.Ing.(grad.) *Siegfried Inninger* aus Mühldorf am Inn von 1980 dieser uralten altbayerischen Bauernsippe (*erste Erwähnung 6.2.1329 in der Regesta Boica)* in seine Hände kam, erfuhr der Autor und auch seine beiden Brüder, Günter (*1937) und Robert (*9.12.1937/+28.2.2011) erstmals in ihrem Leben, **dass ihre Mutter das 23. (und letzte) Kind der „Maierhof-Sippe" gewesen war!** Das soziale und menschliche Drama des Lebens dieser großen Bauernfamilie in seiner ganzen Dimension auf einem einsam gelegenen Einödhof am Inn in einer extrem umwälzenden Zeitepoche Ende des 19. Jahrhunderts, hat den Autor veranlasst, jene Zeit fundiert und ernsthaft zu recherchieren.
Um mit dieser Geschichte seiner nie gekannten Mutter (und auch seiner Großmutter ***Maria = „Annas Schwester"****), sowie all den Vorfahren dieses uralten Bauerngeschlechtes*

ein großes Dankeschön zu sagen!

****

<Rosa Inninger (ca. 1934)>

*****

Mein Dank geht an all die vielen Menschen, die mir bei meinem „Erstling“ mit viel Geduld, Interesse und Wohlwollen zur Seite gestanden haben.

Um nur einige davon zu nennen:

Stefan Rieken für seine endlose Geduld am PC, Jo Konietzka für die Nach-Lektorierung der 2.Auflage, meinem Freund Sascha aus lange zurückliegenden Marinezeiten, Herrn Kreibig vom Wasserwirtschaftsamt Rosenheim („Schiffleut-Lieder“), dem pensionierten Flussmeister Herrn Herbert Rödig aus Wasserburg am Inn (Fauna und Flora am Inn), dem Stadtarchiv Wasserburg am Inn (Herrn Dipl.-Archivar Matthias Haupt und Herrn Martin Mazzarin/hist. Daten und Inn-Schifffahrt), dem Haupt-Staatsarchiv München (Dr. Michael Henker), den freundlichen Damen von „Innmuseum in Rosenheim“ (an einem einsamen und glutheißen Aprilsonntagnachmittag 2007 - und nicht zuletzt

- *der ehemaligen Generaloberin des Franziskanerinnen-Klosters Au am Inn, Sr. M. Gabriele Gruber*
- *sowie der Priorin vom Dominikanerinnenkloster Altenhohenau am Inn, Sr. Margarita OP*

*****

Glossar

S.16 - Chorgebete=*tägliches, mehrmaliges Gotteslob.*
Es beinhaltet: Laudes __*oder*__ *Prim, (Tagesanbruch 6 Uhr), Terz (9.Uhr), Sext (12 Uhr) Non (15 Uhr), Vesper (ca.18 Uhr), Complet (Nachtgebet).Matutin (um Mitternacht). Chorgebete (o. a. Stundengebete) variieren je nach Ordenszugehörigkeit - oder der Glaubensrichtung.*

S.34 - Christrose *(lat. Helleborus niger) = eine der wichtigsten Blumen in der bäuerlichen Mythologie des gesamten Alpenraumes. Sie gibt Auskunft über gute und schlechte Monate im Jahreskalender. Zwölf geschlossene Blütenstengel werden an Neujahr in Behältnisse mit Wasser gestellt. In der Reihenfolge, in der sich Blüten öffnen oder auch geschlossen bleiben, deutete man die Monate des Jahres: Geschlossene Blüten bedeuten ein schlechtes, geöffnete ein gutes Monat. Viktorias Mutter wusste ganz genau, dass sich keine einzige der Blüten in der dritten Vase geöffnet hatten!*

S.49 - *Nach der Eröffnung der* **Bahnlinie Mühldorf-Rosenheim** *(1.5.1876) verfielen in kurzer Zeit allein in Nussdorf am Inn 11 große Kalköfen(!), deren Erzeugnisse bislang zu Schiff innabwärts nach Osten - besonders nach Wien - gegangen waren ...“.*
Quelle: *Stadtarchiv Wasserburg/Inn-BB 222/1876/1/5*

S.49 - „Pinzgauer-Rinder“ *waren vor etwa 140 Jahren eine der meistverbreiteten Rassen des Alpenraumes. Das bayer. Hauptzuchtgebiet erstreckte sich zu dieser Zeit über den Chiemgau hinauf bis nach Mühldorf/Inn. Von der sog. „Murnau-Werdenfelser“- Züchtung gibt es heute nur noch eine kleine Stammherde im bayerischen Staatsgut „Schwaiganger“- zwischen Muranu und Garmisch*

S.58 - „Hohenaufahrt“(*Bergfahrt)= die Fahrt gegen den Strom (stromaufwärts). Ehemals durch Menschenkraft, dann durch wendige Treidelpferde mit "Leinreitern“ auf dem Leinpfad (auch Treppelweg, Schiffritt oder Hufschlag) entlang der Flüsse durchgeführt. Eine fürchterliche und gefährliche Knochenarbeit ohnegleichen für Mensch und Tier.*

S.63 - Erzluppe = *schlackehaltiger Eisenklumpen. Vor Beginn der industriellen Roheisengewinnungdurch Hochöfen (Verhüttung) musste in mühevoller Arbeit mit kleinen, selbstgebauten Öfen das Metall aus den Luppen gewonnen werden.*

S.82 - Schopper“ = *Schiffszimmerleute. Die „Schopper“ dichteten bei einem Arbeitsgang die Fugen zwischen den Brettern der Zillen/Plätten mit Moos ab (schopppen = stopfen). Das Moos quoll im Wasser auf und machte so die Wasserfahrzeuge jahrelang dauerhaft dicht!* **Quelle:** *Lobensommer, Hauptteil „Schifffahrt“*

S.109 - *Das Nachtschattengewächs, die* **Tomate**, *wurde bis Ende des 19.Jh. nördlich der Alpen nur als Zierpflanze verwendet. Erst in den Hungerzeiten mitten im 1.Weltkrieg begann die Tomate ihren „Siegeszug“ durch Deutschland. Vorher hielt sich der Aberglaube, dass diese Frucht zum „Liebeswahn“ (=Liebes- oder Paradiesapfel) bei jungen Mädchen führe und den ganzen Organismus vergifte.*

S.112 - *Das* **„Echte Tausendgüldenkraut“** *spielt nicht nur in der Natur - Medizin eine große Rolle. An „Mariä Himmelfahrt“ (15. August) wird diese Pflanze der Mutter Gottes geweiht. Sie wird auch heute noch in der bäuerlichen Mythologie, zusammen mit vielen anderen Kräutern, in den zwölf Rauhnächten - zwischen Weihnachten und Hl. Dreikönig - zum Ausräuchern der Bauernhöfe gegen böse Geister und allerlei Unbill verwendet.*

S.117 - ***Am* 2. Mai 1854** *kamen vierFranziskanerinnen-Schwestern aus dem Mutterkloster Dillingen/Donau zur* **Neugründung des Klosters Au.**
Schon wenige Tage später, am 22. Mai 1854, wurde durch den Erzbischof Graf von Reisach - zusammen mit der Oberin - die Mädchenvolksschule mit Internat eröffnet. Das Land am mittleren Inn um Gars war froh, als das Kloster wieder zum Leben erwachte! Aus dem ehemaligen Augustinerchorherren - Stift wurde ein Frauenkloster! Anfang/Mitte der dreißiger Jahre des letzten Jahrhunderts ging im Kloster Au ***Maria*** *(+ 1991)***,** *die ein paar Jahre ältere* ***Schwester von Papst Benedikt XVI.(*16.4.1927)*** *zur Schule. Der Vater war im nahen Aschau am Inn Polizeibeamter. Ihr kleiner Bruder Joseph (der heutige Papst) besuchte sie sehr oft im Kloster Au und : „ ... hat ausdauernd und mit viel Freude Klavier und Orgel geübt ... “. Späterer Spitzname auf dem Traunsteiner Knabenseminar: Orgelratz.*
*(**Quelle:** ehemalige Generaloberin Gabriele M. Gruber).*

S.127 - „Schlenkertage“ - *uraltes Brauchtum in Altbayern und Tirol. Es waren die einzig zusammenhängenden freien Tage im Jahresablauf des Dienstverhältnisses der „ Ehehalten“ (Knechte und Mägde) und wurden zumeist um „ Mariä Lichtmess“ gegeben. Nur an diesem Tag konnte man seine Stelle wechseln oder auch beim Bauern bleiben. Oftmals wurde der Dienst erst an „Josefi“am 19. März angetreten, also zum Beginn der bäuerlichen Arbeit auf den Feldern.*

S.144 - ***Friedrich Hermann Frey*** *1839 -1911* ***(Pseudonym*: Martin Greif)**, *Lyriker und Dramatiker mit zahlreichen Veröffentlichungen im deutschen und englischen Sprachraum. U.a. auch Verfasser von „Hans Sachs“ (1866), „Prinz Eugen“ (1880) und „Agnes Bernauer - der Engel von Augsburg“ (1894). Frei lebte lange Jahre in München. Begraben ist er auf dem Friedhof „St.Peter und Paul“ in Palmberg (Lkrs. Mühldorf am Inn).*

S.183 - „Haberer“ *(auch: Haberfeldtreiber) - altbayr. Femebund (18. bis Ende 19. Jh.).Das hehre Ziel, die sexuellen Verfehlungen vieler Großbauern (und auch Kirchenleute), die schreienden Ungerechtigkeiten der Obrigkeit und der Herrschenden gegen den „kleinen Leute“ anzuprangern und zu bekämpfen, lief ab Mitte des 19. Jh. völlig aus dem Ruder. Eigensüchtige Rachegelüste der Haberer gewannen nun oftmals die Oberhand. Nach und nach verlor der Femebund deshalb die Unterstützung der Bevölkerung und kam - auch wegen der nun unerbittlichen Verfolgung durch Justiz und Gendarmerie des Königreiches Bayern - Ende des 19.Jhdts. fast völlig zum Er-*

liegen.Das allerletzte Haberfeldtreiben fand Anfang November 1906 in Frauenneuharting, östlich von Grafing statt.

S.198 - ***Die* „Höfter´sche- Poststation“** *in **Steinhöring** befand sich 139 Jahre (1766 bis 1905) im Besitz dieser erfolgreichen Posthalter-Dynastie. Dort wurden die Pferde für die Eil- und Stellwagen auf der Fernstrecke Wien-München-Paris - sowie von und nach München gewechselt. Ein Großteil der Reisenden - von und ins Habsburgische Österreich/Ungarn - übernachteten dort. Und manch einer der Bauernbarone und von der „Münchner Gesellschaft“ hatten regelmäßig dort draußen, weit vom Schuß, ein amouröses „Stelldichein“*

S.232 - *Die* **„Leonhardi-Fahrt“** *am Tag des hl. St. Leonhard ist immer am 6. November (anderswo auch: Ritt, der bekannteste wohl heute in Bad Tölz). War und ist ein nicht mehr wegzudenkender Brauch in weiten Teilen Bayerns. Grafing feierte 2008 das 300-jähr. Leomhardi-Fahrt-Jubiläum!*

S.237 - Pasquille - *(frz.: Schmähbrief, altbayr.: Loderbrief). Hier werden vor allem sexuelle Verfehlungen und andere Schandtaten der Delinquenten (fast ausschließlich Männer!) von den Haberfeldtreibern in sehr deftiger Versform vorgetragen..*

S.243 - Loderfigur *(lodern=brennen),* *vergleichbar mit einer phantasievoll, nach dem Aussehen des Delinquenten gestalteten und mit Stroh ausgestopften Vogelscheuche (Schandfigur)**.** Am Ende des Treibens fällt sie symbolisch dem Feuer zum Opfer.*

S.273 - *Nur einen „Büchsenschuss“ von der „Oberen Firstalm“ entfernt, wurde etwa dreieinhalb Jahre später der **Wilderer*** **Georg Jennerwein** *aus Schliersee, unterhalb der „Rinnerspitz heimtückisch durch den Jagdgehilfen Joseph Pföderl von hinten erschossen. Die Umstände seines Todes waren sehr mysteriös und bildeten deshalb den Grundstein für die - bis heute anhaltende - Legendenbildung dieses späteren, altbayerischen Volkshelden.*

S.280 - bresthaft (***Süddeutschland/Österreich -)*** *bis gegen Ende des 20. Jhdts. Bezeichung für „alt, gebrechlich und körperbehindert“. In manchen Gegenden Altbayerns/Tirols heute immer noch gebräuchlich.*

S.290 - „Hamburger Brandnacht“, *vom 4.auf den 5. Mai 1842. Das „Nikolai-Viertel“ wurde von einem Brandstifter in Schutt und Asche gelegt. Die Bilanz war erschreckend: 51 Tote, über 20.000 Obdachlose, 1700 zerstörte Häuser in 41 Straßen, darunter drei Kirchen!*

S.303 - „Steamer-Ships“ *(SS) lösten ab Mitte des 19. Jh. die großen Überseesegler ab. Die HAPAG bestellte anfangs diesen neuen Schiffstyp (Dampfturbinen und Besegelung) meist bei der schottischen Werft Caird & Co.Fin Greenock/Schottland.*
Ein Segler nach dem anderen wurde ausgemustert und meistens in Richtung Osten verkauft. Die „Steamer- Shjips“ konnten nun in sehr kurzer Zeit die Nordroute den Atlantik nach Amerika überqueren und somit weitaus höhere Auswanderer-Passagierzahlen für ihre Reedereien verbuchen. Die Rendite stieg somit enorm an.
Die „SS Cimbria“ lief am 21. Januar 1867 vom Stapel.

S.307 - Greenbacks *(ugs. Dollar)* - *die ersten Dollarscheine wurden schon 1861/62 in den Nordstaaten zur Finanzierung des „Sezessionskrieges“ eingeführt und wegen ihrer grünen Farbe (=Laubfrosch) so genannt.*

S.319 - *Verursacht durch mehrere schwerwiegende Navigationsfehler, sank in den Morgenstunden des 6. Dezember 1875 der Steamer* **„SS Deutschland“** *während eines Sturms bei „Goodwin Sands“ vor „Kentish Knock“ in der Themse-Mündung. 57 Menschen wurden in der eiskalten und aufgepeitschten Nordsee in den Tod gerissen. Ein herber Verlust für den Norddeutschen Lloyd! 177 Passagiere wurden vom brit. Passagierdampfer „Liverpool“ gerettet, nur zwölf Leichen konnten geborgen werden.Zahlreiche, von der „Deutschland“ abgefeuerte Seenotraketen ließen beinahe alle Schiffe, die sich in der Nähe befanden, völlig unbeeindruckt. Kurz nach der Nach-*

richt vom Schiffsunglück wurde das havarierte (noch nicht gesunkene) Schiff regelrecht von den Bewohnern der naheliegenden Küstenstädte Ramsgate und Harwich ausgeplündert. Der Untergang der „SS Deutschland" inspirierte den englischen Dichter Gerard Manley Hopkins ein Gedicht zu verfassen, mit dem Titel: **„The Wreck of the Deutschland"!**

S.326 - Auswanderer: *Die amerikanischen Chronisten im „Mennonite Heritage Museum" in Goessel/Kansas bezeichneten Jahrzehnte später das* **Jahr 1874 als „the great Migration Year"** *- besonders für Glaubensflüchtlinge der Mennoniten (... „5.074 Mennonites arriving in Amerika ...")*

S.328 - Krängung ***(Schlagseite)****=Neigung des Schiffskörpers nach Back- oder Steuerbordseite. Die Drehung um die Längsachse des Schiffskörpers kann durch hohen Winddruck, rollende See („Dwarssee") und starken Seegang das Verrutschen der Ladung erfolgen! Der Grund für viele verheerende Schiffsunglücke und -untergänge bis in die Neuzeit!*

S.339 - Carl Wilhelm Julius Hansen *übernahm erst im Jahre 1882 den Steamer „Cimbria". Das Schiff sank(bei seiner dritten Fahrt mit ihm als Kapitän) am 19. Januar. 1893 um 2.12 Uhr, nach einer unverschuldeten Havarie mit dem engl. Kohlendampfer „Sultan", im dichten Nebel vor „Borkum Riff".Der engl. Dampfer setzte unbeirrt seine Fahrt in den Hamburger Hafen fort, ohne zu stoppen und Hilfe zu leisten. Von einem Hamburger Seegericht wurde der Kapitän dazu - recht milde - verurteilt, „...niemals mehr einen deutschen Hafen anlaufen zu dürfen...!"*
437 hoffnungsvolle Menschen verloren in der eiskalten See ihr Leben.
Darunter der Kapitän C.W.J.Hansen.
Es ist das bisher größte Schiffsunglück der zivilen Schifffahrt vor deutschen Küsten!

S.340 -„Castle Garden*"(auch "Castle Clinton") wurde 1811 neunzig Meter vor der Uferlinie von Manhattan erstellt und mit einem Damm zum Battery Park in Lower Manhattan verbnunden. Es war eine vorgelagerte Artilleriestellung zum mil. Schutz von New York gegen die Engländer. 1824 wurde „Castle Garden"zumm Theater umfunktioniert und war von 1855 - 1892 für sieben Mio. Einwanderer der „erste Schritt in die Vereinigten Staaten". Ab 1892 wurde dann auf der nahegelegenen Insel* **„Ellis Island"** *beinahe der gesamte Einwandererverkehr aus „Old Europe" abgewickelt.*

S.340 - "Buttjer" *= Hamburg (Runners: New York und Litzer:Bremerhaven) = skrupellose Nepper, Schlepper und Bauernfänger in den Hafenstädten kamen in diesen Zeiten zu leicht verdientem Geld und leerten den leichtgläubigen, verunsicherten Auswanderern die Taschen!*

S.358 - Trenton *ist, genau wie Philadelphia, eine sehr geschichtsträchtige Stadt in Amerika Am 26. Dezember 1776 fand dort, während des amerikanischen Unabhängigkeitskrieges, die „Schlacht von Trenton" statt. Die hessischen Regimenter des Obristen Johann Rall, die als sog. „Subsidientruppen"in britischen Diensten standen (gegen gutes Geld für ihren - immer klammen - Landesherrn!), erlitten dort eine vernichtende Niederlage durch die amerikanische Kontinentalarmee unter der Führung des späteren Präsidenten George Washington.*

S.365 *- Lenz konnte dieses Tier* (noch*) nicht kennen! Die* **Bisamratte** *war ursprünglich in Nordamerika beheimatet. Einige Paare dieser Tiere wurden erst im Jahre 1905 durch einen tschechischen Adeligen in Böhmen ausgesetzt und verbreiteten sich schnell in ganz Europa. Die, hervorragend an das Wasser angepassten Nagetiere (nicht mit den Ratten verwandt!), verbreiteten sich innerhalb weniger Jahrzehnte beinahe über ganz Europa. Begehrt war zu allen Zeiten ihr Pelz - und in Hungerszeiten ihr genießbares Fleisch!*

S.383 - Levi Strauss *(* 26.2.1829/+26.9.1902 in San Francisco) war jüdischer Abstammung und als Löb Strauß im oberfränkischen Buttenheim geboren.1847 wanderte seine Mutter Rebecca (inzwischen Witwe) mit ihren jüngsten Kindern aus* *wirtschaftlicher Not nach Amerika aus. Löb, jetzt Levi Strauss beteiligte sich an den Geschäften seiner älteren Brüder, die schon länger in Amerika sesshaft waren und gründete dann 1853 in San Francisco die eigene „Levi Strauss Company". Und so begann, gespickt mit vielen Hindernissen, der harte, aber erfolgreiche Triumphzug der Weltmarke „Levis".*

S.418 - Schwabing *war zu jener Zeit noch ein kleines Dorf vor den Toren Münchens. Doch es befand sich im rasanten Aufstieg: Außer Sendling und Neuhausen hatte keine andere Gemeinde im direkten Umfeld Münchens eine so explosionsartig wachsende Bevölkerung. Anfang 1880 lebten dort 10.000 Menschen! Die „Maffei'schen Lokomotivwerke" und auch die Weberei des Fabrikanten Frey benötigten immer mehr Arbeitskräfte. Nach und nach veränderte sich durch den Zuzug vieler (Lebens-) Künstler und wohlhabender Münchner das soziale und kulturelle Umfeld. Eine Klinik entstand - und viele Ärzte zogen ins Dorf Schwabing. Die ersehnte Eingemeindung sollte allerdings erst im November 1890 erfolgen! Der Aufstieg Schwabings setzte sich nun unaufhaltsam fort!*

S.448 - Gsottmaschine *(österr. Gsodmaschine) = handbetriebener (später elektrisch) Futter- und Heuhäcksler. Diese, für den Bauern unentbehrliche Maschine, wurde für viele Kinder auf den Bauernhöfen zum Verhängnis!*

S.548 *- Noch im Jahre 1895 wurden allein vom kgl.- bayr.* **Bezirksamt Ebersberg 1.506 Auswanderer** *registriert. Diese Zahlen wurden erst wieder zu Zeiten der Inflation nach dem 1. Weltkireg „erreicht"! Die Meisten davon emmigrierten nach Nordamerika. Doch dies waren nur die offiziellen Zahlen, denn eine nicht unerhebliche Anzahl floh illegal aus dem Deutschen Reich, um der Obrigkeit zu entkommen oder in der Fremde zu überleben und dort ihr Glück zu suchen.*

S.571 - Wunder: *Wenige Tage nach der Geburt des 13. Kindes von Maria, der kleinen* ***Rosa Inninger,*** *vermeldeten die großen Nachrichtenagenturen (und auch der „Wasserburger Anzeiger) ein verheerendes Grubenunglück im französischen Courriéres. Über 1.100 Bergleute konnten nicht mehr gerettet werden und fanden am 10. März 1906 - wegen schlechter Sicherheitseinrichtungen und zu wenigen Rettungsgeräten - den Tod. Doch noch 20 Tage später konnten deutsche Grubenretter aus Westfalen mit besseren Rettungsapparaten 14 Verschüttete aus der Tiefe retten! Der letzte Überlebende wurde, fast einen Monat später, am 4. April 1906 geborgen!*

Ein großes Wunder *war hier für diesen Mann geschehen - wie auch ein „kleines" Wunder auf dem „Maierhof" zu Lohen bei Mittergars am Inn..*

****

Quellennachweise

Die ***historischen Quellen- bzw. Daten*** *entstammen u.a. folg. Publikationen:*

- ***Auswanderer:*** *Quelle u.a. „100 Jahre Lokalbahn Grafing-Eberberg", Mennonite Heritage Museum Goessel/Kansas (USA)*
- ***Haberfeldtreiben:*** *(Standardwerk von Georg Queri: „Bauernerotik und Bauernfehme in Oberbayern", Privatauflage 1911, sowie aus dem „Jahrbuch des Hist. Vereins für den Landkreis Ebersberg eV - Band 8/2005)*
- ***Nonnenspinner-Plage/Eisenbahn-Bau:*** *u.a. Jahrbuch Hist. Verein Ebersberg 8/2005 + „100 Jahre Lokalbahn Grafing-Ebersberg. Hsg: Stadt Ebersberg/Stadt Grafing, Redaktion Bernhard Schäfer, 1999*
- ***Pinzgauer-Rinderrasse, Quelle u.a:*** *Hefte zur Bayerischen Geschichte und Kultur/Band 36 (2007): „Rinderrassen in Bayern - eine kleine Geschichte der Nutztiere in Bayern. Autor: Dietmar Stutzer*

- ***Inn-Schifffahrt/-Flößerei:*** *Innmuseum Rosenheim und Stadtarchiv Wasserburg am Inn*
- ***Stadtbrände Wasserburg am Inn (1874 und 1885)*** *- Stadtarchiv Wasserburg am Inn*
- *Die historischen Daten über* ***Schwabing*** *wurden teilweise dem Buch „Schwabing - Kunst und Leben - um 1900" (Verlag Münchner Stadtmuseum"Essays") entnommen. (S.319 ff: Elisabeth Angermair - „Die Stadtentwicklung Schwabings von der Landgemeinde zum Großstadtviertel zwischen 1850 und 1900".)*
- ***Klostergeschichte Au am Inn/Schwester Oberin Ludovika M. Wille:*** *Festschrift zum 150jähr. Gründungsjubiläum der„Kongregation der Franziskanerinnen von Au am Inn" (2. Mai 2005), Kunstverlag Josef Fink, Auflage 2004 - sowie eigene Recherchen.*

Alle anderen Quellen *wurden bereits in den Fußnoten genannt - oder entstammen eigenen Recherchen und* ***Wikipedia.***
Die **„Worte des Lebens"** *entstammen dem „katholischen Gebetbuch als immerwährende Hausmission" von Anton Schöfl, Priester aus der Versammlung des allerheiligsten Erlösers. Vierte Auflage, Wien 1844.*
Das **Cover-Titelbild** *(Foto: Lassauer/2007) zeigt die große Innschleife zwischen Mittergars und Kloster Au (am ehemaligen Fährsteg).*
Cover-Gestaltung***:*** *Autor- mit freundlicher Unterstützung von:„the Media Company" alexander.bass@diegutestube.de, Rothenburg ob der Tauber.*

<Frühling am Peterskirchl (1624) - in Berg bei Kloster Au am Inn>
(eine von drei barocken Rundkirchen Bayerns)

Foto: Lassauer 2007

*****

Die - *heute wieder so angesagten* - Vornamen **Anna und Maria** - ziehen sich seit über 600 Jahren durch die Chronik der großen altbayerischen Bauernsippe *Inninger.*

Im **Jahre 1410** *heiratete* ***der bedeutendste Baumeister der Spätgotik im süddeutschen Raum, der geniale*** **Hans von Burghausen** *(*ca.1360/+ 10.8.1432/Landshut), zu Beginn der Bauzeit der Stadtpfarrkirche Sankt Jakob in Wasserburg am Inn seine zweite Ehefrau, die* **Anna Inninger**.

Hans von Burghausen (auch: Hanns Purghausen) ist (Mit-)Erbauer) vieler großer und bedeutender Kirchen in Süddeutschland und im benachbarten Österreich. So zB. Sankt Jakob in Straubing, Sankt Nikolaus in Neuötting, die beiden Kirchen Sankt Martin (mit dem höchsten Backstein - Kirchturm der Welt/130,6 m) und die Heiliggeist-Kirche in Landshut, sowie dem Chor der Franziskanerkirche in Salzburg u.a.*

Da die **Keimzellen der Inningers** *in Kettenham (6.2.1329 in der* ***"Regesta Boica"*** *Bay. HSTA München und Kerschdorf - 13.7.1407) liegen, also nur wenige Kilometer südlich von Wasserburg am Inn, kann man davon ausgehen, dass seine zweite Frau dieser Bauernsippe entstammt. Zumal der Rat der Stadt Wasserburg Hans von Burghausen im Januar 1410 mit dem Bau der Stadtpfarrkirche St. Jakob beauftragte! Ein sicherer - bis ins letzte Detail hinein beweisbarer - genealogischer Nachweis fehlt jedoch!*

Das **Inninger-Wappen**, *drei silberne Würfel auf samtroten Grund, rechts unterhalb der künstlerisch sehr eindrucksvollen und beinahe lebensechten Portraitbüste des Baumeisters <„Hanns Stainmezz"> an der Südseite des Langhauses von Sankt Martin in Landshut könnte* - **vielleicht** - *auch*

vom Aufstieg einer ehedem leibeigenen und unfreien Frau in einen weitaus höheren und vor allem freien Stand zeugen!

Turm von St. Martin zu Landshut
<Foto: Lassauer 2007>

*) ***<u>Monumental- oder auch grosse Sakralbauten</u>*** *dauerten - allein schon aus finanziellen Gründen - oftmals über drei Generationen!*
Als „Baumeister" wurde i.d.R. derjenige Meister (Parlier/Parler) bezeichnet, welcher den Bau nach seinen Plänen begann und ihm die „architektonische Linie" vorgab.

*****

Leserstimmen/Rezensionen:

„Beachtliches Erstlingswerk ... *Beim Reinlesen hat man dabei keineswegs das Gefühl, es handele sich um den ersten Versuch als Autor.* ***Zu präzise ist die Darstellung,*** *zu detailliert und lebendig sind die Schilderungen der Ereignisse.* ***Gerade so, als sei er selbst dabeigewesen ...*** *Dabei merkt man ihm seine große Ehrfurcht vor der Lebensleistung vergangener Generationen an, man spürt es beim lesen ..., es sind auch persönliche und politische Töne zu hören.*
Walter Lassauer ist eine spannende Erzählung gelungen ...
Der Autor nimmt seine Leser mit auf die Zeitreise und entwickelt eine ***überraschende Stilsicherheit****, durchaus mal deftig und kernig, wie das bäuerliche Leben damals eben war."*

Dieter Balb, Chefredakteur „Fränkischer Anzeiger" - Feuilleton 24./26.12.2011 - Rothenburg ob der Tauber

„Das ***stimmungsvolle Umschlagfoto*** *des Inns stammt vom Autor und* ***passt wunderbar*** *zum breiten Geschichts- und Geschichtengemälde..., die geschichtlichen und lokalen Zeitumstände sind gut recherchiert.*
Die genauen Ortsangaben sprechen natürlich besonders d i e Leser an, die jene Gegend kennen und schätzen. Dazu zähle ich. Man möchte fast - trotz der beschriebenen bäuerlichen Enge und Schicksalsschläge - dort wohnen.
Der Autor trifft Sprache und Duktus des bäuerlichen Personals erstaunlich gut."

Herbert Huber, Wasserburg am Inn - 18.2.2012

„Das besondere an diesem Roman ist wohl der Bezug zu realen Orten, Personen und Ereignissen. Aber auch wer noch nie in dieser Gegend war, verspürt das Verlangen dorthin zu fahren und sich auf Spurensuche zu begeben. ***Es ist anerkennenswert, dass der Autor sich zurücknimmt ..., aber Spannung und Unterhaltung garantiert.***
Großes Lob für diesen gelungenen Spagat."

Edeltraud Lang, Estenfeld bei Würzburg, 9.3.2012

„Beginnen zu lesen und erst auf der letzten Seite aufhören.
Selbst als Rheinländer, ... fesselt dieses Buch *durch den realen geschichtlichen Hintergrund und die sehr gut nachvollziehbare Lebendigkeit der handelnden Personen. Der Autor hat den Spagat zwischen der historischen Realität der Zeit, in der die Geschichte spielt und den romanhaften Figuren mit ihren hier tatsächlich lebenden Menschen* ***außerordentlich gut geschafft. Das Buch verlockt*** *dazu, sich die so lebendig beschriebenen Landschaften selbst anzuschauen und sich gedanklich in die Vergangenheit zurückversetzen zu lassen.* ***Einfach schön."***

Jürgen Paland, Willich, 22. März 2012

Interessant bis zum Schluss!
Der Roman ***schildert beeindruckend die Rolle der Frauen*** *in einer von Bauern und Grundbesitzern geprägten Gesellschaft.* ***Schön, dass Walter Lassauer gerade die Frauen in seinem Roman in den Mittelpunkt stellt und ihnen mit „Annas Schwester" ein Gesicht gibt.***

Harald Hirsch, über amazon.de, 14. April 2012